U0692635

"语言文学作品与史料选"系列教材

【下册】

中国现当代文学作品与史料选

吴秀明 陈建新 主编

浙江大学出版社
ZHEJIANG UNIVERSITY PRESS

图书在版编目(CIP)数据

中国现当代文学作品与史料选 / 吴秀明,陈建新主编. —杭州:浙江大学出版社,2012.5(2020.8重印)
ISBN 978-7-308-09931-8

Ⅰ. ①中… Ⅱ. ①吴… ②陈 Ⅲ. ①中国文学—现代文学—作品综合集—高等学校—教材②中国文学—当代文学—作品综合集—高等学校—教材③中国文学—现代文学史—史料—高等学校—教材④中国文学—当代文学—文学史—史料—高等学校—教材 Ⅳ.①Ⅰ216.1②Ⅰ209.6

中国版本图书馆 CIP 数据核字(2012)第 084426 号

目　　录

中国当代文学作品选

中长篇小说与戏剧存目

中国当代文学史料选

山地回忆

孙　犁

　　从阜平乡下来了一位农民代表，参观天津的工业展览会。我们是老交情，已经快有十年不见面了。我陪他去参观展览，他对于中纺的织纺，对于那些改良的新农具，特别感到兴趣。临走的时候，我一定要送点东西给他，我想买几尺布。

　　为什么我偏偏想起买布来？因为他身上穿的还是那样一种浅蓝的土靛染的粗布裤褂。这种蓝的颜色，不知道该叫什么蓝，可是它使我想起很多事情，想起在阜平穷山恶水之间度过的三年战斗的岁月，使我记起很多人。这种颜色，我就叫它"阜平蓝"或是"山地蓝"吧。

　　他这身衣服的颜色，在天津是很显得突出，也觉得土气。但是在阜平，这样一身衣服，织染既是不容易，穿上也就觉得鲜亮好看了。阜平土地很少，山上都是黑石头，雨水很多很暴，有些泥土就冲到冀中平原上来了——冀中是我的家乡。阜平的农民没有见过大的地块，他们所有的，只是像炕台那样大，或是像锅台那样大的一块土地。在这小小的、不规整的、有时是尖形的、有时是半圆形的、有时是梯形的小块土地上，他们费尽心思，全力经营。他们用石块垒起，用泥土包住，在边沿栽上枣树，在中间种上玉黍。

　　阜平的天气冷，山地不容易见到太阳。那里不种棉花，我刚到那里的时候，老大娘们手里搓着线锤。很多活计用麻代线，连袜底也是用麻纳的。

　　就是因为袜子，我和这家人认识了，并且成了老交情。那是个冬天，该是一九四一年的冬天，我打游击打到了这个小村庄，情况缓和了，部队决定休息两天。

　　我每天到河边去洗脸，河里结了冰，我登在冰冻的石头上，把冰砸破，浸湿毛巾。等我擦完脸，毛巾也就冻挺了。有一天早晨，刮着冷风，只有一抹阳光，黄黄的落在河对面的山坡上。我又登上那块石头上去，砸开那个冰口，正要洗脸，听见在下水流有人喊：

　　"你看不见我在这里洗菜吗？洗脸到下边洗去！"

　　这声音是那么严厉，我听了很不高兴。这样冷天，我来砸冰洗脸，反倒妨碍了人。心里一时挂火，就也大声说：

　　"离着这么远，会弄脏你的菜！"

　　我站在上风头，狂风吹送着我的愤怒，我听见洗菜的人也恼了，那人说：

"菜是下口的东西呀！你在上流洗脸洗屁股，为什么不脏？"

"你怎么骂人！"我站立起来转过身去，才看见洗菜的是个女孩子，也不过十六七岁。风吹红了她的脸，像带霜的柿叶，水冻肿了她的手，像上冻的红萝卜。她穿的衣服很单薄，就是那种蓝色的破袄裤。

十月严冬的河滩上，敌人往返烧毁过几次的村庄的边沿，在寒风里，她抱着一篮子水沤的杨树叶，这该是早饭的食粮。

不知道为什么，我一时心平气和下来。我说：

"我错了，我不洗了，你在这块石头上来洗吧！"

她冷冷地望着我，过了一会才说：

"你刚在那石头上洗了脸，又叫我站上去洗菜！"

我笑着说：

"你看你这人，我在上水洗，你说下水脏，这么一条大河，哪里就能把我脸上的泥土冲到你的菜上去？现在叫你到上水来，我到下水去，你还说不行，那怎么办哩？"

"怎么办，我还得往上走！"

她说着，扭着身子逆着河流往上去了。登在一块尖石上，把菜篮浸进水里，把两手插在袄襟底下取暖，望着我笑了。

我哭不得，也笑不得。

"你真讲卫生呀！"

"我们是真卫生，你们是装卫生！你们尽笑话我们，说我们山沟里的人不讲卫生，住在我们家里，吃了我们的饭，还刷嘴刷牙，我们的菜饭再不干净，难道还会弄脏了你们的嘴？为什么不连肠子肚子都刷刷干净！"说着就笑得弯下腰去。

我觉得好笑。可也看见，在她笑着的时候，她的整齐的牙齿洁白得放光。

"对，你卫生，我们不卫生。"我说。

"那是假话吗？你们一个饭缸子，也盛饭，也盛菜，也洗脸，也洗脚，也喝水，也尿泡，那是讲卫生吗？"她笑着用两手在冷水里刨抓。

"这是物质条件不好，不是我们愿意不卫生。等我们打败了日本，占了北平，我们就可以吃饭有吃饭的家伙，喝水有喝水的家伙了，我们就可以一切齐备了。"

"什么时候，才能打败鬼子？"女孩子望着我，"我们的房，叫他们烧过两三回了！"

"也许三年，也许五年，也许十年八年。可是不管三年五年，十年八年，我们总是要打下去，我们不会悲观的。"我这样对她讲，当时觉得这样讲了以后，心里很高兴了。

"光着脚打下去吗？"女孩子转脸望了我脚上一下，就又低下头去洗菜了。

我一时没弄清是怎么回事，就问：

"你说什么？"

"说什么？"女孩子也装没有听见，"我问你为什么不穿袜子，脚不冷吗？也是卫生吗？"

"咳！"我也笑了，"这是没有法子么，什么卫生！从九月里就反'扫荡'，可是我们八路军，是非到十月底不发袜子的。这时候，正在打仗，哪里去找袜子穿呀？"

"不会买一双？"女孩子低声说。

"哪里去买呀，尽住小村，不过镇店。"我说。

"不会求人做一双？"

"哪里有布呀？就是有布，求谁做去呀？"

"我给你做。"女孩子洗好菜站起来，"我家就住在那个坡子上，"她用手一指，"你要没有布，我家里有点，还够做一双袜子。"

她端着菜走了，我在河边上洗了脸。我看了看我那只穿着一双"踢倒山"的鞋子，冻得发黑的脚，一时觉得我对于面前这山，这水，这沙滩，永远不能分离了。

我洗过脸，回到队上吃了饭，就到女孩子家去。她正在烧火，见了我就说：

"你这人倒实在，叫你来你就来了。"

我既然摸准了她的脾气，只是笑了笑，就走进屋里。屋里蒸气腾腾，等了一会，我才看见炕上有一个大娘和一个四十多岁的大伯，围着一盆火坐着。在大娘背后还有一位雪白头发的老大娘。一家人全笑着让我炕上坐。女孩子说：

"明儿别到河里洗脸去了，到我们这里洗吧，多添一瓢水就够了！"

大伯说：

"我们姐儿刚才还笑话你哩！"

白发老大娘瘪着嘴笑着说：

"她不会说话，同志，不要和她一样呀！"

"她很会说话！"我说，"要紧的是她心眼儿好，她看见我光着脚，就心痛我们八路军！"

大娘从炕角里扯出一块白粗布，说：

"这是我们姐儿纺了半年线赚的，给我做了一条棉裤，下剩的说给他爹做双袜子，现在先给你做了穿上吧。"

我连忙说：

"叫大伯穿吧！要不，我就给钱！"

"你又装假了，"女孩子烧着火抬起头来，"你有钱吗？"

大娘说：

"我们这家人，说了就不能改移。过后再叫她纺，给她爹赚袜子穿。早先，我们这里也不会纺线，是今年春天，家里住了一个女同志，教会了她。还说再过来了，还教她织布哩！你家里的人，会纺线吗？"

"会纺！"我说，"我们那里是穿洋布哩，是机器织纺的。大娘，等我们打败日本……"

"占了北平，我们就有洋布穿，就一切齐备！"女孩子接下去，笑了。可巧，这几天情况没有变动，我们也不转移。每天早晨，我就到女孩子家里去洗脸。第二天去，袜子已经剪裁好，第三天去她已经纳底子了，用的是细细的麻线。她说：

"你们那里是用麻用线？"

"用线。"我摸了摸袜底，"在我们那里，鞋底也没有这么厚！"

"这样坚实。"女孩子说，"保你穿三年，能打败日本不？"

"能够。"我说。

第五天，我穿上了新袜子。

和这一家人熟了，就又成了我新的家。这一家人身体都健壮，又好说笑。女孩子的母亲，看起来比女孩子的父亲还要健壮。女孩子的姥姥九十岁了，还那么结实，耳朵也不聋，我们说话的时候，她不插言，只是微微笑着，她说：她很喜欢听人们说闲话。

女孩子的父亲是个生产的好手，现在地里没活了，他正计划贩红枣到曲阳去卖，问我能不能帮他的忙。部队重视民运工作，上级允许我帮老乡去作运输，每天打早起，我同大伯背上一百多斤红枣，顺着河滩，爬山越岭，送到曲阳去。女孩子早起晚睡给我们做饭，饭食很好，一天，大伯说：

"同志，你知道我是沾你的光吗？"

"怎么沾了我的光？"

"往年，我一个人背枣，我们妞儿是不会给我吃这么好的！"

我笑了。女孩子说：

"沾他什么光，他穿了我们的袜子，就该给我们做活了！"

又说：

"你们跑了快半月，赚了多少钱？"

"你看，她来查账了，"大伯说，"真是，我们也该计算计算了！"他打开放在被垒底下的一个小包袱，"我们这叫包袱账，赚了赔了，反正都在这里面。"

我们一同数了票子，一共赚了五千多块钱，女孩子说：

"够了。"

"够干什么了？"大伯问。

"够给我买张织布机子了！这一趟，你们在曲阳给我买架织布机子回来吧！"

无论姥姥、母亲、父亲和我，都没人反对女孩子这个正义的要求。我们到了曲阳，把枣卖了，就去买了一架机子。大伯不怕多花钱，一定要买一架好的，把全部盈余都用光了。我们分着背了回来，累得浑身流汗。

这一天，这一家人最高兴，也该是女孩子最满意的一天。这像要了几亩地，买回一头牛；这像制好了结婚前的陪送。

以后，女孩子就学习纺织的全套手艺了：纺，拐，浆，落，经，镶，织。

当她卸下第一匹布的那天，我出发了。从此以后，我走遍山南塞北，那双袜子，整整穿了三年也没有破绽。一九四五年，我们战胜了日本强盗，我从延安回来，在碛口地方，跳到黄河里去洗了一个澡，一时大意，奔腾的黄水，冲走了我的全部衣物，也冲走了那双袜子。黄河的波浪激荡着我关于敌后几年生活的回忆，激荡着我对于那女孩子的纪念。

开国典礼那天，我同大伯一同到百货公司去买布，送他和大娘一人一身蓝士林布，另外，送给女孩子一身红色的。大伯没见过这样鲜艳的红布，对我说："多买上几尺，再买点黄色的？"

"干什么用？"我问。

"这里家家门口挂着新旗，咱那山沟里准还没有哩！你给了我一张国旗的样子，一块带回去，叫姐儿给做一个，开会过年的时候，挂起来！"

他说妞儿已经有两个孩子了，还像小时那样，就是喜欢新鲜东西，说什么也要学会。

1949 年 12 月

原载《小说》杂志 1950 年第 3 卷第 4 期

我们夫妇之间

萧也牧

一 "真是知识分子和工农结合的典型!"

我是一个知识分子出身的干部,我的妻却是贫农出身,她十五岁上就参加革命,在一个军火工厂里整整做了六年工。

三年前我们结了婚。当时我们不在一起,工作的地方相隔有百十来里,只在逢年逢节的时候才能见面。所以婚后的生活也很难说好还是坏,只是有一次却使我很感动,因为我有胃病,一挨冻就要发作,可是棉衣又很单薄!那年,正快下雪的时候,她给我捎来了一件毛背心,还附着一封信,信上说:

……天快下雪了!你的胃病怎样了?真叫我着急得不知道怎么着好!我早有心给你打件毛背心,倒也不是羊毛贵,就是钱凑不够!我就在每天下午放工以后,上山割柴禾,可是天气太短了!一下工,天很快就黑了!所以一直割了半个多月,才割了不少柴禾,卖给厂里的马号里了,卖了二千块边币,秤了两斤羊毛,问老乡借了个纺车,纺成了毛线,打了这件毛背心!

因为我不会打,打的又不时样又尽是疙瘩,请你原谅!希望你穿上这件毛背心,就不再发胃病,好好为人民服务……

我读着这封信,我仿佛看到了她那矮小的身影,在那黄昏时候,手拿镰刀,独自一个人,弯着腰,在那荒坡野地里,迎着彻骨的寒风,一把、一把、一把地割着稀疏的茅草……

她这样做,完全是为着我!为着我不挨冻,为着我"不再发胃病,好好的为人民服务……"突然,我流泪了!可是我感到了幸福!

两年以后的秋天,我们有了小孩,组织上就把我们调在一块工作。那时,我们住在一个叫"抬头湾"的山村里。

每当晚上,我在那昏黄的油灯下赶工作,她呢,哄着孩子睡了以后,默默地坐在我底身旁,吃力地、认真地、一笔一划地练习写大楷……

山村的夜是那样的静寂,远远地能听见"胭脂河"的流水,"哗哗"地流过村边。时间该是半夜了吧,我想她又是照顾孩子,又是工作……一定是很累了,就说:"你先睡吧!"她一听我的话,总是立刻睁大了有点朦胧了的睡眼:"不!"继续练她的大楷……直到我也放下工作。

早上，孩子醒得很早，她就起来哄："嗯嗯……听妈妈的话，别把爸爸扰醒了……"孩子才几个月大，当然不懂得，还是嚷！于是她就蹑手蹑脚地起来，抱着孩子，到隔壁老乡屋里的热炕头上哄着去了。

闲时，她教我纺线、织布；我给她批仿，在她写的大楷上划红圈，或是教她打珠算，讨论土地政策……

每天下午，孩子睡着了，我们抬水去浇种在窗前的几棵白菜，到沟里帮老乡打枣，或是盘腿坐在炕上，我搓"布卷"（棉花条儿），拐线，她纺线，纺车"嗡嗡"地响，声音是那样静穆、和谐……

虽然我们的出身、经历……差别是那样的大，虽然我们工作的性质是那样的不同：我成天坐在屋里画统计表，整理工作材料，她呢，成天和老百姓们打交道！……但在这些日子里边，我们不论在生活上、感情上……却觉得很融洽，很愉快！同志们也好意地开玩笑说："看你这两口子，真是知识分子和工农结合的典型！"

但是，不到一年的光景，我们却吵起架来了，甚至有一个时候，我曾经怀疑到：我们的夫妇生活是否能继续巩固下去。那是我们进了北京城以后的事。

二　"……李克同志：你的心大大的变了！"

今年二月间，我们进了北京。这城市，我也是第一次来，但那些高楼大厦，那些丝织的窗帘，有花的地毯，那些沙发，那些洁净的街道，霓虹灯，那些从跳舞厅里传出来的爵士乐……对我是那样的熟悉，调和……好像回到了故乡一样。这一切对我发出了强烈的诱惑，连走路也觉得分外轻松……虽然我离开大城市已经有十二年的岁月，虽然我身上还是披着满是尘土的粗布棉衣……可是我暗暗地想：新的生活开始了！

可是她呢？进城以前，一天也没有离开过深山、大沟和沙滩，这城市的一切，对于她，我敢说，连做梦也没梦见过的！应该比我更兴奋才对，可是，她不！

进城的第二天，我们从街上回来，我问她："你看这城市好不好？"她大不为然，却发了一通议论：那么多的人！男不像男女不像女的！男人头上也抹油……女人更看不的！那么冷的天气也露着小腿！怕人不知道她有皮衣，就让毛儿朝外翻着穿！嘴唇血红红，像是吃了死老鼠似的，头发像个草鸡窝！那样子，她还觉得美得不行！坐在电车里还掏出小镜子来照半天！整天挤挤攘攘，来来去去，成天干什么呵……总之，一句话：看不惯！说到最后，她问我："他们干活也不？哪来那么多的钱？"

我说："这就叫做城市呵！你这农村脑瓜吃不开啦！"她却不服气："鸡巴！你没看见？刚才一个蹬三轮的小孩，至多不过十三四，瘦得像只猴儿，却拖着一个气儿吹起来似的大胖子足有一百八十斤！坐在车里，翘了个二郎腿，含了根烟卷儿，亏他还那样'得'！（得意，自得其乐的意思）……俺老根据地哪见过这！得好好儿改造一下子！"

我说："当然要改造！可是得慢慢地来；而且也不能要求城市完全和农村一样！"

她却更不服气了："嘿！我早看透了！像你那脑瓜，别叫人家把你改造了！还说哩！"

我觉得她的感觉确实要比我锐利得多，但我总以为她也是说说罢了，谁知道她不仅那么说，她在行动上也显得和城市的一切生活习惯不合拍！虽然也都是在一些小地方。

那时候，机关里还没起伙，每天给每人发一百块钱，到外边去买来吃。有一次，我们俩到了一家饭铺里，走到楼上，坐下了。她开口就先问价钱："你们的炒饼多少钱一盘？川面条呢？""馍馍呢？"……她一听跑堂的一报价钱，就把我一拉，没等我站起来，她就在头里走下楼。弄得那跑堂的莫名其妙，睁大眼睛，奇怪地看了我们几眼。当时，真使我有点下不来台，说实话，我真想生气！可是，她又是那样坚决，又有什么办法呢？只好硬着头皮跟着她走！

一面下楼，她说："好贵！这哪里是我们来的地方！"我说："钱也够了！"她说："不！一顿饭吃好几斤小米；顶农民一家子吃两天！哪敢那么胡花！"

出了饭铺，我默默地跟着她走来走去，最后，在街角上的一个小饭摊上坐下了！还是她先开口，要了半斤棒子面饼子、两碗馄饨。大概她见我老不说话，怕我生气，就格外要了一碟子熏肉，旁若无人地对我说："别生气了！给你改善改善生活！"

像这类事，总还可以容忍。我想一个"农村观点"十足的"土豹子"总是难免的，慢慢总会改变过来……

哪知她并不！

那时，机关里来了不少才参加工作的新同志；有男的也有女的。她竟不看场合，常常当着他们的面，一板正经地批评起我来。她见我抽纸烟，就又有了话了："看你真会享受！身边就留不住一个隔宿的钱！给孩子做小褂还没布呢！一枝连一枝地抽！也不怕熏得慌！你忘了？在山里，向房东要一把烂烟，合上大芝麻叶抽，不也是过了！"

开始，我笑着说："这可不是在抬头湾啦！环境不同了呵！"

她却有了气啦："我不待说你！环境变了，你发了财啦？没了钱了，你还不是又把人家扔在地上的烟屁股拣起来，卷着抽！"

不知道是怎么回事儿，我的脸，"唰"的就红了！站在一旁看热闹的青年男女同志们，本来看得就很有兴趣；这时候，就有人天真活泼地嚷起来："哈哈！脸红啦！脸红啦！"旁的同志也马上随声附和，并且大鼓其掌："红啦！红啦！"这一嚷，我的脸，果真更加发烫了！

……

我发觉，她自从来北京以后，在这短短的时间里边，她的狭隘、保守、固执……越来越明显，即使是她自己也知道错了，她也不认输！我对她的一切的规劝和批评，完全是耳边风！常常是，我才开口，她就提出了一大堆的问题来难我："我们是来改造城市的，还是让城市来改造我们？""我们是不是应该开展节约，反对浪费？""我们是不是应该保持艰苦奋斗、简单朴素的作风？"等等。她所说的确实也都是正确的，因此，弄得我也无言答对，这样一来，她就更理直气壮了，仿佛真理和正义，完全是在她的一边；而我，倒像是犯了错误了！她几次很严肃地劝我："需要好好地反省一下！"

我有什么可反省的呢？我自己固然有些缺点，但并不像她说的那样严重，除了沉默，我还有什么办法？可是，有一次，我忽然再也不能沉默了！我们破例地吵了一架，这在我们结婚以来，还是第一次。

在今年六七月间，连日大雨，报上不断登着冀中和冀西一带闹水灾的消息；突然，她的精神也就随着紧张起来了！每天报来，她就抢着去看。我发现，她是专门在找报上所列举的水患成灾的县份和村名……她一面读着，不断地发出惊叹："呵呵！怎么得了呀？才翻了身的农民，还没缓过气来，地又叫淹了！呵呵……"

有一次，我正在整理各地灾情的材料，她看着报，就大声嚷了起来："这怎么着好呵！俺村的地全叫淹了！暖呀！日子怎么着过呀！我娘又该挨饿了呵！怎么着呵？暖！说呀！你说呀！"这我才发觉她是在征求我的意见。我出口说了句俏皮话："天要下雨，娘要嫁人——谁也没法治！党和政府自会想办法，你操心也枉然！"冷不防，她一伸手，一指头直通到我的额角上："没良心的鬼！你忘了本啦！这十年来谁养活你来着？"我说："反正不是你家！"她却真的又生我的气了："你进了城就把广大农民忘啦？你是什么观点？你是什么思想？光他妈的会说漂亮话！"我说："谁比得上你的思想！'当当当'的好成分！又是工人阶级出身！"她把桌子一拍："放你妈的臭屁！你别讽刺人啦！"就再也不理我了，好像很伤心的样子。

过了几天，我恰好得了一笔稿费：够买一双皮鞋，买一条纸烟，还可以看一次电影，吃一次"冰其林"……我很高兴，我把钱放在枕头芯里，不让她知道。

第二天，我正准备取钱上街，钱却怎么找也找不见了，心里真着急。我只好问她："我的钱呢？"她说："什么？钱？那里来的钱？你交给谁啦？"我继续找，直找得头上冒烟！她却"噗嗤"一声笑了！我知道准是她拿了，于是我就很正经地说："这钱不是我的！""得了！你别唬弄我没文化了！稿费单上还有你的名字呢！""是，是，我这钱，我有用处！我要去买一套'干部必读'，——十二本书！好好加强理论学习，比什么也重要！""谁还知不道谁哩！加强你的'冰鸡宁'，'烟斗牌'烟去吧！"我一看不对头，只好恳求了："你拿一半行不行？"她却说："我早给家寄走了！"我不免吃了一惊："真的？"她说："唬弄鬼！"

我不知不觉地提高了嗓音："这钱是我的！你不应该不哼一声就没收了！"哪知她的嗓音更大："你没花过我的钱？嗯？你的花被面，你的毛背心……是谁的钱买的？"我说："不稀罕！反正你得检讨检讨，你这样做对不对？"她说："对！家里闹水灾，不该救济救济？"我说："你把钱捐给救灾委员会，那就算你的思想意识强，为什么给自己家里寄呀——那还不是自私自利农民意识！"她却真的火了："反正比浪费强！钱我是寄走了！你看着办吧！"我说："咱们分家！"她说："马上分！今儿格黑价（今天晚上）你就不行盖我的被子！"我说："好好好！"我一扭头就走了……

说也笑人，为了这么芝麻粒大的一点事，我们三天没说话，而且觉得很伤脑筋！恰好星期六那天晚上，机关内部组织了一个音乐晚会，会跳舞的同志就自动的跳起舞来，这正好解闷，我就去参加了！

我正下场，忽然发现：她抱着孩子来了！一看她的神色，知道糟了！她气冲冲地，直窜到我的面前，把孩子往我怀里一塞："你倒会散心！孩子有你一半责任，我抱够了！你抱抱吧！"我说："跳完这一场就回去！"她二话没说，把孩子往旁边的"沙发"上一撩，雄赳赳地走了……

孩子不见他妈，就"哇哇"地嚎啕起来，和着手风琴的伴奏，发出一种奇怪的音乐，引起了人们的注意。

我红着脸，抱起孩子，回到卧室里去，只见她伏在桌上写字呢！我悄悄地走她的背后一看，原来她在给我写信："李克同志：你的心大大的变了……"她发觉我来，马上又把纸撕了！

孩子见了妈，挂着两行眼泪，笑着，跳着，"哇！哇！"地叫，向她扑去，她才接过孩子，解开怀来喂奶，一面走到门边，背贴着门，向我命令地说："不许走！咱们谈判谈判！"

三　她真是一个倔强的人

这些虽然都是非原则问题，但也恰好正在这些非原则问题上面，我们之间的感情，开始有了裂痕！结婚以来，我仿佛才发现我们的感情、爱好、趣味……差别是这样的大！

她对我，越看越不顺眼，而我也一样，渐渐就连她一些不值一提的地方，我也看不惯了！比方：发下了新制服，同样是灰布"列宁装"，旁的女同志穿上了，就另一个样儿：八角帽往后脑瓜一盖，额前露出蓬松的散发，腰带一束，走起路来，两脚成一条直线，就显得那么洒脱而自然……而她呢，怕帽子被风吹掉似的，戴得毕恭毕正，帽檐直挨眉边，走在柏油马路上，还是像她早先爬山下坡的样子，两腿向里微弯，迈着八字步，一摇一摆，土气十足……我这些感觉，我也知道是小资产阶级的，当然不敢放到桌子面上去讲！但总之一句话：她使我越来越感觉过不去，甚至我曾经想到：我们的夫妇关系是否可以继续维持下去？

幸好，不久她被分配到另一个机关去工作了！我欢欢喜喜地打发她走了，精神上好像反倒轻松了许多！

我想她这种狭隘、保守、固执……恐怕很难有所改变的了！她真是一个倔强的人！

我们分手以后，约摸有个半月的时光，她连电话也没来一个，却对旁人说：离了我她也能活！

可是，我却不能！即使我对她有很多不满，然而孩子总还是十分可爱的！我一想起那孩子的乌亮墨黑的大圆眼，和他那"牙牙"欲语的神气……我就十分怀念！终于还是我先去找她去了！哪知道一见她，她却向我一挥手："今天工作太忙，改日来吧！"

我说她真是个倔强的人。这评语，越来越觉得确切了！特别是又发生了几件事情以后。

当她到了那机关不久，找来了一个保姆：姓陈，叫小娟。样子很灵俐，她爸爸是个蹬三轮的工人。

那天正好是星期日，我在她机关里。那"老妈子房"里的掌柜，领着小娟来上工。一进门，指着我们俩，对小娟说："这是小少爷的母亲，这是……"

小娟毕恭毕正地向她鞠了个躬，叫了一声："太太！"哪知道我的妻，一听"太太"两个字，就像是叫蝎子蜇着了似的嚷起来："呀！呀！别叫别叫！我不是'太太'！我是我是……我们解放军里头没有'太太'！我姓张，你叫我张同志好了！记住！我叫张同志！要不你就叫我大姐！"她说着就把小娟拉到炕上，和她并排坐了。弄的那"老妈子房"的掌柜，先是奇怪，接着也笑了："对对！叫张同志！'太太'那名儿，嘿嘿！不时新了，太封建！太封建！"

我的妻马上就给小娟子上起政治课来：说她自己也是个穷人，曾经受过旧社会的压迫，后来共产党来了，她就参加了革命，得到了解放……因为工作太忙，孩子照顾不了，所以请小娟来帮忙，这样，她对小娟说：你也是参加了革命工作，咱们一律平等！和旧社会雇老妈子完全不一样……等等。

小娟听得很高兴，不住嘴地说："您说得真好！你说得真好！"

小娟这孩子，虽说是灵俐，可是记性并不好！一不小心，常常又叫"太太"了！每逢这功夫，我的妻决不放松，一定及时纠正，并且又得上一堂政治课！弄得小娟反倒很不安了！

自从小娟来了以后，我的妻几次三番给我打电话：要我给小娟找识字课本、找笔墨纸砚……并且还给她订了学习计划：一天认五个字、写一张仿……一星期还有一堂政治课。我的妻自任文化教员兼政治教员。

每次周末的晚上，我去找她的时候，总是见她在给小娟上课，一板正经地念道："穷人、要、翻身、团结、一条心、永远跟着、共产党、前进。"小娟就跟着念："穷、人、要、翻、身……"不知道为什么，我有点感动了！心想：她真是个倔强的人呵！

有一次周末的傍晚，我们从东长安街散步回来，看见"七星舞厅"门口，围着一圈人，过去一看：只见有一个胖子，西服笔挺，像个绅士，一手抓住一个十三四岁的小孩，一手张着五个红萝卜般粗的手指，"劈！劈！拍！拍！"直向那小孩的脸上乱打，恨不得一巴掌就劈开他的脑瓜！那小孩穿着一件长过膝盖的破军装，猴头猴脑，两耳透明，直流口水……杀猪般地嚷着："娘嗳！娘嗳！"嘴角的左右，挂下了两道紫血……

看热闹的人，越来越多；抄着手的、微弯着头的、口含着烟卷儿的……但是，都很坦然！

这情景，在我看来，也已经是很生疏的了！觉得很不顺眼，正想问问，忽听得人群里有人喝道：

"住手！你凭什么压迫人！"嗓音又尖又高。

一瞬眼间，我突然发现：那人不是别人；正是她，是我的妻！这时候，她昂头挺胸地站在那胖子的面前，正像武侠小说里所描写的——那种"路见不平，拔刀相助"的侠客的神气！我突然觉得精神上有点震动，但同时，马上又模糊地想：她真是好管闲事！不知道怎么着才好……

那胖子仍然一手拧住那小孩不放，一手贴到花领结上，很有礼貌地微微一笑！心平气和地向围着的人们说："这小子，在可恶，太可恶！不知道的人，以为我压迫人，其实，不然！我这个舞厅，是在人民政府里登记了的，是正当的营业，是高尚的娱乐！拿捐，拿税……而他，这孩子，却用石头子儿，往里——"他一挥手："扔！如果，把我的客人们，全撵走了，那么，我——又当如何呢……"他还想接着演讲，却叫我的妻子打断了他的话：

"你说得对！这孩子扔石头子儿，也可以说是一个错误！可是，我们是有政府的有秩序的！不是无政府主义！就说他犯了天大的法，也应该送政府法办！你有什么权力随便打人？嗯？有什么权力？你打得他满嘴流血，好像你还受了屈似的？嗯？让大伙儿评评理！"

这时候，人群里就有人嚷起来："对对对！这同志说得对！"

有一个苦力模样的人，也就走到那胖子面前，转过身来，指着那胖子向大伙儿说："这位先生说的不假！这小孩儿是往舞厅里扔了一个石头子儿！我亲眼看见的……"

胖子马上微笑点头："诸位听着！不假吧！光凭我一个人说不行！不行！"

那苦力接着说："可惜这位先生说得不全！那小孩儿凭吗平白无故的扔石头子哩？是那么一回事儿：刚才他在舞厅门口向客人们要钱，这位先生撵他走，他走慢了一步，这位先生'拍！'的给了他一个响锅贴（耳光）！回头，过了一会儿，这小孩就扔了个石头子儿，就又叫这位先生抓住了。这我也是亲眼看见的！现时不是那个世道了，是人就得说实话！"

胖子显得有点不安了，掏出一块小花手绢来不住地擦额角，对我的妻说："同志！我认错行不行？"说着掏出了一张五百元的人民券，向那小孩一伸："给！买糖吃！哈哈！"

那被打了一顿的小孩，好像一切的仇恨，马上就消失了！把嘴角的血一擦，正想伸手去接，却马上被我的妻喝住了："别拿！太便宜啦！一顿巴掌只值五百块钱？"

胖子马上伸手到口袋里，慷慨地说："再加二百！"

我的妻却发了大火啦："嗯！你真明白！你以为还在旧社会——有钱能使鬼推磨，有钱能使鬼上树？哪怕你掏一百万人民券，也不能允许你随便压迫人；随便破坏人民政府的威信！走！咱们到派出所去！咱们是有政府的！"

围着的人也就说："对对！"

……

结果还是到了派出所。

那胖子先生认了错，表示切实悔过。于是罚了他二千元人民券，赔偿给那小孩作医药费。同时也批评了那小孩，以后不要扔石头子儿。

我跟随着我的妻从派出所回来，她很兴奋地问我："刚才你怎么一句话也不说？"我说："我有什么说的！那样的事，在城市里多得很，凭你一个人就管清了？这是社会问题，得慢慢……"我的话还没有说完，就叫她打断了："去鸡巴的吧！不吃你这一套！我就要管！这是新社会，我就不让随便压迫人！我就不让随便破坏咱们政府的威信！咱们是有政府的，不是无政府主义！"我连忙说："对对对！正确！"同时也觉得有点好笑，我真想说："什么叫'无政府主义'？你知道么？瞎用新名辞儿！可是，我知道这句话是说不得的！"

她真是一个倔强的人呵！我开始分析：她对旧社会的习惯为什么那样的憎

恨？绝无妥协调和的余地！我想，这和她自己切身的经历是分不开的。

她出身在贫农的家庭，十一岁上就被用五斗三升高粱卖给人家当了童养媳。受尽了人间一切的辛酸，她的身上、头上、眉梢上……至今还留着被婆婆和早先的丈夫用烧火的棍打的、擀面杖打的、用剪子铰的伤痕！共产党来了，她就毅然决然地参加了革命！为着自己的命运战斗了！革命对于她，真可以说是"破釜沉舟，背水一战"！绝无后退的路！　．

她曾经在游击区跳沟爬墙，和日本人、汉奸搏斗！她的手杀过人……

她曾经在老山沟里的军火工厂里，制造子弹、装配步枪……为了突击生产，把右手的食指在"压力机"上撞下了一小节指头，成了一个疙瘩……

日本人来"扫荡"了！她率领着一班女工，连夜抬着机器，淌过齐大腿根的水去"坚壁"。因此落下了"寒腿"的病，每逢阴雨，至今还隐隐发痛……

有一次深夜，工厂失火，她奋勇当先，率领了二十五个女工去抢救器材，差一点没烧死在火里……

在这些艰苦的日子里，她开始学习认字，写字……终于学成了"粗通文字"……

在一九四四年，她当选了"劳动英雄"。出席晋察冀边区第二届英模大会，我记得当她在大会上作完了典型报告的末了，她举着胳膊宣誓似地说："……在旧社会里我是个老几？我只值五斗三升高粱米！这会儿大伙儿说我是英雄！叫我来开会，让我上台说话……唉！没有共产党哪会有我呵！我愿意为着全世界被压迫的人们彻底的解放，流尽我最后一滴血！"——那时候我在大会上担任收集和整理材料的工作。组织上分配我给她写传记，我们整整谈了三个晚上。也就在这个时候，我爱上了她。

四　我们结婚三年，直到今天我仿佛才对她有了比较深刻的了解……

那一切的苦难，使她变得倔强。今天她来到城市，和这城市所遗留的旧习惯，她不妥协，不迁就，她立志要改造这城市！因此，有些地方她就显得固执、狭隘……甚至显得很不虚心了！特别是对于我更是如此。也因此使得我们之间的感情有了裂痕！但我对她依然还很留恋，还没有决心和勇气断然和她决裂！特别是当我比较清醒的时候，仔细想来，我们之间的一切冲突和纠纷，原本都是一些极其琐碎的小节，并非是生活里边最根本的东西！所以我决心用理智和忍耐，甚至迁就，来帮助她克服某些缺点！

我以为，我对她的分析和结论，已经是很完满很公平，而且觉得这样做，对我来说是仿佛将要牺牲一些什么！

哪知道她还并不如我想象的那样！

首先是她的某些观点和生活方式也在改变着：最明显的例子是：她现在所担任的工作是女工工作，在那些女工里边，也有不少擦粉抹口红的，也有不少脑袋像个"草鸡窝"的……可是她和她们很能接近，已经变得很亲近……有一次，我故意问她："你不是很讨厌那些擦粉抹口红，头发像'草鸡窝'的人么？"她却很认真地教训起我来了："你不能从形式上、生活习惯上去看问题！她们在旧社会都是被压迫的人！她们迫切需要解放！同志！狭隘的保守观点要不得！"哈哈！她又学了一套新理论啦！

同时，她自己在服装上也变得整洁起来了！"他妈的""鸡巴"……一类的口头语也没有了！见了生人也显得很有礼貌！最使我奇怪的是：她在小市上也买了一只旧皮鞋，逢着集会、游行的时候就穿上了！回来，又赶忙脱了，很小心地藏到床底下的一个小木匣里……我逗她说："小心让城市把你改造了啊！"她说："组织上号召过我们：现在我们新国家成立了！我们的行动、态度，要代表大国家的精神；风纪扣要扣好，走路不要东张西望；不要一面走一面吃东西，在可能条件下要讲究整洁朴素，不腐化不浪费就行！"我暗暗地想：女同志到底是爱漂亮的呵！但在某些基本问题上，她不容易接受人家的意见，不认错的毛病，恐怕是很难改变的！

可是随着时间的前进，我又发现我对她的了解不但不完全，而且是相反的！我总还是习惯从形式上去看问题！

有一次周末，我去看她，她独自抱着孩子坐在炕角里沉思。我说："小娟呢？她吃饭去了？"她不安地说："不！她走了！"接着她就告诉我：她们机关里有一个本地做饭的大师傅，有一只怀表，在昨天早晨开饭的时候不见了！恰好这时候，只有小娟到伙房里去倒过水，旁人没去过！同时，早先机关里在拾掇大客厅的时候，她拣了几个扣子。所以就有人怀疑那只表也是她拿的！另外，早先有些同志也嚷嚷过，有的说丢了个化学梳子，有的说丢了一块毛巾……那大师傅也没和别的同志商量，就去找我的妻，肯定说那只表是小娟拿的！要我的妻向小娟追究。于是，她就问小娟拿了那只表没有？问得小娟直啼哭，一口咬定说：没拿！并且说："大姐！要是我拿了，就算对不起您的一片好心！"小娟这孩子个性太强，受不了这，马上非走不解！挡也挡不住！

可是，就在这天晚上，大师傅自己又把表找着了！

这一下，我的妻的激动和不安，真是无法形容！翻来覆去，一夜没睡好觉！她对我说，机关里那么多的人为什么不怀疑旁人，偏偏就怀疑是小娟拿的表！你说老干部们都受过锻炼，决计不会拿的，这倒也是理由；可是机关里留用的旧人员很多，他们也没受过革命锻炼，那么为什么不怀疑是他们拿的呢？她说："这是什么观点？这还不是小看穷人么？"我说："算了！事情已经过去了，鸡毛蒜皮的一点事！"她说："什么！这是思想问题哩！"

第二天清早，她让我陪她到小娟家里去走一趟。我说："那又何必呢！人已经走了！要是让她知道表又找着了，她爸爸说我们诬赖人！老百姓知道了这件事，对我们的影响很不好！"

她说："不！我们错了，为什么不认错呢？要不，小娟一辈子一想起这件事，就要伤心！影响更不好！"

可是，我还是认为不去的好！说实话，也就是说：我没有那样大的勇气！她说："你给看孩子，我去！"我又怕孩子啼哭了没法治！只好硬着头皮，抱着孩子跟她走了！

到了小娟家里，只见她爸爸在拾掇车子，一见我们，就显得很尴尬的样子说："那表的事我知道了！昨天晚上我就揍了她一顿！我对她说：咱们人穷志不穷！要是你真的拿了，我的老脸往哪里摆？你不说真话，非打死你不解！刚才，我又揍了她一阵子！她可还是一口咬定：没拿！我正想找您去说说，我这孩子顶老实，手也严实，敢情也不准是她拿的！"

我听了，胸口直打扑通，而她反倒很镇静很自然，微笑着说："不！大伯！我是来赔不是的！表已经找着了！不是小娟拿的！请你原谅！"

正在这时候，小娟从屋里出来了！红肿着双眼，扑到我的妻的怀里，两肩一耸一耸地哭了！我的妻摸着她的小辫，轻声地说："小娟！你怪我不？"小娟哽咽着说："不！大姐！您是，您是个，好人！您待我的好处，我，我，我这辈子也忘不了！"

我发现：我的妻的眼里，"扑索索"地掉下两颗黄豆大的泪点，滴到小娟的头上！

我们结婚三年，我还是第一次在人面前见她掉泪，那么个倔强的人呵！怎么今天也哭啦！

从这以后，我有好几天感到不安，我在她身上发现了不少新的东西，而正是我所没有的！也正是我所感觉她表现狭隘、保守、固执……的地方！也正从这些地方，我们的感情开始有了裂痕！我想到夫妇之间的感情到底应该建筑在什么基础上……我们结婚三年，到今天，我仿佛才觉得对她有了比较深刻的了解！我真应该后悔，真应该像她过去屡次严肃地向我说过的：需要好好地反省一下了！

我正想不等到周末，就找她去深谈一次，恰好那天傍晚，我正在整理劳资关系的材料，她倒来找我了！我觉得有些不寻常，因为在平时她是轻易不来找我的！我问她："有什么事？"她说："没事就不许来找你么？"坐了好一会儿，一句话也没说,最后,她说:"到你们房顶平台上去坐坐好么?"我说:"好的!"不知道为什么,我的心有点发跳,我怕要发生什么不能推测的事情了⋯⋯

到了屋顶上,坐了一会儿,她忽然说:"我犯了个错误了!"

我不觉吃了一惊:"什么?"她笑了,说:"也不是什么大了不起的事!"接着她就说:昨天她们区里,西单商场有一家皮鞋铺里的一个掌柜,嫌学徒晚上到区里开会回去晚了,把那学徒骂了个狗血喷头。那学徒找区工会办事处,她一听就生了气,跑到那铺子里把那掌柜训了个眼发蓝! 走路的人都围过来看,觉得很奇怪。今天区里开检讨会,同志们批评她:工作方式太简单;亲自和掌柜吵架,对那学徒也没好处,有点"包办代替",群众影响也不好! 并且还批评她的工作一贯有点太急;恨不得一下子就把社会改造好。同时太不讲究工作的方式方法⋯⋯

她说完了,叹了口气,把头靠到我的胸前,半仰着脸问我:"这该怎么着好?"我说:"你没接受批评吧?"她摇了摇头:"哪里! 自己错了,还能不接受? 那怎么算是个同志呢? 我都坦白地接受了!"我说:"那就算了! 还有什么难过的呢!"她忽然紧握着我的手说:"唉! 只怪自己文化、理论水平太低! 政策掌握得不稳! 不能很好地完成党所给我的任务! 以后你好好帮我提高吧!"

我说:"这是一方面。可是你也不要把自己的优点忽略了! 比方拿我来说:文化上——初中毕业;革命历史——和你一样;工作职位——我是个资料科科长;每天所接触的是工作材料、总结报告;脑子里成天转着的是——党的政策。按理说,对于现实生活里边所发生的问题,应该比你有更锐利的感觉,应该更是是非分明。可是在这些方面我还不如你! ——你不要笑! 这是真话。我参加革命的时间不算短了! 可是要我的思想感情里边,依然还保留着一部分小资产阶级脱离现实生活的成分! 和工农的思想感情,特别是在感情上,还有一定的距离,旧的生活习惯和爱好,仍然对我有着很大的吸引力,甚至是不自觉的。——你有这个感觉吗? 而你呢? 虽说文化水准、理论知识、工作职位都比我低——这也是真话。可是你倔强、坚定、朴素、憎爱分明——这句话的意思就是说你有着很深的阶级仇恨心和同情心。可是你确实也有点急躁情绪——恨不得一个早起的功夫就把社会改造好。因此,常常喜欢用简单的工作方法方式,问题想得不够深不够远。你和我的这些缺点,都会阻碍我们的进步,不能更好地来完成党所给予我们的任务。我相信:在党的教育下加上自己的努力,我们一定都会很快进步的! 你记得我们在'抬头湾'的时候,同志们不是曾经好意地和我们开过玩笑吗,说:'看你这两口子真是知识分子和工农结合的典型!'我看,我们倒是真要在这些方面彼此取长补短,好好地结合一下呢⋯⋯"我像演讲似地说了不少话,要是在往日,准是早被她卡断了! 可是,她今天听得好像很入神,并不讨厌,我说一句,她点一下头,当我说完了,她突然紧紧地握着我的手不放。沉默了一会儿,她说："以后，我们再见面的时候，不要老是说些婆婆妈妈的话；像今天这样多谈些问题，该多好啊！"

我为她那诚恳的真挚的态度感动了！我的心又突突地发跳了！我向四面一望，但见四野的红墙绿瓦和那青翠坚实的松柏，发出一片光芒。一朵白云，在那又高又蓝的天边飞过……夕阳照到她的脸上，映出一片红霞。微风拂出她那蓬松的额发，她闭着眼睛……我忽然发现她怎么变得那样美丽了呵！我不自觉地俯下脸去，吻着她的脸……仿佛回复到了我们过去初恋时的，那些幸福的时光。她用手轻轻地推开了我说："时间不早了！该回去喂孩子奶呵！"

一九四九年秋天，初稿于北京
重改于天津海河之滨

原载《人民文学》1950 年第 1 卷第 3 期

礁　石

艾　青

一个浪，一个浪
无休止地扑过来
每一个浪都在它脚下
被打成碎沫，散开……

它的脸上和身上
像刀砍过的一样
但它依然站在那里
含着微笑，看着海洋……

1954 年 7 月 5 日

选自《艾青诗选》，人民文学出版社 1979 年版

组织部新来的青年人

王　蒙

一

　　三月,天空中纷洒着似雨似雪的东西。三轮车在区委会门口停住,一个年轻人跳下来。车夫看了看门口挂着的大牌子,客气地对乘客说:"您到这儿来,我不收钱。"传达室的工人、复员荣军老吕微跛着脚走出,问明了那年轻人的来历后,连忙帮他搬下微湿的行李,又去把组织部的秘书赵慧文叫出来。赵慧文紧捏着林震的两只手,说:"我们等你好久了。"林震在小学教师支部的时候,就与赵慧文认识。她的苍白而美丽的脸上,两只大眼睛闪着友善亲切的光亮,只是下眼皮上有着因疲倦而现出来的青色。她带林震到男宿舍,把行李放好,解开,把湿了的毡子晾上,再铺被褥。在她料理这些事情的时候,常常撩一撩自己的头发,正像那些能干而漂亮的女同志们一样。

　　她说:"我们等了你好久! 半年前就要调你来,区人民委员会文教科死也不同意,后来区委书记直接找区长要人,又和教育局人事室吵了一回,这才把你调了来。"

　　"可我前天才知道,"林震说,"听说调我到区委会,真不知怎么好。咱们区委会净干什么呀?"

　　"什么都干。"

　　"组织部呢?"

　　"组织部就作组织工作。"

　　"工作忙不忙?"

　　"有时候忙,有时候不忙。"

　　赵慧文端详着林震的床铺,摇摇头,大姐姐似的不以为然地说:"小伙子,真不讲卫生! 瞧那枕头布,已经由白变黑;被头呢,吸饱了你脖子上的油;还有床单,那么多折子,简直成了泡泡纱……"

　　林震觉得,他一走进区委会的门,他的新的生活刚一开始,就碰到了一个很亲切的人。

　　他带着一种节日的兴奋心情跑着到组织部第一副部长的办公室去报到。副部长有一个古怪的名字：刘世吾。在林震心跳着敲门的时候，他正仰着脸衔着烟考虑组织部的工作规划。他热情而得体地接待林震，让林震坐在沙发上，自己坐在办公桌边，推一推玻璃板上叠得高高的文件，从容地问：

"怎么样？"他的左眼微皱，右手弹着烟灰。

"支部书记通知我后天搬来，我在学校已经没事，今天就来了。叫我到组织部工作，我怕干不了，我是个新党员，过去作小学教师，小学教师的工作与党的组织工作有些不同……"

林震说着他早已准备好的话，说得很不自然，正像小学生第一次见老师一样。于是他感到这间屋子很热。三月中旬，冬天就要过去，屋里还生着火，玻璃上的霜花溶解成一条条的污道子。他的额头沁出了汗珠，他想掏出手绢擦擦，在衣袋里摸索了半天没有找到。

刘世吾机械地点着头，看也不看地从那一大叠文件中抽出一个牛皮纸袋，打开纸袋，拿出林震的党员登记表，锐利的眼光迅速掠过，宽阔的前额上出现了密密的皱纹，闭了一下眼，手扶着椅子背站起来，披着的棉袄从肩头滑落了，然后用熟练的毫不费力的声调说：

"好，对，好极了，组织部正缺干部，你来得好。不，我们的工作并不难做，学习学习就会做的，就那么回事。而且你原来在下边工作的……相当不错嘛，是不是不错？"

林震觉得这种称赞似乎有某种嘲笑意味，他惶恐地摇头："我工作作得并不好……"

刘世吾的不太整洁的脸上现出隐约的笑容，他的眼光聪敏地闪动着，继续说："当然也可能有困难，可能。这是个了不起的工作。中央的一位同志说过，组织工作是给党管家的，如果家管不好，党就没有力量。"然后他不等问就加以解释："管什么家呢？发展党和巩固党，壮大党的组织和增强党组织的战斗力，把党的生活建立在集体领导、批评和自我批评、与密切联系群众的基础上。这样作好了，党组织就是坚强的，活泼的，有战斗力的，就足以团结和指引群众，完成和更好地完成社会主义建设与社会主义改造的各项任务……"

他每说一句话，都干咳一下，但说到那些惯用语的时候，快得像说一个字。譬如他说："把党的生活建立在……上"，听起来就像："把生活建在登登登上"，他纯熟地驾驭那些林震觉得是相当深奥的概念，像拨弄算盘子一样的灵活。林震集中最大的注意力，仍然不能把他讲的话全部把握住。

接着，刘世吾给他分配了工作。

当林震推门要走的时候，刘世吾又叫住他，用另一种全然不同的随意神情问：

"怎么样，小林，有对象了没有？"

"没……"林震的脸刷地红了。

"大小伙子还红脸？"刘世吾大笑了，"才二十二岁，不忙。"他又问："口袋里装着什么书？"

林震拿出书，说出书名："《拖拉机站站长和总农艺师》。"

刘世吾拿过书去，从中间打开看了几行，问："这是他们团中央推荐给你们青年看的吧？"

林震点头。

"借我看看。"

"您有时间看小说吗？"林震看着副部长桌上的大叠材料，惊异了。

刘世吾用手托了托书，试了试分量，微皱着左眼说："怎么样？这么一薄本有半个夜车就开完啦。四本《静静的顿河》我只看了一个星期，就那么回事。"

当林震走向组织部大办公室的时候，天已经放晴，残留的几片云现出了亮晶晶的边缘。太阳照亮了区委会的大院子。人们都在忙碌：一个穿军服的同志挟着皮包匆匆走过，传达室的老吕提着两个大铁壶给会议室送茶水，可以听见一个女同志顽强地对着电话机子说："不行，最迟明天早上！ 不行……"还可以听见忽快忽慢的"框哧、框哧"声——是一只生疏的手使用着打字机，"她也和我一样，是新调来的吧？"林震不知凭什么理由，猜打字员一定是个女的。他在走廊上站了一站，望着耀眼的区委会的院子，高兴自己新生活的开始。

二

组织部的干部算上林震一共二十四个人，其中三个人临时调到肃反办公室去了，一个人半日工作准备考大学，一个人请产假。能按时工作的只剩下十九个人。四个人作干部工作，十五个人按工厂、机关、学校分工管理建党工作，林震被分配与二厂支部联系组织发展党的工作。

组织部部长由区委副书记李宗秦兼任，他并不常过问组织部的事，实际工作是由第一副部长刘世吾掌握。另一个副部长负责干部工作。具体指导林震工作的是工厂建党组组长韩常新。

韩常新的风度与刘世吾迥然不同。他二十七岁，穿蓝色海军呢制服，干净得抖都抖不下土。他有高大的身材，配着英武的只因为粉刺太多而略有瑕疵的脸。他拍着林震的肩膀，用嘹亮的嗓音讲解工作，不时发出豪放的笑声，使林震想："他比领导干部还像领导干部。"特别是第二天韩常新与一个支部的组织委员的谈话，加强了他给林震的这种印象。

"为什么你们只谈了半小时？ 我在电话里告诉你，至少要用两小时讨论'发展计划’！"

那个组织委员说："这个月生产任务太忙……"

韩常新打断了他的话，富有教训意味地说："生产任务忙就不认真研究发展工作了？这是把中心工作与经常工作对立起来，也是党不管党的一种表现……"

林震弄不明白什么叫"中心工作与经常工作对立起来"和"党不管党"，他熟悉的是另外一类名词："课堂五环节"与"直观教具"。他很钦佩韩常新的这种气魄与能力——迅速地提高到原则上分析问题和指示别人。

他转过头，看见正伏在桌上复写材料的赵慧文，她皱着眉怀疑地看一看韩常新，然后扶正头上的假琥珀发卡，用微带忧郁的目光看向窗外。

晚上，有的干部去参加街道上基层组织生活，有的休息了，赵慧文仍然赶着复写"税务分局培养、提拔干部的经验"，累了一天，手腕酸痛，不时在写的中间撂下笔，摇摇手，往手上吹口气。林震自告奋勇来帮忙，她拒绝了，说："你抄，我不放心。"于是林震帮她把抄过的美浓纸叠整齐，站在她身旁，起一点精神支援作用。她一边抄，一边时时抬头看林震，林震问："干吗老看我？"赵慧文咬了一下复写笔，调皮地笑了笑。

三

林震是一九五三年秋天由师范学校毕业的，当时是候补党员，被分配到这个区的中心小学当教员。作了教师的他，仍然保持中学生的生活习惯：清晨练哑铃，夜晚记日记，每个大节日——五一、七一……以前到处征求人们对他的意见。曾经有人预言，过不了三个月他就会被那些生活不规律的成年人"同化"。但，不久以后，许多教师夸奖他也羡慕他了，说："这孩子无忧无虑，无牵无挂，除了工作，就是工作……"

他也没有辜负这种羡慕，一九五四年寒假，由于教学上的成绩，他受到了教育局的奖励。

人们也许以为，这位年轻的教师就会这样平稳地、满足而快乐地度过自己的青年时代。但是不，孩子般单纯的林震，也有自己的心事。

一年以后，他更经常焦灼地鞭策自己。是因为社会主义高潮的推动，全国青年社会主义积极分子会议的召开，还是因为年龄的增长？

他已经二十二岁了，记得在初中一年级时作过一篇文，题目是"当我××岁的时候"，他写成"当我二十二岁的时候，我要……"现在二十二岁，他的生命史上好像还是白纸，没有功勋，没有创造，没有冒险，也没有爱情——连给某个姑娘写一封信的事都没有做过。他努力工作，但是他作的少、慢，和青年积极分子们比较，和生活的飞奔比较，难道能安慰自己吗？他订规划，学这学那，做这做那，他要一日千里！

这时，接到调动工作的通知，"当我二十二岁的时候，我成了党的工作者……"也许真正的生活在这里开始了？他抑制住对于小学教育工作和孩子们的依恋，燃烧起对新的工作的渴望。支部书记和他谈话的那个晚上，他想了一夜。

就这样，林震口袋里装着《拖拉机站站长与总农艺师》，兴高采烈地登上区委会的石阶，对于党的工作者（他是根据电影里全能的常委书记的形象来猜测他们的）的生活，充满了神圣的憧憬。但是，等他接触到那些忙碌而自信的领导同志，看到来往的文件和同时举行的会议，听到那些尖锐争吵与高深的分析，他眨眨那有些特别的淡褐色眼珠的眼睛，心里有点怯……

到区委会的第四天，林震去通华麻袋厂了解第一季度发展党员工作的情况，去以前，他看了有关的文件和名叫"怎样进行调查研究"的小册子，再三地请教了韩常新，他密密麻麻地写了一篇提纲，然后飞快地骑着新领到的自行车，向麻袋厂驶去。

工厂门口的警卫同志听说他是委员会的干部，没要他签名，信任地请他进去了。穿过一个大空场，走过一片放麻的露天仓库与机器隆隆响的厂房，他心神不安地去敲厂长兼支部书记王清泉办公室的门，得到了里面"进来"的回答后，他慢慢地走进去，怕走快了显得没有经验，他看见一个阔脸、粗脖子、身材矮小的男人正与一个头发上抹了许多油的驼背的男人下棋。小个子的同志抬起头，右手玩着棋子，问清了林震找谁以后，不耐烦地挥一挥手："你去西跨院党支部办公室找魏鹤鸣，他是组织委员。"然后低下头继续下棋。

林震找着了红脸的魏鹤鸣，开始按提纲发问了："一九五六年第一季度，你们发展了几个人？"

"一个半。"魏鹤鸣粗声粗气地说。

"什么叫'半'？"

"有一个通过了，区委拖了两个多月还没有批下来。"

林震掏出笔记本记了下来。又问：

"发展工作是怎么样进行的，有什么经验？"

"进行过程和向来一样——和党章的规定一样。"

林震看了看对方，为什么他说出的话像搁了一个星期的窝窝头一样干巴？魏鹤鸣托着腮，眼睛看着别处，心里也像在想别的事。

林震又问："发展工作的成绩怎么样？"

魏鹤鸣答："刚才说过了，就是那些。"他好像应付似地希望快点谈完。

林震不知道应该再问什么了，预备了一下午的提纲，和人家只谈上五分钟就用完了。他很窘。

这时门被一只有力的手推开了。那个小个子的同志进来，匆匆忙忙地问魏鹤鸣："来信的事你知道吗？"

魏鹤鸣无精打采地点了点头。

小个子的同志来回踱着步子，然后劈开腿站在房中央："你们要想办法！质量问题去年就提出来了，为什么还等着合同单位给纺织工业部写信？在社会主义高潮当中我们的生产迟迟不能提高，这是耻辱！"

魏鹤鸣冷冷地看着小个子的脸，用颤抖的声音问："您说谁？"

"我说你们大家！"小个子手一挥，把林震也包括在里面了。

魏鹤鸣因为抑制着的愤怒的爆发而显得可怕，他的红脸更红了，他站起来问："那么您呢？您不负责任？"

"我当然负责。"小个子的同志却平静了，"对于上级，我负责，他们怎么处分我我也接受。对于我，你得负责，谁让你作生产科长呢？你得小心……"说完，他威胁地看了魏鹤鸣一眼，走了。

魏鹤鸣坐下，把棉袄的扣子全解开了，喘着气。林震问："他是谁？"魏鹤鸣讽刺地说："你不认识？他就是厂长王清泉。"

于是魏鹤鸣向林震详细地谈起了王清泉的情况。王清泉原来在中央某部工作，因为在男女关系上犯错误受了处分，一九五一年调到这个厂子作副厂长，一九五三年厂长他调，他就被提拔作厂长。他一向是吃饱了转一转，躲在办公室批批文件下下棋，然后每月在工会大会、党支部大会、团总支大会上讲话批评工人群众竞赛没搞好，对质量不关心，有经济主义思想……魏鹤鸣没说完，王清泉又推门进来了。他看着左腕上的表，下令说："今天中午十二点十分，你通知党、团、工会和行政各科室的负责人到厂长室开会。"然后把门砰地一带，走了。

魏鹤鸣嘟哝着："你看他怎么样？"

林震说："你别光发牢骚，你批评他，也可以向上级反映，上级决不允许有这样的厂长。"

魏鹤鸣笑了，问林震："老林同志，你是新来的吧？"

"老林"同志脸红了。

魏鹤鸣说："批评不动！他根本不参加党的会议，你上哪儿批评去？偶尔参加一次，你提意见，他说：'提意见是好的，不过应该掌握分寸，也应该看时间，场合。现在，我们不应该因为个人意见侵占党支部讨论国家任务的宝贵时间。'好，不占用宝贵的时间，我找他个别提，于是我们俩吵成了现在这个样子。"

"向上级反映呢？"

"一九五四年我给纺织工业部和区委写了信，部里一位张同志与你们那儿的老韩同志下来检查了一回。检查结果是：'官僚主义较严重，但主要是作风问题，任务基本上完成了，只是完成任务的方法有缺点。'然后找王清泉'批评'了一下，又找我鼓励了一下开展自下而上的批评的精神，就完事了。此后，王厂长有一个来月对工作比较认真，不久他得了肾病，病好以后他说自己是'因劳致疾'，就又成了这个样子。"

"你再反映呀！"

"哼，后来与韩常新也不知说过多少次，老韩也不答理，反倒向我进行教育说，应该尊重领导，加强团结。也许我不该这样想，但我觉得也许要等到王厂长贪污了人民币或者强奸了妇女，上级才会重视起来！"

林震出了厂子再骑上自行车的时候，车轮旋转的速度就慢多了。他深深地把眉头皱起来。他发现他的工作的第一步就有重重的困难，但他也受到一种刺激甚至是激励——这正是发挥战斗精神的时候啊！他想着想着，直到因为车子溜进了急行线而受到交通民警的申斥。

四

吃完午饭，林震迫不及待地找韩常新汇报情况。韩常新有些疲倦地靠着沙发背，高大的身体显得笨重，从身上掏出火柴匣，拿起一根火柴剔牙。

林震杂乱地叙述他去麻袋厂的见闻，韩常新脚尖打着地不住地说："是的，我知道。"然后他拍一拍林震的肩膀，愉快地说："情况没了解上来不要紧，第一次下去嘛。下次就好了。"

林震说："可是我了解了关于王清泉的情况。"他把笔记本打开。

韩常新把他的笔记本合上，告诉他："对，这个情况我早知道。前年区委让我处理过这个事情，我严厉地批评过他，指出他的缺点和危险性，我们谈了至少有三四个钟头……"

"可是并没有效果呀，魏鹤鸣说他只好一个月……"林震插嘴说。

"一个月也是效果，而且绝不止一个月。魏鹤鸣那个人思想上有问题，见人就告厂长的状……"

"他告的状是不是真的？"

"很难说不真，也很难说全真。当然这个问题是应该解决的，我和区委副书记李宗秦同志谈过。"

"副书记的意见是什么？"

"副书记同意我的意见，王清泉的问题是应该解决也是可能解决的……不过，你不要一下子就陷到这里边去。"

"我？"

"是的。你第一次去一个工厂，全面情况也不了解，你的任务又不是去解决王清泉的问题,而且,直爽地说,解决他的问题也需要更有经验的干部;何况我们并不是没有管过这件事……你要是一下子陷到这个里头,三个月也出不来,第一季度的建党总结还了解不了解? 上级正催我们交汇报呢!"

林震说不出话。

韩常新又拍拍林震的肩膀:"不要急躁嘛,咱们区三千个党员,百十几个支部,你一来就什么问题都摸还行?"他打了个哈欠,有倦意的脸上的粉刺涨红了:"啊——哈,该睡午觉了。"

"那,发展工作怎么再去了解?"林震没有办法地问。

韩常新又去拍林震的肩膀,林震不由得躲开了。韩常新有把握地说:"明天咱们俩一齐去,我帮你去了解,好不好?"然后他拉着林震一同到宿舍去。

第二天,林震很有兴趣观察韩常新如何了解情况。三年前,林震在北京师范上学的时候,出去作过见习教师,老教师在前面讲,林震和学生一起听,学了不少东西。这次,他也抱着见习的态度,打开笔记本,准备把韩常新的工作过程详细记录下来。

韩常新问魏鹤鸣:"发展了几个党员?"

"一个半。"

"不是一个半,是两个,我是检查你们的发展情况,不是检查区委批没批。"韩常新纠正他,又问:"这两个人本季度生产计划完成得怎么样?"

"很好,他们一个超额百分之七,一个超额百分之四,厂里黑板报还表扬……"

谈起生产情况,魏鹤鸣似乎起劲了些,但是韩常新打断了他的话:"他们有些什么缺点?"

魏鹤鸣想了半天,空空洞洞地说了些缺点。

韩常新叫他给所举的缺点提一些例子。

提完例子,韩常新再问他党的积极分子完成本季度生产任务的情况,他特别感兴趣的是一些数字和具体事例,至于这些先进的工人克服困难、钻研创造的过程,他听都不要听。

回来以后,韩常新用流利的行书示范地写了一个"麻袋厂发展工作简况",内容是这样的:

……本季度(一九五六年一月—三月)麻袋厂支部基本上贯彻了积极慎重发展新党员的方针,在建党工作上取得了一定的成绩,新通过的党员朱××与范××受到了共产党员的光荣称号的鼓舞,增强了主人翁的观念,在第一季度繁重的生产任务中各超额百分之七,百分之四。广大积极分子,围绕在支部周围,受到了朱××与范××模范事例的教育，并为争取入党的决心所推动，发挥了劳动的积极性与创造性，良好地完成或者超额完成了第一季度的生产任务……（下面是一系列数字与具体事例）这说明：一、建党工作不仅与生产工作不会发生矛盾，而且大大推动了生产，任何借口生产忙而忽视建党工作的作法是错误的。二、……但同时必须指出，麻袋厂支部的建党工作，也仍然存在着一定的缺点……例如……

　　林震把写着"简况"的片艳纸捧在手里看了又看，他有一刹那甚至于怀疑自己去没去过麻袋厂，还是上次与韩常新同去时自己睡着了，为什么许多情况他根本不记得呢？他迷惑地问韩常新：

　　"这，这是根据什么写的？"

　　"根据那天魏鹤鸣的汇报呀。"

　　"他们在生产上取得的成绩是因为建党工作么？"林震口吃起来。

　　韩常新抖一抖裤角，说："当然。"

　　"不吧？上次魏鹤鸣并没有这样讲。他们的生产提高了，也可能是由于开展竞赛，也许由于青年团建立了监督岗，未必是建党工作的成绩……"

　　"当然，我不否认。各种因素是统一起来的，不能形而上学地割裂地分析这是甲项工作的成绩，那是乙项工作的成绩。"

　　"那，譬如我们写第一季度的捕鼠工作总结，是不是也可以用这些数字和事例呢？"

　　韩常新沉着地笑了，他笑林震不懂"行"，他说："那可以灵活掌握……"

　　林震又抓住几个小问题问：

　　"你怎么知道他们的生产任务是繁重的呢？"

　　"难道现在会有一个工厂任务很清闲吗？"

　　林震目瞪口呆了。

五

　　区委会的工作是紧张而严肃的，在区委书记办公室，连日开会到深夜。从汉语拼音到预防大脑炎，从劳动保护到政治经济学讲座，无一不经过区委会的讨论。林震有一次去收发室取报纸，看见一份厚厚的材料，第一页上写着"区人民委员会党组关于调整公私合营工商业的分布、管理、经营方法及贯彻市委关于公私合营工商业工人工资问题的报告的请示"。他怀着敬畏的心情看着这份厚得像一本书的材料和它的长题目。有时，又觉得区委干部们的精神状态是随意而松懈的，他们在办公时间聊天，看报纸，大胆地拿林震认为最严肃的题目开玩笑，例如,青年监督岗开展工作,韩常新半嘲笑地说:"吓,小青年们脑门子热起来啦……"林震参加的组织部一次部务会议也很有意思,讨论市委布置的一个临时任务,大家抽着烟,说着笑话,打着岔,开了两个钟头,拖拖沓沓,没有什么结果。这时,皱着眉思索了好久的刘世吾提出了一个方案,马上热烈地展开了讨论,很多人发表了使林震敬佩的精彩意见。林震觉得,这最后的三十多分钟的讨论要比以前的两个钟头有效十倍。某些时候,譬如说夜里,各屋亮着灯:第一会议室,出席座谈会的胖胖的工商业者愉快地与统战部长交换意见;第二会议室,各单位的学习辅导员们为"价值"与"价格"的关系争得面红耳赤;组织部坐着等待入党谈话的激动的年轻人,而市委的某个严厉的书记出其不意地出现在书记办公室,找区委正副书记汇报贯彻工资改革的情况……这时,人声嘈杂,人影交错,电话铃声断断续续,林震仿佛从中听到了本区生活的脉搏的跳动,而区委会这座不新的、平凡的院落,也变得辉煌壮观起来。

在一切印象中,最突出和新鲜的印象是关于刘世吾的:刘世吾工作极多,常常同一个时间好几个电话催他去开会,但他还是一会儿就看完了《拖拉机站站长与总农艺师》,把书转借给了韩常新;而且,他已经把前一个月公布的拼音文字草案学会了,开始在开会时用拼音文字作记录了。某些传阅文件刘世吾拿过来看看题目和结尾就签上名送走,也有的不到三千字的指示他看上一下午,密密麻麻地划上各种符号。刘世吾有时一面听韩常新汇报情况,一面漫不经心地查阅其他的材料,听着听着却突然指出:"上次你汇报的情况不是这样!"韩常新不自然地笑着,刘世吾的眼睛捉摸不定地闪着光;但刘世吾并不深入追究,仍然查他的材料,于是韩常新恢复了常态,有声有色地汇报下去。

赵慧文与韩常新的关系也被林震看出了一些疑窦:韩常新对一切人都是拍着肩膀,称呼着"老王""小李",亲热而随便。独独对赵慧文,却是一种礼貌的"公事公办"的态度。这样说话:"赵慧文同志,党刊第一百〇四期放在哪里?"而赵慧文也用警戒的神情对待他。

奇怪得很,林震说不清他的这个新环境是好是坏。他还是像在小学时一样,每天照样很早就起来玩哑铃,还是照常地给人以"单纯"的甚至"天真"的印象。但是,他的内心活动却比在小学的时候多得多。他必须学会判断一切事情和一切人。

……四月,东风悄悄地刮起,不再被人喜爱的火炉蜷缩在阴暗的贮藏室,只有各房间熏黑了的屋顶还存留着严冬的痕迹。往年,这个时候,林震就会带着活泼的孩子们去卧佛寺或者西山八大处踏青,在早开的桃李与混浊的溪水中寻找春天的消息……区委会的生活却丝毫不受季节的影响,继续以那种紧张的节奏和复杂的色彩流转着。当林震从院里的垂柳上摘下一颗多汁的嫩芽时,他稍微有点怅惘，因为春天来得那么快，而他，却没作出什么有意义的事情来迎接这个美妙的季节……

晚上九点钟，林震走进了刘世吾办公室的门。赵慧文正在这里，她穿着紫黑色的毛衣，脸儿在灯光下显得越发苍白。听到有人进来，她迅速地转过头来，林震仍然看见了她略略突出的颧骨上的泪迹。他回身要走，低着头吸烟的刘世吾作手势止住他："坐在这儿吧，我们就谈完了。"

林震坐在一角，远远地隔着灯光看报，刘世吾用烟卷在空中划着圆圈，诚恳地说：

"相信我的话吧，没错。年轻人都这样，最初互相美化，慢慢发现了缺点，就觉得都很平凡。不要作不切实际的要求，没有遗弃，没有虐待，没有发现他政治上、品质上的问题，怎么能说生活不下去呢？才四年嘛。你的许多想法是从苏联电影里学来的，实际上，就那么回事……"

赵慧文没说话，她撩一撩头发，临走的时候，对林震惨然地一笑。

刘世吾走到林震旁边，问："怎么样？"他丢下烟蒂，又掏出一只来点上火，紧接着贪婪地吸了几口，缓缓地吐着白烟，告诉林震："赵慧文跟她爱人又闹翻了……"接着，他开开窗户，一阵风吹掉了办公桌上的几张纸，传来了前院里散会以后人们的笑声，招呼声和自行车铃响。

刘世吾把只抽了几口的烟扔出去，伸了个懒腰，扶着窗户，低声说："真的是春天了呢！"

"我想谈谈来区委工作的情况，我有一些问题不知道怎么解决。"林震用一种坚决的神气说，同时把落在地上的纸页拾起来。

"对，很好。"刘世吾仍然靠着窗户框子。

林震从去麻袋厂说起："……我走到厂长室，正看见王清泉同志……"

"下棋呢还是打扑克？"刘世吾微笑着问。

"您怎么知道？"林震惊骇了。

"他老兄什么时候干什么我都算得出来，"刘世吾慢慢地说，"这个老兄棋瘾很大，有一次在咱这儿开了半截会，他出去上厕所，半天不回来，我出去一找，原来他看见老吕和区委书记的儿子下棋，他在旁边'支'上'招儿'了。"

林震不顾对方老是不在意地打断他的话，坚持着把自己所知道的情况说了一遍。

刘世吾关上窗户，拉一把椅子坐下，用两个手扶着膝头支持着身体，轻轻地摆动着头：

"魏鹤鸣是个直性子，他一来就和王清泉吵得面红耳赤……你知道，王清泉也是个特殊人物，不太简单。抗日胜利以后，王清泉被派到国民党军队里工作，他作过国民党军的副团长，是个呱呱叫的情报人员。一九四七年以后他与我们的联系中断，直到解放以后才接上线。他是去瓦解敌人的，但是他自己也染上国民党军官的一些习气，改不过来，其实是个英勇的老同志。"

"这样……"

"是啊。"刘世吾严肃地点点头，接着说，"当然，这不能为他辩护，党是派他去战胜敌人而不是与敌人同流合污，所以他的错误是不可原谅的。"

"怎么去解决呢？魏鹤鸣说，这个问题已经拖了好久。他到处写过信……"

"是啊。"刘世吾又干咳了一会，作着手势说："现在下边支部里各类问题很多，你如果一一的用手工业的方法去解决，那是事倍功半的。而且，上级布置的任务追着屁股，完成这些任务已经感到很吃力。作为领导，必须掌握一种把个别问题与一般问题结合起来，把上级分配的任务与基层存在的问题结合起来的艺术。再者，王清泉工作不努力是事实，但还没有发展到消极怠工的地步；作风有些生硬，也不是什么违法乱纪；显然，这不是组织处理问题而是经常教育的问题。从各方面看，解决这个问题的时机目前还不成熟。"

林震沉默着，他判断不清究竟哪样对；是娜斯嘉的"对坏事决不容忍"对呢，还是刘世吾的"条件成熟论"对。他一想起王清泉那样的厂长就觉得难受，但是，他驳不倒刘世吾的"领导艺术"。刘世吾又告诉他："其实，有类似毛病的干部也不止一个……"这更加使得林震睁大了眼睛，觉得这跟他在小学时所听的党课的内容不是一个味儿。

后来，林震又把看到的韩常新如何了解情况与写简报的事说了说，他说，他觉得这样整理简报不太真实。

刘世吾大笑起来，说："老韩……这家伙……真高明……"笑完了，又长出一口气，告诉林震："对，我把你的意见告诉他。"

林震犹豫着，刘世吾问："还有别的意见么？"

于是林震勇敢地提出："我不知道为什么，来了区委会以后发现了许多许多缺点，过去我想象的党的领导机关不是这样……"

刘世吾把茶杯一放："当然，想象总是好的，实际呢，就那么回事。问题不在有没有缺点，而在什么是主导的。我们区委的工作，包括组织部的工作，成绩是基本的呢还是缺点是基本的？显然成绩是基本的，缺点是前进中的缺点。我们伟大的事业，正是由这些有缺点的组织和党员完成着的。"

走出办公室以后，林震有一种奇怪的感觉：和刘世吾谈话似乎可以消食化气，而他自己的那些肯定的判断，明确的意见，却变得模糊不清了。他更加惶惑了。

六

不久,在党小组会上,林震受到了一次严厉的批评。

事情是这样:有一次,林震去麻袋厂,魏鹤鸣说,由于季度生产质量指标没有达到,王厂长狠狠地训了一回工人,工人意见很大,魏鹤鸣打算找些人开个座谈会,搜集意见,准备向上反映。林震很同意这种做法,以为这样也许能促进"条件的成熟"。过了三天,王清泉气急败坏地到区委会找副书记李宗秦,说魏鹤鸣在林震支持下搞小集团进行反领导的活动,还说参加魏鹤鸣主持的座谈会的工人都有历史问题……最后说自己请求辞职。李宗秦批评了他的一些缺点,同意制止魏鹤鸣再开座谈会,"至于林震,"他对王清泉说,"我们会给以应有的教育的。"

批评会上,韩常新分析道:"林震同志没有和领导上商量,擅自同意魏鹤鸣召集座谈会,这首先是一种无组织无纪律行为……"

林震不服气,他说:"没有请示领导,是我的错。但是我不明白为什么我们不但不去主动了解群众的意见,反而制止基层这样做!"

"谁说我们不了解?"韩常新翘起一只腿,"我们对麻袋厂的情况统统掌握……"

"掌握了而不去解决,这正是最痛心的! 党章上规定着,我们党员应该向一切违反党的利益的现象作斗争……"林震的脸变青了。

富有经验的刘世吾开始发言了,他向来就专门能在一定的关头起扭转局面的作用。

"林震同志的工作热情不错,但是他刚来一个月就给组织部的干部讲党章,未免仓促了些。林震以为自己是支持自下而上的批评,是作一件漂亮事,他的动机当然是好的喽;不过,自下而上的批评必须有领导地去开展,譬如这回事,请林震同志想一想:第一,魏鹤鸣是不是对王清泉有个人成见呢? 很难说没有。那么魏鹤鸣那样积极地去召集座谈会,可不可能有什么个人目的呢? 我看不一定完全不可能。第二,参加会的人是不是有一些历史复杂别有用心的分子呢? 这也应该考虑到。第三,开这样一个会,会不会在群众里造成一种王清泉快要挨整了的印象因而天下大乱了呢? 等等。至于林震同志的思想情况,我愿意直爽地提出一个推测:年轻人容易把生活理想化,他以为生活应该怎样,便要求生活怎样,做一个党的工作者,要多考虑的却是客观现实,是生活可能怎样。年轻人也容易过高估计自己,抱负甚多,一到新的工作岗位就想对缺点斗争一番,充当个娜斯嘉式的英雄。这是一种可贵的,可爱的想法,也是一种虚妄……"

林震像被打中了一拳似地颤了一下,他紧咬住下嘴唇忍住了心里的气愤和痛苦。

他鼓起勇气再问："那么王清泉……"刘世吾把头一扬："我明天找他谈话，有原则性的并不仅是你一个人。"

七

星期六晚上，韩常新举行婚礼。林震走进礼堂，他不喜欢那弥漫的呛人的烟气，还有地上杂乱的糖果皮与空中杂乱的哄笑；没等婚礼开始他就退了出来。

组织部的办公室黑着，他拉开灯，看见自己桌上的信，是小学的同事们写来的，其中还夹着孩子们用小手签了名的信：

林老师：您身体好吗？我们特别特别想您，女同学都哭了，后来就不哭了，后来我们作算术，题目特别特别难，我们费了半天劲，中于算出来了……

看着信，林震不禁独自笑起来了，他拿起笔把"中于"改成"终于"，准备在回信时告诉他们下次要避免别字。他仿佛看见了系蝴蝶结的李琳琳，爱画水彩画的刘小毛和常常把铅笔头含在嘴里的孟飞……他猛把头从信纸上抬起来，所看见的却是电话、吸墨纸和玻璃板。他所熟悉的孩子的世界已经离他而去了，现在是到了一个有些陌生的环境里来了……他想起前天党小组会上人们对他的批评。难道自己真的错了？真的是莽撞和幼稚，再加几分年轻人的廉价的勇气？也许真的应该切实估量一下自己，把份内的事做好，过两年，等到自己"成熟"了以后再干预一切吧？

礼堂里传来爆发的掌声和笑声。

一只柔软的手落在肩上，他吃惊地回过头来，灯光显得刺眼，赵慧文没有声响地站在他的身边，女同志走路都有这种不声不响的本事。

赵慧文问："怎么不去玩？"

"我懒得去。你呢？"

"我该回家了，"赵慧文说，"到我家坐坐好吗？省得一个人在这儿想心事。"

"我没有心事，"林震分辩着，但他接受了赵慧文的好意。

赵慧文住在离区委会不远的一个小院落里。

孩子睡在浅蓝色的小床里，幸福地含着指头。赵慧文吻了儿子，拉林震到自己房间里来。

"他父亲不回来吗？"林震小心地问。

赵慧文摇摇头。

这间卧室好像是布置得很仓促，墙壁因为空无一物而显得过分洁白，盆架孤单地缩在一角，窗台上的花瓶傻气地张着口；只有床头小桌上的收音机，好像还能扰乱这卧室的安静。

林震坐在藤椅上，赵慧文靠墙站着。林震指着花瓶说："应该插枝花，"又指着墙壁说："为什么不买几张画挂上？"

赵慧文说："经常也不在，就没有管它。"然后她指着收音机问："听不听？星期六晚上，总有好的音乐。"

收音机亮了，一种梦幻的柔美的旋律从远处飘来，慢慢变得热情激荡。提琴奏出的诗一样的主题立即揪住了林震的心。他托着腮，屏住了气。他的青春，他的追求，他的碰壁，似乎都能与这乐曲相通。

赵慧文背着手靠在墙上，不顾衣服蹭上了石灰粉，等这段乐曲过去，她用和音乐一样的声音说："这是柴可夫斯基的意大利随想曲，让人想到南国，想到海，……我在文工团的时候常听它，慢慢觉得，这调子不是别人演奏出的，而是从我心里钻出来的……"

"在文工团？"

"参加军事干部学校以后被分配去的，在朝鲜，我用我的蹩脚的嗓子给战士唱过歌，我是个哑嗓子的歌手。"

林震像第一次见面似的又重新打量赵慧文。

"怎么？不像了吧？"这时电台改放"剧场实况"了，赵慧文把收音机关了。

"你是文工团的，为什么很少唱歌？"林震问。

她不回答，走到床边，坐下。她说："我们谈谈吧，小林，告诉我，你对咱们区委的印象怎么样？"

"不知道，我是说，还不明确。"

"你对韩常新和刘世吾有点意见吧，是不？"

"也许。"

"当初我也这样，从部队转业到这里，和部队的严格准确比较，许多东西我看不惯。我给他们提了好多意见，和韩常新激烈地吵过一回，但是他们笑我幼稚，笑我工作没做好意见倒一大堆，慢慢地我发现，和区委的这些缺点作斗争是我力不胜任的……"

"为什么力不胜任？"林震像刺痛了似地跳起来，他的眉毛拧在一起了。

"这是我的错，"赵慧文抓起一个枕头，放在腿上，"那时我觉得自己水平太低，自己也很不完美，却想纠正那些水平比自己高得多的同志，实在不量力。而且，刘世吾、韩常新还有别人，他们确实把有些工作做得很好。他们的缺点散布在咱们工作的成绩里边，就像灰尘散布在美好的空气中，你嗅得出来，但抓不住，这正是难办的地方。"

"对！"林震把右拳头打在左手掌上。

赵慧文也有些激动了，她把枕头抛开，话说得更慢，她说："我做的是事务工作，领导同志也不大过问，加上个人生活上的许多牵扯，我沉默了，于是，上班抄抄写写，下班给孩子洗尿布，买奶粉。我觉得我老得很快，参加军干校时候那种热情和幻想，不知道哪里去了。"她沉默着，一个一个地捏着自己那白白的好看的手指，接着说："两个月以前，北京市进入社会主义高潮，工人、店员还有资本家，放着鞭炮，打着锣鼓到区委会报喜，工人、店员把入党申请书直接送到组织部，大街上一天一变，整个区委会彻夜通明，吃饭的时候，宣传部、财经部的同志滔滔不绝地讲着社会主义高潮中的各种气象；可我们组织部呢？工作改进很少！打电话催催发展数字，按前年的格式添几条新例子写写总结……最近，大家检查保守思想，组织部也检查，拖拖沓沓开了三次会，然后写个材料完事……哎，我说乱了，社会主义高潮中，每一声鞭炮都刺着我，当我复写批准新党员通知的时候，我的手激动得发抖，可是我们的工作就这样依然故我地下去吗？"她喘了一口气，来回踱着，然后接着说："我在党小组会上谈自己的想法，韩常新满足地问：'难道我们发展数字的完成比例不是各区最高的？难道市委组织部没要我们写过经验？'然后他进行分析，说我情绪不够乐观，是因为不安心事务工作……"

"开始的时候，韩常新给人一个了不起的印象，但是实际一接触……"林震又说起那次写汇报的事。

赵慧文同意地点头："这一二年，虽然我没提什么意见，但我无时无刻不在观察。生活里的一切，有表面也有内容，做到金玉其外，并不是难事。譬如韩常新，充领导他会拉长了声音训人，写汇报他会强拉硬扯生动的例子，分析问题，他会用几个无所不包的概念；于是，俨然成了个少壮有为的干部，他漂浮在生活上边，悠然得意。"

"那么刘世吾呢？"林震问，"他决不像韩常新那样浅薄，但是他的那些独到的见解，精辟的分析，好像包含着一种可怕的冷漠，看到他容忍王清泉这样的厂长，我无法理解，而当我想向他表示什么意见的时候，他的议论却使人越绕越糊涂，除了跟着他走，似乎没有别的路……"

"刘世吾有一句口头禅：就那么回事。他看透了一切，以为一切就那么回事。按他自己的说法，他知道什么是'是'，什么是'非'，还知道'是'一定战胜'非'，又知道'是'不是一下子战胜'非'，他什么都知道，什么都见过——党的工作给人的经验本来很多；于是他不再操心，不再爱也不再恨。他取笑缺陷，仅仅是取笑，欣赏成绩，仅仅是欣赏。他满有把握地应付一切，再也不需要虔诚地学习什么，除了拼音文字之类的具体知识。一旦他认为条件成熟需要干一气，他一把把事情抓在手里，教育这个，处理那个，俨然是一切人的上司。凭他的经验和智慧，他自然可以作好一些事，于是他更加自信。"赵慧文毫不容情地说着。这些话曾经在多少个不眠的夜晚萦绕在她的心头……

"我们的区委副书记兼部长呢？他不管么？"

赵慧文更加兴奋了，她说："李宗秦身体不好，他想去作理论研究工作，嫌区的工作过于具体。他作组织部长只是挂名，把一切事情推给刘世吾。这也是一种相当普遍的不正常的现象，有一批老党员，因为病、因为文化水平低，或者因为是首长爱人，他们挂着厂长、校长和书记的名，却由副厂长、教导主任、秘书或者某个干事作实际工作。"

"我们的正书记——周润祥同志呢？"

"周润祥同志工作太忙，他忙着肃反，私营企业的改造……各种带有突击性的任务，我们组织部的工作呢，一般说永远成不了带突击性的中心任务，所以他管的也不多。"

"那……怎么办呢？"林震直到现在，才开始明白了事情的复杂性，一个缺点，仿佛粘在从上到下的一系列的缘故上。

"是啊。"赵慧文沉思地用手指弹着自己的腿，好像在弹一架钢琴，然后她向着远处笑了，她说："谢谢你……"

"谢我？"林震以为自己听错了。

"是的，见到你，我好像又年轻了。你常常把眼睛盯在一个地方不动，老是在想，像个爱幻想的孩子。你又挺容易兴奋起来，动不动就红脸。可是，你又天不怕地不怕，敢于和一切坏现象作斗争，于是我有一种婆婆妈妈的预感：你……一场风波要出来了。"

林震又真的脸红了。他根本没想到这些，他正为自己的无能而十分羞耻。他嘟囔着说："但愿是真正的风波而不是瞎胡闹。"然后他问，"你想了这么多，分析得这么清楚，为什么只是憋在心里呢？"

"我老觉得没有把握，"赵慧文把手放在自己的胸前："我看了想，想了又看，我有时候想得一夜都睡不好，我问自己：'你的工作是事务性的，你能理解这些吗？'"

"你怎么会这样想？我觉得你刚才说的对极了！你应该把你刚才说的对区委书记谈，或者写成材料给《人民日报》……"

"瞧，你又来了。"赵慧文露出润湿的牙齿笑了。

"怎么叫又来了？"林震不高兴地站起来，使劲搔着头皮，"我也想过多少次，我觉得，人要在斗争中使自己变正确，而不能等到正确了才去作斗争！"

赵慧文突然推门出去了，把林震一个人留在这空旷的屋子里。他嗅见了肥皂的香气。马上，赵慧文回来了，端着一个长柄的小锅，她跳着进来，像一个梳着三只辫子的小姑娘。她打开锅盖，戏剧性地向林震说：

"来，我们吃荸荠，煮熟了的荸荠，我没有找到别的好吃的。"

"我从小就喜欢吃熟荸荠，"林震愉快地把锅接过来，他挑了一个大的没剥皮就咬了一口，然后他皱着眉吐了出来。"这是个坏的，又酸又臭。"赵慧文大笑了。林震气愤地把捏烂了的酸荸荠扔到地上。

临走的时候，夜已经深了，纯净的天空上布满了畏怯的小星星。有一个老头儿吆喝："炸丸子开锅！"推车走过。林震站在门外，赵慧文站在门里，她的眼睛在黑暗中闪光，她说："下次来的时候，墙上就有画了。"

林震会心地笑着："而且希望你把丢下的歌儿唱起来！"他摇了一下她的手。

林震用力地呼吸着春夜的清香之气，一股温暖的泉水在心头涌了上来。

八

韩常新最近被任命为组织部副部长。新婚和被提拔，使他愈益精神焕发和朝气勃勃。他每天刮一次脸，在参观了服装展览会以后又做了一套凡尔丁料子的衣服。不过，最近他亲自出马下去检查工作少了，主要是在办公室听汇报，改文件和找人谈话。刘世吾仍然那么忙……

一天，晚饭以后，韩常新把《拖拉机站站长与总农艺师》还给林震，点点头说："很有意思，也很荒唐。当个作家倒不坏，编得天花乱坠。赶明儿我得了风湿性关节炎或者犯错误受了处分，就也写小说去。"

林震接过书，赶快拉开抽屉，把它压在最底下。

刘世吾坐在另一边的沙发上正出神地研究一盘象棋残局，听了韩常新的话，刻薄地说："老韩将来得关节炎或者受处分倒不见得不可能，至于小说，我们可以放心，至少在这个行星上不会看到您的大作。"他说的时候一点不像开玩笑，以至韩常新尴尬地转过头，装没听见。

这时刘世吾又把林震叫过去，坐在他旁边，问："最近看什么书了？有没有好的借我看看？"

林震说没有。

刘世吾挪动着身体，斜躺在沙发上，两手托在脑后，半闭着眼，缓慢地说："最近在《译文》上看了《被开垦的处女地》第二部的片段，人家写得真好，活得很……"

"您常看小说？"林震真不大相信。

"我愿意荣幸地表示，我和你一样地爱读书：小说、诗歌、包括童话。解放以前，我最喜欢屠格涅夫，小学五年级，我已经读《贵族之家》，我为伦蒙那个德国老头儿流泪，我也喜欢叶琳娜；英沙罗夫写得却并不好……可他的书有一种清新的、委婉抒情的调子。"他忽地站起来，走近林震，扶着沙发背，弯着腰继续说，"现在也爱看，看的时候很入迷，看完了又觉得没什么，你知道，"他紧挨林震坐下，又半闭起眼睛，"当我读一本好小说的时候，我梦想一种单纯的、美妙的、透明的生活。我想去做水手，或者穿上白衣服研究红血球，或者作一个花匠，专门培植十样棉……"他笑了，从来没这样笑过，不是用机智，而是用心。"可还是得作什么组织部长。"他摊开了手。

"为什么您把现在的工作看得和小说那么不一样呢？党的工作不单纯，不美妙，也不透明么？"林震友好而关切地问。

刘世吾接连摇头，咳嗽了一会，又站起来，靠到远一点的地方，嘲笑地说："党的工作者不适合看小说……譬如，"他用手在空中一划，"拿发展党员来说，小说可以写：'在壮丽的事业里，多少名新战士参加了无产阶级的先锋行列，万岁！'而我们呢，组织部呢，却正在发愁。第一，某支部组织委员工作马大哈，谈不清新党员的历史情况。第二，组织部压了百十几个等着批准的新党员，没时间审查。第三，新党员需经常委会批准，常委委员一听开会批准党员就请假。第四，公安局长参加常委会批准党员的时候老是打瞌睡……"

"您不对！"林震大声说，他像本人受了侮辱一样地难以忍耐，"真奇怪！"他说不下去了。

刘世吾笑了笑，叫韩常新："来，看看报上登的这个象棋残局，该先挪车呢还是先跳马？"

九

魏鹤鸣告诉林震，他要求回到车间做工人，他说："这个支部委员和生产科长我干不了。"林震费尽唇舌，劝他把那次座谈会搜集的意见写给党报，并且质问他："你退缩了，你不信任党和国家了，是吗？"后来魏鹤鸣和几个意见较多的工人写了一封长信，偷偷地寄给报纸，连魏鹤鸣本人都对自己有些怀疑："也许这又是'小集团活动'？那就处罚我吧！"他是带着有罪的心情把大信封扔进邮箱的。

五月中旬，《北京日报》以显明的标题登出揭发王清泉官僚主义作风的群众来信。署名"麻袋厂一群工人"的信，愤怒地要求领导上处理这一问题。《北京日报》编者也在按语中指出："……有关领导部门应迅速作认真的检查……"

赵慧文首先发现了，她叫林震来看。林震兴奋得手发抖，看了半天连不成句子，他想："好！终于揭出来了！时机总算成熟了吧？"

他把报纸拿给刘世吾看，刘世吾仔细地看了几遍，然后抖一抖报纸，客观地说："好，开刀了！"

这时，区委书记周润祥走进来，他问："王清泉的情况你们了解不？"

刘世吾不慌不忙地说："麻袋厂支部的一些不健康的情况那是确实存在的。

过去,我们就了解过,最近我亲自找王清泉谈过话,同时小林同志也去了解过。"他转身向林震:"小林,你谈谈王清泉的情况吧。"

有人敲门。魏鹤鸣紧张地撞进来,他的脸由红色变成了青色,他说,王厂长在看到《北京日报》以后非常生气,现在正追查写信的人。

……经过党报的揭发与区委书记的过问,刘世吾以出乎林震意料之外的雷厉风行的精神处理了麻袋厂的问题。刘世吾一下决心,就可以把工作作得很出色。他把其他工作交代给别人,连日与林震一起下到麻袋厂去。他深入车间,详细调查了王清泉工作的一切情况,征询工人群众的一切意见。然后,与各有关部门进行了联系,只用了一个多星期的时间,就对王清泉作了处理——党内和行政都予以撤职处分。

处理王清泉的大会一直开到深夜,开完会,外面下起雨,雨忽大忽小,久久地不停息。风吹到人脸上有些凉。刘世吾与林震到附近的一个小铺子去吃馄饨。

这是新近公私合营的小铺子,整理得干净而且舒适。由于下雨,顾客不多。他们避开热气腾腾的馄饨锅,在墙角的小桌旁坐下来。

他们要了馄饨,刘世吾还要了白酒,他呷了一口酒,掐着手指,有些感触地说:"我这是第六次参加处理犯错误的负责干部的问题了,头几次,我的心很沉重。"由于在大会上激昂地讲过话,他的嗓音有嘶哑,"党的工作者是医生,他要给人治病,他自己却是并不轻松的。"他用无名指轻轻敲着桌子。

林震同意地点头。

刘世吾忽然问:"今天是几号?"

"五月二十。"林震告诉他。

"五月二十,对了。九年前的今天,青年军二〇八师打坏了我的腿。"

"打坏了腿?"林震对刘世吾的过去历史还不了解。

刘世吾不说话,雨一阵大起来,他听着那哗啦哗啦的单调的响声,嗅着潮湿的土气。一个被雨淋透的小孩子跑进来避雨,小孩的头发在往下滴水。

刘世吾招呼店员:"切一盘肘子。"然后告诉林震,"一九四七年,我在北大作自治会主席。参加五二〇游行的时候,二〇八师的流氓打坏了我的腿。"他挽起裤子,可以看到一道弧形的疤痕,然后他站起来:"看,我的左腿是不是比右腿短一点?"

林震第一次以深深的尊敬和爱戴的眼光看着他。

喝了几口酒,刘世吾的脸微微发红,他坐下,把肉片夹给林震,然后斜着头说:"那时候……我是多么热情,多么年轻啊!我真恨不得……"

"现在就不年轻,不热情了么?"林震试探着问。他想了解一下这个人,想逗得他多说几句。

"当然不，"刘世吾玩着空酒杯，"可是我真忙啊！忙得什么都习惯了，疲倦了。解放以来从来没睡够过八小时觉。我处理这个人和那个人，却没有时间处理处理自己。"他托起腮，用最质朴的人对人的态度看着林震，"是啊，一个布尔什维克，经验丰富，但是心要单纯……再来一两！刘世吾举起酒杯，向店员招手。

这时林震已经开始被他深刻和真诚的抒发所感动了。刘世吾接着闷闷地说："据说，炊事员的职业病是缺少良好食欲，饭菜是他们做的，他们整天和饭菜打交道。我们，党的工作者，我们创造了新生活，结果，生活反倒不能激动我们。……"

林震的嘴动了动，刘世吾摆摆手，表示希望不要现在就和他辩论。他不说话，独自托着腮发愣。

"雨小多了，这场雨对麦子不错，"过了半天，刘世吾叹了口气，忽然又说，"你这个干部好，比韩常新强。"

林震在慌乱中赶紧喝汤。

刘世吾盯着他，亲切地笑着，问他："赵慧文最近怎么样？"

"她情绪挺好。"林震随口说。他拿起筷子去夹熟肉，看见了他熟悉的刘世吾的闪烁的目光。

刘世吾把椅子拉近他，缓缓地说："原谅我的直爽，但是我有责任告诉你……"

"什么？"林震停止了夹肉。

"据我看，赵慧文对你的感情有些不……"

林震颤抖着手放下了筷子。

离开馄饨铺，雨已经停了，星光从黑云下面迅速地露出来，风更凉了，积水潺潺地从马路两边的泄水池流下去。林震迷惘地跑回宿舍，好像喝了酒的不是刘世吾，倒是他。同宿舍的同志都睡得很甜，粗短的和细长的鼾声此起彼伏。林震坐在床上，摸着湿了的裤角，难过，难过，说不清为什么要难过。眼前浮现了赵慧文的苍白而美丽的脸。……他还是个毛小伙子，他什么也没经历过，什么都不懂。难过，难过……他走近窗子，把脸紧贴在外面沾满了水珠的冰冷的玻璃上。

十

区委常委开会讨论麻袋厂的问题。

林震列席参加。他坐在一角，心跳，紧张，手心里出了汗。他的衣袋里装着好几千字的发言提纲，准备在常委会上从麻袋厂事件扯出组织部工作中的问题。他觉得麻袋厂问题的揭发和解决，造成了最好的机会，可以促请领导从根本上考虑一下组织部的工作。时候到了！

刘世吾正在条理分明地汇报情况。书记周润祥显出沉思的神色，用左手拳托着士兵式的粗壮而宽大的脸，右腕子压着一张纸，时而在上面写几个字。李宗秦用食指在空中写划着。韩常新也参加了会，他专心地把自己的鞋带解开又系上。

林震几次想说话，但是心跳得使他喘不上气。第一次参加常委会，就作这种大胆的发言，未免过于莽撞吧？不怕，不怕！他鼓励自己。他想起八岁那年在青岛学跳水，他也一边听着心跳，一边生气地对自己说："不怕，不怕！"

区委常委批准了刘世吾对于麻袋厂问题提出的处理意见，马上就要进行下面一项议程了，林震霍地举起了手。

"有意见吗？不举手就可以发言的。"周书记笑着说。

林震站起来，碰响了椅子，掏出笔记本看着提纲，他不敢看大家。

他说："王清泉个人是作了处理了，但是如何保证不再有第二、第三个王清泉出现呢？我们应该检查一下区委组织工作中的缺点：第一，我们只抓了建党，对于巩固党没给以应有的注意，但基层的党内斗争处于自流状态。第二，我们明知有问题却拖延着不去解决，王清泉来厂子整整五年，问题一直存在而且愈发展愈严重。……具体地说，我认为韩常新同志与刘世吾同志有责任……"

会场起了轻微的骚动，有人咳嗽，有人放下了烟卷，有人打开笔记本，有人挪了一下椅子。

韩常新耸了一下肩，用舌头舔了一下扭动着的牙床，讽刺地说："往往听到一种事后诸葛亮的意见：'为什么不早一点处理呢？'当然是愈早愈好喽……高饶事件发生了，有人问为什么不早一点，贝利亚，也有人问为什么不早一点。再者，组织部并不能保证第二、三个王清泉不会出现，林震同志也未尝能保证这一点。……"

林震抬起头，用激怒的目光看韩常新。韩常新却只是冷冷地笑。林震压抑着自己，他说："老韩同志知道缺点的存在是规律，但他不知道克服缺点前进更是规律。老韩同志和刘部长，就是抱住了头一个规律，因而对各种严重的缺点采取了容忍乃至于麻木的态度！"说完，他用手抹了抹头上的汗，他也不知道自己怎么敢说得这样尖锐，但是终究说出来了，他有一种如释重负的感觉。

李宗秦在空中划着的食指停住了。周润祥转头看看林震又看看大家，他的沉重的身躯使木椅发出了吱吱声。他向刘世吾示意："你的意见？"

刘世吾点点头："小林同志的意见是对的，他的精神也给了我一些启发……"然后他悠闲地溜到桌子边去倒茶水，用手抚摸着茶碗沉思地说："不过具体到麻袋厂事件，倒难说了。组织部门巩固党的工作抓得不够，是的，我们干部太少，建党还抓不过来。麻袋厂王清泉的处理，应该说还是及时而有效的。在宣布处理的工人大会上，工人的情绪空前高涨，有些落后的工人也表示更认识到了党的大公无私，有一个老工人在台上一边讲话一边落泪，他们口口声声说着感谢党，感谢区委……"

林震小声说："是的，正因为这样，我才觉得我们工作中的麻木、拖延、不负责任，是对群众犯罪。"他提高了声音，"党是人民的，阶级的心脏，我们不允许心脏上有灰尘，就不允许党的机关有缺点！"

李宗秦把两手交叉起来放在膝头，他缓缓地说，像是一边说一边思索着如何造句："我认为林震、韩常新、刘世吾同志的主要争论有两个症结，一个是规律性与能动性的问题……一个是……"

林震以不知从哪儿来的勇气对李宗秦说："我希望不要只作冷静而全面的分析……"他没有说下去，他怕自己掉下眼泪来。

"为什么？"周润祥问林震，他严厉地说："冷静而全面的分析比急躁而片面的冲动好得多。同志，你太容易激动了，背诵着抒情诗去作组织工作是不相宜的！"然后他对大家说："讨论下一项议程吧。"

散会后，林震气恼得没有吃下饭，区委书记的态度他没想到。他不满甚至有点失望。韩常新与刘世吾找他一齐出去散步，就像根本没理会他对他们的不满意，这使林震更意识到自己和他们力量的悬殊。他苦笑着想："你还以为常委会上发一席言就可以起好大的作用呢！"他打开抽屉，拿起那本被韩常新嘲笑过的苏联小说，翻开第一篇，上面写着："按娜斯嘉的方式生活！"他自言自语："真难啊！"

十一

第二天下班以后，赵慧文告诉林震："到我家吃饭去吧，我自己包饺子。"他想推辞，赵慧文已经走了。

林震犹豫了好久，终于在食堂吃了饭再到赵慧文家去。赵慧文的饺子刚刚煮熟。她第一次穿上暗红色的旗袍，系着围裙，手上沾满面粉，像一个殷勤的主妇似地对林震说："新下来的豆角做的馅子……"

林震嗫嚅地说："我吃过了。"

赵慧文不信，跑出去给他拿来了筷子，林震再三表示确实吃过，赵慧文不满意地一个人吃起来。林震不安地坐在一旁，一会儿看看这，一会儿看看那，一会儿搓搓手，一会儿晃一晃身体。那种说不出来的温暖和难过的感觉又一齐涌上了他的心头。他的心在痛，好像失掉了什么。他简直不敢看赵慧文那张被红衣裳映红了的美丽的脸儿。

"小林，有什么事么？"赵慧文停止了吃饺子。

"没……有。"

"告诉我吧。"赵慧文目不转睛地看着他。

"昨天在常委会上我把意见都提了，区委书记睬都不睬……"

赵慧文咬着筷子端想了想，她坚决地说："不会的，周润祥同志也许只是不轻易发表意见……"

"也许，"林震半信半疑地说，他低下头，不敢正面接触赵慧文关切的目光。

赵慧文吃了几个饺子，又问："还有呢？"

林震的心跳起来了。他抬起头，看见了赵慧文那同情他和鼓励他的眼睛，他轻轻地叫："赵慧文同志……"

赵慧文放下筷子，靠在椅子背上，有些吃惊了。

"我很想知道，你是否幸福。"林震用一种粗重的完全像大人一样的声音说，"我看见过你的眼泪，在刘世吾的办公室，那时候春天刚来……后来忘记了。我自己马马虎虎地过日子，也不会关心人。你幸福吗？"

赵慧文略略疑惑地看着他，摇头，"有时候我也忘记……"然后点头，"会的，会幸福的。你为什么问它呢？"她安详地笑着。

林震把刘世吾对他讲的告诉了她："……请原谅我，把刘世吾同志随便讲的一些话告诉了你，那完全是瞎说……我很愿意和你一起说话或者听交响乐，你好极了，那是自然而然的……也许这里边有什么不好的，不合适的东西，马马虎虎的我忽然多虑了，我恐怕我扰乱谁。"林震抱歉地结束了。

赵慧文安详地笑着，接着皱起了眉尖儿，又抬起了细瘦的胳臂，用力擦了一下前额，然后她甩了一下头，好像甩掉什么不愉快的心事似地转过身去了。

她慢慢地走到墙壁上新挂的油画前边，默默地看画。那幅画的题目是"春"，莫斯科，太阳在春天初次出现，母亲和孩子到街头去……

一会，她又转过身来，迅速地坐在床上，一只手扶着床栏杆，异常平静地说："你说了些什么呀？真是！我不会作那些不经过考虑的事。我有丈夫，有孩子，我还没和你谈过我的丈夫。"她不用常说的"爱人"，而强调地说着"丈夫"，"我们在一九五二年结的婚，我才十九，真不该结婚那么早。他从部队里转业，在中央一个部里作科长，他慢慢地染上了一种'油条'劲儿，争地位、争待遇，和别人不团结。我们之间呢，好像也只剩下了星期六晚上回来和星期一走。他的理论是：或者是崇高的爱情，或者什么都没有。我们争吵了……但我仍然等待着……他最近出差去上海，等回来，我要和他好好谈一谈。可你说了些什么呢？"她又一次问，"小林，你是我所尊敬的顶好的朋友，但你还是个孩子——这个称呼也许不对，对不起。我们都希望过一种真正的生活，我们希望组织部成为真正的党的工作机构，我觉着你像是我的弟弟，你盼望我振作起来，是吧？生活是应该有互相支援和友谊的温暖，我从来就害怕冷淡。就是这些了，还有什么呢？还能有什么呢？"

林震惶恐地说："我不该受刘世吾话的影响……"

"不，"赵慧文摇头，"刘世吾同志是聪明人，他的警告也许并不是完全没有必要，然后……"她深深地吐一口气，"那就好了。"

她拾起碗筷，出去了。

林震茫然地站起，来回踱着步子，他想着，想着，好像有许多话要说，慢慢地，又没有了。他要说什么呢？本来什么都没有发生。生活有时候带来某种情绪的波流，使人激动也使人困扰，然后波流流过去，没有一点痕迹……真的没有痕迹吗？它留下对于相逢者的纯洁和美好的记忆，虽然淡淡，却难忘……

赵慧文又进来了，她领着两岁的儿子，还提着一个书包。小孩已经与林震见过几次面，亲热地叫林震"夫夫"——他说不清"叔叔"。

林震用强健的手臂把他举了起来。空旷的屋子里顿时充满了孩子的笑闹声。

赵慧文打开书包，拿出一叠纸，翻着，说："今天晚上，我要让你看几样东西。我已经把三年来看到的组织部工作中的一些问题和自己的意见写了一个草稿。这个……"她不好意思地摸了一下一张橡皮纸："大概这是可笑的，我给自己规定了一个竞赛的办法。让今天的自己和昨天的自己竞赛。我划了表，如果我的工作有了失误——写入党批准通知的时候抄错了名字或者统计错了新党员人数，我就在表上划一个黑叉子，如果一天没有错，就画一个小红旗。连续一个月都是红旗，我就买一条漂亮的头巾或者别的什么奖励自己……也许，这像幼儿园的作法吧？你好笑吗？"

林震入神地听着，他严肃地说："决不，我尊敬你对你自己的……"

临走的时候，夜已经深了，林震站在门外，赵慧文站在门里，她的眼睛在黑暗中闪着光，她说："今天的夜色非常好，你同意吗？你嗅见槐花的香气了没有？平凡的小白花，它比牡丹清雅，比桃李浓馥，你嗅不见？真是！再见。明天一早就见面了，我们各自投身在伟大而麻烦的工作里边。然后晚上来找我吧，我们听美丽的意大利随想曲。听完歌，我给你煮荸荠，然后我们把荸荠皮扔得满地都是……"

……林震靠着组织部门前的大柱子好久好久地呆立着，望着夜的天空。初夏的南风吹拂着他——他来时是残冬，现在已经是初夏了。他在区委会度过了第一个春天。

一阵莫名其妙的情绪涌上了他的心头，仿佛是失掉了什么宝贵的东西，仿佛是由于想起了自己几个月来工作得太少而进步也太慢……不，他仿佛是第一次尝到了爱情的痛苦的滋味。

在这以前，他并没有想到自己会对赵慧文发生什么特别的感情，他不过是把她当做一位朋友，一位大姐；不过是，偶然想起她对他的友谊时，心里有一股温暖的、然而又有些难过的和惭愧的味儿。他一直并没有好好地去想一想为什么会有这样的心情。但正因为有这样的心情，再加上刘世吾的点破，他才更加不安，好像是担心会有什么不幸的事情要发生，因此他才有了刚才那样一段坦率的表白。却没有想到，当赵慧文也作了同样坦率的表白以后，当她仍然把他当做亲密的朋友，当她说出人与人之间需要热情，当她宣布了自己今后力求进步的计划以后，她的一举一动，她的心灵，反而显得更加可爱了，一股真正的爱情的滋味反而从他的内心深处涌出来了！……不，她是有丈夫的人，不会爱他，他也不应该爱她……人，是多么复杂啊！一切一切事情，决不全像刘世吾所说的："就那么回事。"不，绝不是就那么回事。正因为不是就那么回事，所以人应该用正直的感情严肃认真地去对待一切。正因为这样，所以看见了不合理的事情，不能容忍的事情，就不要容忍，就要一次两次三次地斗争到底，一直到事情改变了为止。所以决不要灰心丧气……至于爱情呢，既是……那就咬咬牙，把这热情悄悄地压在自己心里吧！

"我要更积极，更热情，但是一定要更坚强……"最后，林震低声对自己说了这么两句，挺起胸脯来深深地吸了一口夜的凉气。

隔着窗子，他看见绿色的台灯和夜间办公的区委书记的高大侧影，他坚决地、迫不及待地敲响领导同志办公室的门。

1956 年 5 月—7 月

原载《人民文学》1956 年第 9 期

茶　馆 (节选)

老　舍

第一幕

人　物　王利发　刘麻子　庞太监　唐铁嘴　康　六　小牛儿

松二爷　黄胖子　宋恩子　常四爷　秦仲义　吴祥子

李　三　老　人　康顺子　二德子　乡　妇

茶客甲、乙、丙、丁　马五爷　小　妞　茶房一、二人

时　间　一八九八年（戊戌）初秋，康梁等的维新运动失败了。早半天。

地　点　北京，裕泰大茶馆。

〔幕启：这种大茶馆现在已经不见了。在几十年前，每城都起码有一处。这里卖茶，也卖简单的点心与菜饭。玩鸟的人们，每天在遛够了画眉、黄鸟等之后，要到这里歇歇腿，喝喝茶，并使鸟儿表演歌唱。商议事情的，说媒拉纤的，也到这里来。那年月，时常有打群架的，但是总会有朋友出头给双方调解；三五十口子打手，经调人东说西说便都喝碗茶，吃碗烂肉面（大茶馆特殊的食品，价钱便宜，作起来快当），就可以化干戈为玉帛了。总之，这是当日非常重要的地方，有事无事都可以来坐半天。

〔在这里，可以听到最荒唐的新闻，如某处的大蜘蛛怎么成了精，受到雷击。奇怪的意见也在这里可以听到，像把海边上都修上大墙，就足以挡住洋兵上岸。这里还可以听到某京戏演员新近创造了什么腔儿，和煎熬鸦片烟的最好的方法。这里也可以看到某人新得到的奇珍——一个出土的玉扇坠儿，或三彩的鼻烟壶。这真是个重要的地方，简直可以算作文化交流的所在。

〔我们现在就要看见这样的一座茶馆。

一进门是柜台与炉灶——为省点事，我们的舞台上可以不要炉灶；后面有些锅勺的响声也就够了。屋子非常高大，摆着长桌与方桌，长凳与小凳，都是茶座儿。隔窗可见后院，高搭着凉棚，棚下也有茶座儿。屋里和凉棚下都有挂鸟笼的地方。各处都贴着"莫谈国事"的纸条。

〔有两位茶客，不知姓名，正眯着眼，摇着头，拍板低唱。有两三位茶客，也不知姓名，正入神地欣赏瓦罐里的蟋蟀；两位穿灰色大衫的——宋恩子与吴祥子，

正低声地谈话,看样子他们是北衙门的办案的(侦缉)。

〔今天又有一起打群架的,据说是为了争一只家鸽,惹起非用武力解决不可的纠纷。假若真打起来,非出人命不可,因为被约的打手中包括着善扑营的哥儿们和库兵,身手都十分厉害。好在,不能真打起来,因为在双方还没把打手约齐,已有人出面调停了——现在双方在这里会面,三三两两的打手,都横眉立目,短打扮,随时进来,往后院去。

〔马五爷在不惹人注意的角落,独自坐着喝茶。

〔王利发高高地坐在柜台里。

〔唐铁嘴趿拉着鞋,身穿一件极长极脏的大布衫,耳上夹着几张小纸片,进来。

王利发　唐先生,你外边遛遛吧!

唐铁嘴　(惨笑)王掌柜,捧捧唐铁嘴吧! 送给我碗茶喝,我就先给您相相面吧! 手相奉送,不取分文! (不容分说,拉过王利发的手来)今年是光绪二十四年,戊戌。您贵庚是……

王利发　(夺回手去)算了吧,我送给你一碗茶喝,你就甭卖那套生意口啦! 用不着相面,咱们既在江湖内,都是苦命人! (由柜台内走出,让唐铁嘴坐下)坐下! 我告诉你,你要是不戒了大烟,就永远交不了好运! 这是我的相法,比你的更灵验!

〔松二爷和常四爷都提着鸟笼进来,王利发向他们打招呼。他们先把鸟笼子挂好,找地方坐下。松二爷文绉绉的,提着小黄鸟笼;常四爷雄赳赳的,提着大而高的画眉笼。茶房李三赶紧过来,沏上盖碗茶。他们自带茶叶。茶沏好,松二爷、常四爷向邻近的茶座让了让。

松二爷
常四爷　您喝这个! (然后,往后院看了看)

松二爷　好像又有事儿?

常四爷　反正打不起来! 要真打的话,早到城外头去啦;到茶馆来干吗?
　　　　(二德子,一位打手,恰好进来,听见了常四爷的话。)

二德子　(凑过去)你这是对谁甩闲话呢?

常四爷　(不肯示弱)你问我哪? 花钱喝茶,难道还教谁管着吗?

松二爷　(打量了二德子一番)我说这位爷,您是营里当差的吧? 来,坐下喝一碗,我们也都是外场人。

二德子　你管我当差不当差呢!

常四爷　要抖威风,跟洋人干去,洋人厉害! 英法联军烧了圆明园,尊家吃

　　　　　　　着官饷，可没见您去冲锋打仗！

二德子　甭说打洋人不打，我先管教管教你！（要动手）

　　　　〔别的茶客依旧进行他们自己的事。王利发急忙跑过来。

王利发　哥儿们，都是街面上的朋友，有话好说。德爷，您后边坐！

　　　　〔二德子不听王利发的话，一下子把一个盖碗搂下桌去，摔碎。翻手要抓常四爷的脖领。

常四爷　（闪过）你要怎么着？

二德子　怎么着？我碰不了洋人，还碰不了你吗？

马五爷　（并未立起）二德子，你威风啊！

二德子　（四下扫视，看到马五爷）喝，马五爷，您在这儿哪？我可眼拙，没看见您！（过去请安）

马五爷　有什么事好好地说，干吗动不动地就讲打？

二德子　嗻！您说的对！我到后头坐坐去。李三，这儿的茶钱我候啦！（往后面走去）

常四爷　（凑过来，要对马五爷发牢骚）这位爷，您圣明，您给评评理！

马五爷　（立起来）我还有事，再见！（走出去）

常四爷　（对王利发）邪！这倒是个怪人！

王利发　您不知道这是马五爷呀！怪不得您也得罪了他！

常四爷　我也得罪了他？我今天出门没挑好日子！

王利发　（低声地）刚才您说洋人怎样，他就是吃洋饭的。信洋教，说洋话，有事情可以一直地找宛平县的县太爷去，要不怎样连官面上的都不惹他呢！

常四爷　（往原处走）哼，我就不佩服吃洋饭的！

王利发　（向宋恩子、吴祥子那边稍一歪头，低声地）说话请留点神！（大声地）李三，再给这儿沏一碗来！（拾起地上的碎磁片）

松二爷　盖碗多少钱？我赔！外场人不作老娘们事！

王利发　不忙，待会儿再算吧！（走开）

　　　　（纤手刘麻子领着康六进来。刘麻子先向松二爷、常四爷打招呼。）

刘麻子　您二位真早班儿！（掏出鼻烟壶，倒烟）您试试这个！刚装来的，地道英国造，又细又纯！

常四爷　唉！连鼻烟也得从外洋来！这得往外流多少银子啊！

刘麻子　咱们大清国有的是金山银山，永远花不完，您坐着，我办点小事！

　　　　〔领康六找了个座儿）

　　　　〔李三拿过一碗茶来。

刘麻子　说说吧，十两银子行不行？你说干脆的！我忙，没工夫专伺候你！

康　六　十五岁的大姑娘，就值十两银子吗？

刘麻子　卖到窑子去，也许多拿一两八钱的，可是你又不肯！

康　六　那是我的亲女儿！我能够……

刘麻子　有女儿，你可养活不起，这怪谁呢？

康　六　那不是因为乡下种地的都没法子混了吗？一家大小要是一天能吃上一顿粥，我要还想卖女儿，我就不是人！

刘麻子　那是你们乡下的事，我管不着。我受你之托，教你不吃亏，又教你女儿有个吃饱饭的地方，这还不好吗？

康　六　到底给谁呢？

刘麻子　我一说，你必定从心眼里乐意！一位在宫里当差的！

康　六　宫里当差的谁要个乡下下头呢？

刘麻子　那不是你女儿的命好吗？

康　六　谁呢？

刘麻子　庞总管！你也听说过庞总管吧？伺候着太后，红的不得了，连家里打醋的瓶子都是玛瑙做的！

康　六　刘大爷，把女儿给太监作老婆，我怎么对得起人呢？

刘麻子　卖女儿，无论怎么卖，也对不起女儿！你糊涂！你看，姑娘一过门，吃的是珍馐美味，穿的是绫罗绸缎，这不是造化吗？怎样，摇头不算点头算，来个干脆的！

康　六　自古以来，哪有……他就给十两银子？

刘麻子　找遍了你们全村儿，找得出十两银子找不出？在乡下，五斤白面就换个孩子，你不是不知道！

康　六　我，唉！我得跟姑娘商量一下！

刘麻子　告诉你，过了这个村可没有这个店，耽误了事别怨我！快去快来！

康　六　唉！我一会儿就回来！

刘麻子　我在这儿等着你！

康　六　（慢慢地走出去）

刘麻子　（凑到松二爷、常四爷这边来）乡下人真难办事，永远没个痛痛快快！

松二爷　这号生意又不小吧？

刘麻子　也甜不到哪儿去，弄好了，赚个元宝！

常四爷　乡下是怎么了，会弄得这么卖儿卖女的！

刘麻子　谁知道！要不怎么说，就是一条狗也得托生在北京城里嘛！

常四爷　刘爷,您可真有个狠劲儿,给拉拢这路事!

刘麻子　我要不分心,他们还许找不到买主呢!（忙岔话）松二爷,（掏出个小时表来）您看这个!

松二爷　（接表）好体面的小表!

刘麻子　您听听,嘎登嘎登地响!

松二爷　（听）这得多少钱?

刘麻子　您爱吗? 就让给您! 一句话,五两银子! 您玩够了,不爱再要了,我还照数退钱! 东西真地道,传家的玩艺!

常四爷　我这儿正咂摸这个味儿:咱们一个人身上有多少洋玩艺儿啊! 老刘,就看你身上吧:洋鼻烟,洋表,洋缎大衫,洋布裤褂……

刘麻子　洋东西可是真漂亮呢! 我要是穿一身土布,像个乡下脑壳,谁还理我呀!

常四爷　我老觉乎着咱们的大缎子,川绸,更体面!

刘麻子　松二爷,留下这个表吧,这年月,戴着这么好的洋表,会教人另眼看待! 是不是这么说,您哪?

松二爷　（真爱表,但又嫌贵）我……

刘麻子　您先戴两天,改日再给钱!

　　　　（黄胖子进来。）

黄胖子　（严重的沙眼,看不清楚,进门就请安）哥儿们,都瞧我啦! 我请安了! 都是自己弟兄,别伤了和气呀!

王利发　这不是他们,他们在后院哪!

黄胖子　我看不大清楚啊! 掌柜的,预备烂肉面,有我黄胖子,谁也打不起来!（往里走）

二德子　（出来迎接）两边已经见了面,您快来吧!

　　　　〔二德子同黄胖子入内。

　　　　〔茶房们一趟又一趟地往后面送茶水。老人进来,拿着些牙签、胡梳、耳挖勺之类的小东西,低着头慢慢地挨着茶座儿走;没人买他的东西。他要往后院去,被李三截住。

李　三　老大爷,您外边遛遛吧! 后院里,人家正说和事呢,没人买您的东西!（顺手儿把剩茶递给老人一碗）

松二爷　（低声地）李三!（指后院）他们到底为什么事,要这么拿刀动杖的?

李　三　（低声地）听说是为一只鸽子。张宅的鸽子飞到了李宅去,李宅不肯交还……唉,咱们还是少说话好,（问老人）老大爷您高寿啦?

老　人　（喝了茶）多谢! 八十二了,没人管! 这年月呀,人还不如一只鸽子

呢！唉！（慢慢走出去）

〔秦仲义，穿得很讲究，满面春风，走进来。

王利发　哎哟！秦二爷，您怎么这样闲在，会想起下茶馆来了？也没带个底下人？

秦仲义　来看看，看看你这年轻小伙子会做生意不会！

王利发　唉，一边做一边学吧，指着这个吃饭嘛。谁叫我爸爸死得早，我不干不行啊！好在照顾主儿都是我父亲的老朋友，我有不周到的地方，都肯包涵，闭闭眼就过去了。在街面上混饭吃，人缘儿顶要紧。我按着我父亲遗留下的老办法，多说好话，多请安，讨人人的喜欢，就不会出大岔子！您坐下，我给您沏碗小叶茶去！

秦仲义　我不喝！也不坐着！

王利发　坐一坐！有您在我这儿坐坐，我脸上有光！

秦仲义　也好吧！（坐）可是，用不着奉承我！

王利发　李三，沏一碗高的来！二爷，府上都好？您的事情都顺心吧？

秦仲义　不怎么太好！

王利发　您怕什么呢？那么多的买卖，您的小手指头都比我的腰还粗！

唐铁嘴　（凑过来）这位爷好相貌，真是天庭饱满，地阁方圆，虽无宰相之权，而有陶朱之富！

秦仲义　躲开我！去！

王利发　先生，你喝够了茶，该外边活动活动去！（把唐铁嘴轻轻推开）

唐铁嘴　唉！（垂头走出去）

秦仲义　小王，这儿的房租是不是得往上提那么一提呢？当年你爸爸给我的那点租钱，还不够我喝茶用的呢！

王利发　二爷，您说的对，太对了！可是，这点小事用不着您分心，您派管事的来一趟，我跟他商量，该长多少租钱，我一定照办！是！噫！

秦仲义　你这小子，比你爸爸还滑！哼，等着吧，早晚我把房子收回去！

王利发　您甭吓唬着我玩，我知道您多么照应我，心疼我，决不会叫我挑着大茶壶，到街上卖热茶去！

秦仲义　你等着瞧吧！

〔乡妇拉着十来岁的小妞进来。小妞的头上插着一根草标。李三本想不许她们往前走，可是心中一难过，没管。她们俩慢慢地往里走。茶客们忽然都停止说笑，看着她们。

小　妞　（走到屋子中间，立住）妈，我饿！我饿！

〔乡妇呆视着小妞，忽然腿一软，坐在地上，掩面低泣。

秦仲义　（对王利发）轰出去！

王利发　是！出去吧，这里坐不住！

乡　妇　哪位行行好？要这个孩子，二两银子！

常四爷　李三，要两个烂肉面，带她们到门外吃去！

李　三　是啦！（过去对乡妇）起来，门口等着去，我给你们端面来！

乡　妇　（立起，抹泪往外走，好像忘了孩子；走了两步，又转回身来，搂住小
妞，吻她）宝贝！宝贝！

王利发　快着点吧！

〔乡妇、小妞走出去。李三随后端出两碗面去。

王利发　（过来）常四爷，您是积德行好，赏给她们面吃！可是，我告诉您：这
路事儿太多了，太多了！谁也管不了！（对秦仲义）二爷，您看我说
得对不对？

常四爷　（对松二爷）二爷，我看哪，大清国要完！

秦仲义　（老气横秋地）完不完，并不在乎有人给穷人们一碗面吃没有。小
王，说真的，我真想收回这里的房子。

王利发　您别那么办哪，二爷！

秦仲义　我不但收回房子，而且把乡下的地，城里的买卖也都卖了！

王利发　那为什么呢？

王利发　把本钱拢在一块儿，开工厂！

王利发　开工厂？

王利发　嗯，顶大顶大的工厂！那才救得了穷人，那才能抵制外货，那才能
救国！（对王利发说而眼看着常四爷）唉，我跟你说这些干什么，你
不懂！

王利发　您就专为别人，把财产都出手，不顾自己了吗？

秦仲义　你不懂！只有那么办，国家才能富强！好啦，我该走啦。我亲眼看
见了，你的生意不错，你甭再耍无赖，不涨房钱！

王利发　您等等，我给您叫车去！

秦仲义　用不着，我愿意溜达溜达！

〔秦仲义往外走，王利发送。

〔小牛儿搀着庞太监走进来。小牛儿提着水烟袋。

庞太监　哟！秦二爷！

秦仲义　庞老爷！这两天您心里安顿了吧？

庞太监　那还用说吗？天下太平了：圣旨下来，谭嗣同问斩！告诉您，谁敢
改祖宗的章程，谁就掉脑袋！

秦仲义	我早就知道！
	〔茶客们忽然全静寂起来，几乎是闭住呼吸地听着。
庞太监	您聪明，二爷，要不然您怎么发财呢！
秦仲义	我那点财产，不值一提！
庞太监	太客气了吧？您看，全北京城谁不知道秦二爷！您比做官的还厉害呢！听说呀，好些财主都讲维新！
秦仲义	不能这么说，我那点威风在您的面前可就施展不出来了！哈哈哈！
庞太监	说得好，咱们就八仙过海，各显其能吧！哈哈哈！
秦仲义	改天过去给您请安，再见！（下）
庞太监	（自言自语）哼，凭这么个小财主也敢跟我逗嘴皮子，年头真是改了！（问王利发）刘麻子在这儿哪？
王利发	总管，您里边歇着吧！
	〔刘麻子早已看见庞太监，但不敢靠近，怕打搅了庞太监、秦仲义的谈话。
刘麻子	喝，我的老爷子！您吉祥！我等了您好大半天了！（挽庞太监往里面走）
	〔宋恩子、吴祥子过来请安，庞太监对他们耳语。
	〔众茶客静默了一阵之后，开始议论纷纷。
茶客甲	谭嗣同是谁？
茶客乙	好像听说过！反正犯了大罪，要不，怎么会问斩呀！
茶客丙	这两三个月了，有些做官的，念书的，乱折腾乱闹，咱们怎能知道他们捣的什么鬼呀！
茶客丁	得！不管怎么说，我的铁杆庄稼又保住了！姓谭的，还有那个康有为，不是说叫旗兵不关钱粮，去自谋生计吗？心眼多毒！
茶客丙	一份钱粮倒叫上头克扣去一大半，咱们也不好过！
茶客丁	那总比没有强啊！好死不如赖活着，叫我去自己谋生，非死不可！
王利发	诸位主顾，咱们还是莫谈国事吧！
	〔大家安静下来，都又各谈各的事。
庞太监	（已坐下）怎么说？一个乡下丫头，要二百银子？
刘麻子	（侍立）乡下人，可长得俊呀！带进城来，好好地一打扮、调教，准保是又好看，又有规矩！我给您办事，比给我亲爸爸做事都更尽心，一丝一毫不能马虎！
	〔唐铁嘴又回来了。
王利发	铁嘴，你怎么又回来了？

唐铁嘴	街上兵荒马乱的,不知道是怎么回事!
庞太监	还能不搜查搜查谭嗣同的余党吗? 唐铁嘴,你放心,没人抓你!
唐铁嘴	嗻,总管,您要能赏给我几个烟泡儿,我可就更有出息了!

〔有几个茶客好像预感到什么灾祸,一个个往外溜。

松二爷	咱们也该走啦吧! 天不早啦!
常四爷	嗻! 走吧!

〔二灰衣人——宋恩子和吴祥子走过来。

宋恩子	等等!
常四爷	怎么啦?
宋恩子	刚才你说"大清国要完"?
常四爷	我,我爱大清国,怕它完了!
吴祥子	(对松二爷)你听见了? 他是这么说的吗?
松二爷	哥儿们,我们天天在这儿喝茶。王掌柜知道:我们都是地道老好人!
吴祥子	问你听见了没有?
松二爷	那,有话好说,二位请坐!
宋恩子	你不说,连你也锁了走! 他说"大清国要完",就是跟谭嗣同一党!
松二爷	我,我听见了,他是说……
宋恩子	(对常四爷)走!
常四爷	上哪儿? 事情要交代明白了啊!
宋恩子	你还想拒捕吗? 我这儿可带着"王法"呢!(掏出腰中带着的铁链子)
常四爷	告诉你们,我可是旗人!
吴祥子	旗人当汉奸,罪加一等! 锁上他!
常四爷	甭锁,我跑不了!
宋恩子	量你也跑不了!(对松二爷)你也走一趟,到堂上实话实说,没你的事!

〔黄胖子同三五个人由后院过来。

黄胖子	得啦,一天云雾散,算我没白跑腿!
松二爷	黄爷! 黄爷!
黄胖子	(揉揉眼)谁呀?
松二爷	我! 松二! 您过来,给说句好话!
黄胖子	(看清)哟,宋爷,吴爷,二位爷办案哪? 请吧!
松二爷	黄爷,帮帮忙,给美言两句!

黄胖子　官厅儿管不了的事，我管！官厅儿能管的事呀，我不便多嘴！（问
　　　　大家）是不是？

众　　　嗻！对！

　　　　〔宋恩子、吴祥子带着常四爷、松二爷往外走。

松二爷　（对王利发）看着点我们的鸟笼子！

王利发　您放心，我给送到家里去！

　　　　〔常四爷、松二爷、宋恩子、吴祥子同下。

黄胖子　（唐铁嘴告以庞太监在此）哟，老爷在这儿哪！听说要安份儿家，我
　　　　先给您道喜！

庞太监　等吃喜酒吧！

黄胖子　您赏脸！您赏脸！（下）

　　　　〔乡妇端着空碗进来，往柜上放。小妞跟进来。

小　妞　妈！我还饿！

王利发　唉！出去吧！

乡　妇　走吧，乖！

小　妞　不卖姐姐啦？妈！不卖啦？妈！

乡　妇　乖！（哭着，携小妞下）

　　　　〔康六带着康顺子进来，立在柜台前。

康　六　姑娘！顺子！爸爸不是人，是畜生！可你叫我怎办呢？你不找个
　　　　吃饭的地方，你饿死！我不弄到手几两银子，就得叫东家活活地打
　　　　死！你呀，顺子，认命吧，积德吧！

康顺子　我，我……（说不出话来）

刘麻子　（跑过来）你们回来啦？点头啦？好！来见见总管！给总管磕头！

康顺子　我……（要晕倒）

康　六　（扶住女儿）顺子！顺子！

刘麻子　怎么啦？

康　六　又饿又气，昏过去了！顺子！顺子！

庞太监　我要活的，可不要死的！

　　　　〔静场。

茶客甲　（正与乙下象棋）将！你完啦！

　　　　　　　　　　　　　　　　　　　　　　　　　　　　——幕落

　　　　　　　　节选自《茶馆》，原载《收获》1957 年第 7 期

百 合 花

茹志鹃

一九四六年的中秋。

这天打海岸的部队决定晚上总攻。我们文工团创作室的几个同志,就由主攻团的团长分派到各个战斗连去帮助工作。大概因为我是个女同志吧!团长对我抓了半天后脑勺,最后才叫一个通讯员送我到前沿包扎所去。

包扎所就包扎所吧!反正不叫我进保险箱就行。我背上背包,跟通讯员走了。

早上下过一阵小雨,现在虽放了晴,路上还是滑得很,两边地里的秋庄稼,却给雨水冲洗得青翠水绿,珠烁晶莹。空气里也带有一股清鲜湿润的香味。要不是敌人的冷炮,在间歇地盲目地轰响着,我真以为我们是去赶集呢!

通讯员撒开大步,一直走在我前面。一开始他就把我撩下几丈远。我的脚烂了,路又滑,怎么努力也赶不上他。我想喊他等等我,却又怕他笑我胆小害怕;不叫他,我又真怕一个人摸不到那个包扎所。我开始对这个通讯员生起气来。

哎!说也怪,他背后好像长了眼睛似的,倒自动在路边站下了。但脸还是朝着前面,没看我一眼。等我紧走慢赶地快要走近他时,他又蹬蹬蹬地自个向前走了,一下又把我甩下几丈远。我实在没力气赶了,索性一个人在后面慢慢晃。不过这一次还好,他没让我撩得太远,但也不让我走近,总和我保持着丈把远的距离。我走快,他在前面大踏步向前;我走慢,他在前面就摇摇摆摆。奇怪的是,我从没见他回头看我一次,我不禁对这通讯员发生了兴趣。

刚才在团部我没注意看他,现在从背后看去,只看到他是高挑挑的个子,块头不大,但从他那副厚实实的肩膀看来,是个挺棒的小伙。他穿了一身洗淡了的黄军装,绑腿直打到膝盖上。肩上的步枪筒里,稀疏地插了几根树枝,这要说是伪装,倒不如算作装饰点缀。

没有赶上他,但双脚胀痛得像火烧似的。我向他提出了休息一会后,自己便在做田界的石头上坐了下来。他也在远远的一块石头上坐下,把枪横搁在腿上,背向着我,好像没我这个人似的。凭经验,我晓得这一定又因为我是个女同志的缘故。女同志下连队,就有这些困难。我着恼地带着一种反抗情绪走过去,面对着他坐下来。这时,我看见他那张十分年轻稚气的圆脸,顶多有十八岁。他见我挨他坐下，立即张皇起来，好像他身边埋下了一颗定时炸弹，局促不安，掉过脸去不好，不掉过去又不行，想站起来又不好意思。我拼命忍住笑，随便地问他是哪里人。他没回答，脸涨得像个关公，讷讷半晌，才说清自己是天目山人。原来他还是我的同乡呢！

"在家时你干什么？"

"帮人拖毛竹。"

我朝他宽宽的两肩望了一下，立即在我眼前出现了一片绿雾似的竹海，海中间，一条窄窄的石级山道，盘旋而上。一个肩膀宽宽的小伙，肩上垫了一块老蓝布，扛了几枝青竹，竹梢长长的拖在他后面，刮打得石级哗哗作响……这是我多么熟悉的故乡生活啊！我立刻对这位同乡，越加亲热起来。我又问：

"你多大了？"

"十九。"

"参加革命几年了？"

"一年。"

"你怎么参加革命的？"我问到这里自己觉得这不像是谈话，倒有些像审讯。不过我还是禁不住地要问。

"大军北辙时①我自己跟来的。"

"家里还有什么人呢？"

"娘，爹，弟弟妹妹，还有一个姑姑也住在我家里。"

"你还没娶媳妇吧？"

"……"他飞红了脸，更加忸怩起来，两只手不停地数摸着腰皮带上的扣眼；半晌他才低下了头，憨憨地笑了一下，摇了摇头。我还想问他有没有对象，但看到他这样子，只得把嘴里的话，又咽了下去。

两人闷坐了一会，他开始抬头看看天，又掉过来扫了我一眼，意思是在催我动身。

当我站起来要走的时候，我看见他摘了帽子，偷偷地在用毛巾拭汗。这是我的不是，人家走路都没出一滴汗，为了我跟他说话，却害他出这一头大汗，这都怪我了。

我们到包扎所，已是下午两点钟了。这里离前沿有三里路，包扎所设在一个小学里，大小六个房子组成品字形，中间一块空地长了许多野草，显然，小学已有多时不开课了。我们到时屋里已有几个卫生员在弄着纱布棉花，满地上都是用

---

① 1945年鬼子投降后，共产党为了全国人民实现和平的愿望，和国民党进行和平谈判，并忍痛撤出江南。但时隔不久，国民党竟背信撕毁协定，又向我中原、苏中等解放区大举进攻。

砖头垫起来的门板，算作病床。

我们刚到不久，来了一个乡干部，他眼睛熬得通红，用一片硬拍纸插在额前的破毡帽下，低低地遮在眼睛前面挡光。他一肩背枪，一肩挂了一杆秤；左手挎了一篮鸡蛋，右手提了一口大锅，呼哧呼哧地走来。他一边放东西，一边对我们又抱歉又诉苦，一边还喘息地喝着水，同时还从怀里掏出一包饭团来嚼着。我只见他迅速地做着这一切，他说的什么我就没大听清。好像是说什么被子的事，要我们自己去借。我问清了卫生员，原来因为部队上的被子还没发下来，但伤员流了血，非常怕冷，所以就得向老百姓去借。哪怕有一二十条棉絮也好。我这时正愁工作插不上手，便自告奋勇讨了这件差事，怕来不及就顺便也请了我那位同乡，请他帮我动员几家再走。他踌躇了一下，便和我一起去了。

我们先到附近一个村子，进村后他向东，我往西，分头去动员。不一会，我已写了三张借条出去，借到两条棉絮、一条被子，手里抱得满满的，心里十分高兴，正准备送回去再来借时，看见通讯员从对面走来，两手还是空空的。

"怎么，没借到？"我觉得这里老百姓觉悟高，又很开通，怎么会没有借到呢，我有点惊奇地问。

"女同志，你去借吧！……老百姓死封建……"

"哪一家？你带我去。"我估计一定是他说话不对，说崩了。借不到被子事小，得罪了老百姓影响可不好。我叫他带我去看看。但他执拗地低着头，像钉在地上似的，不肯挪步。我走近他，低声地把群众影响的话对他说了。他听了，果然就松松爽爽地带我走了。

我们走进老乡的院子里，只见堂屋里静静的，里面一间房门上，垂着一块蓝布红额的门帘，门框两边还贴着鲜红的对联。我们只得站在外面向里"大姐大嫂"地喊，喊了几声，不见有人应，但响动是有了。一会，门帘一挑，露出一个年轻媳妇来。这媳妇长得很好看，高高的鼻梁，弯弯的眉，额前一绺蓬松松的刘海。穿的虽是粗布，倒都是新的。我看她头上已硬翘翘地挽了髻，便大嫂长大嫂短地对她道歉，说刚才这个同志来，说话不好别见怪等等。她听着，脸扭向里面，尽咬着嘴唇笑。我说完了，她也不做声，还是低头咬着嘴唇，好像忍了一肚子的笑料没笑完。这一来，我倒有些尴尬了，下面的话怎么说呢！我看通讯员站在一边，眼睛一眨不眨地看着我，好像在看连长做示范动作似的。我只好硬了头皮，讪讪地向她开口借被子了，接着还对她说了一遍共产党的部队，打仗是为了老百姓的道理。这一次，她不笑了，一边听着，一边不断向房里瞅着，我说完了，她看看我，看看通讯员，好像在掂量我刚才那些话的斤两，半晌，她转身进去抱被子了。

通讯员乘这机会，颇不服气地对我说道：

"我刚才也是说的这几句话，她就是不借，你看怪吧……"

我赶忙白了他一眼，不叫他再说。可是来不及了，那个媳妇抱了被子，已经在房门口了。被子一拿出来，我方才明白她刚才为什么不肯借的道理了。这原来是一条里外全新的新花被子，被面是假洋缎的，枣红底，上面撒满白色百合花。她好像是在故意气通讯员，把被子朝我面前一送，说："抱去吧。"

我手里已捧满了被子，就一努嘴，叫通讯员来拿。没想到他竟扬起脸，装作没看见。我只好开口叫他，他这才绷了脸，垂着眼皮，上去接过被子，慌慌张张地转身就走。不想他一步还没走出去，就听见"嘶"的一声，衣服挂住了门钩，在肩膀处，挂下一片布来，口子撕得不小。那媳妇一面笑着，一面赶忙找针拿线，要给他缝上。通讯员却高低不肯，夹了被子就走。

刚走出门不远，就有人告诉我们，刚才那位年轻媳妇，是刚过门三天的新娘子，这条被子就是她惟一的嫁妆。我听了，心里便有些过意不去，通讯员也皱起了眉，默默地看着手里的被子。我想他听了这样的话一定会有同感吧！果然，他一边走，一边跟我嘟哝起来了。

"我们不了解情况，把人家结婚被子也借来了，多不合适呀！"我忍不住想给他开个玩笑，便故作严肃地说：

"是呀！也许她为了这条被子，在做姑娘时，不知起早熬夜，多干了多少零活积起来的钱，或许她曾为了这条花被，睡不着觉呢。可是还有人骂她死封建……"

他听到这里，突然站住脚，呆了一会，说：

"那……那我们送回去吧！"

"已经借来了，再送回去，倒叫她多心。"我看他那副认真、为难的样子，又好笑，又觉得可爱。不知怎么的，我已从心底爱上了这个傻乎乎的小同乡。

他听我这么说，也似乎有理，考虑了一下，便下决心似地说：

"好，算了。用了给她好好洗洗。"他决定以后，就把我抱着的被子，通统抓过去，左一条、右一条地披挂在自己肩上，大踏步地走了。

回到包扎所以后，我就让他回团部去。他精神顿时活泼起来了，向我敬了礼就跑了。走不几步，他又想起了什么，在自己挂包里掏了一阵，摸出两个馒头，朝我扬了扬，顺手放在路边石头上，说：

"给你开饭啦！"说完就脚不点地地走了。我走过去拿起那两个干硬的馒头，看见他背的枪筒里不知在什么时候又多了一枝野菊花，跟那些树枝一起，在他耳边抖抖地颤动着。

他已走远了，但还见他肩上挂下来的布片，在风里一飘一飘。我真后悔没给他缝上再走。现在，至少他要裸露一晚上的肩膀了。

包扎所的工作人员很少。乡干部动员了几个妇女，帮我们打水，烧锅，做些零碎活。那位新媳妇也来了，她还是那样，笑眯眯地抿着嘴，偶然从眼角上看我一眼，但她时不时地东张西望。好像在找什么。后来她到底问我说：

"那位同志弟到哪里去了？"我告诉她同志弟不是这里的，他现在到前沿去了。她不好意思地笑了一下说："刚才借被子，他可受我的气了！"说完又抿了嘴笑着，动手把借来的几十条被子、棉絮、整整齐齐地分铺在门板上、桌子上（两张课桌拼起来，就是一张床）。我看见她把自己那条白百合花的新被，铺在外面屋檐下的一块门板上。

天黑了，天边涌起一轮满月。我们的总攻还没发起。敌人照例是忌怕夜晚的，在地上烧起一堆堆的野火，又盲目地轰炸，照明弹也一个接一个地升起，好像在月亮下面点了无数盏的汽油灯，把地面的一切都赤裸裸地暴露出来了。在这样一个"白夜"里来攻击，有多困难，要付出多大的代价啊！我连那一轮皎洁的月亮，也憎恶起来了。

乡干部又来了，慰劳了我们几个家做的干菜月饼。原来今天是中秋节了。

啊！中秋节，在我的故乡，现在一定又是家家门前放一张竹茶几，上面供一副香烛、几碟瓜果月饼。孩子们急切地盼那炷香快些焚尽，好早些分摊给月亮娘娘享用过的东西。他们在茶几旁边跳着唱着："月亮堂堂，敲锣买糖……"或是唱着："月亮嬷嬷，照你照我……"我想到这里，又想起我那个小同乡，那个拖毛竹的小伙，也许，几年以前，他还唱过这些歌吧！……我咬了一口美味的家做月饼，想起那个小同乡大概现在正趴在工事里，也许在团指挥所，或者是在那些弯弯曲曲的交通沟里走着哩！……

一会儿，我们的炮响了，天空划过几颗红色的信号弹，攻击开始了。不久，断断续续的有几个伤员下来，包扎所的空气立即紧张起来。

我拿着小本子，去登记他们的姓名、单位，轻伤的问问，重伤的就得拉开他们的符号，或是翻看他们的衣襟。我拉开一个重彩号的符号时，"通讯员"三个字使我突然打了个寒战，心跳起来。我定了下神才看到符号上写着×营的字样。啊！不是，我的同乡他是团部的通讯员。但我又莫名其妙地想问问谁，战地上会不会漏掉伤员。通讯员在战斗时，除了送信，还干什么，——我不知道自己为什么要问这些没意思的问题。

战斗开始后的几十分钟里，一切顺利，伤员一次次带下来的消息，都是我们突击第一道鹿砦，第二道铁丝网，占领敌人前沿工事打进街了。但到这里，消息忽然停顿了，下来的伤员，只是简单地回答说"在打"，或是"在街上巷战"。但从他们满身泥泞、极度疲乏的神色上，甚至从那些似乎刚从泥里掘出来的担架上，大家明白，前面在进行着一场什么样的战斗。

包扎所的担架不够了，好几个重彩号不能及时送后方医院，耽搁下来。我不能解除他们任何痛苦，只得带着那些妇女，给他们拭脸洗手，能吃的得喂他们吃一点，带着背包的，就给他们换一件干净衣裳，有些还得解开他们的衣服，给他们拭洗身上的污泥血迹。

做这种工作，我当然没什么，可那些妇女又羞又怕，就是放不开手来，大家都要抢着去烧锅，特别是那新媳妇。我跟她说了半天，她才红了脸，同意了。不过只答应做我的下手。

前面的枪声，已响得稀落了。感觉上似乎天快亮了，其实还只是半夜。外边月亮很明，也比平日悬得高。前面又下来一个重伤员。屋里铺位都满了，我就把这位重伤员安排在屋檐下的那块门板上。担架员把伤员抬上门板，但还围在床边不肯走。一个上了年纪的担架员，大概把我当做医生了，一把抓住我的膀子说："大夫，你可无论如何要想办法治好这位同志呀！你治好他，我……我们全体担架队员给你挂匾！……"他说话的时候，我发现其他的几个担架队员也都睁大了眼盯着我，似乎我点一点头，这伤员就立即会好了似的。我心想给他们解释一下，只见新媳妇端着水站在床前，短促地"啊"了一声。我急拨开他们上前一看，我看见了一张十分年轻稚气的圆脸，原来棕红的脸色，现已变得灰黄。他安详地阖着眼，军装的肩头上，露着那个大洞，一片布还挂在那里。

"这都是为了我们……"那个担架员负罪地说道，"我们十多副担架挤在一个小巷子里，准备往前运动，这位同志走在我们后面，可谁知道狗日的反动派不知从哪个屋顶上扔下颗手榴弹来，手榴弹就在我们人缝里冒着烟乱转，这时这位同志叫我们快趴下，他自己就一下扑在那个东西上了……"

新媳妇又短促地"啊"了一声。我强忍着眼泪，给那些担架员说了些话，打发他们走了。我回转身看见新媳妇已轻轻移过一盏油灯，解开他的衣服；她刚才那种忸怩羞涩已经完全消失，只是庄严而虔诚地给他拭着身子。这位高大而又年轻的小通讯员无声地躺在那里……我猛然醒悟地跳起身，磕磕绊绊地跑去找医生。等我和医生拿了针药赶来，新媳妇正侧着身子坐在他旁边。

她低着头，正一针一针地在缝他衣肩上那个破洞。医生听了听通讯员的心脏，默默地站起身说："不用打针了。"我过去一摸，果然手都冰冷了。新媳妇却像什么也没看见，什么也没听到，依然拿着针，细细地、密密地缝着那个破洞。我实在看不下去了，低声地说：

"不要缝了。"她却对我异样地瞟了一眼，低下头，还是一针针地缝。我想拉开她，我想推开这沉重的氛围，我想看见他坐起来，看见他羞涩地笑。但我无意中碰到了身边一个什么东西，伸手一摸，是他给我开的饭，两个干硬的馒头……

卫生员让人抬了一口棺材来，动手揭掉他身上的被子，要把他放进棺材去。新媳妇这时脸发白，劈手夺过被子，狠狠地瞪了他们一眼，自己动手把半条被子平展展地铺在棺材底,半条盖在他身上。卫生员为难地说:"被子……是借老百姓的。"

"是我的——"她气汹汹地嚷了半句,就扭过脸去。在月光下,我看见她眼里晶莹发亮,我也看见那条枣红底色上、撒满白色百合花的被子,这象征纯洁与感情的花,盖上了这位平常的、拖毛竹的青年人的脸。

原载《延河》1958 年第 4 期

"锻炼锻炼"

赵树理

"争先"农业社，地多劳力少，
动员女劳力，做得不够好：
有些妇女们，光想讨点巧，
只要没便宜，请也请不到——
有说小腿疼，床也下不了，
要留儿媳妇，给她送屎尿；
有说四百二，她还吃不饱，
男人上了地，她却吃面条。
她们一上地，定是工分巧，
做完便宜活，老病就犯了；
割麦请不动，拾麦起得早，
敢偷又敢抢，纪律全不要；
开会常不到，也不上民校，
提起正经事，啥也不知道，
谁给提意见，马上跟谁闹，
没理占三分，吵得天塌了。
这些老毛病，赶紧得改造，
快请识字人，念念大字报！

——杨小四写

这是一九五七年秋末"争先农业社"整风时候出的一张大字报。在一个吃午饭的时间，大家正端着碗到社办公室门外的墙上看大字报，杨小四就趁这个热闹时候把自己写的这张快板大字报贴出来，引得大家丢下别的不看，先抢着来看他这一张，看着看着就轰隆轰隆笑起来，倒不因为杨小四是副主任，也不是因为他编得顺溜写得整齐才引得大家这样注意，最引人注意的是他批评的两个主要对象是"争先社"的两个有名人物——一个外号叫"小腿疼"，那一个外号叫"吃不饱"。

小腿疼是五十来岁一个老太婆，家里有一个儿子一个儿媳还有个小孙孙。本来她瞧着小孙孙做做饭媳妇是可以上地的，可是她不，她一定要让媳妇照着她当日伺候婆婆那个样子伺候她——给她打洗脸水、送尿盆、扫地、抹灰尘、做饭、端饭……不过要是地里有点便宜活的话也不放过机会。例如夏天拾麦子，在麦子没有割完的时候她可去，一到割完了她就不去了。按她的说法是"拾东西全凭偷，光凭拾能有多大出息"。后来社里发现了这个秘密，又规定拾的麦子归社，按斤给她记工她就不干了。又如摘棉花，在棉桃盛开每天摘的能超过定额一倍的时候她也能出动好几天，不用说刚能做到定额她不去，就是只超过定额三分她也不去。她的小腿上，在年轻时候生过连疮，不过早在二十多年前就治好了。在生疮的时候，她的丈夫伺候她；在治好之后，为了容易使唤丈夫，她说她留下了个腿疼根。"疼"是只有自己才能感觉到的。她说"疼"，别人也无法证明真假，不过她这"疼"疼得有点特别：高兴时候不疼，不高兴了就疼；逛会、看戏、游门、串户时候不疼，一做活儿就疼；她的丈夫死后儿子还小的时候有好几年没有疼，一给孩子娶过媳妇就又疼起来；入社以后是活儿能大量超过定额时候不疼，超不过定额或者超过的少了就又要疼。乡里的医务站办得虽说还不错，可是对这种腿疼还是没有办法的。

　　"吃不饱"原名"李宝珠"，比"小腿疼"年轻得多——才三十来岁，论人材在"争先社"是数一数二的，可惜她这个优越条件，变成了她自己一个很大的包袱。她的丈夫叫张信，和她也算是自由结婚。张信这个人，生得也聪明伶俐，只是没有志气，在恋爱期间李宝珠跟他提出的条件，明明白白就说是结婚以后不上地劳动，这条件在解放后的农村是没有人能答应的，可是他答应了。在李宝珠看来，她这位丈夫也不能算最满意的人，只能说是"比上不足比下有余"——因为不是干部——所以只把他作为个"过渡时期"的丈夫，等什么时候找下了最理想的人再和他离婚。在结婚以后，李宝珠有一个时期还在给她写大字报的这位副主任杨小四身上打过主意，后来打听着她自己那个"吃不饱"的外号原来就是杨小四给她起的，这才打消了这个念头。她既然只把张信当成她"过渡时期"的丈夫，自然就不能完全按"自己人"来对待他，因此她安排了一套对待张信的"政策"。她这套政策：第一是要掌握经济全权，在社里张信名下的账要朝她算，家里一切开支要由她安排，张信有什么额外收入全部缴她，到花钱时候再由她批准、支付。第二是除做饭和针线活以外的一切劳动——包括担水、和煤、上碾、上磨、扫地、送灰渣一切杂事在内——都要由张信负担。第三是吃饭穿衣的标准要由她规定——在吃饭方面她自己是想吃什么就做什么，对张信是她做什么张信吃什么；同样，在穿衣方面，她自己是想穿什么买什么，对张信自然又是她买什么张信穿什么。她这一套政策是她暗自规定暗自执行的，全面执行之后，张信完全变成了她的长工。自从实行粮食统购以来，她是时常喊叫吃不饱的。她的吃法是张信上了地她先把面条煮得吃了，再把汤里下几颗米熬两碗糊糊粥让张信回来吃，另外还做些火烧干饼锁在箱里，张信不在的时候几时想吃几时吃。队里动员她参加劳动时，她却说"粮食不够吃，每顿只能等张信吃完了刮个空锅，实在劳动不了"。时常做假的人，没有不露马脚的。张信常发现床铺上有干饼星星（碎屑），也不断见着糊糊粥里有一两根没有捞尽的面条，只是因为一提就得生气，一生气她就先提"离婚"，所以不敢提，就那样睁只眼阖只眼吃点亏忍忍饥算了。有一次张信端着碗在门外和大家一齐吃饭，第三队（他所属的队）的队长张太和发现他碗里有一根面条。这位队长是个比较爱说俏皮话的青年。他问张信说："吃不饱大嫂在哪里学会这单做一根面条的本事哩？"从这以后，每逢张信端着糊糊粥到门外来吃的时候，爱和他开玩笑的人常好夺过他的筷子来在他碗里找面条，碰巧的是时常不落空，总能找到那么一星半点。张太和有一次跟他说："我看'吃不饱'这个外号给你加上还比较正确，因为你只能吃一根面条。"在参加生产方面，"吃不饱"和"小腿疼"的态度完全一样。她既掌握着经济全权，就想利用这种时机为她的"过渡"以后多弄一点积蓄，因此在生产上一有了取巧的机会她就参加，绝不受她自己所定的政策第二条的约束；当便宜活做完了她就仍然喊她的"吃不饱不能参加劳动"。

杨小四的快板大字报贴出来一小会，吃不饱听见社房门口起了哄，就跑出来打听——她这几天心里一直跳，生怕有人给她贴大字报。张太和见她来了，就想给她当个义务读报员。张太和说："大家不要起哄，我来给大家从头念一遍！"大家看见吃不饱走过来，已经猜着了张太和的意思，就都静下来听张太和的。张太和说快板是很有工夫的。他用手打起拍子，有时候还带着表演，跟流水一样马上把这段快板说了一遍，只说得人人鼓掌、个个叫好。吃不饱就在大家鼓掌鼓得起劲的时候，悄悄溜走了。

不过吃不饱可没有回家，她马上到小腿疼家里去了。她和小腿疼也不算太相好，只是有时候想借重一下小腿疼的硬牌子。小腿疼比她年纪大、闯荡得早，又是正主任王聚海、支书王镇海、第一队队长王盈海的本家嫂子，有理没理常常敢到社房去闹，所以比吃不饱的牌子硬。吃不饱听张太和念过大字报，气得直哆嗦，本想马上在当场骂起来，可是看见人那么多，又没有一个是会给自己说话的，所以没有敢张口就悄悄溜到小腿疼家里。她一进门就说："大婶呀！有人贴着黑帖子骂咱们哩！"小腿疼听说有人敢骂她好像还是第一次。她好像不相信地问："你听谁说的？""谁说的？多少人都在社房门口吵了半天了，还用听谁说？""谁写的？""杨小四那个小死材！""他这小死材都写了些什么？""写的多着哩：说你装腿疼，留下儿媳妇给你送屎尿；说你偷麦子；说你没理占三分，光跟人吵架……"她又加油加醋添了些大字报上没有写上去的话，一顿把个小腿疼说得腿也不疼了，挺挺挺挺就跑到社房里去找杨小四。

这时候，主任王聚海、副主任杨小四、支书王镇海三个人都正端着碗开碰头会,研究整风与当前生产怎样配合的问题,小腿疼一跑进去就把个小会给他们搅乱了。在门外看大字报的人们,见小腿疼的来头有点不平常,也有些人跟进去看。小腿疼一进门一句话也没有说,就伸开两条胳膊去扑杨小四,杨小四从座上跳起来闪过一边,主任王聚海趁势把小腿疼拦住。杨小四料定是大字报引起来的事,就向小腿疼说:"你是不是想打架? 政府有规定,不准打架。打架是犯法的。不怕罚款、不怕坐牢你就打吧! 只要你敢打一下,我就把你请得到法院!"又向王聚海说:"不要拦她! 放开叫她打吧!"小腿疼一听说要出罚款要坐牢,手就软下来,不过嘴还不软。她说:"我不是要打你! 我是要问问你政府规定过叫你骂人没有?""我什么时候骂过你?""白纸黑字贴在墙上你还昧得了?"王聚海说:"这老嫂! 人家提你的名来没有?"小腿疼马上顶回来说:"只要不提名就该骂是不是? 要可以骂我可就天天骂哩!"杨小四说:"问题不在提名不提名,要说清楚的是骂你来没有! 我写的有哪一句不实,就算我是骂你! 你举出来! 我写的是有个缺点,那就是不该没有提你们的名字。我本来提着的,主任建议叫我去了。你要嫌我写得不全,我给你把名字加上好了!""你还嫌骂得不痛快呀? 加吧! 你又是副主任,你又会写,还有我这不识字的老百姓活的哩?"支书王镇海站起来说:"老嫂,你是说理不说理? 要说理,等到辩论会上找个人把大字报一句一句念给你听,你认为哪里写得不对许你驳他! 不能这样满脑一把抓来派人家的不是! 谁不叫你活了?""你们都是官官相卫,我跟你们说什么理? 我要骂! 谁给我出大字报叫他死绝了根! 叫狼吃得他不剩个血盘儿,叫……"支书认真地说:"大字报是毛主席叫贴的! 你实在要不说理要这样发疯,这么大个社也不是没有办法治你!"回头向大家说:"来两个人把她送乡政府!"看的人们早有几个人忍不住了,听支书一说,马上跳出五六个人来把她围上,其中有两个人拉住她两条胳膊就要走。这时候,主任王聚海却拦住说:"等一等! 这么一点事哪里值得去麻烦乡政府一趟?"大家早就想让小腿疼去受点教训,见王聚海一拦,都觉得泄气,不过他是主任,也只好听他的。小腿疼见真要送她走,已经有点胆怯,后来经主任这么一拦就放了心。她定了定神,看到局势稳定了,就强鼓着气说了几句似乎是光荣退兵的话:"不要拦他们! 让他们送吧! 看乡政府能不能拔了我的舌头!"王聚海认为已经到了收场的时候,就拉长了调子向小腿疼说:"老嫂! 你且回去吧! 没有到不了底的事! 我们现在要布置明天的生产工作,等过两天再给你们解释解释!""什么解释解释? 一定得说个过来过去!""好好好! 就说个过来过去!"杨小四说:"主任你的话是怎么说着的? 人家闹到咱的会场来了,还要给人家赔情是不是?"小腿疼怕杨小四和支书王镇海再把王聚海说倒了弄得自己不得退场,就赶紧抢了个空子和王聚海说:"我可走了! 事情是你承担着的! 可不许平白白地拉倒啊!"说完了抽身就走,跑出门去才想起来没有装腿疼。

主任王聚海是个老中农出身，早在抗日战争以前就好给人和解个争端，人们常说他是个会和稀泥的人；在抗日战争中八路军来了以后他当过村长，作各种动员工作都还有点办法；在土改时候，地主几次要收买他，都被他拒绝了，村支部见他对斗争地主还坚决，就吸收他入了党；"争先农业社"成立时候，又把他选为社主任，好几年来，因为照顾他这老资格，一直连选连任。他好研究每个人的"性格"，主张按性格用人，可惜不懂得有些坏性格一定得改造过来。他给人们平息争端，主张"和事不表理"，只求得了"了事"就算。他以为凡是懂得他这一套的人就当得了干部，不能照他这一套来办事的人就都还得"锻炼锻炼"。例如在一九五五年党内外都有人提出可以把杨小四选成副主任，他却说"不行不行，还得好好锻炼几年"，直到本年（一九五七年）改选时候他还坚持他的意见，可是大多数人都说杨小四要比他还强，结果选举的票数和他得了个平。小四当了副主任之后，他可是什么事也不靠小四做，并且常说："年轻人，随在管委会里'锻炼锻炼'再说吧！"又如社章上规定要有个妇女副主任，在他看来那也是多余的。他说："叫妇女们闹事可以，想叫她们办事呀，连门都找不着！"因为人家别的社里每社都有那么一个人，他也没法坚持他的主张，结果在选举时候还是选了第三队里的高秀兰来当女副主任。他对高秀兰和对杨小四还有区别，以为小四还可以"锻炼锻炼"，秀兰连"锻炼"也没法"锻炼"，因此除了在全体管委会议的时候按名单通知秀兰来参加以外，在其他主干碰头的会上就根本想不起来还有秀兰那么个人。不过高秀兰可没有忘了他。就在这次整风开始，高秀兰给他贴过这样一张大字报：

> 争先社，难争先，因为主任太主观：
> 只信自己有本事，常说别人欠锻炼；
> 大小事情都包揽，不肯交给别人干，
> 一天起来忙到晚，办的事情很有限。
> 遇上社员有争端，他在中间赔笑脸，
> 只求说个八面圆，谁是谁非不评断，
> 有的没理沾了光，感谢主任多照看，
> 有的有理受了屈，只把苦水往下咽。
> 正气碰了墙，邪气遮了天，
> 有力没处使，谁还肯争先？
> 希望王主任，来个大转变：
> 办事靠集体，说理分长短，
> 多听群众话，免得耍光杆！
>
> ——高秀兰写

他看了这张大字报,冷不防也吃了一惊,不过他的气派大,不像小腿疼那样马上唧唧喳喳乱吵,只是定了定神仍然摆出长辈的口气来说:"没想到秀兰这孩子还是个有出息的,以后好好'锻炼锻炼'还许能给社里办点事。"王聚海就是这样一个人。

杨小四给小腿疼和吃不饱出的那张大字报,在才写成稿子没有誊清以前,征求过王聚海的意见。王聚海坚决主张不要出。他说:"什么病要吃什么药,这两个人吃软不吃硬。你要给她们出上这么一张大字报,保证她们要跟你闹麻烦;实在想出的话,也应该把她们的名字去了。"杨小四又征求支书王镇海的意见,并且把主任的话告诉了支书,支书说:"怕麻烦就不要整风!至于名字写不写都行,一贴出去谁也知道指的是谁!"杨小四为了照顾王聚海的老面子,又改了两句,只把那两个人的名字去了,内容一点也没有变,就贴出去了。

当小腿疼一进社房来扑杨小四,王聚海一边拦着她,一边暗自埋怨杨小四:"看你惹下麻烦了没有?都只怨不听我的话!"等到大家要往乡政府送小腿疼,被他拦住用好话把小腿疼劝回去之后,他又暗自夸奖他自己的本领:"试试谁会办事?要不是我在,事情准闹大了!"可是他没有想到当小腿疼走出去、看热闹的也散了之后,支书批评他说:"聚海哥!人家给你提过那么多意见,你怎么还是这样无原则?要不把这样无法无天的人的气焰打下去,这整风工作还怎么往下做呀?"他听了这几句批评觉得很伤心。他想:"你们闹下了事自己没法了局,我给你们做了开解,倒反落下不是了?"不过他摸得着支书的"性格"是"认理不认人、不怕不了事"的,所以他没有把真心话说出来,只勉强承认说:"算了算了!都算我的错!咱们还是快点布置一下明后天的生产工作吧!"

一谈起布置生产来,支书又说:"生产和整风是分不开的。现在快上冻了,妇女大半不上地,棉花摘不下来,花秆拔不了,牲口闲站着,地不能犁,要不整风,怎么能把这种情况变过来呢?"主任王聚海说:"整风是个慢工夫,一两天也不能转变个什么样子;最救急的办法,还是根据去年的经验,把定额减一减——把摘八斤籽棉顶一个工,改成六斤一个工,明天马上就能把大部分人动员起来!"支书说:"事情就坏到去年那个经验上!现在一天摘十斤也摘得够,可是你去年改过那么一下,把那些自私自利的改得心高了,老在家里等那个便宜。这种落后思想照顾不得!去年改成六斤,今年她们会要求改成五斤,明年会要求改成四斤!"杨小四说:"那样也就对不住人家进步的妇女!明天要减了定额,这几天的工分你怎么给人家算?一个多月以前定额是二十斤,实际能摘到四十斤,落后的抢着摘棉花,叫人家进步的去割谷,就已经亏了人家;如今摘三遍棉花,人家又按八斤定额摘了十来天了,你再把定额改小了让落后的来抢,那像话吗?"王聚海说:"不改定额也行,那就得个别动员。会动员的话,不论哪一个都能动员出来,可惜大家在作动员工作方面都没有'锻炼'，我一个人又只有一张嘴，所以工作不好做……"接着他就举出好多例子，说哪个媳妇爱听人夸她的手快，哪个老婆爱听人说她干净……只要摸得着人的"性格"，几句话就能说得她愿意听你的话。他正唠唠叨叨举着例子，支书打断他的话说："够了够了！只要克服了资本主义思想，什么'性格'的人都能动员出来！"

话才说到这里，乡政府来送通知，要主任和支书带两天给养马上到乡政府集合，然后到城关一个社里参观整风大辩论。两个人看了通知，主任说："怎么办？"支书说："去！""生产？""交给副主任！"主任看了看杨小四，带着讽刺的口气说："小四！生产交给你！支书说过，'生产和整风分不开'，怎样布置都由你！""还有人家高秀兰哩！""你和她商量去吧！"

主任和支书走后，杨小四去找高秀兰和副支书，三个人商量了一下，晚上召开了个社员大会。

人们快要集合齐了的时候，向来不参加会的小腿疼和吃不饱也来了。当她们走近人群的时候，吃不饱推着小腿疼的脊背说："快去快去！凑他们都还没有开口！"她把小腿疼推进了场，她自己却只坐在圈外。一队的队长王盈海看见她们两个来得不大正派，又见小腿疼被推进场去以后要直奔主席台，就趁了两步过来拦住她说："你又要干什么？""干什么？今天晌午的事你又不是不知道！先得把小四骂我的事说清楚，要不今天晚上的会开不好！"前边提过，王盈海也是小腿疼的一个本家小叔子，说话要比王聚海、王镇海都尖刻。王盈海当了队长，小腿疼虽然能借着个叔嫂关系跟他要无赖，不过有时候还怕他三分。王盈海见小腿疼的话头来得十分无理，怕她再把个会场搅乱了，就用话顶住她说："你的兴就还没有败透？人家什么地方屈说了你？你的腿到底疼不疼？""疼不疼你管不着！""编在我队里我就要管你！说你腿疼哩，闹起事来你比谁跑得也快；说你不疼哩，你却连饭也不能做，把个媳妇拖得上不了地！人家给你写了张大字报，你就跟被蝎子蜇了一下一样，唧唧喳喳乱叫喊！叫吧！越叫越多！再要不改造，大字报会把你的大门上也贴满了！"这样一顶，果然有效，把个小腿疼顶得关上嗓门慢慢退出场外和吃不饱坐到一起去。杨小四看见小腿疼息了虎威，悄悄和高秀兰说："咱们主任对小腿疼的'性格'摸得还是不太透。他说小腿疼是'吃软不吃硬'，我看一队长这'硬'的比他那'软'的更有效些。"

宣布开会了，副支书先讲了几句话说："支书和主任今天走得很急促，没有顾上详细安排整风工作怎样继续进行。今天下午我和两位副主任商议了一下，决定今天晚上暂且不开整风会，先来布置明天的生产。明天晚上继续整风，开分组检讨会，谁来检讨、检讨什么，得等到明天另外决定。我不说什么了，请副主任谈生产吧！"副支书说了这么几句简单的话就坐下了。有个人提议说："最好是先把检讨人和检讨什么宣布一下,好让大家准备准备!"副支书又站起来说:"我们还没有商量好,还是等明天再说吧!"

接着就是杨小四讲话。他说:"咱们现在的生产问题,大家都看得很清楚:棉花摘不下来,花秆拔不了,牲口闲站着,地不能犁,再过几天地一冻,秋杀地就算误了。摘完了的棉花秆,断不了还要丢下一星半点,拔在秆上熏了肥料,觉着很可惜;要让大家自由拾一拾吧,还有好多三遍花没有摘,说不定有些手不干净的人要偷偷摸摸的。我们下午商量了一下,决定明后两天,由各队妇女副队长带领各队妇女,有组织地自由拾花;各队队长带领男劳力,在拾过自由花的地里拔花秆,把这一部分地腾清以后,先让牲口犁着,然后再摘那没有摘过三遍的花。为了防止偷花的毛病,现在要宣布几条纪律:第一,明天早晨各队正副队长带领全队队员到村外南池边犁过的那块地里集合,听候分配地点。第二,各队妇女只准到指定地点拾花,不许乱跑。第三,谁要不到南池边集合,或者不往指定地点,拾的花就算偷的,还按社里原来的规定,见一斤扣除五个劳动日的工分,不愿叫扣除的送到法院去改造。完了! 散会!"

大会没有开够十分钟就散了,会后大家纷纷议论:有的说:"青年人究竟没有经验! 就定一百条纪律,该偷的还是要偷!"有的说:"队长有什么用? 去年拾自由花,有些妇女队长也偷过!"有的说:"年轻人可有点火气,真要处罚几个人,也就没人敢偷了!"有的说:"他们不过替人家当两天家,不论说得多么认真,王聚海回来还不是平塌塌地又放下了!"准备偷花的妇女们,也互相交换着意见:"他想得倒周全,一分开队咱们就散开,看谁还管得住谁?""分给咱们个好地方咱们就去,要分到没出息的地方,干脆都不要跟上队长走!""他一只手拖一个,两只手拖两个,还能把咱们都拖住?""我们的队长也不那么老实!"……

"新官上任,不摸秉性",议论尽管议论,第二天早晨都还得到村外南池边那块犁过的地里集合。

要来的人都来到犁耙得很平整的这块地里来坐下,村里再没有往这里走的人了,小四、秀兰和副支书一看,平常装病、装忙、装饿的那些妇女们这时候差不多也都到齐,可是小腿疼和吃不饱两个有名人物没有来。他们三个人互相看了看,秀兰说:"大概是一张大字报真把人家两个人惹恼了!"大家又稍微等了一下,小四说:"不等她们了,咱们就按咱们的计划来吧!"他走到面向群众那一边说:"各队先查点一下人数,看一共来了多少人! 男女分别计算!"各个队长查点了一遍,把数字报告上来。小四又说:"请各队长到前边来,咱们先商量一下!"各队长都集中到他们三个人跟前来。小四和各队长低声说了几句话,各个队长一听都大笑起来,笑过之后,依小四的吩咐坐在一边。

　　小四开始讲话了。小四说："今天大家来得这样齐整，我很高兴。这几天，队长每天去动员人摘花，可是说来说去，来的还是那几个人，不来的又都各有理由：有的说病了，有的说孩子病了，有的说家里忙得离不开……指东划西不出来，今天一听说自由拾花大家就什么事也没有了！这不明明是自私自利思想作怪吗？摘头遍花能超过定额一倍的时候，大家也是这样来得整齐。你们想想：平常活叫别人做，有了便宜你们讨，人家长年在地里劳动的人吃你们多少亏？你们真是想'拾'花吗？一个人一天拾不到一斤籽棉，值上两三毛钱，五天也赚不够一个劳动日，谁有那么傻瓜？老实说：愿意拾花的根本就是想偷花！今年不能像去年，多数人种地让少数人偷！花秆上丢的那一点棉花不拾了，把花秆拔下来堆在地边让每天下午小学生下了课来拾一拾，拾了再熏肥。今天来了的人一个也不许回去！妇女们各队到各队地里摘三遍花，定额不动，仍是八斤一个劳动日；男人们除了往麦地里担粪的还去担粪，其余到各队摘尽了花的地里拔花秆！我的话讲完了！副支书还要讲话！"有一个媳妇站起来说："副主任！我不说瞎话！我今天不能去！我孩子的病还没有好！不信你去看看！"小四打断她的话说："我不看！孩子病不好你为什么能来？""本来就不能来，因为……""因为听说要自由拾花！本来不能来你怎么来的？天天叫也叫不到地，今天没有人去叫你，你怎么就来了？副支书马上就要跟你们讲这些事！"这个媳妇再没有说的，还有几个也想找理由请假，见她受了碰，也都没有敢开口。她们也想到悄悄溜走，可是坐在村外一块犁过的地里，各个队长又都坐在通到村里去的路上，谁动一动都看得见，想跑也跑不了。

　　副支书站起来讲话了。他说："我要说的话很简单：有人昨天晚上要我把今天的分组检讨会布置一下，把检讨人和检讨什么告大家说，让大家好准备。现在我可以告大家说了：检讨人就是每天不来今天来的人，检讨的事就是'为什么只顾自己不顾社'，现在先请各队的记工员把每天不来今天来的人开个名单。"

　　一会，名单也开完了，小四说："谁也不准回村去！谁要是半路偷跑了，或者下午不来了，把大字报给她出到乡政府！"秀兰插话说："我们三队的地在村北哩，不回村怎么过去？"小四向三队队长张太和说："太和！你和你的副队长把人带过村去，到村北路上再查点一下，一个也不准回去！各队干各队的事！散会！"

　　在散会中间又有些小议论："小四比聚海有办法！""想得出来干得出来！""这伙懒婆娘可叫小四给整住了！""也不止小四一个，他们三个人早就套好！""聚海只学过内科，这些年轻人能动手术！""聚海的内科也不行，根本治不了病！""可惜小腿疼和吃不饱没有来！"……说着就都走开了。

　　第三队通过了村，到了村北的路上，队长查点过人数，就往村北的杏树底地里来。这地方有两丈来高一个土岗，有一棵老杏树就长在这土岗上，围着这土岗南、东、北三面有二十来亩地在成立农业社以后连成了一块，这一年种的是棉花，东南两面向阳地方的棉花已经摘尽了，只有北面因为背阴一点，第三遍花还没有摘。他们走到这块地里，把男劳力和高秀兰那样强一点的女劳力留在南头拔花秆，让妇女队长带着软一点的女劳力上北头去摘花。

妇女们绕过了南边和东边快要往北边转弯了，看见有四个妇女早在这块地里摘花，其中有小腿疼和吃不饱两个人。大家停住了步，妇女队长正要喊叫，有个妇女向她摆摆手低声说："队长不要叫她们！你一叫她们不拾了！咱们也装成自由拾花的样子慢慢往那边去！到那里咱们摘咱们的，她们拾她们的！让她们多拾一点处理起来也有个分量！"妇女队长说："我说她们怎么没有出来！原来早来了！"另一个不常下地的妇女说："吃不饱昨天夜里散会以后，就去跟我商量过不要到南池边去集合，早一点往地里去，我没有敢听她的话。"大家都想和小腿疼她们开开玩笑，就都装作拾花的样子，一边在摘过的空花秆上拾着零花，一边往北边走。

原来头天晚上开会时候，小腿疼没有闹起事来，不是就退出场外和吃不饱坐在一起了吗？她们一听到第二天叫自由拾花，吃不饱就对住小腿疼的耳朵说："大婶！咱明天可不要管他那什么纪律！咱们叫上几个人天不明就走，赶她们到地，咱们就能弄他好几斤！她们到南池边集合，咱们到村北杏树底去，谁也碰不上谁；赶她们也到杏树底来咱们跟她们一块儿拾。拾东西谁也不能不偷，她们一偷，就不敢去告咱们的状了！"小腿疼说："我也是这么想！什么纪律？犯纪律的多哩！处理过谁？光咱们两人去多好！不要叫别人！""要叫几个人，犯了也有个垫背的；不过也不要叫得太多，太多了轮到一个人手里东西就不多了！"她们一共叫过五个人，不过有三个没有敢来，临出发只来了两个，就相跟着到杏树底来了。她们正在五六亩大的没有摘过三遍花的地里偷得起劲，听见有人说话，抬头一看，见三队的妇女都来了，就溜到摘过的这一边来；后来见三队的人也到没有摘过的那边去了，她们就又溜回去。三队的人都哈哈大笑起来。小腿疼说："笑什么？许你们偷不许我们偷？"有个人说："你们怎么拾了那么多？""谁不叫你们早点来？"三队的人都是挨着摘，小腿疼她们四个人可是满地跑着拣好的。三队有个人说："要偷也该挨住片偷呀！"小腿疼说："自由拾花你管我们怎么拾哩？要说是偷，你们不也是偷吗？"大家也不认真和她辩论，有些人隔一阵还忍不住要笑一次。

妇女队长悄悄和一个队员说："这样一直开玩笑也不大好。我离开怕她们闹起来，请你跑到南头去和队长、副主任说一声，叫他们看该怎么办！"那个队员就去了。

队长张太和更是个开玩笑大王。他一听说小腿疼和吃不饱那两个有名人物来了,好像有点幸灾乐祸的样子说:"来了才合理! 我早就想到这些人物碰上这些机会不会不出马! 你先回去摘花,我马上就到!"他又向高秀兰说:"副主任! 你先不要出面,等我把她们整住了请你你再去! 你把你的上级架子扎得硬硬地!"可是高秀兰不愿意那样做。高秀兰说:"咱们都是才学着办事,还是正正经经来吧! 咱们一同去!"他们走到北头,队员们看见副主任和队长都来了,又都大笑起来。张太和依照高秀兰的意见,很正经地说:"大家不要笑了! 你们那几位也不要满地跑了!"小腿疼又要她的厉害:"自由拾花! 你管不着!""就算自由拾花吧! 你们来抢我三队的花,我就要管! 都先把篮子缴给我!"吃不饱说:"我可是三队的! 三队的花许别人偷就得许我偷! 要缴大家都缴出来!"张太和说:"谁也得缴!"说着就先把她们四个人的篮子夺下来,然后就问她们说:"你们为什么不到南池边集合?"吃不饱说:"你且不要问这个! 你不是说'谁也得缴'吗? 为什么不缴她们的?""她们是给社里摘!""我们也是给社里摘!""谁叫你们摘的?""谁叫她们摘的?""对! 现在就先要给你们讲明是谁叫她们摘的!"接着就把在南池边集合的时候那一段事给她们四个讲述了一遍,讲得她都软下来。小腿疼说:"不叫拾不拾算了! 谁叫你们不先告我们说?""不告说为什么还叫到南池边集合? 告你说你不去听,别人有什么办法?"小腿疼说:"算我们白拾了一趟! 你们把花倒下,给我们篮子我们走!"

这时候,高秀兰说话了。她说:"事情不那么简单:事前宣布纪律,为的是让大家不犯,犯了可就不能随便了事! 这棉花分明是偷的。太和同志! 把这些棉花送回社里,过一过秤,让保管给她们每一个篮子上贴上个条子,写明她们的姓名和棉花的分量,连篮子一同保存起来,等以后开个社员大会,让大家商量一个处理办法来处理!"张太和把四个篮子拿起来走了,小腿疼说:"秀兰呀! 你可不能说我们是偷的! 我们真正不知道你们今天早上变了卦!"秀兰说:"我们一点也没有变卦! 昨天晚上杨小四同志给大家说得明白:'谁要不到南池边集合,拾的花就都算偷的',何况你们明明白白在没有摘过的地里来抢哩? 这是妨害全社利益的事,我们不能自作主张,准备交给群众讨论个处理办法! 你们有什么话到社员大会上说去吧!"

小腿疼和吃不饱偷了棉花的事,等到吃早饭的时候,就传遍了全村。上午,各队在做活的时候提起这事,差不多都要求把整风的分组检讨会推迟一天,先在本天晚上开个社员大会处理偷花问题——因为大多数人都想叫在王聚海回来之前处理了,免得他回来再来个"八面圆"把问题平放下来。两个副主任接受了大家的要求,和副支书商量把整风会推迟一天,晚上就召开了处理偷花问题的社员大会。

大会开了。会议的项目是先由高秀兰报告捉住四个偷花贼的经过,再要她们四个人坦白交代,然后讨论处理办法。

在她们四个人坦白交代的时候,因为篮子和偷的棉花都还在社里,爱"了事"的主任又不在家,所以除了小腿疼还想找一点巧辩的理由外,一般都还交代得老实。前头是那两个垫背的交代的。一个说是她头天晚上没有参加会,小腿疼约她去就去了,去到杏树底见地里没有人,根本没有到已经摘尽了的地里去拾,四个人一去,就跑到北头没摘过的地里去了。另一个说得和第一个大体相同,不过她自己是吃不饱约她的。这两个人交代过之后,群众中另有三个人插话说小腿疼和吃不饱也约过她们,她们没有敢去。第三个就叫吃不饱交代。吃不饱见大风已经倒了,老老实实把她怎样和小腿疼商量,怎样去拉垫背的、计划几时出发、往哪块地去……详细谈了一遍。有人追问她拉垫背的有什么用处,她说根据主任处理问题的习惯,犯案的人越多了处理得越轻,有时候就不处理;不过人越多了,每个人能偷到的东西就太少了,所以最好是少拉几个,既不孤单又能落下东西。她可以算是摸着主任的"性格"了。

最后轮着小腿疼作交代了。主席杨小四所以把她排在最后,就是因为她好倚老卖老来巧辩,所以让别人先把事实摆一摆来减少她一些巧辩的机会。可是这个小老太婆真有两下子,有理没理总想争个盛气。她装作很受屈的样子说:"说什么? 算我偷了花还不行?"有人问她:"怎么'算'你偷了? 你究竟偷了没有?""偷了! 偷也是副主任叫我偷的!"主席杨小四说:"哪个副主任叫你偷的?""就是你! 昨天晚上在大会上说叫大家拾花,过了一夜怎么就不算了? 你是说话呀是放屁哩?"她一骂出来,没有等小四答话,群众就有一半以上的人"哗"地一下站起来:"你要造反!""叫你坦白呀叫你骂人?"……三队长张太和说:"我提议:想坦白也不让她坦白了! 干脆送法院!"大家一齐喊"赞成"。小腿疼着了慌,头像货郎鼓一样转来转去四下看。她的孩子、媳妇见说要送她也都慌了。孩子劝她说:"娘你快交代呀!"小四向大家说:"请大家稍静一下!"然后又向小腿疼说:"最后问你一次:交代不交代? 马上答应,不交代就送走! 没有什么客气的!""交交代什么呀?""随你的便! 想骂你就再骂!""不不不那是我一句话说错了! 我交代!"小四问大家说:"怎么样? 就让她交代交代看吧?""好吧!"大家答应着又都坐下了。小腿疼喘了几口气说:"我也不会说什么! 反正自己做错了! 事情和宝珠说得差不多:昨天晚上快散会的时候,宝珠跟我说:咱明天可不要管他那什么纪律! 咱们叫上几个人……"

这时候忽然出了点小岔子:城关那个整风辩论会提前开了半天,支书和主任摸了几里黑路赶回来了。他们见场里有灯光,预料是开会,没有回家就先到会场上来。主任远远看见小腿疼先朝着小四说话然后又转向群众,以为还是争论那张大字报的问题,就赶了几步赶进场里,根本也没有听小腿疼正说什么,就拦住她说："回去吧老嫂！一点点小事还值得追这么紧？过几天给你们解释解释就完了……"大家初看见他进到会场时候本来已经觉得有点泄气，赶听到他这几句话，才知道他还根本不了解情况，"轰隆"一声都笑了。有个年纪老一点的人说："主任！你且坐下来歇歇吧！'没有调查就没有发言权'！"支书也拉住他说："咱们打听打听再说话吧！离开一天多了，你知道人家的工作是怎样安排的？"主任觉得很没意思，就和支书一同坐下。

小腿疼见主任王聚海一回来，马上长了精神。她不接着往下交代了。她离开自己站的地方走到王聚海面前说："老弟呀！你走了一天，人家就快把你这没出息嫂嫂摆弄死了！"她来了这一下，群众马上又都站起来："你不用装蒜！""你犯了法谁也替不了你！"……主任站起来走到小四旁边面向大家说："大家请坐下！我先给大家谈谈！没有了不了的事……"有人说："你请坐下！我们今天没有选你当主席！""这个事我们会'了'！"……支书急了，又把主任拉住说："你为什么这么肯了事？先打听一下情况好不好？让人家开会，我们到社房休息休息！"又问副支书："你要抽得出身来的话，抽空子到社房给我们谈谈这两天的事！"副支书说："可以！现在就行！"

他们三个离了会场到社房，副支书把他和杨小四、高秀兰怎样设计把那些光想讨巧不想劳动的妇女调到南池边，怎么批评了她们，怎么分配人力摘花，拔花秆，怎样碰上小腿疼她们偷花……详细谈了一遍，并且说："棉花明天就可以摘完，今天下午犁地的牲口就全都出动了，花秆拔得赶得上犁，剩下的男劳力仍然往准备冬浇的小麦地里运粪。"他报告完了情况，就先赶回会场去。

副支书走了，支书想了一想说："这些年轻人还是有办法！做法虽说有点开玩笑，可是也解决了问题！"主任说："我看那种动员办法不可靠！不捉摸每个人的'性格'，勉强动员到地里去，能做多少活哩？""再不要相信你摸得着人的'性格'了！我看人家几个年轻同志非常摸得着人的'性格'。那些不好动员的妇女们有她们的共同'性格'，那就是'偷懒'、'取巧'。正因为摸透了她们这种性格，才把她们都调动出来。人家不止'摸得着'这种性格，还能'改变'这种性格。你想：开了那么一个'思想展览会'，把她们的坏思想抖出来了，她们还能原封收回去吗？你说人家动员的人不能做活，可是棉花是靠那些人摘下来的。用人家的办法两天就能摘完，要仍用你那'摸性格'的老办法，恐怕十天也摘不完——越摘人越少。在整风方面，人家一来就找着两个自私自利的头子，你除不帮忙，还要替人家'解释解释'。你就没有想到全社的妇女你连一半人数也没有领导起来，另一半就是咱那个小腿疼嫂嫂和李宝珠领导着的！我的老哥！我看你还是跟那几位年轻同志在一块'锻炼锻炼'吧！"主任无话可说了，支书拉住他说："咱们去看看人家怎样处理这偷花问题。"

　　他们又走到会场时候,小腿疼正向小四求情。小腿疼说:"副主任! 你就让我再交代交代吧!"原来自她说了大家"捉弄"了她以后,大家就不让她再交代,只讨论了对另外三个人的处分问题,留下她准备往法院送。有个人看见主任来了,就故意讽刺小腿疼说:"不要要求交代了! 那不是? 主任又来了!"主任说:"不要说我! 我来不来你们该怎么办还怎么办! 刚才怨我太主观,不了解情况先说话!"小腿疼也抢着说:"只要大家准我交代,不论谁来了我也交代!"小腿疼看了看群众,群众不说话;看了看副支书和两个副主任,这三个人也不说话。群众看了看主任,主任不说话;看了看支书,支书也不说话。全场冷了一下以后,小腿疼的孩子站起来说:"主席! 我替我娘求个情! 还是准她交代好不好?"小四看了看这青年,又看了看大家说:"怎么样? 大家说!"有个老汉说:"我提议,看在孩子的面上还让她交代吧!"又有人接着说:"要不就让她说吧!"小四又问:"大家看怎么样?"有些人也答应:"就让她说吧!""叫她说说试试!"……小腿疼见大家放了话,因为怕进法院,恨不得把她那些对不起大家的事都说出来,所以坦白得很彻底。她说完了,大家决定也按一斤籽棉五个劳动日处理,不过也跟给吃不饱规定的条件一样,说这工一定得她做,不许用孩子的工分来顶。

　　散会以后,支书走在路上和主任说:"你说那两个人'吃软不吃硬'你可算没有摸透她们的'性格'吧? 要不是你的认识给她们撑了腰,她们早就不敢那么猖狂了! 所以我说你还是得'锻炼锻炼'!"

1958 年 7 月 14 日

原载《火花》1958 年第 8 期

土　地

秦　牧

　　我们生活在一个开辟人类新历史的光辉时代。在这样的时代，人们对许许多多的自然景物也都产生了新的联想、新的感情。不是有好些人在讴歌那光芒四射的朝阳、四季常青的松柏、庄严屹立的山峰、澎湃翻腾的海洋吗？不是有好些人在赞美挺拔的白杨、明亮的灯火、奔驰的列车、崭新的日历吗？睹物思人，这些东西引起人们多少丰富和充满感情的想象！

　　这里我想来谈谈大地，谈谈泥土。

　　当你坐在飞机上，看着我们无边无际的像覆盖上一张绿色地毯的大地的时候；当你坐在汽车上，倚着车窗看万里平畴的时候；或者，在农村里，看到一个老农捏起一把泥土，仔细端详，想鉴定它究竟适宜于种植什么谷物和蔬菜的时候；或者，当你自己随着大伙在田里插秧，黑油油的泥土吱吱地冒出脚缝的时候，不知道你曾否为土地涌现过许许多多的遐想？想起它的过去，它的未来，想起世世代代的劳动人民为要成为土地的主人，怎样斗争和流血，想起在绵长的历史中，我们每一块土地上面曾经出现过的人物和事迹，他们的苦难、愤恨、希望、期待的心情？

　　有时，望着莽莽苍苍的大地，我骑着思想的野马奔驰到很远很远的地方，然后，才又收住缰绳，缓步回到眼前灿烂的现实中来。

　　我想起了二千六百多年前北方平原上的一幕情景。

　　一队亡命贵族，在黄土平原上仆仆奔驰。他们虽然仗剑驾车，然而看得出来，他们疲倦极了，饥饿极了。他们用搜索的眼光望着田野，然而骄阳在上，田垅间麦苗稀疏，哪里有什么可吃的东西！一个农民正在田里除草。那流亡队伍中一个王子模样的人物，走下车子来，尽量客气地向农民请求着："求你给我们弄点吃的东西吧！你总得要帮忙才好，我们已经好几天没有吃的了。"衣不蔽体、家里正在愁吃愁穿的农民望了这群不知稼穑艰难的人们一眼，一句话也没说，从田地里捧起一大块泥土，送到王子模样的人物面前，压抑着悲愤说："这个给你吧！"王子模样的人显然被激怒了，他转身到车上取下马鞭，怒气冲冲地想逞一下威风，鞭打那个胆敢冒犯他的尊严的农民。但是一个上了年纪的、大臣模样的人物上前去劝阻住了："这是土地，上天赐给我们的，可不正是我们的好征兆么！"于是，一幕怪剧出现了，那王子模样的人突然跪下地来，叩头谢过上苍，然后郑重地捧起土块，放到车上，一行人又策马前进了。辘辘大车过处卷起了漫天尘士……

这是《左传》记载下来的，春秋时代晋国公子重耳在亡命途中发生的故事。

为什么会发生这样奇怪的事情？除了因为这群贵族是在亡命途中，不得不压抑着威风外，还有一个原因是：在他们心目中，土地代表着上天不可思议的赏赐，代表了财富和权力！他们知道，只要掌握了土地的所有权，就可以永不休止地榨取农民的血汗。

古代中国皇帝把疆土封赠给公侯时，就有这么一个仪式：皇帝站在地坛上，取起一块泥土来，用茅草包了，递给被封的人。这就是所谓"菁茅"。上一个世纪，当殖民主义强盗还处在壮年时期，他们大肆杀戮太平洋各个岛屿上的土人，强迫他们投降，有一种被规定的投降仪式，就是要土人们跪在地上，用砂土撒到头顶。许许多多地方的部落，为了不愿跪着把神圣的泥土撒上天灵盖，就成批成批地被杀戮了。

呵！这宝贵的土地！不事稼穑的剥削阶级只知道想方设法地掠夺它，把它作为榨取财富的工具，而亲自在上面播种五谷的劳动者才真正对它具有强烈的感情，把它当做命根子，把它比喻成哺育自己的母亲。谈到这里，我想起了好些令人掀动感情波澜的事情。几个世纪以来，那些当年被迫得走投无路的破产的中国农民，漂流到海外去谋生的当儿，身上就常常怀着一撮家乡的泥土。那时，闽粤沿海港口上，一艘艘用白粉糍腹，用朱砂油头，头部两旁画上两个鱼眼睛似的小圈的红头船，乘着信风，把一批批失掉了土地的农民送到海外各地。当时离乡别井的人们，都习惯在远行之前，从井里取出一撮泥土，珍重地包藏在身边。他们把这撮泥土叫做"乡井土"。直到现在，海外华侨的枕头箱里，还有人藏着这样的乡井土！试想想，在一撮撮看似平凡的泥土里，寄托了人们多少丰富深厚的情感！

过去，多少劳动者为了土地而进行了连绵不断的悲壮斗争！当外国侵略者犯境的时候，又有多少英雄义士为保卫它而英勇地献出了生命！在我国福建沿海地方，历史上就流传着许多可歌可泣的保卫土地的抗敌爱国故事。在明末御倭和抗清的浪潮中，那里曾经进行过保卫每一寸土地的激烈斗争。有的地方，妇女的发髻上流行着插上三支短剑似的装饰品，那是明代妇女准备星夜和突然来袭的倭寇搏斗的装束的遗迹。有的地方，从前曾经流行过成人死后入殓时在面部盖上白布的风俗，那是明朝遗民羞见先人于地下、一种激励后代的葬仪。这些风俗，多么沉痛，多么壮烈！在我国的湛江地方，有一座桥梁被命名为"寸金桥"，就寓有"一寸土地一寸金"的意思，这是用来纪念当年抵抗帝国主义侵略的民族英雄们的。土地的长度和面积计算单位可以用丈，用公里，有亩，用公顷，然而在含有国土的意义的时候,它的计算单位应该用一寸、一撮来衡量。因为它代表一个国家的主权,一寸土都决不容侵犯,一撮土都是珍宝。这里,我想到了我们中国的整个版图,在我们这一代人的手里,一定要使它真真正正地完整无缺。台、澎等地还被一小撮反动派所盘踞和被帝国主义侵占着,我们必须把它解放。从福建前线,我们听到了多少动人的故事呵!不仅我们英勇而强大的海军和空军,给予美蒋反动派以沉重的打击,就是民兵队伍,也巧妙地打击了敌人。就是好些少年儿童,在大炮轰击中也自动奔跑接驳电线,传信送物。他们体现了全体中国人民保卫每一寸国土的坚强意志。

今天,在世界范围内,许许多多被殖民者奴役着的地方,也正在进行着驱逐侵略者、保卫国土的斗争。在英雄的古巴,戴着宽边草帽的蔗农们不是正高举着"土地就是我们的生命"的标识牌在示威吗?哈瓦那的商店用纸包了一撮撮的泥土,随着货物一同递给古巴的顾客,纸包上面语重心长、鼓励人心地写着:"这是古巴的土地,大家来保卫它!"呵!一寸土,一撮土,在这种场合意义是多么神圣!

提到了一寸土这几个字,我又禁不住想到一些岛屿上的人民战士。登上那些岛屿,你会更深地认识到"一寸土"的严肃意义。我到过一个小岛,那岛屿很小。然而,岛上的生活却是多么沸腾呵!这里的海滩、天空、海面,决不容许任何侵略者窥探和侵入一步,人民的子弟兵日夜守着大炮阵地,从望远镜里、从炮镜里观测着海洋上的任何动静。这些岛屿像大陆的眼睛,这些战士又像是岛屿的眼睛。不论是在月白风清还是九级风浪的夜里,他们都全神贯注地盯着宽阔的海域。不仅这样,他们还把小岛建成花园一样美丽。本来是蛇虫蜿蜒、野生植物遍地都是的荒凉小岛,经过他们付出艰苦劳动,在上面建起了坚固的营房,辟出了林荫大道,又从祖国各地要来了花种,广植着笑脸迎人的各种花卉和鲜嫩的蔬菜;还建起畜牧栏,竖起鸽棚,又从海里摸出了石花,堆成小岛的美术图案。看到这些,令人不禁想到,我们所有的土地,一个个的岛屿,一寸寸的土壤,都在英雄们的守卫和汗水灌溉之下,迅速地在改变面貌了。

在我们看来很平凡的一块块的田野,实际上都有过极不平凡的经历。在几十万年之间,人类在这上面追逐着野兽,放牧着牛羊,捡拾着野果,播种着五谷,那时候人们匍匐在大自然的威力之下,风雨雷霆,电光野火,都曾经使他们畏惧战栗。几十万年过去了,人类进入了阶级社会,一片片的土地像被戴上了镣铐似的,多少世代的农民,在大地上流尽了血汗,却挣不上温饱,有多少人在这一片片土地上面仰天叹息,椎心痛恨!又有多少人揭竿起义,画着眉毛,扎着头巾参加战斗,把压迫他们的贵族豪强杀死在这些土地上面。到了近代,又有多少人民的军队为了从封建地主阶级手里,把土地夺回来,和帝国主义的军队、剥削者的军队在这上面鏖战过。二十年代以来,中国共产党领导全国人民进行了革命斗争,打垮了反动统治者，推翻了剥削制度，进行了土地改革，土地的镣铐才被彻底打碎，劳动人民才真正成了土地的主人。我们热爱土地，我们正在豪迈地改造着土地，使它变成一片锦绣。当你这么思索的时候，大地上的红土黑土，黄土白土，仿佛都变成感情丰富的东西了，它们仿佛就像古代神话中的"息壤"似的，正在不断变化，不断成长，就像具有生命一样。

几千年来披枷戴锁的土地，一旦回到人民手里，变化是多么神速呵！你试展开一幅地图，思索一下各地的变化，该有多么惊人。沙漠开始出现了绿洲，不毛之地长出了庄稼，濯濯童山披上了锦裳，水库和运河像闪亮的镜子和一条条衣带一样缀满山谷和原野。有一次我从凌空直上的飞机的舷窗里俯瞰珠江三角洲，当时苍穹明净，我望了下去，真禁不住喝彩，珠江三角洲壮观秀丽得几乎难以形容。水网和湖泊熠熠发光，大地竟像是一幅碧绿的天鹅绒，公路好似刀切一样的笔直，一丘丘的田野又赛似棋盘般整齐。嘿！千百年前的人们，以为天上有什么神仙奇迹，其实真正的奇迹却在今天的大地上。劳动者的力量把大地改变得多美！一个巧手姑娘所绣的只是一小幅花巾，广大劳动者却以大地为巾，把本来丑陋难看的地面变得像苏绣广绣般美丽了。

你也许在"和平号"列车的瞭望车上看过迅速掠过的美丽的大地；也许参加过几万人挑灯修筑水电站大坝的工程，在那种场合，千千万万人仿佛变成了一个挥动着巨臂的巨人，正在做着开天辟地的工作。在华南，有些隔离大陆的岛屿给筑起了一条堤坝，和大陆连起来了；有些小山被搬掉填到海里，大海涌出陆地来了；干旱的雷州半岛被开出了一条比苏伊士运河还要长的运河；潮汕平原上的土地被整理成棋格一样齐整。我们时代的人既以一寸寸的土地为单位在精细工作着，又以一千里，一万里，更确切来说，又以全部已解放的九百余万平方公里土地作为一个整体来规划和工作着。这十几年来，同是千万年世代相传的大地上，长出了多少崭新的植物品种呵！每逢看到了欣欣向荣的庄稼，看到刚犁好的涌着泥浪的肥沃的土地，我的心头就涌起像《红旗歌谣》中的民歌所描写的——"沙果笑得红了脸，西瓜笑得如蜜甜，花儿笑得分了瓣，豌豆笑得鼓鼓圆"这一类带着泥土、露水、草叶、鲜花香味的情景。让我们对土地激发起更强烈的感情吧！因为大地母亲的镣铐解除了，现在就看我们怎样为哺育我们的大地母亲好好工作了。

事实上，无数的人也正在一天天地发展着这样的感情。你可以从细小或者巨大的场面中觉察到这一切。你看过公社的大队长率领着一群老农在巡田的情景吗？他们拿着一根软尺，到处量着，计算着一块块土地的水稻穗数；不管是不是自己管理的，看到任何一丘田里面的一根稗草都要涉水下去把它拔掉。你看到农村中的青年技术员在改变土壤的场面吗？有时他们把几千年未曾见过天日的沃土底下的砾土都翻动了，或者深夜焚起篝火烧土，要使一处处的土地都变得膏腴起来。

几万人围在一片土地上建筑堤坝，几千人举着红旗浩浩荡荡上山的情景尤其动人心魄。那呐喊，那笑声，尤其是那一对对灼热的眼睛！虽然在紧张的劳动中大家都少说话了，但是那眼光仿佛在诉说着一切："干呵干呵，向土地夺宝，把我们所有的土地都利用起来。一定要用我们这一代人的双手，搬掉落后和穷困这两座大山！"有时这些声音寄托于劳动吆喝，寄托于车队奔驰之中，仿佛令人感到战鼓和进军号的撼人的气魄……

让我们捧起一把泥土来仔细端详吧！这是我们的土地呵！怎样保卫每一寸的土地呢？怎样使每一寸土地都发挥它的巨大的潜力，一天天更加美好起来呢？党正在领导和率领着我们前进。青春的大地也好像发出巨大的声音，要求每一个中国人民都作出回答。

1960 年

原载《中华散文珍藏本·秦牧卷》，人民文学出版社 1998 年 12 月版

乡　愁

余光中

小时候
乡愁是一枚小小的邮票
我在这头
母亲在那头

长大后
乡愁是一张窄窄的船票
我在这头
新娘在那头

后来啊
乡愁是一方矮矮的坟墓
我在外头
母亲在里头

而现在
乡愁是一湾浅浅的海峡
我在这头
大陆在那头

1961 年

选自《白玉苦瓜》，台北大地出版社 1974 年版

雪 浪 花

杨　朔

　　凉秋八月，天气分外清爽。我有时爱坐在海边礁石上，望着潮涨潮落，云起云飞。月亮圆的时候，正涨大潮。瞧那茫茫无边的大海上，滚滚滔滔，一浪高似一浪，撞到礁石上，唰地卷起几丈高的雪浪花，猛力冲激着海边的礁石。那礁石满身都是深沟浅窝，坑坑坎坎的，倒像是块柔软的面团，不知叫谁捏弄成这种怪模怪样。

　　几个年轻的姑娘赤着脚，提着裙子，嘻嘻哈哈追着浪花玩。想必是初次认识海，一只海鸥，两片贝壳，她们也感到新奇有趣。奇形怪状的礁石自然逃不出她们好奇的眼睛，你听她们议论起来了：礁石硬得跟铁差不多，怎么会变成这样子？是天生的，还是錾子凿的，还是怎的？

　　"是叫浪花咬的。"一个欢乐的声音从背后插进来。说话的人是个上年纪的渔民，从刚拢岸的渔船跨下来，脱下黄油布衣裤，从从容容晾到礁石上。

　　有个姑娘听了笑起来："浪花也没有牙，还会咬？怎么溅到我身上，痛都不痛？咬我一口多有趣。"

　　老渔民慢条斯理说："咬你一口就该哭了。别看浪花小，无数浪花集到一起，心齐，又有耐性，就是这样咬啊咬的，咬上几百年，几千年，几万年，哪怕是铁打的江山，也能叫它变个样儿。姑娘们，你们信不信？"

　　说的妙，里面又含着多么深的人情世故。我不禁对那老渔民望了几眼。老渔民长得高大结实，留着一把花白胡子。瞧他那眉目神气，就像秋天的高空一样，又清朗，又深沉。老渔民说完话，不等姑娘们搭言，早回到船上，大声说笑着，动手收拾着满船烂银也似的新鲜鱼儿。

　　我向就近一个渔民打听老人是谁，那渔民笑着说："你问他呀，那是我们的老泰山。老人家就有这个脾性，一辈子没养女儿，偏爱拿人当女婿看待。不信你叫他一声老泰山，他不但不生气，反倒摸着胡子乐呢。不过我们叫他老泰山，还有别的缘故。人家从小走南闯北，经的多，见的广，生产队里大事小事，一有难处，都得找他指点，日久天长，老人家就变成大伙依靠的泰山了。"

　　此后一连几日，变了天，飘飘洒洒落着凉雨，不能出门。这一天晴了，后半晌，我披着一片火红的霞光，从海边散步回来，瞭见休养所院里的苹果树前停着

雪
浪
花

辆独轮小车,小车旁边有个人俯在磨刀石磨剪刀。那背影有点儿眼熟。走到跟前一看,可不正是老泰山。

我招呼说:"老人家,没出海打鱼么?"

老泰山望了望我笑着说:"嘻,同志,天不好,队里不让咱出海,叫咱歇着。"

我说:"像你这样年纪,多歇歇也是应该的。"

老泰山听了说:"人家都不歇,为什么我就应该多歇着?我一不瘫,二不瞎,叫我坐着吃闲饭,等于骂我。好吧,不让咱出海,咱服;留在家里,这双手可得服从我。我就织渔网,磨鱼钩,照顾照顾生产队里的果木树,再不就推着小车出来走走,帮人磨磨刀,钻钻磨眼儿,反正能做多少活就做多少活,总得尽我的一份力气。"

"看样子你有六十了吧?"

"哈哈!六十?这辈子别再想那个好时候了——这个年纪啦。"说着老泰山捏起右手的三根指头。

我不禁惊疑说:"你有七十了么?看不出。身板骨还是挺硬朗。"

老泰山说:"嘻,硬朗什么?头四年,秋收扬场,我一连气还能扬它一两千斤谷子。如今不行了,胳臂害过风湿痛病,抬不起来,磨刀磨剪子,胳臂往下使力气,这类活儿还能做。不是胳臂拖累我,前年咱准要求到北京去油漆人民大会堂。"

"你会的手艺可真不少呢。"

"苦人哪,自小东奔西跑的,什么不得干。干的营生多,经历的也古怪,不瞒同志说,三十年前,我还赶过脚呢。"说到这儿,老泰山把剪刀往水罐里蘸了蘸,继续磨着,一面不紧不慢地说:"那时候,北戴河跟今天可不一样。一到三伏天,来歇伏的差不多净是蓝眼珠的外国人。有一回,一个外国人看上我的驴。提起我那驴,可是百里挑一:浑身乌黑乌黑,没一根杂毛,四只蹄子可是白的。这有个讲究,叫四蹄踏雪,跑起来,极好的马也追不上。那外国人想雇我的驴去逛东山。我要五块钱,他嫌贵。你嫌贵,我还嫌你胖呢。胖的像条大白熊,别压坏我的驴。讲来讲去,大白熊答应我的价钱。骑着驴逛了半天,欢欢喜喜照数付了脚钱。谁料想隔不几天,警察局来传我,说是有人把我告下了,告我是红胡子,硬抢人家五块钱。"

老泰山说得有点气促,喘吁吁的,就缓了口气,又磨着剪子说:"我一听气炸了肺。我的驴,你的屁股,爱骑不骑,怎么能诬赖人家是红胡子?赶到警察局一看,大白熊倒轻松,望着我乐的闭不拢嘴。你猜他说什么?他说:你的驴快,我要再雇一趟去秦皇岛,到处找不着你。我就告你。一告,这不是,就把红胡子抓来了。"

我忍不住说："瞧他多聪明！"

老泰山说："聪明的还在后头呢，你听着啊。这回倒省事，也不用争，一张口他就给我十五块钱。骑上驴，他拿着根荆条，抽着驴紧跑。我叫他慢着点，他直夸奖我的驴有几步好走，答应回头再加点脚钱。到秦皇岛一个来回，整整一天，累得我那驴浑身湿淋淋的，顺着毛往下滴汗珠——你说叫人心疼不心疼？"

我插问道："脚钱加了没有？"

老泰山直起腰，狠狠吐了口唾沫说："见他的鬼！他连一个铜子儿也不给，说是上回你讹诈我五块钱，都包括在内啦，再闹，送你到警察局去。红胡子！红胡子！直骂我是红胡子。"

我气的问："这个流氓，他是哪国人？"

老泰山说："不讲你也猜得着。前几天听广播，美国飞机又偷着闯进咱们家里。三十年前，我亲身吃过他们的亏，这笔账还没算清。要是倒退五十年，我身强力壮，今天我呀——"

休养所的窗口有个妇女探出脸问："剪子磨好没有？"

老泰山应声说："好了。"就用大拇指试试剪子刃，大声对我笑着说："瞧我磨的剪子，多快。你想剪天上的云霞，做一床天大的被，也剪得动。"

西天上正铺着一片金光灿烂的晚霞，把老泰山的脸映得红彤彤的。老人收起磨刀石，放到独轮车上，跟我道了别，推起小车走了几步，又停下，弯腰从路边掐了枝野菊花，插到车上，才又推着车慢慢走了，一直走进火红的霞光里去。他走了，他在海边对几个姑娘讲的话却回到我的心上。我觉得，老泰山恰似一点浪花，跟无数浪花集到一起，形成这个时代的大浪潮，激扬飞溅，早已把旧日的江山变了个样儿，正在勤勤恳恳塑造着人民的江山。

老泰山姓任。问他叫什么名字，他笑笑说："山野之人，值不得留名字。"竟不肯告诉我。

原载《红旗》杂志 1961 年第 20 期

沙 家 浜 (节选)

北京京剧团

智 斗

习德一　司令！这么熟识，是什么人哪？

胡传魁　你问的是她？

（唱）【西皮二六】

想当初老子的队伍才开张。

拢共才有十几个人、七八条枪。

【流水】

遇皇军追得我晕头转向，

多亏了阿庆嫂，她叫我水缸里面把身藏。

她那里提壶续水，面不改色无事一样，

〔阿庆嫂提壶拿杯，细心地听着，发现敌人看见了自己，就若无其事地从屋里走出。

胡传魁　（接唱）

骗走了东洋兵，我才躲过大难一场。（转向阿庆嫂）

似这样救命之恩终身不忘，俺胡某讲义气终当报偿。

阿庆嫂　（有意在敌人面前掩饰自己）胡司令，这么点小事，您别净挂在嘴边上。

那我也是急中生智，事过之后，您猜怎么着，我呀，还真有点后怕呀！

〔阿庆嫂一面倒茶，一面观察。

阿庆嫂　参谋长，您吃茶！（忽然想起）哟，香烟忘了，我去拿烟去。（进屋）

刁德一　（看着阿庆嫂背影）司令！我是本地人，怎么没有见过这位老板娘啊？

胡传魁　人家夫妻"八·一三"以后才来这儿开茶馆，那时候你还在日本留学，你

怎么会认识她哪？！

刁德一　这个女人真不简单哪！

克传魁　怎么，你对她还有什么怀疑吗？

刁德一　不不不！司令的恩人嘛！

胡传魁　　你这个人哪！

刁德一　　嘿嘿嘿……

　　　　　〔阿庆嫂取香烟、火柴，提铜壶从屋内走出。

阿庆嫂　　参谋长，烟不好，请抽一支呀！

　　　　　〔刁德一接过阿庆嫂送上的烟。阿庆嫂欲为点烟，刁德一谢绝，自己用
　　　　　　打火机点着。

阿庆嫂　　胡司令，抽一支！

　　　　　〔胡传魁接烟。阿庆嫂给胡传魁点烟。

刁德一　　（望着阿庆嫂背影，唱）【反西皮摇板】
　　　　　这个女人不寻常！

阿庆嫂　　（接唱）
　　　　　刁德一有什么鬼心肠？

胡传魁　　（唱）【西皮摇板】
　　　　　这小刁一点面子也不讲！

阿庆嫂　　（接唱）
　　　　　这草包倒是一堵挡风的墙。

刁德一　　（略一想，打开烟盒请阿庆嫂抽烟）抽烟！

　　　　　〔阿庆嫂摇手拒绝。

胡传魁　　人家不会，你干什么！

刁德一　　（接唱）
　　　　　她态度不卑又不亢。

阿庆嫂　　（唱）【西皮流水】
　　　　　他神情不阴又不阳。

胡传魁　　（唱）【西皮摇板】
　　　　　刁德一搞的什么鬼花样？

阿庆嫂　　（唱）【西皮流水】
　　　　　他们到底是姓蒋还是姓汪？

刁德一　　（唱）【西皮摇板】
　　　　　我待要旁敲侧击将她访。

阿庆嫂　　（接唱）
　　　　　我必须察言观色把他防。

　　　　　〔阿庆嫂欲进屋。刁德一从她的身后叫住。

刁德一　　阿庆嫂！
　　　　　（唱）【西皮流水】

　　　　　　　　适才听得司令讲，
　　　　　　　　阿庆嫂真是不寻常。
　　　　　　　　我佩服你沉着机灵有胆量，
　　　　　　　　竟敢在鬼子面前耍花枪。
　　　　　　　　若无有抗日救国的好思想，
　　　　　　　　焉能够舍己救人不慌张！

阿庆嫂　（接唱）
　　　　　　　　参谋长休要谬夸奖，
　　　　　　　　舍己救人不敢当。
　　　　　　　　开茶馆,盼兴旺，
　　　　　　　　江湖义气第一桩。
　　　　　　　　司令常来又常往，
　　　　　　　　我有心背靠大树好乘凉。
　　　　　　　　也是司令洪福广，
　　　　　　　　方能遇难又呈祥。

刁德一　（接唱）
　　　　　　　　新四军久在沙家浜，
　　　　　　　　这棵大树有阴凉，
　　　　　　　　你与他们常来往，
　　　　　　　　想必是安排照应更周详！

阿庆嫂　（接唱）
　　　　　　　　垒起七星灶，
　　　　　　　　铜壶煮三江。
　　　　　　　　摆开八仙桌，
　　　　　　　　招待十六方。
　　　　　　　　来的都是客。
　　　　　　　　全凭嘴一张。
　　　　　　　　相逢开口笑，
　　　　　　　　过后不思量。
　　　　　　　　人一走,茶就凉……
　　　　　　　〔阿庆嫂泼去刁德一杯中残茶,刁德一一惊。

阿庆嫂　（接唱）
　　　　　　　　有什么周详不周详！

胡传魁　哈哈哈……

刁德一　嘿嘿嘿……阿庆嫂真不愧是个开茶馆的，说出话来滴水不漏。佩服！佩服！

阿庆嫂　胡司令，这是什么意思呀？

胡传魁　他就是这么个人，阴阳怪气的，阿庆嫂别多心啊！

阿庆嫂　我倒没什么！（提铜壶进屋）

胡传魁　老刁啊，人家阿庆嫂救过我的命，咱们大面儿上得晾得过去，你干什么这么东一锄头西一棒子，叫我这面子往哪儿搁！你要干什么，你？

刁德一　不是啊，司令，这位阿庆嫂眼观六路，耳听八方，胆大心细，遇事不慌。咱们要在沙家浜久住，搞曲线救国，这可是用得着的人哪。就不知道她跟咱们是不是一条心！

胡传魁　阿庆嫂？自己人！

刁德一　那要问问她新四军和新四军的伤病员，她不会不知道。就怕她知道了不说。

胡传魁　要问，得我去！你去，准得碰钉子！

刁德一　那是，还是司令有面子嘛！

胡传魁　哈哈哈……

〔阿庆嫂机警从容，端着一盘瓜子从屋内走出。

阿庆嫂　胡司令，参谋长，吃点瓜子啊！

胡传魁　好……（喝茶）

阿庆嫂　……这茶吃到这会儿，刚吃出味儿来！

胡传魁　不错，吃出点味儿来了。——阿庆嫂，我跟你打听点事。

阿庆嫂　哦，凡是我知道的……

胡传魁　我问你这新四军……

阿庆嫂　新四军？有，有！

（唱）【西皮摇板】

司令何须细打听，

此地驻过许多新四军。

胡传魁　驻过新四军？

阿庆嫂　驻过。

胡传魁　有伤病员吗？

阿庆嫂　有！

（接唱）【西皮流水】

还有一些伤病员，

伤势有重又有轻。

胡传魁　他们住在哪儿？

阿庆嫂　（接唱）

我们这个镇子里，

家家住过新四军。

就是我这小小的茶馆里，

也时常有人前来吃茶、灌水、涮手巾。

胡传魁　（向刁德一）怎么样？

刁德一　现在呢？

阿庆嫂　现在？

（接唱）

听得一声集合令，

浩浩荡荡他们登路程！

胡传魁　伤病员也走了吗？

阿庆嫂　伤病员？

（接唱）【西皮散板】

伤病员也无踪影，

远走高飞难找寻！

节选自《革命样板戏剧本汇编》（第一集），人民文学出版社 1974 年版

游园惊梦

白先勇

钱夫人到达台北近郊天母窦公馆的时候,窦公馆门前两旁的汽车已经排满了,大多是官家的黑色小轿车。钱夫人坐的计程车开到门口她便命令司机停了下来。窦公馆的两扇铁门大敞,门灯高烧,大门两侧一边站了一个卫士,门口有个随从打扮的人正在那儿忙着招呼宾客和司机。钱夫人一下车,那个随从便赶紧迎了上来,他穿了一身藏青哔叽的中山装,两鬓花白。钱夫人从皮包里掏出了一张名片递给他,那个随从接过名片,即忙向钱夫人深深地行了一个礼,操了苏北口音,满面堆着笑容说道:

"钱夫人,我是刘副官,夫人大概不记得了?"

"是刘副官吗?"钱夫人打量了他一下,微带惊愕地说道,"对了,那时在南京到你们公馆见过你的。你好,刘副官。"

"托夫人的福。"刘副官又深深地行了一礼,赶忙把钱夫人让了进去,然后抢在前面用手电筒照路,引着钱夫人走上一条水泥砌的汽车过道,绕着花园往正屋里行去。

"夫人这向好?"刘副官一行引着路,回头笑着向钱夫人说道。

"还好,谢谢你,"钱夫人答道,"你们长官夫人都好呀? 我有好些年没见着他们了。"

"我们夫人好,长官最近为了公事忙一些。"刘副官应道。

窦公馆的花园十分深阔,钱夫人打量了一下,满园子里影影绰绰,都是些树木花草,围墙周遭却密密地栽了一圈椰子树,一片秋后的清月,已经升过高大的椰树杆子来了。钱夫人跟着刘副官绕过了几丛棕榈树,窦公馆那座两层楼的房子便赫然出现在眼前,整座大楼,上上下下灯火通明,亮得好像烧着了一般。一条宽敞的石级引上了楼前一个弧形的大露台,露台的石栏边沿上却整整齐齐的置了十来盆一排齐胸的桂木,钱夫人一踏上露台,一阵桂花的浓香侵袭过来了。楼前正门大开,里面有几个仆人穿梭一般来往着。刘副官停在门口,哈着身子,做了个手势,毕恭毕敬地说了声:

"夫人请。"

钱夫人一走入门内前厅,刘副官便对一个女仆说道:"快去报告夫人,钱将军夫人到了。"

前厅只摆了一堂精巧的红木几椅，几案上搁了一套景泰蓝的瓶樽，一只鱼篓瓶里斜插了几支万年青；右侧壁上，嵌了一面鹅卵形的大穿衣镜。钱夫人走到镜前，把身上那件玄色秋大衣卸下，一个女仆赶忙上前把大衣接了过去。钱夫人往镜里瞟了一眼，很快地用手把右鬓一绺松弛的头发捋了一下。下午六点钟才去西门町红玫瑰做的头发，刚才穿过花园，吃风一撩，就乱了。钱夫人往镜子又凑近了一步，身上那件墨绿杭绸的旗袍，她也觉得颜色有点不对劲儿。她记得这种丝绸，在灯光底下照起来，绿汪汪翡翠似的，大概这间前厅不够亮，镜子里看起来，竟有点发乌，难道真的是料子旧了？这份杭绸还是从南京带出来的呢。这些年都没舍得穿，为了赴这场宴才从箱子里拿出来裁了。早知如此，还不如到鸿翔绸庄去买份新的。可是她总觉得台湾的衣料粗糙，光泽扎眼，尤其是丝绸，哪里及得上大陆货那么细致，那么柔熟？

"五妹妹到底来了。"一阵脚步声，窦夫人走了出来，一把便攥住了钱夫人的双手笑道。

"三阿姐，"钱夫人也笑着叫道："来晚了，累你们好等。"

"哪里的话，恰是时候，我们正要入席呢。"

窦夫人说着便挽了钱夫人往正厅走去。在走廊上，钱夫人用眼角扫了窦夫人两下，她心中不禁觇敲起来：桂枝香果然还是没有老。临离开南京那年，自己明明还在梅园新村的公馆替桂枝香请过三十岁的生日酒，得月台的几个姐妹淘都差不多到齐了——嫁给上海棉纱大王陶鼎新的老二露凝香，桂枝香的妹子后来嫁给任主席任子久做小的十三天辣椒，还有她自己的亲妹妹十七月月红——几个人还学洋派凑份子替桂枝香定制了一个三十寸两层楼的大寿糕，上面足足插了三十根红蜡烛。现在她总该有四十大几了吧？钱夫人又朝窦夫人瞄了一下。窦夫人穿了一身银灰洒朱砂的薄纱旗袍。足上也配了一双银灰闪光的高跟鞋，右手的无名指上戴了一只莲子大的钻戒，左腕也笼了一副白金镶碎钻的手串，发上却插了一把珊瑚缺月钗，一对寸把长的紫瑛坠子直吊下发脚外来，衬得她丰白的面庞愈加雍容矜贵起来。在南京那时，桂枝香可没有这般风光，她记得她那时还做小，窦瑞生也不过是个次长，现在窦瑞生的官大了，桂枝香也扶了正，难为她熬了这些年，到底给她熬出头了。

"瑞生到南部开会去了，他听说五妹妹今晚要来，特地着我向你问好呢，"窦夫人笑着侧过头来向钱夫人说道。

"哦，难为窦大哥还那么有心，"钱夫人答道。一走近正厅，里面一阵人语喧笑便传了出来，窦夫人在正厅门口停了下来，又握住钱夫人的双手笑道：

"五妹妹，你早就该搬来台北了，我一直都挂着，你一个人住在南部那种地方有多冷清呢？今夜你是无论如何缺不得席的——十三也来了。"

"她也在这儿吗？"钱夫人问道。

"你知道呀，任子久一死，她便搬出了任家，"窦夫人说着又凑到钱夫人耳边笑道，"任子久是有几份家当的，十三一个人也算过得舒服了。今晚就是她起的哄。来到台湾还是头一遭呢。她把天香票房里的几位朋友搬了来，锣鼓笙箫都是全的，他们还巴望着你上去显两手呢。"

"罢了，罢了，哪里还能来这个玩意儿！"钱夫人急忙挣脱了窦夫人，摆着手笑道。

"客气话不必说了，五妹妹，你当年的老工夫一定是在的，连你蓝田玉都说不能，别人还敢开腔吗？"窦夫人笑道，也不等钱夫人分辩便挽了她往正厅里走去。

正厅里东一堆西一堆，锦簇绣丛一般，早坐满了衣裙明艳的客人。厅堂异常宽大，呈凸字形，是个中西合璧的款式。左半边置着一堂软垫沙发，右半边置着一堂紫檀硬木桌椅，中间地板上却隔着一张两寸厚刷着二龙抢珠的大地毯，沙发两长四短，对开围着，黑绒底子撒满了醉红的海棠叶儿，中间一张长方矮几上摆了一只两尺高天青细磁胆瓶，瓶里冒着一大蓬金骨红肉的龙须菊。右半边八张紫檀椅子团团围着一张嵌纹石桌面的八仙桌。桌子上早布满了各式的糖盒茶具。厅堂凸字尖端，也摆着六张一式的红木靠椅，椅子三三分开，圈了个半圆，中间缺口处却高高竖了一档乌木架流云蝙蝠镶云母片的屏风。钱夫人看见那些椅子上搁满了铙钹琴弦，椅子前端有两个木架，一个架着一只小鼓，另一只却齐齐地插了一排笙箫管笛。厅堂里灯光辉煌，两旁的座灯从地面斜射上来，照得一面大铜锣金光闪烁。

窦夫人把钱夫人先引到厅堂左半边，然后走到一张沙发跟前对一位五十多岁穿了珠灰旗袍，带了一身玉器的女客说道：

"赖夫人，这是钱夫人，你们大概见过的吧？"

钱夫人认得那位女客是赖祥云的太太，以前在南京时，社交场合里见过几面，那时赖祥云大概是个司令官，来到台湾，报纸上倒常见到他的名字。

"这位大概就是钱鹏公的夫人了？"赖夫人本来正和身旁一位男客在说话，这下才转过身来，打量了钱夫人半晌，款款地立了起来笑着说道。一面和钱夫人握手，一面又扶了头。说道：

"我是说面熟得很！"

然后转向着身边一位黑红脸身材硕肥头顶光秃穿了宝蓝丝葛长袍的男客说：

"刚才我还和余参军长聊天，梅兰芳第一次到上海在丹桂第一台唱的是什么戏，再也想不起来了。你们瞧，我的记性！"

余参军长老早立了起来，朝着钱夫人笑嘻嘻地行了一个礼说道：

"夫人久违了。那年在南京励志社大会串瞻仰过夫人的风采的。我还记得夫人票的是'游园惊梦'呢！"

"是呀。"赖夫人接嘴道，"我一直听说钱夫人的盛名，今天晚上总算有耳福要领教了。"

钱夫人赶忙向余参军长谦谢了一番，她记得余参军长在南京时来过她公馆一次，可是她又仿佛记得他后来好像犯了什么大案子被革了职退休了。接着窦夫人又引着她过去把在座的几位客人都一一介绍一轮。几位夫人太太她一个也不认识，她们的年纪都相当年轻，大概来到台湾才兴起来的。

"我们到那边去吧，十三和几位票友都在那儿。"

窦夫人说着又把钱夫人领到厅堂的右手边去。她们两人一过去，一位穿红旗袍的女客便踏着碎步迎了上来，一把便将钱夫人的手臂勾了过去，笑得全身乱颤说道：

"五阿姐，刚才三阿姐告诉我你也要来，我就喜得叫道：'好哇，今晚可真把名角给抬了出来了！'"

钱夫人方才听窦夫人说天辣椒蒋碧月也在这里，她心中就踌躇了一番，不知天辣椒嫁了人这些年，可收敛了一些没有。那时大伙儿在南京夫子庙得月台清唱的时候，有风头总是她占先，拗着她们师傅专拣讨好的戏唱。一出台，也不管清唱的规矩，就脸朝了那些捧角的，一双眼睛钩子一般，直伸到台下去。同是一个娘生的，性格儿却差得那么远。论到懂世故，有担待，除了她姐姐桂枝香再也找不出第二个人来。桂枝香那儿的便宜，天辣椒也算拣尽了。任子久连她姐姐的聘礼都下定了，天辣椒却有本事拦腰一把给夺了过去。也亏桂枝香有涵养，等了多少年才委委曲曲做了窦瑞生的三房。难怪桂枝香老叹息说：是亲妹子才专拣自己的姐姐往脚下踹呢！钱夫人又打量了一下天辣椒蒋碧月，蒋碧月穿了一身火红的缎子旗袍，两只手腕上，铮铮锵锵，直戴了八只扭花金丝镯，脸上勾得十分入时，眼皮上抹了眼圈膏，眼角儿也着了墨，一头蓬得像鸟窝似的头发，两鬓上却刷出几只俏皮的月牙钩来。任子久一死，这个天辣椒比从前反而愈更标劲，愈更佻达了，这些年的动乱，在这个女人身上，竟找不出半丝痕迹来。

"哪，你们见识见识吧，这位钱夫人才是真正的女梅兰芳呢！"

蒋碧月挽了钱夫人向座上几个男女票友客人介绍道。几位男客都慌忙不迭站了起来朝了钱夫人含笑施礼。

"碧月，不要胡说，给这几位内行听了笑话。"

钱夫人一行还礼，一行轻轻责怪蒋碧月道。

"碧月的话倒没有说差。"窦夫人也插嘴笑道，"你的昆曲也算是得了梅派的真传了。"

"三阿姐——"

钱夫人含糊地叫了一声，想分辩几句。可是若论到昆曲，连钱鹏志也对她说过：

"老五，南北名角我都听过，你的昆腔，也算是个好的了。"

钱鹏志说，就是为着在南京得月台听了她的"游园惊梦"，回到上海去，日思夜想，心里怎么也丢不下，才又转了回来娶她的。钱鹏志一迳对她讲，能得她在身边，唱几句"昆腔"作娱，他的下半辈子也就无所求了。那时她刚在得月台冒红，一句"昆腔"，台下一声满堂彩，得月台的师傅说：一个夫子庙算起来，就数蓝田玉唱得最正派。

"就是说呀，五阿姐。你来见见。这位徐太太也是个昆曲大王呢！"蒋碧月把钱夫人引到一位着黑旗袍，十分净扮的年轻女客跟前说道，然后又笑着向窦夫人说："三阿姐，回头我们让徐太太唱'游园'，五阿姐唱'惊梦'，把这出昆腔的戏祖宗搬出来，让两位名角上去较量较量，也好给我们饱饱耳福。"

那位徐太太连忙立了起来，道了不敢。钱夫人也赶忙谦让了几句，心中却着实嗔怪天辣椒讲话太过冒失，今天晚上这些人，大概没有一个不懂戏的，恐怕这位徐太太就现放着是个好角色，回头要真给抬了上去，倒不可以大意呢。运腔转调，这些人都不足畏，倒是在南部这么久，嗓子一直没有认真吊过，却不知如何了。而且裁缝师傅的话果然说中：台北不兴长旗袍喽。在座的——连那个老得脸上起了鸡皮皱的赖夫人在内，个个的旗袍下摆都缩到差不多到膝盖上去，露出大半截腿子来。在南京那时，那个夫人的旗袍不是长得快拖到脚面上来了的？后悔没有听从裁缝师傅，回头穿了这身长旗袍站出去，不晓得还登不登样。一上台，一亮相，最要紧了。那时在南京梅园新村请客唱戏，每次一站上去，还没开腔就先把那台下压住了的。

"程参谋，我把钱夫人交给你了。你不替我好好伺候着，明天罚你作东。"

窦夫人把钱夫人引到一个三十多岁的军官面前笑着说道，然后转身悄声对钱夫人说："五妹妹，你在这里聊聊，程参谋最懂戏的，我得进去招呼着上席了。"

"钱夫人久仰了。"

程参谋朝着钱夫人，立了正，倒落的一鞠躬，行了一个军礼。他穿了一身浅色凡呢丁的军礼服，外套的翻领上别了一副金亮的两朵梅花中校领章，一双短统皮鞋靠在一起，乌光水滑的。钱夫人看见他笑起来时，咧着一口齐朵朵净白的牙齿，容长的面孔，下巴剃得青亮，眼睛细长上挑，随一双飞扬的眉毛，往两鬓插去，一杆葱的鼻梁，鼻尖却微微上侮，一头墨浓的头发，处处都挹得妥妥帖帖的。他的身段颀长，着了军服分外英发。可是钱夫人觉得他这一声招呼里却又透着温柔，半点也没带武人的粗糙。

"夫人请坐。"

程参谋把自己的椅子让了出来，将椅子上那张海绵椅垫挪挪正，请钱夫人就了坐，然后立即走到那张八仙桌端了一盅茉莉香片及一个四色糖盒来，钱夫人正要伸手去接过那盅石榴红的磁杯，程参谋却低声笑道：

"小心烫了手，夫人。"

然后打开了那个描金乌漆糖盒，佝下身去，双手捧到钱夫人面前，笑吟吟地望着钱夫人，等她挑选。钱夫人随手抓了一把松瓤，程参谋忙劝止道：

"夫人，这个东西顶伤嗓子。我看夫人还是尝颗蜜枣，润润喉吧。"

随着便拈起一根牙签挑了一枚蜜枣，递给钱夫人。钱夫人道了谢，将那枚蜜枣接了过来，塞到嘴里，一阵沁甜的蜜味，果然十分甘芳。程参谋另外搬了一张椅子，在钱夫人右侧坐了下来。

"夫人最近看戏没有？"程参谋坐定后笑着问道。他说话时，身子总是微微倾斜过来，十分专注似的，钱夫人看见他又露出了一口白净的牙齿来，灯光下，照得莹亮。

"好久没看了，"钱夫人答道，她低下头去，细细地啜了一口手里那盅香片，"住在南部，难得有好戏。"

"张爱云这几天正在国光戏院演'洛神'呢，夫人。"

"是吗？"钱夫人应道，一直俯着首在饮茶，沉吟了半晌才说道，"我还是在上海天蟾舞台看她演过这出戏——那是好久以前了。"

"她的做工还是在的，到底不愧是'青衣祭酒'，把个宓妃和曹子建两个人那段情意，演得细腻到了十分。"

钱夫人抬起头来，触到了程参谋的目光，她即刻侧过了头去。程参谋那双细长的眼睛，好像把人都罩住了似的。

"谁演得这般细腻呀？"天辣椒蒋碧月插了进来笑道，程参谋赶忙立起来，让了座。蒋碧月抓了一把朝阳瓜子，跷起腿嗑着瓜子笑道："程参谋，人人说你懂戏，钱夫人可是戏里的通天教主，我看你趁早别在这儿班门弄斧了。"

"我正在和钱夫人讲究张爱云的'洛神'，向钱夫人讨教呢。"程参谋对蒋碧月说着，眼睛却瞟向了钱夫人。

"哦，原来是说张爱云吗？"蒋碧月扑哧笑了一下，"她在台湾教教戏也就罢了，偏偏又要去唱'洛神'，扮起宓妃来也不像呀！上礼拜六我才去国光看来，买到了后排，只见她嘴巴动，声音也听不到，半出戏还没唱完，她嗓子先就哑掉了——嗳唷，三阿姐来请上席了。"

一个仆人拉开了客厅通到饭厅的一扇镂空心字的桃花心木推门，窦夫人已经从饭厅里走了出来。整座饭厅银素装饰，明亮得像雪洞一般，两桌席上，却是猩红的细布桌面，杯碗羹箸一律都是银的。客人们进去后都你推我让，不肯上坐。

"还是我占先吧，这样让法，这餐饭也吃不成了，倒是辜负了主人的这番心意！"

赖夫人走到第一桌的主位坐了下来，然后又招呼着余参军长说道：

"余参军长，你也来我旁边坐下吧。刚才梅兰芳的戏，我们还没有论出头绪来呢。"

余参军长把手一拱，笑嘻嘻地道了一声："遵命。"客人们哄然一笑便都相随入了席。到了第二桌，大家又推让起来了，赖夫人隔着桌子向钱夫人笑着叫道：

"钱夫人，我看你也学学我吧。"

窦夫人便过来拥着钱夫人走到第二桌主位上，低声在她耳边说道：

"五妹妹，你就坐下吧。你不占先，别人不好入座的。"

钱夫人环视了一下，第二桌的客人都站在那儿带笑瞅着她。钱夫人赶忙含糊地推辞了两句，坐了下去，一阵心跳，连她的脸都有点发热了。倒不是她没经过这种场面，好久没有应酬，竟有点不惯了。从前钱鹏志在的时候，筵席之间，十有八九的主位，倒是她占先的。钱鹏志的夫人当然上坐，她从来也不必推让。南京那起夫人太太们，能僭过她辈分的，还数不出几个来。她可不能跟那些官儿的姨太太们去比，她可是钱鹏志明公正道迎回去做填房夫人的。可怜桂枝香那时出面请客都没份儿，连生日酒还是她替桂枝香做的呢。到了台湾桂枝香才敢这么出头摆场面，而她那时才冒二十岁，一个清唱的姑娘，一夜间便成了将军夫人了。卖唱的嫁给小户人家还遭多少议论，又何况是入了侯门？连她亲妹子十七月月红还刻薄过她两句：姐姐，你的辫子也该铰了，明日你和钱将军走在一起，人家还以为你是他的孙女儿呢！钱鹏志娶她那年已经六十靠边了，然而怎么说她也是他正正经经的填房夫人啊。她明白她的身份，她也珍惜她的身份。跟了钱鹏志那十几年，筵前酒后，哪次她不是捏着一把冷汗，怎是多大的场面，总是应付得妥妥帖帖的？走在人前，一样风华翩跹，谁又敢议论她是秦淮河得月台的蓝田玉了？

"难为你了，老五。"

钱鹏志常常抚着她的腮对她这样说道。她听了总是心里一酸，许多的委屈却是没法诉的。难道她还能怨钱鹏志吗？是她自己心甘情愿的。钱鹏志娶她的时候就分明和她说清楚了，他是为着听了她的"游园惊梦"才想把她接回去伴他的晚年的。可是她妹子月月红说的呢，钱鹏志好当她的爷爷了，她还要希冀什么？到底应了得月台瞎子师娘那把铁嘴：五姑娘，你们这种人只有嫁给年纪大的，当女儿一般疼惜算了，年轻的，哪里靠得住？可是瞎子师娘偏偏又捏着她的手，眨巴着一双青光眼叹息道：荣华富贵你是享定了，蓝田玉，只可惜你长错了一根骨头，也是你前世的冤孽！不是冤孽还是什么？除却天上的月亮摘不到，世上的金银财宝，钱鹏志怕不都设法捧了来讨她的欢心。她体验得出钱鹏志那番苦心。钱鹏志怕她念着出身低微，在达官贵人面前气馁胆怯，总是百般怂恿着她讲排场，耍派头。梅园新村钱夫人宴客的款式怕不噪反了整个南京城，钱公馆里的酒席钱，"袁大头"就用得罪过花啦的。单就替桂枝香请生日酒那天吧，梅园新村的公馆里一摆就是十台，吹箫的是琴雪芳那儿搬来的吴声豪，大厨司却是花了十块大洋特别从桃叶渡的绿柳居接来的。

"窦夫人，你们大司务是哪儿请来的呀？来到台湾我还是头一次吃到这么讲究的鱼翅呢。"赖夫人说道。

"他原是黄钦之黄部长家在上海时候的厨子，来台湾才到我们这儿来的。"窦夫人答道。

"那就难怪了，"余参军长接口道，"黄钦公是有名的吃家呢。"

"哪天要能借府上的大司务去烧个翅，请起客来就风光了。"赖夫人说道。

"那还不容易？我也乐得去白吃一餐呢！"窦夫人说道，客人们都笑了起来。

"钱夫人，请用碗翅吧，"程参谋盛了一碗红烧鱼翅，加了一匙羹镇江醋，搁在钱夫人面前，然后又低声笑道：

"这道菜，是我们公馆里出了名的。"

钱夫人还没来得及尝鱼翅，窦夫人却从隔壁桌子走了过来，敬了一轮酒，特别又叫程参谋替她斟满了，走到钱夫人身边，按着她的肩膀笑道：

"五妹妹，我们两个好久没有对过杯了。"

说完便和钱夫人碰了一下杯，一口喝尽，钱夫人也细细地干掉了。窦夫人离开时又对程参谋说道：

"程参谋，好好替我劝酒啊！你长官不在，你就在那一桌替他做主人吧。"

程参谋立起，执了一把银酒壶，弯了身，笑吟吟便往钱夫人杯里筛酒，钱夫人忙阻止道：

"程参谋，你替别人斟吧，我的酒量有限得很。"

程参谋却站着不动，望着钱夫人笑道：

"夫人，花雕不比别的酒，最易发散。我知道夫人回头还要用嗓子，这个酒暖过了，少喝点儿，不会伤喉咙的。"

"钱夫人是海量，不要饶过她！"

坐在钱夫人对面的蒋碧月却走了过来，也不用人让，自己先斟满了一杯，举到钱夫人面前笑道：

"五阿姐,我也好久没有和你喝过双盅儿了。"

钱夫人推开了蒋碧月的手,轻轻咳了一下说道:

"碧月,这样喝法要醉了。"

"到底是不赏妹子的脸,我喝双份儿好啦,回头醉了,最多让他们抬回去就是了。"

蒋碧月一仰头便干了一杯,程参谋连忙捧上另一杯,她也接过去一气干了,然后把个银酒杯倒过来,在钱夫人脸上一晃。客人们都鼓起掌来喝道:

"到底是蒋小姐豪兴!"

钱夫人只得举起了杯子,缓缓地将一杯花雕饮尽。酒倒是烫得暖暖的,一下喉,就像一股热流般,周身游荡起来了。可是台湾的花雕到底不及大陆的那么醇厚,饮下去终究有点割喉。虽说花雕容易发散,饮急了,后劲才凶呢。没想到真正从绍兴办来的那些陈年花雕也那么伤人。那晚到底中了她们的道儿! 她们大伙儿都说,几杯花雕那里就能把嗓子喝哑了? 难得是桂枝香的好日子,姐妹们不知何日才能聚得齐,主人尚且不开怀,客人哪能恣意呢? 连月月红十七也夹在里面起哄:姐姐,我们姐妹俩儿也来干一杯,亲热亲热一下。月月红穿了一身大金大红缎子旗袍,艳得像只鹦哥儿,一双眼睛,鹘伶伶地尽是水光。姐姐不赏脸,她说,姐姐到底不赏妹子的脸,她说道。逞够了强,捡够了便宜,还要赶着说风凉话。难怪桂枝香叹息:是亲妹子才专拣自己的姐姐往脚下踹呢。月月红——就算她年轻不懂事,郑彦青他就不该也跟了来胡闹了。他也捧了满满的一杯酒,咧着一口雪白的牙齿说道:夫人,我也来敬夫人一杯。他喝得两颧鲜红,眼睛烧得像两团黑水,一双带刺的马靴拍达一声并在一起,弯着身腰柔柔地叫道:夫人——

"这下该轮到我了,夫人。"程参谋立起身,双手举起了酒杯,笑吟吟地说道。

"真的不行了,程参谋。"钱夫人微俯着首,喃喃说道。"我先干三杯,表示点敬意,夫人请随意好了。"

程参谋一连便喝了三杯,一片酒晕把他整张脸都盖了过去了。他的额头发出了亮光,鼻尖上也冒出几颗汗珠子来。钱夫人端起了酒杯,在唇边略略沾了一下。程参谋替钱夫人拈了一只贵妃鸡的肉翅,自己也挟了一个鸡头来过酒。

"嗳唷,你敬的是什么酒呀?"

蒋碧月站起来,伸头前去嗅了一下余参军长手里那杯酒,尖着嗓门叫了起来,余参军长正捧着一只与众不同的金色鸡缸杯在敬蒋碧月的酒。

"小姐,这杯是'通宵酒'哪!"余参军长笑嘻嘻地说道,他那张黑红脸早已喝得像猪肝似的了。

"'呀呀啐,何人与你们通宵哪!'"蒋碧月把手一挥,打起戏白说道。

"蒋小姐，百花亭里还没摆起来，你先就'醉酒'了。"赖夫人隔着桌子笑着叫道，客人们又一声哄笑起来。窦夫人也站了起来对客人们说道：

"我们也该上场了，请各位到客厅那边去吧。"

客人们都立了起来，赖夫人带头，鱼贯而入进到客厅里，分别坐下。几位男票友却走到那档屏风面前几张红木椅子就了座，一边调弄起管弦来。六个人，除了胡琴外，一个拉二胡，一个弹月琴，一个管小鼓拍板，另外两个人立着，一个擎了一双铙钹，一个手里却吊了一面大铜锣。

"夫人，那位杨先生真是把好胡琴，他的洞箫，台湾还找不出第二个人呢，回头你听他一吹，就知道了。"

程参谋指着那位拉胡琴姓杨的票友，在钱夫人耳根下说道。钱夫人微微斜靠在一张单人沙发上，程参谋在她身旁一张皮垫矮圆凳上坐了下来。他又替钱夫人沏了一盅茉莉香片，钱夫人一面品着茶，一面顺着程参谋的手，朝那位姓杨的票友望去。那位姓杨的票友约摸五十上下，穿了一件古铜色起暗团花的熟罗长衫，面貌十分清癯，一双手指修长，洁白得像十管白玉一般，他将一柄胡琴从布袋子里抽了出来，腿上垫一块青搭布，将胡琴搁在上面，架上了弦弓，随便咿呀的调了一下，微微将头一垂，一扬手，猛地一声胡琴，便像抛线一般窜了起来，一段西皮流水，奏得十分清脆滑溜，一奏毕，余参军长便头一个跳了起来叫了声："好胡琴！"客人们便也都鼓起掌来。接着锣鼓齐鸣，奏出了一只"将军令"的上场牌子。窦夫人也跟着满客厅一一去延请客人们上场演唱，正当客人们互相推让间，余参军长已经拥着蒋碧月走到胡琴那边，然后打起丑腔叫道：

"启娘娘，这便是百花亭了。"

蒋碧月双手握着嘴，笑得前俯后仰，两只腕上几个扭花金镯子，铮铮锵锵地抖响着。客人们都跟着起哄喝彩起来，胡琴便奏出了"贵妃醉酒"里的四平调。蒋碧月身也不转，面朝了客人便唱了起来。唱到过门的时候，余参军长跑出去托了一个朱红茶盘进来，上面搁了那只金色的鸡缸杯，一手撩了袍子，在蒋碧月跟前做了个半跪的姿势，效那高力士叫道：

"启娘娘，奴婢敬酒。"

蒋碧月果然装了醉态，东歪西倒地做出了种种身段，弯下身去，用嘴将那只酒杯衔了起来，然后又把杯子当啷一声掷到地上，唱出了两句：

> 人生在世如春梦
> 且自开怀饮几盅

客人们早笑得滚做了一团，窦夫人笑得岔了气，沙着喉咙对了赖夫人喊道："我看我们碧月今晚真的醉了！"

赖夫人笑得直用绢子揩眼泪，一面大声叫道："蒋小姐醉了倒不要紧，只是莫学那杨玉环又去喝一缸醋就行了。"

客人们正在闹着要蒋碧月唱下去，蒋碧月却摇摇摆摆地走了下来，把那位徐太太给抬了上去，然后对客人们宣布道：

"昆曲大王来给我们唱'游园'了，回头再请另外一位昆曲泰斗——钱夫人来接唱'惊梦'。"

钱夫人赶忙抬起了头来，将手里的茶杯搁到左边的矮几上，她看见徐太太已经站到了那档屏风前面，半背着身子，一只手却扶在插笙箫的那只乌木架上。她穿了一身净黑的丝绒旗袍，脑后松松地挽了一个贵妇髻，半面脸微微向外，莹白的耳垂露在发外，上面吊着一丸翠绿的坠子。客厅里几只喇叭形的座灯像数道注光，把徐太太那细挑的身影，袅袅娜娜地推到那档云母屏风上去。

"五阿姐，你仔细听听，看看徐太太的'游园'跟你唱的可有个高下。"

蒋碧月走了过来，一下子便坐到了程参谋的身边，伸过头来，一只手拍着钱夫人的肩，悄声笑着说道。

"夫人，今晚总算我有缘，能领教夫人的'昆腔'了。"

程参谋也转过头来，望着钱夫人笑道。钱夫人睃着蒋碧月手腕上那只金光乱窜的扭花镯子，她忽然感到一阵微微的晕眩。一股酒意涌上了她的脑门似的，刚才灌下去的那几杯花雕好像渐渐着力了，她觉得两眼发热，视线都有点朦胧起来。蒋碧月身上那袭红旗袍如同一团火焰，一下子明晃晃地烧到了程参谋的身上，程参谋衣领上那几枚金梅花，便像火星子般，跳跃了起来。蒋碧月的一对眼睛像两丸黑水银在她醉红的脸上溜转起来，程参谋那双细长的眼睛却眯成了一条缝，射出了逼人的锐光，两张脸都向着她，一齐咧着整齐的白牙，朝她微笑着，两张红得发油光的脸庞渐渐地靠拢起来，凑在一块儿，咧着白牙，朝她笑着。洞箫和笛子都鸣了起来，笛音如同流水，把靡靡下沉的箫声又托了起来，送进"游园"的"皂罗袍"中去——

> 原来姹紫嫣红开遍
> 似这般都付与断井颓垣
> 良辰美景奈何天
> 便赏心乐事谁家院——

杜丽娘唱的这段"昆腔"便算是昆曲里的警句了。连吴声豪也说：钱夫人，您这段"皂罗袍"便是梅兰芳也不能过的。可是吴声豪的箫却偏偏吹得那么高（吴师傅，今晚让她们灌多了，嗓子靠不住，吹低些吧）。吴声豪说，练嗓子的人，第一要忌酒；然而月月红十七却端着那杯花雕过来说道：姐姐，我们姐妹俩儿也来干一杯。她穿得大金大红的,还要说,姐姐,你不赏脸。不是这样说,妹子,不是姐姐不赏脸。实在为着他是姐姐命中的冤孽。瞎子师娘不是说过:荣华富贵——蓝田玉,可惜你长错了一根骨头。冤孽呵。他可不就是姐姐命中招的冤孽了?懂吗,妹子,冤孽。然而他也捧着酒杯来叫道:夫人。他笼着斜皮带,戴着金亮的领章,腰杆子扎得挺细,一双带白铜刺的长筒马靴乌光水滑的啪哒一声靠在一起,眼皮都喝得泛了桃花,却叫道:夫人。谁不知道南京梅园新村的钱夫人呢?钱鹏公,钱将军的夫人啊。钱鹏志的夫人。钱鹏志的随从参谋。钱将军的夫人,钱将军的参谋。钱将军。难为你了,老五,钱鹏志说道,可怜你还那么年轻。然而年轻的人哪里会有良心呢?瞎子师娘说,你们这种人,只有年纪大的才懂得疼惜啊。荣华富贵——只可惜长错了一根骨头。懂吗?妹子,他就是姐姐命中招的冤孽了。钱将军的夫人。钱将军的随从参谋。将军夫人。随从参谋。冤孽,我说。冤孽,我说。(吴师傅,吹得低一些,我的嗓子有点不行了。哎,这段"山坡羊"。)

> 没乱里春情难遣
>
> 蓦地里怀人幽怨
>
> 则为俺生小婵娟
>
> 拣名门一例一例里神仙眷
>
> 甚良缘把青春抛的远
>
> 俺的睡情谁见——

那团红火焰又熊熊的冒了起来了,烧得那两道飞扬的眉毛,发出了青湿的汗光。两张醉红的脸又渐渐地靠拢在一处,一齐咧着白牙,笑了起来。紫箫上那几根玉管子似的手指,上下飞跃着。那袅袅娜娜的身影儿,在那档雪青的云母屏风上,随着灯光,仿仿佛佛的摇曳起来。洞箫声愈来愈低沉,愈来愈凄咽,好像把杜丽娘满腔的怨情都吹了出来似的。杜丽娘快要入梦了,柳梦梅也该上场了。可是吴声豪却说,"惊梦"里幽会那一段,最是露骨不过的。(吴师傅吹低一点,今晚我喝多了酒。)然而他却偏捧着酒杯过来叫道:夫人。他那双乌光水滑的马靴啪哒一声靠在一处,一双白铜马刺扎得人的眼睛都发痛了。他喝得眼皮泛了桃花,还要那么叫道:夫人,我来扶你上马,夫人,他说道,他的马裤把两条修长的腿子翻得滚圆,夹在马肚子上,像一双钳子。他的马是白的,路也是白的,树杆子也是白的,他那匹白马在猛烈的太阳底下照得发了亮。他们说:到中山陵的那条路上两旁种满了白桦树。他那匹白马在桦树林子里奔跑起来,活像一头麦秆丛中乱窜的兔儿。太阳照在马背上,蒸出一缕缕的白烟来。一匹白的,一匹黑的——两匹马都在流汗了。而他身上却沾满了触鼻的马汗。他的眉毛变得碧青,眼睛像两团烧着了的黑火,汗珠子一行行从他额上流到他鲜红的颧上来。太阳,我叫道。太阳照得人的眼睛都睁不开了。那些树杆子,又白净,又细滑,一层层的树皮都卸掉了,露出里面赤裸裸的嫩肉来。他们说:那条路上种满了白桦树。太阳,我叫道,太阳直射到人的眼睛上来了。于是他便放柔了声音唤道:夫人。钱将军的夫人。钱将军的随从参谋。钱将军的——老五,钱鹏志叫道,他的喉咙已经咽住了。老五,他喑哑地喊道,你要珍重吓。他的头发乱得像一丛枯白的茅草,他的眼睛坑出了两只黑窟窿,他从白床单下伸出他那只瘦黑的手来,说道,珍重吓,老五。他抖索地打开了那只描金的百宝匣儿,这是祖母绿,他取出了第一层抽屉。这是猫儿眼。这是翡翠叶子。珍重吓,老五,他那乌青的嘴皮颤抖着,可怜你还这么年轻。荣华富贵——只可惜你长错了一根骨头。冤孽,妹子,他就是姐姐命中招的冤孽了。你听我说,妹子,冤孽呵。荣华富贵——可是我只活过那么一次。懂吗?妹子,他就是我的冤孽了。荣华富贵——只有那一次。荣华富贵——我只活过一次。懂吗?妹子,你听我说,妹子。姐姐不赏脸,月月红却端着酒过来说道,她的眼睛亮得剩了两泡水。姐姐到底不赏妹子的脸,她穿得一身大金大红的,像一团火一般,坐到了他的身边去。(吴师傅,我喝多了花雕。)

迁延,这衷怀那处言
淹煎,泼残生除问天——

就是那一刻,泼残生——就是那一刻,她坐到他身边,一身大金大红的,就是那一刻,那两张醉红的面孔渐渐的凑拢在一起,就在那一刻,我看到了他们的眼睛:她的眼睛,他的眼睛。完了,我知道,就在那一刻,除问天——(吴师傅,我的嗓子。)完了,我的喉咙,你摸摸我的喉咙,在发抖吗?完了,在发抖?天——天——(吴师傅,我唱不出来了。)天——天——完了,荣华富贵——可是我只活过一次,——冤孽、冤孽、冤孽——天——天——(吴师傅,我的嗓子。)——就在那一刻,就在那一刻,哑掉了——天——天——

"五阿姐,该是你'惊梦'的时候了。"蒋碧月站了起来,走到钱夫人面前,伸出了她那一双戴满了扭花金丝镯的手臂,笑吟吟地说道。

"夫人——"程参谋也立了起来,站在钱夫人跟前,微微倾着身子,轻轻地叫道。

"五妹妹,请你上场吧。"窦夫人走了过来,一面向钱夫人伸出手说道。

锣鼓笙箫一齐鸣了起来,奏出了一只"万年欢"的牌子来。客人们都倏地离了座,钱夫人看见满客厅里都是些手臂在交挥拍击,把徐太太团团围在客厅中央。笙箫管笛愈吹愈急切,那面铜锣高高地举了起来,敲得金光乱闪。

"我不能唱了。"钱夫人望着蒋碧月,微微摇了摇两下头,喃喃说道。

"那可不行！"蒋碧月一把捉住了钱夫人的双手："五阿姐，你这位名角今晚无论如何逃不掉的。"

"我的嗓子哑了。"钱夫人突然用力摔开了蒋碧月的双手，嘎声说道，她觉得全身的血液一下子都涌到头上来了似的，两腮滚热，喉头好像猛让刀片拉了一下，一阵阵的刺痛起来，她听见窦夫人插进来说：

"五妹妹不唱算了——余参军长，我看今晚还是你这位名黑头来压轴吧。"

"好呀，好呀，"那边赖夫人马上响应道，"我有好久没有领教余参军长的'八大锤'了。"

说着赖夫人便把余参军长推到了锣鼓那边。余参军长一站上去，便拱了手朝下面道了一声"献丑"，客人们一阵哄笑，他便开始唱了一段金兀术上场时的"点绛唇"；一面唱着，一面又撩起了袍子，做了个上马的姿势，踏着马步便在客厅中央环走起来，他那张宽肥的醉脸涨得紫红，双眼圆睁，两道粗眉一齐竖起，几声呐喊，把胡琴都压了下去。赖夫人笑得弯了腰，跑上去，跟在余参军长后头直拍着手，蒋碧月即刻上去加入了他们的行列，不停地尖起嗓子叫着"好黑头！好黑头！"另外几位女客也上去跟了她们喝彩，团团围走，于是客厅里的笑声便一阵比一阵暴涨了起来。余参军长一唱歇，几个着白衣黑裤的女佣已经端了一碗碗的红枣桂圆汤进来让客人们润喉了。

窦夫人引了客人们走出到屋外的露台上的时候，外面的空气里早充满了风露，客人们都穿上了大衣，窦夫人却围了一张白丝的大披肩，走到了台阶的下端去。钱夫人立在露台的石栏旁边，往天上望去，她看见那片秋月恰恰地升到中天，把窦公馆花园里的树木路阶都照得镀了一层白霜，露台上那十几盆桂花，香气都比先前浓了许多，像一阵湿雾似的，一下子罩到她的面上来。

"赖将军夫人的车子来了。"刘副官站在台阶下面，往上大声通报各家的汽车。头一辆开进来的，便是赖夫人那架黑色崭新的林肯，一个穿着制服的司机赶忙跳了下来，打开车门，弯了腰毕恭毕敬的候着。赖夫人走下台阶，和窦夫人道了别，把余参军长也带上了车，坐进去后，却伸出头来向窦夫人笑道：

"窦夫人，府上这一夜戏，就是当年梅兰芳和金少山也不能过的！"

"可是呢，"窦夫人笑着答道，"余参军长的黑头真是赛过金霸王了。"

立在台阶上的客人都笑了起来，一齐向赖夫人挥手作别。第二辆开进来的，却是窦夫人自己的小包车，把几位票友客人都送走了。接着程参谋自己开了一辆吉普军车进来，蒋碧月马上走了下去，捞起旗袍，跨上车子去，程参谋赶着过来，把她扶上了司机旁边的座位上，蒋碧月却歪出半个身子来笑道：

"这架吉普车连门都没有，回头怕不把我摔出马路上去呢！"

"小心点开啊，程参谋。"窦夫人说道，又把程参谋叫了过去，附耳嘱咐了几句，程参谋直点着头笑应道："夫人请放心。"

然后他朝了钱夫人，立了正，深深地行了一个礼，抬起头来笑道：

"钱夫人，我先告辞了。"

说完便利落地跳上了车子，发了火，开动起来。

"三阿姐再见！五阿姐再见！"

蒋碧月从车门伸出手来，不停地招挥着，钱夫人看见她臂上那一串扭花镯子，在空中划了几个金圈圈。

"钱夫人的车子呢？"客人快走尽的时候，窦夫人站在台阶下问刘副官道。

"报告夫人，钱将军夫人是坐计程车来的，"刘副官立了正答道。

"三阿姐——"钱夫人站在露台上叫了一声，她老早就想跟窦夫人说替她叫一辆计程车来了，可是刚才客人多，她总觉得有点堵口，钱鹏志过世后，她那辆官家汽车已经归还政府了。

"那么我的汽车回来，立刻传进来送钱夫人吧。"窦夫人马上接口道。

"是，夫人。"刘副官接了命令便退走了。

窦夫人回转身，便向着露台走了上来，钱夫人看见她身上那块白披肩，在月光下，像朵云似的簇拥着她。一阵风掠过去，周遭的椰树都沙沙地鸣了起来，把窦夫人身上那块大披肩吹得姗姗扬起，钱夫人赶忙用手把大衣领子锁了起来，连连打了两个寒噤。刚才滚热的面腮，吃这阵凉风一逼，汗毛都张开了。

"我们进去吧，五妹妹。"窦夫人伸出手来，搂着钱夫人的肩膀往屋内走去，"我叫人沏壶茶来，我们正好谈谈心——你这么久没来，可发觉台北变了些没有？"

钱夫人沉吟了半晌，侧过头来答道：

"变多喽。"

走到房子门口的时候，她又轻轻地加了一句：

"变得我都快不认识了——起了好多新的高楼大厦。"

原载台北《现代文学》1966 年第 30 期

团泊洼的秋天

郭小川

秋风像一把柔韧的梳子，梳理着静静的团泊洼；
秋光如同发亮的汗珠，飘飘扬扬地在平滩上挥洒。

高粱好似一队队的"红领巾"，悄悄地把周围的道路观察；
向日葵摇头微笑着，望不尽太阳起处的红色天涯。

矮小而年高的垂柳，用苍绿的叶子抚摸着快熟的庄稼；
密集的芦苇，细心地护卫着脚下偷偷开放的野花。

蝉声消退了，多嘴的麻雀已不在房顶上吱喳；
蛙声停息了，野性的独流减河也不再喧哗。

大雁即将南去，水上默默浮动着白净的野鸭；
秋凉刚刚在这里落脚，暑热还藏在好客的人家。

秋天的团泊洼啊，好像在香甜的梦中睡傻；
团泊洼的秋天啊，犹如少女一般羞羞答答。

团泊洼，团泊洼，你真是这样静静的吗？
全世界都在喧腾，哪里没有雷霆怒吼，风云变化！

是的，团泊洼的呼喊之声，也和别处一样洪大；
听听人们的胸口吧，其中也和闹市一样嘈杂。

这里没有第三次世界大战，但人人都在枪炮齐发；
谁的心灵深处——没有奔腾咆哮的千军万马！

这里没有刀光剑影的火阵，但日夜都在攻打厮杀；
谁的大小动脉里——没有炽热的鲜血流响哗哗！

这里的《共产党宣言》，并没有掩盖在尘埃之下；
毛主席的伟大号召，在这里照样有最真挚的回答。

无产阶级专政的理论,在战士的心头放射光华;
反对修正主义的浪潮,正惊退了贼头贼脑的鱼虾。

解放军兵营门口的跑道上,随时都有马蹄踏踏;
"五七"干校的校舍里,荧光屏上不时出现《创业》和《海霞》。

在明朗的阳光下,随时都有对修正主义的口诛笔伐;
在一排排红房之间,常常听见同志式温存的夜话。

……至于战士的深情,你小小的团泊洼怎能包容得下!
不能用声音,只能用没有声音的"声音"加以表达:

战士自有战士的性格:不怕污蔑,不怕恫吓;
一切无情的打击,只会使人腰杆挺直,青春焕发。

战士自有战士的抱负:永远改造,从零出发;
一切可耻的衰退,只能使人视若仇敌,踏成泥沙。

战士自有战士的胆识:不信流言,不受欺诈;
一切无稽的罪名,只会使人神志清醒,头脑发达。

战士自有战士的爱情:忠贞不渝,新美如画;
一切额外的贪欲,只能使人感到厌烦,感到肉麻。

战士的歌声,可以休止一时,却永远不会沙哑;
战士的明眼,可以关闭一时,却永远不会昏瞎。

请听听吧,这就是战士一句句从心中掏出的话。
团泊洼,团泊洼,你真是那样静静的吗?

是的,团泊洼是静静的,但那里时刻都会轰轰爆炸!
不,团泊洼是喧腾的,这首诗篇里就充满着嘈杂。

不管怎样,且把这矛盾重重的诗篇埋在坝下,
它也许不合你秋天的季节,但到明春准会生根发芽。……

1975 年于团泊洼干校

(初稿的初稿,还需要多次多次的修改,属于《参考消息》一类,万勿外传。——作者原注)

选自《郭小川诗选》,人民文学出版社 1985 年版

班 主 任

刘心武

一

你愿意结识一个小流氓，并且每天同他相处吗？我想，你肯定不愿意；甚至会嗔怪我何以提出这么一个荒唐的问题。

但是，在光明中学党支部办公室里，当黑瘦而结实的支部书记老曹，用信任的眼光望着初三（三）班班主任张俊石老师，换一种方式向他提出这个问题时，张老师并不以为古怪荒唐。他只是极其严肃地考虑了一分钟左右，便断然回答说："好吧！我愿意认识认识他……"

事情是这样的，前些日子，公安局从拘留所把小流氓宋宝琦放了出来。他是因为卷进了一次集体犯罪活动被拘留的。在审讯过程中，而对着无产阶级专政的强大威力与政策感召，他浑身冒汗，嘴唇哆嗦，作了较为彻底的坦白交代，并且揭发检举了首犯的关键罪行，因此，公安局根据他的具体情况——情节较轻而坦白揭发较好，加上还不足十六岁——将他教育释放了。

他的父母感到再也难在老邻居们面前抛头露面，便通过换房的办法搬了家，恰好搬到光明中学附近。根据这几年实行的"就近入学"办法，他父母来申请将宋宝琦转入光明中学上学。他该上初三，而初三（三）班又恰好有空位子，再加上张老师有十几年的班主任工作经验，又是这个年级班主任里唯一的党员，因此，经过党支部研究，接受了宋宝琦的转学要求，并且由老曹直接找到张老师，直截了当地摆出情况，问他说："怎么样？怎么样？你把宋宝琦收下吧？"

正像你所知道的那样，张老师思忖的目光刚同老曹的饱含期待、鼓励的目光相遇，他便答应下来了。

二

张老师是个什么样的人呢？

趁他顶着春天的风沙，骑车去公安局了解宋宝琦情况的当口，我们可以仔细观察他一番。

张老师实在太平凡了。他今年三十六岁，中等身材，稍微有点发胖。他的衣裤都明显地旧了，但非常整洁，每一个纽扣都扣得规规矩矩，连制服外套的风纪扣，也一丝不苟地扣着。他脸庞长圆，额上有三条挺深的抬头纹，眼睛不算大，但能闪闪放光地看人，撒谎的学生最怕他这目光；不过，更让学生们敬畏的是张老师的那张嘴，人们都说薄嘴唇的人能说会道，张老师却是一对厚嘴唇，冬春常被风吹得爆出干皮儿；从这对厚嘴唇里迸出的话语，总是那么热情、生动、流利，像一架永不生锈的播种机，不断在学生们的心田上播下革命思想和知识的种子，又像一把大笤帚，不停息地把学心田上的灰尘无情地扫去……

一路上，张老师的表情似乎挺平淡。等到听完公安局同志的情况介绍、翻完卷宗以后，他的脸上才显露出强烈的表情来——很难形容，既不全是愤慨，也不排除厌恶与蔑视，似乎渐渐又由决心占了上风，但忧虑与沉重也明显可见。

张老师从公安局回到学校时，已经是下午三点钟。他掏出叠得很整齐的手绢，一边擦着脑门上的汗，一边走进年级组办公室。显然同组的老师们都已知道宋宝琦将于明天到他班上课的事了。教数学的尹达磊老师头一个迎上他，形成了关于宋宝琦的第一个波澜。

三

尹老师和张老师同岁，同是一个师范学院毕业，同时分配到光明中学任教，又经常同教一个年级。他们一贯推心置腹，就是吵嘴，也从不含沙射影，一点"底儿"也不留。

尹老师身材细长，五官长得紧凑，这就使他永远摆脱不了"娃娃相"，多亏鼻梁上架着副深度近视镜，才使他在学生们面前不至有失长者的尊严。

在这一九七七年的春天，尹老师感到心里一片灿烂的阳光。他对教育战线，对自己的学校，所教的课程和班级，都充满了闪动着光晕的憧憬。他觉得一切不合理的事物都应该而且能够迅速得到改进。他认为"四人帮"既已揪出，扫荡"四人帮"在教育战线的流毒，开成理想的境界应当不需要太多的时间。不过，最近这天他有点沉不住气，他愿意一切都如春江放舟般顺利，不曾想却仍要面临一些复杂的问题。

关于宋宝琦即将"驾到"的消息一入他的耳中，他就忍不住热血沸腾。张老师刚一迈进办公室，他便把满腔的"不理解"朝老战友发泄出来。他劈面责问张老师："你为什么答应下来？眼下，全年级面临的形势是要狠抓教学质量，你弄个小流氓来，陷到作他个别工作的泥坑里去，哪还有精力抓教学质量，闹不好，还弄个'一粒耗子屎坏掉一锅粥'！你呀你，也不冷静地想想，就答应下来，真让人没法理解……"

办公室的其他老师，有的赞同尹老师的观点却不赞同他那生硬的态度；有的不赞成他的观点，却又觉得他的确是出于一片好心；有的一时还拿不准道理上该怎么看，只是为张老师凭空添了这么一副重担子，滋生了同情与担忧……因此，虽然都或坐或站地望着张老师，却一时都没有说话。就连搁放在存物架上的生理卫生课教具——耳朵模型，仿佛也特意把自己拉成了一尺半长，在专注地等待着张老师作答。

张老师觉得尹老师的意见未免偏激，但并不认为尹老师的话毫无道理。他静静地考虑了一分钟，便答辩似地说："现在，既没有道理把宋宝琦退回给公安局，也没有必要让他回原来学校上学。我既然是个班主任老师，那么，他来了，我就开展工作吧……"

这真是几句淡而无味的话。倘若张老师咄咄逼人地反驳尹老师，也许会引起一场火爆的争论，而他竟出乎意料地这样作答，尹老师仿佛反被慑服了。别的老师也挺感动，有的还不禁低首自问："要是把宋宝琦分到我的班上，我会怎么想呢？"

张老师的确必须立即开展工作，因为，就在这时，他班上的团支部书记谢惠敏找他来了。

四

谢惠敏的个头比一般男生还高，她腰板总挺得直直的，显得很健壮。有一回，她打业余体校栅栏墙外走过，一眼被里头的篮球教练看中。教练热情地把她请了进去，满心以为发现了个难得的培养对象。谁知让这位长圆脸、大眼睛的姑娘试着跑了几次篮后，竟格外地失望——原来，她弹跳力很差，手臂手腕的关节也显得过分僵硬，一问，她根本对任何球类活动都没有兴趣。

的确，谢惠敏除了随着大伙看看电影、唱唱每个阶段的推荐歌曲，几乎没有什么业余爱好。她功课中平，作业有时完不成，主要是由于社会工作占去的精力和时间太多了——因此倒也能获得老师和同学们的谅解。

头年夏天，张老师接任这个班的班主任时，谢惠敏已经是团支部书记了。张老师到任不久便轮到这个班下乡学农。返校的那天，队伍离村二里多了，谢惠敏突然发现有个男生手里转动着个麦穗，她不禁又惊又气地跑过去批评说："你怎么能带走贫下中农的麦子？给我！得送回去！"那个男生不服气地辩解说："我要拿回家给家长看，让他们知道这儿的麦子长得有多棒！"结果引起一场争论，多数同学并不站在谢惠敏一边，有的说她"死心眼"，有的说她"太过分"。最后自然轮到张老师表态。谢惠敏手里紧紧握着那根丰满的麦穗，微张着嘴唇，期待地望着张老师。出乎许多同学的意料，张老师同意了谢惠敏送回麦穗的请求。耳边响着一片扬声争论与喁喁低议交织成的音波，望着在雨后泥泞的大车道上奔回村庄的谢惠敏那独特的背影,张老师曾经感动地想:问题不在于小小的麦穗是否一定要这样来处理;看哪,这个仅仅只有三个月团龄的支部书记,正用全部纯洁而高尚的感情,在维护"绝不能让贫下中农损失一粒麦子"的信念——她的身上,有着多么可贵的闪光素质啊!

但是,这以后,直到"四人帮"揪出来之前,浓郁的阴云笼罩着我们祖国的大地,阴云的暗影自然也投射到了小小的初三(三)班。被"四人帮"那个女黑干将控制的团市委,已经向光明中学派驻了联络员,据说是来培养某种"典型";是否在初三(三)班设点,已在他们考虑之中。谢惠敏自然常被他们找去谈话。谢惠敏对他们的"教诲"并不能心领神会。因为她没有丝毫的政治投机心理,她单纯而真诚。但是,打从这时候起,张老师同谢惠敏之间开始显著出某种似乎解释不清的矛盾。比如说,谢惠敏来告状,说团支部过组织生活时,五个团员竟有两个打瞌睡。张老师没有去责难那两个不像样子的团员,却向谢惠敏建议说:"为什么过组织生活总是念报纸呢?下回搞一次爬山比赛不成吗?保险他们不会打瞌睡!"谢惠敏瞪圆了双眼,几乎不相信自己的耳朵,隔了好一阵,才抗议地说:"爬山,那叫什么组织生活?我们读的是批宋江的文章啊……"再比如,那一天热得像被扣在了蒸笼里,下了课,女孩子们都跑拢窗口去透气,张老师把谢惠敏叫到一边,上下打量着她说:"你为什么还穿长袖衬衫呢?你该带头换上短袖才是,而且,你们女孩子该穿裙子才对啊!"谢惠敏虽然热得直喘气,却惊讶得满脸涨红,她简直不能理解张老师在提倡什么作风!班上只有宣传委员石红才穿带小碎花的短袖衬衫,还有那种带褶子的短裙,这在谢惠敏看来,乃是"沾染了资产阶级作风"的表现!

"四人帮"揪出来之后,张老师同谢惠敏之间的矛盾自然可以解释清楚了,但并没有完全消除。

现在,谢惠敏找到张老师,向他汇报说:"班上同学都知道宋宝琦要来了,有的男生说他原来是什么'菜市口老四',特别厉害;有些女生害怕了,说是明天宋宝琦真来,她们就不上学了!"

张老师一愣。他还没有来得及预料到这些情况。现在既然出现了这些情况,他感到格外需要团支部配合工作,便问谢惠敏:"你怕吗?你说该怎么办?"

谢惠敏晃晃小短辫说:"我怕什么?这是阶级斗争!他敢犯狂,我们就跟他斗!"

张老师心里一热。一霎时,那在泥泞的大车道上奔走的背影活跳在记忆的屏幕上。他亲热地对谢惠敏说:"你赶紧把团支部和班委会的人找齐,咱们到教室开个干部会!"

五

四点二十左右，干部会结束了。其他干部们都走了，教室里只剩下张老师、谢惠敏和石红三个人。

石红恰好面对窗户坐着，午后的春阳射到她圆脸庞上，使她的两颊更加红润；她拿笔的手托着腮，张大的眼眶里，晶亮的眸子缓慢地游动着，丰满的下巴微微上翘——这是每当她要想出一个更巧妙的方法来解决一道数学题时，为数学老师所熟悉、所喜爱的神态。可是此刻她并不是在解数学题，而是在琢磨怎么写出明天一早同大家——也包括宋宝琦——见面的"号角诗"。

张老师同谢惠敏在一旁谈着话。围绕着接收宋宝琦需要展开的工作，已经全部落实。男生干部们分头找男生们做工作去了，跟他们讲宋宝琦并不是什么威震菜市口的"英雄"，而是个犯了错误的需要帮助的人。对他既别好奇乃至于敬畏，也不能歧视打击，大家要齐心合力地帮助他。女生干部将分头到那几个或者是因为胆小或者是出于赌气，宣布明天不来上学的女生家去，对她们和她们的家长讲清楚，学校一定会保证女孩子们不受宋宝琦欺侮；对宋宝琦这样的小流氓，消极躲避只能助长他的恶习，只有团结起来同他斗争，进行教育，才能化有害为无害，并且逐步化无害为有益。张老师则要对宋宝琦进行家访，对他以及他的家长进行初步了解，并进行第一次思想工作。石红的"号角诗"明天一早将向大家强调："让我们的教室响彻抓纲治国的脚步声！"

当石红的"号角诗"快要写完的时候，张老师同谢惠敏的谈话结束了。张老师把摊在桌上、刚给干部们看过的几件东西往一块敛。那是张老师从派出所带回来的，宋宝琦犯案后被搜出的物品：一把用来斗殴的自行车弹簧锁，一副残破油腻的扑克牌，一个式样新颖附有打火机的镀镍烟盒，还有一本撕掉了封皮的小说。小干部们面对这些东西都厌恶得皱鼻子、撇嘴角。谢惠敏提议说："团支部明天课后开个现场会，积极分子们也参加，摆出这些东西，狠狠批判一顿！"大伙都同意，张老师也点头说："对。要利用这个机会，进一步抓好反腐蚀教育。"

没曾想，临到张老师收敛这几件物品时，突然出现了矛盾，还闹得挺僵。

别的东西都收进了书包了，只剩下那本小说。张老师原来顾不得细翻，这时拿起来一检查，不由得"啊！"了一声。原来那是本文化大革命以前，中国青年出版社出版的长篇小说《牛虻》。

谢惠敏感到张老师神情有点异常，忙把那本书要过来翻看。她以前没听说过、更没看见过这本书。她见里头有外国男女讲恋爱的插图，不禁惊叫起来："哎呀！真黄！明天得狠批这本黄书！"

张老师皱起眉头，思索着。他回忆起自己中学时代的情况。那时候，团支部曾向班上同学们推荐过这本小说……围坐在篝火旁，大伙用青春的热情轮流朗读过它；倚扶着万里长城的城墙，大伙热烈地讨论过"牛虻"这个人物的优缺点……这本英国小说家伏尼契写成的作品，曾激动过当年的张老师和他的同辈人，他们曾从小说主人公的形象中，汲取过向上的力量……也许，当年对这本小说的缺点批判不够？也许，当年对小说的精华部分理解得也不够准确、不够深刻？……但，不管怎么说——张老师想到这儿，忍不住对谢惠敏开口分辩道：

"这本《牛虻》可不能说成是黄书……"

谢惠敏的两撇眉毛险些飞出脑门，她瞪圆了双眼望着张老师，激烈地质问说："怎么？不是黄书？！这号书不是黄书什么是黄书？"在谢惠敏的心目中，早已形成一种铁的逻辑，那就是凡不是书店出售的、图书馆外借的书，全是黑书、黄书。这实在也不能怪她。她开始接触图书的这些年，恰好是"四人帮"搞法西斯文化专制主义最凶的几年。可爱而又可怜的谢惠敏啊，她单纯地崇信一切用铅字新排印出来的东西，而在"四人帮"控制舆论工具的那几年里，她用虔诚的态度拜读的报纸刊物上充塞着多少他们的"帮文"，喷溅出了多少戕害青少年的毒计啊！倘若在谢惠敏最亲近的人当中，有人及时向她点明：张春桥、姚文元那两篇号称"阐述无产阶级专政理论"的"重要文章"大可怀疑，而"梁效""唐晓文"之类的大块文章也绝非马列主义的"权威论著"……那该有多好啊！但是，由于种种主观和客观上的原因，没有人向她点明这一点。她的父母经常嘱咐谢惠敏及其弟妹，要听毛主席的话，要认真听广播、看报纸；要求他们遵守纪律、尊重老师；要求他们好好学功课……谢惠敏从这样的家庭教育中受益不浅，具备了强烈的无产阶级感情、劳动者后代的气质；但是，在资产阶级、修正主义的白骨精化为美女现形的斗争环境里，光有朴素的无产阶级感情就容易陷于轻信和盲从，而"白骨精"们正是拼命利用一些人的轻信与盲从以售其奸！就这样，谢惠敏正当风华正茂之年，满心满意想成为一个好的革命者，想为共产主义这个大目标而奋斗，却被"四人帮"害得眼界狭窄，是非模糊。岂止《牛虻》这本书她会认为是毒草，我们这段故事发生的时候，《青春之歌》已经进行再版了，但谢惠敏还保持着"四人帮"揪出前形成的习惯——把那些热衷于传"文艺消息"，什么又会有某个新电影上演啦，电台又播了个什么新歌呀这样的同学们，看成是"沾染了资产阶级思想"。就在前几天，她发现石红在自习课上看一本厚厚的小说，下课她便给没收了。那是一九五九年出版的《青春之歌》，她随便翻检了几页，把自己弄得心跳神乱——断定是本"黄书"，正想拿来上交给张老师，石红笑嘻嘻地一把抢了回去，还拍着封面说："可带劲啦！你也看看吧！"结果两人争吵了一场；后来她忙着去团委会开会，倒忘记向张老师反映了，没想到今天张老师竟比石红还要石红——亲口否认这本外国"黄书"不黄！在谢惠敏心中，外国的"黄书"当然一律又要比中国的"黄书"更黄了。面对这样一位张老师，她又联想起以前的许多细琐冲突来。于是，往常毕竟占据支配地位的尊敬之感，顿减少了许多。她微微噘起嘴，飞走的眉毛落回来拧成了个死疙瘩。

这时候，石红写完"号角诗"，正准备给张老师和谢惠敏朗诵，忽然听到张老师说："这本《牛虻》可不能说成是黄书……"她才知道那本破书原来就是《牛虻》，赶忙凑拢谢惠敏身边去看。谢惠敏大声质问张老师的话刚一出口，她便热情地晃动着谢惠敏胳膊说："别这么说！我听爸爸妈妈讲过，《牛虻》这本书值得一读！这两天我正读《钢铁是怎样炼成的》，里头的保尔·柯察金是个无产阶级英雄，可他就特别佩服'牛虻'……"石红早就想找本《牛虻》来看，一直没有借到，所以她从谢惠敏手中拿过书来翻动时，心里翻腾着强烈的求知欲：这本书写的是什么时代的事儿？故事发生在什么地方？"牛虻"究竟是个啥样的人？真的有值得佩服的地方吗？……当她把破书还到张老师手上时，不禁问道："读这本书，该注意些啥？学习些啥？"谢惠敏咬住嘴唇，眯起眼睛，不满地望着石红，心里怦怦直跳。

张老师翻动着那本饱经沧桑的《牛虻》。他本想耐心地对谢惠敏解释为什不能把它算作"黄书"，但这本书是从宋宝琦那儿抄出来的，并且，瞧，插图上，凡有女主角琼玛出现，一律野蛮地给她添上了八字胡须。又焉知宋宝琦他们不是把它当成"黄书"来看的呢？生活现象是复杂的。这本《牛虻》的遭遇也够光怪陆离了。对谢惠敏这样实际上还很幼稚的孩子，分析过于复杂的生活现象和精华糟粕并存的文艺作品，需要充裕的时间和适宜的场合。

想到这些，我们的张老师便把破旧的《牛虻》放入书包，和蔼地对谢惠敏说："今天关于这本书的事儿，咱们改天再谈吧。看，快五点了，咱们赶紧听听石红写的'号角诗'吧，听完分头按计划行动。"

石红念的诗，谢惠敏一句也没装进脑子里去。她痛苦而惶惑地望着映在课桌上的那些斑驳的树影。她非常、非常愿意尊敬张老师，可张老师对这样一本书的古怪态度，又让她不能不在心里嘀咕："还是老师呢，怎么会这样啊?！……"

六

五点刚过，张老师骑车抵达宋家的新居。小院的两间东屋里，东西还来不及仔细整理，显得很凌乱。比如说，一盆开始挂花的"令箭"，就很不恰当地摆放在了歪盖着塑料布的缝纫机上。

宋宝琦的母亲是个售货员，这天正为搬家倒休，忙不迭地拾掇着屋子。见张老师来了，她有些宽慰，又有点羞愧，忙把宋宝琦从里屋喊出来，让他给老师敬礼，又让他去倒茶。我们且不忙随张老师的眼光去打量宋宝琦，先随张老师坐下来同宋宝琦母亲谈谈，了解一下这个家庭的大概。

宋宝琦的父亲在园林局苗圃场工作，一直上"正常班"，就是说，下午六点以后就能往家奔了。但他每天常常要八、九点钟才回家。为什么？宋宝琦母亲说起来连连叹气，原来这些年他养成了个坏习惯：下班的路上经过月坛，总要把自行车一撂，到小树林里同一些人席地而坐，打扑克消遣，有时打到天黑也不散，挪到路灯底下接茬打，非得其中有个人站起来赶着去工厂上夜班，他们才散。

显然，这样一位父亲，既然缺乏丰富而有意义的精神生活，那么，对宋宝琦的缺乏教育管束也就可想而知了。至于当母亲的，从她含怨的叙述中，不难看出她是怎样自食了溺爱与放任独生子的苦果。

绝不要以为这个家庭很差劲。张老师注意到，尽管他们还有大量的清理与安置工作，才能使房间达到窗明几净的程度，但是两张镶镜框的毛主席、华主席像，却已端正地并排挂到了北墙，并且，一张稍小的周总理像，装在一个自制的环绕着银白梅花图案的镜框中，被郑重地摆放在了小衣柜的正中。这说明这对年近半百的平凡夫妇，内心里也涌荡着和亿万人民相同的感情波澜。那么，除了他们自身的弱点以外，谁应当对他们精神生活的贫乏负责呢？……

差一刻六点的时候，张老师请当母亲的尽管去忙她的家务事，他把宋宝琦带进里屋，开始了对小流氓的第一次谈话。

现在我们可以仔细看看宋宝琦是个什么模样了。他上身只穿着尼龙弹力背心，一疙瘩一疙瘩的横肉，和那白里透红的肤色，充分说明他有幸生活在我们这个不愁吃不愁穿的社会里，营养是多么充分，躯体里蕴藏着多么充沛的精力。唉，他那张脸啊，即便是以经常直视受教育者为习惯的张老师，乍一看也不免浑身起栗。并非五官不端正，令人寒心的是从面部肌肉里，从殴斗中打裂过又缝上的上唇中，从鼻翅的神经质搧动中，特别是从那双一目了然地充斥着空虚与愚蠢的眼神中，你立即会感觉到，仿佛一个被污水泼得变了形的灵魂，赤裸裸地立在了聚光灯下。

经过三十来个回合的问答，张老师已在心里对宋宝琦有了如下的估计：缺乏起码的政治觉悟，知识水平大约只相当初中一年级程度，别看有着一身蠻肉，实际上对任何一种正规的体育活动都不在行。张老师想到，一些满足于贴贴标签的人批判起宋宝琦这样的小流氓来，一定会说他是"满脑子资产阶级思想"。但是，随着进一步地询问，张老师便愈来愈深切地感到，笼统地说宋宝琦这样的小流氓具有资产阶级思想，那就近乎无的放矢，对引导他走上正路也无济于事。

宋宝琦的确有严重的资产阶级思想，但究竟是哪一些资产阶级思想呢？

资产阶级标榜"自由、平等、博爱"，讲究"个人奋斗"、"成名成家"，用虚伪的"人性论"掩盖他人追求剥削，压迫的罪行。而宋宝琦呢？他自从陷入了那个流氓集团以后，便无时无刻不处于森严的约束之中，并且多次被大流氓"搧耳茄子"与用烟头烫后脑勺。他愤怒吗？反抗吗？不，他既无追求"个性解放"、呼号"自由、平等"的思想行动,也从未想到过"博爱";他一方面迷信"铁哥儿们义气",心甘情愿地替犬流氓当"炊拨儿",另一方面又把搧比他更小的流氓耳光当作最大的乐趣。什么"成名成家",他连想也没有想过,因为从他懂事的时候起,一切专门家——科学家、工程师、作家、教授……几乎都被林贼、"四人帮"打成了"臭老九",论排行,似乎还在他们流氓之下,对他来说,何羡慕之有? 有何奋斗而求之的必要? 资产阶级的典型思想之一是"知识即力量",对不起,我们的宋宝琦也绝无此种观念。知识有什么用? 无休无止地"造反"最好。张铁生考试据说得了个"大鸭蛋",不是反而当上大官了吗? ……所以,不能笼统地给宋宝琦贴上个"满脑袋资产阶级思想"的标签便罢休,要对症下药! 资产阶级在上升阶段的那些个思想观点,他头脑里并不多甚至没有,他有的反倒是封建时代的"哥儿们义气"以及资产阶级在没落阶段的享乐主义一类的反动思想影响……请不要在张老师对宋宝琦的这种剖析面前闭上你的眼睛,塞上你的耳朵,这是事实! 而且,很遗憾,如果你热爱我们的祖国,为我们可爱的祖国的未来操心的话,那么,你还要承认,宋宝琦身上所反映出的这种问题,在一定程度上还并不是极个别的! 请抱着解决实际问题。治疗我们祖国健壮躯体上的局部痈疽的态度,同我们的张老师一起,来考虑考虑如何教育、转变宋宝琦这类青少年吧!

张老师从书包里取出那本饱遭蹂躏的小说来,问宋宝琦:"这本书叫什么名儿? 你还记得吗?"

宋宝琦刚经历过专政机关严厉的审讯和带强制性的训斥,那滋味当然远比一个班主任老师的询问与教育难受,所以,他尽可能用最恭顺的态度回答说:"记得,这是牛亡。"他不认识虻字,照他识字的惯例,只读一半。

"不是牛亡,是'牛虻'。你知道这两个字是什么意思吗?"

面部没有表情,两眼直愣愣地望着对面在窗玻璃外扑腾的一只粉蝶,极坦率地回答说:"不懂。"

"那么,这本书你究竟读完了没有呢?"

"翻了翻篇。我不懂。"

"不懂,你要它干什么呢? 这本书是打哪儿来的呢?"

"我们偷的。"

"打哪儿偷的呢? 偷它干什么呢?"

"打原来我们学校废书库偷的。听说那里头的书都是不让借、不让看的。全是坏书。我们撬开锁,偷了两大包。我们偷出来为的是拿去卖。"

"怎么没把这本卖了呢?"

"后来都没卖。我们听说,盖了图书馆戳子的书,我们要是卖去,人家就要逮着我们。"

"你们偷出来的书里，还有些什么呢？你还能说出几个名儿来吗？"

"能！"宋宝琦为能表现一下自己并非愚钝无知感到非常高兴，他第一次有了专注的神情，眨着眼，费劲地回忆着："有《红岩》，有……《和平与战争》，要不，就是《战争与和平》，对了，还有一本书特怪，叫……叫《新嫁车的词儿》……"

这让张老师吃了一惊。他想了想，掏出钢笔在手心里写了《辛稼轩词选》几个字，伸出去让宋宝琦看，宋宝琦赶忙点头："就是！没错儿！"

张老师心里一阵阵发痛。几个小流氓偷书，倒还并不令人心悸。问题是，凭什么把这样一些有价值的、乃至于非但不是毒草，有的还是香花的书籍，统统扔到库房里锁起来，宣布为禁书呢？宋宝琦同他流氓伙伴堕落的原因之一，出乎一般人的逻辑推理之外，并非一定是由于读了有毒素的书而中毒受害，恰恰是因为他们相信能折腾就能"拨份儿"，什么书也不读而坠落于无知的深渊！

张老师翻动着《牛虻》，责问宋宝琦："给这插图上的妇女全画上胡子，算干什么呢？你是怎么想的呢？"

宋宝琦垂下眼皮，认罪地说："我们比赛来着，一人拿一本，翻画儿，翻着女的就画，谁画的多，谁运气就好……"

张老师愤然注视着宋宝琦，一时说不出话来。宋宝琦抬起眼皮偷觑了张老师一眼，以为一定是自己的态度还不够老实，忙补充说："我们不对，我们不该看这黄书……我们算命，看谁先交上女朋友……我们……我再也不敢了！"他想起了在公安局里受审的情景，也想起了母亲接他出来那天，两只红红的、交织着疼和恨的眼睛。

"我们不该看这黄书"——这句话像鼓槌到鼓面上，使张老师的心"咚"地一响。怪吗？也不怪——谢惠敏那品行端方的好孩子，同宋宝琦这样品质低劣的坏孩子，他们之间的差别该有多大啊，但在认定《牛虻》是"黄书"这一点上，却又不谋而合——而且，他们又都是在并未阅读这本书的情况下，"自然而然"地作出这个结论的。这是多么令人震惊的一种社会现象！谁造成的？谁？

当然是"四人帮"！

一种前所未及的，对"四人帮"铭心刻骨的仇恨，像火山般喷烧在张老师的心中。截至目前，在人类文明史上，能找出几个像"四人帮"这样用最革命的"逻辑"与口号，掩盖最反动的愚民政策的例子呢？

望着低头坐在床上，两只肌肉饱满的胳膊撑在床边，两眼无聊地瞅着互相搓动的、穿着白边懒鞋的双脚，拒绝接受一切人类文明史上有益的知识和美好的艺术结晶的这个宋宝琦，张老师只觉得心里的火苗扑腾扑腾往上窜，一种无形的力量冲击着他的喉头，他几乎要喊出来——

救救被"四人帮"坑害了的孩子！

七

春天日短。当远处电报大楼的七记钟声，悠悠地随风飘来时，暮色已经笼罩着光明中学附近的街道和胡同。

张老师推着自行车，有意识拐进了免费出入、日夜开放的小公园里。他寻了一条僻静处的长椅，支上车，坐到长椅上，燃起一支香烟，眉尖耸动着，有意让胸中汹涌的感情波涛，能集中到理智的闸门，顺合理的渠道奔流出去，化为强劲有力的行动，来执行自己这班主任的职责。

晚风吹动着一直拖到椅背上来的柳丝，身上落下了一引起随风旋转而来的干榆钱，在看不见的地方，丁香开了，飘来沁人心脾的芳馥气息。

同宋宝琦本人及其家庭的初步接触，竟将张老师心弦中的爱弦和恨弦拨动得如此之剧烈，颤动得他竟难以控制自己。他恨不能立时召集全班同学，来这长椅前开个班会。他有许多深刻而动人的想法，有许多诚挚而严峻的意念，有许多倾心而深沉的嘱托、建议、批评、引导和号召，就在这个时候，能以最奔放的感情，最有感染力的方式，包括使用许多一定能脱口而出的丰富而奇特的、易于为孩子们所接受的例证和比喻，淋漓尽致地表达出来……他感到，他比以往任何时候，都更爱我们亲爱的祖国。想到她的未来，想到她的光明前景，想到本世纪结束、下世纪开始时，"四化"初具规模的迷人境界，他便产生了一种不容任何人凌辱、戏弄祖国，不许任何人扼杀、窒息祖国未来的强烈感情！他想到自己的职责——人民教师，班主任，他所培养的，不要说只是一些学生，一些花朵，那分明就是祖国的未来，就是使中华民族在这九百六十万平方公里的土地上，强盛地延续下去，发展下去，屹立于世界民族之林的未来！

他感到，他比以往任何时候，都更深刻地仇恨"四人帮"这伙祸国殃民的蟊贼。不要仅仅看到"四人帮"给国民经济所造成的有形危害，更要看到"四人帮"向亿万群众灵魂上泼去的无形污秽；不要仅仅注意到"四人帮"培养出了一小撮"头上长角、浑身长刺"的张铁生式丑类，还要注意到，有多少宋宝琦式的"畸形儿"已经出现！而且，甚至像谢惠敏这样本质纯正孩子身上，都有着"四人帮"用残酷的愚民政策所打下的黑色烙印！"四人帮"不仅糟踏着中华民族的现在，更残害着中华民族的未来！

对丑类的恨加深着对人民的爱，对人民的爱又加深着对丑类的恨。当爱和恨交织在一起的时候，人们就有了为真理而斗争的无穷勇气，就有了不怕牺牲去夺取胜利的无穷力量。

张老师陡然站了起来，他看看表，七点一刻。他想到了晚饭。不是他感到饿了，考虑到自己该回家吃饭去，他简直把自己也需要吃晚饭这件事忘到爪哇岛去了。他是打算亲自到几个同学家里去，了解一下他们对宋宝琦来初三（三）班的反应。而这个时候，同学们家里一定都在吃饭，吃饭的时候进行家访是不适宜的。他想了想，便背着手，在小公园的树林子里踱起步来，同时确定下来，七点半左右再离开这里……

丁香花的芳馨一阵阵更加浓郁。浓郁的香气令人联想起最称心如意的事。张老师想到"四人帮"已经被扫进了垃圾箱，想到华主席为首的党中央已经在短短的半年内打出了崭新的局面，想到亲爱的祖国不但今天有了可靠的保证，未来也更加充满希望，他便感到宋宝琦也并非朽不可雕的烂树，而谢惠敏的糊涂处以及对自己的误解与反感，比之于蕴藏在她身上的优良素质和社会主义积极性来，简直更不是什么难以消融的冰雪了。

八

张老师推车走出小公园时，恰巧遇上了提着鼓囊囊的塑料包，打从小公园门口走过的尹老师。

尹老师大吃一惊："俊石，你怎么还有逛公园的雅兴？"

张老师笑了笑，没有解释。他也并不问尹老师从哪儿来，到哪儿去。他知道，尹老师坚持有一个多月了，每天下午四点以后，除了在学校组织一些数学后进的学生补课以外，还要轮流到他们家里去进行个别辅导。他熟悉尹老师的脾性，特别是"四人帮"控制着文教战线的时期，他往往牢骚满腹，对教育部不满.对学校领导不满，对学生不满，对家长不满。倘是一个局外人，听了他那愤激之情溢于言表的话，一定会以为他是个惯于撂挑子、甩袖子的人，其实尹老师牢骚归牢骚，工作归工作，不管是什么时候，不管遇上什么打击、障碍、困难和挫折，他从未放弃过辛勤教学劳动。就是在"四人帮"把学生中的无政府主义思潮煽动得达于极点，课堂里往往乱得像一锅煮沸的粥时，他虽然能在办公室里把牢骚话说到"咱们干脆罢教"的地步，一听到上课铃响，却立即奔赴教室，仍然竭尽全力地用粉笔敲着黑板，用劝导、吆喝、说服、恫吓来让同学们听他讲述那些方程式和多面体。

张老师知道这是他已经结束了个别辅导，要奔赴胡同外的汽车站，乘车回家去了。他既然是忙完了工作，那么，牢骚一定是一触即发。果不其然，不等张老师开口，他便拍着张老师自行车的车座子，长叹一声说："'四人帮'给咱们造成了些什么样的学生啊！你想想看吧，我教的是初三了，可刚才却还在为两个学生翻来覆去地讲勾股定理……你比我更有'福气'——摊上个'新文盲'宋宝琦！说实在的我不能理解你，眼下是'百废待举'该做的事情那么多，而光是今天一个下午，你就为收留一个小流氓耗费了那么多心血，犯得上吗?！让宋宝琦滚蛋吧！

公安局不收,让他回原来的学校! 原来的学校不要,就让他在家呆着!"

张老师诚恳地对他说:"经过这一下午,我越来越自觉地认识到,症结不在是不是一定要收下宋宝琦——的确,也许应当为他这样的学生专门办一种学校,或者把同他相似的学生专门编成一班;要不按他的文化程度,干脆把他降到初一去从头学起……但这都不是主要的。症结在哪里呢? 今天下午围绕着收宋宝琦发生的这一件又一件的事情,好比一面镜子,照出了'四人帮'糟害我们下一代的罪恶;有些'四人帮'的流毒和影响,我以前或者没有觉察出来,或者没有像今天这样感到触目惊心,我想到了很多、很多……现在是一九七七年的春天,这是多么美好、多么幸福的春天啊,可它又是要求我们迎向更深刻的斗争、付出更艰苦的劳动的春天,因而也是要求我们更加严格的一个春天! 朝前看吧,达磊! ……"

尹老师从这简单的话语里不可能感受到张老师已经感受到的一切,但是,当他同张老师那饱含着醒悟、深思、信心、力量的动人目光相遇时,他的牢骚和烦躁情绪顿时消失了。七七年春天的晚风吹拂着这两个平平常常、默默无闻的人民教师,有那么一两分钟,他们各自任自己的思绪飞扬奔腾,静静地没有交谈。

张老师想到,过几天,针对尹老师思想方法偏于简单和急躁的缺点,一定要好好地找他谈一谈:感情绝不能代替政策;迫切希望革命事业向前迈进的心情,不能简单地表现为焦躁和牢骚;锲而不舍地坚持斗争的同时,又应当对事物的发展抱相应的积极等待的态度,对宋宝琦这类小流氓的厌恨,还可以转化为对祖国的幼苗遭到"四人帮"戕害而生的怜惜和疼爱……总之,要好好地同尹老师谈谈哲学,谈谈辩证法,谈谈现在和未来,谈淡爱和恨,谈谈生活和工作,乃至于谈谈《红岩》和《牛虻》……

远处又飘来了报告七点半已到的一记钟声,张老师收回沸腾的思绪,拍拍尹老师的肩膀说:"咱俩另找个时间好好聊聊吧。我还要到几个同学家里去一下。"

"快去石红那儿吧,"尹老师忽然想起,赶紧告诉张老师:"我刚从他们楼里出来,听我那班的一个同学说。谢惠敏跟石红吵了一架,你快去了解一下吧!"张老师心里一震,他立即骑上车,朝石红家所在的居民楼驰去。

九

石红的爸爸是区上的一个干部,妈妈是个小学教师,两口子都是在轰轰烈烈的"四清"运动里入党的;从入党前后起,特别是经过无产阶级文化大革命,他们形成了一种很好的习惯,就是坚持学习马列、毛主席著作。他们书架上的马恩、列宁、毛主席著作单行本,书边几乎全有浅灰的手印,书里不乏摺痕、重点线和某些意味着深深思索的符号……石红深深受着这种认真读书的气氛的熏陶,她也成了个小书迷。

石红是幸运的。"晚饭以后"成了她家的一个专用语，那意味着围坐在大方桌旁，互相督促着学习马列、毛主席著作，以及在互相关怀的气氛中各自作自己的事——爸爸有时是读他爱读历史书，妈妈批改学生的作文，石红抿着嘴唇、全神贯注地思考着一道物理习题或是解着一个不等式……有时一家人又在一起分析时事或者谈论文艺作品。父亲和母亲，父母和女儿之间，展开愉快的、激烈的争论。即使在"四人帮"推行法西斯文化专制主义最凶狠的情况下，这家人的书架上仍然屹立着《暴风骤雨》、《红岩》、《茅盾文集》、《盖达尔选集》、《欧也妮·葛朗台》、《唐诗三百首》……这样一些书籍。

张老师曾经把石红通读的《共产党宣言》、《马克思主义的三个来源和三个组成部分》和毛选四卷，以及她的两本学习笔记，拿到班会上和家长会上传看过，但是，他觉得更可欣的是，这孩子常常能够根据马列主义、毛泽东思想的原则去思考、分析一问题。这思考和分析，往往比较正确，并体现在她积极的行动中。

我们这个故事发生的那一天，张老师敲开石红他们家那个单元的门后，发现迎门的那间屋里，坐满了人。石红坐在屋中饭桌边，正朗读着一本书。另外有五个女孩子，也都是张老师班上的学生，散坐在屋中不同的部位，有的右手托腮、睁大双眼出神地望着石红；有的双臂折放在椅背上，把头枕上去；有的低首揉弄着小辫梢……显然，她们都正听得入神。根据下午谢惠敏的汇报，这恰恰是那几个因为害怕或赌气而扬言明天宋宝琦去了她们就不去上的同学。

石红读得专心致志，没有发觉张老师的到来；有两个女孩子抬眼瞧见了张老师，也只是羞涩地对他笑笑，没有出声叫他"张老师"，那显然并非是忘记了礼貌，而是不忍心中断她们已经沉浸进去的那个动人的故事。

来开门的石红妈妈把张老师引到隔壁屋里，请他坐下，轻声地解释说："孩子们正在读鲁迅翻译的《表》……"

《表》是苏联作家班台莱耶夫在十月革命后不久写的一部儿童文学作品。它描写了一个流浪儿在苏维埃教养院里的转变过程。鲁迅先生当年以巨大的热情翻译了它。张老师虽然好多年没翻过这本书了，但石红妈妈一提，这本书里的一人物形象和片断情节，顿时涌现在张老师的脑海中。张老师在短短的几分钟里，已经猜测出石红家里出现这种局面的来龙去脉了。果然，石红妈妈告诉他："石红一回家就把宋宝琦的事跟我说了。吃完饭的时候她一个劲眨巴眼睛，洗碗的时候她跟我商量：'妈妈，要是我约上谢惠敏，把那害怕、赌气的同学们都找来，读读《表》这本书怎么样呢？'我很赞成。我跟她说：'有党的领导，有社会主义制度，路线对了头，只要老师、同学们发挥集体的作用，小流氓也是能转变的啊！'后来她就找同学们去了——只是谢惠敏不知怎么没有来……"

正说着，石红读完一个段落，知道张老师来了，拿着书跳进屋里，高兴地嚷：

"张老师，你来得正好！快给我们讲讲吧！"

张老师被她拉到了外屋，几个小姑娘都站起来叫"张老师"，不等他发话，各种各样的问题就争先恐后地提出来了：

"张老师，这本书我们能读吗"？

"张老师，这本书里的小流氓，怎么又惹人生气，又惹人同情呢？"

"张老师，谢惠敏说我们读毒草，这本书能叫毒草吗？"

"张老师，您见着宋宝琦了吗？跟这本书里的小流氓，他好点儿还是坏点儿呢？"

……

张老师且不忙回答，却反问她们："谢惠敏为什么不来呢？石红跟她吵嘴啦？你们应该齐心合力把她拉来啊！"

小姑娘们激动地同声回答志来，吵成一片，结果一句也听不清，还是石红让大伙静下来，解释说："拉不来啊！除非现在报上专门登篇文章，宣布《表》是一好书……"

原来，石红刚一找到谢惠敏的时候，谢惠敏见石红工作这么积极，还挺高兴。可是一听是找到一块儿去读一本外国小说，她就打心眼里反感。石红跟她解释，这本书挺不错，读了对解决那几个同学的问题能有有启发……谢惠敏没等石红说完，立刻反问道："报上推荐过吗？"这一问使石红呆住了，半晌过回答："没推荐呢。""读没推荐的书不怕中毒吗？现在正反腐蚀，咱们干部可不能带头受腐蚀呀！"……谢惠敏一脸警惕的神色，警告着石红，不仅自己拒绝参加这个活动，还劝说石红不要"犯错误"……这把石红惹恼了，同她吵了一场，但临走时仍然拉着她的手，央告她去"听听再说"，她把石红的手拂开了。石红走后，谢惠敏激动地走出屋子，晚风吹拂着火烫的面颊，她是痛苦，上牙把下唇咬出了很深的印子……

在石红家里，接下来出现了这样的场面：张老师坐在桌边，石红和那几个小姑娘围住他，师生一起无拘无束地谈起了来，从《表》谈到苏联的演变，从《麦》里的流浪了儿谈到宋宝琦；从应当怎样改造小流氓谈到大多数小流氓是能够教育好的，最后渐渐谈到明天以后班里面临的新形势，张老师笑着问那几个小姑娘："怎么样，你们还罢课吗？"

她们互相交换完眼色，便都望着张老师，几乎是异口同声地说："不罢啦！"

张老师离开石红家的时候，满天的星斗正在宝蓝色的夜空中熠熠闪光。

用不着思索，蹬上自行车以后，他自然而然地向谢惠敏家里驰去。说实在的，当他同石红和那几个小姑娘议论时，谢惠敏无时不在他的心中；他疼爱谢惠敏，如同医生疼爱一个不幸患上传染病的健壮孩子；他相信，凭着谢惠敏那正直的品格和朴实的感情，只要倾注全力加以治疗，那些"四人帮"在她身上播下的病菌，是一定能够被杀灭的。

离谢惠敏的家越近，张老师心上的内疚感便越沉重。过去，对谢惠敏成为这样一种状态，他总觉得自己难以承担责任——他在接班不久的情况下，就向谢惠敏含蓄地指出过，不要只是学习零星的语录，不要迷信解释领袖思想的文章，要认真学习原著，要独立思考……但谢惠敏并未领悟。今天，张老师有了新的感触，他责问自己，虽然去年十月以前的那个学期里，是个乌云压顶的形势，可是，难道自己就不能更勇敢、更坚决地同荒诞、反动的东西作斗争吗？就不能更直截了当地、更倾注全力地同谢惠敏谈心，引导她擦亮眼睛、识别真假吗？……

快到谢惠敏家的门口时，一个计划已在张老师心中初现轮廓：他今天要把书包中的那本《牛虻》留给谢惠敏，说服她去读读这本书，允许她对这本书发表任何读后感，然后，从分析这本书入手，引导谢惠敏运用马列主义、毛泽东思想的立场、观点、方法去解答一系列互相关联的问题：应当怎样认识生活？应当怎样了解历史？应当怎样对待人类社会产生的一切文明成果？应当怎样批判过去文化遗产中的糟粕而吸取其精华？应当怎样全面地、辩证地看问题？应当怎样辨别香花和毒草，识别真假马列主义？应当使自己成为一个什么样的人？应当怎样去为祖国的"四化"，为共产主义的灿烂未来而斗争？……

张老师心中掀动着激昂的感情波澜。当他刹住车，在谢惠敏家门口站定时，心中的计划进一步明朗起来：不仅要从这件事入手，来帮助谢惠敏消除"四人帮"的流毒，而且，还要以揭批"四人帮"为纲，开展有指导的阅读活动，来教育包括宋宝琦在内的全班同学……他决定明天一早就去请示党支部，会获得支持吗？他眼前浮现出老曹在支部会上目光灼灼地发言的面影："现在，是真格了儿按毛主席的思想体系搞教育的时候了！"他正是要"真格儿"地大干一场啊，一定会得到组织支持的！他心中又闪过了一些老师可能发出的疑问，于是，他决定，要争取在教师会上发言，阐述自己的想法：现在，我们不仅要加强课堂教学，使孩子们掌握好课本和课堂上的科学文化知识，获得德、智、体全面发展；不仅要继续带领他们学工，学农，把理论的实践结合起来；而且，还要引导他们注目于更广阔的世界，使他们对人类全部文明成果产生兴趣，具有更高的分析能力，从而成为社会主义革命和社会主义建设的更强有力的接班人……

这时，春风送来沁鼻的花香鼻，满天的星星都在眨眼欢笑，仿佛对张老师那美好的想法给予着肯定与鼓励……

原载《人民文学》1977 年第 11 期

哥德巴赫猜想

徐　迟

一

命 $P_z(1,2)$ 为适合下列条件的素数 p 的个数：

$$x-p=p_1 \text{ 或 } x-p=p_2p_3$$

其中 p_1,p_2,p_3 都是素数。［这是不好懂的，读不懂时，可以跳过这几行。］

用 x 表一充分大的偶数。

命 $C_z = \prod_{\substack{p_x \\ p>2}} \frac{p-1}{p-2} \prod_{p>2} \left(1-\frac{1}{(p-1)^2}\right)$.

对于任意给定的偶数 h 及充分大的 x，用 $x_h(1,2)$ 表示满足下面条件的素数：p 的个数：

$$p \leqslant x, p+h=p_1 \text{ 或 } h+p=p_2p_3,$$

其中 p_1,p_2,p_3 都是素数。

本文的目的在于证明并改进作者在文献［10］内所提及的全部结果，现在详述如下。

二

以上引自一篇解析数论的论文。这一段引自它的"（一）引言"，提出了这道题。它后面是"（二）几个引理"，充满了各种公式和计算。最后是"（三）结果"，证明了一条定理。这篇论文，极不好懂。即使是著名数学家，如果不是专门研究这一个数学的分支的，也不一定能读懂。但是这篇论文已经得到了国际数学界的公认，誉满天下。它证明的那条定理，现在世界各国一致地把它命名为"陈氏定理"，因为它的作者姓陈，名景润。他现在是中国科学院数学研究所的研究员。

陈景润是福建人，生于 1933 年。当他降生到这个现实人间时，他的家庭和社会生活并没有对他呈现出玫瑰花朵一般的艳丽色彩。他父亲是邮政局职员，老是跑来跑去的。当年如果参加了国民党，就可以飞黄腾达。但是他父亲不肯参加，有的同事说他真是不识时务。他母亲是一个善良的操劳过甚的妇女，一共生了 12 个孩子，只活了 6 个，其中陈景润排行老三。上有哥哥和姐姐；下有弟弟和妹妹。孩子生得多了,就不是双亲所疼爱的儿女了。他们越来越成为父母的累赘——多余的孩子,多余的人。从生下的那一天起,他就像一个被宣布为不受欢迎的人似的,来到了这人世间。

他甚至没有享受过多少童年的快乐。母亲劳苦终日,顾不上爱他。当他记事的时候,酷烈的战争爆发。日本鬼子打进福建省。他还这么小,就提心吊胆过生活。父亲到三元县的三明市,一个邮政分局当局长。小小邮局,设在山区一座古寺庙里。这地方曾经是一个革命根据地。但那时候,茂郁山林已成为悲惨世界。所有男子汉都被国民党匪军疯狂屠杀,无一幸存者。连老年的男人也一个都不剩了。剩下的只有妇女。她们的生活特别凄凉。花纱布价钱又太贵了;穿不起衣服,大姑娘都还裸着上体。福州被敌人占领后,逃难进山来的人多起来。这里飞机不来轰炸,山区渐渐有点儿兴旺。却又迁来了一个集中营。深夜里,常有鞭声惨痛地回荡;不时还有杀害烈士的枪声。第二天,那些戴着镣铐出来劳动的人,神色就更阴森了。

陈景润的幼小心灵受到了极大的创伤。他时常被惊慌和迷惘所征服。在家里并没有得到乐趣,在小学里他总是受人欺侮。他觉得自己是一只丑小鸭。不,是人,他还是觉得自己也是一个人。只是他瘦削、弱小,光是这副窝囊样子就不能讨人喜欢。习惯于挨打,从来不讨饶。这更使对方狠狠揍他。而他则更坚韧而有耐力了。他过分敏感,过早地感觉到了旧社会那些人吃人的现象。他被造成了一个内向的人,内向的性格。他独独爱上了数学。演算数学习题占去了他大部分的时间。

当他升入初中的时候,江苏学院从远方的沦陷区搬迁到这个山区来了。那学院里的教授和讲师也到本地初中里来兼点课,多少也能给他们流亡在异地的生活改善一些。这些老师很有学问。有个语文老师水平最高,大家都崇拜他。但陈景润不喜欢语文。他喜欢两个外地的数学老师,外地老师倒也喜欢他。这些老师经常吹什么科学救国一类的话。他不相信科学能救国。但是救国却不可以没有科学,尤其不可以没有数学。而且数学是什么事儿也少不了它的。人们对他歧视,拳打脚踢,只能使他更加爱上数学。枯燥无味的代数方程式却使他充满了幸福,成为惟一的乐趣。

13岁那年,他母亲去世了,是死于肺结核的。从此,儿想亲娘在梦中,而父亲又结了婚,后娘对他就不如亲娘了。抗战胜利了,他们回到福州。陈景润进了三义中学。毕业后又到英华书院去念高中。那里有个数学老师,曾经是国立清华大学的航空系主任。

三

老师知识渊博，又诲人不倦。他在数学课上，给同学们讲了许多有趣的数学知识。不爱数学的同学都能被他吸引住，爱数学的同学就更不用说了。

数学分两大部分：纯数学和应用数学。纯数学处理数的关系与空间形式。在处理数的关系这部分里，讨论整数性质的一个重要分支，名叫"数论"。17世纪法国大数学家费马是西方数论的创始人。但是中国古代老早已对数论做出了特殊贡献。《周髀》是最古老的古典数学著作。较早的还有一部《孙子算经》。其中有一条余数定理是中国首创。据说大军事家韩信曾经用它来点兵。后来被传到了西方，名为孙子定理，是数论中的一条著名定理。直到明代以前，中国在数论方面是对人类有过较大的贡献的。13世纪下半纪更是中国古代数学的高潮了。南宋大数学家秦九韶著有《数书九章》。他的联立一次方程式的解法比瑞士大数学家欧拉的解法早出了五百多年。元代大数学家朱世杰，著有《四元玉鉴》。他的多元高次方程的解法，比法国大数学家毕朱，也早出了四百多年。明清以后，我们落后了。然而中国人对于数学好像是特具禀赋的。中国应当出大数学家。中国是数学的故乡。

有一次，老师给这些高中生讲了数论之中一道著名的难题。他说，当初，俄罗斯的彼得大帝建设彼得堡，聘请了一大批欧洲的大科学家。其中，有瑞士大数学家欧拉；有德国的一位中学教师，名叫哥德巴赫，也是数学家。

1742年，哥德巴赫发现，每一个大偶数都可以写成两个素数的和。他对许多偶数进行了检验，都说明这是确实的。但是这需要给予证明。因为尚未经过证明，只能称之为猜想。他自己却不能够证明它，就写信请教那赫赫有名的大数学家欧拉，请他来帮忙做出证明。一直到死，欧拉也不能证明它。从此这成了一道难题，吸引了成千上万数学家的注意。两百多年来，多少数学家企图给这个猜想作出证明，都没有成功。

说到这里，教室里成了开了锅的水。那些像初放的花朵一样的青年学生叽叽喳喳地议论起来了。

老师又说，自然科学的皇后是数学。数学的皇冠是数论。哥德巴赫猜想，则是皇冠上的明珠。

同学们都惊讶地瞪大了眼睛。

老师说，你们都知道偶数和奇数，也都知道素数和合数。我们小学三年级就教这些了。这不是最容易的吗？不，这道难题是最难的呢。这道题很难很难。要有谁能够做了出来，不得了，那可不得了啊！

青年人又吵起来了。这有什么不得了。我们来做。我们做得出来。他们夸下了海口。

老师也笑了。他说："真的，昨天晚上我还做了一个梦呢。我梦见你们中间的有一位同学，他不得了，他证明了哥德巴赫猜想。"

高中生们哄的一声大笑了。

但是陈景润没有笑。他也被老师的话震动了，但是他不能笑。如果他笑了，还会有同学用白眼瞪他的。自从升入高中以后，他越发孤独了。同学们嫌他古怪，嫌他脏，嫌他多病的样子，都不理睬他。他们用蔑视的和讥讽的眼神瞅着他。他成了一个踽踽独行，形单影只，自言自语，孤苦伶仃的畸零人。长空里，一只孤雁。

第二天，又上课了。几个相当用功的学生兴冲冲地给老师送上了几个答题的卷子。他们说，他们已经做出来了，能够证明那个德国人的猜想了。可以多方面地证明它呢。没有什么了不起的。哈！哈！

"你们算了！"老师笑着说，"算了！算了！"

"我们算了，算了。我们算出来了！"

"你们算啦！好啦好啦，我是说，你们算了吧，白费这个力气做什么？你们这些卷子我是看也不会看的，用不着看的。那么容易吗？你们是想骑着自行车到月球上去。"

教室里又爆发出一阵哄堂大笑。那些没有交卷的同学都笑话那几个交了卷的。他们自己也笑了起来，都笑得跺脚，笑破肚子了。惟独陈景润没有笑。他紧结着眉头。他被排除在这一切欢乐之外。

第二年，老师又回清华去了。他早该忘记这两堂数学课了。他怎能知道他被多么深刻地铭刻在学生陈景润的记忆中。老师因为同学多，容易忘记，学生却常常记着自己青年时代的老师。

四

福州解放！那年他高中三年级。因为交不起学费，1950年上半年，他没有上学，在家自学了一学期。高中没有毕业，但以同等学力报考，他考进了厦门大学。那年，大学里只有数学物理系。读大学二年级时，才有了一个数学组。但只有四个学生。到三年级时，有数学系了，系里还是这四个人。因为成绩特别优异，国家又急需培养人才，四个人提前毕了业。而且，立即分配了工作，得到的优待，羡慕煞人。1953年秋季，陈景润被分配到了北京！在第×中学当数学老师。这该是多么的幸福啊！

然而，不然！在厦门大学的时候，他的日子是好过的。同组同系就只有四个大学生，倒有四个教授和一个助教指导学习。他是多么饥渴而且贪馋地吸饮于百花丛中，以酿制芬芳馥郁的数学蜜糖啊！学习的成效非常之高。他在抽象的领域里驰骋得多么自由自在！大家有共同的 dx 和 dy 等等之类的数学语言。心心相印，息息相通。三年间，没有人歧视他，也不受骂挨打了。他很少和人来往，过的是黄金岁月；全身心沉浸在数学的海洋里面。真想不到，那么快，他就毕业了。一想到他将要当老师，在讲台上站立，被几十对锐利而机灵，有时难免要恶作剧的眼睛盯视，他禁不住吓得打战！

他的猜想立刻就得到了证明。他是完全不适合于当老师的。他那么瘦小和病弱。他的学生却都是高大而且健壮的。他最不善于说话，说多几句就嗓子发痛了。他多么羡慕那些循循善诱的好老师。下了课回到房间里，他叫自己笨蛋。辱骂自己比别人的还厉害得多。他一向不会照顾自己，又不注意营养。积忧成疾，发烧到摄氏三十八度。送进医院一检查，他患有肺结核和腹膜结核症。

这一年内，他住医院六次，做了三次手术。当然他没有能够好好地教书。但他并没有放弃了他的专业。中国科学院不久前出版了华罗庚的名著《堆垒素数论》。它一摆上书店的书架，陈景润就买到了。他一头扎进去了。非常深刻的著作，非常之艰难！可是他钻研了它。住进医院，他还偷偷地避开了医生和护士的耳目，研究它。他那时也认为，这样下去，学校没有理由欢迎他。

他想他也许会失业？又有什么办法呢？好在他节衣缩食，一只牙刷也不买。他从来不随便花一分钱，他积蓄了几乎他的全部收入。他横下心来，失业就回家，还继续搞他的数学研究。积蓄这几个钱是他搞数学的保证。这保证他失了业也还能研究数学的几个钱，就是他的生命：他的生命就是数学。至于积蓄一旦用光了，以后呢？他不知道那时又该怎么办？这是难题；这是尚未得到解答的猜想。而这个猜想后来也证明是猜对了的。他的病好不了，中学里后来无法续聘他了。

厦门大学校长来到了北京，在教育部开会。那所中学的一位领导遇见了他，谈起来，很不满意，提出了一大堆的意见：你们怎么培养了这样的高材生？

王亚南，厦门大学校长，就是马克思的《资本论》的翻译者。听到意见之后，非常吃惊。他一直认为陈景润是他们学校里最好的学生。他不同意他所听到的意见。但他认为这是分配学生的工作时，分配不得当。他同意让陈景润回到厦门大学。

听说他可以回厦门大学数学系了，说也奇怪，陈景润的病也就好转了。而王亚南却安排他在厦大图书馆当管理员。又不让管理图书，只让他专心致意地研究数学。王亚南不愧为政治经济学的批判家，他懂得价值论，懂得人的价值。陈景润也没有辜负了老校长的培养。他果然精深地钻研了华罗庚的《堆垒素数论》和大厚本儿的《数论导引》。陈景润都把它们吃透了。他的这种经历却也并不是没有先例的。

当初，我国老一辈的大数学家、大教育家熊庆来，我国现代数学的引进者，在北京的清华大学执教。30年代之初，有一个在初中毕业以后就失了学，失了学就完全自学的青年数学家，寄出了一篇代数方程解法的文章，给了熊庆来。熊庆来一看，就看出了这篇文章中的勃发英姿和奇光异彩。他立刻把它的作者，姓华名罗庚的，请进了清华园来。他安排华罗庚在清华数学系当文书，一面自学，一面听课。尔后，派遣华罗庚出国，留学英国剑桥。学成回国，已担任在昆明的西南联合大学校长的熊庆来又聘请他当联大教授。华罗庚后来再次出国，在美国普林斯顿和依利诺的大学教书。中华人民共和国成立以后，华罗庚马上回国来了，他主持了中国科学院数学研究所的工作。

陈景润在厦门大学图书馆中也很快写出了数论方面的专题文章，文章寄给了中国科学院数学研究所。华罗庚一看文章，就看出了文章中的勃发英姿和奇光异彩，也提出了建议，把陈景润选调到数学研究所来当实习研究员。正是：熊庆来慧眼认罗庚，华罗庚睿目识景润。

1956年年底，陈景润再次从南方海滨来到了首都北京。

1957年夏天，数学大师熊庆来也从国外重返清华。

这时少长咸集，群贤毕至。当时著名的数学家有熊庆来、华罗庚、张宗燧、闵嗣鹤、吴文俊等等许多明星灿灿；还有新起的一代俊彦，陆启铿、万哲先、王元、越民义、吴方等等，如朝霞烂漫；还有后起之秀，陆汝钤、杨乐、张广厚等等已入北京大学求学。在解析数论、代数数论、函数论、泛函分析、几何拓扑学等等的学科之中，已是人才济济，又加上了一个陈景润。人人握灵蛇之珠，家家抱荆山之玉。风靡云蒸，阵容齐整。条件具备了，华罗庚作出了战略性的部署。侧重于应用数学，但也向那皇冠上的明珠，哥德巴赫猜想挺进！

五

要想懂得哥德巴赫猜想是怎么一回事，只需把早先在小学三年级里就学到过的数学再来温习一下。那些12345，个十百千万的数字，叫做正整数。那些可以被2整除的数，叫做偶数。剩下的那些数，叫做奇数。还有一种数，如2，3，5，7，11，13等等，只能被1和它本数，而不能被别的整数整除的，叫做素数。除了1和它本数以外，还能被别的整数整除的，这种数如4，6，8，10，12等等就叫做合数。一个整数，如能被一个素数所整除，这个素数就叫做这个整数的素因子。如6，就有2和3两个素因子。如30，就有2，3和5三个素因子。好了，这暂时也就够用了。

1742年，哥德巴赫写信给欧拉时，提出了：每个不小于6的偶数都是两个素数之和。例如,6＝3＋3。又如,24＝11＋13等等。有人对一个一个的偶数都进行了这样的验算,一直验算到了三亿三千万之数,都表明这是对的。但是更大的数目,更大更大的数目呢？猜想起来也该是对的。猜想应当证明。要证明它却很难很难。

整个18世纪没有人能证明它。

整个19世纪也没有能证明它。

到了20世纪的20年代,问题才开始有了点儿进展。

很早以前,人们就想证明,每一个大偶数是二个"素因子不太多的"数之和。他们想这样子来设置包围圈,想由此来逐步、逐步证明哥德巴赫这个命题一个素数加一个素数(1＋1)是正确的。

1920年,挪威数学家布朗,用一种古老的筛法(这是研究数论的一种方法)证明了:每一个大偶数是两个"素因子都不超九个的"数之和。布朗证明了:九个素因子之积加九个素因子之积(9＋9),是正确的。这是用了筛法取得的成果。但这样的包围圈还很大,要逐步缩小之。果然,包围圈逐步地缩小了。

1924年,数学家拉德马哈尔证明了(7＋7);1932年,数学家爱斯斯尔曼证明了(6＋6);1938年,数学家布赫斯塔勃证明了(5＋5);1940年,他又证明了(4＋4)。1956年,数学家维诺格拉多夫证明了(3＋3)。1958年,我国数学家王元又证明了(2＋3)。包围圈越来越小,越接近于(1＋1)了。但是,以上所有证明都有一个弱点,就是其中的两个数没有一个是可以肯定为素数的。

早在1948年,匈牙利数学家兰恩易另外设置了一个包围圈。开辟了另一战场,想来证明:每个大偶数都是一个素数和一个"素因子都不超过六个的"数之和。他果然证明了(1＋6)。

但是,以后又是十年没有进展。

1962年,我国数学家、山东大学讲师潘承洞证明了(1＋5),前进了一步;同年,王元、潘承洞又证明了(1＋4)。1965年,布赫斯塔勃、维诺格拉多夫和数学家庞皮艾黎都证明了(1＋3)。

1966年5月,像一颗璀璨的明星升上了数学的天空,陈景润在中国科学院的刊物《科学通报》第十七期上宣布他已经证明了(1＋2)。

自从陈景润被选调到数学研究所以来,他的才智的蓓蕾一朵朵地烂漫开放了。在圆内整点问题,球内整点问题,华林问题,三维除数问题等等之上,他都改进了中外数学家的结果。单是这一些成果,他那贡献就已经很大了。

但当他已具备了充分依据,他就以惊人的顽强毅力,来向哥德巴赫猜想挺进了。他废寝忘食,昼夜不舍,潜心思考,探测精蕴,进行了大量的运算。一心一意地搞数学,搞得他发呆了。有一次,自己撞在树上,还问是谁撞了他？他把全部心智和理性统统奉献给这道难题的解题上了，他为此而付出了很高的代价。他的两眼深深凹陷了。他的面颊带上了肺结核的红晕。喉头炎严重，他咳嗽不停。腹胀、腹痛，难以忍受。有时已人事不知了，却还记挂着数字和符号。他跋涉在数学的崎岖山路，吃力地迈动步伐。在抽象思维的高原，他向陡峭的巉岩升登，降下又升登！善意的误会飞入了他的眼帘。无知的嘲讽钻进了他的耳道。他不屑一顾；他未予理睬。他没有时间来分辩；他宁可含垢忍辱。餐霜饮雪，走上去一步就是一步！他气喘不已，汗如雨下。时常感到他支持不下去了。但他还是攀登。用四肢，用指爪。真是艰苦卓绝！多少次上去了摔下来。就是铁鞋，也早该踏破了。人们嘲笑他穿的是通风透气不会得脚气病的一双鞋子。不知多少次发生了可怕的滑坠！几乎粉身碎骨。他无法统计他失败了多少次。他毫不气馁。他总结失败的教训，把失败接起来，焊上去，做登山用的尼龙绳子和金属梯子。吃一堑，长一智。失败一次，前进一步。失败是成功之母，成功由失败堆垒而成。他越过了雪线，到达雪峰和现代冰川，更感缺氧的严重了。多少次坚冰封山，多少次雪崩掩埋！他就像那些征服珠穆朗玛峰的英雄登山运动员，爬啊，爬啊，爬啊！恶毒的诽谤，恶意的污蔑像变天的乌云和九级狂风。而热情的支持为他拨开云雾，明朗的阳光又温暖了他。他向着目标，不屈不挠；继续前进，继续攀登。战胜了第一台阶的难以登上的峻峭；出现在难上加难的第二台阶绝壁之前。他只知攀登，在千仞深渊之上；他只管攀登，在无限风光之间。一张又一张运算的稿纸，像漫天大雪似的飞舞，铺满了大地。数字、符号、引理、公式、逻辑、推理，积在楼板上，有三尺深。忽然化为膝下群山，雪莲万千。他终于登上了攀登顶峰的必由之路，登上了（1＋2）的台阶。

他证明了这个命题，写出了厚达二百多页的长篇论文。

闵嗣鹤教授给他细心地阅读了论文原稿。检查了又检查，核对了又核对。肯定了，他的证明是正确的，靠得住的。他给陈景润说，去年人家证明（1＋3）是用了大型的、高速的电子计算机。而你证明（1＋2）却完全靠你自己运算。难怪论文写得长了。太长了，建议他加以简化。

本文第一段最后一句说到的"文献"就是这时他以简报形式，在《科学通报》上宣布的，但只提到了结果，尚未公布他的证明。他当时正修改他的长篇论文。就是在这个当口，突然陈景润被卷入了政治革命的万丈波澜。滚滚而来的巨浪冲击了一切剥削阶级的思想意识。史无前例的无产阶级文化大革命，像一颗颗的精神原子弹氢弹的成功试验一样，在神州大地上连续爆炸了。

六

人类历史上从来没有过这样的群众运动。整个人类的四分之一，不分男女老少，一齐动员起来，把工、农、兵，劳动群众和知识分子，还有圣徒和魔鬼，一股脑儿卷了进去。……

这是进步与倒退，真理与谬论，光明和黑暗的搏斗，无产阶级巨人与资产阶级怪兽的搏斗！中国发生了内战。到处是有组织的激动，有领导的对战，有秩序的混乱。无产阶级的革命就是经常自己批判自己。一次一次的胜利；一次一次的反复。把仿佛已经完成的事情，一次一次地重新来过，把这些事情再做一遍，每一次都有了新的提高。它搜索自己的弱点、缺点和错误，毫不留情。像马克思说过的要让敌人更加强壮起来，自己则再三往后退却，直到无路可退了，才在罗陀斯岛上跳跃；粉碎了敌人，再在玫瑰园里庆功。只见一个一个的场景，闪来闪去，风驰电掣，惊天动地。一台一台的戏剧，排演出来，喜怒哀乐，淋漓尽致；悲欢离合，动人心魄。一个一个的人物，登上场了。有的折戟沉沙，死有余辜；四大家族，红楼一梦；有的昙花一现，萎谢得好快啊。乃有青松翠柏，虽死犹生，重于泰山，浩气长存！有的是英雄豪杰，人杰地灵，干将莫邪，千锤百炼，拂钟无声，削铁如泥。一页一页的历史写出来了，大是大非，终于有了无私的公论。肯定——否定——否定之否定。化妆不经久要剥落；被诬的终究要昭雪。种子播下去，就有收割的一天。播什么，收什么。

天文地理要审查；物理化学要审查。生物要审查；数学也要审查。陈景润在无产阶级"文化大革命"中受到了最严峻的考验。老一辈的数学家受到了冲击，连中年和年轻的也跑不了。庄严的科学院被骚扰了；热腾腾的实验室冷清清了。日夜的辩论；剧烈的争吵。行动胜于语言；拳头代替舌头。无产阶级文化大革命像一个筛子。什么都要在这筛子上过滤一下。它用的也是筛法。该筛掉的最后都要筛掉；不该筛掉的怎么也筛不掉。

有人曾经强调了科学工作者要安心工作，钻研学问，迷于专业。陈景润又被认为是这种所谓资产阶级科研路线的"安钻迷"典型。确实他成天钻研学问，不太问政治。是的，但也参加了历次的政治运动。共产党好，国民党坏，这个朴素的道理他非常之分明。数学家的逻辑的严密像钢铁一样坚硬；他的立场站得稳。他没有犯过什么错误。在政治历史上，陈景润一身清白。他白得像一只仙鹤。鹤羽上，污点沾不上去。而鹤顶鲜红；两眼也是鲜红的，这大约是他熬夜熬出来的。他曾下厂劳动，也曾用数学来为生产服务。尽管他是从事于数论这一基础理论科学的，但不关心政治，最后政治要来关心他。并且，要狠狠地批评他了。批评得轻了，不足以触动他。只有触动了他，才能使他今后注意路线关心政治。批评不怕过分，矫枉必须过正。但是，能不能一推就把他推过敌我界线？能不能将他推进"专政队"里去？尽量摆脱外界的干扰，以专心搞科研又有何罪？

善意的误会，是容易纠正的。无知的嘲讽，也可以谅解的。批判一个数学家,多少总应该知道一些数学的特点。否则,说出了糊涂话来自己还不知道。陈景润被批判了。他被帽子工厂看中了:修正主义苗子、安钻迷、白专道路典型、白痴、寄生虫、剥削者。就有这样的糊涂话:这个人,研究(1+2)的问题。他搞的是一套人们莫名其妙的数学。让哥德巴赫猜想见鬼去吧!(1+2)有什么了不起,1+2不等于3吗?此人混进数学研究所,领了国家的工资,吃了人民的小米,研究什么1+2=3,什么玩艺儿?! 伪科学!

说这话的人才像白痴呢。

并不懂得数学的人说出这样的话,那是可以理解的。可是说这些话的人中间,有的明明是懂得数学,而且是知道哥德巴赫猜想这道世界名题的。那么,这就是恶意的诽谤了。权力使人昏迷了;派性叫人发狂了。

理解一个人是很难的。理解一个数学家也不容易。至于理解一个恶意的诽谤者就很容易,并不困难。只是陈景润发病了,他病重了。陈景润听着那些厌恶与侮辱他的,唾沫横飞的,听不清楚的言语。他茫然直视,他两眼发黑,看不到什么了。他像发寒热一样颤抖。一阵阵刺痛的怀疑在他脑中旋转。血痕印上他惨白的面颊。一块青一块黑,一种猝发的疾病临到他的身上。他休克,他眩晕,一个倒栽葱,从上空摔到地上。"资产阶级认为最革命的事件,实际上却是最反革命的事件。果实落到了资产阶级脚下,但它不是从生命树上落下来,而是从知善恶树上落下来的。"(马克思:《雾月十八日》——二)

七

台风的中心是安静的。

过了一段时间,不知是多少天多少月?"专政队"的生活反倒平静无事了。而旋卷在台风里面的人却焦灼着、奔忙着、谋划着、叫嚷着、战斗着、不吃不睡,狂热地保护自己的派性,疯狂地攻击对方的派性。他们忙着打派仗,竟没有时间来顾及他们的那些"专政"对象了。这时有一个老红军,主动出来担当了看守他们的任务。实际是一个热情的支持者,他保护了科学家们,还允许他们偷偷地看书。

待到工人宣传队进驻科学院各所以后,陈景润被释放了,可以回到他自己的小房间里去住了。不但可以读书,也可以运算了。但是总有一些人不肯放过他。每天,他们来敲敲门,来查查户口,弄得他心惊肉跳,不得安身。有一次,带来了克丝钳子,存心不让他看书,把他房间里的电灯铰了下来,拿走了。还不够,把开关拉线也剪断了。

于是黑暗降临他的心房。

但是他还得在黑暗中活下去啊,他买了一只煤油灯。又生怕煤油灯光外露,就在窗子上糊了报纸。他挣扎着生活，简直不成样子。对搞工作的，扣他们工资；搞打砸抢的，反而有补贴。过了这样久心惊肉跳的生活，动辄得咎，他的神经极度衰弱了。工作不能做，书又不敢读。工宣队来问：为什么要搞 $1+1=2$ 以及 $1+2=3$ 呢？他哭笑不得，张皇失措了。他语无伦次，不知道怎样对师傅们解释才能解释清楚。工人同志觉得这个人奇怪。但是他还是给他们解释清楚了。这 $(1+1)(1+2)$ 只是一个通俗化的说法，并不是日常所说的 $1+1$ 和 $1+2$。好像我们说一个人是纸老虎，并不就是老虎了。弄清楚了之后，工人师傅也生气地说：那些人为什么要胡说？他们也热情地支持他，并保护他了。

"九·一三"事件之后，大野心家已经演完了他的角色，下场遗臭万年去了。陈景润听到这个传达之后，吃惊得说不出话来。这时，情况渐渐地好转。可是他却越加成了惊弓之鸟。激烈的阶级斗争使他无所适从。惟一的心灵安慰就是数学。他只好到数论的大高原上去隐居起来。现在也允许他这样做了。图书馆的研究员出身的管理员也是他热情的支持者。事实证明，热情的支持者，人数众多。他们对他好，保护他。他被藏在一个小书库的深深的角落里看书。由于这些研究员的坚持，数学研究所继续订购世界各国的文献资料。这样几年，也没有中断过；这是有功劳的。他阅读，他演算，他思考。情绪逐步地振作起来。但是健康状况却越加严重了。他也不说；他也不顾。他又投身于工作。白天在图书馆的小书库一角，夜晚在煤油灯底下，他又在爬，爬，爬了，他要找寻一条一步也不错的最近的登山之途，又是最好走的路程。

敬爱的周总理，一直关心着科学院的工作，并且着手排除帮派的干扰。半个月之前，有一位周大姐被任命为数学研究所的政治部主任。由解析数论，代数数论等学科组成的五学科室恢复了上下班的制度。还任命了支部书记，是个工农出身的基层老干部，当过第二野战军政治部的政治干事。

到职以后，书记就到处找陈景润。周大姐已经把她所了解的情况告诉了他。但他找不到陈景润。他不在办公室里，办公室里还没有他的办公桌。他已经被人忘记掉了。可是他们会了面，会面在图书馆小书库的一个安静的角上。

刚过国庆，十月的阳光普照。书记还只穿一件衬衣，衰弱的陈景润已经穿上棉袄。

"李书记，谢谢你。"陈景润说，他见人就谢。"很高兴，"他说了一连串的很高兴。他一见面就感到李书记可亲。"很高兴，李书记。我很高兴，李书记，很高兴。"

李书记问他："下班以后，下午五点半好不好？我到你屋去看看你。"

陈景润想了一想就答应了，"好，那好，那我下午就在楼门口等你，要不你会找不到的。"

"不，你不要等我，"李书记说，"怎么会找不到呢？找得到的。这是用不着等的。"

但是陈景润固执地说，"我要等你，我在宿舍大楼门口等你。不然你找不到。你找不到我就不好了。"

果然下午他是在宿舍大楼门口等着了。他把李书记等到了，带着他上了三楼，请进了一个小房间。小小房间，只有六平方米大小。这房间还缺了一只角。原来下面二楼是个锅炉房。长方形的大烟囱从他的三楼房间中通过，切去了房间的六分之一。房间是刀把形的。显然它的主人刚刚打扫过清理过这间房了。但还是不整洁。窗子三桶，糊了报纸，糊得很严实。尽管秋天的阳光非常明丽，屋内光线暗淡得很。纱窗之上，是羊尾巴似的卷起来的窗纱。窗上缠着绳子，关不严。虫子可以飞出飞进。李书记没有想到他住处这样不好。他坐到床上，说："你床上还挺干净！"

"新买了床单。刚买来的床单。"陈景润说，"你要来看我，我特地去买了床单。"指着光亮雪白的蓝格子花纹的床单。"谢谢你，李书记。我很高兴，很久很久了，没有人来看望……看望过我了。"他说，声音颤抖起来。这里面带着泪音。霎时间李书记感到他被这声音震撼起来，满腔怒火燃烧。这个党的工作者从来没有这样激动过。不像话，太不像话了！这房间里还没有桌子。六平方米的小屋，竟然空如旷野。一捆捆的稿纸从屋角两只麻袋中探头探脑地露出脸来。只有四叶暖气片的暖气上放着一只饭盒。一堆药瓶，两只暖瓶。连一只矮凳子也没有。怎么还有一只煤油灯？他发现了，原来房间里没有电灯。"怎么？"他问，"没有电灯？"

"不要灯。"他回答，"要灯不好。要灯麻烦。这栋大楼里，用电炉的人家很多。电线负荷太重，常常要检查线路，一家家的都要查到。但是他们从来不查我。我没有灯。也没有电线，要灯不好，要灯添麻烦了。"说着他凄然一笑。

"可是你要做工作。没有灯，你怎么做工作？说是你工作得很好。"

"哪里哪里。我就在煤油灯下工作；那，一样工作。"

"桌子呢？你怎么没有桌子？"

陈景润随手把新床单连同褥子一起翻了起来，露出了床板，指着说，"这不是？这样也就可以工作了。"

李书记皱起了眉头，咬牙切齿了。他心中想着："唔，竟有这样的事！在中关村，在科学院呢。糟蹋人啊，糟蹋科学！被糟蹋成了这个状态。"一边这样想，一边又指着羊尾巴似的窗纱问道，"你不用蚊帐？不怕蚊虫咬？"

"晚上不开灯，蚊子不会进来。夏天我尽量不在房间里待着。现在蚊子少了。"

"给你灯，"李书记加重了语气说，"接上线，再给你桌子，书架，好不好？"

"不好不好，不要不要，那不好，我不要，不……不……"

李书记回到机关。他找到了比他自己早到了才一个星期的办公室老张主任。主任听他说话后，认为这一切不可能，"瞎说！怎么会没有灯呢？"李书记给他描绘了小房间的寂寞风光。那些身上长刺头上长角的人把科学院搅得这样！立刻找来了电工。电工马上去装灯。灯装上了，开关线也接上了。一拉，灯亮了。陈景润已经俯伏在一张桌子之上，写起来了。

光明回到陈景润的心房。

八

他写着，写着……………………………………………………………

由（22）式及上式，当 z 很大时，有

$$M_1 \leqslant (8+24\varepsilon)Cx(\log x)^{-1}$$

$$\sum_{\substack{x^{\frac{1}{10}}<p_1\leqslant x^{\frac{1}{3}}<p_2\leqslant(\frac{x}{p_1})^{\frac{1}{2}} \\ n\leqslant\frac{x}{p_1p_2}}} \left[\frac{\Lambda(n)}{\log\frac{x}{p_1p_{2n}}}\right]\phi\left(\frac{x}{p_1p_{2n}}\right)$$

由引理 1，本引理得证。

引理 8，设 x 是大偶数，则有

$$\Omega \leqslant \frac{3.9404C_x}{(\log x)2}$$

[引理 8 的一句话，读作"设 x 是一个大偶数，则有奥米茄小于或等于 3 点 9404_xC_x，除以括弧中的罗格 x 的平方！"请注意，这一公式是解决哥德巴赫猜想的（1+2）证明的主要关键。]

证。当 x 很大时，由引理 5 到引理 7，我们有

$$\Omega \leqslant \left\{\frac{8(1+5\varepsilon)xC_x}{\log x}\right\}$$

$$\left\{\sum_{x^{\frac{1}{10}}<p_1\leqslant x^{\frac{1}{3}}<p_2\leqslant(\frac{x}{p_1})^{\frac{1}{2}}}\frac{1}{p_1p_2\log\frac{x}{p_1p_2}}\right\}, \tag{23}$$

有：

$$\sum_{x^{\frac{1}{10}}<p_1\leqslant x^{\frac{1}{3}}<p_2\leqslant(\frac{x}{p_1})^{\frac{1}{2}}}\frac{1}{p_1p_2\log\frac{x}{p_1p_2}}$$

$$\leqslant (1+\varepsilon)\sum_{x^{\frac{1}{10}}<p_1\leqslant x^{\frac{1}{3}}}\int_{x^{\frac{1}{3}}}^{\frac{1}{2}}\frac{\mathrm{d}t}{p_1t(\mathrm{lot}\,t)\log\frac{x}{p_1t}}$$

……

何等动人的篇页！这些是人类思维的花朵。这些是空谷幽兰、高寒杜鹃、老林中的人参、冰山上的雪莲、绝顶上的灵芝、抽象思维的牡丹。这些数学的公式也是一种世界语言。学会这种语言就懂得它了。这里面贯穿着最严密的逻辑和自然辩证法。它可以解释太阳系、银河系、河外系和宇宙的秘密，原子、电子、粒子、层子的奥妙。但是能升登到这样高深的数学领域去的人不多。

且让我们这样稍稍窥视一下彼岸彼土。那里似有美丽多姿的白鹤在飞翔舞蹈。你看那玉羽雪白，雪白得不沾一点尘土；而鹤顶鲜红，而且鹤眼也是鲜红的。它踯躅徘徊，一飞千里。还有乐园鸟飞翔，有鸾凤和鸣，姣妙、娟丽，变态无穷。在深邃的数学领域里，既散魂又荡目，迷不知其所之。

闵嗣鹤教授却能够品味它，欣赏它，观察它的崇高和瑰丽。他当时说过，"陈景润的工作，最近好极了。他已经把哥德巴赫猜想的那篇论文写出来了。我已经看到了，写得极好。"

"你的论文写出了，"一位军代表问陈景润，"为什么不拿出来？"陈景润回答他："正做正做，没有做完。"军代表说："希望你早日完成。"

室里的领导老田对李书记说，"可以动员动员他，让他拿出来。但也不急。他不拿出来，自然有他的道理的。"

李书记问了问他，陈景润说："有人还在骂我，说我不交论文是因为现在没有稿费了。说是恢复了稿费我就会交了。"李书记追了他一句："谁这样说你？"他回答："你不要问了。谢谢你，你可别去问啊！问了我更麻烦了。没有稿费，谢天谢地。我不要稿费。我压根儿也没有想到它。那个稿子我还在做。我确实没有做完。"

九

"我确实还没有做完。我的论文是做完了，又是没有做完的。自从我到数学研究所以来，在严师、名家和组织的培养、教育、熏陶下，我是一个劲儿钻研。怎么还能干别的事？不这样怎么对得起党？在世界数学的数论方面三十多道难题中，我攻下了六七道难题，推进了它们的解决。这是我的必不可少的锻炼和必不可少的准备。然后我才能向哥德巴赫猜想挺进。为此，我已经耗尽了我的心血。

"1965年，我初步达到了(1+2)。但是我的解答太复杂了，写了两百多页的稿子。数学论文的要求是(一)正确性，(二)简洁性。譬如从北京城里走到颐和园那样，可有许多条路，要选择一条最准确无错误，又最短最好的道路。我那个长篇论文是没有错误，但走了远路，绕了点儿道，长达两百多页，也还没有发表。国外没有承认它，也没有否认它，因为它没有发表。从那年到今天已经过去了七年。

"这个事是比较困难的,也是难于被人理解的。从学习外语来说,我是在中学里就学了英语,在大学里学的俄语;在所里又自学了德语和法语。我勉强可以阅读而且写写了。又自学了日语、意大利语和西班牙语,到了勉强可以阅读外国资料和文献的程度。因而在借鉴国外的经验和成就时,可以从原文阅读,用不到等人翻译出来了再读。这是必不可少的一个条件。我必须检阅外国资料的尽可能的全部总和,消化前人智慧的尽可能不缺的全部的果实。而后我才能在这样的基础上解答(1+2)这样的命题。

"我的成果又必须表现在这样的一篇论文中,虽然是专业性质的论文,文字是比较简单的;尽管是相对严密的,又必须是绝对严密的。若干地方就是属于哲学领域的了。所以我考虑了又考虑,计算了又计算,核对了又核对,改了又改,改个没完。我不记得我究竟改了多少遍? 科学的态度应当是最严格的,必须是最严格的。

我知道我的病早已严重起来。我是病入膏肓了。细菌在吞噬我的肺腑内脏。我的心力已到了衰竭的地步。我的身体确实是支持不了啦! 惟独我的脑细胞是异常的活跃,所以我的工作停不下来。我不能停止。……"

十

1973 年 2 月,春节来临。

早一天,数学研究所的周大姐说,佳节前后,要特别关心一下病号。她说:"那些老八路的作风,那些过去部队里形成的作风,我们千万不能丢掉了。尤其像陈景润那样的同志,要关心他,他很顽强。他病得起不来了,但又没有起不来的时候。在任何情况下挣扎起来,他坚持工作。他为什么? 他为谁? 为他自己吗? 为他自己,早就不干了。不是,他是为人民,为党工作。我们要去慰问他。也要慰问单位里所有的病人。"

其实,外表看来魁梧,说话声音洪亮的周大姐自己也是一个力疾从公、患有心脏病、应当受到慰问的人。

大年初一的早晨,周大姐和几个书记,包括李书记,一行数人,把头天买好了的苹果、梨子装进一些塑料网线袋子。若干袋子大家分头提了,然后举步出发,慰问病人。他们先到陈景润那里。他住得最近。

陈景润正从楼梯上走下来。大家招呼他。他很惊讶,来了这许多的领导同志。周大姐说:"过春节,我们看你来了,你的病好点了吧?"李书记也说:"新年好,给你贺新年。"陈景润说:"噢,今天是新年了啊? 谢谢你们,谢谢你们。新年好,你们好。"李书记说:"到你屋里去坐坐吧。""不,不行,"陈景润说,"你没有先给我打招呼,不能进去。"周大姐沉吟了一下,说,"好吧,我们就不去了。李书记,你给他送水果上楼吧。我们还上别家去，你回头再赶上我们好了。"李书记说："好。"周大姐和陈景润握手，并祝他早日恢复健康，然后转过身走了。李书记把水果袋递给陈景润说："春节了。这是组织上送给你的。希望你在新的一年里，多给党做点工作。""不要水果，不要水果。"陈景润推却了，"我很好，我没有病，没有什么……这点点病，呃……呃，谢谢你，我很高兴。"说着说着他收下了水果。李书记说："上你屋聊聊？"他又张手拦住，"不，不要进屋了，你没有给我打招呼。"

李书记说，"那好，我不上去了。你有什么事，随时告诉我。我也得去追上他们，到别家去看望看望。"于是握手作别，他返身走。刚走两步，后面又叫："李书记，李书记！"陈景润又追过来，把水果袋子给了李书记，并说，"给你家的小孩吃吧。我吃不了这多。我是不吃水果的。"李书记说，"这是组织上给你的，不过表示表示，一点点的心意罢了。要你好好保养身体，可以更好地工作。你收下吧，吃不下，你慢慢地吃吧。"

他默然收下了。他默默地送李书记到大楼门口。李书记扬手走了，赶上了周大姐他们的行列。陈景润望着李书记的背影，凝望着周大姐一行人的背影消失在中关村路林阴道旁的切面铺子后面了。突然间，他激动万分。他回上楼，见人就讲，并且没有人他也讲。"从来所领导没有把我当做病号对待，这是头一次；从来没有人带了东西来看望我的病，这是头一次。"他举起了塑料袋，端详它，说，"这是水果，我吃到了水果，这是头一次。"

他飞快地进了小屋。一下子把自己反锁在里面了。

他没有再出来。直到春节过去了。头一天上班，陈景润把一沓手稿交给了李书记，说：

"这是我的论文。我把它交给党。"

李书记看他，又轻声问他："是否那个（1＋2）？"

"是的，闵老师已经看过，不会有错误的。"陈景润说。

数学研究所立即组织了一次小型的学术报告会。十几位专家，听了陈景润的报告，一致给以高度评价。然后，数学研究所业务处将他的论文上报院部。

十一

显见，我们有

$$p_x(1,2) \geqslant p_x(x, x^{\frac{1}{10}})$$
$$-\left(\frac{1}{2}\right) \sum_{x^{\frac{1}{10}} < p \leqslant x^{\frac{1}{3}}} p_x(x, p, x^{\frac{1}{10}}) - \frac{2}{\Omega} - x^{0.91} \tag{28}$$

由（28）式、引理 8 及引理 9，即得到定理 1

$$p_x(1, 2) \geqslant \frac{0.67x C_x}{(\log x)^2}$$

的证明。

完全类似的方法可得到定理 2 的证明。

以上就是陈景润的著名论文：《大偶数表为一个素数及一个不超过二个素数的乘积之和》的"（三）结果"。作为结果的定理就是那个"陈氏定理"。

四月中的一天，中国科学院在三里河工人俱乐部召开全院党员干部大会。武衡同志在会上作报告。他说到数学研究所一位中级的研究员作出了世界水平的重大成果。当时没说人名。李书记在座中，听到了，还不知说谁。旁边的人捅了他一下。"干什么？"他问。那人说，"你听到没有？""怎么啦？"那人又说，"这活儿是陈景润做出来的啊！""噢？还这么重要？"那人说，"这是世界名题。真不简单！"

第二天，新华社记者来访。他见到了陈景润，谈了话，进他房间看了看。回去就写出一篇报道，立即在内部刊物上发表。其中，说到了陈景润的经历；他刻苦钻研的精神；重大的科研成果以及他现在还住在一间烟熏火烤的小房间里。生活条件很差！疾病严重！！生命垂危！！！

伟大领袖和导师毛主席看到了这篇报道，立即作出了指示。

当天深夜，武衡同志走进了陈景润的小房间。

他立即被送进医院，由首都医院内科主任和卫生部一位副部长给他做了全面的身体检查。他患有多种疾病。他们要他立即住院疗养，他不肯。于是，向他传达了毛主席的指示。

他一共住院一年半。

在住院期间，敬爱的周总理曾亲自安排了陈景润的全国人民代表席位。在第四届全国人民代表大会上，陈景润见到了周总理，并和总理在一个小组里开会。人代会期间，当他得知总理的病时，当场哭了起来，几夜睡不着觉。大会后，他仍回医院治疗。

当他出院的时候，医院的诊断书上写着：

"经住院治疗后，一般情况较好。精神改善；体温正常。体重增加十斤；饮食睡眠好转。腹痛腹胀消失；二肺未见活动性病灶。心电图正常；脑电图正常。肝肾功能正常；血沉及血象正常。"

早在他的论文发表时，西方记者迅即获悉，电讯传遍全球。国际上的反响非常强烈。英国数学家哈勃斯丹和西德数学家李希特的著作《筛法》正在印刷所付印。他们见到了陈景润的论文立即停止印刷，并在这部书里加添了一章，第十一章："陈氏定理"。他们誉之为筛法的"光辉的顶点"。在国外的数学出版物上，诸如"杰出的成就"、"辉煌的定理"，等等，不胜枚举。一个英国数学家给他的信里还说，"你移动了群山！"真是愚公一般的精神啊！

或问：这个陈氏定理有什么用处呢？它在哪些范围内有用呢？

大凡科学成就有这样两种：一种是经济价值明显，可以用多少万、多少亿人民币来精确地计算出价值来的，叫做"有价之宝"；另一种成就是在宏观世界、微观世界、宇宙天体、基本粒子、经济建设、国防科学、自然科学、辩证唯物主义哲学等等等等之中有这种那种作用，其经济价值无从估计，无法估计，没有数字可能计算的，叫做"无价之宝"，例如，这个陈氏定理就是。

现在，离开皇冠上的明珠，只有一步之遥了。

但这是最难的一步。且看明珠归于谁之手吧！

十二

陈景润曾经是一个传奇式的人物。关于他，传说纷纭，莫衷一是。有善意的误解，无知的嘲讽，恶意的诽谤，热情的支持，都可以使得这个人扭曲、变形、砸烂或扩张放大。理解人，不容易；理解这个数学家更难。他特殊敏感，过于早熟，极为神经质，思想高度集中。外来和自我的、肉体与精神的折磨和迫害使得他试图逃出于世界之外。他成功地逃避在纯数学之中，但还是藏匿不了。纯数学毕竟是非常现实的材料的反映。"这些材料以极度抽象的形式出现，这只能在表面上掩盖它起源于外部世界的事实。"（恩格斯）陈景润通过数学的道路，认识了客观世界的必然规律。他在诚实的数学探索中，逐步地接受了辩证唯物论的世界观。没有一定的世界观转变，没有科学院这样的集体和党的关怀，他不可能对哥德巴赫猜想做出这巨大贡献。被冷酷地逐出世界的人，被热烈的生命召唤了回来。帮派体系打击迫害，更显出党的恩惠温暖。冲击对于他好像是坏事；也是好事，他得到了锻炼而成长了。

病人恢复了健康。畸零人成了正常人。正直的人已成为政治的人。他进步显著，他坚定抗击了"四人帮"对他的威胁与利诱。无所不用其极地威胁他诬陷邓副主席，他不屈！许以高官厚禄，利诱他为人妖效忠，他不动！真正不简单！数学家的逻辑像钢铁一样坚硬！今后，可以信得过，他不会放松了自己世界观的继续改造。他生下来的时候，并没有玫瑰花，他反而取得成绩。而现在呢？应有所警惕了呢，当美丽的玫瑰花朵微笑时。

原载《人民文学》1978 年第 1 期

怀念萧珊

巴　金

　　今天是萧珊逝世的六周年纪念日。六年前的光景还非常鲜明地出现在我的眼前。那一天我从火葬场回到家中，一切都是乱糟糟的，过了两三天我渐渐地安静下来了，一个人坐在书桌前，想写一篇纪念她的文章。在五十年前我就有了这样一种习惯：有感情无处倾吐时我经常求助于纸笔。可是一九七二年八月里那几天，我每天坐三四个小时望着面前摊开的稿纸，却写不出一句话。我痛苦地想，难道给关了几年的"牛棚"，真的就变成"牛"了。头上仿佛压了一块大石头，思想好像冻结了一样。我索性放下笔，什么也不写了。

　　六年过去了。林彪、"四人帮"及其爪牙们的确把我搞得很"狼狈"，但我还是活下来了，而且偏偏活得比较健康，脑子也并不糊涂，有时还可以写一两篇文章。最近我经常去火葬场，参加老朋友们的骨灰安放仪式。在大厅里，我想起许多事情。同样地奏着哀乐，我的思想却从挤满了人的大厅转到只有二三十人的中厅里去了，我们正在用哭声向萧珊的遗体告别。我记起了《家》里面觉新说过的一句话："好像珏死了，也是一个不祥的鬼。"四十七年前我写这句话的时候，怎么想得到我是在写自己！我没有流眼泪，可是我觉得有无数锋利的指甲在搔我的心。我站在死者遗体旁边，望着那张惨白色的脸，那两片咽下千言万语的嘴唇，我咬紧牙齿，在我心里唤着死者的名字。我想，我比她大十三岁，为什么不让我先死？我想，这是多么不公平！她究竟犯了什么罪？她也给关进"牛棚"，挂上"牛鬼蛇神"的小纸牌，还扫过马路。究竟为什么？理由很简单，她是我的妻子。她患了病，得不到治疗，也因为她是我的妻子。想尽办法一直到逝世前三个星期，靠开后门她才住进医院。但是癌细胞已经扩散，肠癌变成了肝癌。

　　她不想死，她要活，她愿意改造思想，她愿意看到社会主义建成。这个愿望总不能说是痴心妄想吧。她本来可以活下去，倘使她不是"黑老K"的"臭婆娘"。一句话，是我连累了她，是我害了她。

　　在我靠边的几年中间，我所受到的精神折磨她也同样受到。但是我并未挨过打，她却挨了"北京来的红卫兵"的铜头皮带，留在她左眼上的圆圈好几天以后才褪尽。她挨打只是为了保护我，她看见那些年轻人深夜闯进来，害怕他们把我揪走，便溜出大门，到对面派出所去，请民警同志出来干预，那里只有一个人值班,不敢管。当着民警的面,她被他们用铜头皮带狠狠抽了一下,给押了回来,同我一起关在马桶间里。

她不仅分担了我的痛苦,还给了我不少的安慰和鼓励。在"四害"横行的时候,我在原单位(中国作家协会上海分会)给人当作"罪人"和"贱民"看待,日子十分难过,有时到晚上九十点钟才能回家。我进了门看到她的面容,满脑子的乌云都消散了。我有什么委屈、牢骚,都可以向她尽情倾吐。有一个时期我和她每晚临睡前要服两粒眠尔通才能够闭眼,可是天刚刚发白就都醒了。我唤她,她也唤我。我诉苦般地说:"日子难过啊!"她也用同样的声音回答:"日子难过啊!"但是她马上加一句:"要坚持下去。"或者再加一句:"坚持就是胜利。"我说"日子难过",因为在那一段时间里,我每天在"牛棚"里面劳动、学习、写交代、写检查、写思想汇报。任何人都可以责骂我、教训我、指挥我。从外地到"作协分会"来串联的人可以随意点名叫我出去"示众",还要自报罪行。上下班不限时间,由管理"牛棚"的"监督组"随意决定。任何人都可以闯进我家里来,高兴拿什么就拿走什么。这个时候大规模的群众性批斗和电视批斗大会还没有开始,但已经越来越逼近了。

她说"日子难过",因为她给两次揪到机关,靠边劳动,后来也常常参加陪斗。在淮海中路"大批判专栏"上张贴着批判我的罪行的大字报,我一家人的名字都给写出来"示众",不用说"臭婆娘"的大名占着显著的地位。这些文字像虫子一样咬痛她的心。她让上海戏剧学院"狂妄派"学生突然袭击、揪到"作协分会"去的时候,在我家大门上还贴了一张揭露她的所谓罪行的大字报。幸好当天夜里我儿子把它撕毁。否则这一张大字报就会要了她的命!

人们的白眼,人们的冷嘲热骂蚕食着她的身心。我看出来她的健康逐渐遭到损害。表面上的平静是虚假的。内心的痛苦像一锅煮沸的水,她怎么能遮盖住!怎么能使它平静!她不断地给我安慰,对我表示信任,替我感到不平。然而她看到我的问题一天天地变得严重,上面对我的压力一天天地增加,她又非常担心。有时同我一起上班或者下班,走近巨鹿路口,快到"作协分会",或者走近湖南路口,快到我们家,她都总是抬不起头。我理解她,同意她,也非常担心她经受不起沉重的打击。我记得有一天到了平常下班的时间,我们没有受到留难,回到家里她比较高兴,到厨房去烧菜。我翻看当天的报纸,在第三版上看到当时做了"作协分会"的"头头"的两个工人作家写的文章《彻底揭露巴金的反革命真面目》。真是当头一棒!我看了两三行,连忙把报纸藏起来,我害怕让她看见。她端着烧好的菜出来,脸上还带着笑容,吃饭时她有说有笑。饭后她要看报,我企图把她的注意力引到别处。但是没有用,她找到了报纸。她的笑容一下子完全消失。这一夜她再没有讲话,早早地进了房间。我后来发现她躺在床上小声哭着。一个安静的夜晚给破坏了。今天回想当时的情景,她那张是泪痕的脸还在我的眼前。我多么愿意让她的泪痕消失，笑容在她那憔悴的脸上重现，即使减少我几年的生命来换取家庭生活中一个宁静的夜晚，我也心甘情愿！

二

我听周信芳同志的媳妇说，周的夫人在逝世前经常被打手们拉出去当作皮球推来推去，打得遍体鳞伤。有人劝她躲开，她说："我躲开，他们就要这样对付周先生了。"萧珊并未受到这种新式体罚。可是她在精神上给别人当皮球打来打去。她也有这样的想法：她多受一点精神折磨，可以减轻对我的压力。其实这是她的一片痴心，结果只苦了她自己。我看见她一天天地憔悴下去，我看见她的生命之火逐渐熄灭，我多么痛心。我劝她，安慰她，我想拉住她，但一点也没有用。

她常常问我："你的问题什么时候才解决呢？"我苦笑地说："总有一天会解决的。"她叹口气说："我恐怕等不到那个时候了。"后来她病倒了，有人劝她打电话找我回家，她不知从哪里得来的消息，她说："他在写检查，不要打岔他，他的问题大概可以解决了。"等到我从五·七干校回家休假，她已经不能起床。她还问我检查写得怎样，问题是否可以解决。我当时的确在写检查，而且已经写了好几次了。他们要我写，只是为了消耗我的生命。但她怎么能理解呢？

这时离她逝世不过两个多月，癌细胞已经扩散，可是我们不知道，想找医生给她认真检查一次，也毫无办法。平日去医院挂号看门诊，等了许久才见到医生或者实习医生，随便给开个药方就算解决问题。只有在发烧到摄氏三十九度才有资格挂急诊号，或者还可以在病人拥挤的观察室里待上一天半天。当时去医院看病找交通工具也很困难，常常是我女婿借了自行车来，让她坐在车上，他慢慢地推着走。有一次她雇到小三轮车去看病，看好门诊回家雇不到车了，只好同陪她看病的朋友一起慢慢地走回来，走走停停，走到街口，她快要倒下了，只得请求行人到我们家通知。她一个表侄正好来探病，就由他去把她背了回来。她希望拍一张 X 光片子查一查肠子有什么病，但是办不到。后来靠了她一位亲戚帮忙开后门两次拍片，才查出她患肠癌。以后又靠朋友设法开后门住进了医院。她自己还很高兴，以为得救了。只有她一个人不知真实的病情，她在医院里只活了三个星期。

我休假回家假期满了，我又请过两次假，留在家里照料病人。最多也不到一个月。我看见她病情日趋严重，实在不愿意把她丢开不管，我要求延长假期的时候，我们那个单位的一个"工宣队"头头逼着我第二天就回干校去。我回到家里，她问起来，我无法隐瞒。她叹了一口气，说："你放心去吧。"她把脸掉过去，不让我看她。我女儿、女婿看到这种情景，自告奋勇跑到巨鹿路向那位"工宣队"头头解释，希望同意我在市区多留些日子照料病人。可是那个头头"执法如山"，还说：他不是医生，留在家里，有什么用！"留在家里对他改造不利！"他们气愤地回到家中，只说机关不同意，后来才对我传达了这句"名言"。我还能什么呢？明天回干校去！

整个晚上她睡不好，我更睡不好。出乎意外，第二天一早我那个插队落户的儿子在我们房间里出现了，他是昨天半夜里到的。他得到了家信，请假回家看母亲，却没有想到母亲病成这样。我见了他一面，把他母亲交给他，就回干校去了。

在车上我的情绪很不好。我实在想不通为什么会有这样的事情。我在干校待了五天，无法同家里通消息。我已经猜到她的病不轻了。可是人们不让我过问她的事情。这五天是多么难熬的日子！到第五天晚上在干校的造反派头头通知我们全体第二天一早回市区开会。这样我才又回到了家，见到我的爱人。靠了朋友帮忙，她可以住进中山医院肝癌病房，一切都准备好，她第二天就要住院了。她多么希望住院前见我一面，我终于回来了。连我也没有想到她的病情发展得这么快。我们见了面，我一句话也讲不出来。她说了一句："我到底住院了。"我答说："你安心治疗吧。"她父亲也来看她，老人家双目失明，去医院探病有困难，可能是来同他的女儿告别了。

我吃过中饭，就去参加给别人戴上反革命帽子的大会，受批判、戴帽子的人不止一个，其中有一个我的熟人王若望同志①，他过去也是作家，不过比我年轻。我们一起在"牛棚"里关过一个时期，他的罪名是"摘帽右派"，他不服，不听话，他贴出大字报，声明"自己解放自己"，因此罪名越搞越大，给捉去关了一个时期不算，还戴上了反革命的帽子监督劳动。在会场里我一直像在做怪梦。开完会回家，见到萧珊我感到格外亲切，仿佛重回人间。可是她不舒服，不想讲话，偶尔讲一句半句。我还记得她讲了两次："我看不到了。"我连声问她看不到什么，她后来才说："看不到你解放了。"我还能再讲什么呢？

我儿子在旁边，垂头丧气，精神不好，晚饭只吃了半碗，像是患感冒。她忽然指着他小声说："他怎么办呢？"他当时在安徽山区农村已经待了三年半，政治上没有人管，生活上不能养活自己，而且因为是我的儿子，给剥夺了好些公民权利。他先学会沉默，后来又学会抽烟。我怀着内疚的心情看看他。我后悔当初不该写小说，更不该生儿育女。我还记得前两年在痛苦难熬的时候她对我说："孩子们说爸爸做了坏事，害了我们大家。"这好像用刀子在割我身上的肉。我没有出声，我把泪水全吞在肚里。她睡了一觉醒过来忽然问我："你明天不去了？"我说："不去了。"就是那个"工宣队"头头今天通知我不用再去干校就留在市区。他还问我："你知道萧珊是什么病？"我答说："知道。"其实家里瞒住我，不给我知道真相，我还是从他这句问话里猜到的。

---

① 王若望同志在一九五七年被错划为右派（一九六二年摘帽），最近已经改正，恢复名誉。

三

第二天早晨她动身去医院，一个朋友和我女儿、女婿陪她去。她穿好衣服等候车来。她显得急躁，又有些留恋，东张张西望望，她也许在想是不是能再看到这里的一切。我送走她，心上反而加了一块大石头。

将近二十天里，我每天去医院陪伴她大半天。我照料她，我坐在病床前守着她，同她短短地谈几句话。她的病情恶化，一天天衰弱下去，肚子却一天天大起来，行动越来越不方便。当时病房里没有人照料，生活方面除饮食外一切都必须自理。后来听同病房的人称赞她"坚强"，说她每天早晚都默默地挣扎着下了床，走到厕所。医生对我们谈起，病人的身体经不住手术，最怕的是她的肠子堵塞，要是不堵塞，还可以拖延一个时期。她住院后的半个月是一九六六年八月以来是我既感痛苦又感到幸福的一段时间，是我和她在一起度过的最后的平静的时刻，我今天还不能将它忘记。但是半个月以后，她的病情又有了发展，一天吃中饭的时候，医生通知我儿子找我去谈话。他告诉我：病人的肠子给堵住了，必须开刀。开刀不一定有把握，也许中途出毛病。但是不开刀，后果更不堪设想。他要我决定，并且要我劝她同意。我做了决定，就去病房对她解释。我讲完话，她只说了一句："看来我们要分别了。"她望着我，眼睛里全是泪水。我说："不会的……"我的声音哑了。接着护士长来安慰她，对她说："我陪你，不要紧的。"她回答："你陪我就好。"时间很紧迫，医生、护士们很快做好准备，她给送进手术室去了，是她的表侄把她推到手术室门口的。我们就在外面走廊上等了好几个小时，等到她平安地给送出来，由儿子把她推回到病房去。儿子还在她的身边守过一个夜晚。过两天他也病倒了，查出来他患肝炎，是从安徽农村带回来的。本来我们想瞒住他的母亲，可是无意间让他母亲知道了。她不断地问："儿子怎么样？"我自己也不知道儿子怎么样，我怎么能使她放心呢？晚上回到家，走进空空的、静静的房间，我几乎要叫出声来："一切都朝我的头打下来吧，让所有的灾祸都来吧。我受得住！"

我应当感谢那位热心而又善良的护士长，她同情我的处境，要我把儿子的事情完全交给她办。她做好安排，陪他看病、检查，让他很快住进别处的隔离病房，得到及时的治疗和护理。他在隔离房里苦苦地等候母亲病情的好转。母亲躺在病床上，只能有气无力地说几句短短的话，她经常问："棠棠怎么样？"从她那双含泪的眼睛里我明白她多么想看见她最爱的儿子。但是她已经没有精力多想了。

她每天给输血，打盐水针。她看见我去就断断续续地问我："输多少西西的血？该怎么办？"我安慰她："你只管放心。没有问题，治病要紧。"她不止一次地说："你辛苦了。"我有什么苦呢？我能够为我最亲爱的人做事情，哪怕做一件小事，我也高兴！后来她的身体更不行了。医生给她输氧气，鼻子里整天插着管子。她几次要求拿开，这说明她感到难受，但是听了我们的劝告，她终于忍受下去了。开刀以后她只活了五天。谁也想不到她会去得这么快！五天中间我整天守在病床前，默默地望着她在受苦（我是设身处地感觉到这样的），可是她除了两三次要求搬开床前巨大的氧气筒，三四次表示担心输血较多付不出药费之外，并没有抱怨过什么。见到熟人她常有这样一种表情：请原谅我麻烦了你们。她非常安静，但并未昏睡，始终睁大两只眼睛。眼睛很大，很美，很亮。我望着，望着，好像在望快要燃尽的烛火。我多么想让这对眼睛永远亮下去！我多么害怕她离开我！我甚至愿意为我那十四卷"邪书"受到千刀万剐，只求她能安静地活下去。

不久前我重读梅林写的《马克思传》，书中引用了马克思给女儿的信里的一段话，讲到马克思夫人的死。信上说："她很快就咽了气。……这个病具有一种逐渐虚脱的性质，就像由于衰老所致一样。甚至在最后几小时也没有临终的挣扎，而是慢慢地沉入睡乡。她的眼睛比任何时候都更大、更美、更亮！"这段话我记得很清楚。马克思夫人也死于癌症。我默默地望着萧珊那对很大、很美、很亮的眼睛，我想起这段话，稍微得到一点安慰。听说她的确也"没有临终的挣扎"，也是"慢慢地沉入睡乡"。我这样说，因为她离开这个世界的时候，我不在她的身边。那天是星期天，卫生防疫站因为我们家发现了肝炎病人，派人上午来做消毒工作。她的表妹有空愿意到医院去照料她，讲好我们吃过中饭就去接替。没有想到我们刚刚端起饭碗，就得到传呼电话，通知我女儿去医院，说是她妈妈"不行"了。真是晴天霹雳！我和我女儿、女婿赶到医院。她那张病床上连床垫也给拿走了。别人告诉我她在太平间。我们又下了楼赶到那里，在门口遇见表妹。还是她找人帮忙把"咽了气"的病人抬进来的。死者还不曾给放进铁匣子里送进冷库，她躺在担架上，但已经给白布床单包得紧紧的，看不到面容了。我只看到她的名字。我弯下身子，把地上那个还有点人形的白布包拍了好几下，一面哭着唤她的名字。不过几分钟的时间。这算是什么告别呢？

据表妹说，她逝世的时刻，表妹也不知道。她曾经对表妹说："找医生来。"医生来过，并没有什么。后来她就渐渐地"沉入睡乡"。表妹还以为她在睡眠。一个护士来打针，才发觉她的心脏已经停止跳动了。我没有能同她诀别，我有许多话没有能向她倾吐，她不能没有留下一句遗言就离开我！我后来常常想，她对表妹说："找医生来。"很可能不是"找医生"，是"找李先生"（她平日这样称呼我）。为什么那天上午偏偏我不在病房呢？家里人都不在她身边，她死得这样凄凉！

我女婿马上打电话给我们仅有的几个亲戚。她的弟媳赶到医院，马上晕了过去。三天以后在龙华火葬场举行告别仪式。她的朋友一个也没有来，因为一则我们没有通知，二则我是一个审查了将近七年的对象。没有悼词，没有吊客，只有一片伤心的哭声。我衷心感谢前来参加仪式的少数亲友和特地来帮忙的我女儿的两三个同学，最后，我跟她的遗体告别，女儿望着遗容哀哭，儿子在隔离病房还不知道把他当作命根子的妈妈已经死亡。值得提说的是她当作自己儿子照顾了好些年的一位亡友的男孩从北京赶来，只为了见她的最后一面。这个整天同钢铁打交道的技术员，他的心倒不像钢铁那样。他得到电报以后，他爱人对他说："你去吧，你不去一趟，你的心永远安定不了。"我在变了形的她的遗体旁边站了一会。别人给我和她照了相。我痛苦地想：这是最后一次了，即使给我们留下来很难看的形象，我也要珍视这个镜头。

一切都结束了。过了几天我和女儿、女婿到火葬场，领到了她的骨灰盒。在存放室寄存了三年之后，我按期把骨灰盒接在家里。有人劝我把她的骨灰安葬，我宁愿让骨灰盒放在我的寝室里，我感到她仍然和我在一起。

四

梦魇一般的日子终于过去了。六年仿佛一瞬间似的远远地落在后面了。其实哪里是一瞬间！这段时间里有多少流着血和泪的日子啊。不仅是六年，从我开始写这篇短文到现在又过了半年，半年中我经常在火葬场的大厅里默哀，行礼，为了纪念给"四人帮"迫害致死的朋友。想到他们不能把个人的智慧和才华献给社会主义祖国，我万分惋惜。每次戴上黑纱、插上纸花的同时，我也想我自己最亲爱的朋友，一个普通的文艺爱好者，一个成绩不大的翻译工作者，一个心地善良的人。她是我的生命的一部分，她的骨灰里有我的泪和血。

她是我的一个读者。一九三六年我在上海第一次同她见面。一九三八年和一九四一年我们两次在桂林像朋友似地住在一起。一九四四年我们在贵阳结婚。我认识她的时候，她还不到二十，对她的成长我应当负很大的责任。她读了我的小说，给我写信，后来见到了我，对我发生了感情。她在中学念书，看见我以前，因为参加学生运动被学校开除，回到家乡住了一个短时期，又出来进另一所学校。倘使不是为了我，她三七、三八年一定去了延安。她同我谈了八年的恋爱，后来到贵阳旅行结婚，只印发了一个通知，没有摆过一桌酒席。从贵阳我和她先后到了重庆，住在民国路文化生活出版社门市部楼梯下七八个平方米的小屋里。她托人买了四只玻璃杯开始组织我们的小家庭。她陪着我经历了各种艰苦生活。在抗日战争紧张的时期，我们一起在日军进城以前十多个小时逃离广州，我们从广东到广西，从昆明到桂林，从金华到温州，我们分散了，又重见，相见后又别离。在我那两册《旅途通讯》中就有一部分这种生活的记录。四十年前有一位朋友批评我："这算什么文章！"我的《文集》出版后，另一位朋友认为我不应当把它们也收进去。他们都有道理。两年来我对朋友、对读者讲过不止一次，我决定不让《文集》重版。但是为我自己,我要经常翻看那两小册《通讯》。在那些年代,每当我落在困苦的境地里、朋友们各奔前程的时候,她总是亲切地在我的耳边说:"不要难过,我不会离开你,我在你的身边。"的确,只有在她最后一次进手术室之前她才说过这样一句:"我们要分别了。"

我同她一起生活了三十多年。但是我并没有好好地帮助过她。她比我有才华,却缺乏刻苦钻研的精神。我很喜欢她翻译的普希金和屠格涅夫的小说。虽然译文并不恰当,也不是普希金和屠格涅夫的风格,它们却是有创造性的文学作品,阅读它们对我是一种享受。她想改变自己的生活,不愿做家庭妇女,却又缺少吃苦耐劳的勇气。她听一个朋友的劝告,得到后来也是给"四人帮"迫害致死的叶以群同志的同意,到《上海文学》"义务劳动",也做了一点点工作,然而在运动中却受到批判,说她专门向老作家组稿,又说她是我派去的"坐探"。她为了改选思想,想走捷径,要求参加"四清"运动,找人推荐到某铜厂的工作组工作,工作相当忙碌、紧张,她却精神愉快。但是到我快要靠边的时候,她也被叫回"作协分会"参加运动。她第一次参加这种急风暴雨般的斗争,而且是以"反动权威"家属的身份参加,她不知道该怎么办才好。她张皇失措,坐立不安,替我担心,又为儿女的前途忧虑。她盼望什么人向她伸出援助的手,可是朋友们离开了她,"同事们"拿她当作箭靶,还有人想通过她来整我。她不是"作协分会"或者刊物的正式工作人员,可是仍然被"勒令"靠边劳动、站队挂牌,放回家以后,又给揪到机关。过一个时期,她写了认罪的检查,第二次给放回家的时候,我们机关的造反派头头却通知里弄委员会罚她扫街。她怕人看见,每天大清早起来,拿着扫帚出门,扫得筋疲力尽,才回到家里,关上大门,吐了一口气。但有时她还碰到上学去的小孩,对她叫骂"巴金的臭婆娘"。我偶尔看见她拿着扫帚回来,不敢正眼看她,我感到负罪的心情,这是对她的一个致命的打击。不到两个月,她病倒了,以后就没有再出去扫街(我妹妹继续扫了一个时期),但是也没有完全恢复健康。尽管她还继续拖了四年,但一直到死她并不曾看到我恢复自由。这就是她的最后,然而绝不是她的结局。她的结局将和我的结局连在一起。

我绝不悲观。我要争取多活。我要为我们社会主义祖国工作到生命的最后一息。在我丧失工作能力的时候,我希望病榻上有萧珊翻译的那几本小说。等到我永远闭上眼睛,就让我的骨灰同她的掺和在一起。

选自《随想录》第 1 辑,香港三联书店 1979 年版

回　　答

北　　岛

卑鄙是卑鄙者的通行证，
高尚是高尚者的墓志铭。
看吧，在那镀金的天空中，
飘满了死者弯曲的倒影。

冰川纪过去了，
为什么到处都是冰凌？
好望角发现了，
为什么死海里千帆相竞？

我来到这个世界上，
只带着纸、绳索和身影，
为了在审判前，
宣读那些被判决了的声音。

告诉你吧，世界，
我——不——相——信！
纵使你脚下有一千名挑战者，
那就把我算做第一千零一名。

我不相信天是蓝的；
我不相信雷的回声；
我不相信梦是假的；
我不相信死无报应。

如果海洋注定要决堤，
就让所有的苦水都注入我心中；
如果陆地注定要上升，
就让人类重新选择生存的峰顶。

新的转机和闪闪的星斗，
正在缀满没有遮拦的天空，
那是五千年的象形文字，
那是未来人们凝视的眼睛。

原载《诗刊》1979 年第 3 期

人到中年（节选）

谌 容

十七

从来没有睡得这么久，从来没有睡得这么累。陆文婷觉得好像是从高高的云端落下来，跌得浑身疼痛难禁，没有一点力气。这突然的静卧，四肢休息了，心也静了下来，脑海里几乎成了一片空白。

多少年来，她奔波在生活的道路上，没有时间停下来，看一看走过的路上曾有多少坎坷困苦；更没时间停下来，想一想未来的路上还有多少荆棘艰难。如今，肩上的重担卸下了，种种操劳免去了，似乎有足够的时间去寻找过去的足迹，去探求未来的路。然而，脑子里空空荡荡，没有回忆，没有希望，什么也没有。

啊！多么可怕的空白！

也许，这只是一个梦，一个寂寞的梦。过去也曾有过这样的梦，这样孤独，这样悲凉……那一年，她还是一个五岁的小姑娘。一个北风呼啸的夜晚，妈妈出去了，只留下她一个人。天黑了，妈妈还没有回来。她第一次感到孤单、感到恐怖。她哭着，喊着："妈妈……妈妈呀！"后来，这情景，常在她的梦中萦绕。那怒吼的风声，那被吹开了的房门，那昏暗的油灯，是如此逼真，竟使她长久以来分辨不清，是当真入梦，还是把梦当真。

不，这一回不是梦，是真的了！

自己是躺在病床上，家杰还守在自己身旁。看，他累了。他歪倒身子靠在床沿上睡着了。他会着凉的，应该把他叫醒。可是她试了几次，总听不见自己的嗓音。喉咙好像被什么卡住了，叫不出声来。她想伸过手去拉一件衣服给他披上，可是手动不了，它好像不是属于自己的了。

她朝四周打量了一眼，发现自己是躺在单人病房里。这种"特殊照顾"通常都属于垂危的病人。她忽然感到一阵恐怖：难道我也……

瑟瑟的秋风叩打着门窗，沉沉的夜色吞蚀着病房。她出了一身冷汗，神志反而清醒了。她意识到跟前的一切真真实实，这确实不是梦。这是生的尽头，这是死的来临。

死亡原来是这样的，并不可怕，并不痛苦。它不过是生命逐渐地枯萎，意识逐渐地朦胧，它不过是缓缓地沉落，像一片飘在水中的叶儿，正随波逝去，终致淹没在水底。

她觉得一切都无可挽回地结束了。汹涌的波涛漫过了她的胸前，她正随水而去……

"妈妈……妈妈……"

她听见佳佳在呼喊，她看见佳佳沿着河岸追来。她忙回过头去，张开双臂喊道：

"佳佳……我的女儿……"流水把她席卷而去。佳佳的面容模糊了，沙哑的呼喊变成了可怜的抽噎：

"妈妈……我要梳小辫儿……"

为什么不给她扎小辫儿呢？她来到人间才六个年头，她对生活的希望，不过是扎上两个小辫儿。每逢看见那些扎着小辫、系着蝴蝶结的小姑娘，她是多么羡慕！可是，就连这一点小小的要求，她都不能满足她。她没有时间，星期一早上医院的病人也最多，哪怕一分钟的时间，对她来说都是宝贵的。

"妈妈……妈妈……"

她听见圆圆在呼喊，她看见圆圆沿着河岸追来。她忙回过头去，伸出双臂喊着：

"圆圆……圆圆……"

一个浪头把她打下去，她挣扎出水面，圆圆已经看不见了，只有他的声音从远处传来：

"妈妈……别忘了……白球鞋……"

各式各样的球鞋像装在万花筒里，在她面前转开了：白色的，蓝色的，高筒的，矮帮的，白色带红边的，白色带蓝边的。给圆圆挑一双吧，他脚上的鞋早已破了。给他买一双白球鞋吧，他会高兴一个月。可是，顷刻间，这样那样的球鞋都消失了。一张张标价牌迎面打来：三元一角，四元五角，六元三角……

家杰追来了。流水倒映出他狂奔的身影。他跑得那么急，他的声音在发抖：

"文婷，你不能走……"

她多么想停住，等他追来，拉自己一把。然而，流水无情，她身不由主地随波逐流。

"陆大夫！陆大夫！"

两岸有多少人在呼喊她啊！穿着白大褂的亚芬、老刘、赵院长、孙主任，穿着病房衣服的焦成思、张老汉、王小曼，还有许多认识和不认识的病人，都在喊着，喊着。

他们在喊我？我不能走，是不能走啊！在这世界上，我还有很多事情没有了结,还有很多责任没有尽到。我不能让圆圆和佳佳变成没有妈妈的孤儿。我不能让家杰遭到中年丧妻的打击。我离不开我的医院,我的病人。离不开啊,离不开这折磨人而又叫人难舍的生活!

我不能在这死亡之水中沉没。我要挣扎,我要反抗,我要留在人间。可,我怎么那么累呢?我没有力气反抗,没有力气挣扎,我正在沉下去,沉下去……

啊!永别了,圆圆!永别了,佳佳!你们还会想起妈妈吗?在这生命的最后一息,妈妈是带着对你们深深的眷恋离去的。我多么想念你们,让我紧紧地搂住你们,听我对你们说:孩子啊!原谅妈妈对你们爱得太少,原谅妈妈不得不一次次缩回向你们伸出的双臂,推开你们扑向我的笑脸,使你们在幼小的年纪就离开了妈妈的怀抱。

永别了,家杰!你为我付出了一切。没有你,我的生活寸步难行。没有你,我活在这世界上索然无味。啊,你为我作了多么大的牺牲!如果允许我忏悔,我将跪倒在你面前,请你原谅,原谅我没有能报答你对我无微不至的关怀和体贴,原谅我对你照顾得那么少,给你的那么少。多少次我想着,等我稍许空一点,我要多尽一点妻子的责任,我要按时下班回家,让你吃上一顿现成的晚饭。我要把三屉桌让给你,给你创造条件,写完你的论文。遗憾啊,晚了,我现在没有时间了。

永别了,门诊的病人!住院的病人!十八年来,我生活中最重要的部分属于你们。无论我行、走、坐、卧,回旋在我脑际的是你们,是你们的眼睛!你们不知道,每治好一双眼睛,你们给予我——一个医生,多么巨大的慰藉和快乐。可惜,这种快乐再也不会有了!

永别了,我的亲人!永别了,医院!永别了,我的病人!我是舍不得离开你们的啊!

我……

十八

"心动异常!"监视着荧光屏的大夫叫了起来。

"文婷,文婷!"傅家杰望着呼吸困难的妻子,尖声喊叫着。

值班室的大夫和护士们跑来了。

"静脉注射利多卡因!"值班大夫命令说。

护士飞快地把针头挑进病人的静脉。可是,刚注入一半,病人已经两手攥成拳、嘴唇发青、眼睛朝上翻去。可怕的阿斯氏综合症出现了。

陆文婷大夫的心脏停止了跳动。

紧张的抢救开始了。几个大夫轮流为病人进行人工心脏按摩。人工呼吸器也罩在病人脸上，发出"咕哒、咕哒"的声响。心脏击颤器打开了，当用这特殊的器械向病人胸部一击之后，病人的心脏又开始了跳动。

"准备冰帽！"值班大夫满头大汗地说。

陆文婷的头被套上了橡皮冰帽。

十九

窗外的天空泛出青色，天终于亮了。陆文婷大夫的生命挨过了危急的夜晚，也进到了新的一天。

接班的护士走来，轻轻拉开紧闭了一夜的百叶窗。一股清新的空气和着鸟儿欢乐的鸣叫一齐扑进病房，顿时冲淡了这里浓烈的药味和沉重的气息。黎明给垂危的生命带来了希望。

量体温的护士，送早饭的卫生员，接早班的大夫，川流不息地来了。在床上度过了一夜的病人似乎又重新燃起了生命的希望，病房里呈现出新的生机。

王小曼头上斜缠着纱布，包着那只经过手术的眼睛，向内科病房的护士苦苦哀求：

"让我去看看陆大夫！就看一眼！"

"不行。陆大夫昨晚上刚抢救过来，谁也不能进去。"

"阿姨！你不知道！她就是给我做手术才病的呀！让我去看看吧！我一句话都不说……""不行！"护士板起脸来。

"看一眼都不行呀？"王小曼要哭了。这时，她一扭脸，看见张老汉正扶着他的小孙子走过来，忙扑上去叫道："张大爷，您快跟她说说，她不让进……"

张老汉头上缠着纱布，被王小曼拉到护士面前。他站定了说：

"同志啊！让我们进去瞧一眼吧！"

护士一见，又来了个老大爷，生气地嚷了起来：

"眼科的病人怎么到处乱窜啊！"

"咳！瞧您说的，您咋不懂啊？"张老汉的嗓门可小多了。他低声下气地说："您不知道这内里详情。陆大夫为啥病倒的？就为给我们开刀呀。唉！说实话，我瞧也是瞧不见。我寻思，在她床边站站，也算尽我这点心意。"

这护士心眼儿软，见大爷情真意切，只好耐心劝道：

"不是我不叫你们进去，陆大夫得的是心脏病，不能激动。你们不是为她好吗？你们去了一惊动，对她反而不好。"

"唉！是这个理儿。"张老汉长叹了一口气，在过道长椅子上歪身坐下，双手拍打着自己的膝盖，后悔不迭地埋怨自己：

"都怪我这老头子，催呀催呀，催个没完，硬挤着要早点动手术。唉！真没想到……这，陆大夫要是有个好歹，这可怎么好啊！"

老汉说着，伤心地低下了头。

孙逸民也赶在上班前来看望陆文婷。他忙忙地走着，不意被王小曼一把拉住。

"孙主任，您是去看陆大夫的吧？"

孙逸民点点头。

"带我进去看看吧！嗯？"

"过些日子吧，现在不行。"

张老汉也闻声站了起来，摸索着拉住孙逸民的袖口说道：

"孙主任，听您的，我们就不进去。可，我有句话，今儿不管您多忙，您得听我把话说完。"

孙逸民用另一只手拍着张大爷的胳膊说：

"好，您说吧！"

"孙主任！陆大夫可是个好大夫。你们当领导的，可得花钱给她治啊！您把她救好了，她能救好些人啊！不是有那好药吗？给她吃，别舍不得！我跟人打听，吃那贵重的药得自个儿掏钱。陆大夫拉家带口的，这又一病，她能掏得起吗？医院这么大，能给她掏点不？"

张老汉住了嘴，两手拉着孙逸民，脸向着他，侧过耳朵，期待着回答。

孙逸民为人古板，从不喜怒形于色。但这一次，他被老汉的话打动了，激动地握着老汉的手说：

"我们一定尽一切努力给她治病！"

张老汉似乎才把心放下，又叫过孙子来，摸着他胳膊上的布书包，对孙逸民说：

"给，几个鸡蛋，您能进去，您给她带进去！"

孙逸民忙说：

"这个，不用了。"

张老汉顿时生气了，拉着孙逸民大声说：

"你不拿进去，今儿我就不走！"

孙逸民只好接过一书包鸡蛋，打算等会儿再叫护士给送回去，解释一下。谁知，张老汉却猜到了，又说道：

"孙主任，您要叫人送回来，我可不依您！"

孙逸民无法，只好拿着鸡蛋，直把这一老一小送下楼去。

这时，赵天辉陪着秦波朝内科病房走来。

"赵院长，我是官僚主义，不了解情况，你怎么也不了解情况哟？"秦波边走边说，神情非常激动，"要不是老焦把她认出来，我们都还蒙在鼓里呢！"

"那一段我也在干校啊！"赵天辉无可奈何地答了一句。

他们进入病房时，孙逸民也跟了进去。内科大夫汇报了昨晚的险情和抢救情况。赵天辉又看了看病房记录，点头说：

"要继续密切监视。"

傅家杰见来了这么多人，忙站了起来。秦波根本没有看见他，抢上去就在那张圆凳上坐下说：

"陆大夫，您好一点吗？"

陆文婷双目微启，没有应声。

"焦部长都跟我讲了。"秦波叹息道，"他很感谢你。他本来要亲自来看你，我没让他来。我代表他来看你。你想吃什么，缺什么，有什么困难尽管告诉我，我们帮你解决，不要客气，大家都是革命同志。"

陆文婷闭了闭眼睛。

"你还年轻，要乐观些。对待疾病嘛，既来之，则安之，这……"秦波还想说下去。一旁的赵天辉拦住她说：

"秦波同志，让病人休息吧，她刚好一点。"

"行，行，你好好休息吧！"秦波一边抬身站起，一边说，"过两天我再来看你。"

走出病房，秦波又皱起双眉对赵天辉说：

"赵院长，我可要给你们提个意见呀，像陆大夫这样的人才，怎么平时不关心，让她病成这样呢？中年干部，现在是我们的骨干力量，我的同志哟，要珍惜人才呀！"

"对。"赵天辉答道。

望着她远去的身影，傅家杰小声问孙逸民：

"她是谁？"

孙逸民从镜片上方望着门，皱了皱眉头，答道：

"一个马列主义老太太！"

二十

这一天，陆文婷大夫的病情略有好转。她能不大费力地睁开眼睛了，她还喝了两匙牛奶和一点橘汁。但，她仰卧着，两个眼睛直视着一个地方，目光是呆滞的，没有任何表情。似乎对四周的一切幸与不幸都很淡漠，对自己的重病以及这给全家带来的厄运也很淡漠。她那无动于衷的可怕的呆滞，简直是对人生的淡漠了。

傅家杰从未看见过她现在的这种样子。他被吓坏了。他连连唤她，她只轻轻晃动了一下手掌，好像不愿让人惊动，好像她在那种令人担心的半麻痹状态中感到舒服,决心把自己永远禁锢在那里面。

时间一点一点地过去,傅家杰紧张地坐在陆文婷床旁,已经两夜没有合眼了。他觉得自己也到了疲劳的顶点,也在断裂了。

又不知过了多久,忽然,一阵撕裂人心的哭叫声,震动着每一个病房,也把傅家杰从麻木的疲惫状态中惊醒。

只听见隔壁房间里一个女孩子的声音在厉声哭叫:"妈,妈妈呀!"接着是一男子呜呜的哭声。再接着是一阵混杂的脚步声,好像很多人朝隔壁涌去。

傅家杰也奔到病房门口。他看见,先是一张病床从房里推出来。床上严严地罩着一条白被单,蒙着一位死者的遗体。接着露出护士白色的身影,她轻轻地推着这活动床。一个十六七岁的姑娘,猛地从房中追了出来。她头发散乱,浑身颤抖,扑过来双手痉挛地抓住床沿,泪流满面地哀哀哭叫:

"别推她走!别推她走!我妈妈睡着了!她会醒的,会醒的呀!"

往来探视病人的家属被堵塞在过道里。人们让开一条道,用静默来表示对这位陌生的死者的哀悼。所有的人都屏住呼吸,不敢移动脚步,似乎怕惊扰了被单下安息着的灵魂。

傅家杰也呆立在人群中,双脚像被钉子钉在那里了。他那明显变得消瘦的脸上,两个颧骨凸起。浓眉下布满红丝的眼睛里闪着泪花。他把汗湿的手掌紧紧捏成拳头,仍然克制不住周身簌簌地颤抖。他几乎想用手蒙住耳朵,不愿再听那凄厉的哭声。

"妈,妈妈呀!你醒醒,醒醒呀!他们要把你推走了!"那女孩子疯狂地喊着,扑过去要掀那被单,好不容易才被两旁的人拉住。那个尾随在床边痛哭的中年男人,一边哭,一边反复喊着一句话:

"我对不起你呀!……我对不起你呀!"

这绝望的喊声像一把尖刀刺进傅家杰的胸膛。他睁着眼,紧盯着从他面前缓缓推过的这张床,紧盯着那无情的白被单下隆起的遗体。突然,他像触了电似的,猛然朝陆文婷的病房跑去。他一口气跑到她的床前,一头扑在她枕边,闭着眼,喘着气,嘴里只喃喃地重复着三个字:

"你活着!你活着!你活着!"

他那粗重的喘息声,惊醒了半睡中的陆文婷大夫。她睁开眼来,朝他望了望,又好像并没有看见他。

这呆滞的目光,使傅家杰浑身发抖地失声喊道:

"文婷!……"

陆文婷的眼光又停留在傅家杰脸上,仍然是那种冷漠的眼光。眼光令人胆寒心碎,使人感到她的灵魂已经飞离身躯,正在太空中遨游。

　　傅家杰不知该说些什么，做些什么，才能唤回她对生的热望。这是他的妻子，是他在世上最亲的亲人。从那年冬天和她漫游北海，给她念诗，到如今，多少个日日夜夜过去了，她一直是他最亲的人。他不能没有她。他要留住她！

　　诗！念诗吧！还像当年那样念诗吧！十多年前，是动人的诗句打开了她的心房。今天，再用同样的诗句唤起她最美好的回忆，唤起她对生的欲望和勇气吧！

　　于是，傅家杰半跪在她床前，含泪念道：

　　"我愿意是激流，
　　……
　　只要我的爱人，
　　是一条小鱼，
　　在我的浪花中，
　　快乐地游来游去。"

　　这诗句，好似惊动了她，她侧过脸久久地注视着自己的爱人，嘴唇动了动。傅家杰挨近她，听懂了她含混不清的话。

　　"我不能……游了……"

　　傅家杰忍下眼泪，又念道：

　　"我愿意是荒林，
　　……
　　只要我的爱人，
　　在我的稠密的，小树林间做窝、鸣叫……"

　　陆文婷又轻轻吐了几个字：

　　"我……飞不动了……"

　　傅家杰心痛难忍，但他仍含泪念下去：

　　"我愿意是废墟，
　　……
　　只要我的爱人，
　　是青青的常春藤，
　　沿着我荒凉的额，

亲密地攀援上升。"

这时,陆文婷眼里滚出两行晶莹的泪珠,默默地顺着眼角滴到雪白的枕头上。她又吃力地说:

"我……攀不动了!"

傅家杰扑在她身上,像孩子似的哭起来:

"是我没有把你照顾好……"

他睁开泪眼,呆住了。只见陆文婷的眼光又像先前一样停在一个地方,呆呆地停着,似乎没有听见他的哭声,没有听见他的叫声,对身旁的一切都漠不关心了。

病房大夫闻声赶来,见这情景,对傅家杰说:

"陆大夫身体很弱,你,不要跟她多说话!"

傅家杰就这样无言地守了一个下午。黄昏时,陆文婷好像又好了一些,她把头转向傅家杰,双唇动了动,努力要说什么的样子。

"文婷,你想说什么呀? 你说吧!"傅家杰握住她的手哀求道。

她终于说了:

"给,圆圆……买一双白球鞋……"

"我明天就去买。"他答着,泪水不自主地滴了下来,他忙用手背擦去。

她望着他,还想说什么的样子。半天,才又说出几个字来:

"给佳佳,扎,扎小辫儿……"

"我,给她扎!"傅家杰吞泣着。他透过泪水模糊的眼望着妻子,希望她把想说的话都说出来。可是,她闭上嘴,好像已经用尽了力气,再不开口了。

二十一

两天以后,傅家杰收到一封寄自首都机场的信。他打开看到——

文婷:

我不知道你能不能见到这封信。也许,它将是一封永远无法投递的信。我多么希望不会是这样的,我也相信绝不会是这样的。这次,你病得很重,但我总觉得你会好起来的。你还能干很多事情,你正是出成果的时候,你不应该这么早就离开我们!

昨晚,我和老刘去向你告别时,你还昏昏地睡着。我们本来准备今天上午再去看你,可是临行前的琐事太多了,实在抽不出时间。一想到昨夜一别,也许会成为我们最后的一面,我的心就发抖。同窗共事二十余年,知我者莫如你,知你者也莫如我,想不到我们竟是这样地分别了。

现在，我在首都机场候机室里给你写信。你知道我站在什么地方吗？就在二楼出售工艺美术品的柜台边上。这里没有人，只有玻璃柜里陈列的展品对着我。还记得吗？我们俩第一次坐飞机，也曾来过这里，还在这个卖工艺品的柜台前欣赏了半天。有一盆水仙做得那么逼真，那么姣好，细细的绿叶上还滴着露水珠。你说你最喜欢了。弯下腰一看标价，把我们俩都吓跑了。唉！现在我一个人站在这柜台前，又有一盆水仙，只不过花盆是另一种黄色的。那一盆，想必被人买走了。我望着这盆水仙花，不知为什么，只想哭。我忽然想到，一切都过去了。

记得傅家杰刚认识你的时候，有一次他到我们宿舍来，随口念了一句普希金的诗："一切过去了的都会变成亲切的怀念。"当时我直撇嘴，说这话不确切，还质问他："过去的不幸也怀念吗？"傅家杰笑笑，拒绝和我辩论。他心里一定认为我不懂诗。今天我忽然懂了！我觉得这句诗太确切了，简直是我此时此刻心情的写照，简直是为我写的！我真的觉得：一切过去的都是那么亲切，那么让人怀念啊！

耳边又听得一阵隆隆声，又是一架飞机起飞了，不知要飞到哪里去？再过一个钟头，我也要登上舷梯，离开生我养我的祖国。一想到足踏在故国土地上只有六十分钟了，我忍不住泪水，我哭了，把信纸打湿了。可是，文婷，我没有时间换一张纸了，就这么写下去吧！

我不知道为什么这样伤心，我忽然觉得自己做了一件错事，我不该走的。我舍不得这里的一切，舍不得！舍不得我们的医院，舍不得我们的手术室，舍不得门诊室里我那一张小小的桌子！我常在背后说孙主任凶，不允许人家有一点错。现在，我愿再听一声他的斥责。他是个多么严厉的老师，没有他的苛求，我不会有今天这一手技术！

广播又响了起来，在祝愿旅客一路平安。能平安吗？想到就要上飞机了，我心里有一种空落落的感觉。我觉得自己像一个漂泊在天空的气球，不知将落在一个什么样的地方？在那里等着我的又将是什么？我心神不定，甚至感到害怕！是的，是害怕！去一个陌生的国度，一个同我们社会完全不同的社会，我们能适应吗？怎么能不害怕呢？

老刘坐在那边的沙发长椅上发呆。他一直忙于收拾东西，不及思索，好像走的决心从来没有动摇过。但是昨天晚上，他把最后一件衣服塞进箱子里去时忽然说："从此以后，我们就是天涯孤客了！"后来，他就一直沉默不语。直到现在，还是一句话也没有说过。我知道他心里也很矛盾。

亚亚对这次走是最积极的。她甚至还表现出一种迫不及待的兴奋之情，我几次恨不得揍她一顿。但此刻，她站在候机室的大玻璃门前，望着忙忙碌碌的停机坪，也好像不愿离去了。"不能不走吗？"我记得那天晚上在你家里，你曾这样问过。

我不能用一句话回答你，为什么我们非走不可。这几个月里，我和老刘几乎天天都在为走或不走烦恼着,争论着。促使我们下这决心的原因很多。为了亚亚,为了老刘,也为了我。但是,各式各样的理由,都不曾使我减少内心的痛苦,我们是不该走的。我们的国家正在开始一个新的时代,我们没有理由逃避历史(或许还该加上民族)赋予我们的使命。用造反派的语言来说,则是"工人农民的血汗把你们养大了,你们不应该背叛"!

同你相比,我是软弱的。我在这十年中受到的磨难比你少得多,但是我不能像你那样忍受。对于那些恶意的中伤,无端的诽谤,我常常爆发。这并不是我比你坚强,恰恰是我比你脆弱。我确实曾经想过,那么屈辱地活着不如死了好! 只是为了亚亚,我才打消了这种念头。老刘作为"特嫌"被关起来那几年,我能熬过来,能活下来,亲眼见到粉碎"四人帮"的胜利,连我自己都意想不到。

当然,这些都是过去的伤心事了。傅家杰说得对,"黑暗已经过去,光明已经到来"。可惜的是,林贼、"四人帮"造成的一代人的偏见,绝不是短期内就能改变的。中央的政策来到基层,还要经过千山万水。积怨难除,人言可畏。我惧怕过去的噩梦,我缺少像你那样的勇气!

记得有一次批判白专道路,那些占领医疗卫生阵地的"沙子",点了你的名,也点了我的名。会后,我们一起走出医院的大门。我说:"我想不通。为什么刚有一点钻研业务的积极性,就要打下去? 以后,再开这种会,我不参加,以示抗议!"而你却说:"何必呀! 再开一百次我也参加。反正手术还得我们做。我回家照样钻研!"我问你:"这么批你,你不觉得冤吗?"你还笑了,你说:"我一天忙得昏头转向,没时间去想它!"当时,我真佩服你! 只是快分手时,你却嘱咐我:"这种事,你别告诉傅家杰,他自己的事就够烦的了。"我们默默地走了一条街。我看到你的脸色是平静的,目光是自信的。你心里的想法是任何人动摇不了的。我也明白,你是用多么坚强的毅力抵抗着那些袭来的石子,走着自己生活的路。如果我能够有你一半的勇气和毅力,我也不会作出今天的选择。

原谅我吧! 我只能对你这样说。我走了,我把心留在你身边,留在我亲爱的祖国。不管我的双足走向何方,我都不会忘记故国的恩情。相信我吧! 我只能对你这样说。相信我们会回来的。少则几年,多则十几年,等亚亚学有所长,等我们在医学上稍有成就,我们一定会回来的。

最后,衷心祝愿你早日恢复健康! 经过这场大病,你应该接受教训,自己多照顾自己。这不是我劝你自私。你的不自私,是我历来敬佩的。我只希望你有一个健康的身体,我只希望中华医学的新秀能够吐出更多的芬芳!

别了,我的好友!

亚芬
匆匆于机场

二十二

一个半月以后,陆文婷大夫病体初愈被允许出院了。

这几乎是一个奇迹。以陆文婷平时极为虚弱的身体,突然遭到这样一场大病的袭击,几次濒于死亡的边缘,最后竟能活了过来,内科大夫都感到惊异和庆幸。

这天上午,傅家杰怀着感恩的心情在妻子身边忙着。他替她穿上棉衣毛裤,又穿上一件蓝布棉袄,围上一条驼色大长毛围巾。

"家里怎么样了?"她问。

"挺好。昨天你们支部还派人去帮着收拾了。"

她立即想起那间小屋,那个罩着白布的大书架,那窗台上的小闹钟,那张三屉桌……

从死亡线上回来的她,虽然穿了这么多衣服,仍觉得身上轻飘飘的。当她站起来时,两腿打着哆嗦,很难支持身体的重量。她整个身子几乎全靠在丈夫身上,一手拽住他的衣袖,一手扶着墙,才迈出了步子。接着,一步又一步,她慢慢地走出了病房。

赵天辉院长、孙逸民主任,还有内科和眼科的一些同志们,跟在她身后,看着她一步一停地沿着长长的甬道,朝门外走去。

接连下了几天雨,一阵冷风吹得光秃的树枝呼呼地响。雨后的阳光格外的明媚,强烈的光束直射进这长长的长廊,冷风也呼啸着迎面吹来。傅家杰加倍小心地搀着妻子,迎着朝阳和寒风朝前走去。

门外石阶下停着一辆黑色的小卧车。那是赵院长亲自打电话给行政处要来的。

陆文婷大夫靠在丈夫臂上,艰难地一步一步朝门外走去……

原载《收获》1980 年第 4 期

一代人

顾　城

黑夜给了我黑色的眼睛
我却用它寻找光明

1979 年 4 月

原载《星星》1980 年第 3 期

受　　戒

汪曾祺

明海出家已经四年了。

他是十三岁来的。

这个地方的地名有点怪，叫庵赵庄。赵，是因为庄上大都姓赵。叫做庄，可是人家住得很分散，这里两三家，那里两三家。一出门，远远可以看到，走起来得走一会，因为没有大路，都是弯弯曲曲的田埂。庵，是因为有一个庵。庵叫菩提庵，可是大家叫讹了，叫成荸荠庵。连庵里的和尚也这样叫。"宝刹何处？"——"荸荠庵。"庵本来是住尼姑的。"和尚庙"、"尼姑庵"嘛。可是荸荠庵住的是和尚。也许因为荸荠庵不大，大者为庙，小者为庵。

明海在家叫小明子。他是从小就确定要出家的。他的家乡不叫"出家"，叫"当和尚"。他的家乡出和尚。就像有的地方出劁猪的，有的地方出织席子的，有的地方出箍桶的，有的地方出弹棉花的，有的地方出画匠，有的地方出婊子，他的家乡出和尚。人家弟兄多，就派一个出去当和尚。当和尚也要通过关系，也有帮。这地方的和尚有的走得很远。有到杭州灵隐寺的、上海静安寺的、镇江金山寺的、扬州天宁寺的。一般的就在本县的寺庙。明海家田少，老大、老二、老三，就足够种的了。他是老四。他七岁那年，他当和尚的舅舅回家，他爹、他娘就和舅舅商议，决定叫他当和尚。他当时在旁边，觉得这实在是在情在理，没有理由反对。当和尚有很多好处。一是可以吃现成饭。哪个庙里都是管饭的。二是可以攒钱。只要学会了放瑜伽焰口，拜梁皇忏，可以按例分到辛苦钱。积攒起来，将来还俗娶亲也可以；不想还俗，买几亩田也可以。当和尚也不容易，一要面如朗月，二要声如钟磬，三要聪明记性好。他舅舅给他相了相面，叫他前走几步，后走几步，又叫他喊了一声赶牛打场的号子："格当嘚——"说是"明子准能当个好和尚，我包了！"要当和尚，得下点本，——念几年书。哪有不认字的和尚呢！于是明子就开蒙入学，读了《三字经》、《百家姓》、《四言杂字》、《幼学琼林》、《上论、下论》、《上孟、下孟》，每天还写一张仿。村里都夸他字写得好，很黑。

舅舅按照约定的日期又回了家，带了一件他自己穿的和尚领的短衫，叫明子娘改小一点，给明子穿上。明子穿了这件和尚短衫，下身还是在家穿的紫花裤子，赤脚穿了一双新布鞋，跟他爹、他娘磕了一个头，就随舅舅走了。

他上学时起了个学名，叫明海。舅舅说，不用改了。于是"明海"就从学名变成了法名。

过了一个湖。好大一个湖！穿过一个县城。县城真热闹：官盐店，税务局，肉铺里挂着成边的猪，一个驴子在磨芝麻，满街都是小磨香油的香味，布店，卖茉莉粉、梳头油的什么斋，卖绒花的，卖丝线的，打把式卖膏药的，吹糖人的，耍蛇的……他什么都想看看。舅舅一劲地推他："快走！快走！"

到了一个河边，有一只船在等着他们。船上有一个五十来岁的瘦长瘦长的大伯，船头蹲着一个跟明子差不多大的女孩子，在剥一个莲蓬吃。明子和舅舅坐到舱里，船就开了。

明子听见有人跟他说话，是那个女孩子。

"是你要到荸荠庵当和尚吗？"

明子点点头。

"当和尚要烧戒疤呕！你不怕？"

明子不知道怎么回答，就含含糊糊地摇了摇头。

"你叫什么？"

"明海。"

"在家的时候？"

"叫明子。"

"明子！我叫小英子！我们是邻居。我家挨着荸荠庵。——给你！"

小英子把吃剩的半个莲蓬扔给明海，小明子就剥开莲蓬壳，一颗一颗吃起来。

大伯一桨一桨地划着，只听见船桨泼水的声音：

"哗——许！哗——许！"

……

荸荠庵的地势很好，在一片高地上。这一带就数这片地高，当初建庵的人很会选地方。门前是一条河。门外是一片很大的打谷场。三面都是高大的柳树。山门里是一个穿堂。迎门供着弥勒佛。不知是哪一位名士撰写了一副对联：

　　　　大肚能容容天下难容之事
　　　　开颜一笑笑世间可笑之人

弥勒佛背后，是韦驮。过穿堂，是一个不小的天井，种着两棵白果树。天井两边各有三间厢房。走过天井，便是大殿，供着三世佛。佛像连龛才四尺来高。大殿东边是方丈，西边是库房。大殿东侧，有一个小小的六角门，白门绿字，刻着一副对联：

一花一世界
三藐三菩提

进门有一个狭长的天井，几块假山石，几盆花，有三间小房。

小和尚的日子清闲得很。一早起来，开山门，扫地。庵里的地铺的都是箩底方砖，好扫得很，给弥勒佛、韦驮烧一炷香，正殿的三世佛面前也烧一炷香、磕三个头，念三声"南无阿弥陀佛"，敲三声磬。这庵里的和尚不兴做什么早课、晚课，明子这三声磬就全都代替了。然后，挑水，喂猪。然后，等当家和尚，即明子的舅舅起来，教他念经。

教念经也跟教书一样，师父面前一本经，徒弟面前一本经，师父唱一句，徒弟跟着唱一句。是唱哎。舅舅一边唱，一边还用手在桌上拍板。一板一眼，拍得很响，就跟教唱戏一样。是跟教唱戏一样，完全一样哎。连用的名词都一样。舅舅说，念经：一要板眼准，二要合工尺。说：当一个好和尚，得有条好嗓子。说：民国十年闹大水，运河倒了堤，最后在清水潭合龙，因为大水淹死的人很多，放了一台大焰口，十三大师——十三个正座和尚，各大庙的方丈都来了，下面的和尚上百。谁当这个首座？推来推去，还是石桥——善因寺的方丈！他往上一坐，就跟地藏王菩萨一样，这就不用说了；那一声"开香赞"，围看的上千人立时鸦雀无声。说：嗓子要练，夏练三伏，冬练三九，要练丹田气！说：要吃得苦中苦，方为人上人！说：和尚里也有状元、榜眼、探花！要用心，不要贪玩！舅舅这一番大法说得明海和尚实在是五体投地，于是就一板一眼地跟着舅舅唱起来：

"炉香乍爇——"
"炉香乍爇——"
"法界蒙薰——"
"法界蒙薰——"
"诸佛现金身……"
"诸佛现金身……"
……

等明海学完了早经，——他晚上临睡前还要学一段，叫做晚经，——荸荠庵的师父们就都陆续起床了。

这庵里人口简单，一共六个人。连明海在内，五个和尚。

有一个老和尚，六十几了，是舅舅的师叔，法名普照，但是知道的人很少，因为很少人叫他法名，都称之为老和尚或老师父，明海叫他师爷爷。这是个很枯寂的人，一天关在房里，就是那"一花一世界"里。也看不见他念佛，只是那么一声不响地坐着。他是吃斋的，过年时除外。

下面就是师兄弟三个，仁字排行：仁山、仁海、仁渡。庵里庵外，有的称他们为大师父、二师父；有的称之为山师父、海师父。只有仁渡，没有叫他"渡师父"的，因为听起来不像话，大都直呼之为仁渡。他也只配如此，因为他还年轻，才二十多岁。

仁山，即明子的舅舅，是当家的。不叫"方丈"，也不叫"住持"，却叫"当家的"，是很有道理的，因为他确确实实干的是当家的职务。他屋里摆的是一张账桌，桌子上放的是账簿和算盘。账簿共有三本。一本是经账，一本是租账，一本是债账。和尚要做法事，做法事要收钱，——要不，当和尚干什么？常做的法事是放焰口。正规的焰口是十个人。一个正座，一个敲鼓的，两边一边四个。人少了，八个，一边三个，也凑合了。荸荠庵只有四个和尚，要放整焰口就得和别的庙里合伙。这样的时候也有过。通常只是放半台焰口。一个正座，一个敲鼓，另外一边一个。一来找别的庙里合伙费事；二来这一带放得起整焰口的人家也不多。有的时候，谁家死了人，就只请两个，甚至一个和尚咕噜咕噜念一通经，敲打几声法器就算完事。很多人家的经钱不是当时就给，往往要等秋后才还。这就得记账。另外，和尚放焰口的辛苦钱不是一样的。就像唱戏一样，有份子。正座第一份。因为他要领唱，而且还要独唱。当中有一大段"叹骷髅"，别的和尚都放下法器休息，只有首座一个人有板有眼地慢声吟唱。第二份是敲鼓的。你以为这容易呀？哼，单是一开头的"发擂"，手上没功夫就敲不出迟疾顿挫！其余的，就一样了。这也得记上：某月某日，谁家焰口半台，谁正座，谁敲鼓……省得到年底结账时赌咒骂娘。……这庵里有几十亩庙产，租给人种，到时候要收租。庵里还放债。租、债一向倒很少亏欠，因为租佃借钱的人怕菩萨不高兴。这三本账就够仁山忙的了。另外香烛灯火、油盐"福食"，这也得随时记记账呀。除了账簿之外，山师父的方丈的墙上还挂着一块水牌，上漆四个红字："勤笔免思"。

仁山所说当一个好和尚的三个条件，他自己其实一条也不具备。他的相貌只要用两个字就说清楚了：黄、胖。声音也不像钟磬，倒像母猪。聪明么？难说，打牌老输。他在庵里从不穿袈裟，连海青直裰也免了。经常是披着件短僧衣，袒露着一个黄色的肚子。下面是光脚趿拉着一双僧鞋，——新鞋他也是趿拉着。他一天就是这样不衫不履地这里走走，那里走走，发出母猪一样的声音："嗯——嗯——"。

二师父仁海。他是有老婆的。他老婆每年夏秋之间来住几个月，因为庵里凉快。庵里有六个人，其中之一，就是这位和尚的家眷。仁山、仁渡叫她嫂子，明海叫她师娘。这两口子都很爱干净，整天地洗涮。傍晚的时候，坐在天井里乘凉。白天，闷在屋里不出来。

三师父是个很聪明精干的人。有时一笔账大师兄扒了半天算盘也算不清，他眼珠子转两转，早算得一清二楚。他打牌赢的时候多，二三十张牌落地，上下家手里有些什么牌，他就差不多都知道了。他打牌时，总有人爱在他后面看歪头胡。谁家约他打牌，就说"想送两个钱给你"。他不但经忏俱通（小庙的和尚能够拜忏的不多），而且身怀绝技，会"飞铙"。七月间有些地方做盂兰会，在旷地上放大焰口，几十个和尚，穿绣花袈裟，飞铙。飞铙就是把十多斤重的大铙钹飞起来。到了一定的时候，全部法器皆停，只几十副大铙紧张急促地敲起来。忽然起手，大铙向半空中飞去，一面飞，一面旋转。然后，又落下来，接住。接住不是平平常常地接住；有各种架势，"犀牛望月"、"苏秦背剑"……这哪是念经，这是耍杂技。也算是地藏王菩萨爱看这个，但真正因此快乐起来的是人，尤其是妇女和孩子。这是年轻漂亮的和尚出风头的机会。一场大焰口过后，也像一个好戏班子过后一样，会有一个两个大姑娘、小媳妇失踪，——跟和尚跑了。他还会放"花焰口"。有的人家，亲戚中多风流子弟，在不是很哀伤的佛事——如做冥寿时，就会提出放花焰口。所谓"花焰口"就是在正焰口之后，叫和尚唱小调，拉丝弦，吹管笛，敲鼓板，而且可以点唱。仁渡一个人可以唱一夜不重头。仁渡前几年一直在外面，近二年才常住在庵里。据说他有相好的，而且不止一个。他平常可是很规矩，看到姑娘媳妇总是老老实实的，连一句玩笑话都不说，一句小调山歌都不唱。有一回，在打谷场上乘凉的时候，一伙人把他围起来，非叫他唱两个不可。他却情不过，说："好，唱一个。不唱家乡的。家乡的你们都熟。唱个安徽的。"

> 姐和小郎打大麦，
> 一转子讲得听不得。
> 听不得就听不得，
> 打完了大麦打小麦。

唱完了，大家还嫌不够，他就又唱了一个：

> 姐儿生得漂漂的，
> 两个奶子翘翘的。
> 有心上去摸一把，
> 心里有点跳跳的。

……

这个庵里无所谓清规，连这两个字也没人提起。

仁山吃水烟，连出门做法事也带着他的水烟袋。

他们经常打牌。这是个打牌的好地方。把大殿上吃饭的方桌往门口一搭，斜放着，就是牌桌。桌子一放好，仁山就从他的方丈里把筹码拿出来，哗啦一声倒在桌上。斗纸牌的时候多，搓麻将的时候少。牌客除了师兄弟三人，常来的是一个收鸭毛的，一个打兔子兼偷鸡的，都是正经人。收鸭毛的担一副竹筐，串乡串镇，拉长了沙哑的声音喊叫：

"鸭毛卖钱——！"

偷鸡的有一件家什——铜蜻蜓。看准了一只老母鸡，把铜蜻蜓一丢，鸡婆子上去就是一口。这一啄，铜蜻蜓的硬簧绷开，鸡嘴撑住了，叫不出来了。正在这鸡十分纳闷的时候，上去一把薅住。

明子曾经跟这位正经人要过铜蜻蜓看看。他拿到小英子家门前试了一试，果然！小英的娘知道了，骂明子：

"要死了！儿子！你怎么到我家来玩铜蜻蜓了！"

小英子跑过来：

"给我！给我！"

她也试了试，真灵，一个黑母鸡一下子就把嘴撑住，傻了眼了！

下雨阴天，这二位就光临荸荠庵，消磨一天。

有时没有外客，就把老师叔也拉出来，打牌的结局，大都是当家和尚气得鼓鼓的："×妈妈的！又输了！下回不来了！"

他们吃肉不瞒人。年下也杀猪。杀猪就在大殿上。一切都和在家人一样，开水、木桶、尖刀。捆猪的时候，猪也是没命地叫。跟在家人不同的，是多一道仪式，要给即将升天的猪念一道"往生咒"，并且总是老师叔念，神情很庄重：

"……一切胎生、卵生、息生，来从虚空来，还归虚空去。往生再世，皆当欢喜。南无阿弥陀佛！"

三师父仁渡一刀子下去，鲜红的猪血就带着很多沫子喷出来。

……

明子老往小英子家里跑。

小英子的家像一个小岛，三面都是河，西面有一条小路通到荸荠庵。独门独户，岛上只有这一家。岛上有六棵大桑树，夏天都结大桑葚，三棵结白的，三棵结紫的；一个菜园子，瓜豆蔬菜，四时不缺。院墙下半截是砖砌的，上半截是泥夯的。大门是桐油油过的，贴着一副万年红的春联：

向阳门第春常在
积善人家庆有余

　　门里是一个很宽的院子。院子里一边是牛屋、碓棚;一边是猪圈、鸡窠,还有个关鸭子的栅栏。露天地放着一具石磨。正北面是住房,也是砖基土筑,上面盖的一半是瓦,一半是草。房子翻修了才三年,木料还露着白茬。正中是堂屋,家神菩萨的画像上贴的金还没有发黑。两边是卧房。隔扇窗上各嵌了一块一尺见方的玻璃,明亮亮的,——这在乡下是不多见的。房檐下一边种着一棵石榴树,一边种着一棵栀子花,都齐房檐高了。夏天开了花,一红一白,好看得很。栀子花香得冲鼻子。顶风的时候,在荸荠庵都闻得见。

　　这家人口不多。他家当然是姓赵。一共四口人:赵大伯、赵大妈,两个女儿,大英子、小英子。老两口没有儿子。因为这些年人不得病,牛不生灾,也没有大旱大水闹蝗虫,日子过得很兴旺。他们家自己有田,本来够吃的了,又租种了庵上的十亩田。自己的田里,一亩种了荸荠,——这一半是小英子的主意,她爱吃荸荠,一亩种了茨菇。家里喂了一大群鸡鸭,单是鸡蛋鸭毛就够一年的油盐了。赵大伯是个能干人。他是一个"全把式",不但田里场上样样精通,还会罩鱼、洗磨、凿砻、修水库、修船、砌墙、烧砖、箍桶、劈篾、绞麻绳。他不咳嗽、不腰疼,结结实实,像一棵榆树。人很和气,一天不声不响。赵大伯是一棵摇钱树,赵大娘就是个聚宝盆。大娘精神得出奇。五十岁了,两个眼睛还是清亮亮的。不论什么时候,头都是梳得滑溜溜的,身上衣服都是格挣挣的。像老头子一样,她一天不闲着。煮猪食,喂猪,腌咸菜,——她腌的咸萝卜干非常好吃,春粉子,磨小豆腐,编蓑衣,织芦筐。她还会剪花样子。这里嫁闺女,陪嫁妆,瓷坛子、锡罐子,都要用梅红纸剪出吉祥花样,贴在上面,讨个吉利,也才好看:"丹凤朝阳"呀、"白头到老"呀、"子孙万代"呀、"福寿绵长"呀。二三十里的人家都来请她:"大娘,好日子是十六,你哪天去呀?"——"十五,我一大清早就来!"

　　"一定呀!"——"一定! 一定!"

　　两个女儿,长得跟她娘像一个模子里托出来的。眼睛长得尤其像,白眼珠鸭蛋青,黑眼珠棋子黑,定神时如清水,闪动时像星星。浑身上下,头是头,脚是脚。头发滑溜溜的,衣服格挣挣的。——这里的风俗,十五六岁的姑娘就都梳上头了。这两个丫头,这一头的好头发! 通红的发根,雪白的簪子! 娘女三个去赶集,一集的人都朝她们望。

　　姐妹俩长得很像,性格不同。大姑娘很文静,话很少,像父亲。小英子比她娘还会说,一天叽叽呱呱地不停。大姐说:

　　"你一天到晚叽叽呱呱——"

"像个喜鹊！"

"你自己说的！——吵得人心乱！"

"心乱？"

"心乱！"

"你心乱怪我呀！"

二姑娘话里有话。大英子已经有了人家。小人她偷偷地看过，人很敦厚，也不难看，家道也殷实，她满意。已经下过小定，日子还没有定下来。她这二年，很少出房门，整天赶她的嫁妆。大裁大剪，她都会。挑花绣花，不如娘。她可又嫌娘出的样子太老了。她到城里看过新娘子，说人家现在绣的都是活花活草。这可把娘难住了。最后是喜鹊忽然一拍屁股："我给你保举一个人！"

这人是谁？是明子。明子念"上孟下孟"的时候，不知怎么得了半套《芥子园》，他喜欢得很。到了荸荠庵，他还常翻出来看，有时还把旧账簿子翻过来，照着描。小英子说：

"他会画！画得跟活的一样！"

小英子把明海请到家里来，给他磨墨铺纸，小和尚画了几张，大英子喜欢得了不得：

"就是这样！就是这样！这就可以乱屃！"——所谓"乱屃"是绣花的一种针法：绣了第一层，第二层的针脚插进第一层的针缝，这样颜色就可由深到淡，不露痕迹，不像娘那一代绣的花是平针，深浅之间，界限分明，一道一道的。小英子就像个书童，又像个参谋：

"画一朵石榴花！"

"画一朵栀子花！"

她把花掐来，明海就照着画。

到后来，凤仙花、石竹子、水蓼、淡竹叶、天竺果子、腊梅花，他都能画。

大娘看着也喜欢，搂住明海的和尚头：

"你真聪明！你给我当一个干儿子吧！"

小英子捺住他的肩膀，说：

"快叫！快叫！"

小明子跪在地下磕了一个头，从此就叫小英子的娘做干娘。

大英子绣的三双鞋，三十里方圆都传遍了。很多姑娘都走路坐船来看。看完了，就说："啧啧啧，真好看！这哪是绣的，这是一朵鲜花！"她们就拿了纸来央大娘求了小和尚来画。有求画帐檐的，有求画门帘飘带的，有求画鞋头花的。每回明子来画花，小英子就给他做点好吃的，煮两个鸡蛋，蒸一碗芋头，煎几个藕团子。

因为照顾姐姐赶嫁妆，田里的零碎生活小英子就全包了。她的帮手，是明子。

这地方的忙活是栽秧、车高田水、薅头遍草、再就是割稻子、打场了。这几茬重活，自己一家是忙不过来的。这地方兴换工。排好了日期，几家顾一家，轮流转。不收工钱，但是吃好的。一天吃六顿，两头见肉，顿顿有酒。干活时，敲着锣鼓，唱着歌，热闹得很。其余的时候，各顾各，不显得紧张。

薅三遍草的时候，秧已经很高了，低下头看不见人。一听见非常脆亮的嗓子在一片浓绿里唱：

栀子哎开花哎六瓣头哎……
姐家哎门前哎一道桥哎……

明海就知道小英子在哪里，三步两步就赶到，赶到就低头薅起草来。傍晚牵牛"打汪"，是明子的事。——水牛怕蚊子。这里的习惯，牛卸了轭，饮了水，就牵到一口和好泥水的"汪"里，由它自己打滚扑腾，弄得全身都是泥浆，这样蚊子就咬不透了。低田上水，只要一挂十四轧的水车，两个人车半天就够了。明子和小英子就伏在车杠上，不紧不慢地踩着车轴上的拐子，轻轻地唱着明海向三师父学来的各处山歌。打场的时候，明子能替赵大伯一会，让他回家吃饭。——赵家自己没有场，每年都在荸荠庵外面的场上打谷子。他一扬鞭子，喊起了打场号子：

"格当嘚——"

这打场号子有音无字，可是九转十三弯，比什么山歌号子都好听。赵大娘在家，听见明子的号子，就侧起耳朵：

"这孩子这条嗓子！"

连大英子也停下针线：

"真好听！"

小英子非常骄傲地说：

"一十三省数第一！"

晚上，他们一起看场。——荸荠庵收来的租稻也晒在场上。他们并肩坐在一个石磙子上，听青蛙打鼓，听寒蛇唱歌，——这个地方以为蝼蛄叫是蚯蚓叫，而且叫蚯蚓叫"寒蛇"，听纺纱婆子不停地纺纱，"唦——"看萤火虫飞来飞去，看天上的流星。

"呀！我忘了在裤带上打一个结！"小英子说。

这里的人相信，在流星掉下来的时候在裤带上打一个结，心里想什么好事，就能如愿。

......

"捋"荸荠，这是小英最爱干的生活。秋天过去了，地净场光，荸荠的叶子枯了，——荸荠的笔直的小葱一样的圆叶子里是一格一格的，用手一捋，哔哔地响，小英子最爱捋着玩，——荸荠藏在烂泥里。赤了脚，在凉浸浸滑溜溜的泥里踩着，——哎，一个硬疙瘩！伸手下去，一个红紫红紫的荸荠。她自己爱干这生活，还拉了明子一起去。她老是故意用自己的光脚去踩明子的脚。

她挎着一篮子荸荠回去了，在柔软的田埂上留了一串脚印。明海看着她的脚印，傻了。五个小小的趾头，脚掌平平的，脚跟细细的，脚弓部分缺了一块。明海身上有一种从来没有过的感觉，他觉得心里痒痒的。这一串美丽的脚印把小和尚的心搞乱了。

......

明子常搭赵家的船进城，给庵里买香烛，买油盐。闲时是赵大伯划船；忙时是小英子去，划船的是明子。

从庵赵庄到县城，当中要经过一片很大的芦花荡子。芦苇长得密密的，当中一条水路，四边不见人。划到这里，明子总是无端端地觉得心里很紧张，他就使劲地划桨。

小英子喊起来：

"明子！明子！你怎么啦？你发疯啦？为什么划得这么快？"

......

明海到善因寺去受戒。

"你真的要去烧戒疤呀？"

"真的。"

"好好的头皮上烧八个洞，那不疼死啦？"

"咬咬牙。舅舅说这是当和尚的一大关，总要过的。"

"不受戒不行吗？"

"不受戒的是野和尚。"

"受了戒有啥好处？"

"受了戒就可以到处云游，逢寺挂褡。"

"什么叫'挂褡'？"

"就是在庙里住。有斋就吃。"

"不把钱？"

"不把钱。有法事，还得先尽外来的师父。"

"怪不得都说'远来的和尚会念经'。就凭头上这几个戒疤？"

"还要有一份戒牒。"

"闹半天，受戒就是领一张和尚的合格文凭呀！"

"就是！"

"我划船送你去。"

"好。"

小英子早早就把船划到荸荠庵门前。不知是什么道理，她兴奋得很。她充满了好奇心，想去看看善因寺这座大庙，看看受戒是个啥样子。

善因寺是全县第一大庙，在东门外，面临一条水很深的护城河，三面都是大树，寺在树林子里，远处只能隐隐约约看到一点金碧辉煌的屋顶，不知道有多大。树上到处挂着"谨防恶犬"的牌子。这寺里的狗出名的厉害。平常不大有人进去。放戒期间，任人游看，恶狗都锁起来了。

好大一座庙！庙门的门槛比小英子的肐膝都高。迎门蠢着两块大牌，一边一块，一块写着斗大两个大字："放戒"，一块是："禁止喧哗"。这庙里果然是气象庄严，到了这里谁也不敢大声咳嗽。明海自去报名办事，小英子就到处看看。好家伙，这哼哈二将、四大天王，有三丈多高，都是簇新的，才装修了不久。天井有二亩地大，铺着青石，种着苍松翠柏。"大雄宝殿"，这才真是个"大殿"！一进去，凉飕飕的。到处都是金光耀眼。释迦牟尼佛坐在一个莲花座上。单是莲座，就比小英子还高。抬起头来也看不全他的脸，只看到一个微微闭着的嘴唇和胖墩墩的下巴。两边的两根大红蜡烛，一搂多粗。佛像前的大供桌上供着鲜花、绒花、绢花，还有珊瑚树、玉如意、整棵的大象牙。香炉里烧着檀香。小英子出了庙，闻着自己的衣服都是香的。挂了好些幡。这些幡不知是什么缎子的，那么厚重，绣的花真细。这么大一口磬，里头能装五担水！这么大一个木鱼，有一头牛大，漆得通红的。她又去转了转罗汉堂，爬到千佛楼上看了看。真有一千个小佛！她还跟着一些人去看了看藏经楼。藏经楼没有什么看头，都是经书！妈吔！逛了这么一圈，腿都酸了。小英子想起还要给家里打油，替姐姐配丝线，给娘买鞋面布，给自己买两个坠围裙飘带的银蝴蝶，给爹买旱烟，就出庙了。

等把事情办齐。晌午了。她又到庙里看了看，和尚正在吃粥。好大一个"膳堂"，坐得下八百个和尚。吃粥也有这样多讲究：正面法座上摆着两个锡胆瓶，里面插着红绒花，后面盘膝坐着一个穿了大红满金绣袈裟的和尚，手里拿了戒尺。这戒尺是要打人的。哪个和尚吃粥吃出了声音，他下来就是一戒尺。不过他并不真的打人，只是做个样子。真稀奇，那么多的和尚吃粥，竟然不出一点声音！她看见明子也坐在里面，想跟他打个招呼又不好打。想了想，管他禁止不禁止喧哗，就大声喊了一句："我走啦！"她看见明子目不斜视地微微点了点头，就不管很多人都朝自己看，大摇大摆地走了。

第四天一大清早小英子就去看明子。她知道明子受戒是第三天半夜，——

烧戒疤是不许人看的。她知道要请老剃头师傅剃头，要剃得横摸顺摸都摸不出头发茬子，要不然一烧，就会"走"了戒，烧成了一片。她知道是用枣泥子先点在头皮上，然后用香头子点着。她知道烧了戒疤就喝一碗蘑菇汤，让它"发"，还不能躺下，要不停地走动，叫做"散戒"。这些都是明子告诉她的。明子是听舅舅说的。

她一看，和尚真在那里"散戒"，在城墙根底下的荒地里。一个一个，穿了新海青，光光的头皮上都有八个黑点子。——这黑疤掉了，才会露出白白的、圆圆的"戒疤"。和尚都笑嘻嘻的，好像很高兴。她一眼就看见了明子。隔着一条护城河，就喊他：

"明子！"

"小英子！"

"你受了戒啦？"

"受了。"

"疼吗？"

"疼。"

"现在还疼吗？"

"现在疼过去了。"

"你哪天回去？"

"后天。"

"上午？下午？"

"下午。"

"我来接你！"

"好！"

……

小英子把明海接上船。

小英子这天穿了一件细白夏布上衣，下边是黑洋纱的裤子，赤脚穿了一双龙须草的细草鞋，头上一边插着一朵栀子花，一边插着一朵石榴花。她看见明子穿了新海青，里面露出短褂子的白领子，就说："把你那外面的一件脱了，你不热呀！"

他们一人一把桨。小英子在中舱，明子扳艄，在船尾。

她一路问了明子很多话，好像一年没有看见了。

她问，烧戒疤的时候，有人哭吗？喊吗？

明子说，没有人哭。有个山东和尚骂人：

"俺日你奶奶！俺不烧了！"

她问善因寺的方丈石桥是相貌和声音都很出众吗？

"是的。"

"说他的方丈比小姐的绣房还讲究。"

"讲究。什么东西都是绣花的。"

"他屋里很香讲究？"

"很香。他烧的是伽楠香，贵得很。"

"听说他会做诗，会画画，会写字？"

"会。庙里走廊两头的砖额上，都刻着他写的大字。"

"他是有个小老婆？"

"有一个。"

"才十几岁？"

"听说。"

"好看吗？"

"都说好看。"

"你没看见？"

"我怎么会看见？我关在庙里。"

明子告诉她，善因寺一个老和尚告诉他，寺里有意选他当沙弥尾，不过还没有定，要等主事的和尚商议。

"什么叫'沙弥尾'？"

"放一堂戒，要选出一个沙弥头，一个沙弥尾。沙弥尔要老成，要会念很多经。沙弥尾要年轻，聪明，相貌好。"

"当了沙弥尾跟别的和尚有什么不同？"

"沙弥头，沙弥尾，将来都能当方丈。现在的方丈退居了，就当。石桥原来就是沙弥尾。"

"你当沙弥尾吗？"

"还不一定哪。"

"你当方丈，管善因寺？管这么大一个庙？！"

"还早呐！"

划了一气，小英子说："你不要当方丈！"

"好，不当。"

"你也不要当沙弥尾！"

"好，不当。"

又划了一气，看见那一片芦花荡子了。

小英子忽然把桨放下，走到船尾，趴在明子的耳朵旁边，小声地说：

"我给你当老婆，你要不要？"

明子眼睛鼓得大大的。

"你说话呀！"

明子说："嗯。"

"什么叫'嗯'呀！要不要，要不要？"

明子大声地说："要！"

"你喊什么！"

明子小小声说："要——！"

"快点划！"

英子跳到中舱，两只桨飞快地划起来，划进了芦花荡。

芦花才吐新穗。紫灰色的芦穗，发着银光，软软的，滑溜溜的，像一串丝线。有的地方结了蒲棒，通红的，像一枝一枝小蜡烛。青浮萍，紫浮萍。长脚蚊子，水蜘蛛。野菱角开着四瓣的小白花。惊起一只青桩（一种水鸟），擦着芦穗，扑鲁鲁飞远了。

......

1980 年 8 月 12 日，写四十三年前的一个梦。

原载《北京文艺》1980 年 10 期

你别无选择

刘索拉

一

李鸣已经不止一次想过退学这件事了。

有才能,有气质,富于乐感。这是一位老师对他的评语。可他就是想退学。

上午来上课的讲师精神饱满,滔滔不绝,黑板上画满了音符。所有的人都神志紧张,生怕听漏掉一句。这位女讲师还有一手厉害的招数就是突然提问。如果你走神了,她准会突然说:"李鸣,你回答一下。"

李鸣站起来。

"请你说一下,这道题的十七度三重对位怎么做?"

"……"

"你没听讲,好,马力你说吧。"

于是李鸣站着,等马力结巴着回答完了,在一片莫名其妙的肃静中,李鸣带着满脸歉意坐下了。他仔细注意过女讲师的眼睛,她边讲课边不停地注意每个人的表情。一旦出现了走神的人,她无一漏网地会叫你站起来而坐不下去。

有时李鸣真想走走神,可有点儿怕她。所有的讲师教授中,他最怕她。他只有在听她的课和做她布置的习题时才认真点儿。因为他在做习题时时常会想起她那对眼睛。结果,他这门功课学得最扎实。马力也是。他旷所有人的课,可唯独这门课他不敢不来。

自从李鸣打定主意退学后,他索性常躲在宿舍里画画,或者拿上速写本在课堂上画几位先生的面孔。画面孔这事很有趣,每位先生的面孔都有好多"事情"。画了这位的一二三四,再凭想象填上五六七八。不到几天,每位先生都画遍了,唯独没画上女讲师。然后,他开始画同学。同学的脸远没先生的生动,全那么年轻,光光的,连五六七八都想象不出来。最后他想出办法,只用单线画一张脸两个鼻孔,就贴在教室学术讨论专栏上,让大家互相猜吧。

马力干的事更没意思,他总是爱把所有买的书籍都登上书号,还认真地画上个马力私人藏书的印章,像学院图书馆一样还附着借书卡。为了这件事,他每天得花上两个钟头,他不停地购买书籍,还打了个书柜,一个写字台,把琴房布置得像过家家。可每次上课他都睡觉，他有这样的本事，拿着讲义好像在读，头一动不动，竟然一会儿就能鼾声大作。

宿舍里夜晚十二点以前是没有人回来的，全在琴房里用功。等十二点过后，大家陆陆续续回到宿舍，就开始了一天最轻松的时间。可马力一到这时早已进入梦乡。他不喜欢熬夜，即使屋里人喊破天，他还是照睡不误。李鸣老觉得他会突然睡死掉，所以在十二点钟以后老把他推醒。

"马力！马力！"

马力腾地一下坐起，眼睛还没睁开。李鸣松了口气，扔下他和别人聊天去了。

"今天的题你做完了吗？"

"没有。太多了。"

"见鬼了，留那么多作业要了咱们老命了。"

"又要期中考试了。"

"十三门。"

"我已经得了腱鞘炎。"同屋的小个子把手一伸，垂下手背，手背上鼓出一个大包。

马力对什么都无动于衷，他从不开口，除了他的本科——作曲得八十分，别的科目都是"中"。

李鸣跑到王教授那儿请教关于退学问题的头天晚上，突然发生了地震。全宿舍楼的人都跑出站在操场上。有人穿着裤衩，有人披着毛巾被。女生们躲在一个黑角落里叽叽喳喳，生怕被男生看见，可又生怕人家不知道她们在这里。据说声乐系有两个女生到现在还在宿舍里找合适的衣服，说是死也要个体面。站在操场上的人都等再震一下，可站了半天，什么事也没发生。后来才知道，根本没地震，不知是谁看见窗外红光一闪，就高喊了一声地震，于是大家都跑了出来。

第二天，李鸣就到王教授那儿向他请教是否可以退学。王教授是全院公认的"神经病"，他精通几国语言，搞了几百项发明，涉及十几门学问，一口气兼了无数个部门的职称。他给五线谱多加了一根线，把钢琴键重新排了一次队，把每个音都用开平方证实了。这种发明把所有人都能气疯。李鸣最崇拜的就算王教授了。尽管听不懂他说的话，也还是爱听。

"嗯。"

"我不学了。我得承认我不是这份材料。"

"嗯。"

"就这样，我得退学。"

"嗯。"

"别人以为自己是什么就是什么，我以为我不行。"

"嗯。"

"也许我干别的更合适。"

"嗯。"

"我去打报告。"

"嗯。"

李鸣站起来，王教授也站起来：

"你老老实实学习去吧，傻瓜。你别无选择，只有作曲。"

二

现在唯一的事情就只好是做题。无数道习题，不做也得做。李鸣只做上两分钟，就想去上厕所或者喝水。更多的时候是找旁边 235 琴房管弦系的女孩站在 236 琴房门口聊天。边聊天那女孩还边让弓子和琴弦发出种种噪音，气得 236 琴房的石白猛砸钢琴。

和石白，李鸣永远也处不好。一道和声题要做六遍，得出六种结果。他已经把一本"和声学"学了七年，可他的和声用在作曲上听起来像大便干燥。但在课上老师要是讲错了半个字，他都能引经据典地反驳一气。

"不对，老师。在 275 页上是这样说的……"他站起来说。

这时同班的女生就会咳嗽，打喷嚏。

"我不愿和你们这些人在一起。"石白对所有的人说。他不参加任何活动，碰上人家在那儿"撞拐"，他就站在一旁拉小提琴。他学了十五年琴，可还走调。

"你得像个作曲家！"他对小个子说，"作曲家要有风度，比方说吧……"

连个儿都没长全的小个子只能缩缩肩膀从他的眼皮下溜走。要是玩起"撞拐"来，小个子还老占大家上风。

石白对"撞拐"这事气得嘴唇直哆嗦。他在一首自作的钢琴曲谱旁边注上："这首乐曲表达了人生的最高理想境界。"这结果就是使一个作曲系的女生写了同样长短的一首钢琴曲来描写石白，一连串不均等节奏和不谐和音。这曲子在全系演奏，所有人都听得出来它说的是什么。

李鸣住的宿舍是一间房子四个人。屋子里有发的存衣柜、写字台和钢琴，还有马力自己打的家具，弄得宿舍里不能同时站四个人。原来石白和他们一个宿舍，后来石白申请到理论系睡觉去了，因为理论系的人到了夜里两点谈话的内容仍是引经据典。这使他觉得脱了俗。于是指挥系的聂风搬进李鸣宿舍，他以一种与作曲系迥然不同的风度出现在这间屋里，头发烫成蓬松的花卷，衬衣雪白，胸脯笔挺。随着他的到来，女孩子就来了。本来四个人已站不下的屋子，现在要装八个人不止。一到晚上，全宿舍的人自动撤出，供聂风指挥女孩子们的重奏小组用。从此，晚上十二点以后回到宿舍，大家都能闻见女孩子们留下的满屋香气。

隔壁的四个全是作曲系的。戴齐钢琴弹得出众，人长得修长苍白，作品中流露出肖邦的气质，可女孩们爱管他叫"妹妹"。留了大鸟窝式长发的森森，头发永远不肯趴在头上，就像他这个人一样。他不洗衣裳不洗澡，有次钢琴课上把钢琴老师熏得憋气五分钟。那是个和蔼的教授老太太，终于她命令森森脱下衣服，光着膀子离开琴房。一个星期后，管邮件的女生收到一个给森森的包裹，当众让他打开一看，是那件脱给老太太的衬衣，已经洗得干干净净，连扣子也钉上了。有个女生当场说，为这事，如果全世界只剩下森森一个男人，她也不会理他。森森当场反驳说，如果全世界只剩下他和她，他就干脆自杀。

三

李鸣一人躲在宿舍里，不打算再去琴房了，他宁可睡在被窝里看小说，也不愿到琴房去听满楼道的轰鸣。琴房发出的噪音有时比机器噪音还可怕。即使你躲在宿舍里，它们照样还能传过来，搅得你六神无主。刚入学的时候，也不知是哪位用功的大师每天早晨四点起来在操场上吹小号，像起床号似的，害得所有人神经错乱。李鸣甚至有几个星期夜晚即使在梦中仍听见小号声。先是女生打开窗户破口大骂，然后是管弦系的男生把窗户打开，拿着自己的乐器一齐向楼下操场示威，让全体乐器发出巨大的声响，盖住了那小号。第二天，小号手就不再起床了。可又出现了一个勤奋的钢琴手，他每天早晨五点开始练琴，弹琴和弦连接时从来不解决，老是让旋律在"7"音上停止，搞得人更别扭。终于有位教授（那时教授还没搬进新居，也住在大楼道里）忍不住了，在弹琴人又停止在"7"音上时，他探出脑袋冲着那琴房大吼了一声"1——"，把"7"解决了。所有人的感觉才算一块石头落了地。

李鸣把不去琴房看成神仙过的日子，他躺在被子里拿着一本小说。

"喂，哥们儿，借琴练练。"森森推开门，大摇大摆走到钢琴那儿，打开琴盖就弹。

"你没琴房？"

"没空。我要改主科。"

"少出声。"

"知道。"

可是森森不仅没少出声，而且他的作品里几乎就没有一个和弦是协和的，一大群不谐和和弦发出巨大的音响和强烈的不规律节奏，震得李鸣把头埋在被子

里,屁股撅起来冲天,趴了足有半小时,最后终于把头从被子里伸出来:

"行行好吧。"

"最后四小节,最后四小节。"

"我已经神经错乱了。"

"因为我在所有的九和弦上又叠了一个七和弦。"

"为什么?"

"妈的力度。"森森得意洋洋。他说完就用力地砸他的和弦,一会儿在最高音区,一会儿在最低音区,一会儿在中音区,不停地砸键盘,似乎无止无休了。李鸣看着他的背影,想拿个什么东西照他脑后来一下,他就不会这么吵人了。

"妈的力度。"森森砸出一个和弦,"还不够。我发现有调性的旋律远远不如无调性的张力大。"

"你的张力就够大了,我已经变成乌龟了。"

森森看着被子里的李鸣大笑:"你干吗要睡觉?"

"我讨厌你们。"

"你小子少不务正业。"

"你把十二个音同时按下去非说那是个和弦,这算什么务正业?"

"我讨厌三和弦。"

"可你总不能让所有的人听了你的作品都神经分裂吧?"

"我不想。可他们要分裂我也没办法。但我的作品一定得有力度。不是先生说的那种力度,是我自己的力度,我自己的风格。"说完他又砸出一串和弦。

李鸣了解森森,他想干什么谁也阻挡不了。不像孟野。孟野的才气不在森森之下,可一天到晚让女朋友缠住不放,经常莫名其妙地失踪好几天。有几次都是面临考试时失踪的。孟野也长得太出众了点儿,浓密的黑发和卷曲的胡子,脉脉含情的眼睛老给人一种错觉,由此惹得女生们合影时总爱拉上他,被他女朋友发觉免不了要闹个翻天覆地。有一次那姑娘追到学校把孟野大骂了一顿,然后哭着跑到街上,半夜不归,害得作曲系女生全体出动去找她。她坐在电线杆子底下,扭动着肩膀,死活不肯回去。最后还是李鸣叫马力戴上保卫组的红袖章,走过去问:"同志,你是哪儿的?"她才一下子从地上站起,跟着大家回去了。

"你这讨厌鬼。"李鸣对森森骂道。森森砸完最后一串和弦,晃着肩膀走了。他一开门,从外面传来一声震天的巨响,那是管弦系在排练孟野作品中的一个高潮。

每次作曲系的汇报演出,都能在院里引起不小的骚动。教十个作曲系学生的主科教授只有两位,一位是大谈风纪问题的贾教授,一位是才思敏捷的金教授。贾教授平时不苟言笑,假如他冲你笑一下,准会把你吓一跳。他的生活似乎只有一件事情就是讲学。他从不作曲，就像他从不穿新衣服；偶尔作出来的曲调也平庸无奇，就像他即使穿上件新衣服也还是深蓝涤卡中山装一样。但所有人都得承认他的教学能力，循序渐进，严谨有条，无一人可比。但在有些作曲系学生眼里，贾教授除了严谨的教学和埋头研究古典音乐之外，剩下的时间就是全力以赴攻击金教授。金教授太不注意"风纪"，一把年纪的人总爱穿灯芯绒猎装，劳动布的工裤，有时甚至还散发出一般法国香水的味道。以前他在上大课时总爱放一把花生米在讲台上，说几句就往嘴里扔一颗，自从他无意中扔进一颗粉笔头之后，就再也没看见他吃过花生米了。

金教授在讲课时，几乎不会慷慨陈词，老是懒洋洋地弹着钢琴。如果你体会不到他手下的暗示，你就永远也不明白他讲的是什么。随便几个音符的动机他都能随意弹成各种风格的作品，但他懒得讲，有时自己一弹起来，就谁也不理了。马力是贾教授的学生，有次破天荒跑到金教授班上听课，结果什么也没听懂，打了个长长的呵欠。金教授腾地从琴凳上站起来，冲马力鞠了个躬，笑着说："祝您健康。"然后又坐下去弹起琴来。从此马力就不爱在贾教授班上听课了。

每次作曲系学生汇报会，实际上也是这二位教授的成就较量。自从金教授的学生在一次汇报会上演出了几首无调性的小品后，贾教授大动肝火，随即要给全体作曲系学生讲一次关于文艺要走什么方向的问题。开会的事情是让李鸣去通知的，李鸣本来连学也要退的，更不愿开什么会，于是，在黑板上写了一个通知，即某日某时团支部与学生会组织游园，请届时参加等等。于是害得贾教授在教室里等了学生一下午，又无法与团支部学生会抗争。

为了弥补这次会议，贾教授呼吁全体作曲系教员要开展对学生从生活到学习的一切正统教育，不仅作品分析课绝不能沾二十世纪作品的边儿，连文学作品讲座也取消了卡夫卡。同时，体育课的剑术多加了一套，可能是为了逻辑思维，长跑距离又加了三圈，为了消耗过剩的精力。搞得男生们脸色蜡黄，女生们唉声叹气，系里有名的"懵懂"——因为她能连着睡三天不起床，中间只起来两次吃饭，两次上厕所——自从贾教授的体育运动开展后，躺在床上大叫："我宁可去劳改！"

李鸣先撕了一本作业，然后去找王教授。

"没劲，没劲。"他边说边在纸上画小人。

"你为什么不学学孟野？你听过亨德米特的《世界的和谐》吗？"

李鸣走回去把作业本又拼起来了。

孟野这疯子，门门功课都是五分，可就是不照规章办事。他的作品里充满了疯狂的想法，一种永远渴望超越自身的永不满足的追求。音程的不谐和状态连本系的同学都难接受。可金教授还是喜欢他。

"孟野的结构感好，分寸把握好。"金教授对"懵懂"说，"所以他可以这么写，你不行。"

"懵懂"正想模仿孟野，也写个现代化作品。

孟野一说起自己的作品来就滔滔不绝，得意非常。长手指挥上挥下，好像他正在指挥一个乐队。有时他的作品让弦乐的音响笔直地穿过人们的思维，然后让铜管像炸弹似地炸开，打击乐像浓烟一样剧烈地滚动。这可以使乐队和听众都手舞足蹈。而李鸣却不考虑乐队和听众对自己作品的看法，他只想着写完了就算解放了。

"这地方和声是不是这样?"圆号手问。

"什么和声?"李鸣在自己谱子上根本找不到圆号手吹的是哪儿，他早走神了，"随你便吧，管它呢。"

于是圆号手和长号手吹的不在一个和弦里，演奏完了，竟有人说李鸣也搞现代派。

"你们把握不住就不要这样写，"金教授说，"孟野的基本功好。"

孟野用手指勾住大提琴的弦，猛然拨出几个单音，然后把弦推进去、拉出来，又用手掌猛拍几下琴板，突然从喉咙里发出一种非人的喊叫。森森大叫："妈的力度!"然后把两只手全按在钢琴键上，李鸣捂着耳朵钻进被窝。

楼道里充满了孟野像狼一样的嚎叫。

世界的和谐。疯了。李鸣想。

四

李鸣觉得董客这人，踏实得叫人难受。可因为孟野和森森太疯，他只好去找董客聊天，但在董客眼里，李鸣也是不正常，他竟然放着现成的大学不愿上。

"请坐，Please。"董客彬彬有礼地让李鸣。好像他身后有一张沙发。

李鸣坐在床上。董客端上一小杯咖啡。他这人很讲究，尽管脚臭味经常在教室里散发。咖啡杯是深棕色的，谁也弄不清它到底有多卫生，李鸣闭着眼把咖啡吞下去。

"西方现代化哲学的思维是非客观与主观形式的相交。"董客老爱说这种驴头不对马嘴的话，他一张嘴就让人后悔来找他，"和声变体功能对位的转换法则应用于……"

李鸣想站起来，他觉得自己走进一个大骗局里了。

"人生的世故在于自己的演变，不要学那些愚昧的狂人，你必须为自己准备一块海绵，恐怕你老婆也愿意你是个硕士。"

李鸣站起来就走。董客为他打开门：

"Please。"

关于创作方向问题的会议到底还是开了。贾教授特地请来团支部书记和学生会主席。这个专题讨论会要每星期开一次。这使学生每星期失去一个晚上做习题，所以大多数人都拿着作业来讨论。照例是先让贾教授讲两小时的话，讲的是什么谁也不知道。下面的笔在刷刷响，教室的秩序极好。可紧接着团支书作了一个提议，建议开始自由发言，并请贾教授回去休息由他来主持会议。贾教授只好摆摆手，坐到后面墙角处去了。团支书是管弦系的乐队队长，他说的第一个问题是关于在排练时作曲系男生冲乐队女生挤眼睛的问题。

"这样就会分散她们的注意力，不去看指挥。"

作曲系的男生大来情绪。

"谁呀？"

"让我去当指挥不就解决问题了？"

"什么？"

"你们管弦系女生压根就不想好好给我们排练。"

"我的竖琴手说反正是不谐和和弦，怎么弹都是对的。她就从来不照谱子弹。"

"管弦系的小姐呀，难伺候。"

"还要我们怎么样？"

"娶过来？"

"你？"

贾教授已经坐不住了。

董客突然说了一句：

"人生像沉沦的音符永远不知道它的底细与音值。"

大家一齐回头冲他看，但谁也不知道他要说什么。

"假如，"董客接着说下去，"三和弦的共振是消失在时空里只引起一个微妙的和谐幻想，假如你松开踏板你就找不到中断的思维与音程的延续像生命断裂，假如开平方你得出一系列错误的音程平方根并以主观的形象使平方根无止境地演化，试想序列音乐中的逻辑是否可以把你的生命延续到理性机械化阶段与你日常思维产生抗衡与缓解并产生新的并非高度的高度并且你永远忘却了死亡与生存的逻辑还保持了幻想把思维牢牢困在一个无限与有限的机会中你永远也要追求并弄清你并且弄不清与追求不到的还是要追求与弄清……"

贾教授大喊一声："好了！"他的长手臂向前伸出来，有点儿哆嗦，"你们的讨论就到这儿。"他走到讲台前，眼神变得游移不定。他提出一道思考题：试想二十世纪以来搞现代派作曲的人物有哪个是革命的？

大家谁也没说话。等散了会,森森大声在楼道里唱了一声:"勋——伯——格!"贾教授回头看了一眼。他又喊了一声:"勋伯格!"然后手舞足蹈地大叫:

"I\cannot\remember\everything! I\must\have\been\unconscious\of\the\time……!"

"全疯了。"马力嘟哝着。

"干吗他们要缠住创作方式问题争执不休?"

"这事还是挺有意思。"

"真的?"

"全部意义就是拖延时间。"

"最好是不想。"

"你说到底有什么意思?"

"你真想抽烟?"

"想戒戒不掉。"

"愁什么? 写不出教书。"

"噗……"

"他们干吗要缠住创作方式问题争执不休?"

"还不明白? 不干这个还干什么?"

五

戴齐的钢琴确实弹得太好了。他可以不像别人那样,每天必练两小时琴,一学期参加两次钢琴考试。可他并不能因此轻松,即使不练琴,各门功课的作业堆在桌上,好像永远也做不完。他把作业放在左边,做完的放在右边,还没等左边的都到右边去,右边的已经又变成了左边的。为此他经常萎靡不振,老想找点什么开心的事干干。他喜欢看聂风带着管弦系女孩子排四重奏,更喜欢把自己写的协奏曲拿去和小提琴手姑娘们协奏一番。他喜欢凑到姑娘堆里,因为在男生那儿他老占不了上风。

"你不灵,小个子,像个小爬虫似的。"他在食堂里和小个子开玩笑。食堂是最开心的地方,男女生凑在一桌上吃饭,是该出风头的时候。小个子一下急了:"有能耐出去! 操场上见!"戴齐一下子不作声,低头吃起饭来。

他的气质不适合和男生交往。他苍白、清秀、修长的手指可以和女性的手指媲美,鼻梁挺直,端正的嘴唇说起话来快得像个女人。只要一下课,他必得走到钢琴前弹奏一段什么,假如是弹他自己的作品,肯定会使人赞叹不已,而假如他弹个什么名作,则就会蹦出个女生和他较量。这也是作曲系的女生,外号叫"猫"。因为只要她不愿做习题就像猫一样喵喵叫。"猫"和戴齐的较量是古典音乐和爵士音乐的较量。"猫"把戴齐从琴凳上挤下来，把他刚弹过的曲子马上改成爵士，一开始弹，"懵懂"就从座位上蹦起来，边跳边笑。只有在听爵士的时候她不想睡觉。

这个班上有三个女生，已经把全班搅得不亦乐乎。为此，后面几届的作曲班就再也没招进女生。主要是贾教授大为头疼。风纪、风化，都被这三个女生搅了。"猫"是个娇滴滴女孩，动不动就能当着所有人咧开嘴大哭，哭起来像个幼儿园的孩子一样肆无忌惮。这使老师也拿她没办法。遇到她做不好的习题，她把肩膀一扭，冲老师傻呵呵地咧嘴一笑，老师就放她过关了。"懵懂"一天到晚只想睡觉。她能很快弄懂老师讲的，又能很快把它们忘掉，她当天听，就得当天做题，还得当天给老师改，否则过了几天，她就会否认这道题是自己做的。你再告诉她对错都是白搭，她早忘了准则。

一次，"懵懂"去上金教授的个别课。整整两小时，金教授在改她的作品，她一句话没听进去。下了课她走出课堂，冲着等在外面的"猫"说："今天金教授洒了那么多香水。"就回去睡觉了。"猫"夹着谱子走进教室，金教授又埋头修改她的作品，"猫"把头凑过去闻了闻金教授身上的香水，正好教授一抬头，吓得"猫"冲着教授"喵"的一声。"你这里写得好，音响丰满。"金教授一本正经地说。"当然，那是森森帮我写的。"过后"猫"对李鸣说。

第三个女生是女生中的楷模，由此得了个"时间"的封号。她精确非常，每天早晨六点铃声一响，腾地就从床上坐起来，中午和晚上无论那两个人说什么她都能马上入睡。"这家伙简直是机器！""猫"对"懵懂"说。"嘘！她能听见。""她早睡着了。""你们在骂我。""时间"嘟哝了一声。

她认真做所有课程的笔记，连开一次班会也要掏出本来。没有一门功课她不认真。作曲系的学生通常是同时开十门课，她则是连运动会也要拿个名次。本来这样的女生是不会使贾教授后悔的，但当同时有两个男生追求"时间"，并且"时间"全不拒绝时，贾教授的气真是不打一处来。

入学一年后，天下大乱。晚上八点钟，李鸣找"时间"谈话，九点钟董客就挤进来把"时间"叫走了。十点钟"时间"回到琴房开始用功。十一点钟，查夜的保卫组来了，勒令所有人都回宿舍睡觉，只见"猫"蹭地一下从琴房蹿出来，咔嗒一声，把琴房锁了。等保卫组走后，又打开锁溜了进去，那里面坐着森森。

至于孟野因为和"懵懂"跳了一场舞，被人拍了照，拿回家去，招惹出的麻烦已经使人啼笑皆非。

贾教授几乎对这个班的学生感到绝望。但他不能表示出无能，他得管，可又一点儿办法没有。他既说不出办法，又觉得绝望，这使他的脸变得乌黑。他的衣服穿得更破，到后来两个裤腿已经不一样长了。可还是一点儿办法也没想出来。

六

石白对这些人与贾教授无形的对抗又气又恼。他凭直觉认为贾教授是无所不知的圣人。并且他学了七年的和声学，假如在作品中去打破它，不是成心和自己过不去？巴赫的赋格他从来没背下来过，即使考试时他也总不得已地照谱子弹，为此被减了很多分。但那是圣经中的圣经，是不可企及的，既然不可企及，就不要多想。人家已经干过了不可企及的事，你就不要想再去干什么新的了，你再干也是白费，也超不过巴赫。超不过巴赫你就成不了大师，成不了大师你就超不过巴赫。超不过巴赫你就只有惭愧，你只有惭愧但不能超过巴赫。石白觉得自己对这些问题理解得比森森孟野透彻得多。争执是无聊的，所谓"创新"也毫无意义。你认为的创新不过是西方玩儿剩下的东西，玩儿剩下的再玩儿就未免太可笑，玩儿没玩儿过的又玩儿不出来，不如去背巴赫，反正模仿巴赫不会受到方向性抨击。

石白是个心跳本不剧烈但每天去追求剧烈心跳的天才。谁都说他呆，但他对音乐的任何一本理论书都狂热地崇拜。他对音乐的狂热似乎全球无一人可比，他从不迈出琴房去做无意义的聊天，但他每门成绩都勉强得"良＋"或"良一"。他既不参加班会也不参加任何活动，更不去无目的地游山玩水，即便看完一场电影，坐在食堂里，他也要神情严肃地和你讨论电影的主题展开、时代背景、作家生辰、演员技巧。他在这方面的知识少得可怜，但说起来又字字铿锵有力。那股认真劲只能使人毛骨悚然。

他除了音乐书，别的什么书也不看，但每部作品前又都要加上文学语言注释。李鸣每次看到他那么苍白消瘦地追求狂热，都禁不住要可怜他。

那次钢琴考试他又得了四分，大概又是因为背不下巴赫。他大为恼火，问李鸣为什么他得了四分而李鸣不常练琴却能得五分？这问题让"懵懂"帮着解答了。在下一次钢琴考试前，她带着他去逛了四个美术馆，看了十个当代最新画展。第二天他满怀激情与信心走进钢琴考场，结果又得了个四分。为这事，他发誓再不与"懵懂"打交道。

小个子对他的行为大为诧异："你怎么能这样？"他们那时是在去"采风"的路上，搜集民歌并游览名胜。

"别管我。"石白只是看着自己的游览图，把上面的名胜用笔圈起来，每走到一个地方，不管刮风下雨，掏出照相机就照，甚至连光圈距离都不调。

"难道不是名胜，再好看的风景也不照了？"小个子怒气冲冲，他没带相机，指望着和石白一起照相。

"别废话，你懂个屁。"石白嚓的一声按动快门，然后用笔在游览图的某一个圈上又打了一个对勾。

"你简直是胡闹。"小个子嘟嘟哝哝,"这个人真怪,天下第一白痴。"

"你才是白痴,只知道浪费胶卷。"

小个子气得直跺脚。当游艇在一个著名的河上开时,石白根本无兴致和大家说笑。河两边的名胜与讲解员的滔滔不绝,使他无暇顾及天空和脚下,只是抬眼看看岸边,又低头写下讲解员的话,然后匆匆看一眼游览图上的圈,打个对勾。

为此,有个叫莉莉的小提琴手爱上了他。说从他身上能闻到一股神圣的气味。并且据说石白长得有点儿像聂耳,不过可能比聂耳要高十几公分。

莉莉长得像个运动员,肩宽腰细,两腿细长笔直。整天穿着一双回力鞋,没有什么事她不敢干。她常常夜里十二点钟从学院的高围墙上翻下来,偷偷溜回宿舍,或者晚上在阳台上只穿着胸罩短裤练习体操。那个阳台设在女生宿舍与琴房之间,因此总有男生要路过。每当男生走来,她就用浴巾围住身体,只露出个瘦瘦的肩膀和长长的细腿,站在那儿一动不动。到了夏天,她的裙子短得不能再短,有时在琴房就索性只穿胸罩和短裤练琴。

她和石白的相识也是从这儿开始的。那是个炎热的夏天中午,莉莉正穿着她的"三点式"练琴,没锁门,门突然被石白推开了。石白和莉莉是一个琴房的,他是来取谱子,结果被吓了一大跳,连忙退了出去。莉莉想他反正不会再回来,就接着拉琴,没想到石白又把门推开,恭敬地说了声"对不起",然后飞快地缩回脑袋把门关上。气得莉莉冲着门连踢了两脚,大骂:"傻瓜蛋!"

事后只要一提此事,石白就推推眼镜,连连给她鞠躬。

自从他们成了朋友,莉莉总是说:"陪我出去玩儿玩儿吧。"

"我没时间,真的。"石白央求她,"我快考试了。"

石白不愿去陪莉莉,但愿意让莉莉陪着他,可又不许莉莉出声。搞得莉莉觉得很窝囊。有一次,他让莉莉给他试奏他的小提琴曲,莉莉为了让他在视觉上也满意,特意穿着演出服,一身黑色的长裙和高跟鞋来为他试奏。搞得石白只顾看她站在那儿边拉琴边摇头晃脑地自我表现,根本没听清楚自己的作品。石白一肚子气恼,把眼睛捂住。

"为什么不看着我?"莉莉问。

"你为什么要穿这么一身衣服试奏? 为什么要穿这么高的鞋子?"石白喊起来。

"这又碍你什么事?"

"碍了! 碍了! 我听不见我的作品!"

莉莉把高跟鞋一甩,就甩到石白眼前的钢琴键上。然后光着脚哭着跑到操场去了。

"跟他吹了！""懵懂"愤愤不平地看着莉莉，她穿着拖地长裙光着脚站在风里，眼睛都哭肿了。

此后莉莉就把琴房里的所有家当都搬到戴齐的琴房里去了。

七

又要考试了。贾教授当众公布了考试时间、科目，又是十门。一下课，马力就嘟哝了一句"×"，从此身上老带着一盒清凉油。

所有人桌上的谱子又高出了一尺。每个人的体重都在下降。脸色由白变成青。早晨的出操成了下地狱，连孟野也停止了洗冷水浴。早晨六点钟，"时间"腾地从床上蹦起，跳到地上，飞快地跑到琴房，然后到天黑也没见出来。"猫"一睁眼，先伸手在钢琴上按了一个"A"音，以校正自己的耳朵，然后大声唱视唱练耳的习题。"懵懂"为了让自己醒过来，闭着眼就把录音机打开了，跟着迪斯科的节奏穿好衣服、洗好脸，可却无论如何不能使习题也跟着节奏走。

全校的学生都在准备考试，琴房里一片嘈杂声，气得作曲系的学生骂声乐系是叫驴，是一群只长膘不长脑子的家伙，而声乐系骂作曲系是发育不全的影子。作曲系学生为了躲开噪声，就找了个僻静的大课堂，作为复习基地，一到晚上大家就都躲在这儿。可是不知是谁，在这课堂的黑板上贴了个大大的功能圈。T—S—D。这个功能圈大得足以使全体同学恐惧。李鸣想把它撕了，可小个子拦住不让。小个子跳上讲台，告诉大家，牢记功能圈，你就能创作出世界上最最伟大的作品，世界上最最伟大的作品就离不开这个功能圈。结果谁也不敢把它撕下来，只好天天对着它准备考试。

"当然，你们不要把考试看得过分严重，成绩好坏是小事，重要的是你们掌握了没有。你们在复习上要有所偏重，你的体育再好，也进不了体育学院。"贾教授说。

"可是，体育不达标准，要补考，什么时候及格了，才能通过。你永远不及格，就永远要补考。"体育教员说。

"不懂得文艺理论你算什么艺术家？从第一章背到第二十三章。"

"四十位哲学家的生平及主要观点与十位自然科学哲学家的主要科学成就及基本哲学思想，这就是我们的考试内容。"

"背下所有不规则动词。"

"连整字都不认识，你们还算什么大学生？有字当什么讲？"

……

晚上，阳台上又多了几个穿"三点式"的姑娘，都在练剑术和拳术。

"背剑术比背谱子还难。"

"难多了。"

"我刚发现我是进了体育学院。"

"不,是北大文科。"

"经济学院。"

"气——贯——丹——田。"

阳台下传来嗒嗒的脚步声和呼哧呼哧的喘息。

"八千米的长跑,跑死他们。""猫"探头看着下面围着楼绕圈子的男生。

"喂,有字是什么意思?"一个男生抬起头冲她喊。

"喵!""猫"尖叫一声把身子缩回去。

"他们太累了。"金教授温和地说。

"可我们作曲系历来就是很累的,否则还叫什么作曲系? 英国皇家音乐学院今年根本没有作曲系本科生,就是因为太累。"贾教授骄傲地说。

"那一定要考了?"金教授无可奈何地问。

"一定要考。而且还要严格。"贾教授从眼镜后面盯着金教授。

金教授召集了他的全体学生上大课:"要看你们的真本事了。不要用钢琴,当场写出一首三部结构的作品,关于动机的展开,你们要去多分析诸如肖邦舒曼之类的作品,不要走远了,不要照你们平时的方式写,尤其是你们,"他指指孟野和森森,"至于和声——"

"功能圈。""懵懂"接了一句。

"功能圈?"金教授问。

"功能圈。""猫"说。

"噢,对,功能圈吧。"

八

真的考试来了,恐慌也就变成了平静。一声不响的平静。所有的人都懒得多说一句话,低着头匆匆地走路,脑子飞快地转动。

"噢! 什么时候完呀?""猫"在快进考场前伸了个懒腰。

石白赶快捂住耳朵,转过身去。

视唱练耳的考试被一个声乐系的男高音搅了。听写已经考了两小时,和弦都听完了,只剩下最后一道长长的有临时离调的三声部复调,这道题占分最多。这是全体考生最最紧张的时候。可这时,隔壁声乐系教室的门打开了,放出来一个刚考完语文的男高音。他痛痛快快地唱了一句很高很高的"妈——"。这下,作曲系教室里就有好几个人耳朵随着这声"妈"走调了。再也想不起刚才教师在琴上弹的是什么调,再也想不起标准音。甚至有人把这声"妈"也算成了最高声部。

大家希望有哪科教员突然病倒或者是家里着火什么的。结果有个语文教员真让车撞了,但语文考试并没停止,而且换了个更厉害的监考官。为了缓和气氛,学校决定拖延考试期,把每科考试的间隔再拉长一点,可这么越拖延,大家越紧张,越紧张,就越希望考试索性快点来临,哪怕在一天里全考完,全不及格也行。准备复习用的小卡片上写满了各科的复习题,已经背得串了行。"懵懂"在艺术理论考卷上写道:"有:没有。"

小个子手上的腱鞘炎鼓包又大了。他弹琴的时候总让人以为他手背上有个核桃。他一边弹一边吸冷气,一边弹一边骂娘。终于到了钢琴考试那天,他飞快地弹完肖邦的左手练习曲,这曲子正是那只有腱鞘炎的手当主力。弹完以后,他趴在琴上就不起来了。等考官哄他退场时,他一出门就跑到声乐系的视唱练耳考场外,大声唱了一个"妈——"。

李鸣在民族戏曲考场上,刚摇头晃脑地唱完:"李白斗酒……酒中仙……"没等老师点头,他就匆匆跑到操场上,冲着体育老师大叫:"来吧,八千米!"于是气喘吁吁地围着楼绕圈子。体育老师还算好说话,天天拿着跑表和剑等在操场上,任何人只要有时间就可随时参加考试。

终于只剩作曲考试一关了。还有一天的时间,可全体作曲系的人都不再去琴房,躺在床上一声不出。只有石白终于跳起来,跑进琴房,砰地关上门,开始分析作品。

"谁能让这整个一天都变成黑夜?"李鸣在被窝里问。

"能。"马力爬起来,把一床毯子用钉子钉在窗户上。

"唉呀,天永远不亮就好了。"小个子高兴地叫。

可第二天早晨铃声一响,所有人都迅速跳下床,连早饭都顾不上吃,就跑进琴房,几乎毫无头绪地在那儿分析作品。等考试的铃声一响,"猫"的牙齿已经发出嗒嗒的颤音。"懵懂"过来把她搂在怀里,贾教授见了很奇怪,"她发烧了吗?"

"我也发烧了。""懵懂"的牙也抖起来。

空白的五线纸一拿在手上,李鸣觉得精力集中得全分散了,怎么也不能思考。有张纸上写着五个动机,你可以任意挑一个发展成一首三部结构的作品。他把每一个动机全发展了,可看每一个都不顺眼。他想谨慎行事,可耳朵里全是拥挤的噪音,无论哪个和声都听起来不顺耳。任何一个和弦都可能是错的,谁知道对的标准是什么?他硬着头皮挑了一个动机写下去,写着写着就进了一个混沌的圈套。一个反功能的圈套。他不顾一切地想把功能扭过来,但脑子里却是一团糟。功能圈。功能圈。他想。有人开始抽烟了。他急得直想上厕所。关键在于不知道对错,根本不知道对错。写着写着,他脑袋里开始出现了一个长音,一个总是不变音高,高得不能再高的长音。这长音抹掉了他一系列的构思,他赶也赶不走。抽烟的人越来越多。他把它横着写了八遍，竖着又写了八遍。抽烟的人咳嗽起来。突然，他在一瞬间看透了什么他妈的对错。根本无所谓对错，反正你永远也无法让贾教授说对，这样一想，他就心花怒放，浑身轻松，跑到厕所里痛痛快快地撒了一泡尿。

考试一直进行到晚上八点钟，大家才陆陆续续交了卷。这一天除了上厕所、吃饭，谁也没出考场，更不许把作品带出去，以防用琴校对。好歹算是结束了，尤其是谱面写得漂亮的，看着还很得意。

贾教授站在那儿收谱子。一边收谱子，一边通知要走的人："明天八点准时还到这儿来。"

"干什么？"

"再考一次。"

九

第二天的考试内容是歌曲作曲。"懵懂"一拿到歌词，就失去了全部勇气。那上面写着："青山绿水小村庄，革命精神大发扬，条条渠水绕山间，金光大道直向前。"并且有好几段。她不知道这到底算是民谣还是诗词，到底用大调还是用小调，到底写成民歌还是宣传歌曲或艺术歌曲？而且还要求配上钢琴伴奏。她看着歌词先发了两个小时的呆，然后写了十种方案，全都难听得要了人的命。

"这是什么东西呀？"一直到晚上，她还拿着那十种方案发呆，"这是个什么破东西呀？！"

"别叫，怎么啦？"马力走过来。

"这十首歌是谁写的？"

"这不是你写的吗？"

"我一辈子也不可能写出这样的破玩意儿。"

"不是你写的是谁写的？"

"我不可能写出这首歌词。不是我。"

"为什么？"

"噢，我写不出来，写不出来！"

"唉呀，女的就是不行，啧啧。"石白不耐烦地跺着脚。

这时考场上已经没几个人了。连贾教授都困得不得不回去睡觉了。临走时他留下话，不写完不许出这屋子，但时间不限。

"你这首写得挺好，把这儿改成这样就行。"马力看看"懵懂"的谱子。

"为什么？"

"告诉你这么改你就这么改。"

"为什么？"

已经夜里十点钟了，一股凉意从窗外扑来。"懵懂"向马力要了一根烟。

"我不明白为什么要这么改？"

她把烟点着，看着那十种方案发呆。石白已经走到钢琴旁弹起来了，苍白的脸显得更瘦削，看上去虚弱不堪。"懵懂"冲他大叫："别弹琴！别弹琴！"

石白瞪了她一眼。

"懵懂"凑过去看他的谱子，除了歌词，那上面还标着各种石白的文字注解，使谱子看上去像篇带音符的散文："优美如歌，好像看到一缕青烟从村庄飘起……呵，祖国的山河多么壮丽……如醉如痴地、意志坚定地……"

"你写作文哪？！""懵懂"冲他喊了一句。

石白瞪了她一眼，把耳朵堵上了。

"懵懂"用双手在钢琴上使劲一按。然后又跑到马力那儿叫起来："我为什么要那么改？"

"你干脆回去睡觉吧。"

"为什么？"

马力把自己的谱子写好了，把兜里的烟全掏出来留给"懵懂"。

"懵懂"并不抽烟，她把烟一根接一根地点燃。看着它们一根一根地消耗，然后闭着眼睛把十种方案每种抽出一句凑成一首歌，配上钢琴伴奏。那是首哪句和哪句都没关系，横竖全没关系的曲子。她毫不客气地让人声跨了三个八度，精心设计了一个谁弹起来都会痛苦不堪的钢琴伴奏。第二天早晨五点钟，她把谱子交给石白，石白还坐在钢琴旁，研究自己的文字注解是否有光彩。然后她把铅笔、橡皮、尺子和余下的谱纸统统从窗户中扔出去了。

这是个空气清新的早晨，阳光已经柔和地照在她那张发青的脸上，她想让自己精神起来，可就是不行。她使劲揉眼睛，按太阳穴，太阳穴两边就像有两个铅砣在夹击她。她觉得满脑子都是那十种方案赶也赶不走，并且随便一凑就又是一首蹩脚的旋律。她只好开始跑步，想把它们甩开。但没跑几步，她就睡着了。一下子跪在地上，然后就趴在那儿进入梦乡，直到天又重新黑下来，作曲系课堂里传来放得很响的迪斯科音乐。

十

作曲系课堂迪斯科放得山响。全体同学都凑在这里庆祝考试结束。森森醉醺醺地凑到李鸣面前，说他最近又发现了一个新的音响，名字叫"原始张力第四型"。

"原始张力第四型？"

"就是把所有可能的有力度的音型都叠在一起,分成四十八个声部,还可以变成复调。"森森说得唾沫星乱飞,比手划脚,直立的头发直抖。李鸣边喝着啤酒边说:"你行行好,让我把这首迪斯科听完。""猫"突然跳过来,抓住森森的后脖领子,把他抓到跳舞的行列里去了。

"这算什么音乐? 这算什么音乐?"小个子有点儿坐立不安。

"你说的是森森还是迪斯科?"

小个子没回答,咕嘟咕嘟地喝啤酒。

森森像个原始人一样扭动着身躯。孟野边跳边找机会倒立。他们谁也不跟着拍子,有时比拍子快,有时慢,有时让脚步老和音乐差半拍。他们疯狂地扭动,旁若无人,气喘吁吁,汗流满面。突然,"嘈懂"在他俩中间出现了,她一出现,全场都喝起彩来,因为她把自己打扮得像个非洲土著,精确地踏着节奏,使三人的舞姿一下就融成一体了。

"嘿!"聂风和管弦系的男生女生突然闯进来。"乌拉!"作曲系的人眼睛一亮。管弦系的女孩子一个个光彩夺目,每人手里还拿着一份作曲系写的谱子。"你们的谱子太难啦。""我再也不拉了。""真见鬼了。""可是真带劲!"她们把谱子纷纷扔在地上,然后她们围着它们跳起舞来。管弦系的男生拿着铜管,聂风手一挥,突然,一个震天动地的和弦使全屋的人都痛苦不堪。当这声音结束时,长号手抱歉地对森森说:"对不起,我们没吹出你要的力度来。""猫"跳过来,冲着森森喊道:"你写的东西都像臭狗屎! 我一辈子也没听过这么讨厌的音响,简直讨厌透了! 要是你变成一把琴弦,我一定把它折断!"森森边跳边说:"何必,何必!"然后冲着地上的谱子哈哈大笑。孟野正躺在地上,把谱子往自己的身上盖。

小个子还在咕嘟咕嘟喝啤酒。

"你可喝得太多了。"李鸣提醒他。

"你最好别管我。"

"你这个糊涂虫。"

"你这个懒虫。"

"好,你喝吧。"李鸣又给他拿来一瓶啤酒。

孟野自从躺在谱子下面后再没动,外面的世界已经和他无关了,谁要是翻动一下谱纸,他就会骂一声:"滚,臭猪!"于是谁也不理他了。他闭起眼睛听着震天响的迪斯科,跳舞的人把尘土都踢起来了,楼板也随着节奏抖动。他突然感到一阵烦躁,他必须去看看女朋友了。

她比他大两岁,是个神经质并患有歇斯底里症的女人。也许是由于这种特殊的素质,她擅长文学写作,在一所文科大学里上学。不知是他们谁更崇拜谁,使他俩一见如故,然后就发誓"白头到老"。她喜欢戏剧性,什么事都想追求戏剧化。比如她看了部爱情片，在电影院哭一场还不够，出电影院门后还要耸着肩模仿片里的女主角走路，而且整整一天都要陶醉在女主角的气氛里。那时你要是和她搭一句话，保你背过气去。

"你饿吗？"孟野问她。

"为什么？ 为什么？？!"她肩膀一耸，眉毛挑起来，眼睛露出绝望的神色。

孟野只好在心里背总谱。

假如在孟野的音乐会上，她必得四处周旋，出人头地，像收入场券的招待员一样忙个不停。假如在同学聚会时，她必得满口成语地滔滔不绝，使作曲系的学生深恨自己没文化。假如她笑，她必得大睁着眼睛，不会使眼睛也随着肌肉抽动而小下来。假如她坐着，只要不是在上课，她必得把两腿扭向一边，使身体侧卧倾斜，显出线条来。

总之，她是个非凡的女性，是个女才子。能从诗经一直背到郭沫若，而且还在背下去。她不能容忍孟野轻易地和"懵懂"跳了舞，拍了照，和那么一个头脑简单的东西。

"你爱她？"

"不。"

"你爱她。"

"没有。"

"你爱她!"

"我不是。"

"世界如此黑暗，人是如此轻薄，你爱她你不承认，卑鄙，卑鄙，卑鄙，卑鄙。"

她把照片用剪子剪碎，扔进马桶里冲了。

她喜欢用剪子这个工具，它可以把任何东西在一会儿时间就毁掉。自己看不上的手稿、男性的情书、新做的连衣裙、还没冲出来的胶卷……

每次一看到她哆嗦着用亮闪闪剪子咔嚓咔嚓地破坏这一切时，孟野就想晕过去。剪着剪着，她已经从气愤变成一种专心致志的工作，最后看看一堆碎片，她就得意起来了。孟野一想到说不定哪天他也会被一剪刀一剪刀地剪成这样，一想到剪他时她脸上可能会出现的表情，他真想晕过去。

"远岸收残雨，雨残稍觉江天暮。拾翠汀洲人寂静，立双双鸥鹭。"那次他俩一起旅游，她紧紧挽着他的手臂，把头靠在他肩上，"刚断肠，惹得离情苦……"她抬眼看看孟野，孟野眼神迷茫地看着远处"此去何时见也？ 襟袖上，空惹啼痕。……"她又看看孟野，孟野仍望着远处。"我们结婚吧。"她冲着孟野的耳朵轻轻地说。

"你说什么？"孟野好像吓了一跳。

"你真没听见？"

"真没听见。"孟野一脸诚实。

"那你在想什么？"

"我在想我最近的作品已经不能使我满意了，在下部作品里我得抛弃那种手法。"

"呵？你原来在想这些？你原来爱音乐胜于爱我，我恨你的音乐！恨你的音乐！"她用手撕着书包。

又有人在揭谱纸。

"孟野在想那位——文学家？"

"音乐，音乐，再大点儿声。"

"这音乐永远也不要停。"

"音乐——音乐——音乐——"

"再喝吧。"

"音乐——音乐——音乐——"

"干杯！"

"音乐——音乐——音乐——"

十一

自从李鸣躲进宿舍不打算再去琴房，他给自己找了很多理由。其中最大的理由是他觉得自己生了病，病症之一是身体太健康、神经太健全。这使他只能躲在宿舍里躺着。在宿舍里没人会使他想起他的神经太健全；没人会使他想起乐谱与疯狂的竞争；没人会使他想起关于有调性与无调性、三和弦与空五度的争执。在宿舍他可以什么都忘掉。忘掉功能的走向、忘掉作品分析时的错误、忘掉乐器配置法、忘掉九度三重对位引起的神经错乱。什么都忘掉了，可就是忘不了马力。马力在那次考试后，回家探亲让塌方的窑洞给砸死了。

"小力子！"他娘一定这么叫。

"我的儿！"他爹一定哭得像个稻草人。可是他什么也不会听见，早就变成一团血肉，甚至直接就变成了一堆黄土。马力，马力，一声不吭，站在那儿像个黑塔的马力，可就是不爱吭声，像个空五度在一个极沉闷的音区撞了一下就再没发展下去。他的床和铺盖原封不动地放在这儿，似乎生怕人把他忘掉。没人来搬它们，这样李鸣就只有想着马力。想马力不用考虑和声，不用考虑结构，你可以永无休止地想下去，没人会说你对错，说你该不该终止。这比去教室面对那个大功能圈要好受得多。

功能圈已经被人正式用镜框挂在了墙上，挂在黑板的正上方。功能圈是在一块雪白的的确良上画的。用黑漆涂的 TSD 三个大的符号上又涂了一层金粉。每个字有人头大小。正上方是 T,左面是 D,右面是 S。这三个符号用一个极圆的圆圈连起来,金粉在阳光下晃人眼睛。镜框是黑色的,玻璃被小个子擦得锃亮,能把全班人在上课时的动作都反映下来,结果全班人都不敢抬头看它,也不敢在课上轻举妄动。只有在回答问题时才敢冲它翻翻眼睛。

"我觉得有一天它得活过来。"戴齐飞快地说,"早知道这样我就转到钢琴系去了。"

"行了,小个子,你有劲头不如给贾教授洗衣服。"

当时小个子正站在讲台桌上卖劲地用一块棉纸在镜框上擦,边擦边呵气。自从马力死后,他就和这个镜框交上朋友了。

"它不妨碍你们任何人,"他眯起一只眼,踮起脚,歪着头观看那玻璃。

"它都跟你说什么了?"

"说得多了。你们这些俗人懂个屁。"

"懵懂"把嘴里的口香糖用手指一下弹到镜框玻璃上,小个子吓了一跳。

"谁干的?"

"孟野。"

小个子回头看看。

'懵懂',你别老把罪过往孟野身上栽,什么事情都会有报应。"

"狗屁。""懵懂"又往嘴里塞进一块巧克力。

"别装疯卖傻了,你他妈给我下来。"李鸣冲小个子说,"你去擦宿舍的玻璃吧。"

李鸣是宿舍长,管着小个子。小个子只好从讲台桌上跳下来。

"我看擦擦功能圈比擦玻璃有价值,人生所负原则众多,生命的代价在于注意事项的严密周到。"董客突然慢慢地说。

没注意到的原则太多了,李鸣要是仔细想起来就会糊涂。做和声题时你想着三十个和弦,等作曲时你就得想着三百个。你从第一个音开始唱起,中途转了八次调,到了最后一个音,你已经走调得一塌糊涂,你必定没脸再活下去。还有那首长得不能再长的二胡曲,没完没了的发展,像胡思乱想一样让背的人摸不着头脑,可你还得背,还得硬说它写作有规律。再没规律的东西教授也能说它有规律,只要他们认为是好的。如果他们知道李鸣是怎么想马力的,如果他们认为李鸣那些关于马力的想法有发表价值,他们也一定能划出结构来。

小个子继承了马力的事业,不仅把自己的书全盖上了图章写上书号,填上借书卡,而且把一生该注意的准则都写在一张张卡片上。

"你应该背背常用食品营养表。"李鸣告诉他。

"为什么?"

"我担心你这些准则过几天都得变。"

李鸣确实担心这些准则要变。所以他想永远这么躺着,哪怕躺到毕业,躺到老,躺到死。他可以这么舒服地躺着,不管门外发生了什么变化,不管森森与贾教授的争执,不管孟野与女友的纠纷,不管董客拐弯抹角要说什么,不管石白对所有人的敌视。他不理解小个子怎么不能分辨出那些准则从第一次出现时就已经走了样,反复出现后已经面目全非,也许到最后出现时,到了大家都不需要它们时,它们才可能回到本来面目。但是他又担心他们永远不会需要它们。

十二

一天,"懵懂"一进钢琴课教室,就抱怨说手疼。

"你要这样用力度。"教钢琴的教授老太太挥手就打了她一拳,她身子一晃倒在钢琴上,撞得钢琴轰轰响。

"我知道要这样。"她冲老太太比划着。

"你不知道,要这样。"老太太打了她一拳,"而不是这样。"又打了她一拳,"假如你不是这样而是这样,"她又打了她一拳,"你就手疼。"

"懵懂"坐下弹起来,"可是我还手疼。"

"你的手指简直像面条。你要像打篮球那样跑呀跑呀,跑呀跑呀,然后三步上篮儿,唔,就这样,"老太太飞快地在键盘上弹奏,"到了这儿,你就要这样用力,就像打人一拳,不是这样打,而是这样打。"她转过身又打了她一拳,"懂了吗?"

"懂了,是这样打。""懵懂"打了老太太一拳。

"对,就是这样! 现在你可以弹了。"

"干吗非要练琴呢?"晚上"懵懂"委屈地问"时间"。

"作曲家嘛。"

"干吗不能拿跑步代替练琴?"

"作曲家嘛。"

"干吗不能拿跑步代替音乐?"

"作曲家嘛。"

"干吗不能拿跑步代替作曲?"

"嗯?""时间"正埋头抄一份总谱。

"好。""懵懂"一下把录音机打开,震天的摇滚乐突然充满宿舍。"时间"的动作一下变得有节奏起来。她边抄边有节奏地点着头,抄错了,就有节奏地用刀片刮着谱纸,又在一个强拍上吹去了纸屑。这一切使"懵懂"高兴得发狂,在纸上画满了跳舞的小猫,把这种纸贴了一墙。突然,她把灯关掉,头发披散开,用手电打亮自己的下巴，冲着门口，一动不动。这时"猫"夹着谱子一推门，看见这情景，"喵"的一声撒腿就跑。"懵懂"追出去："回来，不吓你了。""我晚上会做噩梦的。"她还是跑个不停，上身不动，跑得飞快。眼看她一拐弯就进了森森的琴房。

"懵懂"没办法，只好转身推开孟野琴房的门。孟野正匆匆把谱子拿到钢琴上，可是钢琴处的光线太暗。钢琴上有一个小台灯，孟野想拉开台灯，才发觉没插插销。他想插插销，才发觉插座板在写字台上，正插着写字台上的台灯插销。他想拉过插座板，才发觉写字台的台灯电线太短。他只好把写字台上的台灯插销拔了，把插座板从写字台拉到钢琴上，插上钢琴上的台灯插销，开始在钢琴上弹刚才的总谱。"懵懂"凑过去，看着总谱，一会儿模仿小号一会儿模仿小提琴地乱唱，唱着唱着，她突然大叫："绝了！绝了！"然后大声模仿乐队的效果，孟野也越弹越兴奋，手上弹着嘴里还唱着另一声部，"懵懂"手舞足蹈起来。

"轰！"音乐突然停止了。孟野匆匆又把钢琴上的台灯插销拔掉，把插座板拉到写字台上，把写字台上的台灯插销插上，开始继续写谱子。

"懵懂"双手在钢琴上一砸："你懂礼貌不懂？"

孟野连忙把写字台上的台灯插销拔了，把插座板拉到钢琴上，把钢琴上的台灯插销插上。他坐在钢琴旁，斜眼看着"懵懂"："你真讨厌。"

她笑起来。

"你真讨厌透了。"

她笑得更厉害。

"真讨厌讨厌讨厌透了。"

"懵懂"笑得脸直抽筋，她用手揉着脸："哎呀——哎哟——"

"你笑什么？"

"谢谢你夸我。哎哟——哎呀——噢——"

"我说你讨厌。"

"你说我可爱。"

"你是个混蛋。"

"我没说嫁给你。"

"我想让你现在马上出去。"

"我没时间留在这儿。"

"我想让你留在这儿。"

"试试看吧。"

等"懵懂"回到宿舍，"猫"正冲着墙上所有的猫跳舞。

十三

贾教授是个不屈不挠、刻苦不倦的人。因为他一辈子兢兢业业地研究音乐，而几乎无一创新，他尤为恨那些自命不凡没完没了地搞创新的家伙。因为他在四十岁时才找到了一个年轻的妻子，他尤为恨那些二十岁就开始谈恋爱的"小流氓"。他表面上很学究气，是个不拘小节、不修边幅的学者，内心却常因为别人的一点儿小事或流言蜚语气得发抖，因此他活得很紧张，心情老是烦躁。在他看来，金教授什么都不懂，只会作曲，是个肤浅的家伙，而无论国内国外的作曲家会议又老是邀请金教授，这更是肤浅之举。当二十世纪的作曲技术冲击着古典音乐时，他正年轻，还没来得及反应过来，就有人告诉他，那些鬼东西不屑一顾。他在自己的金字塔中研究了大半生，毫不怀疑任何与他不同的研究都是堕落。他庆幸没有人否定过他，没有人战胜过他，没有人对他提出过疑问，即使是金教授也没有对他形成巨大的威胁。但，老了老了，突然蹦出这么几个学生，他们偏偏要在课堂上提出无数的问题来使你措手不及，他们偏偏要违反几百年的古老常规，而去研究那些早已过时并被否定甚至遭唾弃的二十世纪现代技法，这使他不仅担心自己的金字塔，而且担心全国、全世界都必堕落无疑了。当在某国举行的国际青年作曲家比赛的通知送到他手上时，他皱起眉头，心事重重地找金教授商量。

"你有什么具体想法？"他指着通知。

"主要看学生们，让他们自愿报名参加，由我们把关把最好的作品送出去。"

"什么算最好的作品呢？"

"当然从各方面来看。"

"难道那些鬼哭狼嚎、歇斯底里、毫无美学可言的东西也可以参加评选吗？"

"歇斯底里这词不能乱用，那是妇科病的专用词。"

"为什么不能搞一些美好的作品，比如有着明确的旋律线，严格的声部进行，完整的曲式构思，充分显示我们教学的成就？要么，就鼓励他们学习柏辽兹，写出充满激情的作品来，但决不许学现代派。"

"柏辽兹？好吧，让他们写出十一部柏辽兹的交响乐来。这也不愧为壮举了。"

"你对柏辽兹有意见？"

"没有。"

"你真的认为要随他们的意写？"

"嗯。"

"你能对音乐的前途负责吗？"

"嗯？"

"你能对音乐的前途负责吗？"

"要么放弃比赛，要么让世界知道他们。"

"无聊。"贾教授站起身来要走，"你不知道你的想法有多无聊。"

比赛的事情在班会上正式公布。贾教授一字一板地公布了比赛日期、程序、要求等等。全班人屏住呼吸连眼睛也不肯轻易眨一下。等最后一个字从贾教授嘴里吐出来，课堂里轰地一下像放出一窝苍蝇。石白啪地拍了一下大腿，然后手捧住下巴开始沉思。戴齐看着他，叫了一声"嗬？"然后扑哧笑出声来。石白没理他，仍在那儿沉思，腿也有节奏地抖着，森森和孟野越说声音越大，突然发出一声大笑。李鸣"嘘"的一声，使全场安静了一秒钟。当发现"嘘"者是李鸣，孟野就反过来"嘘"他。

"嘘——"李鸣也不让步。

"嘘——"戴齐跟着起哄。

"嘘——"小个子真烦了。

"嘘——""猫"和"懵懂"也加入进来。

"啧啧啧啧啧啧啧！""时间"无可奈何地冲着他们。

石白又啪地拍了一下桌子，瞪了所有人一眼。这一拍把贾教授倒吓了一跳，贾教授气哼哼地瞪着石白，又看着其他人。这一拍倒使全场安静下来。贾教授从这种现象中更证实了他以前的想法：这帮人是干不出好事来的，他们是一批无可救药的人。

"怎么回事？"他瞪着石白，石白吓得端坐不动。

"你们使我很失望，很痛心，你们太没教养，你们平时的作品就证实了这点。你们分不清好坏，你们不知道准则，你们没长脑子，你们无知无识，你们……"贾教授把一肚子怒气撒出来一半，咽下去一半，接着讲参加比赛的重要意义以及他个人所希望大家遵守的法则。

十四

"出了什么事？"所有的人都围在系办公室门口向里观望。马力的母亲坐在办公桌旁不停地抹眼泪，马力的父亲两只手平放在膝盖上，坐立不安地咳嗽。小个子两眼肿得像烂桃似地从人群中挤出办公室。他径直走到教室，爬上讲台，把功能圈擦了又擦。在宿舍里，马力的铺盖已经捆好只等着人来扛走了。李鸣用锤子叮叮哨哨地把马力的书箱钉死，他敲进最后一个钉子时松了口气，才突然意识到马力确实不在了。

董客推门进来："我打扰吗？"

"不。"李鸣让他坐，"我不明白，你搞的是什么名堂？"

"你是指什么？"

"你要参加比赛的作品。"

"命运命运。"

"怎么？"

"我准备给贾教授的是一部古典作品，而请金教授过目的是序列音乐，评委主席喜欢印象派我已经准备好了，全部乐队的大抒情我在一部浪漫派的作品中已经充分发挥了。"

"哪部是你的个人特点？"

"个人特点一文不值。"

"你要的是什么？"

"获奖。"

"可决定发奖的不在这儿。"

"但决定谁去参加比赛的在这儿。"

"你想把你的所有风格的作品都送出去？"

"可能。你为什么不写？"

"我不感兴趣。看马力这个书箱多大。"

"获了奖你就获得了一切，哪怕人生充满重压……"

"别说了，我不感兴趣。"

"其实那不是一切也只不过是一半儿。"董客有点儿尴尬。

李鸣没有理他，继续在箱子上涂上马力的名字。

董客的各种风格作品在全院到处排练，充满了各个角落，已经成为作曲系的众矢之的。因为管弦系的骨干都被他拉走，私下签了"合同"，要保证他的作品排练时间之余才能给别人排练。大家不明白他是用了什么诀窍使乐队对他心悦诚服。他还教会乐队首席一套话："古希腊柏拉图的美学在当今的作品中得到反映的为数甚少，我们在追求各种形式的至善至美。"

这套话专用在有人来阻止他们无休无止地排练董客作品的时候。比如有一次石白抱着自己的总谱和分谱，前脚刚跨进排练厅，嘴还没来得及张开，乐队首席已经把这套话大声说了三遍。弄得石白不知是该把自己的谱子扔了还是也给董客充当一名小提琴手更合适。

可是有一次"时间"把自己的谱子拿给乐队时，首席刚要说那套话，被"时间"一声冷笑给压回去了："这么搞太庸俗了吧？再说这些作品……啧啧啧。"

董客一夜未眠，连夜又写了一部新的。这是一部混合了各种风格的作品，让所有的人在短短十五分钟里就能够跨越几个时代体验各种人的情绪。这部作品一拿给乐队，就把乐队整得满脸鼻子眼睛乱爬。

"你难道不知道你要参加的是国际比赛而不是大杂烩？你为什么不看看别人怎么写作？你为什么拿乐队试奏当儿戏？""时间"问。

"别人？他们太固执而不知所云。是国际比赛我知道。但你不知道谁会买下这些作品谁是这些作品的主人谁会拥有比你更大的权力来掌握这些作品的命运我不知道你更不知道你知道吗？"

"你真是俗气得不可救药。""时间"看也不看他一眼。

董客突然变得坐立不安起来。那天天气闷热，他不停地抹去脸上的汗污，大口大口喘着粗气。眼睛很快就充满了泪水，又很快变成汗水滴下来。他直盯盯地望着"时间"："你看看，看看吧，看看它们！"他把一叠叠总谱扔到地上，"我费了多少心血，花了多少夜晚，我是在玩儿吗？难道它们一钱不值？全是破烂？全是小市民、商人的玩意儿？不值得他们演奏？这儿，全是艺术艺术！全是高尚的心灵！全是超脱尘世包含无限的音响！从没有人去演奏、欣赏，甚至是指责它们，连我自己也不知道它们是什么声音。你不知道它们的价值，连我自己也不知道它们的价值，不知道，没把握，这能怪我吗？"

总谱堆在地上，多得令人吃惊。却没人知道它们，的的确确没有人知道它们。"我也有很多总谱我不知道音响。""时间"跪下来把它们捡起来。

"谁让你们写那么难的作品？活该！"圆号手边吃饭边说。那时大家凑在食堂里。

"演奏起来吃力不讨好。"一个乐队队员插话。

"我的手拉得快抽筋了，可台下的人像木瓜一样坐着。"莉莉说。

"台下的人百分之八十是傻瓜蛋，你别理他们，他们是要让广播员给解说完了才会恍然大悟的那种人。"聂风手一挥。

"可你不觉得演奏作曲系的作品不如演奏贝多芬？贝多芬有唱片供参考，可他们的作品你根本摸不着头脑，不知道他们想的是什么，等你好不容易弄明白了，台下的人却一辈子也弄不明白。"乐队首席说。

"我愿意演奏新作品。其实世界名曲指挥好更不容易。不过，看着台下坐满了白痴一样的脸可真不舒服。"这时候，食堂里的立体声音箱中播放出拉赫玛尼诺夫的第二钢琴协奏曲，聂风情不自禁地动起来："像这种通俗易懂的东西，来得多轻松。"他的手臂轻轻划动着。

为此，董客采取了最科学的方法，就是连一分钟也不让乐队停止给他的作品排练。他从家里要来一笔钱，每顿饭都请乐队大吃一顿，还用火车托运来一筐筐新鲜水果，买了橘子汁、糖果、糕点，使乐队在排练中提神。这样乐队只好把别人的作品搁在一边来给董客排练。

"你真是疯了,何苦这么破费?"

董客不理别人的劝说,最后把自己的录音机和手表全卖了。

"你太缺德了,这样别人也得学你的样子。"

董客毫不理会。乐队的人疯狂地给他排练,各种风格的作品搞得他们晕头转向,好不容易排完一遍,大家刚想停下来喘喘气,就听董客说:"不行,重来。""重来?""你们根本没拉出音乐的本质。"首席无可奈何地架起弓子:"本质是什么?""本质,本质。比如这首贯穿理性的序列作品是哲学思维的根结。哲学是什么? 大地是什么? 人类是什么?"首席被问得毛骨悚然。绝不敢再问下去。

自从董客开创了这种自费排练的方法,作曲系人人效仿。这样一来,离学校最近的一家委托商店就开始买卖兴隆了。

李鸣让董客和他一起把马力的箱子抬到桌子上,然后他钻进被窝,只露出个脑袋。

"你干吗老在被子里思索? 是在追求孤独?"董客自作聪明地问。

"我不愿意去琴房。"

"超脱?"

"我累。"李鸣把身子往被子里又拱了拱。

"如果我再写一部关于死亡与永恒主题的交响诗你看如何?"

"为什么?"

"给马力。"

"马力不需要。"

"为什么?"

"马力真的不需要死亡与永恒主题的交响诗。"

"他真的让窑洞塌方压死了?"

李鸣没说话,又往被子里缩了缩。

"为什么不写个交响诗纪念他?"

"你饶了他吧,他不需要。"

"你不信任我?"

"我不是不信任你。什么死亡与永恒,对马力有什么用? 如果有用,你为什么不写一部关于你自己的音乐是如何包罗万象,如何至高无上的交响诗来让全世界知道呢?"

"我想写,可是没用,没用。"

"不过你别灰心,还是能有用。"

"马力真的不需要死亡与永恒主题的交响诗?"

十五

比赛的事情公布后，森森一直在自己的作品中徘徊。他对自己最近追求的和声效果不太满意，但又没想出更好的。他甚至难以容忍自己的音响。

他除了音乐对什么都漠不关心。包括自己的饮食起居。如果说他留长发，那是他忘记了剃头。常常忘记吃饭，又使他两腮消瘦。他衣冠不整，但举止洒脱。苍白的脸上有一双聪明的黑眼睛，明朗开阔的额头与他整个五官构成一副很自信的面孔。他唯一遗憾的就是自己的手指短了点儿。

这是个遗传学上的错误。他是个天才的大音乐家，却长着十根短手指。他知道这无法补救，因此常常看着"猫"的修长而秀丽的手指在钢琴上流动出神。但更多的出神是因为钢琴上滚动出来那些谐和美妙的音响使他越来越纯粹地感到他自身需要的不是这种音响。他需要的是比这更遥远更神秘，更超越世俗但更粗野更自然的音响。他在探索这种音响。他挖掘了所有现代流派现代作品，但写出来的只是那些流派的翻版。

这种探索不断折磨他。有没有一种真正属于他自己的音响？他自己的追求在哪儿？他自己的力度在哪儿？从协和到不协和，从不协和又返回协和，几百年来，音乐家们都在忙什么？音乐的上帝在哪儿？巴托克找到了匈牙利人的灵魂，但在贾教授的课上巴托克永远超不过贝多芬。匈牙利人的灵魂是巴托克找到的，但也许匈牙利人更懂得贝多芬。这是最让森森悲哀的事。森森要找自己民族的灵魂，但自己民族的人也会说森森不如贝多芬。贝多芬，贝多芬，他的力度征服了世界，在地球上竖起了一座可怕的大峰，靠着顽固与年岁，罩住了所有后来者的光彩。

那天，孟野在森森的琴房，悠长地哼着一首古老简单的调子。森森问孟野："你感到没感到这里面的力度？"孟野把大提琴拿过来，深深地拉动琴弓，这首古老简单的曲调骤然变得无比哀伤。森森觉得呼吸都急促了，他拿起小提琴用双弦拉出几个刺耳的和弦，又拉出一连串民间打击乐的节奏。他想和孟野合力去体验那种原始的生存与神秘。他明显地感到他与孟野有一种共同但又不同的追求。他比孟野更重视力度，而孟野比他更深陷于一种原始的悲哀中。孟野就像一个魔影一样老是和大地纠缠不清。尽管他让心灵高高地趴在天上，可还是老和大地无限悲哀地纠缠不清。而森森想表现的是人。是人的什么？他其实说不清，也许是哪块肌肉的抽动？

他喜欢"猫"。"猫"能把他从那种浑浊的探索中拉出来，使他得到片刻的休息。"猫"手底下能生出各种动听简单的音乐，听到这种音乐他甚至想放弃任何探索。世界上有那么简单动人的声音，要那些艰涩难懂的音响干什么用？就像这个不爱动脑子的女孩子一本正经地弹着小品，单纯、年轻，修长的手指使他相形见绌。他坐在这儿彻头彻尾是个动荡不安混沌不堪的怪物。所以他不能爱她。可是他又真想爱。

就在森森为自己的种种追求苦恼时，小个子有一天突然对他说："我求你别摘那个功能圈。"

"为什么？"森森觉得离奇古怪。

"因为我要走了。"

"我并没有要摘它的意思。"

"那我就放心了。"

"你上哪儿？"

"出国。"

"干什么去？"

"去找找看。我在这儿什么也找不到。"

"怎么可能呢？"

小个子低下头，由于老用水擦功能圈把手指都泡白了，像干了好多家务的主妇一样粗糙。森森突然感到这种举动有种神圣的所在。他开始尊重小个子了。

"你一个人走吗？"

"嗯。"

"谁照顾你？"

"走到哪儿都会有女人。"

森森苦笑了一下："如果你什么也找不到呢？"

"我就不找了。"小个子坦白地说。

小个子对他说的这些使他又感到一种震动。他更觉得有许多事情得做，尽管贝多芬矗立在这儿。也许贝多芬压根没见过用方块表达文字的人。音乐的上帝在哪儿？他自己的力度在哪儿？真正属于他的音响在哪儿？也许他一辈子也不会忘记小个子抠着泡白了的手指对他说的话："去找找看。"

十六

戴齐把自己关进琴房已经三天了。他想酝酿一部充满他内心渴望的作品，但始终写了上句没了下句，每想一个音符都像抠肠扒肚一样吃力。他想得多写得少。直到崇拜他的莉莉听得连连打哈欠，他才深深感到歉意。他从没见过这么忠实的听众。

莉莉自从到戴齐琴房之后，经常和戴齐合作协奏曲。她相信戴齐完全有才能写出世界第一流的优美作品，有时她听着戴齐的钢琴小品就感到像浸在纯净的空气和水中一样。但自从戴齐想投入比赛后，戴齐却什么像样的句子都没写出来。莉莉天天坐在那里听，失望之余又觉得筋疲力尽。但她仍旧坚持坐在那里，在戴齐需要时就拿起提琴。她替戴齐买饭打水，照顾得无微不至，可戴齐还是老重复着一个很美的乐句。

"这不是很好吗？为什么不进行下去？"莉莉奇怪地问。

"进行不下去。"戴齐哭丧着脸，又弹了一遍这个乐句。

"我已经可以倒着唱它了。"莉莉疲倦地打个哈欠。

戴齐把这句倒着弹了一遍，然后茫然地在琴键上摸索。

"真奇怪。"莉莉坐在椅子上伸直长腿，"怎么这么难？"

"我已经死了。"

"什么？"

"我已经死了。"戴齐指指脑袋，"全僵死了。不能动了。"

"你是不是觉得冷？"莉莉摸摸戴齐的头。

"可能吧，反正在作曲史上这个人已经没了。"

"你这是神经失常，你的头是温的，"莉莉使劲摇着戴齐的脑袋，"你别装蒜了，你必须写出第二句来。"

戴齐在琴上又倒着弹了一遍那个乐句："这就是第二句。"

"扯淡！"莉莉大叫一声。

戴齐哀伤地弹起一首德彪西的曲子。聂风推门而入。

"怎么样？进展如何？肖邦。"聂风一进门就带来一股活力。

戴齐摇摇头，接着弹他的德彪西。

"他说他已经死了。"莉莉说。

"我看他真死了。"聂风的手在琴上给戴齐捣乱，"你要是真死了，我会想你的，不过你死了我还挺高兴的。"

戴齐仍旧弹他的德彪西。

"你得相信你自己，肖邦。"聂风大声说。

戴齐全力以赴弹那串儿固定低音。

"我给你指挥，保你满意。"聂风冲着戴齐耳朵喊。

戴齐的手指飞快地在琴键上滚动，吵得莉莉心烦意乱。"别弹了！别弹了！你这个神经病！"她大叫。

两只手全飞快地弹奏琴键，像一群苍蝇一样讨厌。莉莉捂住耳朵。但很快她就松开手，仔细去倾听，那滚动出来的旋律注入了戴齐的灵魂。戴齐的全身充满了活力，他手上飞快地弹奏，脚下飞快地换着踏板，这些动作加上那些穿透一切的音响，使他从头到脚都仿佛浸透了透明的音符。

"我去钢琴系。"戴齐轻轻弹下最后一组和弦。

戴齐真的去了钢琴系。他的演奏即使在钢琴系也出类拔萃，因为他全身充满了乐感。在舞台上，他端坐在三角钢琴前，灯光打出他的脸侧部的秀美轮廓，他的手无论是表现力与外形都令人惊叹。"简直就是肖邦。"大家说。戴齐也觉得自己是肖邦再世。

"你算个什么？"莉莉问。

戴齐从三角钢琴前抬起头。他们正在排练，莉莉指着空旷黑暗的观众席："你真想让他们觉得你是肖邦？"

戴齐得意地看了一眼台下。

"其实你狗屁都不是。"

"谁说的？"

"我说的。你不是钢琴王子。"

"那是什么？"

"一个逃犯。神经病院里逃出来的逃犯。"莉莉笑起来，"人家都说你们作曲系全是神经混乱。"

"我现在不是了。"

"更是。"

"为什么？"

"因为你本来就是个神经错乱。"

"为什么？"

"你应该继续来你的神经错乱，因为你本来就是。"

"我不愿意。"

"所以你更是神经错乱，是个胆小的神经错乱。"莉莉用弓子拉出一声怪叫。

"噢，你别管我的事！"戴齐把耳朵堵上。

十七

小个子擦功能圈比以前次数多了十倍，另外还拼命打扫宿舍和马力的床铺。马力的铺盖卷还没有被拿走，他就把它们又打开铺好了。他把马力的床完全照老样子铺来铺去，甚至在睡觉前还要帮马力铺好被窝，起床后再把它们叠起来。他把宿舍的窗户擦得几乎像没玻璃一样，把地板擦得像打了一层蜡。然后在上面又垫上一层报纸，生怕别人的鞋印会把它们踩脏。这使李鸣烦得不得了，因为地板反而显得更脏更乱。李鸣好不容易劝小个子把报纸取消了，可这样一来，小个子就不停地擦地板。害得李鸣连脚都不敢沾地，也就更不愿起床了。

"来，吃块糖吧。"小个子把巧克力糖盒端到李鸣面前，笑着看李鸣。李鸣看着小个子,伸手取了一块巧克力。

"你别,"他把巧克力塞进嘴里,带着央求的口气说,"别再擦地板了。"

"我想擦。"小个子固执地说。

"你每天擦五十次地板有什么意义?"

"意义就在这儿。"小个子咽下一块糖,"你不是宿舍长吗? 你不愿意让宿舍是最干净的?"

"可我没法下地。"

"反正你也不需要下地。"

"可我要上厕所。"

"你买把夜壶就行了。"小个子狡猾地笑着。

"你这个小混蛋。"李鸣探出身子揪住他脖领,"你真是个混蛋。"

"这儿离厕所太近。如果擦不干净地板,屋子里就老有一股厕所味儿,你不觉得?"小个子认真地说,"我想把这一块地板擦成新的,就不会有厕所味儿了。还有门、窗,如果我把它们擦得永远再沾不上灰就好了。那你们住在这儿多安逸。"

"你不是也住在这儿?"

"我? 我住不长了。"小个子神秘地看着马力的床,"我要走了。"

李鸣吃惊地看着小个子:"你去哪儿?"

"我要出国了。"小个子小声说。

"出国留学?"

"嗯。可也说不定。"

"那你要离开我们了?"

"嗯。我不太愿意。可是你瞧,马力老也不回来,该不该去找找?"小个子笑起来。

"你别胡说了。出国是好事。"

"怎么见得?"

"当然是好事。"

"你想知道我为什么老擦功能圈吗?"

"你说吧。"

"哼!"小个子眯起眼睛看着马力的床一笑,进入一种自我状态。

李鸣知道他不会说什么,也就不再问了。李鸣看着宿舍的玻璃窗、地板、马力的床铺。连书桌和椅子、钢琴都是小个子擦干净的。好像他感兴趣的只有擦洗东西。也许他出国后就不再擦洗什么了。

也许他还会长高、长胖、长成男人模样。

"你猜我想什么？"小个子问李鸣。没等他回答就说，"我想为什么你们不让我擦功能圈。"

"你说为什么？"

"不知道。可是我爱那个镜框。"

"你可以把它带走。"

"不，我带不走。你不知道，我带不走，也许还会再带回一个来。"小个子笑起来。

"我希望你带回一个姑娘而不是一个功能圈。"

"谁知道呢？"小个子笑着。

小个子临走时，在桌子上留下张纸条，没让任何人去送他。李鸣一点儿也不觉得小个子真的走了。马力的床还铺在那儿，好像晚上还是有人把它们打开，早晨又把它们叠好。窗户的玻璃还是一尘不染，教室里的功能圈黑白分明地端挂在黑板正上方，所有的地方都有小个子的痕迹。李鸣打了很多开水等小个子晚上从琴房回来之后好洗脸洗脚。早晨，开水被聂风倒走了一大半。直到李鸣看着擦得锃亮的地板上人们来回走动的脚印越来越多，才感到小个子是真的走了。

十八

全体作曲系参加比赛的作品在礼堂进行公演，由专家鉴定，决定送谁的作品出去。莉莉死拉活拽才把戴齐从琴房揪出来让他去听。李鸣破例从床上爬起来坐在最后一排最边上的一个角落。音乐会正常进行，有的作品充满激情，但思绪混乱，有的作品逻辑严谨但平淡无味。倒是董客的几种风格的作品引起大家注意。但他毕竟照顾不周，每部作品都有些地方能让人感到天才作曲家的手忙脚乱。随后是森森的五重奏。这部作品给人带来了远古的质朴和神秘感，生命在自然中显出无限的活力与力量。好像一道道质朴粗犷的旋律在重峦叠嶂中穿行、扭动、膨胀。李鸣听着听着突然产生一种向前伸手抓住琴弦的欲望。一种想让肌肉紧张的欲望。他龇牙咧嘴地发出无声的傻笑。

当森森的作品演奏完，全场竟无一人鼓掌。所有的人都不想说话，只想抓住什么揍一顿。森森被人们包围住，正要尝受那些激动的拳头袭击，孟野的大提琴协奏曲响起来了。

弦乐队像一群昏天黑地扑过来的幽灵一样语无伦次地呻吟着。大提琴突然悲哀地反复唱起一句古老的歌谣。这句歌谣质朴得无与伦比，哀伤得如泣如诉。把刚才人们听森森作品引起的激动全扭成了一种歪七扭八的痛苦。好像大提琴这个魔鬼正紧抱着泥土翻来滚去，把听众搅得神智不安。"懵懂"哭起来了。李鸣想哭可哭不出来，一个劲张大嘴呵气。森森走到孟野坐的地方，掐住孟野的脖子,孟野看了他一眼,死命握住森森的手腕。

全体乐队情绪高涨,铜管劈天盖地地铺下来,把所有高山巨石所有参天古树一齐推倒让它们滚落,而那魔鬼似的大提琴仿佛是在这大地的毁灭中挣扎,挣扎出来又不停地给万物唱那首质朴的古老曲调。

"噢!——"演奏会结束了。台上台下的学生叫成一片。有人把森森举到台上打算再扔到台下去,有人想把孟野一弓子捅死。谱纸被抛得满天飞。"猫"飞奔到台上,飞快地吻了森森一下,随后就被大家扔到台下去了。

只有戴齐没有上台,他离开礼堂,跑进琴房,拿起肖邦的谱子飞快地往教学楼跑,越跑越快。他爬上教学楼的最高层,冲着操场大叫起来,然后把肖邦的谱子拼命扔向操场,正好砸在莉莉的头上。莉莉一看是本肖邦曲集,就抱着头坐在地上不起来了。

演奏会的当天晚上,孟野不见踪影。

十九

演奏会大大震动了贾教授。董客毕竟走得太远,做得又过于聪明,但他还是有一部作品接近海顿。至于森森和孟野,那简直不像话,纯粹在蹂躏音乐,是音乐世界的大破坏者。

森森和孟野。这两个学生的名字是两个危险,是神圣的世界的污点。贾教授一想起那两部作品就怒不可遏。竟然会有那种音响!在堂堂的音乐学府。

他们想表达什么?

贾教授想在全院会议上说说这件事,有必要让全国人也知道知道。这是非同小可的事,竟然出现了这种音乐。你能说什么?法西斯、杀人犯。这两种词全用不上,贾教授绞尽脑汁想批评这两部作品。

"你想改变自己的风格?"贾教授对石白在上课时提出的要求感到诧异:"为什么?"

石白推推眼镜:"这次演奏会就证实了我的风格已经过时了,森森孟野的作品更受欢迎。"

"他们不过用二十世纪一些过时的手法再加上他们自己想的一些鬼花招,而你可是承袭了十七世纪以来最古典最正统的作曲技法。"

石白摇摇头:"光把和声题做好是不够的。"

"当然,但你是怎么想的呢?"

"和他们竞争。"

"争什么?"

"作曲技法。"

"如果我不同意呢?"

"恐怕他们这样做是对的。作曲家的创作不应局限。"

贾教授皱了皱眉:"你学和声几年了?"

"七年了。"

"真的?"

"真的。七年了,没有长进。"

"不,很好。你学了七年和声,你认为你学好了吗?"

"不,没有。"

"问题就在这儿。你学了七年和声,尚且不够。还谈什么别的呢?"

"但……"

"当然我不强迫你,你想没想过他们这样做的危险性?"

"危险?"

"他们那样做是很危险的。"

"为什么?"

"那是种法西斯的音乐。"

"?"

"可他们却沉浸在那种荒谬反动的狂热里,那种虚荣心!"

"我也激动。"

"法西斯是什么? 就是杀人犯。杀人犯的音乐。充满疯狂,充满罪恶,充满黑暗,充满对时代的否定。"

石白忙把这些话写在五线谱上。

"我说得不会错。石白,你要听我的话,你现在搞的绝不比他们差,而且比他们要高明得多。你要成为一个真正的音乐家,一个神圣的、有教养的、规规矩矩的音乐家。你还要向他们这种作法挑战!"

"?!"

"你要写文章批评他们,好让他们改过来。"

"可是……"

"你不能袒护错误。"

"可是——"

"你这是帮助同学。"

"可是——"

"杀人犯音乐。"

石白急忙回去绞尽脑汁写了篇文章把贾教授的原话抄上去。那文章在校刊上发表后,引起了全院的轰动。但却无一人响应石白,反而在下面冲着石白开起火来。石白一看形势不对，就使出浑身解数替自己辩解，他有口说不清，本来是贾教授的原话却又自己重复了一遍，本来是自己想的反倒说成是贾教授的。一怒之下，他去砸贾教授家里的门，可教授夫人说贾教授没时间接见任何人。他觉得自己是一头扎在一个无底深渊里了，笨重的头朝下旋转，即使是掉下去溅起一个巨大的蘑菇云来也无人问津。

二十

石白的批评文章在关键时刻发挥了作用。在评选委员会考虑送出国参加比赛的作品中撤销了孟野的作品。因为"法西斯音乐"这个说法不可不信也不可全信，于是保留了森森的作品。董客也算如愿以偿，他的几部各种风格的作品全部被送了出去，照贾教授的意思是"用以来证实我们的教学"。但孟野的作品被撤销也不能全怪石白，孟野在音乐会当天失踪，而后院方就收到了一封控告信，写信人是孟野的妻子。

孟野已经迫于女朋友爱情的压力和她偷偷结了婚，但他拒绝把音乐的位置和妻子颠倒过来。音乐就是音乐。没有音乐他就不存在，没妻子他照样存在。这是他的想法，女作家写了五篇短文申明女性的重要地位仍没有把孟野的想法给颠倒过来。在妻子写控告信之前，他已经练习倒着走和她散步，这样可以少听几句："空惹啼痕"之类的诗词。结果有一天他无意中漏出一句："有人说我的音乐中缺少升华。""谁说的？""懵懂。"孟野这句话刚一落地，女作家就伤心地尖叫了一声，拿起一把剪刀向他冲过来。他们是住在妻子父母家，房间很小，孟野无处躲闪，只能紧贴墙角站着。

"又是她又是她！"

"我是在说音乐。"

"又是她又是她！"她的剪刀直冲着他的腮帮子。孟野破天荒地用手抓住她一只手，使劲向她背后扭，直到剪刀掉在地上。她全身不停地抽动："你就这样对待我吗？"

孟野松开手："你要怎么样？"

她的泪水像快干涸了的小瀑布一样淌下来。她的头发披散着，手指痉挛。她扑通一声跪在地上，眼巴巴看着孟野，孟野一下受了大震动，忙也跪下抱住她的头："对不起，我是在说音乐。"哪知她的手在地上摸索起来，终于摸到了那把剪刀，而且一下把孟野的衣服剪成了一面旗子。

孟野"噢"的一声跳起来，他想抡起拳头揍她一顿，可又怕把她打死。只得恶狠狠地脱下那件变成旗子的外衣扔到她面前，拔腿就往外跑。

她一下扑上去拽住他的腿轻轻地哭泣。

　　孟野不知如何是好，他走回来，弯下腰，把她从地上搀起，伤感地吻着她的肩膀。她神志恍惚，哭得凄凄凉凉，令人可怜，更显得骨瘦如柴。孟野一把将她抱到床上，想用爱抚使她平静下来。"别哭，别哭。"这使他陡然想起在乐队里他也是用这种口气对大提琴手说："Piano，Piano！"那时大提琴手就会心领神会地使演奏弱下来，全体乐队就会沉浸在一种宁静的气氛中。"别哭，别哭，别哭，别哭。"

　　她可能累了，她头靠在他胳膊上安静了一会儿。突然她凑到他耳边说："再不要提。""不提了。"孟野闭着眼睛。"不要提你们班！""不提。""不要提你们学校。""不提！""不要提你们的音乐。""不提。""不要提音乐。"孟野睁开眼睛。"不要提音乐！"孟野站起来。"不要提音乐！"

　　"你想让我变成什么？"

　　"变成我的。"

　　孟野一动不动地站在那儿。

　　她大睁着两眼，每一字都加重了语气："我能为你牺牲一切，我什么都可以不要，学位、名誉，我都不在乎。我只求和你在一起，什么人都不见，什么都不想，只有你，只有你在我眼前。如果你需要我现在放弃学习，做你的主妇，我马上就可以退学，如果你需要我和你一起逃走，逃到荒无人烟的地方去，我马上就收拾东西。"

　　"逃走？为什么要逃走？"

　　"因为我爱你，我需要你，而你需要你的音乐。"

　　"逃走就可以忘掉音乐了？"

　　"逃到没有音乐的地方去。"

　　"没有没有音乐的地方。"

　　她痛苦绝望地捂着脸，自言自语地说："为什么没有没有音乐的地方？为什么没地方可逃？"

　　孟野走过去吻着她的头发："因为我选择了音乐。"

　　"要是我让你改变呢？"她抬眼望他。

　　"谁也没法改变。"

　　"但你又选择了我。"她的眼睛露出决断的神色。

　　孟野惊恐地向后退了一步。然后拔腿就跑出门。

　　在孟野妻子给学院写来的控告信中，列举了大量事实足以使孟野被开除学籍。首先，他违反了校方规定而私自结婚，这是规定中决不允许的。再者，他不仅非法结婚，还在学校与别的女生闹作风问题，比如跳舞、拍照，甚至在一起游泳等等。作为妻子，她要求学院严厉惩办孟野这种破坏校规的学生，以端正校风。作为妻子，为了维护学风，她宁可牺牲丈夫，牺牲自己的前途，与丈夫一同流放边疆。

二十一

戴齐的那个优美的乐句有了新发展。这使他欣喜若狂。他钻进琴房，一张谱纸一张谱纸地写下去。越写乐思越多，越写越觉得自己整个都铸在里面了。莉莉坐在旁边看着他，只见他嘴角微微抽动，手指不停地在桌子上敲打。他的头发垂在前额，形容憔悴，他更不爱说话，还把莉莉撵出琴房，说等写好了再让她听。于是莉莉完全不知道他在写什么，只看到他每天进出琴房时，两眼都闪着一种病态的光芒。

戴齐的钢琴协奏曲是由聂风指挥的。第一次排练时，钢琴手被谱子上的临时升降号和无调性的主题搞得莫名其妙，完全找不着感觉。乐队更是怨气冲天。刚试奏一遍，乐队就开始跺脚、唉声叹气、叽叽喳喳怨个不停。

"安静，安静!"聂风对乐队说，"这是一首很美的曲子。是给聪明人演奏的作品。我想你们应该知道怎么办。"他用指挥棍敲敲谱台，"好，从头开始。"他手一挥。

弦乐队安静而悠长地引出了钢琴的主题。这主题像诗而不象歌，无调而有情。它是用一种极弱极轻柔的力度演奏出来的。莉莉坐在弦乐队中刚听完一乐段就被深深打动了。这时，竖琴突然蹩脚地蹦出几个音来。聂风一打手势，乐队全体停下来。

"竖琴要像流水，要像流水。"聂风说，"好，开始。"聂风手一挥。竖琴像流水一般洒下来。伴着梦一样的弦乐队，钢琴骤然清晰悦耳，一串流畅委婉的无调性旋律在人耳边伸延。莉莉边拉琴边把脸上的泪水往胳膊上蹭。乐队越来越沉浸在一种肖邦般优美与典雅但具有典型的现代气质的热情中。

当戴齐这部作品在学院正式公演时，有人感动得前倾后仰，有人百思不得其解。但他拒绝报幕员在演出前对作品作文字解释的要求。演出后他也一句话不说。于是理论系的学生只好就"竖琴要像流水"这一指挥家的启示去请教聂风。

"竖琴就是竖琴。怎么能是流水呢？竖琴就是竖琴。"聂风手一挥。

孟野没有按妻子的意思被流放。学校对他从宽处理，劝他中途退学。他草草收拾完行装，到森森琴房去告别，门没有推开，也许森森正在里面创造新的音响。孟野不再敲门，路过"懵懂"琴房时，他犹豫了一下，就径直走过去了。他一下楼来到操场，就开始倒退着走路，尽量让整个校园慢慢和自己拉开距离。有人说这个学校就像一座旧工厂。新的礼堂正在建设，到处堆着砖瓦、木料，还有一座现代化的教学楼刚刚动工，推土机把旧平房推成一片废墟，机器的轰鸣和敲打声整天跟音乐捣乱。他在这里已经呆了四年半，再有半年就正式毕业了。现在他只得作为一名肄业学生离开这里。刚入学时校门不是冲这个方向开，而是在相反的方向。他来到传达室，那儿坐着看门的老头。

"我走了。"孟野把背包扔在椅子上，坐在火炉边。

"分哪儿啦？"老头热情地问。

"回去。"

"分回去啦？"老头喝了口茶。

孟野没说话，拿起当天的报纸。

"你们这就毕业啦？"老头又喝了一口茶。

孟野冲他笑了一下。

"你看快不快，转眼你们已经毕业了。"

"晚上不再来敲您的门了。"

"可不，该给他们开门了。"老头指着刚出去的两个学生。他们很年轻，刚入学不久，走起路来像要跳高似的。

孟野仿佛一下看到几年前的自己，接到录取通知书那天，满脸通红在地上倒立了五次，然后莫名其妙地跟着公共汽车跑了两站地才停下来。那天有几个像他那样的幸运儿呢？今天又有几个像他这样的倒霉鬼？这也许是结局？也许说不上结局？他想起在假期里曾爬上峨眉山看到佛光下有一层深蓝的云雾，从那时起，他就从没对自己失去过信心。他是生下注定要创造音乐的，把他这一生的好与坏、幸与不幸都加在一起，再减掉，恐怕就只剩下音乐了。没有没有音乐的地方。他拿起背包走出传达室。看门老头看了看闹钟，伸手按了下电铃。顿时全校各个角落里都充满了铃声。

二十二

新年到了，"猫"提前几天就买了各种五光十色的糖果，"懵懂"把教室从这头到那头都装上彩灯。"时间"带着几个男生去街上跑来跑去采购食品和礼品。

这个冬天来得很早，十一月份就开始下雪了，因此到了年底冷风刺骨，窗户被风刮得砰砰响。所有宿舍都糊上了窗户缝，只有教室的玻璃没有封上，一夜就落上一层风沙。功能圈的镜框不再那么亮了。不知是怎么搞的，镜框向一边倾斜下来。所有人都装没看见，觉得总会有小个子去把它扶正。可小个子没来扶，所有人就只好装没看见。镜框就这么在冷风中倾斜地摇曳。

乘新年之机，大家都想高兴一下，吃过晚饭，作曲系管弦系就要一起在教室开联欢会。教室被布置得灯红酒绿。为了扮成圣诞老人，一个管弦系小伙子闯进李鸣宿舍，非要把马力的红被面拆下来作外衣，被李鸣一拳打了个趔趄。李鸣堵住门，不让任何人到他的宿舍来捣乱，连聂风也不让进门。他把钢琴推到门后，又把书桌顶上。他把马力的被窝铺好，用棉花纸擦了擦地板，然后自己钻进被窝。

在教室,联欢会开得热闹非常。莉莉和"猫"、"懵懂"和"时间"四人表演了"双簧"。演的是一个小伙子向姑娘表白爱情遭到了拒绝,绝望之余自杀了。全场被这个古老的故事逗得哈哈大笑。藏在"时间"后面的"懵懂"在扯"时间"的假头发时把她脸上的胡子也扯掉了。吹圆号的胖子和吹黑管的瘦子表演莫索尔斯基的《两个犹太人》时,胖子边吹圆号边在脚下跳着天鹅湖,瘦子则哆哆嗦嗦地满地找烟头,然后吃掉了一张结婚证书。乐队首席让啤酒像喷泉一样从他嘴里冒出来,谁也不知道他是真喝多了还是在变戏法,酒流了一地,他一跟头又摔在上面。这时,圣诞老人拿着无数礼品出场了,所有的人都乱成一团去抢礼品。

"噢!"

"我要那个!"

"别挤。"

"扔过来!"

"你这个笨蛋! 这儿!"

"别挤! 别挤!"

"懵懂"被推了一个跟头,随后腿又被人踩了一脚。戴齐一下绊倒了,摔在她身上,紧跟着后面几个人都摔倒了。压在最下面的"懵懂""噢"的一声哭起来。

"呜——""猫"一看见她哭,也跟着哭。

"呜——"森森也起哄。

"呜——"

"呜——"

全教室里的人都"呜呜"起来,好像变成了一种很大的乐趣。管弦系的女孩用琴拉出"呜呜"的声音,圆号和长号也"呜呜"起来,"呜呜"声越来越大,震耳欲聋,致使好几个人真的哭起来。"懵懂"已经哭得伤心至极,好像她的腿断了一样。最后还是圣诞老人用小号尖叫了一声,把这"呜"声骤然中止了。

"我要吃蛋糕。""猫"说。

"我也要吃蛋糕。"莉莉说。

聂风端来了一个他去定做的大蛋糕,奶油上用巧克力挤出几个字:T、S、D。"懵懂"一看见这个蛋糕就尖叫起来。大家不约而同地往黑板上方看。那个镜框在冷风中摇啊摇,"懵懂"跑过去就想把它摘下来。

"别动。"森森止住她。

"全是它,全是它干的。"

"别动!"森森抓住她的胳膊。

"全是它,全是它干的。""懵懂"扭着胳膊。

"别去动它!"

"你别管！全是它，全是它干的，全是它干的！""懵懂"挣开森森的手，咬牙切齿地冲"镜框"跑去，爬上讲台桌，伸手去揪那个"镜框"。

森森在下面一下把讲台桌撤了。"懵懂"从讲台桌上滚下来。她躺在地上，泪流满面。森森扶着她肩膀一个劲儿说："对不起对不起。为了小个子你别摘它。对不起对不起。""懵懂"捂住眼睛，让眼泪从指缝里流出来。

二十三

又是一个夏季，作曲系这班学生的毕业典礼快开始了。森森在国际作曲比赛中获奖的事恰在毕业典礼前公布。当那张布告一贴上墙，作曲系全体师生无论在干什么，都跳起来了。连李鸣也从被窝里钻出来，跑到森森琴房打了森森一顿。森森简直不相信这是发生在自己身上的事，他想揪住李鸣问个明白，可李鸣打完他就大笑着溜走了。森森的手心出了一层冷汗，他狠狠揪了揪自己的前额头发，对着在镜子里龇牙咧嘴的脸使劲打了一拳。然后捂着发疼的脸跑出来看布告。等他发现这是事实时，他就跑进琴房，把门锁上了。

李鸣为了森森的作品获奖之事从被窝里钻出来后，就再不打算钻进去了。他把马力的铺盖重新捆好，整整齐齐地和马力的书箱摆在一起。明天就会有人来取它们，这次是真的。但李鸣仍不放心，还是写了个条子在上面："请你爱护它们。"李鸣坐在马力床上，想起马力最后一次在宿舍的情景。那是假期的前一天，晚上不到九点，马力就钻进被窝。李鸣想叫他起来打扑克，他死活不肯出来。"你放了假有的是时间睡觉。"李鸣隔着被子打他，他还是死活不肯出来。床下放着的全是他要带走的书，从西洋音乐史一直到梅兰芳京剧曲谱。李鸣怀疑他带这么多书回去是否看得完。"你想在这儿把觉睡够，回家去看书？"马力没理他，鼾声大作，李鸣站起来，走到钢琴旁，想用琴声吵醒马力，可脚下又被绊了一下。他低头一看，是马力的另一个挎包，那里面又是书，全是精装的总谱和音乐辞典。李鸣把那包书拎起来，一下放在马力身上，然后把所有马力的书包都堆在他身上。现在想起来，李鸣真后悔。那天晚上，李鸣拿书活埋了马力。可马力却是让黄土压死的。但李鸣还是觉得对不起马力。要是他不把书放在马力身上多好。要是他把马力从被窝里叫出来多好。马力，马力。他干吗老睡觉？死亡可不管你醒过多长时间，它叫你接着睡，你就得接着睡。它叫你消失你就得消失，它叫你腐烂你就得腐烂。马力，马力，你干吗老睡觉呢？毕业典礼就要开始了，毕业典礼一结束，大家就各奔东西。李鸣急于想去的就是教室。他想在典礼前去摘下那个功能圈。这是他唯一想带走的东西。他走到教室，新年拉的红纸条还留在那儿。功能圈的镜框还是歪斜着。他蹬上讲台桌，伸手去取那镜框，突然小个子的话在他耳边响起来："不，我带不走。"李鸣的手缩回来。他想了想，随后把镜框摆正,掏出手绢擦了擦,跳下讲台桌。

　　毕业典礼开始时,森森还在琴房里。楼道里空无一人。这个充满噪音的楼道突然静下来,使空气加了分量。森森戴着耳机,好像已经被自己的音响包围了半个世纪了。他越听思路越混乱,越听心情越沉重。一股凉气从他脚下慢慢向上蔓延。他想起孟野;想起"懵懂"冲着功能圈为孟野大哭;想起小个子到处给人暗示;想起李鸣从来不出被窝……所有的人在他眼前掠过,像他的重奏那种粗犷的音响一样搅扰他。他把抽屉打开,用手无目的地翻来翻去。还有一支香烟,可火柴已经没了。有半张总谱纸躺在里面,还够起草一道复调题,他把整个抽屉都抽出来,发现最里面有一盘五年都不曾听过的磁带,封面上写着:《莫扎特朱庇特C大调交响乐》。他下意识地关上了自己的音乐,把这盘磁带放进录音机。顿时,一种清新而健全,充满了阳光的音响深深地笼罩了他。他感到从未有过的解脱。仿佛置身于一个纯净的圣地,空气中所有浑浊不堪的杂物都荡然无存。他欣喜若狂,打开窗户看看清净如玉的天空,伸手去感觉大自然的气流。突然,他哭了。

　　　　　　　　　　　　　　　　　　　　原载《人民文学》1985年第7期

山上的小屋

残　雪

在我家屋后的荒山上,有一座木板搭起来的小屋。

我每天都在家中清理抽屉。当我不清理抽屉的时候,我坐在围椅里,把双手平放在膝头上,听见呼啸声。是北风在凶猛地抽打小屋杉木皮搭成的屋顶,狼的嗥叫在山谷里回荡。

"抽屉永生永世也清理不好,哼。"妈妈说,朝我做出一个虚伪的笑容。

"所有的人的耳朵都出了毛病。"我憋着一口气说下去,"月光下,有那么多的小偷在我们这栋房子周围徘徊。我打开灯,看见窗子上被人用手指捅出数不清的洞眼。隔壁房里,你和父亲的鼾声格外沉重,震得瓶瓶罐罐在碗柜里跳跃起来。我蹬了一脚床板,侧转肿大的头,听见那个被反锁在小屋里的人暴怒地撞着木板门,声音一直持续到天亮。"

"每次你来我房里找东西,总把我吓得直哆嗦。"妈妈小心翼翼地盯着我,向门边退去,我看见她一边脸上的肉在可笑地惊跳。

有一天,我决定到山上去看个究竟。风一停我就上山,我爬了好久。太阳刺得我头昏眼花,每一块石子都闪动着白色的小火苗。我咳嗽着,在山上辗转。我眉毛上冒出的盐汗滴到眼珠里,我什么也看不见,什么也听不见。我回家时在房门外站了一会,看见镜子里那个人鞋上沾满了湿泥巴,眼圈周围浮着两大团紫晕。

"这是一种病。"听见家人们在黑咕隆咚的地方窃笑。

等我的眼睛适应了屋内的黑暗时,他们已经躲起来了——他们一边笑一边躲。我发现他们趁我不在的时候把我的抽屉翻得乱七八糟,几只死蛾子、死蜻蜓全扔到了地上,他们很清楚那是我心爱的东西。

"他们帮你重新清理了抽屉,你不在的时候。"小妹告诉我,目光直勾勾的,左边的那只眼变成了绿色。

"我听见了狼嗥,"我故意吓唬她,"狼群在外面绕着房子奔来奔去,还把头从门缝里挤进来,天一黑就有这些事。你在睡梦中那么害怕,脚心直出冷汗。这屋里的人睡着了脚心都出冷汗。你看看被子有多么潮就知道了。"

我心里很乱,因为抽屉里的一些东西遗失了。母亲假装什么也不知道,垂着眼。但是她正恶狠狠地盯着我的后脑勺，我感觉得出来。每次她盯着我的后脑勺，我头皮上被她盯的那块地方就发麻，而且肿起来。我知道他们把我的一盒围棋埋在后面的水井边上了，他们已经这样做过无数次，每次都被我在半夜里挖了出来。我挖的时候，他们打开灯，从窗口探出头来。他们对于我的反抗不动声色。

吃饭的时候我对他们说："在山上，有一座小屋。"

他们全都埋着头稀里呼噜地喝汤，大概谁也没听到我的话。

"许多大老鼠在风中狂奔。"我提高了嗓子，放下筷子，"山上的砂石轰隆隆地朝我们屋后的墙倒下来，你们全吓得脚心直出冷汗，你们记不记得？只要看一看被子就知道。天一晴，你们就晒被子，外面的绳子上总被你们晒满了被子。"

父亲用一只眼迅速地盯了我一下，我感觉到那是一只熟悉的狼眼。我恍然大悟。原来父亲每天夜里变为狼群中的一只，绕着这栋房子奔跑，发出凄厉的嗥叫。

"到处都是白色在晃动，"我用一只手抠住母亲的肩头摇晃着，"所有的都那么扎眼，搞得眼泪直流。你什么印象也得不到。但是我一回到屋里，坐在围椅里面，把双手平放在膝头上，就清清楚楚地看见了杉木皮搭成的屋顶。那形象隔得十分近，你一定也看到过，实际上，我们家里的人全看到过。的确有一个人蹲在那里面，他的眼眶下也有两大团紫晕，那是熬夜的结果。"

"每次你在井边挖得那块麻石响，我和你妈就被悬到了半空，我们簌簌发抖，用赤脚蹬来蹬去，踩不到地面。"父亲避开我的目光，把脸向窗口转过去。窗玻璃上沾着密密麻麻的蝇屎。"那井底，有我掉下的一把剪刀。我在梦里暗暗下定决心，要把它打捞上来。一醒来，我总发现自己搞错了，原来并不曾掉下什么剪刀，你母亲断言我是搞错了。我不死心，下一次又记起它。我躺着，会忽然觉得很遗憾，因为剪刀沉在井底生锈，我为什么不去打捞。我为这件事苦恼了几十年，脸上的皱纹如刀刻的一般。终于有一回，我到了井边，试着放下吊桶去，绳子又重又滑，我的手一软，木桶发出轰隆一声巨响，散落在井中。我奔回屋里，朝镜子里一瞥，左边的鬓发全白了。"

"北风真凶，"我缩头缩脑，脸上紫一块蓝一块，"我的胃里面结出了小小的冰块。我坐在围椅里的时候，听见它们叮叮当当响个不停。"

我一直想把抽屉清理好，但妈妈老在暗中与我作对。她在隔壁房里走来走去，弄得踏踏地响，使我胡思乱想。我想忘记那脚步，于是打开一副扑克，口中念着："一二三四五……"脚步却忽然停下了，母亲从门边伸进来墨绿色的小脸，嗡嗡地说话："我做了一个很下流的梦，到现在背上还流冷汗。"

"还有脚板心，"我补充说，"大家的脚板心都出冷汗。昨天你又晒了被子。

山上的小屋

这种事，很平常。"

小妹偷偷跑来告诉我，母亲一直在打主意要弄断我的胳膊，因为我开关抽屉的声音使她发狂，她一听到那声音就痛苦得将脑袋浸在冷水里，直泡得患上重伤风。

"这样的事，可不是偶然的。"小妹的目光永远是直勾勾的，刺得我脖子上长出红色的小疹子来。"比如说父亲吧，我听他说那把剪刀，怕说了有二十年了？不管什么事，都是由来已久的。"

我在抽屉侧面打上油，轻轻地开关，做到毫无声响。我这样试验了好多天，隔壁的脚步没响，她被我蒙蔽了。可见许多事都是可以蒙混过去的，只要你稍微小心一点儿。我很兴奋，起劲地干起通宵来，抽屉眼看就要清理干净一点儿，但是灯泡忽然坏了，母亲在隔壁房里冷笑。

"被你房里的光亮刺激着，我的血管里发出砰砰的响声，像是在打鼓。你看看这里，"她指着自己的太阳穴，那里爬着一条圆鼓鼓的蚯蚓。"我倒宁愿是坏血症。整天有东西在体内捣鼓，这里那里弄得响，这滋味，你没尝过。为了这样的毛病，你父亲动过自杀的念头。"她伸出一只胖手搭在我的肩上，那只手像被冰镇过一样冷，不停地滴下水来。

有一个人在井边捣鬼。我听见他反复不停地将吊桶放下去，在井壁上碰出轰隆隆的响声。天明的时候，他咚的一声扔下木桶，跑掉了。我打开隔壁的房门，看见父亲正在昏睡，一只暴出青筋的手难受地抠紧了床沿，在梦中发出惨烈的呻吟。母亲披头散发，手持一把笤帚在地上扑来扑去。她告诉我，在天明的那一瞬间，一大群天牛从窗口飞进来，撞在墙上，落得满地皆是。她起床来收拾，把脚伸进拖鞋。脚趾被藏在拖鞋里的天牛咬了一口，整条腿肿得像根铅柱。

"他，"母亲指了指昏睡的父亲，"梦见被咬的是他自己呢。"

"在山上的小屋里，也有一个人正在呻吟。黑风里夹带着一些山葡萄的叶子。"

"你听到了没有？"母亲在半明半暗里将耳朵聚精会神地贴在地板上，"这些个东西，在地板上摔得痛昏了过去。它们是在天明那一瞬间闯进来的。"

那一天，我的确又上了山，我记得十分清楚。起先我坐在藤椅里，把双手平放在膝头上，然后我打开门，走进白光里面去。我爬上山，满眼都是白石子的火焰，没有山葡萄，也没有小屋。

原载《人民文学》1985 年第 8 期

烦恼人生

池 莉

早晨是从半夜开始的。

昏蒙蒙的半夜里"咕咚"一声惊天动地,紧接着是一声恐怖的嚎叫。印家厚一个惊悸,醒了,全身绷得硬直,一时间竟以为是在噩梦里。待他反应过来,知道是儿子掉到了地上的时候,他老婆已经赤着脚下了床,颤颤地唤着儿子。母子俩在窄狭壅塞的房间里撞翻了几件家什,跌跌撞撞抱成一团。

印家厚应该做的第一件事是开灯,他知道,一个家庭里半夜发生意外,丈夫应该保持镇定,可是灯绳怎么也摸不着了! 印家厚咻咻喘着粗气,一双胳膊在墙上大幅度摸来摸去。他老婆恨恨地咬了一个字"灯",便哭出声来。急火攻心,印家厚跳起身,踩在床头柜上,一把捏住灯绳的根部用劲一扯:灯亮了,灯绳却扯断了。印家厚将手中的断绳一把甩了出去,负疚地对着儿子,叫道:"雷雷!"儿子打着干噎,小绿豆眼瞪得溜圆,十分陌生地望着他。他伸开臂膀,心虚地说:"怎么啦? 雷雷,我是爸爸呀!"

老婆挡开了他,说:"呸!"

儿子忽然说:"我出血了。"

儿子的左腿上有一处擦伤,血从伤口不断沁出。夫妻俩见了血,都发怔了。总算印家厚先摆脱了怔忡状态,从抽屉里找来了碘酒、棉签和消炎粉。老婆却还在发怔,眼里蓄了一包泪。印家厚利索地给儿子包扎伤口,在包扎伤口的过程中,印家厚完全清醒了,内疚感也渐渐消失了。是他给儿子止的血,不是别人。印家厚用脚把地上摔倒的家什归拢到一处,床前便开辟出了一小块空地,他把儿子放在空地上,摸了摸儿子的头,说:"好了。快睡觉。"

"不行,雷雷得洗一洗。"老婆口气犟直。

"洗醒了还能睡吗?"印家厚软声地说。

"孩子早给摔醒了!"老婆终于能流畅地说话了,"请你走出去访一访,看哪个工作了十七年还没有分到房子。这是人住的地方吗? 简直是猪狗窝! 就是这猪狗窝还是我给你搞来的! 是男子汉,要老婆儿子,就该有个地方养老婆儿子! 窝囊巴叽的,八棍子打不出一个屁来,算什么男人!"

印家厚头一垂，怀着一腔辛酸，呆呆地坐在床沿上。其实房子和儿子摔下床有什么联系呢？老婆不过是借机发泄罢了。谈恋爱时候的印家厚就是厂里够资格分房的工人之一，当初他的确对老婆说过只要结了婚，就会分到房子的。是他夸下了海口，现在只好让她任意鄙薄。其实当初首先是厂长答应了他，他才敢夸那海口的。如今她可以任意鄙薄他，他却不能同样去对付厂长。

印家厚等待着时机，要制止老婆的话匣必须是儿子。趁老婆换气的当口，印家厚立即插了话："雷雷，乖儿子，告诉爸爸，你怎么摔下来了？"

儿子说："我要屙尿。"

老婆说："雷雷，说拉尿，不要说屙尿。你拉尿不是要叫我的吗？"

"今天我想自己起床……"

"看看！"老婆目光炯炯，说，"他才四岁！四岁！谁家四岁的孩子会这么聪明懂事！"

"就是！"印家厚抬起头来，掩饰着自己的高兴。并不是每个丈夫都会巧妙地在老婆发脾气时，去平息风波的。他说："我家雷雷真是了不起！"

"嘿，我的儿子！"老婆说。

儿子得意地仰起红扑扑的小脸，说："爸爸，我今天轮到跟你跑月票了吧？"

"今天？"印家厚这才注意到时间已是凌晨四点缺十分了。

"对。"他对儿子说，"还有一个多小时咱们就得起床。快睡个回笼觉吧。"

"什么是——回笼觉，爸爸？"

"就是醒了之后又睡它一觉。"

"早晨醒了中午又睡也是回笼觉吗？"

印家厚笑了。只有和儿子谈话他才不自觉地笑。儿子是他的避风港。他回答儿子说："大概也可以这么说。"

"那幼儿园阿姨说是午觉，她错了。"

"她也没错。雷雷，你看你洗了脸，清醒得过分了。"

老婆斩钉截铁地说："摔清醒的！"话里依然含着寻衅的意味。

印家厚不想一大早就和她发生什么利害冲突。一天还长着呢，有求于她的事还多着呢。他妥协地说："好吧，摔的，不管这个了，都抓紧时间睡吧。"

老婆半天坐着不动，等印家厚刚躺下，她又突然委屈地叫道："睡！电灯亮刺刺的怎么睡？"

印家厚忍无可忍了，正要恶声恶气地回敬她一下，却想起灯绳让自己扯断了。他大大咽了一口唾沫，爬起来，拿出工具去修理开关。在电灯黑灭的一刹那，印家厚看见手中的起子寒光一闪，一个念头稍纵即逝。他再不敢去看老婆，他被自己的念头吓坏了。

当眼睛适应了黑暗之后，人才会发现黑暗原来并不怎么黑。曙色已朦胧地透过窗帘；大街上已有轰隆隆开过的公共汽车。印家厚异常清楚地看到，所谓家，就是一架平衡木，他和老婆摇摇晃晃在平衡木上保持平衡。你首先下地抱住了儿子，可我为儿子包扎了伤口。我扯断了开关我修理，你借的房子你骄傲。印家厚异常地酸楚，又壮起胆子去瞅起子。后来天大亮了，印家厚觉得自己做过一个关于家庭的梦，但内容却实在记不得了。

还是起得晚了一点。八点上班，印家厚必须赶上六点五十分的那班轮渡才不会迟到。而坐轮渡之前还要乘四站公共汽车，上车之前下车之后还各有十分钟的路程。万一车不顺利呢？万一车顺利人却挤不上呢？不带儿子当然就不存在挤不上车的问题，可今天轮到他带儿子。印家厚打了一个短短的呵欠后，一边飞快地穿衣服一边用脚摇动儿子。"雷雷！雷雷！快起床！"

老婆将毛巾被扯过头顶，闷在里头说："小点声不行吗？"

"实在来不及了。"印家厚说，"雷雷叫不醒。"

印家厚见老婆没有丝毫动静，只得一把拎起了儿子。"嗨，你醒醒！快！"

"爸爸，你别揉我。"

"雷雷，不能睡了。爸爸要迟到了，爸爸还要给你煮牛奶。"印家厚急了。

公共的卫生间有两个水池，十户人家共用。早晨是最紧张的时刻，大家排着队按顺序洗漱。印家厚一眼就量出自己前面有五六个人，估计去一趟厕所回来正好轮到。他对前面的妇女说："小金，我的脸盆在你后边，我去一下就来。"小金表情淡漠地点了点头，然后用脚勾住地上的脸盆，随时准备往前移。

厕所又是满员。四个蹲位蹲了四个退休的老头。他们都点着烟，合着眼皮悠着。印家厚鼻孔里呼出的气一声比一声粗。一个老头嘎嘎笑了："小印，等不及了？"

印家厚勉强吭了一声，望着窗格子上的半面蛛网。老头又嘎嘎笑："人老了什么都慢，但再慢也得蹲出来，要形成按时解大便的习惯。你也真老实到家了，有厂子的人怎么不留到厂里去解呀。"

屁！印家厚极想说这个字可他又不想得罪邻居，邻居是好得罪的么？印家厚憋得慌，提着双拳正要出去，身后终于响起了草纸的揉搓声，他的腿都软了。

返回卫生间，印家厚的脸盆刚好轮到，但后边一位已经跨过他的脸盆在刷牙了。印家厚不顾一切地挤到水池前洗漱起来。他没工夫讲谦让了。被挤在一边的妇女含着满口牙膏泡沫瞅了印家厚一眼，然后在他离开卫生间时扬声说："这种人，好没教养！"

印家厚听见了，可他希望他老婆没听见，他老婆听见了可不饶人，她准会认为这是一句恶毒的骂人话。

糟糕的是儿子又睡着了。

印家厚一迭声叫"雷雷",一面点着煤油炉煮牛奶,一面抽空给了儿子的屁股一巴掌。

"爸爸,别打我,我只睡一会儿。"

"不能了。爸爸要迟到了。"

"迟到怕什么。爸爸,我求求你。我刚刚出了好多的血。"

"好吧,你睡,爸爸抱着你走。"印家厚的嗓子沙哑了。

老婆掀开毛巾被坐起来,眼睛红红的。"来,雷雷,妈妈给你穿新衣服。海军衫,背上冲锋枪,在船上和海军一模一样。"

儿子来兴趣了:"大盖帽上有飘带才好。"

"那当然。"

印家厚向老婆投去感激的一瞥,老婆却没理会他。趁老婆哄儿子的机会,他将牛奶灌进了保温瓶,拿了月票、钱包、香烟、钥匙和梁羽生的武侠小说《风雷震九州》。老婆拿过一筒柠檬夹心饼干塞进他的挎包里,嘱咐和往常同样的话:"雷雷得先吃几块饼干再喝牛奶,空肚子喝牛奶不行。"说罢又扯住挎包塞进一个苹果,"午饭后吃。"接着又来了一条手帕。

印家厚生怕还有什么名堂,赶紧抱起儿子:"当兵的,咱们快走吧,战舰要起航了。"

儿子说:"妈妈再见。"

老婆说:"雷雷再见!"

儿子挥动小手,老婆也扬起了手。印家厚头也不回,大步流星汇入了滚滚的人流之中。他背后不长眼睛,但却知道,那排破旧老朽的平房窗户前,有一个烫了鸡窝般发式的女人,披了件衣服,没穿袜子,趿着鞋,憔悴的脸上雾一样灰暗。她在目送他们父子。这就是他的老婆。你遗憾老婆为什么不鲜亮一点呢?然而这世界上就只有她一个人在送你和等你回来。

机会还算不错。印家厚父子刚赶到车站,公共汽车就来了。这辆车笨拙得像头老牛,老远就开始哼哼叽叽。车停了,但人多得开不了门,顿时车里车外一起发作,要下车的捶门,要上车的踢门。印家厚把挎包挂在胸前,连儿子带包一齐抱紧。他像擂台上的拳击手不停地跳跃挪动,观察着哪个门好上车,哪一堆人群是容易冲破的薄弱环节。

售票员将头伸出车窗说:"车门坏了。坏了坏了。"

车门未开就又启动前行了。马路上的臭骂暴雨般打在售票员身上。人们骂声未绝,车在前面突然煞住。"哗啦"一下车门全开,车上的人带着参加了某个密谋的诡笑冲下车来;等车的人们呐喊着愤怒地冲上前去。印家厚是跑月票老手了,他早看破了公共汽车的把戏,他一直跟着车子小跑。车上有张男人的胖脸在嘲弄印家厚。胖脸噘起嘴,做着唤牲口的表情。印家厚牢牢地盯着这张脸,所有的气恼和委屈一起膨胀在他胸里头。他看准了胖脸要在中门下,他候在中门,好极了！胖脸怕挤,最后一个下车,慢吞吞地好像是他自己的车。印家厚从侧面抓住车门把手,一步登上车,用厚重的背把那胖脸抵在车门上一挤然后又一揉,胖脸啊呀呀叫唤起来,上车的人们不耐烦地将他扒开,扒得他在马路上团团转。印家厚缓缓地长长地舒了一口气。

车下的一切甩开了,抬头便要迎接车上的一切。印家厚抱着孩子,虽没有人让座但有人让出了站的位置,这就够令人满意了。印家厚一手抓扶手,一手抱儿子,面对车窗,目光散淡。车窗外一刻比一刻灿烂,朝霞的颜色抹亮了一爿爿商店。朝朝夕夕,老是这些商店,印家厚说不出为什么,一种厌烦,一种焦灼却总是不近不远地伴随着他。此刻他只希望车别出毛病,快快到达江边。

儿子的愿望比父亲多得多,"爸爸,让我下来。"

"下来闷人。"

"不闷。我拿着月票,等阿姨来查票,我就给她看。"

旁边有人称赞说这孩子好聪明,儿子更是得意非凡,印家厚只得放他下来。车拐弯时,几个姑娘一下子全倒过来。印家厚护着儿子,不得不弯腰拱肩,用力往后撑。一个姑娘尖叫起来:呀——流氓! 印家厚大惑不解,扭头问:"我怎么你了?"不知哪里插话说:"摸了。"

一车人都开了心。都笑。姑娘破口大骂,针对印家厚,唾沫喷到了他的后颈脖上。一看姑娘俏丽的粉脸,印家厚握紧的拳头又松开了。父亲想干没干的事,儿子倒干了。儿子从印家厚两腿之间伸过手去朝姑娘一阵拳击,嘴里还念念有词:"你骂！你骂！"

"雷雷！"印家厚赶快抱起儿子,但儿子还是挨了一脚。这一脚正踢在儿子的伤口上。只听雷雷半哀半怒叫了一声,头发竖起,耳朵一动一动,扑在印家厚的肩上,啪地给了那姑娘一记清脆的耳光。众目睽睽之下,姑娘怔了一会儿,突然嘤嘤地哭了。

父子俩大获全胜下车,儿子非常高兴,挺胸收腹,小屁股鼓鼓的,一蹦三跳。印家厚奄头奄脑,他不知道为什么不能和儿子同样高兴。

下了公共汽车,便随着人流上轮渡。上了轮渡就像进了自家的厂,全是厂里的同事。

同事们纷纷和印家厚打招呼,"嘿,又轮到你带崽子了。"

"嗯。"

"当爹很幸福啊。"

"得了。"

自然是有人让出了座位。儿子坐不住，四处都有人叫他逗他。厂里一个漂亮的女工，刚刚结婚，对孩子有着特别的兴趣，雷雷对她也特别有好感，见了她就偎过去了。女工说："印师傅，把印雷交给我，我来喂他喝牛奶。"

印家厚把挎包递过去，拍拍巴掌，做了几下扩胸运动，轻松了。整个早晨的第一次轻松。

有人说："你这崽子好眼力。"

"嗯。"印家厚说。

"来，凑一圈？"

"不来。我是看牌的。"印家厚说。

一支烟飞过来，印家厚伸手捞住，用唇一叼，点上了火。汽笛短促地"呜呜"两声，轮船离开趸船漾开去。

打牌的圈子很快便组合好了。大家各自拿出报纸杂志或者脱下一只鞋垫在屁股底下。甲板上顿时布满一个接一个的圈子。印家厚蹲在三个圈子交界处看三面的牌，半支烟的工夫，还没看出兴趣来，他走开了。有段时间印家厚对扑克瘾头十足，那是在二十五岁之前。他玩牌玩得可精，精到只赢不输，他自以为自己总也有一个方面战无不胜。不料，一天早晨，也就是在轮渡的甲板上，几个不起眼的人让他输了。他突然觉得扑克索然寡味。赢了怎样？从此便不再玩牌。偶尔看看，只看出当事者完全是迷糊的，费尽心机，还是不免被运气捉弄。看那些人被捉弄得鬼迷心窍，嚷得脸红脖子粗，印家厚不由得直发虚。他想他自己从前一定也是这么一副蠢相。他妈的，世界上这事！——他暗暗叹息一阵。

雷雷的饼干牛奶顺利地进了肚子，乖乖地坐在一只巴掌大的小小折叠椅上听那位漂亮女工讲故事。他看见他父亲走过来就跟没看见一样。印家厚冷冷地望了儿子好一会，莫名的感伤如同喷出的轻烟一样弥漫开去。

印家厚朝周围撒了一圈烟作为对自己刚上船就接到了烟的回报。只要他抽了人家的烟他就要往外撒烟，不然像欠了债一样，不然就不是男子汉的作为。撒烟的时候他知道自己神情满不在乎，动作大方潇洒，他心里一阵受用——这常常只是在轮渡上的感受。下了船，在厂里，在家里，在公共汽车上，情况就比香烟的来往复杂得多，也古怪得多，他经常闹不清自己是否接受了或者是否付出了。这些时候，他就让自己干脆别想着什么接受付出，认为老那么想太小家子气，吞吐量太窄，是小肚鸡肠。

春季的长江依然是一江大水，江面宽阔，波涛澎湃。轮渡走的是下水，确实有点乘风破浪的味道。太阳从前方冉冉升起，一群洁白的江鸥追逐着船尾犁出的浪花，姿态灵巧可人。这是多少人向往的长江之晨呵，船上的人们却熟视无睹。印家厚伏在船舷上吸烟，心中和江水一样茫茫苍苍。自从他决绝了扑克，自从他做了丈夫和父亲，他就爱伏在船舷上，朝长江抽烟，他就逐渐逐渐感到了心中的苍茫。

小白挤过来，问印家厚要了一支烟。小白是厂长办公室的秘书，是个愤世嫉俗的青年，面颊苍黄，有志于文学创作。

"他妈的！"小白说，"你他妈裤子开了一条缝。这，好地方，大腿里，还偏要迎着太阳站。"

印家厚低头一看，果然里头的短裤都露出了白边。早晨穿的时候是没缝的，有缝他老婆不会放过。这缝是上车时挤开的。

"挤的。没办法。"印家厚说，"不要紧，这地方男人看了无所谓，女人又不敢看。"

"过瘾。你他妈这语言特生动。"小白说。

靠在一边看报的贾工程师颇有意味地笑了。他将报纸折得整整齐齐装进提包里，凑到这边来。

"小印，你的话有意思，含有一定的科学性。"

"贾工，抽一支。"

"我戒了。"

小白讥讽："又戒了？"

"这次真戒。"贾工掏出报纸，展得平平的，让大家看中缝的一则最新消息：香烟不仅含尼古丁、烟焦油等致癌物质，还含放射线。如果一个人一天吸一包烟，就相当于在一年之内接受二百五十次胸透。

贾工一边认真折叠报纸一边严峻地说："人要有一股劲，一种精神，你看人家女排，四连冠！"

印家厚突然升起一股说不清的自卑感，他猛吸一口烟，让脸笼罩在蓝雾里边。

小白说："四连冠算什么？体力活，出憨劲就成。曹雪芹，住破草棚，稀饭就腌菜，十年写成《红楼梦》，流传百世。"

有人插进来说话了："去蛋！什么体力脑力，人哪，靠天生的聪明，玩都得玩得出名堂来。柳大华，玩象棋，国际大师称号。有什么比国际大师更中听？"

争论范围迅速扩大。

"中听有屁用！人家周继红，小丫头片子，就凭一个斤斗往水里一栽，一块金牌，三室一厅房子，几千块钱奖金。"

印家厚叭叭吸烟，心中越发苍茫了。他愤愤不平的心里真像有一江波涛在里面鼓动。同样都是人。都是人！

小白不服气,面红耳赤地争辩道:"铜臭!文学才过瘾呢。诗人。诗。物质享受哪能比上精神享受。有些诗叫你想哭想笑,这才有意思。有个年轻诗人写了一首诗,只一个字,绝了!听着,题目是《生活》,诗是:网。绝不绝?你们谁不是在网中生活?"

顿时静了。大家互相淡淡地没有笑容地看了看。

印家厚手心一热,莫名兴奋起来:"我倒可以和一首。题目嘛自然是一样,内容也是一个字——"

大家全盯着他。他稳稳地说:"——梦。"

好!好!大家都为印家厚的一字诗"梦"叫好。以小白为首的几个文学爱好者团团围住他,要求与他切磋切磋现代诗。

轮渡兀然一声粗哑的"呜——"淹没了其他一切声音。船在江面上划出一道优美的弧线向趸船靠拢。印家厚哈哈笑了,甩出一个脆极的响指。这世界上没有什么人比别人高一等,他印家厚也不比任何人低一级。谁能料知往后的日子有怎样的机遇呢?

儿子向他冲过来,端起冲锋枪,发出呼呼声,腿上缠着绷带,模样非常勇猛。谁又敢断言这小子将来不是个将军?

生活中原本充满了希望和信心。一个多么晴朗的五月的早晨!

随着人潮涌上岸去。该是吃点东西的时候了。只要赶上了这班船就成,就可以停下来吃顿早饭。餐馆方便极了,就是马路边搭的一个棚子。棚子两边立着两只半人高的油桶改装的炉子,蓝色的火苗蹿出老高。一口油锅里炸着油条,油条放木排一般滚滚而来,香烟弥漫着,油焦味直冲喉咙;另一口大锅里装了大半锅滚沸的黄水,水面浮动一层更黄的泡沫,一柄长把竹篾笊篱塞了一窝油面,伸进沸水里摆了摆,提起来稍稍沥了水,然后扣进一只碗里,淋上酱油、麻油、芝麻酱、味精、胡椒粉,撒一撮葱花——热干面。武汉特产:热干面。这是印家厚从小吃到大的早点。两角钱一碗就能吃饱。现在有哪个大城市花两角钱能吃饱早餐?他连想都没想过换个花样。

卖票的桌子设在棚子旁边的大柳树下,售票员是个淡淡化了妆但油迹斑斑的姑娘。树干上挂了一块小黑板,白粉笔浪漫地写着:哗!凉面上市!哗!

热干面省去伸进锅里烫烫那道程序就叫凉面。印家厚买了凉面和油条。凉面比热干面吃起来快得多。父子俩动作迅速而果断,显出训练有素的姿态。这里父亲挤进去买票,那里儿子便跑去排热干面的队了。雷雷见拿油条的人不少,就把冲锋枪放在自己站的位置上,转身去排油条队。拿油条连半秒钟都没有等。印家厚嘉奖地摸了把儿子的头。儿子异常得意。可印家厚买了凉面而不是热干面,儿子立刻霜打了一般,他怏怏地过去拾起了自己的枪——取热干面的队伍根本没理会这支枪，早跨越它向前进了；他发现了这一点，横端起冲锋枪，冲人们"哒哒哒"就是一梭子。

"雷雷！"印家厚吃惊地喝住儿子。

不到三分钟，早点吃完了。人们都是在路边吃，吃完了就地放下碗筷，印家厚也一样，放下碗筷，拍了拍儿子，走路。儿子捏了根油条，边走边吃，香喷喷的。印家厚想：这小子好残酷，提枪就扫射，怎么得了！像谁？他可没这么狠的心；老婆似乎也只是嘴巴狠。怎么得了！他提醒自己儿子要抓紧教育！不能再马虎了！立时他的背就弯了一些，仿佛肩上加压了。上了厂里接船的公共汽车。印家厚试图和儿子聊聊。"雷雷，晚上回家不要惹妈妈烦，不要说我们吃了凉面的。"

"不是'我们'，是你自己。"

"好。我自己。好孩子要学会对别人体贴。"

"爸，妈妈为什么烦？"

"因为妈妈不让我们用餐馆的碗筷，那上面有细菌。"

"吃了会肚子疼的细菌吗？"

"对。"

"那你为什么不听妈妈的话？"

他低估了四岁的孩子。哄孩子的说法的确过时了。

"唔，是这样。本来是不应该吃的。但是在家里吃早点，爸爸得天不亮就起床开炉子，为吃一碗面条弄得睡眠不足又浪费煤。到厂里去吃吧，等爸爸到厂时，食堂已经卖完了。带上碗筷吧，更不好挤车。没办法，就只能在餐馆吃了。好在爸爸从小就吃凉面，习惯了，对上面的细菌有抵抗力了。你年纪小抵抗力差就不适合吃餐馆了。"

"哦，知道了。"

儿子对他认真的回答十分满意。对，就这么循循善诱。印家厚刚想进一步涉及对人开枪的事，儿子又说话了："我今天晚上一回家就对妈妈说：爸爸今天没有吃凉面。对吧？"

印家厚啼笑皆非，摇摇头。也许他连自己都没教育好呢。如果告诉儿子凡事都不能撒谎，那么将来儿子怎么对付许许多多不该讲真话的事？

送儿子去了厂幼儿园之后得跑步到车间。

在幼儿园磨蹭的时间太多了。阿姨们对雷雷这种"临时户口"牢骚满腹。她们说今天的床铺，午餐，水果糕点，喝水用具，洗脸毛巾全都安排好了，又得重新分配，重新安排，可是食品已经买好了，就那么多，一下子又来了这么些"临时户口"，僧多粥少，怎么弄？真烦人！

印家厚一个劲赔笑脸，作解释，生怕阿姨们怠慢了他的儿子。

上班铃声响起的时候，印家厚正好跨进车间大门。

记考勤的老头坐在车间门口，手指头按在花名册上印家厚的名字下，由远及近盯着印家厚，嘴里嘀咕着什么。这老头因工伤失去了正常健全的思维能力，但比正常人更铁面无私，并且厂里认为他对时间的准确把握有特异功能。印家厚与老头对视着。他皮笑肉不笑地对老头做了个讨好的表情。老头声色不动，印家厚只好匆匆过去。老头从印家厚背影上收回目光，低下头，精心标了一个1.5。车间太大了，印家厚从车间大门口走到班组的确需要一分半钟，因此他今天迟到了。

印家厚在卷取车间当操作工。他不是一般厂子的一般操作工，而是经过了一年理论学习又一年日本专家严格培训的现代化钢板厂的现代化操作工。他操作的是日本进口的机械手。一块盖楼房用的预制板大小的钢锭到他们厂来，十分钟便被轧成纸片薄的钢片，并且卷得紧紧的，拦腰捆好，摞成一码一码。印家厚就干卷钢片包括打捆这活。他的操作台在玻璃房间里面，漆成奶黄色；斜面的工作台上，布满各式开关、指示灯和按钮，这些机关下面的注明文字清一色是日文。一架彩色电视正向他反映着轧钢全过程中每道程序的工作状况。车间和大教堂一般高深幽远，一般洁净肃穆，整条轧制线上看不见一个忙碌的工人，钢板乃至钢片的质量由放射线监测并自动调节。全自动，不要你去流血流汗，这工作还有什么可挑剔的？

七十年代建厂时它便具有了七十年代世界先进水平，八十年代在中国，目前仍是绝无仅有的一家，参观的人从外宾到少数民族兄弟，从小学生到中央首长，潮水般一层层涌来。如果不是工作中掺杂了其他种种烦恼，印家厚对自己的工作会保持绝对的自豪感，热爱并十分满足。

印家厚有个中学同学，在离这儿不远的炼钢厂工作，他就从来不敢穿白衬衣；穿什么也逃不掉一天下来之后那领口袖口的黄红色污迹，并且用任何去污剂都洗不掉。这位老弟写了一份遗嘱，说：在我的葬礼上，请给我穿上雪白的衬衣。他把遗嘱寄给了冶金部部长。因此他受到行政处分。而印家厚所有的衬衣几乎都是白色的，配哪件外衣都帅。轮到情绪极度颓丧的时候，印家厚就强迫自己想想同学的处境，忆苦思甜以解救自己。

眼下正是这样。印家厚瞅着自己白衬衣的袖口，暗暗摆着自己这份工作的优越性，尽量对大家的发言充耳不闻。本来工作得好好的。站立在操作台前，看着火龙般飞舞而来的钢片在自己这儿变成乖乖的布匹，一任卷取……可是，厂长办公室决定各车间开会。开会评奖金。

四月份的奖金到五月底还没有评出来，厂领导认为严重影响了全厂职工的生产积极性。车间主任一开始就表情不自然，讲话讲到离奖金十万八千里的计划生育上去了。有人暗里捅捅前一个的腰，前面的人便噤声敛气注目车间主任。捅腰的暗号传递给了印家厚，印家厚立刻意识到气氛的异样。

会不会……出什么……意外？印家厚惴惴地想。

终于，车间主任一个回马枪，提起奖金问题，并亮出了实质性的内容：厂办明确规定，严禁在评奖中搞"轮流坐庄"，否则，除了扣奖之外还要处罚。这次决不含糊！

印家厚在一瞬间有些茫然失措，心中哽了团酸溜溜的什么。可是很快地便恢复了常态。

"轮流坐庄"这词是得避讳的，因为它篡改了竞争机制的基本原则。平日车间班组从来没人提及。自从奖金的分发按规定打破平均主义以来，在几年时间里，大家自然而然地默契地采用"轮流坐庄"的方法。一、二、三等奖逐月轮流，循环往复。同事之间和谐相处，绝无红脸之事；车间领导睁只眼闭只眼，顺其自然。车间便又被评为精神文明模范单位。好端端的今天突然怎么啦？

众人的眼光在印家厚身上游来游去，车间主任老注意印家厚。这个月该是印家厚轮到得一等奖了。一等奖三十元。印家厚早就和老婆算计好这笔钱的用途：给儿子买一件电动玩具，剩下的去"邦可"吃一顿西餐。也挥霍一次享受一次吧，他对老婆说。老婆展开了笑颜：早就想尝尝西餐是什么滋味，每月总是没有结余，不敢想。

老婆前几天还在问："奖金发了吗？"

他答道："快了。"

"是一等奖？"

"那还用说！名正言顺的。"

印家厚不愿意想起老婆那难得和颜悦色的脸，她说得有道理，哪儿有让人舒心的事？他看了好一会儿洁白的袖口，又吧嗒吧嗒挨个活动指关节。二班的班长挪到印家厚身边。他俩的处境一样。二班长说："喂喂，小印，人善被人欺，马善被人骑。"

"得了！"印家厚低低吼了一句。

二班长说："肯定有人给厂长写信反映情况。现在有许多婊子养的可喜欢写信了。咱俩是他妈什么狗屁班长，干得再多也不中。太欺负人了！这次咱们得说话，就是吃亏也得吃在明处。"

印家厚说："像个婆娘！"

二班长说："看他们评个什么结果，若是太过分，我他妈干脆给公司纪委寄份材料，把这一肚子假改革真大锅饭的烂渣全捅出去。"

印家厚干脆不吱声了。

如果说评奖结果未出来之前印家厚还存有一丝侥幸心理的话，有了结果之后他不得不彻底死心了。他总以为即便不按轮流坐庄，四月份的一等奖也应该评他。四月份大检修，他日夜在厂里，干得好苦！没有人比他干得更苦的了，这是大家有目共睹的。可是为了避嫌，来了个极端，把他推到了最低层：三等奖。五元钱。

居然还公布了考勤表。车间主任装成无可奈何的样子念迟到旷工病事假的名单，却一概省略了迟到的时间。有人指出这一点，车间主任手一摆，说："时间长短无关紧要。那个人不太正常嘛。"印家厚又吃了暗亏。如果念出某人迟到一分半钟，大家会哄堂一笑，一笑了之；可光念迟到，许多评他三等奖的人心里宽松了不少。

当车间主任指名道姓问印家厚要不要发表什么意见时，他张口结舌，拿不定该不该说点什么。

说点什么呢？

早晨在轮渡上，他冲口作出《生活——梦》的一字诗，思维敏捷，灵气逼人。他对小白一伙侃侃而谈，谈古代作家的质朴和浪漫，当代作家的做作和卖弄，谈得小白痛苦不堪可又无法反驳。现在仅仅只过去了四个钟头，印家厚的自信就完全被自卑代替了。他站起来说了一句什么话，含糊不清，他自己都没听清就又含糊着坐下了。

似乎有人在窃窃地笑。

印家厚的脖子根升起了红晕，猪血一般的颜色。其实他并不计较多少钱，但人们以为他——一个大男人被五块钱打垮了。五块钱。笑掉人的牙齿。印家厚让悲愤堵塞了胸口。他思谋着腾地站起来哈哈大笑或说出一句幽默的话，想是这么想，却怎么也做不出这个动作来，猪血的颜色迅速地上升。

他的徒弟解了他的围。

雅丽霍地立起身，故意撞掉了桌子上的一只水杯，一字一板地说："讨厌！"

雅丽见同事们的目光都集中在她身上，她噗地吹了吹额前的头发，孩子气十足地说："几个钱的奖金有什么纠缠不清的，别说三十，三百块又怎么样？你们只要睁大眼睛看谁干的多，谁干的少，心里有个数就算是有良心的人了。"

车间主任说："雅丽！"

雅丽说："我说错了吗？别把人老浸在铜臭里。"

也不知好笑在哪儿，大家哄哄一笑。雅丽也稚气地笑了，说："主任大人，吃饭时间都过了。"

"散会吧。"车间主任也笑了笑。

雅丽和印家厚并肩走着去食堂，她伸手掸掉了他背上的脏东西。

印家厚说："吃饭了。"

雅丽说："咱们吃饭去。"

五月的蓝天里飘着许多白云。路边的夹竹桃开得娇艳。师徒俩一人拿了一个饭盒，迎着春风轻快地往前走。印家厚清晰地感觉到自己的侧面晃动着一张喷香而且年轻的脸，他不自觉地希望到食堂的这段路更远些更长些。

雅丽说："印师傅，有一次，我们班里——哦，那是在技校的时候，班里评三好生，我几乎是全票通过，可班委会研究时刷下了我。三好生每人奖一个铝饭锅，他们都用那锅吃饭，上食堂把锅敲得叮咚响，我气得不行，你猜我怎么啦？"

"哭了。"

"哭？哈，才不呢！我也买只一模一样的，比他们谁都敲得响。"

她在试图宽慰他，印家厚咧唇一笑。虽然这例子举得不着边际，于事无补，但毕竟有一个人在用心良苦地宽慰他。

"对。三好生算什么。你挺有志气的。"

雅丽咯咯地笑，笑得很美，脸蛋和太阳一样。她说："人生得一知己足矣。"

印家厚心里咯噔了一下，面上纹丝不动。雅丽小跑了两步，跳起来扯了一朵粉红的夹竹桃，对花吹了一口气，尽力往空中甩去。姑娘天真活泼犹如一只小鹿，那扭动的臀部，高耸的胸脯分明流露出女人的无限风情。

"我不想出师，印师傅，我想永远跟随你。"

"哦，哪有徒弟不出师的道理。"

"有的。只要我愿意。"雅丽的声音忽然老了许多，脚步也沉重了。印家厚心里不再咯噔，一块石头踏踏实实地落下——他多日的预感，猜测，变成了现实。雅丽用女人常用的痛苦而沙哑的声音低低地说："我没其他办法，我想好了，我什么也不要求，永远不，你愿意吗？"

印家厚说："不。雅丽，你这么年轻……"

"别说我！"

"你还不懂——"

"别说我！说你，说，你不喜欢我？"

"不！我，不是不喜欢你。"

"那为什么？"

"雅丽，你不懂吗？你去过我家的呀。"

"那有什么关系。我生活在另一个世界。我什么也不要求。你不能这样过日子，这样太没意思太苦太埋没人了。"

印家厚的头嗡嗡直响，声音越变越大，平庸枯燥的家庭生活场面旋转着，把那平日忘却的烦恼琐事——飘浮在眼前。有个情人不是挺好的吗——这是男人们私下的话。他定睛注视雅丽,雅丽迎上了清澈的眼光。印家厚突然意识到自己的浑浊和肮脏。他说:"雅丽,你说了些什么哟,我怎么一句也没听清楚,我一心想着他妈的评奖的事。"

雅丽停住了。她仰起脑袋平视着印家厚,亮亮的泪水从深深的眼窝中奔流出来。

后面来人了。一群工人,敲着碗,大步流星。

印家厚说:"快走。来人了。"

雅丽不动,泪水流个不止。

印家厚说:"那我先走了。"

等人群过去,印家厚回头看时,雅丽仍然那么站立着,远远的,一个人,在路边太阳下。印家厚知道自己若是返回她身边,这一缕情丝则必然又剪不断,理还乱;若独自走掉,雅丽的自尊心则会大大受伤害。他遥遥望着雅丽,进退不得。他承认自己的老婆不可与雅丽同日而语,雅丽是高出一个层次的女性;他也承认自己乐于在厂里加班加点与雅丽的存在不无关系。然而,他不能同意雅丽的要求和观点。不能的理由太多太充足了。

印家厚转身跑向食堂。他明明知道,事情并没有结束。

食堂有十个窗口。十个窗口全是同样长的队伍。印家厚随便站了一个队。

二班长买了饭,双手高举饭碗挤出人群,在印家厚面前停了停。印家厚以为他又要谈评奖的事。他也得了三等奖,不但没有吵闹争论,反而在车间主任的指名下发言说他是班长,应该多干,三等奖比起所干的活来说都是过奖的了。他若真是个乖巧人,就不该提评奖,印家厚已经准备了一句"屁里屁气"赠送给他。

"哦!行得也哥哥。"二班长把雅丽的嗓音模仿得惟妙惟肖。

"屁里屁气!"印家厚说。对这件事这句话一样管用。

今天上午没一桩事幸运。榨菜瘦肉丝没有了,剩下的全是大肥肉烧什么、盖什么,一个菜六角钱,又贵又难吃,印家厚决不会买这么贵的菜。他买了一份炒小白菜加辣萝卜条,一共一角五分钱。食堂里人头济济,热气腾腾,没买上可意菜的人边吃边骂咧咧,此外便是一片咀嚼声。印家厚蹲在地上,捧着饭盒,和人们一样狼吞虎咽。他不想让一个三等奖弄得饭都不香了。吃了一半,小白菜里出现了半条肥胖的,软而碧绿的青虫。他噎住了,看着青虫,恶心的清涎一阵阵往上涌。没有半桩好事——他妈的今天上午!他再也不能忍耐了。印家厚把青虫摊在饭碗里,端着,一直寻到食堂里面的小餐室里。

食堂管理员正在小餐室里招待客人,一半中国人一半日本人。印家厚把管理员请了出来,让他尝尝他手下的厨师们炒的白菜。管理员不动声色地望望菜里的虫又不动声色地望了望印家厚,招呼过来一个炊事员,说:"给他换碗饭菜得了。"他那神态好像打发一个要饭花子,吩咐后便又一溜烟进了小餐室。年轻的炊事员根本没听懂管理员那句浙江方言是什么意思,朝印家厚翻了翻白眼,耸了耸肩,说:"哈啰?"

印家厚本来是看在有日本人在场的分上才客客气气"请出"管理员的。家丑不可外扬嘛。这下他要给他们个厉害瞧瞧了。印家厚重返小餐室,捏住管理员的胳膊,把他拽到墙角落,将饭菜底朝天扣进了他白围裙前的大口袋里。

雷雷被关"禁闭"了。

幼儿园大大小小的孩子都在床上睡午觉,雷雷一个人被锁在"空中飞车"玩具的铁笼里。他无济于事地摇撼着铁丝网,一看见印家厚,叫了声"爸"就哭了。

一个姑娘闻声从里面房间奔了出来,奶声奶气地讥讽:"噢,原来你还会哭?"

印家厚说:"他当然会哭。"

姑娘这才发现印家厚,脸上一阵尴尬。这是个十分年轻的姑娘,穿着一件时髦的薄呢连衣裙。她的神态和秀丽的眉眼使印家厚暗暗大吃一惊。这姑娘酷像一个人。印家厚顷刻之间便发现或者认可了他多年来内心深藏的忧郁,那是一种类似遗憾的痛苦、不可言传的下意识的忧郁。正是这股潜在的忧郁使他变得沉默,变得一切都不在乎,包括对自己的老婆。

姑娘说:"对不起。你的儿子不好好睡午觉,用冲锋枪在被子里扫射小朋友,我管不过来,所以……"就连声音语气都像印家厚记忆中的那个人。

印家厚只觉得心在喉咙口上往外跳,血液流得很快。他对姑娘异常温厚地笑笑,尽量不去看她,转过身面对儿子,决定恩威并举,做一次像电影银幕上的很出色很漂亮的父亲。他阴沉沉地问:"雷雷,你扫射小朋友了吗?"

"是……"

"你知道我要怎么教训你吗?"

儿子从未见过父亲这般的威严,怯怯地摇头。

"承认错误吗?"

"承认。"

"好。向阿姨承认错误,道歉。"

"阿姨,我扫射小朋友,错了,对不起。"

姑娘连忙说:"行了行了,小孩子嘛。"她从笼子里抱出雷雷。

泪珠子停在儿子脸蛋中央,膝盖上的绷带拖在脚后跟上。印家厚换上充满父爱的表情,抚摸儿子的头发,给儿子擦眼泪,重新包扎绷带。

"雷雷,跑月票很累人,是吗?"

"是……"

"爸爸还得带上你跑就更累了。"

"嗯。"

"你如果听阿姨的话,好好睡午觉,爸爸就可以休息一下。不然,爸爸就会累垮的。雷雷一定会支持爸爸,不要爸爸累垮对吧?"

"爸爸!"

"好了。乖乖去睡,自己脱衣服。"

"爸,早点来接我。"

"好的。"

雷雷径直走进里间,脱衣服,爬上床钻进了被窝。

姑娘说:"你真是个好父亲!"

印家厚不禁产生几分惭愧,他其实是在表演,若是平时,一巴掌早烙在儿子屁股上了。他是在为这个姑娘表演吗?他不太愿意承认这点。玩具间里,印家厚和姑娘呆呆站着。他突然意识到自己没理由再站下去了,说:"孩子调皮,添麻烦了。"

"哪里。这是我的工作。我——"

印家厚敏感地说:"你什么?说吧。"

姑娘难为情地笑了一笑,说:"算了算了。"

凭空产生的一道幻想,闪电般击中了印家厚,他按捺不住激动的心情,"你叫什么名字?"

"肖晓芬。"

印家厚一下子冷静了许多。这个名字和他刻骨铭心的那个名字完全不相干。但毕竟太相像了,他愿意与她在一起多呆一会。"你刚才有什么话要说,就说吧。"姑娘诧异地注视了他一刻,偏过头,伸出粉红的舌尖舔了舔嘴唇,说:"我是一个待业青年,喜欢幼儿园的工作。我来这里才两个月,那些老阿姨们就开始在行政科说我的坏话,想要厂里解雇我。我想求你别把刚才的事说出去,她们正挑我的毛病呢。"

"我当然不会说,是我儿子太调皮了。"

"谢谢!师傅你真好!"

姑娘低下头,使劲眨着眼皮,睫毛上挂满了细碎的泪珠。印家厚的心生生地疼,为什么每一个动作都像绝了呢?

"晓芬,新上任的行政科长是我的老同学,我去对他说一声就行了。要解雇就解雇那些脏老婆子吧。"

姑娘一下子仰起头,惊喜万分,走近了一步,说:

"是吗?"

鲜润饱满的唇,花瓣一般开在印家厚的目光下,印家厚不由自主地靠近了一步,头脑里嗡嗡乱响,一种渴念,像气球一般吹得胀胀的。他似乎看见,那唇迎着他缓缓上举……突然他好像猛地被人拍了一下,清醒了。没等姑娘睁开眼睛,印家厚掉头冲出了幼儿园。

马路上空空荡荡,厂房里静静悄悄。印家厚一口气奔出了好远好远。在一个无人的破仓库里,他大口大口喘气,一连几声呼唤着他心底里的那个名字。印家厚渐渐安静下来,用指头抹去了眼角的泪,自嘲地舒出一口气,恢复了平常的状态。

现在他该去副食品商店办事了。天下居然有这么巧的事,印家厚和他老婆同年同月同日出生,他们俩的父亲也是同年同月同日出生。下个月十号是老头子们——他老婆这么称呼——的生日。五十九周岁,预做六十大寿。这是按的老规矩。

印家厚不记得有谁给自己做过生日,他自己也从没有为自己的生日举过杯。做生日是近些年才蔓延到寻常人家的。老头子们赶上了好年月。五年前他满二十九岁,该做三十岁的生日。老婆三天两头念叨:"三十岁也是大寿哩,得做做的。"正儿八经到了生日那天,老婆把这事给忘了。她妹妹那天要相对象,她应邀陪她妹妹去了。晚上回来,她兴奋地告诉印家厚:"人家一直以为是我,什么都冲着我来,可笑不?"他倒觉得这是件可喜的事,居然有人把他老婆误认为是未嫁姑娘。关于生日,没必要责怪老婆,她连自己的也忘了。

老婆和他商量给老头子买什么生日礼物。轻了可不行,六十岁是大生日;重了又买不起。重礼不买,这就已经排除了穿的和玩的,那么买喝的吧,酒。他们开始物色酒。真正的中国十大名酒市面上是极少见到的,他们托人找了些门路也没结果,只好降格求其次了。光是价钱昂贵包装不中看的,老婆说不买,买了是吃哑巴亏的,老头子们会误以为是什么破烂酒呢;装潢华丽价钱一般的,他们也不愿意买,这又有点哄老头子们了,良心上过不去;价钱和装潢都还相当,但出产地是个未见经传的乡下酒厂,又怕是假酒。夫妻俩物色了半个多月,酒还没有买到手。

厂里这家副食品商店曾一度名气不小。武汉三镇的人都跑到这里来买烟酒。因为当时是建厂时期,有大批的日本专家在这里干活,商店是为他们开设的,自然不缺好烟酒。日本专家回国后,这里也日趋冷清。虽是冷清了,但偶尔还可以从库里翻出些好东西来。印家厚近来天天中午逛逛这个店子。

"嗨。"印家厚冲着他熟悉的售货员打了个招呼。递烟。

"嗨。"

"有没有?"

"我把库里翻了个底朝天，没希望了。"

"能搞到黑市不？"

"你想要什么？"

"自然是好的。"

"'茅台'怎么样？"

"好哇！"

"要多少？先交钱后给货，四块八角钱一两。"

印家厚不出声了。干瞅着售货员心里在默默盘算：一斤就是四十八块钱。得买两斤。九十六块整。一个月的工资包括奖金全没有了。牛奶和水果又涨价了，儿子却是没有一日能缺这两样东西的；还有鸡蛋和瘦肉。万一又来了其他的应酬，比如朋友同事的婚丧嫁娶，那又是脸面上的事，赖不过去的。

印家厚把眼皮一眨说："伙计，你这酒吓人。"

"吓谁啦？一直这个价，还在看涨。这买卖是'周瑜打黄盖'，两厢情愿的事。你这做儿子女婿的，没孝心就是了。"

"孝心倒有。只是心有余力不足。"印家厚打了几个干哈哈退出了商店。

要是两位老人知道他这般盘算，保证喝了"茅台"也不香。印家厚想，将来自己做六十岁生日必定视儿子的经济水平让他意思意思就行了。

雅丽在斜穿公路的轨道上等着他。印家厚装出突然想起了什么似的摸了摸上上下下的口袋，扭头往副食品商店走去。

雅丽说："我来给你送信的。"

印家厚只好停止装模作样。平时他的信很少，只有发生了什么事，亲戚们才会写信来。信是从本市的火车站寄来的，印家厚想不起有哪位亲戚在火车站工作。他拆开信，落款是：你的知青伙伴江南下。印家厚松了一口气。"没事吧？"雅丽说。"没。"印家厚想起了肖晓芬。想起了那份心底的忧伤。他明白了自己的心是永远属于那失去了的姑娘的，只有她才能真正激动他。除她之外，所有女人他都能镇静地理智对待。他说："雅丽，我说了我的真实想法后你会理解的。你聪明，有教养，年轻活泼又漂亮，我是十分愿意和你一道工作的。甚至加班——"

"我不要你告诉我这些！"雅丽打断了他，倔强地说，"这是你的想法，也许是对的。可不是我的！"

雅丽走了。昂着头，神情悲凉。

印家厚不敢随后进车间，他怕遭人猜测。

江南下，这是一个矮小的，目光闪闪的腼腆寡言的男孩。他被招工到哪儿了？不记得了。江南下的信写道："我路过武汉，逗留了一天，偶尔听人说起你，很激动。想去看看，又来不及了。

　　"家厚，你还记得那块土地吗？我们第一夜睡在禾场上的队屋里，屋里堆满了地里摘回的棉花，花上爬着许多肉乎乎的粉红的棉铃虫。贫下中农给我们一只夜壶，要我们夜里用这个，千万别往棉花上尿。我们都争着试用，你说夜壶口割破了你的皮，大家都发疯地笑，吵着闹着摔破了那玩意。

　　"你还记得下雨天吗？那个狂风暴雨的中午，我们在屋里吹拉弹唱。六队的女知青来了，我们把菜全拿出来款待她们，结果后来许多天我们没菜吃，吃盐水泡饭。

　　"聂玲多漂亮啊，那眉眼美绝了，你和她好，我们都气得要命。可后来你们为什么分手了？这个我至今也不明白。

　　"那只小黄猫总跟着我们在自留地里，每天收工时就在巷子口接我们，它怀了孕，我们想看它生小猫，它就跑了。唉，真是！

　　"我老婆没当过知青，她说她运气好，可我认为她运气不好。女知青有种特别的味儿，那味儿可以使一个女人更美好一些。你老婆是知青吗？我想我们都会喜欢那味儿，那是我们时代的秘密。

　　"家厚，我们都三十好几的人了。我已经开始谢顶，有一个七岁的女孩，经济条件还可以。但是，生活中烦恼重重，老婆也就那么回事，我觉得我给毁了。

　　"现在我已是正科级干部，入了党，有了大学文凭，按说我该知足，该高兴，可我怎么也不能像在农村时那样开怀地笑。我老婆挑出了我几百个毛病，正在和我办离婚。

　　"你一切都好吧？你当年英俊年少，能歌善舞，多才多艺，性情宽厚，你一定会比我过得好。

　　"另外，去年我在北京遇上聂玲了。她仍然不肯说出你们分手的原因。她的孩子也有几岁了，却还显得十分年轻……"

　　印家厚把信读了两遍，一遍匆匆浏览，一遍仔细阅读，读后将信纸捏人了掌心。他靠着一棵大树坐下，面朝太阳，合上眼睛；透过眼皮，他看见了五彩斑斓的光和树叶。后面是庞然大物的灰色厂房，前面是柏油马路，远处是田野，这里是一片树林，印家厚歪在草丛中，让万千思绪飘来飘去。聂玲聂玲，这个他从不敢随便提及的名字，江南下毫不在乎地叫来叫去。于是一切都从最底层浮了起来……五月的风里饱含着酸甜苦辣，从印家厚耳边呼呼吹过，他脸上肌肉细微地抽动，有时像哭有时像笑。

　　空中一絮白云停住了，日影正好投在印家厚额前。他感觉了阴暗，以为是人站在面前，便忙睁开眼睛。在明丽的蓝天白云绿叶之间，他把他最深的遗憾和痛苦又埋入了心底。接着，记忆就变得明朗有节奏起来。他进了钢铁公司，去北京学习，和日本人一块干活，为了不被筛选掉拼命啃日语。找对象，谈恋爱，结婚。父母生病住院,天天去医院护理。兄妹吵架扯皮,开家庭会议搞平衡。物价上涨,工资调级,黑白电视换彩色的,洗衣机淘汰单缸时兴双缸——所有这一切,他一一碰上了,他必须去解决。解决了,也没有什么乐趣;没解决就更烦人。例如至今他没去解决电视更新换代问题,儿子就有些瞧不起他了,一开口就说谁谁的爸爸给谁谁谁买了一台彩电,带电脑控制的。为了让儿子为自己的爸爸骄傲,印家厚正在加紧筹款。

少年的梦总是有着浓厚的理想色彩,一进入成年便无形中被瓦解了。印家厚随着整个社会流动,追求,关心。关心中国足球队是否能进军墨西哥;关心中越边境战况;关心生物导弹治疗癌症的效果;关心火柴几分钱一盒了?他几乎从来没有想是否该为少年的梦感叹。他只是十分明智地知道自己是个普通的男人,靠劳动拿工资而生活。哪有工夫去想入非非呢?日子总是那么快,一星期一星期地闪过去。老婆怀孕后,他连尿布都没有准备充分,婴儿就出世了。

老婆就是老婆。人不可能十全十美。记忆归记忆。痛苦该咬着牙吞下去。印家厚真想回一封信,谈谈自己的观点,宽宽那个正遭受着离婚危机的知青伙伴的心,可他不知道写了信该往哪儿寄。

江南下,向你致敬!冲着你不忘故人;冲着你把朋友从三等奖的恶劣情绪中解脱出来。

印家厚一弹腿跳了起来,做了一个深呼吸动作,朝车间走去。相比之下,他感到自己生活正常,家庭稳定,精力充沛,情绪良好,能够面对现实。他的自信心又陡然增强了好多倍。

下午不错。主要是下午的开端不错。

来了一拨参观的人。谁也不知道这些人是哪个地方哪个部门来的,谁也不想知道,谁都若无其事地干活。这些见得太多了。倒是参观的人们不时从冷处瞟着操作的工人们,恐怕是纳闷这些人怎么不好奇。

车间主任骑一辆锃蓝的轻便小跑车从车间深处溜过来,默默扫视了一圈,将本来就搁在踏板上的脚用力一踩掉头去了。他事先通知印家厚要亲自操作,让雅丽给参观团当讲解员。印家厚正是这么做的。车间主任准认为三等奖委屈了印家厚,否则他不会来检查。以为印家厚会因为五元钱赌气不上操作台,错了!印家厚的目光抓住了车间主任的目光,无声却又明确地告诉他:你错了。有一个人明白了他的心,尤其是车间里关键人物,印家厚就满足了。受了委屈不要紧,要紧的是在于有没有人知道你受了委屈。

参观团转悠了一个多小时,印家厚硬是直着腿挺挺地站了过来。一个多小时没人打扰他,挺美的。班组的同事今天全都欠他的情,全都看他的眼色行事以期补偿。

雅丽上来接替印家厚。两人都没说话，配合得非常默契。只有印家厚识别得出雅丽心上的黯淡，但他决定不闻不问。

"好！堵住你了，小印。"工会组长哈大妈往门口一靠，封死了整扇门。她手里挥动着几张揉皱的材料纸，说："臭小子，就缺你一个人了。来，出一份钱：两块。签个名。"

印家厚交了两块钱，在材料纸上划拉上自己的名字。

哈大妈急煎煎走了。转身的工夫，又急煎煎回来了。依旧靠在门框上。"人老了。"她说，"可不是该改革了。小印，忘了告诉你这钱的用途，我们车间的老大难苏新结婚了！大伙向他表示一份心意。"

"知道了。"印家厚说。其实他根本没听过这个名字。他问旁的人，"苏新是谁？"

"听说刚刚调来。"

"刚来就老大难？"

"哈哈……"旁的人干笑。

哈大妈的大嗓门又来了。"小印，好像我还有事要告诉你。"

"您说吧。"印家厚渴得要命同时又要上厕所了。

"我忘记了。"哈大妈迷迷怔怔望着印家厚。

"那就算了。"

"不行，好像还是件挺重要的事。"哈大妈用劲绞了半天手指，泄了气，摊开两手说："想不起来了。这怪不得我，人老了。臭小子们，这就怪不得我了，到时候大伙给我作个证。"

哈大妈带着一丝狡黠的微笑走了。接着二班长进门拉住了印家厚。二班长告诉印家厚他们报考电视大学的事是厂里作梗。公司根本没下文件不准他们报考。完完全全是厂里不愿意让他们这批人（日本专家培训出的技术工人）流走。

"我们去找找厂里吧，你和小白好，先问问他。"二班长使劲怂恿印家厚。

印家厚说："我不去。"

"那我们给公司纪委写信告厂里一状。"

"我不会写。"

"我写，你签名。"

"不签。"

"难道你想当一辈子工人？"

"对！"

现在有许多婊子养的太爱写信了——这是二班长上午说的，应不应该提醒他一句？算了。

二班长极不甘心地离开了。印家厚的脚还没迈出门槛，电话铃响了。有人说："等等，你的电话。"

印家厚抓起话筒就说："喂，快讲！"他实在该上厕所了。

却是厂长。从厂办公室打来的。印家厚倒抽一口凉气，刚才也太不恭敬了。这是改革声中新上任的知识分子厂长，知识分子是特别敏感的，应该给他一个好印象。

印家厚立即借了一辆自行车，朝办公室飞驰而去。

印家厚在进厂长办公室时，正碰上小白从里面出来，小白神色严峻，给他一句耳语："坚强些！"

他被这地下工作式的神秘弄得晕乎乎的，心里七上八下。

厂长要印家厚谈谈对日本人的看法。

对……日本人……看法？印家厚一时间脑子里一片空白。日本专家撤回去七年了，七年里他的脑袋里没留下日本人的印象。"坚强些"又是指什么？他竭力搜索七年前对小一郎的看法。小一郎是他的师傅。

"日本人……有苦干精神，能吃苦耐劳……——一不怕苦，二不怕——"他差点失口说出毛主席语录。他小心谨慎，字斟句酌，"他们能严格按科学规律工作，干活一丝不苟，有不到黄河不死心——"他意识到日本与黄河没关系，但他还是坚持说完了自己的话，"……的钻研精神。"

厂长说："这么说你对日本人印象不错？"

"不是全体日本人，也不是全面……是干活方面。"

"日本侵华战争该知道吧？"

"当然。日本鬼子——"印家厚打住了。

厂长到底要干什么？即便是厂长，他也不愿意被他耍弄。他干吗要急匆匆离开车间跑到这儿踩薄冰？七年前厂里有个工人对日本专家搞恐怖活动受到了制裁；前些时候某个部级干部去了日本靖国神社给撤了职，这是国际问题，民族问题，他岂能涉嫌！

印家厚一把推开椅子，说："厂长，有事就请开门见山，没事我得回去干活了。"

厂长说："小印，别着急嘛。事情十分明确。你认为现在我们引进日本先进设备，和他们友好交往是接受第二次侵略吗？"

"当然不是。"

"既然不是，那你为什么迟迟不组织参加联欢的人员？下星期三日本青年友好访华团准时到我们厂。接待任务由工会布置下去已经两周了，你不仅不行动，反而还在年轻人中说什么'不做联欢模特儿'，'进行第二次抗日战争'，'旗袍比西服美一千倍',这是为什么'"

印家厚终于从鼓里钻出来了。有人栽了他的赃,栽得这么成功,竟使精明的厂长深信不疑。

"胡扯!他妈的一派谎言!"印家厚今天的忍让到此为止!顾不上留什么好印象了,他要他的清白和正直。这些狗娘养的!——他骂开了。他根本就没得到工会的任何通知。两周前他姥姥去世了,他去办了两天丧事。回厂没上几天班,他妈因伤心过度,高血压发了,他又用了两个休息日送她老人家去住院。看小白那鬼鬼祟祟的模样,不定就是他捣的鬼,他和几所大学的学生勾勾搭搭,早就在宣扬"抵制日货"的观点。要么是哈大妈,对了!她方才还假装忘记了什么事情说是因为她老了,肯定就是这件事情。哈大妈的丈夫是在抗日战争中牺牲的,她从来对日本人都是横眉冷对。要么是大伙串通一气坑了他。而印家厚却并不是一味敌视日本人,他至今还和小一郎师傅通信来往,逢年过节寄张明信片什么的。

厂长倒笑了。他相信了印家厚并宽宏大量地向他道了歉。

"既然是这么回事那就赶快动手把工作抓起来!"厂长不容印家厚分辩,当即叫来了厂工会主席,面对面把印家厚交给了工会。

"不要搞什么各车间分头行动了。时间来不及了。你暂时把小印调到厂工会来,让他全面下手抓。到时候出了差错就找你们俩。"

工会主席是转业军人,领命之后把印家厚拽到工会办公室,如此如此,这般这般地布置开了。

印家厚连连咕噜了几声:"我不行我不行。"工会主席绝不理睬,布置中也夹叙了一通意义深远之类的话,大有军令如山倒的气势。

这就是说,印家厚从今天起,在一个星期之内,要组织起一个四十位男女青年的联欢团体,男青年身高要一米七十至一米八十公分;女青年身高要一米六十五公分左右;一律不胖不瘦,五官端正,漂亮一点的更好;要为他们每人订做一套毛料西装;教会他们日常应用的日语,能问候和简单对话;还要让他们熟悉一般的日本礼节;跳舞则必须人人都会。

印家厚头皮都麻了,说:"主席,你听清楚:我干不了!"

"干得了。你是日本专家。"工会主席三把两把给他腾出了一张办公桌,将一叠贴有相片的职工表格放在他面前,说:"小印,要理解组织的信任。现在,我们只有背水一战了。对任何人一律用行政命令。来,我们开始吧!"

临危授命,厂长和工会主席都如此信任,印家厚还能有什么别的选择呢?

下班的时候,印家厚遇上了小白。小白说:"我听说了。真他妈替你抱屈。好像考他妈驻日本的外交官。奴颜婢膝。"

印家厚狠狠白了他一眼,嘿嘿一个冷笑。小白马上跳起来,"老兄,你怎么以为是我……我！观点不同是另一回事。我若是那种背后插刀的小人，还搞他妈什么文学创作！"

这是真委屈。到目前为止，在对小白的认识上，作品和人品是完全一致的。印家厚虽不搞创作却已超越了这种认识上的局限。他谅解地给了小白一巴掌，说："对不起了！"

几个身材苗条挺拔的姑娘挎着各式背包走过来，朝小白亲切地招呼，可是对印家厚却脸一变冲着他叫道："汉奸！"

"我们绝不做联欢模特儿！"

"我们要抗日！"

印家厚绷紧脸，一声不哼。姑娘们过去之后，印家厚回头数了数，差不多十五六个，几乎全是合乎标准的。他这才真正意识到这事太难了。

这一下午真累。在岗位上站了一个多小时；和厂长动了肝火；让工会拉了差。召集各车间工会组长紧急会议；找集训办公室；去商店选购衣料；和服装厂联系；向财务要活动资金；楼上楼下找厂长——当你需要他签字的时候，他不知上哪儿去了。报考电大的要求根本没机会提出来；忍气吞声领了三等奖的五元钱。刚调来的老大难结婚"表示"了两块钱；拯救非洲饥民捐款一元；"救救熊猫"募捐小组募到他的面前，他略一思忖，便往贴着熊猫流泪图案的小纸箱里塞了两元。募捐的共青团员们欢声雀跃，赞扬印家厚是全厂第一！第一心疼国宝！就是厂长也只捐了五毛钱。

五块钱像一股回旋的流水，经过印家厚的手又流走了。全派了大用场，抵消了三等奖的耻辱。雅丽的确知他的心，说："印师傅，你做得真俏皮！"印家厚不能不遗憾地想，如此理解他的人如果是他老婆就好了。不能否认，哪怕是最细微的一点相通也是有意义的。然而，他不敢想象他老婆的看法，他不由朝雅丽看了一眼，随即便又后悔了，因为雅丽读懂了他的眼神。

印家厚接儿子的时候，生怕儿子怪他来晚了；生怕又单独碰上肖晓芬。结果，儿子没有质问，肖晓芬也正混在一群阿姨里。什么事也没有。他为自己中午在肖晓芬面前的失态深感不安，便低着眼睛带走了儿子。

马路上车如流水，人如潮，雷雷蹿上去猛跑。印家厚在后边厉声叫着，提心吊胆，笨拙地追上儿子。他的儿子，和他长得如同一个模子里铸出来的，这就是他生命的延续。他不能让他乱跑，小心撞上车了；他又不能让他走太久的路，可别把小腿累坏了。印家厚丝毫没有下了班的感觉，他依然紧张着，只不过是换了专业罢了。

父子俩又汇入了下班的人流中。父亲背着包，儿子挎着冲锋枪。早晨满满一包出征，晚归时一副空囊。父亲灰尘满面，胡茬又深了许多。儿子的海军衫上滴了醒目的菜汁,绷带丝丝缕缕披挂,从头到脚肮脏之极。

公共汽车永远是拥挤的。当印家厚抱着儿子挤上车之后,肚子里一通咕咕乱叫,他感到了深深的饿。

车上有个小女孩和她妈妈坐着,她把雷雷指给她妈妈看:"妈,他是我们班新来的小朋友,叫印雷。"小女孩可着嗓子喊:"印雷! 印雷!"

雷雷喜出望外,骄傲地对父亲说:"那是欣欣!"

两个孩子在挤满大人们的公共汽车里相遇,分外高兴,呱呱地叫唤着,充分表达他们的喜悦。印家厚和小女孩的妈妈点了点头,笑了。

小女孩的妈站了起来,让雷雷和自己的女儿坐在一个座位上,自己挤在印家厚旁边。

"我们欣欣可顽皮,简直和男孩子一样!"

"我儿子更不得了。"

"养个孩子可真不容易啊!"

"就是。太难了!"

有了孩子这个话题,大人们一见如故地攀谈起来了,可在前一刻他们还素不相识呢。谈孩子的可爱和为孩子的操劳,叹世世代代如流水;谈幼儿园的不健全,跑月票的辛酸苦辣,气时时事事都艰难。当小女孩的妈听印家厚说他家住在汉口,还必须过江,过了江还得坐车时,她"哒"了一下,说:"太远了! 简直是到另一个国家去了,真是可怕啊!"

印家厚说:"好在跑习惯了。"

"我家就住在这趟车的终点站旁边。往后有什么不方便的时候,就把印雷接到我家吧。"

"那太谢谢了!"

"千万别客气! 只要不让孩子受罪就行。"

"好的。"

印家厚发现自己变得婆婆妈妈了,变得容易感恩戴德,变得喜欢别人的同情了。本来是又累又饿,被挤得满腹牢骚的,有人一同情,聊一聊,心里就熨帖多了,不知不觉就到了终点。从前的他哪是这个样子? 从前的他是个从里到外,血气方刚,衣着整齐,自我感觉良好的小伙子。从不轻易与女人搭话,不轻易同情别人或接受别人同情。印家厚清清楚楚地看出了自己的变化,他却弄不清这变化好还是不好。

爬江堤时,印家厚望见紫褐色的暮云仿佛就压在头顶上。心里闷闷的,不由长长叹了一口气。

轮渡逆水而上。

逆水比顺水慢一倍多,这是漫长而难熬的时间。

夕阳西下,光线一分钟比一分钟黯淡。长江的风一阵比一阵凉。不知是什么缘故,上班时熟识的人不约而同在一条船上相遇,下班的船上却绝大多数是陌生面孔,而且面容都是怏怏的,呆呆的,疲惫不堪的。上船照例也抢,椅子上闪电般地坐满了人,然后甲板上也成片成片地坐上了人。

印家厚照例不抢船,因为船比车更可怕,那铁栅栏门"哗啦"一开,人们排山倒海压上船来,万一有人被裹挟在里面摔倒了,那他就再也不可能站起来。

印家厚和儿子坐在船头一侧的甲板上,还不错,是避风的一侧。印家厚屁股底下垫着挎包。儿子坐在他叉开的两腿之间,小屁股下垫了牛皮纸,手绢和帆布工作服,垫得厚厚的。冲锋枪挂在头顶上方的一个小铁钩上,随着轮船的震动有节奏地晃荡。印家厚摸出了梁羽生的《风雷震九州》,他想总该可以看看书了。他刚翻开书,儿子说:"爸,我呢?"

他给儿子一本《狐狸的故事》,说:"自己看,这本书都给你讲过几百遍了。"

印家厚看了不到一页的书,儿子忽然跟着船上叫卖的姑娘叫起来:"瓜子——瓜子,五香瓜子——"声音响亮引起周围打瞌睡人的不满。

"你干什么呢?"

儿子说:"我口渴。"

"口渴到家再说。"

"口渴吃冰淇淋也可以的。"

印家厚明白了。他只好给儿子买了一支巧克力三色冰淇淋。然后又低头看书。结果儿子只吃了奶油的一截,巧克力的那截被他抠下来涂在了一个小男孩的鼻子上,这小男孩正站在他跟前出神地盯着冰淇淋。于是小男孩哭着找妈妈去了。唉,孩子好烦人,一刻也不让他安宁。孩子并不总是可爱,并不呵!印家厚愣愣地,瞅着儿子。

一个嗓门粗哑的妇女扯着小男孩从人堆里挤过来,劈头冲印家厚吼道:"小孩撒野,他老子不管,他老子死了!"

印家厚本来是要道歉的,顿时歉意全消。他一把搂过儿子,闭上眼睛前后摇晃。

"呸!胚子货!"

静了一刻,妇女又说:"胚子货!"又静了一刻,妇女骂骂咧咧走了。雷雷从父亲怀里伸出头来,问:"胚子货是骂人话吗?爸。"

"是的。往后不许对人说这种话。"

"胚子货是什么意思?"

"骂人的意思。"

"骂人的什么？"

"骂人不懂事，还处在胚胎期，还不是一个人。"

"胚胎期是什么意思？"

这是个爱探本求源的孩子，应该尽量满足他。可印家厚想来想去都觉得这个词不好解释。他说："等你长大就懂了。"

"我长大了你讲给我听吗？"

"不，你自然就懂了。"印家厚想，我的孩子啊，你将面对生活中的一切，包括丑恶。

"哦——"

儿子这声长长的哦令人感动，印家厚心里油然升起了数不清的温柔。

儿子忽然站起来，老成而礼貌地对挡在他前面的人说："叔叔，请让一让。"

印家厚说："雷雷，你又干什么去？"

"我拉尿。"儿子说。儿子吩咐他，"你好好坐着，别跟着过来。"

儿子站在船舷边往长江里拉尿。拉完尿，整好裤子才转身，颇有风度地回到父亲身边。他的儿子是多么富有教养！他母亲说他四岁的时候还是个小脏猴，一天到晚在巷子口的垃圾堆里打滚，整日一丝不挂。儿子这一辈远远胜过了父亲那一辈，长江总是后浪推前浪，前景还是一片诱人的色彩。

印家厚收起了小说。累些，再累些罢。为了孩子。

天色愈益黯淡了。船上的叫卖声也低了，底舱的轰隆声显得格外强烈。儿子伏在他腿上睡着了。他四处找不着为儿子遮盖的东西，只好用两扇巴掌捂住儿子的肚皮。

长江上，一艘幽暗的轮船载满了昏昏欲睡的乘客，慢慢悠悠逆水而行。看不完那黑乎乎连绵的岸土，看不完一张张疲倦的脸。印家厚竭力撑着眼皮，竭力撑着，眼睛里头渐渐红了。他开始挣扎，连连打哈欠，挤泪水；死鱼般瞪起眼珠。他想白天的事，想雅丽，想肖晓芬，想江南下的信，用各种方法来和睡意斗争。最后不知怎么一来，头一耷拉，双手落了下来，鼾声随即响了。父子俩一轻一重，此起彼伏地打着呼噜。

彩灯在远处凌空勾勒出长江大桥的雄姿，江边矗立的晴川饭店是武汉市近年新建的豪华饭店，引起市民的各种议论。此刻的晴川饭店上半部是半截黑影，下半部才有稀疏的灯光，看上去冷火冷烟的不喜人。船上早睡的人们此刻醒了，伸了伸懒腰，说："晴川饭店的利用率太低了！"

船面上一片密集的人头中间突然冒出了一个乱蓬蓬的大脑袋，这是一个披头散发的女疯子，她每天在这个时候便出现在轮渡上。女疯子大喝一声，说："都醒了！都醒了！世界末日就要到来了。"

印家厚醒了，他赶快用手护住儿子的肚皮，恼恨自己怎么搞的！一个短短的觉他居然做了许多梦，可一醒来那些具体情节却全飞了，只剩下满口的苦涩味。在猛醒的一瞬间，他好不辛酸。好在他很快就完全清醒了，他听见女疯子在嚷嚷，便知道船该靠码头了。

"雷雷，到了。嘿，到了。"

"爸爸。"

"嘿，到了！"

"疯子在唱歌。"

"来，站起来，背上枪。"

"疯子坐船买票吗？"

"不知道。"

"疯子不停地坐船干什么？"

"醒醒吧，雷雷，还迷糊什么！"

汽笛突然响了，父子俩都哆嗦了一下，接着都笑起来，天天坐船的人倒让船给吓了一跳。

人们纷纷起立，哦啊啊打哈欠，骂街骂娘。有人在背后扯了扯印家厚，他回头一看，是讨钱的老头。老头扑通一下跪在他们父子跟前，不停地作揖。印家厚迟疑了一下，掏出一枚硬币给儿子。雷雷惊喜而又自豪地把硬币扔进了老头的破碗，他大概觉得把钱给人家比玩游戏有趣得多。印家厚却不知该对老头持什么样的看法才对。昨天的晚报上还登了一则新闻，说北方某地，一个年轻姑娘靠行乞成了万元户。他一直担心有朝一日儿子问他这个问题。

"爸，这个爷爷找别人要钱对吗？"

问题已经来了。说对吧，孩子会效法的；不对吧，爸爸你为什么把钱给他？就连四岁的孩子他都无法应付，几乎没有一刻他不在为难之中。他思索了一会，一本正经地告诉儿子："这是个复杂的社会问题，你太小怎么理解得了呢？"

幸好儿子没追问下去，却说："爸，我饿极了！"

浮桥又加长了，乘客差不多是从江心一直步行到岸上。傍晚下班的人真怕踏这浮桥，一步一拖，摇摇晃晃，总像走不到尽头，况且江上的风在春天也是冷的。为什么不把码头疏浚一下？为什么不想办法让轮渡快一些？为什么江这边的人非得赶到江那边去上班？为什么没有一个全托幼儿园？为什么厂里的麻烦事都摊到了他的头上？为什么他不能果断处理好与雅丽的关系？为什么婚姻和爱情是两码事？印家厚真希望自己也是一个孩子，能有一个负责的父亲回答他的所有问题。

到家了！

家里炉火正红，油在锅里嗤拉拉响，乱七八糟的小房间里葱香肉香扑面，暖暖的蒸汽从高压锅中悦耳地喷出。妈妈！儿子高喊一声，扑进母亲怀里。印家厚摔掉挎包，踢掉鞋子，倒在床上。老婆递过一杯温开水，往他脸上扔了一条湿毛巾。他深深吸吮着毛巾上太阳的气息和香皂的气息，久久不动。这难道不是最幸福的时刻？他的家！他的老婆！尽管是憔悴、爱和他扯横皮的老婆！此刻，花前月下的爱情，精神上微妙的沟通等等远远离开了这个饥饿困顿的人。

儿子在老婆手里打了个转，换上了一身红底白条运动衫，伤口重新扎了绷带，又恢复成一个明眸皓齿，双颊喷红的小男孩。印家厚感到家里的空气都是甜的。饭桌上是红烧豆腐和汆元汤；还有一盘绿油油的白菜和一碟橙红透明的五香萝卜条。儿子单独吃一碗鸡蛋蒸瘦肉。这一切就足够足够了啊！

老婆说："吃啊，吃菜哪！"

她在婚后一直这么说，印家厚则百听不厌。这句贤惠的话补偿了生活其他方面的许多不足。

她说："菜真贵，白菜三角一斤了。"

"三角了？"他应道。

"全精肉两块八哩，不兴还价的，为了雷雷，我咬牙买了半斤。"

"好家伙！"

"我们这一顿除去煤和作料钱，净花三块三角多。"

"真不便宜。"

"喝人的血汗呢！"

"就是。"

议论菜市价格是每天晚饭时候的一个必然内容，也是他们夫妻一天不见之后交流的开端。

看印家厚和儿子吃得差不多了，老婆就将剩汤剩菜扣进了自己的碗里，移开凳子，拿过一本封面花哨的妇女杂志，摊在膝盖上边吃边看。

美好的时光已经过去，轮到印家厚收拾锅碗了。起先他认为吃饭看书是一个恶习，对一个为妻为母的人尤其不合适。老婆抗争说："我做姑娘时就养成了这习惯，请你不要剥夺我这一点点可怜的嗜好！"这样，印家厚不得不承担起洗碗的义务。好在公共卫生间洗碗的全是男人，他也就顺其自然了。

男人们利用洗碗这短暂的时间交流体育动向，时事新闻，种种重要消息，这几分钟成了这栋房子的男人们的友谊桥梁。可惜今天印家厚在洗碗时候听到的消息太不幸了。一个男人说：伙计们，这房要拆了。另有人立刻问：我们住哪儿？答：管你住哪儿！是这个单位的人他们就安排，不是的一律滚蛋。问：真的吗？答：我们单位职工大会宣布的，马上就来人通知。好几个人说：这太不公平了！

说这话的都是借房子住的人。印家厚也不由自主说了句："是不公平的很。"

印家厚顿时沉重起来，脸上没有了笑意，心里像吊着一块石头坠坠的发慌。他想，这如何是好呢？

印家厚洗碗回来又抄起了拖把，拖了地再去洗涤儿子换下的脏衣服。他不停地干活，进进出出，以免和老婆说话泄漏了拆房的秘密。老婆半夜还要去上夜班，得早点睡它一觉。暂且让自己独自难受吧。

印家厚对老婆说："喂，你该睡觉了。"

"嗯。"

老婆还埋头于膝上的杂志。儿子自己打开了电视，入迷地看儿童动画片《花仙子》。

"喂喂，你该睡觉了。"

老婆徐徐站起。"好，看完了。有篇文章讲夫妻之间的感情方面的问题，讲得很有道理，你也看看吧。"

"好。你睡吧。"

老婆过去亲了儿子一下，说："主要是说夫妻间要以诚相见，不要互相隐瞒，哪怕一点小事。一件小事常常会造成大的裂痕。"

"是啊是啊。你还是赶快睡觉吧。"印家厚说。

老婆总算准备上床睡觉了，她脱去外衣，又亲了亲儿子，说："雷雷，今天就没有什么新鲜事告诉妈妈吗？"

印家厚立刻意识到应该冲掉这母子间的危险谈话，但他迟了。

儿子说："噢，妈妈，爸爸今天没在餐馆吃凉面。"

老婆马上怒形于色，转向印家厚，呵责道："你这人怎么回事！告诉你现在乙肝多得不得了，不能用外边的碗筷！"

"好好，以后注意吧。"

"别这样糊弄人！别以后、以后的……我问你：你今天找了人没有？"

印家厚懵了，"找……谁？"

"瞧！找谁——？"老婆气急败坏，一屁股顿在床沿上，跷起腿，道："你们厂分房小组组长啊！我好不容易打听到了这人的一些嗜好，不是说了花钱送点什么的吗？不是让你先去和他联络感情的吗？"

真的，这件事是家中的头等大事。只要有可能分到房子，彩电宁可不买。他怎么把这事忘得一干二净了呢？

"妈的！我明天一定去！"他愧疚地捶了捶脑袋。尤其从今天起，房子的事是燃眉之急的了，再不愿干的事也得干。

印家厚的态度这么好，老婆也就说不出话来了，坐在那儿，白着眼睛，干瞪着丈夫。

"酒呢？"

"黑市茅台四块八一两。"

"那算了，我再托托人买别的酒算了。你们奖金还没发？"

"没有。"印家厚撒了谎。如果夫妻间果然是任何问题都以诚相见，那么裂痕会更迅速地扩大。印家厚说："看动静厂里对轮流坐庄要变，可能要抓一抓的。"先铺垫一笔，让打击来得缓和些。西餐是肯定吃不成的了，老婆，你有所准备吧，不要对你的同事们炫耀，说你丈夫要带你和儿子去吃西餐。

老婆抹下眼皮，说："唉，真是祸不单行，福不双降啊！倒霉事一来就是一串。有件事本来我打算明天告诉你，今天让你睡个安稳觉的。可是……唉，姑妈给我来了长途电话。"

"河北的？"

"说她老三要来武汉玩玩，已经动身了，明天下午到。"

"是腿上长了瘤的那个？"

"大概是那瘤不太好吧。姑妈总尽情满足他……"

"住我们家？"

"当然。我们在闹市区。交通也方便。"

印家厚觉得无言以对。难怪他一进门就感到房间里有些异样，他还没来得及仔细辨别呢。现在他明白了：床头的墙壁上垂挂着长长的玻璃纱花布，明天晚上它将如帷幕一般徐徐展开，挡在双人床与折叠床之间：折叠床上将睡一个二十岁的小伙子。印家厚讪讪地说："好哇。"他弹了弹花布，想笑一笑冲淡一下沉闷的空气，结果鼻子发痒，打了个喷嚏。老婆一抬腿上了床，他扭小了电视的音量，去卫生间洗衣服。

洗衣服。晾衣服。关掉电视。把在椅子上睡着了的儿子弄到折叠床上，替他脱衣服而又不把他搬醒，鉴于今天凌晨的教训，给折叠床边靠上一排椅子。轻轻的，悄悄的，慢慢的，不要惊醒了老婆孩子。印家厚憋得吭哧吭哧，冒出一头细汗。

待印家厚上床时，时针已经指向二十三点三十六分。

印家厚往床架上一靠，深吸了一口香烟，全身的筋骨都咯吧咯吧松开了。一股说不出的麻麻的滋味从骨头缝里弥漫出来，他坠入了昏昏沉沉的空冥之中。床头只亮着一盏朦胧的台灯，他在灯晕里吞吐着烟雾，杂乱地回想着所有难办的事，想得坐卧不宁，头昏眼花，而他的躯体又这么沉，他拖不动它，翻不动它，它累散了骨架。真苦，他开始怜悯自己。真苦！

老婆摊平身子，发出细碎的鼾声。印家厚拿眼睛斜瞟着老婆的脸。这脸竟然有了变化，变得洁白，光滑，娇美，变成了雅丽的，又变成了晓芬的。他的胸膛呼地一热，他想，一个男人就不能有点儿野心么？这么一点破，心中顿时涌出一团邪火，血液像野马一样奔腾起来。他暗暗想着雅丽和晓芬,粗鲁地拍了拍老婆的脸。

老婆勉强睁开眼皮觑了他一下,讷讷地说:"困死了。"

印家厚火气旺盛地低声吼道:"明天你他妈的表弟就睡在这房里了!"他"嚓"地又点了一支烟,把火柴盒啪地扔到地上。

老婆抹走了他唇上的香烟,异常顺从地说:"好吧,我不睡了,反正也睡不了多久了。"她连连打呵欠,扭动四肢,神情漠然地去解衣扣。

印家厚突然按住了老婆的手,凝视着她皮肤粗糙的脸说:"算了。睡吧。"

"不,只有半小时了,我怕睡过头。"

"不要紧,到时候我叫醒你。"

"家厚! 家厚你真好……"

印家厚含讥带讽地笑了笑,身体平静得像退了潮的沙滩。

老婆忽然眼睛湿润,接着抽泣起来,说:"我实在不忍心告诉你,这房子马上就要拆了……通知书已经送来了……"

原来老婆已经知道了。印家厚说:"哦。我也早知道了。"他说,"明天我拼命也得想办法!"

"你也别太着急,退路也不是完全没有。我打听了,有私房出租,十五平方每月五十块钱,水电费另交。……西餐是吃不成的了。可笑的是……我们还像小孩子一样,嘴馋……"

印家厚关了台灯,趁黑暗的瞬间抹去了涌出的泪水。他捏了捏老婆的手,说:"睡吧。车到山前必有路,船到桥头自会直。"

老婆,我一定要让你吃一次西餐,就在这个星期天,无论如何! ——他没有把这话说出口,他还是怕万一做不到,他不可能主宰生活中一切,但他将竭尽全力去做!

雅丽怎么能够懂得他和老婆是分不开的呢? 普通人的老婆就得粗粗糙糙,泼泼辣辣,没有半点身份架子,耐受苦难的能力强,尽管做丈夫的不无遗憾,可那又怎么样呢?

印家厚拧灭了烟头,溜进被子里。在睡着的前一刻他脑子里闪现出早晨在渡船上说出的一个字:"梦",接着他看见自己在空中对躺着的自己说:"你现在所经历的这一切都是梦,你在做一个很长的梦,醒来之后其实一切都不是这样的。"

印家厚非常相信自己的话,于是终于慢慢入睡了。

写于 1986 年 1987 年 2 月　二稿

原载《上海文学》1987 年第 8 期

我与地坛

史铁生

一

我在好几篇小说中都提到过一座废弃的古园，实际就是地坛。许多年前旅游业还没有开展，园子荒芜冷落得如同一片野地，很少被人记起。

地坛离我家很近，或者说我家离地坛很近。总之，只好认为这是缘分。地坛在我出生前四百多年就坐落在那儿了，而自从我的祖母年轻时带着我父亲来到北京，就一直住在离它不远的地方——五十多年间搬过几次家，可搬来搬去总是在它周围，而且是越搬离它越近了。我常觉得这中间有着宿命的味道：仿佛这古园就是为了等我，而历尽沧桑在那儿等待了四百多年。

它等待我出生，然后又等待我活到最狂妄的年龄上忽地残废了双腿。四百多年里，它一面剥蚀了古殿檐头浮夸的琉璃，淡褪了门壁上炫耀的朱红，坍圮了一段段高墙又散落了玉砌雕栏，祭坛四周的老柏树愈见苍幽，到处的野草荒藤也都茂盛得自在坦荡。

这时候想必我是该来了。十五年前的一个下午，我摇着轮椅进入园中，它为一个失魂落魄的人把一切都准备好了。那时，太阳循着亘古不变的路途正越来越大，也越红。在满园弥漫的沉静光芒中，一个人更容易看到时间，并看见自己的身影。

自从那个下午我无意中进了这园子，就再没长久地离开过它。

我一下子就理解了它的意图。正如我在一篇小说中所说的："在人口密聚的城市里，有这样一个宁静的去处，像是上帝的苦心安排。"

两条腿残废后的最初几年，我找不到工作，找不到去路，忽然间几乎什么都找不到了，我就摇了轮椅总是到它那儿去，仅为着那儿是可以逃避一个世界的另一个世界。我在那篇小说中写道："没处可去我便一天到晚耗在这园子里。跟上班下班一样，别人去上班我就摇了轮椅到这儿来。园子无人看管，上下班时间有些抄近路的人们从园中穿过，园子里活跃一阵，过后便沉寂下来。"

"园墙在金晃晃的空气中斜切下一溜荫凉，我把轮椅开进去，把椅背放倒，坐着或是躺着，看书或者想事，撅一枝树枝左右拍打，驱赶那些和我一样不明白为什么要来这世上的小昆虫。""蜂儿如一朵小雾稳稳地停在半空；蚂蚁摇头晃脑捋着触须，猛然间想透了什么，转身疾行而去；瓢虫爬得不耐烦了，累了祈祷一回便支开翅膀，忽悠一下升空了；树干上留着一只蝉蜕，寂寞如一间空屋；露水在草叶上滚动，聚集，压弯了草叶轰然坠地摔开万道金光。""满园子都是草木竞相生长弄出的响动，悉悉碎碎片刻不息。"这都是真实的记录，园子荒芜但并不衰败。

除去几座殿堂我无法进去，除去那座祭坛我不能上去而只能从各个角度张望它，地坛的每一棵树下我都去过，差不多它的每一米草地上都有过我的车轮印。无论是什么季节，什么天气，什么时间，我都在这园子里呆过。有时候呆一会儿就回家，有时候就呆到满地上都亮起月光。记不清都是在它的哪些角落里了。我一连几小时专心致志地想关于死的事，也以同样的耐心和方式想过我为什么要出生。这样想了好几年，最后事情终于弄明白了：一个人，出生了，这就不再是一个可以辩论的问题，而只是上帝交给他的一个事实；上帝在交给我们这件事实的时候，已经顺便保证了它的结果，所以死是一件不必急于求成的事，死是一个必然会降临的节日。这样想过之后我安心多了，眼前的一切不再那么可怕。比如你起早熬夜准备考试的时候，忽然想起有一个长长的假期在前面等待你，你会不会觉得轻松一点？并且庆幸并且感激这样的安排？剩下的就是怎样活的问题了，这却不是在某一个瞬间就能完全想透的、不是一次性能够解决的事，怕是活多久就要想它多久了，就像是伴你终生的魔鬼或恋人。所以，十五年了，我还是总得到那古园里去，去它的老树下或荒草边或颓墙旁，去默坐、去呆想，去推开耳边的嘈杂理一理纷乱的思绪，去窥看自己的心魂。

十五年中，这古园的形体被不能理解它的人肆意雕琢，幸好有些东西是任谁也不能改变它的。譬如祭坛石门中的落日，寂静的光辉平铺的一刻，地上的每一个坎坷都被映照得灿烂；譬如在园中最为落寞的时间，一群雨燕便出来高歌，把天地都叫喊得苍凉；譬如冬天雪地上孩子的脚印，总让人猜想他们是谁，曾在哪儿做过些什么、然后又都到哪儿去了；譬如那些苍黑的古柏，你忧郁的时候它们镇静地站在那儿，你欣喜的时候它们依然镇静地站在那儿，它们没日没夜地站在那儿，从你没有出生一直站到这个世界上又没了你的时候；譬如暴雨骤临园中，激起一阵阵灼热而清纯的草木和泥土的气味，让人想起无数个夏天的事件；譬如秋风忽至，再有一场早霜，落叶或飘摇歌舞或坦然安卧，满园中播散着熨帖而微苦的味道。味道是最说不清楚的。味道不能写只能闻，要你身临其境去闻才能明了。味道甚至是难于记忆的，只有你又闻到它你才能记起它的全部情感和意蕴。所以我常常要到那园子里去。

二

现在我才想到，当年我总是独自跑到地坛去，曾经给母亲出了一个怎样的难题。

她不是那种光会疼爱儿子而不懂得理解儿子的母亲。她知道我心里的苦闷，知道不该阻止我出去走走，知道我要是老呆在家里结果会更糟，但她又担心我一个人在那荒僻的园子里整天都想些什么。我那时脾气坏到极点，经常是发了疯一样地离开家，从那园子里回来又中了魔似的什么话都不说。母亲知道有些事不宜问，便犹犹像豫地想问而终于不敢问，因为她自己心里也没有答案。她料想我不会愿意她跟我一同去，所以她从未这样要求过，她知道得给我一点独处的时间，得有这样一段过程。她只是不知道这过程得要多久，和这过程的尽头究竟是什么。每次我要动身时，她便无言地帮我准备，帮助我上了轮椅车，看着我摇车拐出小院；这以后她会怎样，当年我不曾想过。

有一回我摇车出了小院；想起一件什么事又返身回来，看见母亲仍站在原地，还是送我走时的姿势，望着我拐出小院去的那处墙角，对我的回来竟一时没有反应。待她再次送我出门的时候，她说："出去活动活动，去地坛看看书，我说这挺好。"许多年以后我才渐渐听出，母亲这话实际上是自我安慰，是暗自的祷告，是给我的提示，是恳求与嘱咐。只是在她猝然去世之后，我才有余暇设想。当我不在家里的那些漫长的时间，她是怎样心神不定坐卧难宁，兼着痛苦与惊恐与一个母亲最低限度的祈求。现在我可以断定，以她的聪慧和坚忍，在那些空落的白天后的黑夜，在那不眠的黑夜后的白天，她思来想去最后准是对自己说："反正我不能不让他出去，未来的日子是他自己的，如果他真的要在那园子里出了什么事，这苦难也只好我来承担。"在那段日子里——那是好几年长的一段日子，我想我一定使母亲作过了最坏的准备了，但她从来没有对我说过："你为我想想。"事实上我也真的没为她想过。那时她的儿子，还太年轻，还来不及为母亲想，他被命运击昏了头，一心以为自己是世上最不幸的一个，不知道儿子的不幸在母亲那儿总是要加倍的。她有一个长到二十岁上忽然截瘫了的儿子，这是她唯一的儿子；她情愿截瘫的是自己而不是儿子，可这事无法代替；她想，只要儿子能活下去哪怕自己去死呢也行，可她又确信一个人不能仅仅是活着，儿子得有一条路走向自己的幸福；而这条路呢，没有谁能保证她的儿子终于能找到。——这样一个母亲，注定是活得最苦的母亲。

有一次与一个作家朋友聊天，我问他学写作的最初动机是什么？他想了一会说："为我母亲。为了让她骄傲。"我心里一惊，良久无言。回想自己最初写小说的动机，虽不似这位朋友的那般单纯，但如他一样的愿望我也有，且一经细想，发现这愿望也在全部动机中占了很大比重。这位朋友说："我的动机太低俗了吧？"我光是摇头，心想低俗并不见得低俗，只怕是这愿望过于天真了。他又说："我那时真就是想出名，出了名让别人羡慕我母亲。"我想，他比我坦率。我想，他又比我幸福，因为他的母亲还活着。而且我想，他的母亲也比我的母亲运气好，他的母亲没有一个双腿残废的儿子，否则事情就不这么简单。

在我的头一篇小说发表的时候，在我的小说第一次获奖的那些日子里，我真是多么希望我的母亲还活着。我便又不能在家里呆了，又整天整天独自跑到地坛去，心里是没头没尾的沉郁和哀怨，走遍整个园子却怎么也想不通：母亲为什么就不能再多活两年？为什么在她儿子就快要碰撞开一条路的时候，她却忽然熬不住了？莫非她来此世上只是为了替儿子担忧，却不该分享我的一点点快乐？她匆匆离我去时才只有四十九呀！有那么一会，我甚至对世界对上帝充满了仇恨和厌恶。后来我在一篇题为"合欢树"的文章中写道："我坐在小公园安静的树林里，闭上眼睛，想，上帝为什么早早地召母亲回去呢？很久很久，迷迷糊糊的我听见了回答：'她心里太苦了，上帝看她受不住了，就召她回去。'我似乎得了一点安慰，睁开眼睛，看见风正从树林里穿过。"小公园，指的也是地坛。

只是到了这时候，纷纭的往事才在我眼前幻现得清晰，母亲的苦难与伟大才在我心中渗透得深彻。上帝的考虑，也许是对的。

摇着轮椅在园中慢慢走，又是雾罩的清晨，又是骄阳高悬的白昼，我只想着一件事：母亲已经不在了。在老柏树旁停下，在草地上在颓墙边停下，又是处处虫鸣的午后，又是鸟儿归巢的傍晚，我心里只默念着一句话：可是母亲已经不在了。把椅背放倒，躺下，似睡非睡挨到日没，坐起来，心神恍惚，呆呆地直坐到古祭坛上落满黑暗然后再渐渐浮起月光，心里才有点明白，母亲不能再来这园中找我了。

曾有过好多回，我在这园子里呆得太久了，母亲就来找我。她来找我又不想让我发觉，只要见我还好好地在这园子里，她就悄悄转身回去，我看见过几次她的背影。我也看见过几回她四处张望的情景，她视力不好，端着眼镜像在寻找海上的一条船，她没看见我时我已经看见她了，待我看见她也看见我了我就不去看她，过一会我再抬头看她就又看见她缓缓离去的背影。我单是无法知道有多少回她没有找到我。有一回我坐在矮树丛中，树丛很密，我看见她没有找到我；她一个人在园子里走，走过我的身旁，走过我经常呆的一些地方，步履茫然又急迫。我不知道她已经找了多久还要找多久，我不知道为什么我决意不喊她——但这绝不是小时候的捉迷藏，这也许是出于长大了的男孩子的倔强或羞涩？但这倔强只留给我痛悔，丝毫也没有骄傲。我真想告诫所有长大了的男孩子，千万不要跟母亲来这套倔强，羞涩就更不必，我已经懂了可我已经来不及了。

　　儿子想使母亲骄傲，这心情毕竟是太真实了，以致使"想出名"这一声名狼藉的念头也多少改变了一点形象。这是个复杂的问题，且不去管它了罢。随着小说获奖的激动逐日暗淡，我开始相信，至少有一点我是想错了：我用纸笔在报刊上碰撞开的一条路，并不就是母亲盼望我找到的那条路。年年月月我都到这园子里来，年年月月我都要想，母亲盼望我找到的那条路到底是什么。母亲生前没给我留下过什么隽永的哲言，或要我恪守的教诲，只是在她去世之后，她艰难的命运，坚忍的意志和毫不张扬的爱，随光阴流转，在我的印象中愈加鲜明深刻。

　　有一年，十月的风又翻动起安详的落叶，我在园中读书，听见两个散步的老人说："没想到这园子有这么大。"我放下书，想，这么大一座园子，要在其中找到她的儿子，母亲走过了多少焦灼的路。多年来我头一次意识到，这园中不单是处处都有过我的车辙，有过我的车辙的地方也都有过母亲的脚印。

三

　　如果以一天中的时间来对应四季，当然春天是早晨，夏天是中午，秋天是黄昏，冬天是夜晚。如果以乐器来对应四季，我想春天应该是小号，夏天是定音鼓，秋天是大提琴，冬天是圆号和长笛。要是以这园子里的声响来对应四季呢？那么，春天是祭坛上空漂浮着的鸽子的哨音，夏天是冗长的蝉歌和杨树叶子哗啦啦地对蝉歌的取笑，秋天是古殿檐头的风铃响，冬天是啄木鸟随意而空旷的啄木声。以园中的景物对应四季，春天是一径时而苍白时而黑润的小路，时而明朗时而阴晦的天上摇荡着的串串杨花；夏天是一条条耀眼而灼人的石凳，或阴凉而爬满了青苔的石阶，阶下有果皮，阶上有半张被坐皱的报纸；秋天是一座青铜的大钟，在园子的西北角上曾丢弃着一座很大的铜钟，铜钟与这园子一般年纪，浑身挂满绿锈，文字已不清晰；冬天，是林中空地上几只羽毛蓬松的老麻雀。以心绪对应四季呢？春天是卧病的季节，否则人们不易发觉春天的残忍与渴望；夏天，情人们应该在这个季节里失恋，不然就似乎对不起爱情；秋天是从外面买一棵盆花回家的时候，把花搁在阔别了的家中，并且打开窗户把阳光也放进屋里，慢慢回忆慢慢整理一些发过霉的东西；冬天伴着火炉和书，一遍遍坚定不死的决心，写一些并不发出的信。还可以用艺术形式对应四季，这样春天就是一幅画，夏天是一部长篇小说，秋天是一首短歌或诗，冬天是一群雕塑。以梦呢？以梦对应四季呢？春天是树尖上的呼喊，夏天是呼喊中的细雨，秋天是细雨中的土地，冬天是干净的土地上的一只孤零的烟斗。

　　因为这园子，我常感恩于自己的命运。

　　我甚至现在就能清楚地看见，一旦有一天我不得不长久地离开它，我会怎样想念它，我会怎样想念它并且梦见它，我会怎样因为不敢想念它而梦也梦不到它。

四

现在让我想想，十五年中坚持到这园子来的人都是谁呢？好像只剩了我和一对老人。

十五年前，这对老人还只能算是中年夫妇，我则货真价实还是个青年。他们总是在薄暮时分来园中散步，我不大弄得清他们是从哪边的园门进来，一般来说他们是逆时针绕这园子走。男人个子很高，肩宽腿长，走起路来目不斜视，胯以上直至脖颈挺直不动；他的妻子攀了他一条胳膊走，也不能使他的上身稍有松懈。

女人个子却矮，也不算漂亮，我无端地相信她必出身于家道中衰的名门富族；她攀在丈夫胳膊上像个娇弱的孩子，她向四周观望似总含着恐惧，她轻声与丈夫谈话，见有人走近就立刻怯怯地收住话头。我有时因为他们而想起冉阿让与柯赛特，但这想法并不巩固，他们一望即知是老夫老妻。两个人的穿着都算得上考究，但由于时代的演进，他们的服饰又可以称为古朴了。他们和我一样，到这园子里来几乎是风雨无阻，不过他们比我守时。我什么时间都可能来，他们则一定是在暮色初临的时候。刮风时他们穿了米色风衣，下雨时他们打了黑色的雨伞，夏天他们的衬衫是白色的裤子是黑色的或米色的，冬天他们的呢子大衣又都是黑色的，想必他们只喜欢这三种颜色。他们逆时针绕这园子一周，然后离去。

他们走过我身旁时只有男人的脚步响，女人像是贴在高大的丈夫身上跟着漂移。我相信他们一定对我有印象，但是我们没有说过话，我们互相都没有想要接近的表示。十五年中，他们或许注意到一个小伙子进入了中年，我则看着一对令人羡慕的中年情侣不觉中成了两个老人。

曾有过一个热爱唱歌的小伙子，他也是每天都到这园中来，来唱歌，唱了好多年，后来不见了。他的年纪与我相仿，他多半是早晨来，唱半小时或整整唱一个上午，估计在另外的时间里他还得上班。我们经常在祭坛东侧的小路上相遇，我知道他是到东南角的高墙下去唱歌，他一定猜想我去东北角的树林里做什么。我找到我的地方，抽几口烟，便听见他谨慎地整理歌喉了。他反反复复唱那么几首歌。"文化大革命"没过去的时候，他唱"蓝蓝的天上白云飘，白云下面马儿跑……"我老也记不住这歌的名字。"文化大革命"后，他唱《货郎与小姐》中那首最为流传的咏叹调。"卖布——卖布嘞，卖布——卖布嘞！"我记得这开头的一句他唱得很有声势，在早晨清澈的空气中，货郎跑遍园中的每一个角落去恭维小姐。

"我交了好运气，我交了好运气，我为幸福唱歌曲……"然后他就一遍一遍地唱，不让货郎的激情稍减。依我听来，他的技术不算精到，在关键的地方常出差错,但他的嗓子是相当不坏的,而且唱一个上午也听不出一点疲惫。太阳也不疲惫,把大树的影子缩小成一团,把疏忽大意的蚯蚓晒干在小路上,将近中午,我们又在祭坛东侧相遇,他看一看我,我看一看他,他往北去,我往南去。日子久了,我感到我们都有结识的愿望,但似乎都不知如何开口,于是互相注视一下终又都移开目光擦身而过;这样的次数一多,便更不知如何开口了。终于有一天——一个丝毫没有特点的日子,我们互相点了一下头。他说:"你好。"我说:"你好。"他说:"回去啦?"我说:"是,你呢?"他说:"我也该回去了。"我们都放慢脚步(其实我是放慢车速),想再多说几句,但仍然是不知从何说起,这样我们就都走过了对方,又都扭转身子面向对方。

他说:"那就再见吧。"我说:"好,再见。"便互相笑笑各走各的路了。但是我们没有再见,那以后,园中再没了他的歌声,我才想到,那天他或许是有意与我道别的,也许他考上了哪家专业文工团或歌舞团了吧? 真希望他如他歌里所唱的那样,交了好运气。

还有一些人,我还能想起一些常到这园子里来的人。有一个老头,算得一个真正的饮者;他在腰间挂一个扁瓷瓶,瓶里当然装满了酒,常来这园中消磨午后的时光。他在园中四处游逛,如果你不注意你会以为园中有好几个这样的老头,等你看过了他卓尔不群的饮酒情状,你就会相信这是个独一无二的老头。他的衣着过分随便,走路的姿态也不慎重,走上五六十米路便选定一处地方,一只脚踏在石凳上或土埂上或树墩上,解下腰间的酒瓶,解酒瓶的当儿眯起眼睛把一百八十度视角内的景物细细看一遭,然后以迅雷不及掩耳之势倒一大口酒入肚,把酒瓶摇一摇再挂向腰间,平心静气地想一会什么,便走下一个五六十米去。还有一个捕鸟的汉子,那岁月园中人少,鸟却多,他在西北角的树丛中拉一张网,鸟撞在上面,羽毛钗在网眼里便不能自拔。他单等一种过去很多而现在非常罕见的鸟,其他的鸟撞在网上他就把它们摘下来放掉,他说已经有好多年没等到那种罕见的鸟,他说他再等一年看看到底还有没有那种鸟,结果他又等了好多年。早晨和傍晚,在这园子里可以看见一个中年女工程师;早晨她从北向南穿过这园子去上班,傍晚她从南向北穿过这园子回家。事实上我并不了解她的职业或者学历,但我以为她必是学理工的知识分子,别样的人很难有她那般的素朴并优雅。当她在园子穿行的时刻,四周的树林也仿佛更加幽静,清淡的目光中竟似有悠远的琴声,比如说是那曲《献给艾丽丝》才好。我没有见过她的丈夫,没有见过那个幸运的男人是什么样子,我想象过却想象不出,后来忽然懂了想象不出才好,那个男人最好不要出现。她走出北门回家去。

我竟有点担心,担心她会落入厨房,不过,也许她在厨房里劳作的情景更有另外的美吧,当然不能再是《献给艾丽丝》,是个什么曲子呢? 还有一个人,是我的朋友，他是个最有天赋的长跑家，但他被埋没了。他因为在"文化大革命"中出言不慎而坐了几年牢，出来后好不容易找了个拉板车的工作，样样待遇都不能与别人平等，苦闷极了便练习长跑。那时他总来这园子里跑，我用手表为他计时。他每跑一圈向我招下手，我就记下一个时间。每次他要环绕这园子跑二十圈，大约两万米。他盼望以他的长跑成绩来获得政治上真正的解放，他以为记者的镜头和文字可以帮他做到这一点。第一年他在春节环城赛上跑了第十五名，他看见前十名的照片都挂在了长安街的新闻橱窗里，于是有了信心。第二年他跑了第四名，可是新闻橱窗里只挂了前三名的照片，他没灰心。第三年他跑了第七名，橱窗里挂前六名的照片，他有点怨自己。第四年他跑了第三名，橱窗里却只挂了第一名的照片。第五年他跑了第一名——他几乎绝望了，橱窗里只有一幅环城赛群众场面的照片。那些年我们俩常一起在这园子里呆到天黑，开怀痛骂，骂完沉默着回家，分手时再互相叮嘱：先别去死，再试着活一活看。现在他已经不跑了，年岁太大了，跑不了那么快了。最后一次参加环城赛，他以三十八岁之龄又得了第一名并破了纪录，有一位专业队的教练对他说："我要是十年前发现你就好了。"他苦笑一下什么也没说，只在傍晚又来这园中找到我，把这事平静地向我叙说一遍。不见他已有好几年了，现在他和妻子和儿子住在很远的地方。

这些人现在都不到园子里来了，园子里差不多完全换了一批新人。十五年前的旧人，现在就剩我和那对老夫老妻了。有那么一段时间，这老夫老妻中的一个也忽然不来，薄暮时分唯男人独自来散步，步态也明显迟缓了许多，我悬心了很久，怕是那女人出了什么事。幸好过了一个冬天那女人又来了，两个人仍是逆时针绕着园子走，一长一短两个身影恰似钟表的两支指针；女人的头发白了许多，但依旧攀着丈夫的胳膊走得像个孩子。"攀"这个字用得不恰当了，或许可以用"搀"吧，不知有没有兼具这两个意思的字。

五

我也没有忘记一个孩子——一个漂亮而不幸的小姑娘。十五年前的那个下午，我第一次到这园子里来就看见了她，那时她大约三岁，蹲在斋宫西边的小路上捡树上掉落的"小灯笼"。那儿有几棵大栾树，春天开一簇簇细小而稠密的黄花，花落了便结出无数如同三片叶子合抱的小灯笼，小灯笼先是绿色，继而转白，再变黄，成熟了掉落得满地都是。小灯笼精巧得令人爱惜，成年人也不免捡了一个还要捡一个。小姑娘咿咿呀呀地跟自己说着话，一边捡小灯笼；她的嗓音很好，不是她那个年龄所常有的那般尖细，而是很圆润甚或是厚重，也许是因为那个下午园子里太安静了。我奇怪这么小的孩子怎么一个人跑来这园子里？我问她住在哪儿？她随便指一下，就喊她的哥哥，沿墙根一带的茂草之中便站起一个七八岁的男孩，朝我望望，看我不像坏人便对他的妹妹说："我在这儿呢"，又伏下身去，他在捉什么虫子。他捉到螳螂，蚂蚱，知了和蜻蜓，来取悦他的妹妹。有那么两三年，我经常在那几棵大梨树下见到他们，兄妹俩总是在一起玩，玩得和睦融洽，都渐渐长大了些。之后有很多年没见到他们。我想他们都在学校里吧，小姑娘也到了上学的年龄，必是告别了孩提时光，没有很多机会来这儿玩了。这事很正常，没理由太搁在心上，若不是有一年我又在园中见到他们，肯定就会慢慢把他们忘记。

那是个礼拜日的上午。那是个晴朗而令人心碎的上午，时隔多年，我竟发现那个漂亮的小姑娘原来是个弱智的孩子。我摇着车到那几棵大栾树下去，恰又是遍地落满了小灯笼的季节；当时我正为一篇小说的结尾所苦，既不知为什么要给它那样一个结尾，又不知何以忽然不想让它有那样一个结尾，于是从家里跑出来，想依靠着园中的镇静，看看是否应该把那篇小说放弃。我刚刚把车停下，就见前面不远处有几个人在戏耍一个少女，作出怪样子来吓她，又喊又笑地追逐她拦截她，少女在几棵大树间惊惶地东跑西躲，却不松手揪卷在怀里的裙裾，两条腿袒露着也似毫无察觉。

我看出少女的智力是有些缺陷，却还没看出她是谁。我正要驱车上前为少女解围，就见远处飞快地骑车来了个小伙子，于是那几个戏耍少女的家伙望风而逃。小伙子把自行车支在少女近旁，怒目望着那几个四散逃窜的家伙，一声不吭喘着粗气，脸色如暴雨前的天空一样一会比一会苍白。这时我认出了他们，小伙子和少女就是当年那对小兄妹。我几乎是在心里惊叫了一声，或者是哀号。世上的事常常使上帝的居心变得可疑。小伙子向他的妹妹走去。少女松开了手，裙裾随之垂落了下来，很多很多她捡的小灯笼便洒落了一地，铺散在她脚下。她仍然算得漂亮，但双眸迟滞没有光彩。她呆呆地望那群跑散的家伙，望着极目之处的空寂，凭她的智力绝不可能把这个世界想明白吧？大树下，破碎的阳光星星点点，风把遍地的小灯笼吹得滚动，仿佛暗哑地响着无数小铃铛。哥哥把妹妹扶上自行车后座，带着她无言地回家去了。

无言是对的。要是上帝把漂亮和弱智这两样东西都给了这个小姑娘，就只有无言和回家去是对的。

谁又能把这世界想个明白呢？世上的很多事是不堪说的。你可以抱怨上帝何以要降诸多苦难给这人间，你也可以为消灭种种苦难而奋斗，并为此享有崇高与骄傲，但只要你再多想一步你就会坠入深深的迷茫了：假如世界上没有了苦难，世界还能够存在么？要是没有愚钝，机智还有什么光荣呢？要是没了丑陋，漂亮又怎么维系自己的幸运？要是没有了恶劣和卑下，善良与高尚又将如何界定自己又如何成为美德呢？要是没有了残疾，健全会否因其司空见惯而变得腻烦和乏味呢？我常梦想着在人间彻底消灭残疾,但可以相信,那时将由患病者代替残疾人去承担同样的苦难。如果能够把疾病也全数消灭,那么这份苦难又将由(比如说)相貌丑陋的人去承担了。就算我们连丑陋,连愚昧和卑鄙和一切我们所不喜欢的事物和行为,也都可以统统消灭掉,所有的人都一样健康、漂亮、聪慧、高尚,结果会怎样呢？怕是人间的剧目就全要收场了,一个失去差别的世界将是一条死水,是一块没有感觉没有肥力的沙漠。

看来差别永远是要有的。看来就只好接受苦难——人类的全部剧目需要它,存在的本身需要它。看来上帝又一次对了。

于是就有一个最令人绝望的结论等在这里:由谁去充任那些苦难的角色？又由谁去体现这世间的幸福,骄傲和快乐？只好听凭偶然,是没有道理好讲的。

就命运而言,休论公道。

那么,一切不幸命运的救赎之路在哪里呢？设若智慧的悟性可以引领我们去找到救赎之路,难道所有的人都能够获得这样的智慧和悟性吗？我常以为是丑女造就了美人。我常以为是愚氓举出了智者。我常以为是懦夫衬照了英雄。我常以为是众生度化了佛祖。

六

设若有一位园神,他一定早已注意到了,这么多年我在这园里坐着,有时候是轻松快乐的,有时候是沉郁苦闷的,有时候优哉游哉,有时候凄惶落寞,有时候平静而且自信,有时候又软弱,又迷茫。其实总共只有三个问题交替着来骚扰我,来陪伴我。第一个是要不要去死？第二个是为什么活？第三个,我干吗要写作？现在让我看看,它们迄今都是怎样编织在一起的吧。

你说,你看穿了死是一件无需乎着急去做的事,是一件无论怎样耽搁也不会错过的事。便决定活下去试试？是的,至少这是很关键的因素。为什么要活下去试试呢？好像仅仅是因为不甘心,机会难得,不试白不试,腿反正是完了,一切仿佛都要完了,但死神很守信用,试一试不会额外再有什么损失。说不定倒有额外的好处呢是不是？我说过,这一来我轻松多了,自由多了。为什么要写作呢？作家是两个被人看重的字,这谁都知道。为了让那个躲在园子深处坐轮椅的人,有朝一日在别人眼里也稍微有点光彩,在众人眼里也能有个位置,哪怕那时再去死呢也就多少说得过去了,开始的时候就是这样想,这不用保密,这些现在不用保密了。

我带着本子和笔,到园中找一个最不为人打扰的角落,偷偷地写。那个爱唱歌的小伙子在不远的地方一直唱。要是有人走过来,我就把本子合上把笔叼在嘴里。我怕写不成反落得尴尬。我很要面子。可是你写成了,而且发表了。人家说我写的还不坏，他们甚至说：真没想到你写得这么好。我心说你们没想到的事还多着呢。我确实有整整一宿高兴得没合眼。我很想让那个唱歌的小伙子知道，因为他的歌也毕竟是唱得不错。我告诉我的长跑家朋友的时候，那个中年女工程师正优雅地在园中穿行；长跑家很激动，他说好吧，我玩命跑，你玩命写。这一来你中了魔了，整天都在想哪一件事可以写，哪一个人可以让你写成小说。是中了魔了，我走到哪儿想到哪儿，在人山人海里只寻找小说，要是有一种小说试剂就好了，见人就滴两滴看他是不是一篇小说，要是有一种小说显影液就好了，把它泼满全世界看看都是哪儿有小说，中了魔了，那时我完全是为了写作活着。结果你又发表了几篇，并且出了一点小名，可这时你越来越感到恐慌。我忽然觉得自己活得像个人质，刚刚有点像个人了却又过了头，像个人质，被一个什么阴谋抓了来当人质，不定哪天被处决，不定哪天就完蛋。你担心要不了多久你就会文思枯竭，那样你就又完了。凭什么我总能写出小说来呢？凭什么那些适合作小说的生活素材就总能送到一个截瘫者跟前来呢？人家满世界跑都有枯竭的危险，而我坐在这园子里凭什么可以一篇接一篇地写呢？你又想到死了。我想见好就收吧。当一名人质实在是太累了太紧张了，太朝不保夕了。我为写作而活下来，要是写作到底不是我应该干的事，我想我再活下去是不是太冒傻气了？你这么想着你却还在绞尽脑汁地想写。我好歹又拧出点水来，从一条快要晒干的毛巾上。恐慌日甚一日，随时可能完蛋的感觉比完蛋本身可怕多了，所谓不怕贼偷就怕贼惦记，我想人不如死了好，不如不出生的好，不如压根儿没有这个世界的好。可你并没有去死。我又想到那是一件不必着急的事。可是不必着急的事并不证明是一件必要拖延的事呀？你总是决定活下来，这说明什么？是的，我还是想活。人为什么活着？因为人想活着，说到底是这么回事，人真正的名字叫做：欲望。可我不怕死，有时候我真的不怕死。有时候，——说对了。不怕死和想去死是两回事，有时候不怕死的人是有的，一生下来就不怕死的人是没有的。我有时候倒是怕活。可是怕活不等于不想活呀？可我为什么还想活呢？因为你还想得到点什么，你觉得你还是可以得到点什么的，比如说爱情，比如说价值之类，人真正的名字叫欲望。这不对吗？我不该得到点什么吗？没说不该。可我为什么活得恐慌，就像个人质？后来你明白了，你明白你错了，活着不是为了写作，而写作是为了活着。你明白了这一点是在一个挺滑稽的时刻。那天你又说你不如死了好，你的一个朋友劝你：你不能死，你还得写呢，还有好多好作品等着你去写呢。这时候你忽然明白了，你说：只是因为我活着，我才不得不写作。或者说只是因为你还想活下去，你才不得不写作。是的，这样说过之后我竟然不那么恐慌了。就像你看穿了死之后所得的那份轻松？一个人质报复一场阴谋的最有效的办法是把自己杀死。我看出我得先把我杀死在市场上，那样我就不用参加抢购题材的风潮了。你还写吗？还写。你真的不得不写吗？人都忍不住要为生存找一些牢靠的理由。你不担心你会枯竭了？我不知道，不过我想，活着的问题在死前是完不了的。

这下好了，您不再恐慌了不再是个人质了，您自由了。算了吧你，我怎么可能自由呢？别忘了人真正的名字是：欲望。所以您得知道，消灭恐慌的最有效的办法就是消灭欲望。可是我还知道，消灭人性的最有效的办法也是消灭欲望。那么，是消灭欲望同时也消灭恐慌呢？还是保留欲望同时也保留人生？我在这园子里坐着，我听见园神告诉我，每一个有激情的演员都难免是一个人质。每一个懂得欣赏的观众都巧妙地粉碎了一场阴谋。每一个乏味的演员都是因为他老以为这戏剧与自己无关。每一个倒霉的观众都是因为他总是坐得离舞台太近了。

我在这园子里坐着，园神成年累月地对我说：孩子，这不是别的，这是你的罪孽和福祉。

七

要是有些事我没说，地坛，你别以为是我忘了，我什么也没忘，但是有些事只适合收藏。不能说，也不能想，却又不能忘。它们不能变成语言，它们无法变成语言，一旦变成语言就不再是它们了。它们是一片朦胧的温馨与寂寥，是一片成熟的希望与绝望，它们的领地只有两处：心与坟墓。比如说邮票，有些是用于寄信的，有些仅仅是为了收藏。

如今我摇着车在这园子里慢慢走，常常有一种感觉，觉得我一个人跑出来已经玩得太久了。有一天我整理我的旧相册，一张十几年前我在这园子里照的照片——那个年轻人坐在轮椅上，背后是一棵老柏树，再远处就是那座古祭坛。我便到园子里去找那棵树。我按着照片上的背景找很快就找到了它，按着照片上它枝干的形状找，肯定那就是它。但是它已经死了，而且在它身上缠绕着一条碗口粗的藤萝。有一天我在这园子碰见一个老太太，她说："哟，你还在这儿哪？"她问我："你母亲还好吗？"

"您是谁？""你不记得我，我可记得你。有一回你母亲来这儿找你，她问我您看没看见一个摇轮椅的孩子？……"我忽然觉得，我一个人跑到这世界上来真是玩得太久了。有一天夜晚，我独自坐在祭坛边的路灯下看书，忽然从那漆黑的祭坛里传出一阵阵唢呐声；四周都是参天古树，方形祭坛占地几百平米空旷坦荡独对苍天，我看不见那个吹唢呐的人，唯唢呐声在星光寥寥的夜空里低吟高唱，时而悲怆时而欢快，时而缠绵时而苍凉，或许这几个词都不足以形容它，我清清醒醒地听出它响在过去，响在现在，响在未来，回旋飘转亘古不散。

必有一天，我会听见喊我回去。

那时您可以想象一个孩子，他玩累了可他还没玩够呢。心里好些新奇的念头甚至等不及到明天。也可以想象是一个老人，无可置疑地走向他的安息地，走得任劳任怨。还可以想象一对热恋中的情人，互相一次次说"我一刻也不想离开你"，又互相一次次说"时间已经不早了"，时间不早了可我一刻也不想离开你，一刻也不想离开你可时间毕竟是不早了。

我说不好我想不想回去。我说不好是想还是不想，还是无所谓。我说不好我是像那个孩子，还是像那个老人，还是像一个热恋中的情人。很可能是这样：我同时是他们三个。我来的时候是个孩子，他有那么多孩子气的念头所以才哭着喊着闹着要来，他一来一见到这个世界便立刻成了不要命的情人，而对一个情人来说，不管多么漫长的时光也是稍纵即逝，那时他便明白，每一步每一步，其实一步步都是走在回去的路上。当牵牛花初开的时节，葬礼的号角就已吹响。

但是太阳，他每时每刻都是夕阳也都是旭日。当他熄灭着走下山去收尽苍凉残照之际，正是他在另一面燃烧着爬上山巅布散烈烈朝晖之时。那一天，我也将沉静着走下山去，扶着我的拐杖。

有一天，在某一处山洼里，势必会跑上来一个欢蹦的孩子，抱着他的玩具。

当然，那不是我。

但是，那不是我吗？宇宙以其不息的欲望将一个歌舞炼为永恒。这欲望有怎样一个人间的姓名，大可忽略不计。

原载《上海文学》1991 年第 1 期

莫　高　窟

余秋雨

一

莫高窟对面，是三危山。《山海经》记，"舜逐三苗于三危"。可见它是华夏文明的早期屏障，早得与神话分不清界线。那场战斗怎么个打法，现在已很难想象，但浩浩荡荡的中原大军总该是来过的。当时整个地球还人迹稀少，哒哒的马蹄声显得空廓而响亮。让这么一座三危山来做莫高窟的映壁，气概之大，人力莫及，只能是造化的安排。

公元三六六年，一个和尚来到这里。他叫乐樽，戒行清虚，执心恬静，手持一支锡杖，云游四野。到此已是傍晚时分，他想找个地方栖宿。正在峰头四顾，突然看到奇景：三危山金光灿烂，烈烈扬扬，像有千佛在跃动。是晚霞吗？不对，晚霞就在西边，与三危山的金光遥遥对应。

三危金光之谜，后人解释颇多，在此我不想议论。反正当时的乐樽和尚，刹那间激动万分。他怔怔地站着，眼前是腾燃的金光，背后是五彩的晚霞，他浑身被照得通红，手上的锡杖也变得水晶般透明。他怔怔地站着，天地间没有一点声息，只有光的流溢，色的笼罩。他有所憬悟，把锡杖插在地上，庄重地跪下身来，朗声发愿，从今要广为化缘，在这里筑窟造像，使它真正成为圣地。和尚发愿完毕，两方光焰俱黯，苍然暮色压着茫茫沙原。

不久，乐樽和尚的第一个石窟就开工了。他在化缘之时广为播扬自己的奇遇，远近信士也就纷纷来朝拜胜景。年长日久，新的洞窟也一一挖出来了。上至王公，下至平民，或者独筑，或者合资，把自己的信仰和祝祈，全向这座陡坡凿进。从此，这个山峦的历史，就离不开工匠斧凿的叮当声。

工匠中隐潜着许多真正的艺术家。前代艺术家的遗留，又给后代艺术家以默默的滋养。于是，这个沙漠深处的陡坡，浓浓地吸纳了无量度的才情，空灵灵又胀鼓鼓地站着，变得神秘而又安详。

二

从哪一个人口密集的城市到这里，都非常遥远。在可以想象的将来，还只能是这样。它因华美而矜持，它因富有而远藏。它执意要让每一个朝圣者，用长途的艰辛来换取报偿。

我来这里时刚过中秋，但朔风已是铺天盖地。一路上都见鼻子冻得通红的外国人在问路，他们不懂中文，只是一迭连声地喊着："莫高！ 莫高！"声调圆润，如呼亲人。国内游客更是拥挤，傍晚闭馆时分，还有一批刚刚赶到的游客，在苦苦央求门卫，开方便之门。

我在莫高窟一连呆了好几天。第一天入暮，游客都已走完了，我沿着莫高窟的山脚来回徘徊。试着想把白天观看的感受在心头整理一下，很难；只得一次次对着这堵山坡傻想，它究竟是个什么样的存在？

比之于埃及的金字塔，印度的山奇大塔，古罗马的斗兽场遗迹，中国的许多文化遗迹常常带有历史的层累性。别国的遗迹一般修建于一时，兴盛于一时，以后就以纯粹遗迹的方式保存着，让人瞻仰。中国的长城就不是如此，总是代代修建、代代拓伸。长城，作为一种空间的蜿蜒，竟与时间的蜿蜒紧紧对应。中国历史太长、战乱太多、苦难太深，没有哪一种纯粹的遗迹能够长久保存，除非躲在地下，躲在坟里，躲在不为常人注意的秘处。阿房宫烧了，滕王阁坍了，黄鹤楼是新近重修。成都的都江堰所以能长久保留，是因为它始终发挥着水利功能。因此，大凡至今轰传的历史胜迹，总有生生不息、吐纳百代的独特禀赋。

莫高窟可以傲视异邦古迹的地方，就在于它是一千多年的层层累聚。看莫高窟，不是看死了一千年的标本，而是看活了一千年的生命。一千年而始终活着，血脉畅通、呼吸匀停，这是一种何等壮阔的生命！一代又一代艺术家前呼后拥向我们走来，每个艺术家又牵连着喧闹的背景，在这里举行着横跨千年的游行。纷杂的衣饰使我们眼花缭乱，呼呼的旌旗使我们满耳轰鸣。在别的地方，你可以蹲下身来细细玩索一块碎石、一条土埂，在这儿完全不行，你也被裹卷着，身不由主，跟跟跄跄，直到被历史的洪流消融。在这儿，一个人的感官很不够用，那干脆就丢弃自己，让无数双艺术巨手把你碎成轻尘。

因此，我不能不在这暮色压顶的时刻，在山脚前来回徘徊，一点点地找回自己，定一定被震撼了的惊魂。晚风起了，夹着细沙，吹得脸颊发疼。沙漠的月亮，也特别清冷。山脚前有一泓泉流，汩汩有声。抬头看看，侧耳听听，总算，我的思路稍见头绪。

白天看了些什么，还是记不大清。只记得开头看到的是青褐浑厚的色流，那应该是北魏的遗存。色泽浓厚沉着得如同立体，笔触奔放豪迈得如同剑戟。那个年代战事频繁，驰骋沙场的又多北方骠壮之士，强悍与苦难汇合，流泻到了石窟的洞壁。当工匠们正在这些洞窟描绘的时候，南方的陶渊明，在破残的家园里喝着闷酒。陶渊明喝的不知是什么酒，这里流荡着的无疑是烈酒，没有什么芬芳

的香味,只是一派力,一股劲,能让人疯了一般,拔剑而起。这时有点冷,有点野,甚至有点残忍;

色流开始畅快柔美了,那一定是到了隋文帝统一中国之后。衣服和图案都变得华丽,有了香气,有了暖意,有了笑声。这是自然的,隋炀帝正乐呵呵地坐在御船中南下,新竣的运河碧波荡漾,通向扬州名贵的奇花。隋炀帝太凶狠,工匠们不会去追随他的笑声,但他们已经变得大气、精细,处处预示着,他们手下将会奔泻出一些更惊人的东西;

色流猛地一下涡旋卷涌,当然是到了唐代。人世间能有的色彩都喷射出来,但又喷得一点儿也不野,舒舒展展地纳入细密流利的线条,幻化为一种壮丽。这里不再仅仅是初春的气温,而已是春风浩荡,万物苏醒。这里连禽鸟都在歌舞,连繁花都裹卷成图案。这里的雕塑都有脉搏和呼吸,挂着千年不枯的吟笑和娇嗔。这里的每一个场面,每一个角落,都够你留连长久。这里没有重复,真正的欢乐从不重复。一到别的洞窟还能思忖片刻,而这里,一进入就让你燥热。这才是人,这才是生命。人世间最有吸引力的,莫过于一群活得很自在的人发出的生命信号。唐代就该这样,这样才算唐代。我们的民族,总算拥有这么个朝代,总算有过这么一个时刻,驾驭如此瑰丽的色流,而竟能指挥若定;

色流更趋精细,这应是五代。唐代的雄风余威未息,只是由炽热走向温煦,由狂放渐趋沉着。头顶的蓝天好像小了一点,野外的清风也不再鼓荡胸襟;

终于有点灰黯了,舞蹈者仰首看到变化了的天色,舞姿也开始变得拘谨。仍然不乏雅丽,仍然时见妙笔,但欢快的整体气氛,已难于找寻。大宋的国土,被下坡的颓势,被理学的层云,被重重的僵持,遮得有点阴沉;

色流中很难再找到红色了,那该是到了元代;

……

这些朦胧的印象,稍一梳理,已颇觉劳累,像是赶了一次长途的旅人。据说,把莫高窟的壁画连起来,整整长达六十华里。我只不信,六十华里的路途对我轻而易举,哪有这般劳累?

夜已深了,莫高窟已经完全沉睡。就像端详一个壮汉的睡姿一般,看它睡着了,也没有什么奇特,低低的,静静的,荒秃秃的,与别处的小山一样。

三

第二天一早,我又一次投入人流,去探寻莫高窟的底蕴,尽管毫无自信。

游客各种各样。有的排着队,在静听讲解员讲述佛教故事;有的捧着画具,在洞窟里临摹;有的不时拿出笔记写上几句,与身旁的伙伴轻声讨论着学术课题。他们就像焦距不一的镜头,对着同一个拍摄对象,选择着自己所需要的清楚和模糊。

莫高窟确实有着层次丰富的景深（depth of field），让不同的游客摄取。听故事，学艺术，探历史，寻文化，都未尝不可。一切伟大的艺术，都不会只是呈现自己单方面的生命。游客们在观看壁画，也在观看自己。于是，我眼前出现了两个长廊：艺术的长廊和观看者的心灵长廊；也出现了两个景深：历史的景深和民族心理的景深。

如果仅仅为了听佛教故事，那么它多姿的神貌和色泽就显得有点浪费。如果仅仅为了学绘画技法，那么它就吸引不了那么多普通的游客。如果仅仅为了历史和文化，那么它至多只能成为厚厚著述中的插图。它似乎还要深得多，复杂得多，也神奇得多。

它是一种聚会，一种感召。它把人性神化，付诸造型，又用造型引发人性，于是，它成了民族心底一种彩色的梦幻，一种圣洁的沉淀，一种永久的向往。

它是一种狂欢，一种释放。在它的怀抱里神人交融、时空飞腾，于是，它让人走进神话、走进寓言。在这里，狂欢是天然秩序，释放是天赋人格，艺术的天国是自由的殿堂。

它是一种仪式，一种超越宗教的宗教。佛教理义已被美的火焰蒸馏，剩下了仪式的盛大和高超。只要是知闻它的人，都会寻找机会来投奔这种仪式，接受它的洗礼和熏陶。

仪式从沙漠的起点已经开始，在沙窝中一串串深深的脚印间，在一个个夜风中的帐篷里，在一具具洁白的遗骨中，在长毛飘飘的骆驼背上。我相信，一切为宗教而来的人，一定能带走超越宗教的感受，既传播又蕴藏。为什么甘肃艺术家只是在这里撷取了一个舞姿，就能引起全国性的狂热？为什么张大千举着油灯从这里带走一些线条，就能风靡世界画坛？蔡元培在本世纪初提出过以美育代宗教，我在这里分明看见，最高的美育也有宗教的风貌。

四

离开敦煌后，我又到别处旅行。

我到过另一个佛教艺术胜地，那里山清水秀，交通便利。思维机敏的讲解员把佛教故事讲成了一门古怪的道德课程。我还到过一个山水胜处，奇峰竞秀，美不胜收。一个导游指着几座略似人体的山峰，讲着一个个贞节故事，如画的山水也就成了一座座道德造型。

我真怕，怕这块土地到处是善的堆垒，挤走了美的踪影。

为此，我更加思念莫高窟。

什么时候，哪一位大手笔的艺术家，能告诉我莫高窟的真正奥秘？日本井上靖的《敦煌》显然不能令人满意，也许应该有中国的赫尔曼·黑塞，写一部《纳尔齐斯与歌德蒙》（*Narziss and Goldmund*），把宗教艺术的产生，刻画得如此激动人心，富有现代精神。

不管怎么说，这块土地上应该重新会聚那场人马喧腾、载歌载舞的游行。

我们，是飞天的后人。

原载《文化苦旅》，上海知识出版社 1992 年版

有关大雁塔

韩　东

有关大雁塔
我们又能知道些什么
有很多人从远方赶来
为了爬上去
做一次英雄
也有的还来做第二次
或者更多
那些不得意的人们
那些发福的人们
统统爬上去
做一做英雄
然后下来
走进这条大街
转眼不见了
也有有种的往下跳
在台阶上开一朵红花
那就真的成了英雄
当代英雄
有关大雁塔
我们又能知道什么
我们爬上去
看看四周的风景
然后再下来

原载《以梦为马——新生代诗卷》,北京师范大学出版社1993年版

麦　　地

海　子

吃麦子长大的
在月亮下端着大碗
碗内的月亮
和麦子
一样没有声响

和你俩不一样
在歌颂麦地时
我要歌颂月亮

月亮下
连夜种麦的父亲
身上像流动金子

月亮下
有十二只鸟
飞过麦田
有的衔起一颗麦粒
有的则迎风起舞，矢口否认。

看麦子时我睡在地里
月亮照我如照一口井

家乡的风
家乡的云
收聚翅膀
睡在我的双肩

麦浪——
天堂的桌子
摆在田野上

一块麦地。

收割季节
麦浪和月光
洗着快镰刀。

月亮知道我
有时比泥土还要累
而羞涩的情人
眼前晃动着
麦秸。

我们是麦地的心上人
收麦这天我和仇人
握手言和
我们一起干完活
合上眼睛，命中注定的一切
此刻我们心满意足地接受。

妻子们兴奋地
不停用白围裙
擦手。

这时正当月光普照大地。
我们各自领着
尼罗河、巴比伦或黄河
的孩子在河流两岸
在群蜂飞舞的岛屿或平原
洗了手
准备吃饭。

就让我这样把你们包括进来吧
让我这样说
月亮并不忧伤
月亮下
一共有两个人
穷人和富人
纽约和耶路撒冷

还有我

我们三个人

一同梦到了城市外面的麦地

白杨树围住的

健康的麦地

健康的麦子

养我性命的麦子

1985 年 6 月

选自《海子的诗》,人民文学出版社 1995 年版

关于《星》及《列宁格勒》杂志所犯错误的报告（节选）*

[苏]日丹诺夫

《人民日报》编者：

去年秋天，为了更加迅速有效地实现新的五年计划，苏联共产党中央执委会对文化艺术工作进行了一次检查，八月底到九月初，发表了一连串的指令，号召作家、剧作家、电影脚本写作者、戏剧演出者、杂志编辑人员改正缺乏思想、违背政策歪曲生活现实的错误和偏向，摆脱资产阶级意识的影响，积极反映苏联恢复和建设的生活，努力刻画满腔热情全副精力从事社会主义建设工作的苏联人民。现在我们收到的材料还只有日丹诺夫的这一篇报告和联共中央《关于剧场上演节目及改进方法》的决议，原译文都相当长，我们只可能节录发表。另据一个美国记者米德尔顿的报导，写《人民是不朽的》及《生命》的葛洛斯曼在苏联文学杂志《旗帜》（Mnmya）上发表的一篇剧本《假使我们相信比达哥拉斯派人》，也被批评家批评为"一幅苏联社会的讽刺图"。关于剧场的决议，随后发表，兹先把日丹诺夫报告的后半部发表出来。

日丹诺夫的报告全文约一万六千余字，前边大部用以指出左勤科和阿赫玛托娃等人的作品的反动腐朽性质，批评《星》和《列宁格勒》两杂志的错误。

关于左勤科——《星》杂志刊登了他的一篇《猴子历险记》，"这篇'作品的意义是将苏联人们描写成一群怠惰和畸形的人，是一群愚蠢而又落后的人"（引号中都是日氏的话，下同——编者），"借猴子的嘴说出极恶劣的有反苏毒素的'格言'，这就是说认为生活在动物园中，要比在自由的空气中好得多，在笼子里呼吸要比在苏联人们中间舒服些"。左勤科这个市侩，一贯对苏联人民的劳苦、英勇和道德不加考虑，一九四四年当苏联抗战正烈时，他躲在远后方写了一本恶劣小说《日出之前》，就曾受到《布尔什维克》杂志的严厉批评。但他却置之不理，回到

---

* 安德烈·亚历山德罗维奇·日丹诺夫（Andre Alexandrovich Zhdanov），时任联共（布）中央委员会书记，该文在《人民日报》1947年1月25日发表时，题为《关于〈星〉及〈列宁格勒〉杂志所犯错误的报告几点说明》。

列宁城后又大肆活动,甚至想在作家协会列城分会占领导地位,"以至于敢于随便责备不同意他的意见的人们,敢于以写文章来批评的方法对他们加以威胁"。他这种腐朽、颓废,否定艺术思想原则性,宣扬小市民趣味的根性,早在二十年代就形成了。他是所谓"谢拉皮翁兄弟"文学团体发起人之一,一九二二年时就曾说过:"现在向作家们要求起思想来了……咳,实在说,我真是不舒服","从党派观点来看,说我是一个无原则的人,随它去吧!"等反动的话。而他的团体"谢拉皮翁兄弟"所追求的艺术的作用就是如此。他们抽去了它的思想内容、社会意义,歌颂艺术的无思想性,歌颂为艺术的艺术,歌颂艺术没有目的和意义,这就是宣扬腐朽的超政治主义、小市民根性和低级趣味。在指明他的反动性以后,日丹诺夫同志高呼:"并不是我们应该将自己的生活和制度去适应左勤科!而是应该让他改变自己!若是他不愿改造的话——就让他从苏联文学里滚出去。苏联文学里决不能有地方登载腐朽、空洞,没有思想和低级趣味的作品。"

关于阿赫玛托娃及另一些人——"安娜·阿赫玛托娃也正是那毫无正确思想的反动文学泥沼里的一位代表人物。她是属于所谓'阿克梅'①(二十世纪初叶,俄国文艺上的一种倾向)文学一派的。"这一派在艺术上是一种极端个人主义的方向,宣传"为艺术而艺术"和"唯美"的论点,代表没落的贵族资产阶级的逃避现实,反对革命,一贯是和俄国民主革命的文学对立的。"阿赫玛托娃的创作应该是一种遥远的往事,它与现代苏联的事实背道而驰,更不能被容于我们的杂志篇页之中","这些作品只能散布忧郁的感情,使情绪低落,产生厌世主义,使人们脱离社会生活的现实问题,从社会生活及社会事业的大道上走向个苦恼的窄狭阴霾中去"。和她这种忧郁哀愁和孤独起共鸣的,还有萨多菲夫和果米洛娃等人,他们在列城诸杂志上发表些《向无思想性及堕落阵地里爬的作品》。

《星》和《列宁格勒》的错误——这两个杂志既然极端缺乏政治警惕性,把仇恨苏联制度、毒害青年思想的作品容纳进来,因此"使杂志成为没有方向的刊物,使杂志成为助长敌人瓦解我们青年的工具"。同时又发表一些"迷恋于西欧现代的低级资产阶级趣味的文学","渐渐在外国小市民文学面前开始表现阿谀和倾导的态度"。《列宁格勒》杂志比《星》把更多的篇幅献给左勤科辈,同时又登了些诽谤列宁格勒城今日的生活和侮辱革命诗人涅克拉索夫的打油诗,而对列宁城的英勇恢复工作却什么也不登。这两个刊物的错误,作家协会列城分会也应负责,他供给的优秀作品不够。为集中精力起见,党中央决定封闭《列宁格勒》杂志。除此之外,日丹诺夫更指出"我们作家工作中的最大缺点,便是和苏联今天

---

① 注:1947年《人民日报》中仍以「」表示引号,故文中没有单、双引号之别。此处已按现在的标点规范加以调整。

的现实的题材脱离；一方面，他们单方面的热衷于历史上的题材，而另一方面，则企图选择单纯消遣的空洞无物的主题"。这是不合人民要求的。人民期待于作家的是体会祖国战争的经验，描写恢复国民工作中的英雄主义，使它们普及起来。

下面是日丹诺夫对这些错误的根源以及对经验、教训的分析。

错误和缺点的根源

这些错误和缺点的根源在什么地方呢？

这些错误及缺点的根源就在于上述两大杂志的编辑，我们苏联文艺界的活动家，以及列宁格勒我们思想阵线的领导同志忘记了列宁主义关于文学的某些基本的论点。有许多作家，做负责的编辑工作的同志，或者是在作家协会占有重要岗位的人们都以为政治——这是政府的事情，党中央的事情了。而对文学家呢？从事政治那就不是他们的事情，一个人写得很好，很艺术，很美丽，虽然这里面有误人子弟、毒害我们青年的腐朽的地方也在所不管，就给以发表了。而我们要求的文艺界的领导同志以及作家同志们，都被政治所领导，没有它，苏联的制度就不能生存。我们要求，我们不是以颓废，无思想原则性的精神来教育青年，而是以朝气勃勃的精神和革命性来教育我们的青年。

大家都知道，列宁主义在其本身中体现了十九世纪的俄国的民主革命家的一切优良的传统，而我们苏联的文化，便是在过去的批判地改造过的文化遗产的基础上发生，发展，乃至达到了繁荣的地步。在文学领域中，我们党曾非止一次地引列宁和斯大林的话，指出伟大的俄国的革命民主作家及批评家，如柏林斯基、杜布罗留波夫、车尔尼雪夫斯基、沙尔梯科夫、谢德林、普列哈诺夫等的巨大意义。从柏林斯基开始，俄国的革命民主的知识分子之一切优秀的代表们，从来没有承认过所谓"纯艺术"，"为艺术而艺术"，而他们就是"艺术是为了人民"及艺术具有最高的政治思想性及社会意义的主张者。艺术决不能将自己和人民的命运分开。请回忆一下有名的柏林斯基的《致戈果里的一封信》吧，在这封信中，伟大的批评家以其全部的热情责叱了戈果里，因为他企图叛变人民的事业而转到沙皇方面去。列宁称这封信为一种没有被沙皇检查的民主出版界极优秀的作品，它在今天还保有巨大的文学意义。

请回忆一下杜布罗留波夫的一些文艺评论的文章吧，在这些文章中，他极其有力地指出了文学的社会意义。我们俄国一切的革命民主的评论，都是充满着对沙皇制度的不共戴天的仇恨，而渗透着为着人民的基本利益，为着人民的教育，为着人民的文化，为着人民从沙皇制度的枷锁中的解放而斗争之崇高的努力。

战斗的艺术是领导人民，为人民的美好理想而斗争的——俄国文学的伟大的代表们是这样地认识文学和艺术的。车尔尼雪夫斯基是在一切空想社会主义者中最接近于科学社会主义的人,从他的作品中,如列宁所指出的"发散着阶级斗争的气味",他曾教训我们说,除了认识人生以外,艺术的任务还在于教导人们正确地评判这样的或那样的社会现象。车尔尼雪夫斯基的最接近朋友和战友杜布罗留波夫指出:"不是生活按着文学的标准前进,而是文学适应生活的方向而改变",他竭力宣传现实主义的原则及文学中的群众性,他认为艺术的基础是现实,它是创作的源泉,艺术在社会生活中有着积极的作用,它能有组织社会的意识,按照杜布罗留波夫的意见说,文学必须为社会服务,必须对现实的最尖锐的一些问题给人民以回答,艺术又必须是站在自己时代的思想水平之上。

作为柏林斯基、车尔尼雪夫斯基、杜布罗留波夫伟大传统承继者的马克思文艺批评,从来就是现实主义社会真实艺术的保护者。普列哈诺夫写了很多东西,其目的就在于揭露那些对文学和艺术的空想的、反科学的认识,并且保卫我们伟大的俄国民主革命家所教育我们的:把文学作为服务于人民的有力手段的基本论点。列宁是以极严格的明确性规定了前进的社会思想对文学和艺术的关系的第一个人。这里,我请大家记起列宁于一九〇五年所写的《党的组织和党的文学》这篇有名的文章。在这里,他以其所特有的力量指出,文学不应该是标新立异的,而它应该是总的无产阶级事业重要环节的一部分。在列宁的这篇文章中奠定了一切的基础,在这些基础之上,建立起我们苏联文学的特点。列宁写道:

"文学必须成为党的。和资产阶级的风格不同,和资产阶级的雇佣的商业性的出版界不同,和资产阶级文学家的地位意义不同,和个人主义不同,和老爷们的无政府主义不同,和挣钱的目的不同,社会主义的无产阶级必须提出党的文学的原则,发展这个原则,并把这一原则在尽可能完整的、精细的形式中实现出来。"

党的文学原则

那么党的文学原则是什么呢?

列宁主义认为:我们的文学不应该是与政治漠不相关的,也不能是"为艺术而艺术"的,他承认在社会生活中起着重要的、前进的作用。

文学的党性——这一列宁的原则就是由此出发的,这是列宁对关于文学的科学的重要的贡献。

由此可见,苏联文学的优秀传统就是十九世纪俄国文学优秀传统的继续。这一传统是由我们伟大的民主的革命家们柏林斯基、杜布罗留波夫、车尔尼雪夫斯基、沙尔梯科夫、谢德林所创造,被普列哈诺夫所继续,又由列宁和斯大林加以科学的改造而创立的。

涅克拉索夫称自己的诗歌为"复仇和忧伤之歌"。车尔尼雪夫斯基和杜布罗留波夫视文学为对人民的神圣的服务。俄国的爱好民主的知识分子的优秀的代表们，在沙皇制度条件之下，为此崇高的思想而牺牲，为这种传统而赴难。我们怎么能够忘掉这一切？我们怎么能够允许阿赫玛托娃和左勤科把"为艺术而艺术"的口号拖出来呢？

列宁主义承认我们的文学具有重要的社会意义。如果我们苏联文学降低了自己的这一巨大的教育工作，这就是说我们要后退到石器时代去。

斯大林同志称我们的作家们为人类灵魂的工程师。这一定义是有着深刻的意义的。这是说苏联的作家们对于人民的教育，对苏联青年们的教育，以及在文学工作上不能允许有任何污点等方面，负有重大的责任。

有些人很奇怪，不明白党中央为什么在文艺问题上，采取这样严厉的步骤。有人认为，如果在生产工作上犯了错误，没有完成生产计划，那么这里采取了严厉的手段，当然是很自然的事（大笑），而如果是在教育人类灵魂方面犯了错误，在教育青年方面犯了点错误，这倒是可以容忍的事。然而，难道说这不是比未完成生产计划更大的错误吗？

因此，党中央就不能不出来干涉，并且坚决地纠正这件事情。党中央对于那些忘掉自己对于人民的义务，忘掉了自己对青年的教育责任的人们，是没有权利缓和对它的打击的。如果我们愿意以我们积极分子所应有的注意力来对待思想阵线工作上的诸问题，把工作整顿起来，给工作以方向，那么我们就应该真正像苏联的人民，像布尔什维克那样，批评工作的错误和缺点。只有这样，我们才能够把事情纠正过来。

苏联人民对作家的要求

有些文学家们这样地认识问题：他们说在战争期间，人们已经在文艺方面饥饿很久，那时书籍出版得很少，读者已经对任何作品都不加选择地读了起来，所以可以给人民一切东西去读。然而事实并不完全如此，我们是不能容忍被那些糊涂的不善于选择的文学家们、编辑们和出版者们所塞给我们的任何文学的。

苏联人民期待于我们作家的是思想上的武装，是那些能够帮助他们完成伟大的建设计划，完成和恢复和进一步发展我们国家的国民经济的计划之精神食粮。苏联人民向文学家们提出了很高的要求。他们希望满足他们思想上文化上的需要。在战争期间，因为情况的关系，我们曾未能保证这些存在着的要求。人民希望意味这些进行着的事变。他们的思想水平和文化水平都提高了。他们常常不满足于在我们这里所发现的文艺作品的质量。这些都是某些文艺工作者及思想阵线上的工作者所不明白和不愿意明白的。

我们人民的要求和兴趣水平现在已经提高到这样的水平，他们将被留在后面。文学的任务不仅仅是在人民需要的水平上前进，除此，它有义务发展人民的兴趣，提高他们的要求，用新的思想来丰富他们，引导着人民前进。谁要是没有能力引导人民前进，谁要是没有能力满足他们的日益增长着的要求，不能解决发展苏联文化的问题，他就必不可免地成为谁都不需要的了。

铲除温情主义与加强文艺批评

由于《星》和《列宁格勒》领导同志们思想上存在着缺点，从此就产生了另外的错误。这个错误就是有些领导同志们把自己对于文学家们的关系，不是建立在苏联人民教育的利益之上，不是建立在文学家们政治方向利益之上，而建立在私人的利益，友情的利益之上。据说，有许多思想上不正确，在艺术方面也很软弱的作品，就是因为不愿意得罪这个或那个作家，而就予以出版了。从类似的工作人员的观点来看，为了不得罪人，最好还是不去照顾人民利益和国家的利益。这是一件完全不正确的，政治上犯错误的事情。这就等于用一百万元换一个铜板。

党中央在自己的决定中指出在文艺工作中以温情关系代替原则关系之极大害处。在我们某些文学家们之间的无原则的温情主义的关系起了极大的反作用，使许多作品的思想水平降低了，使一些非苏联文学的作品很容易钻到苏联文艺里面来。由于列宁格勒文艺阵线上的领导者们方面及列宁格勒的刊物的领导者方面批评的缺乏，由于以牺牲人民的利益，而把友爱的关系代替了工作关系的缘故，这就带来了极大的害处。

斯大林同志教育我们说，如果我们要保存干部，要教育和培养他们，我们就不应该害怕得罪什么人，就不应害怕原则性的，勇敢的，坦白的，客观的批评。任何的组织，包括文学的组织在内，没有批评便会腐朽。如果不医治的话，任何的病都会深入膏肓，难于再好。只有勇敢和坦白的批评才能帮助我们的人民修养得完美，鼓励他们前进，使他们认识及改正自己工作中的缺点。哪里没有批评，哪里的腐朽和停滞就会生起根来，哪里也就没有向前的进步。

斯大林同志不止一次地指出我们的发展的最重要的条件，便是必须使我们每一个苏联人每天都把自己的工作作一总结，毫无惧怕地检查自己，分析自己的工作，勇敢地批评缺点和错误，周密地思考，怎样才能使自己的工作达到更优良的成绩，而不断的努力工作使自己精通起来。

对于文学家们，这一点和对其他的工作人员是一样的。谁要是害怕批评自己的工作，谁就是遭人鄙视的懦夫，他就不配受到人民的尊敬。

在苏联作家协会常委会里，那里对工作的没有批评的态度，对文学家们的原则态度之被友情关系所代替是广泛地散布着。作家协会常委会，尤其是协会的主席吉洪诺夫所犯的错误便是那些已被揭露了的在《列宁格勒》和《星》中所表现了的不正确立场，同时他们的错误还在于他们不仅是没有阻止左勤科、阿赫玛托娃以及其他非苏联作家影响对苏联文学的侵入，而且放任了反苏联文学的倾向和风格向我们刊物侵入。

提高文学的思想水平

对《列宁格勒》杂志质量低落起了很大作用的又一原因，便是杂志领导上的毫无责任性的制度，在《列宁格勒》杂志的编辑部里，就知道谁是对杂志负总责，谁是负责各部的。在这情形下，就是起码的次序也是不会有的。这种缺点必须加以纠正。这就是党中央为什么派了《星》杂志的总编辑去负责这一刊物的方向，以及提高思想及艺术质量的原因。在杂志里，也像在其他工作中一样，是不能容忍无政府状态及无秩序的现象的，必须意识到一个杂志的责任，因此就必须提高在杂志中被刊登出来的材料的思想和艺术的水平。

你们应该恢复起列宁格勒的文学及列宁格勒思想阵线的光荣传统，当我们做结论说那曾一向是进步思想、进步文化的苗床的列宁格勒杂志，如今成了无思想性的避难所时，我们是非常惋惜的。应该把作为进步思想和文化中心的列宁格勒的往日的光荣恢复起来。必须永远记住：列宁格勒曾是布尔什维克列宁主义的摇篮。在这里，列宁和斯大林曾开始建立新的社会主义国家，开始恢复了列宁的城市进步的思想文化中心的固有的光荣之荣誉事业。你们的任务是把文学中所存在的无思想性铲除，并把苏联的文学提到最大的高度。

苏联作家们的创作，必须不是为了某些个别的人，而是为了人民。我们不能生活在社会里而脱离社会去自由自在，不能为个别的集团去创作。

为了把文学提高到应有的高度，就必须铲除无思想和庸俗。这是非常必需的。必须提高和前进，使之不落后于我们国家的进步，而使自己更加改善，提高到更高的水平。应该采用今天的题材，使文化发展起来的。

社会主义国家，这一具有进步制度的国家，它有着进步的文化。因此我们应该教导西方的文学家们，资本主义的服务者们，而不是向他们去学习。我们必须引导他们跟我们走。在我们队伍里不应该有阿谀及消极的防御。我们应该和西方的腐朽的思想进行积极的斗争。尽管存在着各种各样的障碍，全世界会认识苏联国家及其制度的真理的。

尤其是在今天，苏联在祖国战争的前线和后方的英勇斗争，恢复和发展国民经济的斗争，更说明许多的真理。

苏联的作家应该引导着群众跟着自己走，他必须要大踏步前进，指出道路，而不是拖在时代的后卫之中。

而在列宁格勒的杂志《星》和《列宁格勒》却是相反的现象。这现象之所以发生，是因为市委，尤其是宣传部只迷恋于要求材料问题，而忘记了最主要的事，即我们杂志的思想水平问题，忘记了文学是教育年青的一代的，因此文学家们，就必须是站在前进的阵地上。

可是已经腐朽了的西方资产阶级思想能有什么好东西去教育人们呢？什么好的也没有。这些东西就不许可侵入苏联文学中来的，这是绝对的。苏联文学家们必须是在思想上坚强的，而不是与政治无关的人。文学是教育人民的，而我们的人民已经具有很高的文化水平，因此他们所需要的作品，也是具有高度的思想和艺术水平的东西。

译自 1946 年 9 月 27 日哈尔滨《俄文报》

全文转载自 1946 年 11 月 26 日《东北日报》，文中小插题是我们加的。据《东北日报》原注称：此文前半部为高莽先生所译，经赵洵同志校订，后半部为赵洵所译，全文又经金人统一校过。

——编者

原载《人民日报》1947 年 1 月 25 日

报告全文可见葆荃、水夫合译《战后苏联文学之路：文艺论文集第二辑》，时代书报出版社 1947 年版；葆荃、梁香合译《论苏联文艺与哲学的方向》，大连大众书店 1948 年版（1937 年初版），《论文学、艺术与哲学诸问题》，时代书报出版社 1947 年版；金人辑译《苏联文学与艺术的方向》，东北新华书店 1950 年版；人民文学出版社编辑《日丹诺夫论文学与艺术》，人民文学出版社 1959 年版。

新的人民的文艺（节选）*

周　扬

要把毛主席一九四二年在延安文艺座谈会讲话以来，最近七八年间解放区文艺的全部发展过程及其在各方面的成就和经验，作一简要而又概括的叙述，实在不是一件容易的事。这个文艺是如此年轻，充满了强烈无比的生命力，它又在广大群众的考验中积累了如此丰富的经验，以至我们还没有来得及将这些经验加以全面的研究、总结和提高。但有一点是肯定的：文艺座谈会以后，在解放区，文艺的面貌，文艺工作者的面貌，有了根本的改变。这是真正新的人民的文艺。文艺与广大群众的关系也根本改变了。文艺已成为教育群众、教育干部的有效工具之一，文艺工作已成为一个对人民十分负责的工作。

“五四”以来，以鲁迅为首的一切进步的革命的文艺工作者，为文艺与现实结合，与广大群众结合，曾作了不少苦心的探索和努力。在解放区，由于得到毛泽东同志正确的直接的指导，由于人民军队与人民政权的扶植，以及新民主主义政治、经济、文化各方面改革的配合，革命文艺已开始真正与广大工农兵群众相结合。先驱者们的理想开始实现了。自然现在还仅仅是开始，但却是一个伟大的开始。

毛主席的《在延安文艺座谈会上的讲话》规定了新中国的文艺的方向，解放区文艺工作者自觉地坚决地实践了这个方向，并以自己的全部经验证明了这个方向的完全正确，深信除此之外再没有第二个方向了，如果有，那就是错误的方向。

解放区的文艺是真正新的人民的文艺，这可以从以下几个方面来观察和说明。

新的主题，新的人物，新的语言、形式

新的主题、新的人物像潮水一般地涌进了各种各样的文艺创作中。我就《中国人民文艺丛书》所选入的一七七篇作品（包括歌剧、话剧、小说、报告、叙事诗等）的主题，作了一个粗略的统计：

写抗日战争、人民解放战争（包括群众的各种形式的对敌斗争）与人民军队（军队作风、军民关系等）的，一○一篇。

---

* 这是作者1949年7月5日在中华全国文学艺术工作者代表大会上关于解放区文艺运动的报告。

　　写农村土地斗争及其他各种反封建斗争（包括减租、复仇清算、土地改革，以及反对封建迷信、文盲、不卫生、婚姻不自由等）的，四一篇。

　　写工业农业生产的，一六篇。

　　写历史题材（主要是陕北土地革命时期故事）的，七篇。

　　其他（如写干部作风等），一二篇。

　　由以上统计，可以看出解放区文艺面貌的轮廓，也可以看出中国人民解放斗争的大略轮廓与各个侧面。民族的、阶级的斗争与劳动生产成为了作品中压倒一切的主题，工农兵群众在作品中如在社会中一样取得了真正主人公的地位。知识分子一般的是作为整个人民解放事业中各方面的工作干部、作为与体力劳动者相结合的脑力劳动者被描写着。知识分子离开人民的斗争，沉溺于自己小圈子内的生活及个人情感的世界，这样的主题就显得渺小与没有意义了，在解放区的文艺作品中，就没有了地位。"五四"以来，描写觉醒的知识分子，描写他们对光明的追求、渴望，以至当先驱者的理想与广大群众的行动还没有结合时孤独的寂寞的心境的作品，无疑的是曾经起过一定的启蒙作用的。但现在，当中国人民已经在中国共产党领导之下，奋斗了二十多年，他们在政治上已有了高度的觉悟性、组织性，正在从事于决定中国命运的伟大行动的时候，如果我们不尽一切努力去接近他们，描写他们，而仍停留在知识分子所习惯的比较狭小的圈子，那么，我们就将不但严重地脱离群众，而且也将严重地违背历史的真实，违背现实主义的原则。

　　解放区文艺工作者为与广大工农兵群众相结合，曾作了极大的努力。在火线上、在农村、工厂中，都有他们的足迹。他们积极地参加了战争，参加了土地改革、生产运动。他们经过了不少的磨炼。在此特别值得表扬的是，许多部队文艺工作者直接参加战斗，与战士们完全打成一片，在火线上进行了战壕鼓动演唱，有的就在战场上流了最后一滴血，他们值得我们崇高的尊敬和永久的纪念。

　　解放区文艺工作者学习了马列主义、毛泽东思想，参加了各种群众斗争和实际工作，并从斗争和工作中开始熟悉了、体验了中国共产党、中国人民解放军与人民政府的各项政策，这就是解放区文艺所以获得健康成长的最根本的原因。所以，很自然地，我们的作品充满了火热的战斗的气氛。我们已经有了若干反映抗日战争、人民解放战争与人民军队，反映农村各种斗争，反映劳动生产的比较成功的作品。中国人民解放军（抗战时期的八路军、新四军）所进行的战争，是中国历史上前所未有的真正人民的战争，它取得了人民的全力支援和他们在各方面斗争的配合。这个战争的群众性质，在我们的许多作品中反映出来。马烽、西戎的《吕梁英雄传》，赵树理的《李家庄的变迁》，袁静、孔厥的《新儿女英雄传》，邵子南的《地雷阵》（以上小说），胡丹沸的《把眼光放远点》（话剧），马健翎的《血泪仇》、《穷人恨》（新秦腔），柯仲平的《无敌民兵》（歌剧），晋冀鲁豫文工团的《王克勤班》（歌剧），战斗剧社的《女英雄刘胡兰》（歌剧），洪林的《一支运粮队》（小说），记录了农民在反对日本侵略者、反对国民党反动派的武装斗争以及其他各种形式的斗争中的英雄事迹。刘白羽的《无敌三勇士》、《政治委员》，华山的《英雄的十月》，李文波的《袄袖上的血》，韩希梁的《飞兵在沂蒙山上》（以上小说、报告），战斗剧社的《九股山的英雄》（话剧），直接反映了人民解放军战士的无比的英雄气概和对革命事业的无限忠心。反映农村斗争的最杰出的作品，也是解放区文艺的代表之作，是赵树理的《李有才板话》。其次，王力的《晴天》，王希坚的《地覆天翻记》，丁玲的《太阳照在桑干河上》，立波的《暴风骤雨》，马加的《江山村十日》（以上小说），李之华的《反翻把斗争》（话剧），都在一定规模和深度上反映了农村减租减息和土地改革的运动。贺敬之等的《白毛女》（歌剧），阮章竞的《赤叶河》（歌剧）及长诗《圈套》，赵树理的《小二黑结婚》，菡子的《纠纷》，孔厥的《一个女人翻身的故事》，洪林的《李秀兰》，康濯的《我的两家房东》（以上小说），则是以封建社会中受压迫最深的妇女为主人公，展开了农村反封建斗争的惨烈场面，同时描绘了解放后农村男女新生活的愉快光景。以劳动生产为主题的作品，可以举出曾流行一时的小秧歌剧《兄妹开荒》、《动员起来》，傅铎的《王秀鸾》（歌剧），欧阳山的《高乾大》，柳青的《种谷记》，草明的《原动力》（以上小说），陈其通的《炮弹是怎样造成的》（话剧），鲁煤等的《红旗歌》（话剧）及电影剧本《桥》。历史题材方面，有描写陕北土地革命故事的有名长诗《王贵与李香香》（李季），歌剧《周子山》及高朗亭的《雷老婆》等短篇。

　　所有以上作品反映了中国人民如何在反对民族压迫与封建压迫的各式各样的斗争中，克服了困难，改造了自己，产生了各种英雄模范人物。我们的许多作品写了真人真事，例如《一个女人翻身的故事》、《李国瑞》、《女英雄刘胡兰》等等。这种情况正表现了新的人民时代的特点。我们是处在这样一个充满了斗争和行动的时代，我们亲眼看见了人民中的各种英雄模范人物，他们是如此平凡，而又如此伟大，他们正凭着自己的血和汗英勇地勤恳地创造着历史的奇迹。对于他们，这些世界历史的真正主人，我们除了以全副的热情去歌颂去表扬之外，还能有什么别的表示呢？即使我们仅仅描画了他们的轮廓，甚至不完全的轮廓，也将比让他们湮没无闻，不留片鳞半爪，要少受历史的责备。因此写真人真事是不应当笼统地去反对的。应当肯定：写真人真事是艺术创造的方法之一，只要选择的对象是适当的，而又经过一定艺术上的加工，是可以产生不但有教育意义而且有艺术价值的作品的。苏联的《夏伯阳》不就是很好的现成的例子吗？

　　英雄从来不是天生的，而是在斗争中锻炼出来的。人民在改造历史的过程中，同时也改造了自己。工农兵群众不是没有缺点的，他们身上往往不可避免地带有旧社会所遗留的坏思想和坏习惯。但是在共产党的领导和教育以及群众的批评帮助之下,许多有缺点的人把缺点克服了,本来是落后分子的,终于克服了自己的落后意识,成为一个新的英雄人物。我们的许多作品描写了群众如何在斗争中获得改造的艰苦的过程。在斗争中,也只有在斗争中,人的精神品质,我们民族的勤劳勇敢的优良性格,才能得到充分的发展。以描写妇女的作品来说,从《白毛女》、《赤叶河》中的女主人公到《一个女人翻身的故事》中的折聚英,《王秀鸾》一直到《女英雄胡兰》,在精神上不知经历了多少世纪呵!在这么一个长距离中,不知流了多少眼泪,多少血!描写部队中落后战士转变的作品,是特别具有教育意义的。它们反映了我们的部队所进行的阶级教育、民主教育的卓越成效,同时反过来又推动了部队的教育。杜烽的《李国瑞》(话剧),鲁易的《团结立功》(话剧),白桦的《杨勇立功》(歌剧),刘白羽的《无敌三勇士》,都是在这一方面获得成功的作品。描写农村中二流子转变的,有马健翎的《大家欢喜》(歌剧)及其他许多同样题材的短剧。《红旗歌》则反映了在生产竞赛中工人的两种不同的劳动态度及工厂管理人员两种不同的工作作风,落后的工人终于在代表正确作风的管理人员的耐心教育与关心之下,改变了自己的旧的劳动态度,而成为生产中的新的积极分子。

中国新文化运动的最伟大的启蒙主义者鲁迅曾经痛切地鞭挞了我们民族的所谓"国民性",这种"国民性"正是帝国主义、封建主义在中国长期统治在人民身上所造成的一种落后精神状态。他批判地描写了中国人民性格的这个消极的、阴暗的、悲惨的方面,期望一种新的国民性的诞生。现在中国人民经过了三十年的斗争,已经开始挣脱了帝国主义、封建主义所加在我们身上的精神枷锁,发展了中国民族固有的勤劳勇敢与其他一切的优良品性,新的国民性正在形成之中。我们的作品就反映着与推进着新的国民性的成长的过程。对人民的缺点,我们是有批评的,但我们是抱着如毛主席所指示的"保护人民,教育人民"的热情态度去批评的。我们不应当夸大人民的缺点,比起他们在战争与生产中的伟大贡献来,他们的缺点甚至是不算什么的,我们应当更多地在人民身上看到新的光明。这是我们所处的这个新的群众的时代不同于过去一切时代的特点,也是新的人民的文艺不同于过去一切文艺的特点。

解放区文艺的内容是新的,而且也正因为内容是新的,在形式方面也自然和它相适应地有许多新的创造。这首先表现在语言方面。"五四"以来,进步的革命的文艺工作者不止一次地提出过与讨论过"大众化"、"民族形式"等等的问题,但始终没有得到实际的彻底的解决。直到文艺座谈会以后,由于文艺工作者努力与工农群众相结合,努力学习工农群众的语言,学习他们的萌芽状态的文艺,"大众化"、"民族形式"的问题就自然而然地得到了解决,至少找到了解决的正确途径。解放区文艺作品的重要特色之一是它的语言做到了相当大众化的程度。语言是文艺作品的第一个因素，也是民族形式的第一个标志。赵树理的特出的成功，一方面固然是得力于他对于农村的深刻了解，他了解农村的阶级关系、阶级斗争的复杂微妙，以及这些关系和斗争如何反映在干部身上，这就使他的作品具有了高度的思想价值，另一方面也是得力于他的语言，他的语言是真正从群众中来的，而又是经过加工、洗练的，那么平易自然，没有一点矫揉造作的痕迹。在他的作品中艺术性和思想性取得了较高的结合。除了赵树理以外，许多文艺工作者，特别是做过群众工作的文艺工作者，都在语言上有不少的创造。

解放区文艺的另一个重要特点之一，就是和自己民族的、特别是民间的文艺传统保持了密切的血肉关系。小说方面，《李有才板话》；诗歌方面，《王贵与李香香》；戏剧方面，《白毛女》、《血泪仇》。这些在群众中比较最流行的作品都是如此。《白毛女》、《血泪仇》，为什么能够突破从来新剧的纪录，流行如此之广，影响如此之深呢？其主要原因就在：它们在抗日民族战争时期尖锐地提出了阶级斗争的主题，赋予了这个主题以强烈的浪漫的色彩，同时选择了群众所熟习的所容易接受的形式。《白毛女》是在秧歌基础上，创造新型歌剧的一个最初的尝试。文艺座谈会以来，文艺工作者在搜集研究与改造各种民间形式上，都做了不少的工作。其中最主要的收获是秧歌，我们在农村旧秧歌的基础上创造出了新的人民的秧歌，它的影响现在已遍及全国。此外，绘画方面，解放区的木刻、年画、连环画等，都带有浓厚的中国作风与中国气派，如大家熟知的古元、彦涵、力群等人的木刻，华君武、蔡若虹的漫画。音乐方面，也产生了许多在群众中广泛流行的民歌风的歌曲。我们对待旧形式，已不理是简单的"旧瓶装新酒"，而是"推陈出新"，这是完全符合一个民族的文艺发展的正常规律的。鲁迅曾经说过："旧形式是采取，必有所删除，既有删除，必有所增益，这结果是新形式的出现，也就是变革。"鲁迅的这个预言在解放区是已经初步实现了。现在没有人会说《李有才板话》、《王贵与李香香》是旧形式，秧歌是旧形式，相反地，它们正是我们所追求的所探索的新形式。过去我们把封建阶级的文艺看成旧形式，是对的，但把资产阶级的文艺看成新形式，却错了。后一种看法是来源于盲目崇拜西方的心理，而又反过来助长了这种心理；说得不客气，这是一种半殖民地思想的反映。对于人民的文艺来说，封建文艺的形式也好，资产阶级文艺的形式也好，都是旧形式。对于两者我们都不拒绝利用，但都要加以改造。在民族的、科学的、大众的基础上，将它们改造成为人民服务的文艺，这就是我们对一切旧形式的根本态度。对民间形式，也是如此。

解放区文艺从民间形式学习了许多东西，今后还要继续学习，这是没有疑问的。但这并不等于说除了民间形式以外，一切外来的形式都不要了，或者不重视了。不，完全不是这样。我们十分重视而且虚心接受中外遗产中一切优良的有用的传统，特别是苏联社会主义文学艺术的经验。我们采用民间形式是不断地加以改造和发展的，例如，秧歌舞从模仿工农兵的新的动作而发展出"生产舞"、"进军舞"一类的新式舞蹈。任何外来的艺术形式，一经用来表现中国人民的生活和斗争，而且为群众所接受，那么，它们必然逐渐变形为自己民族的人民的艺术。工农兵群众和干部接受新东西的能力是很快、很大的。郭沫若的《屈原》，茅盾的《清明前后》、《腐蚀》，以及国统区许多优秀的有思想的作品，都在解放区获得了广大的读者，对他们起了教育的作用。

解放区的文艺，由于反映了工农兵群众的斗争，又采取了群众熟习的形式，对群众和干部产生了最大的动员作用与教育作用。农民和战士看了《白毛女》、《血泪仇》、《刘胡兰》之后激起了阶级敌忾，燃起了复仇火焰，他们愤怒地叫出"为喜儿报仇"、"为王仁厚报仇"、"为刘胡兰报仇"的响亮口号，有的部队还组织了"刘胡兰复仇小组"。文艺与人民、与政治的关系是达到了如此密切地步，解放区文艺工作者不能不充分地考虑与重视观众读者的要求和反映，并且把全心全意为他们服务，当作自己光荣的愉快的任务。

……

为提高作品的思想性、艺术性而奋斗，
创造无愧于伟大的中国人民革命时代的作品

以上我把文艺座谈会以来解放区文艺的面貌作了一个轮廓式的叙述。必须承认，解放区的文艺工作是有成绩的。但能不能因此就自满起来呢？我们是丝毫没有可以自满的理由的，我们的文艺工作还远落后于革命形势的发展与革命任务的需要。文艺战线比起军事战线所达到的水平来是相差很远很远的。

现在全国革命已取得基本胜利，中国正迈入一个广泛地从事经济建设、政治建设、国防建设和文化建设的新历史时期。我们的文艺工作者必须继续深入群众、深入实际，积极参加人民解放斗争和新民主主义各方面的建设，并通过各种艺术形式更多地更好地来反映这个斗争和建设。国家建设的过程基本上就是一个变农业国为工业国的过程。过去因我们工作重心在农村，我们的作品反映农村斗争、生产的，就占了最大的比重；反映工业生产和工人阶级的作品非常之少，到现在为止，较好的还只有《原动力》、《红旗歌》几篇。工人阶级、农民阶级和革命知识分子是人民民主专政的领导力量和基础力量，我们的作品必须着重地来反映这三个力量。解放区知识分子，经过整风和长期实际工作的锻炼，在思想、情感、作风各方面都有了根本的改变，他们已经相当地工农化了，我们的作品中应当反映他们的新面貌。自然，文艺可以描写一切阶段、一切人物的活动，工农

兵的生活和斗争也只有在与其他阶级的一定关系上才能被完全地表现出来。但是重点必须放在工农兵身上，这是没有问题的，因为工农兵群众是解放战争与国家建设的主体的缘故。

工农业生产建设的主题将获得新的重大的意义。但是建设也绝不会和和平平地进行的，建设本身就是斗争。一方面，武装的敌人虽然打败了，但暗藏的敌人还在时时企图破坏我们，特别是破坏我们的工业建设，我们必须加倍警惕；另一方面，工人阶级与资产阶级虽然在"公私兼顾、劳资两利、发展生产、繁荣经济"的总目标上是大体一致的，但他们之间存在不可调和的矛盾，却也是不可否认的事实，而文艺作品则必须揭发社会中一切的主要矛盾和主要斗争。

革命战争快要结束，反映人民解放战争，甚至反映抗日战争，是否已成为过去，不再需要了呢？不，时代的步子走得太快了，它已远远走在我们前头了，我们必须追上去。假如说在全国战争正在剧烈进行的时候，有资格记录这个伟大战争场面的作者，今天也许还在火线上战斗，他还顾不上写，那么，现在正是时候了，全中国人民迫切地希望看到描写这个战争的第一部、第二部以至许多部的伟大作品！它们将要不但写出指战员的勇敢，而且要写出他们的智慧、他们的战术思想，要写出毛主席的军事思想如何在人民军队中贯彻，这将成为中国人民解放斗争历史的最有价值的艺术的记载。

我们的作品是有思想内容的，因为它们反映了人民的斗争、人民的思想、意志、情绪，但思想性还不够，必须提高一步。一切前进的文艺工作者必须站在像黑格尔所说的时代思想水平上；今天具体地说，就是站在马列主义毛泽东思想的水平上。只有如此，才能获得独立地观察、分析与综合各种生活现象的能力，也就是，艺术上概括的能力。只有如此，才能将多方面地、深刻地反映生活与明确地、坚持地宣传政策，两者统一起来，不至于为了宣传某一具体政策而歪曲了生活中的基本事实，或者为了生活的局部细节的真实，而模糊了基本政策思想。只有如此，才能更有力地表现积极人物，表现群众中的英雄模范；克服过去写积极人物（或称正面人物）总不如写消极人物（或称反面人物）写得好的那种缺点。只有如此，才能不但反映群众中的情况的问题，而且反映领导上的情况和问题。反映与批评领导思想作风的，如像苏联《前线》那样的作品，我们是十分需要的。而要能够写出这种作品，就必须自己有较高思想水平，同时又熟悉各种领导干部（包括高级干部在内）的作风、思想、性格。文艺座谈会以后，文艺工作者深入到了工农群众中去，开始学会了描写工农群众，这是很大的收获，现在又还必须学会描写工农兵干部，特别是领导干部，一切问题要从群众与领导两方面的角度去观察，这样我们就会看得更全面，因而作品的思想水平就必然会更高。

为了创造富有思想性的作品，文艺工作者首先必须学习政治，学习马列主义毛泽东思想与当前的各种基本政策。不懂得城市政策、农村政策，便无法正确地表现城乡人民的生活和斗争。政策是根据各阶级在一定历史阶段中所处的不同地位，规定对于他们的不同待遇，适应广大人民需要，指导人民行动的东西。每个个人的命运，都被他所属阶级的地位，以及对待这一阶级的基本政策所左右的，同时也是被各个具体政策本身或执行的好坏所影响的。在人民民主专政的新社会中，人民已成为自己命运的主人，他们的行动不再是自发的、散漫的、盲目的，而是有意识的、有组织的、按照一定目标进行的；这就是说，他们的行动是被政策所指导的，人民通过根据他们的利益所制定的各种政策来主宰着自己的命运。这就是新的人民时代不同于过去一切旧时代的根本规律。因此，离开了政策观点，便不可能懂得新时代的人生活中的根本规律。一个文艺工作者，只有站在正确的政策观点上，才能从反映各个人物的相互关系、他们的生活行为和思想动态、他们的命运中，反映出整个社会各阶级的关系和斗争、各个阶级的生活行为和思想动态、各个阶级的命运。作品的高度思想性主要就表现在对于社会各阶级的相互关系和斗争的深刻的揭露。一个文艺工作者，也只有站在正确的政策观点上，才能使自己避免单从偶然的感想、印象或者个人的趣味来摄取生活中的某些片断，自觉或不自觉地对生活作歪曲的描写。"以感想代政策"，对文艺创作来说，也是有害的。

当然，文艺作品对政策的宣传，必须从实际出发，而不是从政策条文出发，必须着重反映各地各部门领导干部执行政策的各种不同的情况，各阶层群众对于政策的各种不同反映，群众接受我们党和政府的政策变为他们自己的政策整个曲折复杂过程，只有这样，文艺才能真实地反映情况、发现问题。因此文艺工作者学习政策，一方面是将政策作为他观察与描写生活的立场、方法和观点，但同时他又必须直接深入生活、深入群众，具体考察与亲自体验政策执行的情形，否则，不但不可能产生真正的艺术创作，而且也不可能对政策有真正的理解。同时，文艺工作者还必须学习马列主义基本理论与中国革命的总路线、总政策，只有这样，才能对各个时期各个地区的各种不同的具体政策作连贯起来的思索和理解，不致在宣传某一具体政策时发生偏差，而损害或降低艺术作品的思想性。

作品的艺术水平也必须提高。必须承认现在解放区的作品还远没有达到形式上完成的程度，我们必须学习技术。但我们又必须反对与防止一切技术至上主义（例如技术与思想分开，盲目崇拜西洋技巧等等）、形式主义，必须确立人民文艺的新的美学的标准、凡是"新鲜活泼的、为老百姓所喜闻乐见的中国作风与中国气派"的形式，就是美的，反之就是丑的。

现在摆在一切文艺工作者面前的主要任务就是创造无愧于这个伟大的人民革命时代的有思想的美的作品。

仍然普及第一,不要忘记农村

今天文艺工作,是提高为主呢?还是普及为主呢?这个问题必须明确地加以回答:就整个文艺运动来说,仍然是普及第一。这不只是因为全国胜利,新解放区扩大了,对那些地区的群众必须首先做普及工作,例如工厂文艺工作就必须用大力去进行;而且也因为老解放区普及工作的基础还不巩固,普及的面也还不够广大。现在我们整个工作的重心已由乡村移到城市,如果我们进了城市,就忘了农村,那原来打下的那点基础都可能垮台的。近两年来,农村旧剧的风行已是足够我们警惕的一种威胁。毛主席在《新民主主义论》中早就说过:"大众文化,实质上就是提高农民文化。"在最近发表的《论人民民主专政》中又说了:"严重的问题是教育农民。"因此,我们必须利用有了现代城市和交通的一切优越条件,采用各种方法,继续对农民进行普及的工作。继续深入地开展农村剧团及其他文艺的活动。老解放区农村戏剧运动是有较良好的基础的,必须对原有农村剧团加以整顿和充实,对旧子弟班加以改造。此外并应组织与改进说书。组织与发动群众创作,同时从上而下地供给他们以足够的可用的剧本和歌词。各地方剧团应建立与农村剧团的经常联系,采取典型培养、示范演出、定期轮训等方法帮助他们,把帮助与指导农村剧团作为自己的主要任务之一。除了农村原有艺术活动以外,还应将各种新形式的艺术推广到农村去,例如我们的电影,在条件许可下就应在农村大量放映。

在城市,我们必须开展工厂文艺的活动。我们进入城市的时候,向工人介绍了在农民艺术形式基础上发展起来的新秧歌,向工人宣传了农民如何受地主剥削,他们如何起来进行斗争,农民在抗日战争人民解放战争中作了多么重大的贡献,使工人阶级认识农民这个永久同盟军的重要。我们还要告诉工人,城市必须用一切方法帮助农民,不但供给他们工业日用品,而且还应供给他们精神食粮。我们在农村工作的同志,自然同时也必须向农民宣传工人阶级,使中国从农业国变为工业国,以及工人阶级为什么是中国人民革命的领导阶级。我们必须用事实证明给农民看,城市是在帮助他们,设法满足他们物质与精神的需要。这样才可以促进与巩固工农的联盟,使城乡不但在经济上互相合作,而且在文化上也互相交流,并且通过农村合作社及一切其他方法继续帮助农民在文化上翻身,以最后打垮封建文化的阵地,这也就是新民主主义文化革命、文艺革命的最终目标。

一切文艺工作者,包括专家在内,必须时时将眼光放在工农兵群众的文艺活动上,注意研究群众文艺活动的情况与问题,把指导普及作为一切文艺工作者无可推脱的共同的责任。这个指导工作不能是零零星星的、附带的、可有可无的,而必须是有计划的、有系统的、用全力去做的,这样,才能满足普及的需要,也可能达到提高的目的。

有计划有步骤地改革旧剧及一切封建旧文艺

旧剧（包括京剧及其他地方戏）不但在新解放城市中而且在老解放区的农村中，还有极大的势力，这是开展普及工作所不能忽视的。一切封建艺术，从旧剧到小人书，都必须改造。京津两地的经验证明，群众是欢迎演新内容的京剧与地方戏的，旧剧人也愿意而且正在积极排演新的节目。现在的问题是新剧本太少，因此，改革旧剧的中心关键就是供给足够的可用的新的剧本。为此，必须组织广大旧艺人和新的文学戏剧者亲自动手创作或修改剧本，人民政府和文艺领导机关，则对他们加以指导和必要的协助。

在改革旧剧上，一方面要防止急躁态度，另一方面则必须反对不适当地强调旧剧（主要是京剧）艺术上的"完整性"，强调掌握技术的困难，因而不敢大胆突破旧剧形式的那种错误的保守观点。

在毛泽东文艺思想的指导之下，发动与依靠艺人的协同努力，旧剧改造的工作一定可以收到新的成果。

建立科学的文艺批评，加强文艺工作的具体领导

需要批评，已成为大学一致的呼声。现在的情况是十分缺少批评，特别是切实的、具体的、有思想的批评。文艺工作中批评的空气太稀薄了。广大读者由于缺乏正确批评的引导，对作品的选择就成为了自流的状态。许多年轻作者由于缺乏正确批评的帮助，在写作上只好自己摸索，有时就要走一些本来可以避免的弯路。文艺界的团结也由于缺乏必要的批评，有时就成为无原则的团结。我们必须在广泛的文艺界统一战线中进行必要的思想斗争。必须经常指出，在文艺上什么是我们所要提倡的，什么是我们所要反对的。批评必须是毛泽东文艺思想之具体应用，必须集中地表现广大工农群众及其干部的意见，必须经过批评来推动文艺工作者相互间的自我批评，必须通过批评来提高作品的思想性和艺术性。批评是实现对文艺工作的思想领导的重要方法。

为有效地推进解放区文艺工作，除了思想领导之外，还必须加强对文艺工作的组织领导，适当地解决文艺工作者在他们的工作中所碰到的许多实际困难和问题。这次大会后将成立全国文学艺术界的统一机构，这对广泛团结全国各方面的文艺工作者共同致力于新中国文艺的建设事业，将起重大的作用。我们相信，这次大会以后，新中国的人民的文艺必将有更大的开展，在中国文学史上将放出万丈光芒来。

原载《中华全国文学艺术工作者代表大会纪念文集》，新华书店 1950 年版

在反动派压迫下斗争和发展的革命文艺

——十年来国统区革命文艺运动报告提纲(节选)*

茅　盾

二　创作方面的各种倾向

现在,让我们来谈谈这十年来的文艺创作的情形。

前面已经指出,在抗战初期,文艺创作相当蓬勃,但其后不久,国民党反动派越来越反动,作家的处境也越来越困难,文艺创作因而也就不可想象地受着多种多样的限制。抗战初期有些作家虽然到过农村,然而由于作家没有经过改造,并未能真正和人民结合,而到了后来,由于国民党反动派的迫害,就连接近群众的可能性也很少了;因为和大众生活隔离,所以作品更失去了生气。反动派对于书报刊物的严格检查,又使得作家往往只能搁笔,而且作家常常被迫过着颠沛流离的困苦生活,更难安心写作。同时,在反动统治下,作家之间的组织不能健全,声气不能互通,又不易接受到正确的理论领导,因而造成了各自向前摸索的状态。在这种种限制下,再加上作家本身在思想与创作方法上的一些问题,国统区文艺创作一方面固然有成就,另一方面也不免表现出许多缺点来。这也是不必讳言的事实。

从基本上说,十年来国统区的文艺创作是有显著的成就的。如前所述,诗歌、戏剧、小说、漫画、木刻、歌咏、电影等等都曾在十年来的不同时期中发挥了战斗的作用。又在抗日战争胜利前后几年间的民主运动激流中,文学方面曾涌现出一些新的作品,例如诗歌方面的《马凡陀的山歌》,戏剧方面的《升官图》,小说方面的《虾球传》,或严正地分析了反动统治的实质,或辛辣地讽刺了国民党官僚集团,或从城市市民现实生活的表现中激发了读者的不满、反抗与追求新的前途的情绪。这当然不是说,这些作品已经尽善尽美,没有缺点,但我们所以提到它们作为例子,只是想借以指出一点,即它们在风格上一致地表现着一种新的倾向,那就是打破了五四传统形式的限制而力求向民族形式与大众化的方向发展。这种新的倾向,一般说来,也正是国统区内的作家们所共同致力的方向,他们一

---

* 这是作者 1949 年 7 月 4 日在中华全国文学艺术工作者代表大会上关于国统区文艺运动的报告。

方面根据群众对新文艺作品的反映,一方面接受了解放区的作品的影响,就感觉到,根据小资产阶级知识分子的趣味与嗜好而筑成的狭隘圈子如果不能打破,文艺创作是不可能去和更多的群众接触的。

又在抗日战争胜利前后,当民主运动、反美、反饥饿、反"戡乱"等等群众运动的浪潮,起伏于各大都市的时候,文艺青年们在这些伟大的斗争中所起的作用,也是不容忽视的。这些非职业的文艺工作者,——有些甚至是临时的文艺工作者,——在群众运动中为了适应斗争的要求,和群众的要求,临时编写了短篇报告、活报、街头剧、漫画、歌曲等等,既反映了群众的热烈的斗争情绪,又鼓动和组织更多的群众加入斗争,而因为他们是参加斗争的成员,他们生活在群众中,在斗争中,所以他们的临时急就的作品一般地都是有血有肉,立场明确而坚定。这些非职业的"文艺青年"在群众运动中所产生的小型作品,是可以和前述群众运动中群众自发编写的小型作品对照媲美的。可惜限于篇幅,在这里不能多讲了。

现在,让我们回过来再看我们的文艺创作有些什么缺点,其中哪些是比较主要的。

我们经常看到有这样的情形:许多读者虽然津津有味地读了某些作品,但掩卷回索,却又惘然无所得;也有不少作品,虽然在读者中起了一些启导求进步的作用,但同时又无形中给了读者以低回感伤的情绪。这究竟是由于什么缘故呢?一般说来,这是由于作品不能反映出当时社会中的主要矛盾与主要斗争。这是国统区文艺创作中产生各种缺点的基本根源。由于作者本人在不同程度上脱离了直接的革命斗争,就不能把握到,并正确地分析社会中的主要矛盾与主要斗争,因而作品中也就不免显得空疏,作家们用不同的方式来弥补这种空虚,就发生了各种不同的倾向。

有些作家因为不能反映出社会中的主要矛盾和主要斗争,就只能收集许多次要的社会生活现象,乃至许多与社会本质没有关联的社会生活现象。他们努力把所写的人物与现象写得细致,写得生动,并努力表现出革命的主题来,但终究在字里行间流露出一些黯淡无力的思想情绪。

还有一些作家,表面上和上述的倾向相反,他们为了使作品"有力",就着重去描写人物的精神状态。然而不幸,他们所写的人物和斗争既未能反映出主要矛盾和主要斗争,而且又往往不能完全按照客观的真实而加以表现,甚至竟以作家的主观任意解释和说明客观的现实。他们以为作品中愈是显露着作者的强烈的主观,就愈能表现出主题的积极性,但事实上,脱离了社会中的主要矛盾与主要斗争,主题的积极性就无所依附。

也还有一些作家以人道主义的思想情绪来填塞他们的作品,他们有正义感,有同情心,他们局部地揭露了现实的黑暗,也表现了若干客观的真实,但是他们回避开了社会中的主要矛盾与主要斗争。他们认识世界的方法是经验主义的，他们的作品也多少流露着感伤的情绪。

以上这几种倾向都可以从进步的、革命的作家的作品中发现；这些作品在当时都曾起了不同程度的进步作用，不过既又含有上述那些倾向，也就不能不使作品的战斗性打了折扣。但此外还有一些更有害的倾向潜生在进步的文艺阵营内部，成为腐蚀我们的斗志的毒素。

一种是完全按照个人的趣味而采集些都市生活的小镜头，编成故事，既无主题的积极意义，亦无明确的内容。这种纯粹以趣味为中心的作品，显然是对小市民的趣味投降，而失去了以革命的精神去教育群众的基本立场。

还有一种倾向，一方面描写抗日战争，另一方面则故意避免暴露抗日阵营中的黑暗面，却用男女间的恋爱故事，穿插其间，企图以"抗战"吸引进步的读者，同时又以"恋爱"迎合落后的读者，达到了"左右逢源"之乐。像这样的抗战加恋爱的新式传奇，在作者本人既然没有忠于真理忠于人民的严肃的态度，结果他的作品自然不但庸俗而已，而且在客观上对于反动统治起了掩饰的作用。

最后的一种倾向是抵不住反动统治的低气压的压迫，经济生活的煎熬，又受着资本主义没落期的文艺思潮的影响，公然把颓废主义呈现在大众的面前，而且还要装出"纯文艺"的高贵的气派来骗取读者。

我们必须指出，这种种有害的倾向正是进步文艺的敌人有意散播到我们的阵营中来的。一个本来是进步的作家，受不住艰难环境的锻炼，堕入这种有害的倾向，哪怕只是一时的表现，也是值得惋惜的事。因此我们必须坦率地指出，让我们大家一起来警惕和抵制这种种有害的倾向。

以上，为了叙述的便利，我们把各种倾向大致分类列举了出来，但其实有些倾向是互相错综并列，互相影响，有些甚至互相渗透的。而文艺创作上的倾向又是和文艺理论上的倾向相对应的。所以要分析这十年来的国统区的文艺创作，究明其间的关系，那真是千头万绪，还有待于今后的专门研讨；在这个短短的报告中，只能约略说出它的梗概罢了。

国统区的文艺创作何以不能反映出当时社会中的基本矛盾并且表现出种种偏向来呢？除了前面提到过的种种客观条件的限制，作家主观上的原因又是我们不能不提到的。国统区的进步作家们大多数是小资产阶级知识分子；小资产阶级也属于被压迫阶级，所以有和劳动人民结合的可能，但另一方面，未经改造的小资产阶级知识分子在生活思想各方面和劳动人民是有距离的。小资产阶级的思想观点使他们在艺术上倾心于欧美资产阶级文艺的传统，小资产阶级的思想观点也妨碍了他们全面而深入地认识历史的现实。在过去十年来，文艺作品的题材，取之于小资产阶级知识分子的占压倒的多数，而对于知识分子的短处则常常表示维护，即使批判了，也还是表示爱惜和原谅。题材取自农民生活的，则常常仅止于描写生活的表面，未能深入核心，只从静态中去考察，回忆中去想象，而没有从现实斗争中去看农民。至于题材取之于工人生活的，那是更少了，十之八九，作品中出现的工人往往只是表面上穿着工人的服装，而其意识情绪，则仍然是小资产阶级知识分子。同样由于未能克服自己的小资产阶级的思想观点，所以在这十年来每到政治形势逆转，政治的天空乌云密布的时候，作家在作品中所表现的情绪，也就低沉苦闷的调子多过于战斗的激情了。

反动的统治势力一方面竭力压制进步的革命的文艺，另一方面，也会努力运用文艺作为他们麻醉人民、欺骗人民的工具。反动文艺阵营的所谓"作家"们，在他们的作品中，或者把特务扮作英雄而公然歌颂，或者卖弄色情而煽扬颓风，他们的政治目的既然是人所一目了然的，也就从来没有能在广大读者群中抵消进步文艺所起的积极影响。但是同时，我们也不能不指出，反动文艺在国统区的城市中并不是毫无市场的。由于进步的、革命的文艺作品的基本读者仍限于小资产阶级的知识分子，就留下了很大的空隙给反动文艺做活动场所。带着浓厚的封建愚民主义气味的旧小说和有些无聊文人所写的神怪剑侠的作品，在反动统治势力下散播其毒素于小市民层乃至一部分劳动人民中。反动势力还利用"连环图画"，以拙劣的图画描绘种种反革命的题材廉价倾销以毒害儿童纯洁的心灵。此外，还有"第三种"作品，用的是新文艺的形式，表面上可以不接触政治问题，但所选择的题材都以小市民的落后趣味为标准，或布置一些恋爱场面的悲喜剧，或提出都市市民日常生活中一两点小小的矛盾而构成故事，或给小市民发泄一点生活上的小牢骚而决不致引起对现社会统治秩序的根本怀疑；这些作品是接受了欧美资本主义没落期的颓废主义的颓风，反映出殖民地一部分落后的知识分子的苦闷的情绪，迎合都市小市民既不满于现状，又耽于苟安而寻求刺激的心理。这三种因素就造成了这种作家，产生了这样的作品。对于这类的作品我们过去在文艺批评上，一向是加以无条件的轻视的。可是实际上，它不仅在一部分读者中起着麻醉作用，而且甚至悄悄地渗透到进步的文艺阵营。前面我们所提到的在进步阵营中的有害的倾向，不能不说是无形中受着他们的影响。为了防止进步的革命的文艺阵营内部发生恶疾，为了教育读者，今后，我们对于这种在西欧没落期的资产阶级文艺影响下的非工农大众立场的文艺作品，是必须加深警惕的。

三　文艺思想理论的发展

十年来文艺创作上的优点与缺点既略如上述，现在可以说一说文艺思想理论斗争和发展的概况。

首先应当指出来，十年中间我们曾和各种各样的反动文艺理论进行了坚决的斗争，而且在基本上打败了敌人。我们曾经驳斥了"抗战无关论"，曾经对于当时大吹大擂的国民党反动派的"文艺政策"从各种角度上加以抨击，使之体无完肤，我们曾经集中火力打击那公然鼓吹法西斯的"战国策派"，我们又经常揭露市侩主义的本质以及其他各种"挂羊头卖狗肉"的谬论。

其次，也应当指出来，国统区的文艺思想理论的发展，自来就不是直线的，而是盘旋前进，成为螺线形的。显著的特点是：我们经常在进行两条战线的斗争。我们曾经提出了和展开了若干问题，并且也在某种程度内解决了个别的问题（这些在以后我们将要提到）。但是在这十年内的文艺理论上，确也曾表现出不少模糊与混乱的现象。曾经由于反对过去文艺思想上的教条主义倾向，以致抹煞了科学的文艺思想的指导作用而放纵了小资产阶级思想的泛滥。也曾出现过由于强调抗日战争中的民族观点而比较忽略了阶级观点的思想倾向。为了要广泛地把民主的爱国的作家团结起来而忘记了在团结中仍旧可以容许，而且也必须有的互相区别与互相批评，这样的现象也是存在过的。这种种倾向和现象特别表现于抗日战争前期，而在抗日战争后期，特别在一九四三年毛泽东的"文艺讲话"发表后，虽然得到若干纠正，但仍未充分地克服，以致到了抗战结束，转入人民解放战争时期，在文艺思想的某些基本论点上，仍旧存在着需要解决的问题。

一九四三年公布的毛泽东的"文艺讲话"，本来也该是国统区的文艺理论思想上的指导原则。"文艺讲话"中提出了关于文艺上的立场态度的问题，提出了作家的学习问题，提出了文艺界统一战线的问题，这些问题在国民党统治区内的文学艺术界中也是一直存在着的。但是国统区的文艺界中，一般说来，对"文艺讲话"的深入研究是不够的，尤其缺乏根据"文艺讲话"中的精神进行具体的反省与检讨。因此有的藉口于解放区与国统区情形不同的理由，草率地看过这文件，表示"原则"上的同意；有的只是简单地搬用解放区文艺运动中一两点经验，就企图全面地解决文艺思想理论的问题，但因为他们并没有对于国统区文艺运动作全面的具体的分析研究，也就并不能真正解决问题。

但是无论如何，因为有了毛泽东的"文艺讲话"，有了解放区的文艺运动的范例，国统区内的文艺思想也就渐渐地有了向前进行的正确的轨迹了。

以下我们把大致在近十年内，国统区中的文艺思想发展的情况，归纳在三个问题中。

第一，关于文艺大众化的问题。

在抗日战争开始后，文艺大众化虽成为一般关心的问题，但当时人们所关心的多半只限于文艺形式问题。好像抗日的内容既已确定，则作家的立场观点态度等都已毫无问题了。"欧化"的文艺形式受到了怀疑，但文艺家如何建立真正的群众观点的问题却没有被重视,其结果就产生了一九四〇年的"民族形式"问题的论争。表现在这论争中的各种思想,有的是把大众化问题简单化到只是"民间旧形式"的利用(所谓"旧瓶装新酒"),以至完全抹煞了五四以来的一切新文艺的形式,也有的在保卫"文艺新形式"的名义下坚守着小资产阶级文艺的小天地——其所保卫的是"形式",实际上是深恐藏在这种形式下的内容受到损害。

这一次论争使人看出了原封不动地"利用"民间旧形式的思想与照旧地保存欧化的文艺新形式的思想,这两方面都各有其偏颇之处。以后在文艺创作的形式上展开了比较多样性的发展,这是这次论争的积极成果。在这次论争后若干年间,断续进行关于方言文艺,关于民歌民谣的研究与讨论,大体上都能发挥这次论争的积极成果,而给予创作活动以好的影响。但是另一方面,因为文艺大众化问题究竟不只是个形式问题,单就形式论形式,也就往往难免于陷入旧形式的保守主义的偏向,也就不能从思想上克服那对于文艺大众化成为最严重障碍的小资产阶级的思想及其文艺形式。

第二,关于文艺的政治性与艺术性的问题。

在抗日战争前期,只在一九四〇年曾因有个别资产阶级作家提出文艺可以"与抗战无关"之说而引起争论,一切进步的爱国的作者都觉得文艺服从于、服务于抗日战争,是无可怀疑的天经地义。但是抗战中的国内政治形势越来越复杂了,简单的民族观点不足以应付新的现实,单纯地呼喊抗战口号也不足以使文艺真正与人民大众的需要相结合。于是在文艺中发生了思想的波动,这种波动最强烈地表现在文艺的政治性与艺术性的问题上。表面上不否认文艺的政治性,实际上则把艺术性摆在政治性之上,这样的倾向潜生暗长。

一九四五年曾因为对于某几个具体作品的估价问题而正面引起了对这个问题的争论。有现实政治性很强的作品,然而被认为是在艺术性上不够,也有被认为艺术性较"高"而与现实的政治脱节的作品。究竟是前者还是后者更有价值呢?实际上,这不仅是政治性与艺术性何者更为重要一点的问题,而且包含着对于艺术性高低的衡量究竟用什么尺度的问题。如果把小资产阶级的情调当做艺术性的衡量尺度,那么政治性与艺术性的结合问题便永远解决不了。

自一九四五年以后,虽然没有再度提出这问题来形成争论,但事实上,甚至在人民解放战争胜利展开,革命高潮的形势到来的时候,这问题在不少文艺家的心中仍是一个解不开的结。

有这样的相当普遍的意见:我们的文艺作品中的政治性不是没有,而是太多了,缺乏的是高度的艺术性,所以才没有"伟大的作品"产生。

又有这样的说法:文艺的本质存在于艺术价值中,艺术的政治性虽是不可缺少的,然而不过是艺术价值的表现形态,是早晚不同的市价。

以上两种意见，很明显的是错误的。

有的人以为，向艺术要求直接的政治效果是一种亵渎。据这说法：艺术可以有政治效果，然而那是长远的，绝不是在当时就表现出来的，固然，成功的艺术作品因为表现了高度的典型，其政治效果不仅是一时的，而且能保持久远，但是其所以有长远的效果正因为它最深刻地表现了现实的政治性的缘故。因此反对直接的政治效果而追求长远的政治效果，实际上就会流于抽象的人性论而取消了艺术的政治性。

也有人因为反感于把政治性当成创作的装饰的倾向，而认为向艺术要求政治性，其结果必然使作家"说谎"。——固然，这样的倾向是存在的，有这样的作品，其基本思想是小资产阶级的，个人主义的，而其革命性的表现只飘浮在表面的词句上面。但这种倾向由何而来的呢？本来只抱着迎合骗人的目的的未尝没有，但很多场合则是由于作家并没有真正在思想上经过改造，并没有在生活上真正和群众结合的缘故。为了克服这倾向，正应该向艺术家严肃地要求政治性。如果因为作家把小资产阶级情调表现得那么亲切，而对于人民大众的政治要求表现得那么生硬，就以为前者是真实，后者乃是欺骗，那就只能把文艺引导到离开人民，脱离现实的一条死路。

因为醉心于提高，因为把艺术价值单纯化为技巧问题，又因为抱着上述的各种糊涂见解，于是就出现了漫无批判地"介绍"乃至崇拜西欧资产阶级古典文艺的倾向。欧洲资产阶级的古典作品，其中本来也有的是包含着比较健全的现实主义的创作方法，和若干进步的思想因素，值得介绍，也值得学习。但介绍不能漫无标准，而学习也同时应加批评。不幸那时成为一种风气的，则既无标准，也不加批判（此指一般现象而言，个别进步的文艺工作者当然不是这样的）。有些文艺工作者甚至以为熟读了一些西欧资产阶级的古典作品就可以获得中国文艺所缺少的高度艺术性。罗曼·罗兰的名著《约翰·克里斯朵夫》无论就思想深度言，或就"艺术性"言，当然是不朽之作，但不幸许多读者却被书中主人公的个人主义精神所震慑而晕眩，于是生活于四十年代人民革命的中国，却神往于十九世纪末期个人英雄主义的反抗方式，这简直是时代错误了。崇拜西欧古典作品的，最极端的例子就是波特莱耳也成为值得学习的模范，这当然更不足深论。

这种风气，沾染到作家方面，就出现了文艺上的形式主义的追求。而不知道，如果不从现实的生活出发，则形象化也好，典型也好，语言的丰富也好，一切方面的追求都会成为形式主义的追求。

而为反抗这种形式主义的追求，出现了强调"生命力"，强调作家的"主观意志"的倾向。而不知道，无论生命力也好，主观意志也好，离开了现实的政治斗争任务，则生命力或主观意志都成为抽象的东西。强调这些，并不足以克服形式主义的追求，而同样是，不过从另一方面引导向否认艺术的政治性的为艺术而艺术的倾向。这就是在下面所要谈到的第三个问题。

第三，关于文艺中的"主观"问题，实际上就是关于作家的立场、观点与态度的问题。

一九四四年左右在重庆出现了一种强调"生命力"的思想倾向，这实际上是小资产阶级禁受不住长期的黑暗与苦难生活的表现。小资产阶级受不了现实生活的熬煎，就在一方面表现为消极低沉的情绪，另一方面表现为急躁的追求心理。这两种倾向都表现于文艺创作中，而后一倾向特别表现于文艺理论上面，形成一种"小资产阶级的革命"文艺理论；这种文艺理论虽然极力抨击前一种消极低沉的倾向，然而，对于思想问题的解决不能有什么积极的贡献，只有片面地抽象地要求加强"主观"。

于是关于文艺上的"主观"的问题，在近几年来就成为国统区文艺界思想中积蓄酝酿着的基本问题，不能不要求解决。

问题的实质是：文艺作家当然不能采取"纯客观"的态度对待生活，但文艺创作上之所以形成种种偏向究竟是因为我们的作家们态度太客观了呢，还是作家太多地站在小资产阶级的主观立场上面？如果事实上正是小资产阶级的观点思想与情调成为障碍我们作家去和人民大众的思想情绪打成一片的根本因素，那么问题的解决就不应该是向作家要求"更多"的主观。这不是主观的强或弱的问题，更不是什么主观热情的衰退或奋发的问题，什么人格力量的伟大或渺小的问题，而是作家的立场问题，是作家怎样彻底放弃小资产阶级的主观立场，而在思想与生活上真正与人民大众相结合的问题。

在国民党反动派统治下能否向作家提出立场问题来呢？无疑问，是可以而且必要的。在那样的环境下，进步的作家在理论与实践相联系的精神下，学习关于中国社会与中国革命问题的理论而确定自己的创作方向是可能的，并且在一定程度内与人民大众的现实斗争相结合，向人民学习，使人民的生活与斗争成为自己的创作的泉源，也是可能的。然而有人以为革命理论的学习是足以使作家"说谎"，以为发扬作家的"主观"才会有艺术的真实表现。他们以为既然是革命的作家，天然就有革命的立场，如果本来没有革命的立场，怎样努力去学习和改造都是空的。他们以为，作家过着怎样的生活就可以怎样的"斗争"，这样的说法在国民党统治下作家的自由完全被剥夺时，本来不是完全没有理由；但他们因此就抹煞了作家去和人民大众的现实斗争相结合的必要。他们一方面强调了封建统治所造成的人民身上的缺点，以为和人民身上的缺点斗争是作家的基本任务，另一方面又无条件地崇拜个人主义的自发性的斗争，以为这种斗争就是健康的原始生命力的表现，他们不把集体主义的自觉的斗争，而把这所谓原始的生命力,看做是历史的原动力。他们想依靠抽象的生命力与个人的自发性的突击来反抗现实,所以这在实际上正是游离于群众生活以外的小资产阶级的幻想。

因此,关于文艺上的"主观"问题的讨论,继续展开下去,就不得不归结到毛泽东的"文艺讲话"中所提出的关于作家的立场观点态度等问题。

如果作家不能在思想与生活上真正摆脱小资产阶级的立场而走向工农兵的立场、人民大众的立场,那么文艺大众化的问题不能彻底解决,文艺上的政治性与艺术性的问题也不能彻底解决,作家主观的强与弱,健康与不健康的问题也一定解决不了。——从国统区这若干年来的文艺思想理论斗争中,也和在创作实践中一样,是只能得到这一个结论而不可能得到其他结论的。

原载《中华全国文学艺术工作者代表大会纪念文集》,新华书店1950年版

日记四则（1949 年）

沈从文

十一月十三

下午五时,兆和去学校,孩子参加劳动服务未回,萧离夫妇吃过茶后离开不久。头脑似乎极清凉。

极离奇,心中充满谦虚和惭愧,深觉对国家不起。为什么?并不明白。只觉得过去工作通无意义,因为和人的共通要求与希望,全不相合,只做成自大自恃和固步自封。一切隔离增加了这个错误的发展,直到于神经崩毁。

深觉愧对时代,愧对国家。且不知如何补过。也更愧对中共。个人痛苦已不是个人所难受,只是游离于时代以外,和一切进步发展隔绝。我应当多为国家作点事。应当把精力解放出来交给国家。

我怎么会忽然成为这么一个人?过去的我似乎完全死去了。新生的我十分衰弱,只想哭一哭。我好像和一切隔离,事实上却和一个时代多少人的悲喜混同而为一。我似乎已觉醒,或已新生。人十分善良。

我可能会要变了。头极清凉,为三年来从未经验过的清静。什么负气和由之而形成的障蔽全除去了,什么滞塞全通了。我很需要用用笔了。

桌上一堆混乱,在清理中。正如由于清理几个房间和一天生活过程,人忽如触机,连环全解。这时能见见张同志,一定可以和他谈许多许多。一定可以得到他许多鼓励。极离奇,我怎么变得这么渺小?让我分析一下看看。昨天在开会看过《新华日报》副刊一六二《黄维军团的歼灭》,看过《学习》上李森科一文……

极离奇,头脑会那么清静。我的病或许已快好了。脑伤已有了转机。也许病有了变化,可能要恶化。也许还是一种回复。什么事都如做梦,即当前的清静和头脑清凉处,完全如梦。完全如久病新瘥情况,只想向人民伸出手去,向一切为追求合理社会的实现而死去的,在各种困难中挣扎的,在一切热情中工作的,在反复学习的。要他们对我原谅。

我正在悄然归队。我仿佛已入队中。

心似乎被什么弄柔和了。一生中仅有的柔和。

兆过去一切勉励一切好意回复到生命中来。我什么防线都失去了。只觉得自己在时空中如微尘糠秕。四周极静。这时不过八点钟，怎么一切都如已经休息，惟我心在节律中跳跃。

战争犹在继续，每日有大规模死亡，到处有呼喊和呻吟。我做什么好？我难道就那么下去？

冻结中的生命，似乎有了春天的日光照晒，在起始融解。我失去了我，剩下的是一个无知而愚，愚而自恃的破碎的生命。虽有了新生，实十分软弱。

重理一些旧稿，方知一部分无用的廿年前小说史稿犹存在，另一部分七年前的却毁去了大部分。

我会疯到这种状况下，毁到这个状况下，极可怪。

看看十年前的《昆明冬景》，极离奇，在一切作品上我的社会预言大都说中，而一些知识分子改造问题，弱点及其相互关系，以及在新的发展社会中的种种，我什么都想到说到过，可是自己不意却成了一个冻着了生命活泼性、发展性的知识分子。

这个矛盾的综合，形成极离奇的现象。什么都冻着了。有时从音乐或美术作品中似乎得到了一种启示，见出春草春花光景，只是不多久事。事实上还是长期冻着在可怕荒寒中。一切存在均如幕的另一面，而个人却游离于社会与个人共同安排的错误继续中。头异常沉重。对于世事反应永远是表面的，没有一事触住心中深处。

人会那么受损害，肉体精神上受损害后会有那么大影响，都不是他人能想象的。医生是什么？不过是……一部分而已。

我怎么会这样？极离奇。那么爱这个国家，爱熟与不熟的人，爱事业，爱知识，爱一切抽象原则，爱真理，爱年青一代，毫不自私的工作了那么久，怎么会在这个时代过程中，竟把脑子毁去？把和社会应有关系与自己应有地位毁去？肉体精神两受损害到什么情形，谁也不明白。

人不能离群。一切由离群而起。

我成于思复毁于思。思索能力亦因之而毁，真是一种奇事。能够好好的来真正为人民工作多好！能够作的因头受伤而失去思索和用笔能力，根本无什么思想的，在技术上还不能毕业的……各以因缘在那里消费纸张篇幅，能作最高宣传的笔在手上冻着，什么都无法写。这就是人生。

十一月十八

和孩子们谈了些话。恰如一幕新式《父与子》。两人躺在床上，和我争立场，龙龙还一面哭一面说。

很可爱，初生之犊照例气盛，对事无知而有信，国家如能合理发展，必可为一好公民，替人民作许多事！

廿

星期天。客人来去。有有为而来的,有为又各不同。读了一章用客人作的辩证法。

一个真正的社会主义建设期时,或者还是有用。我个人,可能即在这个时代过程中,永远碎了心。无可望神经再生,对历史已无望作出可做成的一份小事。过去或未来我的小友或读者,会有二三人从身受的得到一点力量。再生长些力量。

唉,人生就是如此,你对人生、对国家,尽管无私热爱,只由于游离于群的 ××以外,你即可能因偶然或必然而毁去。

廿二早

写了一整天说明①,晚上再写至上一点才休息。从兵士苦斗所起联想所得教育极有意义,因可为个人所能完成事只是一小部分,唯人民能共同完成社会理想。想想近三十年来多少人都为这个合理而牺牲了,我个人在城市二十年,一脑子幻念,不切实际,有什么了不起处?即由于自大和自卑矛盾,终于毁去,成于思复毁于思。"可惋惜"亦只是相熟人而言,相熟不明过程的,即不会理解到,只是照人安排而已。学"忘我"的确是一件大事,忘我的学,亦可知相当困难。忘成就易,忘痛苦难。看看相片上万千人为国家社会而牺牲,我看出我自己渺少到不足道。然一蚁一蝇,其物固小,从错误中牺牲时,其为痛苦固与虎豹相同也。

学向大处看,大处想,个人已牺牲处也能忘掉,只看成个人不幸,无所谓。唯如何用生命从新学,从新作,为多数人有益,为新社会有益,实茫然不知从何作去。看看个人会到这个情况下,觉得人生离奇。因可看出人不易知人。我自己尚不知自己如何即可对新社会有益,也对自己有用,他人哪会能作安排?

选自《沈从文全集》第 19 卷,北岳文艺出版社 2009 年版

---

① 说明:作者当时工作任务之一,是为博物馆陈列的时事宣传照片抄写说明文字。

应当重视电影《武训传》的讨论

《人民日报》社论

在发表杨耳同志《陶行知先生表扬"武训精神"有积极意义吗？》一文时,我们说希望因此引起对于电影《武训传》的进一步的讨论。为什么应当重视这个讨论呢？

《武训传》所提出的问题带有根本的性质。像武训那样的人,处在满清末年中国人民反对外国侵略者和反对国内的反动封建统治者的伟大斗争的时代,根本不去触动封建经济基础及其上层建筑的一根毫毛,反而狂热地宣传封建文化,并为了取得自己所没有的宣传封建文化的地位,就对反动的封建统治者竭尽奴颜婢膝的能事,这种丑恶的行为,难道是我们所应当歌颂的吗？向着人民群众歌颂这种丑恶的行为,甚至打出"为人民服务"的革命旗号来歌颂,甚至用革命的农民斗争的失败作为反衬来歌颂,这难道是我们所能够容忍的吗？承认或者容忍这种歌颂,就是承认或者容忍污蔑农民革命斗争,污蔑中国历史,污蔑中国民族的反动宣传为正当的宣传。

电影《武训传》的出现,特别是对于武训和电影《武训传》的歌颂竟至如此之多,说明了我国文化界的思想混乱达到了何等的程度！试看下面自从电影《武训传》放映以来,北京、天津、上海三个城市中报纸和刊物上所登载的歌颂《武训传》、歌颂武训、或者虽然批评武训的一个方面,仍然歌颂其他方面的论文的一个不完全的目录：

题　　目	作者	报刊	日期
编导《武训传》记	孙瑜	光明日报	二·二六
武训传电影和武训画传	长之	光明日报	二·二六
我看《武训传》电影	李士钊	光明日报	二·二六
我看了《武训传》电影	陶宏	光明日报	二·二六
《武训传》——电影故事	罗维	工人日报	二·二六
介绍《武训画传》	管大同	光明日报	二·二七
《武训传》	紫光	新民报	二·二七
热爱我们伟大的祖国 　　——看电影《武训传》有感	谷风	新民报	二·二七

　　——从《武训传》影片谈起

下面是关于武训的几本在一九五一年初出版的新书：

　　《武训传》（电影小说），孙瑜著，上海新亚书店出版。
　　《武训画传》，李士钊编，孙之偘绘，上海万叶书店出版。
　　《千古奇丐》（章回小说），柏水编，上海通联书店出版。

　　在许多作者看来，历史的发展不是以新事物代替旧事物，而是以种种努力去保持旧事物使它得免于死亡；不是以阶级斗争去推翻应当推翻的反动的封建统治者，而是像武训那样否定被压迫人民的阶级斗争，向反动的封建统治者投降。我们的作者们不去研究过去历史中压迫中国人民的敌人是些什么人，向这些敌人投降并为他们服务的人是否有值得称赞的地方。我们的作者们也不去研究自从一八四〇年鸦片战争以来的一百多年中，中国发生了一些什么向着旧的社会经济形态及其上层建筑（政治、文化等等）作斗争的新的社会经济形态，新的阶级力量，新的人物和新的思想，而去决定什么东西是应当称赞或歌颂的，什么东西是不应当称赞或歌颂的，什么东西是应当反对的。

　　特别值得注意的，是一些号称学得了马克思主义的共产党员。他们学得了社会发展史—历史唯物论，但是一遇到具体的历史事件，具体的历史人物（如像武训），具体的反历史的思想（如像电影《武训传》及其他关于武训的著作），就丧失了批判的能力,有些人则竟至向这种反动思想投降。资产阶级的反动思想侵入了战斗的共产党,这难道不是事实吗?一些共产党员自称已经学得的马克思主义,究竟跑到什么地方去了呢?

为了上述种种缘故,应当展开关于电影《武训传》及其他有关武训的著作和论文的讨论,求得彻底地澄清在这个问题上的混乱思想。

原载《人民日报》1951 年 5 月 20 日

关于解放以来的文艺实践情况的报告（节选）

胡　风

现实主义底哲学根据是反映论，即唯物主义认识论（也是方法论）在艺术认识（也是艺术方法）上的特殊方式。犹如真正反映了客观世界的才是唯物论，通过艺术特征真正反映了历史真实的才叫做现实主义。我们说这部作品是现实主义的，那意思是：这部作品写出了历史内容底真实。在科学的意义上说，犹如没有"无论怎样的"或"各种不同的"反映论一样，不能有"无论怎样的"或"各种不同的"现实主义的。过去的论文和现在个别的论文里面也有"资产阶级现实主义"之类的说法，但那意思只能是：在资产阶级革命以后的历史阶段上的某些作家所达到的现实主义限度，或者某个资产阶级作家底作品里面所包含的现实主义成分。

如果要分析现实主义历史发展底具体过程，那是一个非常复杂的内容，非通过庞大的艺术史料不可，但这个观点应该是可以确定的：有的作家现实主义不足，他的作品内容没有达到真实性底深度；有的作家被思想成见所妨害，他的作品里面包含有虚伪的或错误的成分，即非现实主义的成分，如托尔斯泰；有的作家，由于现实主义的力量，却打破了他自己的阶级同情和政治成见，因而他的作品内容达到了高度的现实主义真实性，如巴尔扎克等等。可以分析到现实主义不足是由于怎样的阶级根源，政治成见或思想成见代表了怎样的阶级意识，但作为一个范畴，现实主义就是文艺上的唯物主义认识论（方法论）。所以，恩格斯从巴尔扎克底作品，指出了那是现实主义底最大的胜利之一；所以，马克思批评《巴黎的秘密》的时候，指出了：作者埃让许之所以能够成为现实主义者，只能在他超越了狭隘的资产阶级的世界观的时候，每当他开始做自己的资产阶级成见的尾巴时，他就背叛了现实主义。拉普派用划阶级成分的"阶级观点"判决了各个包含着人民性和阶级限制的非常复杂的内容的伟大的现实主义作家们，已经是一种危害性的错误，现在林默涵同志更进一步，弄到把作为认识论（方法论）的现实主义当做了意识形态本身，也给划了阶级成分了。何其芳同志也是很有自信地这样做了的。

为了向我要"首先"的世界观。林默涵同志一只手用的武器是："但更有因反动的世界观而损害了现实主义，损害了艺术的……"，好像现实主义应该是认识方法了，但同是为了向我要这个"首先"的世界观，林默涵同志另一只手用的武器是：有"无论怎样的"、"各种不同"的现实主义。借用林默涵同志自己的说法，"真是不可想象的事情了"。

从这种"不可想象的"论断出发，就得出了一系列的、更加"不可想象的"具体的论断。例如说："即使是巴尔扎克，也因世界观的缺陷而限制了他对现实的认识，更没有成为也不可能成为社会主义的现实主义者。"

《共产党宣言》出版于一八四八年；《政治经济学批评》出版于一八五九年，《资本论》第一卷出版于一八六七年；巴黎公社底起义和失败是在一八七一年；十月社会主义革命胜利是一九一七年。解散拉普是一九三二年；苏联第一次作家大会开于一九三四年；作家协会章程批准于一九三五年。而巴尔扎克呢？生于一七九九年，死于一八五〇年。

一般所说的反历史主义，"胡乱审判古人"，好像还没有达到这样"理论高度"的例子。

第四个论断，一个原则性的结论：

胡风底错误是"看不到旧现实主义和社会主义现实主义的根本区别"。（林默涵）

胡风"在资产阶级现实主义和无产阶级现实主义之间看不清楚它们的原则区别"。（何其芳）

这是从以上三个论断必然得出的结论。

既然叫做社会主义现实主义，那就和现实主义应该有"根本区别"或"原则区别"了。

这区别，在斯大林底"写真实！"的原则里面似乎找不到根据，于是，只有求之于苏联作家协会章程所载的定义了：

社会主义的现实主义，作为苏联文学与苏联文学批评底基本方法，要求艺术家从现实底革命发展中真实地、历史地和具体地去描写现实。同时，艺术描写底真实性和历史具体性必须与用社会主义精神从思想上改造和教育劳动人民的任务结合起来。

这个定义包含了几个要点：

一、它的提出是立脚在社会主义现实的苏联历史现实基础上面的。

二、作为基本方法（当时曾批判了不把它当作方法的一些理论），它所要求的是"写真实"，这是继承了现实主义发展底宝贵传统的。这里所提的"从现实底革命发展中"，如果不脱离历史条件去作抽象的教条式的理解，也是从现实主义传统中所含有的宝贵成果发展出来的，否则现实主义在过去就没有达到写出过"真实"的任务了。

三、"用社会主义精神从思想上教育和改造劳动人民"，这是对于"写真实"这个要求的补充的说明。社会主义的根本精神（或根本法则），如斯大林所特别加以阐明的，是对人的关怀，人类解放的精神，人道主义的精神。一方面，历史是人民所创造的，另一方面，文艺是写人的，如高尔基所说的是"人学"。脱离了这个精神，就不能在真实性上写出人来。这是继承了现实主义传统中宝贵的成果的，过去的伟大的现实主义都是伟大的人道主义者；这里就现出了毛主席所指示的"无产阶级对于过去时代的文学艺术，也必须首先检查它们对待人民的态度如何"这个原则底本质的意义。同时，也是这宝贵的成果底进一步的发展和全面的胜利。因为，苏联的社会主义现实，正是历史上第一次出现的关怀人、解放人、发展人、创造人的现实；这个现实，要求社会主义精神底发扬，也在党和国家政策上保障了它的发扬。民主主义的人道主义发展成了社会主义的人道主义。社会主义精神，是苏联党和国家政策底基本精神，是苏联社会制度底生命；接受政策底领导，对于政策底具体内容的了解，是获得社会主义精神的保证。这也就保证了社会主义现实主义和过去的现实主义的"根本区别"或"原则区别"。

在苏联，这是无处不在的现实，只要是拥护苏维埃政权的作家，都有可能吸取这种精神，都能够在自己身上找到基础，都有可能进入实践的。所以说，社会主义现实主义是一个广泛的概念。它的提出，如联共中央一九三二年四月二十三日的决议所说明的，正是为了清算拉普派底妨害了文艺发展的宗派主义，正是为了尽最大的限度吸引作家们参加社会主义建设事业，正是为了消灭拉普派把正在向社会主义建设事业靠拢的作家们底集团从当时的政治任务赶开去的危害性。

同时，它又是一个体现了最高原则性的概念，保护了文艺底特殊机能或基本规律，保证了通过这个特殊机能的实践，坚贞的实践，因而打开了达到马克思主义的大门。

这个概念，是包括了从接受政策精神底领导到站在政策精神的高处这一广阔的范围的。

所以，社会主义现实主义，就是在社会主义思想所领导的革命斗争时期和苏联的历史现实中的现实主义。马林科夫用"现实主义"的要求指出了文艺底任务，并不是大意地省去了或者忘记了社会主义这个形容词，更不是对于"资产阶级小资产阶级的批判的现实主义和社会主义现实主义却始终混淆不清"的。

从一九三三年起，以清算拉普开始的社会主义现实主义理论传到了中国，使我们僵硬着的左翼文艺运动得到了转机。和政治上的统一战线运动相应，它使我们的文艺运动从庸俗机械论的狭小的壳子里解放了出来,重新认识到了文艺底机能,在广大无比的反帝反封建的历史现实上扩大了生根之地。中国共产党所领导的民族解放和人民解放的革命斗争,是世界工人阶级革命斗争底一部分,因而,我们的现实主义,只要是现实主义,只能是为工人阶级思想所领导的革命斗争服务,不能够是为资产阶级服务的。在提出社会主义现实主义的理论斗争中所阐明的原则就是保证:第一,"写真实";第二,人民解放(人类解放)的精神要求或政治理想的远景。凭着这样的保证,在人民解放的反帝反封建政治纲领下面,我们的现实主义(只要是现实主义)不能不是在社会主义思想所领导的革命斗争时期的现实主义,社会主义的现实主义。

在我们这里,社会主义的现实主义同样是一个广泛的概念。只要是有反帝反封建的倾向的、多少有人民解放的感情要求的作家,随处可以吸取人民底痛苦和渴求,都能够在自己身上找到某一基础,都有可能进入实践的。

同时也是一个体现了最高原则性的概念,它要求通过文艺底特殊机能进行坚苦的实践斗争,通过实践斗争底胜利(现实主义底胜利)达到马克思主义。

在一九三七年的我们这里,这个概念是包括了从符合政治纲领底要求到站在这个政治纲领所依据的社会主义精神的高度这一广阔的范围的。就是在那时候,我们的现实主义也是立脚在倾向性即党性的要求上面的,对于现实的认识方法和认识态度是以"自觉的能动性"为生命的。我们是在这个"根本区别"或"原则区别"上面进行了斗争,坚持了斗争的。我们是沿着社会主义现实主义的基本要求走来的。

为了现实主义底胜利,要珍视并继承鲁迅传统。第一篇小说《狂人日记》,就开辟了社会主义现实主义的道路。那高度的历史真实性,那反抗人吃人(人压迫人、人剥削人)制度的火一样的热情,正是属于宝贵的社会主义精神,为当时的作家们所缺乏的。林默涵同志为了要证明他用唯心论解释的"思想改造",为了使鲁迅来一个按照他的意思的"飞跃的变化",就不惜把鲁迅"前期"作品送给"资产阶级小资产阶级的批判的现实主义",我以为,这只能是一种糟蹋历史的"理论"。由于去年毛主席指示社会主义现实主义是从五四开始的,这一"理论"是退到后面去了,但实际上,为了保持那个庸俗的机械论的统治地位,还是在各种曲折的形式上顽强地继续抵抗。

要向苏联作家学习,要向连苏联作家都不断强调应该学习的伟大的现实主义者古典作家们学习。为了吸取他们的高贵的人道主义精神来培养我们对于人民的感情态度(社会主义精神),为了吸取他们的求真的理解人的审美感觉和创造形象的经验来培养现实主义的认识能力,为了培养作为一个作家的品质……但何其芳同志却断定了:如果要向他所说的"资产阶级现实主义者"学习,那就是主张"应该走他们曾经走过的路"，"企图用它来对抗无产阶级现实主义"。这看来好像是他远远地走在苏联作家的前面，但实际上不过是想替他的庸俗机械论保持统治，不惜让我们的文艺在公式化概念化的壳子里完全枯死下去。

由于是一个广泛的概念，由于继承了鲁迅的传统，由于向苏联作家和古典作家们学习，我们的现实主义才有可能成为如它本身所要求的在被社会主义思想所领导的革命斗争时期的现实主义。毛主席所说的"马克思主义只能包括而不能代替文艺创作中的现实主义"的现实主义，并不是大意地省去了或者忘记了社会主义这个形容词，更不是对于"资产阶级小资产阶级的批判的现实主义和社会主义现实主义却始终混淆不清"的。

到了二十年以后的一九五二年，林默涵、何其芳同志等居然像发现新大陆似地发现了"社会主义现实主义"，而且，为了独占这个"发现权"，找来找去，终于在苏联作家协会章程里面的定义中找到了根据，证明了合于他们的理论企图的"根本区别"或"原则区别"。

林默涵同志所规定的"根本区别"是：社会主义现实主义者"首先要具有工人阶级的立场和共产主义世界观"，而且"创作方法和世界观是不可能分裂而只能是一元的"。当然的结论是，社会主义现实主义和"资产阶级小资产阶级的批判的现实主义"是一刀两断的了。

林默涵同志把一个清算了拉普派的、能在最大的限度上动员作家参加实践的、广泛的概念，做成了一个比拉普派还要死硬的、堵死一切实践道路的、死硬的概念。林默涵同志是在"社会主义精神"这个概念上做了文章的，但他不是从历史条件和实践要求来理解这个概念，而是用"首先要具有"的先验的"工人阶级的立场和共产主义世界观"来"偷换"（用他自己的说法）了这个概念的。

第一，就是仅仅抽象出来看概念底含义。表现在具体的历史实践要求中的"社会主义精神"和完成了理论性的"工人阶级立场和共产主义世界观"也不能是同义语。苏联作家协会和联共中央并不是不知道"工人阶级立场和共产主义世界观"这用语，或者故意"拒绝"不用的。

第二，他这个"首先要具有"的"工人阶级立场和共产主义世界观"，是取消实践的。他否定了当时反帝反封建的政治纲领正是通过工人阶级立场和共产主义世界观所得出的结论，正是工人阶级立场底具体要求，在领导实践的思想意义上，正是工人阶级"作为强的主动的物质力量，带着它底世界感和世界观走进了文艺领域"（《论民族形式问题》，四页）的实际。他取消了在这个纲领底引导以至影响下的文艺实践正是有可能达到工人阶级立场和共产主义世界观的广阔的途径，被斗争实践所要求，所保证的丰富无比的生动活泼的途径。

第三，他这个"首先要具有"的"工人阶级立场和共产主义世界观"，是来路不明的先验的概念。他说："现实主义的创作方法可以补足作家世界观上的缺陷，只能是对于不能有正确的世界观的旧现实主义者而言。"那么，他这个"正确的世界观"是在实践之前一次获得的，因而认识是一次完成的了。这是彻头彻尾的机械论（唯心论）。他取消了作家底世界观只有在实践过程（生活实践和创作实践的统一过程）中获得内容，获得发展或变革的这个唯物论的原则，在文艺上也就是现实主义的原则，他要求作家非得有完满无"缺"的先验的"首先要具有"的"工人阶级立场和共产主义世界观"不可。这是和马克思主义、毛泽东思想的认识论（实践论）完全背道而驰的。至于和斯大林所指出的作家应通过"写真实"的文艺实践去达到马克思主义的原则直接相反对，是更不用说了。在"理论"上看，这是用死的"马克思主义"来取消了毛主席所说的活的马克思主义。特别是，要在面临着严重的民族危机的一九三七年来向作家要求这样的"根本区别"，从政治上说，那更是"真是不可想象的事情了"。

第四，由于机械论（唯心论）的抛弃了实践的理解，把世界观当作了一次完成的死硬的东西，抽象化了的东西，他就取消了具体作家世界观底复杂内容，对于实践的依存关系和矛盾情况，和创作方法的相生相克的变化过程。因而，对于过去的现实主义作家底世界观的缺陷和限制，也就作出了庸俗之至的死硬的裁判。林默涵同志说："旧现实主义，例如批判的现实主义……不能不受它依据的阶级立场和世界观所限制，因此不可能充分反映工人阶级和劳动人民的斗争。"何其芳同志说："资产阶级现实主义""不可能提出，因而从来不曾提出过""必须描写劳动人民，尤其是描写他们的有组织有领导的斗争"。

要研究古典作家底现实主义，只有从他的历史环境、他对于人民的关系和态度，他的主观世界和客观世界的相生相克的关系，尤其是毛主席所指示的"必须首先检查它们对待人民的态度如何"去作具体的分析才能够取得具体的理解。这是非常艰巨的工作。但如果贪便宜，醉心于拉普派底划阶级成分的办法，急于下一个一般性的"盖棺论定"，用"不可能充分"这样含混的说法来抹杀从个性通到共性的认识作用，用"有组织有领导的斗争"来命令死人迁居到另一个历史环境，把"题材"派给死人去"赶任务"，那他们恐怕是"不能充分""完成任务"的。

例如托尔斯泰。他是迷信上帝的地主，是一个基督教无政府主义者，等等，他的世界观不但有缺陷和限制，而且是反动的。但虽然如此，依照列宁底分析，他一方面宣讲世界上所有的一切混蛋东西之中最混蛋的一种——这就是，宗教，想要在官方派遣的神父的位置上安放一种信奉道德的神父，也就是培养一种最巧妙的，因此也就是特别恶劣的神父主义，宣传不抗恶，等等；但另一方面，他是一个天才的作家，写出了世界文学第一等作品，"广大的人民的海，汹涌激荡到了最深的底层，带着它的一切弱点以及它的一切强的方面，都反映在托尔斯泰的教义里面"，他是俄国千百万农民在俄国资产阶级革命到来的时期所形成的那些思想和情绪的表现者，他成功地用非常的力量表达出了受当时的制度底压迫的广大群众底情绪，描写出了他们的状况，表达出了他们自发的抗议和愤怒的情感，他不断地用充满最深的情感和最强烈的愤怒控告了资本主义；他的观点的总和，整个地说来，恰恰表现着俄国革命是一个"农民的"资产阶级性革命的特点，他的观点里的矛盾是俄国革命中农民底历史行动所处的矛盾状况的镜子，等等。

例如巴尔扎克。他是保皇党，他的世界观不但有缺陷和限制，而且是反动的。但依照恩格斯底分析，却从他看到了现实主义最伟大的胜利之一，巴尔扎克不得不违反了他自己的阶级同情和政治偏见，最尖刻不过地讽刺了他所同情的贵族男女，看出了他们的必然没落而描写了他们不值得有更好的命运，反而用掩藏不了的赞美描写了他政治上的死敌——当时（一八三○——一八三六）确实是人民群众底代表的，圣玛利修道院底共和主义的英雄。而且，巴尔扎克对于当时还是新的资产阶级制度提出了愤怒的抗议，剥出了私有制度底矛盾，反映了"下层人民"底历史经验，所以，他代表了完成一七八九年革命的人民——肩起具有巨大世界历史意义的革命工作的人民，因而他的作品对于现代民主法兰西有着重大的全民意义（摘引《斯大林论语言学的著作与苏联文艺学问题》中的"论文学的人民性问题"底分析）。

我们的旧文学和艺术之所以伟大？不但是因为它们的艺术真实性，而且，特别是，因为艺术家作家，总是为人民寻找更好的道路和更好的生活制度。自然，在今天可以说，那时候人们常常错误了，没有走上正确的道路，等等。但事实仍然是事实：他们寻找过新的道路。（加里宁：《艺术作者必须掌握马克思列宁主义》二三页）

因而，伟大的现实主义者都是伟大的人道主义者，都痛切地感到了人民底苦难和渴望，从那里出发，都寻找过"超资产阶级的"新的人生道路，因而，他们对于社会制度和人生能够"从下面"看，他们的作品中反映了"下层人民"底历史经验，那里面的人民性（即真实性）带来了巨大而激荡的道德力量。

加里宁说："想做一个社会主义者的艺术家，必须记住它。……苏联的艺术和文学该继承那个光荣的传统。"

但由于那个用机械论（唯心论）所理解的、抛弃了具体内容的、死硬的"世界观"，林默涵和何其芳同志一定要把他们送给资产阶级。林默涵同志嫌他们"不可能充分"，加以鄙视；何其芳同志更进一步，说他们这"资产阶级现实主义""不可能提出，因而从来不曾提出过""必须描写劳动人民"，不可能"使文学艺术成为千百万劳动者自己所有的东西"，因而，谁如果要向"资产阶级现实主义"学习，就是"企图用它来对抗无产阶级现实主义"。这是把拉普派和新拉普派别里克底"理论"更向"前"发展了一大步的。至于说那是应该继承的"光荣的传统"，按林默涵同志底论断，那当然是绝对错误的。

我们不能把过去的伟大作家们都看做历史铁蹄下面的悲惨的奴隶，这种看法是完全歪曲了历史真相的。无论从现在看来他们的思想里面有的包含了"幼稚的"甚至不合理的成分，但和一定的历史条件结合着的他们的英雄的面貌，应该也是培养我们的滋料。

所以，无论对于哪一个伟大作家，既不是直线地接受他的"思想"，但也不是机械地学习他的"形式"，我们应该从他的生活和作品去理解，他在当时的历史限制下面怎样地接触了现实生活，怎样地从社会的真实创造了艺术的真实，他的作品底哪一些要素在文学历史上寄予了积极的意义，由这来提高我们对于生活与艺术的关联的理解，提高我们的艺术认识和艺术创造的能力。这就是所谓批判接受"文学遗产"……（《文艺笔谈》一一七页，一九三五年）

我们所说的旧现实主义，即批判的现实主义，那些伟大的代表者们，都是个个通过强烈的思想要求在创作过程上向现实进行了艰苦的搏斗的，正是这个搏斗使他们获得了辉煌的艺术力量。只是由于时代的或阶级的限制，他们的思想要求有的接近了，有的远离了，有的其一甚至敌对了历史唯物主义，因而在他们的艰苦的搏斗所获得的辉煌的战绩里面，有的就包含着模糊了历史行程，甚至歪曲了历史行程的要素。（《论现实主义的路》四六页，一九四八年）

我虽然学习不到恩格斯、列宁、加里宁底目光如炬的科学分析力量和对于先行者的崇高的谦虚胸境，但却绝不敢接受林默涵同志和何其芳同志底这个有点像"吓人战术"的"阶级观点"的。

第五个论断，第二个原则性的结论：

胡风片面地不适当地强调所谓"主观战斗精神"，而没有强调更重要地忠实于现实，这根本上就是反现实主义的。（林默涵）

"主观精神"这个说法，是用在这样的内容里面的：

新文艺底发生本是由于现实人生底解放愿望，所谓"言之有物"的主张就是这种基本精神底反映。但说得更确切的是："我的取材，多采自病态的社会的不幸的人们中，意思是在揭示出病苦，引起疗救的注意。"（鲁迅）这里才现出了真实的历史的内容，而不止是模模糊糊的"物"了。于是，才能说"为人生"，"要改良这人生"。

然而，为人生，一方面须得有"为"人生的真诚的心愿，另一方面须得有对于被"为"的人生的深入的认识。所"采"者，所"揭发"者，须得是人生的真实，那"采"者"揭发"者本人就要有痛痒相关地感受得到"病态社会"底"病态"和"不幸的人们"底"不幸"的胸怀，这种主观精神和客观真理的结合或融合，就产生了新文艺底战斗的生命，我们把那叫做现实主义。（《在混乱里面》五六——五七页，一九四三年）

一、新文艺是从现实人生底解放愿望（人类解放的愿望）产生的，为了反抗"病态的社会"。

二、文艺是写人，尤其是被压迫的人民的，不能是所谓"物"；说明了文艺底特殊性，文艺底任务是表现人（典型）的。

三、要通过写人去写出"人生的真实"。

四、要做到这，须得作家有和人民痛痒相关的胸怀。主观精神，革命人道主义的精神。

这应该是说的要忠实于现实的。虽然是抒情性的文字，这三、四两项底含意应该是从苏联作家协会章程上的定义（"结合起来"）翻译出来的意思。这"主观精神"，不是"社会主义精神"底一个具体的表现，在一九四三年黑暗的蒋介石统治下面的具体表现么？未必作家不应该抱着对人民有所为的态度去忠实于现实么？这不正是为了"更重要地忠实于现实"么？

何其芳同志又带着嘲笑的口气捉住了那短文里面的另外几句：

这种精神由于什么呢？由于作家底献身的意志，仁爱的胸怀，由于作家底对现实人生的真知灼见，不存一丝一毫自欺欺人的虚伪。我们把这叫做现实主义。（同上，五八页）

即使把这几句从前面的整段文字割开来，但还是看得出来，这说的也是和上面引用的那一段同样的意思。第一个"由于"子句是指的作家对于革命斗争对于人民的态度（精神），第二个"由于"子句是指的要写出真实。是要求这两者"结合起来"的。如果何其芳同志责备我不应该用这种"非科学"的词汇，那我决不用当时的感情要求和窒息性的审查制度来辩解。但把这个抒情的说法判为"反现实主义"，我以为是过于性急了的。

但林默涵同志主要地是从《文艺工作底发展及其努力方向》（《逆流的日子》

一——一三页，一九四四年)做了一大段文章，说我想用"主观精神"和"阶级立场""掉包"，断定我"陷进了唯心主义的泥潭"。

我决不想和林默涵同志底"阶级立场"掉包。那虽然是"奴隶的语言"，说不上严谨的科学性，但当也看得出来，那里所用的"主观精神"是说的抗战初期那一种民族解放、人民解放的高扬的热情。那不是林默涵同志所要的"阶级立场"，但却是从无产阶级先锋队所发动所领导的历史大斗争爆发出来的产物。这虽然不就是"社会主义精神"本身，但在当时的大斗争中，社会主义精神也是非得成为这种具体的内容不可的。否则，工人阶级不但不能领导，而且还要脱离或取消民族解放战争的。反转来看，反映在作家身上，这种高扬的热情，如果能够成为实践底动力，通过实践底锻炼，能够"和客观对象结合"和人民结合，深入历史现实底"在全体联结上的潜在内容"，受到"锻炼"，它就一定会通向社会主义精神，甚至能够是一种具体性的社会主义精神，像在鲁迅作品里所表现出来的。我以为，那会给社会主义现实主义带来一些胜利，也会打开道路逐渐达到林默涵同志所要求的阶级立场和世界观的。从当时的政治要求看，也只能是如此的。但由于当时的政治反动所造成的社会情况，由于作家们不能"生活在兴奋的战斗和觉醒的人民里面"，不能置身"在健康的土壤上"（革命根据地），由于作家们不能在实践里面保持并且继续吸取人民底血肉要求来培养自己，于是，这高扬的主观精神就不能结果，逐渐衰落了。我说的就是这一点意思，作家要凭着人民解放的精神和对于现实的认识"结合起来"的意思。目的是为了给作家们唤回对于实践的庄严感觉，献身战斗，深入生活，"追求而且发现新生的动向，积极的性格"（引文俱见同一文章内）。这应该是担心"主观战斗精神"会成为"没有阶级内容的抽象的东西"①的林默涵同志所要求的，但他却完全不顾这样的历史环境，简单地鄙弃了当时可能争取的实践途径，甚至对我的这些分析都装作没有看见，反而责备我不该不抽象地先验地向作家们要求"首先要具有"的"工人阶级立场和共产主义世界观"了。林默涵同志应该知道这正是为了立场和世界观的，这正是不是抽象的而是具体的政治内容即"阶级内容"的"东西"。他不该忘记了这是一九四四年的重庆，而且，这文章还是在张道藩亲自审查之下"突围"出来的。

当中华人民共和国成立的当时，法捷耶夫在他那篇用着深挚的兄弟爱所写的《鲁迅论》里，所引用的鲁迅自己的话也是我引用过的那几句："我……以为必须是'为人生'，而且要改良这人生……所以我的取材，多采取病态社会的不幸的人们中，意思是在揭出病苦，引起疗救的注意。"他由这说明了鲁迅底人道主义的

---

① 在《一段时间，几点回忆》里，没有对这一篇作解释，林默涵同志因而喜形于色地特意从这里做了文章。

性质，说明了他的"心灵的道德力量"，说明了为什么他的作品"都善于触及人类的主要部分——良心、社会良心"，说明了由于什么他能够和"解放运动的先锋队"结合在一起。这是林默涵、何其芳同志底鄙弃实践的冷冰冰的"科学"或"阶级观点"绝对不肯容许的。

当批判的现实主义在人类解放里面争到了进一步的发展，文艺底战斗性就不仅仅表现在为人民请命，而且表现在对于先进人民底觉醒的精神斗争过程的反映里面了。（《逆流的日子》一九页，一九四四年）

社会主义现实主义对于过去的现实主义的继承关系和原则区别（根本区别），我是这样理解了的。作家底人道主义的精神（为人民寻找更好的道路和更好的生活制度），作品内容底真实性或人民性（"从下面"看出来的具体的历史真实，并不限于直接表现人民本身），这是应该继承的现实主义底光荣传统。到了在国际无产阶级思想所领导的革命斗争时期的或立脚在苏联社会主义现实上的现实主义、社会主义现实主义，人道主义就发展成了社会主义的人道主义，一方面，它是被彻底反对人剥削人制度的精神所武装起来的，另一方面，人民解放的道路得到了明确的政治方向，得到了在政策精神领导下面的党性道路；因而，它所要求的真实性或人民性是在历史必然性的革命发展（"新生的动向"）中反映出来的（虽然不一定都是在直接的斗争背景上面），它的先进人物已经不是停留在寻找道路上的追求者，而是、或者必然要成为代表历史要求的，如法捷耶夫所说的行动家、斗士、社会改造者了。我是用"新生的动向"、"积极的性格"、"对于先进人民底觉醒的精神斗争过程的反映"等说法表现了这一个实践要求的。所以，社会主义现实主义要得到胜利，在苏联，要被党和国家政策底基本精神所领导，在五四起到当时的中国，要被无产阶级政治纲领底人民解放的精神（民族解放的爱国主义精神是以它为基础的）所领导的。我是把这理解为原则区别的。

社会主义现实主义，它是一个体现了最高原则性的概念，因而同时也是一个广泛的概念。

就鲁迅说，从那人民性或真实性看，从那火一样的反对人剥削人制度的人民解放（人类解放）的精神看，《狂人日记》就奠定了社会主义现实主义底基础，虽然代表了推动历史要求的先进人物并没有表现在他的小说里，而是表现在他的散文里的。毛主席指示，社会主义现实主义是从五四开始的。

林默涵、何其芳同志看不到我们革命大斗争中的人民解放的精神正是社会主义精神底现实性的内容，看不到当时到处存在的人民解放的要求正是社会主义精神底现实基础，先验地要求作家"首先要具有工人阶级立场和共产主义世界观"，把一个广泛的概念做成了一个死硬的概念。尤其是林默涵、何其芳同志要在蒋介石统治下的当时这样提问题，那么，一方面，那就完全脱离了当时的政治斗争要求，脱离了也就是堵死了当时的实践途径，因而成了鄙弃实践的说空话者，另一方面，以为当时政治纲领领导下的斗争没有一点力量推动作家加强实践，加强和人民的结合，能够认识现实，因而成了反唯物主义认识论的不可知论者。

由于林默涵同志把"世界观"理解为先验的被一次完成了的，没有矛盾或没有发展的东西，因而：

第一，他完全不能理解过去的现实主义作家，实际上简单地鄙视了他们，何其芳同志且以为谁要向他们学习"就是企图抵抗无产阶级现实主义"。他们不理解，像巴尔扎克底保皇主义，托尔斯泰底基督教无政府主义，只是在他们的观念世界里占着主导的地位。但在他们的感受世界中，由于他们为人民寻找道路的人道主义的精神，正视现实的精神，在托尔斯泰，如列宁所分析的，俄国千百万农民在资产阶级革命到来时期的渴望（思想和情绪）却占着了主导的地位；在巴尔扎克，法国革命时期的人民群众底情绪或历史经验却占着了主导的地位。这样的"从下面"看的精神，正是推动了他们正视现实、深入现实、保证了他们的现实主义。现实主义的实践又推动了他们的感受世界底扩大和深入，变成了他们寻求美学立场的力量。从艺术实践上看，在巴尔扎克底场合，他的感受世界推翻了他的观念世界，在托尔斯泰底场合，他的感受世界压伏着他的观念世界。如列宁所说的，对于他们观点（世界观）里的矛盾，不应该从现代无产阶级运动和社会主义运动的观念出发去估量（当然，这种估量是必要的，但却是不够的），而是要从当时的历史经验去估量的（《列宁论作家》一一二——一一三页），但林默涵、何其芳同志，不但说不上只是凭着他们所理解的现代无产阶级运动的观点去"估量"，而且完全是"胡乱审判古人"的判决了。

过去的伟大的现实主义作家，他们的世界观当然是有着限制和缺陷的，这不但由于历史限制和作家本人底阶级限制，而且是还有着无产阶级本身底未成熟性的历史限制的。应该认识这限制，但是为了如实地认识过去，作为我们的借鉴，但绝对不能因此就可以"胡乱审判古人"的。受着限制，有着缺陷，但他们却达到了那么高的成就，这其实是有了没有"限制"和"缺陷"的世界观的林默涵同志等应该加以研究和参考的问题。他们的现实主义的实践，甚至能够克服反动的世界观或世界观底限制或缺陷，那我们的现实主义的实践，正是能够达到共产主义世界观，因而能够达到比他们更大的成就的。

第二，他要当时蒋介石统治下的作家"首先要具有"他这个先验的"工人阶级立场和共产主义世界观"，而且是不能有缺陷的世界观，而且，创作方法和这个先验的"世界观"是不可能分裂而只能是一元的。在认识论上看，这就完全敌对了马克思主义和毛泽东思想，敌对了"生活、实践的观点，应该是认识论底首先的和基本的观点"这一原则，敌对了只有在实践中才能一步一步接近、懂得以至掌握正确的立场这一原则，又堕进了在苏联被批判过的、艺术创作只要有正确的意识或政治方向就行了的"理论"里面去了。因而完全否认了艺术实践过程中的斗争（认识作用），只有通过它才能够使现实主义得到胜利的斗争。这就是，要反对主观公式主义和"客观主义"。林默涵、何其芳同志，否定这个斗争的时候，用的是带有挑拨性的说法，把对于这两个倾向的提出和一点分析说成"一律加帽子"、实际上是害怕了、取消了在艺术实践上的认识意义，害怕了、取消了只有通过这个斗争才能实现的、细微而曲折的美学斗争，即一种阶级斗争。反对主观公式主义，是为了苏联作家协会章程里面那个定义底前一个要求，为了"真实"；反对"客观主义"，是为了那个定义底后一个要求，为了"社会主义精神"，这和毛主席所指出的文艺上两条战线的斗争是相通的。尤其是这个"客观主义"，何其芳同志以及林默涵同志誓死不肯承认，以为反对"客观主义"就是反对客观；这是他们只要一个先验的、没有缺陷的、正确的冷冰冰的"世界观"而不要作家在政治纲领领导下对于人民的苦乐相关的实践精神而来的。有一个时期，何其芳同志等对于要求作家应有燃烧的热情、应该和现实拥抱、应该有人格力量等说法，都曾经鄙弃地加以嘲笑。

如果文艺上的问题要以文艺实践为中心环节，为出发点和落着点，那么，不反对这两种倾向，现实主义怎样能争取胜利？作家怎样能够在深入地认识历史真实的过程之中，使人民解放的反帝反封建政治要求（工人阶级立场在具体历史阶段上的政治要求）获得历史内容的深度，一方面，使作品的内容得到真实性；另一方面，使他的主观世界得到变化或发展，一步一步接近或者达到"工人阶级立场和共产主义世界观"？不反对这两种倾向，党性的原则怎样能够在实践过程（认识过程）中获得胜利？这是作为认识方式的现实主义从历史发展中获得的宝贵经验，但只有社会主义现实主义才能够把它提到从来没有这么明确的原则性的高度，反转来指导着文艺实践。这里也正现出了和过去的现实主义的原则区别。

而且，如果"典型是党性在现实主义艺术中的表现的基本范围"（马林科夫），文艺是通过人物底历史内容的热情高度及其发展深度来锻炼读者的，如果作家"必须是真正站在人民的立场上，用保护人民、教育人民的满腔热情来说话"（毛主席），如果"不能感动人们心灵的艺术、无人性的艺术，这是一种退化了的艺术，真正讲起来，这已经不是艺术了"（法捷耶夫《论鲁迅》），如果创作须得"经过作家内心的燃烧"，"离开了热情，没有、也从来不曾有过真正的文学。摆脱……文学其他的缺点,比起摆脱灵魂的冷淡来,要容易得多"(爱伦堡《论作家的工作》),那么,不反对"客观主义",那林默涵、何其芳同志底文艺,只有或者从那个一次完成了的、僵化的"世界观"直接产生出来,或者从那个林默涵同志也知道靠不住的"直观经验"直接产生出来了。林默涵同志认为反动的法西斯主义作家也有强烈的"主观战斗精神",那是因为他丧失了敌性观念去看这样的"作家",以为他们也能够为人民请命、和人民的苦乐痛切相关的缘故。何其芳同志问:主观和生活实践,什么是对于创作具有最后决定性的东西?那是因为他否定了被政治纲领所引导的作家底"自觉的能动性",因而成了一个把原来只能在实践中解决的问题又回过头来做成了一个"理论"问题的僧侣主义者的缘故。

所谓情绪底饱满,是作为对于现实生活的反应的情绪底饱满,所谓主观精神作用底燃烧,是作为对于现实生活的反应的主观精神作用底燃烧……要不然,现实主义也就不能够成为现实主义了。……(《剑·文艺·人民》一八四页,一九四一年)

只要不脱离现实的生活基础,只要在生活战斗里面日新月异地培养自己的热情或精神力量,我相信,为民族为人民服务的现实主义的创作方向一定能够得到胜利的。(《在混乱里面》一七页,一九四二年)

林默涵、何其芳同志口头上不嘲笑热情或主观精神了,也只好承认这不是凭空而来的"主观唯心论"了,但还是不肯就此罢休,一定还要追问:这难道不会是小资产阶级的热情或主观战斗精神么?这一问问得很天真,但除了实践,在当时人民解放的反帝反封建政治要求和写真实的艺术要求之下的实践,谁也不能提出保证。如果一定还要玩"理论"的观念游戏,用"片面地不适当地强调"之类来蒙混,"企图做成一个""主观唯心论"的断案,那么,要就是取消创作实践底基本规律,否定实践或闷死实践,成为虚无主义者,要就不过是只是为了愚弄对手的诡辩派罢了。林默涵何其芳同志也大概没有办法制定一张"热情底阶级成分表",使作家能够合规格地按表制造的。

作为原因也作为结果,林默涵何其芳同志的"理论"是完全取消了历史,取消了实践,因而取消了党性在现实主义艺术中的表现,取消了文艺本身的。

第六个论断,最后伪结论:胡风"否认文学艺术中的党性的原则"。(林默涵)

如果"问题在实质而不在词句",关于前面五个论断的说明已经回答了这个结论。但为了尊重林默涵何其芳同志底逻辑习惯,还得补充几点。

从列宁底原则到斯大林底原则,再到林默涵同志底原则。

一九○五年,列宁提出了文学的党性原则。为了反对当时各种资产阶级小资产阶级政党利用"无党派性"这个虚伪的口号，揭穿了他们，为了反对党内作家利用党的招牌来宣传反党观点，为了反对大叫作家可以完全不顾任何社会生活条件的象征主义者理论家，揭穿了向资产阶级卖身投靠的所谓"文学自由"底真相（据《反对文学批评中的庸俗化》五，一五，二八页，《苏联文学史》二九页的说明）……要求文学成为"公开的"和无产阶级联系着的文学，党的文学，要求作家在政治上划清界限，发出了作家立即加入党组织（党的作家应该生活在党组织里面）的号召；同时，深刻地解说了文学底特殊性，预计了社会主义思想和对劳动人民的感情会招集一批新的力量到这个文学队伍里来。列宁底原则是为了在无产阶级革命的激烈斗争时期对各种反动党派的又学作斗争。在各种反动党派企图夺取革命领导权的当时，只有布尔什维克的斗争能够代表俄国劳动人民底要求，保证俄国劳动人民底解放，所以，列宁底原则正是保护了以人民性（真实性）为生命的文学（"自由的文学"）不受歪曲地通过实践为党底斗争服务的。是为了保证人民性，保证现实主义的。

十月革命以后，经过了保证各派作家底个性成长、保证思想斗争不受到压制的作品竞赛，和同时大力发展无产阶级文学运动（在工厂和集体农场中的文学运动）的时期，一九三二年，联共不得不清算把党性原则庸俗化了的拉普派底危害倾向；斯大林提出了"写真实"的原则，提出了社会主义现实主义。这是为了尽最大的限度把拥护以至倾向苏维埃政权的作家动员到社会主义事业方面来，为了把以人民性（真实性）为生命的文学（"自由的文学"）从机械论的铁框子解救出来。"写真实"的原则，作为一个广泛的概念的社会主义现实主义，是党性原则底发展。它给作家开辟了在实践上达到马克思主义的道路。

林默涵同志底原则，不用说，是和斯大林的原则完全反对的。但它和列宁底原则也是完全反对的。且不论"环境和任务的区别"罢，列宁所要求的是党的作家要在政治路线上划清界限，明白地站在党的政治立场上面，林默涵同志所要求的是：不论是一九三七年民族危机下的旧中国也好，一九四四年左右反共高潮期的蒋管区也好，作家拥护并参加党的政治纲领所领导的斗争是毫无意义的，他非得"首先要具有工人阶级立场和共产主义世界观"而且是不能有"缺陷"的世界观不可，否则"不可能"走近那个和世界观"不可能分裂而只能是一元的"现实主义创作实践。林默涵同志底"党性的原则"可能是从列宁来的，但却是以否认了列宁的反映论，否定了"生活、实践底观点，应该是认识论底首要的和基本的观点"做代价的，是以否定了"属于一定的阶级"非得首先"属于一定的政治路线"不可的实践要求做代价的。

选自《新文学史料》1988 年第 4 期

《关于胡风反革命集团的材料》的序言和按语（节选）

毛泽东

序　言

（一九五五年六月十五日）

为应广大读者的需要，我们现在将《人民日报》在一九五五年五月十三日至六月十日期间所发表的关于胡风反革命集团的三批材料和《人民日报》一九五五年六月十日的社论编在一起，交人民出版社出版，书名就叫《关于胡风反革命集团的材料》。在这本书中，我们仍然印了胡风的《我的自我批判》一文，作为读者研究这个反革命两面派的一项资料，不过把它改为附件，印在舒芜那篇"材料"的后面。我们对三篇"材料"的按语和注文，作了少数文字上的修改。我们在第二篇"材料"中修改了一些注文，增加了一些注文，又增加了两个按语。第一、第二两篇题目中的"反党集团"字样，统照第三篇那样，改为"反革命集团"，以归一律。此外，一切照旧。

估计到本书的出版，如同《人民日报》发表这些材料一样，将为两方面的人们所注意。一方面，反革命分子将注意它。一方面，广大人民将更加注意。

反革命分子和有某些反革命情绪的人们，将从胡风分子的那些通信中得到共鸣。胡风和胡风分子确是一切反革命阶级、集团和个人的代言人，他们咒骂革命的话和他们的活动策略，将为一切能得到这本书的反革命分子所欣赏，并从这里得到某些反革命的阶级斗争的教育。但是不论怎么样，总是无救于他们的灭亡的。胡风分子的这些文件，如同他们的靠山帝国主义和蒋介石国民党一切反对中国人民的反革命文件一样，并不是成功的纪录，而只是失败的纪录，他们没有挽救他们自己集团的灭亡。

广大人民群众很需要这样一部材料。反革命分子怎样耍两面派手法呢？他们怎样以假象欺骗我们，而在暗里却干着我们意料不到的事情呢？这一切，成千成万的善良人是不知道的。就是因为这个缘故，许多反革命分子钻进我们的队伍中来了。我们的人眼睛不亮，不善于辨别好人和坏人。我们善于辨别在正常情况之下从事活动的好人和坏人，但是我们不善于辨别在特殊情况下从事活动的某些人们。胡风分子是以伪装出现的反革命分子,他们给人以假象,而将真相荫蔽着。但是他们既要反革命,就不可能将其真相荫蔽得十分彻底。作为一个集团的代表人物,在解放以前和解放以后,他们和我们的争论已有多次了。他们的言论、行动,不但跟共产党人不相同,跟广大的党外革命者和民主人士也是不相同的。最近的大暴露,不过是抓住了他们的大批真凭实据而已。就胡风分子的许多个别的人来说,我们所以受他们欺骗,则是因为我们的党组织,国家机关,人民团体,文化教育机关或企业机关,当着接收他们的时候,缺乏严格的审查。也因为我们过去是处在革命的大风暴时期,我们是胜利者,各种人都向我们靠拢,未免泥沙俱下,鱼龙混杂,我们还没有来得及作一次彻底的清理。还因为辨别和清理坏人这件事,是要依靠领导机关的正确指导和广大群众的高度觉悟相结合才能办到,而我们过去在这方面的工作是有缺点的。凡此种种,都是教训。

我们所以重视胡风事件,就是要用这个事件向广大人民群众,首先是向具有阅读能力的工作干部和知识分子进行教育,向他们推荐这个"材料",借以提高他们的觉悟程度。这个"材料"具有极大的尖锐性和鲜明性,十分引人注意。反革命分子固然注意它,革命人民尤其注意它。只要广大的革命人民从这个事件和材料学得了一些东西,激发了革命热情,提高了辨别能力,各种暗藏的反革命分子就会被我们一步一步地清查出来的。

按　语

(一九五五年五月、六月)

一

宗派,我们的祖宗叫做"朋党",现在的人也叫"圈子",又叫"摊子",我们听得很熟的。干这种事情的人们,为了达到他们的政治目的,往往说别人有宗派,有宗派的人是不正派的,而自己则是正派的,正派的人是没有宗派的。胡风所领导的一批人,据说都是"青年作家"和"革命作家",被一个具有"资产阶级理论""造成独立王国"的共产党宗派所"仇视"和"迫害",因此,他们要报仇。《文艺报》问题,"不过是抓到的一个缺口",这个"问题不是孤立的",很需要由此"拖到全面","透出这是一个宗派主义统治的问题",而且是"宗派和军阀统治"。问题这样严重,为了扫荡起见,他们就"抛出"了不少的东西。这样一来,胡风这批人就引人注意了。许多人认真一查,查出了他们是一个不大不小的集团。过去说是"小集团",不对了,他们的人很不少。过去说是一批单纯的文化人,不对了,他们的人钻进了政治、军事、经济、文化、教育各个部门里。过去说他们好像是一批明火执仗的革命党,不对了,他们的人大都是有严重问题的。他们的基本队伍,或是帝国主义国民党的特务,或是托洛茨基分子,或是反动军官,或是共产党的叛徒,由这些人做骨干组成了一个暗藏在革命阵营的反革命派别，一个地下的独立王国。这个反革命派别和地下王国，是以推翻中华人民共和国和恢复帝国主义国民党的统治为任务的。他们随时随地寻找我们的缺点，作为他们进行破坏活动的借口。那个地方有他们的人，那个地方就会生出一些古怪问题来。这个反革命集团，在解放以后是发展了，如果不加制止，还会发展下去。现在查出了胡风们的底子，许多现象就得到了合理的解释，他们的活动就可以制止了。

二

芦甸这种以攻为守的策略，后来胡风果然实行了，这就是胡风到北京来请求派工作，请求讨论他的问题，三十万字的上书言事，最后是抓住《文艺报》问题放大炮。各种剥削阶级的代表人物，当着他们处在不利情况的时候，为了保护他们现在的生存，以利将来的发展，他们往往采取以攻为守的策略。或者无中生有，当面造谣；或者抓住若干表面现象，攻击事情的本质；或者吹捧一部分人，攻击一部分人；或者借题发挥，"冲破一些缺口"，使我们处于困难地位。总之，他们老是在研究对付我们的策略，"窥测方向"，以求一逞。有时他们会"装死躺下"，等待时机，"反攻过去"。他们有长期的阶级斗争经验，他们会做各种形式的斗争——合法的斗争和非法的斗争。我们革命党人必须懂得他们这一套，必须研究他们的策略，以便战胜他们。切不可书生气十足，把复杂的阶级斗争看得太简单了。

三

由于我们革命党人骄傲自满，麻痹大意，或者顾了业务，忘记政治，以致许多反革命分子"深入到"我们的"肝脏里面"来了。这绝不只是胡风分子，还有更多的其他特务分子或坏分子钻进来了。

四

共产党员的自由主义倾向受到了批判，胡风分子就叫做"受了打击"。如果这人"斗志较差"，即并不坚持自由主义立场，而愿意接受党的批判转到正确立场上来的话，对于胡风集团来说，那就无望了，他们就拉不走这个人。如果这人坚持自由主义立场的"斗志"不是"较差"而是"较好"的话，那么，这人就有被拉走的危险。胡风分子是要来"试"一下的，他们已经称这人为"同志"了。这种情况，难道还不应当引为教训吗？一切犯有思想上和政治上错误的共产党员，在他们受到批评的时候，应当采取什么态度呢？这里有两条可供选择的道路：一条是改正错误，做一个好的党员；一条是堕落下去，甚至跌入反革命坑内。这后一条路是确实存在的，反革命分子可能正在那里招手呢！

五

如同我们经常在估计国际国内阶级斗争力量对比的形势一样,敌人也在经常估计这种形势。但我们的敌人是落后的腐朽的反动派,他们是注定要灭亡的,他们不懂得客观世界的规律,他们用以想事的方法是主观主义的和形而上学的方法,因此他们的估计总是错误的。他们的阶级本能引导他们老是在想:他们自己怎样了不起,而革命势力总是不行的。他们总是高估了自己的力量,低估了我们的力量。我们亲眼看到了许多的反革命:清朝政府,北洋军阀,日本军国主义,墨索里尼,希特勒,蒋介石,一个一个地倒下去了,他们犯了并且不可能不犯思想和行动的错误。现在的一切帝国主义也是一定要犯这种错误的。难道这不好笑吗?照胡风分子说来,共产党领导的中国人民革命力量是要"呜呼完蛋"的,这种力量不过是"枯黄的叶子"和"腐朽的尸体"。而胡风分子所代表的反革命力量呢?虽然"有些脆弱的芽子会被压死的",但是大批的芽子却"正冲开"什么东西而要"茁壮地生长起来"。如果说,法国资产阶级的国民议会里至今还有保皇党的代表人物的话,那么,在地球上全部剥削阶级彻底灭亡之后多少年内,很可能还会有蒋介石王朝的代表人物在各地活动着。这些人中的最死硬分子是永远不会承认他们的失败的。这是因为他们不但需要欺骗别人,也需要欺骗他们自己,不然他们就不能过日子。

六

这封信里所谓"那些封建潜力正在疯狂的杀人",乃是胡风反革命集团对于我国人民革命力量镇压反革命力量的伟大斗争感觉恐怖的表现,这种感觉代表了一切反革命的阶级、集团和个人。他们感觉恐怖的事,正是革命的人民大众感觉高兴的事。"史无前例"也是对的。从来的革命,除了奴隶制代替原始公社制那一次是以剥削制度代替非剥削制度以外,其余的都是以一种剥削制度代替另一种剥削制度为其结果的,他们没有必要也没有可能去作彻底镇压反革命的事情。只有我们,只有无产阶级和共产党领导的人民大众的革命,是以最后消灭任何剥削制度和任何阶级为目标的革命,被消灭的剥削阶级无论如何是要经由它们的反革命政党、集团或某些个人出来反抗的,而人民大众则必须团结起来坚决、彻底、干尽、全部地将这些反抗势力镇压下去。只有这时,才有这种必要,也才有这种可能。"斗争必然地深化了",这也说得一点不错。只是"封建潜力"几个字说错了,这是"无产阶级和共产党领导的以工农联盟为基础的人民民主专政"一语的反话,如同他们所说的"机械论"是"辩证唯物论"的反话一样。

七

还是这个张中晓，他的反革命感觉是很灵的，较之我们革命队伍里的好些人，包括一部分共产党员在内，阶级觉悟的高低，政治嗅觉的灵钝，是大相悬殊的。在这个对比上，我们的好些人，比起胡风集团里的人来，是大大不如的。我们的人必须学习，必须提高阶级警觉性，政治嗅觉必须放灵些。如果说胡风集团能给我们一些什么积极的东西，那就是借着这一次惊心动魄的斗争，大大地提高我们的政治觉悟和政治敏感，坚决地将一切反革命分子镇压下去，而使我们的革命专政大大地巩固起来，以便将革命进行到底，达到建成伟大的社会主义国家的目的。

选自《毛泽东选集》第 5 卷，人民出版社 1977 年版

农村题材短篇小说创作座谈会讲话

邵荃麟

在我们这些年来的作品中，以农村的生活为题材的作品数量最大。作品成就较大的也都是农村题材，像《红旗谱》、《创业史》、《山乡巨变》、《暴风骤雨》等等。短篇也是这样。搞《三年小说选》，中选的九十多篇，写农村的四十多篇，比较好的三四十篇，占一半以上。这情况很自然。五亿多农民，作家大部分从农村中来，生活经验比较丰富。另一方面，农民问题在中国革命中间特别重要。毛主席说民主革命主要是农民问题，农民百分之八十团结起来革命就能成功。毛主席在《论人民民主专政》中说："严重的问题是教育农民。"要把人口最多的农民的思想觉悟提高一步，这是社会主义建设重要的一个环节。这个客观现实一定要反映到作品中来。所以农村题材写得多是自然的。

这方面有很多经验，值得探讨一下。十几年来农村变化很大。人民公社的方向是正确的，是解决全民与集体唯一的道路，从集体化走向全民所有，这种道路肯定是正确的。以前还没有完全摸清楚这个规律，再加上有自然灾害，一个时期在农业上造成相当严重的挫折。一九五七年、一九五八年一直是增产的，一九五八年以后生产大幅度下降，农村矛盾就突出了。国家处在困难时期，非常时期，调整工农关系是最主要的问题，巩固工农联盟是社会主义建设的严重问题。有了六十条，情况比较好一些，但还是有困难。现在是全国团结起来，克服困难。作家们是关心这个问题的。大家也常常谈到庄稼问题。作家怎样来服务这个政治？因此，怎样描写农村题材，正确反映农村中的问题，是作家们的重大责任。由于农村发生了问题，也引起创作上的新问题。

三年来农村题材小说比重最大。一九五九年少一些，一九六○年多些，一九六一年多些。侯金镜同志说一九六○年、一九六一年，公社问题明确起来，写得多了。到今年又写得少了。情况还摸不大准。因此又写得少些了。怎样来认识这些新的问题，需要探讨一下。要谈创作，先要把农村问题、工农关系问题谈谈。这个问题恐怕是世界历史上还没有完全解决的。人民内部矛盾包括工业与农业的矛盾，这个问题是必然会发生的。自然灾害、工作缺点问题，使得这个矛盾突出了。即使没有后者，也会有这个问题。工业化要积累资金，要有劳动力、原料、土地等等。这些东西，在资本主义国家，是靠侵略别的弱小国家来解决；社会主义国家不行,因此存在这个矛盾。

马克思最早定了一个以农业为基础的原则。列宁很早死了,来不及解决这个问题。斯大林没有解决这个问题,因为他在理论上不承认工农业矛盾是人民内部矛盾。工业、农业这个剪刀差,供求问题,在一九五七年前我国情况是比较好的,但是,农业上升也赶不上工业上升,所以五年计划一宣布,矛盾看得就明显了。最早我们建设是抄人家。后来,毛主席就写了《关于正确处理人民内部矛盾问题》,现在最主要矛盾是工农矛盾。一九五八年大跃进时候,工农业发生了剪刀差,一九五九年更大,所以今年要让一批工厂下马。去年下半年是有意识大幅度下降,以取得平衡。这个教训很大。这个教训换来了经验,毛主席提出农业为基础,工业为主导。提出农、轻、重,这是找到了一条规律,是列宁、斯大林都没有解决的,是政治经济学中重大的问题。这个很大的变化,对我们的认识很有帮助,集体的方向是不能动摇的。现在要摸索到集体化的规律,有规律就有办法,这个信心是有的。情况已弄清,规律已找到。所以周扬同志强调我们现在可以说已找到了这条光明大道。规律找到,还要进一步解决具体问题。文学的任务就是要在这时加强思想教育,这是非常重要的。集体与个人的统一问题,个人与集体意识的解决,这就是灵魂工程师的任务。社会主义教育是我们文学的根本任务。作品写人与人的关系,灵魂状态的变化。有小农思想,有集体个体观念,是有许多思想问题的,有不少群众在困难面前是丧气的。在变化中,人的意识问题出来了。比如偷窃、儿童的道德问题,都需要进行教育。西戎同志写的《赖大嫂》,在养猪问题上,就有许多想法。好心干坏事,也是普遍的。"五风"中有些是很坏的,但大部分也不是坏的。灵魂工程师要对人民进行社会主义教育,所以这个会很有必要,开会的目的就是这样。今天感到,农村题材最重要的是如何反映人民内部矛盾,把这作为最主要议题,以此为中心,围绕讨论创作问题,也不限得过死。反映内部矛盾不是今天才提出的,解放后一直有这个问题。刚解放,是翻身、反封建问题,《暴风骤雨》《活人塘》等等都是。到"过渡时期",内部矛盾就突出了,成为主要的东西。《不能走那条路》就是一九五三年提出来的,这是内部矛盾,一九五三年后就成了中心问题。《三里湾》《山乡巨变》《创业史》《春种秋收》《桥》都是写的这个问题。我们已差不多有十年的经验了。《创业史》写得很好,从父子矛盾的统一,来概括了各种意识的斗争。党支书是一个蜕化分子。出现梁生宝这样的英雄人物,而把矛盾集中在梁三老汉身上,逐步解决集体化中的各种问题。《三里湾》里的范登高,爬得高,跌得重,改编成电影,却搞成了"花好月圆"。我们这些小说,一个是写了合作化过程,一个是新的农民。《山乡巨变》的邓秀梅也非常艰苦,是一家一家做工作的。这个教育作用是不小的。我们写的都比较多。这三年还是写了矛盾的。从这些矛盾反映出了大跃进。大跃进不能与浮夸混为一谈,从这三年来看,作家还是坚持了现实主义,追求浪漫主义,写刮"五风"还是少数。另外一方面,革命精神、新的道德观念写得也很充分。创造了各式各样的人物,这三年短篇还是有所发展的。另一方面,作品中接触到相互间的矛盾就比较少了。分析原因,公社化是一下子来的,议论比较少;合作化纠纷长,时间也长。那时也强调写革命精神。同时与简单化的理论批评也很有关系。写了矛盾就来指责,编辑部对《李双双小传》现在也还有人认为不能编选。这个变动很大,所以作家也有个认识过程。经济基础的变动反映在意识上的矛盾,写的就较少。一九六一年就写实事求是与浮夸对立,《实干家潘永福》《乡下奇人》也是这一类。发表颇不容易,读者还来指责。《沙滩上》是侧面写的,《甸海春秋》也是如此。今年写得很少。《赖大嫂》写农村妇女的个体思想,有两种看法。《河北文学》发表了一篇老坚决与王大炮的斗争,这说明已出现了一些这类作品。总理说,人民内部矛盾是大量存在的,作家应该去写。有人以为写矛盾就是群众与群众的矛盾。我的理解,矛盾是广泛的,主要有工农业,有生产问题,有分配问题。作品要写人,写农民,也会遇到各种不同阶层的人的问题:有的不愿意养猪,有的愿意养;农民之间也有许多错综复杂的矛盾。总的讲,是个体经济的思想与集体主义思想、国家利益与个人利益之间的矛盾,这是主要的。官僚主义之类也是可以写的,但主要不是这些。如《赖大嫂》,就不是领导与被领导的问题。《老坚决外传》就写了领导与被领导的问题。一九五七年写的多,后来反过来怕写领导,又不敢碰。处理内部矛盾也有不同的态度,从右的修正主义来强调内部矛盾,就会把它夸大而致否定社会主义,认为无产阶级专政没有优越性等等。从"左"的方面来看则是否认这个矛盾,粉饰现实,回避矛盾,走向无冲突论。回避矛盾,不可能是现实主义。没有现实主义为基础,也谈不到浪漫主义。革命现实主义就不能不接触矛盾。粉饰、回避是写不好的。要写,首先是阶级分析,要有一个看法,从矛盾说明一个思想,这值得探讨,要从具体中去看,去解决,哪一些可以写,哪一些不可以写。有人认为什么都可以写,我看不一定。这与宣传党的政策有关。比如农村有些干部,蜕化成敌我矛盾,像恶霸似的,能不能写?划条线也很难,编辑也很难,可以讨论一下。总之,回避矛盾是不行的。写,是为了克服矛盾,是为了教育人民。为矛盾而写矛盾,也是不行的。

其次,环绕这个中心问题还有什么问题?主要是人物创作问题。作品是通过人物来表现的。近来的作品,写了各种人物,创造了很多的艺术形象。一九五四年前后,概念化的东西很多。最近几年,纯粹从概念出发的,还不太多。性格化比较突出《张满贞》、《耕云记》里的气象员、《静静的产院》中的谭大嫂,都各有个性。创造的人物绝大部分是先进人物:倔强的老头,生龙活虎的妇女,生气勃勃的青年。强调写先进人物、英雄人物是应该的。英雄人物是反映我们时代的精神的。但整个说来，反映中间状态的人物比较少。两头小，中间大；好的、坏的人都比较少，广大的各阶层是中间的，描写他们是很重要的。矛盾点往往集中在这些人身上。我觉得梁三老汉比梁生宝写得好。亭面糊这个人物给我印象很深，他们肯定是会进步的，但也有旧的东西。毛主席也说，要写各种各样的人物。分析一切人、一切阶级，这样就更丰满了，写得更丰满更深刻。只有把人物放在矛盾斗争中来写，不然性格不突出。比如林黛玉，如不把她放在爱情的矛盾中心，就不可能突出。所以，要研究人物与矛盾的关系。有些简单化的理解认为，似乎不是先进人物就不典型。一个阶级只有一个典型，这是完全错误的看法。从这个理论出发，又发生拔高问题。要人物高，这就容易把人物孤立起来。

再谈谈题材的广阔性与战斗性的关系。《人民文学》提出所谓"边缘题材"即很危险，去年提出后就好一些了。上海今年也提出多样性与战斗性的矛盾。不是提倡写小人物，日常生活中，我们还是可以看到有不少可歌可泣的人物。如《看愚公怎样移山》，作用很大。还有一些这类报导，教育群众，意义很大；不是写灰溜溜的，就是人民内部矛盾，这点也要说清楚。

我们当然也可以写不是直接与生活斗争有关的，也不要把写内部矛盾与战斗性对立起来。

关于深入生活问题，可以总结一下。最近，作家下去也有些困难。把作家看作"机关人"，老赵、康濯下乡去，也感到有这问题。国家与个人矛盾也反映在这问题上。

现在，再着重谈谈创作问题。

已接触的问题是：

第一，当前农村人民内部矛盾主要内容到底是什么？工农、集体与个体、领导与被领导、工作作风、缺点同正确等方面的问题，都摆出来了。主从关系怎么摆？而矛盾的主导一方面是什么？

第二，作家要正确反映农村人民内部矛盾，目的同意义是什么？用什么方法来描写？

第三，作家在认识和描写当前农村生活的内部矛盾时，如何根据政策理解现实，达到政治性跟真实性一致？（不能说政策跟生活总是一致的，有一定的矛盾。）

第四，怎样从描写人民内部矛盾中反映出建设社会主义、教育农民的长期性、艰苦性、复杂性，通过这来表现现实中劳动人民的积极的力量、积极的因素。要写消极的和积极的斗争，但主导的是积极的因素。这个问题也是很复杂的，不能简单化。

第五，写积极因素、艰苦奋斗，但是不可能不接触缺点错误这一面。怎样正确地反映我们必然要接触的缺点错误？同修正主义的暴露人民怎样区别？发生了怎样写、哪些暂时还不能写、投鼠忌器的问题。

第六，反映这种艰苦性、复杂性，主要的是创造人物。究竟什么叫做典型环境典型性格？典型环境到底怎么写？还有个创造英雄人物的问题。怎样克服过去创造人物性格的单纯化和简单化的毛病？总之，现实生活愈挖得深刻，性格也就更丰富，战斗性也就更强。怎样理解战斗性，通过写反面人物能不能表现战斗性？

第七，对报刊批评简单化的意见。

工农业失调、"五风"、自然灾害引起了整个国家暂时困难中间突出的矛盾。从性质讲，还是社会主义社会中生产力和生产关系的矛盾，是非对抗性的，正确处理不会变成敌我矛盾。它的内容究竟是什么？我个人以为还是国家、集体、个人三者之间的关系中产生的矛盾，最主要的是这个东西。由于国家工业发展快，征购任务大，集体就负担大；集体负担大，集体同个人也产生矛盾。就搞自留地，包产到户。搞自留地，包产到户，不是农民今天反对集体化，而是农民对集体保证他的利益不放心。这个矛盾也反映到农民的思想意识中间，就是集体主义思想同个体小农经济思想的矛盾。这本来是长期存在的，而现在表现得比较尖锐。还有领导与被领导关系、工作作风、方法方面的矛盾。最紧张时期——"五风"时期是过去了，但矛盾不是没有了。总之，归纳起来还是国家、集体、个人方面的矛盾。使矛盾如此突出，这同工农业比例失调有关。主导方面还是巩固发展集体利益的方向。这个不能动摇。今天国家要解决农民群众的一些问题。反过来，农民今天还是要注意国家和集体的利益，而不应当背道而驰。今天要搞粮食，国家不得不对农民作一些让步。退步是不是走回头路？以退为进，恐怕不能叫走回头路。目的是为了前进，为了社会主义的利益，为了巩固工农联盟，巩固发展集体经济，还是为了国家利益。工业的压缩也是如此。

创作问题，我们不是客观主义的反映矛盾，而是为了团结教育人。反映矛盾，克服矛盾，是文学为政治服务一个具体的重要内容。既反对粉饰现实、回避矛盾，也反对主观主义的为写矛盾而写矛盾。或者更坏，片面地夸大矛盾。在革命现实主义基础上有革命浪漫主义。反对"写真实"的假现实主义，也反对浮夸的浪漫主义。

听到周扬同志谈到中央最近会议（编者按：指八届十中全会）的传达以后，有两点感想：

（一）农村形势有所好转，"五风"基本过去，解决农村问题的道路明确了，工农业关系，工业支援农业，商业上的措施，精简城市人口等等。那天会后，赵树理很兴奋，道路找到了。

（二）找到了道路，困难还是很多，矛盾还是很复杂。斗争是长期的。集体化、机械化要二十五年。有困难，有办法，前途是光明的。前年、去年主要是克服"五风"的问题，现在，有残余，但基本上过去了。现在，主要是：国家利益、集体利益、个人利益的调整问题。在农村是：如何巩固集体化道路，发展生产。包产到户的问题，各省都有，应该怎么看？有的同志提出矛盾的主要方面是什么？在现实生活中，必须用阶级观点来加以分析。据陶铸、王任重同志的调查报告，只有百分之十主张单干，百分之六十坚决主张走集体化道路，百分之三十愿意走集体化道路。从这里可以看出，在人民内部，在农村和农民内部是有阶级斗争的，这种情况也反映在我们干部身上。

近三四年来，大家得到这样一个教训，任何事情——农村问题也是这样，首先方向问题上不能动摇。在农村问题上，也作了不少让步，甚至粮食也开放自由市场，但在方向上决不能动摇。人民公社是发展社会主义农业、解决农业集体所有制和全民所有制的关系，走向共产主义的道路。任何事情都是逐渐完备起来的。我们没有人怀疑集体化的方向，但是必须看到这条道路是长的、复杂和曲折的。一九五八年有人说，两年零八十天就可以进入共产主义，现在看来是可笑的。我们现在对于长期性、复杂性、艰苦性的估计是否已经充分了呢？小队所有制订出三十年不变。是否认为太长了些？基本机械化需要二十年，这样说不能算太长。搞创作的，必须看到这两点：方向不能动摇，同时要看到长期性、复杂性、艰苦性。没有后者，现实主义没有基础，落了空；没有前者，会迷失方向，产生动摇。这是一个革命者的世界观问题，是革命理想和求实精神相结合的问题。如何团结全国人民克服困难，这是我们作家在当前形势下的责任。复杂的农村斗争，首先在文学上反映出来，让全国人民了解这一形势；其次，个人主义还是集体主义；国家观念、整体观念要在生活中起作用。注意通过艺术形象，团结全国人民，克服困难，巩固发展集体主义。其次，在干部中，"五风"虽已基本上消除，但主观主义、官僚主义的工作作风仍然存在，这是人民内部矛盾的一个方面，如何通过艺术形象进行批评。总起来说，三个方面：生产关系；对农民进行社会主义、集体主义教育；工作作风方面。

第一点应当肯定，小说——包括农村题材，革命性很强。尽管有些作品内容显得空乏，现实主义不强，但是革命斗争精神很强。反映大跃进的作品，除少数的站不住以外，都反映出了斗志昂扬、意气风发的革命精神。《山鹰》这个作品，我也觉得有些缺点，但这个作品也是应该肯定的。杜鹏程的《飞跃》，我觉得有些缺点，但是它反映的革命气概，也是要肯定的。

在现实性方面，我们的有些作品也达到了相当的深度。有些作家对农村斗争的长期性、复杂性、艰苦性有深刻的认识。这次会上，对赵树理的创作一致赞扬，认为前几年对老赵的创作估计不足，这说明老赵对农村的问题认识是比较深刻的。柳青的《创业史》的现实主义成就，应该加以充分估计。孙犁同志写农村的小说，如《铁木前传》，现实主义也是相当强的。又如李准，从《不能走那条路》到《耕云记》，不同程度地反映了农村生活的变化。

总的看来，革命性都很强。而从反映现实的深度、革命斗争的长期性、复杂性、艰苦性来看，感到不够。在人物创作上，比较单纯，题材的多样化不够，农村复杂的斗争面貌反映的不够。单纯化反映在性格上，人与人的关系上，斗争的过程上，这说明了我们的作品的革命性强，现实性不足。

《老坚决外传》这个作品，在地方刊物上也应该肯定，有教育作用。缺点是人物性格单纯化，名副其实，处处坚决；王大炮更加单纯化。短篇小说很短，只能强调人物的一点，但这个作品使人感到单纯化，人物在作品中提出问题到解决问题很快，没有反映出人物性格的复杂性。杜鹏程的《飞跃》写人的精神状态的飞跃；飞跃是量变到质变的过程，是可能的，但作品中，这个过程写得不够，是作者人为的"飞跃"。怎样表现革命的复杂性、艰苦性，怎样更深刻地反映当前农村的复杂、尖锐的矛盾，使革命性和现实性更好地结合，是大家所追求的。

如果说，农业是国民经济的基础，现实主义则是我们创作的基础。没有现实主义，就没有浪漫主义。我们的创作应该向现实生活突进一步，扎扎实实地反映现实。茅盾同志说的现实主义的广度、深度和高度，这三者是紧密相连的，罗曼·罗兰说，高尔基是从"黑土里生长出来的，而又把自己的根须伸入到黑土的深处去"。柳青、赵树理、李准、刘澍德在农村中生活的基础都是厚实的。除熟悉生活以外，还要向现实生活去突进一步，认识、分析、理解……这是大家所追求的。现实主义深化，在这个基础上产生强大的革命浪漫主义，从这里去寻求两结合的道路。

如何表现内部矛盾的复杂性，看出思想意识改造的长期性、艰苦性、复杂性；更深地去认识、了解、分析、概括生活中的复杂的斗争，更正确地去反映人民内部矛盾，是我们作家的新的任务。

封建社会、资本主义社会的矛盾是对抗性的矛盾（写资产阶级浪子，写他本阶级的对抗性的矛盾），社会主义的内部矛盾是非对抗性的。写作的目的也不一样，那时写内部矛盾是为了动摇资本主义的基础（马克思说，我们的现实主义是为了动摇资本主义的乐观主义）。我们写人民内部矛盾，恰恰相反，是为了巩固和保卫我们的社会基础。我们不可能得出这样的结论：写人民内部矛盾，写不出激动人心的作品。如阿·托尔斯泰的《苦难的历程》，写出知识分子精神生活的艰苦历程。鲁迅的作品以及郭老的《凤凰涅槃》也是如此。农民的道路也是如此。柳青《创业史》的引言："创业难"；杜鹏程《在和平的日子里》的主题是：在和平的日子里不和平。我们的作家看到了这一点。为什么说,写敌我矛盾比内部矛盾易于激动人心,主要是对内部矛盾的复杂性、尖锐性认识不足。艺术作品强大的感染力量是从生活中复杂、尖锐的斗争中产生出来的。

要写人民内部矛盾,有一种流行观念,就是要写缺点;写得不好,帽子戴上,因而不好写,这看法是不对的。人民内部矛盾,当然包括官僚主义、主观主义等工作上的缺点,但不仅仅是这些。写人民内部矛盾,无非是写无产阶级在社会主义建设时期,怎样克服阶级与阶级之间,以及自身内部的矛盾,不断前进。人物性格只有在矛盾、斗争中才能表现出来。马克思说,人物性格是社会关系的总和。不是为了矛盾写矛盾,而是为了通过写矛盾显示出生活斗争的真实性,以此教育人民、团结人民。现实主义是创作的基础,生活是现实主义的基础。写出好作品的作家,必然是深入生活的;但只是深入生活,不一定写得出好作品。创作有它自己的规律。周扬同志说得好,作家创作应该写所见、所感、所信。我补充几点:作家应有观察力、感受力、理解力。光感受还不行,还应有理解力——理解是通过形象及逻辑思维进行的,要有概括力。没有概括力,写不出好的作品。在我们社会里,独立思考往往被忽略。作家当然应该了解政策,但是应该通过自己的思考去了解、认识。赵树理同志对生活的理解、独立思考能力强,杜鹏程同志的感受力很强,茹志鹃同志的观察力很强。不体察入微,对现实的分析、理解就不深。没有强大的理解力、感受力、观察力,就不可能有高度的概括力。有了前面几个条件,概括就会水到渠成。提高文化修养,学习古人和外国的经验,无非为了帮助我们提高这些方面的能力。

作品中能给人以新的思想,这和作家对生活的理解有关。短篇小说有它的特点。人物成长、变化的过程,在长篇中问题不大,在短篇里要写出人的性格历史的过程,需要更强的概括力。在某种意义上说,短篇小说比长篇更难写。将一个复杂的东西,通过艺术的概括,以小见大,像树干的横断面,可以看出年轮及树木的性格。复杂与单纯的关系,通过单纯看出复杂,从一粒沙看整个世界,这与单纯化不同。鲁迅、契诃夫,在这方面的成就值得我们学习。鲁迅的《风波》,通过晚餐席上的风波,反映出辛亥革命时期农民没有起来,注定了失败的悲剧;主题与《阿 Q 正传》相同,这是经过长期观察得来的。鲁迅对辛亥革命的失败,理解得很深刻。现在,有些好的短篇小说,在一定程度上也进行了这样的概括。

短篇创作碰到的另一个问题,即在不多的篇幅中,提出矛盾,解决问题,但是不可能,怎么办?《赖大嫂》就遇到这样的问题,有些批评者批评赖大嫂思想没有转变成集体主义。是否非要写出解决问题不可?如果水到渠成,可以解决;否则,也可以指出方向,让读者自己去得出结论。《四年不改》就得到这个效果。短篇小说创作在进行概括时,抓住一点,让人看出前因后果就行了。

风格问题,平平常常与轰轰烈烈的问题,根本问题在生活基础。各人有各人的风格。最近几年,在成熟的作家中间,风格形成了。让各人发展自己的风格,从平常中见伟大也好,含着微笑看生活也好,皱着眉头看生活也好。有人说茹志鹃写的人物不够高大,缺乏浪漫主义,她自己也有些动摇。

人物问题、矛盾的复杂,归根结蒂在人物性格。写不出人物性格,怎样反映出斗争、反映出内部矛盾的复杂性、尖锐性?英雄人物,八条、九条标准,衣服不同,面孔一样。典型化的法则是现实主义的基本问题。典型的说法,有这么一个过程:高尔基说,看十个、二十个商人,才能创造出一个典型的商人,这是通俗易懂的说法;后来苏联有一种说法,成了加在一起。马林科夫在十九大提出反对平均数,典型不是大量存在的,是萌芽的东西,这也对。但从大量中概括出来的也应该算是典型,否则,只写萌芽,路子就窄了。无论萌芽也好,大量存在的也好,必须是在生活土壤中产生出来的。典型是社会本质的力量,有它的道理,但也容易被误解。只写阶级本质,结果面孔一样。落后的东西,用谢德林的怒火烧掉,这对反映人民内部矛盾来说就不一定合适。后来批评马林科夫的论点,提出个性问题,个性与共性的统一性,也不是那么简单。苏联现在也不大讲阶级共性,而是全民的人性,强调全民是共同的人性。我们认为,还是恩格斯讲的"典型环境中的典型人物"。一个阶级一个典型,是有害的理论。去年读了《城市姑娘》,觉得不应该这样理解。恩格斯是讲环境和人物的关系,在一个典型环境中间,有各种各样性格的人物,在一定环境中,写出各种人物之间的关系。我们的作家,是不会相信一个阶级一个典型这种理论的。但是,这种理论加给创作的压力还是很大的。写英雄人物,谁也没有规定必须写缺点,但有发展过程,在克服、斗争中发展过来。怎样从艰苦奋斗、复杂的斗争中成长起来?《创业史》中的梁生宝,是最高的典型人物,但我不认为是写得最成功的。梁三老汉、郭振山等也是典型人物。谈《红旗谱》,只谈朱老忠;但严志和也是成功的典型。赵树理《锻炼锻炼》中的小腿疼,受到责难。作家对简单化、教条主义、机械论的批评应当顶住。提高、拔高的问题,也是从一个阶级一个典型来的。"拔高"就是拔到他们所订下的标准上去。

创造人物,根本问题是熟悉人、了解人,但也反对那种如实描写的自然主义倾向。提高无非是概括,是典型化,将人物性格概括起来,使它更加突出。

理想主义与理想化不同。

茅公提出"两头小、中间大",英雄人物与落后人物是两头,中间状态的人物是大多数,文艺主要教育的对象是中间人物,写英雄是树立典范,但也应该注意写中间状态的人物。

创造人物主要依靠人物的行动,言行反映出他的心理状态,行动表现出矛盾的具体化的东西。写人物，应该注意写出人物的心理状态——心理就是灵魂——这是灵魂工程师的任务。

风格，每个作家可以不同，主要是从现实、从生活出发，在现实生活的基础上探求两者结合的道路，团结人民，教育人民，克服困难，向我们的目标前进。

（根据记录稿整理）

选自《邵荃麟评论选集（上）》，人民文学出版社 1981 年版

对文化工作的批评*

毛泽东

一个时期《戏剧报》尽宣传牛鬼蛇神。文化部不管文化，封建的、帝王将相的、才子佳人的东西很多，文化部不管。

文化工作方面，特别是戏曲，大量的封建落后的东西，社会主义的东西很少。在舞台上无非是帝王将相，才子佳人。文化部是管文化的，应当注意这方面的问题。要好好检查一下，认真改正。如不改，文化部就要改名字，改为帝王将相部、才子佳人部，或外国死人部。

选自罗平汉、何蓬：《中华人民共和国史（1956—1965）》，

人民出版社 2010 年版

---

* 1963 年 11 月毛泽东先后批评《戏剧报》和文化部。

在中国文学艺术工作者第四次代表大会上的祝辞

（一九七九年十月三十日）

邓小平

各位代表,各位同志:

今天,我国各民族的文学家、戏剧家、美术家、音乐家、表演艺术家、电影工作者和其他文艺工作者的代表欢聚一堂,共同总结三十年来文艺工作的基本经验,发扬成绩,克服缺点,商讨在新的历史时期如何繁荣文艺事业,这是一件有重要历史意义的事情。我代表中共中央、国务院,向大会表示热烈的祝贺!

参加这次大会的,有"五四"时期就投入新文化运动的老一辈文艺家;有"五四"以后,在我国革命的不同阶段,为人民解放事业做出贡献的文艺家;有建国以后成长起来的文艺家;也有在同林彪、"四人帮"的斗争中涌现出来的文艺家。参加这次大会的,还有台湾同胞,港澳同胞中的文艺家。这次大会,标志着全国文艺工作者的空前团结。

"文化大革命"前的十七年,我们的文艺路线基本上是正确的,文艺工作的成绩是显著的。所谓"黑线专政"①,完全是林彪、"四人帮"的诬蔑。在林彪、"四人帮"猖獗作乱的十年里,大批优秀作品遭到禁锢,广大文艺工作者受到诬陷和迫害。在那个时期,文艺界的许多同志和朋友,正气凛然地对他们进行了抵制和斗争。在我们党和人民战胜林彪、"四人帮"的斗争中,文艺工作者做出了令人钦佩的、不可磨灭的贡献。我在这里,向大家表示亲切的慰问。

粉碎"四人帮"以后,在党中央的领导下,文艺界已经和正在落实党的知识分子政策,过去受到人民欢迎的一大批文艺作品重新和人民见面。文艺工作者心情舒畅,创作热情高涨。短短几年里,通过清算林彪、"四人帮"的罪行和谬论,已经出现了许多优秀的小说、诗歌、戏剧、电影、曲艺、报告文学以及音乐、舞蹈、摄影、美术等作品。这些作品,对于打破林彪、"四人帮"设置的精神枷锁,肃清他们的流毒和影响,对于解放思想,振奋精神,鼓舞人民同心同德,向四个现代化进军,起了积极的作用。回顾三年来的工作,我认为,文艺界是很有成绩的部门之一。文艺工作者理应受到党和人民的信赖、爱护和尊敬。斗争风雨的严峻考验证明,从总体来看,我们的文艺队伍是好的。有这样一支文艺队伍,我们党和人

---

① 原注:"黑线专政"最先是林彪、江青一伙用来诬蔑建国后十七年文艺工作的用语。

民是感到十分高兴的。

代表们，同志们！

我们的国家已经进入社会主义现代化建设的新时期。我们要在大幅度提高社会生产力的同时，改革和完善社会主义的经济制度和政治制度，发展高度的社会主义民主和完备的社会主义法制。我们要在建设高度物质文明的同时，提高全民族的科学文化水平，发展高尚的丰富多彩的文化生活，建设高度的社会主义精神文明。

同心同德地实现四个现代化，是今后一个相当长的时期内全国人民压倒一切的中心任务，是决定祖国命运的千秋大业。各条战线上的群众和干部，都要做解放思想的促进派，安定团结的促进派，维护祖国统一的促进派，实现四个现代化的促进派。对实现四个现代化是有利还是有害，应当成为衡量一切工作的最根本的是非标准。文艺工作者，要同教育工作者、理论工作者、新闻工作者、政治工作者以及其他有关同志相互合作，在意识形态领域中，同各种妨害四个现代化的思想习惯进行长期的，有效的斗争。要批判剥削阶级思想和小生产守旧狭隘心理的影响，批判无政府主义、极端个人主义，克服官僚主义。要恢复和发扬我们党和人民的革命传统，培养和树立优良的道德风尚，为建设高度发展的社会主义精神文明做出积极的贡献。

在这个崇高的事业中，文艺发展的天地十分广阔。不论是对于满足人民精神生活多方面的需要，对于培养社会主义新人，对于提高整个社会的思想、文化、道德水平，文艺工作都负有其他部门所不能代替的重要责任。

我们的文艺属于人民。我们的人民勤劳勇敢，坚韧不拔，有智慧，有理想，热爱祖国，热爱社会主义，顾大局，守纪律。几千年来，特别是五四运动以后的半个多世纪来，他们满怀信心，艰苦奋斗，排除一切阻力，一次又一次地写下了我国历史上光辉灿烂的篇章。任何强大的敌人都没有把他们压倒。任何严重的困难都没有把他们挡住。文艺创作必须充分表现我们人民的优秀品质，赞美人民在革命和建设中、在同各种敌人和各种困难的斗争中所取得的伟大胜利。

我们的文艺，应当在描写和培养社会主义新人方面付出更大的努力，取得更丰硕的成果。要塑造四个现代化建设的创业者，表现他们那种有革命理想和科学态度、有高尚情操和创造能力、有宽阔眼界和求实精神的崭新面貌。要通过这些新人的形象，来激发广大群众的社会主义积极性，推动他们从事四个现代化建设的历史性创造活动。

我们的社会主义文艺，要通过有血有肉、生动感人的艺术形象，真实地反映丰富的社会生活，反映人们在各种社会关系中的本质，表现时代前进的要求和历史发展的趋势，并且努力用社会主义思想教育人民，给他们以积极进取、奋发图强的精神。

我国历史悠久，地域辽阔，人口众多，不同民族、不同职业、不同年龄、不同经历和不同教育程度的人们，有多样的生活习俗、文化传统和艺术爱好。雄伟和细腻，严肃和诙谐，抒情和哲理，只要能够使人们得到教育和启发，得到娱乐和美的享受，都应当在我们的文艺园地里占有自己的位置。英雄人物的业绩和普通人们的劳动、斗争和悲欢离合，现代人的生活和古代人的生活，都应当在文艺中得到反映。我国古代的和外国的文艺作品、表演艺术中一切进步的和优秀的东西，都应当借鉴和学习。

我们要继续坚持毛泽东同志提出的文艺为最广大的人民群众、首先为工农兵服务的方向，坚持百花齐放、推陈出新，洋为中用、古为今用的方针，在艺术创作上提倡不同形式和风格的自由发展，在艺术理论上提倡不同观点和学派的自由讨论。列宁说过，在文学事业中，"绝对必须保证有个人创造性和个人爱好的广阔天地，有思想和幻想、形式和内容的广阔天地"①。围绕着实现四个现代化的共同目标，文艺的路子要越走越宽，在正确的创作思想的指导下，文艺题材和表现手法要日益丰富多彩，敢于创新。要防止和克服单调刻板、机械划一的公式化概念化倾向。

对人民负责的文艺工作者，要始终不渝地面向广大群众，在艺术上精益求精，力戒粗制滥造，认真严肃地考虑自己作品的社会效果，力求把最好的精神食粮贡献给人民。林彪、"四人帮"过去用反动的、腐朽的剥削阶级思想腐蚀人们灵魂，毒化社会空气，使我们的革命传统和优良风尚遭到极大的破坏。我们的文艺工作者，要通过自己的创作提高人民的精神境界，继续同林彪、"四人帮"的恶劣影响进行坚决斗争。对于来自"左"的和右的，总想用各种形式搞动乱，破坏安定团结局面，违背绝大多数人利益和意愿的错误倾向，要保持清醒的头脑；要运用文艺创作，同意识形态领域的其他工作紧密配合，造成全社会范围的强大舆论，引导人民提高觉悟，认识这些倾向的危害性，团结起来，抵制、谴责和反对这些错误倾向。

文艺工作者要努力学习马列主义、毛泽东思想，提高自己认识生活、分析生活、透过现象抓住事物本质的能力。我们希望，文艺工作者中间有越来越多的同志成为名副其实的人类灵魂工程师。要教育人民，必须自己先受教育。要给人民以营养，必须自己先吸收营养。由谁来教育文艺工作者，给他们以营养呢？马克思主义的回答只能是：人民。人民是文艺工作者的母亲。一切进步文艺工作

---

① 原注：见列宁：《党的组织纪律和党的出版物》（《列宁全集》第 12 卷），人民出版社 1987 年版，第 94 页。

者的艺术生命，就在于他们同人民之间的血肉联系。忘记、忽略或是割断这种联系，艺术生命就会枯竭。人民需要艺术，艺术更需要人民。自觉地在人民的生活中汲取题材、主题、情节、语言、诗情和画意，用人民创造历史的奋发精神来哺育自己，这就是我们社会主义文艺事业兴旺发达的根本道路。我们相信，我们的文艺工作者一定会坚定不移地沿着这条道路不断前进。

文艺工作者还要不断丰富和提高自己的艺术表现能力。所有文艺工作者，都应当认真钻研、吸收、融化和发展古今中外艺术技巧中一切好的东西，创造出具有民族风格和时代特色的完美的艺术形式。只有不畏艰难、勤学苦练、勇于探索的文艺工作者，才能攀登上艺术的高峰。

我们衷心祝愿文艺队伍更加团结壮大。不论是专业的或是业余的文艺工作者，一切社会主义的和爱国的文艺工作者，一切维护祖国统一的文艺工作者，都要更好地互相帮助、互相学习，把全部精力集中于文艺的创作、研究或评论。作品的思想成就和艺术成就，应当由人民来评定。虚心倾听各方面的批评，接受有益的意见，常常是艺术家不断进步，不断提高的动力。在文艺队伍内部，在各种类、各流派的文艺工作者之间，在从事创作与从事文艺批评的同志之间，在文艺家与广大读者之间，都要提倡同志式的、友好的讨论，提倡摆事实、讲道理。允许批评，允许反批评；要坚持真理，修正错误。

老一代文艺工作者，在发现和培养青年文艺工作者方面负有重要的责任。青年文艺工作者年富力强，思想敏锐，是我们文艺事业的未来。应当热情帮助并严格要求他们，使他们既不脱离生活，又能在思想上，艺术上不断进步。中年文艺工作者是我们文艺队伍的骨干力量，要充分发挥他们的作用。

必须十分重视文艺人才的培养。在一个九亿多人口的大国里，杰出的文艺家实在太少了。这种状况与我们的时代很不相称。我们不仅要从思想上，而且要从工作制度上创造有利于杰出人才涌现和成长的必要条件。

各级党委都要领导好文艺工作。党对文艺工作的领导，不是发号施令，不是要求文学艺术从属于临时的、具体的、直接的政治任务，而是根据文学艺术的特征和发展规律，帮助文艺工作者获得条件来不断繁荣文学艺术事业，提高文学艺术水平，创作出无愧于我们伟大人民、伟大时代的优秀的文学艺术作品和表演艺术成果。当前，要着重帮助文艺工作者继续解放思想，打破林彪、"四人帮"设置的精神枷锁，坚持正确的政治方向，从各个方面，包括物质条件方面，保证文艺工作者充分发挥自己的聪明才智。我们提倡领导者同文艺工作者平等地交换意见；党员作家应当以自己的创作成就起模范作用，团结和吸引广大文艺工作者一道前进。衙门作风必须抛弃。在文艺创作，文艺批评领域的行政命令必须废止。如果把这类东西看作是坚持党的领导，其结果，只能走向事情的反面。要坚持辩证唯物主义的思想路线,从三十年来文艺发展的历史中,分析正反两方面的经验,摆脱各种条条框框的束缚,根据我国历史新时期的特点,研究新情况,解决新问题。林彪、"四人帮"那一套荒谬做法,破坏了党对文艺工作的领导,扼杀了文艺的生机。文艺这种复杂的精神劳动,非常需要文艺家发挥个人的创造精神。写什么和怎样写,只能由文艺家在艺术实践中去探索和逐步求得解决。在这方面,不要横加干涉。

各位代表,各位同志!

毛泽东同志早在开国的时候就指出:"随着经济建设的高潮的到来,不可避免地将要出现一个文化建设的高潮。"①经过艰苦的斗争,克服重重困难,我们粉碎了"四人帮",扫除了前进道路上的最大障碍。现在,我们可以满怀信心地说,这种形势的出现已经为期不远;真正实现百花齐放、百家争鸣这个马克思主义方针的条件,也在日益成熟。我国文学艺术蓬勃繁荣、争奇斗艳的新阶段,必将通过广大文艺工作者的辛勤劳动,展现在我们面前。

这次大会,是全国文艺工作者在新长征中的第一次盛会。同志们是带着自己的丰硕成果来出席大会的。我们相信,大会以后,同志们一定会拿出越来越多、越来越好的艺术成果,向祖国和人民汇报。谨祝大会完满成功!

原载《中国文学艺术工作者第四次代表大会文集》,1980 年版

选自《邓小平文选》(第 2 卷),人民出版社 1994 年版

---

① 原注:见毛泽东:《中国人民站起来了》(《毛泽东著作选读》(下册),人民出版社 1986 年版,第 692 页。

新的美学原则在崛起

孙绍振

在历次思想解放运动和艺术革新潮流中，首先遭到挑战的总是权威和传统的神圣性，受到冲击的还有群众的习惯的信念。当前在新诗乃至文艺领域中的革新潮流中，也不例外。权威和传统曾经是我们思想和艺术成就的丰碑，但是它的不可侵犯性却成了思想解放和艺术革新的障碍。它是过去历史条件造成的，当这些条件为新条件代替的时候，它的保守性狭隘性就显示出来了，没有对权威和传统挑战甚至亵渎的勇气，思想解放就是一句奢侈性的空话。在当艺术革新潮流开始的时候，传统、群众和革新者往往有一个互相摩擦、甚至互相折磨的阶段。

当前出现了一些新诗人，他们的才华和智慧才开出了有限的花朵，远远还不足以充分估计他们的未来的发展，除了雷抒雁之外，他们之中还没有一个人出版过一个诗集，却引起了广泛的议论，有时甚至把读者分裂为称赞和反对的两派。尽管意见分歧，但他们的影响却成了一种潮流，在全国范围内，吸引了许多年轻的乃至并不年轻的追随者。在他们面前，他们的前辈好像有点艺术上的停滞，正遭到他们的冲击。

如果前辈们没有新的发展和突破，很可能会丧失其全部权威性。谢冕同志把这一股年轻人的诗潮称之为"新的崛起"，是富于历史感，表现出战略眼光的。不过把这种崛起理解为预言几个毛头小伙子和黄毛丫头会成为诗坛的旗帜，那也是太拘泥字句了。与其说是新人的崛起，不如说是一种新的美学原则的崛起。这种新的美学原则，不能说与传统的美学观念没有任何联系，但崛起的青年对我们传统的美学观念常常表现出一种不驯服的姿态。他们不屑于作时代精神的号筒，也不屑于表现自我感情世界以外的丰功伟绩。他们甚至于回避去写那些我们习惯了的人物的经历、英勇的斗争和忘我的劳动的场景。他们和我们五十年代的颂歌传统和六十年代战歌传统有所不同，不是直接去赞美生活，而是追求生活溶解在心灵中的秘密。梁小斌说："我认为诗人的宗旨在于改善人性，他必须勇于向人的内心进军。"他们在探求那些在传统的美学观看来是危险的禁区和陌生的处女地，而不管通向那里的道路是否覆盖着荆棘和荒草。正因为这样，他们的诗风有一种探险的特色，也许可以说他们在创造一种探索沉思的传统。徐敬亚说："诗人应该有哲学家的思考和探险家的胆量。"这倒是我国当前的一种现实,迷信走向了反面,培养了那么多的哲学头脑,闪耀着理性的光辉。他们的这种思考和传统的美学观念不同之处乃是徐敬亚所说的诗人甚至"应该有早于政治家脚步的探讨精神"。从习惯于文艺从属于政治家的文坛看来这不免有点"异端"了。当革新者最好的诗与传统的艺术从属于政治的观念一致的时候,他们自然成了受到钟爱的候鸟。正因为这样,舒婷的《这也是一切》、梁小斌的《中国,我的钥匙丢了》等等,得到异口同声的赞许。但是,他们有时也用时代赋予他的哲学的思考力上考虑一些为传统美学原则所否决了的问题,例如关于个人的幸福,在我们集体中应该占什么地位,人与人之间的和谐如何才能达到,分歧和激烈的争辩就产生了。它集中表现为人的价值标准问题,在年轻的探索者笔下,人的价值标准发生了巨大的变化,它不完全取决于社会政治标准。社会政治思想只是人的精神世界的一部分,它可以影响,甚至在一定条件下决定某些意识和感情,但是它不能代替,二者有不同的内涵,不同的规律。例如政治追求一元化、强调统一意志和行动,因而少数服从多数,而艺术所探求的人的感情可以是多元化的,不必少数服从多数。政治的实用价值和感情在一定程度上的非实用性,是有矛盾的,正如一棵木棉树在植物学家和在诗人眼中价值是不相同的一样。如果说传统的美学原则比较强调社会学与美学的一致,那么革新者则比较强调二者的不同。表面上是一种美学原则的分歧,实质上是人的价值标准的分歧。在年轻的革新者看来,个人在社会中应该有一种更高的地位,既然是人创造了社会,就不应该以社会的利益否定个人的利益,既然是人创造了社会的精神文明,就不应该把社会的(时代)的精神作为个人的精神的敌对力量,那种人"异化"为自我物质和精神的统治力量的历史应该加以重新审查。传统的诗歌理论中"抒人民之情"得到高度的赞扬,而诗人的"自我表现"则被视为离经叛道,革新者要把这二者之间人为的鸿沟填平。即使从社会学的角度来看,社会的价值也不能离开个人的精神的价值,对于许多人的心灵是重要的,对于社会政治就有相当的重要性(举一个极端的例子:宗教),而不能单纯以是否切合一时的政治要求为准。个人与社会的分裂的历史应该结束。所以杨炼说:"我永远不会忘记作为民族的一员而歌唱,但我更首先记住作为一个人而歌唱。我坚信:只有每个人真正获得本来应有的权利,完全的互相结合才会实现。"我们的民族在十年浩劫中恢复了理性,这种恢复在最初的阶段是自发的,是以个体的人的觉醒为前提的。当个人在社会、国家中地位提高,权利逐步得以恢复,当社会、阶级、时代,逐渐不再成为个人的统治力量的时候,在诗歌中所谓个人的感情,个人的悲欢,个人的心灵世界便自然会提高其存在的价值。社会战胜野蛮,使人性复归,自然会导致艺术中的人性复归,而这种复归是社会文明程度提高的一种标志。在艺术上反映这种进步,自然有其社会价值,不过这种社会价值与传统的社会价值有很大的不同罢了。当舒婷说："人啊，理解我吧。"她的哲学不是斗争的哲学，她的美学境界是追求和谐。她说："我通过我自己深深意识到：今天，人们迫切需要尊重、信任和温暖。我愿意尽可能地用诗来表现我对'人'的一种关切；障碍必须拆除，面具应当解下。我相信：人和人是能够互相理解的，因为通往心灵的道路总可以找到。"从理论的表述来说，这可能是有缺点的，离开了矛盾的统一，任何事物都是不存在的。但在创作实践上，作为对长期阶级斗争扩大化造成的人与人之间关系的恶化的一种反抗，它正是我们时代的一种折光。从美学来说，人的心灵的美并不像传统美学原则所限定的那样只有在斗争中（在风口浪尖）才能表现，谁说斗争能离开统一，矛盾不能达到和谐呢？因为据说有百分之五的阶级敌人，就应该对百分之九十五的人瞪着敌视的目光，怀着戒备的心理，戴着虚虚实实的面具，乃至随时准备着冲入别人的房子去抄家、去戴人家的高帽吗？在舒婷的作品中常有一种孤寂的情绪，就是对人与人之间这种关系的反常畸形的一种厌倦，而追求真正的和谐又往往不能如愿，这时她发出深情的叹息，为什么不可以说是一种典型化的感情？为什么只有在炸弹与旗帜的境界中呐喊才是美的呢？不敢打破传统艺术的局限性，艺术解放就不可能实现。一种新的美学境界在发现，没有这种发现，总是像小农经济进行简单再生产那样用传统的艺术手段创作，我们的艺术就只能是永远不断地作钟摆式单纯的重复。梁小斌说："'愤怒出诗人'成为被歪曲的时髦，于是有很多战士的形象出现。一首诗如果是显得沉郁一些，就斥为不健康。愤怒感情的滥用，使诗无法跟人民亲近起来。"他又说："意义重大不是由所谓重大政治事件来表现的。一块蓝手绢，从晒台上落下来，同样也是意义重大的，给普通的玻璃器皿以绚烂的光彩。从内心平静的波浪中，觅求层次复杂的蔚蓝色精神世界。"这些话说得也许免不了偏颇，多少有些轻视战士和愤怒的形象在某种条件下不可替代的作用，但是他们的勇气是可惊叹的。他们一方面看到传统的美学境界的一些缺陷，一方面在寻找新的美学天地。在这个新的天地里衡量重大意义的标准就是在社会中提高了社会地位的人的心灵是否觉醒，精神生活是否丰富，与艺术传统发生矛盾，实际上就是与艺术的习惯发生矛盾。在生活中要提高人的地位，自然也有习惯的阻力，但是艺术的习惯势力比之生活中的习惯势力要顽强得多。因为在生活中，人们是以自觉的意识指导着人的思想和实践的，以新的自觉意识去克服旧的自觉意识，虽然也需要一个过程，但总是属于理性范畴，总是比较单纯，而在艺术中则不完全是理性主宰一切，它包含着感情。泰纳在《艺术哲学》中说，"在一般赋有诗人气质的人身上，都是不由自主的印象占着优势"，"若要下一个明确的定义，就得肯定其中有个自发的强烈的感觉"。艺术的感情色彩使它有一种"不由自主的""自发的"一面，这一面有时还"占着优势"。长期的大量的艺术实践不但训练了艺术家的意识，而且训练了他的下意识或者潜意识。这样，使他的神经在感情达到饱和点的时候，依着一种"不由自主的"，"自发的"习惯，达到一种条件反射的程度。习惯，就是意识与下意识的统一。不论是一个人还是一个民族，养成自己独创的艺术习惯都是艰难的。意识和潜意识都是建立在长期经验基础上的。个人、民族、时代的美学独创性，都渗透在这种习惯之中。年轻的革新者要克服一种习惯的拘束，同时，要确立一种新的习惯。不论克服还是确立，光凭自觉意识是不够的。光凭自觉意识就是光凭概念，它同时要和那"不由自主的""自发的"潜意识打很久的交道。自觉意识不能完全战胜下意识，正如法国的语音学家可能读不好英语的重音一样，又如英语区的语音学家可能说不好普通话中的卷舌的辅音一样。因为习惯是一种条件反射，形成了一种潜意识，是自觉意识不能管束的，它的存在就是反应固定化的结果，是很难变化的。恩格斯所说的传统的惰性在这里可以找到一部分注解。艺术革新，首先就是与传统的艺术习惯作斗争。顾城在《学诗札记二》中说："诗的大敌是习惯——习惯于一种机械的接受方式，习惯于一种'合法'的思维方式，习惯于一种公认的表现方式。习惯是感觉的厚茧，使冷和热都趋于麻木；习惯是感情的面具，使欢乐和痛苦都无从表达，习惯是语言的套轴，使那几个单调而圆滑的词汇循环不已，习惯是精神的狱墙，隔绝了横贯世界的信风，隔绝了爱、理解、信任，隔绝了心海的潮汐。习惯就是停滞，就是沼泽，就是衰老，习惯的终点就是死亡……当诗人用崭新的诗篇，崭新的审美意识粉碎了习惯之后，他和读者将获得再生——重新感知自己和世界。"也许把重新感知自我和世界当成革新者的任务并且痛快淋漓地宣告要与艺术的习惯势力作斗争，这还是第一次，因而它启发我们的思考的功绩是不可低估的。但是作为一种理论的表述，我们还是要禁不住吹毛求疵一下，这里多少有些片面性，透露出革新者美学思想上的弱点。因为习惯，即使过时的习惯，也不光是停滞的沼泽，它还包含着过去的成就和经验。当革新者向习惯扔出决斗的白手套时，应该像梁小斌那样："我必须承认'四人帮'的那些理论也在哺育我，它也变成阳光，晒黑了我的皮肤。"自然，我们可以说"四人帮"的理论不是我们的传统和习惯，但也不可否认它是我们传统和习惯的畸形化，人总是要在前人积累的思想材料和艺术经验的基础上前进的，前人提供的不可能都是正面的、积极的、健康的，但人类正是在这并不绝对完美的阶梯上攀登的。光凭一个人的才华，光凭自己的生活积累是成不了艺术革新家的。《儒林外史》中写了一个王冕，孤独地反复地画了好多年荷花，没有任何学习与参考的资料便卓尔成家，有了惊人的创造，从艺术理论上讲，这是不科学的。王冕的方法是从零开始的原始人的方法，用这样的方法是不可能创造出新的艺术水平来的。在创作实践中人们总是既要从生活出发，又不能完全排除从艺术出发的。西洋画从写生开始，中国画从临摹开始，都是反映了规律的一个侧面，二者是可以结合起来的。马克思说：人是按着美的法则创造的。就是说人在客观现成材料（素材）面前不是像动物那样被动的。美的法则，是主观的，虽然它可以是客观的某种反映，但又是心灵创造的规律的体现。在创作过程的某一阶段上，美的法则是向导，是先于形象的诞生的。它是又不是抽象的理念，而是活在传统的作品和审美习惯之中。要突破传统必须有某种马克思讲的"美的法则"，则必然从传统和审美习惯中吸取某些"合理的内核"。习惯只能用习惯来克服，新的习惯必须向旧的习惯借用酵母。不是借用本民族的酵母的一部分，就是借用它民族的酵母的一部分。只有把借用习惯的酵母和突破习惯的僵化结合起来才能确立起新的习惯，才能创造出更高的艺术水平，否则只能导致艺术水平的降低。目前年轻的革新者们自然面临着旧的艺术习惯的顽强惰性，但是如果他们漠视了传统和习惯的积极因素，他们有一天会受到辩证法的惩罚。不过问题的复杂性在于，他们似乎并没有忽略继承，只是更侧重于继承他民族的习惯。但是这种习惯与我国本民族的习惯的矛盾有时是很深的。虽然新诗史上大部分有独创性的流派，都和外民族独异的艺术刺激分不开，但是，即使其中的大诗人也还没有解决两个民族艺术习惯的矛盾，当这种矛盾激化到一定的程度，就会走向反面，产生闭关自守，全盘民族化的倾向。新诗的革新者如果漠视这样的历史经验，他们的成就将是比较有限的。不过，我们并不悲观，因为我们看到他们中的优秀代表并不像我们中的一些人认为的那样，以为自己已经掌握了历史发展的全部蓝图。他们有自知之明，他们知道自己还幼稚，舒婷在《献给我的同代人》中说：

> 为开拓心灵的处女地
> 走入禁区，也许——
> 就在那里牺牲
> 留下歪歪斜斜的脚印
> 给后来者
> 签署通行证。

探索既是坚定的，不怕牺牲的，又是谦虚的，承认自己的脚步是孩子气的。我们可以毫不怀疑地说，他们肯定会有错误，有失败。有歧途的彷徨的，但是，只要他们不动摇，又不固执，即使他们犯了错误也是可以像列宁所说的那样，得到上帝的原谅的，同时，又会给后来者和他们自己留下历史的经验。——但是，这些经验是不是会浪费，就要看我们善于不善于总结使之上升到理论的高度并为他们所接受了。

1980.10.21—1981.1.21

原载《诗刊》1981 年第 3 期

高举社会主义文艺旗帜
坚决防止和清除精神污染

《人民日报》评论员

在党的十二届二中全会上，邓小平同志和陈云同志作了重要讲话，在阐述整党决定伟大意义的同时，又着重提出在思想战线清除精神污染的问题。这对于我们党的建设，对于在建设物质文明的同时建设社会主义精神文明，对于夺取社会主义现代化建设的新胜利，对于加强马克思主义的理论建设，繁荣社会主义文艺事业，都具有深远的意义。我们希望广大文艺工作者积极响应党中央的号召，旗帜鲜明地反对资产阶级自由化等错误倾向，坚决防止和清除精神污染，为社会主义文艺事业的健康发展和繁荣昌盛而斗争。

粉碎"四人帮"，特别是党的十一届三中全会以来，广大文艺工作者辛勤劳动，作了大量的有益的工作。文艺出现了空前的繁荣，在反映现实生活的深度和广度上，在艺术的表现力上，都有了显著的进步。小说、报告文学、电影、电视剧、话剧、戏曲、诗歌、音乐、美术、舞蹈、曲艺等各个方面，都出了一批优秀作品，成绩是主要的，要充分肯定。这些作品对于打破林彪、江青一伙设置的精神枷锁，肃清他们的流毒和影响，对于解放思想，振奋精神，鼓舞人民同心同德，向四个现代化进军，起了积极的作用。但是，我们也应该看到近几年来文艺界也出现了不少问题，还有相当严重的混乱，特别是存在着精神污染的现象。有些人同时代和人民对他们的要求背道而驰，用他们不健康的思想、不健康的作品、不健康的表演，污染人们的灵魂。一些人对党中央提出的文艺为人民服务、为社会主义服务的口号表示淡漠，对文艺的社会主义方向表示淡漠，对党和人民的革命历史，对党和人民为社会主义现代化奋斗的英雄业绩，缺少加以表现和歌颂的热忱。文艺创作在描写和培养社会主义新人方面所付出的努力和取得的成果，同党和人民的要求还有相当的差距；有的人甚至从根本上否定塑造艺术典型的必要性，把什么"三无"（无主题，无情节，无人物）作为创作方向加以提倡；有的公开反对文艺的民族化，主张抛弃民族传统。有些人对社会主义事业中需要解决的问题，很少站在党的革命的积极的立场上，提高群众的认识，激发群众的热情，坚定群众的信心，相反，他们热衷于写阴暗的、灰色的以至胡编乱造、歪曲革命历史和现实的东西。有些人大肆鼓吹西方的所谓"现代派"思潮，宣扬所谓"新的美学原则"的

"崛起"，提倡什么"反理性主义"，认为文艺创作无须正确理论的指导，无须深入群众的生活，只要凭"潜意识"、"下意识"铺陈成篇就可以了；有的人宣扬文学艺术的最高目的就是"表现自我"；或者宣扬抽象的人性论、人道主义，认为所谓社会主义条件下人的异化应当成为创作的主题；个别作品还宣传色情或宗教。这类作品虽然不多，在一部分青年中产生的影响却不容忽视。许多文艺工作者忽视学习马克思主义，不深入群众建设新生活的斗争；"一切向钱看"的歪风，在文艺界也传播开来。把精神产品商品化的倾向，在精神生产方面也有所表现。有些混迹于艺术界、出版界、文物界的人，简直成了惟利是图的人。对于这些思想混乱和精神污染表现，我们必须在四项基本原则的指导下，认真加以解决。

思想理论战线上的战士，包括作家、艺术家，都应当是人类灵魂的工程师，在我国社会的历史转变时期，在社会主义精神文明建设和整个社会主义建设事业中，他们肩负着艰巨的历史使命。邓小平同志在第四次全国文代大会的《祝辞》中指出："文艺工作者，要同教育工作者、理论工作者、新闻工作者、政治工作者以及其他有关同志相互合作，在意识形态领域中，同各种妨害四个现代化的思想习惯进行长期的、有效的斗争。要批判剥削阶级思想和小生产守旧狭隘心理的影响，批判无政府主义、极端个人主义，克服官僚主义。要恢复和发扬我们党和人民的革命传统，培养和树立优良的道德风尚，为建设高度发展的社会主义精神文明做出积极的贡献。"这是社会主义文艺工作者的光荣责任。在今天，尤其要强调这一点。作为灵魂的工程师的文艺工作者，应当坚持四项基本原则，高举马克思主义的、社会主义的旗帜，用自己的文艺作品和艺术表演，教育和引导人民正确地对待历史，认识现实，坚信社会主义和党的领导，鼓舞人民奋发努力，积极向上，教育和引导人民真正做到有理想、有道德、有文化、守纪律，为伟大壮丽的社会主义现代化建设事业英勇奋斗。

应该指出，就整个文艺界而言，主流是好的或比较好的，搞精神污染的人只是少数。问题是对这少数人的错误言论缺乏有力的批评和必要的制止措施。精神污染的危害很大，足以祸国误民。我们首先要认识问题的严重性。在理论界和文艺界对一些错误倾向进行了一些马克思主义的批评，但效果不够显著。一则批评本身的质量和分量不够，二则干扰批评的气势很盛。批评不多，却常常被称为"围攻"，被说成是"打棍子"，甚至把开展批评同"双百"方针对立起来。要知道，"双百"方针是促进社会主义文化的繁荣，实行"双百"方针不能排斥批评。现在有些同志对精神污染不闻不问，采取自由主义的态度；有些同志明知不对，但是不愿或不敢进行批评，怕伤了和气。这样下去，就要对党的事业和人民的利益造成严重的危害！我们应该克服领导工作中的软弱涣散状态，对于造成思想混乱和精神污染的各种严重问题，必须采取坚决的态度，而且要一抓到底。

解决思想战线混乱问题的主要方法,仍然是党一贯倡导的开展批评和自我批评。我们应该使马克思主义的和社会主义、共产主义的宣传,特别是在一切重大理论性、原则性问题上的正确观点,在思想界、文艺界真正发挥主导作用。马克思主义者应该站出来讲话。批评或自我批评要站在马克思主义立场上,不能站在"左"和右的立场上。对于思想理论方面"左"的错误观点,仍然需要继续进行批评和纠正。但是,应当明确指出,当前思想战线首先要着重解决的问题,是纠正右的、软弱涣散的倾向。思想战线的共产党员,特别是担负领导责任的有影响的共产党员,一定要站在斗争的前列。如果自己有错误,就要进行认真的自我批评,并且切实改正。我们在强调开展积极的思想斗争的时候,仍然要注意防止"左"的错误。过去那种简单片面、粗暴过火的所谓批判,以及残酷斗争、无情打击的处理方法,决不能重复。开会发言、写文章都要进行充分的说理和实事求是的科学分析。对有错误的同志,要采取与人为善的态度,让他们进行合情合理、澄清论点和事实的答辩,尤其要欢迎和鼓励他们进行诚恳的自我批评。

防止和清除文艺界的精神污染,是摆在广大文艺工作者面前的一项迫切的任务。我们相信,在党中央的领导下,经过广大文艺工作者的共同努力,这方面的状况一定会大大改观,社会主义文艺一定会沿着健康的道路得到更大的发展,一定会出现更加繁荣兴旺的新局面。

原载《人民日报》1983 年 10 月 31 日

在中国作家协会第四次会员代表大会上的祝词

胡启立

各位代表，同志们、朋友们：

我受中共中央书记处的委托，向大会表示热烈的祝贺！

十一届三中全会以来，我们党和国家实现了指导思想上的拨乱反正和全国工作重点的转移，领导各族人民聚精会神、一心一意搞四化建设，争取国家尽快昌盛、人民尽快富裕，同时开创了安定团结、生动活泼的政治局面。在此期间，我国社会主义文学也有了空前的发展，优秀作品层出不穷，作家队伍人才辈出，一代新人阔步走上文坛。生机蓬勃的社会主义文学，对于帮助人们深刻认识我们社会的过去、现在和未来，鼓舞人们开拓我们国家和民族的光辉前途，丰富人们绚丽多彩的精神文化生活，起着巨大的作用，从而有力地推动着我国社会主义现代化建设，推动着我国经济发展和社会进步。事实证明，我们的作家队伍是一支好队伍，是完全可以信赖的。党和人民感谢你们！

党中央多次指出，社会主义的根本任务是发展社会生产力。进行社会主义现代化建设，争取在本世纪末工农业年总产值翻两番，就是这个根本任务的具体化。我们要建设具有中国特色的社会主义，要把是否有利于国家的繁荣富强和人民的富裕幸福作为评判一切工作的标准。文艺是时代精神的表现，是推动时代前进的力量。我们作家的心是与党和人民相通的。社会主义的根本任务，党和人民的根本任务，理所当然也就是我们文学战线的根本任务。

在新的历史时期，我们的作家要努力反映我们伟大的时代，反映工业、农业、国防、科技的现代化建设，反映人民群众在社会主义现代化建设中的劳动和斗争，理想和追求，成功和挫折，欢乐和痛苦，反映四化建设的沸腾生活，塑造勇于创新、积极改革、为四化献身的新人形象，鞭挞消极的、腐朽的思想和社会现象，以共产主义的远大理想教育人民。这是我们社会主义文学最光荣的任务。与此同时，一切直接或间接有利于四化建设，包括有助于劳动者在紧张的工作之余的娱乐和休息的作品都是需要的。作家是人类灵魂的工程师，我们深信，我们的作家一定会以高度的责任感，写出更多更好的无愧于我们伟大时代的作品。

我们党一贯重视文艺工作，毛泽东同志把文艺看作一个方面军。我们的党同文艺界有着血肉联系，我们党的许多工作人员同文艺工作者有很深的友谊，在这方面周恩来同志是我们的楷模。我们党对文艺工作的领导总的来说是好的。社会主义文艺的巨大成绩，是在党的领导下取得的。但是，党对文艺的领导确实也存在一些缺点，主要的是：第一，党对文艺工作的领导，存在着"左"的偏向，在一个相当长的时期，干涉太多，帽子太多，行政命令太多。第二，我们党派了一些干部到文艺部门和单位去，他们是好同志，但有的不大懂文艺，这也影响了党同作家和文艺工作者的关系。第三，文艺工作者之间，作家之间，包括党员之间，党员和非党员之间，地区之间，相互关系不够正常，过分敏感，相互议论和指责太多，伤感情的东西太多。我们认为，必须改善和加强党对文学事业的领导，使党的领导能够适应发展变化着的新形势。

文学创作是一种精神劳动，这种劳动的成果，具有显著的作家个人的特色，必须极大地发挥个人的创造力、洞察力和想象力，必须有对生活的深刻理解和独到见解，必须有独特的艺术技巧。因此创作必须是自由的。这就是说，作家必须用自己的头脑来思维，有选择题材、主题和艺术表现方法的充分自由，有抒发自己的感情、激情和表达自己的思想的充分自由，这样才能写出真正有感染力的能够起教育作用的作品。列宁说过，社会主义文学是真正自由的文学。我们党、政府、文艺团体以至全社会，都应该坚定地保证作家的这种自由。

对于创作自由来说，党和国家要提供必要的条件，创设必要的环境和气氛。同时，作家自己的思想感情和整个创作活动，要同党和国家所提供的这种自由环境相合拍。为此就必须尽最大努力，去认识国家和人民的利益，认识社会发展和变化的规律，认识自己的社会责任，反对资本主义的腐朽思想和封建主义的遗毒。这样才能使自己真正进入自由创作的境地。我们相信，我们的作家会珍惜和正确运用这种自由，自由地发挥自己的创作才能，为人民服务，为社会主义服务。

要加强社会主义法制观念，要坚持百花齐放、百家争鸣的方针。在文学创作中出现的失误和问题，只要不违犯法律，都只能经过文艺评论即批评，讨论和争论来解决，必须保证被批评的作家在政治上不受歧视，不因此受到处分或其他组织处理。进行文艺评论必须采取平等的与人为善的态度，不要简单粗暴，不要"无限上纲"，不要戴政治帽子，允许反批评。现在我们的文艺评论还很不发达。文艺评论是为了提高人们前进的信心和勇气，提高作家的文学素养，从而促进整个文艺事业的繁荣。文艺战线的同志应当共同努力，使之逐步发达起来。同创作应当是自由的一样，评论也应当是自由的。评论自由是创作自由的一个组成部分。没有科学的、说理的、高水平的评论，社会主义文学的发展是不可能的。

为了保证作家的创造性劳动，我们还应该为他们的创作提供各种必要的物质条件。目前，一些作家在工作条件和生活条件，如住房、看病、下乡下厂深入生活等方面，还存在不少实际困难。各级党委和有关部门要真正负起责任，采取有力的具体措施，切实加以解决。

生活是创作的唯一源泉。在新的历史时期，许许多多的新情况、新事物、新人物、新问题摆在我们面前，等待我们去了解、去研究。我们殷切希望我们的作家满腔热情地深入到农村中去，到企业中去，到学校中去，到部队中去，到一切有工人、农民、知识分子在其中生活、工作和斗争的地方去，熟悉他们，研究他们。我们并且希望，我们的作家努力掌握辩证唯物主义和历史唯物主义，自觉运用它去认识生活、分析生活、表现生活。最近邓小平同志在谈到"一国两制"的构想时说，这种构想的形成，应当归功于辩证唯物主义和历史唯物主义。这实际上告诉了我们应该怎样从实际出发，创造性地运用马克思主义的基本原理。我想，我们的作家在理解生活和创作构思时，会从中得到启迪。我们还希望我们的作家，主要是广大中青年作家，努力提高自己的文学素养。不少中青年作家已经深深感到，同中外文学大师比，知识和艺术功力都还不足，与我们所要反映的伟大时代很不适应。从事文艺创作要有广博的知识，既需要社会知识，文学知识，也需要科学知识，还需要在思想内容和艺术技巧方面从古今中外一切优秀的艺术珍品中吸取养分。如果我们这样做了，就一定能在广博的知识的土壤上，长出艺术的参天大树。

各位代表，同志们、朋友们！

这次作协会员代表大会是在经济体制改革全面展开的形势下召开的，是在党和人民对文学事业提出了更高的要求，文学面临新的更大的发展的情况下召开的。我们相信，这次代表大会一定会开成大鼓劲、大团结，大繁荣的大会，开创我国社会主义文学的新局面。老一代作家，中、青年作家，党员作家和非党员作家，专业作家和业余作家，一切爱国的作家，团结起来，同心同德，为中华腾飞，为创作繁荣，奋勇前进！

选自《中国作家协会第四次会员代表大会文集》，作家出版社 1985 年版

国务院关于对期刊出版实行自负盈亏的通知

为了促进各类经过批准、在出版行政管理部门正式登记的期刊提高质量,加强管理,改善经营,实行自负盈亏,以适应四化建设和经济改革的要求,特通知如下:

一、中央、国务院各部门,中央各群众团体,各省、自治区、直辖市机关团体,全国各科研单位、高等院校,办好本部门、本单位指导工作,发表科研论著、推广应用技术的期刊,是自己业务、科研工作的重要组成部分。各部门、各单位对这些期刊要加强领导,促进其努力提高质量,使之发挥应有的作用。这些期刊原则上要做到保本经营,在未做到之前,仍可由主办单位给予定额补贴。一个单位确需同时办几个刊物的,也可以盈补亏。

二、为了繁荣社会主义文艺创作,中央一级各文学、艺术门类可各有一个作为创作园地的期刊,中国作家协会可有两个大型文学期刊,各省、自治区、直辖市可有一两个作为文艺创作园地的期刊,这些期刊也应做到保本经营,在未做到之前,仍可由主办单位给予定额补贴。

省、自治区、直辖市以下的行署、市、县办的文艺期刊,一律不准用行政事业费给予补贴。

三、用外文和少数民族文字印行的期刊,仍实行必要的经费补贴。

四、上述各类期刊,属中央一级的,须经主管部委或相当于部委一级的领导批准;属省、自治区、直辖市一级的,一律由所属省、自治区、直辖市人民政府批准。各级财政、财务部门,应根据批准文件办理有关手续。上述各类经过批准经济上继续补贴的期刊,均须报文化部或国家科委备案,以便检查。

五、上述各类继续补贴的期刊,要实行独立的经济核算(人员、行政开支均应计入成本),积极改善经营管理,精打细算,杜绝浪费,努力提高质量,扩大发行,逐步减少亏损,争取尽早实现自负盈亏。

六、凡超出本部门、本单位业务、学科范围的期刊,以及本通知一、二、三条规定限额以外的各种期刊,要实行独立核算,自负盈亏,一律不得给予补贴,现有的补贴从1985年1月1日起一律取消。

七、鉴于纸张提价、印刷、发行费用增加,期刊可根据国务院批准的图书、报刊调价规定,本着保本薄利的原则合理调价。

八、目前,很多单位用公费为负责人和干部订阅报刊,造成很大浪费。今后除图书馆、阅览室、资料室、文化室、办公室正常需要的部分报刊和职工集体阅读的报纸以外,其他任何单位都不得用公费给个人订阅报刊。

九、中国人民解放军系统办的各类期刊,请总政治部根据上述精神,作出相应规定。

选自《中华人民共和国国务院公报》1985 年第 1 期

理一理我们的"根"

李杭育

一

还在念大学的时候，读鲁迅的《故事新编》，颇有些茫然。茫然的不是那书，却是以鲁迅那样的大家，一向最严肃不过了，怎么撒手不管祥林嫂们，而竟一头钻进神话堆里，作这不正经的"新编"？

若不是后来我又在另一个作家身上看到了这种古怪的"兴趣转移"，我直到今天都会以为鲁迅那时可能是老酒喝醉了。

墨西哥有个胡安·鲁尔弗，是当代拉美最优秀的小说家之一。此人也古怪得很，在用几部很好的小说把文坛转动了之后，忽然于一九六二年洗手不干了，兴趣转向人类学研究，至今还在热带丛林里漫游，在一堆堆古代玛雅城邦的废墟上翻来倒去，寻寻觅觅……

话从这里说起，切莫以为我在鼓动自己和他人抛弃文学改做考古。我起码还是站在文学的立场上来写这篇文章的。因此上边两个例子我以为都不值得效法。毋须讳言，《故事新编》实在不怎么样，而鲁尔弗的做法，我想是太过分了，为文学感到可惜。

然而，这两个例子富有极深刻的启示：一个好的作家，仅仅能够把握时代潮流而"同步前进"是很不够的。仅仅一个时代在他是很不满足的。大作家不只属于一个时代，他的情感和智慧应能超越时代，不仅有感到今人，也能与古人和后人沟通。他眼前过往着现世景象，耳边常有"时代的号唤"，而冥冥之中，他又必定感受到另一个更深沉、更浑厚因而也更迷人的呼唤——他的民族文化的呼唤。这呼唤是那么低沉、神秘、悠远，带着几千年的孤独和痛苦、污秽和圣洁、死亡和复活，也亢奋也静穆，隐隐约约，破破碎碎，在那里招魂似地时时作祟……

有时我真万分痛恨我们的传统。平心而论，中国文学的传统并不很好。比较希腊（欧洲的传统）和印度，我们的上古神话很不发达，汉民族没有史诗，而戏剧的兴起又太晚了，小说的起步太低了。甚至我们的长处，诗和赋（楚辞另当别论，下文详说），与印度的上古诗歌总集《梨俱吠陀》（距今三千数百年）放在一起看，也不见得太了不起。《吠陀》一千零十七首，分量比《诗经》大得多，年代也早得多。《吠陀》是智慧和信仰，而《诗经》的主要成就是男女艳情。汉唐是了不起的，但那也未必就是"国粹"，未必是正经的中国传统。敦煌的异彩，唐诗的斑斓，应该说得益于佛教及西域文化的传入、交流。纯粹中国的传统，骨子里是反艺术的。中国的文化形态以儒学为本。儒家的哲学浅薄、平庸，却非常实用。孔孟之学不外政治和伦理，一心治国安邦，教化世风，便无暇顾及本质上是浪漫的文学艺术；偶或论诗也只"无邪"二字，仍是伦理的，"载道"的。文学的"载道"，与哲学的实用主义、宗教的世俗化、政治的礼仪化、社会关系的伦理原则等等，合成了中国传统文化之根基。与这种文化相应的民族心理，很少有艺术气质。"国民常性，所察在政事日用，所务在工商耕稼，志尽于有生，语绝于无验。"（章太炎《驳建立孔教议》）战国以后出现史学，标志汉民族古代文明的成熟。一个过早地成熟、过早地丧失了天真的美丽、过于讲求实际的民族，其文学难免干巴。中国的上古神话之所以发育不充分，日本人盐谷温讲了两个原因："一者华土之民，先居黄河流域，颇乏天惠，其生也勤，故重实际而黜玄想，不更能集古传以成大文。二者孔子出，以修身齐家治国平天下等实用为教，不欲言鬼神，太古荒唐之说，俱为儒者所不道，故其后不特无所光大，而又有散亡。"（参见鲁迅《中国小说史略》）起码他的第二条是很对的，用来说明整个中国文学的传统也是恰当的。

重实际而黜玄想的传统，与艺术的境界相去甚远。这个传统对文学的理解是肤浅的、狭隘的、急功近利的。甚至今天，它还在那宝座上威风着。有什么办法呢？我们实在就长着这样一个老于世故、缺乏幻想的脑袋。两千年来我们的文学观念并没有发生根本的变化，而每一次的文学革命都只是以"道"反"道"，到头来仍旧归结于"道"，一个比较合时宜的"道"，仍旧是政治的、伦理的，而决定非哲学的、美学的。

那么，我们的笼罩着实用主义阴影的民族文化，有什么迷人呢？

二

我所说的传统，可以当作一个规范来看。秦汉以后"中国"即是规范，中原号令四方，中原文化便是中国文化之规范。

形成中原规范的文化背景和历史原因，主要的，一是殷商民族以其注意实际的观念意识较早地促成了它的上古文明，滋养了孔孟儒学，并以此统治了秦汉以后的整个中国，二是历史上各封建王朝几乎都建都于北方，尤其是中原地区，在那里集中了大批文人学士，修史撰写，利用皇权和文明手段（书籍的形式）将这个规范肯定下来，代代相传。

那么，在规范之外，非传统的，还有什么呢？

首先，各少数民族的文化当然在规范之外，或许最初是同出一源的（闻一多考证北方的"匈奴"与南方的吴越民族上古本是同一个氏族集团,都以龙为图腾,由于民族迁移而南北分离,成为后世的两个民族。详见《伏羲考》,《闻一多全集选刊之一·神话与诗》。),而且历史上,中国的各民族文化从来没有中断过交流。尽管如此,各少数民族的文化几千年来毕竟又始终是沿着自己的道路发展过来的,尤其那些天高皇帝远的边疆民族,更是自成系统,至今仍在很大程度上保持着本民族的原始、古朴的风韵,成为中华民族文化库藏中的珍奇瑰宝,光彩夺目。我有幸读过一些南方少数民族的民间故事,有侗族的、傣族的、瑶族的、苗族的、畲族的、纳西族的,还有他们的史诗和歌谣,真是五彩缤纷,美丽得令人神往。

说规范之外的少数民族文化是奇异的瑰宝,是一点也不过分的。现存的大部分上古神话,尤其是那最富有人类学意味的伏羲和女娲兄妹配婚型的洪水遗民再造人类的故事,其本来面目几乎全都保存在西南诸少数民族中。另一个神话杰作,盘古开天地的传说,则起源于五岭南北的瑶、苗、侗、黎诸少数,三国时才由吴人徐整搜集、加工,记入《三五历纪》,而在中原的流传则是宋以后的事了。

《太平御览》引了《三五历纪》,标志着这个故事被规范所容纳、接受。但这种接受往往是有条件的,经过规范的改造、利用,其中掺进了大量的封建糟粕,散发出中原规范那儒臭。伏羲与女娲的神话被证实起源于湘西的苗蛮集团(参见芮逸夫《苗族的洪水故事与伏羲女娲的传说》),后世的楚文化的许多事象,诸如屈赋、楚乐、巫祝、高唐神女庙等等,都与这个神话有渊源。它的故事大意是:雷公发洪水灭绝人类,一对童男女(即伏羲和女娲)入葫芦避水幸免于难。洪水退后,二人有感于蜥蜴交尾,触景生情,以兄妹结为夫妇,再造人类,是为祖先。同是这个故事,到了唐人李冗的《独异志》里,情节就不同了:

> 昔宇宙初开之时,有女娲兄妹二人,在昆仑山下,而天下未有人民。议以为夫妻,又自羞耻。兄即与其妹上昆仑山,咒曰:"天若遣我二人为夫妻,而烟悉合;若不,使烟散"。于烟即合。其妹即来就兄,乃结草为为扇,以障其面。

且不说这段文字已删去洪水、葫芦、蜥蜴这类颇有上古人类学认识价值和神话美学象征意义的重要细节,单就"羞耻"一说,焚香占婚的细节,便能看出其中掺杂了明显的封建伦理观念,大大背离了上古的原始真实,降低乃至湮灭了神话的美学和人类学价值。

与汉民族这个规范比较,我国各少数民族能歌善舞,富于浪漫的想象,从经济形态的到风俗、心理,整个文化的背景跟大自然高度和谐,那么纯净而又斑斓,直接地、浑然地反映出他们的生存方式和精神信仰,是一种真实的文化,质朴的文化,生气勃勃的文化,比起我们的远离生存和奢侈、肉体和灵魂的汉民族文化,那一味奢侈、矫饰、处处长起肿瘤、赘疣，动辄僵化、衰落的过分文化的文化，真不知美丽多少！

当然，汉民族文化中也自有它美丽的东西，但那也多半是在中原规范之外的。说到这里，我自然地想起了楚辞和屈原。

"女娲有体，熟制匠之？"（《楚辞·天问》）像这样的探求宇宙和人类来源的富有思辨的遐想，儒家那里是找不到的。楚辞浪漫、奔放，异想天开，且大量地运用了上古的神话传说，充满象征意味和神秘色彩，这在《诗经》中也委实罕见。中国文学本来有两个源头，《诗经》和楚辞，但由于中原规范的排斥（屈原的投江被儒者们斥为"匹夫匹妇自经于沟壑"，评价不高。司马光在《通鉴》里连屈原的名字都不屑一提。至于楚辞的搬神弄鬼，更为汉儒们所不齿），后世基本上只沿着《诗经》的道路发展。中国式的现实主义自出娘胎就带着实用主义的胎记。到了唐代，李白是浪漫起来了，却又不讨好！何况他之继承屈原实在是皮毛得很，就因为他那里夹带进许多儒货，一得意就想治国安邦，功名心切，俗气得可以。上文讲到鲁迅那个例子，恐怕也是太重来实用的缘故，一方面向往神话，另一方面又拿来实用，作一些比附、影射，直是借神话来骂娘，难怪"新编"得不怎么样。

本来，春秋时的四大氏族集团，黄河上下的诸夏和殷商，长江流域的荆楚和吴越，代表着那个时代的中华文明。殷商既成规范做大，其余三种形态的文化便处在规范之外（当然不是绝对的）。那在外的，很有些精彩的节目，有发源于西部诸夏的老庄哲学（实在比孔孟精彩多了），有以屈原为代表的绚丽多彩的楚文化，有吴越的幽默、风骚、游戏鬼神和性意识的开放、坦荡。老庄、荆楚和吴越都讲鬼神，但态度各异。老庄从认识论上去讲，带着哲学的庄严；楚人"信巫祝，好淫祀"，满怀激情地讴歌鬼神，态度天真，虔诚；吴越民族则幽默地游戏鬼神，开端午风气之先，"断发文身"，龙（神）人不分，同江嬉戏。就我们今天的眼光来看，诸夏、荆楚和吴越的文化哪一个都比那个规范美丽，且它们又各有异彩，枝繁叶茂。可惜这大三块文化我们都没有很好地继承、光大。具有深刻的宇宙观和认识论的道家后继无人，被秦汉的方士大大地作践，堕落成神仙方术。后人取老庄的形骸，或逃避现实，自欺欺人，或感叹山水，摄取一些风情雅趣点缀于诗文，终究是实用地奸污了老庄；屈原的遭际上文说过了。楚文化孤独得很，两千年里自生自灭，到头来退缩到湘西去了；吴越这一块，也惨得很，被蒙上了不白之冤。而今人们（尤其是北方的同志）谈起吴越文化，就只晓得它的风花雪月、小家碧玉、秦淮名妓、西湖骚客和那市民气十足的越剧……

我常想，假如中国文学不是沿《诗经》所体现的中原规范发展，而能以老庄的深邃，吴越的幽默，去糅合绚丽的楚文化，将歌舞剧形式的《离骚》、《九歌》发扬光大，作为中国文学的主流发展到今天，将是个什么局面？

恐怕是很不得了的呢！

还有上古的神话假如也能充分地发育。还有汉民族文化假如能更多地汲取各少数民族文化的精华，像在汉唐时代那样……

总而言之，我以为我们民族文化之精华，更多地保留在中原规范之外。规范的、传统的"根"，大都枯死了。"五四"以来我们不断地清除着这些枯根，决不让它复活。规范之外的，才是我们需要的"根"，因为它们分布在广阔的大地，深植于民间的沃土。

三

眼下，"寻根"成了时髦，老庄也流行起来了，还有这些年舶来的大批洋货，从电动剃须刀到萨特哲学，琳琅满目。

对文学来说，这是个千载难逢的机会。汉唐有过这样的机会，汉唐人把握住了。一条丝绸之路，带进了波斯的物产，也带来了各种文化的杂交。明清以来的北京文化，实际上是蒙、满、汉各族人民的共同创造。今天又适逢东西方文化对流、杂交的大好时机，其规模又是空前的深广，不要错过这个机会。

但我无论如何也不堪想象用录音机杂交孔夫子，会生长出什么香甜的花果来。

理一理我们的"根"，也选一选人家的"枝"，将西方现代文明的茁壮新芽，嫁接在我们的古老、健康、深植于沃土的活根上，倒是有希望开出奇异的花，结出肥硕的果。

至于削口好不好，接茬正不正，全看各人的本事了。因为文学毕竟不是轰轰烈烈的广告，不是热闹出来的。真正好的文学必定在孤独中包孕，孤独地诞生。在森林里，在沙漠中，在江河湖海上，一个人去苦思冥想吧。

1985 年 6 月于杭州九溪

原载《作家》1985 年第 9 期

论"二十世纪中国文学"

黄子平　　陈平原　　钱理群

　　我们在各自的研究课题中不约而同地,逐渐形成了这么一个概念,叫作"二十世纪中国文学"。初步的讨论使我们意识到,这并不单是为了把目前存在着的"近代文学"、"现代文学"和"当代文学"这样的研究格局加以打通,也不只是研究领域的扩大,而是要把二十世纪中国文学作为一个不可分割的有机整体来把握。

　　所谓"二十世纪中国文学",就是由上世纪末本世纪初开始的至今仍在继续的一个文学进程,一个由古代中国文学向现代中国文学转、过渡并最终完成的进程,一个中国文学走向并汇入"世界文学"总体格局的进程,一个在东西方文化的大撞击,大交流中从文学方面(与政治、道德等诸多方面一道)形成现代民族意识(包括审美意识)的进程,一个通过语言的艺术来折射并表现古老的中华民族及其灵魂在新旧嬗替的大时代中获得新生并崛起的进程。

　　在进一步的研究工作展开之前,我们想侧重于"非历时性"即共时性方面,粗略地描述一下对这个概念的基本构想。历史分期从来都是历史哲学的重要范畴之一,文学史的分期也同样涉及文学史理论的根本问题。"二十世纪中国文学"这个概念所蕴含的内容远远超出了分期问题,由它引起的理论方面的兴趣,对我们来说,至少与史的方面引起的兴趣同样诱人。初步的描述将勾勒出基本的轮廓。从消极方面说,不这样就不能暴露出从总体构想到分析线索的许多矛盾、弱点和臆测。从积极方面说,问题的初步整理才能使新的研究前景真正从"迷雾"中显现出来。我们热切地希望从这两方面都引起讨论,得到指教。匆促的"全景镜头"的扫描难免要犯过分简化因而是武断的错误,必然忽略大量精彩的"特写镜头"而丧失对象的丰富性和具体性。不过,从战略上来考虑,起步的工作付出这样的代价或许是值得的。进一步的研究将还骨骼以血肉,用细节来补充梗概,在素描的基础上绘制大幅的油画,概念将得到丰富、完善、修正,甚至更改。

　　目前的基本构想大致有这样一些内容:走向"世界文学"的中国文学;以"改造民族的灵魂"为总主题的文学;以"悲凉"为基本核心的现代美感特征;由文学语言结构表现出来的艺术思维的现代化进程;最后,由这一概念涉及的文学史研究的方法论问题。

一

二十世纪是"世界文学"初步形成的时代。

1827年,歌德曾经从普遍人性的观点出发,预言"世界文学的时代已快来临了"(有意义的是,这是歌德读了一部中国传奇——可能是《风月好逑传》的法译本——之后产生的想法),整整二十年后,马克思和恩格斯在《共产党宣言》中指出,由于世界市场的开拓,一切国家的生产和消费都成为世界性的;物质的生产是如此,精神的生产也是如此。各民族的精神产品成了公共的财产;民族的片面性和局限性日益成为不可能,于是由许多种民族的和地方的文学形成了一种世界文学。历史业已雄辩地证明了这一论断的正确。到了二十世纪,已经不可能孤立地谈论某一国家的文学而不影响其叙述的科学性了。文学不再是在各自封闭的环境里自生自灭的自足体了。任何一个遥远的国度里发生的文学现象,或多或少地总要影响到我们这里的文学发展,使之在世界文学的总体格局中的位置发生哪怕是最微小的变化。甚至在我们对这些文学现象一无所知的情况下也是如此。国别文学纳入世界文学的大系统之后获得了一种"系统质",即不是由实体本身而是由实体之间的关系来决定的一种质。

"世界文学"初步形成的大致上限,可以确定在上世纪末。各个民族的文学走向并汇入世界文学的路径有所不同。在十九世纪初陆续取得独立的拉丁美洲各国,是在当地的印第安文学传统受到灭绝性的摧残的情况下,寻求摆脱殖民主义的桎梏,创建属于南美大陆的文学。外来的西班牙语和葡萄牙语长期为宫廷和教会服务,辞藻日趋矫揉造作,不能表现拉丁美洲的大自然与社会风貌。到了八十年代,拉丁美洲成了地球上最世界性的大陆。各种文化在这里互相排斥互相渗透。《马丁·菲耶罗》和《蓝》等优秀作品的出版,标志着"西班牙美洲终于有了它自己的诗歌,一种忠实于其文化的多方面性质的抒情表现"(《拉美文学史》)。这是由欧洲大陆文化、印第安人文化、黑人文化等等相互撞击而产生的文学结晶。拉美文学以其独特的声音加入到世界文学的大合唱之中,本土的古老文化传统极为雄厚的亚洲,非洲大陆则与它有所不同。"十九—二十世纪之交的非洲各国文学的特征是许多世纪以来几乎毫无变化的传统文学典范开始向现代型的新文学过渡,这是由于这些国家克服了闭关自守,开始接受——尽管是通过殖民制度下所采取的丑恶形式——技术文明和世界文化,接触现代社会的一整套复杂问题。"(《非洲现代文学史》)在亚洲,日本伴随着明治维新思想启蒙运动,接受西洋文学,于十九世纪八十年代开展了文学改良;印度伴随着1857年反对英国殖民统治的民族斗争,借助西方文化的刺激,民族文学开始复兴(第一个有世界性影响的大诗人泰戈尔,八十年代开始创作)。在欧洲大陆,对自己的文学传统开始了勇猛的反叛的现代主义先驱者们，敏锐地从东方文化、非洲黑人文化中汲取灵感，西欧文学因受到各大洲独立文化的迎拒、挑战、渗透而产生了深刻的变化，这些变化大都发生在十九世纪八十年代或更晚一些

　　论述"世界文学"形成的复杂过程不是本文要承受的任务。我们只想指出，一种大体相同的趋势在中国也"同步"地进行着。中国人有意识地向西方学习，是从鸦片战争开始的，但从学"船坚炮利"到学政治、经济法律，再到学习文学艺术，经过了漫长的历程。从 1840 年到 1898 年这半个世纪中，业已衰颓的古典中国文学没有受到根本的触动也未注入多少新鲜的生气。1895 年的甲午战争是中国近代史的一大转折，因太平天国失败而造成的相对稳定和长期沉闷萧条被打破了，"中学为体西学为用"被证明不过是一种愚妄的"应变哲学"。1898 年发生了流产的戊戌变法。就在这一年，严复译的《天演论》刊行，第一次把先进的现代自然哲学系统地介绍进来，以一种前所未有的世界历史的眼光和自强精神，影响了中国好几代青年知识分子。同一年，梁启超作《译印政治小说序》（翌年林纾译《巴黎茶花女遗事》正式印行），西方文学开始大量地输入，小说的社会功能被抬到决定一切的地位。同一年，裘廷梁作《论白话文为维新之本》，文学媒介的问题被明确地提了出来。与古代中国文学全面的深刻的"断裂"开始了：从文学观念到作家地位，从表现手法到体裁、语言，变革的要求和实际的挑战都同时出现了。暴露旧世态，宣传新思想，改革诗文，提倡白话，看重小说，输入话剧。这是一次艰难而又漫长（将近历时五分之一个世纪）的"阵痛"。一直到 1919 年的五四运动，才最终完成了这一"断裂"，使"二十世纪中国文学"越过了起飞的"临界速度"，无可阻挡地汇入了世界文学的现代潮流。五四时期是二十世纪中国文学的第一个辉煌的高潮，"扎硬寨，打死战"的精神，彻底的不妥协的精神，是一种在推动历史发展的水平上敢于否定敢于追求的伟大精神，显示了一种能够把现实推向更高发展阶段的革命性力量。而"科学"与"民主"，遂成为二十世纪政治，思想、文化（包括文学）孜孜追求的根本目标。

　　二十世纪中国文学是在一种充满了屈辱和痛苦的情势下走向世界文学的。它那灿烂的古代传统被证明除非用全新的眼光加以重构，则不但不能适应和表现当代世界潮流冲击下的中国社会，而且必然窒息了本民族的心灵、思维能力和创造性，而且也脱离了奔向觉醒和解放大道的人民大众的根本要求。因此，一方面，它如饥似渴地向那打开的外部世界去寻找，学习、引进，不管三七二十一"拿来"再说（试想想林纾所译的大量三流作品和五四时涌入的无数种"主义"和学说），开阔宽容的胸怀和顶礼膜拜的自卑常常纠缠不清被人混淆。另一方面，它必然以是否对本民族的大众有用有利并为他们所接受。作为一种对"舶来"之物进行鉴别、挑选、消化的庄严的标准，严肃负责的自尊和实用主义的偏狭便也常

常纠缠不清令人困扰。中国文学的现代化同时展开为互相联系又互相对立的两个侧面：所谓"欧化"（其实是"世界文学化"）和"民族化"。在这样一种相反相成的艰难行进中，正如鲁迅曾精辟地指出的，存在着内外两重桎梏亦即两重危险，这都是由于我们的"迟暮"（即落后）所引起的。当着世界的文学艺术已经克服了"欧洲中心主义"，开始用各民族的尺度来衡量各民族的艺术的时候，我们却可能误以为旧的就是好的，无法挣脱三千年陈旧的内部的桎梏。当着欧洲的新艺术的创造者已开始了对他们自己的传统勇猛的反叛的时候，我们因为从前并未参与世界的文艺之业，只好对这些新的反叛"敬谨接收"，便又成为可敬的身外的新桎梏；鲁迅指出，必须像陶元庆的绘画那样，"以新的形，尤其是新的色来写出他的世界，而其中仍有中国向来的魂灵"，"内外两面，都和世界的时代思潮合流，而又并未桎亡中国的民族性"。（《而已集》）实际上，存在着一个以"民族—世界"为横坐标，"个人—时代"为纵坐标的座标系，二十世纪中国文学的每一个创造，都必须置于这样的坐标系中加以考察。

因此，"世界文学"中的中国文学，就超出了最初的"师夷长技以制夷"的狭隘眼界，意味着用当代的眼光、语言、技巧、形象来表达本民族对当代世界独特的艺术认识和把握，提出并关注对一时代有重大意义的根本问题，从而自觉不自觉地，与整个当代人类的共同命运息息相通。从这样开阔的角度来看十九—二十世纪之交的文学上的"断裂"，就能理解：这一次的变革为什么大大不同于漫长的中国文学史上众多的诗文革新运动；落后的挨打的"学生"为什么既满怀着屈辱感又满怀着自信"出而参与世界的文艺之业"；世界的每一个文学流派、思潮为什么无论怎样阻隔或迟或早地总会在这里产生"遥感"；貌似"强大"的陈旧的文学观念、语言、规范为什么会最终崩溃并被迅速取代，等等。在一个以"世界历史"为尺度的"竞技场"上，共同的崇高目标既是引起苛刻的淘汰又唤起最热烈的追求。任何苟且、停滞、自我安慰或自我吹嘘都只能是暂时的和显得可笑的。"世界文学"逼迫着每一个民族：不管你有多么辉煌的过去，请拿出当代最好的属于自己的文学来！

这是一个仍在继续的进程。中国文学将不仅以其灿烂的古代传统使世界惊异，而且正在世界的文艺之业中日益显示其自身的当代创造性。应该说，闭关自守是一项双向的消极政策，世界被拒之门外，自己被囿于域中。因而，开放也总是双向的开放。按照"二十世纪中国文学"的概念看来，过去我们对中国文学如何受外国文学的影响而产生新变研究得较多，对"世界文学中的中国文学"研究甚少，对本世纪中国文学在世界上的地位和影响更是模模糊糊。实际上，国际汉学界已经出现这样一种趋向，即由对中国古代文学的浓厚兴趣逐渐转向对现代中国文学的研究。对我们来说，单向的"影响研究"亟需由双向的或立体交叉的总体研究所代替。

二

　　然而，二十世纪中国的文学进程决不像以上所描述的那样"豪情满怀"、"乘风破浪"。因为事情是在列宁所说的"亚洲一个最落后的农民国家"中进行的，因为经历着的是一个危机四伏、激烈多变的时代，因为历史（即便只是文学史）毕竟是一场艰难地血战前行的搏斗（试想想本世纪中国作家所经历的那劫难）。

　　因此，一方面，文学自觉地担负起"启蒙"的任务，用科学和民主来启封建之蒙，其中最深刻最坚韧的代表者是鲁迅："说到'为什么'做小说吧，我仍抱着十多年前的'启蒙主义'，以为必须是为'人生'，而且改良这人生。"（《南腔北调集》）另一方面，正如普列汉诺夫曾经说过，每个时代都有它自己中心的一环，都有这种为时代所规定的特色所在。现代民族的形成和崛起在世界范围内由西而东，这独具特色的一环曾分别体现为十八—十九世纪之交的德国古典哲学，十九世纪俄罗斯革命民主主义者的文学理论与批评，在二十世纪的中国，则是社会政治问题的激烈讨论和实践。政治压倒了一切，掩盖了一切，冲淡了一切。文学始终是围绕着这中心环节而展开的，经常服务于它，服从于它，自身的个性并未得到很好的实现。除了政治性思想之外，别的思想启蒙工作始终来不及开展。在二十世纪中国文学中，"为艺术而艺术"的口号始终不过是对现实积极的或消极的一种抗议而不可能是纯艺术的追求，文学在精神激励方面有所得，在多样化方面则有所失。"一切文艺固是宣传，而一切宣传并非全是文艺。"文学家与政治家对社会生活的关注角度毕竟有所不同。梁启超是最早的"小说救国"论者，但他也强调："今日之最重要者，则制造中国魂是也"。鲁迅则更进一步深化，提出"改造国民性"的历史要求，在文学创作中，以"立人"为目的，刻画四千年沉默的"国民的魂灵"，以疗救病态的社会。这样的提法包含了比政治更广阔的内容，其中既包含了关心国家兴亡民族崛起的政治意识，又切合文学注重人的命运及其心灵的根本特性。通过"干预灵魂"来"干预生活"，便成了二十世纪中国文学自觉的使命感，文学借此既走出了象牙之塔，与民族与大众的命运密切联系在一起，又总能挣脱"文以载道"的旧窠臼，沿着符合艺术规律的轨道艰难地发展。就这样，启蒙的基本任务和政治实践的时代中心环节，规定了二十世纪中国文学以"改造民族的灵魂"为自己的总主题，因而思想性始终是对文学最重要的要求，顺便也左右了对艺术形式、语言结构、表现手法的基本要求。

　　在本世纪初，鲁迅与许寿裳在东京讨论"改造国民性"问题的同时，就提出了"怎样才是理想的人性"和"中国国民性中最缺乏的是什么"、"她的病根何在"的问题。（《亡友鲁迅印象记》）实际上，在"改造民族的灵魂"这一总主题中，一直有着两个相反相成的分主题。一个是沿着否定的方向，以鲁迅式的批判精神，在文学中实施"文明批评"和"社会批评"，深刻而尖锐地抨击由长期的封建统治造成的愚昧、落后、怯懦、麻木、自私、保守，并把"哀其不幸怒其不争"的态度，凝聚到类似阿Q、福贵、陈奂生这样一些形象中去。另一个是沿着肯定的方向，以满腔的热忱挖掘"中国人的脊梁"，呼唤一代新人的出现，或者塑造出理想化的英雄来作为全社会效法的楷模。如果说，在第一个分主题中，诞生了不朽的形象阿Q及其"精神胜利法"，其艺术生命力和艺术魅力持久不衰，说明了对民族性格的挖掘在否定的方向上达到了难以企及的深度；那么，在第二个分主题中，理想人物却层出不穷，变幻不已，有时是激进而冷峻的革命者，有时却是野性的淳朴或古道侠肠，有时却又回到了"忠孝双全"或"温良恭俭让"，有时则是不食人间烟火的"高、大、全"。这显示了探讨的多样性和阶段性，显示了在不同的文化背景和社会历史背景左右下对"理想人性"的不同理解。人性和民族性毕竟是具体的、丰富的，对其不同侧面的挖掘或强调，有时会因历史行程的制约而产生一种奇怪的现象：在前一阶段受到批判或质疑的那些品性，在后一阶段却受到普遍的褒扬和肯定。在历来作为理想的化身的女性形象身上，这种奇怪的位移甚至"对调"的状况表现得最为鲜明集中，"新女性"往往被"东方女性"不知不觉地挤到对面去了。这固然说明了铸造新的民族的灵魂的艰难，更说明了启蒙的工作，从否定方向清算封建主义的工作，一直进行得不够彻底。这可能是一个延续到下一个世纪去的根本任务，文学的总主题将沿着这个方向继续深化并且展开。

与"改造民族的灵魂"这一总主题相联系，在二十世纪中国文学中，两类形象始终受到密切的关注：农民和知识分子。在这两类形象之间，总主题得到了多种多样的变奏和展开：灵魂的沟通，灵魂的震醒，灵魂的高大与渺小，灵魂的教育与"再教育"的互相转化，等等。文学中表现了一种深刻的"自我启蒙"精神，那种苛酷的自责和虔诚的反省，是以往时代的文学和别一国度的文学中都没有的。在危机四伏的大时代中，责任如此重大，使命如此崇高，道德纯洁的标尺被毫不含糊地提高了，文学中充满了自我牺牲的圣洁情感。这种牺牲包括了人们受到的现代教育、某些志趣和内心生活。知识分子的自我启蒙是深刻的、真诚的，有时候又带有某种被扭曲，以至病态的成分，也使文学产生了放不开手脚的毛病，缺少伏尔泰式的犀利尖刻和卢梭式的坦率勇敢——"智慧的痛苦"常常压倒了理性的力量，文学显得豪迈不足而沮丧有余。

如果把"世界文学"作为参照系，那么，除了个别优秀作品，从总体上来说，二十世纪中国文学对人性的挖掘显然缺乏哲学深度。陀斯妥耶夫斯基式的对灵魂的"拷问"是几乎没有的。深层意识的剖析远远未得到个性化的生动表现。大奸大恶总是被漫画化而流于表面。真诚的自我反省本来有希望达到某种深度，可惜也往往停留在政治、伦理层次上的检视，所谓"普遍人性"的概念实际上从未被本世纪的中国文学真正接受。与其说这是一种局限,毋宁说这是一种特色。人性的弱点总是作为民族性格中的痼疾被认识被揭露,这说明对于本民族的固有文化持有一种清醒严峻的批判意识,"立人"的目的是为了使"沙聚之邦,转成人国",更体现了文学总主题中强烈的民族意识:就其基本特质而言,二十世纪的中国文学乃是现代中国的民族文学。

在一个古老的民族在现代争取新生、崛起的历史进程中,以"改造民族的灵魂"为总主题的文学是真挚的文学、热情的文学、沉痛的文学。顺理成章地,一种根源于民族危机感的"焦灼",便成为笼罩二十世纪中国文学的总体美感特征。

三

二十世纪是一个充满了危机和焦虑的时代。人类取得了空前的进展也遭受了空前的挫折。惨绝人寰的两次大战、核军备竞赛、能源危机、环境污染和生态平衡破坏、人口爆炸……人和人类面临前所未有的严峻的挑战。二十世纪文学浸透了危机感和焦灼感,浸透了一种与十九世纪文学的理性、正义、浪漫激情或雍容华贵迥然相异的美感特征。二十世纪中国文学,从总体上看,它所内含的美感意识与本世纪世界文学有着深刻的相通之处。古典的"中和"之美被一种骚动不安的强烈的焦灼所冲击,所改变,所遮掩。只需把上世纪初的龚自珍的诗拿来比较一下就行了。尽管也是忧心忡忡,却仍不失其"亦剑亦箫"之美。半个多世纪之后,梁启超的《新中国未来记》尽管流畅却未免声嘶力竭,一大批"谴责小说"尽管文白夹杂却不留情面地揭破旧世态的脓疮,更不用说《狂人日记》这样的振聋发聩之作了。但是细究起来,东西方文学中体现出来的危机感却有着基本的质的不同。在西方现代文学中,个人的自我丧失、自我异化、自我分裂直接与全人类的生存处境"焊接"在一起,其焦灼感、危机感一般体现在个人的生理、心理层次(如萨特的《恶心》)以及"形而上"的哲学层次(如贝克特的《等待戈多》)。这种焦灼感、危机感既极端具体琐碎,又极端抽象神秘,融合成一片模糊空泛的深刻,既令人困惑又令人震悚地揭示了现代人类在技术社会中面临的梦魇。在中国文学中,个人命运的焦虑总是很快就纳入全民族的危机感之中(最具代表性的,如郁达夫的《沉沦》)。"落后是要挨打的!"这句话有如一个长鸣的警报响彻本世纪的东方大陆,焦灼感和危机感主要体现在伦理层次和政治层次,介乎极端具体和极端抽象之间,而具有明晰的可感性。欧洲中心主义和个人主义意识,使得西方文学把自己的命运直接等同于人类的命运、把所处境遇的病态和不幸直接归结为世界本体的荒谬。而感时忧国的中国作家,则始终把民族的危难和落后,看作是世界文明进程中一个触目惊心的特例,鲁迅因此而发生"中国人要从'世界人'中挤出"的"大恐惧"(《热风·随感录第十六》),在文学中就体现为一种恨铁不成钢的充满了希望的焦灼。但是既然同为焦灼，便有其不容忽视的共同点。尤其是像鲁迅的《狂人日记》、《野草》或宗璞的《我是谁》、《蜗居》或北岛的《陌生的海滩》，或刘索拉的《你别无选择》这样的作品。从内容到语言结构，都具有与本世纪世界文学共通的美感特征，尽管其内心的焦灼彻头彻尾是中国的，然而却是"现代中国"的。

倘说"焦灼"是一个不规范的美感术语，我们可以进一步指出这一焦灼的核心部分是一种深刻的"现代的悲剧感"，在这个核心周围弥漫着其他一些美感氛围，时而明快，时而激昂，时而愤怒，时而感伤，时而热烈，时而迷惘。说中国古代文学中缺少悲剧感这当然是一种偏颇，是"言必称希腊"即把古希腊悲剧当作唯一尺度的结果。每一个民族都有各自的对悲和悲剧的特殊体验和理解。但是，说二十世纪中国文学中有了与古典悲剧感绝然相异的现代悲剧感，则是铁铸般的事实。在封建社会的"超稳态结构"之中，"大团圆"结局体现了中国人对现世生活的执著和热爱，对"善有善报，恶有恶报"的良好愿望。在一个新旧交替的大碰撞大转折时代，对"大团圆"的抨击，则无疑是由于"睁了眼看"，直面惨淡的人生的结果。从王国维的《红楼梦评论》引入西方的现代悲剧观开始，中国文学迅速吸收并认同的，与其说是古希腊或莎士比亚的悲剧意识，不如说是由叔本华、尼采的"生命哲学"引发的人生根本痛苦，由易卜生所启发的个人面对着社会的无名愤激，由果戈理、契诃夫所启示的对日常的"几乎无事的悲剧"的异常关注。因而，试图到二十世纪中国文学中寻找古典的"崇高"是困难的。从鲁迅的《呐喊》、《彷徨》，茅盾的《子夜》、《霜叶红似二月花》，老舍的《骆驼祥子》、《茶馆》，曹禺的《雷雨》、《北京人》，巴金的《寒夜》，以及新时期文学中的《犯人李铜钟的故事》、《人到中年》、《李顺大造屋》、《西望茅草地》、《黑骏马》等一大批优秀作品中，你体验到的与其说是"悲壮"，不如说更是一种"悲凉"。"悲凉之雾，遍被华林"：一方面，是一个历史如此悠久的文化，传统面临着最艰难的蜕旧变新，另一方面，是现代社会尚未诞生就暴露出前所未有的激烈冲突；一方面，"历史的必然要求"已急剧地敲打着古老中国的大门，另一方面，产生这一要求的历史条件与实现这一要求的历史条件却严重脱节，同时，意识到这一要求的先觉者则总在痛苦地孤寂地寻找实现这一要求的物质力量；一方面，历史目标的明确和迫切常常激起最巨大的热情和不顾一切的投入，另一方面，历史障碍的模糊（"无物之阵"）和顽强又常常使得这一热情和投入毫无效果……这样一种悲凉之感，是二十世纪中国文学所特具的有着丰富社会历史蕴含的美感特征。它不同于欧洲文艺复兴时冲破中世纪黑暗带来的解放的喜悦，也不同于启蒙运动所具备的坚定的理性力量。在中国，个性解放带来的苦闷和彷徨总是多于喜悦；启蒙的工作始终做得很差，理性的力量总是被非理性的狂热所打断和干扰；超出常轨的历史运动带来了巨大的进步同时也带来巨大的失误；灾难常常不单是邪恶造成的，受害者们也往往难辞其咎；急速转换的快节奏与近乎凝固的缓慢并存，尖锐对立的四分五裂与无个性的一片模糊同在。正是这一切，使得二十世纪中国文学既具有与同时代的世界文学相通的现代悲剧感，又具有自身独特的悲凉色彩。你感觉到，像五四时期"湖畔诗社"的诗，根据地孙犁的小说以及五十年代的田园牧歌这样一些作品，在整个一部悲怆深沉的大型交响乐中，是多么少见的明亮的音符。更多地回响着的，总是这块大地沉重地旋转起来时苍凉沉郁的声响。

在二十世纪中国文学进展的各个阶段，人们不止一次地感觉到悲凉沉郁之中缺少一点什么，因而呼唤"野性"，呼唤"力"，呼唤"阳刚之美"或"男子汉风格"。这种呼唤总是因其含混和空泛，更因其与上述"意识到的历史内容"，与艰难曲折千回百转的历史行程不相切合，而无法内在地由文学创作中表现出来，往往变为表面化的外加的风格色彩。尽管如此，这种呼唤毕竟体现了对柔弱的田园诗传统的某种反感，体现了对大呼猛进的历史运动的一种向往。因此，以"悲凉"为其核心为其深层结构的美感意识，经常包裹着两种绝不相似的美感色彩：一种是理想化的激昂，一种却是"看透了造化的把戏"的嘲讽。在二十世纪中国文学的发展行程中，这两种色彩，时而消长起伏，时而交替相融，产生许多变体。大致是在变革的历史运动迈进比较顺利的时候，或是在历史冲突比较尖锐而明朗化的时候，理想化的激昂成为主导的色彩；在变革的步伐变慢或遭到逆转的时候，或是历史矛盾微妙地潜存而显得含混的时候，洞察世事并洞察自身的一种冷嘲成为主导的色彩，也有这样的历史时刻，那时冷嘲被"激昂化"而变成一种热讽，激昂被"冷嘲化"而变成一种感伤，于是两者相互削弱、冲淡。使得一种严肃板正的"正剧意识"浮现出来成为美感色彩的主导。在二十世纪中国文学中，分别地象征着激昂和嘲讽这两种美感色彩的，是郭沫若的《女神》和鲁迅的《呐喊》、《彷徨》。一般地套用"浪漫主义"或"现实主义"这样的术语很难说明问题。大致地说来，着眼于民族的新生的辉煌远景，着眼于历史目标的明确和迫的作家，倾向于引发出一种理想化的激昂；着眼于民族灵魂再造的艰难任务，着眼于历史起点严峻的"先天不足"的作家，倾向于用冰一般的冷嘲来包裹火一般的忧愤；激昂和冷嘲同是一种令人不满的现实状况的产物，前者因其明亮和温暖常常得到一种鼓励 后者却因其严峻和清醒，往往更深刻地揭示了历史运动的本质。

内在地把握二十世纪中国文学的总体美感特征，实际上就是从审美的角度来本质地揭示文学中"意识到的历史内容"，就是把握一个古老的新生的民族对当代世界的艺术的和哲学的体验。即便最粗略地勾勒出一点线索，也能意识到，这方面认真而又扎实的研究一展开就将在"深层"整体地揭示出一时代的文学横断面使我们民族在近百年文学行程中的总体美感经验真切地凸现出来。

四

从"内部"来把握二十世纪中国文学的有机整体性，不容忽视的一项工作就是阐明艺术形式（文体）在整个文学进程中的辩证发展。在中国文学史上，从来未尝出现过像本世纪这样激烈的"形式大换班"，以前那种"递增并存"式的兴衰变化被不妥协的"形式革命"所代替。古典诗、词、曲、文一下子失去了文学的正宗地位，文言小说基本消亡了，话剧、报告文学、散文诗、现代短篇小说这样一些全新的文体则是前所未见的。而且，几乎每一种艺术形式刚刚成熟，就立即面临更新的（即使是潜在的）挑战。中国文学一旦取得了与当代世界文学的内在的"共同语言"，它就无法再关起门来从容地锻打精致的形式。伴随着新思想的传播和现代自然科学的引入，艺术思维的现代化也就开始了，艺术形式的兴废、探索、争论，只能被看作是这一内在的根本要求的外化。"语言是思维的直接现实"（马克思语），文学语言的变革理所当然地成为艺术思维变革的一个突破口，只有从这一角度，才能理解从"诗界革命"（"我手写我口"）直到白话文运动这些针对着语言媒介而来的历史运动的根本意义，才能发现本世纪中国文学的每一次大的进展都是摆脱"八股"化语言模式（旧八股、新八股、洋八股、党八股、帮八股）的一场艰苦卓绝的搏斗。后世的人已经很难想象标点符号的使用在当时曾经历了怎样的鏖战，很难想象鲁迅何以称赞刘半农对于"'她'字和'牠'字的创造"是五四时期打的一次"大仗"。本世纪初文艺革新的先驱者们不止一次地提到文艺复兴时期的伟大范例——乔叟、但丁摒弃拉丁语，用本民族"活的语言"创造出"人的文学"。他们自觉地、深刻地意识到了，被后世文学史家轻描淡写地称为"形式主义"的这场语言革命，其实正是民族的文化再造的重大关键。

白话文运动中蕴含着两个互相联系着的根本意图：一是"传播"新思想"开启民智，伸张民权"，必须使新思想"平民化"、通俗化，从形式上迁就普遍落后的文化水平的同时，也就隐伏着先进的思想内容被陈旧的形式肤浅化的危险；一是传播"新思想"，必须引进新术语、新句法，采用中国老百姓还很不习惯的新语言、新形象和新的表达方式，"信而不顺"，因而在传播上就存在着无法"译解"的困难。我们从这里不难看出，这两者之间是有矛盾的：雅俗之争，普及与提高之争，"主义"与"艺术"之争，宣传与娱乐之争，民族化与现代化之争，贯穿了近百年中国文学发展的每一个重要阶段。它们之间的张力也左右了本世纪文艺形式辩证发展的基本轨迹，各类文体的探索、实验、论争，基本上是在这一"张力场"中进行的。其中，散文小品最为幸运，小说次之，戏剧相当艰难，诗的道路最为坎坷不平。这主要由各类文体自身的本性、它们与传统与读者的关系等复杂因素所决定。

诗是文学中的艺术思维进行创新时最锐敏的尖兵。诗歌语言是一般文学语言的"高阶语言",它从一般文学语言中升华又反过来影响一般文学语言,因而先天地具有某种"脱离群众"的"先锋性"。本世纪世界诗歌语言正发生着惊天动地的巨变(唯有物理学语言及绘画语言的变革可与之相比)。在这种情势下应运而生的中国新诗,不能不在一个古老的诗国中走着艰辛曲折的道路。新诗的每一步"尝试"都可能显得"古怪"、变得"不像诗"。好不容易摸索、锤炼,开始"像"诗的时候,又立即因人们群起效之而很快老化。在诗体上,这一过程表现为"自由化"和"格律化"在某种程度上的"轮流坐庄"。新诗的历程,始终像朱自清在《中国新文学大系·诗集·选诗杂记》里所说的,呈现为于种"怎样从旧镣铐里解放出来,怎样学习新语言,怎样寻找新世界"的坚韧努力。诗体的解放、复活、创新等等复杂的运动,最鲜明地凝练地集中地体现了本世纪中国文学在艺术思维上的挣扎、挫折、进展和远景。而且,在各类文体中,新诗最敏感最密切地与当代世界文学保持着"同步"的联系。拜伦、雪莱、惠特曼、波特莱尔是与泰戈尔、瓦雷里、马拉美、凡尔哈仑、马雅可夫斯基、艾略特、奥登、里尔克、艾吕雅、聂鲁达等一起卷进中国诗坛来的。如果意识到诗是一种"无法翻译"的文学作品,这一"同步"所蕴含的深刻意义就很值得探究。

诗的思维的"先锋性"导致了新诗在形式上的探索走得最远,引起的论争也最激烈,其中,"矛盾的主要方面"应是诗自身的这种活跃的不安分的本性。与此相对的则是戏剧,它不但以"观众的接受"为其生存条件,而且直接受物质条件(舞台、演员、剧团组织、经济支持等等)的制约,"矛盾的主要方面"不在戏剧本身的探索,而在观众素质的提高。洪深在《中国新文学大系·戏剧集·导言》中用了大量篇幅翔实地记载了话剧在本世纪初的萌发和初步进展,证明了离开上述条件的综合考察是无法说清楚戏剧文学的辩证发展的。如果说诗体的发展显示了最活跃的艺术神经锐敏的努力,那么,戏剧形式的发展则显示了现代艺术与大众最直接的"遭遇战"。它成为整个艺术形式队伍中缓慢然而扎实前进的一个强大的"殿军"、后卫。但是,物质条件有其活跃的推动力的一面,不能低估现代物质文明对本世纪中国戏剧艺术的影响作用(包括电影、电视消极方面的压力和积极方面的启发)。戏剧艺术的创新一旦有所突破,常常得到巩固和持久的承认(试想想常演不衰的《雷雨》、《茶馆》及其众多的仿作)。这与诗歌风格的迅速更替又成一对比。从本世纪六十年代起,布莱希特的戏剧体系开始影响中国话剧,新时期以来,它与"斯坦尼"、与中国古典的写意戏剧体系开始形成多元发展和多元融合的趋势。这可能是考察中国话剧的未来发展的一个分析线索。介乎诗和戏剧之间的,是本世纪中国文学中最重要的学类型——小说,研究这一类型的楷体发展时,必须仔细地划分出长篇小说,中篇小说、短篇小说这样一些亚类型。

短篇小说对现代生活的"截取方式"具有类似于新诗的某种"先锋性"，这一亚类型在二十世纪中国学中因其短小快捷、形式灵活多变始终受到高度的重视。按照茅盾当时的说法，鲁迅的《呐喊》《彷徨》"一篇有一个新形式"，尔后，张天翼、沈从文都在短篇体裁上有多样的试验。新时期以来，短篇小说的变化更是千姿百态。值得高度重视的是，从本世纪初鲁迅创作小说一开始就显示了与当代世界文学有着"共同的最新倾向"（普实克语），这一无可怀疑的"同步"现象，即自觉地打通诗、散文、政论、哲理与小说的界限的一种现代意识，使得抒情小说这一分支在鲁迅、郁达夫、废名、沈从文、肖红、孙犁、茹志鹃、汪曾祺、张洁、张承志等优秀作家手中得到充分的发展。显然，在中国小说现代化的过程中，民族的"抒情诗传统"（文人艺术）对"史诗传统"（民间艺术）的渗透起了决定性的推动作用。由赵树理所代表的以讲故事为主的叙事分支则显示了"史诗传统"的现代发展。在新时期，中篇小说的崛起越来越引人注目，对这一文学现象的理论总结也正在深化。被称为"重武器"的长篇小说是文学对一时代的历史内容具有"整体性理解"的产物。在矛盾极端复杂、极端多变的二十世纪中国，由于值得探究的种种原因，试图从总体上把握这一时代的宏愿总是令人遗憾地未能实现（例如，茅盾、李劼人、柳青，等等）如果作家还没有形成自己的历史哲学和"长篇小说美学"，这些宏愿就仍然诱人地、一往情深地伫立在二十世纪中国文学的面前。

二十世纪中国文学中的散文、小品、杂文，由于与民族的散文传统最为接近（而且我们似乎也不要求它们为老百姓"喜闻乐见"），很快就达到极高的成就。叙事、抒情、说理、嘲讽，迅速打破了"白话不能写美文"的偏见，显示新文学的实绩。散文是作家个性最自然的流露，因而在个性得到大解放的时代，散文得以繁荣是毫不足奇的。本世纪第一流的散文家都有深厚的中国古典文学修养。都精通外国文学，受过现代高等教育，有丰富的人生阅历，如果说诗歌是一时代情感水平的标志，那么，散文则是一时代智慧水平（洞见、机智、幽默、情趣）的标志。散文的发展显示出一时代个性的发展程度和文化素养程度，值得注意的是，散文在体裁上有极大的"宽容性"，在这一部类中的形式创新所遇阻力较小。但也由于缺少压力转化而来的动力，某些新的艺术形式（如《野草》式的散文诗）未能得到顽强坚韧的推进。成熟的甚至业已僵化的散文形式（如杨朔式的散文）也就较少遇到新旧嬗替的挑战。尽管偶尔在某些问题上（如"鲁迅风"的杂文是否过时）有一些争论，其着眼点却都落在"立场、态度"这些政治、伦理的层次上。但是，散文内部的各个亚类型（抒情散文、小品、杂文、报告文学），在二十世纪中国文学的发展进程中，有着微妙的消长起伏，其中的规律性值得总结。

二十世纪世界文学艺术的大趋势，是尽力寻找全新的思维方式、感觉方式和表达方式，以开掘现代人类丰富复杂的内心世界及其对外部世界的"掌握"。艺术形式的试验令人眼花缭乱，实在是文学的一种自觉意识的表现，与现代自然科学及现代社会生活的发展有着深刻的联系。二十世纪中国文学（当它开放的时候，从总体上说，它毕竟是开放的）在这一点上与世界文学是息息相通的。鲁迅就是一位对文学形式具有自觉意识的大师，他所创造的一些文学体裁（如《野草》和《故事新编》）几乎不但"前无古人"，而且也"后无来者"。在东、西方文化的碰撞、交流之中，一些崭新的、既是民族的又是现代的艺术形式，已经、正在和将要创造出来，显示出中华民族在世界历史的现代进程中，在艺术思维方面的主体创造性。但是，我们也看到，受制于社会物质文明水平和普遍落后的文化水平，以及因循守旧的价值取向和文化心理，我们的艺术探索是如此的充满了艰辛曲折。贯穿近百年来无休止的、有时不得不借助于行政手段来下结论的艺术论争，不单说明了探索的艰难，也说明了探索的必要和势所必然。我们是否已经有了足够的理由和信心，来预期下一世纪到来时，这一探索必将更加自觉、更加活跃和更有成效呢？

五

概念的建立首先是方法更新的结果，概念的形成、修正和完善又要求着新的方法。

客观发生着的历史与对历史的描述毕竟不能等同。描述就是一种选择、取舍、删削、整理、组合、归纳和总结。任何历史的描述都依据一定的历史哲学，依据一定的参照系统和一定的价值标准，采取一定的方法。文学史的描述也是如此。"二十世纪中国文学"这一概念首先意味着文学史从社会政治史的简单比附中独立出来，意味着把文学自身发生发展的阶段完整性作为研究的主要对象。这一点将带来一系列问题的重新调整（问题的提法，问题的位置，问题的意义，等等），在当前的研究阶段，只需强调如下一点也就够了——

在"二十世纪中国文学"这个概念中蕴含着的一个重要的方法论特征就是强烈的"整体意识"。一个宏观的时空尺度——世界历史的尺度，把我们的研究对象置于两个大背景之前：一个纵向的大背景是两千多年的中国古典文学传统，当我们论证那关键性的"断裂"时，断裂正是一种深刻的联系，类似脐带的一种联系，而没有断裂，也就不成其为背景；一个横向的大背景是本世纪的世界文学总体格局，不单是东、西方文化的互相撞击和交流，而且包括亚洲、非洲、拉丁美洲文学在本世纪的崛起。

在这一概念中蕴含的"整体意识"还意味着打破"文学理论、文学史、文学批评"三个部类的割裂。如前所述，文学史的新描述意味着文学理论的更新，也意味着新的评价标准。文学的有机整体性揭示出某种"共时性"结构，一件艺术品既是"历史的"，又是"永恒的"。在我们的概念中渗透了"历史感"（深度）、"现实感"（介入）和"未来感"（预测），既然我们的哲学不仅在于解释世界而且在于改造世界，未来感对于每一门人文科学都是重要的。如果没有未来，也就没有真正的过去，也就没有有意义的现在。历史是由新的创造来证实、来评价的。文学传统是由文学变革的光芒来照亮的。我们的概念中蕴含了通往二十一世纪文学的一种信念、一种眼光和一种胸怀。文学史的研究者凭借这样一种使命感加入到同时代人的文学发展中来，从而使文学史变为一门实践性的学科。

1985 年 5—7 月于北大

原载《文学评论》1985 年第 5 期

重写文学史·主持人的话

陈思和　　王晓明

　　本刊自这一期起,开辟"重写文学史"专栏,并特约陈思和、王晓明同志担任这一专栏的主持人。我们希望这一栏目能引起文学界和广大读者的兴趣与关注,并得到大家的支持。

　　陈思和(以下简称陈):"重写文学史"这个重新研究、评估中国新文学重要作家、作品和文学思潮、现象的专栏,今天出台了。开设这个专栏,希望能刺激文学批评气氛的活跃,冲击那些似乎已成定论的文学史结论,并且在这个过程中激起人们重新思考昨天的兴趣和热情。自然目的是为了今天。我们相信,观念与观念的撞击、交锋和争鸣,最终会如燧石敲击出真理的火花。另外,从新文学史研究来看,它决非仅仅是单纯编年式"史"的材料罗列,也包含了审美层次上对文学作品的阐发评判,渗入了批评家的主体性,研究者精神世界的无限丰富性,必然导致文学史研究的多元化态势。文学史的重写就像其他历史一样,是一种必然的过程。这个过程的无限性,不仅表现了"史"的面貌最终越来越接近历史的真实。所以我们今天提出"重写文学史",主要目的,正是在于探讨文学史研究多元化的可能性,也在于通过激情的反思给行进中的当代文学发展以一种强有力的刺激。

　　王晓明(以下简称王):确实是这样。在正常情况下,文学史研究本来是不可能互相"复写"的,因为每个研究者对具体作品的感受都不同。只要真正是从自己的阅读体验出发,那就不管你是否自觉到,你必然只能够"重写"文学史。如果大家对中国新文学的整体评价都一模一样,那倒是怪现象了。从这个意义上说,今天提出"重写文学史",已经是太迟了,早在几年前,就应该澄清这个问题的。

　　陈:我们希望本专栏的文章能够在以下两个方面多作努力,一是以切实的材料补充或者纠正前人的疏漏和错误,二是从新的理论视角提出对新文学历史的个人创见。但是我们也想提请大学注意,尽管我们力求科学的严谨准确,但事实上,包含真理的新观念有时也可能与谬误纠缠,片面有时也会和深刻、真理之间有一线内在的同一性。为了有助于问题的深入探讨,本栏也可能会出现一些从"习惯"的尺度看来不尽完善但确具真理颗粒的文章。

　　在这里,我想特别提一下戴光中的文章,他为这个专栏开了一个很好的头。

他是研究赵树理的专家,不但以充分的材料为基础,对"赵树理方向"展开质疑,而且抓住"问题小说论"和"民间文学正统论"这两个当代文学中的重要理论现象,作了相当深入的分析,由此得出的结论,就能够令人信服。

王:从四十年代的解放区文学,到建国以后"十七年"文学,"赵树理方向"可以说是集中体现了整个这一段时期的文学潮流。戴光中从你刚才举出的那两个观念入手分析,的确是触及了"赵树理方向"的核心内容。五十年代以后许多理论上的偏差,几乎都可以在他指出的这两个观念中找到根源,但也正因为这样,我又觉得戴文有时候过于简洁,他其实还可以展开得更充分一些。相比之下,宋炳辉对柳青《创业史》的分析就显得比较细致。《创业史》暴露了一个怎样理解生活"本质"的问题:或者是强化自己对人生的切身感受、由此形成对这种"本质"的悟知,或者是以现成的政治定义为依据,虚构出一个教条式的"本质"来——不幸的是,柳青基本上走的是后一条路。正因为他长期地"深入生活",对农村现实相当熟悉,这种到政治定义中去寻找生活"本质"的做法,对他艺术创作的损害就尤其令人痛心。宋文后半部分行文有些粗糙,但我们读完全文,对所谓"深入生活"的提法,恐怕会有一个新的认识吧。

陈:赵树理和柳青都是有代表性的作家。但纪念他们的最好方法,却不该再是那种一味的赞扬,而应切实地分析他们创作的得失,从中总结出一些带有普遍性的特点和规律来。在某种意义上,历史人物正是通过后人的这种总结才对当代生活继续发生影响的,至于那些硬造出来的完人,只会被后人迅速地遗忘。

王:在下一期,本专栏将发表王雪瑛评论丁玲创作道路的文章。我们希望有更多的同行一起来进行这场"重写文学史"的讨论。

原载《上海文论》1988 年第 4 期

"新写实小说大联展"卷首语

《钟山》编辑部

文学在发展、在嬗变。

文学面临着新的选择。

我们慎重地向《钟山》的作者和读者宣告：在多元化的文学格局中，1989年《钟山》将着重倡导一下新写实小说。

所谓新写实小说，简单地说，就是不同于历史上已有的现实主义，也不同于现代主义"先锋派"文学，而是近几年小说创作低谷中出现的一种新的文学倾向。这些新写实小说的创作方法仍是以写实为主要特征，但特别注重现实生活原生形态的还原，真诚直面现实、直面人生。虽然从总体的文学精神来看新写实小说仍可划归为现实主义的大范畴，但无疑具有了一种新的开放性和包容性，善于吸收、借鉴现代主义各种流派在艺术上的长处。新写实小说在观察生活把握世界的另一个特点就是不仅具有鲜明的当代意识，还分明渗透着强烈的历史意识和哲学意识。但它减退了过去伪现实主义那种直露、急功近利的政治性色彩，而追求一种更为丰厚更为博大的文学境界。

自然，今天还不是完全准确概括新写实小说的时候，新写实小说的理论特征和艺术特征还有待于新写实小说的进一步发展，在不断发展中逐步形成和完善自己的个性特征和理论体系，相信会有更多的作家和理论家用他们的实践来丰富新写实小说。我们在这里只是一种倡导和号召，并衷心期望在中国文坛能够出现和形成一个"新写实运动"，《钟山》将为此尽自己最大的努力。

在构想这一计划时，我们征求了许多作家和评论家的意见，方方、王安忆、王兆军、王蒙、丛维熙、邓友梅、冯骥才、刘心武、刘恒、刘震云、史铁生、叶兆言、李国文、李锐、李晓、朱苏进、陆文夫、陈建功、何士光、郑义、赵本夫、周梅森、林斤澜、张洁、张炜、张弦、张一弓、高晓声、铁凝、谌容、贾平凹、韩少功等中青年作家都表示很大的兴趣，愿意参加这一活动；首都文艺界、新闻界的许多报刊对此项活动亦表示十分关心。我们除了以突出篇幅刊登新写实小说（以中篇为主）和理论探讨文章外，还将积极创造条件争取1990年举办"新写实小说"评奖活动，筹备出版新写实小说集。

我们希望通过大展，推动新现实主义创作的发展，并能够团结和聚集更多的作家。因此，我们欢迎更多的老中青作家惠赐力作来参加这次大联展。

原载《钟山》1989 年第 3 期

我们怎样想象历史·代导言（节选）

唐小兵

再解读

在延安大众文艺的发展过程中，由于对传统、民间文艺形式的利用已不仅仅是形式问题，而且也涉及大众文艺的认同和社会功能，在大众文艺运动内便发生了一场围绕着对"五四"新文学传统的检查和重新评价的讨论论争。当时的理论家艾思奇的判断是：

"五四"文学运动的口号，是提倡平民的写实的文学，而反对贵族的山林文学，它否定过去的与民众生活无关的旧文艺，想把它改造成唤醒民众的工具。"五四"是中国的一个很大的启蒙运动，然而当时的新文学运动，一开始就是包含它的发展的限制。首先，这运动并不是建立在真正广大的民众基础上的，主要的是中国的力量薄弱的市民阶级的文艺运动，它并没有向民间深入。其次，它对于过去的传统一般地是采取极端否定的态度，因此它的一切形式主要地是接受了外来的影响，或外来的写实主义的形式，而忽视了旧形式的意义。新的文艺，一开始就有了这样的矛盾：一方面有现实主义和平民化的要求；另一方面，生活在广大的民众之外的作者和外来的写实形式，不能达到真正的现实主义和平民化的目的。①

对于这样一种分析，周扬提出了不同的看法：

如果不是我的偏见，新文艺无论在其发生上，在其发展的基本趋势上，我以为都不但不是与大众相远离，而正是与之相接近的。"五四"的否定传统旧形式，正是肯定民间旧形式，当时正是以民间旧形式作为白话文学之先行的资料和基础。就是当时新文学之最激烈最顽固的反对者的梅光迪，也不能不承认"文学革命自当从民间文学着手"。虽然当时关于"民间"、"平民"的概念带有很大的限制

---

① 艾思奇：《旧形式运用的基本原则》，"解放区文学"，卷二，延安文艺丛书1984年版，第1314页。

性，但总是向民众接近了一大步，为文学与民众接近的斗争，是"五四"的一个光荣战斗传统，应当由我们来继续和发扬的。[①]

在这里，引起我们的兴趣和注意的并非新起的大众文艺对"五四"新文学传统的分析准确与否，而是这种新的叙述、新的阐释和新的阅读行为本身。（毋庸置疑，这两段引文都是对"五四"传统极富说服力的重读，虽然可能片面，但提示出了新文学传统的内在局限和张力。）正是通过对历史的不断的重读，现时的关注和焦虑才有可能得以表达甚至排遣。在重读过程中，原有的概念（例如"民众"）逐渐获得新的内涵，历史的经验（例如"白话文学"运动）被转化为开放性的、需要重新编码的"文本"，而这一重新编码，不但可以帮助提示出隐秘其中、甚至"自然化"了的矛盾逻辑和意识形态，同时也把历史的印记深深烙进阅读行为本身。

一旦阅读不再是单纯地解释现象和满足于发生学似的叙述，也不再是归纳意义或总结特征，而是要提示出历史文本后面的运作机制和意义结构，我们便可以把这一重新编码的过程称作"解读"。解读的过程便是暴露出现存文本中被遗忘、被压抑或被粉饰的异质、混乱、憧憬和暴力。因此解读的出发点与归宿必然是意识形态批判，也是拯救历史复杂多元性、辨认其中乌托邦想象的努力。这里所说的"历史"并不一定指涉时间意义上的过去，也可以而且往往包括被历史限定了的现在，所以解读与其说是在时间轴上建立可叙述的连续性，不如说是在空间意义上拓展、调整和联结诸种阐释的可能。解读，或者说历史的文本化的最深刻的冲动来自于对历史元叙述的挑战。对基奠性话语（foundational discourse）（关于起源的神话或历史目的论）的超越。所谓基奠性话语所建立的终极意义从来就是绝对的所指，是信奉的宗旨而不是解读的对象，而反基奠性的运作逻辑则决定了解读的解构策略和颠覆性。从这个意义上看，延安文艺对"五四"新文学的重读仍然是不完全的解读，原因正在于其过于完整、过于急切地认同于新起的超越性所指"大众"。

解读活动的反基奠特性可以充分地解释为什么在对现代社会的后现代式反省中，文学批评，尤其是文学理论，常常杂糅了政治理论、哲学思辨、历史研究、心理分析、社会学资料、人类学考察等等话语传统和论述方式；与此同时，文学理论也为这种种不同的学科领域提供了新型的范式和语言。也许更恰当的一个名称是"文化研究"，因为在这样一个综合性评语领域里，人类行为（社会的、心理的、

---

① 周扬：《对旧形式利用在文学上的一个看法》，"解放区文学"，卷二，延安文艺丛书1984年版，第1336页。

想象的、文化的)所产和维持的象征意义及结构性张力成为了解读的对象。解读的批判价值正在于其不懈地组合和重新组合，编码和重新编码已存的文本，并由此出发把历史的文本归还给历史，始终拒绝将任何表意过程镶嵌或钉死在某一基奠性意义框架或母体上。因此，当代文学理论的密集型迸发和快速周转有其具体的意识形态意味。正是通过理论的多层次多形态的弥漫性繁衍，一统的基奠性权威话语被置换、瓦解并且分化了。然而，从一个更抽象、更哲理化的层次上观察，理论、或者是更具体的解读，作为一种解构性话语实践，正是以日益渗透社会每一根纤维的商品经济这一似乎不可超越的总基奠为背景、为反基奠的基奠的；理论的发达或者解构潮的高涨，恰好反衬出市场的稳固及其对人类批判能力的最终意义上的遥控。

这样一个只有在把社会整体充分抽象化之后才能达到的宏观观察并不是导致我们否认理论的历史属性和必要性，恰恰相反，正是这样一个整体意识帮助我们，在理论或者解读实践的自我意识及其产生条件之间，把握住理论的政治无意识层面。换言之，这里的思辨过程便是通过对整体的高度抽象描述，甚至合理想象，从而获得对直接经验和现象的批判性理解，建立起必要的距离感。这也就是詹明信所竭力提倡的"认知意义上的描图"(cognitive mapping)①，其中心追求便是要在表面上无序、多质和流动的文化现象、社会生活之下发现并且描述起决定作用的经济方式以及政治运作。

我们也可以将这种批判的努力称作"否定性辩证思维"，即不懈地追寻为什么关于整体的概念总是会从我们的认知活动的过程中逃脱。如果我们从这个角再回到关于理论和基奠性话语的讨论，我们就可以进一步肯定我们已得出的结论：基奠性话语的弱化正可以看做基奠性结构日益牢固这一事实在意识形态层面的反题式表现。再作进一步的逻辑推断，我们也许可以认为，基奠性话语是主流并且盛行的时候，正是社会生活缺乏基奠性结构，该结构或者已无可挽回地崩溃，或者正挣扎着形成的过渡性阶段。

或许正是这两个假设性结论之间的联结点，可以作为《再解读》大众文艺与意识形态一书的思辨背景：对中国现当代大众文艺作品的再解读一方面回溯性地提示出基奠性结构的匮乏及其在文化形态中的反题式表现，另一方面则折射出一个新的社会基奠正在或已然形成。具体地说，"大众文艺"几十年间的权威和正统地位正是为了弥补"社会主义经济基础"的脆弱和艰难，而现在进行的对大众文艺的解读，以及新兴通俗文学对大众文艺的离叛和戏仿，都逐一地指示出

---

① 参见 Fredric Jameson，*Postmodernism，Or，The Cultural Logic of Late Capitalism*（Durham：Duke UP，1991）中"How To Map a Totality"一节，第399—418页，另见第47—54页。

一个以市场调节为关键的生产方式的形成到位。也正因为面临这样一个转型过程，使《再解读》以及其所体现的批判努力面临深刻的历史困境：两种不同的社会组织原则和意识形态相互取消的同时又相互补偿。"社会主义大家庭的温暖"虽然有前现代的原始和残忍，但质朴明朗；"资本主义看不见的手"同样无情而且霸道，但抚摸起来却是那么舒适诱人。

如果把《再解读》作为一个具体可读的文本，我们会发现这里的大部分篇幅仍在尽力解构一个已经迅速变得遥远的时代，仍在提示一系列话语、影像和观念的结构性张力以及隐含其中的乌托邦冲动。这是我们必须以"纸船明烛照天烧"的精神奉献我们自身历史的挽歌。但如果我们把《再解读》看做一个使历史文本化的解构过程，我们就会同时解读我们的现在，因为我们身处其中的现在也许是现代的基奠在中国真正开始建立，并且需要当做实存的问题（而不是观念的争辩）予以认真审视的时代。在这个意义上，我们希望《再解读》提供的不仅仅是书名和若干论文，而且也是一种文本策略，是对中国现当代文化政治、社会历史的一次借喻式解读。

由此出发，我们才可以着手新的开放型文化的建设工作。

选自唐小兵编：《再解读：大众文艺与意识形态》，

牛津大学出版社 1993 年版

旷野上的废墟

——文学和人文精神的危机[*]

王晓明等

主持人　王晓明,华东师大中文系教授
参加者　张　宏,华东师大中文系博士研究生
　　　　徐　麟,华东师大中文系文学博士
　　　　张　柠,华东师大中文系硕士研究生
　　　　崔宜明,华东师大哲学系博士研究生
时　间　一九九三年二月十八日
地　点　华东师范大学第九宿舍 625 室

王晓明(以下简称王):今天,文学的危机已经非常明显,文学杂志纷纷转向,新作品的质量普遍下降,有鉴赏力的读者日益减少,作家和批评家当中发现自己选错了行当,于是踊跃"下海"的人,倒越来越多。我过去认为,文学在我们的生活中占有非常重要的地位,现在明白了,这是个错觉。即使在文学最有"轰动效应"的那些时候,公众真正关注的也并非文学,而是裹在文学外衣里面的那些非文学的东西。可惜我们被那些"轰动"迷住了眼,直到这一股极富中国特色的"商品化"潮水几乎要将文学界连根拔起,才猛然发觉,这个社会的大多数人,早已经对文学失去兴趣了。

照我的理解,爱好文学、音乐或美术,是现代文明人的一项基本品质。一个人除了吃饱喝足、建家立业,总还有些审美的欲望吧? 他对自己的生存状况,也总会有些理不大清楚的感受需要品味,有些无以名状的疑惑想要探究? 在某些特别事情的刺激下,他的精神潜力是不是还会突然勃发,就像老话说的神灵附体那样,眼睛变得特别明亮,思绪一下子伸到很远很远,甚至陶醉在对人生的全新感受之中,久久不愿意"清醒"过来? 假如我们确实如此,那就会从心底里需要文学、需要艺术,它正是我们从直觉上把握生存境遇的基本方式,是每个个人达到精神的自由状态的基本途径。正是从这个意义上,文学自有它不可亵渎的神圣性。尤其在二十世纪的中国,大多数人对哲学、史学以至音乐、美术等等的兴趣,

---

[*] 本文是 1993 年 2 月王晓明主持"批评家俱乐部"的会谈记录。

都明显弱于对文学的兴趣，文学就更成为我们发展自己精神生活的主要方式了。因此，今天的文学危机是一个触目的标志，不但标志了公众文化素养的普遍下降，更标志着整整几代人精神素质的持续恶化。文学的危机实际上暴露了当代中国人人文精神的危机，整个社会对文学的冷淡，正从一个侧面证实了，我们已经对发展自己的精神生活丧失了兴趣。

张宏（以下简称宏）：我想从创作现象来谈谈对文学危机的看法。按照我的理解，这种危机在作家创作方面有两种表现，一是媚俗，一是自娱。其实这两种方式倒是中国传统文学观念的延续。自古以来，文章乃"经国之大业，不朽之盛事"，看似把文学抬到了一个极高的地位，其实所谓"大业"和"盛事"，只是帝王的业和事。到了现代，帝王的事业不复兴旺，文学的"载道"功能便转换为代人民立言。这也是一个很崇高的事业，每当人民欲言又止之时，文学事业就格外发达。可如今，文学的这一功能逐渐被其他传播媒介所取代，人民自己独立发言的能力也逐渐发达，文学"载道"的事务就又濒于歇业了。在这种情况下，文学的功能只好转移到"缘情"上来，而这不过是自娱的一种漂亮的说法罢了。总之，文学没有自己的信仰，便不得不依附于外在的权威。一旦外在的权威瓦解了，便只有靠取悦于公众来糊口，这便是媚俗的方式。要不然就只好自娱自乐了。这就好比找不到用武之地的拳师，或者去走江湖，靠卖狗皮膏药度日；不然就得回家去，自己打拳健身。

看起来，作家王朔采取的主要是第一种方式。有人说他是个讽刺作家，我却认为，他的作品总的基调是"调侃"，而不是讽刺。这两者截然不同，尽管从表面上看，它们是那么相似。讽刺有着喜剧的外观，而其背后有一种严肃性。讽刺总是以一种严肃的姿态批判性地对待人生，它清除人生的污秽，是生命的清洁工。讽刺所显示的批判性甚至高居于作为个体的讽刺者及讽刺对象之上，达到对普遍性的生命价值的肯定。调侃则不然。调侃恰恰是取消生存的任何严肃性，将人生化为轻松的一笑，它的背后是一种无奈和无谓。王朔笔下正是充满了调侃，他调侃大众的虚伪，也调侃人生的价值和严肃性，最后更干脆调侃一切。在这种调侃一切的姿态中，从调侃对象方面看，是一种无意志、无情感的非生命状态，对象只是无谓的笑料的载体。从调侃者本身看，也同样是一种非生命状态。调侃者一如看客，他置身于人生的局外，既不肯定什么，也不否定什么，只图一时的轻松和快意。调侃的态度冲淡了生存的严肃性和严酷性。它取消了生命的批判意识，不承担任何东西，无论是欢乐还是痛苦，并且，还把承担本身化为笑料加以嘲弄。这只能算作是一种卑下和孱弱的生命表征。王朔正是以这种调侃的姿态，迎合了大众的看客心理，正如走江湖者的卖弄噱头。

王：这当中也包括了迎合大众想发牢骚，想骂娘的心理，大众也因此获得了一种宣泄怨愤的快感。

宏:王朔以这种方式博得了大众的青睐。在调侃中,人们通过遗忘和取消自身生命的方式来逃避对生存重负的承担。然而,现实生存并不因这种逃避而有丝毫改变。从这里也可以看出国人生存境况之不堪和生命力的孱弱。不然,人们何以像抓救命稻草似的乞灵于这一点点可怜而又无聊的"轻松"呢?

从嘲弄和挖苦大众虚伪的信仰到用调笑来向大众献媚,王朔兜了个大圈子。倘若他要迎合得更彻底些,当然还得满足大众必然会有的道德上的虚荣心。王朔果然一改以往嬉皮士似的反道德面目,而以"好人一生平安"的空头许诺来劝善。嬉皮士变成了道德家,这可称得上真正的喜剧。

徐麟(以下简称徐):其实,在文学上,"王朔现象"并不罕见,它是《儒林外史》及以后的谴责小说,和四十年代包括《围城》在内的所谓"讽刺文学"的恶性重复。尽管作者们的社会角色迥然不同,但从他们对语言的态度和操作中可以找到许多相似之处。它们都是正统价值观念崩溃后的产物,并都是对文化废墟的嘲笑。问题不在于嘲笑和调侃本身,而在于废墟只对人来说才是废墟。嘲笑也要有嘲笑者。嘲笑者并不是作者的肉体存在,而是被我们称之谓人文精神的价值指向。《儒林外史》中还有王冕式的人物,无论他离我们有多么的遥远,但这表明作者还有一种人格和信念的意指。这种意指在《围城》中更加漂浮不定。但是,方鸿渐毕竟还有惶惑、无奈和拒绝,毕竟还指向了某种可能的东西。王朔之为恶性的重复就在于他的文本没有任何结构上的意指。也许在《一半是海水,一半是火焰》、《顽主》中他尚有某些痛苦感和彷徨感,但这些感受在后来的作品中完全被消解了。痛苦的消解是因为认同了废墟,彷徨的终止则是因为不再需要选择,因而就没有也不需要任何可能的人文意向。一旦嘲笑者本人也成了废墟,那么,他就不能指向任何外部世界,于是便只有在玩弄语言的亵渎与嘲笑中获得一种自慰式的快感。

宏:对这样的快感的追求,在所谓"玩文学"派那里有着更为突出的表现,他们以另一种方式暴露出文学创作的危机。王朔是与民同"乐","玩文学"者则独"乐"之。他们把文学当作自娱自乐的工具,独自把玩,回味无穷。

徐:譬如,"第五代"导演张艺谋的艺术创作在这个问题上表现得集中而突出。近来极为叫红的《大红灯笼高高挂》中的主人公颂莲是张艺谋努力赋予某种现代人文意识的洋学生。她不是用轿抬,而是自己走进陈家大院的,并且还说出了"这里有狗、有猪、有耗子,就是没有人"的"人"话来。但她不仅很快洞悉了陈家大院里的一切,而且立即全身心地投入了与众姨太的争风吃醋中。这个转向似乎可以解释成人物复杂性和艺术处理上的脱节,但在全片的结构中却成了对礼教的皈依,并且嘲弄了对礼教的反叛主题。更重要的是,在电影语言上,张艺谋是对"后现代主义"模仿得比较像的。色彩上，如对红色的大肆渲染；音响上，如捶脚声的音响主题反复出现；构图的对比性，视角的变换，长镜头的运用以及对点灯笼，挂灯笼，吹灯笼的精心刻画等等，都造成了画面具有强烈的感官刺激性的效果。但最强烈的反差更在于影片中使用了在中国人看来最具现代性的技巧，所表现的却是中国文化最陈腐的东西。因而，颂莲的那些"人"话就仅仅成了一种主题上的装饰。张艺谋的真正快感只是来自于对技巧的玩弄。

张柠(以下简称柠)：本来影片中表现什么倒并不十分重要。所表现的事物既可以是陈腐的，也可以是美好的。关键在于这些事物在作品中所产生的功能。这种功能取决于文本的语义指向，从根本上说，它又是取决于作者主观的价值取向。在《大红灯笼高高挂》中看不出张艺谋对其所表现的陈腐肮脏的东西有多少批判意识，相反，他始终在大肆渲染和玩味这种东西。

徐：《大红灯笼高高挂》在国内外的反应是很值得关注的。它的技术在西方世界早为人所熟知，甚至已开始过时，但因为它表现的是被称之为"中国文化"的那些东西，而使西方人大开眼界。至于中国这边的亢奋的反应，则来自于对所谓"后现代主义"之类"新潮"艺术的迷恋，而忽略了作品价值取向上的陈腐性。能像《大红灯笼高高挂》那样引起东西方人对对方陈腐性的互相欣赏的作品是非常罕见的，如果这里有为张艺谋所追求的好莱坞精神的话，那么这正是人文精神的全面丧失。

张艺谋电影探索的文化动因，是当代文学中的"寻根"意识。例如《红高粱》吧，应该说，对于现代文明生命的萎缩以及被阶级意识或政治革命等"历史动机"所淹没了的欲望或生命冲动来说，它确实有一种反叛和反历史的意味。它把余占鳌式的暴力取代建筑在更原始的个人占有欲上，不仅颠覆了暴力革命的神圣性，也确实意指了某种历史的可能性。但问题在于，它不是指向新的生存可能性及其精神空间，而是指向文化回归的道路。这是为张艺谋所熟悉并且认同的。只是这种文化回归很快就在《菊豆》中透了底。杨天青不仅不能取代父辈而公然占有菊豆，而且还只能作为自己儿子的哥哥跪拜在宗法道德和政治秩序的神座面前偷情。他会犯禁，但欲望的冲动根本无法与道德秩序相抗衡，其结果只能导致自我阉割。至于在《大红灯笼高高挂》中，颂莲用自己的脚走进了旧道德规范，因而欲望满足的方式是给定的，她必须在礼教许可的范围内不懈竞争，才可能短暂地获得她的男人。所以，在象征欲望的红色中，"我奶奶"是以认同并接受暴力来满足的，菊豆是在道德秩序下靠偷情来满足的，而颂莲则干脆投身到礼教规范中来获取满足。这是否就是张艺谋的"欲望三部曲"？

宏：以上两种方式尽管有种种不同，却共有一个根本的原则，即"游戏"。曾经有人在理论上公开提出过"文学游戏"的原则，还抬出维特根斯坦的语言哲学和后现代主义的文艺理论来作为根据。

崔宜明(以下简称崔):其实这里存在一种文化的误读。西方文化中的游戏概念与中国人常说的"玩"的涵义完全不同。在西方文化观念中,客观世界与心灵世界之间有一道鸿沟,而游戏是联结两者走向自由的惟一通道。它是生命的基础,涵盖了一切生命的体验,包括痛苦、颤栗等。我们把"游戏"误读成"玩",使之成了逃离一切真实的生命体验,消解痛苦和焦虑的理论。

宏:"游戏"在其规则范围内,是一桩严肃的事情。我们看到儿童在游戏时,往往是全身心地投入,他自身的体力和智力(即全部生命力)正在此过程中获得充分的显示和肯定。维特根斯坦用游戏来解释语言现象,认为语言即是对语言的使用,即如按规则所进行的一场游戏。在言说活动之外,并无什么语言的本质,而充分使用语言,就能充分显示出语言的本质和意义。人生同样如此,人生并非无意义,而只是说,人生的意义在于人的生存活动之中,人的最高本质即是在自己的生存活动中为自己立法,为自己创造意义。这些原则用之于解释文学,凸现的恰恰是文学创作的严肃性和神圣性。

徐:西方现代主义文学的兴起,有一个价值观念的危机和转型的深远文化背景。语言形式所以被推到一个历史的高度上,是根于西方人对语言与存在关系的理解。因而不仅其游戏规则是严肃的,其游戏态度也是真诚的。他们正是在这种严肃的游戏的投入中,把握并超越个体性存在的独特体验。但中国当代"玩文学"者的那些"游戏"之作,既不表现出对某种生存方式的解构,更没有对存在的可能性的探索与构造,一旦失去了这种形而上的意向性,那么形式模仿的意义就只剩下"玩"的本身,它所能提供的仅是一种形而下的自娱快感。人文精神正是在这种快感中丧失了。

崔:这种人文精神的丧失,在文艺创作上的最严重的表现,就是想象力的丧失。

徐:所谓艺术想象力,当然包括诸如故事的虚构等等艺术处理能力,但更多的是指对于存在状态与方式及其可能性的想象力。我以为,这是一个文学或艺术家的生命所在,它在今天尤为重要。它是在这个原有价值观念全面崩溃的时代中的价值重构能力,也就是被保罗·蒂利希称为"存在的勇气"的那种东西,这在根本上决定了一个艺术家的激情、才华和力度等基本素质。与此相比,故事虚构只是一个技术问题。然而中国当代的许多艺术家却正在越来越丧失这种能力。王朔是一个例子,他的小说描绘出的世界就是废墟,能指与所指是完全等值而同构的,是废墟嘲笑废墟。张艺谋稍有不同,他曾经试图用原始生命力(欲望)来解构历史,但这种原始生命力是无形式的,他无法为它给出一个价值指向。而如果不能获得某种个体人格形式的力量,他就根本无法突破更加深固的道德秩序及其心理沉积物。所以，张艺谋从寻根出发反叛历史，最后又重新回归黑暗的历史怀抱。从这个意义上讲，他是在玩弄欲望，"后现代主义"则成了他从这玩弄中获取快感的器具。

王：张宏刚才谈到的"调侃一切"，徐麟讲的"以废墟嘲笑废墟"，都是这个时代人文精神日见萎缩的突出症状。这并不是一个偶然的现象，在某种意义上，它恰是我们精神历程的一个合乎逻辑的结果。你在一连串事件的摇撼下清醒过来，发现自己原来被一种无知的信仰引入了歧途，于是跳起来，奔向另外一些与之相反的信仰。可很快你就发觉，这新的信仰仍然无用，你还是连连失败，找不到出路。在这种时候，你的头一个本能反应，大概就是干脆放弃信仰，放弃寻找出路的企图吧？你甚至会反过来嘲笑这种企图，借以摆脱先前那沉重的失败感。在严酷的环境中，自嘲确能成为有效的自慰。和理想主义相比，虚无主义总是显得更为有力，因为它自身无需证明。

崔：理想主义需要以整体的人去建构，他的情感、意志和理性必须达到一定程度的整合，还需要有充沛的生命的意向性。这样的人以理性建立起自己的理想，对它一往情深，努力使它成为自己实践意志和生命意义的基础。而虚无主义则是一个心灵已成废墟的人所惟一能持的哲学态度，他只能用自己的理智来嘲笑自己的情感，用情感来嘲笑意志等等。因此，理想主义总是因自身的矛盾而软弱，虚无主义则因自身的矛盾而强大。

王：因此，一个人只要有一点点聪明，就完全能用虚无主义来嘲笑（或者说调侃）所有的信仰。这种嘲笑的成功也确实能给那些信仰上的失败者带来某种安慰和心理平衡。也正是因为这种高级阿Q式的精神胜利法的有效，本世纪初以来虚无主义情绪在中国屡屡发作，不断蔓延。周作人的虚无主义还比较深刻，今天的"调侃一切"则浅直得多，更带一点颓废气，一点无赖气。虚无主义也一代不如一代了。

宏：这应该说是中国式的虚无主义。在西方，虚无主义自有其独特意义。近代的理想主义的信仰和价值依据（无论其为上帝还是理性、科学），通常总是外在于人的生命，而虚无主义恰恰是要瓦解这种外在于人的价值依据，这并不意味着人本身的意义的丧失，相反，它将生命的价值落实到生命本身。上帝死了，人有了更充分的自由，就好比父亲死了，解除了对孩子的管束。但一个成熟的少年将会意识到，他从此必须独自来承担自己的命运，创造自己的生活了。人的充分的自由同时就意味着更多的承担，意味着需要更强的生命力，也意味着他有可能创造出更高的意义，可惜在我们这里，虚无主义竟常常导致逃避和放纵，似乎一旦父亲死了，大家便可以抛弃一切承诺，怎么玩儿就怎么玩儿，这真会令人生出无以言说的悲哀！

王：一九八七年以来，小说创作中一直有一种倾向，就是把写作的重心从"内容"移向"形式"，从故事、主题和意义移向叙述、结构和技巧，产生出一大批被称为"先锋"或"前卫"的作品。这个现象的产生，除了小说观念的革新、创作者主观感受的变化之外，是不是也暗合了知识界从追究生存价值的理想主义目标后撤的思想潮流呢？再比方说，那批所谓"新写实主义"作家的平静冷漠的叙述态度，真如有的论者所言，是一种有意为之的姿态吗？是否也同样反映出作者精神信仰的破碎，他已经丧失了对人生作价值判断的依据呢？至于这两年流行的以嘲讽亵渎为特色的小说和诗歌，就更是赤裸裸地显露出对我前面所说的那种文学的神圣性的背叛。当然，近几年中国文学的状况相当复杂，造成这些状况的原因更是多种多样，远不能一概而论。但是，从一些似乎并不相关的现象，我却强烈地感受到一种共同的后退倾向，一种精神立足点的不由自主地后退，从"文学应该帮助人强化和发展对生活的感应能力"这个立场的后退，甚至是从"这个世界上确实存在着精神价值"这个立场的后退。

徐：其实西方的后现代主义是经过一系列建构以后的超越性否定。可在中国，根本就没有这个过程，我们处于一个多种历史阶段的人文思潮混作一团的共时性结构中，处在这样的状况中而一味"后现代"，结果很可能是保护了腐朽的文化因素。

王：后退总是一件令人不快的事。你可以闭上眼睛，却无法不感觉到自己的后退。既然不能停下后退的脚步，或者虽然想停住，却缺乏足够的体力，那就只好想办法给这后退一个好一点的解释。我想，这是否就是一九八五年以后那种用西方思想观念来比附自己的热情的一个来源？类似于张宏刚才谈到的用"游戏"概念来比附"玩文学"的现象，还有许多，譬如，用罗兰·巴特的"零度写作"理论来比附"新写实主义"作家的写作态度，用从俄国形式主义一直到博尔赫斯等等来比附"先锋文学"，最近则又开始用"反文化"的理论，用"后现代主义"来比附"调侃一切"的态度，比附以亵渎为特色的"痞子文学"……这些比附有不少做得相当精彩，足以使人产生错觉。在这错觉中陷得深了，你甚至真会在自己的头脑中发现种种类似于"现代主义"乃至"后现代主义"的情绪，于是极力将它放大、强化，再一头扎进去……经过如此一番循环，你就非但不再有后退的羞耻感，反倒有一种"前卫"的自豪感了。

后退固然不是好事，但也并不丢脸。遇上了太强大的对手，有时也只能后退。但是，明明是在后退，却要贴上一大堆外国的招牌来粉饰、自欺，那就有点可怜了。我觉得，这种后退而又自欺的现象，把这个时代人文精神的危机表现得再触目不过了。

柠：前面大家分析了当前文学界乃至文化界的种种情况，似乎由此可以作出

旷
野
上
的
废
墟

这样一个结论：这是一个审美想象力全面丧失的时代。可我一直在考虑，这种结论恐怕是要遭到反驳的。反驳不会是来自王朔那样的流行作家，因为他们的审美经验早已同日常经验合二为一了；也不会是来自"寻根"派或"新写实"派作家，因为他们或认同某种既定的生存条件，或只是抄袭现实；更不会是来自大众文学，因为它的想象力早已指向了各种感觉的享受和欲望的满足：金钱、权威、暴力……惟一可能提出反驳的是先锋小说，因为先锋小说创作中，尚蕴涵着某种可喜的想象力。

以马原为代表的早期先锋小说创作，是把想象力倾注于词与词之间。他们凭借幻想制造出种种新的感受，并试图以新的叙述方式和语词结构来传达这些感受。这是一种重新对故事进行讲述的欲望和新的话语方式的习得过程。但共同的语言符号系统与经验主体之间的间距，是个体的自我意识得以充分实现的障碍。如果在叙事中，意识主体与语言主体的分裂不能合二为一，那么，叙述行为也就纯然是一场语言的游戏，创作中的形式专横倾向也就由此产生（马原后期的创作明显体现了这一点）。在当代中国的文化背景下，文学究竟充当何种角色，承担什么任务的问题，在马原他们那里，仍然悬而未决。

宏：简单地说，早期先锋小说最突出的贡献在于：它将语言如何传达生存感受的问题凸现出来了，也从某种程度上为感受提供了某些可能的方式。至于感受的充分性及在多大程度上对真理性切中的问题，则往往被搁置。

柠：正因为如此，近两三年来，以格非、余华为代表的先锋小说家正在逐渐摆脱马原的影响。他们在创作中努力发挥艺术想象，也更自觉地承担起对存在本质质疑和对生命意义追问的责任。

徐：质疑态度本无可厚非。在一个价值崩溃的时代，对既定事物抱怀疑是完全正常的。但必须指出，怀疑也有两种，一种怀疑指向对世界和自身生命的重新把握，有一个确定的意向性，尽管它在怀疑中并不表现出确定的形态，并且不可言说，但却是使怀疑成为怀疑的依据。怀疑是人的怀疑，怀疑正因是"人在"。另一种怀疑则是取消生命的意向性，也就是"人在"被取消了。因而，它是价值取消主义，它只能导向虚无。中国当今时髦的怀疑主义多属于后一种。

柠：我还是想从另一个角度来看近期先锋小说。《边缘》、《呼喊与细雨》是其中的代表作。从文本的叙事方式来看，这些作品往往从童年回忆切入，叙事构成一种有指向的线性时间，但又不时被回忆中的创伤性记忆所打断。就在叙事力图重现失去的时光，唤回童年的诗性记忆的同时，记忆中的创伤性因素却不断地瓦解它，暗示对现实的质疑和对存在意义的追问。创伤性所带来的"震惊体验"充填于幻想的时间结构之中，时间被瓦解为碎片，历史被转换为一个颓败的寓言，小说家则在这片荒废的背景上，凸现出一种因童年的"诗性记忆"被击碎而产生的忧伤和焦虑。

倘若人们的目光一直专注于单向度时间结构的历史，许多复杂的生存体验就可能被遗忘。小说家则以其真诚的感受和回忆瓦解了线性时间的链条，提醒人们：存在被遗忘了。我觉得，在格非、余华等人的近期创作中，尽管依然可见欲望、暴力、性爱、冒险、逃逸、死亡等等主题，但这些主题在整个文本结构中却被瓦解了，或者可以说，任何一种总体性的观念，任何一种乌托邦式的意识，在这里都会被瓦解。这种瓦解未必就是消极的，一旦人们从乌托邦的幻梦中苏醒过来，对存在本身的注意力往往能更充分地焕发。而这种注意力本身就预示着某种新的可能，它可能会激发出某种希望与创造的激情。

当然，问题的另一面也暴露出来了。语词之间及本文结构之间的张力场，固然为想象力提供了空间，但却没有为它规定应有的向度，艺术借助想象达到审美升华的规定性尚无保证。一个作家面临的最大难题，就是精神存亡的问题，或者说"灵魂救赎"的问题。作家如果不能直面并着手解决这一问题，而仅仅满足于作一些反叛和瓦解的工作，就不但会限制其作品的成功，也会导致精神活力和创造力的衰退。并且，作品在其精神价值指向方面的犹豫不定，最终也将会销蚀其对希望的激情。这样，不仅读者不能从作品中获取精神能量，就是作者本人也会因精神颓废所带来的"如释重负"感的诱惑，而丧失精神的力度和自信心，最终无以抵挡来自外部世界的种种压力和诱惑（据说有一些颇有前途的先锋作家也"下海"了）。可见，先锋小说家不但在其作品的价值指向上，而且在其自身生命的价值意向上，都正面临困境。

王：张柠谈到的先锋小说的困境，可以说较为集中地体现了整个社会人文精神的困境。能否从这种困境中突出来，大概正是中国文学，同时也是中国文化生死存亡的关键所在吧。

崔：说得夸张一点，今天的文化差不多是一片废墟。或许还有若干依然耸立的断垣，在遍地碎瓦中显现出孤傲的寂寞（王：例如史铁生和张承志），但已不能让我们流泪。

我也不想对大家谈到的那些文学现象表示痛心疾首。一个走在商品经济道路上的社会渴求着消费，它需要、也必然会产生消费性的商品文学，文学总要为人民服务嘛。但中国的问题并不那么简单，和西方成熟的商品文学相比，我们这不成熟的商品文学却正在冒充社会的精神向导，并沾沾自喜，做作地炫耀其旺盛的"精神"创造力，恰像一个肺病患者在健美舞台上炫耀他的肌肉。其实只是强烈的灯光和橄榄油膜才给人以某种感官的刺激，实际上人也只要这个。西方人爽快，承认商品文学只有一个目的——钱，相比之下，中国成长中的商品文学着实让人腻味。真不明白鲁迅说的瞒和骗何以能如此历久而弥新。

我们所感受到的人文精神的危机有两重。首先，我们正处在一个堪与先秦时代比肩的价值观念大转换的时代。举凡五千年以来的信仰、信念和信条无一不受到怀疑、嘲弄，却又缺乏真正建设性的批判。不仅文学，整个人文精神的领域都呈现出一派衰势。在商品经济大潮的冲击下，穷怕了的中国人纷纷扑向金钱，不少文化人则方寸大乱，一日三惊，再也没了敬业的心气，自尊的人格。更内在的危机还在于，如果真的有了钱就天圆地方，自足自在，那当然可以不要精神生活，人文精神的危机不过是那批文化人的生存危机而已。但是，一个有五千年历史的民族真的可以不要诸如信仰、信念、世界意义、人生价值这些精神追求就能生存下去，乃至富强起来吗？

我们必须正视危机，努力承担起危机，不管它多么沉重。只有这样，才能看到危机的另一面，如张柠刚才所讲的，当代文学中乌托邦精神的消解，展示出新的文学精神诞生的可能性。实际上，可以在整个人文精神领域里来理解这一点。传统的价值观念的土崩瓦解，同时也正展示出一切有形与无形的精神枷锁土崩瓦解的可能性。而另一方面，新的生活实践也必然要求新的人文精神的诞生。在这个急剧变动的时代，每个人的心灵中都充满了太多的渴望和要求，都积累了太多的呻吟和焦灼。我们的情感瞬息万变，难以捉摸；意志相互冲突，难以取舍；理智恍惚不定，难以抉择。世界、生活、自我都在走马灯般地乱转，不再能被有效地把握。但是，只要是人，就必定需要把握自己，需要知道这个世界到底是个什么样子，需要确信生活究竟是为了什么。这一切都需要在人的心灵中得到某种程度的整合。这才能有我的世界，我的生活，才能有"我"。倘若既定的价值观念已不能担当此任，那就只能去创造一个新的人文精神来。我们无法拒绝废墟，但这决不意味着认同废墟。如果把看生活的视角调整一下，心灵的视界中也许就会出现一片燃烧的旷野，那里正孕育着新的生机。

从文学上讲，人们需要它展现自己生存于其中的跃动的现实生活和喧哗的心灵世界，并以此呈现当代人投向生活的独特视角和视野，进而揭示当代人内在的生存意向。真正的当代文学应该敢于直面痛苦和焦虑，而不应用无聊的调侃来消解它；应该揭发和追问普遍的精神没落，而不应该曲解西方理论来掩饰它。如果一颗心正滴着血，那就应该无情地扒开它，直至找到最深的伤口——这样的文学才能让人流泪。

说到这里，看来文化人是不应改行摆摊了，但不敢说"不必"，因为总不能要求人人都有殉道的毅力。不过话说回来，就是遇上了再严酷的时代，我们这个社会也总会有些人铁了心甘当殉道者的。听研究数学的朋友说，在美国，研究数学的人自称为"敢死队"。因为那儿数学教授的年薪最低。而这些人因热爱数学而不悔，才有了人数不多却仍执世界数学发展之牛耳的美国数学界。以实用主义哲学为国学的美国尚且如此,以志于道为国学的中国就更不该缺乏这样的"敢死队"吧? 一个社会,竟弄到要靠这样的"敢死队"来维持人文精神的活力,当然很可悲,但是,倘若你还能看见一支这样的"敢死队",那就毕竟是不幸中之大幸,能令我们在绝望之后,又情不自禁要生出一丝希望了。

原载《上海文学》1993 年第 6 期

我选二十世纪中国小说大师

王一川

二十世纪很快就要结束，近百年中国小说该怎样评价？钟爱古典小说的人，可能会为不遇罗贯中、蒲松龄、曹雪芹式大师而惋惜；倾慕西方文学巨匠的，则会因不及卡夫卡、乔伊斯、博尔赫斯而抱憾。二十世纪中国，是否就真的没有自己的辉煌大师？回顾过去，我们习以为常的定论，其实包含着政治和学术上的种种偏见，这使得二十世纪小说的本来面目、它的大师风貌往往被遮盖或歪曲了。最近，我与几位学界友人合编《二十世纪中国文学大师文库》，想打破以往偏见，改以审美标准为本世纪中国小说、诗歌、散文和戏剧的大师级人物重排座次，各精选出约十位能代表总体成就的一流大师及其代表作（限 50 万～60 万字）。我具体承担了小说卷的工作。

小说在二十世纪中国文学家族中总是十分活跃的成员。自梁启超于世纪初为着拯救文化危机而倡导"小说界革命"并亲身实践以来，小说的"威力"一直受到高度重视，从而获得大发展。鲁迅的白话小说《狂人日记》(1918)发表，标志着以现代白话为主要写作语言的现代小说，在古典传统与西方影响的交错中诞生，并击败文言小说而独步二十世纪文坛。自此以后，现代小说伴随文化变动发生了一次次变革浪潮。各种体裁（长、中、短篇，小小说，系列小说），风格（抒情的、写实的、讽刺的等），流派（现实主义、新浪漫主义、象征主义、乡土文学、新感觉派、寻根文学等），层出不穷，竞相鸣放，形成蔚为壮观的繁荣局面，取得了丰硕成果。可以说，二十世纪是需要小说繁荣而出现了小说繁荣的世纪。由于如此，本世纪出现过并且正在出现如许之多小说家，其中称得上"大师"的人可谓数不胜数。而我们又只能排出为数过于有限的十家（左右）"一流大师"，这无疑令人遗憾又让人为难。那么，哪些人有幸成为这"一流"呢？

我想，选择标准是个关键。基本着眼点将不应再是作者的政治身份、态度或倾向在其文学作品中的折光，而是他创造的文本本身的审美价值。一位作者要成为大师，他的文本应当至少具备如下四种品质：首先，作为以现代汉语为写作工具的作者，他应当在这种语言的运用上作出了与众不同的独特贡献。其次，他应当在文体（体裁、叙事、抒情、风格等）创造上作出卓越建树。再次，他应当使语言和文体方面的独特建树服从于表现深广而独特的精神含蕴，如对自然、社会、自我或终极本体的深沉、活跃而难以言说的体验,关于人生变化的更根本而实在的缘由的深入思考,对于现实社会道德信仰危机及其重建等问题的悉心关切和思虑,在具体人生问题上体现出独特的理性洞察力。最后,如果可能的话,他应当提供形而上意味的独特建构。形而上意味指具体文本所呈现出来的仿佛难以言说又有无限生成可能性的意义或价值,如通常所谓"意在言外"而可以长久"延留"的美、崇高、悲剧、喜剧、荒诞等。真正的大师之作,应当或多或少地具有这种可供想象无限畅游的意义空间。按照这个标准,权衡再三,我总共选出九位大师及其作品(限于篇幅,只选中、短篇,实在无法时才节录长篇):

1.鲁迅:《阿Q正传》、《在酒楼上》、《铸剑》;

2.沈从文:《边城》、《月下小景》;

3.巴金:《憩园》;

4.金庸:《射雕英雄传》(第二回"江南七怪"和第二十九回"黑沼隐女"后半部);

5.老舍:《我这一辈子》、《断魂枪》;

6.郁达夫:《沉沦》、《迟桂花》;

7.王蒙:《蝴蝶》、《来劲》;

8.张爱玲:《金锁记》;

9.贾平凹:《古堡》。

这份名单可能会使人惊怪。一些过去踞有高位的人如茅盾竟出局了。这个一向被视为仅次于鲁迅的第二号人物,其高位的获得很大程度上依赖于学术偏见;似乎"现实主义"、"史诗式"作品就高于其他。依新标准,他的小说诚然不乏佳作,但总的说欠缺小说味,往往概念痕迹过重,有时甚至"主题先行",所以只得割爱。同时,由于入选人数上的限制,当选出一位代表后,其他同类或相近的作家就难以入选了。赵树理的作品小说味浓郁,富于地域特色,但与同道如写北京市井世相的老舍和写西北乡村神话的贾平凹相比,显然不及,只得淘汰。沙汀、艾芜等出于同样的原因也落选。"新感觉派"(如穆时英和刘呐鸥)、徐訏和无名氏在当时都拥有相当读者群,小说本身也不乏可圈可点处,不过,由于有张爱玲的存在,他们也只好在我们的名单中消失。一些在当代名气较大、目前仍活跃的小说家,虽有小说精品,但同一流大师相比,开拓性和大气都不足,不选也是正常的。

再就是按新标准把金庸列入高位,这显然对重雅轻俗的学术偏见构成挑战。

在选中的二十世纪九位小说大师中,五十年代以来的大陆文坛只占两席,这显得比例失调,可能不太公平。其原因,一方面是在于,依我们的标准,二十世纪前期小说确实成就更大;同时,由于有了一定的时间距离,我们能够看得稍稍清楚些。另一方面，当前文坛小说家云集，有的限于时间距离过近而难以辨明；有的本身还在演变与发展中；有的暂时显出停滞不前的迹象，等等，所以，都需要等待，假以时日再作判断。当然，还有一个不言自明的缘故：选了王蒙和贾平凹作代表，其他同类或同时代人也就只能名落孙山了。

那么，九位大师座次是如何排出来的呢？

鲁迅长期以来就被奉为二十世纪中国小说、乃至全部二十世纪中国文学的"第一"大师，这究竟应作何理解？鲁迅评价中确实一直笼罩着政治与学术偏见。不过，他的形象并没有被拔高，而是遭到严重歪曲，如被打扮成"政治革命家"、"造反英雄"等。从我们的标准看，鲁迅仍是当之无愧的二十世纪小说大师，而且是迄今无人能比拟的第一大师。唯有鲁迅小说才能把二十世纪中国文化的病症揭示得如此深刻、传神、令人震撼，具有"永久的魅力"。

沈从文排到第二，这必然与通常文学由座次相悖。我相信，他被政治与学术偏见"活埋"几十年重新出土，以自己借湘西边城风情而对中国古典诗意的卓越再造，在开创现代抒情文体上的巨大影响力，足以越过许多"大师"而上升到次席。

巴金位居第三，是考虑到他的独特贡献和巨大人格感召力：以浓烈而直露的人道主义之爱与憎，刻画大家庭复杂关系及其悲剧结局，塑造典型性格，伸张人文精神，表达时代的社会良知。

金庸位居第四，或许简直就是离经叛道了。一位通俗武侠小说家，怎么可能有资格"混迹"于如此严肃而高雅的文学大师行列中？然而，能把通俗武侠写得如此充满"文化"意味，既俗且雅，使俗人在激荡中提升，又令雅者不仅不觉掉价而且也被深深熏染，并津津乐道，金庸不能不说是前无古人的第一家。他借武侠小说式样，创造出一种现代中国人尤其渴慕的想象中的古典"活法"——一种汇儒、道、禅、兵、阴阳、气功、武术等种种古典文化精神于一体，各门艺术的精神相互贯通的、"行神如空、行气如虹"的审美人生。沉浸在金庸的古典侠义世界里，读者似乎比在现代文明世界中更像一个中国人，一个真人，一个全人。所以，武侠小说到了金庸手上，实际变成了中国古典文化神韵的一种现代重构形式。这种现代新武侠小说的出现，本身就标志着中国武侠小说在文化境界上的崭新拓展，并在总体上上升到一个前所未有的新高度，也推动了现代中国小说类型的丰富和发展。金庸，借武侠小说重构中国古典神韵的现代大师。二十世纪中国小说史长期没有金庸的现象不应再持续下去了。当然，金庸并非没有缺点，如雷同、复制或拖沓等，但总体衡量，他的第四席位应是无可怀疑的。

老舍对北京市井世相的描绘和在调制"京味"上的杰出成就，郁达夫作为现代感伤文体奠基人和"零余者"典型创造人的影响力，王蒙在当代知识分子生活历程、自嘲文体和立体化语言实验方面的贡献，张爱玲伴随冷月意象而对男女悲剧的性本能—无意识渊源的深刻挖掘，以及贾平凹以白描语言对西北乡村神话的精心营造，使他们分别获得余下的五席。

透过这一新座次，近百年来中国小说的面貌自然会不同于以往。我想，这可以作为一个"窗口"显示二十世纪中国小说的总体风貌，它堪与古典小说和西方小说媲美的巨大成就，读完它，人们对二十世纪中国小说水平的种种怀疑，或许可以释然了。

当然，大师座次不会是永恒如一的，还可以有其他排法，见仁见智。即便是依我们的标准，再过几年，即等到下世纪来重排，由于当前小说家的成就会显示得更清晰，因而排法可能会有新变化，包括新增加人选。况且我的个人趣味和眼光也在制约我的取舍。所以，这个排列和选本都还不尽完善，有赖于读者及专家的批评了。

原载《文学自由谈》1994 年第 4 期

中共中央关于进一步做好文艺工作的若干意见

（一九九七年一月十一日）

　　党的十四届六中全会对当前和今后一个时期社会主义精神文明建设主要是思想道德文化建设作出了战略部署。认真贯彻六中全会精神,繁荣社会主义文艺,对于不断满足人民群众中共中央增长的精神文化需求,提高全民族的思想道德文化素质,促进社会主义物质文明和精神文明建设,具有十分重要的意义。

一、文艺工作的形势和任务

　　(1)社会主义文艺是我们党领导的革命和建设事业的重要组成部分,是精神文明建设的一条重要战线。社会主义文艺以自己的独特形式和魅力,反映改革开放和社会主义现代化建设的现实生活,讴歌人民群众创造历史的奋发精神,塑造生动感人的艺术形象,对振奋民族精神,陶冶道德情操,提高审美情趣,丰富文化生活,引导人们追求真善美,有着不可替代的作用。文艺肩负着培育有理想、有道德、有文化、有纪律的社会主义公民,激励人民群众积极投身建设有中国特色社会主义事业的光荣使命。

　　(2)1992年邓小平同志视察南方的重要谈话的发表和党的十四大召开,标志着我国改革开放和现代化建设进入了一个新阶段。深化改革,扩大开放,发展社会主义市场经济,为文艺事业注入了新的活力。广大文艺工作者与党同心同德,与人民血脉相连,文艺战线精神振奋,创作繁荣,队伍壮大,事业兴旺。文艺体制改革取得进展,管理工作得到加强,文艺作品数量增多,题材、体裁、形式、风格多种多样,主旋律日益突出,人民群众文化生活丰富多彩。同时,文艺工作也面临不少亟待解决的问题。从总体上看,文艺创作与时代前进的要求还不相适应,精品力作不够多,文艺改革和管理的任务还很重,队伍素质需要进一步提高。这些问题必须引起重视,认真解决。

　　(3)全面实现跨世纪宏伟目标,迫切需要文艺事业有一个大的提高和发展。在以经济建设为中心,发展社会主义市场经济,发展社会主义民主政治、发展社会主义精神文明的伟大进程中,文艺事业天地广阔,工作大有可为。当前和今后一个时期文艺工作的主要任务是:坚持以优秀的作品鼓舞人,繁荣和发展有中国特色社会主义的文艺事业,满足人民群众日益增长的精神文化需求、为推进改革开放和现代化建设创造良好的文化环境。

二、文艺工作的指导思想和方针原则

(4)繁荣发展社会主义文艺事业,必须坚持以马克思列宁主义、毛泽东思想和邓小平建设有中国特色社会主义理论为指导,坚持党的"一个中心、两个基本点"的基本路线,自觉地服从和服务于全党全国工作大局。要努力学习和运用马克思主义的文艺理论,认识生活本质,把握时代精神,指导工作实践,把最好的精神食粮贡献给人民。

(5)积极认真地贯彻党的文艺工作方针原则。必须坚持为人民服务,为社会主义服务的方向;坚持百花齐放,百家争鸣的方针。工作中,要坚持重在建设,团结鼓劲;坚持弘扬主旋律,提倡多样化;坚持深入生活,深入实际,密切联系人民群众,坚持把社会效益放在首位,努力实现社会效益和经济效益的统一;坚持一手抓繁荣,一手抓管理;坚持继承创新,走改革开放之路。

(6)社会主义文艺是人民大众的文艺。人民需要艺术,艺术更需要人民。人民生活是文学艺术取之不尽、用之不竭的唯一源泉。在人民的历史创造中进行艺术的创造,在人民的进步中造就艺术的进步,这是社会主义文艺保持活力的关键所在。要深深植根于人民群众的历史创造活动,继承发扬民族优秀文化和革命文化传统,积极吸收世界文化优秀成果,古为今用,洋为中用,推陈出新。要大力倡导一切有利于发扬爱国主义、集体主义、社会主义的思想和精神,大力倡导一切有利于改革开放和现代化建设的思想和精神,大力倡导一切有利于民族团结、社会进步、人民幸福的思想和精神,大力倡导一切用诚实劳动争取美好生活的思想和精神,激发全国各族人民艰苦创业、建设祖国的巨大热情。

(7)积极发挥文艺家的积极性、创造性,努力在文艺界形成生动活泼、团结向上的良好氛围。充分尊重文艺规律,充分尊重文艺家的劳动,在艺术创作上提倡不同形式和风格的自由发展,在艺术理论上提倡不同观点和学派的自由讨论。只要能够使人们得到教育和启发,得到娱乐和美的享受的作品,都应受到欢迎和鼓励。要积极探索,勇于创新,在实践中不断丰富和发展有中国特色社会主义的文艺,为两个文明建设做出积极贡献。

三、大力繁荣文艺创作

(8)繁荣创作是文艺工作的中心环节。要树立精品意识,实施精品战略,在文学艺术各门类中,努力创作更多思想性艺术性统一、具有强烈吸引力感染力、深受广大群众欢迎的优秀作品,带动文艺事业的全面繁荣。积极推动文学创作的繁荣,提高小说、诗歌、散文、报告文学和戏剧影视剧本的思想艺术水平,特别要着重抓好长篇小说的创作。切实加强电影生产,健全制片的科学管理,多出群众喜爱的优秀影片。提高广播、电视文艺节目的质量,推出更多的名牌文艺栏目和优秀电视剧(片)。努力促进少儿文艺创作,推出思想内容健康、知识性趣味性强、富有艺术魅力的少儿作品。着力抓好反映现实生活的舞台艺术和其他门类的艺术创作,推出更多更好的戏剧、音乐、舞蹈、美术、书法、曲艺、杂技、摄影等方面的优秀作品。

发挥少数民族文化特色,繁荣少数民族文艺。认真执行党的民族、宗教政策,尊重各民族风俗习惯,积极扶持反映少数民族生活、维护民族团结和社会进步的文艺创作。

精神文明建设"五个一工程",是弘扬主旋律、推动优秀作品生产的重点工程。各地区、各部门要加强规划,精心组织,提高质量,多出精品,更好地发挥这一工程在精神产品生产中的示范作用。

(9)积极开展健康的群众文化活动,努力做到雅俗共赏,寓教于乐。加强社区文化、村镇文化、企业文化和校园文化建设,重视民间文艺,鼓励业余文学艺术创作,积极吸引广大群众参与各种形式的文艺活动。开展文化扶贫,推动文化下乡,建设边疆文化长廊,组织好重要节庆日的群众文化活动,进一步丰富城乡人民的精神文化生活。

(10)加强文艺评论,改进文艺评奖。文艺评论是文艺发展的重要推动力,要坚持实事求是,与人为善,以正面引导为主。要倡导正确的创作思想,热情介绍优秀作品,帮助人们提高鉴赏水平。对有缺点的作品,要秉笔直书,真诚帮助。对有错误的文艺观点,要敢于批评,以理服人。那种淡漠"二为"方向、远离群众实践的倾向,那种迎合低级趣味、"一切向钱看"的倾向,那种鄙薄革命文艺传统、推崇腐朽文艺思潮的倾向,都是错误的,应该坚决反对。加强文艺理论建设,积极办好报刊、电台、电视台的文艺评论栏目。坚持高标准、严要求、少而精的原则,做好文艺评奖工作,促进文艺创作的繁荣。

四、深化文艺体制改革

(11)深化文艺体制改革是繁荣和发展社会主义文艺事业的必由之路。文艺产品具有不同于物质产品的特殊属性,对人们的思想道德文化素质有重要影响。文艺体制改革既要促进文艺生产面向市场,又不能听任市场的自发选择。改革要有利于发挥广大文艺工作者的积极性和创造性,多出优秀作品,多出优秀人才。基本目标是,建立起符合精神文明建设要求,遵循文艺发展内在规律,发挥市场机制积极作用的充满活力的社会主义文艺体制。

（12）改革要解放思想，实事求是，区别情况、分类指导，积极推进、逐步展开。艺术表演团体的改革，要进一步理顺国家同文艺院团、院团同个人之间的关系，逐步形成国家保证重点、鼓励社会办团的发展格局。电影体制改革，要认真贯彻《电影管理条例》，拓宽电影投资渠道，确保重点影片的资金投入，认真解决农村和老、少、边地区人民群众看电影难的问题。电视艺术管理体制改革，要加强全国电视剧题材规划和电视艺术生产的管理，建立规范的电视剧（片）交流市场。各类文艺企事业单位都要深化内部改革，建立健全既有竞争激励又有责任约束的初。

五、加强文艺事业的管理

（13）繁荣需要管理，管理促进繁荣，要用符合文艺规律的办法来管理文艺。管理要适应中国国情，贯彻党的方针政策，遵守国家法律法规，促进文艺事业的繁荣健康发展。要努力探索和建立适应社会主义市场经济体制的文艺工作管理制度。要加强创作生产规划，合理调整事业布局，注意把握导向，提高质量，增进效益。提倡什么，允许什么，限制什么，反对什么，旗帜要鲜明，措施要得力。

（14）加快文艺立法。在认真执行现有文艺法规的同时，抓紧制定广播、电视及美术、演出、娱乐市场等的法规。到本世纪末下世纪初，逐步建立起较为完整的文化工作法规体系，为维护文艺工作者的合法权益、促进公益性文化事业的发展、实现文化事业的科学化规范化管理提供切实的法律保障。

（15）完善文化经济政策。认真落实中央有关文化经济政策的各项规定。国家有计划、有重点地逐步增加对文化事业的财政投入。进一步完善宣传文化事业的财税优惠政策。宣传文化发展专项资金要专款专用。建立文化艺术事业发展基金，鼓励社会力量资助文艺事业。积极扶持代表国家艺术水平或地方、民族特色的文艺单位和高质量的文艺产品。对中西部欠发达地区和少数民族地区的文艺事业，要采取有效措施增加投入。坚持勤俭办文艺事业，充分发挥现有文化设施的作用。

（16）加强文化市场管理。文化市场是精神文明建设的重要阵地，决不允许成为腐朽思想文化滋生漫的场所。要积极培育和完善文化市场，大力扶持健康的文化产品，倡导适合广大群众消费水平的有益文化娱乐活动。要维护合法经营，保护知识产权。建立健全文化市场稽查队伍，实行培训、考核、奖惩和持证上岗制度，不断提高队伍素质和执法水平。坚持经常性管理和集中行动相结合，积极发挥群众监督作用，坚持不懈地开展扫除黄色出版物、打击非法出版活动的斗争，促进文化市场繁荣健康发展。

（17）加强中外文化交流工作的管理。积极开展中外文化交流，让中国更好地了解世界,让世界更好地了解中国。对国外来华文艺展演、中外合作生产文艺作品以及书刊、影视、音像产品进口等,要按有关规定做好管理工作。对外介绍文艺作品,包括展演,参赛等项目,要加强协调,归口管理,努力把更多体现中华民族优秀文化传统和当代中国人民精神风貌的优秀文艺作品推向世界。

六、建设高素质的文艺队伍

(18)建设一支热爱祖国、热爱人民、事业心强、艺术素养高的文艺队伍是繁荣文艺的迫切需要。广大文艺工作者要努力学习,提高思想道德素质和文化修养,树立正确的世界观、人生观、价值观。坚持正确的创作思想。采取各种形式,深入改革开放和现代化建设第一线,深情和画意,丰富积累,充实自己。要发扬敬业精神和奉献精神,刻苦钻研,潜心创作,精益求精,力戒粗制滥造,认真严肃地考虑自己作品的社会效果,自觉地把个人创作同繁荣社会主义文艺事业的崇高使命紧密结合,成为名副其实的人类灵魂工程师。

(19)维护和增进文艺队伍的团结。文艺部门和单位的领导干部要带头搞好团结,通过自己的模范行为,增强队伍的凝聚力。作家艺术家要相互信任、相互尊重,相互理解、相互支持,以大局为重,团结一致向前看,在繁荣社会主义文艺的共同目标下,齐心协力,共同构筑中华民族宏伟壮丽的文艺大厦。

(20)制定和实施跨世纪文艺人才工程规划。适应未来15年我国文艺事业发展的需要,有计划地加强文艺骨干队伍特别是中青年优秀人才的培养工作,创造有利于优秀文艺人才脱颖而出,健康成长的良好环境。努力培养越来越多的紧跟时代步伐、热爱祖国和人民、艺术精湛地作家艺术家。加强文艺院校建设,不断为文艺战线输送优秀人才。

七、加强和改善党对文艺工作的领导

(21)繁荣发展社会主义文艺,必须加强和改善党对文艺工作的领导。要正确制定文艺方针政策,积极倡导文艺工作者学习马克思列宁主义、毛泽东思想,特别是邓小平建设有中国特色社会主义理论,充分发挥广大文艺工作者的积极性,保证文艺发展的正确方向。各级党委及其宣传文化主管部门要尊重文艺发展的规律,尊重作家艺术家的创造性劳动,既要注意防止横加干预,又不能听之任之,真正做到团结鼓劲,尊重信任、热情帮助、正确引导。

(22)切实加强文艺界党组织的思想建设、组织建设和作风建设,增强党组织的凝聚力和战斗力。按照干部队伍"四化"方针和德才兼备的原则,配备好文艺部门和单位的领导班子,特别要注意培养和选拔坚持党的路线方针政策、实绩突出、群众信任的年轻干部。各级领导班子成员要加强理论学习,牢固树立政治意识、大局意识、责任意识,充分发扬民主,广泛听取意见,自觉接受群众监督。党员文艺工作者首先是共产党员,必须遵守党章,按照党员标准严格要求自己,在群众中作出表率。

(23)党的领导干部和各级宣传文化工作部门要密切同广大文艺工作者的联系,广交深交朋友。建立文艺通气会制度,定期通报中央有关精神和文艺工作情况。经常与作家艺术家谈心,沟通思想,交换意见,帮助解决工作和生活中的实际问题。重视发挥工会、共青团、妇联在组织文化活动、活跃群众文化生活方面的重要作用。

(24)积极发挥文艺界人民团体的作用。文联、作协是党领导的由各民族文学艺术家组成的人民团体,是党联系广大文艺工作者的桥梁和纽带。各级党委要加强对文联、作协的领导,支持他们按照党的方针政策积极开展工作。文联、作协要加强机关建设,认真履行联络、协调、服务的职能,满腔热情地为作家艺术家服务,多办实事。要加强业务培训和行业自律,倡导良好职业道德。注意发挥各类文艺学会、研究会和文化团体的积极作用,主管部门要切实负起指导、管理的责任。

建设富强、民主、文明的社会主义现代化国家是一项伟大的开创性事业。沸腾的时代生活,深刻的社会变革,为社会主义文艺的繁荣和发展提供了极好机遇。一切爱国的、立志于民族振兴和国家富强的文艺工作者,都应该增强责任心和使命感,紧跟时代步伐,施展聪明才智,谱写出无愧于中华民族的催人奋进的宏伟篇章。全国各族文艺工作者要紧密团结在以江泽民同志为核心的党中央周围,高举建设有中国特色社会主义的伟大旗帜,振奋精神,同心同德,努力开创文艺工作新局面。

原载《人民日报》1997 年 5 月 23 日

互联网上的文学风景

——我国网络文学现状调查与走势分析

欧阳友权

　　国际互联网是 1994 年进入中国大陆的,1995 年我们即有了文学网站,从此开始了我国网络文学的发展历程。时至今日,网络文学的现状如何? 它究竟发展到了什么规模和水平? 有哪些经验教训值得总结? 带着这些问题,笔者对我国近 300 个文学网站、网上作品及网民阅读状况做了一次网上调查。这次调查是在联网的 PC 机上完成的,数据截止日期是 8 月 30 日。

一、文学网站知多少

　　据中国互联网络信息中心(CNNIC)公布的《中国互联网络发展状况统计报告》显示,截止 2001 年 6 月 30 日,我国的中文网络域名数为 128362 个,WWW站点数约 242739 个,上网计算机约 1002 万台,网民已达 2650 万人。笔者通过网站搜索软件得知,全球有中文文学网站 3720 个,中国大陆有以"文学"命名的综合性文学网站约 300 个,以"网络文学"命名的文学网站 241 个,发表网络原创文学作品的文学网站 268 个,小说网站 486 个,诗歌网站 249 个,散文网站 358个,发布剧本的 75 个,发布杂文的 31 个,发布影视作品的 529 个。其他各类非文学网站中设有文学平台或栏目的网站共有 3000 多个。通过检索 165 篇有关论及网络文学的网上评论文章和各大文学网站的"友情链接"得知,在众多文学网站中,影响较大、发表网络原创作品最多的当数"榕树下"全球中文原创作品(http://www.rongshu.com)。截至 2001 年 8 月 30 日,该网站共发表文章619343 篇,而且正以日发表作品 1500 篇左右的速度剧增。其他如"黄金书屋"、"橄榄树"、"新语丝"、"今日作家网"、"网络文学在线"、"汉语文学"、"白鹿书院"、"大唐中文网络文学"、"中文网络文学"、"新生代文学网"、"中国文学网"、"中国原创文学站"、"文学精品屋"、"新生代文学网"、"文学世界"、"文学城"、"文学频道"、"中文网络文学"、"博库"、"亦凡"、"花招"、"网络文学城堡"等 20 余家文学网站办得较有特色,在网民中拥有较高的知名度和美誉度。另外,特别值得一提的是,号称"四大门户网站"的搜狐、雅虎、新浪和网易等大型综合性网站都开辟了"文学"视窗,登录大量的文学名著和网络原创作品,提供了丰富的文学信息,它们在文学平台设置、栏目链接、文学容量和信息更新等方面，都为许多专门的文学网站所不及。

二、网络文学"网"了些什么

网络文学主要是"网络"文学作品和文学信息。就作品而言，网络文学大抵包含了两大类作品：即以电脑为传播载体的搬上网络的传统作品和专为网络创作、首次在网上发布的网络原创文学。它们都是经过网站管理人员的选择、甄别后，分类登录入网的。一般来说，那些 BBS 公告牌、留言板、聊天室和一些讨论区的文学或非文学话语不属此统计之列。

1. 电子化了的传统印刷品文学

把传统的文学作品电子化后送进网络，安放在"文学收藏室"供人浏览，是许多文学网站和综合网站常见的做法。从古代经史子集到唐诗、宋词、元曲和明清小说，从"五四"新文学时期的鲁迅、郭沫若等文学名家的作品到当代知名作家的作品，乃至诺贝尔文学奖得主的作品，网上都应有尽有，网站间还不时将这些作品相互转贴。外国文学作品在网上有按时代和国别收藏的，有按文体归类的，也有按作家姓氏字母排序的，多数文学网站均有收揽。

以"搜狐"网站的文学视窗为例，它在"作家/作品"栏目中就做了这样的分类：古代作家作品（350）；现当代作家作品（4873）；港台作家作品（829）；海外华人作品（89）；外国作家作品（140）；诺贝尔文学奖获奖作家（126）；女作家文库（1293）；随即还列出了如鲁迅、老舍、巴金、钱钟书、贾平凹、三毛、卡夫卡、海明威、大江健三郎等中外 78 位著名作家的个人专集，并介绍查阅中外文学名著的33 个专门网站。

再如文学网站"百万书库"对上网的传统印刷品文学作了这样的栏目索引：武侠小说、言情小说、现代文学、科幻小说、古典文学、外国文学、纪实文学、侦探小说等，然后以"快速导航"链接推出：

武侠小说：金庸系列；古龙系列；黄易系列；梁羽生系列；以及温瑞安、云中岳、卧龙生、司马紫烟、风云系列等。

言情小说：琼瑶系列；席娟—亦舒—董妮—凌淑芬—于晴—梁凤仪—岑凯伦—更多〉〉〉〉

现代文学：路遥文集—李敖文集—贾平凹—高阳—更多〉〉〉〉

科幻小说：倪匡系列—黄易—田中芳树—阿西莫夫—更多〉〉〉〉

古典小说：红楼梦—三国演义—水浒传—西游记—更多〉〉〉〉

这些网站把文学名著搬上网络，其意义有二：就网站方面来说，有了文学名著坐镇可以提升网站的艺术品位，吸引更多网民去点击，增加访问量；就文学本身而言,名著上网有利于加快文学经典的广泛流传,扩大文学影响力,满足读者的审美需要,并且可以减轻图书馆的借阅压力,当然也相应减少了图书市场的名著销售量。

未经许可将当代作家的作品发布到网络上需要承担侵权风险。1999 年 6月王蒙等 6 位作家状告"北京在线"事件曾引发我国首例著作权网上侵权案。现在的诸多网站一般都采用登载"声明"的做法以避免类似纠纷。这类声明大多是:"本网站所有文学作品均是在网上收集整理的,纯属个人爱好并供广大网友交流之用,作品版权均为原版权人所有,如果版权所有人认为在本站放置你的作品会损害你的利益,请指出,本站将立即改正。"在网络著作权保护法规尚不健全的情况下,这样的声明不失为一种权宜之计。

2. 网络原创文学

最能体现网络文学本质特征的应该是网络原创文学——由网民在电脑上完成创作、送进网络首发的文学作品。我国已有网络原创文学网站 268 个,发表的网络原创作品难以数计。以专载网络原创作品的"榕树下"为例,它从 1997 年建站到 2001 年 8 月底,已登载原创作品近 62 万篇(部),达 6 亿多字,这个数字是任何一家传统的文学报刊和文艺出版社在同期内所难以企及的。笔者对该站相关栏目显示的。1998 年 1 月以来小说、诗歌、散文篇目分别作了如下统计:共有作品 190913 篇,其中有小说 56993 篇,占作品总数的 29.85%;诗歌 37313 篇,占 19.54%;散文 96607 篇,占 50.6%。

从作品体裁上看,网络原创文学除了传统的诗歌、小说、散文和剧本体裁外,带有纪实性的心情告白、网恋故事、琐屑人生、旅游笔记、校园写真一类的作品占了很大比例。笔者对搜狐网站的"搜狐原创文学"视窗中的 22778 篇作品的数据作了如下统计:

作品类别	发表篇数	所占比例	作品类别	发表篇数	所占比例
网上燃情	5226	22.9%	诗词韵文	4836	21.23%
心情告白	4095	17.97%	文学评论	180	0.79%
琐屑人生	1036	4.54%	菁菁校园	897	3.93%
武侠天地	380	1.66%	旅游笔记	195	0.85%
失恋况味	663	2.91%	留学生活	78	0.34%
小说杂文	2240	9.83%	科幻世界	234	1.02%
散文随笔	2262	9.93	其他类别	456	2%

这里对文学体裁和题材的划分从逻辑上看存在着交叉现象,但大致反映了目前网络原创文学的基本状况。

笔者还调查了榕树下、橄榄树、黄金书屋、新语丝、汉语文学、网络文学在线、网络文学城堡、白鹿书院、大唐中文、中国原创文学等 10 个文学专门网站作品的题材状况,结果表明,情爱题材、搞笑题材和武侠题材占据了原创作品的前三位。其中,以网恋故事为题材的作品竟占 43%,其次是搞笑题材,约占 17%,而武侠题材的作品约占 15%。以小说为例,如 2001 年 5 月 15 日黄金书屋网站的"原创文学"平台上,有长篇小说 86 部,其中爱情题材作品 53 部,占 61.6%;中篇小说 356 部,其中爱情题材的 239 部,占 67%;短篇小说 1,714 篇,其中写爱情的就有 1118 篇,占 65%。

3. 网上文学信息

人们通常用"海量"来形容网上信息之丰富,网上的文学信息亦是如此。这些信息不仅来源于文学网站,也来自其他网站的文化、文学、娱乐栏目和新闻板块。除可供阅读和下载的作品信息和通常所见的文学新闻信息外,网上的有效文学信息突出表现为栏目的链接类信息、文学知识类信息和文学研究类信息三种。

(1)文学链接类信息。文学网站主页的链接类信息一方面体现了该网站的办站主旨、网站容量、美学追求和技术水平,另一方面则为网民是否漫游该网站、浏览哪些内容以及如何浏览提供直观链接路径。这些链接栏目通常采用加亮、换色、闪烁、飞字、下划线、改变字体字形、设置抢眼图案或巧妙排列等方式来吸引网民眼球和鼠标,为他们创造信息最大化便利。如"文学精品屋"(http://book.szptt.net.cn/)网站将"散文精粹"、"诗词意境"、"小说欣赏"、"名家手记"、"古风经典"、"心情交流"、"网海拾贝"、"创作园地"、"纪实文学"、"文学论坛"、"外国文学"、"文苑漫步"12 个栏目用精致的造型图案分布在主页左上方,所配的广告词则是:"文字如海,网络如海,苍茫大海中,让我们寻求精品。"浏览者轻点鼠标,自己感兴趣的内容即在眼前。在这方面,黄金书屋、白鹿书院、汉语文学、大唐中文、亦凡以及搜狐、雅虎、新浪等网站都做得颇有特色。尤其是搜狐和雅虎中的文学窗口,都采用了根目录方式设置视窗链接,又配有功能快捷的搜索引擎,浏览者很容易获得自己所需要的信息。如搜狐的文学视窗上,其根目录为:首页>文学>文学类别,下面的依次排列有:儿童文学、纪实与传记、军事文学、科幻文学、宗教文学、民间文学、散文/杂著、诗歌/韵文、同志文学、戏剧、影视文学、小说、港台文学、网络文学、轻松文学、古典文学、"文革"文学、反贪文学、知青文学等,每类文学后面都注明了已刊载作品的篇目数。而在第三级链接栏目"小说"下面,则设有个人主页、古典文学、科幻小说、历史文学、外国小说、武侠小说、现当代小说、言情小说、侦探推理小说、恐怖小说、黑幕小说、"文革"小说、军事小说、另类小说等等,还附有 68 个小说网站任你点击。你也可以在"搜索"栏输入你所要查找的作家、作品或网站名称,然后通过鼠标点击呈现。

（2）文学知识类信息。网上的文学知识类信息可以胜过任何一部文学百科全书。无论是文学常识还是文坛佚闻，也不管是作家作品背景知识还是作品影响和评价资料，网上都可查询到。仅以 http://abcwww.top263.net 网为网友提供的文学描写类知识为例，其一级目录就有景物、场面、人物、闲情 4 部 24 种，每一种下面又设有许多子目。如人物部的表情类有：爱慕、喜悦、欢笑、羞赧、抑郁、痛苦、哭泣、尴尬、慌乱、愤怒、得意、谄媚、贪婪、阴险、变幻、弥留、其他 17 个子目，各子目里都有中外经典作品的大量相关实例。其资料之丰富、查找之便捷，堪与任何一部文学描写词典相媲美。

（3）文学研究类信息。网上的文学研究类信息主要指作品评论和理论批评资料。由于网络文学具有传统印刷文学所没有的实时、互动、自由、读者中心等特点，任何一个读者可以对任何一个作品及时发表意见，网站也为读者设立了评论窗口，一个作品的访问率和评论量常常被视为该作品影响力的客观标志。那些七嘴八舌、直言不讳的评论文字坦诚而率真，是文学研究的宝贵资料。网络为文学研究者提供的种类信息更是丰富而便捷。例如，笔者曾尝试查找金庸研究资料，于是从"新浪"（http://search.sina.tom.cn）搜索窗口输入"金庸"二字，然后点击"搜索"，一瞬间即出现"金庸天地"等 28 个有关金庸的网站供你选用。从这里可以找到作家金庸的有关传记、资料和评介，可以读到金庸武侠小说和非武侠小说的所有作品，可以找到金庸任何一部小说的作品简介和评论，还可看到有关金庸作品的影视剧、漫画、电脑游戏、连续剧歌曲、壁纸、图片、金庸小百科，以及近年来金庸在北大、岳麓书院的讲演词，以及访谈录，等等。

三、网民最爱看什么

截至 2001 年 6 月底，我国上网用户人数 2650 万。有人预测，到 2001 年底，我国的网民教育有望达到 3500 万以上。在这个庞大的人群中，如果按 10％的比例估算文学网民，就有 350 万人。这些网民最爱看什么呢？他们的欣赏趋向可以从网站公布的作品点击率（或访问量、阅读次数）和排行榜中得到佐证。

例如，从前文所列"榕树下"网站原创作品阅读次数看，排在前三位的是散文中"开心一刻"，小说中的"聊斋夜话"和"爱情故事"，它们平均每篇的阅读次数分别为 2235 次，789 次，756 次。这说明娱乐、幽默、爱情和传奇故事是网民最爱阅读的作品。一度高居各大网站排行榜着的《大话西游》、《悟空传》（该长篇小说在新浪网连载时下载超过 50 万人次）、《北京故事》、《逃往中关村》、《数字化精灵》等，足以说明网民对这类作品的偏爱。

尽管爱情题材的作品是网民阅读的首选，但网民并非只读故事而忽视作品的艺术水准。笔者就曾把一文学网站点击率最高和最低的两部爱情小说做了比较。前者叫《龙吟》，点击率达 891435 次，后者叫《开在网络中的玫瑰》，点击率只有 47 次。细读作品发现，后者写的是一个老套的网恋故事——两个网友在网上聊天室由相互猜忌到相识相识，最后在网上相爱并因故而成悲剧；而前者是一部长达 36 章的英雄故事，不仅有"英雄美人"的传奇性和曲折性，以及结构、语言、叙事方式的精巧和练达，还在于它有昂扬进取的艺术格调。由此可见，娱乐性、可读性和思想性、艺术性的统一仍然是网民对网络文学的认同标准。

四、网络文学向何处去

短短 5 年多的发展，中国网络文学以自己无远弗届的影响力，给疲软的文坛带来一阵清风、一个亮点。然而网络文学要从婴儿成长为巨人还有很长的一段路要走。在这个过程中它还需尽快克服自身的缺憾，迈向成熟和健康。

一是防止恣意灌水，提高作品质量。由于网络这个自由的赛伯空间犹如马路边的一块心情留言板，谁都可以在上面信手涂鸦，它给网络写手提供了发表作品的圆梦阵地，也给恣意灌水的文字垃圾提供了抛洒的乐园。随心所欲的杜撰，漫不经心的表达，即兴式式的发挥，情绪化的宣泄，装腔作势的做作，抖机灵儿的调侃，无病呻吟的抒情，乃至粗鄙的谩骂，肉麻的吹捧，词不达意、文不对题的言说，不负责任的讥讽，乃至错别字、生造字、符号代码字等在网络作品中可谓比比皆是。写手们多是感怀而遣笔，心仪而诉求，自娱以娱人，文笔随性，纵横无忌，结果是宣泄多于艺术，粗疏多于精致。可以说，目前的网络原创文学大约有三分之一属于文学，三分之一属于准文学，三分之一属于非文学。以质量求生存，以质量求发展，这对于网络文学来说，也应是一条不变的规律。作家张抗抗曾坦言："网络文学改变文学的载体和传播方式，会改变读者阅读的习惯，会改变作者的视野、心态、思维方式和表现方式，但究竟在多大程度上能改变文学本身？比如说，情感、想象、良知、语言等文学要素。"这确实值得网站和网民深长思之。

二是充分利用网络优势，增强作品的原创性。时下的网上作品多数是把纸介质的文学作品电子化，而仅仅把传统文学搬进网络大抵只具有传播学和文献学意义。网络文学的特色和优势在于作品原创，尤其是利用多媒体和 WEB 交互作用创作作品。把文字与视频、音频结合起来制作超媒体、超文本链接式作品，是网络文学有别于传统文学的根本标志，也是最贴近网络本性的创作革命，应该成为网络文学的发展方向。可由于习惯和技术使然，目前这类作品还不多见。1999 年新浪网上有一批青年作家与网民共同续写的网络接龙小说《网上跑过斑点狗》，后来"花脸道"网站开展的"花脸道双媒互动小说接龙"活动，人民文学出版社出版的 BBS 留言跟帖小说《风中玫瑰》，中文网络文学网站的故事接龙"谱写你自己的故事·千年之恋"，榕树下网站的网友接龙小说《城市的绿地》，亿接龙网站开设的"青青校园，我唱我歌"、"情爱悠悠，共渡爱河"等接龙作品栏目，文学咖啡屋网站开展的"多结局小说网络竞写"，以及网上流行一时的《超情书》、《危险》等超文本回环链接诗歌的文学实验等，这类只有电脑才能创作、只有网络才能欣赏的作品，才是真正意义上的网络文学，网络写手应该在这方面着力。

三是突出个性，办出特色网站。文学网站网络作品一样正以几何指数猛增，可有个性、有特色的网站不多。栏目的大同小异、作品的相互转贴、非文学的无端炒作，使一些网站成了人来人往、搬货卸货的文字码头，热闹倒是热闹，就唯独没有属于自己的东西。由于艺术眼光和技术水平的原因，有许多文学网站用搜集整理代替了原创，用拷贝抄录代替创意，用自由上传代替编辑遴选。没有自己的宗旨和创意，必然缺乏自身的特色和个性，这样的网站只能像一滴雨水落进茫茫海洋之中，目前的网络缺少像榕树下、黄金书屋这样的原创文学网站，更缺少像"花招"、"亦凡"这样有特色、有个性的网站。我们期待出现更多的类型网站和风格网站，免得网友的眼球无所依傍地漫游在无尽的寻觅中。

时至今日，网络文学已显露出两大变化：一是一批网络写手浮出水面"网而优则名"，二是网络文学对传统文学的"归顺与招安"。一些网络写手（多是理工科出身）原本是网上撒撒欢，没曾想却无心插柳柳成荫，因网上创作而一夜成名。痞子蔡的成功撩拨得无数网民与网络文学"亲密接触"，李寻欢、宁财神、安妮宝贝、邢育森、今何在、黑可可……他们的作品不仅被许多网站做成个人专集收藏，而且被出版社争相出版，可谓名利双收，成名后的写手不时从幕后走到前台，成为传媒炒作和评论的热点，更为"网而优则名"添油加火。这种现象可能导致网络文学的功利化转向，也有可能催生更多网民的文学热情，诱发新一轮的网络文学热潮。

背靠网络又面向传统，网上买得人气再挺进印刷媒体，网络文学与传统文学的握手言欢和良性互动，被许多网民戏称为网络文学的"归顺和招安"。作家出版社、知识出版社、天津人民出版社、漓江出版社、上海文艺出版社、文汇出版社、时代文艺出版社、上海三联书店、中国社会科学出版社、湖北教育出版社……纷纷出版网络文学的丛书或作品选集，仅"榕树下"文学网站就已签约出版社 37家，签约电台 46 家，出版图书 117 本，发行图书 235 万册，签约媒体 521 家。许多文学报刊也相继选登网上佳作，网络文学带动了出版业和报刊业，盘活了文学市场，这恐怕是人们始料不及的。另外网络写手走进传统文学或昔日的作家走进网络发帖，如今都不是什么新鲜事。如安妮宝贝声言要告别网络，榕树下原创网络文学大赛一等奖得主尚爱兰走出网络成了报刊自由撰稿人，网络写手许许、野麦子、韦一笑等被报社罗致；而陈村、徐坤、刘醒龙、周洁如、邱华栋等一些昔日操觚捉笔的作家如今都上网发表作品，这无形中也提升了网络原创文学的水平，密切了网络文学与传统文学的联系。

网络文学究竟能走多远？应该说网络文学的前景取决于网民的参与程度和水平，也取决于文学网站活出个样儿来。可时下的一些文学网站，特别是那些学生社团办的校园文学网站和文学发烧友办的个人网站，多是靠列入各类搜索引擎和转帖他人作品撑得门面，它们中有的是自得其乐地活着，有的是不死不活地活着，有的是一盘散沙地活着，有的甚至靠美女图片加网恋故事而低三下四地活着。懂文学的不懂网站建设，懂网站建设的人不一定懂文学，再加上资金和技术的限制，难免使网站与文学同网异梦。如何实现文学性与商业性的接轨、技术与艺术的统一，是众文学网站需要认真解决的难题。

原载《三峡大学学报》2001 年第 6 期

关于认真对待"红色经典"改编
电视剧有关问题的通知

(2004 年 4 月 9 日)

国家广电总局

各省、自治区、直辖市广播电视局(厅)、中央电视台、中国教育电视台、解放军总政艺术局、中直有关单位:

近期,一些电视剧制作单位将《林海雪原》、《红色娘子军》、《红岩》、《小兵张嘎》、《红日》、《红旗谱》、《烈火金刚》等"红色经典"改编为同名电视剧,有的电视剧播出引起了许多观众的议论,甚至不满和批评。

一些观众认为,有的根据"红色经典"改编拍摄的电视剧存在着"误读原著、误会群众、误解市场"的问题。有的电视剧创作者在改编"红色经典"过程中,没有了解原著的核心精神,没有理解原著所表现的时代背景和社会本质,片面追求收视率和娱乐性,在主要人物身上编织过多情感纠葛,强化爱情戏;在人物造型上增加了浪漫情调,在英雄人物身上挖掘多重性格,在反面人物的塑造上追求所谓的人性化和性格化,使电视剧与原著的核心精神和思想内涵相距甚远。同时,由于有的"红色经典"作品内容有限,电视剧创作者就人为地扩大作品容量,稀释作品内容,影响了作品的完整性、严肃性和经典性。"红色经典"作为革命现实主义的代表作,是以真实的历史为基础而创作的,是文艺作品中的瑰宝,影响和鼓舞了几代人。

为此,各省级广播影视管理部门要加强对"红色经典"剧目的审查把关工作,要求有关影视制作单位在改编"红色经典"时,必须尊重原著的核心精神,尊重人民群众已经形成的认知定位和心理期待,绝不允许对"红色经典"进行低俗描写、杜撰亵渎,确保"红色经典"电视剧创作生产的健康发展。

请各省级广播影视管理部门要切实负起责任,认真检查所属制作机构创作生产"红色经典"电视剧的情况,特别要严格把握好尊重原著精神,不许戏说调侃,切实保证此类剧目创作、生产、播出不出问题。如遇拿不准的剧目,报总局审查处理。

选自《中国广播影视》2004 年第 5 期

中国当代文学存在的问题[*]

［德］顾　彬

德国之声：顾彬教授您好。最近在北京召开了中国作协大会，选出铁凝担任主席，这是继茅盾和巴金之后的第三位中国作协主席。听说您那时正在中国。您对这件事情是怎么看的？

顾彬：我那时是在中国。我对这事不太清楚。反正，可以这么说，所有我认识的中国作家都看不起作协。对我们汉学家来说，作协有一个新的主席无所谓。

德国之声：那就是说，作协新的主席不需要像以前的茅盾或者巴金那样一定要是最有名的，或者说声望最高的人，是吗？

顾彬：这个作协一点用处一点好处都没有。你在中国大陆可以问所有的作家，没有人会主动说到作协，没有人，一个也没有。如果是真正的中国作家，他肯定不要入那个作协。如果他入了以后才成为一个伟大的作家的话，他是很有问题的。一般来说，好的作家不可能跟作协保持什么联系。

德国之声：听说您最近作了一个报告，关于 21 世纪中国文学存在的问题。

顾彬：比方说，如果我们要分 49 年以前 49 年以后的中国作家的话，我们会发现，中国 49 年以前的那些作家，他们的外语都不错，比方说鲁迅。49 年以后基本上你找不到一个会说外语的中国作家。所以他不能够从另外一个语言系统看自己的作品。另外他根本没办法看外版的作品。他只能看翻译成中文以后的外国作品。所以中国作家对外国文学的理解和了解是非常差的，差得很。49 年以前不少作家认为，我们学外语会丰富我们自己的写作。但是，你问一个（现在的）中国作家为什么不学外语，他会说，外语只能够破坏我的母语。我估计是这样，为什么 49 年后没有什么伟大的作家，为什么这些作家肯定比不上 49 年以前的作家呢，问题就这里，这是一个非常重要的问题。

德国之声：您认为这是唯一的问题或者是主要的问题吗？

顾彬：这是最大的问题。中国作家到国外来完全依赖我们汉学家，他们连一

---

　*　沃尔夫冈·顾彬（Wolfgang Kubin），中文名顾彬（一作顾宾），于 1945 年生于德国 Celle 市，波恩大学汉学系主任，教授，"Miniama Sinica-中国精神和方向杂志-亚洲文化杂志"主编。他研究和翻译的重点是中国当代文学。主要作品和译著有《二十世纪中国文学史》和六卷本的鲁迅小说散文集等。

句外语也说不出来。完全依赖我们。他们的作品是我们要翻成中文等等。

德国之声：您对中国最近一些年出的作品是否有一定的了解，比如说《狼图腾》。

顾彬：《狼图腾》对我们德国人来说是法西斯主义。这本书让中国丢脸。

德国之声：还有一些其他作家的作品，比如说所谓的"美女作家"，像棉棉啊，卫慧啊。

顾彬：开玩笑。这不是文学，这是垃圾。

德国之声：那么您认为这几年在中国还有没有比较像样一点的文学？

顾彬：在中国诗的方面还有。中国诗歌方面还有一些不错的，了不起的作家。比方说欧阳江河、西川和翟永明，等等，还有很多其他的。这是肯定的。

德国之声：但是中国现在在讨论一个问题。有人说"诗歌已经死了"，您是怎么看这个问题的呢？

顾彬：诗歌怎么可能死了呢？如果在中国死了，那好吧，让它在中国死吧，在德国（它）还"活"。如果有一个中国诗人来德国的话，我们给开朗诵会，肯定会来50个人，100个人，我们肯定会出他们的诗集。中国当代作家在德国，用德文出的诗集多得要命。中国诗歌在德国不可能会死。

德国之声：现在的中国诗歌，您觉得比80年代的时候，北岛、杨炼等，怎么样？

顾彬：这个很难比，但是我觉得无论是80还是90年代的诗人，他们都不错，他们都有他们的视野，有他们自己的语言，等等。我个人当然还是特别喜欢北岛他们一批人。但是我比较老，所以我也应该考虑到年轻读者。年轻读者可能更喜欢看90年代的代表。比方说王家新、欧阳江河、翟永明，等等等等。

德国之声：现在中国作协推出一个计划，说是要推出100本中国作品，翻译成外文，让中国文学更大步地走向世界。您是怎么看这个计划的，它有意义吗？

顾彬：这个可能对美国有意义，对德国基本上没有意义。因为我们基本上把中国文学作品已经都翻成德文了。基本上，中国作家，无论是哪一个时代，哪一个作者，肯定有什么德文版本。所以我们不需要这个帮助。但是美国是很有问题的，他们肯定会需要，因为他们翻译得比较少。

德国之声：现在中国经济发展很快，很多人说，中国在三四十年后在经济上可能会取代美国地位。美国在上个世纪繁荣起来，我们知道，不光是在经济上，在文艺上，电影啊，流行歌曲等等很多方面，都很发达，对世界影响很大。您觉得中国在文学方面也会高度发展起来，符合它的经济地位吗？

顾彬：这个要看中国人，因为最看不起中国文化中国文学的不是我们外国人，是中国人自己。问题就在中国本身，中国人根本不给他们自己的文化和文学什么地位。

德国之声：这应该怎么理解呢？为什么说中国人不给他们的文学以地位？

顾彬：我给你一个非常简单的例子好吗？我去年在德国发表了《中国二十世纪文学史》。中国知识分子，我所有的朋友，也包括作家们在内，听到我在写这么一个文学史，他们说，你别写，没有什么好的东西，都是垃圾。

德国之声：也就是说，他们自己看不起自己，或者说，互相看不起。

顾彬：对，你说得非常对，互相看不起。

德国之声：当初比如说高行健拿了诺贝尔文学奖，中国的反响是负面的比较多。是不是这个意思？您觉得中国还有可能拿诺贝尔文学奖吗？

顾彬：诺贝尔文学奖是次要的。谁写得不好，谁才能够获得。如果谁能够写作，一辈子没有什么希望。所以这个诺贝尔文学奖也是垃圾。

德国之声：如果要您跟中国作家说几句话，您想说什么呢？

顾彬：他们先应该好好掌握他们的母语。中国作家大部分的中文非常不好。另外，他们应该先学好，用哪一种方法来写作。在这个方面，中国作家的问题太大了。但是，也可能最基本的问题是，他们的意识是很有问题的，他们的视野是非常有问题的。好像他们还是卡在一个小房子里头，不敢打开他们的眼睛来看世界。所以中国到现在为止没有什么它自己的声音，从文学来看，没有。德国到处都有作家，他们代表德国，代表德国人说话。所以我们有一个德国的声音。但是中国的声音在哪里呢？没有。不存在。中国作家胆子特别小，基本上没有。

德国之声：也就是说，像鲁迅这样的人现在没有。

来自 11 月 27 日德国之声，原题《德国汉学权威另一只眼看现、当代中国文学》，作者平心。该采访的部分内容曾发表于 2006 年 11 月 29 日《环球时报》：《德国汉学家另眼看当代中国文学，中国作家不懂外语很麻烦》。

「中国语言文学作品与史料选」系列教材

【上册】

中国现当代文学作品与史料选

吴秀明　陈建新　主编

浙江大学出版社
ZHEJIANG UNIVERSITY PRESS

图书在版编目(CIP)数据

中国现当代文学作品与史料选 / 吴秀明，陈建新主编. —杭州：浙江大学出版社，2012.5(2020.8重印)
ISBN 978-7-308-09931-8

Ⅰ. ①中… Ⅱ. ①吴… ②陈 Ⅲ. ①中国文学－现代文学－作品综合集－高等学校－教材②中国文学－当代文学－作品综合集－高等学校－教材③中国文学－现代文学史－史料－高等学校－教材④中国文学－当代文学－文学史－史料－高等学校－教材 Ⅳ.①Ⅰ216.1②Ⅰ209.6

中国版本图书馆 CIP 数据核字(2012)第 084426 号

中国现当代文学作品与史料选

吴秀明　陈建新　主　编

责任编辑	宋旭华
文字编辑	卢　川
出版发行	浙江大学出版社
	（杭州市天目山路 148 号　邮政编码 310007）
	（网址：http://www.zjupress.com）
排　版	浙江时代出版服务有限公司
印　刷	浙江省邮电印刷股份有限公司
开　本	710mm×1000mm　1/16
印　张	49
字　数	953 千
版 印 次	2012 年 6 月第 1 版　2020 年 8 月第 9 次印刷
书　号	ISBN 978-7-308-09931-8
定　价	68.00 元

总　序

吴秀明

假如将迄今为止种类繁多的中国语言文学"选本"进行分类,我以为大体可分为非专业与专业两种类型。前者,主要针对非中文专业的学生而言,也包括社会上的一般语言文学爱好者,它侧重于作品的诗学价值;后者,则主要针对中文专业的学生而言,它除了诗学价值外,还要兼及史学价值。本丛书属于后者,它带有专业化、专门化的性质和特点,其初衷是为他们提供诗、史兼备,并与现行的"通史"(语言史、文学史)教材相配套的一套"选本",以满足厚基础、宽口径、高素质和创新型专业人才培养的需要。这也是中文核心主干课程的主要教材。按时下的类型划分,不妨称之为研究型教材。

众所周知,现有的中文专业学生使用的"选本"尽管在选择的标准、内容、形态、方式等方面各具特色,存在着不少差异,但在基本范式和总体思路上彼此却表现了某种惊人的同构性:那就是选文的对象和范围都锁定在文学作品上,它向我们呈现的几乎都是清一色的、当然也是美轮美奂的经典之作。所谓的"选本",其实就是"文学作品选",它也只向"文学作品"开放,其所内含的"诗学"指向是非常明确的。文学作品作为特定历史阶段文学创作的表征和载体,它凝聚了时代思想艺术的精华,对中文专业的学生来说其重要性自不待言,尤其是近些年因诸多原因导致的审美贫乏症,在往往只记住概念、名词而对作品整体美、内在美不知何物的情况下,更是具有非同寻常的特殊意义。也因这个缘故,我对近些年来各高校一改旧观而普遍重视经典作品的教学理念表示理解和赞赏,并认为将来还有继续强化之必要。不过话又说回来,这仅仅是中文教育的一个方面而不是全部,它也不能包办和取代其他。实践表明,作为一个传统基础系科,中文教育的空间还是很大的,各个专业彼此间的办学目标、层次、规格也不尽相同。特别是一些学术积累比较深厚、师资力量比较雄厚、办学水平比较高的系科,更是已在这方面作出了不少探索,这也是当下中国乃至海外中文教育的客观历史和现实。而对研究型教学来说,到底如何在读好、读懂、读深经典作品的同时增加学生的根源性学养,培育他们良好的研究习惯与学风,为将来继续进行专业深造和可持续发展打下扎实的基础。一句话,到底如何拓宽学生的思维视野和知识结构,培养他们发现问题、提出问题的能力,这是当前中文教育亟须解决的一个问题,也是研究型教材的主旨所在。

浙大中文系推出的这套涵盖文艺学、语言文字学、中国古代文学、中国现当代文学、比较文学与世界文学的5个二级学科、总计12卷的《中国语言文学核心课程作品与史料选》,就试图在这方面进行探索。我们编选的这套"选本",看似好像只是在"作品"之外增加了一些"史料",但它却反映和体现了我们对教学、研究及人才培育理念上的一些新的思考。

一、这套"选本"强调客观呈现,注重历史还原

这里所说的呈现和还原,当然包括"选本"所选的文学作品在这方面的功能价值——文学作品尤其是现实主义文学作品,诚如经典作家所说的那样,它的"书记官"的功能价值,使它在反映历史和现实生活的毕肖酷似上往往达到连史家都叹服不已的程度;但主要还是指被我们特别引进的这些文献史料:如序跋、诗话、传记、碑文、笔记、书信等,现代以降的如社团、传媒、文件、讲话、批示、社论、纪要、评论等。这些形态各异史料的编选,不仅有效地拓宽了原有"选本"的内涵和外延,使之在整体构成上产生了革命性的扩容,而且还以其物化的形式引领我们穿越时空隧道,返回到彼时彼地的那个时代的语境与场域,与"作品"形成了富有意味的对话关系。史料作为中国语言文学的载体,它原本就是属于历史的,在它身上积淀了丰富的历史信息;而文献史料作为史料的重要组成部分(还有一种史料是实物史料),它凭借语言文字同时兼具能指与所指的双重功能,在还原和营造历史尤其是历史现场感方面还有自己独到的优势。因此它特别适用于文学作品的历史解读,历来备受重视,成为自古至今人们解读文学作品的重要参考和佐证。从某种意义上讲,作品与史料是一对孪生体,它们彼此具有难以切割的血缘联系。如果说作品是悬浮在空中的一种空灵的感性存在,那么史料就是紧紧扎根在大地之上的一种具体切实的物态存在。也正因此,史料的有无、多少以及真实与否,史料意识的自觉与否以及实践运用的程度如何,不仅直接关涉和影响着具体作品的解读,而且也反映乃至决定着整体中文教育的水平和质量。中文教育的睿智与睿智的中文教育,都十分注意作品与史料之间的内在关联,而不是将它们彼此孤离割裂。王国维所谓的治学"三互证法",即"取外来之观念,与固有之材料互相参证","取地下之物与纸上之遗文互相释证","取异族之故书与吾国之旧籍互相补证",①可以说是对此的精辟概括。他的《宋元戏曲考》以及陈寅恪的《元白诗笺证稿》、梁启超的《古书真伪及其年代》、胡适的《中国章回小

---

① 陈寅恪:《王静安先生遗书序》,《金明馆丛稿二编》,上海古籍出版社1980年版,第219—220页。

说考证》、鲁迅的《中国小说史略》、郑振铎的《中国俗文学史》、俞平伯的《红楼梦研究》、阿英的《晚清小说史》、郭绍虞的《中国文学批评史》、姜亮夫的《楚辞通故》、夏承焘的《唐宋词人年谱》等作，都可以称得上是这方面的典范。在他们那里，史料经过发掘、勘误、订正、转化、处理，不仅具有"独立存在"的价值，而且成为还原历史、破译作品奥秘的一个重要的载体。许多长期以来的语言文学之"司芬克斯之谜"，也因之得到了合理解释。

北大中文系教授温儒敏有感于"专业阅读"存在的经典作品与当代读者之间的"历史隔膜"，在十年前曾提出了一个很有意思的主张，叫"三步阅读法"，其中第二步为"设身处地"，就是借助和调动文学史及文化史知识，再融会自己的想象，努力"回到作品产生和传播的历史现场"。① 我们之所以在"选本"中增加了史料，其实也就是借助于史料"设身处地"地"回到作品产生和传播的历史现场"。在这里，史料一方面可以很好地起到营造历史氛围的作用，这对因"历史隔膜"造成的各种主观随意或过度阐释无形之中形成一种防范和反弹；另一方面它也引导我们情不自禁地进入到特定的历史规定情境之中，以"了解之同情，……必神游冥想，与立说之古人，处同一境界，……始能批评其学说之是非得失，而无隔阂肤廓之论"，② 从而对作品作出更加精准到位、也更合乎情理的解读。当然，重视史料之于还原历史以及参证和解读作品的功能，绝非意味它可以取代对作品的艺术分析，用所谓的"史学价值"来代替"诗学价值"，那同样是不可取的。在"作品与史料"或者说在"文学与史料"的关系问题上，我还是比较赞赏一位年轻学者的这样一种说法："勇敢地跨出樊篱，而更丰富地回返自身。"③这可能更合适、更接近温儒敏所说的"专业阅读"，也更符合中国语言文学的属性和趣味。

二、这套"选本"倡导研究意识，培养学术兴趣

这也是研究型教学的题中应有之义。它主要体现在选文以及选文的注解上，也体现在对史料的选择上。在这些地方，本"选本"努力倡导研究意识，体现研究理念：一方面用研究的眼光进行选与注，在选什么、怎样选问题上体现史家的眼光，学者的思维和素养，使之超越庸常而具有一定的学术含量；另一方面调动和激发学生的学术兴趣，从选文、注解特别是从史料那里切入探寻问题，进行必要当然也是初步的学术训练。这里所谓的研究，就史料而言，主要有以下两个向度：（一）立足史料，以史料为基点向社会学、历史学、文献学、文化学、政治学、

① 温儒敏、赵祖谟主编：《中国现当代文学专题研究》，北京大学出版社2002年版，第26—29页。
② 陈寅恪：《冯友兰〈中国哲学史〉上册审查报告》，《金明馆丛稿二编》，上海古籍出版社1980年版，第279页。
③ 金理、杨庆祥、黄平：《以文学为志业——80后学者三人谈》，《南方文坛》2012年第1期。

心理学辐射出去广泛地涉及彼时彼地的"社会关系总和",从那里寻找质疑和问题的点,在"跨界"的反观中达到对研究对象的新的认知,当然也包括新发现或新引进的地下新史料、域外新史料;以此为基点研求问题,不仅可以开拓一个新的学术领域,而且还能进而演化为一个"时代学术之新潮流"(陈寅恪语)。20世纪上半叶中国四大文献史料甲骨文、敦煌遗书、居延竹简、大内档案发现对中国文学研究产生的重大影响,就充分证明了这一点。(二)通过史料与作品之间的关系,特别是它们彼此之间潜在的矛盾、抵牾和裂缝,从中思考、质疑和发现新的问题,形成问题意识。如南朝梁顾野王所撰《玉篇》中的"今上以为"一词条,以往的一些语言研究者往往将"今上"解读为当时的"梁武帝",认为这是顾野王在引用梁武帝的看法,藉以说明当时对异体字的重视。而最近有学者在对《玉篇》残卷全面校勘和语词及书写分析的基础上,对此作出了全然不同的正确解读——原来此处的"今上以为"实际是"今亦以为"的讹误;[①]于是最终证否了抄本里唯一的"今上以为"与"梁武帝的看法"有关的猜想。大量事实表明,中国语言文学中的很多问题往往都源于史料,正是对这些本源性的史料的精心收集、整理和研究,特别是对这些史料与作品裂缝的敏锐发现、质疑和把握,人们才从习见的话题中翻出新意。这也可以说是迄今为止浙大中文系不少优秀学生学位论文或学年论文成功的主要原因之一吧。像2005届一位本科生的毕业论文《论明初诗僧姚广孝及其诗文》,就是在老师的指导下在编写《姚广孝年谱》的基础上将其置于元末明初风云变幻的语境下进行考察,令人信服地作出了自己的结论。该文后以《诗僧姚广孝简论》为题刊发于《文学评论》2006年第5期。这就从一个侧面证实研究意识培养的重要和必要。

当然,文学研究是很复杂的,它的如何进入和展开因人因对象而异,有不同的范式和路径,也有一个循序渐进的过程;作为一个"选本",它对学生研究意识的培养主要是引导,而不是刚性的指令,且在本科阶段不可操之过急,对学生提出不切实际的太高要求。但无论如何,强调研究意识的培养,强调对本源性史料尊重的实事求是学风,强调必要的学术训练,对学生来讲不仅十分必要,而且须臾不可或缺。可能是受西方文化和学术思想的影响,也与现行的体制有关,中文教育长期以来重"思想阐释"而轻"史料考据"。尤其是"三古"(即古代文学、古代汉语、古典文献)以外一些新兴或比较新兴学科以及相关课程,这个问题似乎显得更突出,也更严重。这就使中文教育尤其是某些作品的解读无形之中被空壳化了,它似乎变成了某种"思想"的简单符号或工具而失去了自身的主体性。这

---

① 参见姚永铭:《可疑的"今上"——〈原本玉篇残卷〉校读劄记一则》,《汉语与汉语教学研究》第2期,日本樱美林大学孔子学院,东京东方书店2011年7月。

种"思想"在以前是政治学、社会学的,它也被强行纳入政治学、社会学视域中进行解读;现在则被纳入现代主义、后现代主义视域中进行解读,从观念、思维到概念、术语完全是西式的。一切都效法西方,以是否符合刚引进的西方某某主义为取舍标准,而很少顾及作品的"历史语境"和自身的实际情况,更没有很好地考虑与中国固有、迄今仍然富有价值的传统思维理念和研究方法的对接。这样的解读貌似时尚,实则是用虚蹈空洞的所谓"思想"(准确地说是"西方思想")代替具体而微的艺术分析。这样一种不及物的研究,它往往不可避免地对作品进行粗暴图解和肢解,显然是不可能真正发现美、洞察美的。为什么现在不少中文系学生对经典作品反应比较冷漠,感受不到其中妙处,先入为主地用某种所谓的"思想"去套作品,不能不说是一个重要的原因。

需要指出,在时代整体学术风气的影响下,中文教育重"思想阐释"而轻"史料考据"的现象在最近一些年程度不同地有所改正。在文艺学、现当代文学、比较文学与世界文学那里,开始出现了由单一的"思想阐释"向"思想阐释"与"史料考据"的双向互融的方向发展。这是很可喜的,它标志着中国语言文学教学和研究出现了重大的"战略转移"。但这仅仅是开始,我们应该清醒地看到,由于西学在中国的强势存在,也由于学术浮躁风的盛行,上述现象还没从根本上得到改观。据说前几年有人在做"重返80年代"研究时去采访韩少功,曾把新时期的一次重要的文学自觉运动"寻根文学",说成是因为政治"压力之后的不得已而为之"的,弄得韩少功很郁闷很生气。[①] 这里之所出现这样的误读,主要原因在于它不是从"事实"("史料")而是从"思想"出发进行。陈寅恪先生在1936年曾批评"今日中国,旧人有学无术;新人有术无学,识见很好而论断错误,即因所根据之材料不足"。[②] 陈氏所说的"学"指史料,"术"指方法。旧人只有材料而没有好的方法,失之僵滞,固然难有所为,但新人不依据材料简单套用外国理论进行研究也同样不可取。陈氏的批评需要引起我们的高度重视。

三、这套"选本"突出教学性质,明确教材定位

这一点在开头就已作了明确定位,并且在前面也多少有所涉及。落实到编选上,就是突出和强调中国语言文学历时演变的规律和特点,通过其发展流程的客观呈现,与"通史"教材的配套对接,形成彼此互动互补的关系。这不仅在作品选择上打破原有单一的"语言文学经典"取舍标准,而是采用"语言文学经典"与"语言文学史经典"双线兼容的编选原则。这样,一些当年曾产生重要影响而思想艺术诸方面存在明显欠缺或不足的作品就被我们纳入了视野。如刘心武的

---

① 参见:《文学批评的语境与伦理——第二届"今日批评家"论坛纪要》,《南方文坛》2012年第1期。

② 卞僧慧:《陈寅恪先生年谱长编》,中华书局2010年版,第367页。

《班主任》，以今天的眼光来看，它在艺术上当然不免粗糙，还明显打上那个时代的烙印；但从当代中国语言文学史的角度看，却是无法完全绕开的一个代表作。史料也同样如此，为体现历时演变的规律和特点，既注重与文学史的发展流程吻合，特别选取对于文学史发展起到关键作用的"经典史料"，也关注具有原创价值的新出土和域外新传入的"新史料"。如"古代文学卷"中的唐代文学骈文部分，就恰当地利用了大诗人王之涣墓志、韦应物墓志，与边塞诗人岑参密切相关的新疆吐鲁番出土的"马料账"，还有日本正仓院的《王勃诗序》中所收的《滕王阁序》等。这与以前同类教材中的"作品汇评"和"资料长编"式完全不同。现有的中文"选本"往往大同小异而内涵又比较紧仄，这在一定程度上影响了教师的教学，也不利于拓宽学生的知识结构。我们这样做，其意是想选择这样一种"文史互证"、"双线兼容"的新的范式，更好地反映中国语言文学丰富复杂的存在和发展，与"通史"教材对接；同时也为教师和学生进一步的阐释与发掘，留下足够的空间。

总之，在选什么、怎样选问题上，包括内容、体例、篇幅，也包括作品与史料以及彼此内在关系和逻辑关联等，都与"通史"教育乃至整个中文教育大系统联系起来予以通盘考虑，服从并服务于教学和人才培养的需要，按照教材编写规律和原则办事。也就是说，一方面要考虑"选本"自身的独立性、新颖性和完整性，努力构建适合专业教育需要的一种新的范式；另一方面又要考虑与"通史"教育相连接，成为"通史"很好的配套教材。也只有与"通史"联系起来进行综合考虑，"选本"所选的有关"作品与史料"才能被有效地激活，充分凸显其意义和价值。从中文教育和教材编写的角度看，"选本"与"通史"应该是相辅相成，它们分则各自成章，合则融合无间，是一个既独立又统一的有机的整体。

当然这是就总体而言，具体到各学科、各分卷情况也不完全相同。如语言文字学与文艺学，作品与史料往往就连结在一起，很难区分和切割。就说文学吧，彼此的差异也颇大。如比较文学与世界文学，特别是古代文学，其作品与史料具有较强的经典性、恒定性；它们所选的作品，往往既是"文学经典"又是"文学史经典"，是二个"经典"的合一。而在现当代文学那里，作品与史料则表现出明显的非经典性（或泛经典性）、不稳定性，其所谓的"文学经典"与"文学史经典"经常是分离的，其中有相当一部分只能称之为"文学史经典"而很难说是"文学经典"。这里有学科方面的原因，也与它们彼此的生存和发展的社会文化语境有关。这无疑给我们编选带来了一定的难度。中国语言文学原本就是一个无限丰富复杂的浩瀚世界，为了尊重并还原呈现这种原生态，以满足研究型教学和人才培养之需，我们采取求同存异的原则，即在保持全书基本统一的前提下，尽量尊重各学科的特点和各分卷主编的个性。

这套"选本"凝聚了浙大中文系诸多同仁的心血，也融入了他们对教学、研究和人才培养的诸多思考。从 2010 年下半年酝酿、提出并分头编选,最后复又讨论、定稿,在此期间我们各司其职而又通力合作。借此机会谨向同仁们表示由衷的感谢,正是大家敬业、支持和努力,才使这一编写计划得以圆满完成。同时,我还要感谢浙大出版社副总编樊晓燕女士、黄宝忠先生以及责编宋旭华先生,他(她)们自始至终、倾心尽智的参与、谋划和把关,也对本丛书的编选及其按时保质出版起到了重要的推动促进作用。

浙大中文系从 1920 年之江大学国文系"源头"算起,迄今已有近百年历史。与海内外诸多兄弟院系一样,浙大中文系目前既面临良好的发展际遇,又遭遇前所未有的严峻挑战。在这样一个新的历史"拐点"上,如何在继承传统、教书育人的基础上,根据时代社会发展的需要,为国家培养具有较深厚基础和较强创造精神的中国语言文学方面的人才,这是时代赋予我们的光荣使命,也是我们应尽的职责。我们这次推出的这套由集体合作编写的"选本",就是冀望在这方面有所作为。研究型教学和教材编写是近些年议论较多的话题,也是不少同行感兴趣而又众说纷纭的一个话题。作为一个传统老系,我们愿意在这方面进行探索,也很希望听到来自各方面的声音,以期将来重版时把它修订得更好一些。

2012 年 2 月 5 日于浙大中文系

编 选 说 明

中国现当代文学是中国文学的重要组成部分,它上承具有几千年悠久历史的中国古代文学,下接无比丰富又无限开放的当下和未来的文学,是中国文学中最新也是离我们最近的一种文学形态。

中国现当代文学在哪儿起始即通常所说的"起点",迄今以来有不同的说法,但就学科史而言,一般都认为它滥觞于五四新文学不久的 20 世纪二三十年代——从胡适的《五十年来中国之文学》(1922)、梁实秋的《现代中国文学之浪漫的趋势》(1926)、陈子展的《中国近代文学之变迁》(1928),再到朱自清在清华大学讲授"中国新文学研究"课程(1929—1933),杨振声在燕京大学、西南联大讲授"中国新文学简史与创作实习"课程等(1929—1938),作为一门学科正在逐渐酝酿发展。但初步确立并开始做强做大,逐步成为大学中文系主流学科的,还是1949 年中华人民共和国成立以后的事:先是在当代"前三十年"(1949—1979),"现代文学"因自身超强的政治性以及新政权修史的需要,而一改以前"没有地位"、备受"压力"的窘迫处境,受到了前所未有的高度重视;继之是在当代"后三十年"(1979—现在),"当代文学"凭借日益丰富的文学实践以及与当代社会政治的密切关联,也迅速发展壮大,逐渐形成了与中国现当代历史和政治意识形态密切相关而又可分可合的"中国现当代文学"学科,昂然出现在等级有序的大学校园里。

中国现当代文学上述这一状况,决定了它与中国古代文学、比较文学与世界文学等其他学科有所不同,在整个百年的发展过程中,往往随着中国政局的急遽变化而大起大落,历尽艰难曲折。这就不仅造成了该学科内在的紧张以及与学科外部关系的紧张,而且对作家的创作心态和思想艺术取向也产生了深刻的制约和影响。学习和研究中国现当代文学,首先必须了解这一点,否则很有可能对之造成过分高估或不必要的酷评,这不利于学科发展,也不大符合文学事实。

《中国现当代文学作品与史料选》力求从"作品"与"史料"两个方面客观呈现中国现当代文学的总体特征,帮助中文专业的学生在学习"中国现当代文学史"

这门课程时,能阅读到最有代表性的中国现当代文学作品与相关史料;通过"作品"与"史料"之间的相互印证和参照,培养学生宽口径、厚基础的专业素养,激发学生自主学习的主动性和积极性,在此基础上引导他们去思考钻研一些问题,使之具有初步的研究意识和研究能力。夯实基础,拓宽视野,注重学生思维方式的训练和发现问题、解决问题能力的培养,这是本教材编选的目的所在。

本教材的编选,主要基于以下三条原则:

第一,秉持以文学性为主,兼顾其文学地位及社会影响的标准。"文学性为主",这是前提,它实际上是给作品的筛选设定了一个"入场券";但"为主"不等于"惟一",它同时还要"兼顾"该作品对当时及后来文学创作的影响。这就表明其所确立的标准是有弹性的,它将现当代文学的复杂性与复杂的现当代文学问题充分考虑进来了。这样,不仅像鲁迅的《阿Q正传》、曹禺的《雷雨》、沈从文的《边城》、徐志摩的《再别康桥》、老舍的《茶馆》等经受住历史考验,堪称百年文学乃至三千年中国文学史的"文学经典"入选,而且像郭沫若的《凤凰涅槃》、丁玲的《莎菲女士的日记》、王蒙的《组织部新来的青年人》等作,包括像杨沫的《青春之歌》、柳青的《创业史》、杨朔的《雪浪花》、样板戏《沙家浜》、刘心武的《班主任》等当年曾在文学史上产生重要影响,而以今天的观念来看其思想艺术方面有明显欠缺或不足的作品,也被纳入视野。史料编选也如此,主要立足与文学互动互补的关系,看它对当时和以后文学创作的影响以及文学史上的代表性,来进行筛选。如周扬的《新的人民的文艺》、胡风的《关于解放以来的文艺实践情况的报告》、国家广电总局颁发的《关于认真对待"红色经典"改编电视剧有关问题的通知》等。它们从"原态事实"层面向我们印证和说明了文学在诸种因素下特别是在政治因素的合力影响下如何艰难生存和发展。中国现当代文学与中国古代文学等其他学科不同,从诞生那天起就与政治意识形态形成了难以切割的血缘联系,如果过于拘囿于作品的文学性,用所谓纯粹的审美标尺去"包打天下",恐怕不那么合榫,也有悖于我们力求客观全面反映中国现当代文学的编选初衷。

第二,注重文学演变,体现文学史家既严谨又恢弘的眼光。本教材对"作品"与"史料"的选取,立足于中国现当代文学发展演变的总体规律,反过来也服膺并客观地表现了中国现当代文学史本身的发展流程。如"现代文学"作品的安排,从鲁迅的《狂人日记》到穆旦的《诗八首》等,总共有50篇(含中长篇小说和戏剧存目),其中"第一个十年"14篇,"第二个十年"16篇,"第三个十年"20篇。之所以这样安排,这里有时段、地域等因素的考量,也有作家、主题、风格等因素的权衡,它主要突出文学历时演变尤其是文体由简单向复杂演变的本源性意义(在

"三个十年"中,愈到后来,文体复杂的中长篇小说和多幕剧愈多),也更符合文学史家的趣味。同样道理是"当代文学"史料的编排,从开篇的日丹诺夫的《关于〈星〉及〈列宁格勒〉杂志所犯错误的报告(节录)》,到结尾的顾彬的《中国当代文学存在的问题》,在这六十余年所选的26篇史料中,它由高度的政治化渐渐向泛政治化、多样化嬗变,这不仅为我们解读"异质同构"的当代文学作品提供了很好的客观事实,而且让我们具体切实地感受到文学史发展演变的内在脉动。这与当下有些纯粹以"诗学价值"为指归的"选本"是不大一样的。它可以让我们超越狭隘的"审美城",从更深邃开阔的思维视野评价和把握现当代文学。而这,我们以为是比较适合中文专业的教学用的。

第三,吸纳现有的研究成果,还原中国现当代文学丰富复杂的存在。在这里,既编选进了夏衍的《包身工》、赵树理的《小二黑结婚》、郭小川的《团泊洼的秋天》等具有较浓政治意识形态色彩的左翼文学、革命文学,并不为迎合社会上这些年来非政治化、去政治化"时尚"而故意冷淡或忽视它们;同时也涵纳周作人、张爱玲、沈从文、王小波以前曾被遮蔽而在前些年"重写文学史"、"重排文学大师"时重新解蔽、今天广孚影响的自由主义文学;而且还注意引进像高行健、孟京辉的实验文学,今何在的网络文学等顺应今天时代社会文化潮流和载体之变和读者阅读需要的新的文学形态,构成新的"文学共同体"。反映在"史料"的选择上,不仅注意大量的固有的政治化方面史料,包括社团流派、理论论争、报纸杂志、文件报告、讲话批示,而且也注意新月社、《文学周刊》和梁实秋、朱光潜等撰写的政治化色彩较淡的史料;不仅注意胡适、陈独秀撰写的带有公共性性质显在的有关文学革命的史料,也注意挖掘如沈从文日记等带有私人化性质的潜在的史料,不仅关注国内的丰富复杂而又充满矛盾的存在,也注意引进如日丹诺夫、顾彬、唐小兵等域外的史料。中国现当代文学尽管存在难以掩饰的一体化倾间(特别是当代文学的"前三十年"),但这并不等于铁板一块,没有异质的存在。在这里,任何的夸大或缩小都不合乎事实,也有失偏颇。如同其他所有文学一样,中国现当代文学史毕竟也是一条包纳百川的大河,它有主潮就有次流、小溪,有明流就有潜流、伏流。我们需要的是立足高远,以开放开阔的视野和胸襟予以包容,理性地给予评价。

需要说明的是,因为篇幅的限制,一些重要的长篇小说和话剧剧本无法入选本教材。为了弥补这一缺憾,我们在目录中罗列了相关的存目,供读者参考。

以"作品"与"史料"并置的方式编选"选本",用作中文专业学生的教材,是一种全新的尝试,不足之处,在所难免。比如"作品"与"史料"各自的选目问题,"作品"与"史料"的彼此关联问题,尤其是"史料"遴选如何甄别、如何求新、如何使用问题,这看似容易,但因涉及政治、经济、历史、伦理、道德等诸多敏感复杂问题,具体操作具有相当的难度。我们期待各位同仁和广大师生不吝赐教,多多给予批评和指正。

最后,借此机会对章涛、刘杨两位研究生谨致诚挚的谢意,他们付出的辛劳和贡献的智慧,为本"选本"编选增添了不少色彩。同时也对责编宋旭华先生表示由衷的感谢,他对学术思想特有的学术敏感,以及自始至终的热忱参与和大力支持,也为本"选本"最终顺利出版起到了很好的促进作用。

编者

2012 年 2 月 10 日

目　　录

中国现代文学作品选

中长篇小说存目

中国现代文学史料选

狂人日记

鲁　迅

　　某君昆仲，今隐其名，皆余昔日在中学时良友；分隔多年，消息渐阙。目前偶闻其一大病；适归故乡，迂道往访，则仅晤一人，言病者其弟也。劳君远道来视，然已早愈，赴某地候补矣。因大笑，出示日记二册，谓可见当日病状，不妨献诸旧友。持归阅一过，知所患盖"迫害狂"之类。语颇错杂无伦次，又多荒唐之言；亦不著月日，惟墨色字体不一，知非一时所书。间亦有略具联络者，今撮录一篇，以供医家研究。记中语误，一字不易；惟人名虽皆村人，不为世间所知，无关大体，然亦悉易去。至于书名，则本人愈后所题，不复改也。七年四月二日识。

一

　　今天晚上，很好的月光。

　　我不见他，已是三十多年；今天见了，精神分外爽快。才知道以前的三十多年，全是发昏；然而须十分小心。不然，那赵家的狗，何以看我两眼呢？

　　我怕得有理。

二

　　今天全没月光，我知道不妙。早上小心出门，赵贵翁的眼色便怪：似乎怕我，似乎想害我。还有七八个人，交头接耳的议论我，张着嘴，对我笑了一笑；我便从头直冷到脚跟，晓得他们布置，都已妥当了。

　　我可不怕，仍旧走我的路。前面一伙小孩子，也在那里议论我；眼色也同赵贵翁一样，脸色也铁青。我想我同小孩子有什么仇，他也这样。忍不住大声说，"你告诉我！"他们可就跑了。

　　我想：我同赵贵翁有什么仇，同路上的人又有什么仇；只有廿年以前，把古久先生的陈年流水簿子，踹了一脚，古久先生很不高兴。赵贵翁虽然不认识他，一定也听到风声，代抱不平；约定路上的人，同我作冤对。但是小孩子呢？那时候，他们还没有出世，何以今天也睁着怪眼睛，似乎怕我，似乎想害我。这真教我怕，教我纳罕而且伤心。

　　我明白了。这是他们娘老子教的！

三

晚上总是睡不着。凡事须得研究，才会明白。

他们——也有给知县打枷过的，也有给绅士掌过嘴的，也有衙役占了他妻子的，也有老子娘被债主逼死的；他们那时候的脸色，全没有昨天这么怕，也没有这么凶。

最奇怪的是昨天街上的那个女人，打他儿子，嘴里说道，"老子呀！我要咬你几口才出气！"他眼睛却看着我。我出了一惊，遮掩不住；那青面獠牙的一伙人，便都哄笑起来。陈老五赶上前，硬把我拖回家中了。

拖我回家，家里的人都装作不认识我；他们的脸色，也全同别人一样。进了书房，便反扣上门，宛然是关了一只鸡鸭。这一件事，越教我猜不出底细。

前几天，狼子村的佃户来告荒，对我大哥说，他们村里的一个大恶人，给大家打死了；几个人便挖出他的心肝来，用油煎炒了吃，可以壮壮胆子。我插了一句嘴，佃户和大哥便都看我几眼。今天才晓得他们的眼光，全同外面的那伙人一模一样。

想起来，我从顶上直冷到脚跟。

他们会吃人，就未必不会吃我。

你看那女人"咬你几口"的话，和一伙青面獠牙人的笑，和前天佃户的话，明明是暗号。我看出他话中全是毒，笑中全是刀。他们的牙齿，全是白厉厉的排着，这就是吃人的家伙。

照我自己想，虽然不是恶人，自从踹了古家的簿子，可就难说了。他们似乎别有心思，我全猜不出。况且他们一翻脸，便说人是恶人。我还记得大哥教我做论，无论怎样好人，翻他几句，他便打上几个圈；原谅坏人几句，他便说"翻天妙手，与众不同"。我那里猜得到他们的心思，究竟怎样；况且是要吃的时候。

凡事总须研究，才会明白。古来时常吃人，我也还记得，可是不甚清楚。我翻开历史一查，这历史没有年代，歪歪斜斜的每页上都写着"仁义道德"几个字。我横竖睡不着，仔细看了半夜，才从字缝里看出字来，满本都写着两个字是"吃人"！

书上写着这许多字，佃户说了这许多话，却都笑吟吟的睁着怪眼看我。

我也是人，他们想要吃我了！

四

早上，我静坐了一会儿。陈老五送进饭来，一碗菜，一碗蒸鱼；这鱼的眼睛，白而且硬，张着嘴，同那一伙想吃人的人一样。吃了几筷，滑溜溜的不知是鱼是人，便把他兜肚连肠的吐出。

我说"老五，对大哥说，我闷得慌，想到园里走走。"老五不答应，走了；停一会，可就来开了门。

我也不动，研究他们如何摆布我；知道他们一定不肯放松。果然！我大哥引了一个老头子，慢慢走来；他满眼凶光，怕我看出，只是低头向着地，从眼镜横边暗暗看我。大哥说，"今天你仿佛很好。"我说"是的。"大哥说，"今天请何先生来，给你诊一诊。"我说"可以！"其实我岂不知道这老头子是刽子手扮的！无非借了看脉这名目，揣一揣肥瘠：因这功劳，也分一片肉吃。我也不怕；虽然不吃人，胆子却比他们还壮。伸出两个拳头，看他如何下手。老头子坐着，闭了眼睛，摸了好一会，呆了好一会；便张开他鬼眼睛说，"不要乱想。静静的养几天，就好了。"

不要乱想，静静的养！养肥了，他们是自然可以多吃；我有什么好处，怎么会"好了"？他们这群人，又想吃人，又是鬼鬼祟祟，想法子遮掩，不敢直截下手，真要令我笑死。我忍不住，便放声大笑起来，十分快活。自己晓得这笑声里面，有的是义勇和正气。老头子和大哥，都失了色，被我这勇气正气镇压住了。

但是我有勇气，他们便越想吃我，沾光一点这勇气。老头子跨出门，走不多远，便低声对大哥说道，"赶紧吃罢！"大哥点点头。原来也有你！这一件大发现，虽似意外，也在意中：合伙吃我的人，便是我的哥哥！

吃人的是我哥哥！

我是吃人的人的兄弟！

我自己被人吃了，可仍然是吃人的人的兄弟！

五

这几天是退一步想：假使那老头子不是刽子手扮的，真是医生，也仍然是吃人的人。他们的祖师李时珍做的"本草什么"上，明明写着人肉可以煎吃；他还能说自己不吃人么？

至于我家大哥，也毫不冤枉他。他对我讲书的时候，亲口说过可以"易子而食"；又一回偶然议论起一个不好的人，他便说不但该杀，还当"食肉寝皮"。我那时年纪还小，心跳了好半天。前天狼子村佃户来说吃心肝的事，他也毫不奇怪，不住的点头。可见心思是同从前一样狠。既然可以"易子而食"，便什么都易得，什么人都吃得。我从前单听他讲道理，也胡涂过去；现在晓得他讲道理的时候，不但唇边还抹着人油，而且心里满装着吃人的意思。

六

黑漆漆的，不知是日是夜。赵家的狗又叫起来了。

狮子似的凶心，兔子的怯弱，狐狸的狡猾，……

七

我晓得他们的方法，直捷杀了，是不肯的，而且也不敢，怕有祸祟。所以他们大家联络，布满了罗网，逼我自戕。试看前几天街上男女的样子，和这几天我大哥的作为，便足可悟出八九分了。最好是解下腰带，挂在梁上，自己紧紧勒死；他们没有杀人的罪名，又偿了心愿，自然都欢天喜地的发出一种呜呜咽咽的笑声。否则惊吓忧愁死了，虽则略瘦，也还可以首肯几下。

他们是只会吃死肉的！——记得什么书上说，有一种东西，叫"海乙那"的，眼光和样子都很难看；时常吃死肉，连极大的骨头，都细细嚼烂，咽下肚子去，想起来也教人害怕。"海乙那"是狼的亲眷，狼是狗的本家。前天赵家的狗，看我几眼，可见他也同谋，早已接洽。老头子眼看着地，岂能瞒得我过。

最可怜的是我的大哥，他也是人，何以毫不害怕；而且合伙吃我呢？还是历来惯了，不以为非呢？还是丧了良心，明知故犯呢？

我诅咒吃人的人，先从他起头；要劝转吃人的人，也先从他下手。

八

其实这种道理，到了现在，他们也该早已懂得，……

忽然来了一个人；年纪不过二十左右，相貌是不很看得清楚，满面笑容，对了我点头，他的笑也不像真笑。我便问他，"吃人的事，对么？"他仍然笑着说，"不是荒年，怎么会吃人。"我立刻就晓得，他也是一伙，喜欢吃人的；便自勇气百倍，偏要问他。

"对么？"

"这等事问他什么。你真会……说笑话。……今天天气很好。"

天气是好，月色也很亮了。可是我要问你，"对么？"

他不以为然了。含含胡胡的答道，"不……"

"不对？他们何以竟吃？！"

"没有的事……"

"没有的事？狼子村现吃；还有书上都写着，通红斩新！"

他便变了脸，铁一般青。睁着眼说，"有许有的，这是从来如此……"

"从来如此，便对么？"

"我不同你讲这些道理；总之你不该说，你说便是你错！"

我直跳起来，张开眼，这人便不见了。全身出了一大片汗。他的年纪，比我大哥小得远，居然也是一伙；这一定是他娘老子先教的。还怕已经教给他儿子了；所以连小孩子，也都恶狠狠的看我。

九

自己想吃人，又怕被别人吃了，都用着疑心极深的眼光，面面相觑。……

去了这心思，放心做事走路吃饭睡觉，何等舒服。这只是一条门槛，一个关头。他们可是父子兄弟夫妇朋友师生仇敌和各不相识的人，都结成一伙，互相劝勉，互相牵掣，死也不肯跨过这一步。

十

大清早，去寻我大哥；他立在堂门外看天，我便走到他背后，拦住门，格外沉静，格外和气的对他说，

"大哥，我有话告诉你。"

"你说就是，"他赶紧回过脸来，点点头。

"我只有几句话，可是说不出来。大哥，大约当初野蛮的人，都吃过一点人。后来因为心思不同，有的不吃人了，一味要好，便变了人，变了真的人。有的却还吃，——也同虫子一样，有的变了鱼鸟猴子，一直变到人。有的不要好，至今还是虫子。这吃人的人比不吃人的人，何等惭愧。怕比虫子的惭愧猴子，还差得很远很远。

"易牙蒸了他儿子，给桀纣吃，还是一直从前的事。谁晓得从盘古开辟天地以后，一直吃到易牙的儿子；从易牙的儿子，一直吃到徐锡林；从徐锡林，又一直吃到狼子村捉住的人。去年城里杀了犯人，还有一个生痨病的人，用馒头蘸血舐。

"他们要吃我，你一个人，原也无法可想；然而又何必去入伙。吃人的人，什么事做不出；他们会吃我，也会吃你，一伙里面，也会自吃。但只要转一步，只要立刻改了，也就是人人太平。虽然从来如此，我们今天也可以格外要好，说是不能！大哥，我相信你能说，前天佃户要减租，你说过不能。"

当初，他还只是冷笑，随后眼光便凶狠起来，一到说破他们的隐情，那就满脸都变成青色了。大门外立着一伙人，赵贵翁和他的狗，也在里面，都探头探脑的挨进来。有的是看不出面貌，似乎用布蒙着；有的是仍旧青面獠牙，抿着嘴笑。我认识他们是一伙，都是吃人的人。可是也晓得他们心思很不一样，一种是以为从来如此，应该吃的；一种是知道不该吃，可是仍然要吃，又怕别人说破他，所以

听了我的话，越发气愤不过，可是抿着嘴冷笑。

这时候，大哥也忽然显出凶相，高声喝道，

"都出去！疯子有什么好看！"

这时候，我又懂得一件他们的巧妙了。他们岂但不肯改，而且早已布置；预备下一个疯子的名目罩上我。将来吃了，不但太平无事，怕还会有人见情。佃户说的大家吃了一个恶人，正是这方法。这是他们的老谱！

陈老五也气愤愤的直走进来。如何按得住我的口，我偏要对这伙人说，

"你们可以改了，从真心改起！要晓得将来容不得吃人的人，活在世上。

"你们要不改，自己也会吃尽。即使生得多，也会给真的人除灭了，同猎人打完狼子一样！——同虫子一样！"

那一伙人，都被陈老五赶走了。大哥也不知那里去了。陈老五劝我回屋子里去。屋里面全是黑沉沉的。横梁和椽子都在头上发抖；抖了一会，就大起来，堆在我身上。

万分沉重，动弹不得；他的意思是要我死。我晓得他的沉重是假的，便挣扎出来，出了一身汗。可是偏要说，

"你们立刻改了，从真心改起！你们要晓得将来是容不得吃人的人，……"

十一

太阳也不出，门也不开，日日是两顿饭。

我捏起筷子，便想起我大哥；晓得妹子死掉的缘故，也全在他。那时我妹子才五岁，可爱可怜的样子，还在眼前。母亲哭个不住，他却劝母亲不要哭；大约因为自己吃了，哭起来不免有点过意不去。如果还能过意不去，……

妹子是被大哥吃了，母亲知道没有，我可不得而知。

母亲想也知道；不过哭的时候，却并没有说明，大约也以为应当的了。记得我四五岁时，坐在堂前乘凉，大哥说爷娘生病，做儿子的须割下一片肉来，煮熟了请他吃，才算好人；母亲也没有说不行。一片吃得，整个的自然也吃得。但是那天的哭法，现在想起来，实在还教人伤心，这真是奇极的事！

十二

不能想了。

四千年来时时吃人的地方，今天才明白，我也在其中混了多年；大哥正管着家务，妹子恰恰死了，他未必不和在饭菜里，暗暗给我们吃。

我未必无意之中，不吃了我妹子的几片肉，现在也轮到我自己，……

有了四千年吃人履历的我，当初虽然不知道，现在明白，难见真的人！

十三

没有吃过人的孩子，或者还有？

救救孩子……

一九一八年四月

原载 1918 年 5 月《新青年》第 4 卷第 5 号

颓败线的颤动

鲁　迅

　　我梦见自己在做梦。自身不知所在,眼前却有一间在深夜中紧闭的小屋的内部,但也看见屋上瓦松的茂密的森林。

　　板桌上的灯罩是新拭的。照得屋子里分外明亮。在光明中,在破榻上,在初不相识的披毛的强悍的肉块底下,有瘦弱渺小的身躯,为饥饿,苦痛,惊异,羞辱,欢欣而颤动。驰缓,然而尚且丰腴的皮肤光润了;青白的两颊泛出轻红,如铅上涂了胭脂水。

　　灯火也因惊惧而缩小了,东方已经发白。

　　然而空中还弥漫地摇动着饥饿,苦痛,惊异,羞辱,欢欣的波涛……

　　"妈!"约略两岁的女孩被门的开阖声惊醒,在草席围着的屋角的地上叫起来了。

　　"还早哩,再睡一会罢!"她惊惶地说。

　　"妈!我饿,肚子痛。我们今天能有什么吃的?"

　　"我们今天有吃的了。等一会有卖烧饼的来,妈就买给你。"她欣慰地更加捏着掌中的小银片,低微的声音悲凉地发抖。走近屋角去一看她的女儿,移开草席,抱起来放在破榻上。

　　"还早哩,再睡一会罢。"她说着,同时抬起眼睛,无可告诉地一看破旧的屋顶以上的天空。

　　空中突然另起了一个很大的波涛,和先前的相撞击。回旋而成旋涡。将一切并我尽行淹没。口鼻都不能呼吸。

　　我呻吟着醒来,窗外满是如银的月色。离天明还很辽远似的。

　　我自身不知所在,眼前却有一间在深夜中紧闭的小屋的内部,我自己知道是在续着残梦。可是梦的年代隔了许多年了。屋的内外已经这样整齐;里面是青年的夫妻,一群小孩子,都怨恨鄙夷地对着一个垂老的女人。

　　"我们没有脸见人,就只因为你,"男人气忿地说。"你还以为养大了她,其实正是害苦了她,倒不如小时候饿死的好!"

　　"使我委屈一世的就是你!"女的说。

　　"还要带累了我!"男的说。

"还要带累他们哩！"女的说，指着孩子们。

最小的一个更正玩着一片干芦叶，这时便向空中一挥，仿佛一柄钢刀，大声说道：

"杀！"

那垂老的女人口角正在痉挛。登时一怔，接着便都平静，不多时候，她冷静地，骨立的石像似的站起来了。她开开板门，迈步在深夜中走出，遗弃了背后一切的冷骂和毒笑。

她在深夜中尽走。一直走到无边的荒野；四面都是荒野。头上只有高天，并无一个虫鸟飞过。她赤身露体地，石像似的站在荒野的中央，于一刹那间照见过往的一切：饥饿，苦痛，惊异，羞辱，欢欣，于是发抖；害苦，委屈，带累，于是痉挛；杀，于是平静。……又于一刹那间将一切并合：眷念与决绝，爱抚与复仇，养育与歼除，祝福与咒诅……她于是举两手尽量向天，口唇间出人与兽的，非人间所有，所以无词的言语。

当她说出无词的言语时，她那伟大如石像，然而已经荒废的，颓败的身躯的全面都颤动了。这颤动点点如鱼鳞，每一鳞都起伏如沸水在烈火上；空中也即刻一同振颤，仿佛风雨中的荒海的波涛。

她于是抬起眼睛向着天空，并无词的言语也沉默尽绝，惟有颤动，辐射若太阳光，使空中的波涛立刻回旋，如遭飓风，汹涌奔腾于无边的荒野。

我梦魇了，自己却知道是因为将手搁在胸脯上了的缘故；我梦中还用尽平生之力，要将这十分沉重的手移开。

一九二五年六月二十九日

故乡的野菜

周作人

　　我的故乡不止一个，凡我住过的地方都是故乡。故乡对于我并没有什么特别的情分，只因钓于斯游于斯的关系，朝夕会面，造成相识，正如乡村里的邻居一样，虽然不是亲属，别后有时也要想念到他。我在浙东住过十几年，南京东京都住过六年，这都是我的故乡；现在住在北京，于是北京就成了我的家乡了。

　　目前我的妻往西单市场买菜回来，说起有荠菜在那里卖着，我便想起浙东的事来。荠菜是浙东人春天常吃的野菜，乡间不必说，就是城里只要有后园的人家可以随时采食，妇女小儿各拿一把剪刀一只"苗篮"，蹲在地上搜寻，是一种有趣味的游戏的工作。那时小孩们唱道："荠菜马兰头，姊姊嫁在后门头。"后来马兰头有乡人拿来进城售卖了，但荠菜还是一种野菜，须得自家去采。关于荠菜向来颇有风雅的传说，不过这似乎以吴地为主。《西湖游览志》云："三月三日男女皆戴荠菜花。谚云：三春戴荠花，桃李羞繁华。"顾禄的《清嘉录》上亦说："荠菜花俗呼野菜花，因谚有三月三蚂蚁上灶山之语，三日人家皆以野菜花置灶陉上，以厌虫蚁。侵晨村童叫卖不绝。或妇女簪髻上以祈清目，俗号眼亮花。"但浙东人却不很理会这些事情，只是挑来做菜或炒年糕吃罢了。

　　黄花麦果通称鼠曲草，系菊科植物，叶小微圆互生，表面有白毛，花黄色，簇生梢头。春天采嫩叶，捣烂去汁，和粉作糕，称黄花麦果糕。小孩们有歌赞美之云：

　　黄花麦果韧结结，

　　关得大门自要吃；

　　半块拿弗出，一块自要吃。

　　清明前后扫墓时，有些人家——大约是保存古风的人家——用黄花麦果作供，但不作饼状，做成小颗如指顶大，或细条如小指，以五六个作一攒，名曰茧果，不知是什么意思，或因蚕上山时设祭，也用这种食品，故有是称，亦未可知。自从十二三岁时外出不参与外祖家扫墓以后，不复见过茧果，近来住在北京，也不再见黄花麦果的影子了。日本称作"御形"，与荠菜同为春的七草之一，也采来做点心用，状如艾饺，名曰"草饼"，春分前后多食之，在北京也有，但是吃去总是日本风味，不复是儿时的黄花麦果糕了。

　　扫墓时候所常吃的还有一种野菜，俗名草紫，通称紫云英。农人在收获后，播种田内，用作肥料，是一种很被贱视的植物，但采取嫩茎瀹食，味颇鲜美，似豌豆苗。花紫红色，数十亩接连不断，一片锦绣，如铺着华美的地毯，非常好看，而且花朵状若蝴蝶，又如鸡雏，尤为小孩所喜。间有白色的花，相传可以治痢，很是珍重，但不易得。日本《俳句大辞典》云："此草与蒲公英同是习见的东西，从幼年时代便已熟识。在女人里边，不曾采过紫云英的人，恐未必有罢。"中国古来没有花环，但紫云英的花球却是小孩常玩的东西，这一层我还替那些小人们欣幸的。浙东扫墓用鼓吹，所以少年常随了乐音去看"上坟船里的姣姣"；没有钱的人家虽没有鼓吹，但是船头上篷窗下总露出些紫云英和杜鹃的花束，这也就是上坟船的确实的证据了。

1924 年 2 月

原载 1927 年 4 月 5 日《晨报》副刊

凤凰涅槃

郭沫若

天方国古有神鸟名"菲尼克司"Phoenix，满五百岁后，集香木自焚，复从死灰中更生，鲜美异常，不再死。

按此鸟殆即中国所谓凤凰：雄为凤，雌为凰。《孔演图》云："凤凰火精，生丹穴。"《广雅》云："凤凰……雄鸣日即即，雌鸣日足足。"

序曲

除夕将近的空中，
飞来飞去的一对凤凰，
唱着哀哀的歌声飞去，
衔着枝枝的香木飞来，
飞来在丹穴山上。
山右有枯槁了的梧桐，
山左有消歇了的醴泉，
山前有浩茫茫的大海，
山后有阴莽莽的平原，
山上是寒风凛冽的冰天。
天色昏黄了，
香木集高了，
凤已飞倦了，
凰已飞倦了，
他们的死期将近了。
凤啄香木，
一星星的火点迸飞。
凰扇火星，
一缕缕的香烟上腾。
凤又啄，
凰又扇，

山上的香烟弥散，
山上的火光弥满。
夜色已深了，
香木已燃了，
凤已啄倦了，
凰已扇倦了，
他们的死期已近了！
啊啊！
哀哀的凤凰！
凤起舞，低昂！
凰唱歌，悲壮！
凤又舞，
凰又唱，
一群的凡鸟，
自天外飞来观葬。

凤歌

即即！即即！即即！
即即！即即！即即！
茫茫的宇宙，冷酷如铁！
茫茫的宇宙，黑暗如漆！
茫茫的宇宙，腥秽如血！
宇宙呀，宇宙，
你为什么存在？
你自从哪儿来？
你坐在哪儿在？
你是个有限大的空球？
你是个无限大的整块？
你若是有限大的空球，
那拥抱着你的空间
他从哪儿来？
你的外边还有些什么存在？
你若是无限大的整块，
这被你拥抱着的空间

他从哪儿来？
你的当中为什么又有生命存在？
你到底还是个有生命的交流？
你到底还是个无生命的机械？
昂头我问天，
天徒矜高，莫有点儿知识。
低头我问地，
地已死了，莫有点儿呼吸。
伸头我问海，
海正扬声而鸣咽。

啊啊！
生在这样个阴秽的世界当中，
便是把金钢石的宝刀也会生锈！
宇宙呀，宇宙，
我要努力地把你诅咒：
你脓血污秽着的屠场呀！
你悲哀充塞着的囚牢呀！
你群鬼叫号着的坟墓呀！
你群魔跳梁着的地狱呀！
你到底为什么存在？
我们飞向西方，
西方同是一座屠场。
我们飞向东方，
东方同是一座囚牢。
我们飞向南方，
南方同是一座坟墓。
我们飞向北方，
北方同是一座地狱。
我们生在这样个世界当中，
只好学着海洋哀哭。

凰歌

足足！足足！足足！
足足！足足！足足！

五百年来的眼泪倾泻如瀑。
五百年来的眼泪淋漓如烛。
流不尽的眼泪，
洗不净的污浊，
浇不熄的情炎，
荡不去的羞辱，
我们这缥缈的浮生
到底要向哪儿安宿？
啊啊！
我们这缥缈的浮生
好像那大海里的孤舟。
左也是滟漫，
右也是滟漫，
前不见灯台，
后不见海岸，
帆已破，
樯已断，
楫已漂流，
柁已腐烂，
倦了的舟子只是在舟中呻唤，
怒了的海涛还是在海中泛滥。
啊啊！
我们这缥缈的浮生
好像这黑夜里的酣梦。
前也是睡眠，
后也是睡眠，
来得如飘风，
去得如轻烟，
来如风，
去如烟，
眠在后，
睡在前，
我们只是这睡眠当中的
一刹那的风烟。

凤
凰
涅
槃

啊啊！

有什么意思？

有什么意思？

痴！痴！痴！

只剩些悲哀，烦恼，寂寥，衰败，

环绕着我们活动着的死尸，

贯串着我们活动着的死尸。

啊啊！

我们年青时候的新鲜哪儿去了？

我们年青时候的甘美哪儿去了？

我们年青时候的光华哪儿去了？

我们年青时候的欢爱哪儿去了？

去了！去了！去了！

一切都已去了，

一切都要去了。

我们也要去了，

你们也要去了，

悲哀呀！烦恼呀！寂寥呀！衰败呀！

凤凰同歌

啊啊！

火光熊熊了。

香气蓬蓬了。

时期已到了。

死期已到了。

身外的一切！

身内的一切！

一切的一切！

请了！请了！

群鸟歌

岩鹰

哈哈，凤凰！凤凰！

你们枉为这禽中的灵长！

你们死了吗？你们死了吗？
从今后该我为空界的霸王！

孔雀

哈哈，凤凰！凤凰！
你们枉为这禽中的灵长！
你们死了吗？你们死了吗？
从今后请看我花翎上的威光！

鸱枭

哈哈，凤凰！凤凰！
你们枉为这禽中的灵长！
你们死了吗？你们死了吗？
哦！是哪儿来的鼠肉的馨香？

家鸽

哈哈，凤凰！凤凰！
你们枉为这禽中的灵长！
你们死了吗？你们死了吗？
从今后请看我们驯良百姓的安康！

鹦鹉

哈哈，凤凰！凤凰！
你们枉为这禽中的灵长！
你们死了吗？你们死了吗？
从今后请听我们雄辩家的主张！

白鹤

哈哈，凤凰！凤凰！
你们枉为这禽中的灵长！
你们死了吗？你们死了吗？
从今后请看我们高蹈派的徜徉！

凤凰更生歌

鸡鸣

昕潮涨了，
昕潮涨了，
死了的光明更生了。
春潮涨了，

春潮涨了，
死了的宇宙更生了。
生潮涨了，
生潮涨了，
死了的凤凰更生了。

凤凰和鸣

我们更生了。
我们更生了。
一切的一，更生了。
一的一切，更生了。
我们便是他，他们便是我。
我中也有你，你中也有我。
我便是你。
你便是我。
火便是凰。
凤便是火。
翱翔！翱翔！
欢唱！欢唱！
我们新鲜，我们净朗，
我们华美，我们芬芳，
一切的一，芬芳。
一的一切，芬芳。
芬芳便是你，芬芳便是我。
芬芳便是他，芬芳便是火。
火便是你。
火便是我。
火便是他。
火便是火。
翱翔！翱翔！
欢唱！欢唱！
我们热诚，我们挚爱。
我们欢乐，我们和谐。
一切的一，和谐。

一的一切，和谐。

和谐便是你，和谐便是我。

和谐便是他，和谐便是火。

火便是你。

火便是我。

火便是他。

火便是火。

翱翔！翱翔！

欢唱！欢唱！

我们生动，我们自由，

我们雄浑，我们悠久。

一切的一，悠久。

一的一切，悠久。

悠久便是你，悠久便是我。

悠久便是他，悠久便是火。

火便是你。

火便是我。

火便是他。

火便是火。

翱翔！翱翔！

欢唱！欢唱！

我们欢唱，我们翱翔。

我们翱翔，我们欢唱。

一切的一，常在欢唱。

一的一切，常在欢唱。

是你在欢唱？是我在欢唱？

是他在欢唱？是火在欢唱？

欢唱在欢唱！

欢唱在欢唱！

只有欢唱！

只有欢唱！

欢唱！

欢唱！

欢唱！　　　　　1920 年 1 月 20 日初稿　1928 年 1 月 3 日改削

蕙 的 风

汪 静 之

是那里吹来
这蕙花的风——
温馨的蕙花的风？

蕙花深锁在园里，
伊满怀着幽怨。
伊底幽香潜出园外，
去招伊所爱的蝶儿。

雅洁的蝶儿，
蕙在蕙风里；
他陶醉了；
想去寻着伊呢。

他怎寻得到被禁锢的伊呢？
他只迷在伊的风里，
隐忍着这悲惨然而甜蜜的伤心，
醺醺地翩翩地飞着。

一九二一年九月三日

沉　沦

郁达夫

一

他近来觉得孤冷得可怜。

他的早熟的性情，竟把他挤到与世人绝不相容的境地去，世人与他的中间介在的那一道屏障，愈筑愈高了。

天气一天一天的清凉起来，他的学校开学之后，已经快半个月了。那一天正是 9 月的 22 日。

晴天一碧，万里无云，终古常新的皎日，依旧在她的轨道上，一程一程的在那里行走。从南方吹来的微风，同醒酒的琼浆一般，带着一种香气，一阵阵的拂上面来。在黄苍未熟的稻田中间，在弯曲同白线似的乡间的官道上面，他一个人手里捧了一本六寸长的 Wordsworth 的诗集，尽在那里缓缓的独步。在这大平原内，四面并无人影；不知从何处飞来的一声两声的远吠声，悠悠扬扬的传到他耳膜上来。他眼睛离开了书，同做梦似的向有犬吠声的地方看去，但看见了一丛杂树，几处人家，同鱼鳞似的屋瓦上，有一层薄薄的蜃气楼，同轻纱似的，在那里飘荡。

"Oh, you serene gossamer! You beautiful gossamer!"

这样的叫了一声，他的眼睛里就涌出了两行清泪来，他自己也不知道是什么缘故。

呆呆的看了好久，他忽然觉得背上有一阵紫色的气息吹来，息索的一响，道旁的一枝小草，竟把他的梦境打破了，他回转头来一看，那枝小草还是颠摇不已，一阵带着紫罗兰气息的和风，温微微的哼到他那苍白的脸上来。在这清和的早秋的世界里，在这澄清透明的以太中，他的身体觉得同陶醉似的酥软起来。他好像是睡在慈母怀里的样子。他好像是梦到了桃花源里的样子。他好像是在南欧的海岸，躺在情人膝上，在那里贪午睡的样子。

他看看四边，觉得周围的草木，都在那里对他微笑。看看苍空，觉得悠久无穷的大自然，微微的在那里点头。一动也不动的向天看了一会，他觉得天空中，有一群小天神，背上插着了翅膀，肩上挂着了弓箭，在那里跳舞。他觉得乐极了。

便不知不觉开了口，自言自语的说：

　　"这里就是你的避难所。世间的一般庸人都在那里妒忌你，轻笑你，愚弄你；只有这大自然，这终古常新的苍空皎日，这晚夏的微风，这初秋的清气，还是你的朋友，还是你的慈母，还是你的情人，你也不必再到世上去与那些轻薄的男女共处去，你就在这大自然的怀里，这纯朴的乡间终老了罢。"

　　这样的说了一遍，他觉得自家可怜起来，好像有万千哀怨，横亘在胸中，一口说不出来的样子。含了一双清泪，他的眼睛又看到他手里的书上去。

> Behold her, single in the field,
> You solitary Highland Lass!
> Reaping and singing by herself;
> Stop here, or gently pass!
> Alone she cuts and binds the grain,
> And sings a melancholy strain;
> O, listen! for the vale profound
> Is over flowing with the sound.

　　看了这一节之后，他又忽然翻过一张来，脱头脱脑的看到那第三节去。

> Will no one tell me what she sings
> Perhaps the plaintive numbers flow
> For old, unhappy far—off things,
> And battle long ago:
> Or is it some more humble lay,
> Familiar matter of today?
> Some natural sorrow, loss, or pain,
> That has been, and may be again!

　　这也是他近来的一种习惯，看书的时候，并没有次序的。几百页的大书，更可不必说了，就是几十页的小册子，如爱美生的《自然论》(Emerson's On Nature)，沙罗的《逍遥游》(Thoreau's Ex-cursion)之类，也没有完完全全从头至尾的读完一篇过。当他起初翻开一册书来看的时候，读了四行五行或一页二页，他每被那一本书感动，恨不得要一口气把那一本书吞下肚子里去的样子，到读了三页四页之后，他又生起一种怜惜的心来，他心里似乎说：

　　"像这样的奇书，不应该一口气就把它念完，要留着细细儿的咀嚼才好。一下子就念完了之后，我的热望也就不得不消灭，那时候我就没有好望，没有梦想了，怎么使得呢？"

　　他的脑里虽然有这样的想头，其实他的心里早有一些儿厌倦起来，到了这时候，他总把那本书收过一边，不再看下去。过几天或者过几个钟头之后，他又用了满腔的热忱，同初读那一本书的时候一样的，去读另外的书去；几日前或者几点钟前那样的感动他的那一本书，就不得不被他遗忘了。

　　放大了声音把渭迟渥斯的那两节诗读了一遍之后，他忽然想把这一首诗用中国文翻译出来。

　　《孤寂的高原刈稻者》

　　他想想看，The solitary Highland reaper 诗题只有如此的译法。

> 你看那个女孩儿，她只一个人在田里，
> 你看那边的那个高原的女孩儿，她只一个人冷清清地！
> 她一边刈稻，一边在那儿唱着不已；
> 她忽儿停了，忽而又过去了，轻盈体态，风光细腻！
> 她一个人，刈了，又重把稻儿捆起，
> 她唱的山歌，颇有些儿悲凉的情味；
> 听呀听呀！这幽谷深深，
> 全充满了她的歌唱的清音。
> 有人能说否，她唱的究竟是什么？
> 或者她那万千的痴话，
> 是唱着前代的哀歌，
> 或者是前朝的战事，千兵万马；
> 或者是些坊间的俗曲
> 便是目前的家常闲说？
> 或者是些天然的哀怨，必然的丧苦，自然的悲楚。
> 这些事虽是过去的回思，将来想亦必有人指诉。

　　他一口气译了出来之后，忽又觉得无聊起来，便自嘲自骂的说：

　　"这算是什么东西呀，岂不同教会里的赞美歌一样的乏味么？

　　"英国诗是英国诗，中国诗是中国诗，又何必译来对去呢！"

　　这样的说了一句，他不知不觉便微微儿的笑了起来。向四边一看，太阳已经打斜了；大平原的彼岸，西边的地平线上，有一座高山，浮在那里，饱受了一天残照,山的周围酝酿成一层朦朦胧胧的岚气,反射出一种紫不紫红不红的颜色来。

他正在那里出神呆看的时候,哼的咳嗽了一声,他的背后忽然来了一个农夫。回头一看,他就把他脸上的笑容装改了一副忧郁的面色,好像他的笑容是怕被人看见的样子。

二

他的忧郁症愈闹愈甚了。

他觉得学校里的教科书,味同嚼蜡,毫无半点生趣。天气清朗的时候,他每捧了一本爱读的文学书,跑到人迹罕至的山腰水畔,去贪那孤寂的深味去。在万籁俱寂的瞬间,在天水相映的地方,他看看草木虫鱼,看看白云碧落,便觉得自家是一个孤高傲世的贤人,一个超然独立的隐者。有时在山中遇着一个农夫,他便把自己当作了 Zaratustra,把 Zaratustra 所说的话,也在心里对那农夫讲了。他的 Megalomania 也同他的 Hypochondria 成了正比例,一天一天的增加起来。他竟有接连四五天不上学校去听讲的时候。

有时候到学校里去,他每觉得众人都在那里凝视他的样子。他避来避去想避他的同学,然而无论到了什么地方,他的同学的眼光,总好像怀了恶意,射在他的背脊上面。

上课的时候,他虽然坐在全班学生的中间,然而总觉得孤独得很;在稠人广众之中,感的这种孤独,倒比一个人在冷清的地方,感得的那种孤独,还更难受。看看他的同学看,一个个都是兴高采烈的在那里听先生的讲义,只有他一个人身体虽然坐在讲堂里头,心思却同飞云逝电一般,在那里作无边无际的空想。

好容易下课的钟声响了！先生退去之后,他的同学说笑的说笑,谈天的谈天,个个都同春来的燕雀似的,在那里作乐;只有他一个人锁了愁眉,舌根好像被千钧的巨石锤住的样子,兀的不作一声。他也很希望他的同学来对他讲些闲话,然而他的同学却都自家管自家的去寻欢乐去,一见了他那一副愁容,没有一个不抱头奔散的,因此他愈加怨他的同学了。

"他们都是日本人,他们都是我的仇敌,我总有一天来复仇,我总要复他们的仇。"

一到了悲愤的时候,他总这样的想的,然而到了安静之后,他又不得不嘲骂自家说:

"他们都是日本人,他们对你当然是没有同情的,因为你想得他们的同情,所以你怨他们,这岂不是你自家的错误么？"

他的同学中的好事者,有时候也有人来向他说笑的,他心里虽然非常感激,想同那一个人谈几句知心的话,然而口中总说不出什么话来;所以有几个解他的意的人,也不得不同他疏远了。

他的同学日本人在那里欢笑的时候,他总疑他们是在那里笑他,他就一霎时的红起脸来。他们在那里谈天的时候,若有偶然看他一眼的人,他又忽然红起脸来,以为他们是在那里讲他。他同他同学中间的距离,一天一天的远背起来,他的同学都以为他是爱孤独的人,所以谁也不敢来近他的身。

有一天放课之后,他挟了书包,回到他的旅馆里来,有三个日本学生系同他同路的。将要到他寄寓的旅馆的时候,前面忽然来了两个穿红裙的女学生。在这一区市外的地方,从没有女学生看见的,所以他一见了这两个女子,呼吸就紧缩起来。他们四个人同那两个女子擦过的时候,他的三个日本人的同学都问她们说:

"你们上那儿去?"

那两个女学生就作起娇声来回答说:

"不知道!"

"不知道!"

那三个日本学生都高笑起来,好像是很得意的样子;只有他一个人似乎是他自家同她们讲了话似的,害了羞,匆匆跑回旅馆里来。进了他自家的房,把书包用力的向席上一丢,他就在席上躺下了。他的胸前还在那里乱跳,用了一只手枕着头,一只手按着胸口,他便自嘲自骂的说:

"你这卑怯者!

"你既然怕羞,何以又要后悔?

"既要后悔,何以当时你又没有那样的胆量?不同她们去讲一句话。

"Oh, coward, coward!"

说到这里,他忽然想起刚才那两个女学生的眼波来了。那两双活泼泼的眼睛!

那两双眼睛里,确有惊喜的意思含在里头。然而再仔细想了一想,他又忽然叫起来说:

"呆人呆人!她们虽有意思,与你有什么相干?她们所送的秋波,不是单送给那三个日本人的么?唉!唉!她们已经知道了,已经知道我是支那人了,否则她们何以不来看我一眼呢!复仇复仇,我总要复他们的仇。"

说到这里,他那火热的颊上忽然滚了几颗冰冷的眼泪下来。他是伤心到极点了。这一天晚上,他记的日记说:

我何苦要到日本来,我何苦要求学问。既然到了日本,那自然不得不被他们日本人轻侮的。中国呀中国!你怎么不富强起来,我不能再隐忍过去了。

故乡岂不有明媚的山河,故乡岂不有如花的美女?我何苦要到这东海的岛

沉

沦

国里来!

到日本来倒也罢了,我何苦又要进这该死的高等学校。他们留了五个月学回去的人,岂不在那里享荣华安乐么?这五六年的岁月,教我怎么能挨得过去。受尽了千辛万苦,积了十数年的学识,我回国去,难道定能比他们来胡闹的留学生更强么?

人生百岁,年少的时候,只有七八年的光景,这最纯最美的七八年,我就不得不在这无情的岛国里虚度过去,可怜我今年已经是二十一了。

槁木的二十一岁!

死灰的二十一岁!

我真还不如变了矿物质的好,我大约没有开花的日子了。

知识我也不要,名誉我也不要,我只要一个安慰我体谅我的"心"。一副白热的心肠!从这一副心肠里生出来的同情!从同情而来的爱情!

我所要求的就是爱情!

若有一个美人,能理解我的苦楚,她要我死,我也肯的。

若有一个妇人,无论她是美是丑,能真心真意的爱我,我也愿意为她死的。

我所要求的就是异性的爱情!

苍天呀苍天,我并不要知识,我并不要名誉,我也不要那些无用的金钱,你若能赐我一个伊甸园内的"伊扶",使她的肉体与心灵,全归我有,我就心满意足了。

三

他的故乡,是富春江上的一个小市,去杭州水程不过八九十里。这一条江水,发源安徽,贯流全浙,江形曲折,风景常新,唐朝有一个诗人赞这条江水说"一川如画"。他十四岁的时候,请了一位先生写了这四个字,贴在他的书斋里,因为他的书斋的小窗,是朝着江面的。虽则这书斋结构不大,然而风雨晦明,春秋朝夕的风景,也还抵得过滕王高阁。在这小小的书斋里过了十几个春秋,他才跟了他的哥哥到日本来留学。

他三岁的时候就丧了父亲,那时候他家里困苦得不堪。好容易他长兄在日本 W 大学卒了业,回到北京,考了一个进士,分发在法部当差,不上两年,武昌的革命起来了。那时候他已在县立小学堂卒了业,正在那里换来换去的换中学堂。他家里的人都怪他无恒性,说他的心思太活;然而依他自己讲来,他以为他一个人同别的学生不同,不能按部就班的同他们同在一处求学的。所以他进了 K 府中学之后,不上半年又忽然转了 H 府中学来;在 H 府中学住了三个月,革命就起来了。H 府中学停学之后,他依旧只能回到那小小的书斋里来。第二年的春天,正是他十七岁的时候,他就进了大学的预科。这大学是在杭州城外,本来是美国长老会捐钱创办的，所以学校里浸润了一种专制的弊风，学生的自由，几乎被压缩得同针眼儿一般小。礼拜三的晚上有什么祈祷会，礼拜日非但不准出去游玩，并且在家里看别的书也不准的，除了唱赞美诗祈祷之外，只许看新旧约书。每天早晨从九点钟到九点二十分，定要去做礼拜，不去做礼拜，就要扣分数记过。他虽然非常爱那学校近傍的山水景物，然而他的心里，总有些反抗的意思，因为他是一个爱自由的人，对那些迷信的管束，怎么也不甘心服从。住不上半年，那大学里的厨子，托了校长的势，竟打起学生来。学生中间有几个不服的，便去告诉校长，校长反说学生不是。他看看这些情形，实在是太无道理了，就立刻去告了退，仍复回家，到那小小的书斋里去，那时候已经是六月初了。

在家里住了三个多月，秋风吹到富春江上，两岸的绿树，就快凋落的时候，他又坐了帆船，下富春江，上杭州去。却好那时候石牌楼的 W 中学正在那里招插班生，他进去见了校长 M 氏，把他的经历说给了 M 氏夫妻听，M 氏就许他插入最高的班里去。这 W 中学原来也是一个教会学校，校长 M 氏，也是一个糊涂的美国宣教师；他看看这学校的内容倒比 H 大学不如了。与一位很卑鄙的教务长——原来这一位先生就是 H 大学的卒业生——闹了一场，第二年的春天，他就出来了。出了 W 中学，他看看杭州的学校，都不能如他的意，所以他就打算不再进别的学校去。

正是这个时候，他的长兄也在北京被人排斥了。原来他的长兄为人正直得很，在部里办事，铁面无私，并且比一般部内的人物又多了一些学识，所以部内上下，都忌惮他。有一天某次长的私人，来问他要一个位置，他执意不肯，因此次长就同他闹起意见来，过了几天他就辞了部里的职，改到司法界去做司法官去了。他的二兄那时候正在绍兴军队里作军官，这一位二兄军人习气颇深，挥金如土，专喜结交侠少。他们弟兄三人，到这时候都不能如意之所为，所以那一小市镇里的闲人都说他们的风水破了。

他回家之后，便镇日镇夜的蛰居在他那小小的书斋里。他父祖及他长兄所藏的书籍，就作了他的良师益友。他的日记上面，一天一天的记起诗来。有时候他也用了华丽的文章做起小说来，小说里就把他自己当作了一个多情的勇士，把他邻近的一家寡妇的两个女儿，当作了贵族的苗裔，把他故乡的风物，全编作了田园的情景；有兴的时候，他还把他自家的小说，用单纯的外国文翻释起来；他的幻想，愈演愈大了，他的忧郁病的根苗，大约也就在这时候培养成功的。在家里住了半年，到了七月中旬，他接到他长兄的来信说：

"院内近有派予赴日本考察司法事务之意，予已许院长以东行，大约此事不日可见命令。渡日之先，拟返里小住。三弟居家，断非上策，此次当偕伊赴日本也。"他接到了这一封信之后，心中日日盼他长兄南来，到了九月下旬，他的兄嫂才自北京到家。住了一月，他就同他的长兄长嫂同到日本去了。

到了日本之后，他的 Dreams of the romantic age 尚未醒悟，模模糊糊的过了半载，他就考入了东京第一高等学校。这正是他十九岁的秋天。

第一高等学校将开学的时候，他的长兄接到了院长的命令，要他回去。他的长兄就把他寄托在一家日本人的家里，几天之后，他的长兄长嫂和他的新生的侄女儿就回国去了。东京的第一高等学校里有一班预备班，是为中国学生特设的。在这预科里预备一年，卒业之后，才能入各地高等学校的正科，与日本学生同学。他考入预科的时候，本来填的是文科，后来将在预科卒业的时候，他的长兄定要他改到医科去，他当时亦没有什么主见，就听了他长兄的话把文科改了。

预科卒业之后，他听说 N 市的高等学校是最新的，并且 N 市是日本产美人的地方，所以他就要求到 N 市的高等学校去。

四

他的二十岁的 8 月 29 日的晚上，他一个人从东京的中央车站乘了夜行车到 N 市去。

那一天大约刚是旧历的初三四的样子，同天鹅绒似的又蓝又紫的天空里，洒满了一天星斗。半痕新月，斜挂在西天角上，却似仙女的蛾眉，未加翠黛的样子。他一个人靠着了三等车的车窗，默默的在那里数窗外人家的灯火。火车在暗黑的夜气中间，一程一程地进去，那大都市的星星灯火，也一点一点的朦胧起来，他的胸中忽然生了万千哀感，他的眼睛里就忽然觉得热起来了。

"Sentimental, too sentimental!"这样的叫一声，把眼睛揩了一下，他反而自家笑起自家来。

"你也没有情人留在东京，你也没有弟兄知己住在东京，你的眼泪究竟是为谁洒的呀！或者是对于你过去的生活的伤感，或者是对你二年间的生活的余情，然而你平时不是说不爱东京的么？"

"唉，一年人住岂无情。"

"黄莺住久浑相识，欲别频啼四五声！"

胡思乱想的寻思了一会，他又忽然想到初次赴新大陆去的清教徒的身上去。

"那些十字架下的流人，离开他故乡海岸的时候，大约也是悲壮淋漓，同我一样的。"

火车过了横滨，他的感情方才渐渐儿的平静起来。呆呆的坐了一忽，他就取了一张明信片出来，垫在海涅（Heine）的诗集上，用铅笔写了一首诗寄他东京的朋友。

峨眉月上柳梢初，又向天涯别故居，

四壁旗亭争赌酒，六街灯火远随车，

乱离年少无多泪，行李家贫只旧书，

后夜芦根秋水长，凭君南浦觅双鱼。

在朦胧的电灯光里，静悄悄的坐了一会，他又把海涅的诗集翻开来看了。

"Ledet wohl, ihr glatten Saele,

Glatte Herren, glatte Frauen!

Auf die Berge will ich steigen,

Lachend auf euch niederschauen!"

Heine's《Harzreise》

"浮薄的尘寰，

无情的男女，

你看那隐隐的青山，

我欲乘风飞去，

且住且住，

我将从那绝顶的高峰，

笑看你终归何处。"

单调的轮声，一声声连连续续的飞到他的耳膜上来，不上三十分钟他竟被这催眠的车轮声引诱到梦幻的仙境里去了。

早晨五点钟的时候，天空渐渐儿的明亮起来。在车窗里向外一望，他只见一线青天还被夜色包住在那里。探头出去一看，一层薄雾，笼罩着一幅天然的画图，他心里想了一想："原来今天又是清秋的好天气，我的福分真可算不薄了。"过了一个钟头，火车就到了 N 市的停车场。

下了火车，在车站上遇见了个日本学生；他看看那学生的制帽上也有两条白线，便知道他也是高等学校的学生。他走上前去，对那学生脱了一脱帽，问他说：

"第 X 高等学校是在什么地方的？"

那学生回答说；

"我们一路去罢。"

他就跟了那学生跑出火车站来，在火车站的前头，乘了电车。

时光还早得很，N 市的店家都还未曾起来。他同那日本学生坐了电车，经过了几条冷清的街巷，就在鹤舞公园前面下了车。他问那日本学生说：

"学校还远得很么?"

"还有二里多路。"

穿过了公园,走到稻田中间的细路上的时候,他看看太阳已经起来了,稻上的露滴,还同明珠似的挂在那里。前面有一丛树林,树林荫里,疏疏落落的看得见几椽农舍。有两三条烟囱筒子,突出在农舍的上面,隐隐约约的浮在清晨的空气里。一缕两缕的青烟,同炉香似的在那里浮动,他知道农家已在那里炊早饭了。

到学校近边的一家旅馆去一问,他一礼拜前头寄出的几件行李,早已经到在那里。原来那一家人家是住过中国留学生的,所以主人待他也很殷勤。在那一家旅馆里住下了之后,他觉得前途好像有许多欢乐在那里等他的样子。

他的前途的希望,在第一天的晚上,就不得不被目前的实情嘲弄了。原来他的故里,也是一个小小的市镇。到了东京之后,在人山人海的中间,他虽然时常觉得孤独,然而东京的都市生活,同他幼时的习惯尚无十分龃龉的地方。如今到了这 N 市的乡下之后,他的旅馆,是一家孤立的人家,四面并无邻舍,左首门外便是一条如发的大道,前后都是稻田,西面是一方池水,并且因为学校还没有开课,别的学生还没有到来,这一间宽旷的旅馆里,只住了他一个客人。白天倒还可以支吾过去,一到了晚上,他开窗一望,四面都是沉沉的黑影,并且因 N 市的附近是一大平原,所以望眼连天,四面并无遮障之处,远远里有一点灯火,明灭无常,森然有些鬼气。天花板里,又有许多虫鼠,息窣索落的在那里争食。窗外有几株梧桐,微风动叶,飒飒的响得不已,因为他住在二层楼上,所以梧桐的叶战声,近在他的耳边。他觉得害怕起来,几乎要哭出来了。他对于都市的怀乡病(Nostalgia)从未有比那一晚更甚的。

学校开了课,他朋友也渐渐儿的多起来。感受性非常强烈的他的性情,也同天空大地丛林野水融和了。不上半年,他竟变成了一个大自然的宠儿,一刻也离不了那天然的野趣了。他的学校是在 N 市外,刚才说过市的附近是一大平原,所以四边的地平线,界限广大的很。那时候日本的工业还没有十分发达,人口也还没有增加得同目下一样,所以他的学校的近边,还多是丛林空地,小阜低冈。除了几家与学生做买卖的文房具店及菜馆之外,附近并没有居民。荒野的人间,只有几家为学生设的旅馆,同晓天的星影似的,散缀在麦田瓜地的中央。晚饭毕后,披了黑呢的缦斗(斗篷),拿了爱读的书,在迟迟不落的夕照中间,散步逍遥,是非常快乐的。他的田园趣味,大约也是在这 Idyllic Wanderings 的中间养成的。

在生活竞争不十分猛烈,逍遥自在,同中古时代一样的时候;在风气纯良,不与市井小人同处,清闲雅淡的地方;过日子正如做梦一样。他到了 N 市之后,转瞬之间,已经有半年多了。

熏风日夜的吹来,草色渐渐儿的绿起来。旅馆近旁麦田里的麦穗,也一寸一寸的长起来了。草木虫鱼都化育起来,他的从始祖传来的苦闷也一日一日的增长起来,他每天早晨,在被窝里犯的罪恶,也一次一次的加起来了。

他本来是一个非常爱高尚洁净的人,然而一到了这邪念发生的时候,他的智力也无用了,他的良心也麻痹了,他从小服膺的"身体发肤不敢毁伤"的圣训,也不能顾全了。他犯了罪之后,每深自痛悔,切齿的说,下次总不再犯了,然而到了第二天的那个时候,种种幻想,又活泼泼的到他的眼前来。他平时所看见的"伊扶"的遗类,都赤裸裸的来引诱他。中年以后的妇人的形体,在他的脑里,比处女更有挑拨他情动的地方。他苦闷一场,恶斗一场,终究不得不做她们的俘虏。这样的一次成了两次,两次之后,就成了习惯了。他犯罪之后,每到图书馆里去翻出医书来看,医书上都千篇一律的说,于身体最有害的就是这一种犯罪。从此之后,他的恐惧心也一天一天的增加起来了。有一天他不知道从什么地方得来的消息,好像是一本书上说,俄国近代文学的创设者 Gogol 也犯这一宗罪,他到死竟没有改过来,他想到了郭歌里,心里就宽了一宽,因为这《死了的灵魂》的著者,也是同他一样的。然而这不过自家对自家的宽慰而已,他的胸里,总有一种非常的忧虑存在那里。

因为他是非常爱洁净的,所以他每天总要去洗澡一次,因为他是非常爱惜身体的,所以他每天总要去吃几个生鸡子和牛乳,然而他去洗澡或吃牛乳鸡子的时候,他总觉得惭愧得很,因为这都是他的犯罪的证据。

他觉得身体一天一天的衰弱起来,记忆力也一天一天的减退了。他又渐渐儿的生了一种怕见人面的心思,见了妇人女子的时候,他觉得更加难受。学校的教科书,也渐渐的嫌恶起来,法国自然派的小说,和中国那几本有名的诲淫小说,他念了又念,几乎记熟了。

有时候他忽然做出一首好诗来,他自家便喜欢得非常,以为他的脑力还没有破坏。那时候他每对着自家起誓说:"我的脑力还可以使得,还能做得出这样的诗,我以后决不再犯罪了。过去的事实是没法,我以后总不再犯罪了。若从此自新,我的脑力,还是很可以的。"

然而一到了紧迫的时候,他的誓言又忘了。

每礼拜四五,或每月的二十六七的时候,他索性尽意的贪起欢来。他的心里想,自下礼拜一或下月初一起,我总不犯罪了。有时候正合到礼拜六或月底的晚上,去剃头洗澡去,以为这就是改过自新的记号,然而过几天他又不得不吃鸡子和牛乳了。

他的自责心同恐惧心,竟一日也不使他安闲,他的忧郁症也从此厉害起来了。这样的状态继续了一二个月，他的学校里就放了暑假，暑假的两个月内，他受的苦闷，更甚于平时；到了学校开课的时候，他的两颊的颧骨更高起来，他的青灰色的眼窝更大起来，他的一双灵活的瞳人，变了同死鱼眼睛一样了。

五

秋天又到了。浩浩的苍空，一天一天的高起来。他的旅馆旁边的稻田，都带起黄金色来。朝夕的凉风，同刀也似的刺到人的心骨里去，大约秋冬的佳日，来也不远了。

一礼拜前的有一天午后，他拿了一本 Wordsworth 的诗集，在田塍路上逍遥漫步了半天。从那一天以后，他的循环性的忧郁症，尚未离他的身过。前几天在路上遇着的那两个女学生，常在他的脑里，不使他安静，想起那一天的事情，他还是一个人要红起脸来。

他近来无论上什么地方去，总觉得有坐立难安的样子。他上学校去的时候，觉得他的日本同学都似在那里排斥他。他的几个中国同学，也许久不去寻访了，因为去寻访了回来，他心里反觉得空虚。因为他的几个中国同学，怎么也不能理解他的心理。他去寻访的时候，总想得些同情回来的，然而到了那里，谈了几句以后，他又不得不自悔寻访错了。有时候和朋友讲得投机，他就任了一时的热意，把他的内外的生活都对朋友讲了出来，然而到了归途，他又自悔失言，心里的责备，倒反比不去访友的时候，更加厉害。他的几个中国朋友，因此都说他是染了神经病了。他听了这话之后，对了那几个中国同学，也同对日本学生一样，起了一种复仇的心。他同他的几个中国同学，一日一日的疏远起来。嗣后虽在路上，或在学校里遇见的时候，他同那几个中国同学，也不点头招呼。中国留学生开会的时候，他当然是不去出席的。因此他同他的几个同胞，竟宛然成了两家仇敌。

他的中国同学的里边，也有一个很奇怪的人，因为他自家的结婚有些道德上的罪恶，所以他专喜讲人家的丑事，以掩己之不善，说他是神经病，也是这一位同学说的。

他交游离绝之后，孤冷得几乎到将死的地步，幸而他住的旅馆里，还有一个主人的女儿，可以牵引他的心，否则他真只能自杀了。他旅馆的主人的女儿，今年正是十七岁，长方的脸儿，眼睛大得很，笑起来的时候，面上有两颗笑靥，嘴里有一颗金牙看得出来，因为她自家觉得她自家的笑容是非常可爱，所以她平时常在那里弄笑。

他心里虽然非常爱她，然而她送饭来或来替他铺被的时候，他总装出一种兀不可犯的样子来。他心里虽想对她讲几句话，然而一见了她，他总不能开口。她进他房里来的时候,他的呼吸竟急促到吐气不出的地步。他在她的面前实在是受苦不起了,所以近来她进他的房里来的时候,他每不得不跑出房外去。然而他思慕她的心情,却一天一天的浓厚起来。有一天礼拜六的晚上,旅馆里的学生,都上 N 市去行乐去了。他因为经济困难,所以吃了晚饭,上西面池上去走了一回,就回到旅舍里来枯坐。

回家来坐了一会,他觉得那空旷的二层楼上,只有他一个人在家。静悄悄的坐了半晌,坐得不耐烦起来的时候,他又想跑出外面去。然而要跑出外面去,不得不由主人的房门口经过,因为主人和他女儿的房,就在大门的边上。他记得刚才进来的时候,主人和他的女儿正在那里吃饭。他一想到经过她面前的时候的苦楚,就把跑出外面去的心思丢了。

拿出了一本 G. Gissing 的小说来读了三四页之后,静寂的空气里,忽然传了几声沙沙的泼水声音过来。他静静儿的听了一听,呼吸又一霎时的急了起来,面色也涨红了。迟疑了一会,他就轻轻的开了房门,拖鞋也不拖,幽脚幽手的走下扶梯去。轻轻的开了便所的门,他尽兀自的站在便所的玻璃窗口偷看。原来他旅馆里的浴室,就在便所的间壁,从便所的玻璃窗看去,浴室里的动静了了可见。他起初以为看一看就可以走的,然而到了一看之后,他竟同被钉子钉住的一样,动也不能动了。

那一双雪样的乳峰!

那一双肥白的大腿!

这全身的曲线!

呼气也不呼,仔仔细细的看了一会,他面上的筋肉,都发起痉挛来了。愈看愈颤得厉害,他那发颤的前额部竟同玻璃窗冲击了一下。被蒸气包住的那赤裸裸的"伊扶"便发了娇声问说:

"是谁呀?……"

他一声也不响,急忙跳出了便所,就三脚两步的跑上楼上去了。

他跑到了房里,面上同火烧的一样,口也干渴了。一边他自家打自家的嘴巴,一边就把他的被窝拿出来睡了。他在被窝里翻来覆去,总睡不着,便立起了两耳,听起楼下的动静来。他听听泼水的声音也息了,浴室的门开了之后,他听见她的脚步声好像是走上楼来的样子。用被包着了头,他心里的耳朵明明告诉他说:

"她已经立在门外了。"

他觉得全身的血液,都在往上奔注的样子。心里怕得非常,羞得非常,也喜欢得非常。然而若有人问他,他无论如何,总不肯承认说,这时候他是喜欢的。

他屏住了气息,尖着了两耳听了一会,觉得门外并无动静,又故意喀嗽了一声，门外亦无声响。他正在那里疑惑的时候，忽听见她的声音，在楼下同她的父亲在那里说话。他手里捏了一把冷汗，拼命想听出她的话来，然而无论如何总听不清楚。停了一会，她的父亲高声笑了起来，他把被蒙头的一罩，咬紧了牙齿说：

"她告诉了他了！她告诉了他了！"这一天的晚上他一睡也不曾睡着。第二天的早晨，天亮的时候，他就惊心吊胆的走下楼来。洗了手面，刷了牙，趁主人和他的女儿还没有起来之先，他就同逃也似的出了那个旅馆，跑到外面来。

官道上的沙尘，染了朝露，还未曾干着。太阳已经起来了。他不问皂白，便一直的往东走去，远远有一个农夫，拖了一车野菜慢慢的走来。那农夫同他擦过的时候，忽然对他说：

"你早啊！"

他倒惊了一跳，那清瘦的脸上，又起了一层红潮，胸前又乱跳起来，他心里想：

"难道这农夫也知道了么？"

无头无脑的跑了好久，他回转头来看看他的学校，已经远得很了，举头看看，太阳也升高了。他摸摸表看，那银饼大的表，也不在身边。从太阳的角度看起来，大约已经是九点钟前后的样子。他虽然觉得饥饿得很，然而无论如何，总不愿意再回到那旅馆里去，同主人和他的女儿相见。想去买些零食充一充饥，然而他摸摸自家的袋看，袋里只剩了一角二分钱在那里。他到一家乡下的杂货店内，尽那一角二分钱，买了些零碎的食物，想去寻一处无人看见的地方去吃。走到了一处两路交叉的十字路口，他朝南的一望，只见与他的去路横交的那一条自北趋南的路上，行人稀少得很。那一条路是向南的斜低下去的，两面更有高壁在那里，他知道这路是从一条小山中开辟出来的。他刚才走来的那条大道，便是这山的岭脊，十字路当作了中心，与岭脊上的那条大道相交的横路，是两边低斜下去的。在十字路口迟疑了一会，他就取了那一条向南斜下的路走去。走尽了两面的高壁，他的去路就穿入大平原去，直通到彼岸的市内。平原的彼岸有一簇深林，划在碧空的心里，他心里想：

"这大约就是 A 神宫了。"

他走尽了两面的高壁，向左手斜面上一望，见沿高壁的那山面上有一道女墙，围住着几间茅舍，茅舍的门上悬着了"香雪海"三字的一方匾额。他离开了正路，走上几步，到那女墙的门前，顺手的向门一推，那两扇柴门竟自开了。他就随随便便的踏了进去。门内有一条曲径，自门口通过了斜面，直达到山上去的。曲径的两旁，有许多老苍的梅树种在那里，他知道这就是梅林了。顺了那一条曲径，往北的从斜面上走到山顶的时候，一片同图画似的平地，展开在他的眼前。这园自从山脚上起，跨有朝南的半山斜面，同顶上的一块平地，布置得非常幽雅。

山顶平地的西面是千仞的绝壁，与隔岸的绝壁相对峙，两壁的中间，便是他刚走过的那一条自北趋南的通路。背临着了那绝壁，有一间楼屋，几间平屋造在那里。因为这几间屋，门窗都闭在那里，他所以知道这定是为梅花开日，卖酒食用的。楼屋的前面，有一块草地，草地中间，有几方白石，围成了一个花园，圈子里，卧着一枝老梅，那草地的南尽头，山顶的平正要向南斜下去的地方，有一块石碑立在那里，系记这梅林的历史的。他在碑前的草地上坐下之后，就把买来的零食拿出来吃了。

吃了之后，他兀兀的在草地上坐了一会。四面并无人声，远远的树枝上，时有一声两声的鸟鸣声飞来。他仰起头来看看澄清的碧落，同那皎洁的日轮，觉得四面的树枝房屋，小草飞禽，都一样的在和平的太阳光里，受大自然的化育。他那昨天晚上的犯罪的记忆，正同远海的帆影一般，不知消失到那里去了。

这梅林的平地上和斜面上，叉来叉去的曲径很多。他站起来走来走去的走了一会，方晓得斜面上梅树的中间，更有一间平屋造在那里。从这一间房屋往东的走去几步，有眼古井，埋在松叶堆中。他摇摇井上的唧筒看，呷呷的响了几声，却抽不起水来。他心里想：

"这园大约只有梅花开的时候，开放一下，平时总没有人住的。"

想到这里他又自言自语的说：

"既然空在这里，我何妨去向园主人去借住借住。"想定了主意，他就跑下山来，打算去寻园主人去。他将走到门口的时候，恰好遇见了一个五十来岁的农夫走进园来。他对那农夫道歉之后，就问他说：

"这园是谁的，你可知道？"

"这园是我经管的。"

"你住在什么地方的？"

"我住在路的那面。"

一边这样的说，一边那农民指着通路西边的一间小屋给他看。他向西一看，果然在西边的高壁尽头的地方，有一间小屋在那里。他点了点头，又问说：

"你可以把园内的那间楼屋租给我住住么？"

"可是可以的，你只一个人么？"

"我只一个人。"

"那你可不必搬来的。"

"这是什么缘故呢？"

"你们学校里的学生，已经有几次搬来过了，大约都因为冷静不过，住不上十天，就搬走的。"

"我可同别人不同，你但能租给我，我是不怕冷静的。"

"这样哪里有不租的道理，你想什么时候搬来？"

"就是今天午后罢。"

"可以的，可以的。"

"请你就替我扫一扫干净，免得搬来之后着忙。"

"可以可以。再会！"

"再会！"

六

搬进了山上梅园之后，他的忧郁症又变起形状来了。

他同他的北京的长兄，为了一些儿细事，竟生起龃龉来。他发了一封长长的信，寄到北京，同他的长兄绝了交。

那一封信发出之后，他呆呆的在楼前草地上想了许多时候。他自家想想看，他便是世界上最不幸的人了。其实这一次的决裂，是发始于他的。同室操戈，事更甚于他姓之相争，自此之后，他恨他的长兄竟同蛇蝎一样，他被他人欺侮的时候，每把他长兄拿出来作比：

"自家的弟兄，尚且如此，何况他人呢！"

他每达到这一个结论的时候，必尽把他长兄待他苛刻的事情，细细回想出来。把各种过去的事迹，列举出来之后，就把他长兄判决是一个恶人，他自家是一个善人。他又把自家的好处列举出来，把他所受的苦处，夸大的细数起来。他证明得自家是一个世界上最苦的人的时候，他的眼泪就同瀑布似的流下来。他在那里哭的时候，空中好像有一种柔和的声音在对他说：

"啊呀，哭的是你么？那真是冤屈了你了。像你这样的善人，受世人的那样的虐待，这可真是冤屈了你了。罢了罢了，这也是天命，你别再哭了，怕伤害了你的身体！"

他心里一听到这一种声音，就舒畅起来。他觉得悲苦的中间，也有无穷的甘味在那里。

他因为想复他长兄的仇，所以就把所学的医科丢弃了，改入文科里去，他的意思，以为医科是他长兄要他改的，仍旧改回文科，就是对他长兄宣战的一种明示。并且他由医科改入文科，在高等学校须迟卒业一年。他心里想，迟卒业一年，就是早死一岁，你若因此迟了一年，就到死可以对你长兄含一种敌意。因为他恐怕一二年之后，他们兄弟两人的感情，仍旧要和好起来；所以这一次的转科，便是帮他永久敌视他长兄的一个手段。

气候渐渐儿的寒冷起来，他搬上山来之后，已经有一个月了，几日来天气阴郁，灰色的层云，天天挂在空中。寒冷的北风吹来的时候，梅林的树叶，每息索息索的飞掉下来。初搬来的时候,他卖了些旧书,买了许多烩饭的器具,自家烧了一个月饭,因为天冷了,他也懒得烧了。他每天的伙食,就一切包给了山脚下的园丁家包办,所以他近来只同退院的闲僧一样,除了怨人骂己之外,更没有别的事情了。

有一天早晨,他侵早的起来,把朝东的窗门开了之后,他看见前面的地平线上有几缕红云,在那里浮荡。东天半角,反照出一种银红的灰色。因为昨天下了一天微雨,所以他看了这清新的旭日,比平日更添了几分欢喜。他走到山的斜面上,从那古井里汲了水,洗了手面之后,觉得满身的气力,一霎时都回复了转来的样子。他便跑上楼去,拿了一本黄仲则的诗集下来,一边高声朗读,一边尽在那梅林的曲径里,跑来跑去的跑圈子。不多一会,太阳起来了。

从他住的山顶向南方看去,眼下看得出一大平原。平原里的稻田,都尚未收割起。金黄的谷色,以绀碧的天空作了背景,反映着一天太阳的晨光,那风景正同看密来(Millet)的田园清画一般。他觉得自家好像已经变了几千年前的原始基督教徒的样子,对了这自然的默示,他不觉笑起自家的气量狭小起来。

"饶赦了! 饶赦了! 你们世人得罪于我的地方,我都饶赦了你们罢,来,你们来,都来同我讲和罢!"手里拿着了那一本诗集,眼里浮着了两泓清泪,正对了那平原的秋色,呆呆的立在那里想这些事情的时候,他忽听见他的近边,有两人在那里低声的说:

"今晚上你一定要来的哩!"

这分明是男子的声音。

"我是非常想来的,但是恐怕……"

他听了这娇滴滴的女子的声音之后,好像是被电气贯穿了的样子,觉得自家的血液循环都停止了。原来他的身边有一丛长大的苇草生在那里,他立在苇草的右面,那一对男女,大约是在苇草的左面,所以他们两个还不晓得隔着苇草,有人站在那里。那男人又说

"你心真好,请你今晚上来罢,我们到如今还没在被窝里睡过觉。"

"……"

他忽然听见两人的嘴唇,灼灼的好像在那里吮吸的样子。

他同偷了食的野狗一样,就惊心吊胆的把身子屈倒去听了。"你去死罢,你去死罢,你怎么会下流到这样的地步!"

他心里虽然如此的在那里痛骂自己,然而他那一双尖着的耳朵,却一言半语也不愿意遗漏,用了全副精神在那里听着。

地上的落叶索息索息的响了一下。

解衣带的声音。

男人嘶嘶的吐了几口气。

舌尖吮吸的声音。

女人半轻半重，断断续续的说：

"你！……你！……你快……快××罢。……别……别……别被人……被人看见了。"

他的面色，一霎时的变了灰色了。他的眼睛同火也似的红了起来。他的上腭骨同下腭骨呷呷的发起颤来。他再也站不住了。他想跑开去，但是他的两只脚，总不听他的话。他苦闷了一场，听听两人出去了之后，就同落水的猫狗一样，回到楼上房里去，拿出被窝来睡了。

七

他饭也不吃，一直在被窝里睡到午后四点钟的时候才起来。那时候夕阳洒满了远近。平原的彼岸的树林里，有一带苍烟，悠悠扬扬的笼罩在那里。他踉踉跄跄的走下了山，上了那一条自北趋南的大道，穿过了那平原，无头无绪的尽是向南的走去。走尽了平原，他已经到了神宫前的电车停留处了。那时候却好从南面有一乘电车到来，他不知不觉就跳了上去，既不知道他究竟为什么要乘电车，也不知道这电车是往什么地方去的。

走了十五六分钟，电车停了，运车的教他换车，他就换了一乘车。走了二三十分钟，电车又停了，他听见说是终点了，他就走了下来。他的前面就是筑港了。

前面一片汪洋的大海，横在午后的太阳光里，在那里微笑。超海而南有一条青山，隐隐的浮在透明的空气里，西边是一脉长堤，直驰到海湾的心里去。堤外有一处灯台，同巨人似的，立在那里。几艘空船和几只舢板，轻轻的在系着的地方浮荡。海中近岸的地方，有许多浮标，饱受了斜阳，红红的浮在那里。远处风来，带着几句单调的话声，既听不清楚是什么话，也不知道是从那里来的。

他在岸边上走来走去走了一会，忽听见那一边传过了一阵击磬的声来。他跑过去一看，原来是为唤渡船而发的。他立了一会，看有一只小火轮从对岸过来了。跟着了一个四五十岁的工人，他也进了那只小火轮去坐下了。

渡到东岸之后，上前走了几步，他看见靠岸有一家大庄子在那里。大门开得很大，庭内的假山花草，布置得楚楚可爱。他不问是非，就踱了进去。走不上几步，他忽听得前面家中有女人的娇声叫他说：

"请进来呀！"

他不觉惊了一下，就呆呆的站住了。他心里想：

"这大约就是卖酒食的人家，但是我听见说，这样的地方，总有妓女在那里的。"

一想到这里,他的精神就抖擞起来,好像是一桶冷水浇上身来的样子。他的面色立时变了。要想进去又不能进去,要想出来又不得出来;可怜他那同兔儿似的小胆,同猿猴似的淫心,竟把他陷到一个大大的难境里去了。

"进来吓!请进来吓!"

里面又娇滴滴的叫了起来,带着笑声。

"可恶东西,你们竟敢欺我胆小么?"

这样的怒了一下,他的面色更同火也似的烧了起来。咬紧了牙齿,把脚在地上轻轻的蹬了一蹬,他就捏了两个拳头,向前进去,好像是对了那几个年轻的侍女宣战的样子。但是他那青一阵红一阵的面色,和他的面上的微微儿在那里震动的筋肉,总隐藏不过。他走到那几个侍女的面前的时候,几乎要同小孩似的哭出来了。

"请上来!"

"请上来!"

他硬了头皮,跟了一个十七八岁的侍女走上楼去,那时候他的精神已经有些镇静下来了。走了几步,经过一条暗暗的夹道的时候,一阵恼人的花粉香气,同日本女人特有的一种肉的香味,和头发上的香油气息合作了一处,哼的扑上他的鼻孔来。他立刻觉得头晕起来,眼睛里看见了几颗火星,向后边跌也似的退了一步。他再定睛一看,只见他的前面黑暗暗的中间,有一长圆形的女人的粉面,堆着了微笑,在那里问他说:

"你!你还是上靠海的地方呢?还是怎样?"

他觉得女人口里吐出来的气息,也热和和的哼上他的面来。他不知不觉把这气息深深的吸了一口。他的意识,感觉到他这行为的时候,他的面色又立刻红了起来。他不得已只能含含糊糊的答应她说:

"上靠海的房间里去。"

进了一间靠海的小房间,那侍女便问他要什么菜。他就回答说:

"随便拿几样来罢。"

"酒要不要?"

"要的。"

那侍女出去之后,他就站起来推开了纸窗,从外边放了一阵空气进来。因为房里的空气,沉浊得很,他刚才在夹道中闻过的那一阵女人的香味,还剩在那里,他实在是被这一阵气味压迫不过了。

一湾大海,静静的浮在他的面前。外边好像是起了微风的样子,一片一片地海浪,受了阳光的返照,同金鱼的鱼鳞似的,在那里微动。他立在窗前看了一会,低声的吟了一句诗出来:

"夕阳红上海边楼。"

他向西的一望，见太阳离西南的地平线只有一丈多高了。呆呆的看了一会，他的心思怎么也离不开刚才的那个侍女。她的口里的头上的面上的和身体上的那一种香味，怎么也不容他的心思去想别的东西。他才知道他想吟诗的心是假的，想女人的肉体的心是真的了。

停了一会，那侍女把酒菜搬了进来，跪坐在他的面前，亲亲热热的替他上酒。他心里想仔仔细细的看她一看，把他的心里的苦闷都告诉了她，然而他的眼睛怎么也不敢平视她一眼，他的舌根怎么也不能摇动一摇动。他不过同哑子一样，偷看看她那搁在膝上一双纤嫩的白手，同衣缝里露出来的一条粉红的围裙角。

原来日本的妇人都不穿裤子，身上贴肉只围着一条短短的围裙。外边就是一件长袖的衣服，衣服上也没有钮扣，腰里只缚着一条一尺多宽的带子，后面结着一个方结。她们走路的时候，前面的衣服每一步一步的掀开来，所以红色的围裙，同肥白的腿肉，每能偷看。这是日本女子特别的美处；他在路上遇见女子的时候，注意的就是这些地方。他切齿的痛骂自己，畜生！狗贼！卑怯的人！也便是这个时候。

他看了那侍女的围裙角，心头便乱跳起来。愈想同她说话，但愈觉得讲不出话来。大约那侍女是看得不耐烦起来了，便轻轻的问他说：

"你府上是什么地方？"

一听了这一句话，他那清瘦苍白的面上，又起了一层红色；含含糊糊的回答了一声，他呐呐的总说不出清晰的回话来。可怜他又站在断头台上了。

原来日本人轻视中国人，同我们轻视猪狗一样。日本人都叫中国人作"支那人"，这"支那人"三字，在日本，比我们骂人的"贱贼"还更难听，如今在一个如花的少女前头，他不得不自认说："我是支那人"了。

"中国呀中国，你怎么不强大起来！"

他全身发起抖来，他的眼泪又快滚下来了。

那侍女看他发颤发得厉害，就想让他一个人在那里喝酒，好教他把精神安镇安镇，所以对他说：

"酒就快没有了，我再去拿一瓶来罢？"

停了一会他听得那侍女的脚步声又走上楼来。他以为她是上他这里来的，所以就把衣服整了一整，姿势改了一改。但是他被她欺骗了。她原来是领了两三个另外的客人，上间壁的那一间房间里去的。那两三个客人都在那里对那侍女取笑，那侍女也娇滴滴的说：

"别胡闹了，间壁还有客人在那里。"

他听了就立刻发起怒来。他心里骂他们说：

"狗才！俗物！你们都敢来欺侮我么？复仇复仇，我总要复你们的仇。世间那里有真心的女子！那侍女的负心东西，你竟敢把我丢了么？罢了罢了，我再也不爱女人了，我再也不爱女人了。我就爱我的祖国，我就把我的祖国当作了情人罢。"

他马上就想跑回去发愤用功。但是他的心里，却很羡慕那间壁的几个俗物。他的心里，还有一处地方在那里盼望那个侍女再回到他这里来。

他按住了怒，默默的喝干了几杯酒，觉得身上热起来。打开了窗门，他看太阳就快要下山去了。又连饮了几杯，他觉得他面前的海景都朦胧起来。西面堤外的灯台的黑影，长大了许多。一层茫茫的薄雾，把海天融混作了一处。在这一层浑沌不明的薄纱影里，西方的将落不落的太阳，好象在那里惜别的样子。他看了一会，不知道是什么缘故，只觉得好笑。呵呵的笑了一回，他用手擦擦自家那火热的双颊，便自言自语的说：

"醉了醉了！"

那侍女果然进来了。见他红了脸，立在窗口在那里痴笑，便问他说：

"窗开了这样大，你不冷的么？"

"不冷不冷，这样好的落照，谁舍得不看呢？"

"你真是一个诗人呀！酒拿来了。"

"诗人！我本来是一个诗人。你去把纸笔拿了来，我马上写首诗给你看看。"

那侍女出去了之后，他自家觉得奇怪起来。他心里想："我怎么会变了这样大胆的？"

痛饮了几杯新拿来的热酒，他更觉得快活起来，又禁不得呵呵笑了一阵。他听见间壁房间里的那几个俗物，高声的唱起日本歌来，他也放大了嗓子唱着说：

"醉拍阑干酒意寒，江湖寥落又冬残，
剧怜鹦鹉中州骨，未拜长沙太傅官，
一饭千金图报易，几人五噫出关难，
茫茫烟水回头望，也为神州泪暗弹。"

高声的念了几遍，他就在席上醉倒了。

八

一醉醒来，他看看自家睡在一条红绸的被里，被上有一种奇怪的香气。这一间房间也不很大，但已不是白天的那一间房间了。房中挂着一盏十烛光的电灯，枕头边上摆着了一壶茶，两只杯子。他倒了二三杯茶，喝了之后，就踉踉跄跄的

走到房外去。他开了门,却好白天的那侍女也跑过来了。她问他说:

"你! 你醒了么?"

他点了一点头,笑微微的回答说:

"醒了。便所是在什么地方的?"

"我领你去罢。"

他就跟了她去。他走过日间的那条夹道的时间,电灯点得明亮得很。远近有许多歌唱的声音,三弦的声音,大笑的声音传到他耳朵里来。白天的情节,他都想出来了。一想到酒醉之后,他对那侍女说的那些话的时候,他觉得面上又发起烧来。

从厕所回到房里之后,他问那侍女说:

"这被是你的么?"

侍女笑着说:

"是的。"

"现在是什么时候了?"

"大约是八点四五十分的样子。"

"你去开了账来罢!"

"是。"

他付清了账,又拿了一张纸币给那侍女,他的手不觉微颤起来。那侍女说:"我是不要的。"

他知道她是嫌少了。他的面色又涨红了,袋里摸来摸去,只有一张纸币了,他就拿了出来给她说:"你别嫌少了,请你收了罢。"

他的手震动得更加厉害,他的话声也颤动起来了。那侍女对他看了一眼,就低声的说:

"谢谢!"

他直的跑下了楼,套上了皮鞋,就走到外面来。

外面冷得非常,这一天大约是旧历的初八九的样子。半轮寒月,高挂在天空的左半边。淡青的圆形盖里,也有几点疏星,散在那里。

他在海边上走了一回,看看远岸的渔灯,同鬼火似的在那里招引他。细浪中间,映着了银色的月光,好像是山鬼的眼波,在那里开闭的样子。不知是什么道理,他忽想跳入海里去死了。

他摸摸身边看,乘电车的钱也没有了。想想白天的事情看,他又不得不痛骂自己。

"我怎么会走上那样的地方去的? 我已经变了一个最下等的人了。悔也无及,悔也无及。我就在这里死了罢。我所求的爱情,大约是求不到的了。没有爱情的生涯,岂不同死灰一样么?唉,这干燥的生涯,这干燥的生涯,世上的人又都在那里仇视我,欺侮我,连我自家的亲弟兄,自家的手足,都在那里排挤我到这世界外去。我将何以为生,我又何必生存在这多苦的世界里呢!"

想到这里,他的眼泪就连连续续的滴了下来。他那灰白的面色,竟同死人没有分别了。他也不举起手来揩揩眼泪,月光射到他的面上,两条泪线,倒变了叶上的朝露一样放起光来。他回转头来看看他自家的又瘦又长的影子,就觉得心痛起来。

"可怜你这清影,跟了我二十一年,如今这大海就是你的葬身地了,我的身子,虽然被人家欺辱,我可不该累你也瘦弱到这步田地的。影子呀影子,你饶了我罢!"

他向西面一看,那灯台的光,一霎变了红一霎变了绿的在那里尽它的本职。那绿的光射到海面上的时候,海面就现出一条淡青的路来。再向西天一看,他只见西方青苍苍的天底下,有一颗明星,在那里摇动。

"那一颗摇摇不定的明星的底下,就是我的故国。也就是我的生地。我在那一颗星的底下,也曾送过十八个秋冬,我的乡土啊,我如今再也不能见你的面了。"

他一边走着,一边尽在那里自伤自悼的想这些伤心的哀话。

走了一会,再向那西方的明星看了一眼,他的眼泪便同骤雨似的落下来了。他觉得四边的景物,都模糊起来。把眼泪揩了一下,立住了脚,长叹了一声,他便断断续续的说:

"祖国呀祖国!我的死是你害我的!

"你快富起来!强起来罢!

"你还有许多儿女在那里受苦呢!"

一九二一年五月九日改作

原载小说集《沉沦》,据《达夫全集》第 2 卷《鸡肋集》

背　影

朱自清

我与父亲不相见已二年余了，我最不能忘记的是他的背影。那年冬天，祖母死了，父亲的差使也交卸了，正是祸不单行的日子，我从北京到徐州，打算跟着父亲奔丧回家。到徐州见着父亲，看见满院狼藉的东西，又想起祖母，不禁簌簌地流下眼泪。父亲说，"事已如此，不必难过，好在天无绝人之路！"

回家变卖典质，父亲还了亏空；又借钱办了丧事。这些日子，家中光景很是惨澹，一半为了丧事，一半为了父亲赋闲。丧事完毕，父亲要到南京谋事，我也要回到北京念书，我们便同行。

到南京时，有朋友约去游逛，勾留了一日；第二日上午便须渡江到浦口，下午上车北去。父亲因为事忙，本已说定不送我，叫旅馆里一个熟识的茶房陪我同去。便再三嘱咐茶房，甚是仔细。但他终于不放心，怕茶房不妥帖；颇踌躇了一会。其实我那年已二十岁，北京已来往过两三次，是没有甚么要紧的了。他踌躇了一会，终于决定还是自己送我去。我两三回劝他不必去；他只说，"不要紧，他们去不好！"

我们过了江，进了车站。我买票，他忙着照看行李。行李太多了，得向脚夫行些小费，才可过去。他便又忙着和他们讲价钱。我那时真是聪明过分，总觉他说话不大漂亮，非自己插嘴不可。但他终于讲定了价钱；就送我上车。他给我拣定了靠车门的一张椅子；我将他给我做的紫毛大衣铺好座位。他嘱我路上小心，夜里要警醒些，不要受凉。又嘱托茶房好好照应我。我心里暗笑他的迂；他们只认得钱，托他们真是白托！而且我这样大年纪的人，难道还不能料理自己么？唉，我现在思想，那时真是太聪明了！

我说道，"爸爸，你走吧。"他望车外看了看，说，"我买几个橘子去。你就在此地，不要走动。"我看那边月台的栅栏外有几个卖东西的等着顾客。走到那边月台，须穿过铁道，须跳下去又爬上去。父亲是一个胖子，走过去自然要费事些。我本来要去的，他不肯，只好让他去。我看见他戴着黑布小帽，穿着黑布大马褂，深青布棉袍，蹒跚地走到铁道边，慢慢探身下去，尚不大难。可是他穿过铁道，要爬上那边月台，就不容易了。他用两手攀着上面，两脚再向上缩；他肥胖的身子向左微倾，显出努力的样子。这时我看见他的背影，我的泪很快地流下来了。我赶紧拭干了泪，怕他看见，也怕别人看见。我再向外看时，他已抱了朱红的橘子往回走了。过铁道时，他先将橘子散放在地上，自己慢慢爬下，再抱走橘子走。到这边时，我赶紧去搀他。他和我走到车上，将橘子一股脑儿放在的我皮大衣上。于是扑扑衣上的泥土，心里很轻松似的，过一会说，"我走了，到那边来信！"我望着他走出去。他走了几步，回过头看见我，说，"进去吧，里边没人。"等他的背影混入来来往往的人里，再找不着了，我便进来坐下，我的眼泪又来了。

　　近几年来，父亲和我都是东奔西走，家中光景是一日不如一日。他少年出外谋生，独立支持，做了许多大事。哪知老境却如此颓唐！他触目伤怀，自然情不能自已。情郁于中，自然要发之于外；家庭琐屑便往往触他之怒。他待我渐渐不同往日。但最近两年的不见，他终于忘却我的不好，只是惦记着我，惦记着我的儿子。我北来后，他写了一信给我，信中说道，"我身体平安，惟膀子疼痛厉害，举箸提笔，诸多不便，大约大去之期不远矣。"我读到此处，在晶莹的泪光中，又看见那肥胖的，青布棉袍，黑布马褂的背影。唉！我不知何时再能与他相见！

　　　　　　　　　　　　　　　　　　　　　一九二五年十月，北京。

　　　　原载 1925 年 11 月 22 日《文学周报》第 200 期

潘先生在难中

叶圣陶

车站里挤满了人，各有各的心事，都现出异样的神色。

脚夫的两手插在号衣的口袋里，睡着一般地站着；他们知道可以得到特别收入的时间离得还远，也犯不着老早放出精神来。空气沉闷得很，人们略微感到呼吸受压迫，大概快要下雨了。电灯亮了一会了，仿佛比平时昏黄一点，望去好象一切的人物都在雾里梦里。

揭示处的黑漆板上标明西来的快车须迟到四点钟。这个报告在几点钟以前早就教人家看熟了，现在便同风化了的戏单一样，没有一个人再望它一眼。象这种报告，在这一个礼拜里，几乎每天每趟的行车都有；大家也习以为当然了。

不知几多人心系着的来车居然到了，闷闷的一个车站就一变而为扰扰的境界。来客的安心，候客者的快意，以及脚夫的小小发财，我们且都不提。单讲一位从让里来的潘先生。他当火车没有驶进月台之先，早已安排得十分周妥：他领头，右手提着个黑漆皮包，左手牵着个七岁的孩子；七岁的孩子牵着他哥哥（今年九岁），哥哥又牵着他母亲。潘先生说人多照顾不齐，这么牵着，首尾一气，犹如一条蛇，什么地方都好钻了。他又屡次叮嘱，教大家握得紧紧，切勿放手；尚恐大家万一忘了，又屡次摇荡他的左手，意思是教把这警告打电报一般一站一站递过去。

首尾一气诚然不错，可是也不能全然没有弊病。火车将停时，所有的客人和东西都要涌向车门，潘先生一家的那条蛇就有点尾大不掉了。他用黑漆皮包做前锋，胸腹部用力向前抵，居然进展到距车门只两个窗洞的地位。但是他的七岁的孩子还在距车门四个窗洞的地方，被挤在好些客人和座椅之间，一动不能动；两臂一前一后，伸得很长，前后的牵引力都很大，似乎快要把胳臂拉了去的样子。他急得直喊，"啊！我的胳臂！我的胳臂！"

一些客人听见了带哭的喊声，方才知道腰下挤着个孩子；留心一看，见他们四个人一串，手联手牵着。一个客人呵斥道，"赶快放手；要不然，把孩子拉做两半了！"

"怎么的，孩子不抱在手里！"又一个客人用鄙夷的声气自语，一方面他仍注意在攫得向前行进的机会。

"不，"潘先生心想他们的话不对，牵着自有牵着的妙用；再转一念，妙用岂是人人能够了解的，向他们辩白，也不过徒费唇舌，不如省些精神吧：就把以下的话咽了下去。

而七岁的孩子还是"胳臂！胳臂！"喊着。潘先生前进后退都没有希望，只得自己失约，先放了手，随即惊惶地发命令道，"你们看着我！你们看着我！"

车轮一顿，在轨道上站定了；车门里弹出去似地跳下了许多人。潘先生觉得前头松动些；但是后面的力量突然增加，他的脚作不得一点主，只得向前推移；要回转头来招呼自己的队伍，也不得自由，于是对着前面的人的后脑叫喊，"你们跟着我！你们跟着我！"

他居然从车门里被弹出来了。旋转身子一看，后面没有他的儿子同夫人。心知他们还挤在车中，守住车门老等总是稳当的办法。又下来了百多人，方才看见脚踏上人丛中现出七岁的孩子的上半身，承着电灯光，面目作哭泣的形相。他走前去，几次被跳下来的客人冲回，才用左臂把孩子抱了下来。再等了一会，潘师母同九岁的孩子也下来了：她吁吁地呼着气，连喊"哎唷，哎唷"，凄然的眼光相着潘先生的脸，似乎要求抚慰的孩子。

潘先生到底镇定，看见自己的队伍全下来了，重又发命令道，"我们仍旧象刚才一样联起来。你们看月台上的人这么多，收票处又挤得厉害，要不是联着，就走散了！"

七岁的孩子觉得害怕，拦住他的膝头说，"爸爸，抱。"

"没用的东西！"潘先生颇有点愤怒，但随即耐住，蹲下身子把孩子抱了起来。同时关照大的孩子拉着他的长衫的后幅，一手要紧紧牵着母亲，因为他自己两只手都不空了。

潘师母从来不曾受过这样的困累，好容易下了车，却还有可怕的拥挤在前头，不禁发怨道，"早知道这样子，宁可死在家里，再也不要逃难了！"

"悔什么！"潘先生一半发气，一半又觉得怜惜。"到了这里，懊悔也是没用。并且，性命到底安全了。走吧，当心脚下。"于是四个一串向人丛中蹒跚地移过去。

一阵的拥挤，潘先生象在梦里似的，出了收票处的隘口。他仿佛急流里的一滴水滴，没有回旋转侧的余地，只有顺着大家的势，脚不点地地走。一会儿已经出了车站的铁栅栏，跨过了电车轨道，来到水门汀的人行道上。慌忙地回转身来，只见数不清的给电灯光耀得发白的面孔以及数不清的提箱与包裹，一齐向自己这边涌来，忽然觉得长衫后幅上的小手没有了，不知什么时候放了的；心头怅惘到不可言说，只是无意识地把身子乱转。转了几回，一丝踪影也没有。家破人亡之感立时袭进他的心，禁不住渗出两滴眼泪来，望出去电灯人形都有点模糊了。

幸而抱着的孩子眼光敏锐，他瞥见母亲的疏疏的额发，便认识了，举起手来指点着，"妈妈，那边。"

潘先生一喜；但是还有点不大相信，眼睛凑近孩子的衣衫擦了擦，然后望去。搜寻了一会，果然看见他的夫人呆鼠一般在人丛中瞎撞，前面护着那大的孩子，他们还没跨过电车轨道呢。他便向人迎上去，连喊"阿大"，把他们引到刚才站定的人行道上。于是放下手中的孩子，舒畅地吐一口气，一手抹着脸上的汗说，"现在好了！"的确好了，只要跨出那一道铁栅栏，就有人保险，什么兵火焚掠都遭逢不到；而已经散失的一妻一子，又幸运得很，一寻即着：

岂不是四条性命，一个皮包，都从毁灭和危难之中捡了回来么？岂不是"现在好了"？

"黄包车！"潘先生很入调地喊。

车夫们听见了，一齐拉着车围拢来，问他到什么地方。

他稍微昂起了头，似乎增加了好几分威严，伸出两个指头扬着说，"只消两辆！两辆！"他想了一想，继续说，"十个铜子，四马路，去的就去！"这分明表示他是个"老上海"。

辩论了好一会，终于讲定十二个铜子一辆。潘师母带着大的孩子坐一辆，潘先生带着小的孩子同黑漆皮包坐一辆。

车夫刚要拔脚前奔，一个背枪的印度巡捕一条胳臂在前面一横，只得缩住了。小的孩子看这个人的形相可怕，不由得回过脸来，贴着父亲的胸际。

潘先生领悟了，连忙解释道，"不要害怕，那就是印度巡捕，你看他的红包头。我们因为本地没有他，所以要逃到这里来；他背着枪保护我们。他的胡子很好玩的，你可以看一看，同罗汉的胡子一个样子。"

孩子总觉得怕，便是同罗汉一样的胡子也不想看。直到听见当当的声音，才从侧边斜睨过去，只见很亮很亮的一个房间一闪就过去了；那边一家家都是花花灿灿的，灯点得亮亮的，他于是不再贴着父亲的胸际。

到了四马路，一连问了八九家旅馆，都大大的写着"客满"的牌子；而且一望而知情商也没用，因为客堂里都搭起床铺，可知确实是住满了。最后到一家也标着"客满"，但是一个伙计懒懒地开口道，"找房间么？"

"是找房间，这里还有么？"一缕安慰的心直透潘先生的周身，仿佛到了家似的。

"有是有一间，客人刚刚搬走，他自己租了房子了。你先生若是迟来一刻，说不定就没有了。"

"那一间就归我们住好了。"他放了小的孩子，回身去扶下夫人同大的孩子来，说，"我们总算运气好，居然有房间住了！"随即付车钱，慷慨地照原价加上一个铜子；他相信运气好的时候多给人，一些好处，以后好运气会连续而来的。但是车夫偏不知足，说跟着他们回来回去走了这多时，非加上五个铜子不可。结果旅馆里的伙计出来调停，潘先生又多破费了四个铜子。

这房间就在楼下，有一张床，一盏电灯，一张桌子，两把椅子，此外就只有烟雾一般的一房间的空气了。潘先生一家跟着茶房走进去时，立刻闻到刺鼻的油腥味，中间又混着阵阵的尿臭。潘先生不快地自语道，"讨厌的气味！"随即听见隔壁有食料投下油锅的声音，才知道那里是厨房。

再一想时，气味虽讨厌，究比吃枪子睡露天好多了；也就觉得没有什么，舒舒泰泰地在一把椅子上坐下。

"用晚饭吧？"茶房放下皮包回头问。

"我要吃火腿汤淘饭，"小的孩子咬着指头说。

潘师母马上对他看个白眼，凛然说，"火腿汤淘饭！是逃难呢，有得吃就好了，还要这样那样点戏！"

大的孩子也不知道看看风色，央着潘先生说，"今天到上海了，你给我吃大菜。"

潘师母竟然发怒了，她回头呵斥道，"你们都是没有心肝的，只配什么也没得吃，活活地饿……"

潘先生有点儿窘，却作没事的样子说，"小孩子懂得什么。"便吩咐茶房道，"我们在路上吃了东西了，现在只消来两客蛋炒饭。"

茶房似答非答地一点头就走，刚出房门，潘先生又把他喊回来道，"带一斤绍兴，一毛钱熏鱼来。"

茶房的脚声听不见，潘先生舒快地对潘师母道，"这一刻该得乐一乐，喝一杯了。你想，从兵祸凶险的地方，来到这绝无其事的境界，第一件可乐。刚才你们忽然离开了我，找了半天找不见，真把我急死了；倒是阿二乖觉（他说着，把阿二拖在身边，一手轻轻地拍着），他一眼便看见了你，于是我迎上来，这是第二件可乐。乐哉乐哉，陶陶酌一杯。"他作举杯就口的样子，迷迷地笑着。

潘师母不响，她正想着家里呢。细软的虽然已经带在皮包里，寄到教堂里去了，但是留下的东西究竟还不少。不知王妈到底可靠不可靠；又不知隔壁那家穷人家有没有知道他们一家都出来了，只剩个王妈在家里看守；又不知王妈睡觉时，会不会忘了关上一扇门或是一扇窗。她又想起院子里的三只母鸡，没有完工的阿二的裤子，厨房里的一碗白燂鸭……真同通了电一般，一刻之间，种种的事情都涌上心头，觉得异样地不舒服；便叹口气道，"不知弄到怎样呢！"

两个孩子都怀着失望的心情，茫昧地觉得这样的上海没有平时父母嘴里的上海来得好玩而有味。

疏疏的雨点从窗外洒进来，潘先生站起来说，"果真下雨了，幸亏在这时候下，"就把窗子关上。突然看见原先给窗子掩没的旅客须知单，他便想起一件顶紧要的事情，一眼不眨地直望那单子。

"不折不扣，两块！"他惊讶地喊。回转头时，眼珠瞪视着潘师母，一段舌头从嘴里伸了出来。

二

第二天早上，走廊中茶房们正蜷在几条长凳上熟睡，狭得只有一条的天井上面很少有晨光透下来，几许房间里的电灯还是昏黄地亮着。但是潘先生夫妇两个已经在那里谈话了；两个孩子希望今天的上海或许比昨晚的好一点，也醒了一会儿，只因父母教他们再睡一会，所以还躺在床上，彼此呵痒为戏。

"我说你一定不要回去，"潘师母焦心地说。"这报上的话，知道它靠得住靠不住的。既然千难万难地逃了出来，哪有立刻又回去的道理！"

"料是我早先也料到的。顾局长的脾气就是一点不肯马虎。'地方上又没有战事，学自然照常要开的，'这句话确然是他的声口。这个通信员我也认识，就是教育局里的职员，又哪里会靠不住？回去是一定要回去的。"

"你要晓得，回去危险呢！"潘师母凄然地说。"说不定三天两天他们就会打到我们那地方去，你就是回去开学，有什么学生来念书？就是不打到我们那地方，将来教育局长怪你为什么不开学时，你也有话回答。你只要问他，到底性命要紧还是学堂要紧？他也是一条性命，想来决不会对你过不去。"

"你懂得什么！"潘先生颇怀着鄙薄的意思。"这种话只配躲在家里，伏在床角里，由你这种女人去说；你道我们也说得出口么！你切不要拦阻我（这时候他已转为抚慰的声调），回去是一定要回去的；但是包你没有一点危险，我自有保全自己的法子。而且（他自喜心思灵敏，微微笑着），你不是很不放心家里的东西么？我回去了，就可以自己照看，你也能定心定意住在这里了。等到时局平定了，我马上来接你们回去。"

潘师母知道丈夫的回去是万无挽回的了。回去可以照看东西固然很好；但是风声这样紧，一去之后，犹如珠子抛在海里，谁保得定必能捞回来呢！生离死别的哀感涌上心头，她再不敢正眼看她的丈夫，眼泪早在眼角边偷偷地想跑出来了。她又立刻想起这个场面不大吉利，现在并没有什么不好的事情，怎么能凄惨地流起眼泪来。于是勉强忍住眼泪，聊作自慰的请求道，"那么你去看看情形，假使教育局长并没有照常开学这句话，要是还来得及，你就搭了今天下午的车来，不然，搭了明天的早车来。你要知道（她到底忍不住，一滴眼泪落在手背，立刻在衫子上擦去了)，我不放心呢！"

潘先生心里也着实有点烦乱，局长的意思照常开学，自己万无主张暂缓开学之理，回去当然是天经地义，但是又怎么放得下这里！看他夫人这样的依依之情，断然一走，未免太没有恩义。又况一个女人两个孩子都是很懦弱的，一无依傍，寄住在外边，怎能断言决没有意外？他这样想时，不禁深深地发恨：恨这人那人调兵遣将，预备作战，恨教育局长主张照常开课，又恨自己没有个已经成年，可以帮助一臂的儿子。

但是他究竟不比女人，他更从利害远近种种方面着想，觉得回去终于是天经地义。便把恼恨搁在一旁，脸上也不露一毫形色，顺着夫人的口气点头道，"假若打听明白局长并没有这个意思，依你的话，就搭了下午的车来。"

两个孩子约略听得回去和再来的话，小的就伏在床沿作娇道，"我也要回去。"

"我同爸爸妈妈回去，剩下你独个儿住在这里，"大的孩子扮着鬼脸说。

小的听着，便迫紧喉咙叫唤，作啼哭的腔调，小手擦着眉眼的部分，但眼睛里实在没有眼泪。

"你们都跟着妈妈留在这里，"潘先生提高了声音说。

"再不许胡闹了，好好儿起来等吃早饭吧。"说罢，又嘱咐了潘师母几句，径出雇车，赶往车站。

模糊地听得行人在那里说铁路已断火车不开的话，潘先生想，"火车如果不开，倒死了我的心，就是立刻免职也只得由他了。"同时又觉得这消息很使他失望；又想他要是运气好，未必会逢到这等失望的事，那么行人的话也未必可靠。欲决此疑，只希望车夫三步并作一步跑。

他的运气果然不坏，赶到车站一看，并没有火车不开的通告；揭示处只标明夜车要迟四点钟才到，这时候还没到呢。买票处绝不拥挤，时时有一两个人前去买票。聚集在站中的人却不少，一半是候客的，一半是来看看的，也有带着照相器具的，专等夜车到时摄取车站拥挤的情形，好作《风云变幻史》的一页。行李房满满地堆着箱子铺盖，各色各样，几乎碰到铅皮的屋顶。

他心中似乎很安慰，又似乎有点儿怅惘，顿了一顿，终于前去买了一张三等票，就走入车厢里坐着。晴明的阳光照得一车通亮，可是不嫌燠热；坐位很宽舒，勉强要躺躺也可以。他想，"这是难得逢到的。倘若心里没有事，真是一趟愉快的旅行呢。"

这趟车一路耽搁，听候军人的命令，等待兵车的通过。

开到让里，已是下午三点过了。潘先生下了车，急忙赶到家，看见大门紧紧关着，心便一定，原来昨天再四叮嘱王妈的就是这一件。

扣了十几下，王妈方才把门开了。一见潘先生，出惊地说，"怎么，先生回来了！不用逃难了么？"

潘先生含糊回答了她；奔进里面四周一看，便开了房门的锁，直闯进去上下左右打量着。没有变更，一点没有变更，什么都同昨天一样。于是他吊起的半个心放下来了。

还有半个心没放下，便又锁上房门，回身出门；吩咐王妈道，"你照旧好好把门关上了。"

王妈摸不清头绪，关了门进去只是思索。她想主人们一定就住在本地，恐怕她也要跟去，所以骗她说逃到上海去。"不然，怎么先生又回来了？奶奶同两个孩子不同来，又躲在什么地方呢？但是，他们为什么不让我跟去？这自然嫌得人多了不好。——他们一定就住在那洋人的红房子里，那些兵都讲通的，打起仗来不打那红房子。——其实就是老实告诉我，要我跟去，我也不高兴去呢。我在这里一点也不怕；如果打仗打到这里来，反正我的老衣早就做好了。"她随即想起甥女儿送她的一双绣花鞋真好看，穿了那双鞋上西方，阎王一定另眼相看；于是她感到一种微妙的舒快，不再想主人究竟在哪里的问题。

潘先生出门，就去访那当通信员的教育局职员，问他局长究竟有没有照常开学的意思。那人回答道，"怎么没有？他还说有些教员只顾逃难，不顾职务，这就是表示教育的事业不配他们干的；乘此淘汰一下也是好处。"潘先生听了，仿佛觉得一凛；但又赞赏自己有主意，决定从上海回来到底是不错的。一口气奔到自己的学校里，提起笔来就起草送给学生家属的通告。通告中说兵乱虽然可虑，子弟的教育犹如布帛菽粟，是一天一刻不可废弃的，现在暑假期满，学校照常开学。从前欧洲大战的时候，人家天空里布着御防炸弹的网，下面学校里却依然在那里上课：这种非常的精神，我们应当不让他们专美于前。希望家长们能够体谅这一层意思，若无其事地依旧把子弟送来：这不仅是家庭和学校的益处，也是地方和国家的荣誉。

他起好草稿，往复看了三遍，觉得再没有可以增损，局长看见了，至少也得说一声"先得我心"。便得意地誊上蜡纸，又自己动手印刷了百多张，派校役向一个个学生家里送去。公事算是完毕了，开始想到私事；既要开学，上海是去不成了，他们母子三个住在旅馆里怎么挨得下去！但也没有办法，惟有教他们一切留意，安心住着。于是蘸着刚才的残墨写寄与夫人的信。

下一天，他从茶馆里得到确实的信息，铁路真个不通了。他心头突然一沉，似乎觉得最亲热的一妻两儿忽地乘风飘去，飘得很远，几乎至于渺茫。没精没采地踱到学校里，校役回报昨天的使命道，"昨天出去送通告，有二十多家关上了大门，打也打不开，只好从门缝里塞进去。有三十多家只有佣人在家里，主人逃到

潘先生在难中

上海去了,孩子当然跟了去,不一定几时才能回来念书。其余的都说知道了;有的又说性命还保不定安全,读书的事再说吧。"

"哦,知道了。"潘先生并不留心在这些上边,更深的忧虑正萦绕在他的心头。他抽完了一支烟卷以后,应走的路途决定了,便赶到红十字会分会的办事处。

他缴纳会费愿做会员;又宣称自己的学校房屋还宽敞,愿意作为妇女收容所,到万一的时候收容妇女。这是慈善的举措,当然受热诚的欢迎,更兼潘先生本来是体面的大家知道的人物。办事处就给他红十字的旗子,好在学校门前张起来;又给他红十字的徽章,标明他是红十字会的一员。

潘先生接旗子和徽章在手,象捧着救命的神符,心头起一种神秘的快慰。"现在什么都安全了!但是……"想到这里,便笑向办事处的职员道,"多给我一面旗,几个徽章罢。"他的理由是学校还有个侧门,也得张一面旗,而徽章这东西太小巧,恐怕偶尔遗失了,不如多备几个在那里。

办事员同他说笑话,这东西又不好吃的,拿着玩也没有什么意思,多拿几个也只作一个会员,不如不要多拿罢。

但是终于依他的话给了他。

两面红十字旗立刻在新秋的轻风中招展,可是学校的侧门上并没有旗,原来移到潘先生家的大门上去了。一个红十字徽章早已缀上潘先生的衣襟,闪耀着慈善庄严的光,给与潘先生一种新的勇气。其余几个呢,重重包裹,藏在潘先生贴身小衫的一个口袋里。他想,"一个是她的,一个是阿大的,一个是阿二的。"虽然他们远处在那渺茫难接的上海,但是仿佛给他们加保了一重险,他们也就各各增加一种新的勇气。

三

碧庄地方两军开火了。

让里的人家很少有开门的,店铺自然更不用说,路上时时有兵士经过。他们快要开拔到前方去,觉得最高的权威附灵在自己身上,什么东西都不在眼里,只要高兴提起脚来踩,都可以踩做泥团踩做粉。这就来了拉夫的事情:恐怕被拉的人乘隙脱逃,便用长绳一个一个联一个拴着胳臂,几个弟兄在前,几个弟兄在后,一串一串牵着走。因此,大家对于出门这件事都觉得危惧,万不得已时,也只从小巷僻路走,甚至佩着红十字徽章如潘先生之辈,也不免怀着戒心,不敢大模大样地踱来踱去。于是让里的街道见得又清静又宽阔了。

上海的报纸好几天没来。本地的军事机关却常常有前方的战报公布出来,无非是些"敌军大败,我军进展若干里"的话。街头巷尾贴出一张新鲜的战报时,也有些人慢慢聚集拢来,注目看着。但大家看罢以后依然不能定心,好似这布告背后还有许多话没说出来，于是怅怅地各自散了，眉头照旧皱着。

这几天潘先生无聊极了。最难堪的，自然是妻儿远离，而且消息不通，而且似乎有永远难通的朕兆。次之便是自身的问题，"碧庄冲过来只一百多里路，这徽章虽说有用处，可是没有人写过笔据，万一没有用，又向谁去说话？——枪子炮弹劫掠放火都是真家伙，不是耍的，到底要多打听多走门路才行。"他于是这里那里探听前方的消息，只要这消息与外间传说的不同，便觉得真实的成分越多，即根据着盘算对于自身的利害。街上如其有一个人神色仓皇急忙行走时，他便突地一惊，以为这个人一定探得确实而又可怕的消息了；只因与他不相识，"什么！"一声就在喉际咽住了。

红十字会派人在前方办理救护的事情，常有人搭着兵车回来，要打听消息自然最可靠了。潘先生虽然是个会员，却不常到办事处去探听，以为这样就是对公众表示胆怯，很不好意思。然而红十字会究竟是可以得到真消息的机关，舍此他求未免有点傻，于是每天傍晚到姓吴的办事员家里去打听。姓吴的告诉他没有什么，或者说前方抵住在那里，他才透了口气回家。

这一天傍晚，潘先生又到姓吴的家里；等了好久，姓吴的才从外面走进来。

"没有什么吧？"潘先生急切地问。"照布告上说，昨天正向对方总攻击呢。"

"不行，"姓吴的忧愁地说；但随即咽住了，捻着唇边仅有的几根二三分长的髭须。

"什么！"潘先生心头突地跳起来，周身有一种拘牵不自由的感觉。

姓吴的悄悄地回答，似乎防着人家偷听了去的样子，"确实的消息，正安（距碧庄八里的一个镇）今天早上失守了！"

"啊！"潘先生发狂似地喊出来。顿了一顿，回身就走，一壁说道，"我回去了！"

路上的电灯似乎特别昏暗，背后又仿佛有人追赶着的样子，惴惴地，歪斜的急步赶到了家，叮嘱王妈道，"你关着门安睡好了，我今夜有事，不回来住了。"他看见衣橱里有一件绉纱的旧棉袍，当时没收拾在寄出去的箱子里，丢了也可惜；又有孩子的几件布夹衫，仔细看时还可以穿穿；又有潘师母的一条旧绸裙，她不一定舍得便不要它，便胡乱包在一起，提着出门。

"车！车！福星街红房子，一毛钱。"

"哪里有一毛钱的？"车夫懒懒地说。"你看这几天路上有几辆车？不是拼死寻饭吃的，早就躲起来了。随你要不要，三毛钱。"

"就是三毛钱，"潘先生迎上去，跨上脚踏坐稳了，"你也得依着我，跑得快一点！"

"潘先生，你到哪里去？"一个姓黄的同业在途中瞥见了他，站定了问。

"哦，先生，到那边……"潘先生失措地回答，也不辨问他的是谁；忽然想起回答那人简直是多事——车轮滚得绝快，那人决不会赶上来再问，——便缩住了。

红房子里早已住满了人，大都是十天以前就搬来的，儿啼人语，灯火这边那边亮着，颇有点热闹的气象。主人翁见面之后，说，"这里实在没有余屋了。但是先生的东西都寄在这里，也不好拒绝。刚才有几位匆忙地赶来，也因不好拒绝，权且把一间做厨房的厢房让他们安顿。现在去同他们商量，总可以多插你先生一个。"

"商量商量总可以，"潘先生到了家似地安慰。"何况在这样时候。我也不预备睡觉，随便坐坐就得了。"

他提着包裹跨进厢房的当儿，以为自己受惊太利害了，眼睛生了翳，因而引起错觉；但是闭一闭眼睛再睁开来时，所见依然如前，这靠窗坐着，在那里同对面的人谈话，上唇翘起两笔浓须的，不就是教育局长么？

他顿时踌躇起来，已跨进去的一只脚想要缩出来，又似乎不大好。那局长也望见了他，尴尬的脸上故作笑容说，"潘先生，你来了，进来坐坐。"主人翁听了，知道他们是相识的，转身自去。

"局长先在这里了。还方便吧，再容一个人？"

"我们只三个人，当然还可以容你。我们带着席子；好在天气不很凉，可以轮流躺着歇歇。"

潘先生觉得今晚上局长特别可亲，全不象平日那副庄严的神态，便忘形地直跨进去说，"那么不客气，就要陪三位先生过一夜了。"

这厢房不很宽阔。地上铺着一张席子，一个戴眼镜的中年人坐在上面，略微有疲倦的神色，但绝无欲睡的意思。

锅灶等东西贴着一壁。靠窗一排摆着三只凳子，局长坐一只，头发梳得很光的二十多岁的人，局长的表弟，坐一只，一只空着。那边的墙角有一只柳条箱，三个衣包，大概就是三位先生带来的。仅仅这些，房间里已没有空地了。电灯的光本来很弱，又蒙上了一层灰尘，照得房间里的人物都昏暗模糊。

潘先生也把衣包放在那边的墙角，与三位的东西合伙。回过来谦逊地坐上那只空凳子。局长给他介绍了自己的同伴，随后说，"你也听到了正安的消息么？"

"是呀，正安。正安失守，碧庄未必靠得住呢。"

"大概这方面对于南路很疏忽，正安失守，便是明证。

那方面从正安袭取碧庄是最便当的，说不定此刻已被他们得手了。要是这样，不堪设想！"

"要是这样，这里非糜烂不可！"

"但是，这方面的杜统帅不是庸碌无能的人，他是著名善于用兵的，大约见得到这一层，总有方法抵挡得住。也许就此反守为攻，势如破竹，直捣那方面的巢穴呢。"

"若能这样，战事便收场了，那就好了！——我们办学的就可以开起学来，照常进行。"

局长一听到办学，立刻感到自己的尊严，捻着浓须叹道，"别的不要讲，这一场战争，大大小小的学生吃亏不小呢！"他把坐在这间小厢房里的局促不舒的感觉忘了，仿佛堂皇地坐在教育局的办公室里。

坐在席子上的中年人仰起头来含恨似地说，"那方面的朱统帅实在可恶！这方面打过去，他抵抗些什么，——

他没有不终于吃败仗的。他若肯漂亮点儿让了，战事早就没有了。"

"他是傻子，"局长的表弟顺着说，"不到尽头不肯死心的。只是连累了我们，这当儿坐在这又暗又窄的房间里。"

他带着玩笑的神气。

潘先生却想念起远在上海的妻儿来了。他不知道他们可安好，不知道他们出了什么乱子没有，不知道他们此刻睡了不曾，抓既抓不到，想象也极模糊；因而想自己的被累要算最深重了，凄然望着窗外的小院子默不作声。

"不知道到底怎么样呢！"他又转而想到那个可怕的消息以及意料所及的危险，不自主地吐露了这一句。

"难说，"局长表示富有经验的样子说。"用兵全在趁一个机，机是刻刻变化的，也许竟不为我们所料，此刻已……所以我们……"他对着中年人一笑。

中年人，局长的表弟同潘先生三个已经领会局长这一笑的意味；大家想坐在这地方总不至于有什么，也各安慰地一笑。

小院子里长满了草，是蚊虫同各种小虫的安适的国土。厢房里灯光亮着，虫子齐飞了进来。四位怀着惊恐的先生就够受用了；扑头扑面的全是那些小东西，蚊虫突然一针，痛得直跳起来。又时时停语侧耳，惶惶地听外边有没有枪声或人众的喧哗。睡眠当然是无望了，只实做了局长所说的轮流躺着歇歇。

下一天清晨，潘先生的眼球上添了几缕红丝；风吹过来，觉得身上很凉。他急欲知道外面的情形，独个儿闪出红房子的大门。路上同平时的早晨一样，街犬竖起了尾巴高兴地这头那头望，偶尔走过一两个睡眼惺忪的人。他走过去，转入又一条街，也听不见什么特别的风声。回想昨夜的匆忙情形，不禁心里好笑。但是再一转念，又觉得实在并无可笑，小心一点总比冒险好。

四

二十余天之后，战事停止了。大众点头自慰道，"这就好了！只要不打仗，什么都平安了！"但是潘先生还不大满意，铁路还没通，不能就把避居上海的妻儿接回来。信是来过两封了，但简略得很，比不看更教他想念。他又恨自己到底没有先见之明；不然，这一笔冤枉的逃难费可以省下，又免得几十天的孤单。

他知道教育局里一定要提到开学的事情了，便前去打听。跨进招待室，看见局里的几个职员在那里裁纸磨墨，象是办喜事的样子。

一个职员喊道，"巧得很，潘先生来了！你写得一手好颜字，这个差使就请你当了吧。"

"这么大的字，非得潘先生写不可。"其余几个人附和着。

"写什么东西？我完全茫然。"

"我们这里正筹备欢迎杜统帅凯旋的事务。车站的两头要搭起四个彩牌坊，让杜统帅的花车在中间通过。现在要写的就是牌坊上的几个字。"

"我哪里配写这上边的字？"

"当仁不让。""一致推举。"几个人一哄地说；笔杆便送到潘先生手里。

潘先生觉得这当儿很有点意味，接了笔便在墨盆里蘸墨汁。凝想一下，提起笔来在蜡笺上一并排写"功高岳牧"四个大字。第二张写的是"威镇东南"。又写第三张，是"德隆恩溥"。——他写到"溥"字，仿佛看见许多影片，拉夫，开炮，焚烧房屋，奸淫妇人，菜色的男女，腐烂的死尸，在眼前一闪。

旁边看写字的一个人赞叹说，"这一句更见恳切。字也越来越好了。"

"看他对上一句什么。"又一个说。

1924 年 11 月 27 日写毕

十四行诗（节选）

冯　至

二

什么能从我们身上脱落，
我们都让它化作尘埃；
我们安排我们在这时代
像秋日的树木，一棵棵

把树叶和些过迟的花朵
都交给秋风，好舒开树身
伸入严冬；我们安排我们
在自然里，像蜕化的蝉蛾

把残壳都丢在泥里土里；
我们把我们安排给那个
未来的死亡，像一段歌曲，

歌声从音乐的身上脱落，
归终剩下了音乐的身躯
化作一脉的青山默默。

六

我时常看见在原野里
一个村童，或一个农妇
向着无语的晴空啼哭
是为了一个惩罚，可是

为了一个玩具的毁弃？
是为了丈夫的死亡，

可是为了儿子的病创？
啼哭得那样没有停息，

像整个的生命都嵌在
一个框子里，在框子外
没有人生，也没有世界。

我觉得他们好像从古来
就一任眼泪不住地流
为了一个绝望的宇宙。

　　　原载《十四行集》，上海文化出版社 1949 年版

死　水

闻一多

这是一沟绝望的死水，
清风吹不起半点漪沦。
不如多扔些破铜烂铁，
爽性泼你的剩菜残羹。

也许铜的要绿成翡翠，
铁罐上锈出几瓣桃花；
再让油腻织一层罗绮，
霉菌给他蒸出些云霞。

让死水酵成一沟绿酒，
飘满了珍珠似的白沫；
小珠笑一声变成大珠，
又被偷酒的花蚊咬破。

那么一沟绝望的死水，
也就夸得上几分鲜明。
如果青蛙耐不住寂寞，
又算死水叫出了歌声。

这是一沟绝望的死水，
这里断不是美的所在，
不如让给丑恶来开垦，
看他造出个什么世界。

1925 年 4 月

选自《死水》，新月书店 1928 年 1 月版

再别康桥

徐志摩

轻轻的我走了，
　　正如我轻轻的来；
我轻轻的招手，
　　作别西天的云彩。

那河畔的金柳，
　　是夕阳中的新娘；
波光里的艳影，
　　在我的心头荡漾。

软泥上的青荇，
　　油油的在水底招摇；
在康河的柔波里，
　　我甘心做一条水草！

那榆荫下的一潭，
　　不是清泉,是天上虹
揉碎在浮藻间，
　　沉淀着彩虹似的梦。

寻梦？撑一支长篙，
　　向青草更青处漫溯，
满载一船星辉，
　　在星辉斑斓里放歌。

但我不能放歌，
　悄悄是别离的笙箫；
夏虫也为我沉默，
　沉默是今晚的康桥！

悄悄的我走了，
　正如我悄悄的来；
我挥一挥衣袖，
　不带走一片云彩。

　　　　　　　　11 月 6 日中国海上

　　　　　选自《猛虎集》，新月书店 1931 年 8 月版

为奴隶的母亲

柔　石

她底丈夫是一个皮贩，就是收集乡间各猎户底兽皮和牛皮，贩到大埠上出卖的人。但有时也兼做点农作，芒种的时节，便帮人家插秧，他能将每行插得非常直，假如有五人同在一个水田内，他们一定叫他站在第一个做标准。然而境况总是不佳，债是年年积起来了。他大约就因为境况的不佳，烟也吸了，酒也喝了，钱也赌起来了。这样竟使他变做一个非常凶狠而暴躁的男子，但也就更贫穷下去，连小小的移借，别人也不敢答应了。

在穷底结果的病以后，全身便变成枯黄色，脸孔黄的小铜鼓一样，连眼白也黄了。别人说他是黄疸病，孩子们也就叫他"黄胖"了。有一天，他向他底妻说：

"再也没有办法了，这样下去，连小锅子也都卖去了。我想，还是从你底身上设法罢。你跟着我挨饿，有什么办法呢？"

"我底身上？……"

他底妻坐在灶后，怀里抱着她刚满五周的男小孩——孩子还在啜着奶，她讷讷地低声地问。

"你，是呀，"她底丈夫病后的无力的声音，"我已经将你出典了……"

"什么呀？"他底妻几乎昏去似的。

层内是稍稍静寂了一息，他气喘着说："三天前，王狼来坐讨了半天的债回去以后，我也跟着他去，走到了九亩潭边，我很不想要做人了。但是坐在那株爬上去一纵身就可落在潭里的树下，想来想去，总没有力气跳了。猫头鹰在耳朵边不住地啼，我底心被它叫寒起来，我只得回转身，但在路上，遇见了沈家婆，她问我，晚也晚了，在外做什么，我就告诉她，请她代我借一笔款，或向什么人家的小姐借些衣服或首饰去暂时当一当，免得王狼底狼一般的绿眼睛天天在家里闪烁。可是沈家婆向我笑着：

"'你还将妻养在家里做什么呢，你自己黄也黄到这个地步了？'"

我低着头站在她面前没有答，她又说：

"'儿子呢，你只有一个了，舍不得，但妻——'"

我当时想：'莫非叫我卖去妻子么？'

"而她继续道：

'但妻——虽然是结发的，穷了，也没有法。还养在家里做什么呢？'"

"这样，她就直说：'有一个秀才，因为没有儿子，年纪已五十多岁了，想买一妾；又因他底大妻不允许，只准他典一个，典三年或五年，叫我物色相当的女人；年纪约三十岁左右，养过两三个儿子的，人要沉默老实，又肯做事，还要对他底大妻肯低眉下首。这次是秀才娘子向我说的，假如条件合，肯出八十元或一百元的身价。我代她寻了好几天，总没有相当的女人。'她说：现在碰到我，想起了你来，样样都对的。当时问我底意见怎样，我一边掉了几滴泪，一边却被她催的答应她了。"

说到这里，他垂下头，声音很低弱，停止了。他底妻简直痴似的，话一句没有。又静寂了一息，他继续说：

"昨天，沈家婆到过秀才底家里，她说秀才很高兴，秀才娘子也喜欢，钱是一百元，年数呢，假如三年养不出儿子，是五年。沈家婆将日子也拣定了——本月十八，五天后。今天，她写典契去了。"

这时，他底妻简直连脏脏都颤抖，吞吐着问：

"你为什么早不对我说？"

"昨天在你底面前旋了三个圈子，可是对你说不出。不过我仔细想，除出将你底身子设法外，再也没有办法了。"

"决定了么？"妇人战着牙齿问。

"只待典契写好。"

"倒霉的事情呀，我！——一点也没有别的方法了么？春宝底爸呀！"

春宝是她怀里的孩子底名字。

"倒霉，我也想到过，可是穷了，我们又不肯死，有什么办法？今年，我怕连插秧也不能插了。"

"你也想到过春宝么？春宝还只有五岁，没有娘，他怎么好呢？"

"我领他便了。本来是断了奶的孩子。"

他似乎渐渐发怒了，也就走出门外去了。她，却呜呜咽咽地哭起来。

这时，在她过去的回忆里，却想起恰恰一年前的事：那时她生下了一个女儿，她简直如死去一般地卧在床上。死还是整个的，她却肢体分作四碎与五裂。刚落地的女婴，在地上的干草堆上叫："呱呀，呱呀"声音很重的，手脚揪缩。脐带绕在她底身上，胎盘落在一边，她很想挣扎起来给她洗好，可是她底头昂起来，身子凝滞在床上。这样，她看见她底丈夫，这是个凶狠的男子，飞红着脸，提了一桶沸水到女婴的旁边。她简直用了她一生底最后的力向他喊："慢！慢……"但这个病前极凶狠的男子，没有一分钟商量的余地，也不答半句话，就将"呱呀，呱呀，"声音很重地在叫着的女儿，刚出生的新生命，用他底粗暴的两手捧起来，如屠户捧将杀的小羊一般，扑通，投下在沸水里了！除出沸水的溅声和皮肉吸收沸水的嘶声以外，女孩一声也不喊——她疑问地想，为什么也不重重地哭一声呢？竟这样不响地愿意冤枉死去么？啊——转念，那是因为她自己当时昏过去的缘故，她当时剜去了心一般地昏去了。

想到这里，似乎泪竟干涸了。"唉，苦命呀！"她低低地叹息了一声。这时春宝拔去了奶头，向他底母亲的脸上看，一边叫：

"妈妈！妈妈！"

在她将离别底前一晚，她拣了房子底最黑暗处坐着。一盏油灯点在灶前，萤火那么的光亮。她，手里抱着春宝，将她底头贴在他底头发上。她底思想似乎浮漂在极远，可是她自己捉摸不定远在哪里。终于是慢慢地跑回来，跑到眼前，跑到她底孩子底身上。她向她底孩子低声叫：

"春宝，宝宝！"

"妈妈，"孩子含着奶头答。

"妈妈明天要去了……"

"唔"，孩子似不十分懂得，本能地将头钻进他母亲底胸膛。

"妈妈不回来了，三年内不能回来了！"

她擦一擦眼睛，孩子放松口子问：

"妈妈哪里去呢？庙里去？"

"不是，三十里路外，一家姓李的。"

"我也去。"

"宝宝去不得的。"

"呃！"孩子反抗地，又吸着并不多的奶。

"你跟爸爸在家里，爸爸会照料宝宝的；同宝宝睡，也带宝宝玩，你听爸爸底话好了。过三年……"

她没有说完，孩子要哭似地说：

"爸爸要打我的！"

"爸爸不再打你了，"同时用她底左手抚摸着孩子底右额，在这上，有他父亲在杀死他刚生下的妹妹后第三天，用锄柄敲他，肿起而又平复了的伤痕。

她似要还想对孩子说话，她底丈夫踏进门了。他走到她底面前，一只手放在袋里，掏取着什么，一边说：

"钱已经拿来七十元了。还有三十元要等你到了后十天付。"

停了一息说："也答应轿子来接。"

又停了一停："也答应轿夫一早吃好早饭来。"

这样，他离开了她，又向门外走出去了。

这一晚，她和她底丈夫都没有吃晚饭。

第二天,春雨竟滴滴淅淅地落着。

轿是一早就到了,可是这妇人,她却一夜不曾睡。她先将春宝底几件破衣服修补好;春将完了,夏将到了,可是她,连孩子冬天用的破烂棉袄都拿出来,移交给他底父亲——实在,他已经在床上睡去了。以后,她坐在他底旁边,想对他说几句话,可是长夜是迟延着过去,她底话一句也说不出,而且,她大着胆向他叫了几声,发了几个听不清楚的音,声音在他底耳外,她也就睡下不说了。

等她朦朦胧胧地刚离开思索将要睡去,春宝又醒了。他就推叫他底母亲,要起来。以后当她给穿衣服的时候,向他说:

"宝宝好好地在家里,不要哭,免得你爸爸打你。以后妈妈常买糖果来,买给宝宝吃,宝宝不要哭。"

而小孩子竟不知道悲哀是什么一回事,张大口子"唉,唉,"地唱起来了。她在他底唇边吻了一吻,又说:

"不要唱,你爸爸被你唱醒了。"

轿夫坐在门首的板凳上,抽着旱烟,说着他们自己要听的话。一息,邻村的沈家婆也赶到了。一个老妇人,熟悉世故的媒婆,一进门,就拍拍她身上的雨点,向他们说:

"下雨了,下雨了,这是你们家里此后会有滋长的预兆。"

老妇人忙碌似地屋内旋了几个圈,对孩子底父亲说了几句话。意思是讨报酬。因为这件契约之能订的如此顺利而合算,实在是她底力量。

"说实在话,春宝底爸呀,再加五十元,那老头子可以买一房妾了。"她说。

于是又转向催促她——妇人却抱着春宝,这是坐着不动。老妇人声音很高地:

"轿夫要赶到他们家里吃中饭的,你快些预备走呀!"

可是妇人向她瞧了一瞧,似乎说:

"我实在不愿意离开呢!让我饿死在这里罢!"

声音是在她底喉下,可是媒婆懂得了,走近她前面,眯眯地向她笑说:

"你真是一个不懂事的丫头,黄胖还有什么东西给你呢?那边真是一分有吃有剩的人家,两百多亩田,经济很宽裕,房子是自己底,也雇着长工养着牛。大娘底性子是极好的,对人非常客气,每次看见人总给人一些吃的东西。那老头子——实在并不老,脸是很白白的,也没有留胡子。因为读了书,背有些偻偻的,斯文的模样。可是也不必多说,你一走下轿就看见的,我是一个从不说谎的媒婆。"

妇人拭一拭泪,极轻地:

"春宝……我怎么能抛开他呢!"

"不用想到春宝了,"老妇人一手放在她底身上,脸凑近她和春宝。"有五岁了，古人说：'三周四岁离娘身，'可以离开你了。只要你底肚子争气些，到那边，也养下一二个来，万事都好了。"

轿夫也在门首催起身了，他们噜苏着说：

"又不是新娘子，啼啼哭哭的。"

这样，老妇人将春宝从她底怀里拉去，一边说：

"春宝让我带去罢。"

小小的孩子也哭了，手脚乱舞的，可是老妇人终于给他拉到小门外去。当妇人走进轿门的时候，向他们说：

"带进屋里来罢，外边有雨呢。"

她底丈夫用手支着头坐着，一动没有动，而且也没有话。

两村的相隔有三十里路，可是轿夫的第二次将轿子放下肩，就到了。春天的细雨，从轿子底布篷里飘进，吹湿了她底衣衫。一个脸孔肥肥的，两眼很有心计的约摸五十四五岁的老妇人来迎她，她想：这当然是大娘了。可是只向她满面羞涩地看一看，并没有叫。她很亲昵似地将她牵上阶沿，一个长长的瘦瘦的而面孔圆细的男子就从房里走出来。他向新来的少妇，仔细地瞧了瞧，堆出满脸的笑容来，向她问：

"这么早就到了么？可是打湿你底衣裳了。"

而那位老妇人，却简直没有顾到他底说话，也向她问：

"还有什么在轿里么？"

"没有什么了。"少妇答。

几位邻舍的妇人站在大门外，探头张望的；可是她们走进屋里面了。

她自己也不知道这究竟为什么，她底心老是挂念着她底旧的家，掉不下她的春宝。这是真实而明显的，她应庆祝这将开始的三年的生活——这个家庭，和她所典给他的丈夫，都比曾经过去的要好，秀才确是一个温良和善的人，讲话是那么地低声，连大娘，实在也是一个出乎意料之外的妇人，她底态度之殷勤，和滔滔的一席话：说她和她丈夫底过去的生活之经过，从美满而漂亮的结婚生活起，一直到现在，中间的三十年。她曾做过一次的产，十五六年以前了，养下一个男孩子，据她说，是一个极美丽又聪明的婴儿，可是不到十个月，竟患了天花死去了。这样，以后就没有再养过第二个。在她底意思中，似乎——似乎——早就叫她底丈夫娶一房妾。可是他，不知是爱她呢，还是没有相当的人——这一层她并没有说清楚；于是，就一直到现在。这样，竟说得这个具着朴素的心地的她，一时酸，一时苦，一时甜上心头，一时又咸的压下去了。最后，这个老妇人并将她底希望也向她说出来了。她底脸是娇红的，可是老妇人说：

"你是养过三四个孩子的女人了，当然，你是知道什么的，你一定知道的还比我多。"

这样，她说着走开了。

当晚，秀才也将家里底种种情形告诉她，实际，不过是向她夸耀或求媚罢了。她坐在一张橱子的旁边，这样的红的木橱，是她旧的家所没有的，她眼睛白晃晃地瞧着它。秀才也就坐到橱子底面前来，问她：

"你叫什么名字呢？"

她没有答，也并不笑，站起来，走到床底前面，秀才也跟到床底旁边，更笑地问她：

"怕羞么？哈，你想你底丈夫么？哈，哈，现在我是你底丈夫了。"声音轻轻的，又用手去牵着她底袖子。"不要愁罢！你也想你底孩子的，是不是？不过——"

他没有说完，却又哈的笑了一声，他自己脱去他外面的长衫了。

她可以听见房外的大娘声音在高声地骂着什么人，她一时听不出在骂谁，骂烧饭的女仆，又好象在骂她自己，可是因为她底怨恨，仿佛又是为她而发的。秀才在床上叫道：

"睡罢，她常是这么噜噜苏苏的。她以前很爱那个长工，因为长工要和烧饭的黄妈多说话，她却常要骂黄妈的。"

日子是一天天地过去了。旧的家，渐渐地在她底脑子里疏远了，而眼前，却一步步地亲近她使她熟悉。虽则，春宝底哭声有时竟在她底耳朵边响，梦中，她也几次地遇到过他了。可是梦是一个比一个缥缈，眼前的事务是一天比一天繁多。她知道这个老妇人是猜忌多心的，外表虽则对她还算大方，可是她底嫉妒的心是和侦探一样，监视着秀才对她的一举一动。有时，秀才从外面回来，先遇见了她而同她说话，老妇人就疑心有什么特别的东西买给她了，非在当晚，将秀才叫到她自己底房内去，狠狠地训斥一番不可。"你给狐狸迷着了么？""你应该称一称你自己底老骨头是多少重！"象这样的话，她耳闻到不止一次了。这样以后，她望见秀才从外面回来而旁边没有她坐着的时候，就非得急忙避开不可。即使她在旁边，有时也该让开一些，但这种动作，她要做的非常自然，而且不能让旁人看出，否则，她又要向她发怒，说是她有意要在旁人前面暴露大娘底丑恶。而且以后竟将家里的许多杂务都堆积在她底身上，同一个女仆那么样。她还算是聪明的，有时老妇人底换下来的衣服放着，她也给她拿去洗了，虽然她说：

"我底衣服怎么要你洗呢？就是你自己底衣服，也可叫黄妈洗。"可是接着说：

"妹妹呀，你最好到猪栏里去看一看，那两只猪为什么这样喁喁叫的，或者因为没有吃饱罢，黄妈总是不肯给它们吃饱的。"

八个月了，那个冬天，她底胃却起了变化：老是不想吃饭，想吃新鲜的面，番薯等。但番薯或面吃了两餐，又不想吃，又想吃馄饨，多吃又要呕。而且还想吃南瓜和梅子——这是六月里的东西，真稀奇，向哪里去找呢？秀才是知道在这个变化中所带来的预告了。他镇日地笑微微，能找到的东西，总忙着给她找来。他亲身给她到街上去买橘子，又托人买了金柑来。他在廊沿下走来走去，口里念念有词的，不知说什么。她看她和黄妈磨过年的粉，但还没有磨了三升，就向她叫："歇一歇罢，长工也好磨的，年糕是人人要吃的。"

有时在夜里，人家谈着话，他却独自拿了一盏灯，在灯下，读起《诗经》来了：

关关雎鸠，
在河之洲，
窈窕淑女，
君子好逑——

这时长工向他问：

"先生，你又不去考举人，还读它做什么呢？"

他却摸一摸没有胡子的口边，怡悦地说道：

"是啊，你也知道人生底快乐么？所谓：'洞房花烛夜，金榜挂名时。'你也知道这两句话底意思么？这是人生底最快乐的两件事呀！可是我对于这两件事都过去了，我却还有比这两件事更快乐的事呢！"

这样，除出他底两个妻以外，其余的人们都大笑了。

这些事，在老妇人眼睛里是看得非常气恼了。她起初闻到她底受孕也欢喜，以后看见秀才的这样奉承她，她却怨恨自己肚子底不会还债了。有一次，次年三月了，这妇人因为身体感觉不舒服，头有些痛，睡了三天，秀才呢，也愿她歇息歇息，更不时地问她要什么，而老妇人却着实地发怒了。她说她装娇，噜噜苏苏地说了三天。她先是恶意地讥嘲她：说是一到秀才底家里就高贵起来了，什么腰酸呀，头痛呀，姨太太的架子也都摆出来了；以前在她自己底家里，她不相信她有这样的娇养，恐怕竟和街头的母狗一样，肚子里有着一肚皮的小狗，临产了，还要到处奔求着食物。现在呢，因为"老东西"——这是秀才的妻叫秀才的名字——趋奉了她，就装着娇滴滴的样子了。

"儿子"，她有一次在厨房里对黄妈说，"谁没有养过呀？我也曾怀过十个月的孕，不相信有这么的难受。而且，此刻的儿子，还在'阎罗王的簿里'，谁保的定生出来不是一只癞蛤蟆呢？也等到真的'鸟儿'从洞里钻出来看见了，才可在我底面前显威风，摆架子，此刻，不过是一块血的猫头鹰，就这么地装腔，也显得太早一点！"

当晚这妇人没有吃晚饭，这时她已经睡了，听了这番婉转的冷嘲与热骂，她呜呜咽咽地低声哭泣了。秀才也带衣服坐在床上，听到浑身透着冷汗，发起抖来。他很想扣好衣服，重新走起来，去打她一顿，抓住她底头发狠狠地打她一顿，泄泄他一肚皮的气。但不知怎样，似乎没有力量，连指也颤动，臂也酸软了，一边轻轻地叹息着说：

"唉，一向实在太对她了。结婚了三十年，没有打过她一掌，简直连指甲都没有弹到她皮肤上过，所以今日，竟和娘娘一般地难惹了。"

同时，他爬过床那端，她底身边，向她耳语说：

"不要哭罢，不要哭罢，随她吠去好了！她是阉过的母鸡，看见别人的孵卵是难受的。假如你这一次真能养出一个男孩子来，我当送你两样宝贝——我有一只青玉的戒指，一只白玉的……"

他没有说完，可是他忍不住听下门外的他底大妻底喋喋的讥笑的声音，他急忙地脱去衣服，将头钻进窝里去，凑向她底胸膛，一边说：

"我有白玉的……"

肚子一天天地膨胀如斗那么大，老妇人终究也将产婆雇定了，而且在别人的面前，竟拿起花布来做婴儿用的衣服。

酷热的暑天到了尽头，旧历的六月，他们在希望的眼中过去了。秋开始，凉风也拂拂地在乡镇上吹送。于是有一天，这全家的人们都到了希望底最高潮，屋里底空气完全地骚动起来。秀才底心更是异常地紧张，他在天井上不断地徘徊，手里捧着一本历书，好似要读得背诵那么地念去——"戊辰"，"甲戌"，"壬寅之年"，老是反复地轻轻地说着。有时他底焦急的眼光向一间关了窗的房子望去——在这间房子内是有产母底低声呻吟的声音；有时他向天上望一望被云笼罩着的太阳，于是又走向房门口，向站在房门内的黄妈问：

"此刻如何？"

黄妈不住地点着头不做声响，一息，答：

"快下来，快下来了。"

于是他又捧了那本历书，在廊下徘徊起来。

这样的情形，一直继续到黄昏底青烟在地面起来，灯光一盏盏的如春天的野花般在屋内开起，婴儿才落地了，是一个男的。婴儿底声音是很重地在屋内叫，秀才却坐在屋角里，几乎快乐到流出眼泪了。全家的人都没有心思吃晚饭，在平淡的晚餐席上，秀才底大妻向佣人们说道：

"暂时瞒一瞒罢，给小猫头避避晦气；假如别人问起，也答养一个女的好了。"

他们都微笑地点点头。

一个月以后，婴儿底白嫩的小脸孔，已在秋天的阳光里照耀了。这个少妇给他哺着奶，邻舍的妇人围着他们瞧，有的称赞婴儿底鼻子好，有的称赞婴儿底口子好，有的称赞婴儿底两耳好；更有的称赞婴儿底母亲，也比以前好，白而且壮了。老妇人却正和老祖母那么地吩咐着，保护着，这时开始说：

"够了，不要弄他哭了。"

关于孩子底名字，秀才是煞费苦心地想着，但总想不出一个相当的字来。据老妇人底意见，还是从"长命富贵"或"福禄寿喜"里拣一个字，最好还是"寿"字或与"寿"同意义的字，如"其顾"，"鼓祖"等。但秀才不同意，以为太通俗，人云亦云的名字。于是翻开了《易经》《书经》，向这里面找，但找了半月，一月，还没有恰贴的字。在他底意思：以为在这个名字内，一边要祝福孩子，一边要包含他底老而得子底蕴义，所以竟不容易找。这一天，他一边抱着三个月的婴儿，一边又向书里找名字。戴着一副眼镜，将书递到灯底旁边去。婴儿底母亲呆呆地坐在房内底一边，不知思想着什么，却忽然开口说道：

"我想，还是叫他'秋宝'罢。"屋内的人们底几对眼睛都转向她，注意地静听着："他不是生在秋天吗？秋天的宝贝——还是叫他'秋宝'罢。"

秀才立刻接着说道：

"是呀，我真极费心思了。我年过半百，实在到人生的秋期；孩子也正养在秋天；'秋'是万物成熟的季节，秋宝，实在是一个很好的名字呀！而且《书经》里没有么？'乃亦有秋'，我真乃亦有'秋'了！"

接着，又称赞了一通婴儿底母亲；说是呆读书实在无用，聪明是天生的。这些话，说的这妇人连坐着都觉着局促不安，垂下头，苦笑地又含泪地想：

"我不过因春宝想到罢了。"

秋宝是天天成长的非常可爱地离不开他底母亲了。他有出奇的大眼睛，对陌生人是不倦地注视地瞧着，但对他底母亲，却远远地一眼就知道了。他整天地抓住了他底母亲，虽则秀才是比她还爱他，但不喜欢父亲；秀才底大妻呢，表面也爱他，似爱她自己亲生的儿子一样，但在婴儿底大眼睛里，却看她似陌生人，也用奇怪的不倦的视法。可是他的执住他底母亲愈紧，而他底母亲的离开这家的日子也愈近了。春天底口子咬住了冬天底尾巴；而夏天底脚又常是紧随着在春天底身后的；这样，谁都将孩子底母亲三年快到的问题横放在心头上。

秀才呢，因为爱子的关系，首先向他底大妻提出来了：他愿意再拿出一百元钱，将她永远买下来。可是他底大妻回答是：

"你要买她，那先给我药死罢！"

秀才听到这句话，气的只向鼻孔放出气，许久没有说；以后，他反而做着笑脸地：

"你想想孩子没有娘……"

老妇人也尖利地冷笑地说：

"我不好算是他底娘么？"

在孩子底母亲的心呢，却正矛盾着这两种的冲突了：一边，她底脑里老是有"三年"这两个字，三年是容易过去的，于是她底生活便变做在秀才家里底佣人似的了。而且想象中的春宝，也同眼前的秋宝一样活泼可爱，她既舍不得秋宝，怎么就能舍得掉春宝呢？可是另一边，她实在愿意永远在这新的家里住下去，她想，春宝的爸爸不是一个长寿的人，他底病一定是在三五年之内要将他带走到不可知的异国里去的，于是，她便要求她底第二个丈夫，将春宝也领过来，这样，春宝也在她底眼前。

有时，她倦坐在房外的廊沿下，初夏的阳光，异常地能令人昏朦地起幻想，秋宝睡在她底怀里，含着她底乳，可是她觉得仿佛春宝同时也站在她底旁边，她伸出手去也想将春宝抱近来，她还要对他们兄弟两人说几句话，可是身边是空空的。

在身边的较远的门口，却站着这位脸孔慈善而眼睛凶毒的老妇人，目光注视着她。这样，她也恍恍惚惚地敏悟："还是早些脱离罢，她简直探子一样监视着我了。"可是忽然怀内的孩子一叫，她却又什么也没有的只剩着眼前的事实来支配她了。

以后，秀才又将计划修改了一些：她想叫沈家婆来，叫她向秋宝底母亲底前夫去说，他愿否再拿进三十元——最多是五十元，将妻续典三年给秀才。秀才对他底大妻说：

"要是秋宝到五岁，是可以离开娘了。"

他底大妻正是手里捻着念佛珠，一边在念着"南无阿弥陀佛"，一边答：

"她家里也还有前儿在，你也应放她和她底结发夫妇团聚一下罢。"

秀才低着头，断断续续地仍然这样说：

"你想想秋宝两岁就没有娘……"

可是老妇人放下念佛珠说：

"我会养的，我会管理他的，你怕我谋害了他么？"

秀才一听到末一句话，就拔步走开了。老妇人仍在后面说：

"这个儿子是帮我生的，秋宝是我底；绝种虽然是绝了你家底种，可是我却仍然吃着你家底餐饭。你真被迷了，老昏了，一点也不会想了。你还有几年好活，却要拼命拉她在身边？双连牌位，我是不愿意坐的！"

老妇人似乎还有许多刻毒的锐利的话，可是秀才远远走开听不见了。

在夏天，婴儿底头上生了一个疮，有时身体稍稍发些热，于是这位老妇人就到处地问菩萨，求佛药，给婴儿敷在疮上，或灌下肚里，婴儿底母亲觉得并不十分要紧，反而使这样小小的生命哭成一身的汗珠，她不愿意，或将吃了几口的药暗地里拿去倒掉了。于是这位老妇人就高声叹息，向秀才说：

"你看，她竟一点也不介意他底病，还说孩子是并不怎样瘦下去。爱在心里的是深的；专疼表面是假的。"

这样，女人只有暗自挥泪，秀才也不说什么话了。

秋宝一周纪念的时候，这家热闹地摆了一天的酒筵，客人也到了三四十，有的送衣服，有的送面，有的送银制的狮子，给婴儿挂在胸前的，有的送镀金的寿星老头儿，给孩子钉在帽上的，许多礼物，都在客人底袖子里带来了。他们祝福着婴儿的飞黄腾达，赞颂着婴儿的长寿永生；主人底脸孔，竟是荣光照耀着，有如落日的云霞反映着在他底颊上似的。

可是在这天，正当他们筵席将举行的黄昏时，来了一个客，从朦胧的暮光中向他们底天井走进，人们都注意他：一个憔悴异常的乡人，衣服补衲的，头发很长，在他底腋下，挟着一个纸包。主人骇异地迎上前去，问他是哪里人，他口吃似的答了，主人一时糊涂的，但立刻明白了，就是那个皮贩。主人更轻轻地说：

"你为什么也送东西来呢？你真的不必的呀！"

来客胆怯地四周看看，一连答说：

"要，要的……我来祝祝这个宝贝长寿千……"

他似没有说完，一边将腋下的纸包打开来了，手指颤动地打开两三重的纸，于是拿出四只铜制镀银的字，一方寸那么大，是"寿比南山"四字。

秀才底大娘走来了，向他仔细一看，似乎不大高兴。秀才却将他招待到席上，客人互相私语着。

两点钟的酒与肉，将人们弄得胡乱与狂热了；他们高声猜着拳，用大碗盛着酒互相比赛，闹得似乎房子都被震动了。只有那个皮贩，他虽然也喝了两杯酒，可是仍然坐着不动，客人们也不招呼他。等到兴尽了，于是各人草草地吃了一碗饭，互祝着好话，从两两三三的灯笼光影中，走散了。

而皮贩，却吃到最后，佣人来收拾羹碗了，他才离开了桌，走到廊下的黑暗处。在那里，他遇见了他底被典的妻。

"你也来做什么呢？"妇人问，语气是非常凄惨的。

"我哪里又愿意来，因为没有法子。"

"那末你为什么来的这样晚？"

"我哪里来买礼物的钱呀？！奔跑了一上午，哀求了一上午，又到城里买礼物，走得乏了，饿了，也迟了。"

妇人接着问：

"春宝呢？"

男人沉吟了一息答：

"所以，我是为春宝来的。……"

"为春宝来的？"妇人惊异地回音似地问。

男人慢慢地说：

"从夏天来，春宝是瘦的异样了。到秋天，竟病起来了。我又哪里有钱给他请医生吃药，所以现在，病是更厉害了！再不想法救救他，眼见得要死了！"静寂了一刻，继续说："现在，我是向你来借钱的……"

这时妇人底胸膛内，简直似有四五只猫去抓她，咬她，咀嚼着她底心脏一样。她恨不得哭出来，但在人们个个向秋宝祝颂的日子，她又怎么好跟在人们底声音后面叫哭呢？她吞下她的眼泪，向她底丈夫说：

"我又哪里有钱呢？我在这里，每月只给我两角钱的零用，我自己又哪里要用什么，悉数补在孩子底身上了。现在，怎么好呢？"

他们一时没有说话，以后，妇人又问：

"此刻有什么人照顾着春宝呢？"

"托了一个邻舍。今晚，我仍旧想回家，我就要走了。"

他一边说着，一边揩着泪。女的同时哽咽着说：

"你等一下罢，我向他借借看。"

她就走开了。

三天以后的一天晚上，秀才忽然问这妇人道：

"我给你的那只青玉戒指呢？"

"在那天夜里，给了他了。给了他拿去当了。"

"没有借你五块钱么？"秀才愤怒地。

妇人低着头停了一息答：

"五块钱怎么够呢！"

秀才接着叹息说：

"总是前夫和前儿好，无论我对你怎么样！本来我很想再留你两年的，现在，你还是到明春就走罢！"

女人简直连泪也没有地呆着了。

几天后，他还向她那么地说：

"那只戒指是宝贝，我给你是要你传给秋宝的，谁知你一下就拿去当了！幸得她不知道，要是知道了，有三个月好闹了！"

妇人是一天天地黄瘦了。没有神采地光芒在她底眼睛里起来，而讥笑与冷骂的声音又充塞在她底耳内了。她是时常记念着她底春宝的病的，探听着有没有从她底本乡来的朋友，也探听着有没有向她底本乡去的便客，她很想得到一个关于"春宝的身体已复原"的消息，可是消息总没有；她也想借两元钱或买些糖果去，方便的客人又没有，她不时地抱着秋宝在门首过去一些的大路边，眼睛望着来和去的路。这种情形却很使秀才底大妻不舒服了，她时常对秀才说：

"她哪里愿意在这里呢，她是极想早些飞回去的。"

有几夜，她抱着秋宝在睡梦中突然喊起来，秋宝也被吓醒，哭起来了。秀才就追逼地问：

"你为什么？你为什么？"

可是女人拍着秋宝，口子哼哼的没有答。秀才继续说：

"梦着你底前儿死了么，那么地喊？连我都被你叫醒了。"

女人急忙地一边答：

"不，不……好象我底前面一圹坟呢！"

秀才没有再讲话，而悲哀的幻象更在女人底前面展现开来，她要走向这坟去。

冬末了，催离别的小鸟，已经到她窗前不住地叫了。先是孩子断了奶，又叫道士们来给孩子度了一个关，于是孩子和他亲生的母亲的别离——永远的别离的命运就被决定了。

这一天，黄妈先悄悄地向秀才底大妻说：

"叫一顶轿子送她去么？"

秀才底大妻还是手里捻着佛珠说：

"走走好罢，到那边轿钱是那边付的，她又哪里有钱呢，听说她底亲夫连饭也没得吃，她不必摆阔了。路也不算远，我也是曾经走过三四十里路的人，她底脚比我大，半天可以到了。"

这天早晨当她给秋宝穿衣服的时候，她底泪如溪水那么地流下，孩子向她叫"婶婶，婶婶"——因为老妇人要他叫她自己是"妈妈"，只准叫她是"婶婶"——她向他咽咽地答应。她很想对他说几句话，意思是：

"别了，我底亲爱的儿子呀！你底妈妈待你是好的，你将来也好好地待还好罢，永远不要再记念我了！"

可是她无论怎样也说不出。她也知道一周半的孩子是不会了解的。

秀才悄悄地走向她，从她背后的腋下伸进手来，在他底手内是十枚双毫角子，一边轻轻说：

"拿去罢，这两块钱。"

妇人扣好孩子底钮扣，就将角子塞在怀内的衣袋里。

老妇人又进来了，注意着秀才走出去的背后，又向妇人说：

"秋宝给我抱去罢，免得你走时他哭。"

妇人不做声响，可是秋宝总不愿，用手不住地拍在老妇人底脸上。于是老妇人生气地又说：

"那末你同他去吃早饭去罢，吃了早饭交给我。"

黄妈拼命地劝她多吃饭，一边说：

"半月来你就这样了，你真比来的时候还瘦了。你没有去照照镜子。今天，吃一碗下去罢，你还要走三十里路呢。"

她只不关紧要地说了一句：

"你对我真好！"

但是太阳是升的非常高了，一个很好的天气，秋宝还是不肯离开他底母亲，老妇人便狠狠地将他从她底怀里夺去，秋宝用小小的脚踢在老妇人底肚子上，用小小的拳头搔住她底头发，高声呼喊她。妇人在后面说：

"让我吃了中饭再去罢。"

老妇人却转过头，汹汹地答：

"赶快打起你的包袱去罢，早晚总有一次的！"

孩子底哭声便在她底耳内渐渐远去了。

打包裹的时候，耳内是听着孩子底哭声。黄妈在旁边，一边劝慰着她，一边却看她打进什么去。终于，她挟着一只旧的包裹走了。

她离开他底大门时，听见她底秋宝的哭声；可是慢慢地远远地走了三里路了，还听见她底秋宝的哭声。

暖和的太阳所照耀的路，在她底面前竟和天一样无穷止地长。当她走到一条河边的时候，她很想停止她底那么无力的脚步，向明澈可以照见她自己底身子的水底跳下去了，但在水边坐了一会之后，她还得依前去的方向，移动她自己底影子。

太阳已经过午了，一个村里的一个年老的乡人告诉她，路还有十五里，于是她向那个老人说：

"伯伯，请你代我就近叫一顶轿子罢，我是走不回去了！"

"你是有病的么？"老人问。

"是的。"

她那时坐在村口的凉亭里面。

"你从哪里来的？"

妇人静默了一时答：

"我是向那里去的；早晨我以为自己会走的。"

老人怜悯地也没有多说话，就给她找了两位轿夫，一顶没篷的轿。因为那是下秧的时节。

下午三四时的样子，一条狭窄而污秽的乡村小街上，抬过了一顶没篷的轿子，轿里躺着一个脸色枯萎如同一张干瘪的黄菜叶那么的中年妇人，两眼朦胧地颓唐地闭着。嘴里的呼吸只有微弱地吐出。街上的人们个个睁着惊异的目光，怜悯地凝视着过去。一群孩子们，争噪地跟在轿后，好象一件奇异的事情落到这沉寂的小村镇里来了。

春宝也是跟在轿后的孩子们中底一个，他还在似赶猪那么地哗着轿走，可是当轿子一转一个弯，却是向他底家里去的路，他却伸直了两手而奇怪了，等到轿子到了他家里的门口，他简直呆似地远远地站在前面，背靠在一株柱子上，面向着轿，其余的孩子们胆怯地围在轿的两边。妇人走出来了，她昏迷的眼睛还认不清站在前面的，穿着褴褛的衣服，头发蓬乱的，身子和三年前一样的短小，那个八岁的孩子是她底春宝。突然，她哭出来地高叫了：

"春宝呀！"

一群孩子们，个个无意地吃了一惊，而春宝简直吓的躲进屋里他父亲那里去了。

妇人在灰暗的屋内坐了许久许久，她和她底丈夫都没有一句话。夜色降落了，他下垂的头昂起来，向她说：

"烧饭吃罢！"

妇人就不得已地站起来，向屋角上旋转了一周，一点也没有气力地对她丈夫说：

"米缸内空空的……"

男人冷笑了一声，答说：

"你真是在大人家底家里生活过了！米，盛在那只香烟盒子内。"

当天晚上，男子向他底儿子说：

"春宝，跟你底娘去睡！"

而春宝却靠在灶边哭起来了。他底母亲走近他，一边叫：

"春宝，春宝！"

可是当她底手去抚摸他底时候，他又躲闪开了。男子加上说：

"会生疏得那么快，一顿打呢！"

她眼睁睁地睡在一张龌龊的狭板床上，春宝陌生似的睡在她底身边。在她底已经麻木的脑内，仿佛秋宝肥白可爱地在她身边挣动着，她伸出两手想去抱，可是身边是春宝。这时，春宝睡着了，转了一个身，他底母亲紧紧地将他抱住，而孩子却从微弱的鼾声中，脸伏在她底胸膛上，两手抚摩着她底两乳。

沉静而寒冷的死一般的长夜，似无限地拖延着，拖延着……

1930 年 1 月 20 日

原载 1930 年 3 月 1 日《萌芽月刊》第 1 卷第 3 期

给我的孩子们

丰子恺

我的孩子们！我憧憬于你们的生活，每天不止一次！我想委曲地说出来，使你们自己晓得。可惜到你们懂得我的话的意思的时候，你们将不复是可以使我憧憬的人了。这是何等可悲哀的事啊！

瞻瞻！你尤其可佩服。你是身心全部公开的真人。你甚么事体都像拼命地用全副精力去对付。小小的失意，像花生米翻落地了，自己嚼了舌头了，小猫不肯吃糕了，你都要哭得嘴唇翻白，昏去一两分钟。外婆普陀去烧香买回来给你的泥人，你何等鞠躬尽瘁地抱他，喂他；有一天你自己失手把他打破了，你的号哭的悲哀，比大人们的破产，失恋，broken heart①，丧考妣，全军覆没的悲哀都要真切。两把芭蕉扇做的脚踏车，麻雀牌堆成的火车，汽车，你何等认真地看待，挺直了嗓子叫"汪——，""咕咕咕……，"来代替汽笛。宝姊姊讲故事给你听，说到"月亮姊姊挂下一只篮来，宝姊姊坐在篮里吊了上去，瞻瞻在下面看"的时候，你何等激昂地同她争，说"瞻瞻要上去，宝姊姊在下面看"！甚至哭到漫姑面前去求审判。我每次剃了头，你真心地疑我变了和尚，好几时不要我抱。最是今年夏天，你坐在我膝上发见了我腋下的长毛，当作黄鼠狼的时候，你何等伤心，你立刻从我身上爬下去，起初眼瞪瞪地对我端相，继而大失所望地号哭，看看，哭哭，如同对被判定了死罪的亲友一样。你要我抱你到车站里去，多多益善地要买香蕉，满满地擒了两手回来，回到门口时你已经熟睡在我的肩上，手里的香蕉不知落在哪里去了。这是何等可佩服的真率，自然，与热情！大人间的所谓"沉默"，"含蓄"，"深刻"的美德，比起你来，全是不自然的，病的，伪的！

你们每天做火车，做汽车，办酒，请菩萨，堆六面画，唱歌，全是自动的，创造创作的生活。大人们的呼号"归自然！""生活的艺术化！""劳动的艺术化！"在你们面前真是出丑得很了！依样画几笔画，写几篇文的人称为艺术家，创作家，对你们更要愧死！

你们的创作力，比大人真是强盛得多哩：瞻瞻！你的身体不及椅子的一半，却常常要搬动它，与它一同翻倒在地上；你又要把一杯茶横转来藏在抽斗里，要

---

① broken heart：英语，意即心碎的意思。

皮球停在壁上，要拉住火车的尾巴，要月亮出来，要天停止下雨。在这等小小的事件中，明明表示着你们的小弱的体力与智力不足以应付强盛的创作欲，表现欲的驱使，因而遭逢失败。然而你们是不受大自然的支配，不受人类社会的束缚的创造者，所以你的遭逢失败，例如火车尾巴拉不住，月亮呼不出来的时候，你们决不承认是事实的不可能，总以为是爹爹妈妈不肯帮你们办到，同不许你们弄自鸣钟同例，所以愤愤地哭了，你们的世界何等广大！

你们一定想：终天无聊地伏在案上弄笔的爸爸，终天闷闷地坐在窗下弄引线的妈妈，是何等无气性的奇怪的动物！你们所视为奇怪动物的我与你们的母亲，有时确实难为了你们，摧残了你们，回想起来，真是不安心得很：阿宝！有一晚你拿软软的新鞋子，和自己脚上脱下来的鞋子，给凳子的脚穿了，划袜立在地上，得意地叫"阿宝两只脚，凳子四只脚"的时候，你母亲喊着"龌龊了袜子！"我立刻擒你到藤榻上，动手毁坏你的创作。当你蹲在榻上注视你母亲动手毁坏的时候，你的小心里一定感到"母亲这种人，何等杀风景而野蛮"罢！

瞻瞻！有一天开明书店送了几册新出版的毛边的《音乐入门》来。我用小刀把书页一张一张地裁开来，你侧着头，站在桌边默默地看。后来我从学校回来，你已经在我的书架上拿了一本连史纸印的中国装的《楚辞》，把它裁破了十几页，得意地对我说："爸爸！瞻瞻也会裁了！"瞻瞻！这在你原是何等成功的欢喜，何等得意的作品！却被我一个惊骇的"哼！"字喊得你哭了。那时候你也一定抱怨"爸爸何等不明"罢！

软软！你常常要弄我的长锋羊毫，我看见了总是无情地夺脱你。现在你一定轻视我，想道："你终于要我画你的画集的封面！"

最不安心的，是有时我还要拉一个你们所最怕的陆露沙医生来，教他用他的大手来摸你们的肚子，甚至用刀来在你们臂上割几下，还要教妈妈和漫姑擒住了你们的手脚，捏住了你们的鼻子，把很苦的水灌到你们的嘴里去。这在你们一定认为太无人道的野蛮举动罢！

孩子们！你们真果抱怨我，我倒欢喜；到你们的抱怨变为感谢的时候，我的悲哀来了！

我在世间，永没有逢到像你们样出肺肝相示的人。世间的人群结合，永没有像你们样的彻底地真实而纯洁。最是我到上海去干了无聊的所谓"事"回来，或者去同不相干的人们做了叫做"上课"的一种把戏回来，你们在门口或车站旁等我的时候，我心中何等惭愧又欢喜！惭愧我为甚么去做这等无聊的事，欢喜我又得暂时放怀一切地加入你们的真生活的团体。

但是，你们的黄金时代有限，现实终于要暴露的。这是我经验过来的情形，也是大人们谁也经验过的情形。我眼看见儿时的伴侣中的英雄，好汉，一个个退缩，顺从，妥协，屈服起来，到像绵羊的地步。我自己也是如此。"后之视今，亦犹今之视昔"，你们不久也要走这条路呢！

我的孩子们！憧憬于你们的生活的我，痴心要为你们永远**挽**留这黄金时代在这册子里。然这真不过像"蜘蛛网落花"略微保留一点春的痕迹而已。且到你们懂得我这片心情的时候，你们早已不是这样的人，我的画在世间已无可印证了！这是何等可悲哀的事啊！

《子恺画集》代序，一九二六年耶诞节作

原载 1926 年《文学周报》4 卷 6 期

春　蚕

茅　盾

一

　　老通宝坐在"塘路"边的一块石头上，长旱烟管斜摆在他身边。"清明"节后的太阳已经很有力量，老通宝背脊上热烘烘地，像背着一盆火。"塘路"上拉纤的快班船上的绍兴人只穿了一件蓝布单衫，敞开了大襟，弯着身子拉，额角上黄豆大的汗粒落到地下。

　　看着人家那样辛苦的劳动，老通宝觉得身上更加热了；热的有点儿发痒。他还穿着那件过冬的破棉袄，他的夹袄还在当铺里，却不防才得"清明"边，天就那么热。

　　"真是天也变了！"

　　老通宝心里说，就吐一口浓厚的唾沫。在他面前那条"官河"内，水是绿油油的，来往的船也不多，镜子一样的水面这里那里起了几道皱纹或是小小的涡旋，那时候，倒影在水里的泥岸和岸边成排的桑树，都晃乱成灰暗的一片。可是不会很长久的。渐渐儿那些树影又在水面上显现，一弯一曲地蠕动，像是醉汉，再过一会儿，终于站定了，依然是很清晰的倒影。那拳头模样的桠枝顶都已经簇生着小手指儿那么大的嫩绿叶。这密密层层的桑树，沿着那"官河"一直望去，好像没有尽头。田里现在还只有干裂的泥块，这一带，现在是桑树的势力！在老通宝背后，也是大片的桑林，矮矮的，静穆的，在热烘烘的太阳光下，似乎那"桑拳"上的嫩绿叶过一秒钟就会大一些。

　　离老通宝坐处不远，一所灰白的楼房蹲在"塘路"边，那是茧厂。十多天前驻扎过军队，现在那边田里留着几条短短的战壕。那时都说东洋兵要打进来，镇上有钱人都逃光了；现在兵队又开走了，那座茧厂依旧空关在那里，等候春茧上市的时候再热闹一番。老通宝也听得镇上小陈老爷的儿子——陈大少爷说过，今年上海不太平，丝厂都关门，恐怕这里的茧厂也不能开；但老通宝是不肯相信的。他活了六十岁，反乱年头也经过好几个，从没见过绿油油的桑叶白养在树上等到成了"枯叶"去喂羊吃；除非是"蚕花"不熟，但那是老天爷的"权柄"，谁又能够未卜先知？

"才得清明边，天就那么热！"

老通宝看着那些桑拳上怒苗的小绿叶儿，心里又这么想，同时有几分惊异，有几分快活。他记得自己还是二十多岁少壮的时候，有一年也是"清明"边就穿夹袄，后来就是"蚕花二十四分"，自己也就在这一年成了家。那时，他家正在"发"；他的父亲像一头老牛似的，什么都懂得，什么都做得；便是他那创家立业的祖父，虽说在长毛窝里吃过苦头，却也愈老愈硬朗。那时候，老陈老爷去世不久，小陈老爷还没抽上鸦片烟，"陈老爷家"也不是现在那么不像样的。老通宝相信自己一家和"陈老爷家"虽则一边是高门大户，而一边不过是种田人，然而两家的命运好像是一条线儿牵着。不但"长毛造反"那时候，老通宝的祖父和陈老爷同被长毛掳去，同在长毛窝里混上六七年，不但他们俩同时从长毛营盘里逃了出来，而且偷得了长毛的许多金元宝——人家到现在还是这么说；并且老陈老爷做丝生意"发"起来的时候，老通宝家养蚕也是年年都好，十年中间挣得了二十亩的稻田和十多亩的桑地，还有三开间两进的一座平屋。这时候，老通宝家在东村庄上被人人所妒羡，也正像"陈老爷家"在镇上是数一数二的大户人家。可是以后，两家都不行了；老通宝现在已经没有自己的田地，反欠出三百多块钱的债，"陈老爷家"也早已完结。人家都说"长毛鬼"在阴间告了一状，阎罗王追还"陈老爷家"的金元宝横财，所以败的这么快。这个，老通宝也有几分相信：不是鬼使神差，好端端的小陈老爷怎么会抽上了鸦片烟？

可是老通宝死也想不明白为什么"陈老爷家"的"败"会牵动到他家。他确实知道自己家并没得过长毛的横财。虽则听死了的老头子说，好像那老祖父逃出长毛营盘的时候，不巧撞着了一个巡路的小长毛，当时没法，只好杀了他，——这是一个"结"！然而从老通宝懂事以来，他们家替这小长毛鬼拜忏念佛烧纸锭，记不清有多少次了。这个小冤魂，理应早投凡胎。老通宝虽然不很记得祖父是怎样"做人"，但父亲的勤俭忠厚，他是亲眼看见的；他自己也是规矩人，他的儿子阿四，儿媳四大娘，都是勤俭的。就是小儿子阿多年纪轻，有几分"不知苦辣"，可是毛头小伙子，大都这么着，算不得"败家相"！

老通宝抬起他那焦黄的皱脸，苦恼地望着他面前的那条河，河里的船，以及两岸的桑地。一切都和他二十多岁时差不了多少，然而"世界"到底变了。他自己家也要常常把杂粮当饭吃一天，而且又欠出三百多块钱的债。

呜！呜，呜，呜，——

汽笛叫声突然从那边远远的河身的弯曲地方传了来。就在那边，蹲着又一个茧厂，远望去隐约可见那整齐的石"帮岸"。一条柴油引擎的小轮船很威严地从那茧厂后驶出来，拖着三条大船，迎着向老通宝来了。满河平静的水立刻激起泼剌剌的波浪，一齐向两旁的泥岸卷过来。一条乡下"赤膊船"赶快拢岸，船上人揪住了泥岸上的树根，船和人都好像在那里打秋千。轧轧轧的轮机声和洋油臭，飞散在这和平的绿的田野。老通宝满脸恨意，看着这小轮船来，看着它过去，直到又转了一个弯，呜呜呜地又叫了几声，就看不见。老通宝向来仇恨小轮船这一类洋鬼子的东西！他从没见过洋鬼子，可是他从他的父亲嘴里知道老陈老爷见过洋鬼子：红眉毛，绿眼睛，走路时两条腿是直的。并且老陈老爷也是很恨洋鬼子，常常说"铜钿都被洋鬼子骗去了"。老通宝看见老陈老爷的时候，不过八九岁，——现在他记得的关于老陈老爷的一切都是听来的，可是他想起了"铜钿都被洋鬼子骗去了"这句话，就仿佛看见了老陈老爷捋着胡子摇头的神气。

洋鬼子怎样就骗了钱去，老通宝不很明白。但他很相信老陈老爷的话一定不错。并且他自己也明明看到自从镇上有了洋纱，洋布，洋油，——这一类洋货，而且河里更有了小火轮船以后，他自己田里生出来的东西就一天一天不值钱，而镇上的东西却一天一天贵起来。他父亲留下来的一分家产就这么变小，变做没有，而且现在是负了债。老通宝恨洋鬼子不是没有理由的！他这坚定的主张，在村坊上很有名。五年前，有人告诉他：朝代又改了，新朝代是要"打倒洋鬼子"的。老通宝不相信。为他上镇去看见那新到的喊着年轻人们都穿了洋鬼子衣服。他想来这伙青年人一定私通鬼子，却故意来骗乡下人。后来果然就不喊"打倒洋鬼子"了，而且镇上的东西更加一天一天贵起来，派到乡下人身上的捐税也更加多起来。老通宝深信这都是串通了洋鬼子干的。

然而更使老通宝去年几乎气成病的，是茧子也是洋种的卖得好价钱；洋种的茧子，一担要贵上十多块钱。素来和儿媳总还和睦的老通宝，在这件事上可就吵了架。儿媳四大娘去年就要养洋种的蚕。小儿子跟他嫂嫂是一路，那阿四虽然嘴里不多说，心里也是要洋种的。老通宝拗不过他们，末了只好让步。现在他家里有的三张蚕种，就是土种两张，洋种一张。

"世界真是越变越坏！过几年他们连桑叶都要洋种了！我活得厌了！"

老通宝看着那些桑树，心里说，拿起身边的长旱烟管恨恨地敲着脚边的泥块。太阳现在正当他头顶，他的影子落在泥地上，短短地像一段乌焦木头，还穿着破棉袄的他，觉得浑身躁热起来了。他解开了大襟上的钮扣，又抓着衣角扇了几下，站起来回家去。

那一片桑树背后就是稻田。现在大部分是匀整的半翻着的燥裂的泥块。偶尔也有种了杂粮的，那黄金一般的菜花散出强烈的香味。那边远远地一簇房屋，就是老通宝他们住了三代的村坊，现在那些屋上都袅起了白的炊烟。

老通宝从桑林里走出来，到田塍上，转身又望那一片爆着嫩绿的桑树。忽然那边田里跳跃着来了一个十来岁的男孩子，远远地就喊道：

"阿爹！妈等你吃中饭呢！"

"哦——"

老通宝知道是孙子小宝，随口应着，还是望着那一片桑林。才只得"清明"边，桑叶尖儿就抽得那么小指头儿似的，他一生就只见过两次。今年的蚕花，光景是好年成。三张蚕种，该可以采多少茧子呢？只要不像去年，他家的债也许可以拔还一些罢。

小宝已经跑到他阿爹的身边了，也仰着脸看那绿绒似的桑拳头；忽然他跳起来拍着手唱道：

"清明削口，看蚕娘娘拍手！"

老通宝的皱脸上露出笑容来了。他觉得这是一个好兆头。他把手放在小宝的"和尚头"上摩着，他的被穷苦弄麻木了的老心里勃然又生出新的希望来了。

二

天气继续暖和，太阳光催开了那些桑拳头上的小手指儿模样的嫩叶，现在都有小小的手掌那么大了。老通宝他们那村庄四周围的桑林似乎发长得更好，远望去像一片绿锦平铺在密密层层灰白矮矮的篱笆上。"希望"在老通宝和一般农民们的心里一点一点一天一天强大。蚕事的动员令也在各方面发动了。藏在柴房里一年之久的养蚕用具都拿出来洗刷修补。那条穿村而过的小溪旁边，蠕动着村里的女人和孩子，工作着，嚷着，笑着。

这些女人和孩子们都不是十分健康的脸色，——从今年开春起，他们都只吃个半饱；他们身上穿的，也只是些破旧的衣服。实在他们的情形比叫化子好不了多少。然而他们的精神都很不差。他们有很大的忍耐力，又有很大的幻想。虽然他们都负了天天的增大的债，可是他们那简单的头脑老是这么想：只要蚕花熟，就好了！他们想象到一个月以后那些绿油油的桑叶就会变成雪白的茧子，于是又变成丁丁当当响的洋钱，他们虽然肚子里饿得咕咕地叫，却也忍不住要笑。

这些女人中间也就有老通宝的媳妇四大娘和那个十二岁的小宝。这娘儿两个已经洗好了那些"团扁"和"蚕箪"，坐在小溪边的石头上撩起布衫角揩脸上的汗水。

"四阿嫂！你们今年也看（养）洋种么？"

小溪对岸的一群女人中间有一个二十岁左右的姑娘隔溪喊过来了。四大娘认得是隔溪的对门邻舍陆福庆的妹子六宝。四大娘立刻把她的浓眉毛一挺，好像正想找人吵架似的嚷了起来：

"不要来问我！阿爹做主呢！——小宝的阿爹死不肯，只看了一张洋种！老糊涂的听得带一个洋字就好像见了七世冤家！洋钱，也是洋，他倒又要了！"

小溪旁那些女人们听得笑起来了。这时候有一个壮健的小伙子正从对岸的陆家稻场上走过，跑到溪边，跨上了那横在溪面用四根木头并排做成的雏形的"桥"。四大娘一眼看见，就丢开了"洋种"问题，高声喊道：

"多多弟！来帮我搬东西罢！这些扁，浸湿了，就像死狗一样重！"

小伙子阿多也不开口，走过来拿起五六只"团扁"，湿漉漉地顶在头上，却空着一双手，划桨似的荡着，就走了。这个阿多高兴起来时，什么事都肯做，碰到同村的女人们叫他帮忙拿什么重家伙，或是下溪去捞什么，他都肯；可是今天他大概有点不高兴，所以只顶了五六只"团扁"去，却空着一双手。那些女人们看着他戴了那特别大箬帽似的一叠"扁"，袅着腰，学镇上女人的样子走着，又都笑起来了，老通宝家紧邻的李根生的老婆荷花一边笑，一边叫道：

"喂，多多头，回来！也替我带一点儿去！"

"叫我一声好听的，我就给你拿。"

阿多也笑着回答，仍然走。转眼间就到了他家的廊下，就把头上的"团扁"放在廊檐口。

"那么，叫你一声干儿子！"

荷花说着就大声的笑起来，她那出众地白净然而扁得作怪的脸上看去就好像只有一张大嘴和眯紧了好像两条线一般的细眼睛。她原是镇上人家的婢女，嫁给那不声不响整天苦着脸的半老头子李根生还不满半年，可是她的爱和男子们胡调已经在村中很有名。

"不要脸的！"

忽然对岸那群女人中间有人轻声骂了一句。荷花的那对细眼睛立刻睁大了，怒声嚷道：

"骂哪一个？有本事，当面骂，不要躲！"

"你管得我？棺材横头踢一脚，死人肚里自得知：我就骂那不要脸的骚货！"

隔溪立刻回骂过来了，这就是那六宝，又一位村里有名淘气的大姑娘。

于是对骂之下，两边又泼水。爱闹的女人也夹在中间帮这边帮那边。小孩子们笑着狂呼。四大娘是老成的，提起她的"蚕簟"，喊着小宝，自回家去。阿多站在廊下看着笑。他知道为什么六宝要跟荷花吵架；他看着那"辣货"六宝挨骂，倒觉得很高兴。

老通宝捎着一架"蚕台"从屋子里出来。这三棱形家伙的木梗子有几条给蚂蚁蛀过了，怕的不牢，须得修补一下。看见阿多站在那里笑嘻嘻地望着外边的女人们吵架，老通宝的脸色就板起来了。他这"多多头"的小儿子不老成，他知道。尤其使他不高兴的，是多多也和紧邻的荷花说说笑笑。"那母狗是白虎星，惹上了她就得败家"，——老通宝时常这样警戒他的小儿子。

"阿多！空手看野景么？阿四在后边扎'缀头'，你去帮他！"

老通宝像一匹疯狗似的咆哮着,火红的眼睛一直盯住了阿多的身体,直到阿多走进屋里去,看不见,老通宝方才提过那"蚕台"来反复审察,慢慢地动手修补。木匠生活,老通宝早年是会的;但近来他老了,手指头没有劲,他修了一会儿,抬起头来喘气,又望望屋里挂在竹竿上的三张蚕种。

四大娘就在廊檐口糊"蚕箪"。去年他们为的想省几百文钱,是买了旧报纸来糊的。老通宝直到现在还说是因为用了报纸——不惜字纸,所以去年他们的蚕花不好。今年是特地全家少吃一餐饭,省下钱来买了"糊箪纸"来了。四大娘把那鹅黄色坚韧的纸儿糊得很平贴,然后又照品字式糊上三张小小的花纸——那是跟"糊箪纸"一块儿买来的,一张印的花色是"聚宝盆",另两张都是手执尖角旗的人儿骑在马上,据说是"蚕花太子"。

"四大娘!你爸爸做中人借来三十块钱,就只买了二十担叶。后天米又吃完了,怎么办?"

老通宝气喘喘地从他的工作里抬起头来,望着四大娘。那三十块钱是二分半的月息。总算有四大娘的父亲张财发做中人,那债主也就是张财发的东家,"做好事",这才只要了二分半的月息。条件是蚕事完后本利归清。

四大娘把糊好了的"蚕箪"放在太阳底下晒,好像生气似的说:

"都买了叶! 又像去年那样多下来——"

"什么话! 你倒先来发利市了! 年年像去年么? 自家只有十来担叶;五张布子(蚕种),十来担叶够么?"

"噢,噢;你总是不错的! 我只晓得有米烧饭,没米饿肚子!"

四大娘气哄哄地回答;为了那"洋种"问题,她到现在常要和老通宝抬杠。

老通宝气得脸都紫了。两个人就此再没有一句话。

但是"收蚕"的时期一天一天逼近了。这二三十人家的小村落突然呈现了一种大紧张,大决心,大奋斗,同时又是大希望。人们似乎连肚子饿都忘记了。老通宝们家东借一点,西赊一点,居然也一天一天过着来。也不仅老通宝他们,村里哪一家有两三斗米放在家里呀! 去年秋收固然还好,可是地主、债主、正税、杂捐,一层一层地剥削来,早就完了。现在他们唯一的指望就是春蚕,一切临时借贷都是指明在这"春蚕收成"的偿还。

他们都怀着十分希望又十分恐惧的心情来准备这春蚕的大博战!

"谷雨"节一天近一天了。村里二三十人家的"布子"都隐隐现出绿色来。女人们有稻场上碰见时,都匆忙地带着焦灼而快乐的口气互相告诉道:

"六宝家快要'窝种'了呀!"

"荷花说她家明天就是'窝'了。有这么快!"

"黄道士去测一字,今年的青叶要贵到四洋!"

四大娘看自家的五张"布子"。不对！那黑芝麻似的一片细点子还是黑沉沉，不见绿影。她的丈夫阿四拿到亮处去细看，也找不出几点"绿"来。四大娘很着急。

"你就先'窝'起来罢！这余杭种，作兴是慢一点的。"

阿四看着他老婆，勉强自家宽慰。四大娘堵起了嘴巴不回答。

老通宝哭丧着干皱的老脸，没说什么，心里却觉得不妙。

幸而再过了一天，四大娘再细心看那"布子"时，哈，有几处转成绿色了！而且绿的很有光彩。四大娘立刻告诉了丈夫，告诉了老通宝，多多头，也告诉了她的儿子小宝。她就把那些布子贴肉揾在胸前，抱着吃奶的婴孩似的静静儿坐着，动也不敢多动了。夜间，她抱着那五张布子到被窝里，把阿四赶去和多多头做一床。那布子上密密麻麻的蚕子儿贴着肉，怪痒痒的；四大娘很快活，又有点儿害怕，她第一次怀孕时胎在肚子里动，她也是那样半惊半喜的！

全家都是惴惴不安地又很兴奋地等候"收蚕"。只有多多头例外。他说：今年蚕花一定好，可是想发财却是命里不曾来。老通宝骂他多嘴，他还是要说。

蚕房早已收拾好了。"窝种"的第二天，老通宝拿一个大蒜头涂上一些泥，放在蚕房的墙脚边；这也是年年的惯例，但今番老通宝更加虔诚，手也抖了，去年他们"卜"的非常灵验。可是去年那"灵验"，现在老通宝想也不敢想。

现在这村里家家都在"窝种"了。稻场上和小溪边顿时少了那些女人们的踪迹。一个"戒严令"也在无形中颁布了：乡农们即使平日是最好的，也不往来；人客来冲了蚕神不是玩的！他们至多在稻场上低声交谈一二句就走开。这是个"神圣"的季节。

老通宝家的三张布子上也有些"乌娘"蠕蠕地动了。于是全家的空气，突然紧张。那正是"谷雨"前一日。四大娘料来可以挨过了"谷雨"节那一天。布子不须再"窝"了，很小心地放在"蚕房"里。老通宝偷眼看一下那个躺在墙脚边的大蒜头，他心里就一跳。那大蒜头上还只有一两茎绿芽。

终于"收蚕"的日子到了。四大娘心神不定地淘米烧饭，时时看饭锅上的热气有没有直冲上来。老通宝拿出预先买了来的香烛点起来，恭恭敬敬放在灶君神位前。阿四和阿多去到田里采野花。小宝帮着把灯芯草剪成细末子，又把采来的野花揉碎。一切都准备齐全了时，太阳也近午刻了。饭锅上水蒸气嘟嘟地直冲，四大娘立刻跳了起来，把"蚕花"和一对鹅毛插在发髻上，就到"蚕房"里。老通宝拿着秤杆，阿四拿了那揉碎的野花片儿和灯芯草碎末。四大娘揭开"布子"，就从阿四手里拿过野花碎片和灯芯草末子撒在"布子"上，又接过老通宝手里的秤杆来，将"布子"挽在秤杆上，于是拔下发髻上的鹅毛在布子上轻轻儿拂；野花片，灯芯草末子，连同"乌娘"，都拂在那"蚕箪"里了。一张，两张，……都拂过了；最后一张是洋种，那就收在另一个"蚕箪"里。末了，四大娘又拔下发髻上那朵"蚕花"，跟鹅毛一块插在"蚕箪"的边儿上。

这是一个隆重的仪式！千百年相传的仪式！那好比是誓师典礼，以后就要开始了一个月光景的和恶劣的天气和恶运以及和不知什么的连日连夜无休息的大决战！

"乌娘"在"蚕箪"里蠕动，样子非常强健；那黑色也是很正路的。四大娘和老通宝他们都放心地松一口气了。但当老通宝悄悄地把那个"命运"的大蒜头拿起来看时，他的脸色立刻变了！大蒜头上还只得三四茎嫩芽！天哪！难道又同去年一样？

<h2 style="text-align:center">三</h2>

然而那"命运"的大蒜头这次竟不灵验。老通宝家的蚕非常好！虽然头眠二眠的时候连天阴雨，气候是比"清明"边似乎还要冷一点，可是那些"宝宝"都很强健。

村里别人家的"宝宝"也都不差。紧张的快乐弥漫了全村庄，似那小溪里琮琮的流水也像是朗朗的笑声了。只有荷花是例外；她们家看了一张"布子"，可是"出火"只称得二十斤；"大眠"快边人们还看见那不声不响晦气色的丈夫根生倾弃了三"蚕箪"在那小溪里。

这一件事，使得全村的妇人对于荷花家特别"戒严"。她们特地避路，不从荷花的门前走，远远的看见了荷花或是她那不声不响丈夫的影儿就赶快躲开；这些幸运的人儿惟恐看了荷花他们一眼或是交谈半句话就传染了晦气来！

老通宝严禁他的小儿子多多头跟荷花说话。——"你再跟那东西多嘴，我就告你忤逆！"老通宝站在廊檐外高声大气喊，故意要叫荷花他们听得。

小小宝也受到严厉的嘱咐，不许跑到荷花家的门前，不许和他们说话。

阿多像一个聋子似的不理睬老头子那早早夜夜的唠叨，他心里却在暗笑。全家就只有他不大相信那些鬼禁忌。可是他也没有跟荷花说话，他忙都忙不过来。

"大眠"捉了毛三百斤，老通宝全家连十二岁的小宝也在内，都是两日两夜没有合眼。蚕是少见的好，活了六十岁的老通宝记得只有两次是同样的，一次就是他成家的那年，又一次是阿四出世那一年。"大眠"以后的"宝宝"第一天就吃了七担叶，个个是生青滚壮，然而老通宝全家都瘦了一圈，失眠的眼睛上布满了红丝。

谁也料得到这些"宝宝"上山前还得吃多少叶。老通宝和儿子阿四商量了：
"陈大少爷借不出，还是再求财发的东家罢？"

"地头上还有十担叶,够一天。"

阿四回答,他委实是支撑不住了,他一双眼皮有几百斤重,只想合下来。老通宝却不耐烦了。怒声喝道:

"说什么梦话! 刚吃了两天老蚕呢。明天不算,还得吃三天,还要三十担叶,三十担!"

这时外边稻声上忽然人声喧闹,阿多押了新发来的五担叶来了。于是老通宝和阿四的谈话打断,都出去"挦叶"。四大娘也慌忙从蚕房里钻出来。隔溪陆家养的蚕不多,那大姑娘六宝抽得出工夫,也来帮忙了。那时星光满天,微微有点风,村前村后都断断续续传来了呓喝和欢笑,中间有一个粗暴的声音嚷道:

"叶行情飞涨了! 今天下午镇上开到四洋一担!"

老通宝偏偏听得了,心里急得什么似的。四块钱一担,三十担可要一百二十块呢。他哪来这许多钱! 但是想到茧子总可采五百多斤,就算五十块钱一百斤,也有这么二百五,他又心里一宽。那边"挦叶"的人堆里忽然又有一个小小的声音说:

"听说东路不大好,看来叶价钱涨不到多少的!"

老通宝认得这声音是陆家的六宝。这使他心里又一宽。

那六宝是和阿多同站在一个筐子边"挦叶"。在半明半暗的星光下,她和阿多靠得很近。忽然她觉得在那"杠条"的隐藏下,有一只手在她大腿上拧了一把。好像知道是谁拧的,她忍住了不笑,也不声张。蓦地那手又在她胸前摸了一把,六宝直跳起来,出惊地喊了一声:

"嗳哟!"

"什么事?"

同在那筐子边挦叶的四大娘问了,抬起头来。六宝觉得自己脸上热烘烘了,她偷偷地瞪了阿多一眼,就赶快低下头,很快地挦叶,一面回答:

"没有什么。想来是毛毛虫刺了我一下。"

阿多咬住了嘴唇暗笑。他虽然在这半个月来也是半饱而且少睡,也瘦了许多了,他的精神可还是饱满。老通宝那种忧愁,他是永远没有的。他永不相信靠一次蚕花好或是田里熟,他们就可以还清了债再有自己的田;他知道单靠勤俭工作,即使做到背脊骨折断也是不能翻身的。但是他仍旧很高兴地工作着,他觉得这也是一种快活,正像和六宝调情一样。

第二天早上,老通宝就到镇里去想法错钱来买叶。临走前,他和四大娘商量好,决定把他家那块出产十五担叶的桑地去抵押。这是他家最后的产业。

叶又买来了三十担。第一批的十担发来时,那些壮健的"宝宝"已经饿了半点钟了。"宝宝"们尖出了小嘴巴,向左向右乱晃,四大娘看得心酸。叶铺了上去，立刻蚕房里充满着萨萨萨的响声，人们说话也不大听得清。不多一会儿，那些"团扁"里立刻又全见白了。于是又铺上厚厚的一层叶。人们单是"上叶"也就忙得透不过气来。但这是最后五分钟了。再得两天，"宝宝"可以上山，人们把剩余的精力榨出来拚死命干。

阿多虽然接连三日三夜没有睡，却还不见怎么倦。那一夜，就由他一个人在"蚕房"里守那上半夜，好让老通宝以及阿四夫妇都去歇一歇。那是个好月夜，稍稍有点冷。蚕房里热了一个小小的火。阿多守到二更过，上了第二次的叶，就蹲在那个"火"旁边听那些"宝宝"萨萨萨地吃叶。渐渐儿他的眼皮合上了。他耳朵里还听得萨萨萨的声音和屑索的怪声。猛然一踉跄，他的头在自己膝头上磕了一下，他惊醒过来，恰就听得蚕房的芦帘拍叉一声响，似乎还看见有人影一闪。阿多立刻跳起来，到外面一看，门是开着，月光下稻场上有一个人正走向溪边去。阿多飞也似跳出去，还没看清那人是谁，已经把那人抓过来摔在地下。他断定了这是一个贼。

"多多头！打死我也不怨你，只求你不要说出来！"

是荷花的声音，阿多听真了时不禁浑身的汗毛都竖了起来。月光下他又看见那扁得作怪的白脸儿上一对细圆的眼睛定定地看住了他。可是恐怖的意思那眼睛里也没有。阿多哼了一声，就问道：

"你偷什么？"

"我偷你们的宝宝！"

"放到哪里去了？"

"我扔到溪里去了！"

阿多现在也变了脸色。他这才知道这女人的恶意是要冲克他的"宝宝"。

"你真心毒呀！我们家和你们可没有冤仇！"

"没么？有的，有的，我家自管蚕花不好，可并没害了谁，你们都是好的！你们怎么把我当作白老虎，远远地望见我就别转了脸？你们不把我当人看待！"

那妇人说着就爬了起来，脸上的神气比什么都可怕。阿多瞅着那妇人好半晌，这才说道：

"我不打你，走你的罢！"

阿多头也不回的跑回家去，仍在"蚕房"里守着。他完全没有睡意了。他看那些"宝宝"，都是好好的。他并没想到荷花可恨或可怜。然而他不能忘记荷花那一番话；他觉到人和人中间有什么地方是永远弄不对的，可是他不能够明白想出来是什么地方，或是为什么。再过一会儿，他就什么都忘记了。"宝宝"是强健的，像有魔法似的吃了又吃了，永远不会饱！

以后直到东方快打白了时，没有发生事故。老通宝和四大娘来替换阿多了，他们拿那些渐渐身体发白而变短的"宝宝"在亮处照着，看是"有没有通"。他们的心被快活胀大了。但是太阳出山时四大娘到溪边汲水，却看见六宝满脸严重地跑过来悄悄地问道：

"昨夜二更过，三更不到，我远远地看见那骚货从你们家跑出来，阿多跟在后面，他们站在这里说了半天话呢！四阿嫂！你们怎么不管事呀？"

四大娘的脸色立刻变了，一句话也没说，提了水桶就回家去，先对丈夫说了，再对老通宝说。这东西偷进人家"蚕房"来了，那还了得！老通宝气得直跺脚，马上叫了阿多来查问。但是阿多不承认，说六宝是做梦见鬼。老通宝又去找六宝询问。六宝是一口咬定了看见的。老通宝没有主意，回家去看那"宝宝"，仍然是很健康，瞧不出一些败相来。

但是老通宝他们满心的欢喜却被这件事打消了。他们相信六宝的话不会毫无根据。他们唯一的希望是那骚货或者只在廊檐口阿多鬼混了一阵。

"可是那大蒜头上的苗却当真只有三四茎呀！"

老通宝自心里这么想，觉得前途只是阴暗。可不是，吃了许多叶去，一直落来都很好，然而上了山却干僵了的事，也是常有的。不过老通宝无论如何不敢想到这上头去；他以为即使是肚子里想，也是不吉利！

四

"宝宝"都上山了，老通宝他们还是捏着一把汗。他们钱都花光了，精力也绞尽了，可是有没有报酬呢，到此时还没有把握。虽则如此，他们还是硬着头皮去干。"山棚"下热了火，老通宝和阿四他俩着腰慢慢地从这边蹲到那边，又从那边蹲到这边。他们听得山棚上有些屑屑索索的细声音，他们就忍不住想笑，过了一会儿又不听得了，他们的心就重甸甸地往下沉了。这样地，心是焦灼着，却不敢向山棚上望。偶或他们仰着的脸上淋到了一滴蚕尿了，虽然觉得有点难过，他们心里却快活；他们巴不得多淋一些。

阿多早已偷偷地挑开"山棚"外围着的芦帘望过几次了。小小宝看见，就扭住了阿多，问"宝宝"有没有做茧子。阿多伸出舌头做一个鬼脸，不回答。

"上山"后三天，熄火了。四大娘再也忍不住，也偷偷地挑开芦帘角看了一眼，她的心立刻卜卜地跳了。那是一片雪白，几乎连"缀头"都瞧不见；那是四大娘有生以来从没有见过的"好蚕花"呀！老通宝全家立刻充满了欢笑。现在他们一颗心定下来了！"宝宝"们有良心，四洋一担的叶不是白吃的；他们全家一个月的忍饿失眠总算不冤枉，天老爷有眼睛！

同样的欢笑声在村里到处都起来了。今年蚕花娘娘保佑小小的村子。二三十人家都可以采到七八分。老通宝家更是比众不同，估量来总可以采一个十二

春
蚕

三分。

小溪边和稻场上现在又充满了女人和孩子们。这些人都比一个月前瘦了许多,眼眶陷进了,嗓子也发沙,然而都很快活兴奋。她们嘈嘈地谈论那一个月内的"奋斗"时,她们的眼前便时时现出一堆堆雪白的洋钱,她们那快乐的心里便时时闪过了这样的盘算:夹衣和夏衣都在当铺里,这可先得赎出来;过端阳节也许可以吃一条黄鱼。

那晚上荷花和阿多的把戏也是她们谈话的资料。六宝见了人就宣传荷花的"不要脸,送上门去!"男人们听了就粗暴地笑着,女人们念一声佛,骂一句,又说老通宝家总算幸气,没有犯克,那是菩萨保佑,祖宗有灵!

接着是家家都"浪山头"了,各家的至亲好友都来"望山头"。老通宝的亲家张财发带了小儿子阿九特地从镇上来到村里。他们带来的礼物,是软糕、线粉、梅子、枇杷、也有咸鱼。小小宝快活得好像雪天的小狗。

"通宝,你是卖茧子呢,还是自家做丝?"

张老头子拉老通宝到小溪边一棵杨柳树下坐了,这么悄悄地问。这张老头子张财发是出名"会寻快活"的人,他从镇上城隍庙前露天的"说书场"听来了一肚子的疙瘩东西;尤其烂熟的,是《十八路反王,七十二处烟尘》,程咬金卖柴扒,贩私盐出身,瓦岗寨做反王的《隋唐演义》。他向来说话"没正经",老通宝是知道的;所以现在听得问是卖茧子或者自家做丝,老通宝并没把这话看重,只随口回答道:

"自然卖茧子。"

张老头子却拍着大腿叹一口气。忽然他站了起来,用手指着村外那一片秃头桑林后面耸露出来的茧厂的风火墙说道:

"通宝! 茧子是采了,那些茧厂的大门还关得紧洞洞呢! 今年茧厂不开秤! ——十八路反王早已下凡,李世民还没出生;世界不太平! 今年茧厂关门,不做生意!"

老通宝忍不住笑了,他不肯相信。他怎么能够相信呢? 难道那"五步一岗"似的比露天毛坑还要多的茧厂会一齐都关了门不做生意? 况且听说和东洋人也已"讲拢",不打仗了,茧厂里驻的兵早已开走。

张老头子也换了话,东拉西扯讲镇里的"新闻",夹着许多"说书场"上听来的什么秦叔宝,程咬金。最后,他代他的东家催那三十块钱的债,为的他是"中人"。

然而老通宝到底有点不放心。他赶快跑出村去,看看"塘路"上最近的两个茧厂,果然大门紧闭,不见半个人;照往年说,此时应该早已摆开了柜台,挂起了一排乌亮亮的大秤。

老通宝心里也着慌了,但是回家去看见了那些雪白发光很厚实硬古古的茧子，他又忍不住嘻开了嘴。上好的茧子！会没有人要，他不相信。并且他还要忙着采茧，还要谢"蚕花利市"，他渐渐不把茧厂的事放在心上了。

可是村里的空气一天一天不同了。才得笑了几声的人们现在又都是满脸的愁云。各处茧厂都没开门的消息陆续从镇上传来，从"塘路"上传来。往年这时候，"收茧人"像走马灯似的在村里巡回，今年没见半个"收茧人"，却换替着来了债主和催粮的差役。请债主们就收了茧子罢，债主们板起面孔不理。

全村子都是嚷骂，诅咒，和失望的叹息！人们做梦也不会想今年"蚕花"好了，他们的日子却比往年更加困难。这在他们是一个青天的霹雳！并且愈是像老通宝他们家似的，蚕愈养得多，愈好，就愈加困难，——"真正世界变了！"老通宝捶胸跺脚地没有办法。然而茧子是不能搁久了的，总得赶快想法：不是卖出去，就是自家做丝。村里有几家已经把多年不用的丝车拿出来修理，打算自家把茧做成了丝再说。六宝家也打算这么办。老通宝便也和儿子媳妇商量道：

"不卖茧子了，自家做丝！什么卖茧子，本来是洋鬼子行出来的！"

"我们有四百多斤茧子呢，你打算摆几部丝车呀！"

四大娘首先反对了。她这话是不错的。五百斤的茧子可不算少，自家做丝万万干不了。请帮手么？那又得花钱。阿四是和他老婆一条心。阿多抱怨老头子打错了主意，他说：

"早依了我的话，扣住自己的十五担叶，只看一张洋种，多么好！"

老通宝气得说不出话来。

终于一线希望忽又来了。同村的黄道士不知从哪里得的消息，说是无锡脚下的茧厂还是照常收茧。黄道士也是一样的种田人，并非吃十方的"道士"，向来和老通宝最说得来。于是老通宝去找那黄道士详细问过了以后便又和儿子阿四商量把茧子弄到无锡脚下去卖。老通宝虎起了脸，像吵架似的嚷道：

"水路去有三十多九呢！来回得六天！他妈的！简直是充军！可是你有别的办法么？茧子当不得饭吃，蚕前的债又逼紧来！"

阿四也同意了。他们去借了一条赤膊船，买了几张芦席，赶那几天正是好晴，便带了阿多。他们这卖茧子的"远征军"就此出发。

五天以后，他们果然回来了；但不是空船，船里还有一筐茧子没有卖出。原来那三十多九水路远的茧厂挑剔得非常苛刻：洋种茧一担只值三十五元，土种茧一担二十元，薄茧不要。老通宝他们的茧子虽然是上好的货色，却也被茧厂里挑剩了那么一筐，不肯收买。老通宝他们实卖得一百十一块钱，除去路上盘缠，就剩了整整的一百元，不够偿还买青叶所借的债！老通宝路上气得生病了，两个儿子扶他到家。

打回来的八九十斤茧子，四大娘只好自家做丝了。她到六宝家借了丝车，又

春

蚕

忙了五六天。家里米又吃完了。叫阿四拿那些上镇里去卖，没有人要；上当铺，当铺也不收。说了多少好话，总算把清明前当在那里的一石米换了出来。

就是这么着，因为春蚕熟，老通宝一村的人都增加了债！老通宝家为的养了五张布子的蚕，又采了十多分的好茧子，就此白赔上十五担叶的桑地和三十块钱的债！一个月光景的忍饿熬夜还都不算！

一九三二年十一月一日

竹林的故事

废　名

　　出城一条河，过河西走，坝脚下有一簇竹林，竹林里露出一重茅屋，茅屋两边都是菜园：十二年前，它们的主人是一个很和气的汉子，大家呼他老程。

　　那时我们是专门请一位先生在祠堂里讲《了凡纲鉴》，为得拣到这菜园来割菜，因而结识了老程，老程有一个小姑娘，非常的害羞而又爱笑，我们以后就借了割菜来逗她玩笑。我们起初不知道她的名字，问她，她笑而不答，有一回见了老程呼"阿三"，我才挽住她的手："哈哈，三姑娘！"我们从此就呼她三姑娘。从名字看来，三姑娘应该还有姊妹或兄弟，然而我们除掉她的爸爸同妈妈，实在没有看见别的谁。

　　一天我们的先生不在家，我们大家聚在门口掷瓦片，老程家的捏着香纸走我们的面前过去，不一刻又望见她转来，不笔直的循走原路，勉强带笑的弯近我们："先生！替我看看这签。"我们围着念菩萨的绝句，问道："你求的是什么呢？"她对我们诉一大串，我们才知道她的阿三头上本来还有两个姑娘，而现在只要让她有这一个，不再三朝两病的就好了。

　　老程除了种菜，也还打鱼卖。四五月间，霖雨之后，河里满河山水，他照例拿着摇网走到河边的一个草墩上——这墩也就是老程家的洗衣裳的地方，因为太阳射不到这来，一边一棵树交荫着成一座天然的凉棚。水涨了，搓衣的石头沉在河底，呈现绿团团的坡，刚刚高过水面，老程老像乘着划船一般站在上面把摇网朝水里兜来兜去；倘若兜着了，那就不移地的转过身倒在挖就了的荡里，——三姑娘的小小的手掌，这时跟着她的欢跃的叫声热闹起来，一直等到蹦跳蹦跳好容易给捉住了，才又坐下草地望着爸爸。

　　流水潺潺，摇网从水里探起，一滴滴的水点打在水上，浸在水当中的枝条也冲击着嚓嚓作响。三姑娘渐渐把爸爸站在那里都忘掉了，只是不住的抠土，嘴里还低声的歌唱；头毛低到眼边，才把脑壳一扬，不觉也就瞥到那滔滔水流上的一堆白沫，顿时兴奋起来，然而立刻不见了，偏头又给树叶子遮住了——使得眼光回复到爸爸的身上，是突然一声"啊呀"！这回是一尾大鱼！而妈妈也沿坝走来，说盐钵里的盐怕还够不了一飨饭。

　　老程由街转头，茅屋顶上正在冒烟，叱咤一声，躲在园里吃菜的猪飞奔的跑，——三姑娘也就出来了，老程从荷包里掏出一把大红头绳："阿三，这个打辫好吗？"三姑娘抢在手上，一面还接下酒壶，奔向灶角里去。"留到端午扎艾蒿，别糟蹋了！"妈妈这样答应着，随即把酒壶伸到灶孔烫。三姑娘到房里去了一会又出来，见了妈妈抽筷子，便赶快拿出杯子——家里只有这一个，老是归三姑娘照管——踮着脚送在桌上；然而老程终于还是要亲自朝中间挪一挪，然后又取出壶来。"爸爸喝酒，我吃豆腐干！"老程实在用不着下酒的菜，对着三姑娘慢慢的喝了。

三姑娘八岁的时候，就能够代替妈妈洗衣。然而绿团团的坡上，从此也不见老程的踪迹了——这只要看竹林的那边河坝倾斜成一块平坦的上面，高耸着一个不毛的同教书先生（自然不是我们的先生）用的戒方一般模样的土堆，堆前竖着三四根只有抄梢还没有斩去的枝桠吊着被雨粘住的纸幡残片的竹竿，就可以知道是什么意义。

老程家的已经是四十岁的婆婆，就在平常，穿的衣服也都是青蓝大布，现在不过系鞋的带子也不用那水红颜色的罢了，所以并不现得十分异样。独有三姑娘的黑地绿花鞋的尖头蒙上一层白布，虽然更显得好看，却叫人见了也同三姑娘自己一样懒懒的没有话可说了。

然而那也并非是长久的情形。母女都是那样勤敏，家事的兴旺，正如这块小天地，春天来了，林里的竹子，园里的菜，都一天一天的绿得可爱。老程的死却正相反，一天比一天淡漠起来，只有鹞鹰在屋头上打圈子，妈妈呼喊女儿道，"去，去看坦里放的鸡娃。"三姑娘才走到竹林那边，知道这里睡的是爸爸了。到后来，青草铺平了一切，连曾经有个爸爸这件事实几乎也没有了。

正二月间城里赛龙灯，大街小巷，真是人山人海。最多的还要算邻近各村上的女人，她们像一阵旋风，大大小小牵成一串从这街冲到那街，街上的汉子也借这个机会撞一撞她们的奶。然而能够看得见三姑娘同三姑娘的妈妈吗？不，一回也没有看见！锣鼓喧天，惊不了她母女两个，正如惊不了栖在竹林的雀子。鸡上埘的时候，比这里更西也是住在坝下的堂嫂子们，顺便也邀请一声"三姐"，三姑娘总是微笑的推辞。妈妈则极力鼓励着一路去，三姑娘送客到坝上，也跟着出来，看到底攀缠着走了不；然而别人的渐渐走得远了，自己的不还是影子一般的依在身边吗？

三姑娘的拒绝，本是很自然的，妈妈的神情反而有点莫名其妙了！用询问的眼光朝妈妈脸上一瞧，——却也正在瞧过来，于是又掉头望着嫂子们走去的方向：

"有什么可看？成群打阵，好像是发了疯的！"

这话本来想使妈妈热闹起来，而妈妈依然是无精打采沉着面孔。河里没有水,平沙一片,现得这坝从远远看来是蜿蜒着一条蛇,站在上面的人,更小到同一颗黑子了。由这里望过去,半圆形的城门,也低斜得快要同地面合成了一起;木桥俨然是画中见过的,而往来蠕动都在沙滩;在坝上分明数得清楚,及至到了沙滩,一转眼就失了心目中的标记,只觉得一簇簇的仿佛是远山上的树林罢了。至于聒聒的喧声,却比站在近旁更能入耳,虽然听不着说的是什么,听者的心早被他牵引了去了。竹林里也同平常一样,雀子在奏他们的晚歌,然而对于听惯了的人只能够增加静寂。

打破这静寂的终于还是妈妈:

"阿三! 我就是死了也不怕猫跳! 你老这样守着我,到底……"

妈妈不作声,三姑娘抱歉似的不安,突然来了这埋怨,刚才的事倒好像给一阵风赶跑了,增长了一番力气娇恼着:

"到底! 这也什么到底不到底! 我不欢喜玩!"

三姑娘同妈妈间的争吵,其原因都出在自己的过于乖巧,比如每天清早起来,把房里的家具抹得干净,妈妈却说,"乡户人家呵,要这样?"偶然一出门做客,只对着镜子把散在额上的头毛梳理一梳理,妈妈却硬从盒子里拿出一枝花来。现在站在坝上,眶子里的眼泪快要进出来了,妈妈才不作声。这时节难为的是妈妈了,皱着眉头不转眼的望,而三姑娘老不抬头! 待到点燃了案上的灯,才知道已经走进了茅屋,这期间的时刻竟是在梦中过去了。

灯光下也立刻照见了三姑娘,拿一束稻草,一菜篮适才饭后同妈妈在园里割回的白菜,坐下板凳三棵捆成一把。

"妈妈,这比以前大得多了! 两棵怕就有一斤。"

妈妈哪想到屋里还放着明天早晨要卖的菜呢? 三姑娘本不依恃妈妈的帮忙,妈妈终于不出声的叹一口气伴着三姑娘捆了。

三姑娘不上街看灯,然而当年背在爸爸的背上是看过了多少次的,所以听了敲在城里响在城外的锣鼓,都能够在记忆中画出是怎样的情境来。"再是上东门,再是在衙门口领赏……"忖着声音所来的地方自言自语的这样猜。妈妈正在做嫂子的时候,也是一样的欢喜赶热闹,那情境也许比三姑娘更记得清白,然而对于三姑娘的仿佛亲临一般的高兴,只是无意的吐出来几声"是"——这几乎要使得三姑娘稀奇得伸起腰来了:"刚才还催我去玩哩!"

三姑娘实在是站起来了,一二三四的点着把数,然后又一把把的摆在菜篮,以便于明天一大早挑上街去卖。

见了三姑娘活泼泼的肩上一担菜,一定要奇怪,昨夜晚为什么那样没出息,不在火烛之下现一现那黑然而美的瓜子模样的面庞的呢? 不——倘若奇怪,只有自己的妈妈。人一见了三姑娘挑菜,就只有三姑娘同三姑娘的菜,其余的什么也不记得，因为耽误了一刻，三姑娘的菜就买不到手；三姑娘的白菜原是这样好，隔夜没有浸水，煮起来比别人的多，吃起来比别人的甜了。

我在祠堂里足足住了六年之久，三姑娘最后留给我的印象，也就在卖菜这一件事。

三姑娘这时已经是十二三岁的姑娘，因为是暑天，穿的是竹布单衣，颜色淡得同月色一般——这自然是旧的了，然而倘若是新的，怕没有这样合式，不过这也不能够说定，因为我们从没有看见三姑娘穿过新衣：总之三姑娘是好看罢了。三姑娘在我们的眼睛里同我们的先生一样熟，所不同的，我们一望见先生就往里跑，望见三姑娘都不知不觉的站在那里笑。然而三姑娘是这样淑静，愈走近我们，我们的热闹便愈是消灭下去，等到我们从她的篮里拣起菜来，又从自己的荷包里掏出了铜子，简直是犯了罪孽似的觉得这太对不起三姑娘了。而三姑娘始终是很习惯的，接下铜子又把菜篮肩上。

一天三姑娘是卖青椒。这时青椒出世还不久，我们大家商议买四两来煮鱼吃——鲜青椒煮鲜鱼，是再好吃没有的。三姑娘在用秤称，我们都高兴的了不得，有的说买鲫鱼，有的说鲫鱼还不及鳊鱼。其中有一位是最会说笑的，向着三姑娘道：

"三姑娘，你多称一两，回头我们的饭熟了，你也来吃，好不好呢？"

三姑娘笑了：

"吃先生们的一餐饭使不得？难道就要我出东西？"

我们大家也都笑了；不提防三姑娘果然从篮子里抓起一把掷在原来称就了的堆里。

"三姑娘是不吃我们的饭的，妈妈在家里等吃饭。我们没有什么谢三姑娘，只望三姑娘将来碰一个好姑爷。"

我这样说。然而三姑娘也就赶跑了。

从此我没有见到三姑娘。到今年，我远道回家过清明，阴雾天气，打算去郊外看烧香，走到坝上，远远望见竹林，我的记忆又好像一塘春水，被微风吹起波皱了。正在徘徊，从竹林上坝的小径，走来两个妇人，一个站住了，前面的一个且走且回应，而我即刻认定了是三姑娘！

"我的三姐，就有这样忙，端午中秋接不来，为得先人来了饭也不吃！"

那妇人的话也分明听到。

再没有别的声息：三姑娘的鞋踏着沙土。我急于要走过竹林看看，然而也暂时面对流水，让三姑娘低头过去。

1924 年 10 月

莎菲女士的日记

丁　玲

十二月二十四

今天又刮风！天还没亮，就被风刮醒了。伙计又跑进来生火炉。我知道，这是怎样都不能再睡得着了的。我也知道，不起来，便会头昏。睡在被窝里是太爱想到一些奇奇怪怪的事上去。医生说顶好能多睡，多吃，莫看书，偏这就不能，夜晚总得到两三点才能睡着，天不亮又醒了。象这样刮风天，真不能不令人想到许多使人焦躁的事。并且一刮风，就不能出去玩，关在屋子里没有书看，还能做些什么！一个人能呆呆地坐着，等时间的过去吗？我是每天都在等着，挨着，只想这冬天快点过去；天气一暖和，我咳嗽总可好些，那时候，要回南便回南，要进学校便进学校，但这冬天可太长了。

太阳照到纸窗上时，我是在煨第三次的牛奶。昨天煨了四次。次数虽煨得多，却不定是要吃，这只不过是一个人在刮风天为免除烦恼的养气法子。这固然可以混去一小点时间，但有时却又不能不令人更加生气，所以上星期整整的有七天没玩它，不过在没想出别的法子时，是又不能不借重它来象一个老年人耐心着消磨时间。

报来了，便看报，顺着次序看那大号字标题的国内新闻。然后又看国外要闻，本埠琐闻……把教育界，党化教育，经济界，九六公债盘价……全看完，还要再去温习一次昨天前天已看熟了的那些招男女，编级新生的广告，那些为分家产起诉的启事，连那些什么六〇六，百零机，美容药水，开明戏，真光电影……都熟习了过后才懒懒的丢开报纸。自然，有时会发现点新的广告，但也除不了是些绸缎五年六年纪念的减价，恕讣不周的讣闻之类。

报看完，想不出能找点什么事做，只好一人坐在火炉旁生气。气的事，也是天天气惯了的。天天一听到从窗外走廊上传来的那些住客们喊伙计的声音，便头痛。那声音真是又粗，又大，又嘎，又单调；"伙计，开壶！"或是"脸水，伙计！"这是谁也可以想象出来的一种难听的声音。还有，那楼下电话也是不断的有人在那电机旁大声的说话。没有一些声息时，又会感到寂沉沉的可怕，尤其是那四堵粉垩的墙。它们呆呆的把你眼睛挡住，无论你坐在哪方；逃到床上躺着吧，那同样的白垩的天花板，便沉沉的把你压住。真找不出一件事是令人不生嫌厌的心的；如同那麻脸伙计，那有抹布味的饭菜，那扫不干净的窗格上的沙土，那洗脸台上的镜子——这是一面可以把你的脸拖到一尺多长的镜子，不过只要你肯稍微一偏你的头，那你的脸又会扁的使你自己也害怕……这都是可以令人生气了又生气。也许这只我一人如是。但我却宁肯能找到些新的不快活，不满足；只是新的，无论新的，无论好坏，似乎都隔得我太远了。

吃过午饭，苇弟便来了。我一听到他那特有的急遽的皮鞋声已从走廊的那端传来时，我的心似乎便从一种窒息中透出一口气来的感到舒适。但我却不会表示，所以当苇弟进来时，我只能默默的望着他；他反以为我又在烦恼，握紧我一双手，"姊姊，姊姊，"那样不断的叫着。我，我自然笑了！我笑的什么呢，我知道！在那两颗只望到我眼睛下面的跳动的眸子中，我准懂得那收藏在眼帘下面，不愿给人知道的是些什么东西！这是有多么久了，你，苇弟，你在爱我！但他捉住过我吗？自然，我是不能负一点责，一个女人是应当这样。其实，我算够忠厚了；我不相信会有第二个女人这样不捉弄他的，并且我还在确确实实的可怜他，竟有时忍不住想去指点他："苇弟，你不可以换个方法吗？这样是只能反使我不高兴的……"对的，假使苇弟能够再聪明一点，我是可以比较喜欢他些，但他却只能如此忠实的去表现他的真挚！

苇弟看见我笑了，便很满足。跳过床头去脱大氅，还脱下他那顶大皮帽来。假使他这时再掉过头来望我一下，我想他一定可以从我的眼睛里得些不快活去。为什么他不可以再多的懂得我些呢？

我总愿意有那末一个人能了解得我清清楚楚的。如若不懂得我，我要那些爱，那些体贴做什么？偏偏我的父亲，我的姊姊，我的朋友都能如此盲目的爱惜我，我真不知他们所爱惜我的是些什么；爱我的骄纵，爱我的脾气，爱我的肺病吗？有时我为这些生气，伤心，但他们却都更容让我，更爱我，说一些错到更能我想打他们的一些安慰话。我真愿意在这种时候会有人懂得我，便骂我，我也可以快乐而骄傲了。

没有人来理我，看我，我是会想念人家，或恼恨人家，但有人来后，我不觉的又会给人一些难堪，这也是无法的事。近来为要磨炼自己，常常话到口边便咽住，怕又在无意中竟刺着了别人的隐处，虽说是开玩笑。因为如此，所以这是可以想象出来的，我是拿一种什么样的心情在陪苇弟坐。但苇弟若站起身喊走时，我是又会因怕寂寞而感到怅惘，而恨起他来。这个，苇弟是早就知道了的，所以他一直到晚上十点钟才回去。不过我却不骗人，并不骗自己，我清白，苇弟不走，不特于他没有益处，反只能让我觉得他太容易支使，或竟是可怜他的太不会爱的技巧了。

十二月二十八

今天我请毓芳同云霖看电影。毓芳却邀了剑如来。我气得只想哭，但我却纵声的笑了。剑如，她是够多么可以损害我自尊之心的；我因为她的容貌，举止，无一不象我幼时最投洽的一个朋友，所以我竟不觉的时常在追随她，她又特意给了我许多敢于亲近她的勇气，但后来，我却遭受了一种不可忍耐的待遇，无论什么时候想起，我都会痛恨我那过去的，已不可追悔的无赖行为：在一个星期中我曾足足的给了她八封长信，而未曾给人理睬过。毓芳真不知想的哪一股劲，明知我已不愿再提起从前的事，却故意要邀着她来，象有心要挑逗我的愤恨一样，我真气了。

我的笑，毓芳和云霖是不会留意这有什么变异，但剑如，她是能感觉得；可是她会装，装糊涂，同我毫无芥蒂的说话。我预备骂她几句，不过话只到口边便想到我为自己定下的戒条。并且做得太认真，怕越令人得意。所以我又忍下心去她们玩。

到真光时，还很早，在门口又遇着一群同乡的小姐们，我真厌恶那些惯做的笑靥，我不去理她们，并且我无缘无故的生气到那许多去看电影的人。我乘毓芳同她们说到热闹中，我丢下我所请的客，悄悄回来了。

除了我自己，是没有人会原谅我的。谁也在批评我，谁也不知道我在人前所忍受的一些人们给我的感触。别人说我怪僻，他们哪里知道我却时常在讨人好，讨人欢喜，不过人们太不肯鼓励我去说那太违我心的话，常常给我机会，让我反省到我自己的行为，让我离人们却更远了。

夜深时，全公寓都静静的，我躺在床上好久了。我清清白白的想透了一些事，我还能伤心什么呢？

十二月二十九

一早毓芳就来电话。毓芳是好人，她不会扯谎，大约剑如是真病。毓芳说，起病是为我，要我去，剑如将向我解释。毓芳错了，剑如也错了，莎菲不是欢喜听人解释的人。根本我就否认宇宙间要解释。朋友们好，便好；合不来时，给别人点苦头吃，也是正大光明的事。我还以为我够大量，太没报复人了。剑如既为我病，我倒快活，我不会拒绝听别人为我而病的消息。并且剑如病，还可以减少点我从前自怨自艾的烦恼。

我真不知怎样才能分析出我自己来。有时为一朵被风吹散了的白云，会感到一种渺茫的，不可捉摸的难过，但看到一个二十多的男子（苇弟其实还大我四岁）把眼泪一颗一颗掉到我的手背时，却象野人一样的在得意的笑了。苇弟是从东城买了许多信纸信封来我这里玩，为了他很快乐，在笑，我便故意去捉弄，看到他哭了,我却快意起来,并且说:"请珍重点你的眼泪吧,不要以为姊姊是象别的女人一样脆弱得受不起一颗眼泪……""还要哭,请你转家去哭,我看见眼泪就讨厌……"自然,他不走,不分辩,不负气,只蜷在椅角边老老实实无声的去流那不知从哪里得来的那末多的眼泪。我,自然,得意够了,是又会惭愧起来,于是用着姊姊的态度去喊他洗脸,抚摩他的头发。他镶着泪珠又笑了。

在一个老实人面前,我是已尽自己的残酷天性去磨折了他,但当他走后,我真又想能抓回他来,只请求他一句:"我知道自己的罪过,请不要再爱这样一个不配承受那真挚的爱的女人了吧!"

一月一号

我不知道那些热闹的人们是怎样的过年法,我是只在牛奶中加了一个鸡子,鸡子还是昨天苇弟拿来的,一共是二十个,昨天煨了七个茶卤蛋,剩下的十三个,大约总够我两星期来吃它。若吃午饭时,苇弟会来,则一定有两个罐头的希望。我真希望他来。因为想到苇弟来,所以我便上单牌楼去买了四盒糖,两包点心,一篓橘子和苹果,是预备他来时给他吃的。我是准断定在今天只有他才能来。

但午饭吃过了。苇弟却没来。

我一共写了五封信,都是用前几天苇弟买来的好纸好笔。但我想能接得几个美丽的画片,却不能。连几个最爱弄这个玩艺儿的姊姊们都把我这应得的一份儿忘了。不得画片,不希罕,单单只忘了我,却是可气的事。不过为了自己从不曾给人拜过一次年,算了,这也是应该的。

晚饭还是我一人独吃,我烦恼透了。

夜晚毓芳云霖却来了,还引来一个高个儿少年,我只想他们才真算幸福;毓芳有云霖爱他,她满意,他也满意。幸福不是在有爱人,是在两人都无更大欲望,商商量量平平和和的过日子。自然,也有人将不屑于这平庸,但那只是另外那人的,却与我的毓芳无关。

毓芳是好人,因为她有云霖,所以她"愿天下有情人皆是眷属"。她去年曾替玛丽作过一次恋爱婚姻介绍者。她又希望我能同苇弟好。因此她一来便问苇弟。但她却和云霖及那高个儿把我给苇弟买的东西吃完了。

那高个儿可真漂亮,这是我第一次感觉到男人的美上面,从来我是没有留心到。只以为一个男人的本行是在会说话,会看眼色,会小心就够了。今天我看了这高个儿,才懂得男人是另铸有一种高贵的模型,我看出那衬在他面前的云霖显得多么委琐,多么呆拙……我真要可怜云霖,假使他知道了他在这个人前所衬出的不幸时,他将怎样伤心他那些所有的粗丑的眼神,举止。我更不知,当毓芳拿着这一高一矮的男人相比时,是会起一种什么情感!

他,这生人,我将怎样去形容他的美呢?固然,他的颀长的身躯,白嫩的面庞,薄薄的小嘴唇,柔软的头发,都足以闪耀人的眼睛,但他却还另外有一种说不出,捉不到的丰仪来煽动你的心。如同,当我请问他的名字时,他是会用那种我想不到的不急遽的态度递过那只擎有名片的手来。我抬起头去,呀,我看见那两个鲜红的,嫩腻的,深深凹进的嘴角了。我能告诉人吗,我是用一种小儿要糖果的心情在望着那惹人的两个小东西。但我知道在这个社会里面是不会准许任我去取得我所要的来满足我的冲动,我的欲望,无论这是于人并不损害的事,所以我只得忍耐着,低下头去,默默的去念那名片上的字:

"凌吉士,新加坡……"

凌吉士,他是能那样毫无拘束的在我这儿谈话,象是在一个很熟的朋友处,难道我能说他这是有意来捉弄一个胆小的人?我是为要强迫的去拒绝引诱,从不敢把眼光抬平去一望那可爱慕的火炉的一角。并且害得两只从不知羞惭的破烂拖鞋,也逼着我不准走到桌前的灯光处。我并且生气我自己:怎么我只会那样拘束,不调皮的在应对?平日看不起别人的交际法,今天才知道自己还只能显得又呆,又傻气。唉,他一定以为我是一个乡下才出来的姑娘了!

云霖同毓芳两人看见我木木的,以为我不欢喜这生人,常常去打断他的说话,不久带着他走了。这个我也能感激他们的好意吗?我望着那一高两矮的影子在楼下院子中消失时,我真不愿再回到这留得有那人的靴印,那人的声音,和那人吃剩的饼屑的屋子。

一月三号

这两夜通宵通宵的咳嗽。对于药,简直就不会有信仰,药与病不是已毫无关系吗?我明明已厌烦了那苦水,但却又按时去吃它,假使连药也不吃,我更能拿什么来希望我的病呢?神要人忍耐着生活,便安排许多痛苦在死的前面,使人不敢走拢死去。我呢,我是更为了我这短促的不久的生,所以我越求生的利害;不是我怕死,是我总觉得我还没享有我生的一切。我要,我要使我快乐。无论在白天,在夜晚,我都是在梦想可以使我没什么遗憾在我死的时候的一些事情。我想我能睡在一间极精致的卧房的睡榻上,有我的姊姊们跪在榻前的熊皮毡子上为我祈祷,父亲悄悄的朝着窗外叹息,我读着许多封从那些爱我的人儿们寄来的长信,朋友们都记念我流着忠实的眼泪……我迫切的需要这人间的感情,想占有许多不可能的东西。但人们给我的是什么呢?整整又两天,又一人幽囚在公寓里,没有一个人来,也没有一封信来,我躺在床上咳嗽,坐在火炉旁咳嗽,走到桌子前也咳嗽,还想念这些可恨的人们……其实是还收到一封信的,不过这除了更加我一些不快外,也只不过是加我不快。这是一年前曾骚扰过我的一个安徽精壮男人所寄来,我没看完就扯了。我真肉麻那满纸"爱呀爱的!"我厌恨我不喜欢的人们的殷勤……

我，我能说得出我真实的需要是些什么呢？

一月四号

事情不知错到什么地方去了。我为什么会想到搬家，并且在糊里糊涂中欺骗了云霖，好像扯谎也是本能一样，所以在今天能毫不费力的便使用了。假使云霖知道了莎菲也会哄骗他，他不知应如何伤心；莎菲是他们那样爱惜的一个小妹妹。自然我不是安心的，并且我现在在后悔。但我能决定吗，搬呢，还是不搬？

我是不能不向我自己说："你是在想念那高个儿的影子呢！"是的，这几天几夜我是无时不神往到那些足以诱惑我的。为什么他不在这几天中单独来会我呢？他应当知道他是不该让我如此的去思慕他。他应当来看我，说他也想念我才对。假使他来，我是不会拒绝听他所说的一些爱慕的话，我还将令他知道我所要的是些什么。但他却不来。我估定这象传奇中的事是难实现了。难道我去找他吗？一个女人这样放肆，是不会得好结果的。何况我还要别人能尊敬我呢。我想不出好法子来，只好先到云霖处试一试，所以吃过午饭，我便冒风向东城去。

云霖是京都大学的学生，他的住房便租在一家间于京都大学一院和二院之间青年胡同里。我到他那里时，幸好他没出去，毓芳也没来。云霖当然很诧异我在大风天出来，我说是到德国医院看病，顺便来这里。他也就毫不疑惑，又来问我的病状，我却把话头故意引到那天晚上。不费一点气力，我便已打探得那人儿是住在第四寄宿舍，位置是在京都大学二院隔壁的。不久，我于是又叹气来，我用了许多言辞把在西城公寓里的生活，描摹得怎样的寂寞，黯淡。我又扯谎，说我唯一只想能贴近毓芳（我已知道毓芳已预备搬来云霖处）。我要求云霖同我往近处找房。云霖当然高兴这差事，不会迟疑的。

在找房的时候，凑巧竟碰着了凌吉士。他也陪着我们。我真高兴，高兴使我胆大了，我狠狠的望了他几次，他没有觉得，他问我的病，我说全好了，他不信似的在笑。

我看上一间又低，又小，又霉的东房，这是在云霖的隔壁一家叫大元的公寓里。他和云霖都说太湿，我却执意要在第二天便搬来，理由是那边太使我厌倦，而我急切的又要依着毓芳。云霖无法，也就答应了。还说好第二天一早他和毓芳过来替我帮忙。

我能告诉人，我单单选上这房子的用意吗？它是位置在第四寄宿舍和云霖住所之间。

他不曾向我告别，所以我又转到云霖处，我尽所有的大胆在谈笑。我把他什么细小处都审视遍了。我觉得都有我嘴唇放上去的需要。他不会也想到我是在打量他，盘算他吗？后来我特意说我想请他替我补英文，云霖笑，他听后却受窘了，不好意思的在含含糊糊的回答，于是我向心里说，这还不是一个坏蛋呢，那样高大的一个男人却还会红脸？因此我的狂热更炎炽了。但我不愿让人懂得我，看得我太容易，所以我就驱遣我自己，很早的就回来了。

现在仔细一想，我唯恐我的任性，将把我送到更坏的地方去，暂时且住在这有洋炉的房里吧，难道我能说得上我是爱上了那南洋人吗？我还一丝一毫都不知道他呢。什么那嘴唇，那眉梢，那眼角，那指尖……多无意识，这并不是一个人所应需的，我着魔了，会想到那上面。我决计不搬。一心一意来养病。

我决定了。我懊悔，我懊悔我白天所做的一些不是，一个正经女人所做不出来的。

一月六号

都奇怪我，听说我搬了家，南城的金英，西城的江周，都来到我这低湿的小房里。我笑着，有时在床上打滚，她们都说我越小孩气了，我更大笑起来，我只想告诉她们我想的是什么。下午苇弟也来了。苇弟最不快活我搬家，因为我未曾同他商量，并且离他更远了。他见着云霖时，竟不理他。云霖摸不着他为什么生气，望着他。他却更板起脸孔。我好笑，我向自己说"可怜，冤枉他了，一个好人！"

毓芳不再向我说剑如。她决定两三天便搬来云霖处，因为她觉得我既这样想傍着她住，她不能让我一个寂寂寞寞的住在这里。她和云霖待我更比以前亲热。

一月十号

这几天我都见着凌吉士，但我从没有同他多说过几句话，我是决不先提到补英文事。我看见他一天要两次的往云霖处跑，我发笑，我准断定他以前一定不会同云霖如此亲密的。我没有一次邀请他来我那儿去玩，虽说他问了几次搬了家如何，我都装出不懂的样儿笑一下便算回答。我是把所有的心计都放在这上面用，好象同着什么东西搏斗一样。我要着那样东西，我还不愿去取得，我务必想方设计的让他自己送来。是的，我了解我自己，不过是一个女性十足的女人，女人是只把心思放在她要征服的男人们身上。我要占有他，我要他无条件的献上他的心，跪着求我赐给他的吻呢。我简直癫了，反反复复的只想着我所要施行的手段的步骤，我简直癫了！

毓芳、云霖看不出我的兴奋来，只说我病的快好了。我也正不愿他们知道，说我病好，我就假装着高兴。

一月十二

毓芳已搬来，云霖却又搬走了。宇宙间竟会生出这样一对人来，为怕生小孩，便不肯住在一起。我猜想他们是连自己也不敢断定：当两人抱在一床时是不会另外又干出些别的事来，所以只好预先防范，不给那肉体接触的机会。至于那单独在一房时的拥抱和亲嘴，是不会发生危险，所以悄悄来表演几次，便不在禁止之列。我忍不住嘲笑他们了，这禁欲主义者！为什么会不需要拥抱那爱人的裸露的身体？为什么要压制住这爱的表现？为什么在两人还没睡在一个被窝里以前，会想到那些不相干足以担心的事？我不相信恋爱是如此的理智，如此的科学！

他俩不生气我的嘲笑，他俩还骄傲着他们的纯洁，而笑我小孩气。我体会得出他们的心情，但我不能解释宇宙间所发生的许许多多奇怪的事。

这夜我在云霖处（现在要说毓芳处了）坐到夜晚十点钟才回来，说了许多关于鬼怪的故事。

鬼怪这东西，我是一点点大的时候就听惯了，坐在姨妈怀里听姨爹讲《聊斋》是常事，并且一到夜里就爱听。至于怕，又是另外一件不愿告人的。因为一说怕，准就听不成，姨爹便会踱过对面书房去，小孩就不准下床了。到进了学校，又从先生口里得知点科学常识，为了信服我们那位周麻子二先生，所以连书本也信服，从此鬼怪便不屑于害怕了。近来人是更在长高长大，说起来，总是否认有鬼怪的，但鸡粟却不肯因为不信便不出来，寒毛一个个也会竖起的。不过每次同人一说到鬼怪时，别人是不知道我正在想拗开些说到别的闲话上去，为的怕夜里一个人睡在被窝里时想到死去了的姨爹、姨妈就伤心。

回来时，我看到那黑魆魆的小胡同，真有点胆悸。我想，假使在哪个角落里露出一个大黄脸，或伸来一只毛手，又是在这样象冻住了的冷巷里，我不会以为是意外。但看到身边的这高大汉子（凌吉士）做镖手，大约总可靠，所以当毓芳问我时，我只答应"不怕，不怕"。

云霖也同我们出来，他回他的新房子去，他向南，我们向北，所以只走了三四步，便听不清那橡皮的鞋底在泥板上发出的声音。

他伸来一只手，拢住了我的腰：

"莎菲，你一定怕哟！"

我想挣，但挣不掉。

我的头停在他的胁前，我想，如若在亮处，看起来，我会象个什么东西，被挟在比我高一个头还多的人的腕中。

我把身一蹲，便窜出来了，他也松了手陪我站在大门边打门。

小胡同里黑极了，但他的眼睛望到何处，我却能很清楚的看见。心微微有点跳，等着开门。

"莎菲，你怕哟！"

门闩已在响，是伙计在问谁，我朝他说：

"再——"

他猛的却握住我的手，我也无力再说下去。

伙计看到我身后的大人，露着诧异。

到单独只剩两人在一房时，我的大胆，已经是变得毫无用处了。想故意说几句客套话，也不会，只说："请坐吧！"自己便去洗脸。

鬼怪的事，已不知忘掉到什么地方去了。

"莎菲！你还高兴读英文吗？"他忽然问。

这是他来找我，提头到英文，自然他未必欢喜白白牺牲时间去替人补课，这意思，在一个二十岁的女人面前，怎能瞒过，我笑了（这是只在心里笑）。我说："蠢得很，怕读不好，丢人。"

他不说话，把我桌上摆的照片拿来玩弄着，这照片是我姊姊的一个刚满的一岁的女儿的。

我洗完脸，坐在桌子那头。

他望望我，便又去望那小女孩，然后又望我。是的，这小女孩长的真像我，于是我问他：

"好玩吗？你说象我不象？"

"她，谁呀！"显然，这声音就表示着非常之认真。

"你说可爱不可爱？"

他只追问着是谁。

忽的，我明白了他意思，我又想扯谎了。

"我的，"于是我把像片抢过来吻着。

他信了。我竟愚弄了他，我得意我的不诚实。

这得意，似乎便能减少他的妩媚，他的英爽。要是不，为什么当他显出那天真的诧愕时，我会忽略了他那眼睛，我会忘掉了他那嘴唇，否则，这得意一定将冷淡下我的热情来。

然而当他走后，我却懊悔了。那不是明明安放着许多机会吗？我只要在他按住我手的当儿，另做出一种眼色，让他懂得他是不会遭拒绝，那他一定可以还做出一些比较大胆的事。这种两性间的大胆，我想只要不厌烦那人，是也会象把肉体融化了的感到快乐，是无疑。但我为什么要给人一些严厉，一些端庄呢？唉，我搬到这破房子里来，到底为的是什么呢？

一月十五

近来我是不算寂寞了，白天便在隔壁玩，晚上又有一个新鲜的朋友陪我谈话。但我的病却越深了。这真不能不令我灰心，我要什么呢，什么也于我无益。难道我有所眷恋吗？一切又是多么的可笑，但死却不期然的会让我一想到便伤心。每次看见那克利大夫的脸色，我便想：是的，我懂得，你尽管说吧，是不是我已没希望了？但我却拿笑代替了我的哭。谁能知道我在夜深流出的眼泪的分量！

几夜，凌吉士都接着接着来，他告人说是在替我补英文，云霖问我，我只好不答应。晚上我拿一本"Poor People"放在他面前，他真个便教起我来。我只好又把书丢开，我说："以后你不要再向人说在替我补英文吧，我病，谁也不会相信这事的。"他赶忙便说："莎菲，我不可以等你病好些就教你吗？莎菲，只要你喜欢。"

这新朋友似乎是来得如此够人爱，但我却不知怎的，反而懒于注意到这些事。我每夜看到他丝毫得不着高兴的出去，心里总觉得有点歉疚。我只好在他穿大氅的当儿向他说："原谅我吧，我是有病！"他会错了我的意思，以为我同他客气。"病有什么要紧呢，我是不怕传染的。"后来我仔细一想，也许这话是另含得有别的意思。我真不敢断定人的所作所为是象可以想象出来的那样单纯。

一月十六

今天接到蕴姊从上海来的信，更把我引到百无可望的境地。我哪里还能找得几句话去安慰她呢？她信里说："我的生命，我的爱，都于我无益了……"那她是更不必需要我的安慰，我为她而流的眼泪了。唉！但从她信中，我可以揣想得出她婚后的生活，虽说她未肯明明的表白出来。神为什么要去捉弄这些爱中的人儿？蕴姊是最神经质，最热情的，自然她是更受不住那渐渐的冷淡，那已遮饰不住的虚情……我想要蕴姊来北京，不过这是做得到的吗？这还是疑问。

苇弟来的时候，我把蕴姊的信给他看：他真难过，因为那使我蕴姊感到生之无趣的人，不幸便是苇弟的哥哥。于是我又向他说了我许多新得的"人生哲学"的意义；他又尽他唯一的本能在哭。我只是很冷静的去看他怎样使眼睛变红，怎样拿手去擦干，并且我在他那些举动中，加上许多残酷的解释。我未曾想到在人世中，他是一个例外的老实人，不久，我一个人悄悄的跑出去了。

为要躲避一切的熟人，深夜我才独自从冷寂寂的公园里转来，我不知怎样的度过那些时间，我只想："多无意义啊！倒不如早死了干净……"

一月十七

我想：也许我是发狂了！假使是真发狂，我倒愿意。我想，能够得到那地步，我总可以不会再感这人生的麻烦了吧……

足足有半年为病而禁绝了的酒，今天又开始痛饮了。明明看到那吐出来的是比酒还红的血。但我心却象有什么别的东西主宰一样，似乎这酒便可在今晚致死我一样，我是不愿再去细想那些纠纠葛葛的事……

一月十八

现在我还睡在这床上，但不久就将与这屋分别了，也许是永别，我断得定我还有那样能再亲我这枕头，这棉被……的幸福吗？毓芳，云霖，苇弟，金夏都保守着一种沉默围绕着我坐着，焦急的等着天明了好送我进医院去。我是在他们忧愁的低语中醒来的，我不愿说话，我细想昨天上午的事，我闻到屋子中所遗留下来的酒气和腥气，才觉得心是正在剧烈的痛。于是眼泪便汹涌了。因了他们的沉默，应了他们脸上所显现出来的凄惨和黯淡，我似乎感到这便是我死的预兆。假设我便如此长睡不醒了呢，是不是他们也将如此的沉默的围绕着我的僵硬的尸体？他们看见我醒了，便都走拢来问我。这时我真感到那可怕的死别！我握着他们，仔细望着他们每个的脸，似乎要将这记忆永远保存着。他们便都把眼泪滴到我手上，好象觉得我就要长远的离开他们而走向死之国一样。尤其是苇弟，哭得现出丑的脸。唉，我想：朋友啊，请给我一点快乐吧……于是我反而笑了。我请他们替我清理一下东西，他们便在床铺底下拖出那口大藤箱来，在箱子里面有几捆花手绢的小包，我说："这我要的，随着我进'协和'吧"。他们便递给我，我又给他们看，原来都满满是信札，我又向他们笑："这，你们的也在内！"他们才似乎也快乐些了。苇弟又忙着从抽屉里递给我一本照片，是要我也带去的样子，我更笑了。这里面有七八张是苇弟的单像。我又特容许了苇弟接吻在我手上，并握着我的手在他脸上摩擦，于是这屋子才不至于象真的有个僵尸停着的一样。天光这时也慢慢显出了鱼肚白。他们又忙乱了，慌着在各处找洋车。

于是我病院的生活便开始了。

三月四号

接蕴姊死电是二十天以前的事，而我的病却又一天有希望一天了。所以在一号又由送我进院的几个把我送转公寓来，房子已打扫得干干净净。又因为我怕冷，特生了一个小小的洋炉。我真不知应该怎样才能表示我的感谢，尤其是苇弟和敏芳。金和周又在我这儿住了两夜才走，都充当我的看护，我是每日都躺着，简直舒服得象住公寓，同在家里也差不了什么！毓芳还决定再陪我住几天，等天气暖和点便替我上西山去找房子，我便好专去养病，我也真想能离开北京，可恨阳历三月了，还如是之冷！毓芳硬要住在这儿，我也不好十分拒绝，所以前两天为金和周搭的一个小铺又不能撤了。

近来在病院却把自己的心又医转了，这实实在在却是这些朋友的温情把它重暖了起来，又觉得这宇宙还充满着爱呢。尤其是凌吉士，当他走到医院去看我时，我便觉得很骄傲，我想他那种丰仪才够去看一个在病院女友的病，并且我也懂得，那些看护妇都在羡慕着我呢。有一天，那个很漂亮的密司杨问我：

"那个高个儿,是你什么人呢?"

"朋友!"我是忽略了她问的无礼。

"同乡吗?"

"不,他是南洋的华侨。"

"那末是同学?"

"也不是。"

于是她狡猾的笑了,"就仅是朋友吗?"

自然,我可以不必脸红,并且还可以警训她几句,但我却惭愧了。她看到我闭着眼装着睡的狼狈样儿,便得意的笑着走去。后来我一直都恼着她。并且为了躲避麻烦,有人问起苇弟时,我便扯谎说是我的哥哥。有一个同周很好的小伙子,我便说是同乡,或是亲戚的乱扯。

当毓芳上课去后,我一个留在房里时,我就去翻在一月多中所收到的信,我又很快活,很满足,还是许多人在记念我呢。我是需要别人记念的,总觉得能多得点好意就好。父亲是更不必说,又寄了一张像来,只是白头发似乎又多了几根。姊姊们都好,可惜就是为小孩子们忙得很,不能多替我写信。

信还没有看完,凌吉士又来了。我想站起来,但他却把我按住。他握着我的手时,我快活得想哭了。我说:

"你想没有想到我又回转这屋子呢?"

他只瞅着侧面的小铺,表示一种不高兴的样子,于是我告诉他从前的那位客已走了,还是特为毓芳预备的。

他听了便向我说他今晚不愿再来,怕毓芳会厌烦他。于是我心里更充满乐意了,"难道你就不怕我厌烦吗?"

他坐在床头更长篇的述说他这一月多中的生活,还怎样和云霖冲突,闹意见,因为他赞成我早些出院,而云霖执着说不能出来。毓芳也附着云霖,他懂他认识我的时间太少,说话自然不会起影响,所以以后他都不管这事了,并且在院中一和云霖碰见,自己便先回来了。

我懂得他的意思,但我装着说:"你还说云霖,不是云霖我还不会出院呢,住在里面真舒服多了。"于是我又看见他默默的把头掉到一边去,不答应我的话。

他算着毓芳快来时,便走了,还悄悄告诉说等明天再来。果然,不久毓芳便回来了。毓芳不会问,我也不告她,并且她为我的病,不愿同我多说话,怕我费神,我更乐得借此可以多去想些另外的小闲事。

三月六号

当毓芳上课去后,把我一个人撂在房里时,我便会想起这所谓男女间的怪事;其实,在这上面,不是我爱自夸,我所受的训练,至少也有我几个朋友相加或相乘，但近来我却非常之不能了解了，当独自同着那高个儿时，我的心便会跳起来，又是羞惭，又是害怕，而他呢，他只是那样随便的坐着，类乎天真的讲他过去的历史，有时是握着我的手，但这也不过是非常之自然，然而我的手便不会很安静的被握在那大手中，是慢慢的会发烧。并且一当他站起身预备走时，不由的我心便慌张了，好象我将跌入那可怕的不安中，于是我钉着他看，直说不清那眼光是求怜，还是怨恨；但他却忽略了我这眼，偶尔懂得了也只说："毓芳要来了哟！"我应当怎样说呢？他是在怕毓芳！自然，我也会不愿有人知道我暗地一人所想的一些不近情理的事，不过近来我又感到我有别人了解我感情的必要；几次我向毓芳含糊的说起我的心境，她还是只那样忠实的替我盖被子，留心我的药。我真不能不有点烦闷了。

三月八日

毓芳已搬回去，苇弟却又想代替那看护的差事。我知道，如若苇弟来，一定比毓芳还好，夜晚若想茶吃时，总不至于因听到那浓睡中的鼾声而不愿搅扰人把头缩进被窝里算了；但我自然拒绝他这好意，他又固执着，我只好说："你在这里，我有许多不方便，并且病呢，也好了。"他还是证明间壁的屋子是空着，他可以住间壁；我正在无法时，凌吉士却来了，我以为他们还不认识，而凌吉士已握着苇弟的手，说是在医院已见过两次。苇弟只冷冷的不理他，我笑着向凌吉士说："这是我的弟弟，小孩子，不懂交际，你常来同他玩吧。"苇弟真的变成了小孩子，丧着脸站起身就走了。我因为有人在面前，便感到不快，也只好掩藏住，并且觉得有点对凌吉士不住，但他却毫没介意，反问我："不是他姓白吗，怎会变成你的弟弟？"于是我笑了："那末你是只准姓凌的人叫你做哥哥弟弟的！"于是他也笑了。

近来青年人在一处时，便老喜欢研究到这一个"爱"字，虽说有时我也似乎懂得点，不过终究还是不很说得清。至于男女间的一些小动作，似乎我又太看得明白了。也许便因为我懂得了这些小动作，而于"爱"才反迷糊，才没有勇气鼓吹恋爱，才不敢相信自己还是一个纯粹的够人爱的小女子，并且才会怀疑到世人所谓的"爱"，以及我所接受的"爱"……

在我刚稍微有点懂事的时候，便给爱我的人把我苦够了，给许多无事的人以污蔑我，凌辱我的机会，以至我顶亲密的小伴侣们也疏远了。后来又为了爱的胁迫，使我害怕得离开我的学校。以后，人虽说一天天大了，但总常常感到那些无味的纠缠，因此有时不特怀疑到所谓"爱"，竟会不屑于这种亲密。苇弟他说他爱我，为什么他只会常常给我一些难过呢？譬如今晚，他又来了，来了便哭，并且似乎带了很浓的兴味来哭一样，无论我说："你怎么了，说呀！""我求你，说话呀，苇弟！……"他都不理会。这是从未有的事，我尽我的脑力也猜想不出他所骤遭的这灾祸。我应当把不幸朝哪一方面去揣测呢？后来，大约他是哭够了，于是才大声说："我不喜欢他！""这又是谁欺侮你呢，这样大嚷大闹的！""我不喜欢那个高个子！那同你好的！"哦，我这才知道原来还是怄我的气。我不觉得会笑了。这种无味的嫉妒，这种自私的占有，便是所谓爱吗？我发笑，而这笑，自然不会安慰到那有野心的男人的。并且因了我不屑的态度，更激起他那不可抑制的怒气。我看着他那放亮的眼光，我以为他要噬人了，我想："来吧！"但他却又低下头去哭了，还揩着眼泪，踉跄的又走出去。

这种表示，也许是称为狂热的，直率的爱的表现的吧，但苇弟却毫不加思索地来使用在我面前，自然是只会失败；并不是我愿意别人虚伪点，做作点在爱上，我只觉得想靠这种小孩般举动来打动我的心，是全无用。或者这是因为我的心是生来便如此硬；那我之种种不惬于人意而得来烦恼和伤心，也是应该的。

苇弟一走，自自然然我把我自己的心意去揣摩，去仔细回忆到那一种温柔的，大方的，坦白而又多情的态度上去，光这态度已够人欣赏得象吃醉一般的感到那融融的密意，于是我拿了一张画片，写了几个字，命伙计即刻送到第四寄宿舍去。

三月九号

我看见安安闲闲坐在我房里的凌吉士，不禁又可怜到苇弟，我祝祷世人不要象我一样，忽略了蔑视了那可贵的真诚，而把自己陷到那不可拔的渺茫的悲境里；我更愿有那末一个真诚纯洁的女郎去饱领苇弟的爱，并填实苇弟所感得的空虚啊！

三月十三

好几天又不提笔，不知还是因为我心情不好，或是找不出所谓的情绪。我只知道，从昨天来我是更只想哭了，别人看到我哭，便以为我在想家，想到病，看见我笑呢，又以为我快乐了。还欣庆着我健康的光芒……但所谓朋友皆如是，我能告谁以我的不屑流泪，而又无力笑出的痴呆心境？并且因我看清了自己在人间的种种不愿舍弃的热情以及每次追求而得来的懊丧，所以连自己也不愿再同情这未能悟彻引起的伤心。更哪能捉住一管笔去详细写出自怨和自恨呢！

是的，我好象又在发牢骚了。但这只隐忍着在心头而反复向自己说，似乎还无碍。因为我并未曾有过那种胆量，给人看我的蹙紧眉头，和听我叹气，虽说人们早已无条件的赠送过我以"狷傲""怪僻"等等好字眼。其实，我并不是要发牢骚，我只想哭，想有那末一个人来让我倒在他怀里哭，并告诉他："我又糟蹋我自己了！"不过谁能了解我，抱我，抚慰我呢？是以我只能在笑声中咽住"我又糟蹋我自己了"的哭声。

我到底又为了什么呢，这真好难说！自然我是未曾有过一刻私自承认我是爱恋上那个高个儿了的,但他之在我的心心念念中怎地又蕴蓄着一种分析不清的意义。虽说他那颀长的身躯,嫩玫瑰般的脸庞,柔软的眼波,惹人的嘴角,是可以诱惑许多爱美的女子,并以他那娇贵的态度倾倒那些还有情爱的。但我岂肯为了这些无意识的引诱而迷恋到一个十足的南洋人!真的,在他最近的谈话中,我懂得了他的可怜的思想;他需要的是什么?是金钱,是在客厅中能应酬他买卖中朋友们的年青太太,是几个穿得很标致的白胖儿子。他的爱情是什么?是拿金钱在妓院中,去挥霍而得来的一时肉感享受。和坐在软软的沙发上,拥着香喷喷的肉体,嘴抽着烟卷,同朋友们任意谈笑,还把左腿迭压在右膝上;不高兴时,更拉倒,回到家里老婆那里去。热心于演讲辩论会,网球比赛,留学哈佛,做外交官,公使大臣,或继承父亲的职业,做橡树生意,成资本家……这便是他的志趣!他除了不满于他父亲未曾给过他过多的钱以外,便什么都是可使他在一夜不会做梦的睡觉;如有,便也只是嫌北京好看的女人太少,让他有时也会厌腻起游艺园,戏场,电影院,公园来……唉,我能说什么呢?当我明白了那使我爱慕的一个高贵的美型里,是安置着如此的一个卑劣灵魂,并且无缘无故还接受过他的许多亲密,这亲密自然是还值不了在他从妓院中挥霍里剩余下的一半多!想起那落在我发际的吻来,真又使我悔恨到想哭了!我岂不是把我献给他任他来玩弄我来比拟到卖笑的姊妹中去!然而这又都只能把责备加上我自己使我更难受的,因为假设只要我自己肯,肯把严厉的拒绝放到我眸子中去,我敢相信,他不会那样大胆,并且我也敢相信,他之所以不会那样大胆,是由于他还未曾有过那恋爱的火焰燃炽,……唉!我应该怎样来诅咒我自己了!

三月十四

这是爱吗,也许要爱才具有如此的魔力,不是,为什么一个人的思想会变幻得如此不可测!当我睡去的时候,我看不起那美人,但刚从梦里醒来,一揉开睡眼,便又思念那市侩了。我想:他今天会来吗?什么时候呢,早晨,过午,晚上?于是我跳下床来,急忙忙的洗脸,铺床,还把昨晚丢在地上的一本大书捡起,不住的在边缘处摩挲着,这是凌吉士昨晚遗忘在这儿的一本《威尔逊演讲录》。

三月十四晚上

我是有如此一个美的梦想,这梦想是凌吉士所给我的。然而同时又为他而破灭。所以我因了他才满饮着青春的醇酒,在爱情的微笑中度过了清晨;但因了他,我认识了"人生"这玩艺,而灰心而又想到死;至于痛恨到自己甘于堕落,所招来的,简直只是最轻的刑罚!真的,有时我愿保存我所爱的,我竟想到"我有没有力去杀死一个人呢?"

我想遍了,我觉得为了保存我的美梦,为了免除使我生活的力一天天减少,顶好是即刻上西山去,但毓芳告诉我,说她所托找房子的那位住在西山的朋友还没有回信来,我又怎好再去询问或催促呢?不过我决心了,我决心让那高个子来尝一尝我的不柔顺,不近情理的倨傲和侮弄。

三月十七

那天晚上苇弟赌着气回去,今天又小小心心的自己来和解,我不觉笑了。并感到他的可爱。如若一个女人只要能找到一个忠实的男伴,做一生的归宿,我想谁也没有我苇弟可靠。我笑问:"苇弟,还恨姊姊不呢?"于是他羞惭的说:"不敢。姊姊,你了解我罢!我是除了希冀你不会摈弃我以外不敢有别的念头的。一切只要你好,你快乐就够了!"这还不真挚吗?这还不动人吗?比起那白脸庞红嘴唇的如何?但是后来我说:"苇弟,你好,你将来一定是一切都会很满你意的。"他却露出凄然的一笑。"永世也不会!——但愿如你所说……"这又是什么呢?又是给我难受一下!我恨不得跪在他面前求他只赐我以弟弟或朋友的爱吧!单单为了我的自私,我愿我少些纠葛,多快乐点。苇弟爱我,并会说那样好听的话,但他忽略了:第一他应当真的减少他的热望,第二他也应该藏起他的爱来。我为了这一个老实的男人,所感到无能的抱歉,真也够受的了。

三月十八

我又托夏在替我往西山找房了。

三月十九

凌吉士居然已几日不来我这里了。自然,我不会打扮,不会应酬,不会治理家事,我有肺病,无钱,他来我这里做什么!我本无须乎要他来,但他真的不来了却又更令我伤心,更证实他以前的轻薄。难道他也是如苇弟一样老实,当他看到我写给的字条:"我有病,请不要再来扰我。"就信为真话,竟不敢违背,而果真不来么?这又使我只想再见他一面,到底审看一下这高大的怪物是怎样的在觑看我。

三月二十

今天我往云霖处跑了三次,都未曾遇见我想见的人,似乎云霖也有点疑惑,所以他问我这几天见着凌吉士没有。我只好又怅怅的跑回来。我实在焦烦的很,我敢自己欺自己说我这几日没有思念到他吗?

晚上七点钟的时候,毓芳和云霖来邀我到京都大学第三院去听英语辩论会,并且乙组的组长便是凌吉士。我一听到这消息,心就立刻砰砰的跳起来。我只得拿病来推辞了这善意的邀请。我这无用的弱者,我没有胆量去承受那激动,我还是希望我能不见着他。不过在他俩走时,我却又请他俩致意到凌吉士,说我问候他。唉,这又是多无意识啊!

三月二十一

在我刚吃过鸡子牛奶，一种熟习的叩门声便响着，在纸格上还印上一个颀长的黑影。我只想跳过去开门，但不知为一种什么情感所支使，我咽着气，低下头去了。

"莎菲，起来没有？"这声音是如此柔嫩，令我一听到就会想哭。

为了知道我已坐在椅子上吗？为了知道我无能发气和拒绝吗？他轻轻的推开门便走进来了。我不敢抑起我湿润的眼皮来。

"病好些了没有，刚起来吗？"

我答不出一句话。

"你真在生我的气啊。莎菲，你厌烦我，我只好走了。莎菲！"

他走，于我自然很合适，但我又猛然抬起头拿眼光止住了他开门的手。

谁说他不是一个坏蛋呢，他懂得了。他敢于把我的双手握得紧紧的。他说：

"莎菲，你捉弄我了。每天我走你门前过，都不敢进来，不是云霖告诉我说你不会生我气，那我今天还不敢来。你，莎菲，你厌烦我不呢？"

谁都可以体会得出，假使他这时敢于拥抱住我，狂乱的吻我，我一定会倒在他的手腕上哭了出来："我爱你呵！我爱你呵！"但他却如此的冷淡，冷淡得使我又恨他了。然而我心里又在想："来呀，抱我，我要接吻在你脸上咧！"自然，他依旧还握着我的手，把眼光紧盯在我脸上，然而我搜遍了，在他的各种表示中，我得不着我所等待于他的赐予。为什么他仅仅只懂得我的无用，我的可轻侮，而不够了解他之在我心中所占的是一种怎样的地位！我恨不得用脚尖踢出他去，不过我又为了另一种情绪所支配，我向他摇了头，表示是不厌烦他的来到。

于是我又很柔顺的接受了他许多浅薄的情意，听他说着那些使他津津有味的卑劣享乐，以及"赚钱和花钱"的人生意义。并承他暗示我许多做女人的本分。这些又使我看不起他，暗骂他，嘲笑他，我拿我的拳头，隐隐痛击我的心，但当他扬扬地走出我房里时，我受逼得又想哭了，因为我压制住我那狂热的欲念，我未曾请求他多留一会儿。

唉，他走了！

三月二十一夜

在去年的这时候，我过的是一种什么生活！为了有蕴姊千依百顺的疼我，我便装病躺在床上不肯起来。为了想蕴姊抚摩我，便因那着急无以安慰我而流泪的滋味，我伏在桌上想到一些小不满意的事而哼哼唧唧的哭。便有时因在整日静寂的沉思里得了点哀戚。但这种淡淡的凄凉，却更令我舍不得去扰乱这情调，似乎在这里面我也可以味出一缕甜意一样的。至于在夜深了的法国公园，听躺在草地上的蕴姊唱《牡丹亭》，那又是更不愿想到的事了。假使她不会被神捉弄般的去爱上那苍白脸色的男人，她一定不会死去的这样快，我当然不会一人漂流到北京，无亲无爱的在病中挣扎，虽说有几个朋友，他们也很体惜我，但在我所感应得出的我和他们的关系能和蕴姊的爱在一个天平上相称吗？想起蕴姊，我是真应象从前在蕴姊的面前撒娇一样的纵声大哭，不过这一年来，因为多懂得了一些事，虽说时时想哭却又咽住了，怕让人知道了厌烦。近来呢，我更是不知为了什么只能焦急，而想得点空闲去思虑一下我所做的，我所想的，关于我的身体，我的名誉，我的前途的好处和歹处的时间也没有，整天把紊乱的脑筋只放到一个我不愿想到的去处，因为便是我想逃避的，所以越把我弄成焦烦苦恼得不堪言说！但我除了说："死了也活该！"是不能再希冀什么了。我能求得一些同情和慰藉吗？然而我又似乎在向人乞怜了。

晚饭一吃过，毓芳便和云霖来我这儿坐，到九点我还不肯放他俩走。我知道，毓芳碍住面子只好又坐下来，云霖借口要预备明天的课，执意一人走回去了。于是我隐隐的向毓芳吐露我近来所感得的窘状。我只想她能懂得这事，并且能硬自作主来把我的生活改变一下，做我自己所不能胜任的。但她完全把话听到反面去了，她忠实的告诫我："莎菲，我觉得你太不老实，自然你不是有意，你可太不留心你的眼波了。你要知道，凌吉士他们比不得在上海同我们玩耍的那群孩子，他们很少机会同女人接近，受不起一点好意的，你不要令他将来感到失望和痛苦。我知道，你哪里会爱到他呢？"这错误是不是又该归到我，假设我不想求助于她而向她饶舌，是不是她不会说出这更令我生气，更令我伤心的话来？我噎着气又笑了："芳姊，不要把我说得太坏了吓！"

毓芳愿意留下住一夜时，我又赶着她走了。

象那些才女们，因为得了一点点不很受用，便能"我是多愁善感呀"，"悲哀呀我的心……""……"做出许多新旧的诗。我呢，没出息的，白白被这些诗境困着，连想以哭代替诗句来表现一下我的情感的搏斗都不能。光在这上面，为了不如人，也应撩开一切去努力做人才对，便还退一千步说，为了自己的热闹，为了得一群浅薄眼光之赞颂，我总也不该拿不起笔或枪来。真的便把自己陷到比死还难忍的苦境里，单单为了那男人的柔发，红唇……

我又梦想到欧洲中古的骑士风度，这拿来比拟是不会有错，如其是有人看到凌吉士过的。他又能把那东方特长的温柔保留着。神把什么好的，都慨然赐给他了，但神为什么不再给他一点聪明呢？他还不懂得真的爱情呢，他确是不懂得，虽说他已有了妻（今夜毓芳告我的），虽说他，曾在新加坡乘着脚踏车追赶坐洋车的女人，因而恋爱过一小段时间，虽说他曾在"韩家潭"住过夜，但他真得到一个女人的爱过么？他爱过一个女人么？我敢说不曾！

一种奇怪的思想又在我脑中燃炽了。我决定来教教这大学生。这宇宙并不是象他所懂的那样简单的啊！

三月二十二

在心的忙乱中，我勉强竟写了这些日记了。早先是因为蕴姊写信来要，再三再四的，我只好开始来写。现在是蕴姊又死了好久，我还舍不得不继续下去，心想便为了蕴姊在世时所谆谆向我说的一些话而便永远写下去做纪念姊也好。所以无论我那样不愿提笔，也只得胡乱画下一面半页的字来。本来是睡了的，但望到挂在壁上蕴姊的像，忍不住又爬起，为免掉想念蕴姊的难受而提笔了。自然，这日记，我总是觉得除了蕴姊我不愿给任何人看。第一是因为这是特为了蕴姊要知道我的生活而记下的一些琐琐碎碎的事，二来也怕别人给一些理智的面孔给我看，好更刺透我的心；似乎我自己也会因了别人所尊崇的道德而真的也感到象犯了罪一样的难受。所以这黑皮的小本子是我许久以来都安放在枕头底下垫被的下层。今天不幸我却违背我的初意了，然而也是不得已，虽说似乎是出于毫未思考。原因是苇弟近来非常误解我，以致常常使得他自己不安，而又常常波及我，我相信在我平日的一举一动中，我都很能表示出我的态度来。为什么他懂不了我的意思呢？难道我能直接的说明，和阻止他的爱吗？我常常想，假设这不是苇弟而是另外一人，我将会知道应怎样处置是最合法的。偏偏又是如此能令我忍不下心去的一个好人！我无法了，我只好把我的日记给他看，让他知道他之在我的心里是怎样的无希望，并知道我是如何凉薄反反复复的不足爱的女人。假设苇弟知道我，我自然会将他当做我唯一可诉心肺的朋友，我会热诚的拥着他同他接吻。我将替他愿望那世界最可爱，最美的女人……日记，苇弟看过一遍，又一遍了，虽说他曾经哭过，但态度非常镇静，是出我意料之外的。我说：

"你懂了姊姊吗？"

他点头。

"相信姊姊吗？"

"关于哪方面的？"

于是我懂得那点头的意义。谁能懂得我呢，便能懂得了这只能表现我万分之一的日记，也只能令我看到这有限的而伤心哟！何况，希求人了解，而以想方设计用文字来反复说明的日记给人看，已够是多么可伤心的事！并且，后来苇弟还怕我以为他未曾懂得我，于是不住的说：

"你爱他！你爱他！我不配你！"

我真想一赌气扯了这日记。我能说我没有糟蹋这日记吗？我只好向苇弟说："我要睡了，明天再来吧。"

在人里面，真不必求什么！这不是顶可怕的吗？假设蕴姊在，看见我这日记，我知道，她是会抱着我哭："莎菲，我的莎菲！我为什么不再变得伟大点，让我的莎菲不至于这样苦啊……"但蕴姊已死了，我拿着这日记应怎样来痛哭才对！

三月二十三

凌吉士向我说："莎菲！你真是一个奇怪的女子。"我了解这并不是懂得了我的什么而说出的一句赞叹。他所以为奇怪的，无非是看见我的破烂了的手套，搜不出香水的抽屉，无缘无故扯碎了的新棉袍，保存着一些旧的小玩具，……还有什么？听见些不常的笑声，至于别的，他便无能去体会了，我也从未向他说过一句我自己的话。譬如他说："我以后要努力赚钱呀，"我便笑；他说到邀起几个朋友在公园追着女学生时，"莎菲，那真有趣，"我也笑。自然，他所说的奇怪，只是一种在他生活习惯上不常见的奇怪。并且我也很伤心，我无能使他了解我而敬重我。我是什么也不希求了，除了往西山去。我想到我过去的一切妄想，我好笑！

三月二十四

一当他单独在我面前时，我觑着那脸庞，聆着那音乐般的声音，我心便在忍受那感情的鞭打！为什么不扑过去吻住他的嘴唇，他的眉梢，他的……无论什么地方？真的，有时话都到口边了："我的王！准许我亲一下吧！"但又受理智，不，我就从没有过理智，是受另一种自尊的情感所裁制而又咽住了。唉！无论他的思想是怎样坏，而他使我如此癫狂的动情，是曾有过而无疑，那我为什么不承认我是爱上了他咧？并且，我敢断定，假使他能把我紧紧的拥抱着，让我吻遍他全身，然后他把我丢下海，丢下火去，我都会快乐的闭着眼等待那可以永久保藏我那爱情的死的来到。唉！我竟爱他了，我要他给我一个好好的死就够了……

三月二十四夜深

我决心了。我为拯救我自己被一种色的诱惑而堕落，我明早便会到夏那儿去，以免看见了凌吉士又痛苦，这痛苦已缠缚我如是之久了！

三月二十六

为了一种纠缠而去，但又遭逢着另一种纠缠，使我不得不又急速的转来了。在我去夏那儿的第二天，剑如便也去了。虽说她是看另一人去的，但使我感到不快活。夜晚，她大发其对感情的一种新近所获得的议论，隐隐的含着讥刺向我，我默然。为不愿让她更得意，我睁着眼，睡在夏的床上等到了天明，我才又忍着气转来……

毓芳告诉我，说西山房子已找好了，并且又另外替我邀了一个女伴，也是养病的，而这女伴同毓芳又算是一个很好的朋友。听到这消息，应该是很欢喜吧，但我刚刚在眉头舒展了一点喜色，而一种黯然的凄凉便罩上了。虽说我从小便离开家,在外面混,但都有我的亲戚朋友随着我,这次上西山,固然说起来离城只有几十里,但在我,一个活了二十岁的人,开始一人跑到陌生的地方去,还是第一次,假使我竟无声无息的死在那山上,谁是第一个发现我死尸的？我能担保我不会死在那里吗？也许别人会笑我担忧到这些小事,而我却真的哭过,当我问毓芳舍不舍得我时,而毓芳却笑,笑问我小孩子话,说是这一点点路有什么舍不得,直到毓芳准许了我每礼拜上山一次,我才不好意思的揩着眼泪。

下午我到苇弟那儿去了,苇弟也说他一礼拜上山一次,填毓芳不去的空日。

回来已夜了,我一人寂寂寞寞的在收拾东西,想到我要离开北京的这些朋友们,我又哭了。但一想到朋友们都未曾向我流泪,我又擦去我脸上的泪痕。我又将一人寂寂寞寞的离开这古城了。

在寂寞里,我又想到凌吉士了,其实,话不是这样说,凌吉简直不能说"想起""又想起",完全是整天都在系念到他,只能说："又来讲我的凌吉士了吧。"这几天我故意造成的离别,在我是不可计的损失,我本想放松了他,而我把他捏得更紧了。我既不能把他从心里压根儿拔去,我为什么要躲避着不见他的面呢？这真使我懊恼,我不能便如此同他离别,这样寂寂寞寞的走上西山……

三月二十七

一早毓芳便上西山去了,去替我布置房子,说好明天我便去。我为她这番盛情,我应怎样去找得那些没有的字来表示我的感谢？我本想再呆一天在城里,便也不好说出了。

我正焦急的时候,凌吉士才来,我握紧他双手,他说：

"莎菲？几天没见你了！"

我很愿意在这时我能哭得出来,抱着他哭,但眼泪只能噙在眼里,我只好又笑了。他听见明天我要上山时,他显出的那惊诧和一种嗟叹,又很安慰到我,于是我真的笑了。他见到我笑,便把我的手反捏得紧紧的,紧得使我生痛。他怨恨似的说：

"你笑！你笑！"

这痛,是我从来未有过的舒适,好象心里也正锥下去一个什么东西,我很想倒下他的手腕去,而这时苇弟却来了。

苇弟知道我恨他来,而他偏不走。我向着凌吉士使眼色,我说："这点钟有课吧？"于是我送凌吉士出来,他问我明早什么时候走,我告他：我问他还来不来呢？他说回头便来；于是我望着他快乐了,我忘了他是怎样可鄙的人格,和美的相貌了,这时他在我的眼里,是一个传奇中的情人。哈,莎菲有一个情人了！……

三月二十七晚

自从我赶走苇弟到这时已是整整五个钟头了。在这五点钟里,我应怎样才想得出一个恰合的名字来称呼它？象热锅上的蚂蚁在这个小房子里不安的坐下，又站起，又跑到门缝边瞧，但是——他一定不来了，他一定不来了，于是我又想哭，哭我走得这样凄凉，北京城就没有一个人陪我一哭吗？是的，我是应该离开这冷酷的北京的，为什么我要舍不得这板床，这油腻的书桌，这三条腿的椅子……是的。明早就要走了，北京的朋友们不会再腻烦莎菲的病。为了朋友们轻快的舒适，莎菲便为朋友们死在西山也是该的！但都能如此的让莎菲一人得不着一点热情孤孤寂寂的上山去，想来莎菲便不死，也不会有损害或激动于人心吧……不想了！不想！有什么可想的？假使莎菲不如此贪心在攫取感情，那莎菲不是便很可满足于那些眉目间的同情了吗？……

关于朋友，我不说了。我知道永世也不会使莎菲感到满足这人间的友谊的！

但我能满足些什么呢？凌吉士答应我来，而这时已晚上九点了。纵是他来了，我便会很快乐吗？他会给我所需要的吗？……

想起他不来，我又该痛恨我自己了！在很早的从前，我懂得对付那一种男人便应用那一种态度，而到现在反蠢了。当我问他还来不来时，我怎能显露出那希求的眼光，在一个漂亮人面前，是不应老实，让人瞧不起……但我爱他，为什么我要用技巧？我不能直接向他表明我的爱吗？并且我觉得只要于人无损，便吻人一百下，为什么便不可以被准许呢？

他既答应来，而又失信，显见得是在戏弄我。朋友，留点好意在莎菲走时，总不至于象是一种损失吧。

今夜我简直狂了。语言，文字是怎样在这时显得无用！我心象被许多小老鼠啃着一样，又象一盆火在心里燃烧，我想把什么东西都摔破。又想冒着夜气在外面乱跑去，我无法制止我狂热的感情的激荡，我便躺在这热情的针毡上，反过去也刺着，翻过来也刺着，似乎我又是在油锅里听到那油沸的响声，感到浑身的灼热……为什么我不跑出去呢？我等着一种渺茫的无意义的希望到来！哈……想到那红唇，我又癫了！假使这希望是可能的话——我独自又忍不住笑，我再三再四反复问我自己："爱他吗？"我更笑了。莎菲不会傻到如此地步爱上那南洋人。难道因了我不承认我的爱，便不可以被人准许做一点儿于人也无损的事？

假使今夜他竟不来，我怎能甘心便恝然上西山去……

唉！九点半了！

九点四十分！

三月二十八晨三时

莎菲生活在世上，要人们的了解她体会她的心太热太恳切了，所以长远的沉溺在失望的苦恼中。但除了自己，谁能够知道她所流出的眼泪的分量？

在这本日记里，与其说是莎菲生活的一段记录，不如直接算为莎菲眼泪的每一个点滴，是在莎菲心上，才觉得更切实。然而这本日记现在是要收束了，因为莎菲已无需乎此——用眼泪来泄愤和安慰，这原因是对于一切都觉得无意识，流泪更是这无意识的极深的表白。可是在这最后的一页的日记上，莎菲应该用快乐的心情来庆祝，她是从最大的那失望中，蓦然得到了满足，这满足似乎要使人快乐得到死才对。但是我，我只从那满足中感到胜利，从这胜利中得到凄凉，而更深的认识我自己的可怜处，可笑处，因此把我这几月来所萦萦于梦想的一点"美"反缥缈了，——这个美便是那高个儿的丰仪！

我应该怎样来解释呢？一个完全癫狂于男人仪表上的女人的心理！自然我不会爱他，这不会爱，很容易说明，就是在他丰仪的里面躲着一个何等卑丑的灵魂！可是我又倾慕他，思念他，甚至于没有他，我就失掉一切生活意义的保障了；并且我常常想，假使有那末一日，我和他的嘴唇合拢起来，密密的，那我的身体就从这心的狂笑中瓦解去，也愿意。其实，单单能获得骑士一般的那人温柔的一抚摩，随便他的手尖触于我身上的任何部分，因此就牺牲一切，我也肯。

我应当发癫，因为这些幻想中的异迹，梦似的，终于毫无困难的都给我得到了。但是从这中间，我所感得是我的想象的那些会醉我灵魂的幸福么？不啊！

当他——凌吉士——在晚间十点钟来到的时候，开始向我嗫嚅的表白，说他是如何在想我……还使我心动过好几次；但不久我看见他那被情欲燃烧的眼睛，我就害怕了。于是从他那卑劣的思想中所发出的更丑的誓语，又振起我的自尊心来！假使他把这串浅薄肉麻的情话对别个女人说，一定是很动听的，可以得一个所谓的爱的心吧。但他却向我，就由这些话语的力，把我推得隔他更远了。

唉，可怜的男子！神既然赋予你这样一副美形，却又暗暗的捉弄你，把那样一个毫不相称的灵魂放到你这人生的顶上！你认为我所希望的是"家庭"吗？我所喜欢的是"金钱"吗？我所骄傲的是"地位"吗？"你，在我面前，是显得那么可怜的一个男子啊！"我真要为他不幸而痛哭，然而他依样把眼光镇住我脸上，是被情欲之火燃烧得如何的怕人！倘若他只限于肉感的满足，那末他倒可以用他的色来摧残我的心；但他却哭声的向我说："莎菲，你信我，我是不会负你的！"啊，可怜的人！他还不知道在他面前的女人，是用如何的轻蔑去可怜他的使用这些做作，这些话！我竟忍不住而笑出声来，说他也知道爱，会爱我，这只是近于开玩笑！那情欲之火的巢穴——那两只灼闪的眼睛，不正在宣布他除了可鄙的浅薄的需要，别的一切都不知道么？

"喂，聪明一点，走开吧，'韩家潭'那个地方才是你寻乐的场所！"我既然认清他，我就应该这样说，教这个人类中最劣种的人儿滚开去。然而，虽说我暗暗地在嘲笑他，但当他大胆地贸然伸出手臂来拥抱我时，我竟又忘记了一切，我临时失掉了我所有的一些自尊和骄傲，我是完全被那仅有的一副好丰仪迷住了，在我心中，我只想，"紧些！多抱我一会儿吧，明早我便走了！"假使我那时还有一点自制力，我该会想到他的美形以外的那东西，而把他像一块石头般，丢到房外去。

唉！我能用什么言语或心情来痛悔？他，凌吉士，这样一个可鄙的人，吻我了！我静静默默地承受着！但那时，在一个湿润的软热的东西放到我脸上，我心中得到的是些什么呢？我不能象别的女人一样会晕倒在她那爱人的臂膀里！我是张大着眼睛望着他，我想："我胜利了！我胜利了！"因为他所以使我迷恋的那东西，在吻我时，我已知道是如何的滋味——我同时鄙夷自己了！于是我忽然伤心起来，我把他用力推开，我哭了。

他也许忽略了我的眼泪，以为他的嘴唇是给我如何的温软，如何的嫩腻，是把我的心融醉到发迷的状态里吧，所以他又挨我坐着，继续的说了许多所谓爱情表白的肉麻话。

"何必把你那令人惋惜处暴露得无余呢？"我真这样的可怜起他来。

我说："不要乱想吧，说不定明天我便死去了！"

他听着，谁知道他对于这话是得到怎样的感触？他又吻我，但我躲开了，于是那嘴唇便落到我手上……

我决心了，因为这时我有的是充足的清晰的脑力，我要他走，他带点抱怨颜色，缠着我。我想"为什么你也是这样傻劲呢？"他于是直挨到夜十二点钟才走。

他走后，我想起适间的事情，我就用所有的力量，为痛击我的心！为什么呢，给一个如此我看不起的男人接吻？既不爱他，还嘲笑他，又让他来拥抱？真的，单凭了一种骑士般的风度，就能使我堕落到如此地步么？

总之，我是给我自己糟蹋了，凡一个人的仇敌就是自己，我的天，还有什么法子去报复而偿还这一切的损失？

好在在这宇宙间，我的生命只是我自己的玩品，我已浪费得尽够了，那末因这一番经历而使我更陷到极深的悲境里去，似乎也不成一个重大的事件。

但是我不愿留在北京，西山更不愿去了，我决计搭车南下，在无人认识的地方，浪费我生命的余剩；因此我的心从伤痛中又兴奋起来，我狂笑的怜惜我自己：

"悄悄的活下来，悄悄的死去，呵，我可怜你，莎菲！"

原载 1928 年 2 月 10 日《小说月报》第 19 卷第 2 号

雨　　巷

戴望舒

撑着油纸伞，独自
彷徨在悠长，悠长
又寂寥的雨巷，
我希望逢着
一个丁香一样地
结着愁怨的姑娘。

她是有
丁香一样的颜色，
丁香一样的芬芳，
丁香一样的忧愁，
在雨中哀怨，
哀怨又彷徨；

她彷徨在这寂寥的雨巷，
撑着油纸伞，
像我一样，
像我一样地
默默彳亍着，
冷漠，凄清，又惆怅。

她静默地走近
走近，又投出
太息一般的眼光，
她飘过
像梦一般地，
像梦一般地凄婉迷茫。

雨

巷

像梦中飘过
一枝丁香地，
我身旁飘过这女郎；
她静默地远了，远了，
到了颓圮的篱墙，
走尽这雨巷。

在雨的哀曲里，
消了她的颜色，
散了她的芬芳，
消散了，甚至她的
太息般的眼光，
丁香般的惆怅。

撑着油纸伞，独自
彷徨在悠长，悠长
又寂寥的雨巷，
我希望飘过
一个丁香一样地
结着愁怨的姑娘。

选自《望舒诗稿》，上海杂志公司 1937 年 1 月版

断　　章

卞之琳

你站在桥上看风景，
看风景人在楼上看你。

明月装饰了你的窗子，
你装饰了别人的梦。

选自《十年诗草》，明日社 1942 年 5 月版

包 身 工

夏　衍

已经是旧历四月中旬了，上午四点多一刻，晓星才从慢慢地推移着的淡云里面消去，蜂房般的格子铺里的生物已经在蠕动了。

——拆铺啦！起来。

穿着一身和时节不相称的拷皮衫裤的男子，像生气似的呼喊。

——芦柴棒！去烧火。妈的，还躺着，猪猡！

七尺阔，十二尺深的工房楼下，横七竖八地躺满了十六七个"猪猡"。跟着这种有威势的喊声，充满了汗臭粪臭和湿气的空气里面，很快的就像被搅动了的蜂窝一般地骚动起来。打伸欠，叹气，寻衣服，穿错了别人的鞋子，胡乱的踏在别人身上，叫喊，在离开别人头部不到一尺的马桶上很响地小便。成人期女孩所共有的害羞的感觉，在这些被叫做"猪猡"的生物中间已经很钝感了。半裸体的起来开门，拎着裤子争夺马桶，将身体稍稍背转一下就会公然的在男人面前换替衣服。

那男人虎虎的将起身得慢一点的"猪猡"身上踢了几脚，回转身来站在不满二尺阔的楼梯上面，向着楼上的另一群生物呼喊。

——揍你的！再不起来？懒虫！等太阳上山吗？

蓬头，赤脚，一边扣着钮扣，几个睡眼惺忪的"懒虫"从楼上冲下来了。自来水龙头边挤满了人，用手捧些水来浇在脸上；芦柴棒着急地要将大锅子里的稀饭烧滚，但是倒冒出来的青烟引起了她一阵猛烈的咳嗽。十五六岁，除了老板之外大概很少有人知道她的姓名，手脚瘦得像芦棒梗一样，于是大家就拿芦柴棒当作了她的名字。

这是杨树浦福临路东洋纱厂的工房。长方形的，用红砖严密地封锁着的工房区域，被一条水门汀的弄堂马路划成狭长的两块。像鸽子笼一般的分得均匀，每边八排，每排五户，一共是八十户一楼一底的房屋。每间工房的楼上楼下，平均住宿着三十二三个"懒虫"和"猪猡"，所以，除出"带工"老板，老板娘，他们的家庭亲戚，和穿拷皮衣服的同一职务的打杂，请愿警。……之外，这工房区域的墙圈里面住着二千左右穿着褴褛而专替别人制造纱布的"猪猡"。

但是，她们正式的集合名称却是"包身工"。她们的身体，已经以一种奇妙的方式,包给了叫做"带工"的老板。每年——特别是水荒旱的时候,这些在东洋场里有"脚路"的带工,就亲身或者派人到他们家乡或者灾荒区域,用他们多年熟练了的可以将一根稻草讲成金条的嘴巴,去游说那些无力"饲养"可又不忍让他们的儿女饿死的同乡。

——还用说,住得是洋式的公司房子,吃的是鱼肉荤腥,一个月休息两天,咱们带着到马路上去玩耍,嘿,几十层楼的高房子,两层楼的汽车,各种各样,好看好玩的外国东西,老乡! 人生一世,你也得去见识一下啊。

——做满三年,以后赚的钱就归你啦,块把钱一天的工钱,嘿,别人跟我叩了头也不替她写进去! 咱们是同乡,有交情。

——交给我带去,有什么三差二错,我还能回家乡吗?

这样说着,咬着草根树皮的女孩子可不必说,就是她们的父母,也会怨悔自己没有跟着去享福的福分了。于是,在预备好了的"包身契"上画上一个"十"字,包身费大洋念元,期限三年,三年之内,由带工的供给住食,介绍工作,赚钱归带工者用,生死疾病,一听天命,先付包洋十元,人银两交,"恐后无凭,立此包身契据是实!"

福临路工房的二千左右的包身工人,隶属在十五个以上的"带工"手下,她们是顺从地替带工赚钱的"机器",所以每个"带工"所带包工的人数也就表示了他们的手面和财产。少一点的三十五十,多一点的带到百五十个以上。手面宽一点的"带工",不仅可以放债,买田,起屋,还能兼营茶楼,浴室,理发铺一类的买卖。

东洋厂家将这红砖墙封锁着的工房以每月五元的代价租给"带工","带工"就在这鸽子笼一般的"洋式"楼房里面装进没有固定车脚的三十几部活动的机器,这种工房没有普通弄堂房子一般的"前门",它们的前门恰和普通房子的后门一样,每扇前门槛上,一律的钉着一块三寸长的木牌,上面用东洋笔法的汉字写着:"陈永田泰州""许富达维扬"等等带工头的籍贯和名字。门上,大大小小的贴着褪了色的红纸的春联,中间,大都是红纸剪的元宝,如意,八卦,或者木版印的"姜太公在此,百无禁忌"的图像。春联的文字,大是"积德前程远","存仁后步宽"之类。这些春联贴在这种地方,好像是在对别人骄傲,又像是在对自己讽刺。

四点半之后,没有线条和影子的晨光胆怯地显现出来的时候,水门汀路上和弄堂里面,已被这些赤脚的乡下姑娘所挤满了,凉爽而带有一点湿气的朝风,大约就是这些生活在死水一般的空气里的人们的仅有的天惠。他们嘈杂起来,有的在公共自来水龙头边舀水,有的用断了齿的木梳梳掉执拗地粘在头发里的棉絮。陆续地,两个一组两个一组地用扁担抬着平满的马桶,吆喝着从人们身边擦过。带工的"老板"或者打杂的拿着一叠叠的"打印子簿子",懒散地站在正门出口——好像火车站轧票处一般的木棚子的前面,楼下的那些席子、破被之类收拾掉之后,晚上倒挂在墙壁上的两张板桌放下来了。十几只碗,一把竹筷,胡乱地放在桌上,轮值烧稀饭的就将一洋铅桶浆糊一般的薄粥放在板桌中央。她们的定食是两粥一饭,早晚吃粥,中午的干饭,由老板差人给她们送进工厂里去。粥!它的成分可并不和一般通用的意义一样。里面是较少的籼米锅焦,碎米,和较多的乡下人用来喂猪的豆腐的渣粕!粥菜?这是不可能的事了,有几个慈祥的老板到小菜场去收集一些莴苣菜的叶瓣,用盐卤渍一浸,这就是她们难得的佳肴。

只有两条板凳,——其实,即使有更多的板凳,这屋子里也没有同时容纳三十个吃粥的地位,她们一窝蜂的抢一般地盛了一碗。歪着头用舌头舔着淋漓在碗边外的粥汁,就四散地蹲伏或者站立、在路口和门口。添粥的机会,除出特殊的日子——譬如老板、老板娘的生日,或者发工钱的日子之外,通常是很难有的,轮着揩地板、倒马桶的日子,也有连一碗也轮不到的时候。洋铅桶空了,轮不到盛第一碗的人们还捧着一只空碗,于是老板娘拿起铅桶,到锅子里去刮下一些锅焦,残粥,再到自来水龙头边去冲上一些清水,用她那双方才在梳头的油手搅拌一下,气烘烘地放在这些廉价的、不需要更多维持费(Maintain Cost)的"机器"们的面前。

——死懒!躺着死不起来,活该!

十一年前内外棉的顾正红事件,尤其是五年前的"一·二八"战争之后,东洋厂家对这种特殊的廉价"机器"的需要突然的增加起来。据说,这是一种极合经营原则和经济原理的方法。有引号的机器,终究还是血和肉构成起来的人类。所以当他们忍耐的最大限度超过了的时候,他们往往会很自然的想起一种久已遗忘了的人类所该有的力量。有时候愚蠢的奴隶会理会到一束箭折不断的理论,再消极一点他们也还可以拼着饿死不干。产业人的"流动性",这是近代工业经营最嫌恶的条件,但是他们是决不肯追寻造成"流动性"的根本原因的。一个有殖民地人事经验的"温情主义者"在一本著作的序文上说:"在这次争议("五卅")里面,警察没有任何的威权。在民众的结合力前面,什么权力都是不中用了!"可是,结论呢?用温情主义吗?不,不!他们所采用的,只是廉价而没有"结合力"的"包身工"来替代"外头工人"(普通的自由劳动者)的方法。

第一,包身工的身体是属于带工的老板的,所以她们根本就没有"做"或者"不做"的自由,她们每天的工资就是老板的利润,所以即使在生病的时候,老板也会很可靠地替厂家服务,用拳头、棍棒或者冷水来强制她们去工作。就拿上面讲到过的芦柴棒来做个例吧,——其实,这样的事情是每个包身工都有遭遇的机会:有一次在一个很冷的清晨,芦柴棒是害了急性的重伤风而躺在床(其实这是不能叫作床的)上了,她们躺的地方,到了一定的时间是非让出来做吃粥的地方不可的，可是在那一天，芦柴棒可真的不能挣扎起来了，她很见机地将身体慢慢的移到屋子的角上，缩作一团，尽可能的不占屋子的地位，可是，在这种工房里面，生病躺着休养的例子，是不能任你开的。很快的一个打杂的走过来了。干这种职务的人，大半是带工头的亲戚，或者在"地方上"有一点势力的"白相人"，所以在这种法律的触手及不到的地方，他们差不多有生杀自由的权利。芦柴棒的喉咙早已哑了，用手做着手势，表示身体没有力，请求他的怜悯。

——假病！老子给你医！

一手抓住了头发，狠命的往上一举，芦柴棒手脚着地，很像一只有肢体下附有吸盆的乌贼。一脚，踢在她的腿上，照例，第二第三脚是不会少的，可是打杂的很快就停止了，后来据说，那是因为芦柴棒"露骨"地突出的腿骨，碰痛了他的足趾！打杂的恼了，顺手的夺过一盆另一个包身工正在揩桌子的冷水，迎头泼在芦柴棒的头上。这是冬天，外面在刮寒风。芦柴棒遭了这意外的一泼，反射地跳起身来，于是在门口撩牙齿的老板娘笑了：

——瞧！这不是假病！好好的会爬起来，一盆冷水就医好了。

这只是常有例子的一个。

第二，包身工都是新从乡下出来，而且她们大半都是老板的乡邻，这一点在"管理"上是极有利的条件。厂家除在工房周围造一条围墙，门房里置一个请愿警，和门外钉一块"工房重地，闲人莫入"的木牌，使这些"乡下小姑娘"和别的世界隔绝之外，完全的将管理权交给了带工的老板。这样，早晨五点钟由打杂的或者老板自己送进工场，晚上六点钟接领回来，她们就永没有和"外头人"接触的机会。所以，包身工是一种"罐装了的劳动力"，可以"安全地"保藏，自由地取用，绝没有因为和空气接触而起变化的危险。

第三，那当然是工价的低廉；包身工由"带工"带进厂里，于是她们的集合名词又变了，在厂方，她们叫做"试验工"和"养成工"两种，试验工的期间表示了厂家在试验你有没有工作的能力，养成工的期间那就表示了准备将一个"生手"养成为一个"熟手"。最初的工钱是每天十二个小时，大洋一角至一角五分，最初的工作范围是不需要任何技术的扫地，开花衣，扛原棉，松花衣之类，一两个礼拜之后就调到钢丝车间，条子间去工作，在这种工厂所有者的本国，拆包间，弹花间，钢丝车间的工作，通例是男工做的，可是，在殖民地不必顾虑到社会的纠弹和官厅的监督，就将这种不是女性所能担任的工作，加到工资不及男工二分之一的包身工们身上去了。

五点钟，第一次回声很有劲地叫了。红砖罐头的盖子——那扇铁门一推开，就像放鸡鸭一般的无秩序地冲出一大群没锁链的奴隶。每人手里都拿着一本打印子的簿子，不很讲话，即使讲话也没有什么生气，一出门，这人的河流就分开了，第一厂的朝东，二三五六厂的朝西，走不到一百步，她们就和另一种河流——同在东洋厂家工作的"外头工人"们汇在一起。但是，住在这地域附近的人，对这河流里面的不同成分，是很容易看出来的。外头工人的衣服多少的整洁一点，很多穿着旗袍，黄色或者淡蓝的橡皮鞋子，十七八岁的小姑娘们有时爱搽些白粉，甚至也有人烫过头发。包身工就没有这种福气了，她们没有例外的穿着短衣，上面是褪色的油脏了的湖绿乃至青莲的短衫，下面是元色或者柳条的裤子，长头发，很多还梳着辫子。破脏的粗布鞋，缠过而未放大的脚，走路也就有点蹒跚的样子。在路上走，这两种人类很少有谈话的机会。脏，乡下气，土头土脑，言语不通，都是她们不亲近的原因。过分的看高自己和不必要的看不起别人，这种心理是在"外头工人"的心里下意识的存在着的。她们想我们比你们多一种自由，多一种权利，——这就是宁愿饿着肚子的自由，随时可以调厂和不做的权利。

红砖头的怪物，已经张着嘴巴在等待着他的滋养物了。经过红头鬼（她们叫印度人的通称）把守着的铁门，在门房间交出准许她们贡献劳动力的凭证，包身工只交一本打印子的簿子，外头工人在这簿子之外还有一张贴着照片的入厂凭证。这凭证，已经有十一年的历史了。顾正红事件以后，内外棉摇班（罢工）了，可是其他的东洋厂还有一部分在工作，于是，在沪西的丰田厂，有许多内外棉的工人冒混进去，做了一次里应外合的英勇的工作。从这时候起，由丰田厂的提议，工人入厂之前就需要这种照片的凭证了。——这种制度，是东洋厂所特有的，中国厂当然没有，英国厂，譬如怡和，工人进厂的时候还可以随便的带个把亲戚或者自己的儿女去学习（当然不给工资），怡和厂里随处可以看见七八岁甚至五六岁的童工，大都是这种不取工钱的"赠品"。

织成衣服的一缕缕的纱，编成袜子的一根根的线，穿在身上都是光滑舒适而愉快的，可是在从原棉制成这种纱线的过程，就不像穿衣服那样的愉快了。纱厂工人的三大威胁，——就是音响、尘埃和湿气！

到杨树浦去的电车经过齐齐哈尔路的时候，你就可以听到一种"沙沙的急雨"和"隆隆的雷响"混合在一起的声音。一进厂，猛烈的骚音，就会消灭，——不，麻痹了你的听觉，马达的吼叫，皮带的拍击，锭子的转动，齿轮的轧轹，……一切使人难受的声音，好像被压缩了的空气一般紧装在这红砖墙的厂房里面，分辨不出这是什么声音，也决没有使你听觉有分别这些音响的余裕，纺纱间里的"落纱"（专管薄纱的熟练工）和"荡管"（巡回管理的上级女工）命令工人的时候，不用言语，不用手势，而用经常衔在嘴里的口哨，因为只有哨的锐厉的高音，才能突破这种紧张的空气。——尘埃，那种使人难受的程度，更在意料之外了，精纺粗纺间的空气，肉眼也可以看得出一般的飞扬着无数的"棉絮"，扫地的女工经常将扫帚的一端按在地上像揩地板一样的推着，一个人在一条"弄堂"（两部纺机的中间)中间反复的走着,细雪一般的棉絮依旧可以看出积在地上!弹花间、拆包间和钢丝车间更可不必讲了。拆包间的工作,是将打成包捆的原棉拆开,用手扯松,拣去里面的夹杂成分;这种工作,现在的东洋厂差不多已经完全派给包身工去做了,因为她们"听话",肯做别的工人都不愿做的工作。在那种工场里面,不论你穿什么衣服,一刻儿就会变成一律的灰白,爱作弄人的小恶魔一般的在室中飞舞的花絮,"无孔不入"地向碰上她们的五官钻进,头发、鼻孔、睫毛和每一个毛孔,都是这些纱花寄托的场所;要知道这些花絮粘在身上的感觉,那你可以假想一下——正像当你工作到出汗的时候,有人在你面前拆散和翻松一个木棉絮的枕芯,而使这枕芯的灰絮粘在你的身体上!纱厂女工没有一个有健康的颜色,做十二小时的工,据调查每人平均要吸入〇·一五克的花絮!

湿气的压迫,也是纱厂工人——尤其是织布间工人最大的威胁,他们每天过着黄梅,每天接触着一种饱和着水蒸气的热气。依棉纱的特性,张力和湿度是成正比例的,说得平直一点,棉纱在潮湿状态,比较的不容易扯断,所以车间里面必须有喷雾器的装置,在织布间,每部机的头上就有一个不断地放射蒸气的喷口,伸手不见五指,对面不见他人!身上有点被蚊虱咬开或者机器碰伤而破皮的时候,很快的就会引起溃烂,盛夏一百十五六度的湿度下面工作的情景,那就决不是"外面人"所能想象的了。

这大概是自然现象吧,一种生物在这三种威胁下面工作,加速度的容易疲劳,尤其是在做夜班的时候,打瞌睡是不会有的,因为野兽一般的铁的暴君监视着你,只要断了线不接,锭壳轧坏,皮棍摆错方向,乃至车板上有什么堆积,就会有遭"拿莫温"(工头)和"小荡管"的毒骂和殴打的危险。这几年来,一般的讲,殴打的事实已经渐渐的少了,可是这种"幸福"只局限在"外头工人"的身上,拿莫温和小荡管打人,很容易引起同车间工人的反对,即使当场不致于发作,散工之后往往会有"喊朋友""品理"和"打相打"的危险,但是,包身工是没有"朋友"和帮手的!什么人都可以欺侮,什么人都看她们不起,她们是最下层的"起码人",她们是拿莫温和小荡管们发脾气和使威风的对象。在纱厂,做了"烂污生活"的罚规,大约是殴打、罚工钱和"停生意"的三种,那么,在包身工所有者——带工老板的立场,后面的两种当然是很不利了。罚工钱就是养活他们的利润,停生意非特不能赚钱,还要贴她二粥一饭,于是带工头不假思索地就爱上了殴打这办法了。每逢端节重阳年头年尾,带工头总要对拿莫温们送礼,那时候他们总得卑屈地讲:

——总得请你们帮忙,照应,咱的小姑娘有什么事情尽管打!打死不干事,只是不要罚工钱,停生意!

打死不干事!在这种情形之下,"包身工"当然是"人人得而欺之"了。有一次,一个叫做小福子的包身工整好了料纱没有装起,就遭到了拿莫温的殴打,恰恰运气坏，一个"东洋婆"走过来了，拿莫温为着要在别人面前显出她的威风和对"东洋婆"表示她管督的严厉，打得比寻常格外着力。东洋婆望了一会，也许是她不喜欢这种不"文明"的殴打，也许是她要介绍一种更合理的惩戒方法，走近身来，揪住小福子的耳朵，她将她扯到太平龙头的前面，叫她向着墙壁立着，拿莫温跟着过来，很懂得东洋婆的意思似的拿起一个丢在地上的皮带盘芯子（Driving Shaft），不怀好意的叫她顶在头上，东洋婆会心地笑了。

——迭个小姑娘坏东西，懒惰！

拿莫温学着同样生硬的调子说：

——皮带盘芯子顶拉头浪，就勿会打瞌睏！

这种文明的惩罚，有时候会叫你继续到两小时以上。两小时不做工作，赶不出一天该做的"生活"，那么工资减少而招致带工老板的殴打，也就是分内的事了，殴打之外，还有饿饭、吊、关黑房间等等方法。

实际上，拿莫温对待外头工人，也并不怎样客气。因为除出打骂之外，还有更巧妙的方法，譬如派给你难做的"生活"，或者调你去做不愿意的工作，所以外头工人里面的狡猾分子，就常常用送节礼巴结拿莫温的手段，来保障自己的安全。拿出血汗换的钱来孝敬工头，在她们当然是一种难堪的担负，但是在包身工，那是连这种送礼的权利也没有的！外头工人在抱怨这种额外的负担，而包身工却在羡慕这种可以自主的拿出钱来贿赂工头的权利！

在一种特殊优惠的保护之下，吸收着廉价劳动的滋养，在中国的东洋厂飞跃地膨大了。单就福临路的东洋厂讲，光绪二十八年三井系的资本收买大纯纱厂而创立第一厂的时候，锭子还不到两万，可是三十年之后，他们已经有了六个纱厂，五个织厂，二十五万个锭子，三千张布机，八千工人，和一千一百万元的资本。美国哲人爱玛生的朋友达维特·索洛（David Thoreau）曾在一本书上说过，美国铁路的每一根枕木下面，都横卧着一个爱尔兰劳动者的尸首。那么我也这样联想，东洋厂的每一个锭子上面，都附托着一个支那奴隶的冤魂！

"一·二八"战争之后，他们的政策又改变了，这特征是资本攻势的劳动强化。统计的数字表示着这四年来锭子和布机数的增加和工人人数的减少，在这渐减的工人里面，包身工的成分却在激剧地增加。举一个例，杨树浦某厂的条子车间，三十二个女工里面，就有二十四个包身工人。全般的比例，大致相仿，即使用最少的约数百分之五十计算，全上海三十家东洋厂的四万八千工人里面，替厂家和带工头二重服务的包身工人，总在二万四千人以上！

科学管理和改良机器，粗纱间过去每人管一部车的，现在改管一"弄堂"了，细纱间从前每人管三十木管的（每木管八个锭子），现在改管一百木管了，布机间从前每人管五部布机，现在改管二十乃至三十部了，表面上看，好像论货计工，产量增多就表示了工价的增大，但事实并不这样简单，工钱的单价，几年来差不多减了一倍。譬如做粗纱，以前"亨司"（八百四十码）单价八分，现在已经不到四分了，所以每人管一部车子，工作十二小时，从前做八"亨司"可以得到六角四分，现在管两部车做十六"亨司"而工钱还不过四角八分左右。在包身工，工钱的多少和她"本身"无涉，那么当然这剥削就上在带工头的账上了。

两粥一饭，十二小时工作，劳动强化。工房和老板家庭的义务服役，猪猡一般的生活，泥土一般的作践，——血肉造成的"机器"，终于和钢铁造成的机器不一样的；包身契上写明的三年期限，能够做满的不到三分之二；工作，工作，衰弱到不能走路还是工作，手脚象芦柴棒一般的瘦，身体像弓一般的弯，面色像死人一般的惨，咳着，喘着，淌着冷汗，还是被逼着在做工。譬如芦柴棒吧，她的身体实在瘦得太可怕了，放工的时候，厂门口的"抄身婆"（检查女工身体的女佣人）也不愿意用手去接触她的身体：

——让她一两根油线强吧！骷髅一样，摸着她的骨头会做怕梦！

但是带工老板是不怕做怕梦的！有人觉得太难看了，对她的老板说：

——譬如做好事吧，放了她！

——放她？行！还我十二块钱，两年间的伙食，房钱——他随便地说，回转头来对她一瞪：

——不还钱，可别做梦！宁愿赔棺材，要她做到死！

芦柴棒现在的工钱是每天三角八，拿去年的工钱三角二做平均，两年来她身上已经收入二百三十块了！

还有一个，什么名字记不起了，她熬不住这种生活，用了许多工夫，在上午的十五分钟休息时间里面，偷偷地托一个在补习学校念书的外头工人写了一封给她父母的家信，邮票，大概是同情她的女工捐助的了，一个月，没有回信，她在焦灼，她在希望，也许，她的父亲会到上海来接她回去，可是，回信是捏在老板的手里的。散工回来的时候，老板和两个当杂的站在门口，横肉的面上在发火了，一把头发扭住，踢，打，掷，和爆发一般的听不清的轰骂！

——死娼妓！你倒有本领，打断我的家乡路！

——猪猡，一天三餐将你喂昏了！

——揍成你，给大家做个榜样！

——信谁给你写的？讲，讲！

血和惨叫使整个工房都怔住了，大家都在发抖，这好像真是一个榜样，打捲了之后，再在老板娘的亭子楼里吊了一晚。这一晚上，整屋子除了快要断气的呻吟一般的呼唤之外，绝没有别的气息，屏着气，睁着眼，百千个奴隶在黑夜中叹息她们的命运。

人类的身体构造,有时候觉得确实有一点神奇。长得结实肥胖的往往会像打断一根麻梗一般的很快的死亡,而像芦柴棒一般的偏能一天天的磨难下去!每一分钟都有死亡的可能,可是她们还有韧性地在那儿支撑。两粥一饭,十二小时骚音,尘埃和湿气中的工作,默默地,可是规则地反复着,直到榨完了残留在她皮骨里的最后一滴血汗为止。

看着这种饲养小姑娘营利的制度,我禁不住想起孩子时候看到过的船户养墨鸭捕鱼的事了。和乌鸦很相像的那种怪样子的墨鸭,整排的停在舷上,它们的脚,是用绳子吊住了的,下水捕鱼,起水的时候船户就在它们的颈子上轻轻的一挤!吐了再捕,捕了再吐,墨鸭整天的捕鱼,卖鱼得钱的却是养墨鸭的船户。但是,从我们孩子的眼里看来,船户对墨鸭并没有怎样的虐待,而现在,将这种关系转移到人和人的中间,便连这一点施与的温情也已经不存在了!

在这千万的被饲养者的中间,没有光,没有热,没有温情,没有希望,……没有法律,没有人道。这儿有的是二十世纪的烂熟了的技术、机械、体制和对这种制度忠实地服务着的十六世纪封建制度下的奴隶!

黑夜,静寂的死一般的长夜,没有自觉,没有团结,没有反抗,——她们住在一个伟大的锻冶场里面,闪烁的火花常常在她们身边擦过,可是,在这些被强压强榨着的生物,好像连那可以引火,可以燃烧的火种也已经消散掉了。

不过,黎明的到来还是没法可推拒的;索洛警告美国人当心枕木下的尸骸,我也想警告某一些人,当心呻吟着的那些锭子上的冤魂。

一九三六,六,三,清晨。

原载 1936 年 6 月《光明》创刊号

断 魂 枪

老 舍

　　沙子龙的镖局已改成客栈。

　　东方的大梦没法子不醒了。炮声压下去马来与印度野林中的虎啸。半醒的人们，揉着眼，祷告着祖先与神灵；不大会儿，失去了国土、自由与主权。门外立着不同面色的人，枪口还热着。他们的长矛毒弩，花蛇斑彩的厚盾，都有什么用呢；连祖先与祖先所信的神明全不灵了啊！龙旗的中国也不再神秘，有了火车呀，穿坟过墓破坏着风水。枣红色多穗的镖旗，绿鲨皮鞘的钢刀，响着串铃的口马，江湖上的智慧与黑话，义气与声名，连沙子龙，他的武艺、事业，都梦似的变成昨夜的。今天是火车、快枪，通商与恐怖。听说，有人还要杀下皇帝的头呢！

　　这是走镖已没有饭吃，而国术还没被革命党与教育家提倡起来的时候。

　　谁不晓得沙子龙是短瘦、利落、硬棒，两眼明得像霜夜的大星？可是，现在他身上放了肉。镖局改了客栈，他自己在后小院占着三间北房，大枪立在墙角，院子里有几只楼鸽。只是在夜间，他把小院的门关好，熟习熟习他的"五虎断魂枪"。这条枪与这套枪，二十年的工夫，在西北一带，给他创出来"神枪沙子龙"五个字，没遇见过敌手。现在，这条枪与这套枪不会再替他增光显胜了；只是摸摸这凉、滑、硬而发颤的杆子，使他心中少难过一些而已。只有在夜间独自拿起枪来，才能相信自己还是"神枪沙"。在白天，他不大谈武艺与往事；他的世界已被狂风吹了走。

　　在他手下创练起来的少年们还时常来找他。他们大多数是没落子的，都有点武艺，可是没地方去用。有的在庙会上去卖艺：踢两趟腿，练套家伙，翻几个跟头，附带着卖点大力丸，混个三吊两吊的。有的实在闲不起了，去弄筐果子，或挑些毛豆角，赶早儿在街上论斤吆喝出去。那时候，米贱肉贱，肯卖膀子力气本来可以混个肚儿圆；他们可是不成：肚量既大，而且得吃口管事儿的；干饽饽辣饼子咽不下去。况且他们还时常去走会：五虎棍，开路，太狮少狮……虽然算不了什么——比起走镖来——可是到底有个机会活动活动，露露脸。是的，走会捧场是买脸的事，他们打扮得得像个样儿，至少得有条青洋绉裤子，新漂白细市布的小褂，和一双鱼鳞洒鞋——顶好是青缎子抓地虎靴子。他们是神枪沙子龙的徒弟——虽然沙子龙并不承认——得到处露脸，走会得赔上俩钱，说不定还得打场架。没钱，上沙老师那里去求。沙老师不含糊，多少不拘，不让他们空着手儿走。可是，为打架或献技去讨教一个招数，或是请给说个"对子"——什么空手夺刀，或虎头钩进枪——沙老师有时说句笑话，马虎过去："教什么？拿开水浇吧！"有时直接把他们赶出去。他们不大明白沙老师是怎么了，心中也有点不乐意。

可是，他们到处为沙老师吹腾，一来是愿意使人知道他们的武艺有真传授，受过高人的指教，二来是为激动沙老师，万一有人不服气而找上老师来，老师难道还不露一两手真的吗？所以：沙老师一拳就砸倒了个牛！沙老师一脚把人踢到房上去，并没使多大的劲！他们谁也没见过这种事，但是说着说着，他们相信这是真的了，有年月，有地方，千真万确，敢起誓！

王三胜——沙子龙的大伙计——在土地庙拉开了场子，摆好了家伙。抹了一鼻子茶叶末色的鼻烟，他抢了几下竹节钢鞭，把场子打大一些。放下鞭，没向四周作揖，又着腰念了两句："脚踢天下好汉，拳打五路英雄！"向四围扫了一眼："乡亲们，王三胜不是卖艺的；玩艺儿会几套，西北路上走过镖，会过绿林中的朋友。现在闲着没事，拉个场子陪诸位玩玩。有爱练的尽管下来，王三胜以武会友，有赏脸的，我陪着。神枪沙子龙是我的师傅；玩艺地道！诸位，有愿下来的没有？"他看着，准知道没人敢下来，他的话硬，可是那条钢鞭更硬，十八斤重。

王三胜，大个子，一脸横肉，努着对大黑眼珠，看着四围。大家不出声。他脱了小褂，紧了紧深月白色的"腰里硬"，把肚子杀进去。给手心一口唾沫，抄起大刀来：

"诸位，王三胜先练趟瞧瞧。不白练，练完了，带着的扔几个；没钱，给喊个好，助助威。这儿没生意口。好，上眼！"

大刀靠了身，眼珠努出多高，脸上绷紧，胸脯子鼓出，像两块老桦木根子。一跺脚，刀横起，大红缨子在肩前摆动。削砍劈拨，蹲越闪转，手起风生，忽忽直响。忽然刀在右手心上旋转，身弯下去，四围鸦雀无声，只有缨铃轻叫。刀顺过来，猛地一个"跺泥"，身子直挺，比众人高着一头，黑塔似的。收了势："诸位！"一手持刀，一手叉腰，看着四围。稀稀的扔下几个铜钱，他点点头。"诸位！"他等着，等着，地上依旧是那几个亮而削薄的铜钱，外层的人偷偷散去。他咽了口气："没人懂！"他低声地说，可是大家全听见了。

"有功夫！"西北角上一个黄胡子老头儿答了话。

"啊？"王三胜好似没听明白。

"我说：你——有——功——夫！"老头子的语气很不得人心。

放下大刀，王三胜随着大家的头往西北看。谁也没看重这个老人：小干巴个儿，披着件粗蓝布大衫，脸上窝窝瘪瘪，眼陷进去很深，嘴上几根细黄胡，肩上扛着条小黄草辫子，有筷子那么细，而绝对不像筷子那么直顺。王三胜可是看出这老家伙有功夫，脑门亮，眼睛亮——眼眶虽深，眼珠可黑得像两口小井，深深地闪着黑光。王三胜不怕：他看得出别人有功夫没有，可更相信自己的本事，他是沙子龙手下的大将。

"下来玩玩，大叔！"王三胜说得很得体。

点点头，老头儿往里走。这一走，四外全笑了。他的胳臂不大动；左脚往前迈，右脚随着拉上来，一步步地往前拉扯，身子正着，像是患过瘫痪病。蹭到场中，把大衫扔在地上，一点没理会四围怎样笑他。

"神枪沙子龙的徒弟，你说？好，让你使枪吧；我呢？"老头子非常地干脆，很像久想动手。

人们全回来了，邻场耍狗熊的无论怎么敲锣也不中用了。

"三截棍进枪吧？"王三胜要看老头子一手，三截棍不是随便就拿得起来的家伙。

老头子又点点头，拾起家伙来。

王三胜努着眼，抖着枪，脸上十分难看。

老头子的黑眼珠更深更小了，像两个香火头，随着面前的枪尖儿转，王三胜忽然觉得不舒服，那俩黑眼珠似乎要把枪尖吸进去！四外已围得风雨不透，大家都觉出老头子确是有威。为躲那对眼睛，王三胜耍了个枪花。老头子的黄胡子一动："请！"王三胜一扣枪，向前躬步，枪尖奔了老头子的喉头去，枪缨打了一个红旋。老人的身子忽然活展了，将身微偏，让过枪尖，前把一挂，后把撩王三胜的手。啪，啪，两响，王三胜的枪撒了手。场外叫了好。王三胜连脸带胸口全紫了，抄起枪来；一个花子，连枪带人滚了过来，枪尖奔了老人的中部。老头子的眼亮得发着黑光；腿轻轻一屈，下把掩裆，上把打着刚要抽回的枪杆；啪，枪又落在地上。

场外又是一片彩声。王三胜流了汗，不再去拾枪，努着眼，木在那里。老头子扔下家伙，拾起大衫，还是拉拉着腿，可是走得很快。大衫搭在臂上，他过来拍了王三胜一下："还得练哪，伙计！"

"别走！"王三胜擦着汗："你不离，姓王的服了！可有一样，你敢会会沙老师？"

"就是为会他才来的！"老头子的干巴脸上皱起点来，似乎是笑呢。"走；收了吧；晚饭我请！"

王三胜把兵器拢在一处，寄放在变戏法二麻子那里，陪着老头子往庙外走。后面跟着不少人，他把他们骂散了。

"你老贵姓？"他问。

"姓孙哪。"老头子的话与人一样，都那么干巴："爱练；久想会会沙子龙。"

沙子龙不把你打扁了!王三胜心里说。他脚底下加了劲,可是没把孙老头落下。他看出来,老头子的腿是老走着查拳门中的连跳步;交起手来,必定很快。但是,无论他怎么快,沙子龙是没对手的。准知道孙老头要吃亏,他心中痛快了些,放慢了些脚步。

"孙大叔贵处?"

"河间的,小地方。"孙老者也和气了些:"月棍年刀一辈子枪,不容易见功夫!说真的,你那两手就不坏!"

王三胜头上的汗又回来了,没言语。

到了客栈,他心中直跳,唯恐沙老师不在家,他急于报仇。他知道老师不爱管这种事,师弟们已碰过不少回钉子,可是他相信这回必定行,他是大伙计,不比那些毛孩子;再说,人家在庙会上点名叫阵,沙老师还能丢这个脸吗?

"三胜,"沙子龙正在床上看着本《封神榜》:"有事吗?"

三胜的脸又紫了,嘴唇动着,说不出话来。

沙子龙坐起来:"怎么了,三胜?"

"栽了跟头!"

只打了个不甚长的哈欠,沙老师没别的表示。

王三胜心中不平,但是不敢发作;他得激动老师;"姓孙的一个老头儿,门外等着老师呢;把我的枪,枪,打掉了两次!"他知道"枪"字在老师心中有多大分量。没等吩咐,他慌忙跑出去。

客人进来,沙子龙在外间屋等着呢。彼此拱手坐下,他叫三胜去泡茶。三胜希望两个老人立刻交了手,可是不能不沏茶去。孙老者没话讲,用深藏着的眼睛打量沙子龙。沙很客气:

"要是三胜得罪了你,不用理他,年纪还轻。"

孙老者有些失望,可也看出沙子龙的精明。他不知怎样好了,不能拿一个人的精明断定他的武艺。"我来领教领教枪法!"他不由地说出来。

沙子龙没接碴儿。王三胜提着茶壶走进来——急于看二人动手,他没管水开了没有,就沏在壶中。

"三胜,"沙子龙拿起个茶碗来:"去找小顺们去,天汇见,陪孙老者吃饭。"

"什么!"王三胜的眼珠几乎掉出来。看了看沙老师的脸,他敢怒而不敢言地说了声"是啦",走出去,撅着大嘴。

"教徒弟不易!"孙老者说。

"我没收过徒弟。走吧,这个水不开! 茶馆去喝,喝饿了就吃。"沙子龙从桌子上拿起缎子褡裢,一头装着鼻烟壶,一头装着点钱,挂在腰带上。

"不,我还不饿!"孙老者很坚决,两个"不"字把小辫从肩上抢到后边去。

"说会子话儿。"

"我来为领教领教枪法。"

"功夫早搁下了，"沙子龙指着身上："已经放了肉！"

"这么办也行，"孙老者深深地看了沙老师一眼："不比武，教给我那趟五虎断魂枪。"

"五虎断魂枪？"沙子龙笑了："早忘干净了！早忘干净了！告诉你，在我这儿住几天，咱们各处逛逛，临走，多少送点盘缠。"

"我不逛，也用不着钱，我来学艺！"孙老者立起来："我练趟给你看看，看够得上学艺不够！"一屈腰已到了院中，把楼鸽都吓飞起去。拉开架子，他打了趟查拳：腿快，手飘洒，一个飞脚起去，小辫儿飘在空中，像从天上落下来一个风筝；快之中，每个架子都摆得稳、准、利落；来回六趟，把院子满都打到，走得圆，接得紧，身子在一处，而精神贯串到四面八方。抱拳收势，身儿缩紧，好似满院乱飞的燕子忽然归了巢。

"好！好！"沙子龙在台阶上点着头喊。

"教给我那趟枪！"孙老者抱了抱拳。

沙子龙下了台阶，也抱着拳："孙老者，说真的吧，那条枪和那套枪都跟我入棺材，一齐入棺材！"

"不传？"

"不传！"

孙老者的胡子嘴动了半天，没说出什么来。到屋里抄起蓝布大衫，拉拉着腿："打搅了，再会！"

"吃过饭走！"沙子龙说。

孙老者没言语。

沙子龙把客人送到小门，然后回到屋中，对着墙角立着的大枪点了点头。

他独自上了天汇，怕是王三胜们在那里等着。他们都没有去。

王三胜和小顺们都不敢再到土地庙去卖艺，大家谁也不再为沙子龙吹胜；反之，他们说沙子龙栽了跟头，不敢和个老头儿动手；那个老头子一脚能踢死个牛。不要说王三胜输给他，沙子龙也不是他的对手。不过呢，王三胜到底和老头子见了个高低，而沙子龙连句硬话也没敢说。"神枪沙子龙"慢慢似乎被人们忘了。

夜静人稀，沙子龙关好了小门，一气把六十四枪刺下来；而后，挂着枪，望着天上的群星，想起当年在野店荒林的威风。叹一口气，用手指慢慢摸着凉滑的枪身，又微微一笑："不传！不传！"

原载 1935 年 9 月 22 日天津《大公报》"文艺"第 13 期

我爱这土地

艾　青

假如我是一只鸟，
我也应该用嘶哑的喉咙歌唱；
这被暴风雨所打击着的土地，
这永远汹涌着我们的悲愤的河流，
这无止息地吹刮着激怒的风，
和那来自林间的无比温柔的黎明……
——然后我死了，
连羽毛也腐烂在土地里面。

为什么我的眼里常含泪水？
因为我对这土地爱得深沉……

1938 年 11 月 17 日

选自《北方》，文化生活出版社 1942 年 1 月初版

萧　　萧

沈从文

　　乡下人吹唢呐接媳妇,到了十二月是成天会有的事情。

　　唢呐后面一顶花轿,两个伕子平平稳稳的抬着。轿中人被铜锁锁在里面,虽穿了平时没上过身的体面红绿衣裳,也仍然得荷荷大哭。在这些小女人心中,做新娘子,从母亲身边离开,且准备作他人的母亲,从此必然将有许多新事情等待发生。像做梦一样,将同一个陌生的男子汉在一个床上睡觉,做着承宗接祖的事情。这些事想起来,当然有些害怕,所以照例觉得要哭哭,于是就哭了。

　　也有做媳妇不哭的人,萧萧做媳妇就不哭。这小女子没有母亲,从小寄养到伯父种田的庄子上,终日提个小竹兜箩,在路旁田坎捡狗屎挑野菜。出嫁只是从这家转到那家。因此到那一天,这女人还只是笑。她又不害羞,又不怕。她是什么事也不知道,就做了人家的新媳妇了。

　　萧萧做媳妇时年纪十二岁,有一个小丈夫,年纪还不到三岁。丈夫比她年少九岁,断奶还不多久。按地方规矩,过了门,她喊他做弟弟。她每天应作的事是抱弟弟到村前柳树下去玩,到溪边去玩,饿了,喂东西吃,哭了,就哄他,摘南瓜花或狗尾草戴到小丈夫头上,或者亲嘴,一面说:"弟弟,哪,啵。再来,啵。"在那肮脏的小脸上亲了又亲,孩子于是便笑了。孩子一欢喜兴奋,行动粗野起来,会用短短的小手乱抓萧萧的头发。那是平时不大能收拾蓬蓬松松在头上的黄发。有时候,垂到脑后那条小辫子被拉得太久,把红绒线结也弄松了,生了气,就掇那弟弟几下,弟弟自然哇的哭出声来。萧萧于是也装成要哭的样子,用手指着弟弟的哭脸,说:"哪,人不讲理,可不行! 哪能这样动手动脚,长大了不是要杀人放火!"

　　天晴落雨日子混下去,每日抱抱丈夫,也帮家中作点杂事,能动手的就动手。又时常到溪沟里去洗衣,搓尿片,一面还捡拾有花纹的田螺给坐在身边的小丈夫玩。到了夜里睡觉,便常常做这种年龄人所做的梦,梦到后门角落或别的什么地方捡得大把大把的铜钱,吃好东西,爬树,自己变成鱼到水中各处溜。或一时仿佛身子很小很轻,飞到天上众星中,没有一个人,只是一片白,一片金光,于是大喊"妈!"人就吓醒了。醒来心还只是跳。吵了隔壁的人,不免骂着:"疯子。你想什么! 白天玩得疯,晚上就做梦!"萧萧听着却不作声,只是咕咕的笑。也有很好很爽快的梦,为丈夫哭醒的事情。那丈夫本来晚上在自己母亲身边睡,有时吃多了,或另外情形,半夜大哭,起来放水拉稀是常有的事。丈夫哭到婆婆无可奈何,于是萧萧轻脚轻手爬起床来,睡眼朦胧走到床边,把人抱起,给他看月亮,看星光;或者互相觑着,孩子气的"嗨嗨,看猫呵"那样喊着哄着,于是丈夫笑了。玩一会会,困倦起来,慢慢的合上眼。人睡定后,放上床,站在床边看着,听远处一传一递的鸡叫,知道天快到什么时候了,于是仍然蜷到小床上睡去。天亮后,虽不做梦,却可以无意中闭眼开眼,看一阵在面前空中变幻无端的黄边紫心葵花,那是一种真正的享受。

萧萧嫁过了门,做了拳头大丈夫的小媳妇,一切并不比先前受苦,这只看她一年来身体发育就可明白。风里雨里过日子,像一株长在园角落不为人注意的蓖麻,大叶大枝,日增茂盛。这小女人简直是全不为丈夫设想那么似的,一天比一天长大起来了。

夏夜光景说来如做梦。大家饭后坐到院中心歇凉,挥摇蒲扇,看天上的星同屋角的萤,听南瓜棚上纺织娘子咯咯咯拖长声音纺车,远近声音繁密如落雨,禾花风悠悠吹到脸上,正是让人在各种方便中说笑话的时候。

萧萧好高,一个人常常爬到草料堆上去,抱了已经熟睡的丈夫在怀里,轻轻的轻轻的随意唱着自编的四句头山歌。唱来唱去却把自己也催眠起来,快要睡去了。

在院坝中,公公婆婆,祖父祖母,另外还有帮工汉子两个,散乱的坐在小板凳上,摆龙门阵学古,轮流下去打发上半夜。

祖父身边有个烟包,在黑暗中放光。这用艾蒿作成的烟包,是驱逐长脚蚊的得力东西,蜷在祖父脚边,犹如一条乌梢蛇。间或又拿起来晃那么几下。

想起白天场上的事情,祖父开口说话:

"我听三金说,前天又有女学生过身。"

大家就哄然笑了。

这笑的意义何在?只因为大家印象中,都知道女学生没有辫子,留下个鹌鹑尾巴,像个尼姑,又不完全像。穿的衣服像洋人,又不是洋人。吃的,用的……总而言之,事事不同,一想起来就觉得怪可笑!

萧萧不大明白,她不笑。所以老祖父又说话了。他说:

"萧萧,你长大了,将来也会做女学生!"

大家于是更哄然大笑起来。

萧萧为人并不愚蠢,觉得这一定是不利于己的一件事情,所以接口便说:

"爷爷,我不做女学生。"

"你像个女学生,不做可不行。"

"我不做。"

众人有意取笑，异口同声说："萧萧，爷爷说得对，你非做女学生不行！"

萧萧急得无可如何，"做就做，我不怕。"其实做女学生有什么不好，萧萧全不知道。

女学生这东西，在本乡的确永远是奇闻。每年一到六月天，据说放"水假"日子一到，照例便有三三五五女学生，由一个荒谬不经的热闹地方来，到另一个远地方去，取道从本地过身。从乡下人眼中看来，这些人都近于另一世界中活下的人，装扮奇奇怪怪，行为更不可思议。这种女学生过身时，使一村人都可以说一整天的笑话。

祖父是当地一个人物，因为想起所知道的女学生在大城中的生活情形，所以说笑话要萧萧也去作女学生。一面听到这话，就感觉一种打哈哈趣味，一面还有那被说的萧萧感觉一种惶恐，说这话的不为无意义了。

女学生由祖父方面所知道的是这样一种人：她们穿衣服不管天气冷热，吃东西不问饥饱，晚上要到子时才睡觉，白天正经事全不作，只知唱歌打球，读洋书。她们都会花钱，一年用的钱可以买十六只水牛。她们在省里京里想往什么地方去时，不必走路，只要钻进一个大匣子中，那匣子就可以带她到地。城市中还有各种各样的大小不同匣子，都用机器开动。她们学校，男女一处上课读书，人熟了，就随意同那男子睡觉，也不要媒人，也不要财礼，名叫"自由"。她们也做做州县官，带家眷上任，男子仍然喊作"老爷"，小孩子叫"少爷"。她们自己不养牛，却吃牛奶羊奶，如小牛小羊；买那奶时是用铁罐子盛的。她们无事时到一个唱戏地方去，那地方完全像个大庙，从衣袋中取出一块洋钱来（那洋钱在乡下可买五只母鸡），买了一小方纸片儿，拿了那纸片到里面去，就可以坐下看洋人扮演影子戏。她们被冤了，不赌咒，不哭。她们年纪有老到二十四岁还不肯嫁人的，有老到三十四十居然还好意思嫁人的。她们不怕男子，男子不能使她们受委屈，一受委屈就上衙门打官司，要官罚男子的款，这笔钱她有时独占自己花用，有时和官平分。她们不洗衣煮饭，也不养猪喂鸡；有了小孩子，也只花五块钱或十块钱一月，雇个人专管小孩，自己仍然整天看戏打牌，或者读那些没有用处的闲书。……

总而言之，说来事事都稀奇古怪，和庄稼人不同，有的简直还可说岂有此理。这时经祖父一为说明，听到这话的萧萧，心中却忽然有了一个种模模糊糊的愿望，以为倘若她也是个女学生，她是不是照祖父说的女学生一个样子去做那些事情？不管好歹，女学生并不可怕，因此一来却已为这乡下姑娘初次体验到了。

因为听祖父说起女学生是怎样的人物，到后萧萧独自笑得特别久。笑够了时，她说：

"爷爷，明天有女学生过路，你喊我，我要看看。"

萧

萧

"你看，她们捉你去作丫头。"

"我不怕她们。"

"她们读洋书念经你也不怕？"

"念观音菩萨消灾经，念紧箍咒，我都不怕。"

"她们咬人，和做官的一样，专吃乡下人，吃人骨头渣渣也不吐，你不怕？"

萧萧肯定的回答说："也不怕。"

可是这时节萧萧手上所抱的丈夫，不知为甚么，在睡梦中哭了，媳妇于是用作母亲的声势，半哄半吓的说：

"弟弟，弟弟，不许哭，不许哭，女学生咬人来了。"

丈夫还仍然哭着，得抱起各处走走。萧萧抱着丈夫离开了祖父，祖父同人说另外一样古话去了。

萧萧从此以后心中有个"女学生"。做梦也便常常梦到女学生，且梦到同这些人并排走路。仿佛也坐过那种自己会走路的匣子，她又觉得这匣子并不比自己跑路更快。在梦中那匣子的形体同谷仓差不多，里面还有小小灰色老鼠，眼珠子红红的，各处乱跑，有时钻到门缝里去，把个小尾巴露在外边。

因为有这样一段经过，祖父从此喊萧萧不喊"小丫头"，不喊"萧萧"，却唤作"女学生"。在不经意中萧萧答应得很好。

乡下的日子也如世界上一般日子，时时不同。世界上人把日子糟蹋，和萧萧一类人家把日子吝惜是同样的，各有所得，各属分定。许多城市中文明人，把一个夏天完全消磨到软绸衣服、精美饮料以及种种好事情上面。萧萧的一家，因为一个夏天的劳作，却得了十多斤细麻，二三十担瓜。

作小媳妇的萧萧，一个夏天中，一面照料丈夫，一面还绩了细麻四斤。到秋八月工人摘瓜。在瓜间玩，看硕大如盆、上面满是灰粉的大南瓜，成排成堆摆到地上，很有趣味。时间到摘瓜，秋天真的已来了，院子中各处有从屋后林子里树上吹来的大红大黄木叶。萧萧在瓜旁站定，手拿木叶一束，为丈夫编小小笠帽玩。

工人中有个名叫花狗，年纪二十三岁，抱了萧萧的丈夫到枣树下去打枣子。小小竹竿打在枣树上，落枣满地。

"花狗大，莫打了，太多了吃不完。"

虽听到这样喊，还不歇手。到后，仿佛完全因为丈夫要枣子，花狗才不听话。萧萧于是又警告她那小丈夫：

"弟弟，弟弟，来，不许捡了。吃多了生东西肚子痛。"

丈夫听话，兜了大堆枣子向萧萧身边走来，请萧萧吃枣子。

"姐姐吃，这是大的。"

"我不吃。"

"要吃一颗！"

她两手哪里有空！木叶帽正在制边，工夫要紧，还正要个人帮忙！

"弟弟，把枣子喂我口里。"

丈夫照她的命令作事，作完了觉得有趣，哈哈大笑。

她要他放下枣子帮忙捏紧帽边，便于添加新木叶。

丈夫照她吩咐作事，但老是顽皮的摇动，口中唱歌。这孩子原来像一只猫，欢喜时就得捣乱。

"弟弟，你唱的是什么？"

"我唱花狗大告我的山歌。"

"好好的唱一个给我听。"

丈夫于是帮忙拉着帽边，一面就唱下去，照所记到的歌唱：

> 天上起云云起花，
> 包谷林里种豆荚，
> 豆荚缠坏包谷树，
> 娇妹缠坏后生家。
>
> 天上起云云重云，
> 地下埋坟坟重坟，
> 妹妹洗碗碗重碗，
> 娇妹床上人重人。

歌中意义丈夫全不明白，唱完了就问萧萧好不好，萧萧说好，并且问跟谁学来的。她知道是花狗教他的，却故意盘问他。

"花狗大告我，他说还有好多歌，长大了再教我唱。"听说花狗会唱歌，萧萧说：

"花狗大，花狗大，你唱一个好听的歌我听听。"

那花狗，面如其心，生长得不很正气，知道萧萧要听歌，人也快到听歌的年龄了，就给她唱"十岁娘子一岁夫"。那故事说的妻年大，可以随便到外面作一点不规矩事情；夫年小，只知吃奶，让他吃奶。这歌丈夫完全不懂，懂到一点儿是萧萧。把歌听过后，萧萧装成"我全明白"那种神气，她用生气的样子，对花狗说：

"花狗大，这个不行，这是骂人的歌！"

花狗分辩说："不是骂人的歌。"

"我明白，是骂人的歌。"

花狗难得说多话，歌已经唱过了，错过赔礼，只有不再唱。他看她已经有点懂事了。怕她回头告祖父，会挨顿臭骂，就把话支吾开，扯到"女学生"上头去。他问萧萧，看没看过女学生习体操唱洋歌的事情。

若不是花狗提起，萧萧几乎已忘却了这事情。这时又提到女学生，她问花狗近来有没有女学生过路，她想看看。

花狗一面把南瓜从棚架边抱起墙角去，告她女学生唱歌的事，这些事的来源还是萧萧的那个祖父。他在萧萧面前说了点大话，说他曾经到官路上见过四个女学生，她们都拿得有旗子，走长路流汗喘气之中仍然唱歌，同军人所唱的一模一样。不消说，这自然完全是胡诌的。可是那故事把萧萧可乐坏了。因为花狗说这个就叫做"自由"。

花狗是起眼动眉毛、一打两头翘、会说会笑的一个人。听萧萧带着歆羡口气说"花狗大，你膀子真大"，他就说："我不止膀子大。"

"你身个子也大。"

"我全身无处不大。"

萧萧还不大懂得这个话的意思，只觉得憨而好笑。

到萧萧抱了她的丈夫走去以后，同花狗在一起摘瓜，取名字叫哑巴的，开了平时不常开的口。

"花狗，你少坏点。人家是十三岁黄花女，还要等十年才圆房！"

花狗不做声，打了那伙计一巴掌，走到枣树下捡落地枣去了。

到摘瓜的秋天，日子计算起来，萧萧过丈夫家有一年半了。

几次降霜落雪，几次清明谷雨，一家中人都说萧萧是大人了。天保佑，喝冷水，吃粗粝饭，四季无疾病，倒发育得这样快。婆婆虽生来像一把剪子，把凡是给萧萧暴长的机会都剪去了，但乡下的日头同空气都帮助人长大，却不是折磨可以阻拦得住。

萧萧十五岁时已高如成人，心却还是一颗糊糊涂涂的心。

人大了一点，家中做的事也多了一点。绩麻、纺车、洗衣、照料丈夫以外，找猪草推磨一些事情也要作，还有浆纱织布。凡事都学，学学就会了。乡下习惯凡是行有余力的都可以从劳作中攒点本分私房，两三年来仅仅萧萧个人份上所聚集的粗细麻和纺就的棉纱，也够萧萧坐在土机上抛三个月的梭子了。

丈夫早断了奶。婆婆有了新儿子，这五岁儿子就像归萧萧独有了。不论做什么，走到什么地方去，丈夫总跟在身边。丈夫有些方面很怕她，当她如母亲，不敢多事。他们俩实在感情不坏。

地方稍稍进步，祖父的笑话转到"萧萧你也把辫子剪去好自由"那一类事上去了。听着这话的萧萧，某个夏天也看过了一次女学生，虽不把祖父笑话认真，可是每一次在祖父说过这笑话以后，她到水边去，必不自觉的用手捏着辫子末梢，设想没有辫子的人那种神气，那点趣味。

打猪草，带丈夫上螺蛳山的山阴是常有的事。

小孩子不知事，听别人唱歌也唱歌。一开腔唱歌，就把花狗引来了。

花狗对萧萧生了另外一种心，萧萧有点明白了，常常觉得惶恐不安。但花狗是男子，凡是男子的美德恶德都不缺少，劳动力强，手脚勤快，又会玩会说。所以一面使萧萧的丈夫非常欢喜同他玩，一面一有机会即缠在萧萧身边，且总是想方设法把萧萧那点惶恐减去。

山大人小，到处是树林蒙茸，平时不知道萧萧所在。花狗就站在高处唱歌逗萧萧身边的丈夫；丈夫小口一开，花狗穿山越岭就来到萧萧面前了。

见了花狗，小孩子只有欢喜，不知其他。他原要花狗为他编草虫玩，做竹萧哨子玩，花狗想方法支使他到一个远处去找材料，便坐到萧萧身边来，要萧萧听他那使人开心红脸的歌。她有时觉得害怕，不许丈夫走开；有时又像有了花狗在身边，打发丈夫走去反倒好一点。终于有一天，萧萧就这样给花狗把心窍子唱开，变成个妇人了。

那时节，丈夫走到山下采刺莓去了，花狗唱了许多歌，到后却向萧萧唱：

> 娇家门前一重坡，
> 别人走少郎走多，
> 铁打草鞋穿烂了，
> 不是为你为那个？

末了却向萧萧说："我为你睡不着觉。"他又说他赌咒不把这事情告给人。听了这些话仍然不懂什么的萧萧，眼睛只注意到他那一对粗粗的手膀子，耳朵只注意到他最后一句话。末了花狗大便又唱了许多歌给她听。她心里乱了。她要他当真对天赌咒，赌过了咒，一切好像有了保障，她就一切尽他了。到丈夫返身时，手被毛毛虫螫伤，肿了一大片，走到萧萧身边。萧萧捏紧这一只小手，且用口去呵它，吮它，想起刚才的糊涂，才仿佛明白自己作了一点不大好的糊涂事。

花狗诱她做坏事情是麦黄四月，到六月，李子熟了，她欢喜吃生李子。她觉得身体有点特别，在山上碰到花狗，就将这事情告给他，问他怎么办。

讨论了许久，花狗全无主意。虽以前自己当天赌得有咒，也仍然无主意。原来这家伙个子大，胆量小。个子大容易做错事，胆量小做了错事就想不出办法。

到后，萧萧捏着自己那条乌梢蛇似的大辫子，想起城里了，她说：

"花狗大，我们到城里去自由，帮帮人过日子，不好么？"

"那怎么行？到城里去做什么？"

"我肚子大了。"

"我们找药去，场上有郎中卖药。"

"你赶快找药来，我想……"

"你想逃到城里去自由，不成的。人生面不熟，讨饭也有规矩，不能随便！"

"你这没有良心的，你害了我，我想死！"

"我赌咒不辜负你。"

"负不负我有什么用，帮我个忙，赶快拿去肚子里这块肉吧，我害怕！"

花狗不再做声，过了一会，便走开了。不久丈夫从他处拿了大把山里红果子回来，见萧萧一个人坐在草地上眼睛红红的。丈夫心中纳罕。看了一会，问萧萧：

"姐姐，为甚么哭？"

"不为甚么，灰尘落到眼睛窝里，痛。"

"我吹吹吧。"

"不要吹。"

"你瞧我，得这些这些。"

他把手中拿的和从溪中捡来放在衣口袋里的小蚌、小石头全部陈列到萧萧面前，萧萧泪眼婆娑看了一会，勉强笑着说："弟弟，我们要好，我哭你莫告家中。告家中我可要生气！"到后这事情家中当真无人知道。

过了半个月，花狗不辞而行，把自己所有的衣裤都拿去了。祖父问同住的长工哑巴，知不知道他为什么走路，走哪儿去？是上山落草，还是作薛仁贵投军？哑巴只是摇头，说花狗还欠了他两百钱，临走时话都不留一句，为人少良心。哑巴说他自己的话，并没有把花狗走的理由说明。因此这一家稀奇一整天，谈论一整天。不过这工人既不偷走物件，又不拐带别的，这事情过后不久，自然也就把他忘掉了。

萧萧仍然是往日的萧萧。她能够忘记花狗就好了。但是肚子真有些不同了，肚中东西总在动，使她常常一个干着急，尽做怪梦。

她脾气坏了一点，这坏处只有丈夫知道，因为她对丈夫似乎严厉苛刻了好些。

仍然每天同丈夫在一处，她的心，想到的事自己也不十分明白。她常想，我现在死了，什么都好了。可是为什么要死？她还很高兴活下去，愿意活下去。

家中人不拘谁在无意中提起关于丈夫弟弟的话，提起小孩子，提起花狗，都像使这话如拳头，在萧萧胸口上重重一击。

到九月，她担心人知道更多了，引丈夫庙里去玩，就私自许愿，吃了一大把香灰。吃香灰被她丈夫看见了，丈夫问这是做甚么，萧萧就说肚子痛，应当吃这个。虽说求菩萨保佑，菩萨当然没有如她的希望，肚子中的东西依旧在慢慢的长大。

她又常常往溪里去喝冷水，给丈夫看见时，丈夫问她，她就说口渴。

一切她所想到的方法都没有能够使她同自己不欢喜的东西分开。大肚子只有丈夫一人知道，他却不敢告这件事给父母晓得。因为时间长久，年龄不同，丈夫有些时候对于萧萧的怕同爱，比对于父母还深切。

她还记得花狗赌咒那一天里的事情，如同记着其他事情一样。到秋天，屋前屋后毛毛虫都结茧，成了各种好看蝶蛾。丈夫像故意折磨她一样，常常提起几个月前被毛毛虫螫手的旧话，使萧萧心里难过。她因此极恨毛毛虫，见了那小虫就想用脚去踹。

有一天，又听人说有好些女学生过路，听过这话的萧萧，睁了眼做过一阵梦，愣愣的对日头出处痴了半天。

萧萧步花狗后尘，也想逃走，收拾一点东西预备跟了女学生走的那条路上城。但没有动身，就被家里人发觉了。这种打算照乡下人说来是一件大事，于是把她两手捆了起来，丢在灶屋边，饿了一天。

家中追究这逃走的根源，才明白这个十年后预备给小丈夫儿子继香火的萧萧肚子已被另一个人抢先下了种。这在一家人生活中真是了不得的一件大事！一家人的平静生活，为这件新事全弄乱了。生气的生气，流泪的流泪，骂人的骂人，各按本分乱下去。悬梁，投水，吃毒药，被禁困着的萧萧，诸事漫无边际的全想到了，究竟是年纪太小，舍不得死，却不曾做。于是祖父从现实出发，想出个聪明主意，把萧萧关在房里，派人好好看守着，请萧萧本族的人来说话，照规矩看是"沉潭"还是"发卖"？萧萧家中人要面子，就沉潭淹死了她；舍不得就发卖。萧萧只有一个伯父，在近处庄子里为人种田，去请他时先还以为是吃酒，到了才知是这样丢脸事情，弄得这老实忠厚的家长手足无措。

大肚子作证，什么也没有可说。照习惯，沉潭多是读过"子曰"的族长爱面子才作出的蠢事。伯父不读"子曰"，不忍把萧萧当牺牲，萧萧当然应当嫁人作"二路亲"了。

这也是一种处罚，好像极其自然，照习惯受损的是丈夫家里，然而却可以在发卖上收回一笔钱，作为损失赔偿。那伯父把这事情告给了萧萧，就要走路。萧萧拉着伯父衣角不放，只是幽幽的哭。伯父摇了会头，一句话不说，仍然走了。

一时没有相当的人家来要萧萧，送到远处去也得有人，因此暂时就仍然在丈夫家中住下。这件事情既经说明白，照乡下规矩，倒又像不甚么要紧，只等待处分，大家反而释然了。先是小丈夫不能再同萧萧在一处，到后又仍然如月前情形，姐弟一般有说有笑的过日子了。

丈夫知道了萧萧肚子中有儿子的事情，又知道因为这样萧萧才应当嫁到远处去。但是丈夫并不愿意萧萧去，萧萧自己也不愿意去。大家全莫名其妙，只是照规矩像逼到要这样做，不得不做。究竟是谁定的规矩，是周公还是周婆，也没有人说得清楚。

在等候主顾来看人，等到十二月，还没有人来，萧萧只好在这人家过年。

萧萧次年二月间，十月满足，坐草生了一个儿子，团头大眼，声响洪壮。大家把母子二人，照料得好好的，照规矩吃蒸鸡同江米酒补血，烧纸谢神。一家都欢喜那儿子。

生下的既是儿子，萧萧不嫁别处了。

到萧萧正式同丈夫拜堂圆房时，儿子已经年纪十岁，有了半劳动力，能看牛割草，成为家中生产者的一员了。平时喊萧萧丈夫做大叔，大叔也答应，从不生气。

这儿子名叫牛儿。牛儿十二岁时也接了亲，媳妇年长六岁。媳妇年纪大，方能诸事作帮手，对家中有帮助。唢呐到门前时，新娘在轿中呜呜的哭着，忙坏了那个祖父，曾祖父。

这一天，萧萧刚坐月子不久，孩子才满三月，抱了自己新生的毛毛，在屋前榆蜡树篱笆间看热闹，同十年前抱丈夫一个样子。

1929 年作　1957 年 2 月校改字句

原载《小说月报》21 卷 1 号，文字作者有删改，并据《沈从文选集》校订

白金的女体塑像

穆时英

一

六点五十五分,谢医师醒了。

七点:谢医师跳下床来。

七点十分到七点三十分谢医师在房里做着柔软运动。

八点十分:一位下巴刮得很光滑的,中年的独身汉从楼上走下来。他有一张清瘦的,节欲者的脸;一对沉思的,稍含带点抑郁的眼珠子;一个五尺九寸高,一百四十二磅重的身子。

八点十分到八点二十五分:谢医师坐在客厅外面的露台上抽他的第一斗板烟。

八点二十五分:他的佣人送上他的报纸和早点———一壶咖啡,两片土司,两只煎蛋,一只鲜橘子。把咖啡放到他右手那边,土司放到左手那边,煎蛋放到盘子上面,橘子放在前面,报纸放到左前方。谢医师皱了一皱眉尖,把报纸放到右前方,在胸脯那儿画了个十字,默默地做完了祷告,便慢慢儿地吃着他的早餐。

八点五十分,从整洁的黑西装里边挥发着酒精,板烟,炭化酸,和咖啡的混合气体的谢医师,驾着一九二七年的 Morris 跑车往四川路五十号诊所里驶去。

二

"七!第七位女客……谜……?"

那么地联想着,从洗手盆旁边,谢医师回过身子来。

窄肩膀,丰满的胸脯,脆弱的腰肢,纤细的手腕和脚踝,高度在五尺七寸左右,裸着的手臂有着贫血症患者的肤色,荔枝似的眼珠子诡秘地放射着淡淡的光辉,冷静地,没有感觉似的。

(产后失调?子宫不正?肺痨贫血?)

"请坐!"

她坐下了。

和轻柔的香味,轻柔的裙角,轻柔的鞋跟,同地走进这屋子来坐在他的紫姜色的板烟斗前面的,这第七位女客人穿了暗绿的旗袍,腮帮上有一圈红晕,嘴唇有着一种焦红色,眼皮黑得发紫,脸是一朵惨淡的白莲,一副静默的,黑宝石的长耳坠子,一只静默的,黑宝石的戒指,一只白金手表。

"是想诊什么病,女士?"

"不是想诊什么病;这不是病,这是一种……一种什么呢? 说是衰弱吧。我是不是顶瘦的,皮肤层里的脂肪不会缺少的,可以说是血液顶少的人。不单脸上没有血色,每一块肌肤全是那么白金似的。"她说话时有一种说梦话似的声音。远远的,朦胧的,淡漠地不动声色地诉说着自己的病状,就像在诉说一个陌生人的病状似的,却又用着那么亲切委婉的语调在说一些家常的琐事似的。"胃口简直是坏透了,告诉你,每餐只这么一些,恐怕一只鸡还比我多吃一点呢。顶苦的是晚上睡不着,睡不香,老会莫明其妙地半晚上醒过来。而且还有件古怪的事,碰到阴暗的天气,或太绮丽了的下午,便会一点理由也没有地,独自个儿感伤着,有人说是虚,有人说是初期肺病。可是我怎么敢相信呢! 我还年青,我需要健康……"眼珠子猛的闪亮起来,可是只三秒钟,马上又平静了下来,还是那么诡秘地,没有感觉似的放射着淡淡的光辉,声音却越加朦胧了,朦胧到有点含糊。"许多人劝我照几个月太阳灯,或是到外面去旅行一次,劝我上你这儿来诊一诊……"微微地喘息着,胸侧涌起了一阵阵暗绿的潮。

(失眠,胃口呆滞,贫血,脸上的红晕神经衰弱;没成熟的肺痨呢! 还有性欲的过度亢进;那朦胧的声音淡淡的眼光。)

沉淀了三十八年的腻思忽然浮荡起来,谢医师狼狈地吸了口烟,把烟斗拿开了嘴道:

"可是时常有寒热?"

"倒不十分清楚,没留意。"

(那么随便的人!)

"晚上睡醒的时候,有没有冷汗?"

"最近好像是有一点。"

"多不多?"

"嗳……不像十分多。"

"记忆力不十分好?"

"对了。本来我的记忆力是顶顶好的,在中西念书的时候,每次考书,总在考书以前两个钟头里边才看书,没一次不考八十分以上的……"喘不过气来似的停了一停。

"先给你听一听肺部吧。"

她很老练地把胸襟解了开来,里边是黑色的亵裙,两条绣带娇慵地攀在没有血色的肩膀上面。

他用中指在她胸脯上面敲了一阵子，再把金属的听筒按上去的时候只觉得左边的腮帮儿麻木起来，嘴唇抖着，手指僵直着，莫明其妙地只听得她的心脏，那颗陌生的，诡秘的心脏跳着。过了一回，才听见自己在说：

"吸气！深深地吸！"

一个没有骨头的黑色的胸脯在眼珠子前面慢慢儿的膨胀着两条绣带也跟着伸了个懒腰。

又听得自己在说："吸气！深深深地吸！"

又瞧见一个没有骨头的黑色的胸脯在眼珠子前面慢慢儿的膨胀着，雨条绣带也跟着伸了个懒腰。

一个诡秘的心剧烈跳着，陌生地又熟悉地。听着听着，简直摸不准在跳动的是自己的，还是她的心了。

他叹了口气，竖起身子来。

"你这病是没成熟的肺痨。我也劝你去旅行一次。顶好是到乡下去——"

"去休养一年？"她一边钮上扣子，一边瞧着他，没感觉似的眼光在他脸上搜求着。"好多朋友，好多医生全那么劝我，可是我丈夫抛不了在上海的那家地产公司，又离不了我。他是个孩子，离了我就不能生活的。就为了不情愿离开上海……"身子在往前凑了一点："你能替我诊好的，谢先生，我是那么地信仰着你啊！"——这么恳求着。

"诊是自然有方法替你诊，可是……现在还有些对你病状有关系的话，请你告诉我。你今年几岁？"

"二十四。"

"几岁起行经的？"

"十四岁不到。"

（早熟！）

"经期可准确？"

"在十六岁的时候，时常两个月一次，或是一个月几次，结了婚，流产了一次，以后经期就难得能准。"

"来的时候，量方面多不多？"

"不一定。"

"几岁结婚的？"

"二十一。"

"丈夫是不是健康的人？"

"一个运动家，非常强壮的人。"

在他前面的这第七位客像浸透了的连史纸似的,瞧着马上会一片片地碎了的。谢医师不再说话,尽瞧着她,沉思地,可是自己也不知道在想些什么。过了回儿,他说道:

"你应该和他分床,要不然,你的病就讨厌。明白我的意思吗?"

她点了点脑袋,一丝狡黠的羞意静静地在她的眼珠子里闪了一下便没了。

"你这病还要你自己肯保养才好;每天上这儿来照一次太阳灯,多吃牛油,别多费心思,睡得早起得早,有空的时候,上郊外或是公园里去坐一两个钟头,明白吗?"

她动也不动地坐在那儿,没听见他的话似地;望着他,又像在望着他后边儿的窗。

"我先开一张药方你去吃。你尊姓?"

"我丈夫姓朱。"

(性欲过度亢进,虚弱,月经失调! 初期肺痨,谜似的女性应该给他吃些什么药呢?)

把开药方的纸铺在前面,低下脑袋去沉思的谢医师瞧见歪在桌脚旁边的,在上好的网袜里的一对脆弱的,马上会给压碎了似的脚踝,觉得一流懒洋洋的流液从心房里喷出来,流到全身的每一条动脉里边,每一条微血管里边,连静脉也古怪地痒起来。

(十多年来诊过的女性也不少了,在学校里边的时候就常在实验室里和各式各样的女性的裸体接触着的,看到裸着的女人也老是透过了皮肤层,透过了脂肪性的线条直看到她内部的脏腑和骨骼里边去的;怎么今天这位女客人的诱惑性就骨蛆似地钻到我思想里来呢? 谜——给她吃些什么药呢……)

开好了药方,抬起脑袋来,却见她正静静地瞧着他,那淡漠的眼光里像升发着她的从下部直蒸腾上来的热情似的,觉得自己脑门那儿冷汗尽渗出来。

"这药粉每饭后服一次,每服一包,明白吗? 现在我给你照一照太阳灯吧。紫光线特别地对你的贫血症的肌肤是有益的。"

他站起来往里边那间手术室里走去,她跟在后边儿。

是一间白色的小屋子,有几只白色的玻璃橱,里边放了些发亮的解剖刀,钳子等类的金属物,还有一些白色的洗手盆,痰盂,中间是一只蜘蛛似地伸着许多细腿的解剖床。

"把衣服脱下来吧。"

"全脱了吗?"

谢医师听见自己发抖的声音说:"全脱了。"

她的淡淡的眼光注视着他,没有感觉似地。他觉得自己身上每一块肌肉全麻痹起来,低下脑袋。茫然地瞧着解剖床的细腿。

"袜子也脱了吗?"

他脑袋里边回答着:"袜子不一定要脱了的。"可是褒裙还要脱了,袜子就永远在白金色的腿上织着蚕丝的梦吗?他的嘴便说着:"也脱。"

暗绿的旗袍和绣了边的褒裙无力地委谢到白漆的椅背上面;袜子蛛纲似地盘在椅子上。

"全脱了。"

谢医师抬起脑袋来:

把消瘦的脚踝做底盘,一条腿垂直着,一条腿倾斜着,站着一个白金的人体塑像,一个没有羞惭,没有道德观念,也没有人类的欲望似的,无机的人体塑像。金属性的,流线感的,视线在那躯体的线条上面一滑就滑了过去似的。这个没有感觉,也没有感情的塑像站在那儿等着他的命令。

他说:"请你仰天躺到床上去吧!"

(床!仰天!)

"请你仰天躺到床上去吧!"像有一个洪大的回声在他耳朵边响着似的,谢医师被剥削了一切经验教养似地慌张起来;手抖着,把太阳灯移到床边,通了电,把灯头移到离她身子十吋的距离上面,对准她的全身。

她仰天躺着,闭上了眼珠子,在幽微的光线下面,她的皮肤反映着金属的光,一朵萎谢了的花似地在太阳光底下呈着残废的,肺病质的姿态。慢慢儿的呼吸匀细起来,白桦树似的安逸地搁在床上,胸前攀着两颗烂熟的葡萄,在呼吸的微风里颤着。

(屋子里没第三个人那么瑰艳的白金的塑像啊"倒不十分清楚留意"很随便的人性欲的过度亢进朦胧的语音淡淡的眼光诡秘地没有感觉似地放射着升发了的热情那么失去了一切障碍物一切抵抗能力地躺在那儿呢——)

谢医师觉得这里气闷得厉害,差一点喘不过气来。他听见自己的心脏要跳到喉咙外面来似地震荡着,一股原始的热从下面煎上来。白漆的玻璃橱发着闪光,解剖床发着闪光,解剖刀也发着闪光,他的脑神经继续线织也发着光。脑袋涨得厉害。

"没有第三个人!"这么个思想像整个宇宙崩溃下来似地压到身上,压扁了他。

谢医师浑身发着抖,觉得自己的腿是在一寸寸地往前移动,自己的手是在一寸寸地往前伸着。

(主救我白金的塑像啊主救我白金的塑像啊主救我白金的塑像啊主救我白金的塑像啊主救我白金的塑像啊主救我……)

白桦似的肢体在紫外光线底下慢慢儿地红起来,一朵枯了的花在太阳光里边重新又活了回来似的。

(第一度红斑已经出现了!够了,可以把太阳灯关了。)

一边却麻痹了似的站在那儿,那原始的热度煎上来,忽然,谢医师失了重心似地往前一冲,猛地又觉得自己的整个的灵魂跳了一下,害了疟疾似地打了个寒噤,却见她睁开了眼来。

谢医师咽了口黏涎子,关了电流道:

"穿了衣服出来吧。"

把她送到门口,说了声明天会,回到里边,解松了领带和脖子那儿的衬衫扣子,拿手帕抹了抹脸,一面按着第八位病人的脉,问着病症,心却像铁钉打了下似的痛楚着。

三

四点钟,谢医师回到家里。他的露台在等着他,他的咖啡壶在等着他,他的图画室在等着他,他的园子在等着他,他的罗倍在等着他。

他坐在露台上面,一边喝着发黑的巴西咖啡,一边随随便便地看着一本探险小说。罗倍躺在他却下,他的咖啡壶在桌上,他的熄了火的烟斗在嘴边。

树木的轮廓一点点的柔和起来,在枝叶间织上一屠朦胧的薄暮的季节梦。空气中浮着幽渺的花香。咖啡壶里的水蒸气和烟斗里的烟一同地往园子里彳亍着走去,一对缠脚的老妇人似地,在花瓣间消逝了婆婆的姿态。

他把那本小说放到桌上,喝了口咖啡,把脑袋搁在椅背上,喷着烟,白天的那股原始的热还在他身子里边蒸腾着。

"白金的人体塑像!一个没有血色,没有人性的女体,异味呢。不能知道她的感情,不能知道她的生理构造,有着人的形态却没有人的性质和气味的一九三三年新的性欲对象啊!"

他忽然觉得寂寞起来。他觉得他缺少个孩子,缺少一个人坐在身旁织绒线的女人;他觉得他需要一只阔的床,一只梳妆盒,一些香水,粉和胭脂。

吃晚饭的时候,谢医师破例地去应酬一个朋友的宴会,而且在筵席上破例地向一位青年的孀妇献起殷勤来。

四

第二个月。

八点:谢医师醒了。

八点至八点三十分:谢医师睁着眼躺在床上,听谢太太在浴室里放水的声音。

八点三十分：一位下巴刮得很光滑的，打了条红领带的中年绅士和他的太太一同地从楼上走下来。他有一张丰满的脸，一对愉快的眼珠子，一个五尺九寸高，一百四十九磅重的身子。

八点四十分：谢医师坐在客厅外面的露台上抽他的第一枝纸烟（因为烟斗已经叫太太给扔到壁炉里边去了，）和太太商量今天午餐的餐单。

九点二十分，从整洁的棕色西装里边挥发着酒精，咖啡，炭化酸和古龙香水的混合气体的谢医师，驾着一九三三年的 Srudebaker 轿车把太太送到永安公司门口，再往四川路五十五号的诊所里驶去。

选自《白金的女体塑像》，上海现代书局 1934 年 7 月版

山 峡 中

艾 芜

　　江上横着铁链作成的索桥，巨蟒似的，现出顽强古怪的样子，终于渐渐吞蚀在夜色中了。

　　桥下凶恶的江水，在黑暗中奔腾着，咆哮着，发怒地冲打岩石，激起吓人的巨响。

　　两岸蛮野的山峰，好象也在怕着脚下的奔流，无法避开一样，都把头尽量地躲入疏星寥落的空际。

　　夏天的山中之夜，阴郁，寒冷，怕人。

　　桥头的神祠，破败而荒凉的，显然已给人类忘记了，遗弃了，孤零零地躺着，只有山风、江流送着它的余年。

　　我们这几个被世界抛却的人们，到晚上的时候，趁着月色星光，就从远山那边的市集里，悄悄地爬了下来，进去和残废的神们，一块儿住着，作为暂时的自由之家。

　　黄黑斑驳的神龛面前，烧着一堆煮饭的野火，跳起熊熊的红光，就把伸手取暖阴影，鲜明地绘在火堆的周遭。上面金衣剥落的江神，虽也在暗淡的红色光影中，显出一足踏着龙头的悲壮样子，但人一看见那只扬起的握剑的手，是那么地残破，危危欲坠了，谁也要怜惜他这位末路英雄的。锅盖的四围，呼呼地冒着白色的蒸气，咸肉的香味和着松柴的芬芳，一时到处弥漫起来。这是宜于哼小曲吹口哨的悠闲时候，但大家都是静默地坐着，只在暖暖手。

　　另一边角落里，燃着一节残缺的蜡烛，摇曳地吐出微黄的光辉，展示出另一个暗淡的世界。没头的土地菩萨侧边，躺着小黑牛，污腻的上身完全裸露出来，正无力地呻唤着，衣和裤上的血迹，有的干了，有的还是湿渍渍的。夜白飞就坐在旁边，给他揉着腰杆。擦着背，一发现重伤的地方，便惊讶地喊：

　　"呵呀，这一处！"

　　接着咒骂起来：

　　"他妈的！这地方的人，真毒！老子走遍天下，也没碰见过这些吃人的东西！……这里的江水也可恶，象今晚要把我们冲走一样！"

　　夜愈静寂，江水也愈吼得厉害，地和屋宇和神龛都在震颤起来。

"小伙子,我告诉你,这算什么呢?对待我们更要残酷的人,天底下还多哩,……苍蝇一样的多哩!"

这是老头子不高兴的声音,由那薄暗的地方送来,仿佛在责备着,"你为什么要大惊小怪哪!"他躺在一张破烂虎皮的毯子上面。样子却望不清楚,只是铁烟管上的旱烟,现出一明一暗的红焰。复又吐出教训的话语。

"我么?人老了,拳头棍棒可就挨得不少,……想想看,吃我们这行饭,不怕挨打就是本钱哪!……没本钱怎么做生意呢?"

在这边烤火的鬼冬哥把手一张,脑袋一仰,就大声插嘴过去,一半是讨老人的好,一半是夸自己的狠。

"是呀,要活下去,我们这批人打断腿子倒是常有的事情,……你们看,象那回在鸡街,鼻血打出了,牙齿打脱了,腰杆也差不多伸不起来,我回来的时候,不是还在笑么?……"

"对哪!"老头子高兴地坐了起来,"还有,小黑牛就是太笨了,嘴巴又不会扯谎,有些事情一说就说脱了的。……象今天,你说,也掉东西,谁还拉着你哩?……只晓得说'不是我,不是我',就是这一句,人家怎不搜你身上呢?……不怕挨打,也好嘛?……呻唤,呻唤,尽是呻唤!"

我虽是没有就着火光看书了,但却仍旧地书拿在手里的,鬼冬哥得了老头子的赞许,就动手动足起来,一把抓着我的书喊道:

"看什么?书上的废话,有什么用呢?一个钱也不值,……烧起来还当不得这一根干柴……听,老人家在讲我们的学问哪!"

一面就把一根干柴,送进火里。

老头子在砖上叩去了铁烟管上的余烬,很矜持地说道:

"我们的学问,没有写在纸上,……写来给傻子读么?……第一……一句话,就是不怕和扯谎!……第二……我们的学问,哈哈哈。"

似乎一下子觉出了,我才同他合伙没久,便用笑声掩饰着更深一层的话了。

"烧了吧,烧了吧,你这本傻子才肯读的书!"

鬼冬哥作势要把书抛进火里去,我忙抢着喊:

"不行!不行!"

侧边的人就叫了起来:

"锅碰倒了!锅碰倒了!"

"同你的书一块去跳江吧!"

鬼冬哥笑着把书丢给了我。

老头子轻徐地向我说道:

"你高兴同我们一道走，还带那些书做什么呢，……那是没用的。小时候我也读过一两本。"

"用处是不大的，不过闲着的时候，看看罢了，象你老人家无事的时候吸烟一样。……"

我不愿同老头子引起争论，因为就有再好的理由也说不服他这顽强的人的，所以便这样客气地答复他。他得意地笑了，笑声在黑暗中散播着。至于说到要同他们一道走，我却没有如何决定，只是一路上给生活压来说气忿话的时候，老头子就误以为我真的要入伙了。今天去干的那一件事，无非由于他们的逼迫，凑凑角色罢了，并不是另一个新生活的开始。我打算趁此向老头子说明，也许不多几天，就要独自走我的，但却给小黑牛突然一阵猛烈的呻唤打断了。

大家皱着眉头沉默着。

在这些时候，不息地打着桥头的江涛，仿佛要冲进庙来，扫荡一切似的。江风也比往天晚上大些，挟着尘沙，一阵阵地滚入，简直要连人连锅连火吹走一样。

残烛熄灭，火堆也闷着烟，全世界的光明，统给风带走了，一切重返于无涯的黑暗。只有小黑牛痛苦的呻吟，还表示出了我们悲惨生活的存在。

野老鸦拨着火堆，尖起嘴巴吹，闪闪的红光，依旧喜悦地跳起，周遭不好看的脸子，重又画出来了，大家吐了一口舒适的气。野老鸦却是流着眼泪了，因为刚才吹的时候，湿烟熏着他的眼睛，他伸手揉揉之后，独自悠悠然地说：

"今晚的大江，吼得那么大……又凶，……象要吃人的光景哩，该不会出事吧……"

大家仍旧沉默着。外面的山风、江涛，不停地咆哮，不停地怒吼，好象诅咒我们的存在似的。

小黑牛突然大声地呻唤，发出痛苦的呓语：

"哎呀，……哎……害了我了，……哎呀……哎呀……我不干了！我不……"

替他擦着伤处的夜白飞，点燃了残烛，用一只手挡着风，照映出小黑牛打坏了的身子——正痉挛地做出要翻身不能翻的痛苦光景，就赶快替他往腰部揉一揉，恨恨地抱怨他：

"你在说什么？你……鬼附着你哪！"

同时掉头回去，恐怖地望望黑暗中的老头子。

小黑牛突地翻过身，嘎声嘶叫：

"你们不得好死的！你们！……菩萨！……菩萨呀！"

已经躺下的老头子突然坐了起来，轻声说道：

"这样么？……哦……"

忽又生气了，把铁烟管用力地往砖上叩了一下，说：

"菩萨,菩萨,菩萨也同你一样地倒楣!"

交闪在火光上面的眼光,都你望我我望你地,现出不安的神色。

野老鸦向着黑暗的门外看了一下,仍旧静静地说:

"今晚的江水实在吼得太大了! ……我说嘛……"

"你说,……你一开口,就是吉利的!"

鬼冬哥粗暴地盯了野老鸦一眼,恨恨地诅咒着。

一阵风又从破门框上刮了进来,激起点点红艳的火星,直朝鬼冬哥的身上迸射。他赶快退后几步,向门外黑暗中的风声,扬着拳头骂:

"你进来! 你进来! ……"

神祠后面的小门一开,白色鲜明的玻璃灯光和着一位油黑脸蛋的年青姑娘,连同笑声,挤进我们这个暗淡的世界里来了。黑暗、沉闷和忧郁,都悄悄地躲去。

"喂,懒人们! 饭煮得怎样了? ……孩子都要饿哭了哩!"

一手提灯,一手抱着一块木头人儿,亲昵地偎在怀里,做出母亲那样高兴的神情。

蹲着暖手的鬼冬哥把头一仰,手一张,高声哗笑起来:"哈呀,野猫子,……一大半天,我说你在后面做什么? ……你原来是在生孩子哪! ……"

"呸,我在生你!"

接着"啵"的响了一声。野猫子生气了,鼓起原来就是很大的乌黑眼睛,把木人儿打在鬼冬哥的身旁,一下子冲到火堆边上,放下了灯,揭开锅盖,用筷子查看锅里翻腾滚沸的咸肉。白蒙蒙的蒸气,便在雪亮的灯光中,袅袅地上升着。

鬼冬哥拾起木人儿,做模做样地喊道:

"呵呀,……尿都跌出来了! ……好狠毒的妈妈!"

野猫子不说话,只把嘴巴一尖,头颈一伸,向他做个顽皮的鬼脸,就撕着一大块油腻腻的肉,有味地嚼她的。

小骡子用手肘碰碰我,斜起眼睛打趣说:

"今天不是还在替孩子买衣料么?"

接着大笑起来。

"嘿嘿,……酒鬼……嘿嘿,酒鬼。"

鬼冬哥也突地记起了,哗笑着,向我喊:

"该你抱! 该你抱!"

就把木人儿递在我的面前。

野猫子将锅盖骤然一盖,抓着木人儿,抓着灯,象风一样蓦地卷开了。

小骡子的眼珠跟着她的身子溜,点点头说:

"活象哪,活象哪,一条野猫子!"

她把灯、木人儿和她自己，一同蹲在老头子的面前，撒娇地说：

"爷爷，你抱抱，娃儿哭哩！"

老头子正生气地坐着，虎着脸，耳根下的刀痕，绽出红涨的痕迹，不答理他的女儿，女儿却不怕爸爸的，就把木人儿的蓝色小光头，伸向短短的络腮胡上，顽皮地乱闯着，一面呶起小嘴巴，娇声娇气地说：

"抱，嗯，抱，一定要抱！"

"不！"

老头子的牙齿缝里挤出这么一声。

"抱，一定要抱，一定要，一定！"

老头子在各方面，都很顽强的，但对女儿却每一次总是无可奈何地屈伏了。接着木人儿，对在鼻子尖上，鼓上眼睛，粗声粗气地打趣道：

"你是哪个的孩子？……喊声外公吧！喊，蠢东西！"

"不给你玩！拿来，拿来！"

野猫子一把抓去了，气得翘起了嘴巴。

老头子却粗暴地哗笑起来。大家都感到了异常的轻松，因为残留在这个小世界的怒气，这一下子也已完全冰消了。

我只把眼光放在书上，心里却另外浮起了今天那一件新鲜而有趣的事情。

早上，他们叫我装做农家小子，拿着一根长烟袋，野猫子扮成农家小媳妇，提着一只小竹篮，同到远山那边的市集里，假做去买东西。他们呢，两个三个地，远远尾在我们的后面，也装做忙忙赶街的样子。往日我只是留着守东西，从不曾伙他们去干的，今天机会一到，便逼着扮演一位不重要的角色，可笑而好玩地登台了。

山里的市集，也很热闹的，拥挤着许多远地来的庄稼人。野猫子同我走到一家布摊子的面前，她就把竹篮子套在手腕上，乱翻起摊子上的布来，选着条纹花的说不好，选着棋盘格的也说不好，惹得老板也感到烦厌了。最后她扯出一匹蓝底白色的印花布，喜孜孜地叫道：

"呵呀！这才好看哪！"

随即掉转身来，仰起乌溜溜的眼睛，对我说：

"爸爸，……买一件给阿狗穿！"

我简直想笑起来——天呀，她怎么装得这么像！幸好始终板起了面孔，立刻记起了他们教我的话。

"不行，太贵了！……我没那么多的钱花！"

"酒鬼，我晓得！你的钱，是要喝马尿水的！"

同时在我的鼻子尖上，竖起一根示威的指头，点了两点。说完就一下子转过身去,气狠狠地把布丢在摊子上。

于是,两个人就小小地吵起嘴来了。

满以为狡猾的老板总要看我们这幕滑稽剧的,哪知道他才是见惯不惊了,眼睛始终照顾着他的摊子。

野猫子最后赌气说:

"不买了,什么也不买了!"

一面却向对面街边上货摊子望去,突然做出吃惊的样子,低声地向我也是向着老板喊:

"呀! 看,小偷在摸东西哪!"

我一望去,简直吓灰了脸,怎么野猫子会来这一着? 在那边干的人不正是夜白飞、小黑牛他们么?

然而,正因为这一着,事情却得手了。后来,小骡子在路上告诉我,就是在这个时候,狡猾的老板把时时刻刻都在提防的眼光,引向远去,他才趁势偷去一匹上好的细布的。当时我却不知道,只听得老板幸灾乐祸地袖着手说:

"好呀! 好呀! 王老三,你也倒楣了!"

我还呆着看,野猫子便揪了我一把,喊道:

"酒鬼,死了么?"

我便跟着她赶快走开,却听着老板在后面冷冷地笑着,说风凉话哩。

"年纪轻轻,就这样的泼辣! 咳!"

野猫子掉回头去啐了一口。

"看进去了! 看进去了!"

鬼冬哥一面端开炖肉的锅;一面打趣着我。

于是,我的回味,便同山风刮着的火烟,一道儿溜走了。

中夜,纷乱的足声和嘈杂的低语,惊醒了我;我没有翻爬起来,只是静静地睡着。象是野猫子吧? 走到我所睡的地方,站了一会,小声说道:

"睡熟了,睡熟了。"

我知道一定有什么瞒我的事在发生着了,心里禁不住惊跳起来,但却不敢翻动,只是尖起耳朵凝神地听着。忽然听见夜白飞哀求的声音,在暗黑中颤抖地说着:

"这太残酷了,太,太残酷了……魏大爷,可怜他是……"

尾声低小下去,听着的只是夜深打岸的江涛。

接着老头子发出钢铁一样的高声,叱责着:

"天底下的人,谁可怜过我们? ……小伙子,个个都对我们捏着拳头哪! 要是心肠软一点,还活得到今天么? 你……哼,你! 小伙子,在这里,懦弱的人是不配活的。……他,又知道我们的……咳,那么多! 怎好白白放走呢?"

那边角落里躺着的小黑牛,似乎被人抬了起来,一路带着痛苦的呻唤和着杂色的足步,流向神祠的外面去。一时屋里静悄悄地了,简直空洞得十分怕人。

我轻轻地抬起头,朝破壁缝中望去,外面一片清朗的月色,已把山峰的姿影,岩石的面部和林木的参差,或浓或淡地画了出来,更显得峡壁的阴森和凄郁,比黄昏时看起来还要怕人些。山脚底,汹涌着一片蓝色的奔流,碰着江中的石礁,不断地在月光中溅跃起、喷射起银白的水花。白天,尤其黄昏时候,看起来象是顽强古怪的铁索桥呢,这时却在皎洁的月下,露出妩媚的修影了。

老头子和野猫子站在桥头。影子投在地上,江风掠飞着他们的衣裳。

另外抬着东西的几个阴影,走到索桥的中部,便停了下来。蓦地一个人那么样的形体,很快地丢下了江去。原先就是怒吼着的江涛,却并没有因此激起一点另外的声息,只是一霎时在落下处,跳起了丈多高亮晶晶的水珠,然而也就马上消灭了。

我明白了,小黑牛已经在这世界上凭借着一只残酷的巨手,完结了他的悲惨的命运了。但他往天那样老实而苦恼的农民样子,却还遗留在我的心里,搅得我一时无法安睡。

他们回来了。大家都是默无一语地悄然睡下,显见得这件事的结局是不得已的,谁也不高兴做的。

在黑暗中,野老鸦翻了一个身,自言自语地低声说道:

"江水实在吼得太大了!"

没有谁答一句话,只有庙外的江涛和山风,鼓噪地应和着。

我回忆起小黑牛坐在坡上歇气时,常常爱说的那一句话了:

"那多好呀! ……那样的山地! ……还有那小牛!"

随着他那忧郁的眼睛,瞭望去,一定会在晴明的远山上面,看出点点灰色的茅屋和正在缕缕升起的蓝色轻烟的。同伴们也知道,他是被那远处人家的景色,勾引起深沉的怀乡病了,但却没有谁来安慰他,只是一阵地瞎打趣。

小骡子每次都爱接着他的话说:

"还有那白白胖胖的女人罗!"

另一个插嘴道:

"正在张太爷家里享福哪,吃好穿好的。"

小黑牛呆住了,默默地低下头。

"鬼东西,总爱提这些! ……我们打几盘再走吧,牌嗬? 牌嗬? ……谁捡着?"

夜白飞始终袒护着小黑牛；众人知道小黑牛的悲惨故事，也是由他的嘴巴传达出来的。

"又是在想，又是在想！你要回去死在张太爷的拳头下才好的！……同你的山地牛儿一块去死吧！"

鬼冬哥在小黑牛的鼻子尖上，示威似地摇一摇拳头，就抽身到树荫下打纸牌去了。

小黑牛在那个世界里躲开了张太爷的拳击，掉过身来在这个世界里，却仍然又免不了江流的吞食。我不禁就由这想起，难道穷苦人的生活本身，便原是悲痛而残酷的么？也许地球上还有另外的光明留给我们的吧？明天我终于要走了。

次晨醒来，只有野猫子和我留着。

破败凋残的神祠，灰尘满积的神龛，吊挂蛛网的屋角，俱如我枯燥的心地一样，是灰色的，暗淡的。

除却时时刻刻都在震人心房的江涛声而外，在这里简直可以说没有一样东西使人感到兴奋了。

野猫子先我起来，穿着青花布的短衣，大脚统的黑绸裤，独自生着火，炖着开水，悠悠闲闲地坐在火旁边唱道：

> 江水呵，
> 慢慢流，
> 流呀流，
> 流到东边大海头，

我一面爬起来扣着衣纽，听着这样的歌声，越发感到岑寂了。便没精打采地问（其实自己也是知道的）：

"野猫子，他们哪里去了？"

"发财去了！"

接着又唱她的：

> 哪儿呀，没有忧！
> 哪儿呀，没有愁！

她见我不时朝昨夜小黑牛睡的地方了望，便打探似地说道：

"小黑牛昨夜可真叫得凶，大家都吵来睡不着。"

一面闪着她乌黑的狡猾的眼睛。

"我没听见。"

打算听她再捏造些什么话，便故意这样地回答。

她便继续说：

"一早就抬他去医伤去了！……他真是个该死的家伙，不是爸爸估着①他，说着好话，他还不去呢！"

她比着手势，很出色地形容着，好象真有那么一回事一样。

刚在火堆边坐着的我，简直感到忿怒了。便低下头去，用干枝拨着火，冷冷地说：

"你的爸爸，太好了，太好了！……可惜我却不能多跟他老人家几天了。"

"你要走了么？"她吃了一惊，随即生气地骂道："你也想学小黑牛了！"

"也许……不过……"

我一面用干枝画着灰，一面犹豫地说。

"不过什么？不过！……爸爸说的好，懦弱的人，一辈子只有给人踏着过日子的，……伸起腰杆吧！抬起头吧！……羞不羞哪，像小黑牛那样子！"

"你的爸爸，说的话，做的事，却错了！"

"为什么？"

"你说为什么？……并且昨夜的事情，我通通看见了！"

我说着，冷冷的眼光浮了起来，看见她突然变了脸色，但又一下子恢复了原状，而且狡猾地说着："嘿嘿，就是为了这才要走么？你这不中用的！"

马上揭开开水罐子看，气冲冲地骂：

"还不开！还不开！"

蓦地象风一样卷到神殿后面去，一会儿，抱了一抱干柴出来。一面拨大火，一面柔和地说：

"害怕么？要活下去，怕是不行的。昨夜的事，多着哩，久了就会习惯了的。……是么？规规矩矩地跟我们吧，……你这阿狗的爹，哈哈哈。"

她狂笑起来，随即抓着昨夜丢下了的木人儿，顽皮地命令我道：

"木头，抱，抱，他哭哩！"

我笑了起来，但却仍然去整理我的衣衫和书。

"真的要走么？来来来，到后面去！"

她的两条眉峰一竖，眼睛露出恶毒的光芒，看起来，却是又美丽又可怕的。

她比我矮一个头，身子虽是结实，但却总是小小的，一种好奇的冲动捉弄着我，于是无意识地笑了一下，便尾着她到后面去了。

―――――――――

① 估着：即逼着。

她从柴中抓出一把雪亮的刀来,半张不理的,递给我,斜瞬着狡猾的眼睛,命令道：

"试试看,哪,你砍这棵树！"

我由她摆布,接过刀,照着面前的黄桷树,用力砍去,结果只砍了半寸多深。因为使刀的本事,我原是不行的。

"让我来！"

她突地活跃了起来,夺去了刀,作出一个侧面骑马的姿势,很结实地一挥,喳的一刀,便没入树身三四寸的光景,又毫不费力地拔了出来,依旧放在柴草里面,然后气昂昂地走来我的面前,两手叉在腰上,微微地噘起嘴巴,笑嘻嘻地嘲弄我：

"你怎么走得脱呢？……你怎么走得脱呢？"

于是,在这无人的山中,我给这位比我小块的野女人窘住了,正还打算这样地回答她：

"你的爸爸会让我走的！"

但她却忽然抽身跑开了,我一面高声唱着,仿佛奏着凯旋一样。

> 这儿呀,也没有忧,
> 这儿呀,也没有愁,
> …………

我漫步走到江边去,无可奈何地徘徊着。

峰尖浸着粉红的朝阳。山半腰,抹着一两条淡淡的白雾。崖头苍翠的树丛,如同洗后一样的鲜绿。峡里面,到处都流溢着清新的晨光。江仍旧发着吼声,但却没有夜来那样的怕人。清亮的波涛,碰在嶙峋的石上,溅起万朵灿然的银花,宛若江在笑着一样,谁能猜到这样美好的地方,曾经发生过夜来那样可怕的事情呢？

午后,在江流的澎湃中,迸裂出马铃子连击的声响,渐渐强大起来。野猫子和我都感到非常的诧异。赶快跑出去看。久无人行的索桥那面,从崖上转下来一小队人,正由桥上走了过来。为首的一个胖家伙,骑着马,十多个灰衣的小兵,尾在后面。还有两三个行李挑子,和一架坐着女人的滑竿。

"糟了！ 我们的对头呀！"

野猫子恐慌起来,我却故意喜欢地说道：

"那么,是我的救星了！"

野猫子恨恨地看了我一眼,把嘴唇紧紧地闭着,两只嘴角朝下一弯,傲然地说：

"我还怕么？……爸爸说，我们原是在刀上过日子哪！迟早总有那么一天的。"

他们一行人来到庙前，便歇了下来。老爷和太太坐在石阶上，互相温存地问询着。勤务兵似的孩子，赶忙在挑子里面，找寻着温水瓶和毛巾。抬滑竿的夫子，满头都是汗，走下江边去喝江水。兵士们把枪横在地上，从耳上取下香烟缓缓地点燃，吸着。另一个班长似的灰衣汉子，军帽挂在脑后，毛巾缠在颈上，走到我们的面前。枪兜子抵在我的足边，眼睛盯着野猫子，盘问我们是做什么的，从什么地方来，到什么地方去。

野猫子咬着嘴唇，不作声。

我就从容地回答他，说我们是山那边的人，今天从丈母家回来，在此歇歇气的。同时催促野猫子说：

"我们走吧！——阿狗怕在家里哭吧！"

"是呀，我很耽心的。……唉，我的足怪疼哩！"

野猫子作出焦眉愁眼的样子，一面就摸着她的足，叹气。

"那就再歇一会吧。"

我们便开始讲起山那边家中的牛马和鸡鸭，竭力作出一对庄稼人的应有的风度。

他们歇了一会，就忙着赶路走了。

野猫子欢喜的直是跳，抓着我喊：

"你怎么不叫他们抓我呢？怎么不呢？怎么不呢？"

她静下来叹一口气，说：

"我倒打算杀你哩，唉，我以为你是恨我们的。……我还想杀了你，好在他们面前显显本事。……先前，我还不曾单独杀过一个人哩。"

我静静地笑着说：

"那末，现在还可以杀哩。"

"不，我现在为什么要杀你呢？……"

"那么，规规矩矩地让我走吧！"

"不！你得让爸爸好地教导一下子！……往后再吃几个血馒头就好了！"

她坚决地吐出这话之后，就重又唱着她那常常在哼的歌曲，我的话，我的祈求，全不理睬了。

于是，我只好抑郁地等着黄昏的到来。

晚上，他们回来了，带着那么多的"财喜"，看情形，显然是完全胜利，而且不像昨天那样小干的了。老头子喝得泥醉，由鬼冬哥的背上放下，便呼呼地睡着。原来大家因为今天事事得手，就都在半路上的山家酒店里，喝过庆贺的酒了。

夜深都睡得很熟，神殿上交响着鼻息的鼾声。我却不能安睡下去，便在江流激湍中，思索着明天怎样对付老头子的话语，同时也打算趁此夜深人静，悄悄地离开此地。但一想到山中不熟悉的路径，和夜间出游的野物，便又只好等待天明了。

大约将近天明的时候，我才昏昏地沉入梦中。醒来时，已快近午，发现出同伴们都已不见了，空空洞洞的破残神祠里，只我一个独自留着。江涛仍旧热心地打着岩石，不过比往天却显得单调些、寂寞些了。

我想着，这大概是我昨晚独自儿在这里过夜，作了一场荒诞不经的梦，今朝从梦中醒来，才有点感觉异样吧。

但看见躺在砖地上的灰堆，灰堆旁边的木人儿，与留在我书里三块银元时，烟霭也似的遐思和怅惘，便在我岑寂的心上，缕缕地升起来了。

原载 1934 年 3 月《青年界》第 5 卷第 3 号

华威先生

张天翼

转弯抹角算起来——他算是我的一个亲戚。我叫他"华威先生"。他觉得这种称呼不大好。

"嗳,你真是!"他说:"为什么一定要个'先生'呢。你应当叫我'威弟'。再不然叫'阿威'。"

把这件事交涉过了之后,他立刻戴上了帽子:

"我们改日再谈好不好?我总想畅畅快快跟你谈一次——唉,可总是没有时间。今天刘主任起草了一个县长公余工作方案,硬叫我参加意见,叫我替他修改。三点钟又还有一个集会。"

这里他摇摇头,没奈何地苦笑了一下。他声明他并不怕吃苦:在抗战时期大家都应当苦一点。不过——时间总要够支配呀。

"王委员又打了三个电报来,硬要请我到汉口去一趟。这里全省文化界抗敌总会又成立了,一切抗战工作都要领导起来才行。我怎么跑得开呢。我的天!"

于是匆匆忙忙跟我握了握手,跨上他的包车。

他永远挟着他的公文皮包。并且永远带着他那根老粗老粗的黑油油的手杖。左手无名指上带着他的结婚戒指。拿着雪茄的时候就叫这根无名指微微地弯着,而小指翘得高高的,构成一朵兰花的图样。

这个城市里的黄包车谁都不作兴跑,一脚一脚挺踏实地踱着,好象饭后千步似的。可是包车例外:叮当,叮当,叮当,——一下子就抢到了前面。黄包车立刻就得往左边躲开,小推车马上打斜。担子很快地就让到路边,行人赶紧就避到两旁的店铺里去。

包车踏铃不断地响着,钢丝在闪着亮,还来不及看清楚——它就跑得老远老远的了,象闪电一样快。

而——据这里的几位抗战工作者的上层分子的统计,跑得顶快的是那位华威先生的包车。

他的时间很要紧。他说过——

"我恨不得取消晚上睡觉的制度。我还希望一天不止二十四小时。抗战工作实在太多了。"

接着掏出表来看一看，他那一脸丰满的肌肉立刻紧张了起来。眉毛皱着，嘴唇使劲撮着，好象他把全身的精力都要收敛到脸上似的。他立刻就走：他要到难民救济会去开会。

照例——会场里的人全到齐了坐在那里等着他。他在门口下车的时候总得顺便把踏铃踏它一下：叮！

同志们彼此看着：唔，华威先生到会了。有几位透了一口气。有几位可就拉长了脸瞧着会场门口。有一位甚至要准备决斗似的——抓着拳头瞪着眼。

华威先生的态度很庄严，用种从容的步子走进去，他先前那副忙劲儿好像被自己的庄严态度消解掉了。他在门口稍为停了一会儿，让大家好把他看个清楚，仿佛要唤起同志们的一种信任心，仿佛要给同志们一种担保——什么困难的大事也都可以放下心来，他并且还点点头。他眼睛并不对着谁，只看着天花板。他是在对整个集体打招呼。

会场里很静。会议就要开始。有谁在那里翻着什么纸张，窸窸窣窣的。

华威先生很客气地坐到一个冷角落里，离主席位子顶远的一角。他不大肯当主席。

“我不能当主席，”他拿着一枝雪茄烟打手势。“工人抗战工作协会的指导部今天开常会。通俗文艺研究会的会议也是今天。伤兵工作团也要去的，等一下。你们知道我的时间不够支配：只容许我在这里讨论十分钟。我不能当主席，我想推举刘同志当主席。”

说了就在嘴角上闪起一丝微笑，轻轻地拍几下手板。

主席报告的时候，华威先生不断地在那里刮洋火点他的烟。把表放在面前，时不时像计算什么似地看看它。

“我提议！”他大声说。“我们的时间是很宝贵的：我希望主席尽可能报告得简单一点。我希望主席能够在两分钟之内报告完。”

他刮了两分钟洋火之后，猛地站了起来。对那正在哇啦哇啦的主席摆摆手：

“好了，好了。虽然主席没有报告完，我已经明白了。我现在还要赴别的会，让我先发表一点意见。”

停了一停，抽两口雪茄，扫了大家一眼。

“我的意见很简单，只有两点，”他舔舔嘴唇。“第一点，就是——每个工作人员不能够怠工。而是相反，要加紧工作。这一点不必多说，你们都是很努力的青年。你们都能热心工作。我很感谢你们。但是还有一点——你们时时刻刻不能忘记，那就是我要说的第二点。”

他又抽了两口烟，嘴里吐出来的可只有热气，这就又刮了一根洋火。

“这第二点呢就是：青年工作人员要认定一个领导中心。你们只有在这一个领导中心的领导之下，抗战工作才能够展开。青年是努力的，是热心的，但是因为理解不够，工作经验不够，常常容易犯错误。要是上面没有一个领导中心，往往要弄得不可收拾。"

瞧瞧所有的脸色，他脸上的肌肉耸动了一下——表示一种微笑。他往下说：

"你们都是青年同志，所以我说得很坦白，很不客气。大家都要做抗战工作，没有什么客气可讲。我想你们诸位青年同志一定会接受我的意见。我很感激你们。好了，抱歉得很，我要先走一步。"

把帽子一戴，把皮包一挟，瞧着天花板点点头，挺着肚子走了出去。

到门口可又想起了一件什么事。他把当主席的同志拽开，小声儿谈了几句。

"你们工作——有什么困难没有？"他问。

"我刚才的报告提到了这一点，我们……"

华威先生伸出个食指顶着主席的胸脯：

"唔，唔，唔。我知道我知道。我没有多余的时间来谈这件事。以后——你们凡是想到的工作计划，你们可以到我家里去找我商量。"

坐在主席旁边那个长头发青年注意地看着他们。现在可忍不住插嘴了：

"星期三我们到华先生家里去过三次，华先生不在家……"

那位华先生冷冷地瞅他一眼，带着鼻音哼了一句——"唔，我有别的事。"又对主席低声说下去：

"要是我不在家，你们跟密司黄接头也可以。密司黄知道我的意见，她可以告诉你们。"

密司黄就是他的太太，他对第三者说起她来，总是这么称呼她的。

他交代过了这才真的走开，这就到了通俗文艺研究会的会场。他发现别人已经在那里开会。正有一个人在那里发表意见。他坐了下来，点着了雪茄，不高兴地拍了三下手板。

"主席！"他叫。"我因为今天另外还有一个集会，我不能等终席。我现在有点意见，想要先提出来。"

于是他发表了两点意见：第一，他告诉大家——在座的人都是当地的文化人，文化人的工作是很重要的，应当加紧地做去。第二，文化人应当认清一个领导中心，文化人在文抗会的领导中心的领导之下团结起来，统一起来。

五点三刻他到了文化界抗敌总会的会议室。

这回他脸上堆上了笑容，并且对每一个人点头。

"对不住得很，对不住得很：迟到了三刻钟。"

主席对他微笑一下，他还笑着伸了伸舌头，好象闯了祸怕挨骂似的。他四面瞧瞧形势，就拣在一个小胡子的旁边坐下来。

他带着很机密很严重的脸色——小声儿问那个小胡子：

"昨晚你喝醉了没有？"

"还好，不过头有点子晕。你呢？"

"我啊——我不该喝三杯猛酒。"他严肃地说。"尤其是汾酒，我不能猛喝。刘主任硬要我干掉——嗨，一回家就睡倒了。密司黄说要跟刘主任去算账呢：要质问他为什么要把我灌醉。你看！"

一谈了这些，他赶紧打开皮包，拿来一张纸条——写几个字递给了主席。

"请你稍微等一等，"主席打断了一个正发言的人的话。"华威先生还有别的事情要走。现在他有点意见：要求先让他发表。"

华威先生点点头站了起来。

"主席！"腰板微微地一弯。"各位先生！"腰板微微一弯。"兄弟首先要请求各位原谅：我到会迟了点，而又要提前退席。……"

随后他说出了他的意见。他声明——这文化界抗敌总会的常务理事会，是一切救亡工作的领导机关，应该时时刻刻起领导中心作用。

"群众是复杂的。工作又很多。我们要是不能起领导作用，那就很危险，很危险。事实上，此地各方面的工作也非有个领导中心不可。我们的担子真是太重了，但是我们不怕怎样的艰苦，也要把这担子担起来。"

他反复地说明了领导中心作用的重要，这就戴起帽子去赴一个宴会。他每天都这么忙着，要到刘主任那里去联络。要到各学校去演讲。要到各团体去开会。而且每天——不是别人请他吃饭，就是他请人吃饭。

华威太太每次遇到我，总是代替华威先生诉苦。

"唉，他真苦死了！工作这么多，连吃饭的工夫都没有。"

"他不可以不管一点，专门去做某一种工作么？"我问。

"怎么行呢？许多工作都要他去领导呀。"

可是有一次，华威先生简直吃了一大惊。妇女界有些人组织了一个战时保婴会，竟没有去找他！

他开始打听，调查。他设法把一个负责人找来。

"我知道你们委员会已经选出来了。我想还可以多添加几个，由我们文化界抗敌总会派人来参加。"

他看见对方在那踌躇，他把下巴挂了下来：

"问题是在这一点：你们委员是不是能够真正领导这工作？你能不能够对我担保——你们会内没有汉奸，没有不良分子？你能不能担保——你们以后工作不至于错误，不至于怠工？你能不能担保，你能不能？你能够担保的话，那我要请你写书面的东西，给我们文抗会常务理事会。以后万一——如果你们的工作出毛病,那你就要负责。"

接着他又声明:这并不是他自己的意思。他不过是一个执行者,这里他食指点点对方胸脯:

"如果我刚才说的那些你们办不到,那不就成了非法团体了么?"

这么谈判了两次,华威先生当了战时保婴会的委员。于是在委员会开会的时候,华威先生挟着皮包去坐这么五分钟,发表了一两点意见就跨上了包车。

有一天他请我吃晚饭,他说因为家乡带来了一块腊肉。

我到他家里的时候,他正在那里对两个学生样的人发脾气。他们都挂着文化界抗敌总会的徽章。

"你昨天为什么不去,为什么不去?"他吼着。"我叫你拖几个人去的。但是我在台上一开始演讲,一看——连你都没有去听! 我真不懂你们干了些什么?"

"昨天——我去出席日本问题座谈会的。"

华威先生猛地跳起来了:

"什么! 什么! ——日本问题座谈会? 怎么我不知道,怎么不告诉我?"

"我们那天部务会议决议了的。我来找过华先生,华先生又是不在家——"

"好啊,你们秘密行动!"他瞪着眼。"你老实告诉我——这个座谈会到底是什么背景,你老实告诉我!"

对方似乎也动了火:

"什么背景呢,都是中华民族! 部务会议议决的,怎么是秘密行动呢。……华先生又不到会,开会也不终席,来找又找不到……我们总不能把部里的工作停顿起来。"

"浑蛋!"他咬着牙,嘴唇在颤抖着。"你们小心! 你们,哼,你们! 你们! ……"他倒到了沙发上,嘴巴痛苦地抽得歪着。"妈的! 这个这个——你们青年! ……"

五分钟之后他抬起头来,害怕地四面看一看。那两个客人已经走了。他叹一口长气,对我说:

"唉,你看你看! 现在的青年怎么办,现在的青年!"

这晚他没命地喝了许多酒,嘴里嘶嘶地骂着那些小伙子。他打碎了一只茶杯,密司黄扶着他上了床,他忽然打个寒噤说:

"明天十点钟有个集会……"

原载 1938 年 4 月 16 日《文艺阵地》第 1 卷第 1 期

小二黑结婚

赵树理

一、神仙的忌讳

刘家峧有两个神仙，邻近各村无人不晓：一个是前庄上的二诸葛，一个是后庄的三仙姑。二诸葛原来叫刘修德，当年作过生意，抬脚动手都要论一论阴阳八卦，看一看黄道黑道。三仙姑是后庄于福的老婆，每月初一十五都要顶着红布摇摇摆摆装扮天神。

二诸葛忌讳"不宜栽种"，三仙姑忌讳"米烂了"。这里边有两个小故事：有一年春天大旱，直到阴历五月初三才下了四指雨。初四那天大家都抢着种地，二诸葛看了看历书，又掐指算了一下说："今日不宜栽种。"初五日是端午，他历来不在端午这天做什么，又不曾种；初六倒是黄道吉日，可惜地干了，虽然勉强把他的四亩谷子种上了，却没有出够一半。后来直到十五才又下雨，别的人家都在地里锄苗，二诸葛却领着两个孩子在地里补空子。邻家有个后生，吃饭时候在街上碰上二诸葛便问道："老汉！今天宜栽种不宜？"二诸葛翻了他一眼，扭转头返回去了，大家就嘻嘻哈哈传为笑谈。

三仙姑有个女孩叫小芹，一天金旺他爹到三仙姑那里问病，三仙姑坐在香案后唱，金旺他爹跪在香案前听。小芹那年才九岁，晌午做捞饭，把米下进锅里了，听见她娘哼哼得很中听，站在桌前听了一会，把做饭也忘了，一会，金旺他爹出去小便，三仙姑趁空向小芹说："快去做饭！米烂了！"这句话却不料就叫金旺他爹听见。回去就传开了。后来有好玩笑的人，见了三仙姑就故意问别人："米烂了没有？"

二、三仙姑的来历

三仙姑下神，足足有三十年了，那时三仙姑才十五岁，刚刚嫁给于福，是前后庄上第一个俊俏媳妇。于福是个老实后生，不多说一句话，只会在地里死受，于福的娘早死了。只有爹，父子两个一上了地，家里就只留下新媳妇一个人。村里的年轻人们觉得新媳妇太孤单，就慢慢自动的来跟新媳妇作伴，不几天就集合了一大群，每天嘻嘻哈哈，十分哄伙。于福他爹看见不象个样子，有一天发了脾气，大骂一顿，虽然把外人挡住了，新媳妇却跟他闹起来，新媳妇哭了一天一夜，头也不梳，脸也不洗，饭也不吃，躺在炕上，谁也叫不起来。父子两个没了办法。邻近有个老婆替他请了一个神婆子，在她这家下了一回神，说是三仙姑跟上她了，她也哼哼唧唧自称吾神长吾神短，从此以后每月初一十五也就下起神来，别人给她烧起香来求财问病，三仙姑的香案便从此设立起来了。

青年们一到三仙姑那里去，要说是去问神，还不如说是看圣像。三仙姑也暗暗猜透了大家的心事，衣服穿得更新鲜，头发梳得更光滑，首饰擦得更明，官粉搽得更匀，不由青年们不跟着她转来转去。

这是三十年来的事。当时的青年，如今都已留下胡子，家里大半都是子媳成群，所以除了几个老光棍，差不多都没有那些闲情到三仙姑那里去了。三仙姑却和大家不同，虽然已经四十五岁，却偏爱当个老来俏，小鞋也仍要绣花，裤腿上仍要镶边，顶门上的头发脱光了，用黑手帕盖起来，只可惜官粉涂不平脸上的皱纹，看起来好像驴粪上下了霜。

老相好都不来了，几个老光棍不能叫三仙姑满意，三仙姑又团结了一批孩子们，比当年的老相好更多，更俏皮。

三仙姑有什么本领团结这伙青年呢？这秘密在她女儿小芹身上。

三、小　芹

三仙姑前后共生过六个孩子，就有五个没有成人，只落了一个女儿，然叫小芹。小芹当两三岁时候，就非常伶俐乖巧，三仙姑的老相好们。这个抱过来说是"我的"，那个抱起来说"我的"，后来小芹长到五六岁，知道这不是好话，三仙姑教她说："谁再这么说，你就说'是你的姑姑'。"说了几回，果然没有人再提了。

小芹今年十八了，村里的轻薄人说，比她娘年轻时候好得多。青年的小伙子们，有事没事总想小芹说句话。小芹去洗衣服，马上青年们也都去洗；小芹上树采野菜，马上青年们也都会去采。

吃饭的时候邻居们端上碗爱到三仙姑那里坐一会，前庄上的人来回一里路，也并不觉得远。这已经是三十年来的老规矩.不过小青年们也这样热心，却是近二三年才有的事。三仙姑起先还以为自己仍有勾引青年的本领，日子长了，青年们并不是真正的跟她接近，她才慢慢看出门道来，才知道人家来了为的是小芹。

不过小芹却不跟三仙姑一样；表面上虽然也跟大家说说笑笑，实际上却不跟人乱来。近二三年，只是跟小二黑好一点。前年夏天，有一前响，于福去地，三仙姑去串门，家里只留下小芹一个人，金旺来了，嬉皮笑脸向小芹说："这会算是个空子吧？"小芹板起脸来说："金旺哥！咱们以后说话要规矩些！你也是娶媳妇的大汉了！"金旺撇撇嘴说："咦！装什么假正经？小二黑一来管保你软了！有便宜大家讨开点，没事；要正经除非自己锅底没有黑！"说着就拉住小芹的胳膊悄悄说："不用装模作样了！"不料小芹大声喊道："金旺！"金旺赶紧放手跑出来，一边还咄念道："等得住你！"说着就悄悄溜走了。

四、金旺弟兄

提起金旺来，刘家峧没有人不恨他，只有他一个本家兄弟名叫兴旺跟他对劲。

金旺他爹是个庄稼人，却是刘家峧一只虎，当过几十年老社首，捆人打人是他的拿手好戏。金旺长到十七八岁，就成了他爹的好帮手。兴旺学会了帮虎吃食，从此金旺他爹想要捆谁，就不用亲自动手，只要下个命令，自有金旺兴旺代办。

抗战初年，汉奸敌探土匪到处横行，那时金旺他爹已经死了，金旺兴旺弟兄两个，给一支溃兵作了内线工作，引路绑票，讲价赎人，又做巫婆又做鬼，两头出面装好人。后来八路军来，打垮溃兵土匪，他俩才又回到刘家峧来。

山里人本来就胆子小，经过几个月的大混乱，死了许多人，弄得大家更不敢出头了。别的大村子都成立村公所、各救会、武委会，刘家峧却除了县府派来了一个村长以外，谁也不愿意当干部。不久，县里派人来刘家峧工作。要选举村干部，金旺跟兴旺两个人看出这又是掌权的机会，大家也巴不得有人愿干，就把兴旺选为武委会主任，把金旺选为村政委员，连金旺老婆也被选为妇救会主席，其它各干部，硬捏了几个老头子出来充数，只有青抗先队长，老头子充不得，兴旺看见小二黑这个孩子漂亮好玩，随便提了一下名就通过了，他爹二诸葛虽然不愿，可是惹不起金旺，也没有敢说什么。

村长是外来的，对村里的情形不十分了解，从此金旺兴旺比前更厉害了，只要瞒住村长一个人，村里人不论那个都得由他两个调遣。这几年来，村里别的干部调换了几个，而他两个却好象铁桶江山。大家对他两个虽是恨之入骨，可是谁也不敢说半句话，都恐怕扳不倒他们，自己吃亏。

五、小二黑

小二黑，是二诸葛的二小子，有一次反"扫荡"打死过两个敌人，曾得到特等射手的奖励。说到他的漂亮，那不只在刘家峧有名，每年正月扮故事，不论去到那一村，妇女们的眼睛都跟着他转。

小二黑没有上过学，只是跟着他爹识了几个字。当他六岁时候，他爹就教他识字。识字课本不是五经四书，也不是常识国语，而是从天干、地支、五行、八卦、六十四卦名等学起，进一步便学些《百中经》、《玉匣记》、《增删卜易》、《麻衣神相》、《奇门遁甲》、《阴阳宅》等书。小二黑从小就聪明，像那些算属相、卜六壬课、念大小流年或"甲子乙丑海中金"等口诀，不几天就都弄熟了，二诸葛也常把他引在人前卖弄。因为他长得伶俐可爱，大人们也都爱跟他玩；这个说："二黑，算一算十岁属什么?"那个说:"二黑,给我卜一课。"后来二诸葛因为说"不宜栽种"误了种地。老婆也埋怨,大黑也埋怨,庄上人也都传为笑谈,小二黑也跟碰上这事受了许多奚落。那时候小二黑十三岁,已经懂得好歹,可是大人们仍把他当成小孩来玩弄。好跟二诸葛开玩笑的,一到了家,常好对着二诸葛问小二黑道:"二黑!算算今天宜不宜栽种?"和小二黑年纪相仿的孩子们,一跟小二黑生了气就连声喊道:"不宜栽种不宜栽种……"小二黑因为这事,好几个月见了人躲着走,从此就和他娘商量成一气,再不信他爹的鬼八卦。

小二黑跟小芹相好已经二三年。那时候他才十六七,原不过在冬天夜长的时候,跟着些闲人到三仙姑那里凑热闹,后来跟小芹混熟了,好象是一天不见面也不能行。后庄上也有人愿意给小二黑跟小芹做媒人,二诸葛不愿意。不愿意的理由有三,第一小二黑是金命,小芹是火命,恐怕火克金;第二小芹生在十月,是个犯月;第三是三仙姑的名声不好。恰巧在这时候彰德府来了一伙难民,其中有个老李带来个八九岁的小姑娘,因为没有吃的,愿意把姑娘送给人家逃个活命。二诸葛说是个便宜,先问了一下生辰八字,掐算了半天说:"千里姻缘一线牵",就替小二黑收作童养媳。

虽然二诸葛说是千合适万合适,小二黑却不认账。父子俩吵了几天,二诸葛非养不行,小二黑说:"你愿意养你就养着,反正我不要!"结果虽然把小姑娘留下了,却到底没有说清楚算什么关系。

六、斗争会

金旺自从碰了小芹的钉子以后,每日怀恨,总想方设法报一报仇。有一次武委会训练村干部,恰巧小二黑发疟症没有去,训练完毕之后,金旺就向兴旺说:"小二黑是装病,其实是被小芹勾引住了,可以斗争他一顿。"兴旺就是武委会主任,从前也碰过小芹一回钉,自然十分赞成金旺的意见,并且又叫金旺回去和自己的老婆说一下,发动妇救会也斗争小芹一番。金旺老婆现任妇救会主席,因为金旺好到小芹那里去,早已恨得小芹了不得。现在金旺回去跟她说要斗争小芹,这才是巴不得的机会,丢下活计,马上就去布置。第二天,村里开了两个斗争会,一个是武委会斗争小二黑,一个妇救会斗争小芹。

小二黑自己没有错,当然不承认,嘴硬到底,兴旺就下命令,把他捆起来送到政权机关处理。幸而村长脑筋清楚,劝兴旺说:"小二黑发疟疾是真的,不是装病,至于跟别人恋爱,不是犯法的事,不能捆人家。"兴旺说:"他已是有女人的。"村长说:"村里谁不知道小二黑不承认他的童养媳。人家不承认是对的;男不过十六女不过十五,不到订婚年龄。十来岁小姑娘,长大也不会来认这笔账。小二黑满有资格跟别人恋爱,谁也不能干涉。"兴旺没话说了,小二黑反要问他:"无故捆人犯法不犯?"经村长双方劝解,才算放了完事。

兴旺还没有离村公所，小芹拉着妇救会主席也来找村长，她一进门就说："村长！捉贼要赃，捉奸要双，当了妇救会主席就不说理了？"兴旺见拉着金旺的老婆，生怕说出这事与自己有关，就赶紧溜走。后来村长问了情由，费了好大一会唇舌，才给他们调解开。

七、三仙姑许亲

两个斗争会开过以后，事情包也包不住了，小二黑也知道这事是合理合法的了，索性就跟小芹公开商量起来。三仙姑却着了急。她跟小芹虽是母女，近几年却不对劲，三仙姑爱的是青年们，青年们爱的是小芹，小二黑这孩子，在三仙姑看来好象鲜果。可惜多一个小芹，就没了自己的份儿。她本想早给小芹找个婆家推出门去，可是因为自己声名不正，差不多都不愿意跟她结亲。开罢斗争会以后，风言风语都说小二黑要跟小芹自由结婚，她想要真是那样的话，以后想跟小二黑说句笑话都不能了，那是多么可惜的事，因此托东家西家给小芹找婆家。

"插起招军旗，就有吃粮人。"有个吴先生是在阎锡山部下当过旅长的退职军官，家里很富，才死了老婆。他在奶奶庙大会上见过小芹一面，愿意续她，媒人向三仙姑一说，三仙姑当然愿意，不几天过了礼帖，就算定了，三仙姑以为了却一宗心事。

小芹已经和小二黑商量得差不多了，如何肯听她娘的话，过礼那一天，小芹跟她娘闹起来，把吴先生送来的首饰绸缎扔下一地。媒人走后，小芹跟她娘说："我不管！谁收了人家的东西谁跟人家去！"

三仙姑愁住了，睡了半天，晚饭以后，说是神上了身，打了两个呵欠就唱起来，她起先责备于福管不了家，后来说小芹跟吴先生是前世姻缘，还唱些什么，"前世姻缘由天定，不顺天意活不成……"于福跪在地下哀求，神非教他马上打小芹一顿不可。小芹听了这话，知道跟这个装神弄鬼的娘说不出什么道理来，干脆躲了出去，让她娘一个人胡说。

小芹一个人悄悄跑到前庄上去找小二黑，恰在路上碰上小二黑去找她，两上悄悄拉着手到一个大窖里去商量对付三仙姑的法子。

八、拿　双

小芹把她娘怎样主婚怎样装神，唱些什么，从头到尾细细跟小二黑说了一遍，小二黑说："不用理她！我打听过区上的同志，人家说只要男女本人愿意，就能到区上登记，别人谁也作不了主……"说到这里，听见外边有脚步声，小二黑伸出头来一看，黑影里站着四五个人，有一个说："拿双拿双！"

他两人都听出是金旺的声音，小二黑起了火，大叫道："拿？没有犯了法！"兴旺也来了，下命令道："捉住捉住！我就看你犯法不犯法，给你操了好几天心了！"

小二黑说:"你说去那里咱就去那里,到边区政府你也不能把谁怎么样! 走!"兴旺说:"走! 便宜了你! 把他捆起来!"小二黑挣扎了一会,无奈没有他们人多,终于被他们七手八脚打了一顿捆起来了。兴旺说:"里边还有个女的,也捆起来! 捉奸要双,这是她自己说的!"说着就把小芹也捆起来了。

前庄上的人都还没有睡。听见有人吵架,有些人就跑出来看,麻秆火把下看捆着的两个人,大家不问就知道八九分。二诸葛也出来了,见小二黑被人家捆起来,就跪在兴旺面前哀求道:"兴旺! 咱两家没有什么仇! 看在我老汉面上,请你们诸位高高手……"兴旺说:"这事情,我们管不了,送给上级再说吧!"小二黑说:"爹! 你不用管! 送到那里也不犯法! 我不怕他!"兴旺说:"好小子! 要硬你就硬到底!"又逼住三个民兵说:"带他们走!"一个民兵问:"带到村公所?"兴旺说:"还到村公所干什么? 上一回不是村长放了的? 送给区武委会主任按军法处理!"说着就把他两个人拥上走了。

九、二诸葛的神课

邻居们见是兴旺弟兄们捆人,也没有人敢给小二黑讲情,直等到他们走后,才把二诸葛招呼回家。

二诸葛连连摇头说:"唉! 我知道这几天要出事啦:前天早上我上地去,才上到岭上,碰上个骑驴媳妇,穿了一身孝,我就知道坏了。我今年罗睺星照运,要谨防带孝的冲了运气,因此那里也不敢去,谁知躲也躲不过! 昨天晚上二黑他娘梦见庙里唱戏。今天早上一个老鸦落在东房上叫了十几声……唉! 反正是时运,躲也躲不过。"他罗哩罗嗦念了一大堆,邻居们听了厌烦,又给他说一会宽心话,就都散了。

有事人那里睡得着? 人散了之后,二诸葛家里除了童养媳之外,三个人谁也没有睡。二诸葛摸了摸脸,取出三个制钱占一卦,占出之后吓得他面色如土。他说:"了不得呀了不得! 丑土的父母动出午火的官鬼,火旺于夏,恐怕有些危险了。唉! 人家把他选成青年队长,我就说过不叫他当,小杂种硬要充人物头! 人家说要按军法处理,要不当队长那里犯得了军法!"老婆也拍手跺脚道:"小爹呀! 谁知道你要闯这么大的事啦!"大黑劝道:"不怕! 事已经出下了,由他去吧! 我想这又不是人命事,也犯不了什么大罪! 既然他们送到区上。我到区上打听打听。你们都睡吧。"说着点了个灯笼就走了。

二诸葛打发大黑去后,仍然低头细细研究方才占的那一卦。停了一会,远远听着有个女人哭,越哭越近,不大一会就来到窗下;一推门就进来了,二诸葛还没有看清是谁,这女人就一把把他拉住,带哭带闹说:"刘修德! 还我闺女! 你的孩子把我的闺女勾引到哪里了? 还我……"二诸葛老婆正气得死去活来,一看见来的是三仙姑,正赶上了出气,从炕上跳下来拉住她说:"你来了好! 省得我去找你！你母女两个好生生把我的孩子勾引坏，你倒有脸来找我！咱两人就也到区上说说理！"两个女人滚成一团，二诸葛一个人拉也拉不开，也再顾不上研究他的卦，三仙姑见二诸葛老婆已经不顾命，自己先胆怯了几分。不敢恋战，吵闹了一会挣脱出来就走了，二诸葛老婆追出门来，被二诸葛拦回去，还骂个不休。

十、恩典恩典

二诸葛一夜没有睡，一遍一遍念："大黑怎么还不回来，大黑怎么还不回来。"第二天天不明就起程往区上走，走到半路远远看见大黑，三个民兵已都回来了，还来了区上一个助理员，一个交通员。他远远地喊道："大黑！怎么样？要紧不要紧！"大黑说："没有事！不怕！"说着就走到跟前，助理员跟三个民兵先走了。大黑告交通员说："这就是我爹！"又向二诸葛说："区上添传你跟于福老婆。你去吧，没有事！二黑跟小芹两个人，一到区上就放开了，区上早就听说兴旺跟金旺两个人不是东西，已经把他两个押起来了，还派助理员到咱村开大会调查他们横行霸道的证据。我赶到那里人家就问罢了，听说区上还许咱二黑跟小芹结婚。"二诸葛说："不犯罪就了，结婚可不行，命相不对！你没听说添传我做什么？"大黑说："不知道，大约也没有什么大事。你去吧，我先回去告我娘说。"交通员说："老汉！这就算见了你了！你去吧，我再传那一个去！"说了就跟大黑相跟着走了。

二诸葛到了区上，看见小二黑跟小芹坐在一条凳上，他就指着小二黑骂道："闯祸东西！放了你你还不快回去？你把老子吓死了！不要脸！"区长道："干什么？区公所是骂人的地方？"二诸葛不说话了。区长问："你就是刘修德？"二诸葛答："是！"问"你给刘二黑收了个童养媳？"答："是！"问："今年几岁了？"答："属猴的，十二岁。"区长说："女不过十五岁不能订婚，把人家退回娘家去，刘二黑已经跟小芹订婚了！"二诸葛说："她只有个爹，也不知道逃难到哪里去了，退也没处退。女不过十五不能订婚，那不过是官家规定，其实乡间七八岁订的多着哩。请区长恩典就过去……"区长说："凡是不合法的订婚，只要有一方面不愿意都得退！"二诸葛说："我这是两家情愿！"区长问小二黑道："刘二黑！你愿意不愿意？"小二黑说："不愿意！"二诸葛的脾气又上来了，瞪了小二黑一眼道："由你啦？"区长道："给他订婚不由他，难道由你啦？老汉，如今是婚姻自主，由不得你了，你家养的那个小姑娘，要真是没有娘家，就算成你闺女好了。"二诸葛道："那也可以，不过还得请区长恩典恩典，不能叫他跟于福这闺女订婚！"区长说："这你就管不着了！"二诸葛急着："千万请区长恩典恩典，命相不好，这是一辈子的事！"区长道："老汉！你不要糊涂了；强逼你十九岁的孩子娶上一个十二岁的姑娘，恐怕要生一辈子气，我不过是劝一劝你，其实只要人家两个愿意，你愿意不愿意都不相干。回去吧！童养媳妇没处退就算成你的闺女！"二诸葛还要请区长"恩典恩典"，一个交通员把他推出来了。

十一、看看仙姑

三仙姑去寻二诸葛，一来为的是逞逞闹气的本领，二来为的是遮遮外人的耳目，其实小芹吃一吃亏她很高兴，所以跟二诸葛老婆闹了一阵之后，回去就睡了。第二天早上，她起得很迟，于福虽比她着急，可是自己既没有主意，又不敢叫醒她，只好自己先去做饭，饭快成的时候，三仙姑慢慢起来梳妆，于福问她道："不去打听打听小芹？"她说："打听她做甚啦？她的本领多大啦？"于福也再没有敢说什么，把饭菜做成了放在炉边等，直等到她梳妆罢了才开饭。

饭还没有吃罢，区上的交通员来传她。她好象很得意，嗓子拉得长长的说："闺女大了咱管不了，就去请区长替咱管教管教！"她吃完了饭，换上新衣服、新手帕、绣花鞋、镶边裤，又擦了一次粉，加了几件首饰，然后叫于福给她备上驴，她骑上，于福给她赶上，往区上去。

到了区上，交通员把她引到区长房里，她爬下就磕头，连声叫道："区长老爷，你可要给我作主！"区长正伏在桌上写字，见她低着头跪在地下，头上戴满头银首饰，还以为前两天跟婆婆生气的那个年轻媳妇，便说道："你婆婆不是有保人吗？为什么不找保人？"三仙姑莫名其妙，抬头看了看区长的脸。区长见是擦着粉的老太婆，才知道是认错人了。交通员道："认错人了！这是于小芹的娘！"区长又打量了她一眼道："你就是小芹的娘呀？起来！不要装神弄鬼！我什么都清楚，起来！"三仙姑站起来了。区长问："你今年多大岁数？"三仙姑说："四十五。"区长说："你自己看看你打扮得象个人不象？"门边站着老乡一个十来岁的闺女嘻嘻嘻笑了。交通员说："到外边耍！"小闺女跑了。区长问："你会下神不是？"三仙姑不敢答话。区长问："你给你闺女找了个婆家？"三仙姑答："找下了！"问："使了多少钱？"答："三千五！"问："还有些什么？"答："有些首饰布匹！"问："跟你闺女商量过没有？"答："没有！"问："你闺女愿意不愿意？"答："不知道！"区长道："我给你叫出来你亲自问问她！"又向交通员道："去叫于小芹！"刚才跑出去那个闺女，跑到外边一宣传，说有个打官司的老婆，四十五岁了，擦着粉，穿着花鞋。邻近的女人们都跑来看，挤了半院，唧唧哝哝说："看看！四十五岁了！""看那裤腿！""看那鞋！"三仙姑半辈没有脸红过，偏这会撑不住气了！一道道热汗在脸上流。交通员领着小芹来了，故意说："看什么？人家也是个人吧，没有见过？闪开路！"一伙女人们哈哈大笑。

把小芹叫来，区长说："你问问你闺女愿意不愿意！"三仙姑只听见院里人说："四十五"、"穿花鞋"，羞得只顾擦汗，再也开不得口。院里的人们忽然又转了话头，都说："那是人家的闺女"，"闺女不如娘会打扮"，也有人说"听说还会下神"，偏有个知道底细的断断续续讲"米烂了"的故事，这时三仙姑恨不得一头碰死。

区长说："你不问我替你问！于小芹，你娘给你找的婆家你愿意跟人家结婚不愿意？"小芹说："不愿意！我知道人家是谁？"区长向三仙姑道："你听见了吧？"又给她讲了一会婚姻自主的法令，说小芹跟小二黑订婚完全合法，还吩咐她把吴家送来的钱和东西原封退了，让小芹跟小二黑结婚。她羞愧之下，一一答应下来。

十二、怎么到底

三个民兵回到刘家峧，一说区上把兴旺金旺二人押起来，又派助理员来调查他们的罪恶，真是人人拍手称快。午饭后庙里开一个群众大会，村长报告了开会宗旨，就请大家举他两个人的作恶事实。起先大家还怕扳不倒人家，人家再返回来报仇，老大一会没有人说话，有几个胆子太小的，还悄悄劝大家说："忍事者安然。"有个被他两个作践垮了的年轻人说："我从前没有忍过？越忍越不得安然！你们不说我说！"他先从金旺领着土匪到他家绑票说起，一连说了四五款，才说道："我歇歇再说，先让别人也说几款！"他一说开了头，许多受过害的人也都抢着说起来：有给他们花过钱的，有被他们逼着上过吊的，也有产业被他们霸了的，老婆被他们奸淫过的。他两人还派上民兵给他们自己割柴，拨上民夫给他们自己锄地；浮收粮，私派款，强迫民兵捆人……你一宗他一宗，从晌午说到太阳落，一共说了五六十款。

区上根据这些罪状把他两人送县里，县里把罪状一一证实之后，除叫他们赔偿大家损失外，又判了十五年徒刑。

经过这次大会之后，村里也都敢出头了。不久，村干部又都经过大改选，村里再也不敢乱投坏人的票了。这其间金旺老婆自然也落了选。偏她还变了口吻，说："以后我也要进步了。"两个神仙也有了变化：

三仙姑那天在区上被一伙妇女围住看了半天，实在觉得不好意思，回去对着镜子研究了一下，真有点打扮得不象话；又想到自己的女儿快要跟人结婚，自己还卖什么老俏？这才下了决心，把自己的打扮从顶到底换了一遍，弄得象个当长辈人的样子，把三十年来装神弄鬼的那张香案也悄悄拆去。

二诸葛那天从区上回去又向老婆提起小二黑跟小芹的命相不对，他老婆道："把你的鬼八卦收起吧！你不是说二黑这回了不得吗？你一辈子放个屁也卜一课，究竟抵了些什么事？我看小芹不错，能跟咱二黑过就很好！什么命相对不对？你就不记得'不宜栽种'？"二诸葛见老婆都不信自己的阴阳，也就不好意思再到别人跟前卖弄他那一套了。

小芹和小二黑各回各家，见老人们的脾气都有些改变，托邻居们趁势说和说和，两位神仙也就顺水推舟同意他们结婚，后来两家都准备了一下，就过门。过门之后，小两口都十分得意，邻居们都说是村里第一对好夫妻。

夫妻们在自己的卧房里有时候免不了说玩话：小二黑好学三仙姑下神时候

唱"前世姻缘由天定"，小芹好学二诸葛说"区长恩典，命相不对"，淘气的小孩们去听窗，学会这两句话，就给两位神仙加了新外号：三仙姑叫"前世姻缘"，二诸葛叫"命相不对"。

1943 年 5 月，写于太行。

原载 1945 年 10 月 20 日、11 月 1 日《新文化》创刊号

荷 花 淀
——白洋淀记事之一
孙　犁

　　月亮升起来，院子里凉爽得很，干净得很，白天破好的苇眉子潮润润的，正好编席。女人坐在小院当中，手指上缠绞着柔滑修长的苇眉子。苇眉子又薄又细，在她怀里跳跃着。

　　要问白洋淀有多少苇地？不知道，每年出多少苇子？不知道。只晓得，每年芦花飘飞苇叶黄的时候，全淀的芦苇收割，垛起垛来，在白洋淀周围的广场上，就成了一条苇子的长城。女人们在场里编着席。编成了多少席？六月里，淀水涨满，有无数的船只，运输银白雪亮的席子出口，不久，各地城市村庄，就全有花纹又密又精致的席子用了，大家争着买：

　　"好席子，白洋淀席！"

　　这女人编着席。不久在她身子下面，就编成了一大片。她好象坐在一片洁白的雪地上，也象坐在一片洁白的云彩上。她有时望望淀里，淀里也是一片银白世界。水面笼起一层簿簿透明的雾，风吹过来，带着新鲜的荷叶荷花香。

　　但是大门还没有关，丈夫还没回来。

　　很晚丈夫才回来了。这年轻人不过二十五六岁，头戴一顶大草帽，上身一件洁白的小褂，黑单裤卷过了膝盖，光着脚。他叫水生，小苇庄的游击组长，党的负责人。今天领着游击组到区上开会去来。女人抬头笑着问：

　　"今天怎么回来的这么晚？"站起来要去端饭。水生坐在台阶上说："吃过饭了，你不要去拿。"

　　女人就又坐在席子上。她望着丈夫的脸。她看出他的脸有些红涨，说话也有些气喘，她问：

　　"他们几个哩？"

　　水生说：

　　"还在区上。爹哩？"

　　女人说：

　　"睡了。"

　　"小华哩？"

　　"和他爷爷去收了半天虾篓，早就睡了。他们几个为什么还不回来？"

水生笑一下。女人看出他笑的不象平常。

"怎么了，你?"

水生小声说：

"明天我就到大部队上去了。"

女人的手指震动了一下，想是叫苇眉子划破了手，她把一个手指放在嘴里吮了一下。水生说：

"今天县委召集我们开会。假若敌人再在同口安上据点，那和端村就成了一条线，淀里的斗争形势就变了。会上决定成立一个地区队。我第一个举手报名的。"

女人低着头说：

"你总是很积极的。"

水生说：

"我是村里的游击组长，是干部，自然要站在头里，他们几个也报了名。他们不敢回来，怕家里人拖尾巴，公推我代表，回来和家里人说一说。他们全觉得你还开明一些。"

女人没有说话。过了一会，她才说：

"你走，我不拦你，家里怎么办?"

水生指着父亲的小房叫她小声一些。说：

"家里，自然有别人照顾。可是咱的庄子小，这一次参军的就有七个。庄上青年人少了，也不能全靠别人，家里的事，你就多做些，爹老了，小华还不顶事。"

女人鼻子里有些酸，但她并没有哭。只说：

"你明白家里的难处就好了。"

水生想安慰她。因为考虑准备的事情还太多，他只说了两句：

"千斤的担子你先担吧，打走了鬼子，我回来谢你。"

说罢，他就到别人家里去了，他说回来再和父亲谈。

鸡叫的时候，水生才回来。女人还是呆呆的坐在院子里等他，她说：

"你还有什么话嘱咐嘱咐我吧。"

"没有什么话了，我走，你要不断进步，识字，生产。"

"嗯。"

"什么事也不要落在别人后面!"

"嗯，还有什么?"

"不要叫敌人汉奸捉活的，捉住了要和他拼命。"这才是那最重要的一句，女人流着眼泪答应了他。

第二天，女人给他打点一个小小的包裹，里面包了一身新单衣，一条新毛巾，一双新鞋子。那几家也是这些东西，交水生带去。一家人送他出了门。父亲一手拉着小华，对他说：

"水生，你干的是光荣事情，我不拦你，你放心走吧。大人孩子我给你照顾，什么也不要惦记。"

全庄男女老少也送他出来，水生对大家笑一笑，上船走了。

女人们到底有些藕断丝连。过了两天，四个青年妇女集在水生家里来，大家商量：

"听说他们还在这里没走。我不拖尾巴，可是忘下了一件衣裳。"

"我有句要紧的话得和他说说。"

水生的女人说：

"听他说鬼子要在同口安据点。……"

"哪里就碰得这么巧，我们快去快回来。"

"我本来不想去，可是俺婆婆非叫我再去看看他，有什么看头啊！"

于是这几个女人偷偷坐在一只小船上，划到对面马庄去了。

到马庄，她们不敢到街上去找，来到村头一个亲戚家里，亲戚说："你们来的不巧，昨天晚上他们还在这里，半夜里走了，谁也不知开到哪里去。你们不用惦记他们，听说水生一来就当了副排长，大家都欢天喜地的……"

几个女人羞红着脸告辞出来，摇开靠在岸边上的小船。现在已经快到晌午了。万里无云，可是因为在水上，还有些凉风。这风从南面吹过来，从稻秧上苇尖上吹过来。水面没有一只船，水象无边的跳荡的水银。

几个女人有点失望，也有些伤心，各人在心里骂着自己的狠心贼。可是青年人，永远朝着愉快的事情想，女人们尤其容易忘记那些不痛快。不久，她们就说笑起来了。

"你看说走就走了。"

"可慌（高兴的意思）哩，比什么也慌，比过新年，娶新——也没见他这么慌过！"

"拴马桩也不顶事了。"

"不行了，脱了缰了！"

"一到军队里，他一准得忘了家里的人。"

"那是真的，我们家里住过一些年轻的队伍，一天到晚仰着脖子出来唱，进去唱，我们一辈子也没那么乐过。等他们闲下来没有事了，我就傻想：该低下头了吧，你猜人家干什么？用白粉子在我家映壁上画上许多圆圈圈，一个一个蹲在院子里，托着枪瞄那个，又唱起来了！"

她们轻轻划着船，船两边的水哗，哗，哗。顺手从水里捞上一个菱角来，菱角还很嫩很小，乳白色。顺手又丢到水里去。那个菱角就又安安稳稳浮在水面上生长了。

"现在你知道他们到了那里。"

"管他哩，也许跑到天边上去了！"

她们都抬起头往远处看了看。

"唉呀！那边过来一只船。"

"唉呀！日本，你看那衣裳！"

"快摇！"

小船拼命往前摇。她们心里也许有些后悔，不该这么冒冒失失走来，也许有些怨恨那些走远了的人。但是立刻就想，什么也别想了，快摇，大船紧紧追过来了。

大船追的很紧。

幸亏是这些青年妇女，白洋淀长大的，她们摇的小船飞快。小船好象离开了水皮，一条打跳的梭鱼。她们从小跟这小船交道，驰起来，就象织布穿梭，缝衣透针一般快。

假如敌人追上了，就跳到水里去死吧！

后面大船来的飞快。那明明白白是鬼子！这几个青年妇女咬紧牙制止住心跳，摇橹的手并没有慌，水在两旁大声的哗哗，哗哗，哗哗哗！

"往荷花淀里摇！那里水浅，大船过不去。"

她们奔着那不知道几亩大小的荷花淀去，那一望无边际的密密层层的大荷叶，迎着阳光舒展开，就象铜墙铁壁一样。粉红花箭高高的挺出来，是监视白洋淀的哨兵吧！

她们向荷花淀里摇，最后，努力的一摇，小船窜进了荷花淀。几只野鸭扑楞楞飞起，尖声惊叫，掠过水面飞走了。就在她们的耳边响起一排枪！

整个荷花淀全震荡起来。她们想，陷在敌人的埋伏里了，一准要死了，一齐翻身跳到水里去。渐渐听清楚枪声只是向着外面，她们才又扒着船帮露出头来。她们看见不远处的地方，那宽厚肥大的荷叶下面，有一个人的脸，下半截身子长在水里。荷花变成人了？那不是我们的水生吗？又往左右看去，不久各人就找到各人的丈夫的脸，啊！原来是他们！

但是那些隐蔽在大荷叶下面的战士们，正在聚精会神瞄着敌人射击，半眼也没有看她们。枪声清脆，三五排枪过后，他们投出了手榴弹，冲出了荷花淀。

手榴弹把敌人那只大船击沉，一切都沉下去了。水面上只剩下一团烟硝火药气味。战士们就在那里大声笑着，打捞战利品。他们又开始沉到水底捞出大鱼来的拿手戏。他们争着捞出敌人的枪支、子弹带，然后是一袋子一袋子叫水浸透了的面粉和大米。水生拍打着水去追赶一个在水波上滚动的东西，是一包精致的纸盒装着的饼干。

妇女们带着浑身水，又坐到她们的小船上去了。

水生追回那个纸盒子，一只手高高举起，一只手用力拍打着水，好使自己不沉下去。对着荷花淀吆喝：

"出来吧，你们！"

好象带着很大的气。

她们只好摇着船出来。忽然从她们的船底下冒出一个人来，只有水生的女人认得那是区小队的队长，这个人抹一把脸上的水问她们：

"你们干什么去来呀？"

水生的女人说：

"又给她们送了一些衣裳来！"

小队长回头对水生说：

"都是你村的？"

"不是她们是谁，一群落后分子！"说完把纸盒顺手丢在女人的船上，一洇，又沉到水底下去，到很远的地方才钻出来。

小队长开了个玩笑，他说：

"你们也没有白来，不是你们，我们的伏击不会这么彻底。可是，任务已经完成，该回去晒晒衣裳了。情况还紧得很！"

战士们已经把打捞出来的战利品，全装在他们的小船上，准备转移。一个摘了一片大荷叶顶在头上，抵挡正午的太阳。几个青年妇女把掉在水里又捞出来的小包裹，丢给了他们，战士们的三只小船就奔着东南方向，箭一样飞去了。不久就消失在中午水面上的烟波里。

几个青年妇女划着她们的小船赶紧回家，一个个象落水鸡似的。一路走着，因过于刺激和兴奋，她们又说笑起来，坐在船头脸朝后的一个噘着嘴说：

"你看他们那个模样子，见了我们爱搭理不搭理的！"

"啊，好象我们给他们丢了什么人似的！"

她们自己也笑了，今天的事情不算光彩，可是：

"我们没枪，有枪就不往荷花淀里跑，在淀里就和鬼子干起来！"

"我今天也算看见打仗了。打仗有什么出奇，只要你不着慌，谁还不会趴在那里放枪呀！"

"打沉了，我也会浮水捞东西，我管保比他们水式好，再深点我也不怕！"

"水生嫂，回去我们也成立队伍，不然以后还能出门吗！"

"刚当上兵就小看我们，过二年，更把我们看得一钱不值了，谁比谁落后多少呢！"

这一年秋季,她们学会了射击。冬天,打冰夹鱼的时候,她们一个个登在流星一样的冰船上,来回警戒。敌人围剿那百顷大苇塘的时候,她们配合子弟兵作战,出入在那芦苇的海里。

一九四五年于延安

原载 1945 年 5 月 15 日《解放日报》第 4 版

金 锁 记

张爱玲

　　三十年前的上海，一个有月亮的晚上……我们也许没赶上看见三十年前的月亮。年轻的人想着三十年前的月亮该是铜钱大的一个红黄的温晕，像朵云轩信笺上落了一滴泪珠，陈旧而迷糊。老年人回忆中的三十年前的月亮是欢愉的，比眼前的月亮大，圆，白；然而隔着三十的辛苦路往回看，再好的月色也不免带点凄凉。

　　月光照到姜公馆新娶的三奶奶的陪嫁丫鬟凤箫的枕边。凤箫睁眼看了一看，只见自己一只青白色的手搁在半旧高丽棉的被面上，心中便道："是月亮光么？"凤箫打地铺睡在窗户底下。那两年正忙着换朝代，姜公馆避兵到上海来，屋子不够住的，因此这一间下房里横七竖八睡满了底下人。

　　凤箫恍惚听见大床背后有窸窸窣窣的声音，猜着有人起来解手，翻过身去，果见布帘子一掀，一个黑影趿着鞋出来了，约摸是伺候二奶奶的小双，便轻轻叫了一声"小双姐姐"。小双笑嘻嘻走来，踢了一踢地下的褥子道："吵醒了你了。"她把两手抄在青莲色旧绸夹袄里，下面系着明油绿裤子。凤箫伸手捻了捻那裤脚，笑道："现在颜色衣服不大有人穿了。下江人时兴的都是素净的。"小双笑道："你不知道，我们家哪比得旁人家？我们老太太古板，连奶奶小姐们尚且做不得主呢，何况我们丫头？给什么，穿什么——一个个打扮得庄稼人似的！"她一蹲身坐在地铺上，拣起凤箫脚头一件小袄来，问道："这是你们小姐出阁，给你们新添的？"凤箫摇头道："三季衣裳，就只外场上看见的两套是新制的，余下的还不是上头人穿剩下的贴补贴补！"小双道："这次办喜事，偏赶着革命党造反，可委屈了你们小姐！"凤箫叹道："别提了！就说省俭些罢，总得有个谱子！也不能太看不上眼了。我们那一位，嘴里不言语，心里岂有不气的？"小双道："也难怪三奶奶不乐意。你们那边的嫁妆，也还凑合着，我们这边的排场，可太凄惨了。就连那一年娶咱们二奶奶，也还比这一趟强些！"凤箫愣了一愣道："怎么？你们二奶奶……"

　　小双脱下了鞋，赤脚从凤箫身上跨过去，走到窗户眼前，笑道："你也起来看看月亮。"凤箫一骨碌爬起身来，低声问道："我早就想问你了，你们二奶奶……"小双弯腰拾起那件小袄来替她披上了，道："仔细着了凉。"凤箫一面扣钮子，一面笑道："不行，你得告诉我！"小双笑道："是我说话不留神，闯了祸！"凤箫道："咱们这都是自家人了，干吗这么见外呀？"小双道："告诉你，你可别告诉你们小姐去！咱们二奶奶家里是开麻油店的。"凤箫哟了一声道："开麻油店！打哪儿想起的？像你们大奶奶，也是公侯人家的小姐，我们那一位虽比不上大奶奶，也还不是低三下四的人——"小双道："这里头自然有个缘故。咱们二爷你也见过了，是个残废。做官人家的女儿谁肯给他？老太太没奈何，打算替二爷置一房姨奶奶，做媒的给找了这曹家的，是七月里生的，就叫七巧。"凤箫说："哦，是姨奶奶。"小双道："原是做姨奶奶的，后来老太太想着，既然不打算替二爷另娶了，二房里没个当家的媳妇，也不是事，索性聘了来做正头奶奶，好教她死心塌地服侍二爷。"凤箫把手扶着窗台，沉吟道："怪道呢！我虽是初来，也瞧料了两三分。"小双道："龙生龙，凤生凤，这话是有的，你还没听见她的谈吐呢！当着姑娘们，一点忌讳也没有。亏得我们家一向内言不出，外言不入，姑娘们什么都不懂。饶是不懂，还臊得没处躲！"凤箫噗嗤一笑道："真的？她这些村话，又是从哪儿听来的？就连我们丫头——"小双抱着胳膊道："麻油店的活招牌，站惯了柜台，见多识广的，我们拿什么去比人家？"凤箫道："你是她陪嫁来的么？"小双冷笑说："她也配！我原是老太太跟前的人，二爷成天的吃药，行动都离不了人，屋里几个丫头不够使，把我拨了过去。怎么着？你冷哪？"凤箫摇摇头。小双道："瞧你缩着脖子这娇模样儿！"一语未完，凤箫打了个喷嚏，小双忙推她道："睡罢！睡罢！快焐一焐。"凤箫跪了下来脱袄子，笑道："又不是冬天，哪儿就至于冻着了？"小双道："你别瞧这窗户关着，窗户眼儿里吱溜溜的钻风。"

两人各自睡下，凤箫悄悄地问道："过来了也有四五年了罢？"小双道："谁？"凤箫道："还有谁？"小双道："哦，她，可不是有五年了。"凤箫道："也生男育女的——倒没闹出什么话柄儿？"小双道："还说呢！话柄儿就多了！前年老太太领着合家上下到普陀山进香去，她坐月子没去，留着她看家。舅爷脚步儿走得勤了些，就丢了一票东西。"凤箫失惊道："也没查出个究竟来？"小双道："问得出什么好的来？大家面子上下不去！那些首饰左不过将来是归大爷二爷三爷的。大爷大奶奶碍着二爷，没好说什么。三爷自己在外头流水似的花钱，欠了公账上不少，也说不响嘴。"

她们俩隔着丈来远交谈。虽是极力地压低了喉咙，依旧有一句半句声音大了些，惊醒了大床上睡着的赵嬷嬷。赵嬷嬷唤道："小双。"小双不敢答应。赵嬷嬷道："小双，你再混说，让人家听见了，明儿仔细揭你的皮！"小双还是不做声。赵嬷嬷又道："你别以为还是从前住的深堂大院哪，由得你疯疯癫癫！这儿可是挤鼻子挤眼睛的，什么事瞒得了人？趁早别讨打！"屋里顿时鸦雀无声。赵嬷嬷害眼，枕头里塞着菊花叶子，据说是使人眼目清凉。她欠起头来按一按鬓上横绾的银簪，略一转侧，菊叶便沙沙作响。赵嬷嬷翻了个身，吱吱格格牵动了全身的骨节,她唉了一声道:"你们懂得什么!"小双与凤箫依旧不敢接嘴。久久没有人开口,也就一个个的朦胧睡去了。

天就快亮了。那扁扁的下弦月,低一点,低一点,大一点,象赤金的脸盆,沉了下去。天是森冷的蟹壳青,天底下黑魆魆的只有些矮楼房,因此一望望得很远。地平线上的晓色,一层绿,一层黄,又一层红,如同切开的西瓜——是太阳要上来了。渐渐马路上有了小车与塌车辘辘推动,马车啼声嘚嘚。卖豆腐花的挑着担子悠悠吆喝着,只听见那漫长的尾声:"花……呕! 花……呕!"再去远些,就只听见"哦……呕! 哦……呕!"

屋子里丫头老妈子也起身了,乱着开房门,打脸水,叠铺盖,挂帐子,梳头。凤箫伺候三奶奶兰仙穿了衣裳,兰仙凑到镜子前面仔细望了一望,从腋下抽出一条水绿洒花湖纺手帕,擦了擦鼻翅上的粉,背对着床上的三爷道:"我先去替老太太请安罢。等你,准得误了事。"正说着,大奶奶玳珍来了,站在门槛上笑道:"三妹妹,咱们一块儿去。"兰仙忙迎了出去道:"我正担心着怕晚了,大嫂原来还没上去。二嫂呢?"玳珍笑道:"她还有一会儿耽搁呢。"兰仙道:"打发二哥吃药?"玳珍四顾无人,便笑道:"吃药还在其次——"她把拇指抵着嘴唇,中间的三个指头握着拳头,小指头翘着,轻轻的"嘘"了两声。兰仙诧异道:"两人都抽这个?"玳珍点头道:"你二哥是过了明路的,她这可是瞒着老太太的,叫我们夹在中间为难,处处还得替她遮盖遮盖。其实老太太有什么不知道? 有意地装不晓得,照常地派她差使,零零碎碎给她罪受,无非是不肯让她抽个痛快罢了。其实也是的,年纪轻轻的妇道人家,有什么了不得的心事,要抽这个解闷儿?"

玳珍兰仙手挽手一同上楼,各人后面跟着贴身丫环,来到老太太卧室隔壁的一间小小的起坐间里。老太太的丫头榴喜迎了出来,低声道:"还没醒呢。"玳珍抬头望了望挂钟,笑道:"今儿老太太也晚了。"榴喜道:"前两天说是马路上人声太杂,睡不稳。这现在想是惯了,今儿补足了一觉。"

紫榆百龄小圆桌上铺着红毡条,二小姐姜云泽一边坐着,正拿着小钳子磕核桃呢,忙丢下了站起来相见。玳珍把手搭在云泽肩上,笑道:"还是云妹妹孝心,老太太昨儿一时高兴,叫做糖核桃,你就记住了。"兰仙玳珍便围着桌子坐下了,帮着剥核桃衣子。云泽手酸了,放下了钳子,兰仙接了过来。玳珍道:"当心你那水葱似的指甲,养得这么长了,断了怪可惜的!"云泽道:"叫人去拿金指甲套子去。"兰仙笑道:"有这些麻烦的,倒不如叫他们拿到厨房里去剥了!"

众人低声说笑着,榴喜打起帘子,报道:"二奶奶来了。"兰仙云泽起身让坐,那曹七巧且不坐下,一只手撑着门,一只手撑了腰,窄窄的袖口里垂下一条雪青洋绉手帕,身上穿着银红衫子,葱白线镶滚,雪青闪蓝如意小脚裤子,瘦骨脸儿,朱口细牙,三角眼,小山眉,四下里一看,笑道:"人都齐了,今儿想必我又晚了!

怎怪我不迟到——摸着黑梳的头！谁教我的窗户冲着后院子呢？单单就派了那么间房给我，横竖我们那位眼看是活不长的，我们净等着做孤儿寡妇了——不欺负我们，欺谁？"玳珍淡淡的并不接口，兰仙笑道："二嫂住惯了北京的房子，怪不得嫌这儿憋闷得慌。"云泽道："大哥当初找房子的时候，原该找个宽敞些的，不过上海像这样的，只怕也算敞亮的了。"兰仙道："可不是！家里人实在多，挤是挤了点——"七巧挽起袖口，把手帕掖在翡翠镯子里，瞟了兰仙一眼，笑道："三妹妹原来也嫌人太多了。连我们都嫌人多，像你们没满月的自然更嫌人多了！"兰仙听了这话，还没有怎么，玳珍先红了脸，道："玩是玩，笑是笑，也得有个分寸。三妹妹新来乍到的，你让她想着咱们是什么样的人家？"七巧扯起手绢子的一角掩住了嘴唇道："知道你们都是清门净户的小姐，你倒跟我换一换试试，只怕你一晚上也过不惯。"玳珍啐道："不跟你说了，越说你越上头上脸的。"七巧索性上前拉住玳珍的袖子道："我可以赌得咒——这三年里头我可以赌得咒！你敢赌么？"玳珍也撑不住噗嗤一笑，咕噜了一句道："怎样你孩子也有了两个？"七巧道："真的，连我也不知道这孩子是怎么生出来的！越想越不明白！"玳珍摇手道："够了，够了，少说两句罢。就算你拿三妹妹当自己人，没什么避讳，现放着云妹妹在这儿呢，待会儿老太太跟前一告诉，管叫你吃不了兜着走！"

云泽早远远地走开了，背着手站在阳台上，撮尖了嘴逗芙蓉鸟。姜家住的虽然是早期的最新式洋房，堆花红砖大柱支着巍峨的拱门，楼上的阳台却是木板铺的地。黄杨木阑杆里面，放着一溜篾篓子，晾着笋干。蔽旧的太阳弥漫在空气里像金的灰尘，微微呛人的金灰，揉进眼睛里去，昏昏。街上小贩遥遥摇着拨浪鼓，那懵懵的"不楞登……不楞登"里面有着无数老去的孩子们的回忆。包车叮叮地跑过，偶尔也有一辆汽车叽叽叫两声。

七巧自己也知道这屋子里的人都瞧不起她，因此和新来的人分外亲热些，倚在兰仙的椅背上问长问短，携着兰仙的手左看右看，夸赞了一会她的指甲，又道："我去年小拇指上养的比这个足足还长半寸呢，掐花给弄断了。"兰仙早看穿了七巧的为人和她在姜家的地位，微笑尽管微笑着，也不大答理她。七巧自觉无趣，踅到阳台上来，拎起云泽的辫梢来抖了一抖，搭讪着笑道："呦！小姐的头发怎么这样稀朗朗的？去年还是乌油油的一头好头发，该掉了不少罢？"云泽闪过身去保护辫子，笑道："我掉两根头发，也要你管！"七巧只顾端详她，叫道："大嫂你来看看，云妹妹的确瘦多了，小姐莫不是有了心事了？"云泽啪的一声打掉了她的手，恨道："你今儿个真的发了疯了？平日还不够讨人嫌的？"七巧把两手筒在袖子里，笑嘻嘻地道："小姐脾气好大！"

玳珍探出头来道："云妹妹，老太太起来了。"众人连忙扯扯衣襟，摸摸鬓角，打帘子进隔壁房里去，请了安，伺候老太太吃早饭。婆子们端着托盘从起坐间穿了过去，里面的丫头接过碗碟，婆子们依旧退到外间来守候着。里面静悄悄的，难得有人说句把话，只听见银筷子头上的细银链窸窣颤动。老太太信佛，饭后照例要做两个时辰的功课，众人退了出来，云泽背地里向玳珍道："二嫂不忙着过瘾去，还挨在里面做什么？"玳珍道："想是有两句私房话要说。"云泽不由得笑了起来道："她的话，老太太哪里听得进？"玳珍冷笑道："那倒也说不定。老年人心思总是活动的，成天在耳边絮聒着，十句里头相信一两句，也未可知。"

兰仙坐着磕核桃，玳珍和云泽便顺着脚走到阳台上来，虽不是存心偷听正房里的谈话，老太太上了年纪，有点聋，喉咙特别高些，有意无意之间不免有好些话吹到阳台上的人的耳朵里来。云泽把脸气得雪白，先是握紧了拳头，又把两只手便劲一撒，便向走廊的另一头跑去，跑了两步，又站住了，身子向前伛偻着，捧着脸呜呜哭了起来。玳珍赶上去扶着劝道："妹妹快别这么着！快别这么着！犯不着跟她这样的人计较！谁拿她的话当桩事！"云泽甩开了她，一径往自己屋里奔去。玳珍回到起坐间里来，一拍手道："这可闯出祸来了！"兰仙忙道："怎么了？"玳珍道："你二嫂去告诉了老太太，说女大不中留，让老太太写信给彭家，叫他们早早把云妹妹娶过去罢。你瞧，这算什么话？"兰仙也怔了一怔道："女家说出这种话来，可不是自己打脸么？"玳珍道："姜家没面子，还是一时的事，云妹妹将来嫁了过去，叫人家怎么瞧得起她？她这一辈子还要做人呢！"兰仙道："老太太是明白人，不见得跟那一位一样的见识。"玳珍道："老太太起先自然是不爱听，说咱们家的孩子，决不会生这样的心。她就说：'哟！您不知道现在的女孩子跟从前做女孩子时候的女孩子，哪儿能够打比呀？时世变了，要不怎么天下大乱呢？'你知道，年岁大的人就爱听这一套，说得老太太也有点疑疑惑惑起来。"兰仙叹道："好端端怎么想起来的，造这样的谣言！"玳珍两肘支在桌子上，伸着小指剔眉毛，沉吟了一会，嗤地一笑道："她自己以为她是特别体贴云妹妹呢！要她这样体贴我，我可受不了！"兰仙拉了她一把道："你听——可能是云妹妹罢？"后房似乎有人在那里大放悲声，蹬得铜床柱子一片响，嘈嘈杂杂还有人在那里解劝，只是劝不住。玳珍站起身来道："我去看看，别瞧这位小姐好性儿，逼急了她，也不是好惹的。"

玳珍出去了，那姜三爷姜季泽却一路打着呵欠进来。季泽是个结实小伙子，偏于胖的一方面，脑后拖一根三股油松大辫，生得天圆地方，鲜红的腮颊，往下坠着一点，青湿眉毛，水汪汪的黑眼睛里永远透着三分不耐烦，穿一件竹根青窄袖长袍，酱紫芝麻地一字襟珠扣小坎肩，问兰仙道："谁在里头喊喊喳喳跟老太太说话？"兰仙道："二嫂。"季泽抿着嘴摇摇头。兰仙笑道："你也怕了她？"季泽一声儿不言语，拖过一把椅子，将椅背抵着桌缘，把袍子高高的一撩，骑着椅子坐了下来，下巴搁在椅背上，手里只管把核桃仁一个一个拈来吃，兰仙睨了他一眼道：

"人家剥了这一晌午，是专诚孝敬你的么？"正说道，七巧掀着帘子出来了，一眼看见了季泽，身不由主地就走了过来，绕到兰仙椅子背后，两手兜在兰仙脖子上，把脸凑了下去，笑道："这么一个人才出众的新娘子！三弟你还没谢谢我哪！要不是我催着他们早早替你办了这件事，这一耽搁，等打完了仗，指不定要十年八年呢！可不把你急坏了！"兰仙生平最大的憾事便是出阁的日子正赶着非常时期，潦草成了家，诸事都欠齐全，因此一听见这不入耳的话，她那小长挂子脸便往下一沉。季泽望了兰仙一眼，微笑道："二嫂，自古好心没好报，谁都不承你的情！"七巧道："不承情也罢！我也惯了。我进了你们姜家的门，别的不说，单只守着你二哥这些年，衣不解带的服侍他，也就是个有功无过的人——谁见我的情来？谁有半点好处到我头上？"季泽道："你一开口就是满肚子的牢骚！"七巧长长地吁了一口气，只管拨弄兰仙衣襟上扣着的金三事儿和钥匙。半晌，忽道："总算你这一个来月没出去胡闹过。真亏了新娘子留住了你。旁人跪下地来求你也留你不住！"季泽笑道："是吗？嫂子并没有留过我，怎见得留不住？"一面笑，一面向兰仙使了个眼色。七巧笑得直不起腰道："三妹妹，你也不管管他！这么个猴儿崽子，我眼看他长大的，他倒占起我的便宜来了！"

她嘴里说笑着，心里发烦，一双手也不肯闲着，把兰仙揣着捏着，捶着打着，恨不得把她挤得走了样才好。兰仙纵然有涵养，也忍不住要恼了；一性急，磕核桃使差了劲，把那二寸多长的指甲齐根折断了。七巧哟了一声道："快拿剪刀来修一修。我记得这屋里有一把小剪子的。"便唤："小双！榴喜！来人哪！"兰仙立起身来道："二嫂不用费事，我上我屋里铰去。"便抽身出去。七巧就在兰仙的椅子上坐下了，一手托着腮，抬高了眉毛，斜瞅着季泽道："她跟我生了气么？"季泽笑道："她干吗生你的气？"七巧道："我正要问你呀——我难道说错了话不成？留你在家倒不好？她倒愿意你上外头逛去？"季泽笑道："这一大家子从大哥大嫂起，齐了心管教我，无非是怕我花了公账上的钱罢了。"七巧道："阿弥陀佛，我保不定别人不安着这个心，我可不那么想。您就是闹了亏空，押了房子卖了田，我若皱一皱眉头，我也不是你二嫂了。谁叫咱们是骨肉至亲呢？我不过是要你当心你的身子。"季泽嗤地一笑道："我当心我的身子，要你操心？"七巧颤声道："一个人，身子第一要紧。你瞧你二哥弄得那样儿，还成个人吗？还能拿他当个人看？"季泽正色道："二哥比不得我，他一下地就是那样儿，并不是自己作践的。他是个可怜的人，一切全仗二嫂照护他了。"七巧直挺挺地站了起来，两手扶着桌子，垂着眼皮，脸庞的下半部抖得像嘴里含着滚烫的蜡烛油似的。用尖细的声音逼出两句话道："你去挨着你二哥坐坐！你去挨着你二哥坐坐！"她试着在季泽身边坐下，只搭着他的椅子的一角，她将手贴在他腿上，道："你碰过他的肉没有？是软的、重的，就像人的腿有时发了麻，摸上去那感觉……"季泽脸上也变了色，然而他仍旧轻佻地笑了一声,俯下腰,伸手去捏她的脚道:"倒要瞧瞧你的脚现在麻不麻!"七巧道:"天哪,你没挨着他的肉,你不知道没病的身子是多好的……多好的……"她顺着椅子溜下去,蹲在地上,脸枕着袖子,听不见她哭,只看见发髻上插的风凉针,针头上的一粒钻石的光,闪闪掣动着。发髻的心子里扎着一小截粉红丝线,反映在金刚钻微红的光焰里。她的背影一挫一挫,俯伏了下去。她不像在哭,简直像在翻肠搅胃地呕吐。

季泽先是愣住了,随后就立起来道:"我走,我走就是了。你不怕人,我还怕人呢。也得给二哥留点面子!"七巧扶着椅子站了起来,呜咽道:"我走。"她扯着衫袖里的手帕子搵了搵脸,忽然微微一笑道:"你这样卫护你二哥!"季泽冷笑道:"我不卫护他,还有谁卫护她?"七巧向门走去,哼了一声道:"你又是什么好人?趁早不用在我眼前假撇清!且不提你在外头怎样荒唐,只单在这屋里……老娘眼睛里是糅不下沙子去!别说我是你嫂子了,就是我是你奶妈,只怕你也不在乎。"季泽笑道:"我原是个随随便便的人,哪禁得起你挑眼儿?"七巧待要出去,又把背心贴在门上,低声道:"我就不懂,我什么地方不如人?我有什么地方不好……"季泽笑道:"好嫂子,你有什么不好?"七巧笑了一声道:"难不成我跟了残废的人,就过上了残废的气,沾都沾不得?"她睁着眼直勾勾朝前望着,耳朵上的实心小金坠子像两只铜钉把她钉在门上——玻璃匣子里蝴蝶的标本,鲜艳而凄怆。

季泽看着她,心里也动了一动。可是那不行,玩尽管玩,他早抱定了宗旨不惹自己家里人,一时的兴致过去了,躲也躲不掉,踢也踢不开,成天在面前,是个累赘。何况七巧的嘴这样敞,脾气这样躁,如何瞒得了人?何况她的人缘这样坏,上上下下谁肯代她包涵一点?她也许是豁过去了,闹穿了也满不在乎,他可是年纪轻轻的,凭什么要冒这个险?他侃侃说道:"二嫂,我虽年纪小,并不是一味胡来的人。"

仿佛有脚步声,季泽一撩袍子,钻到老太太屋子去了,临走还抓了一大把核桃仁。七巧神志还不很清楚,直到有人推门,她方才醒了过来,只得将计就计,藏在门背后,见玳珍走了进来,她便夹脚跟出来,在玳珍背上打一下,玳珍勉强一笑道:"你的兴致越发好了!"又望了望桌上道:"咦?那些个核桃,吃得差不多了。再也没有别人,准是三弟。"七巧倚着桌子,面向阳台立着,只是不言语。玳珍坐了下来,嘟哝道:"害人家剥了一早上,便宜他享现成的!"七巧捏着一片锋利的胡桃壳,在红毡条上狠命刮着,左一刮,右一刮,看看那毡子起了毛,就要破了。她咬着牙道:"钱上头何尝不是一样?一味的叫咱们省,省下来让人家拿出去大把的花!我就不服这口气!"玳珍看了一看,冷冷地道:"那可没有办法。人多了,明里不去,暗里也不见得不去。管得了这个,管不了那个。"七巧觉得她话中有刺,正待反唇相讥,小双进来了,鬼鬼祟祟走到七巧跟前,嗫嚅道:"奶奶,舅爷来了。"

七巧骂道："舅爷来了，又不是背人的事，你嗓子眼里长了疔是怎么着？ 蚊子哼哼似的！"小双倒退了一步，不敢言语。玳珍道："你们舅爷原来也到上海来了？ 咱们这儿亲戚倒都全了。"七巧移步出房道："不许他到上海来？ 内地兵荒马乱的，穷人也一样的要命呀！"她在门槛上站住了，问小双道："回过老太太没有？"小双道："还没呢。"七巧想了一想，毕竟不敢进去告诉一声，只得悄悄下楼去了。

玳珍问小双道："舅爷一个来的？"小双道："还有舅奶奶，拎着四只提篮盒。"玳珍格的一笑道："倒破费了他们。"小双道："大奶奶不用替他们心疼。装得满满的进来，一样装得满满的出去。别说金的银的圆的扁的，就连零头鞋面儿裤腰都是好的！"玳珍笑道："别那么缺德了！ 你下去罢。她娘家人难得上门，伺候不周到，又该大闹了。"

小双赶了出去，七巧正在楼梯口盘问榴喜老太太可知道这件事。榴喜道："老太太念佛呢，三爷趴在窗口看野景，说大门口来了客。老太太问是谁，三爷仔细看了看，说不知是不是曹家舅爷，老太太就没追问下去。"七巧听了，心头火起，跺了跺脚，喃喃呐呐骂道："敢情你装不知道就算了！ 皇帝还有草鞋亲呢！ 这会子有这么势利的，当初何必三媒六聘地把我抬过来？ 快刀斩不断的亲戚，别说你今儿是装死，就是你真的死了，他也不能不到你灵前磕三个头，你也不能不受着他的！"一面说，一面下去了。

她那间房，一进门便有一堆金漆箱笼迎面拦住，只隔开几步见方的空地。她一掀帘，只见她嫂子蹲下身去将提篮盒上面的一屉酥盒子卸了下来，检视下面一屉里的菜可曾泼出来。她哥哥曹大年背着弯着腰看着。七巧止不住一阵心酸，倚着箱笼，把脸偎在那沙蓝棉套子上，纷纷落下泪来。她嫂子慌忙站直了身子，抢步上前，两只手捧住她一只手，连连叫着姑娘。曹大年也不免抬起袖子来擦眼睛。七巧把那只空着的手去解箱套子上的纽扣，解了又扣上，只是开不得口。

她嫂子回过头去睃了她哥哥一眼道："你也说句话呀！ 成日价念叨着，见了妹妹的面，又像锯了嘴的葫芦似的！"七巧颤声道："也不怪他没有话——他哪儿有脸来见我！"又向她哥哥道："我只道你这一辈子不打算上门了！ 你害得我好！ 你扔崩一走，我可走不了。你也不顾我的死活。"曹大年道："这是什么话？ 旁人这么说还罢了，你也这么说！ 你不替我遮盖遮盖，你自己脸上也不见得光鲜。"七巧道："我不说，我可禁不住人家不说。就为你，我气出了一身病在这里。今日之下，亏你还拿话来堵我！"她嫂子忙道："是他的不是，是他的不是！ 姑娘受了委屈了。姑娘受的委屈也不止这一件好歹忍着罢，总有个出头之日。"她嫂子那句"姑娘受的委屈也不止这一件"的话却深深打进她心坎儿里去。七巧哀哀哭了起来，急得她嫂子直摇手道："看吵醒了姑爷。"房那边暗昏昏的紫楠大床上，寂寂吊着珠罗纱帐子。七巧的嫂子又道："姑爷睡着了罢？ 惊动了他，该生气了。"七巧高声叫道："他要有点人气，倒又好了！"他嫂子吓得掩住她的嘴道："姑奶奶别！病人听见了，心里不好受！"七巧道："他心里不好受，我心里好受吗？"她嫂子道："姑爷还是那软骨症？"七巧道："就这一件还不够受了，还禁得起添什么？这儿一家子都忌讳痨病这两个字，其实还不就是骨痨！"她嫂子道："整天躺着，有时候也坐起来一会儿么？"七巧吓吓地笑了起来道："坐起来，脊梁骨直溜下去，看上去还没有我那三岁的孩子高哪！"她嫂子一时想不出劝慰的话，三个人都愣住了。七巧猛地顿脚道："走罢，走罢，你们！你们来一趟，就害得我把前因后果重新在心里过一过。我禁不起这么折腾！你快给我走！"

曹大年道："妹妹你听我一句话。别说你现在心里不舒坦，有个娘家走动着，多少好些，就是你有了出头之日了，姜家是个大族，长辈动不动就拿大帽子压人，平辈小辈一个个如狼似虎的，哪一个是好惹的？替你打算，也得要个帮手。将来你用得着你哥哥你侄儿的时候多着呢。"七巧啐了一声道："我靠你帮忙，我也倒了霉了！我早把你看得透里透——斗得过他们，你到我跟前来邀功要钱，斗不过他们，你往那边一倒。本来见了做官的就魂都没有了，头一缩，死活随我去。"大年涨红了脸冷笑道："等钱到了你手里，你再防着你哥哥分你的，也还不迟。"七巧道："你既然知道钱还没有到我手里，你来缠我做什么？"大年道："路远迢迢赶来看你，倒是我们的不是了！走！我们这就走！凭良心说，我就用你两个钱，也是该的。当初我若贪图财礼，问姜家多要几百两银子，把你卖给他们做姨太太，也就卖了。"七巧道："奶奶不胜似姨奶奶吗？长线放远鹞，指望大着呢！"大年待要回嘴，他媳妇拦住他道："你就少说一句罢！以后还有见面的日子呢。将来姑奶奶想到你的时候，才知道她就只这一个亲哥哥了！"大年督促他媳妇整理了提篮盒，拎起就待走。七巧道："我稀罕你？等我有了钱了，我不愁你不来，只愁打发你不开！"嘴里虽然硬着，熬不住那呜咽的声音，一声响似一声，憋了一上午的满腔幽恨，借着这因由尽情发泄了出来。

她嫂子见她分明有些留恋之意，便做好做歹劝住了她哥哥；一面半搀半拥把她引到花梨炕上坐下了，百般譬解，七巧渐渐收了泪。兄妹姑嫂叙了些家常。北方情形还算平靖，曹家的麻油铺还照常营业着。大年夫妇此番到上海来，却是因为他家没过门的女婿在人家当账房，光复的时候恰巧在湖北，后来辗转跟主人到上海来了，因此大年亲自送了女儿来完婚，顺便探望妹子。大年问候了姜家阖宅上下，又要参见老太太，七巧道："不见也罢了，我正跟她怄气呢。"大年夫妇都吃了一惊，七巧道："怎么不怄气呢？一家子都往我头上踩，我若是好欺负的，早给作贱死了，饶是怎么着，还气得我七病八痛的！"她嫂子道："姑娘近来还抽烟不抽，倒是鸦片烟，平肝导气，比什么药都强。姑娘自己千万保重，我们又不在跟前，谁是个知疼着热的人？"

七巧翻箱子取出几件新款尺头送与她嫂子,又是一副四两重的金镯子,一对披霞莲蓬簪,一床丝棉被胎,侄女们每人一只金挖耳,侄儿们或是一只金锞子,或是一顶貂皮暖帽,另送了她哥哥一只珐琅金蝉打簧表,她哥嫂道谢不迭。七巧道:"你们来得不巧,若是在北京,我们正要上路的时候,带不了的东西,分了几箱给丫头老妈子,白便宜了他们。"说得她哥嫂讪讪的。临行的时候,她嫂子道:"忙完了闺女,再来瞧姑奶奶。"七巧道:"不来也罢了,我应酬不起!"

大年夫妇出了姜家的门,她嫂子便说:"我们这位姑奶奶怎么换了个人?没出嫁的时候不过要强些,嘴头上琐碎些,就连后来我们去瞧她,虽是比前暴躁些,也还有个分寸,不似如今疯疯傻傻,说话有一句没一句,就没一点儿得人心的地方。"

七巧立在房里,抱着胳膊看小双祥云两个丫头把箱子抬回原处,一只一只叠了上去。从前的事又回来了:临着碎石子街的馨香的麻油店,黑腻的柜台,芝麻酱桶里竖着木匙子,油缸上吊着大大小小的铁匙子。漏斗插在打油的人的瓶里,一大匙再加上两小匙正好装满一瓶——一斤半。熟人呢,算一斤四两。有时她也上街买菜,蓝夏布衫裤,镜面乌绫镶滚。隔着密密层层的一排吊着猪肉的铜钩,她看见肉铺里的朝禄。朝禄赶着她叫曹大姑娘。难得叫声巧姐儿,她就一巴掌打在钩子背上,无数的空钩子荡过去锥他的眼睛,朝禄从钩子上摘下尺来宽的一片生猪油,重重地向肉案一抛,一阵温风直扑到她脸上,腻滞的死去的肉体的气味……她皱紧了眉毛。床上睡着的她的丈夫,那没有生命的肉体……

风从窗子里进来,对面挂着的回文雕漆长镜被吹得摇摇晃晃,磕托磕托敲着墙。七巧双手按住了镜子。镜子里反映着的翠竹帘子和一副金绿山水屏条依旧在风中来回荡漾着,望久了,便有一种晕船的感觉。再定睛看时,翠竹帘子已经褪了色,金绿山水换为一张她丈夫的遗像,镜子里的人也老了十年。

去年她戴了丈夫的孝,今年婆婆又过世了。现在正式挽了叔公九老太爷出来为他们分家。今天是她嫁到姜家来之后一切幻想的集中点。这些年,她戴着黄金的枷锁,可是连金子的边都啃不到,这以后就不同了。七巧穿着白香儿云纱衫、黑裙子,然而她脸上像抹了胭脂似的,从那揉红了的眼圈儿到烧热的颧骨。她抬起手来揾了揾脸,脸上烫,身子却冷得打颤。她叫祥云倒了一杯茶来(小双早已嫁了,祥云也配了个小厮),茶给喝了下去,沉重地往腔子里流,一颗心便在热茶里扑通扑通跳。她背向着镜子坐下了,问祥云道:"九老太爷来了这一下午,就在堂屋跟马师爷查账?"祥云应了一声是。七巧又道:"大爷大奶奶三爷三奶奶都不在眼前?"祥云又应了一声是。七巧道:"还到谁的屋里去过?"祥云道:"就到哥儿们的书房里兜了一兜。"七巧道:"好在咱们白哥儿的书倒不怕他查考……今年这孩子就吃亏在他爸爸他奶奶接连着出了事,他若还有心念书,他也不是人养的！"她把茶吃完了，吩咐祥云下去看看堂屋里大房三房的人可都齐了，免得自己去早了，显得性急，被人耻笑。恰巧大房里也差了一个丫头出来探看，和祥云打了个照面。

七巧终于款款下楼来了。堂屋里临时布置了一张镜面乌木大餐台，九老太爷独当一面坐了，面前乱堆着青布面，梅红签的账簿，又搁着一只瓜棱茶碗。四周除了马师爷之外，又有特地邀请的"公亲"，近于联审员的性质。各房只派了一个男子作代表，大房是大爷，二房二爷没了，是二奶奶，三房是三爷。季泽很知道这总清算的日子于他没有什么好处，因此他到得最迟。然而来既来了，他决不愿意露出焦灼懊丧的神气，腮帮子上依旧是他那点丰肥的，红色的笑。眼睛里依旧是他那点潇洒的不耐烦。

九老太爷咳嗽了一声，把姜家的经济状况约略报告了一遍，又翻着账簿读出重要的田地房产的所在与按年的收入。七巧两手紧紧扣在肚子上，身子向前倾着，努力向她自己解释他的每一句话，与她往日调查所得一一印证。青岛的房子、天津的房子、北京城外的地、上海的房子……三爷在公账上拖欠过巨，他的一部分遗产被抵消了之后，还净欠六万，然而大房二房也只得就此算了，因为他是一无所有的人。他所仅有的那一幢花园洋房，他为一个姨太太买的，也已经抵押了出去。其余只有老太太陪嫁过来的首饰，由兄弟三人均分，季泽的那一份也不便充公，因为是母亲留下的一点纪念。七巧突然叫了起来道："九老太爷，那我们太吃亏了！"

堂屋里本就肃静无声，现在这肃静却是沙沙有声，直锯进耳朵里去，像电影配音机器损坏之后的锈轧。九老太爷睁了眼望着她道："怎么？你连他娘丢下的几件首饰也舍不得给他？"七巧道："亲兄弟，明算账，大哥大嫂不言语，我可不能不老着脸开口说句话。我须比不得大哥大嫂——我们死掉的那个若是有能耐出去做两任官，手头活便些，我也乐意放大方些，哪怕把从前的旧账一笔勾销呢？可怜我们那一个病病哼哼一辈子，何尝有过一文半文进账，丢下我们孤儿寡妇，就指着这两个死钱过活。我是个没脚蟹，长白还不满十四岁，往后苦日子有得过呢！"说着，流下泪来。九老太爷道："依你便怎样？"七巧呜咽道："哪儿由得我出主意呢？只求九老太爷替我们做主！"季泽冷着脸只不做声，满屋子的人都觉不便开口。九老太爷按捺不住一肚子的火，哼了一声道："我倒想替你出主意呢，只怕你不爱听！二房里有田地没人照管，三房里有人没地，我待要叫三爷替你照管，你多少贴他些，又怕你不要他！"七巧冷笑道："我倒想依你呢，只怕死掉的那个不依！来人哪！祥云你把白哥儿给我找来！长白，你爹好苦呀！一下地就是一身的病，为人一场，一天舒坦日子也没过着，临了丢下你这点骨血，人家还看不得你，千方百计图谋你的东西！长白谁叫你爹拖着一身病，活着人家欺负他，死了人家欺负他的孤儿寡妇！我还不打紧，我还能活个几十年么？至多我到老太太灵前把话说明白了，把这条命跟人拼了。长白你可是年纪小着呢，就是喝西北风你也得活下去呀！"九老太爷气得把桌子一拍道："我不管了！是你们求爹爹拜奶奶邀了我来的，你道我喜欢自找麻烦么！"站起来一脚踢翻了椅子，也不等人搀扶，一阵风走得无影无踪，众人面面相觑，一个个悄没声儿溜走了。惟有那马师爷忙着拾掇账簿子，落后了一步，看看屋里人全走光了，单剩下二奶奶一个人在那里捶着胸脯嚎啕大哭，自己若无其事地走了，似乎不好意思，只得走上前去，打躬作揖叫道："二太太！二太太……二太太！"七巧只顾把袖子遮住脸，马师爷又不便把她的手拿开，急得把瓜皮帽摘下来扇着汗。

维持了几天的僵局，到底还是无声无息照原定计划分了家。孤儿寡妇还是被欺负了。

七巧带着儿子长白，女儿长安另租了一幢屋子住下了，和姜家各房很少来往。隔了几个月，姜季泽忽然上门来了。老妈子通报上来，七巧怀着鬼胎，想着分家的那一天得罪了他，不知道他有什么手段对付。可是兵来将挡，她凭什么要怕他？她家常穿着佛青实地纱袄子，特地紧上一条玄色铁线纱裙，走下楼来。季泽却是满面春风地站起来问二嫂好，又问白哥儿可是在书房里，安姐儿的湿气可大好了，七巧心里便疑惑他是来借钱的，加意防备着，坐下笑道："三弟你近来又发福了。"季泽笑道："看我像一点儿心事都没有的人。"七巧笑道："有福之人不在忙吗！你一向就是无牵无挂的。"季泽笑道："等我把房子卖了，我还要无牵无挂呢！"七巧道："就是你做了押款的那房子，你还要卖？"季泽道："当初造它的时候，很费了点心思，有许多装置都是自己心爱的，当然不愿意脱手。后来你是知道，那块地皮值钱了，前年把它翻造了弄堂房子，一家一家收租，跟那些住小家的打交道，我实在嫌麻烦，索性打算卖了它，图个清净。"七巧暗地里说道："口气好大！我是知道你的底细的，你在我跟前充什么阔大爷！"

虽然他不向她哭穷，但凡谈到银钱交易，她总觉得有点危险，便岔了开去道："三妹妹好么？腰子病近来发过没有？"季泽笑道："我也有许久没见过她的面了。"七巧道："这是什么话？你们吵了嘴么？"季泽笑道："这些时我们倒也没吵过嘴。不得已在一起说两句话，也是难得的，也没那闲情逸致吵嘴。"七巧道："何至于这样？我就不相信！"季泽两肘撑在藤椅的扶手上，交叉十指，手搭凉棚，影子落在眼睛上，深深地唉了一声。七巧笑道："没有别的，要不就是你在外头玩得太厉害了。自己做错了事，还唉声叹气地仿佛谁害了你似的。你们姜家就没有一个好人！"说着，举起白团扇，作势要打，季泽把那交叉着的十指往下移了移，两只大拇指按在嘴唇上，两只食指缓缓抚摸着鼻梁，露出一双水汪汪的眼睛来。那眼珠却是水仙花缸底的黑石子，上面汪着水，下面冷冷的没有表情。看不出他在想什么。七巧道："我非打你不可！"季泽的眼睛里突然冒出一点笑泡儿，道："你打，你打！"七巧待要打，又掣回手去，重新一鼓作气道："我真打。"抬高了手，一扇子劈下来，又在半空中停住了，吃吃笑起来，季泽带笑将肩膀耸一耸，凑了上去道："你倒是打我一下罢！害得我浑身骨头痒痒着，不得劲儿！"七巧把扇子向背后一藏，越发笑得格格的。

季泽把椅子换了个方向，面朝墙坐着，人向椅背上一靠，双手蒙住了眼睛，又是长长叹了口气。七巧啃着扇子柄，斜瞟着他道："你今儿是怎么了？受了暑吗？"季泽道："你哪里知道？"半晌，他低低的一个字一个字说道："你知道我为什么跟家里的那个不好，为什么我拼命在外头玩，把产业都败光了？你知道这都是为了谁？"七巧不知不觉有些胆寒，走得远远的，倚在炉台上，脸色慢慢地变了。季泽跟了过来。七巧垂着头，肘弯撑在炉台上，手里擎着团扇，扇子上的杏黄穗子顺着她的额角拖下来。季泽在她对面站住了，小声道："二嫂！……七巧！"

七巧背过脸去淡淡笑道："我要相信你才怪呢！"季泽便也走开了，道："不错。你怎么能够相信我？自从你到我家来，我在家一刻也待不住，只想出去。你没来的时候我并没有那么荒唐过，后来那都是为了躲你。娶了兰仙来，我更玩得凶了，为了躲你之外又要躲她。见了你，说不了两句话我就要发脾气——你哪儿知道我心里的苦楚？你对我好，我心里更难受——我得管着我自己——我不能平白地坑坏了你，家里人多眼杂，让人知道了，我是个男子汉，还不打紧。你可了不得！"七巧的手直打颤，扇柄上的杏黄须子在她额上苏苏摩擦着。季泽道："你信也罢！不信也罢！信了又怎样？横竖我们半辈子已经过去了，说也是白说。我只求你原谅我这一片心。我为你吃了这些苦，也就不算冤枉了。"

七巧低着头，沐浴在光辉里，细细的音乐，细细的喜悦……这些年了，她跟他捉迷藏似的，只是近不得身，原来还有今天！可不是，这半辈子已经完了——花一般的年纪已经过去了。人生就是这样的错综复杂，不讲理。当初她为什么嫁到姜家来？为了钱么？不是的，为了要遇见季泽，为了命中注定她要和季泽相爱。她微微抬起脸来，季泽立在她跟前，两手合在她扇子上，面颊贴在她扇子上。他也老了十年了，然而人究竟还是那个人呵！他难道是哄她么？她想她的钱——她卖掉她的一生换来的几个钱？仅仅这一转念便使她暴怒起来。就算她错怪了他，他为她吃的苦抵得过她为他吃的苦么？好容易她死了心了，他又来撩拨她，她恨他。他还在看着他。他的眼睛——虽然隔了十年，人还是那个人呵！就算他是骗她的，迟一点儿发现不好么？即使明知是骗人的，他太会演戏了，也跟真的差不多罢？

不行！她不能有把柄落在这厮手里。姜家的人是厉害的，她的钱只怕保不住。她得先证明他是真心不是。七巧定了一定神，向门外瞧了一瞧，轻轻惊叫道："有人！"便三脚两步赶出门去，到下房里吩咐潘妈替三爷弄点心去，快些端了来，顺便带把芭蕉扇进来替三爷打扇。七巧回到屋里来，故意皱着眉道："真可恶，老妈子在门口探头探脑的，见了我抹过头去就跑，被我赶上去喝住了，若是关上了门说两句话，指不定造出什么谣言来呢！饶是独门独户住了，还没个清净。"潘妈送了点心与酸梅汤进来，七巧亲自拿筷子替季泽拣掉了蜜层糕上的玫瑰与青梅，道："我记得你是不爱吃红绿丝的。"有人在跟前，季泽不便说什么，只是微笑。七巧似乎没话找话似的，问道："你卖房子，接洽得怎样了？"季泽一面吃，一面答道："有人出八万五，我还没打定主意呢。"七巧沉吟道："地段倒是好的。"季泽道："谁都不赞成我脱手，说还要涨呢。"七巧又问了些详细情形，便道："可惜我手头没有这一笔现款，不然我倒想买。"季泽道："其实呢，我这房子倒不急，倒是咱们乡下你那些田，早早脱手的好。自从改了民国，接二连三的打仗，何尝有一年闲过？把地面上糟蹋得不成样子，中间还被收租的、师爷、地头蛇一层一层勒唷着，莫说这两年不是水就是旱，就遇着了丰年，也没有多少进账轮到我们头上。"七巧寻思着，道："我也盘算过来，一直挨着没有办。先晓得把它卖了，这会子想买房子，也不至于钱不凑手了。"季泽道："你那田要卖趁现在就得卖，听说直鲁又要开仗了。"七巧道："急切间你叫我卖给谁去？"季泽顿了一顿道："我去替你打听打听，也成。"七巧耸了耸眉笑道："得了，你那些狐群狗党里头，又有谁是靠得住的？"季泽把咬开的饺子在小碟里蘸了点醋，闲闲说出两个靠得住的人名，七巧便认真仔细盘问他起来，他果然回答得有条不紊，显然他是筹之已熟的。

七巧虽是笑吟吟的，嘴里发干，上嘴唇粘在牙仁上，放不下来。她端起盖碗来吸了一口茶，舐了舐嘴唇，突然把脸一沉，跳起身来，将手里的扇子向季泽头上滴溜溜掷过去，季泽向左偏了一偏，那团扇敲在他肩膀上，打翻了玻璃杯，酸梅汤淋淋漓漓溅了他一身。七巧骂道："你要我卖了田去买你的房子？你要我卖田？钱一经你的手，还有得说么？你哄我——你拿那样的话来哄我——你拿我当傻子——"她隔着一张桌子探身过去打他，然而她被潘妈下死劲抱住了。潘妈叫唤起来，祥云等人都奔了来，七手八脚按住了她，七嘴八舌求告着。七巧一头挣扎，一头叱喝着。然而她的一颗心直往下堕——她很明白她这举动太蠢——太蠢——她在这儿丢人出丑。

季泽脱下了他那湿濡的白香云纱长衫，潘妈绞了毛巾来代他揩擦，他理也不理，把衣服夹在手臂上，竟自扬长出门去了，临行的时候向祥云道："等白哥儿下了学，叫他替他母亲请个医生来看看。"祥云吓糊涂了，连声答应着，被七巧兜脸给了她一个耳刮子。

季泽走了。丫头老妈子也都给七巧骂跑了。酸梅汤沿着桌子一滴一滴朝下滴，像迟迟的夜漏——一滴，一滴……一更，二更……一年，一百年。真长，这寂寂的一刹那。七巧扶着头站着，倏地掉转身来上楼去，提着裙子，性急慌忙，跌跌跄跄，不住地撞到那阴暗的绿粉墙上，佛青袄子上沾了大块的淡色的灰。她要在楼上的窗户里再看他一眼。无论如何，她从前爱过他。她的爱给了她无穷的痛苦。单只这一点，就使她值得留恋。多少回了，为了要按捺她自己，她迸得全身的筋骨与牙根都酸楚了。今天完全是她的错。他不是个好人，她不是不知道。她要他，就得装糊涂，就得容忍他的坏。她为什么要戳穿他？人生在世，还不就是那么一回事？归根究底，什么是真的，什么是假的？

她到了窗前，揭开了那边上缀有小绒球的墨绿洋式窗帘，季泽正在弄堂里往外走，长衫搭在臂上，晴天的风像一群白鸽子钻进他的纺绸裤褂里去，哪儿都钻到了，飘飘拍着翅子。

七巧眼前仿佛挂了冰冷的珍珠帘，一阵热风来了，把那帘子紧紧贴在脸上，风去了，又把帘子吸了回去，气还没透过来，风又来了，没头没脸包住她——一阵凉一阵热，她只是淌着眼泪。

玻璃窗的上角隐隐约约反映出弄堂里一个巡警的缩小的影子，晃着膀子踱过去。一辆黄包车静静在巡警身上辗过。小孩把袍子掖在裤腰里，一路踢着球，奔出玻璃的边缘。绿色的邮差骑着自行车，复印在巡警身上，一溜烟掠过。都是些鬼，多年前的鬼，多年后的没投胎的鬼……什么是真的，什么是假的？

过了秋天又是冬天，七巧与现实失去了接触。虽然一样地使性，打丫头，换厨子，总有些失魂落魄的。她哥哥嫂子到上海来探望过她两次，住不上十来天，末了永远是给她絮叨得站不住脚，然而临走的时候她也没有少给他们东西。她侄子曹春熹上城来找事，耽搁在她家里。那春熹虽是个浑头浑脑的年轻人，却也本本分分。七巧的儿子长白，女儿长安，年纪到了十三四岁，只因身材瘦小，看上去才只七八岁的光景。在年下，一个穿着品蓝摹本缎棉袍，一个穿着葱绿遍地锦棉袍，衣服太厚了，直挺挺撑开了两臂，一般都是薄薄的两张白脸，并排站着，纸糊的人儿似的。这一天午饭后，七巧还没起身，那曹春熹联着兄妹俩掷骰子，长安把压岁钱输光了，还不肯歇手。长白把桌上的铜板一捋，笑道："不跟你来了。"长安道："我们用糖莲子来赌。"春熹道："糖莲子揣在口袋里，看脏了衣服。"长安道："用瓜子也好，柜顶上就有一罐。"便搬过一张茶几来，踩了椅子爬上去拿。慌得春熹叫道："安姐儿你可别摔跤，回头我担不了这干系！"正说着，只见长安猛可里向后一仰，若不是春熹扶住了，早是一个倒栽葱。长白在旁拍手大笑，春熹嘟嘟哝哝骂着，也撑不住要笑，三人笑成一片。春熹将她抱下地来，忽然从那红木大橱的穿衣镜里瞥见七巧蓬着头又着腰站在门口，不觉一怔，连忙放下了长安，回身道："姑妈起来了。"七巧汹汹奔了过来，将长安向自己身后一推，长安立脚不稳，跌了一跤。七巧只顾将身子挡住了她，向春熹厉声道："我把你这狼心狗肺的东西！我三茶六饭款待你这狼心狗肺的东西，什么地方亏待了你，你欺负我女儿？你那狼心狗肺，你道我揣摩不出么？你别以为你教坏了我女儿，我就不能不捏着鼻子把她许配给你，你好霸占我们的家产！我看你这浑蛋，也还想不出这等主意来，敢情是你爹娘把着手儿教的！那两个狼心狗肺忘恩负义的老浑蛋！齐了心想我的钱，一计不成，又生一计！"春熹气得白瞪眼，欲待分辩，七巧道："你还有脸顶撞我！你还不给我快滚，别等我乱棒打出去！"说着，把儿女们推推搡搡送了出去，自己也喘吁吁扶着丫头走了。春熹究竟年纪轻火性大，赌气卷了铺盖，顿时离了姜家的门。

七巧回到起坐间里，在烟榻上躺下了。屋里暗昏昏的，拉上了丝绒窗帘。时而窗户缝里漏了风进来，帘子动了，方才在那墨绿小绒球底下毛茸茸地看见一点天色。除此只有烟灯和烧红的火炉的微光。长安吃了吓，呆呆坐在火炉边一张小凳上。七巧道："你过来。"长安只道是要打，只是延挨着，搭讪把火炉边的洋铁围屏上晾着的小红格子法布衬衫翻一翻，道："快烤糊了。"衬衫发出热烘烘的毛气。

七巧却不像要责打她的光景，只数落了一番，道："你今年过了年也有十三岁了，也该放明白些。表哥虽不是外人，天下的男人都是一样混账。你自己要晓得当心，谁不想你的钱？"一阵风过，窗帘上的绒球与绒球之间露出白色的寒天，屋子里暖热的黑暗给打上了一排小洞。烟灯的火焰往下一挫，七巧脸上的影子仿佛更深了一层。她突然坐起身来，低声道："男人……碰都碰不得！谁不想你的钱？你娘这几个钱不是容易得来的，也不是容易守得住。轮到你们手里，我可不能眼睁睁看着你们上人的当——叫你以后提防着些，你听见了没有？"长安垂着头道："听见了。"

七巧的一只脚有点麻，她探身去捏一捏她的脚。仅仅是一刹那，那眼睛里蠢动着一点温柔的回忆。她记起了想她的钱的一个男人。

她的脚是缠过的，尖尖的缎鞋里塞了棉花，装成半大的文明脚。她瞧着那双脚，心里一动，冷笑一声道："你嘴里尽管答应着，我怎么知道你心里是明白还是糊涂？你人也这么大了，又是一双大脚，哪里去不得？我就是管得住你，也没那个精神成天看着你。按说你今年十三了，裹脚已经嫌晚了，原怪我耽误了你。马上这就替你裹起来，也还来得及。"长安一时答不出话来，倒是旁边的老妈子们笑道："如今小脚不时兴了，只怕将来给姐儿定亲的时候麻烦。"七巧道："没的扯淡！我不愁我的女儿没人要，不劳你们替我担心！真没人要，养活她一辈子，我也还养得起！"当真替长安裹起脚来，痛得长安鬼哭神号的。这时连姜家这样守旧的人家，缠过脚的都已经放了脚了，别说是没缠过的，因此都拿长安的脚传作笑话奇谈。裹了一年多，七巧一时的兴致过去了，又经亲戚们劝着，也就渐渐放松了，然而长安的脚可不能完全恢复原状了。

　　姜家大房三房里的儿女都进了洋学堂读书，七巧处处存心跟他们比赛着，便也要送长白投考。长白除了打小牌之外，只喜欢跑票房，正在那里朝夕用功吊嗓子，只怕进学校要耽搁了他的功课，便不肯去。七巧无奈，只得把长安送到沪范女中，托人说了情，插班进去。长安换上了蓝爱国布的校服，不上半年，脸色也红润了，胳膊腿腕也粗了一圈。住读的学生洗换衣服，照例是送到学校里包着的洗衣作坊里去的。长安记不清自己的号码，往往失落了枕套手帕种种零件，七巧便闹着说要去找校长说话。这一天放假回家，检点了一下，又发现有一条褥单是丢了。七巧暴躁如雷，准备明天亲自上学校去大兴问罪之师。长安着了急，拦阻一声，七巧便骂道："天生的败家精，拿你娘的钱不当钱。你娘的钱容易得来的？——将来你出嫁，你看我有什么陪送给你！——给也是白给！"长安不敢做声，却哭了一晚上。她不能在她的同学跟前丢这个脸。对于十四岁的人，那似乎有天大的重要。她母亲去闹一场，她以后拿什么脸去见人？她宁死也不到学校里去了。她的朋友们，她所喜欢的音乐教员，不久就会忘记了有这么一个女孩子，来了半年，又无缘无故悄悄地走了。走得干净。她觉得她这牺牲是一个美丽的，苍凉的手势。

　　半夜里她爬下床来，伸手到窗外去试试，漆黑的，是下了雨了么？没有雨点。她从枕头边摸出一只口琴，半蹲半坐在地上，偷偷吹了起来。犹疑地，"Long, Long Ago"的细小的调子在庞大的夜里袅袅漾开，不能让人听见了。为了竭力按捺着，那呜呜的口琴忽断忽续，如同婴儿的哭泣。她接不上气来，歇了半晌，窗格子里，月亮从云里出来了。墨灰的天，几点疏星，模糊的缺月，像石印的图画，下面白云蒸腾，树顶上透出街灯淡淡的圆光。长安又吹起口琴来。"告诉我那故事，往日我最心爱的那故事，许久以前，许久以前……"

　　第二天她大着胆子告诉她母亲："娘，我不想念下去了。"七巧睁着眼道："为什么？"长安道："功课跟不上，吃的也太苦了，我过不惯。"七巧脱下一只鞋来，顺手将鞋底抽了她一下，恨道："你爹不如人，你也不如人？养下你来又不是个十不全，就不肯替我争口气！"长安反剪着一双手，垂着眼睛，只是不言语。旁边老妈子们便劝道："姐儿也大了，学堂里人杂，的确有些不方便。其实不去也罢了。"七巧沉吟道："学费总得想法子拿回来。白便宜了他们不成？"便要领了长安一同去索讨，长安抵死不肯去，七巧带着两个老妈子去了一趟回来了，据她自己铺叙，钱虽然没收回来，却也着实羞辱了那校长一场。长安以后在街上遇着了同学，脸上红一阵白一阵，无地自容，只得装做不看见，急急走了过去。朋友寄了信来，她拆也不敢拆，原封退了回去。她的学校生活就此告一结束。

　　有时她也觉得牺牲得有点不值得，暗自懊悔着，然而也来不及挽回了。她渐渐放弃了一切上进的思想,安分守己起来。她学会了挑是非。使小坏,干涉家里的行政。她不时地跟母亲怄气,可是她的言谈举止越来越像她母亲了。每逢她单叉着裤子,又开了两腿坐着,两只手按在胯间露出的凳子上,歪着头,下巴搁在心口上凄凄惨惨瞅住了对面的人说道:"一家有一家的苦处呀,表嫂——一家有一家的苦处!"——谁都说她是活脱的一个七巧。她打了一根辫子,眉眼的紧俏有似当年的七巧,可是她的小小的嘴过于瘪进去,仿佛显老一点。她再年轻些也不过是一棵较嫩的雪里红——盐腌过的。

也有人来替她做媒。若是家境推扳一点的,七巧总疑心人家是贪她们的钱。若是那有财有势的,对方却又不十分热心,长安不过是中等姿色,她母亲出身既低,又有个不贤惠的名声,想必没有什么家教。因此高不成,低不就,一年一年耽搁下去。那长白的婚事却不容耽搁。长白在外面赌钱,捧女戏子,七巧还没甚话说,后来渐渐跟着他三叔姜季泽逛起窑子来,七巧方才着了慌,手忙脚乱替他定亲,娶了一个袁家的小姐,小名芝寿。

行的是半新式的婚礼,红色盖头是蠲免了,新娘戴着蓝眼镜,粉红喜纱,穿着粉红彩绣裙袄,进了洞房,除去了眼镜,低着头坐在湖色账幔里,闹新房的人围着打趣,七巧只看了一看便出来了。长安在门口赶上了她,悄悄笑道:"皮色倒还白净,就是嘴唇太厚了些。"七巧把手撑着门,拔下一只金挖耳来搔搔头,冷笑道:"还说呢!你新嫂子这两片嘴唇,切切倒有一大碟子。"旁边一个太太便道:"说是嘴唇厚的人天性厚哇!"七巧哼了一声,将金挖耳指住了那太太,倒剔起一只眉毛,歪着嘴微微一笑道:"天性厚,并不是什么好话。当着姑娘们,我也不便多说——但愿咱们白哥儿这条命别送在她手里!"七巧天生着一副高爽的喉咙,现在因为苍老了些,不那么尖了,可是扁扁的依旧四面刮得人疼痛,像剃刀片。这两句话,说响不响,说轻也不轻。人丛里的新娘子的平板的脸与胸震了一震——多半是龙凤烛的火光的跳动。

三朝过后,七巧嫌新娘子笨,诸事不如意,每每向亲戚们诉说着。便有人劝道:"少奶奶年纪轻,二嫂少不得要费点心教导教导她。谁叫这孩子没心眼儿呢!"七巧啐道:"你们瞧咱们新少奶奶老实呀——一见了白哥儿,她就得去上马桶! 真的! 你信不信?"这话传到芝寿耳朵里,急得芝寿只待寻死。然而这还是没满月的时候,七巧还顾些脸面,后来索性这一类的话当着芝寿的面也说了起来,芝寿哭也不是,笑也不是,若是木着脸装不听见,七巧便一拍桌子嗟叹起来道:"在儿子媳妇手里吃口饭,可真不容易!动不动就给人脸子看!"

这天晚上,七巧躺着抽烟,长白盘踞在烟铺跟前的一张沙发椅上嗑瓜子,无线电里正唱着一出冷戏,他捧着戏考,一个字一个字跟着哼,哼上了劲,甩过一条腿去骑在椅背上,来回摇着打拍子,七巧伸过脚去踢他一下道:"白哥儿你来替我装两筒。"长白道："现放着烧烟的，偏要支使我！我手上有蜜是怎么着？"说着，伸了个懒腰，慢慢腾腾移身坐到烟灯前的小凳上，卷起了袖子。七巧笑道："我把你这不孝的奴才！支使你，是抬举你！"她眯缝着眼望着他。这些年来她的生命里只有这一个男人。只有他，她不怕他想她的家——横竖钱是他的。可是，因为他是她的儿子，他这一个还抵不上半个……现在，就连这半个人她也保留不住——他娶了亲。他是个瘦小白皙的年轻人，背有点驼，藏着金丝眼镜，有着工细的五官，时常茫然地微笑着，张着嘴，嘴里闪闪发着光的不知道是太多的唾沫水还是他的金牙。他敞着衣领，露出里面的珠羔里子的白小褂。七巧把一只脚搁在他肩膀上，不住地轻轻踢着他的脖子，低声道："我把你这不孝的奴才！打几时起变得这么不孝了？"长安在旁答道："娶了媳妇忘了娘嘛！"七巧道："少胡说！我们白哥儿倒不是那么样的人！我也养不出那么样的儿子！"长白只是笑。七巧斜着眼看定了他，笑道："你若还是我从前的白哥儿，你今儿替我烧一夜的烟！"长白笑道："那可难不倒我！"七巧道："吨着了，看我捶你！"

起坐间的帘子撤下送去洗濯了。隔着玻璃窗望出去，影影绰绰乌云里有个月亮，一搭黑，一搭白，像个戏剧化的狰狞的脸。一点，一点，月亮缓缓地从云里出来了，黑云底下透出一线炯炯的光，是面具底下的眼睛。天是无底洞的深青色。久已过了午夜了。长安早去睡了，长白打着烟泡，也前仰后合起来。七巧斟了杯浓茶给他，两人吃着蜜饯糖果，讨论着东邻西舍的隐私。七巧忽然含笑问道："白哥儿你说，你媳妇儿好不好？"长白说道："这有什么可说的？"七巧道："没有可批评的，想必是好的了？"长白笑着不做声。七巧道："好，也有个怎么个好呀！"长白道："谁说她好来着？"七巧道："她不好？哪一点不好？说给娘听。"长白起初只是含糊对答，禁不起七巧再三盘问，只得吐露一二。旁边递茶递水的老妈子们都背过脸去笑得格格的，丫头们都掩着嘴忍着笑回避出去了。七巧又是咬牙，又是笑，又是喃喃咒骂，卸下烟斗狠命磕里面的灰，敲得托托一片响。长白说溜了嘴，止不住要说下去，足足说了一夜。

次日清晨，七巧吩咐老妈子取过两床毯子来打发哥儿在烟榻上睡觉。这时芝寿也已经起了身，过来请安。七巧一夜没合眼，却是精神百倍。邀了几家女眷来打牌，亲家母也在内。在麻将桌上一五一十将她儿子亲口招供的她媳妇的秘密宣布了出来，略加渲染，越发有声有色。众人竭力地打岔。然而说不上两句闲话，七巧笑嘻嘻地转了个弯，又回到她媳妇身上来了。逼得芝寿的母亲脸皮紫涨，也无颜再见女儿，放下牌，乘了包车回去了。

七巧接连着要长白为她烧了两晚上的烟。芝寿直挺挺躺在床上，搁在肋骨上的两只手蜷曲着像死去的鸡的脚爪。她知道她婆婆又在那里盘问她丈夫，她知道她丈夫又在那里叙述一些什么事，可是天知道他还有什么新鲜的可说！明天他又该涎着脸到她跟前来了。也许他早料到她会把满腔的怨毒都结在他身上，就算她没本领跟他拼命，最不济也得质问他几句，闹上一场。多半他准备先声夺人，借酒盖住了脸，找点岔子，摔上两件东西。她知道他的脾气。末后他会坐在床沿上来，耸起肩膀，伸手到白绸小褂里面去抓痒，出人意料之外地一笑。他的金线眼镜上抖动着一点光，他嘴里抖动着一点光，不知道是唾沫还是金牙。他摘去了他的眼镜。……芝寿猛然坐起身来，哗啦揭开了帐子。还是个疯狂的世界，丈夫不像个丈夫，婆婆也不像个婆婆。不是他们疯了，就是她疯了。今天晚上的月亮比哪一天都好，高高的一轮满月，万里无云，像是漆黑的天上的一个白太阳。遍地的蓝影子，账顶上也是蓝影子，她的一双脚也在那死寂的蓝影子里。

芝寿待要挂起帐子来，伸手去摸索帐钩，一只手臂吊在那铜钩上，脸偎住了肩膀，不由得就抽噎起来。帐子自动地放了下来。昏暗的帐子里除了她之外没有别人，然而她还是吃了一惊，仓皇地再度挂起了帐子。窗外还是那使人汗毛凛凛的反常的明月——漆黑的天上一个灼灼的小而白的太阳。屋里看得分明那玫瑰紫绣花椅披桌布，大红平金五凤齐飞的围屏，水红软缎对联，绣着盘花篆字。梳妆台上红绿丝网络着银粉缸、银漱盂、银花瓶，里面满满盛着喜果，帐檐上垂下五彩攒金绕绒花球、花盆、如意、粽子，下面滴溜溜坠着指头大的琉璃珠和尺来长的桃红穗子。偌大一间房里充塞着箱笼、被褥、铺陈，不见得她就找不到一条汗巾子来上吊，她又倒到床上去。月光里，她的脚没有一点血色——青、绿、紫、冷去的尸身的颜色。她想死，她想死。她怕这月亮光，又不敢开灯。明天她婆婆会说："白哥儿给我多烧了两口烟，害得我们少奶奶一宿没睡觉，半夜三更点着灯等他回来——少不了他吗！"芝寿的眼泪顺着枕头不停地流，她不用手帕去擦眼睛，擦肿了，她婆婆又该说了："白哥儿一晚上没回房去睡，少奶奶就把眼睛哭得桃儿似的！"

七巧虽然把儿子媳妇描摹成这样热情的一对，长白对于芝寿却不甚中意，芝寿也把长白恨得牙痒痒的。夫妻不和，长白渐渐又往花街柳巷里走动。七巧把一个丫头绢儿给了他做小，还是牢笼不住他。七巧又变着方儿哄他吃烟。长白一向就喜欢玩两口，只是没上瘾，现在吸得多了，也就收了心不大往外跑了，只在家守着母亲和姨太太。

他妹子长安二十四岁那年生了痢疾，七巧不替她延医服药，只劝她抽两筒鸦片，果然减轻了不少痛苦。病愈之后，也就上了瘾。那长安更与长白不同，未出阁的小姐，没有其他的消遣，一心一意地抽烟，抽的倒比长白还要多。也有人劝阻，七巧道："怕什么！莫说我们姜家还吃得起，就是我今天卖了两顷地给他们姐儿俩抽烟，又有谁敢放半个屁？姑娘赶明儿聘了人家，少不得有她这一份嫁妆。

她吃自己的，喝自己的，姑爷就是舍不得，也只好干望着她罢了！"

话虽如此说，长安的婚事毕竟受了点影响。来做媒的本来就不十分踊跃，如今竟绝迹了。长安到了近三十的时候，七巧见女儿注定了是要做老姑娘的了。便又换了一种论调，道："自己长得不好，嫁不掉，还怨我做娘的耽搁了她！成天挂搭着个脸，倒像我该她二百钱似的。我留她在家里吃一碗闲茶闲饭，可没打算留她在家里给我气受呢！"

姜季泽的女儿长馨过二十岁生日，长安去给她堂妹子拜寿。那姜季泽虽然穷了，幸喜他交游广阔，手里还算兜得转。长馨背地里向她母亲道："妈想法子给安姐姐介绍个朋友罢，瞧她怪可怜的。还没提起家里的情形，眼圈儿就红了。"兰仙慌忙摇手道："罢！罢！这个媒我不敢做！你二妈那脾气是好惹的？"长馨年少好事，哪里理会得？歇了些时，偶然与同学们说起这件事，恰巧那同学有个表叔新从德国留学回来，也是北方人，仔细攀认起来，与姜家还沾着点老亲。那人名唤童世舫，叙起来比长安略大几岁。长馨竟自作主张，安排了一切，由那同学的母亲出面请客。长安这边瞒得家里铁桶相似。

七巧身子一向硬朗，只因她媳妇芝寿得了肺痨，七巧嫌她乔张做致，吃这个，吃那个，累又累不得，比寻常似乎多享了一些福，自己一赌气也病了。起初不过是气虚血亏，却也将阖家支使得团团转，哪儿还能够兼顾到芝寿？后来七巧认真得了病，卧床不起，越发鸡犬不宁。长安乘乱里便走开了，把裁缝唤到她三叔家里，由长馨出主意替她制了新装。赴宴的那天晚上，长馨先陪她到理发店去钳子烫了头发，从天庭到鬓角一路密密的贴着细小的发圈，耳朵上戴了二寸来长的玻璃翡翠宝塔坠子，又换上了苹果绿乔琪纱旗袍，高领圈，荷叶边袖子，腰以下是半西式的百褶裙。一个大小姐蹲在地上为她扣揿钮，长安在穿衣镜里端详着自己，忍不住将两臂虚虚地一伸，裙一踢，摆了一个葡萄仙子的姿势，一扭头笑了起来道："把我打扮得天女散花似的！"长馨在镜子里向那大小姐做了个眉眼，两人不约而同也都笑了起来。长安妆罢，便向高椅上端端正正坐下了。长馨道："我去打电话叫车。"长安道："还早呢！"长馨看了看表道："约的是八点，已经八点过五分了。"长安道："晚个半个钟点，想必不碍事。"长馨猜她是存心要搭点架子，心中又好气又好笑，打开银丝手提包来检点了一下，借口说忘了带粉镜子，径自走到她母亲屋里来，如此这般告诉了一遍，又道："今儿又不是姓童的请客，她这架子是冲着谁搭的？我也懒得去劝她，由她挨到明儿早上去，也不干我事。"兰仙道："瞧你这糊涂！人是你约的，媒是你做的，你怎么卸得了这干系？我埋怨你多少回了——你早该知道的，安姐儿就跟她娘一样小家子气，不上台盘。待会儿出乖露丑的，说起来是你姐姐，你丢人也是活该，谁叫你把这些是是非非，揽上身来，敢是闲疯了？"长馨咕嘟着嘴在她母亲屋里坐了半晌。兰仙笑道："看这情形，你姐姐是等着人催请呢。"长馨道:"我才不去催她呢!"兰仙道:"傻丫头,要你催,中甚么用? 她等着那边来电话哪!"长馨失声笑道:"又不是新娘子,要三请四催的,逼着上轿!"兰仙道:"好歹你打个电话到饭店里去,叫他们打个电话来,不就结了? 快九点了,再挨下去事情可真要崩了!"长馨只得依言做去,这边方才动了身。

长安在汽车里还是兴兴头头,谈笑风生的,到了菜馆子里,突然矜持起来,跟在长馨后面,悄悄掩进了房间,怯怯地褪去了苹果绿鸵鸟毛斗篷,低头端坐,拈了一只杏仁,每隔两分钟轻轻啃去了十分之一,缓缓咀嚼着。她是为了被看而来的。她觉得她浑身的装束,无懈可击,任凭人家多看两眼也不妨事,可是她的身体完全是多余的,缩也没处缩,她始终缄默着,吃完了一顿饭。等着上甜菜的时候,长馨把她拉到窗子跟前去观看街景,又托故走开了,那童世舫便踱到窗前,问道:"姜小姐这儿来过么?"长安细声道:"没有。"童世舫道:"我也是第一次,菜倒是不坏,可是我还是吃不大惯。"长安道:"吃不惯?"世舫道:"可不是! 外国菜比较清淡些,中国菜要油腻得多。刚回来,连着几天亲戚朋友们接风,很容易地就吃坏了肚子。"长安反复地看她的手指,仿佛一心一意要数数一共有几个指纹是螺形的,几个是畚箕……

玻璃窗上面,没来由开了小小的一朵霓虹灯的花——对过一家店面里反映过来的,绿心红瓣,是尼罗河祀神的莲花,又是法国王室的百合徽章……

世舫多年没见过故国的姑娘,觉得长安很有点楚楚可怜的韵致,倒有几分喜欢。他留学以前早就定了亲,只因他爱上了一个女同学,抵死反对家里的亲事,路远迢迢,打了无数的笔墨官司,几乎闹翻了脸,他父母曾经一度断绝了他的接济,使他吃了不少的苦,方才依了他,解了约。不幸他的女同学别有所恋,抛下了他,他失意之余,倒埋头读了七八年的书。他深信妻子还是旧式的好,也是由于反应作用。

和长安见了这一面之后,两下里都有了意。长馨想着送佛送到西天,自己再热心些,也没有资格出来向长安的母亲说话,只得央及兰仙。兰仙执意不肯道:"你又不是不知道,你爹跟你二妈仇人似的,向来是不见面的。我虽然没跟她红过脸,再好些也有限,何苦去自讨没趣?"长安见了兰仙,只是垂泪,兰仙却不过情面,只得答应去走一遭。妯娌相见,问候了一番。兰仙便说明了来意。七巧初听见了,倒也欣然,因道:"那就拜托了三妹妹罢! 我病病哼哼的,也管不得;偏劳了三妹妹。这丫头就是我的一块心病。我做娘的也不能说是对不起她了,行的是老法规距,我替她裹脚;行的是新派规矩,我送她上学堂——还要怎么着? 照我这样扒心扒肝调理出来的人,只要她不疤不麻不瞎,还会没人要吗? 怎奈这丫头天生的是扶不起的阿斗,恨得我只嚷嚷,多是我闭眼去了,男婚女嫁,听天由命罢！"

当下议妥了，由兰仙请客，两方面相亲。长安与童世舫只做没见过面模样，只会晤了一次。七巧病在床上，没有出场，因此长安便风平浪静地订了婚。在筵席上，兰仙与长馨强行拉着长安的手，递到童世舫手里，世舫当众替她套上了戒指。女家也回了礼，文房四宝虽然免了，却用新式的丝绒文具盒来代替，又添上了一只手表。

订婚之后，长安遮遮掩掩和世舫单独出去了几次。晒着秋天的太阳，两人并排在公园里走，很少说话，眼角里带着一点对方的衣服与移动着的脚，女子的粉香，男子的淡巴菰气，这单纯而可爱的印象便是他们身边的栏杆，栏杆把他们与众人隔开了。空旷的绿草地上，许多人跑着、笑着、谈着，可是他们走的是寂寂的绮丽回廊——走不完的寂寂的回廊。不说话，长安并不感到任何缺陷。她以为新式的男女间的交际也就是"尽于此矣"。童世舫呢，因为过去痛苦的经验，对于思想的交换根本抱着怀疑的态度。有个人在身边，他也就满足了。从前，他顶讨厌小说上的男人，向女人要求同居的时候，只说："请给我一点安慰。"安慰是纯粹精神上的，这里却做了肉欲的代名词。但是他现在知道精神与物质的界限不能分得这么清。言语究竟没有用。久久的握手，就是妥协的安慰，因为会说话的人很少，真正有话说的人还要少。

有时在公园里遇着了雨，长安撑起了伞，世舫为她擎着，隔着半透明的蓝绸伞，千万粒雨珠闪着光，像一天的星。一天的星到处跟着他们，在水珠银烂的车窗上，汽车驰过了红灯、绿灯，窗子外荧荧飞着一颗红的星，又是一颗绿的星。

长安带了点星光下的乱梦回家来，人变得异常沉默了，时时微笑着，七巧见了，不由得有气，便冷言冷语道："这些年来，多多怠慢了姑娘，不怪姑娘难得开个笑脸。这下子跳出了姜家的门，称了心愿了，再快活些，可也别这么摆在脸上呀——叫人寒心！"依着长安素日的性子，就要回嘴，无如长安近来像换了个人似的，听了也不计较，自顾自努力去戒烟。七巧也奈何她不得。

长安订婚那天，大奶奶玳珍没去，隔了些天来补道喜。七巧悄悄唤了声大嫂，道："我看咱们还得在外头打听打听哩，这事可冒失不得！前天我耳朵里仿佛刮着一点，说是乡下有太太，外洋还有一个。"玳珍道："乡下的那个没过门就退了亲。外洋那个也是这样，说是做了几年的朋友，不知怎么又没成功。"七巧道："那还有个为什么？男人的心，说声变，就变了，他连三媒六聘的还不认账，何况那不三不四的歪辣货？知道他在外洋还有旁人没有？我就只这一个女儿，可不能糊里糊涂断送了她的终身，我自己是吃过媒人的苦的！"

长安坐一旁用指甲去掐手掌心，手掌心掐红了，指甲却挣得雪白。七巧一抬眼望见她，便骂道："死不要脸的丫头，竖着耳朵听呢！这话是你听得的吗？我们做姑娘的时候，一声提起婆婆家，来不迭地躲开了。你姜家枉为世代书香，只怕你还要到你麻油店的外婆家去学点规矩哩！"长安一头哭一头奔了出去。七巧拍着枕头嗳了一声道："姑娘急着要嫁，叫我也没法子。腥的臭的往家里拉。名为是她三婶给找的人，其实不过是拿她三婶做个幌子。多半是生米煮成了熟饭了。这才挽了三婶出来做媒。大家齐打伙儿糊弄我一个人……糊弄着也好！说穿了，叫做娘的做哥哥的脸往哪儿去放？"

又一天，长安托辞溜了出去，回来的时候，不等七巧查问，待要报告自己的行踪，七巧叱道："得了，得了，少说两句罢！在我前面糊什么鬼？有朝一日你让我抓着了真凭实据——哼！别以为你大了，订了亲了，我打不得你了！"长安急了道："我给馨妹妹送鞋样子去，犯了什么法了？娘不信，娘问三婶去！"七巧道："你三婶替你寻了个汉子来，就是你的重生父母？再养爹娘！也没见你这样的轻骨头！……一转眼就不见你的人了。你家里供养了这些年，就只差买个小斯伺候你，哪一处对你不住，你在家里一刻也坐不稳？"长安红了脸，眼泪直掉下来。七巧缓过一口气来，又道："当初多少好的都不要，这会子去嫁个不成器的，人家拣剩下的，岂不是自己打嘴？他若是个人，怎么活到三十来岁，漂洋过海的，跑上十万里地，一房老婆还没弄到手？"

然而长安一味地执迷不悟。因为双方的年纪都不小了，订了婚不上几个月，男方便托了兰仙来议定婚期。七巧指着长安道："早不嫁，迟不嫁，偏赶着这两年钱不凑手！明年若是田上收成好些嫁妆也还整齐些。"兰仙道："如今新式结婚。倒也不讲究这些了，就照新派办法，省着点也好。"七巧道："什么新派旧派？旧派无非排场大些，新派实惠些，一样还是娘家的晦气！"兰仙道："二嫂看着办就是了，难道安姐儿还会争多论少不成？"一屋子的人全笑了，长安也不觉微微一笑，七巧破口骂道："不害臊！你是肚子里有了搁不住的东西是怎么着？火烧眉毛，等不及地要过门！嫁妆也不要了——你情愿，人家倒许不情愿呢？你就拿准了他是图你的人？你好不自量。你有哪一点叫人看得上眼？趁早别自骗自了！姓童的还不是看中了姜家的门第！别瞧你们家轰轰烈烈，公侯将相的，其实全不是那么回事！早就是外强中干，这两年连空架子也撑不起了。人呢，一代坏似一代，眼里哪儿还有天地君亲？少爷们是什么都不懂，小姐们就知道霸钱要男人——猪狗都不如！我娘家当初千不该万不该跟姜家结了亲，坑了我一世，我待要告诉那姓童的趁早别像我似的上了当！"

自从吵闹过这一番，兰仙对于这头亲事便洗手不管了，七巧的病渐渐痊愈，略略下床走动，便逐日骑着门坐着，遥遥向长安屋里叫喊道："你要野男人你尽管去找，只别把他带上门来认我做丈母娘，活活地气死了我！我只图个眼不见，心不烦。能够容我多活两年，便是姑娘的恩典了！"颠来倒去几句话，嚷得一条街上都听得见。亲戚丛中自然更将这事沸沸扬扬传了开去。

七巧又把长安唤到跟前，忽然滴下泪来道："我的儿，你知道外头人把你怎么长怎么短糟蹋得一个钱也不值！你娘自从嫁到姜家来，上上下下谁不是势利的，狗眼看人低，明里暗里我不知道受了他们多少气。就连你爹，他有什么好处到我身上，我要替他守寡？我千辛万苦守了这二十年，无非是指望你姐儿俩长大成人，替我争回一点面子来。不承望今日之下，只落得这等的收场！"说着，呜咽起来。

长安听了这话，如同轰雷掣顶一般。她娘尽管把她说得不成人，外头人尽管把她说得不成人，她管不了这许多。唯有童世舫——他——他该怎么想？他还要她么？上次见面的时候，他的态度有点改变吗？很难说……她太快乐了，小小的不同的地方她不会注意到……被戒烟期间身体上的痛苦与种种刺激两面夹攻着，长安早就有点受不了，可是硬撑着也就撑了过去，现在她突然觉得浑身的骨骼都脱了节，向他解释么？他不比她的哥哥，他不是她母亲的儿女，他决不能彻底明白她母亲的为人。他果真一辈子见不到她母亲，倒也罢了，可是他迟早要认识七巧。这是天长地久的事，只有千年做贼的，没有千年防贼的——她知道她母亲会放出什么手段来？迟早要出乱子，迟早要决裂的。这是她生命里顶完美的一段，与其让别人给它加一个不堪的尾巴，不如她自己早早结束了它，一个美丽苍凉的手势……她知道她会懊悔的，她知道她会懊悔的，然而她抬了抬眉毛，做出不介意的样子，说道："既然娘不愿意结这个亲，我去回掉他们就是了。"七巧正哭着，忽然止住了声，停了一停，又抽答抽答哭了起来。

长安定了一定神，就去打了个电话给童世舫。世舫当天没有空，约了明天下午。长安所最怕的就是中间隔的这一晚，一分钟，一刻，一刻，啃进她心里去。次日，在公园里的老地方，世舫微笑着迎上前来，没跟她打招呼——这在他是一种亲昵的表示。他今天仿佛是特别的注意她，并肩走着的时候，屡屡地望着她的脸。太阳煌煌地照着，长安越发觉得眼皮肿得抬不起来了。趁他不在看她的时候把话说了罢。她用哭哑了的喉咙轻轻唤了一声"童先生"，世舫没听见。那么，趁他看她的时候把话说了罢。她诧异她脸上还带着点笑，小声道："童先生，我想——我们的事也许还是——还是再说罢。对不起得很。"她褪下戒指来塞在他手里，冷涩的戒指，冷湿的手。她放快了步子走去，他愣了一会，便追上来，问道："为什么呢？对于我有不满意的地方么？"长安笔直向前望着，摇了摇头。世舫道："那么，为什么呢？"长安道："我母亲……"世舫道："你母亲并没有看见过我。"长安道："我告诉过你了，不是因为你。跟你完全没有关系。我母亲……"世舫站定了脚。这在中国是很充分的理由了罢？他这么略一踌躇，她已经走远了。

园子在深秋的日头里晒了一上午又一下午，象烂熟的水果一般，往下坠着，坠着，发出香味来。长安悠悠忽忽听见了口琴的声音，迟钝地吹了"Long, Long Ago"——"告诉我那故事，往日我最心爱的那故事。许久以前，许久以前……"这是现在，一转眼也就变了许久以前了，什么都完了。长安着了魔似的，去找那吹口琴的人——去找她自己。迎着阳光走着，走到树底下，一个穿着短裤的男孩骑在树桠上颠颠着，吹着口琴，可是他吹的是另一个调子，她从来没听见过。不大一棵树，稀稀朗朗的梧桐叶在太阳里摇着像金的铃铛。长安仰面看着，眼前一阵黑，像骤雨似的，泪珠一串串的披了一脸，世舫找到了她，在她身边悄悄站了半晌，方道："我尊重你的意见。"长安举起了她的皮包来遮住了脸上的阳光。

他们继续来往了一些时。世舫要表示新人物交女朋友的目的不仅限于择偶，因此虽然与长安解除了婚约，依旧常常邀她出去。至于长安呢，她是抱着什么样的矛盾的希望跟着他出去，她自己也不知道——知道也不肯承认。订着婚时候，光明正大地一同出去，尚且要瞒了家里，如今更成了幽期密约了。世舫的态度始终是坦然的。固然，她略略伤害了他的自尊心，同时他对于她多少也有点惋惜，然而"大丈夫何患无妻？"男子对于女子最隆重的赞美是求婚。他割舍了他的自由，送了她这一份厚礼，虽然她是"心领璧还"了，他可是尽了他的心。这是惠而不费的事。

无论两人之间的关系是怎样的微妙而尴尬，他们认真的做起朋友来了。他们甚至谈起话来。长安的没见过世面的话每每使世舫笑起来，说："你这人真有意思！"长安渐渐地也发现了她自己原来是个"很有意思"的人。这样下去，事情会发展到什么地步，连世舫自己也会惊奇。

然而风声吹到了七巧的耳朵里。七巧背着长安吩咐长白下帖子请童世舫吃便饭。世舫猜着姜家许是要警告他一声，不准他和他们小姐藕断丝连，可是他同长白在那阴森高傲的餐室里吃了两盅酒，说了一回话，天气，时局，风土人情，并没一个字沾到长安身上。冷盘撤了下去，长白突然手按着桌子站了起来。世舫回过头去，只见门口背着光立着一个小身材的老太太，脸看不清楚，穿一件青灰团龙宫织缎袍，双手捧着大红热水袋，身边夹峙着两个高大的女仆。门外日色昏黄，楼梯上铺着湖绿花格子漆布地衣，一级一级上去，通入没有光的所在。世舫直觉地感到那是个疯人——无缘无故的，他只是毛骨悚然。长白介绍道："这就是家母。"

世舫挪开椅子站起来，鞠了一躬。七巧将手搭在一个佣妇的胳膊上，款款走了进来，客套了几句，坐下来便敬酒让菜。长白道："妹妹呢？来了客，也不帮着张罗张罗。"七巧道："她再抽两筒就下来了。"世舫吃了一惊，睁眼望着她。七巧忙解释道："这孩子就苦在先天不足，下地就得给她喷烟。后来也是为了病，抽上了这东西。小姐家，够多不方便哪！也不是没有戒过，身子又娇，又是由着性儿惯了的,说丢,哪儿就丢得掉呢! 戒戒抽抽,这也有十年了。"世舫不由得变了色,七巧有一个疯子的审慎与机智。她知道,一不留心,人们就会用嘲笑的,不信任的眼光截断了她的话锋,她已经习惯了那种痛苦。她怕话说多了要被人看穿了。因此及早止住了自己,忙着添酒布菜。隔了些时,再提起长安的时候,她还是轻描淡写地把那几句话重复了一遍。她那平扁而尖利的喉咙四面割着人像剃刀片。

长安悄悄地走下楼,玄色花绣鞋与白丝袜停留在日色昏黄的楼梯上。停了一会,又上去了,一级一级,走进没有光的所在。

七巧道:"长白你陪童先生多喝两杯,我先上去了。"佣人端上一品锅来,又换上了新烫的竹叶青。一个丫头慌里慌张站在门口将席上伺候的小厮唤了出去,嘀咕了一会,那小厮又进来向长白附耳说了几句,长白仓皇起身,向世舫连连道歉,说:"暂且失陪,我去去就来,"三脚两步也上楼去了,只剩下世舫一人独酌。那小厮也觉过意不去,低低地告诉了他:"我们绢姑娘要生了。"世舫道:"绢姑娘是谁?"小厮道:"是少爷的姨奶奶。"

世舫拿上饭来胡乱吃了两口,不便放下碗来就走,只得坐在花梨炕上等着,酒酣耳热,忽然觉得异常的委顿,便躺了下来,卷着云头的花梨炕,冰凉黄藤心子,柚子的寒香……姨奶奶添了孩子了。这就是他所怀念着的古中国……他的幽娴贞静的中国闺秀是抽鸦片的! 他坐了起来,双手托着头,感到了难堪的落寞。

他取了帽子出门,向那个小厮道:"待会儿请你对上头说一声,改天我再面谢罢!"他穿过砖砌的天井,院子正中生着树。一树的枯枝高高印在淡青的天上,像瓷上的冰纹。长安静静地跟在他后面送了出来,她的藏青长袖旗袍上有着浅黄的雏菊。她两手交握着,脸上显出稀有的柔和。世舫回过身来道:"姜小姐……"她隔得远远地站定了。只是垂着头。世舫微微鞠了一躬,转身就走了。长安觉得她是隔了相当的距离看这太阳的庭院,从高楼群上望下来,明晰,亲切,然而没有能力干涉,天井,树,曳着萧条的影子的两个人,没有话——不多的一点回忆。将来是要装在水晶瓶里双手捧着看的——她的最初也是最后的爱。

芝寿直挺挺躺在床上,搁在肋骨上的两只手蜷曲着像宰了鸡的脚爪。帐子吊起了一半。不分昼夜她不让他们给她放下帐子来,她怕。

外面传进来说绢姑娘生了个小少爷。丫头丢下了热气腾腾的药罐子跑出去凑热闹了。敞着房门,一阵风吹了进来,帐钩豁朗朗乱摇,帐子自动地放了下来,然而芝寿不再抗议了。她的头向右一歪,滚到枕头外面去。她并没有死——又挨了半个月光景才死的。

绢姑娘扶了正,做了芝寿的替身。扶了正不上一年就吞了生鸦片自杀了。

长白不敢再娶了，只在妓院里走走。长安更是早就断了结婚的念头。

七巧似睡非睡横在烟铺上。三十年来她戴着黄金的枷。她用那沉重的枷角劈杀了几个人，没死的也送了半条命。她知道她儿子女儿恨毒了她，她婆家的人恨她，她娘家的人恨她。她摸索着腕上的翠玉镯子，徐徐将那镯子顺着骨瘦如柴的手臂往上推，一直推到腋下。她自己也不能相信她年轻的时候有过滚圆的胳膊。就连出了嫁之后几年，镯子里也只塞得进一条洋绉手帕。十八九岁做姑娘的时候，高高挽起了大镶大滚的蓝夏布衫袖，露出一双雪白的手腕，上街买菜去。喜欢她的有肉店的朝禄，她哥哥的结拜弟兄丁玉根、张少泉，还有沈裁缝的儿子。喜欢她，也许只是喜欢跟她开开玩笑。然而如果她挑中了他们之中的一个，往后日子久了，生了孩子，男人多少对她有点真心。七巧挪了挪头底下的荷叶边小洋枕，凑合上脸去揉擦了一下，那一面的一滴眼泪她就懒怠去揩拭，由它挂在腮上，渐渐自己干了。

七巧过世以后，长安和长白分了家搬出来住。七巧的女儿是不难解决她自己的问题的，谣言说她和一个男子在街上一同走，停在摊子跟前，他为她买了一双吊袜带。也许她用的是她自己的钱，可是无论如何是由男子的袋里掏出来的。……当然这不过是谣言。

三十年前的月亮早已沉了下去，三十年前的人也死了。然而三十年前的故事还没完——完不了。

原载 1943 年 11 月、12 月《杂志》月刊第 12 卷第 2 期、3 期

诗 八 首

穆 旦

一

你的眼睛看见这一场火灾，
你看不见我，虽然我为你点燃；
唉，那燃烧着的不过是成熟的年代，
你的，我的。我们相隔如重山！

从这自然底蜕变底程序里，
我却爱了一个被并合的你。
即使我哭泣，变灰，变灰又新生，
姑娘，那只是上帝玩弄他自己。

二

你的年龄里的小小野兽，
它和春草一样的呼吸，
他带来你的颜色，芳香，丰满，
它要你疯狂在温暖的黑暗里。

我经过你大理石的理智底殿堂，
而为他埋葬的生命珍惜；
你我底手底接触是一片草场，
那里有它底固执，我底惊喜。

三

水流山石间沉淀下你我，
而我们成长，在死的子宫里。

在无数的可能里，一个变形的生命
永远无法完成他自己。

我和你谈话，相信你，爱你，
这时候就听见我底暗笑，
不断底他添来另外的你我，
使我们丰富而且危险。

四

静静地，我们拥抱在
用语言所能照明的世界里，
而那未成形的黑暗是可怕的，
那可能和不可能的使我们沉迷，

那窒息着我们的
是甜蜜的未生即死的言语
它的幽灵笼罩使我们游离，
游迹混乱的爱底自由和美丽。

五

夕阳西下，一阵微风吹拂着田野，
是那么久的原因在这里积垒。
那移动了景物的移动我的心，
从最古老的开端流向你，安睡。

那形成了树木和屹立在岩石的
将使我此时的渴望永存；
一切在它底过程中流露的美
教我爱你的方法，教我变更。

六

相同和相同融为怠倦，
在差别间又凝固着陌生；
是一条么危险的狭路里
我制造自己在那上旅行。

他存在，听从我的指使，
他保护，而把我留在孤独里；
他底痛苦是不断的寻求，
你底秩序，求得了又必须背离。

七

风暴，远路，寂寞的夜晚，
丢失，记忆，永续的时间，
所有科学不能祛除的恐惧
让我在你底怀里得到安眠——

呵，在你底不能自主的心上，
你底随有随无的美丽的形象
那里，我看见你孤独的爱情
笔立着，和我底平行着生长！

八

再不能有更近的接近，
所有的偶然在我们间定型，
只有阳光透过缤纷的枝叶
分在两片情愿的心上，相同。

等季候一到，就要各自飘落，
而赐生我们的巨树永青。
它对我们的不仁的嘲弄
（和哭泣）在合一的老根里化为平静。

1942 年 2 月

原载《现代诗抄》，开明书店 1948 年 8 月版

论小说与群治之关系

梁启超

  欲新一国之民，不可不先新一国之小说。故欲新道德，必新小说；欲新宗教，必新小说；欲新政治，必新小说；欲新风俗，必新小说；欲新学艺，必新小说；乃至欲新人心、欲新人格，必新小说。何以故？小说有不可思议之力支配人道故。

  吾今且发一问：人类之普通性，何以嗜他书不如其嗜小说？答者必曰：以其浅而易解故，以其乐而多趣故。是固然；虽然，未足以尽其情也。文之浅而易解者，不必小说；寻常妇孺之函札，官样之文牍，亦非有艰深难读者存也，顾谁则嗜之？不宁唯是。彼高才赡学之士，能读《坟》、《典》、《索》、《邱》，能注虫鱼草木，彼其视渊古之文，与平易之文，应无所择，而何以独嗜小说？是第一说有所未尽也。小说之以赏心乐事为目的者固多，然此等顾不甚为世所重；其最受欢迎者，则必其可惊可愕可悲可感，读之而生出无量噩梦、抹出无量眼泪者也。夫使以欲乐故而嗜此也，而何为偏取此反比例之物而自苦也？是第二说有所未尽也。吾冥思之、穷鞫之，殆有两因：凡人之性，常非能以现境界而自满足者也。而此蠢蠢躯壳，其所能触能受之境界，又顽狭短局而至有限也。故常欲于其直接以触以受之外，而间接有所触有所受，所谓身外之身，世界外之世界也。此等识想，不独利根众生有之，即钝根众生亦有焉。而导其根器使日趋于钝、日趋于利者，其力量无大于小说。小说者，常导人游于他境界，而变换其常触常受之空气者也。此其一。人之恒情，于其所怀抱之想象，所经阅之境界，往往有行之不知、习矣不察者；无论为哀为乐、为怨为怒、为恋为骇、为忧为惭，常若知其然而不知其所以然。欲摹写其情状，而心不能自喻，口不能自宣，笔不能自传。有人焉和盘托出，彻底而发露之，则拍案叫绝曰："善哉善哉，如是如是。"所谓"夫子言之，于我心有戚戚焉"。感人之深，莫此为甚。此其二。此二者实文章之真谛，笔舌之能事。苟能批此窾、导此窍，则无论为何等之文，皆足以移人；而诸文之中能极其妙而神其技者，莫小说若。故曰小说为文学之最上乘也。由前之说，则理想派小说尚焉；由后之说，则写实派小说尚焉。小说种目虽多，未有能出此两派范围外者也。

  抑小说之支配人道也，复有四种力：一曰熏。熏也者，如入云烟中而为其所烘。如近墨朱处而为其所染。《楞伽经》所谓"迷智为识，转识成智"者，皆恃此力。人之读一小说也，不知不觉之间，而眼识为之迷漾，而脑筋为之摇飏，而神经为之营注；今日变一二焉，明日变一二焉；刹那刹那，相断相续；久之而此小说之境界，遂入其灵台而据之，成为一特别之原质之种子。有此种子故，他日又更有所触所受者，旦旦而熏之，种子愈盛，而又以之熏他人，故此种子遂可以遍世界。一切器世间有情世间之所以成所以住，皆此为因缘也。而小说则巍巍焉具此威德以操纵众生者也。二曰浸。熏以空间言，故其力之大小，存其界之广狭；浸以时间言，故其力之大小，存其界之长短。浸也者，入而与之俱化者也。人之读一小说也，往往既终卷后数日或数旬而终不能释然。读《红楼》竟者必有余恋有余悲，读《水浒》竟者必有余快有余怒。何也？浸之力使然也。等是佳作也，而其卷帙愈繁事实愈多者，则其浸人也亦愈甚；如酒焉，作十日饮，则作百日醉。我佛从菩提树下起，便说偌大一部《华严》，正以此也。三曰刺。刺也者，刺激之义也。熏浸之力利用渐，刺之力利用顿；熏浸之力在使感受者不觉，刺之力在使感受者骤觉。刺也者，能使人于一刹那顷，忽起异感而不能自制者也。我本蔼然和也，乃读林冲雪天三限，武松飞云浦厄，何以忽然发指？我本愉然乐也，乃读晴雯出大观园，黛玉死潇湘馆，何以忽然泪流？我本肃然庄也，乃读实甫之《琴心》、《酬简》，东塘之《眠香》、《访翠》，何以忽然情动？若是者，皆所谓刺激也。大抵脑筋愈敏之人，则其受刺激力也愈速且剧。而要之必以其书所含刺激力之大小为比例。禅宗之一棒一喝，皆利用此刺激力以度人者也。此力之为用也，文字不如语言。然语言力所被不能广不能久也，于是不得不乞灵于文字。在文字中，则文言不如其俗语，庄论不如其寓言。故具此力最大者，非小说末由。四曰提。前三者之力，自外而灌之使入；提之力，自内而脱之使出，实佛法之最上乘也。凡读小说者，必常若自化其身焉，入于书中，而为其书之主人翁。读《野叟曝言》者必自拟文素臣，读《石头记》者必自拟贾宝玉，读《花月痕》者必自拟韩荷生若韦痴珠，读《梁山泊》者，必自拟黑旋风若花和尚。虽读者自辩其无是心焉，吾不信也。夫既化其身以入书中矣，则当其读此书时，此身已非我有，截然去此界以入于彼界，所谓华严楼阁，帝网重重，一毛孔中万亿莲花，一弹指顷百千浩劫，文字移人，至此而极。然则吾书中主人翁而华盛顿，则读者将化身为华盛顿；主人翁而拿破仑，则读者将化身为拿破仑；主人翁而释迦、孔子，则读者将化身为释迦、孔子，有断然也。度世之不二法门，岂有过此？此四力者，可以卢牟一世，亭毒群伦，教主之所以能立教门，政治家所以能组织政党，莫不赖是。文家能得其一，则为文豪；能兼其四，则为文圣。有此四力而用之于善，则可以福亿兆人；有此四力而用之于恶，则可以毒万千载。而此四力所最易寄者惟小说。可爱哉小说！可畏哉小说！

小说之为体其易入人也既如彼，其为用之易感人也又如此，故人类之普通性，嗜他文终不如其嗜小说，此殆心理学自然之作用，非人力之所得而易也。此天下万国凡有血气者莫不皆然，非直吾赤县神州之民也。夫既已嗜之矣，且遍嗜之矣，则小说之在一群也，既已如空气如菽粟，欲避不得避；欲屏不得屏。而日日相与呼吸之餐嚼之矣。于此其空气而苟含有秽质也，其菽粟而苟含有毒性也，则其人之食息于此间者，必憔悴，必萎病，必惨死，必堕落，此不待蓍龟而决也。于此而不洁净其空气，不别择其菽粟，则虽日饵以参苓，日施以刀圭，而此群中人之老病死苦，终不可得救。知此义，则吾中国群治腐败之总根原，可以识矣。吾中国人状元宰相之思想何自来乎？小说也。吾中国人佳人才子之思想何自来乎？小说也。吾中国人江湖盗贼之思想何自来乎？小说也。吾中国人妖巫狐兔〔鬼〕之思想何自来乎？小说也。若是者，岂尝有人焉提其耳而诲之，传诸钵而授之也？而下自屠爨贩卒、妪娃童稚，上至大人先生、高才硕学，凡此诸思想必居一于是，莫或使之，若或使之，盖百数十种小说之力，直接间接以毒人，如此其甚也（即有不好读小说者，而此等小说，既已渐渍社会，成为风气。其未出胎也，固已承此遗传焉；其既入世也，又复受此感染焉。虽有贤智，亦不能自拔。故谓之间接）。今我国民惑堪舆，惑相命，惑卜筮，惑祈禳，因风水而阻止铁路、阻止开矿，争坟墓而阖族械斗杀人如草，因迎神赛会而岁耗百万金钱、废时生事、消耗国力者，曰惟小说之故。今我国民慕科第若膻，趋爵禄若鹜，奴颜婢膝，寡廉鲜耻，惟思以十年萤雪、暮夜苞苴，易其归骄妻妾、武断乡曲一日之快，遂至名节大防，扫地以尽者，曰惟小说之故。今我国民轻弃信义，权谋诡诈，云（翻）雨覆，苛刻凉薄，驯至尽人皆机心，举国皆荆棘者，曰惟小说之故。今我国民轻薄无行，沉溺声色，缱绻床笫，缠绵歌泣于春花秋月，消磨其少壮活泼之气，青年子弟，自十五岁至三十岁，惟以多情多感多愁多病为一大事业，儿女情多，风云气少，甚者为伤风败俗之行，毒遍社会，曰惟小说之故。今我国民绿林豪杰，遍地皆是，日日有桃园之拜，处处为梁山之盟，所谓"大碗酒，大块肉，分秤称金银，论套穿衣服"等思想，充塞于下等社会之脑中，遂成为哥老、大刀等会，卒至有如义和拳者起，沦陷京国，启召外戎，曰惟小说之故。呜呼！小说之陷溺人群，乃至如是，乃至如是！大圣鸿哲数万言谆诲之而不足者，华士坊贾一二书败坏之而有余。斯事既愈为大雅君子所不屑道，则愈不得不专归于华士坊贾之手。而其性质其位置，又如空气然，如菽粟然，为一社会中不可得避不可得屏之物，于是华士坊贾，遂至握一国之主权而操纵之矣。呜呼！使长此而终古也，则吾国前途，尚可问耶，尚可问耶！故今日欲改良群治，必自小说界革命始，欲新民，必自新小说始。

原载 1902 年《新小说》第 1 号

文学改良刍议

胡 适

今之谈文学改良者众矣,记者末学不文,何足以言此? 然年来颇于此事再四研思,辅以友朋辩论,其结果所得,颇不无讨论之价值。因综括所怀见解,列为八事,分别言之,以与当世之留意文学改良者一研究之。

吾以为今日而言文学改良,须从八事入手。八事者何?

一曰,须言之有物。

二曰,不摹仿古人。

三曰,须讲求文法。

四曰,不作无病之呻吟。

五曰,务去烂调套语。

六曰,不用典。

七曰,不讲对仗。

八曰,不避俗字俗语。

一曰须言之有物

吾国近世文学之大病,在于言之无物。今人徒知"言之无文,行之不远";而不知言之无物,又何用文为乎? 吾所谓"物",非古人所谓"文以载道"之说也。吾所谓"物",约有二事:

一、情感 《诗序》曰:"情动于中而形诸言。言之不足,故嗟叹之。嗟叹之不足,故咏歌之。咏歌之不足,不知手之舞之,足之蹈之也。"此吾所谓情感也。情感者,文学之灵魂。文学而无情感,如人之无魂,木偶而已,行尸走肉而已。(今人所谓"美感"者,亦情感之一也。)

二、思想 吾所谓"思想",盖兼见地、识力、理想三者而言之。思想不必皆赖文学而传,而文学以有思想而益贵;思想亦以有文学的价值而益贵也;此庄周之文,渊明、老杜之诗,稼轩之词,施耐庵之小说,所以复绝千古也。思想之在文学,犹脑筋之在人身。人不能思想,则虽面目姣好,虽能笑啼感觉,亦何足取哉? 文学亦犹是耳。

文学无此二物,便如无灵魂无脑筋之美人,虽有秾丽富厚之外观,抑亦末矣。

近世文人沾沾于声调字句之间,既无高远之思想,又无真挚之情感,文学之衰微,此其大因矣。此文胜之害,所谓言之无物者是也,欲救此弊,宜以质救之。质者何? 情与思二者而已。

二曰不摹仿古人

文学者,随时代而变迁者也。一时代有一时代之文学:周秦有周秦之文学,汉魏有汉魏之文学,唐宋元明有唐宋元明之文字。此非吾一人之私言,乃文明进化之公理也。即以文论,有《尚书》之文,有先秦诸子文,有司马迁班固之文,有韩柳欧苏之文,有语录之文,有施耐庵曹雪芹之文:此文之进化也。试更以韵文言之:《击壤》之歌,《五子》之歌,一时期也;《三百篇》之诗,一时期也;屈原荀卿之骚赋,又一时期也;苏李以下,至于魏晋,又一时期也;江左之诗流为排比,至唐而律诗大成,此又一时期也;老杜、香山之"写实"体诸诗(如杜之《石壕吏》、《羌村》,白之《新乐府》),又一时期也;诗至唐而极盛,自此以后,词曲代兴,唐五代及宋初之小令,此词之一时代也;苏柳(永)辛姜之词,又一时代也;至于元之杂剧传奇,则又一时代矣;凡此诸时代,各因时势风会而变,各有其特长,吾辈以历史进化之眼光观之,决不可谓古人之文学皆胜于今人也。左氏史公之文奇矣,然施耐庵之《水浒》视《左传》《史记》何多让焉?《三都》《两京》之赋富矣,然以视唐诗宋词,则糟粕耳。此可见文学因时进化,不能自止。唐人不当作商周之诗,宋人不当作相如、子云之赋,——即令作之,亦必不工。逆天背时,违进化之迹,故不能工也。

既明文学进化之理,然后可言吾所谓"不摹仿古人"之说。今日之中国,当适今日之文学,不必摹仿唐宋,亦不必摹仿周秦也。前见《国会开幕词》,有云"于铄国会,遵晦时休"。此在今日而欲为三代以上之文之一证也 。更观今之"文学大家",文则下规姚曾,上师韩欧;更上则取法秦汉魏晋,以为六朝以下无文学可言,此皆百步与五十步之别而已,而皆为文学下乘。即令神似古人,亦不过为博物院中添几许"逼真赝鼎"而已,文学云乎哉! 昨见陈伯严先生一诗云:

> 涛园抄杜句,半岁秃千毫。
> 所得都成泪,相过问奏刀。
> 万灵噤不下,此老仰弥高。
> 胸腹回滋味,徐看薄命骚。

此大足代表今日"第一流诗人"摹仿古人之心理也。其病根所在,在于以"半岁秃千毫"之工夫作古人的抄胥奴婢,故有"此老仰弥高"之叹。若能洒脱此种奴性,不作古人的诗,而惟作我自己的诗,则决不致如此失败矣。

吾每谓今日之文学,其足与世界"第一流"文学比较而无愧色者,独有白话小说(我佛山人、南亭亭长、洪都百炼生三人而已)一项。此无他故,以此种小说皆不事摹仿古人(三人皆得力于《儒林外史》《水浒》《石头记》。然非摹仿之作也),而惟实写今日社会之情状,故能成真正文学。其他学这个,学那个之诗古文家,皆无文学之价值也。今之有志文学者,宜知所从事矣。

三曰须讲求文法

今之作文作诗者,每不讲求话文法之结构。其例至繁,不便举之,尤以作骈文律诗者为尤甚。夫不讲文法,是谓"不通"。此理至明,无待详论。

四曰不作无病之呻吟

此殊未易言也。今之少年往往作悲观,其取别号曰"寒灰"、"无生"、"死灰";其作为诗文,则对落日而思暮年,对秋风而思零落,春来则惟恐其速去,花发又惟惧其早谢;此亡国之哀音也。老年人为之犹不可,况少年乎? 其流弊所至,遂养成一种暮气,不思奋发有为,服劳报国,但知发牢骚之音,感喟之文;作者将以促其寿年,读者将亦短其志气:此吾所谓无病之呻吟也。国之多患,吾岂不知之? 然病国危时,岂痛哭流涕所能收效乎? 吾惟愿今之文学家作费舒特(Fichte),作玛志尼(Mazzini),而不愿其为贾生、王粲、屈原、谢皋羽也。其不能为贾生、王粲、屈原、谢皋羽也,而徒为妇人醇酒丧气失意之诗文者,尤卑卑不足道矣!

五曰务去烂调套语

今之学者,胸中记得几个文学的套语,便称诗人。其所为诗文处处是陈言烂调,"蹉跎""身世""寥落""飘零""虫沙""寒窗""斜阳""芳草""春闺""愁魂""归梦""鹃啼""孤影""雁字""玉楼""锦字""残更",……之类,累累不绝,最可憎厌。其流弊所至,遂令国中生出许多似是而非,貌似而实非之诗文。今试举吾友胡先骕先生一词以证之:

> 荧荧夜灯如豆,映幢幢孤影,凌乱无据。翡翠衾寒,鸳鸯瓦冷,禁得秋宵几度? 么弦漫语,早丁字帘前,繁霜飞舞。袅袅余音,片时犹绕柱。

此词骤观之,觉字字句句皆词也,其实仅一大堆陈套语耳。"翡翠衾""鸳鸯瓦",用之白香山《长恨歌》则可,以其所言乃帝王之衾之瓦也。"丁字帘""么弦",皆套语也。此词在美国所作,其夜灯决不"荧荧如豆",其居室尤无"柱"可绕也。至于"繁霜飞舞",则更不成话矣。谁曾见繁霜之"飞舞"耶?

吾所谓务去烂调套语者,别无作法,惟在人人以其耳目所亲见亲闻所亲身阅历之物,——一自己铸词以形容描写之;但求其不失真,但求能达其状物写意之目的,即是工夫。用烂调套语者,皆懒惰不肯自己铸词状物者也。

六曰不用典

吾所主张八事之中,惟此一条最受朋友攻击,盖以此条最易误会也。吾友江亢虎君来书曰:

> 所谓典者,亦有广狭二义。饾饤獭祭,古人早悬为厉禁;若并成语故事而屏之,则非惟文字之品格全失,即文字之作用亦亡。……文字最妙之意味,在用字简而涵义多。此断非用典不为功。不用典不特不可作诗,并不可写信,且不可演说。来函满纸"旧雨""虚怀""治头治脚""舍本逐末""洪水猛兽""发聋振聩""负弩先驱""必悦诚服""词坛""退避三舍""滔天""利器""铁证"……皆典也。试尽抉而去之,代以俚语俚字,将成何说话?其用字之繁简,犹其细焉。恐一易他词,虽加倍蓰而涵义仍终不能如是恰到好处,奈何?……

此论甚中肯要。今依江君之言,分典为广狭二义,分论之如下:

一、广义之典非吾所谓典也。广义之典约有五种:

甲、古人所设譬喻,其取譬之事物,含有普通意义,不以时代而失其效用者,今人亦可用之。如古人言"以子之矛,攻子之盾",今人虽不读书者,亦知用"自相矛盾"之喻,然不可谓为用典也。上文所举例中之"治头治脚""洪水猛兽""发聋振聩",……皆此类也。盖设譬取喻,贵能切当;若能切当,固无古今之别也。若"负弩先驱""退避三舍"之类,在今日已非通行之事物,在文人相与之间,或可用之,然终以不用为上。如言"退避",千里亦可,百里亦可,不必定用"三舍"之典也。

乙、成语 成语者,合字成辞,别为意义。其习见之句,通告已久,不妨用之。然今日若能另铸"成语",亦无不可也。"利器""虚怀""舍本逐末",……皆属此类。此非"典"也,乃日用之字耳。

丙、引史事 引史事与今所论议之事相比较,不可谓为用典也。如老杜诗云,"未闻殷周衰,中自诛褒妲",此非用典也。近人诗云,"所以曹孟德,犹以汉相终",此亦非用典也。

丁、引古人作比 此亦非用典也。杜诗云,"清新庾开府,俊逸鲍参军",此乃以古人比今人,非用典也。又云,"伯仲之间见伊吕,指挥若定失萧曹",此亦非用典也。

戊、引古人之语　此亦非用典也。吾尝有句云，"我闻古人言，艰难惟一死"。又云，"尝试成功自古无，放翁此语未必是"。此乃引语，非用典也。

以上五种为广义之典，其实非吾所谓典也。若此者可用可不用。

二、狭义之典，吾所主张不用者也。吾所谓用"典"者，谓文人词客不能自己铸词造句以写眼前之景，胸中之意，故借用或不全切，或全不切之故事陈言以代之，以图含混过去：是谓"用典"。上所述广义之典，除戊条外，皆为取譬比方之辞。但以彼喻此，而非以彼代此为也。狭义之用典，则全为以典代言，自己不能直言之，故用典以言之耳。此吾所谓用典与非用典之别也。狭义之典亦有工拙之别，其工者偶一用之，未为不可，其拙者则当痛绝之。

子、用典之工者　此江君所谓用字简而涵义多者也。客中无书不能多举其例。但杂举一二，以实吾言：

1. 东坡所藏"仇池石"，王晋卿以诗借观，意在于夺。东坡不敢不借，先以诗寄之，有句云，"欲留嗟赵弱，宁许负秦曲。传观慎勿许，间道归应速"。此用蔺相如返璧之典，何其工切也！

2. 东坡又有"章质夫送酒六壶，书至而酒不达"。诗云，"岂意青州六从事，化为乌有一先生"。此虽工已近于纤巧矣。

3. 吾十年前尝有《读〈十字军英雄记〉》一诗云，"岂有酖人羊叔子？焉知微服赵主父？十字军真儿戏耳，独此两人可千古"。以两典包尽全书，当时颇沾沾自喜，其实此种诗，尽可不作也。

4. 江亢虎代华侨诔陈英士文有"未悬太白，先坏长城。世无鉏麑，乃戕赵卿"四句，余极喜之。所用赵宣子一典，甚工切也。

5. 王国维咏史诗，有"虎狼在堂室，徙戎复何补？神州遂陆沉，百年委榛莽。寄语桓元子，莫罪王夷甫"。此亦可谓使事之工者矣。

上述诸例，皆以典代言，其妙处，终在不失设譬比方之原意；惟为文体所限，故譬喻变而为称代耳。用典之弊，在于使人失其所欲譬喻之原意。若反客为主，使读者迷于使事用典之繁，而转忘其所为设譬之事物，则为拙矣。古人虽作百韵长诗，其所用典不出一二事而已（《北征》与白香山《悟真寺诗》皆不用一典），今人作长律则非典不能下笔矣。尝见一诗八十四韵，而用典至百余事，宜其不能工也。

丑、用典之拙者　用典之拙者，大抵皆懒惰之人，不知造词，故以此为躲懒藏拙之计。惟其不能造词，故亦不能用典也。总计拙典亦有数类：

1. 比例泛而不切，可作几种解释，无确定之根据。今取王渔洋《秋柳》一章证之：

娟娟凉露欲为霜，万缕千条拂玉塘。浦里青荷中妇镜，江干黄竹女儿箱。

空怜板渚隋堤水，不见琅玡大道王。若过洛阳风景地，含情重问永丰坊。

此诗中所用诸典无不可作几样说法者。

2. 僻典使人不解。夫文学所以达意抒情也。若必求人人能读五车之书，然后能通其文，则此种文可不作矣。

3. 刻削古典成语，不合文法。"指兄弟以孔怀，称在位以曾是"（章太炎语），是其例也。今人言"为人作嫁"亦不通。

4. 用典而失其原意。如某君写山高与天接之状，而曰"西接杞天倾"是也。

5. 古事之实有所指，不可移用者，今往乱用作普通事实。如古人灞桥折柳，以送行者，本是一种特别土风。阳关渭城亦皆实有所指。今之懒人不能状别离之情，于是虽身在滇越，亦言灞桥；虽不解阳关渭城为何物，亦皆言"阳关三叠""渭城离歌"。又如张翰因秋风起而思故乡之莼羹鲈脍，今则虽非吴人，不知莼鲈为何味者，亦皆自称有"莼鲈之思"。此则不仅懒不可救，直是自欺欺人耳！

凡此种种，皆文人之下下工夫，一受其毒，便不可救。此吾所以有"不用典"之说也。

七曰不讲对仗

排偶乃人类言语之一种特性，故虽古代文字，如老子孔子之文，亦间有骈句。如"道可道，非常道；名可名，非常名。无名天地之始，有名万物之母。故常无，欲以观其妙；常有，欲以观其微"。此三排句也。"食无求饱，居无求安。""贫而无谄，富而无骄。""尔爱其羊，我爱其礼。"——此皆排句也。然此皆近于语言之自然，而无牵强刻削之迹；尤未有定其字之多寡，声之平仄，词之虚实者也。至于后世文学末流，言之无物，乃以文胜；文胜之极，而骈文律诗兴焉，而长律兴焉。骈文律诗之中非无佳作，然佳作终鲜。所以然者何？岂不以其束缚人之自由过甚之故耶？（长律之中，上下古今，无一首佳作可言也。）今日而言文学改良，当"先立乎其大者"，不当枉废有用之精力于微细纤巧之末：此吾所以有废骈废律之说也。即不能废此两者，亦但当视为文学末技而已，非讲求之急务也。

今人犹有鄙夷白话小说为文学小道者，不知施耐庵、曹雪芹、吴趼人，皆文学正宗，而骈文律诗乃真小道耳。吾知必有闻此言而却走者矣。

八曰不避俗字俗语

吾惟以施耐庵、曹雪芹、吴趼人为文学正宗，故有"不避俗字俗语"之论也（参看上文第二条下）。盖吾国言文之背驰久矣。自佛书之输入，译者以文言不足以达意，故以浅近之文译之，其体已近白话。其后佛氏讲义语录尤多用白话为之者，是为语录体之原始。及宋人讲学以白话为语录，此体遂成讲学正体（明人因之）。当是时，白话已久入韵文，观唐宋人白话之诗词可见也。及至元时，中国北部已在异族之下，三百余年矣（辽金元）。此三百年中，中国乃发生一种通俗行为之文学。文则有《水浒》《西游》《三国》……之类，戏曲则尤不可胜计（关汉卿诸人，人各著剧数十种之多。吾国文人著作之富，未有过于此时者也）。以今世眼光观之，则中国文学当以元代为最盛；可传世不朽之作，当以元代为最多：此可无疑也。当是时，中国之文学最近言文合一，白话几成文学的语言矣。使此趋势不受阻遏，则中国几有一"活文学出现"，而但丁、路得之伟业（欧洲中古时，各国皆有俚语，而以拉丁文为文言，凡著作书籍皆用之，如吾国之以文言著书也。其后意大利有但丁（Dante）诸文豪，始以其国俚语著作。诸国踵兴，国语亦代起。路得（Luther）创新教始以德文译《旧约》《新约》，遂开德文学之先。英法诸国亦复如是。今世通用之英文《新旧约》乃一六一一年译本，距今才三百年耳。故今日欧洲诸国之文学，在当日皆为俚语。迨诸文豪兴，始以"活文学"代拉丁之死文学：有活文学而后有言文合一之国语也），几发生于神州，不意此趋势骤为明代所阻，政府既以八股取士，而当时文人如"何李七子"之徒，又争以复古为高，于是此千年难遇言文合一之机会，遂中道夭折矣。然以今世历史进化的眼光观之，则白话文学之为中国文学之正宗，又为将来文学必用之利器，可断言也（此"断言"乃自作者言之，赞成此说者今日未必甚多也）。以此之故，吾主张今日作文作诗，宜采用俗语俗字。与其用三千年前之死字（如"于铄国会，遵晦时休"之类），不如用二十世纪之活字；与其用不能行远不能普及之秦汉六朝文字，不如作家喻户晓之《水浒》《西游》文字也。

结　　论

上述八事，乃吾年来研思此一大问题之结果。远在异国，既无读书之暇晷，又不得就国中先生长者质疑问难，其所主张容有矫枉过正之处。然此八事皆文学上根本问题，一一有研究之价值。故草成此论，以为海内外留心此问题者作一草案。谓之刍议，犹云未定草也，伏惟国人同志有以匡纠是正之。

民国六年一月

文学革命论

陈独秀

今日庄严灿烂之欧洲,何自而来乎? 曰,革命之赐也。欧语所谓革命者,为革故更新之义,与中土所谓朝代鼎革,绝不相类;故自文艺复兴以来,政治界有革命,宗教界亦有革命,伦理道德亦有革命,文学艺术,亦莫不有革命,莫不因革命而新兴而进化。近代欧洲文明史,宜可谓之革命史。故曰,今日庄严灿烂之欧洲,乃革命之赐也。

吾苟偷庸懦之国民,畏革命如蛇蝎,故政治界虽经三次革命,而黑暗未尝稍减。其原因之小部分,则为三次革命,皆虎头蛇尾,未能充分以鲜血洗净旧污;其大部分,则为盘踞吾人精神界根深蒂固之伦理道德文学艺术诸端,莫不黑幕层张,垢污深积,并此虎头蛇尾之革命而未有焉。此单独政治革命所以于吾之社会,不生若何变化,不收若何效果也。推其总因,乃在吾人疾视革命,不知其为开发文明之利器故。

孔教问题,方喧呶于国中,此伦理道德革命之先声也。文学革命之气运,酝酿已非一日,其首举义旗之急先锋,则为吾友胡适。余甘冒全国学究之敌,高张"文学革命军"大旗,以为吾友之声援。旗上大书特书吾革命军三大主义:曰,推倒雕琢的阿谀的贵族文学,建设平易的抒情的国民文学;曰,推倒陈腐的铺张的古典文学,建设新鲜的立诚的写实文学;曰,推拿迂晦的艰涩的山林文学,建设明了的通俗的社会文学。

《国风》多里巷猥辞,《楚辞》盛用土语方物,非不斐然可观。承其流者,两汉赋家,颂声大作,雕琢阿谀,词多而意寡,此贵族之文古典之文之始作俑也。魏晋以下之五言,抒情写事,一变前代板滞堆砌之风,在当时可谓为文学一大革命,即文学一大进化;然希托高古,言简意晦,社会现象,非所取材,是犹贵族之风,未足以语通俗的国民文学也。齐梁以来,风尚对偶,演至有唐,遂成律体。无韵之文,亦尚对偶。《尚书》《周易》以来,即是如此,古人行文,不但风尚对偶,且多韵语,故骈文家颇主张骈体为中国文章正宗之说(亡友王先生即主张此说之一人)。不知古书传抄不易,韵与对偶,以利传诵而已。后之作者,乌可泥此?

东晋而后,即细事陈启,亦尚骈丽。演至有唐,遂成骈体。诗之有律,文之有骈,皆发源于南北朝,大成于唐代。更进而为排律,为四六。此等雕琢的阿谀的铺张的空泛的贵族古典文学,极其长技,不过如涂脂抹粉之泥塑美人,以视八股试贴之价值,未必能高几何,可谓为文学之末运矣! 韩柳崛起,一洗前人纤巧堆朵之习,风会所趋,乃南北朝贵族古典文学,变而为宋元国民通俗文学之过渡时代。韩、柳、元、白应运而出,为之中枢。俗论谓昌黎文章起八代之衰,虽非确论,然变八代之法,开宋元之先,自是文界豪杰之士。吾人今日所不满于昌黎者二事:

一曰,文犹师古。虽非典文,然不脱贵族气派,寻其内容,远不若唐代诸小说家之丰富,其结果乃造成一新贵族文学。

二曰,误于"文以载道"之谬见。文学本非为载道而设,而自昌黎以讫曾国藩所谓载道之文,不过抄袭孔孟以来极肤浅极空泛之门面语而已。余尝谓唐宋八家文之所谓"文以载道",直与八股家之所谓"代圣贤立言",同一鼻孔出气。

以此二事推之,昌黎之变古,乃时代使然,于文学史上,其自身并无十分特色可观也。元明剧本,明清小说,乃近代文学之粲然可观者。惜为妖魔所厄,未及出胎,竟尔流产,以至今日中国之文学,委琐陈腐,远不能与欧洲比肩。此妖魔为何? 即明之前后七子及八家文派之归、方、刘、姚是也。此十八妖魔辈,尊古蔑今,咬文嚼字,称霸文坛,反使盖代文豪若马东篱,若施耐庵,若曹雪芹诸人之姓名,几不为国人所识。若夫七子之诗,刻意模古,直谓之抄袭可也。归、方、刘、姚之文,或希荣誉墓,或无病而呻,满纸之乎者也矣焉哉。每有长篇大作,摇头摆尾,说来说去,不知道说些什么。此等文学,作者既非创造才,胸中又无物,其伎俩惟在仿古欺人,直无一字有存在之价值,虽著作等身,与其时之社会文明进化无丝毫关系。

今日吾国文学,悉承前代之敝:所谓"桐城派"者,八家与八股之混合体也;所谓"骈体文"者,思绮堂与随园之四六也;所谓"西江派"者,山谷之偶像也。求夫目无古人,赤裸裸的抒情写世,所谓代表时代之文豪者,不独全国无其人,而且举世无此想。文学之文,既不足观,应用之文,益复怪诞:碑铭墓志,极量称扬,读者决不见信,作者必照例为之。寻常启事,首尾恒有种种谀词。居丧者即华居美食,而哀启必欺人曰"苫块昏迷"。赠医生以匾额,不曰"术迈歧黄",即曰"著手成春"。穷乡僻壤极小之豆腐店,其春联恒作"生意兴隆通四海,财源茂盛达三江"。此等国民应用之文学之丑陋,皆阿谀的虚伪的铺张的贵族古典文学阶之厉耳。

际兹文学革新之时代,凡属贵族文学,古典文学,山林文学,均在排斥之列。以何理由而排斥此三种文学耶? 曰:贵族文学,藻饰依他,失独立自尊之气象也;古典文学,铺张堆砌,失抒情写实之旨也;山林文学,深晦艰涩,自以为名山著述,于其群之大多数无所裨益也。其形体则陈陈相因,有肉无骨,有形无神,乃装饰品而非实用品;其内容则目光不越帝王权贵,神仙鬼怪,及其个人之穷通利达。

所谓宇宙,所谓人生,所谓社会,举非其构思所及,此三种文学公同之缺点也。此种文学,盖与吾阿谀夸张虚伪迂阔之国民性,互为因果。今欲革新政治,势不得不革新盘踞于运用此政治者精神界之文学。使吾人不张目以观世界社会文学之趋势,及时代之精神,日夜埋头故纸堆中,所目注心营者,不越帝王,权贵,鬼怪,神仙,与夫个人之穷通利达,以此而求革新文学,革新政治,是缚手足而敌孟贲也。

欧洲文化,受赐于政治科学者固多,受赐于文学者亦不少。予爱卢梭、巴士特之法兰西,予尤爱虞哥、左喇之法兰西;予爱康德、赫克尔之德意志,予尤爱桂特郝、卜特曼之德意志;予爱培根、达尔文之英吉利,予尤爱狄铿士、王尔德之英吉利。吾国文学界豪杰之士,有自负为中国之虞哥、左喇、桂特郝、卜特曼、狄铿士、王尔德者乎?有不顾迂儒之毁誉,明目张胆以与十八妖魔宣战者乎?予愿拖四十二生的大炮,为之前驱!

原载 1917 年 2 月 1 日《新青年》第 2 卷第 6 号

人的文学

周作人

我们现在应该提倡的新文学,简单的说一句,是"人的文学",应该排斥的,便是反对的非人的文学。

新旧这名称,本来很不妥当,其实"太阳底下,何尝有新的东西?"思想道理,只有是非,并无新旧。要说是新,也单是新发现的新,不是新发明的新,新大陆是在 15 世纪中,被哥仑布发见,但这地面是古来早已存在。电是在 18 世纪中,被富兰克林发现,但这物事也是古来早已存在,无非以前的人,不能知道,遇见哥仑布与富兰克林才把他看出罢了,真理的发现,也是如此,真理永远存在,并无时间的限制,只因我们自己愚昧,闻道太迟,离发现的时候尚近,所以称他新。其实他原是极古的东西,正如新大陆同电一般,早在这宇宙之内,倘若将他当作新鲜果子,时式衣裳一样看待,那便大错了。譬如现在说"人的文学",这一句话,岂不也像时髦。却不知世上生了人,便同时生了人道,无奈世人无知,偏不肯体人类的意志,走这正路,却迷入兽道鬼道里去,旁皇了多年,才得出来,正如人在白昼的时候,闭着眼乱闯,末后睁开眼睛,才晓得世上有这样好阳光,其实太阳照临,早已如此,已有了无量数年了。

欧洲关于这"人"的真理的发现,第一次是在 15 世纪,于是出了宗教改革与文艺复兴两个结果。第二次成了法国大革命,第三次大约便是欧战以后将来的未知事件了。女人与小儿的发现,却迟至十九世纪,才有萌芽,古来女人的位置,不过是男子的器具与奴隶。中古时代,教会里还曾讨论女子有无灵魂,算不算得一个人呢,小儿也只是父母的所有品,又不认他是一个未长成的人,却当作他具体而微的成人,因此又不知演了多少家庭的与教育的悲剧。自从 Froobel 与 Godwin 夫人以后,才有光明出现,现了现在,造成儿童学与女子问题这两个大研究,可望长出极好的结果来。中国讲到这类问题却须从头做起,人的问题,从来未经解决,女人小儿更不必说了,如今第一步先从人说起,生了四千余年,现在却还讲人的意义,从新要发现"人",去"辟人荒",也是可笑的事。但老了再学,总比不学该胜一筹罢 。我们希望从文学上起首,提倡一点人道主义思想,便是这个意思。

我们要说人的文学,须得先将这个人字,略加说明。我们所说的人不是世间所谓"天地之性最贵",或"圆颅方趾"的人。乃是说"从动物进化的人类"。其中有两要点,(一)"从动物"进化的,(二)从动物"进化"的。

我们承认人是一种生物,他的生活现象,与别的动物并无不同。所以我们相信人的一切生活本能,都是美的善的,应得完全满足。凡有违反人性不自然的习惯制度,都应排斥改正。

但我们又承认人是一种动物进化的生物,他的内面生活,比他动物更为复杂高深,而且逐渐向上,有能改造生活的力量。所以我们相信人类以动物的生活为生存的基础,而其内面生活,却渐与动物相远,终能达到高尚和平的境地。凡兽性的余留,与古代礼法可以阻碍人性向上的发展者,也都应排斥改正。

这两个要点,换一句话说,便是人的灵肉二重的生活。古人的思想,以为人性有灵肉二元,同时并存,永相冲突。肉的一面,是兽性的遗传。灵的一面,是神性的发端。人生的目的,便偏重在发展这神性。其手段便在灭了体质以救灵魂。所以古来宗教,大都厉行禁欲主义,有种种苦行,抵制人类的本能。一方面却别有不顾灵魂的快乐派,只愿"死便埋我"。其实两者都是趋于极端,不能说是人的正当生活。到了近世,才有人看出这灵肉本是一物的两面,并非对抗的二元。兽性与神性,合起来便只是人性。英国 18 世纪诗人勃莱克(Blake) 在《天国与地狱的结婚》一篇中,说得最好。

(一)人并无与灵魂分离的身体。因这所谓身体者,原指是五官所能见的一部分的灵魂。

(二)力是唯一的生命,是从身体发生的。理就是力的外面的界。

(三)力是永久的悦乐。

他这话虽略含神秘的气味,但很能说出灵肉一致的要义。我们所信的人类正当生活,便是这灵肉一致的生活。所谓从动物进化的人,也便是指这灵肉一致的人,无非用别一说法罢了。

这样"人"的理想生活,应该怎样呢?首先便是改良人类的关系。彼此都是人类,却又各是人类的一个。所以须营一种利己而又利他,利他即是利己的生活。第一,关于物质的生活,应该各尽人力所及,取人事所需,换一句话,便是各人以心力的劳作,换得适当的衣食住与医药,能保持健康的生活。第二,关于道德的生活,应该以爱智信勇四事为基本道德,革除一切人道以下或人力以上的因袭的礼法,使人人能享自由真实的幸福生活。这种"人的"理想生活,实行起来,实于世上的人,无一不利。富贵的人虽然觉得不免失了他的所谓尊严,但他们因此得从非人的生活里救出,成为完全的人,岂不是绝大的幸福么?这真可说是

20世纪的新福音了。只可惜知道的人还少,不能立地实行。所以我们要在文学上略略提倡,也稍尽我们人类的意思。

但现在还须说明,我所说的人道主义,并非世间所谓"悲天悯人"或"博施济众"的慈善主义,乃是一种个人主义的人间本位主义。这理由是,第一,人在人类中,正如森林中的一株树木。森林盛了,各树也都茂盛。但要森林盛,却仍非靠各树各自茂盛不可。第二,个人爱人类,就只为人类中有了我,与我相关的缘故。墨子说兼爱的理由,因为"已亦在人中",便是最透彻的话。上文所谓利己而又利他,利他即是利己,正是这个意思。所以我说的人道主义,是从个人做起。要讲人道,爱人类,便须先使自己有人的资格,占得人的位置。耶稣说,"爱邻如己"。如不先知自爱,怎能"如己"的爱别人呢? 至于无我的爱,纯粹的利他,我以为是不可能的。人为了所爱的人,或所信的主义,能够有献身的行为。若是割肉饲鹰,投身给饿虎吃,那是超人间的道德,不是人所能为的了。

用人道主义为本,对于人生诸问题,加以记录研究的文字,便谓之人的文学。其中又可以分作两项,(一)是正面的。写这理想生活,或人间上达的可能性。(二)是侧面的。写人的平常生活,或非人的生活,都很可以供研究之用。这类著作,分量最多,也最重要。因为我们可以因此明白人生实在的情状,与理想生活比较出差异与改善的方法,这一类中写非人的生活的文学,世间每每误会,与非人的文学相溷,其实却大有分别。譬如法国莫泊桑(Maupassant)的小说《一生》(Une Vie)是写人间兽欲的人的文学;中国的《肉蒲团》却是非人的文学。俄国库普林(Kuprm)的小说《坑》(Jama),是写娼妓生活的人的文学;中国的《九尾龟》却是非人的文学。这区别就只在著作的态度不同,一个严肃,一个游戏,一个希望人的生活,所以对于非人的生活,怀着悲哀或愤怒;一个安于非人的生活,所以对于非人的生活,感着满足,又多带着玩弄与挑拨的形迹,简明说一句,人的文字与非人的文学的区别,便在著作的态度,是以人的生活为是呢? 非人的生活为是呢? 这一点上,材料方法,别无关系。即如提倡女人殉葬——即殉节——的文章,表面上岂不说是"维持风教";但强迫人的自杀,正是非人的道德,所以也是非人的文学。中国文学中,人的文学,本来极少。从儒教道教出来的文章,几乎都不合格。现在我们单从纯文学上举例如:

(一)色情狂的淫书类

(二)迷信的鬼神书类(《封神榜》《西游记》等)

(三)神仙书类(《绿野仙踪》等)

(四)妖怪书类(《聊斋志异》《子不语》等)

(五)奴隶书类(甲种主题是皇帝状元宰相　乙种主题是神圣的父与夫)

(六)强盗书类(《水浒》《七侠五义》《施公案》等)

（七）才子佳子书类（《三笑姻缘》等）

（八）下等谐谑书类（《笑林广记》等）

（九）黑幕类

（十）以上各种思想和合结晶的旧戏

这几类全是妨碍人性的生长，破坏人类的平和的东西，统应该排斥。这宗著作，在民族心理研究上，原都极有价值。在文艺批评上，也有几种可以容许，但在主义上，一切都该排斥。倘若懂得道理，识力已定的人，自然不妨去看，如能研究批评，便于世间更为有益，我们也极欢迎。

人的文学，当以人的道德为本，这道德问题方面很广，一时不能细说，现在只就文学关系上，略举几项。譬如两性的受，我们对于这事，有两个主张，（一）是男女两本位的平等，（二）是恋爱的结婚。世间著作，有发挥这意思的，便是绝好的人的文学。如诺威易卜生（Ibsen）的戏剧《娜拉》（Et Dukkehjem）《海女》（Fruen fra Hevet），俄国托尔斯泰（Tolstoj）的小说《安娜·卡列尼娜》（Anna Kareian），英哈代（Hardy）的小说《苔斯》（Tess）等就是。恋爱起源，据芬兰学者威思德马克（Westermarck）说由于"人的对于与我快乐者的爱好"。却又如奥国卢闿（Lucan）说，因多年心的变化，渐变了高上的感情，所以真实的爱与两性的生活，也须有灵肉二重的一致。但因为现世社会境势所迫，以致偏于一面的，不免极多。这便须根据人道主义的思想，加以记录研究。却又不可将这样生活，当作幸福或神圣，赞美提倡。中国的色情狂的淫书，不必说了。旧基督教的禁欲主义的思想，我也不能承认他为是。又如俄国陀思妥耶夫斯奇（Dostojevskij）是伟大的人道主义的作家。但在这一部小说中，说一男人爱一女子，后来男子爱上别人，他却竭力斡旋，使他们能够配合。陀思妥耶夫斯奇（Dostojevskij）自己，虽然言行竟是一致，但我们总不能承认这种种行为，是在人情以内，人力以内，所以不愿提倡。又如印度诗人泰戈尔（Tagore）做的小说，时时颂扬东方思想。有一篇记一寡妇的生活，描写他的"心的撒提（Sutteo）"（撒提是印度古语。指寡媚与他丈夫尸体一同焚化的习俗），又一篇说一男人弃了他的妻子，在英国别娶，他的妻子，还典卖了金珠宝玉，永远的接济他。一个人如有身心的自由，以自由别择，与人结了爱，遇着生死的别离，发生自己牺牲的行为，这原是可以称道的事。但须全然出于自由意志，与被专制的因袭礼法逼成的动作，不能并为一谈。印度人身的撒提，世间都知道是一种非人道的习俗。近来已被英国禁止，至于人心的撒提，便只是一种变相。一是死刑，一是终身监禁。照中国说，一是殉节，一是守节，原来撒提这字，据说在梵文，便正是节妇的意思。印度女子被"撒提"了几千年，便养成了这一种畸形的贞顺之德。讲东方化的，以为是国粹，其实只是不自然的制度习惯的恶果。譬如中国人磕头惯了，见了人便无端的要请安拱手代揖，大有非跪不可之意,这能说是他的谦和美德么？我们见了这种畸形的所谓道德,正如见了塞在坛子里养大的,身子像萝卜形状的人,只感着恐怖嫌恶悲哀愤怒种种感情,绝不该将他提倡,拿他赏赞。

其次如亲子的爱。古人说,父母子女的爱情,是"本于天性",这话说得最好。因他本来是天性的爱,所以用不着那些人为的束缚,妨害他的生长。假如有人说,父母生子,全由私欲,世间或要说他不道。今将他改作由于天性,便极适当。照生物现象看来,父母生子,正是自然的意志。有了性的生活,自然有生命的延续,与哺乳的努力,这是动物无不如此。到了人类,对于恋爱的融合,自我的延长,更有意识,所以亲子的关系,尤为深厚。近时识者所说儿童的权利,与父母的义务,便即据这天然的道理推演而出,并非时新的东西,至于世间无知的父母,将子女当作所有品,牛马一般养育,以为养大以后,可以随便吃他骑他,那便是退化的谬误思想。英国教育家戈思德(Gorst)称他们为"猿类之不肖子",正不为过。日本津田左右吉著《文学上国民思想的研究》卷一说:"不以亲子的爱情为本的孝行观念,又与祖先为子孙而生存的生物学的普遍事实,人为将来而努力的人间社会的实际状态,俱相违反,却认作子孙为祖先而生存,如此道德中,显然含有不自然的分子。"祖先为子孙而生存,所以父母理应爱重子女,子女也就应该爱敬父母。这是自然的事实,也便是天性。文学上说这亲子的爱的,希腊荷马(Homeros)史诗《伊理亚斯》(Ilias)与欧里庇得斯(Euripides)悲剧《德罗夜兑斯》(Troiades)中,说赫克多尔(Hektor)夫妇与儿子的死别两节,在古文学中,最为美妙。近来易卜生(Ibsen)的《群鬼》(Gengangere)德国士兑曼(Sudermann)的戏剧《故乡》(Heimat)俄国屠格涅夫(Turgeniev)的小说《父子》(Ottsy Jdjeti)等,都很可以供我们的研究,至于郭巨埋儿,丁兰刻木那一类残忍迷信的行为,当然不应再行赞扬提倡。割股一事,尚是魔术与食人风俗的遗留,自然算不得道德。不必再叫混入文学里,更不消说了。

照上文所说,我们应该提倡与排斥的文学,大致可以明白了。但关于古今中外的一件事上,还须追加一句说明,才可免了误会。我们对于主义相反的文学,并非如胡致堂或乾隆做史论,单依自己的成见,将古今人物排头骂倒。我们立论,应抱定"时代"这一个观念,又将批评与主张,分作两事,批评古人的著作,便认定他们的时代,给他一个正直的评价,相应的位置。至于宣传我们的主张,也认定我们的时代,不能与相反的意见通融让步,唯有排斥的一条方法。譬如原始时代,本来只有原始思想,行魔术食人肉,原是分所当然。所以关于这宗风俗的歌谣故事,我们还要拿来研究,增点见识。但如近代社会中,竟还有想实行魔术食人的人,那便只得将他捉住,送进精神病院去了。其次,对于中外这个问题,我们也只须抱定时代这一个观念,不必再划出什么别的界限。地理上历史上,原有种种不同，但世界交通便了，空气流通也快了，人类可望逐渐接近，同一时代的人，便可相并存在。单位是个我，总数是个人。不必自以为与众不同，道德第一，划出许多畛域。因为人总与人类相关，彼此一样，所以张三李四受苦，与彼得约翰受苦，要说与我无关，也一样无关。说与我相关，也一样相关。仔细说，便只为我与张三李四或彼得约翰虽姓名不同，籍贯不同，但同是人类之一，同具感觉性情。他以为苦的，在我也必以为苦。这苦会降在他身上，也未必不能降在我的身上。因为人类的运命是同一的，所以我要顾虑我的运命，便同时顾虑人类共同的运命。所以我们只能说时代，不能分中外。我们偶有创作，自然偏于见闻较确的中国一方面，其余大多数都还须介绍译述外国的著作，扩大读者的精神，眼里看见了世界的人类，养成人的道德，实现人的生活。

一九一八年十二月七日

文学研究会宣言

我们发起这个会，有三种意思，要请大家注意。

一，是联络感情。本来各种会章里大抵都有这一项；但在现今文学界里，更有特别注重的必要。中国向来有"文人相轻"的风气；因此现在不但新旧两派不能协和，便是治新文学的人里面，也恐因了国别派别的主张，难免将来不生界限。所以我们发起本会，希望大家时常聚会，交换意见，可以互相理解，结成一个文学中心的团体。

二，是增进知识。研究一种学问，本不是一个人关了门可以成功的；至于中国的文学研究，在此刻正是开端，更非互相补助，不容易发达。整理旧文学的人，也须应有新的方法，研究新文学的更是专靠外国的资料；但是一个人的见闻及经济力总是有限，而且此刻在中国要搜集外国的书籍，更不是容易的事。所以我们发起本会，希望渐渐造成一个公共的图书馆研究室及出版部，助成个人及国民文学的进步。

三，是建立著作工会的基础。将文艺当作高兴时的游戏或失意时的消遣的时候，现在已经过去了。我们相信文学是一种工作，而且又是于人生很切要的一种工作；治文学的人也当以这事为他终身的事业，正同劳农一样。所以我们发起本会，希望不但成为普通的一个文学会，还是著作同业的联合的基本，谋文学工作的发达与巩固：这虽然是将来的事，但也是我们的一个重要的希望。

因以上的三个理由，我们所以发起本会，希望同志的人们赞成我们的意思，加入本会，赐以教诲，共策进行，幸甚。

原载 1921 年 1 月 10 日《小说月报》第 12 卷第 1 号

《创造日》宣言

郁达夫

山川草木、鸟兽虫鱼和世界万物，都是由无而有，由黑暗而光明，渐渐的被创造者创造出来的。我们不信受天惠物厚，人数众多的中华民族里，就不会现出光明之路来。

不过我们不要想不劳而获，我们不要把伊甸园天帝吩咐我们的话忘了。我们要用汗水去换生命的日粮，以眼泪来和葡萄的美酒。我们要存谦虚的心，任艰难之事。我们正在拭目待后来的替民众以圣灵施洗的人，我们正预备着为他缚鞋洗足。

现在我们的创造工程开始了。我们打算接受些与天帝一样的新创造者，来继续我们的工作。

同人皆各有别业，不能日日担任稿件，本栏文字，除外来稿件外，都由我们几个心爱的弟兄姊妹负责。读者若能指正错误，赐以教训，是我们莫大的光荣。

我们想以纯粹的学理和严正的言论来批评文艺、政治、经济，我们更想以惟真惟美的精神来创作文学和介绍文学。现在中国的腐败和政治实际，与无聊的政党偏见，是我们所不能言亦不屑言的。

我们这一栏是世界人类共有的田园，无论何人，只需有真诚的精神和美善的心意，都可以自由来开垦。

王母的蟠桃，不是一日结得成，罗马的城壁，不是一人筑得就，纵使我们的努力，不过和沙上的足印一般，旋即消去，然而投在太平洋东岸的一石，也许有微波传到太平洋的西岸去，我们的希望，原不过如此而已。

朋友们哟，梅雨期过了，"自然"的威势已经达到了最高潮，我们的精神不是沉潜的时候。

朋友们哟，来！来！我们每日地开荒播种。

七月二十一日

原载 1923 年 7 月 21 日《中华新报·创造日》

中国的新文学道路

蔡元培

  欧洲近代文化,都从复兴时代演出;而这时代所复兴的,为希腊罗马的文化;是人人所公认的。我国周季文化,可兴希腊罗马比拟,也经过一种烦琐的哲学时期,与欧洲中古时代相埒,非有一种复兴运动,不能势在振发起衰;五四运动的新文学运动,就是复兴的开始。

  欧洲文化,不外乎科学兴美术;自纯粹的科学:理,化,地质,生物等等以外,实业的发达,社会的组织无一不以科学为基本,均得以广义的美术:建筑,雕刻,绘画等等以外,如音乐,文学及一切精制的物品,美化的都市,皆得以美术包括他们。而近代的科学美术,实皆植基于复兴时代;例如文西,米开兰基罗与拉飞两三人,固为复兴时代最大美术家,而文西同时为科学家及工程师,又如路加培根提倡观察与实验法,哥白尼与加立里的天文学均为开先的科学家。这些科学家与美术家,何以不说为创造而说是复兴? 这因为学术的种子,早已在希腊罗马分布了。例如希腊的多利式、育尼式、科林式三种柱廊,罗马的穹门,斐谛亚,司科派,柏拉克希脱的雕刻以及其他壁画与花瓶,荷马的史诗,爱司恺拉,索福克,幼利披留与亚利司多芬的戏剧,固已极美术文学的能事,就是赛勒司,亚利司太克的天文,毕达可拉斯,欧几里得的数学,依洛陶德的地理,亚奇米得的物理,亚里斯多德的生物学,黑朴格拉底的医学,亦都已确立近代科学的基础。

  罗马末年,因日耳曼人的移植,而旧文化几乎消灭,这时候,保存文化的全恃两种宗教,一是基督教,一是回教。回教的势力,局于一隅;而基督教的势力,则几乎弥漫全欧。基督教受了罗马政治的影响,组织教会,设备地方主教,而且以罗马为中心,驻以教皇。于是把希腊罗马的文化,一切教会化,例如希腊哲学家亚里斯多德,自生物学而外,对于伦理学美学及其他科均有所建树,而教会即利用亚氏的学说为工具,曲解旁推,务合于教义的标准。有不合教义的,就指为邪教徒用火刑惩罚他们。一切思想自由,信教自由,都被剥夺,观中古时代大学的课程,除圣经及亚里斯多德著作外有一点名学,科学及罗马法律没有历史与文学,他的固陋可以想见了。那时候崇闳的建筑,就是教堂;都是峨特式,有一参天高塔表示升入天堂的愿望,正与希腊人均衡和谐的建筑代表现世安和的命运相对待。附属于建筑的图画与雕刻都以圣经中故事为题材;音乐诗歌,亦以应用于教会的为时宜。

及十三世纪，意大利诗人但丁始以意大利语发表他最著名的长诗神曲，其内容虽尚龚天堂地狱的老套，而其所描写的人物，都能显出个性，不拘于教会的典型；文词的优美，又深受希腊文学的影响而可以与他们匹敌，这是欧洲复兴时期的开山。嗣后由文学而艺术，由文艺而及于科学，以至政治上，宗教上，都有一种革新的运动。

我国古代文化以周代为最可征信。周公的制礼作乐，不让希腊的梭伦；东周季世，孔子的知行并重，循循善诱，正如苏格拉底；孟子的道性善，陈王道，正如柏拉图；荀子传群经，持礼法，为稷下祭酒，正如亚里斯多德；老子的神秘，正如毕达哥拉斯，阴阳家以五行说明万物正如恩派多克利以地水火风为宇宙本源；墨家的自苦，正如斯多亚派；庄子的乐观正如伊壁鸠鲁派；名家的诡辩，正如哲人；纵横家言，正如雄辩术。此外如《周髀》的数学，《素问》《灵枢》的医学，《考工记》的工学，《墨子》的物理学，《尔雅》的生物学，亦已树立科学的基础。

在文学方面《周易》的洁静，《礼经》的谨严，老子的名贵，墨子的质素，孟子的条达，庄子的俶诡，邹衍的闳大，荀卿与韩非的刻覆，《左氏春秋》的和雅，《战国策》的博丽，可以见散文的盛况。风雅颂的诗，荀卿，屈原，宋玉，景差的辞赋，可以见韵文的盛况。

在艺术方面，《乐记》说音乐，理论甚精，但乐谱不传。《诗·小雅·斯干》篇称"如跂斯翼，如矢斯棘，如鸟斯革，如翚斯飞"；可以见现今宫殿式之檐桷，已于当时开始！当代建筑如周之明堂，七庙，三朝，九寝，楚之章华台，燕之黄金台，秦之阿房宫等，虽名制屡见记载，但取材土木，不及希腊罗马的石材，故遗迹多被湮没。玉器铜器的形式，变化甚多，但所见图案，以云雷文及兽头为多，植物已极希有，很少见有雕刻人物如希腊花瓶的。韩非子说画犬马难画鬼魅易，近乎写实派；庄子说宋元君有解衣盘礴的画史，近乎写意派，但我们尚没见到周代的壁画。所以我们敢断言的，是周代的哲学与文学，确可与希腊罗马比拟。

秦始皇帝任李斯，专用法家言，焚书坑儒。汉初矫秦弊，又专尚黄老；文帝时儒家与道家争，以"家人言"与"司空城旦书"互相诋。武帝时始用董仲舒对策（《汉书董仲舒传》："董仲舒对策'今师异道，人异论，百家殊方，指意不同，上亡以持一统，法制数变，下不知所守。臣愚以为诸不在六艺之科，孔子之术者，皆绝其道，勿使并进。邪辟之说灭息，然后统纪可一，而法度可明足知所从矣'"），"推明孔氏抑黜百家"；建元元年：丞相卫绾奏："所举贤良，或治申，商韩非苏秦，张仪之言，乱国政，请皆奏罢。"诏："可。"武帝乃置五经博士，后增至十四人，"利禄之途"既开，优秀分子竞出一途，为博士官置弟子由五十人，而百人，而千人，成帝时至三千人；后汉时大学至二万余生，都抱着通经致用的目的，如"禹贡治河"，"三百篇讽谏"，"春秋断狱"等等，这时候虽然有阴阳家的"五德终始"，谶纬举的"符命"，然终以经术为中心。魏晋以后，虽然有佛教输入，引起老庄的玄学，与处士的清谈；有神仙家的道教，引起金丹的化炼，符篆的迷信；但是经举的领域还是很坚固，例如义疏之学，南方有崔灵恩，沈文阿，皇侃，戚衮，张讥，顾越，王元规等，北方有刘献之，徐遵明，李铉，沈重，熊安生等；（褚季野说："北人学问，渊综广博"；孙安国说："南人学问，清通简要"；支道林又说："自中人以还，北人看书，如显处观月；南人看书，如牖中窥日。"）迄于唐代，国子祭酒孔颖达与诸儒撰定《五经正义》颁于天下，每年明经依此考试，学经的势力，随"利禄之途"而发展，真可以压倒一切了。

汉代承荀卿，屈原的余绪，有司马相如，扬雄，班固，枚乘等竞为辞赋，句多骈丽；后来又渐多用于记事的文，如蔡邕所作的碑铭，就是这一类。魏晋以后，一切文辞均用此体；后世称为骈文，或称四六。

唐德宗时（西历八世纪），韩愈始不满意于六朝骈丽的文章，而以周季汉初论辩记事文为模范，创所谓"起八代之衰"的文章，那时候与他同调的有柳宗元等。愈又作原道，推本孔孟，反对佛老二氏，有"人其人，火其庐，焚其画"的提议，乃与李斯，董仲舒相等。又补作文王《拘幽操》，至有"臣罪当诛，天王圣明"等语，以提倡君权的绝对，李翱等推波助澜，渐引起宋明理学的运动。但宋明理学，又并不似韩愈所期待的，彼等表面虽亦排斥佛老，而里面却愿兼采佛老二氏的长处；如《河图》《洛书》《太极图》等，本诸道数；天理、人欲、明善复初等等本诸佛教。在陆王一派，偏于"尊德性"固然不讳谈禅，阳明且有"格竹病七日"的笑话，与科学背驰，固无足异；程朱一派，力避近禅，然阳儒阴禅的地方很多。朱熹释格物为即物穷理，且说："即凡天下之物，莫不因其已知之理而益穷之，以求至乎其极，至于用力之久而一旦豁然贯通焉，则众物之表里精粗无不到，而吾心之全体大用无不明矣。"似稍近于现代科举家之归纳法，然以不从实验上着手，所以也不能产生科学。那时程颐以"饿死事小，失节事大"斥再醮妇，蹂躏女权，正与韩愈的"臣罪当诛"相等，误会三纲的旧说，破坏"五伦"的本义。不幸此等谬说适投明清两朝君主之所好，一方面以利用科举为诱惑，一方面以文字狱为鞭策，思想言论的自由，全被剥夺。

明清之间惟黄宗羲《明夷待访录》，有《原君》《原臣》等篇；戴震《原义》，力开以理责人的罪恶；俞正燮于《癸巳类稿》存稿中有反对尊男卑女的文辞，远之合于诸子的哲学，近之合于西方的哲学，然皆如昙花一现，无人注意。

直到清季，与西洋各国接触，经过好几次的战败，始则感武器的不如人，后来看到政治上了，后来看到教育上，学术上都觉得不如人了，于是有维新派，以政治上及文化上之革新为号召，康有为谭嗣同是其中最著名的。

康氏有《大同书》，本《礼运》的"大同"义而附以近代人文主义的新义，谭氏有《仁学》，本佛教"平等"观而衡决一切的网罗，在当时确为佼佼者。然终以迁就时人思想的缘故，戴着尊孔保皇的假面，而结果仍归于失败。

嗣后又从庚子极端顽固派的一试，而孙中山先生领道之同盟会，渐博得多数信任，于是有辛亥革命，实行"恢复中华建立民国"的宣言，当时思想言论的自由，几达极点，保皇尊孔的旧习，似有扫除的希望，但又经袁世凯与其所卵翼的军阀之摧残，虽洪宪帝制，不能实现，而北洋军阀承袭他压制自由思想的淫威，方兴未艾。在此暴力压迫之下自由思想的勃兴，仍不可遏抑，代表他的是陈独秀的《新青年》。

《新青年》于民国四年创刊，他的敬告青年，特陈六义：一，自主的而非奴隶的，二，进步的而非退守的，三，进取的而非退隐的，四，世界的而非锁国的，五，实利的而非虚文的，六，科学的而非想象的。

到民国八年，《新青年》宣言有云："我们相信，世界各国政治上道德上经济上因袭的旧观念中，有许多阻碍进化而不合情理的部分。我们想求社会进化，不得不打破天经地义，自古如斯的成见，决计一面抛弃此等旧观念，一面综合前代贤哲当代贤哲和我们自己所想的，创造道德上经济上新观念，树立新时代的精神，适应新社会的环境。我们理想的新时代，新社会是诚实的，进步的，积极的，自由的，平等的，创造的，美的，善的，和平的，相爱的，互助的劳动而愉快的。全社会幸福的。希望那虚伪的，保守的，消极的，束缚的，阶级的，因袭的，丑的，亚的，战争的，轧轹不安的，懒惰而烦闷的少数幸福的现象，渐渐减少，至于消灭。"又有《新青年罪案之答辩书》，有云："他们所非难本志的，无非是破坏孔教，破坏礼法，破坏国粹，破坏贞节，破坏旧伦理（忠孝节），破坏旧艺术（中国戏），破坏旧宗教（鬼神），破坏旧文学，破坏旧政治（特权人治）这几条罪案。这几条罪案，本社同人当然直认不讳。但是追本溯源，本志同人本来无罪，只因为拥护那德莫克拉西（Democracy）和赛因斯（Science）两位先生，才犯了这几条滔天大罪。要拥护那德先生，便不得不反对那孔教，礼法，贞节，旧伦理，旧政治；要拥护那赛先生，便不得不反对那国粹和旧文学。"他的主张民治主义和科学精神，固然前后如一，而"破坏旧文学的罪案"与"反对旧文学"的声明，均于八年始见，这是因为在《新青年》上提倡文学革命起于五年。五年十月胡适来书，称："今日欲言文学革命，须从八事入手：一曰：不用典；二曰：不用陈套语；三曰：不讲对仗；四曰：不僻俗字俗语；五曰：须讲求文法之结构；六曰：不作无病之呻吟；七曰：不摹仿古人语语须有我在；八曰：须言之有物。"由是陈独秀于六年二月发表《文学革命论》，有云："文学革命之气运酝酿已非一日，其首举义旗之急先锋，则为我友胡适。敢冒全国学究之敌高张文学革命军大旗以为吾友之声援，旗上大书特书吾革命军三大主义：

曰推倒雕琢的阿谀的贵族文学，建设平易的抒情的国民文学；推倒陈腐的铺张的古典文学，建设新鲜的立诚的写实文学；推倒迂晦的艰涩的山林文学，建设明了的通俗的社会文学。"这是那时候由思想革命而进于文学革命的历史。

为什么改革思想，一定要牵涉到文学上？这因为文学是传道思想的工具。钱玄同于七年三月十四日《致陈独秀书》，有云："旧文章的内容，不到半页，必有发昏做梦的话，青年子弟，读了这种旧文章，觉其句调铿锵，娓娓可诵，不知不觉，便将为文中之荒谬道理所征服。"在玄同所主张的"废灭汉文"虽不易实现，而先废文言文，是做得到的事。所以他有一次致独秀的书，就说："我们既绝对主张用白话体做文章，则自己在新青年里面做的，便应该渐渐的改用白话。我从这次通信起，以后或撰文，或通信，一概用白话，就和适之先生做《尝试集》一样意思。并且还要请先生，胡适之先生和刘半农先生都来尝试尝试。此外别位在《新青年》里撰文的先生和国中赞成做白话文的先生们，若是大家都肯尝试，那么必定成功。自古无的，自今以后必定会有。"可以看见玄同提倡白话文的努力。

民元前十年左右，白话文也颇流行，那时候最著名的白话报，在杭州是林獬、陈敬第等所编，在芜湖是独秀与刘光汉等所编，在北京是杭辛斋，彭翼仲等所编，即余与王季同，汪允宗等所编的《俄事警闻》与《警钟》，每日有白话文与文言文论说各一篇，但那时候作白话文的缘故，是专为通俗易解，可以普及常识，并非取文言而代之。主张以白话代文言，而高揭文学革命的旗帜，这是从《新青年》时代开始的。

欧洲复兴时期以人文主义为标榜，由神的世界而渡到人的世界。就图画而言，中古时代的神象，都是忧郁枯板与普通人不同，及复兴时代，一以生人为模型例如拉飞儿所画圣母，全是窈窕的幼妇，所画耶稣，全是活泼的儿童。使观者有地上实现天国的感想。不但拉飞儿，同时的画家没有不这样的。进而为生人肖像，自然更表示特性所谓"人心不同如其面"了。这叫做由神相而转成人相。我国近代本目文言文为古文，而欧洲人目不通行的语言为死语，刘大白参用他们的语意，译古文为鬼话；所以反对文言提倡白话的运动，可以说是弃鬼话而取人话了。

欧洲中古时代，以一种变相的拉丁文为通行文字，复兴以后，虽以研求罗马时代的拉丁文与希腊文，为复兴古学的工具，而别一方面，却把各民族的方言利用为新文学的工具。在意大利有但丁，亚利奥斯多，朴伽邱，马基亚弗利等，在英国有绰塞，威克列夫等，在日耳曼有路德等，在西班牙有塞文蒂等，在法兰西，有拉勃雷等，都是用素来不认为有文学价值的方言译述圣经，或撰著诗文，遂产生各国语的新文学。我们的复兴，以白话文为文学革命的条件正与但丁等同一见解。

欧洲的复兴,普通分为初盛晚三期:以十五世纪为初期,以千五百年至千五百八十年为盛期,以千五百八十年至十七世纪末为晚期。在艺术上,自意大利的乔托,基伯尔提,文西,米开朗琪罗,拉飞儿,狄兴等以至法国的雷斯古,古容,格鲁爱父子等,西班牙的维拉斯开兹等,德国的杜荷尔斑一族等,荷兰与法兰德尔的凡爱克,鲁本兹,朗布兰凡带克等。在文学上,自意大利的但丁,亚利奥斯多,马基亚利,塔苏等,法国的露沙,蒙旦等,西班牙的蒙杜沙,莎凡提等,德国的路德,萨克斯等,英国的雪泥,慕尔,莎士比亚等。人才辈出,历三百年。我国的复兴,自五四运动以来不过十五年,新文学的成绩,当然不敢自诩为成熟。其影响于科学精神民治思想及表现个性的艺术,均尚在进行中。但是吾国历史,现代环境,督促吾人,不得不有奔轶绝尘的猛进。吾人自期,至少应以十年的工作抵欧洲各国的百年。所以对于第一个十年先作一总审查,使吾人有以鉴既往而策将来,希望第二个十年与第三个十年时,有中国的拉飞尔与中国的莎士比亚等应运而生呵!

从文学革命到革命文学

成仿吾

一、文学革命的社会的根据

一个社会的现象必定有它所以必然发生的社会的根据。那么，我们这十余年来的文学革命的社会的根据究竟在哪里？

据我的考察，应该是这样的：

A. 辛亥革命，民主主义对于封建势力的革命的失败，及帝国主义的急近的压迫，使一部分与世界潮流已经接触着的所谓知识阶级一心努力于启蒙思想的运动（所谓新文化运动）。

B. 这种启蒙的民主主义的思想运动势必要求一种新的表现的手段（国语文学运动）。

但是，当时那种有闲阶级的"印贴利更追亚"（intelligentsia＝知识的阶级）对于时代既没有十分的认识，对于思想亦没有彻底的了解，而且大部分还是些文学方面的人物，所以他们的成绩只限于一种浅薄的启蒙，而他们的努力多在于新文学一方面。所以后来新文化运动几乎与新文学运动合一，几乎被文字运动遮盖得无影无踪；实际上，就可见的成绩说，也只有文学留有些微的隐约的光耀。

二、文学革命的历史的意义

历史的发展必然地取辩证法的方法（dialektishe methode）。因经济的基础的变动，人类生活样式及一切意识形态皆随而变革；结果是旧的生活样式及意识形态等皆被扬弃（Aufheben 奥伏赫变），而新的出现。

近代的资本主义急潮的来侵，早把我们旧日的经济的基础破坏，欧战中我们更有了近代式的资产阶级及一部分小资产阶级的"印贴利更追亚"。文学这意识形态的革命渐不能免，而解决这一切的关键也已伏在"文"和"语"的对立关系。

文学在古时和当时的语言没有分离互异的道理。后来渐由修词的功夫、因袭的固执与特创的废语（如秦始皇之"朕"等）等的合作，"文"和"语"才逐渐分离至于互异。但是"语"的成份及它在"古文"以外的势力是不可抹杀的。

佛典的翻译，大约是因为问答法和普及的关系，使语体显然形成了一大流派。后来更由词曲的发达与小说的勃兴，使这里的"质的变化"的发生只缺少了些微的"量的变化"。他方面，文体逐渐发展到了尽头，对于新的内容的表现成了一种桎梏，只坐待时钟的高响——文体永远被"奥伏赫变"的时刻。

最后这些微的量来了，由外国文与新思想的方面；于是这桎梏被粉碎了。新发展的内容取新的形式翱翔于新开的天地。

三、文学革命的经过

文学革命的史实可以不须在这里多写。我现在只略述大概的经过，而且与新文化运动对照着，因为前者在理论上是后者的一个分野，它们有许多共同的趋向。

新文化运动的第一种工作为旧思想的否定（Negation），第二种工作为新思想的介绍。但这两方面都不曾收到应有的效果。这是因为从事这两种工作的人们对于旧思想的否定不完全，而对于新思想的介绍更不负责。我们只要一说运动开始不久就有所谓国学运动的出现，胡适之流才叫喊了几声就好像力竭声嘶般地逃回了老巢，猛吸着破旧的酒瓶想获得一点生命的力。其余一些半死的大妖小怪也跟着一齐乱喊，我们只要一看研究共学社张东荪等所翻译的那些要通不通的译本，我们只要一看梁漱溟著的不三不四的《东西文化及其哲学》。

但是最不幸的是这些"名流"完全不认识他们的时代，完全不了解他们的读者，也完全不了解自己的货色。这是为什么新文化运动不上三五年就好像寿终正寝的缘故。他们不知道那时候的觉悟的青年已经拒绝了他们的迷药，他们本应该背着药笼到资本主义安定的国家去讨饭吃的呀！

文学运动在它的初期大致与新文化运动有同样的倾向。胡适之流始终不能摆脱旧的腔调，文学研究会的翻译也大可与共学社媲美。与"国学运动"相对的有"新式标点派"，其实他们只是乱点。

维持文学革命的运动使它不至于跟着新文化运动同归于尽的是民十以后的创作方面的努力。这时候，创造社已正式登台，不断地与恶劣的环境奋斗。它的诸作家以他们的反抗的精神，以他们的新鲜的作风，四五年之内在文学界养成了一种独创的精神，对一般青年给予了不少的刺激。他们指导了文学革命的方针，率先走向前去，他们扫荡了一切假的文艺批评，他们驱逐了一些蹩脚的翻译。他们对于旧思想与旧文字的否定最为完全，他们以真挚的热诚与批判的态度为全文学运动奋斗。

有人说创造社的特色为浪漫主义与感伤主义，这只是部分的观察。据我的考察，创造社是代表着小资产阶级（Petit bourgeois）的革命的"印贴利更追亚"。浪漫主义与感伤主义都是小资产阶级特有的根性，但是在对于资产阶级

（bourgeo's）的意义上，这种根性仍不失为革命的。

是这种创作方面的努力救了我们全文学革命的运动。创造社以反抗的精神，真挚的热诚，批判的态度与不断的努力，一方面给予觉悟的青年以鼓励与安慰，一方面不息地努力完成我们的语体。由于创造社的激励，全国的"印贴利更追亚"常在继续地奋斗，文学革命的巨火至今在燃，新文化运动幸而保存了一个分野。

四、文学革命的现阶段

我们的文学革命现在究竟进展到了怎样的阶段？

A．我们的文学运动现在的主体：

主体——知识阶级的一部。

B．我们的文学运动现在的实况：

内容——小资产阶级的意识形态（Ideologie 意德沃罗基）；

媒质——语体，但与现实的语言相去尚远；

形式——小说与诗居多数，戏剧甚少。

实地分析的结果如此，理论上亦应如此。这都是由小资产阶级的根性发源出来的。

创造社素来对于完成我们的语体非常努力，它的作家们没有一刻忘记这一方面的努力，实际上他们的成功由于这一方面的努力的亦不少。但他们以前的三个方针：

A．极力求合于文法。

B．极力采用成语，增造语汇。

C．试用复杂的构造。

他们在应用这三个方针的时候，做梦也没有想到他们会与现实的语言相离那么远！

离开文学本身，在文学可以影响的范围内，也有几宗现象可以注意：

A．各大书店现在还出文言教科书。

B．许多国语教科书尚多不通的语句。

C．新式标点还在流行，依旧在乱点。

关于文学革命的现阶段的考察还有北京一部分的特殊现象必须一说。这是以《语丝》为中心的周作人一派的玩意。他们的标语是"趣味"；我从前说过他们所矜持的是"闲暇，闲暇，第三个闲暇"；他们是代表着有闲的资产阶级，或者睡在鼓里面的小资产阶级。他们超越在时代之上；他们已经这样过活了多年，如果北京的乌烟瘴气不用十万两烟火药炸开的时候，他们也许永远这样过活的罢。

五、文学革命今后的进展

由以上历史的考察，我们就可以决定文学革命今后的进展么？

不，这断乎不可以。

文学在社会全部的组织上为上部建筑之一；离开全体我们不能理解一个个的部分，我们必须就社会的全构造考究文学这一部分，才能得到真确的理解。

我们要研究文学运动今后的进展，必须明白我们现在的社会发展的现阶段；要明白我们的社会发展的现阶段，必须从事近代资产阶级社会全部的合理的批判（经济过程的批判，政治过程的批判，意识过程的批判），把握着唯物的辩证法的方法，明白历史的必然的进展。

我们可以简单地这样申述：

资本主义已经发展到了最后的阶段（帝国主义），全人类社会的改革已经来到目前。在整个资本主义与封建势力二重压迫下的我们，也已经曳着跛脚开始了我们的国民革命，而我们的文学运动——全解放运动的一个分野——却还睁着双眼，在青天白日里找寻已往的迷离的残梦。

我们远落在时代的后面。我们在以一个将被"奥伏赫变"的阶级为主体，以它的"意德沃罗基"为内容，创造一种非驴非马的"中间的"语体，发挥小资产阶级的恶劣的根性。

我们如果还挑起革命的"印贴利更追亚"的责任起来，我们还得再把自己否定一遍（否定的否定），我们要努力获得阶级意识，我们要使我们的媒质接近农工大众的用语，我们要以农工大众为我们的对象。

换一句话，我们今后的文学运动应该为一步的前进，前进一步，从文学革命到革命文学。

六、革命的"印贴利更追亚"团结起来！

资本主义已经到了它的最后的一日，世界形成了两个战垒，一边是资本主义的余毒法西斯蒂的孤城，一边是全世界农工大众的联合战线。各个的细胞在为战斗的目的组织起来，文艺的工人应当担任一个分野。前进！你们没有听见这雄壮的呼声么？

谁也不许站在中间。你到这边来，或者到那边去！

莫只追随，更不要再落在后面，自觉地参加这社会变革的历史的过程！

努力获得辩证法的唯物论，努力把握唯物的辩证法的方法，它将给你以正当的指导，示你以必胜的战术。

克服自己的小资产阶级的根性，把你的背对向那将被"奥伏赫变"的阶级，开步走，向那"龌龊"的农工大众！

以明瞭的意识努力你的工作，驱逐资产阶级的"意德沃罗基"在大众中的流毒与影响，获得大众，不断地给他们以勇气，维持他们的自信！莫忘记了，你是站在全战线的一个分野！

以真挚的热诚描写在战场所闻见的，农工大众的激烈的悲愤、英勇的行为与胜利的欢喜！这样，你可以保障最后的胜利；你将建立殊勋，你将不愧为一个战士。

革命的"印贴利更追亚"团结起来，莫愁丧失了你们的镣铐！

一九二七年十一月十六日修善寺

原载 1928 年 2 月《创造月刊》第 1 卷第 9 期

中国左翼作家联盟理论纲领

　　社会变革期中的艺术,不是极端凝结为保守的要素,变成拥护顽固的统治之具工,便向进步的方向勇敢迈进、作为解放斗争的武器。也只有和历史的进行取同样的步伐的艺术,才能够唤喊它的明耀的光芒。

　　诗人如果是预言者,艺术家如果是人类的导师,他们不能不站在历史的前线,为人类社会的进化,清除愚昧顽固的保守势力,负起解放斗争的使命。

　　然而,我们并不抽象的理解历史的进行和社会发展的真相。我们知道帝国主义的资本主义制度已经变成人类进化的桎梏,而其"掘墓人"的无产阶级负起其历史的使命,在这"必然的王国"中作人类最后的同胞战争——阶级斗争,以求人类彻底的解放。

　　那么,我们不能不站在无产阶级的解放斗争的战线上,攻破一切反动的保守的要素,而发展被压迫的进步的要素,这是当然的结论。

※　　※　　※

　　我们的艺术不能不呈献给"胜利不然就死"的血腥的斗争。

　　艺术如果以人类之悲喜哀乐为内容,我们的艺术不能不以无产阶级在这黑暗的阶级社会中"中世纪"里面所感觉的感情为内容。

　　因此,我们的艺术是反封建阶级的,反资产阶级的,又反对"稳固社会地位"的小资产阶级的倾向。我们不能不援助而且从事无产阶级艺术的产生。

　　我们的理论要指出运动之正确的方向,并使之发展。常常提出中心的问题而加以解决,加紧具体的作品批评,同时不要忘记学术的研究,加强对过去艺术的批判工作,介绍国际无产阶级艺术的成果,而建设艺术理论。

※　　※　　※

　　我们对现实社会的态度不能不支持世界无产阶级的解放运动,向国际反无产阶级的反动势力斗争。

原载《拓荒者》第 3 期

对于左翼作家联盟的意见

——三月二日在左翼作家联盟成立大会讲

鲁　迅

有许多事情，有人在先已经讲得很详细了，我不必再说。我以为在现在，"左翼"作家是很容易成为"右翼"作家的。为什么呢？第一，倘若不和实际的社会斗争接触，单关在玻璃窗内做文章，研究问题，那是无论怎样的激烈，"左"，都是容易办到的；然而一碰到实际，便即刻要撞碎了。关在房子里，最容易高谈彻底的主义，然而也最容易"右倾"。西洋的叫做"Salon 的社会主义者"，便是指这而言。"Salon"是客厅的意思，坐在客厅里谈谈社会主义，高雅得很，漂亮得很，然而并不想到实行的。这种社会主义者，毫不足靠。并且在现在，不带点广义的社会主义的思想的作家或艺术家，就是说工农大众应该做奴隶，应该被虐杀，被剥削的这样的作家或艺术家，是差不多没有了，除非墨索里尼，但墨索里尼并没有写过文艺作品。（当然，这样的作家，也还不能说完全没有，例如中国的新月派诸文学家，以及所说的墨索里尼所宠爱的邓南遮便是。）

第二，倘不明白革命的实际情形，也容易变成"右翼"。革命是痛苦，其中也必然混有污秽和血，决不是如诗人所想象的那般有趣，那般完美；革命尤其是现实的事，需要各种卑贱的，麻烦的工作，决不如诗人所想象的那般浪漫；革命当然有破坏，然而更需要建设，破坏是痛快的，但建设却是麻烦的事。所以对于革命抱着浪漫谛克的幻想的人，一和革命接近，一到革命进行，便容易失望。听说俄国的诗人叶遂宁，当初也非常欢迎十月革命，当时他叫道，"万岁，天上和地上的革命！"又说"我是一个布尔塞维克了！"然而一到革命后，实际上的情形，完全不是他所想像的那么一回事，终于失望，颓废。叶遂宁后来是自杀了的，听说这失望是他的自杀的原因之一。又如毕力涅克和爱伦堡，也都是例子。在我们辛亥革命时也有同样的例，那时有许多文人，例如属于"南社"的人们，开初大抵是很革命的，但他们抱着一种幻想，以为只要将满洲人赶出去，便一切都恢复了"汉官威仪"，人们都穿大袖的衣服，峨冠博带，大步地在街上走。谁知赶走满清的皇帝以后，民国成立，情形却全不同，所以他们便失望，以后有些人甚至成为新的运动的反动者。但是，我们如果不明白革命的实际情形，也容易和他们一样的。

还有，以为诗人或文学家高于一切人，他底工作比一切工作都高贵，也是不正确的观念。举例说，从前海涅以为诗人最高贵，而上帝最公平，诗人在死后，便到上帝那里去，围着上帝坐着，上帝请他吃糖果。在现在，上帝请吃糖果的事，是当然无人相信的了，但以为诗人或文学家，现在为劳动大众革命，将来革命成功，劳动阶级一定从丰报酬，特别优待，请他坐特等车，吃特等饭，或者劳动者捧着牛油面包来献他，说："我们的诗人，请用吧！"这也是不正确的；因为实际上绝不会有这种事，恐怕那时比现在还要苦，不但没有牛油面包，连黑面包都没有也说不定，俄国革命后一二年的情形便是例子。如果不明白这情形，也容易变成"右翼"。事实上，劳动者大众，只要不是梁实秋所说"有出息"者，也绝不会特别看重知识阶级者的，如我所译的《溃灭》中的美谛克（知识阶级出身），反而常被矿工等所嘲笑。不待说，知识阶级有知识阶级的事要做，不应特别看轻，然而劳动阶级无特别例外地优待诗人或文学家的义务。

现在，我说一说我们今后应注意的几点。

第一，对于旧社会和旧势力的斗争，必须坚决，持久不断，而且注重实力。旧社会的根底原是非常坚固的，新运动非有更大的力不能动摇它什么。并且旧社会还有它使新势力妥协的好办法，但它自己是决不妥协的。在中国也有过许多新的运动了，却每次都是新的敌不过旧的，那原因大抵是在新的一面没有坚决的广大的目的，要求很小，容易满足。譬如白话文运动，当初旧社会是死力抵抗的，但不久便容许白话文底存在，给它一点可怜地位，在报纸的角头等地方可以看见用白话写的文章了，这是因为在旧社会看来，新的东西并没有什么，并不可怕，所以就让它存在，而新的一面也就满足，以为白话文已得到存在权了。又如一二年来的无产文学运动，也差不多一样，旧社会也容许无产文学，因为无产文学者并不厉害，反而他们也来弄无产文学，拿去做装饰，仿佛在客厅里放着许多古董瓷器以外，放一个工人用的粗碗，也很别致；而无产文学者呢，他已经在文坛上有个小地位，稿子已经卖得出去了，不必再斗争，批评家也唱着凯旋歌："无产文学胜利！"但除了个人的胜利，即以无产文学而论，究竟胜利了多少？况且无产文学，是无产阶级解放斗争底一翼，它跟着无产阶级的社会的势力的成长而成长，在无产阶级的社会地位很低的时候，无产文学的文坛地位反而很高，这只是证明无产文学者离开了无产阶级，回到旧社会去罢了。

第二，我以为战线应该扩大。在前年和去年，文学上的战争是有的，但那范围实在太小，一切旧文学旧思想都不为新派的人所注意，反而弄成了在一角里新文学者和新文学者的斗争，旧派的人倒能够闲舒地在旁边观战。

第三，我们应当造出大群的新的战士。因为现在人手实在太少了，譬如我们有好几种杂志，单行本的书出版得不少，但做文章的总同是这几个人，所以内容就不能不单薄。一个人做事不专，这样弄一点，那样弄一点，既要翻译，又要做小说，还要做批评，并且也要做诗，这怎么弄得好呢？这都因为人太少的缘故，如果人多了，则翻译的可以专翻译，创作的可以专创作，批评的专批评；对敌人应战，也军势雄厚，容易克服。关于这点，我可带便地说一件事。前年创造社和太阳社向我进攻的时候，那力量实在单薄，到后来连我都觉得有点无聊，没有意思反攻了，因为我后来看出了敌军在演"空城计"。那时候我的敌军是专事于吹擂，不务于招兵练将的；攻击我的文章当然很多，然而一看就知道都是化名，骂来骂去都是同样的几句话。我那时就等待一个能操马克思主义批评的枪法的人来狙击我的，然而他终于没有出现。在我倒是一向就注意新的青年战士底养成的，曾经弄过好几个文学团体，不过效果也很小。但我们今后却必须注意这点。

我们急于要造出大群的新的战士，但同时，在文学战线上的人还要"韧"，所谓韧，就是不要像前清做八股文的"敲门砖"似的办法。前清的八股文，原是"进学"做官的工具，只要能做"起承转合"，借以进了"秀才举人"，便可丢掉八股文，一生中再也用不到它了，所以叫做"敲门砖"，犹之用一块砖敲门，门一敲进，砖就可抛弃了，不必再将它带在身边。这种办法，直到现在，也还有许多人在使用，我们常常看见有些人出了一二本诗集或小说集以后，他们便永远不见了，到哪里去了呢？是因为出了一本或二本书，有了一点小名或大名，得到了教授或别的什么位置，功成名遂，不必再写诗写小说了，所以永远不见了。这样，所以在中国无论文学或科学都没有东西，然而在我们是要有东西的，因为这于我们有用。（卢那卡尔斯基是甚至主张保存俄国的农民美术，因为可以造出来卖给外国人，在经济上有帮助。我以为如果我们文学或科学上有东西拿得出去给别人，则甚至脱离帝国主义的压迫的政治运动上也有帮助。）但要在文化上有成绩，则非韧不可。

最后，我以为联合战线是以有共同目的为必要条件的。我记得好像曾听到过这样一句话："反动派且已经有联合战线了，而我们还没有团结起来！"其实他们也并未有有意的联合战线，只因为他们的目的相同，所以行动就一致，在我们看来就好像联合战线。而我们战线不能统一，就证明我们的目的不能一致，或者只为了小团体，或者还其实只为了个人，如果目的都在工农大众，那当然战线也就统一了。

原载 1930 年 4 月 1 日《萌芽月刊》第 1 卷第 4 期

新月的态度（节选）

新月社

我们把这月刊题名新月，不是因为曾经有过什么"新月社"，那早已散消，也不是因为有"新月书店"，那是单独一种营业，它和本刊的关系只是担任印刷与发行。新月月刊是独立的。

我们舍不得新月这名字，因为它虽则不是一个怎样强有力的象征，但它那纤弱的一弯分明暗示着，怀抱着未来的圆满。

我们这几个朋友，没有什么组织，除了这月刊本身，没有什么结合，除了在文艺学术上的努力，没有什么一致的，除了几个共同的理想。

凭这点集合的力量，我们希望为这时代的思想增加一些体魄，为这时代的生命添厚一些光辉。

但不幸我们正逢着一个荒欠的年头，收成的希望是枉然的。这又是个混乱的年头，一切价值的标准，是颠倒了的。

要寻出荒欠的原因并且给他一个适当的补救，要收拾一个曾经大恐慌蹂躏过的市场，再进一步扫除一切恶魔的势力，为要重见天日的清明，要浚治活力的来源，为要解放不可制止的创造的活动——这项巨大的事业当然不是少数人，尤其不是我们这少数人所敢妄想完全担当的。

但我们自分还是有我们可做的一部分的事。连着别的事情我们想贡献一个谦卑的态度。这态度，就正面说，有它特别侧重的地方，就反面说，也有它郑重矜持的地方。

先说我们这态度所不容的。我们不妨把思想（广义的，现代刊物的内容的一个简称。）比作一个市场，我们来看看现代我们这市场上看得见的是些什么？如同在别的市场上，这思想的市场上也是摆满了摊子，开满了店铺，挂满了招牌，扯满了旗号，贴满了广告。这一眼看去辨认得清的至少有十来种行业，各有各的色彩，各有各的引诱，我们把它们列举起来看：——

一感伤派	五训世派	九淫秽派	十三主义派
二颓废派	六攻击派	十热狂派	
三唯美派	七偏激派	十一稗贩派	
四功利派	八纤巧派	十二标语派	

商业上有自由，不错，思想上言论自由更应得有充分的自由，不错，但得在相当的条件下。最主要的两个条件是：（一）不妨害健康的原则，（二）不折辱尊严的原则。买卖毒药，买卖身体，是应得受干涉的，因为这类的买卖直接违反健康与尊严两个原则。同时这些非法的或不正当的营业还是一样在现代的大都会里公然的进行——鸦片，毒药，淫业，哪一宗不是利市三倍的好买卖？但我们却不能因为它们存在就说他们不是不正当而默许它们存在的特权。在这类买卖上我们不能应用商业自由的原则。我们正应得觉到切肤的羞恶，眼见这些危害性的下流的买卖公然在我们所存在的社会里占有它们现有的地位。

同时在思想的市场上我们也看到种种非常的行业，例如上面列举的许多门类。我们不说这些全是些"不正当"的行业，但我们不能不说这里有很多是与我们所标举的两大原则——健康与尊严——不相容的。我们不敢说这现象是新来的，因为连着别的东西思想自由这概念本身就是新来的。这也是个反动的现象，因此，我们敢说，或许是暂时的。先前我们在思想上是有了绝对的自由，结果是奴性的沉默；现在，我们在思想上是有了绝对的自由，结果是无政府的凌乱。思想的花式加多本来不是件坏事，在一个活力磅礴的文化社会里往往看得到，偎傍着刚直的本干，普盖的青荫，不少盘错的旁枝，以及恣蔓的藤萝。那本是不关事，但现代的可忧正是为了一种颠倒的情形。盘错的，恣蔓的尽有，这里那里都是的，却不见了那刚直的与普盖的。这就比是一个商业社会上不见了正宗的企业，却只有种种不正当的营业盘踞着整个的市场，那不成了笑话？

则如我们上面随笔写下的所谓现代思想或言论市场的十多种行业，除了"攻击"，"纤巧"，"淫秽"诸宗是人类不怎样上流的根性得到了自由（放纵）的发展，此外多少是由外国转运来的投机事业。我们不说这时代就没有认真做买卖的人，我们指摘的是这些买卖本身的可疑。碍着一个迷娱的自由观念，顾着一个容忍的美名，我们往往忘却思想是一个园地，它的美观是靠着我们随时的种植与铲除，又是一股水流，它的无限效用有时可以转变成不可收拾的奇灾。

选自《中国文艺论战》

文学与革命

梁实秋

文学是什么，我们已经常常听说过：革命是什么，我们不但是听说过，并且似曾目睹了。文学与革命，二者之间的关系，这是我们平常不大经意的一个问题，而又是我们不能不加以考虑的，尤其是在如今"革命的文学"的呼声高唱入云的时候。

我先问：革命究竟是怎么一回事？

一切的文明，都是极少数的天才的创造。科学，艺术，文学，宗教，哲学，文字，以及政治思想，社会制度，都是少数的聪明才智过人的人所产生出来的。当然天才不是含有丝毫神圣的意味，天才也是基于人性的。天才之所以成为天才不过是因为他的天赋特别的厚些，眼光特别的远些，理智特别的强些，感觉特别的敏些，一般民众所不能感觉，所不能思解，所不能透视，所不能领悟的，天才偏偏的能。所以极自然的，极合理的，在一个团体的生活里，无论是政治的组织或是社会的结合，总该是比较的优秀的分子站在领袖者或统治者的地位，事实上也常常是如此。比较的优秀分子，占据公众的生活的中心，如其完全是赖于他的聪明才智以达到这种地位，这便是一个常态的自然的路程。无论哪一个国家，哪一个团体，有这样的优秀分子领袖着统治着，那就是幸福。少数的优秀的天才之任务，即在于根据他的卓越的才智为团体谋最大之幸福，凡有创造，必是裨益于一般的民众，或是使民众的物质的供养日趋于富足，或是使民众的精神的培植日趋于丰美。真的天才永远不是社会的寄生虫，而是一般民众所不能少的引导者。所以在常态的状况之下，民众对于艺术的天才是赞美，对于科学的天才是钦佩，对于政治的天才是拥护。

但是人性不是尽善的，处于政治团体或社会组织之领袖地位的人，常常不尽是有领袖资格的人，更不尽是能有创造的天才，往往只是平庸甚至恶劣的分子，因缘着机会的方便或世袭的余荫，遂强据了统治者与领袖者的地位。这样的假的领袖，对于民众消极的没有贡献，积极的或许就有压迫。真的天才隐在民众里面，到忍无可忍的时机，就要领导着群众或指示给群众做反抗的运动。这个反抗运动，便是革命。革命运动的真谛，是在用破坏的手段打倒的领袖，用积极的精神拥戴真的领袖。于此我们对于革命有应注意的几点：

一　革命的运动是在变态的政治生活之下产生出来的；

二　革命的目标是要恢复常态的生活；

三　革命的精神是反抗的精神，所反抗的是虚伪；

四　革命的经过是暂时的变动，不是久远的状态；

五　革命的爆发，在群众方面是纯粹的感情的；

六　革命的组织，应该是有纪律的，应该是尊重天才的。

革命的意义既如上述，请进而讨论革命与文学的关系。

在革命的时期当中，文学是很容易的沾染一种特别的色彩。然而我们并不能说，在革命的时期当中，一切的作家必须创作"革命的文学"。何以呢？诗人，一切文人，是站在时代前面的人。民间的痛苦，社会的窳败，政治的黑暗，道德的虚伪，没有人比文学家更首先的感觉到，更深刻的感觉到。在恶劣的状态之下生活着的一切民众，无论其为富贵贫贱，他们不是没有知觉，不是不知苦痛，但是他们感觉到了而口里说不出，即使说得出而亦说得不能中乎艺术的绳墨，惟有文学家，因为他们的本性和他们的凤养，能够做一切民众的喉舌，道出各种民间的疾苦，对于现存的生活用各种不同的艺术的方式表现他们对于现状不满的态度。情感丰烈的文学家，就会直率的对于时下的虚伪加以攻击；富于想象的文学家，就要创作他的理想中的乐园；——不过对于现状不满是完全一致的。文学家永远是民众的非正式的代表，不自觉的代表民众的切身的苦痛与快乐，情思与倾向。尤其是苦痛的时代，文学家所受的刺激格外的亲切，所以惨痛的呼声也就分外的动人。因为文学家是民众的先知先觉，所以从历史方面观察，我们知道富有革命精神的文学，往往发现在实际的革命运动之前。革命前之"革命的文学"，才是人的心灵中的第一滴的清洌的甘露，那是最浓烈的、最真挚的、最自然的。与其说先有革命后有"革命的文学"，毋宁说是先有"革命的文学"后有革命。实际的革命爆发之后，文学之革命的色彩当然是益发显明，甚至产出多量的近于雄辩或宣传的文字。文学家并不表现什么时代精神，而时代确是反映着文学家的精神。文学家即不能脱离实际的人生而存在，革命的全部的时期中的生活对于文学家亦自然不无首先的适当之刺激，所以我开头便先承认：在革命的时期当中（包涵酝酿与爆发的时期），文学是很容易沾染一种特别的色彩。

何以我又说：革命期中，文学家不必就要创造"革命的文学"？在文学上讲，"革命的文学"这个名词根本不能成立。在文学上，只有"革命时期中的文学"，并无所谓"革命的文学"。站在实际革命者的立场上来观察，由功利的方面着眼，我们可以说这是"革命的文学"，那是"不革命的文学"，再根据共产党的理论，还可以引申的说"不革命的文学"就是"反革命的文学"。但是就文学论，我们划分文学的种类派别是根据于最根本的性质与倾向，外在的事实如革命运动复辟运动都不能借用做量衡文学的标准。并且伟大的文学乃是基于固定的普遍的人性，从人心深处流出来的情思才是好的文学，文学难得的是忠实，——忠于人性；至于与当时的时代潮流发生怎样的关系，是受时代的影响，还是影响到时代，是与革命理论相合，还是为传统思想所拘束，满不相干，对于文学的价值不发生关系。因为人性是测量文学的惟一的标准。所以"革命的文学"这个名词，纵然不必说是革命者的巧立名目，至少在文学的了解上是徒滋纷扰。并且人性的繁复深奥，要有充分的经验才能得到相当的认识，在革命的时代不见得人人都有革命经验（精神方面情感方面的生活也是经验），我们决不能强制没有革命经验的人写"革命的文学"。文学的创作经不得丝毫的勉强。含有革命思想的文学是文学，因为它本身是文学，它宣示了一个期中的苦恼与情思，——然而人生的苦痛也有多少种多少样，受军阀压迫是痛苦，受帝国主义者的侵略是痛苦，难道生老病死的磨折不是痛苦，难道运命的播弄不是痛苦，难道自己心里犹豫冲突不是痛苦？怎样才该叫做"革命的文学"？

近代德谟克拉西的思想发达了，所以我们很容易把民众的地位看得太高。革命似乎是民众的运动了，其实也是由于一二天才的启示与指导。有效的革命运动比平时更为需要领袖。所以在革命的过程当中虽然不可避免的有许多暴动，以及民众的直接行动，然而真正革命的趋势，革命的理论，完全要视领袖者为转移。领袖者的言行，最足以代表民众的意识。

文学家就是民众的非正式的代表。此地所谓的代表，并非如代表民意之政治的代表一般，文学家所代表的是那普遍的人性，一切人类的情思，对于民众并不是负着什么责任与义务，更不曾负着什么改良生活的担子。所以文学家的创造并不受着什么外在的拘束，文学家的心目当中并不含有固定的阶级观念，更不含有为某一阶级谋利益的成见。文学家永远不失掉他的独立。在革命期中的文学作品，往往隐示着民间的苦痛，讽刺着时代的虚伪，这并不是文学家衔着民众的谕旨，也不是文学家自动的要完成他对于民众的使命。文学家不接受任谁的命令，除了他自己的内心的命令；文学家没有任何使命，除了他自己内心对于真善美的要求的使命。故此在革命期中，如在常态期中一样，文学家不仅仅是群众的一员，他还是天才，他还是领袖者，他还是不失掉他的个性。

近来的伤感的革命主义者，以及浅薄的人道主义者，对于大多数的民众有无限制的同情。这无限制的同情往往压倒了一切的对于文明应有的考虑。有一部分的文学家，也沾染了同样的无限制的同情，于是大声疾呼的要求"大多数的文学"。他们觉得，民众在水深火热之中，有文学天才的人不能视若无睹，应该把鼻涕眼泪堆满在纸上，为民众诉苦呼冤，如此方是"革命的文学"，如此方是"不悖时代精神的文学"。假使这时候有人吟风弄月，有人写情诗，有人作恋爱的小说，有人谈论古代的艺术，"贵族的"，"小资产阶级"，"不革命的"，"反革命的"，等等的罪名便纷至沓来了。因为什么？因为这样的文学是个人的文学，是少数人的文学，不是大多数的文学！其实"大多数的文学"这个名词，本身就是一个名词的矛盾，——大多数就没有文学，文学就不是大多数的。躲在亭子间里的文人，无论是描写第四阶级的苦痛还是第三阶级的享福，无论是呼杀喊打还是吟风弄月，到头来还不是你个人的心里的一面镜子的反照？你描写在帝国主义者"铁蹄"下之一个整个的被压迫的弱小民族，这样的作品是伟大了，因为这是全民族的精神反映；但是你若深刻的描写失恋的苦痛，春花秋月的感慨，这样的作品也是伟大了，因为这是全人类的共同的人性的反映。文学所要求的只是真实，忠于人性。凡是"真"的文学，便有普遍的质素，而这普遍的质素怎样才能相当的加以确实的认识，便是文学家个人的天才与夙养的问题。所以"真"的作品就是普遍的人性经过个人的渗滤后的产物。什么"个人的""少数的""大多数的"在文学上全然不成问题。德谟克拉西的精神在文学上没有实施的余地。在革命时期中的文学家，在和其他时期中一样，惟一的修养是在认识人性，惟一的艺术是在怎样表示这个认识。创作的材料是个人特殊的经验抑是一般人的共同生活，没有关系，只要你写得深刻，写的是人性，便是文学。"大多数的文学"是一个没有意义的名词。

从前浪漫运动的文学，比较的注重作者的内心的经验，刻意于人物的个性的描写，在当时是一种新的趋向，是一种解放的表示，所以浪漫文学对于革命运动发生密切的关系。浪漫运动根本的是一个感情的反抗，对于过分礼教纪律条规传统等等之反动，这种反抗精神若在事实方面政治或社会的活动里表现出来，就是革命运动。浪漫运动与革命运动全是对于不合理的压抑的反抗，同是破坏的，同是重天才，同是因少数人的倡导而发生群众的激动。所以一般的人，往往就认定浪漫派的文学是革命的文学。我觉得这个比拟是很适当的。但是浪漫主义的文学是尊奉个人主义的，在最近的革命家的眼里看来，恐怕这不能算是革命的，因为浪漫派的文学不是"大多数的文学"。然而浪漫派的文学，在政治思想方面观察，永远是有革命性的。主张所谓"大多数的文学"的人，不但对于文学的了解不正确，对于革命的认识也是一样的不彻底。无论是文学或是革命，其中心均是个人主义的，均是崇拜英雄的，均是尊重天才的，与所谓的"大多数"不发生若何关系。

假如在文学里面，有所谓革命的文学者，大概是有两个说法，一是浪漫派的文学，一是所谓无产阶级的文学（或大多数的文学）。浪漫派文学之所以富有革命性，是因为它拥护个人的自由，反抗纪律的严酷，所谓"无产阶级的文学"之所以富有革命性，是因为它含有阶级争斗的意味，反抗资本主义的压迫。"无产阶级的文学"或"大多数的文学"，上文已经说过，是不能成立的名词，因为文学一概都是以人性为本，绝无阶级的分别。第一阶级的文学，假如真有这样的一件东西，无论其为怎样的贵族的，我们承认它是文学，其贵族的气息并不能减少其在艺术上的价值；第四阶级的文学，假如真有这样的一件东西，我们也可以承认它是文学，其平民的气息却也不能增高其在艺术上的价值，实在讲，文学作品创造出来之后，既不属于某一阶级，亦不属于某一个人，这是人类共有的珍宝，人人得而欣赏之，人人得而批判之，人人得而领受之，假如人人都有文学的口味与夙养。一件文学作品，如其不能得到无产阶级的了解与欣赏，这不必就是因为作品是属于另一阶级或带有贵族性，这也许就是因为无产阶级本身之缺乏鉴赏的能力。鉴赏文学，不是像饮食男女等等根本的本能那样，不是人人都有的一种能力。真正能鉴赏文学，也是一种很稀有的幸福，这幸福不是某一阶级所得垄断，贫贱阶级与富贵阶级里都有少数的有文学品味的人，也都有一大半不能鉴赏文学的人。所以就文学作品与读者的关系上言，我们看不见阶级的界限。至于文学作品之产生，更与阶级观念无关。古代的文学确是有许多不是某一作家的产物，有人疑心这是团体的共同作品。例如歌谣之类，然而这也不是阶级的产物，不是把有产者或无产者千百人聚于一堂，你一言我一语拼凑而成。还是团体中富有天才者首先创作，余众为之附和呐喊而已。自从人类的生活脱离了原始的状态以后，文学上的趋势是：文学愈来愈有作家的个性之渲染，换言之，文学愈来愈成为天才的产物。天才的降生，不是经济势力或社会地位所能左右的，无产者的阶级与有产者的阶级一样的会生出天才，也一样的会不常生出天才！所以从文学作品之产生言，我们也看不见阶级的界限。文学是没有阶级性的。

文学而有革命的情绪，大概只有反抗的精神这一点。除此以外，文学与革命没有多少的根本的关系。即以这一点关系而论，文学也不是依赖着革命才产出来的。文学本不一定要表现反抗的精神，反抗的精神在文学上并不发生艺术的价值，不过在一种相当的时代之中，文学作品便不免要沾染一点反抗的色彩而已；并且有反抗精神的文学又往往发生在实际革命运动之前。所以反抗精神可以常常成为革命运动与"革命期中的文学"之一共同的色彩，而我们从文学上观察，并不能承认有所谓"革命的"文学。

在革命期中，实际的运动家也许要把文学当作工具用，当作宣传的工具以达到他的目的。对于这种的文学的利用，我们没有理由与愿望去表示反对。没有一样东西不被人利用的。岂但革命要得利用文学？商业中人也许利用文学做广告，牧师也许利用文学做宣讲。真的革命家用文学的武器以为达到理想之一助，对于这种手段我们不但是应该不反对，并且我们还要承认，真的革命家的炽烧的热情渗入于文学里面，往往无意的形成极能感人的作品。不过，纯粹以文学为革命的工具，革命终结的时候，工具的效用也就截止。假如"革命的文学"解释做以文学为革命的工具，那便是小看了文学的价值。革命运动本是暂时的变态的，以文学的性质而限于"革命的"，是不啻以文学的固定的永久的价值缩减至暂时的变态的程度。文学是广大的；而革命不是永久进行的。

伟大的文学家足以启发革命运动；革命运动仅能影响到较小的作家。伟大的文学的力量，不在于表示出多少不羁的热狂，而在于把这不羁的热狂注纳在纪律的轨道里。伟大的文学家永远立在时代的前面，就是在革命的时期中，他的眼光也是清晰的向上的。只有较小的作家处在革命的时代便被狂热的潮流挟以俱去，不能自持。在热狂的潮流里面，什么人也要失了清醒的头脑，对于一时的现象感过度的激动。因而不能"沉静的观察人生，并观察人生的全体"。从史实上看，很多的大文学家，他们的天性过真挚的，最厌恶虚伪与强暴，所以很富有革命的情绪。对于革命运动起初很表同情，但是到了革命进展之后，看着革命的暴行，对于一切标准的毁灭，纪律的破坏，天才的摧残，他们便要认为这是过度，收回他们的同情。没有一个第一流的文学家，一生的同情于革命。革命运动对于文学的影响，是诱发人们的热情，激起人们对于虚伪的嫉恶。惹动人们对于束缚的仇恨，这种影响的本身不是坏的，纵然不能提高文学的价值，至少亦不至于文学的价值有损，但是这种影响容易发生不良的结果，且不可避免的流于感情主义，以及过度的浪漫。

近来有人提倡"革命的文学"，但是我觉得他们并不是由文学方面来观察；反对"革命的文学"者似乎又是只知讥讽嘲弄。吾人平心静气的研究，以为"革命的文学"这个名词实在是没有意义的一句空话，并且文学与革命的关系也不是一个值得用全副精神来发扬鼓吹的题目。

文学也罢，革命也罢，我们现在需要用一个冷静的头脑。

原载 1928 年 6 月 10 日《新月》第 1 卷第 4 期

中国文艺家协会宣言（附会员名录）

光明与黑暗正在争斗。

世界是在战争与革命的前夜。

中华民族已到了生死存亡的关头！

从去年十二月普遍于全国的救国运动的壮潮展开了中华民族解放运动的新阶段。从去年十二月起，全民族一致的救国阵线的建立，成为中华民族迫切的要求！

从去年十二月起，中华民族目前最主要的敌人加紧它的强暴的侵略：增兵、走私、干涉我们的小学教科书讲到"国耻"。最近他们的外交官已经公开宣言：中国可走的只有两条路，不是对他们作战，便是向他们屈服！

是的我们目前可走的只有两条路！

从去年十二月起，事实已经告诉我们：尽管汉奸们如何欺骗蒙蔽，尽管有些神经麻木的同胞，还在幻想敌人的"适可而止"，然而广大的民众早已认识了只有武力抵抗才能够不做亡国奴，广大的民众坚决地不愿做亡国奴！

文艺作家有他特殊的武器。文艺作家在全民族一致的救国阵线中有他自己的岗位。中国文艺作家协会在今日宣告成立，自有它伟大的历史的使命。

是全民族救国运动中的一环，中国文艺家协会坚决拥护民族救国阵线的最低限度的基本的要求：团结一致抵抗侵略，停止内战，言论出版自由，民众组织救国团体的自由。

是文艺家的集团，中国文艺家协会要求作家们切身权利的保障，要求同一目标的作家们的集体的创造和集体的研究。

中国文艺家协会特别要提议：在全民族一致救国的大目标下，文艺上主张不同的作家们可以是一条战线上的战友。文艺上主张的不同，并不妨碍我们为了民族利益而团结一致；同时，为了民族利益而团结一致，并不拘束了我们各自的文艺主张向广大民众声诉而听取最后的判词。

是全民族一致救国的要求，使我们站在一条线上，同时，亦将是民族解放斗争的更开展与更深入，无情地淘汰了一些畏缩的，动摇的，而使我们这集团锻炼成钢铁一般的壁垒！

中国文艺家协会要求更多的作家们来共同负起历史决定了的使命。

把我们的笔集中于民族解放的斗争吧！

中华民族自由解放万岁！

已加入本会会员名录（王任叔、王统照、艾芜、立波、茅盾、郭沫若、魏金枝等112人）。

1936 年 6 月 7 日上海

选自《中国现代出版史料》乙编

中国文艺工作者宣言

中国不是从昨天起才被强邻压迫，侵略，我们民族的危机并不是一朝一夕所造成的。展开在我们眼前的这大崩溃的威胁是有着它的远因和近因，有着它的发展的路径的。我们，文艺上的工作者，目光从来没有离开过现实，工作从来没有放松过争取民族自由的奋斗。我们并不是今天才发现救亡图存的运动的重要。

所以，在现在，当民族危机达到了最后关头，一只残酷的魔手扼住我们的咽喉，一个窒闷的暗夜压在我们的头上，一种伟大悲壮的抗战摆在我们的面前的现在；我们绝不屈服，绝不畏惧，更绝不彷徨、犹豫。我们将保住各自固有的立场，本着原来坚定的信仰，沿着过去的路线，加紧我们从事文艺以来就早已开始了的争取民族自由的工作。我们决不忽略或是离开现实。反之，我们将更加紧紧地把握住现实。我们不敢过大地估计自己的力量，但我们将为着目标的远大，忘却自身的渺小。我们相信各部门的文化工作在任何时期都没有一刻可以中断，我们以后将更加沉着而又勇敢地在这动乱的大时代中，担负起我们的艰巨的任务。我们愿意接受同意我们的工作的人的督促的指导。我们愿意和站在同一战线的一切争取民族自由的斗士热烈的握手。

鲁迅、曹禺、唐弢、巴金、茅盾、靳以等 42 人。

1936 年(民国二十五年)

原载 1936 年 7 月 1 日《文季月刊》第 1 卷第 2 期

政治家，艺术家

王实味

　　我们底革命事业有两个方面：改造社会制度和改造人——人底灵魂。政治家是革命的战略策略家，是革命力量底团结、组织、推动和领导者，他底任务偏重于改造社会制度。艺术家，是"灵魂底工程师"，他的任务偏重于改造人底灵魂（心、精神、思想、意识——在这里是一个东西）。

　　人灵魂中的肮脏黑暗，乃是社会制度的不合理所产生；在社会制度没有根本改造以前，人底灵魂底根本改造是不可能的。社会制度改造过程，也就是人类灵魂底改造过程，前者为后者扩展领域，后者使前者加速完成，政治家底工作与艺术家底工作是相辅相依的。

　　政治家主要是革命底物质力量底指挥者，艺术家主要是革命底精神力量底激发者。前者往往是冷静的沉着的人物，善于进行实际斗争去消除肮脏和黑暗，实现纯洁和光明；后者却往往更热情更敏感，善于揭破肮脏和黑暗，指示纯洁和光明，从精神上充实革命的战斗力。

　　政治家了解在革命过程中，自己阵营里也是人无完璧，事难尽美；他从大处着眼，要把握的是使历史车轮前进着，光明占优势。艺术家由于更热情更敏感，总是渴望着人更可爱，事更可喜；他从小处落墨，务求尽可能消除黑暗，借使历史车轮以最大的速度前进。
　　由于是社会制度底实际改造者，政治家对事更看重；由于是灵魂底工程师，艺术家对人更求全。

　　怎样团结、组织和领导革命力量，怎样进行实际的斗争——政治家在这里比艺术家优越。但艺术家也有他底优越性，就是：自由地走入人底灵魂深处，改造它——改造自己以加强自己，改造敌人以瓦解敌人。

政治家和艺术家也各有弱点。为着胜利地攻击敌人、联合友军、壮大自己，政治家必须熟谙人情世故，精通手段方法，善能纵横捭阖。弱点也就从这些优点产生：在为革命事业而使用它们的时候，它们组成最美丽绚烂的"革命底艺术"，但除非真正伟大的政治家，总不免多少要为自己的名誉、地位、利益也使用它们，使革命受到损害。在这里，我们要求猫底利爪只用以捕耗子，不用来攫鸡雏。这里划着政治家与政治底分界线。对于那种无能捕耗子而擅长攫鸡雏的猫，我们更须严防。至于一般艺术家底弱点，主要是骄傲、偏狭、孤僻、不善团结自己底队伍，甚至互相轻蔑，互相倾轧。在这里，我们要求灵魂底工程师首先把自己底灵魂，改造成为纯洁光明。清除自己灵魂中的肮脏黑暗，是一个艰难痛苦的过程，但它是走向伟大的必经道路。

中国底革命是特殊艰苦的。社会制度改造一方面之艰苦，大家都很了解，而人底灵魂改造一方面尤其艰苦。深懂这道理的人却不太多。"愈到东方，则社会愈黑暗"，旧中国是一个包脓裹血的，充满着肮脏与黑暗的社会，在这个社会里生长的中国人必然要沾染上它们，连我们自己——创造新中国的革命战士，也不能例外。这是残酷的真理，只有勇敢地正视它，才能了解在改造社会制度的过程中，必须同时更严肃更深入地做改造灵魂的工作，以加速前者底成功，并作它成功底保证。

鲁迅先生战斗了一生，但稍微深刻了解先生的人，一定能感觉到他在战斗中心里是颇为寂寞的。他战斗，是由于他认识了社会发展底规律，相信未来一定比现在更光明，他寂寞，是由于他看到自己战侣底灵魂中，同样有着不少的肮脏与黑暗。他不会不懂得这个真理：改造旧中国的任务，只有由这旧中国底儿女——带着肮脏和黑暗的——来执行，但他那颗伟大的心，总不能不有些寂寞，因为，他是多么渴望看到他底战侣是更可爱一点，更可爱一点呵！

革命阵营存在于旧中国，革命战士也是从旧中国产生出来，这已经使我们底灵魂不能免地要带着肮脏和黑暗。当前的革命性质，又决定我们除掉与农民及城市小资产阶级作同盟军以外，更必须携带其他更落后的阶级阶层一路走，并在一定程度在向它们让步，这就使我们要沾染上更多的肮脏和黑暗。艺术家改造灵魂的工作，因而也就更重要、更艰苦、更迫切。大胆地但适当地揭破一切肮脏和黑暗，清洗它们，这与歌颂光明同样重要，甚至更重要，揭破清洗工作不止是消极的，因为黑暗消灭，光明自然增长。有人以为革命艺术家只应"枪口向外"，如揭露自己的弱点，便予敌人以攻击的间隙——这是短视的见解，我们底阵营今天已经壮大得不怕揭露自己的弱点，但它还是不够坚强巩固；正确地使用自我批评，正是使它坚强巩固的必要手段。至于那些反共特务机关中的民族蟊贼，即令我们实际没有任何弱点，他们也会造谣诬蔑；他们倒更希望我们讳疾忌医，使黑暗更加扩大。

有些以政治家自傲的人，说到艺术家便嘴角浮漾着冷讽的微笑；另有些以艺术家自高的人，提到政治家也要耸耸肩膀。其实，客观反映总都有些真理，最好是彼此都把对方当作镜子照一照自己。不要忘记：彼此同是带着肮脏黑暗的旧中国底儿女呀！

真正伟大的政治家，一定具有伟大的灵魂，足以感化清洗他人灵魂中的肮脏和黑暗；在这里，伟大的政治家同时也是伟大的艺术家。真正有伟大灵魂的艺术家，也一定能起团结、组织、推动和领导革命力量的作用，在这里，伟大的艺术家同时也是伟大的政治家。

最后，谨以真挚的赤忱和热望，敬向艺术家同志们发出一个微弱的呼声：更好地肩负起改造灵魂的伟大任务罢，首先针对着我们自己和我们阵营进行工作；特别在中国，人底灵魂改造对社会制度改造有更大的反作用；它不仅决定革命成功底迟速，也关系着革命事业底成败。

原载 1942 年 2 月 17 日《谷雨》第 1 卷第 4 期

还是杂文的时代

罗　烽

在边区——光明的边区，有人说"杂文的时代过去了"，我也是很希望杂文的时代不要再卷土重来的，因为不见杂文，同时也就不见可怕的黑暗，和使人呕心的恶毒的脓疮，这样，岂不是"天下太平"了吗？岂不是很有把握获得"抗战的最后胜利"吗？但事实常常是不如希望那么圆满的，尽管你的思想如太阳之光，经年阴湿的角落还是容易找到，而且从那里发现些垃圾之类的宝物，也并不是什么难事。

深明历史演变的人，总是说几千年传统下来的陈腐的思想行为，一时不容易消除的，于是，有些机智的人士，就乘机躲进那"一时不易"的罅隙里去享受自己，好像一只黑猪在又臭又脏的泥塘里愉快地滚着沉没着，既不怕沾污自己，把泥泞溅在行人的身上竟也在所不惜的，其实这种露骨的作风，并不能算做"机智"；另有一类人，虽然他也躲在罅隙里，而他的念念有词，却是一篇堂皇富丽灿烂夺目的讲演。天真的心灵，万想不到光泽坚硬的贝壳里还藏着一块没有骨头的安闲的胆怯的肉体！

一般地说，坦露的东西，比较好处理，譬如它是个阻碍前途的魔障，我们可以用一种法术使它倒下去。假如有一团黑白莫辨的云雾蒙住了眼睛，你一定会感到茫然的，你一定会感到举步无主的。在荒凉的山坑里住久了的人，应该知道那样云雾不单盛产于重庆，这里也时常出现。

是的，"延安是政治警觉性表现最高的地方"，若是单凭穿华丽的衣裳，而懒于洗澡，迟早那件衣服也要肮脏起来的。要求表里一致，本是作人的起码条件，作为一个革命者似乎更该注意才对，否则即使你胸前挂作"警觉"的招牌，奈何你走向歧路，一己的运命倒无足轻重，请看看跟在你身后的人罢！

想到此，常常忆起鲁迅先生。划破黑暗，指示一路去的短剑已经埋在地下了，锈了，现在能启用这种武器的，实在不多。然而如今还是杂文的时代。

"文艺"编者丁玲同志曾企图使它复活过，虽然"文艺"上也发挥它的力量，只是嫌它太弱了一些。作为一个读者，我希望今后的"文艺"变成一把使人战栗，同时也使人喜悦的短剑。

三月十日

原载《文艺报》1958 年第 2 期

置身在为民主的斗争里面

胡　风

一

　　今天，在全世界的规模上，带着深刻的精神斗争，也引发着深刻的精神改造，民主在流血……

　　当批判的现实主义在人类解放斗争里面争到了进一步的发展，文艺底战斗性就不仅仅表现在为人民请命，而且表现在对于先进人民底觉醒的精神斗争过程的反映里面了。中国的新文艺，当它诞生的时候就带来了这种先天的性格，因为，中国的新文艺正是应着反抗封建主义的奴役和帝国主义的奴役的人民大众底民主要求而出现的。

　　如果说，意识斗争的任务是在于摧毁黑暗势力底思想武装，由这来推进实际斗争，再由实际斗争底胜利来完成精神改造，那么，新文艺就一直是在艰苦里面执行着这个任务的。二十多年以来，像新文艺运动一直是或起或伏地对抗着封建主义和帝国主义的压力，在人民大众底民主斗争中间流着血前进，新文艺创作底思想内容也正是或显或隐地反映了封建主义和帝国主义底血腥而污秽的统治状况，和人民大众底争自由争解放的鲜血淋漓的斗争。新文艺底这个革命的传统，使新文艺投身到战争底要求里面，七年多以来，一方面向喝血的日本法西斯及其帮凶封建买办法西斯作战，一方面发扬了也保卫了人民大众底忍受痛苦、忍受牺牲的英雄主义和正视现实，坚信自己的乐观主义的精神。

　　今天，民主在流血。为摧毁法西斯主义而流血，为争取民族底自由解放而流血，为争取人民底自由解放而流血。如果说没有人民大众底自由解放，没有人民大众底力量底勃起和成长，就不可能摧毁法西斯主义底暴力，不可能争取到民族底自由解放，如果说，不是自由解放了人民大众，那所要争得的自由解放的民族不过是拜物教底幻想里面的对象；那么，现实主义的文艺斗争底目标，例如对于毒害人民大众的封建主义的控诉，对于燃烧在解放愿望和解放斗争里面的人民大众底精神动向的保卫和发扬……就正深刻地反映了民主主义底要求。

二

　　然而，文艺创造，是从对于血肉的现实人生的搏斗开始的。血肉的现实人生，当然就是所谓感性的对象，然而，对于文艺创造（至少是对于文艺创造），感性的对象不但不是轻视了或者放过了思想内容，反而是思想内容底最尖锐的最活泼的表现。不能理解具体的被压迫者或被牺牲者底精神状态，又怎样能够揭发封建主义底残酷的本性和五花八门的战法？不能理解具体的觉醒者或战斗者的心理过程，又怎样能够表现人民底丰沛的潜在力量和坚强的英雄主义？

　　从对于血肉的现实人生的搏斗开始，就正是为了思想斗争底要求，而且是为了在最真实的意义上执行这个要求：对于作家，思想立场不能停止在逻辑概念上面，非得化合为实践的生活意志不可。如果说，真理是活的现实内容底反映，如果说，把握真理要通过能动的主观作用，那么，只有从对于血肉的现实人生的搏斗开始，在文艺创作里面才有可能得到创作力底充沛和思想力底坚强。

　　为了从目前泛滥着的，没有从现实人生取得生命的文艺形象底虚伪性，即所谓市侩主义脱出，在文艺的思想斗争上，首先就要提出这一个基本的要求。

　　然而，对于血肉的现实的人生的搏斗，是体现对象的摄取过程，但也是克服对象的批判过程。不过，在这里批判的精神必得是从逻辑的思维前进一步，在对象底具体的活的感性表现里面把捉它底社会意义，在对象底具体的活的感性表现里面溶注着作家底同感的肯定精神或反感的否定精神。所以，体现对象的摄取过程就同时是克服对象的批判过程。这就一方面要求主观力量底坚强，坚强到能够和血肉的对象搏斗，能够对血肉的对象进行批判，由这得到可能，创造出包含有比个别的对象更高的真实性的艺术世界，另一方面要求作家向感性的对象深入，深入到和对象的感性表现为一体，不致自得其乐地离开对象飞去和不关痛痒地站在对象旁边，由这得到可能，使他所创造的艺术世界真正是历史真实在活的感性表现里的反映，不致成为抽象概念底冷冰冰的绘画演义。

　　从这一理解出发，才能够和目前泛滥着的，没有思想力底光芒，因而也没有真实性底迫力的形象底平庸性，即所谓客观主义进行文艺思想上的斗争。

　　在现实斗争里面，法西斯主义和封建主义在进攻，在肆虐，民主的力量和人民底力量在受难，在崛起。这是一个继往开来的总结性的历史斗争，它的意义流贯到一切的社会领域，即使在最平凡的生活事件或最停滞的生活角落里面，被这个斗争要求所照明，也能看出真枪实剑的，带着血痕和泪痕的人生。在这个时候的作家，不管他挂的是怎样的思想立场的标志，如果他只能用虚伪的形象应付读者，那就说明了，他还没有走进人民底现实生活，如果他流连在形象底平庸性里面，那就说明了，即使他在"观察"人民，甚至走过了人民，但他所有的不过是和人民同床异梦的灵魂。

三

问题还可以前进一步。

在对于血肉的现实人生的搏斗里面,被体现者被克服者既然是活的感性的存在,那体现者克服者的作家本人底思维活动就不能够超过感性的机能。从这里看,对于对象的体现过程和克服过程,在作为主体的作家这一面同时也就是不断的自我扩张过程,不断的自我斗争过程。在体现过程和克服过程里面,对象底生命被作家的精神世界所拥入,使作家扩张了自己;但在这"拥入"的当中,作家的主观一定要主动地表现出或迎合或选择或抵抗的作用,而对象也要主动地用它底真实性来促成、修改、甚至推翻作家底或迎合或选择或抵抗的作用,这就引起了深刻的自我斗争。经过了这样的自我斗争,作家才能够在历史要求底真实性上得到自我扩张,这艺术创造的源泉。

今天作家要真诚地承认而且承受这个自我斗争。

说是作家要深入人民说是作家要与人民结合。然而怎样深入,又怎样结合呢?首先,当然要求一个战斗的实践立场,和人民共命运的实践立场,只有这个伦理学上(战斗道德上)的反客观主义,才能够杜绝艺术创作上的客观主义底根源。但这还只是解决问题的基本条件,犹如游泳须在水里,但在水里并不就等于游泳一样。

作家应该去深入和结合的人民,并不是抽象的概念,而是活生生的感性的存在。那么,他们的生活欲求或生活斗争,虽然体现着历史的要求,但却是取着千变万化的形态和曲折复杂的路径,他们底精神要求虽然伸向着解放,但随时随地都潜伏着和扩展着几千年的精神奴役底创伤。作家深入他们要不被这些感性存在的海洋所淹没就得有和他们底生活内容搏斗的批判的力量。

一般地说,这就是思想的武装。然而,这里且不论这思想武装是怎样形成的,但要着重说明的有一点:它并不等于凭借"思辨的头脑"去把握世界(马克思),它的搏斗过程始终不能超过感性的机能,或者说,它一定得化合为感性的机能。我们把这叫做实践的生活意志,或者叫做被那些以贩卖公式为生的市侩们所不喜的人格力量。

但实际上,作家正是每每带着他底"思想武装"深入人民,与人民结合的。或者是一些理论上的抽象教条,或者是一些熟悉的感情习性,或者是一些强烈的处世愿望……当然,最多的是这些的复杂的结合形态。作家就每每带着了这样的"思想武装"。从这里,和人民的结合过程,对于对象的体现和克服过程,就必然要转变为作家自己底分解和再建过程。这就出现了前面所提出的深刻的自我斗争。

承认以至承受了这自我斗争，那么从人民学习的课题或思想改造的课题从作家得到的回答就不是善男信女式的忏悔，而是创作实践里面的一下鞭子一条血痕的斗争。一切伟大的作家们，他们所经受的热情的激荡和心灵的苦痛，并不仅仅是对于时代重压或人生烦恼的感应，同时也是他们内部的，伴着肉体的痛楚的精神扩展的过程。

通过了这样的自我斗争，一方面对象才能够在血肉的感性里面涌进作家底艺术世界，把市侩的"抒情主义"或公式主义驱逐出境；另一方面，作家底思想要求才能和对象底感性表现结为一体，使市侩的"现实主义"或客观主义只好在读者面前现出枯萎的原形。

我们说，这是现实主义的斗争。

四

今天，我们要坚持这个斗争，推进这个斗争。

市场上充满了色情的作品、怪诞的作品，有闲趣味的作品、奴才道德的作品，这现象是进步的作者和读者所感到痛心疾首的。然而，用什么和这些对抗呢？当然，要和培植这些，奖励这些的社会势力作斗争，但在文艺本身，就需要争取现实主义得到胜利，争取文艺作品能够在生龙活虎的感性力量里面反映这时代的人生真理，用这夺回能够夺回的，寻求刺激的苦闷的读者；用这培养在生活斗争里面寻求道路的千千万万的读者。因为，任何反人民的，或者和人民游离的有害的社会现象，只有在人民勃起的过程上面，在争取民主胜利的斗争过程上面才会受到历史底公正的审判。

所以，伟大的民主斗争固然不仅仅是文艺上的目标，但在文艺创造思想要求上面，对于法西斯主义和封建主义的控诉，对于几千年累积下来的各种程度各种形式的奴才道德的鞭挞，对于人民底潜力的发掘，对于人民底解放愿望以至解放斗争的发扬，不正是民主主义底最中心的思想纲领么？但真正有力量拥抱这样思想要求的，只有现实主义；真正有力量把这样的思想要求体现在真正的艺术世界里面的，只有现实主义。

旧的人生底衰亡及其在衰亡过程上的挣扎和苦痛，新的人生底生长及其在生长过程中的欢乐和艰辛，从这里，伟大的民族找到了永生的道路，也从这里，伟大的文艺找到了创造的源泉。

为了文艺，虽然也不是仅仅为文艺，我们要为现实主义底前进的胜利而斗争！

一九四四年十月七日渝郊避法村

选自《逆流的日子里》，希望社 1947 年版

看了《逼上梁山》后写给杨绍萱齐燕铭二同志的信[*]

绍萱燕铭同志：

　　看了你们的戏，你们做了很好的工作，我向你们致谢，并请代向演员同志们致谢！历史是人民创造的，但在旧戏舞台上（在一切离开人民的旧文学旧艺术上）人民却成了渣滓，由老爷太太少爷小姐们统治着舞台，这种历史的颠倒，现在由你们再颠倒过来，恢复了历史的面目，从此旧剧开了新生面，所以值得庆贺。郭沫若在历史话剧方面做了很好的工作，你们则在旧剧方面做了此种工作。你们这个开端将是旧剧革命的划时期的开端，我想到这一点就十分高兴，希望你们多编多演，蔚成风气，推向全国去！

敬礼！

毛泽东　一月九日夜

原载 1950 年 4 月 1 日《人民戏剧》创刊号

　　＊　题目系编者所加。

王实味的文艺观与我们的文艺观

周　扬

一　王实味提出的问题

反王实味的思想斗争，对于我们文艺工作者，有特殊的重要的意义。王实味本算不了什么文艺家，但他发表了对文艺的意见，非常有害的意见，不容我们漠视。他写了《野百合花》，又写了《政治家，艺术家》。他的文艺观点有它托洛斯基主义的渊源，又和当前文艺上的一些问题极有联系，对他的观点加以揭发，驳斥，是十分必要的事情。反对王实味思想，在文学领域内，就是要反对他在这个领域上的托洛斯基主义，就是要为马列主义的文学理论斗争。在自我教育的意义上来说，这提供了文艺上的整顿三风一个好的材料。

托洛斯基在文学上曾有过他自己的路线，他有过他自己的一套文学理论。他是无产阶级文学否定论之有名的倡导者。他的主张是：没有无产阶级文化，将来也决不会有，而且不应当有。他认为无产阶级在资产阶级社会内是一个一无所有的阶级，因此不可能创造自己的文化。而社会革命时代，阶级斗争又最剧烈，破坏要比建设占的地位多，无产阶级也还是谈不到建设新文化，无产阶级的专政为暂时的，过渡的；它之获取政权正是为要求永远消灭阶级，为人类文化开辟道路，所以更不必创造什么无产阶级文化了。托洛斯基的这种文化观是和他的不断革命论相一致的，这是他的文艺理论与文艺政策之基础和出发点。

托洛斯基这种理论的反动性是很明显的。照他的做法，无产阶级在文化上就只有二条路好走：或者是干脆不要文化，回到野蛮主义，或者是全盘承受资产阶级的文化。托洛斯基采取了后者，而且公然的这样主张。自然，联共党自始就没有照托洛斯基所主张那样地去做。一九二五年颁布的党的文艺政策明白表示了尽力支持无产阶级文艺的党的方针，就是在实际上批驳了托洛斯基的文艺观点。二十五年来苏联文学艺术之巨大发展的事实，早已将托洛斯基的无产阶级文学否定论扔进历史的垃圾堆里去了。而托洛斯基本人随着他后来在政治上的完全反动，他由理论上否定无产阶级文学一直发展到了谋害高尔基这无产阶级文学之最伟大的代表者这样的血腥的行为。托洛斯基的名字早已和革命文学不能两立。全世界全中国一切知道了这种情形的善良的人们，革命的青年，革命的文学家艺术家,也都把托洛斯基及托派看成自己的仇敌了。

然而,暗藏的托派却仍有欺骗的能力,这是由于尚有很多的人不知道托派及托派思想的底细;在文艺界也是这样。许多人还不知道文艺上的托洛斯基主义是代表着一种小资产阶级的似是而非的"革命文学"的理论,一种貌似革命的实则完全反动的文学思想。托洛斯基以"人类文化"的名义来曲解阶级的文化艺术,用明天的幻想来代替今天的实际需要,以堂皇的革命词句来遮掩其反动内容。托洛斯基的这些空谈主义的特色,正是反映了一种小资产阶级的幻想的。

我们曾看见了不少这样的人:他们谈文学,也谈革命,只是不愿意把两者在实际上结合起来。他们甚至也赞成文学服务于革命,但是假如你说,为了这个服务,一个作者应当站在一定的严格的阶级立场,完全听从革命的命令,那他就立刻现出为难的脸色,期期然以为不可了。他们总是死抱住文学的自由,在他们心目中,文学实在比革命高出得多呢。十年以前出现的胡秋原苏汶就是这类小资产阶级中的极端分子的代表者,他们在反对左翼文学的时候也正是借用了托洛斯基的文学观点做自己理论的武器的。

十年过去了。现在又出了一个王实味,一个化装了的托派,他的文学见解正和他的老祖宗托洛斯基一模一样。但值得我们注意的,是他在《政治家,艺术家》里很狡黠地捕捉了当前文艺上如下的几个问题:

一、文艺与政治的关系问题;
二、文艺是反映阶级斗争,还是表现所谓人性的问题;
三、今天的文艺作品应写光明,抑应写黑暗的问题。

这些问题都是文艺上的根本问题,在今天的中国,尤其是在今天的延安有着迫切的意义,他们由当前现实中发生出来,却还没有获得正当的明确的解决。文艺工作者中间许多同志在理论上还存在着一些混乱和苦闷。就是这种时候,王实味看取了这个空隙,他扮装成一个艺术家之深切的理解者,真挚的同情者,出来"仗义执言"了。他是一个托派,他当然不是想要正确地来解决什么问题,而只是想将问题引到错误解决的途径上去,引到托洛斯基主义的方向去。但他是一个暗藏的托派,他是以化装出现的,这就很可以欺骗许多不知托派思想的底细和不知王实味底细的人们。王实味的这个阴谋是迅速破产了,但这是由于中央研究院及延安许多同志揭破了他的假面,向他作了坚决而且有力的斗争的原故。为了使这个斗争展开与深入起见,我现在就王实味在他的文艺论文中所提出的问题加以较详的解剖,以助同志们的研讨。本来有些问题,我早有一点意见想说的,一则自己也还在研究,二则又为整顿三风忙着,因循没有执笔。现在就在这一篇里一并说出,所以本文不但是批判王实味的,而且也是研究当前文艺上的具体问题;文章长一点,还请读者原谅。

二　文艺与政治

王实味提出的第一个问题是,艺术与政治之间的关系问题。

让我们先看一看托洛斯基在这个问题上曾抱着如何的见解。托洛斯基既然否定无产阶级文学,那实际上就是把文学和政治分开。在《文学与革命》一书中他就明明白白的说了:"我们无产阶级有它的政治的文化,在足够保持它的专政的限度内,但是它没有艺术的文化。"

再往下看:

> 艺术必需开辟自己的道路,并且用自己的方法。马克思的方法不是和艺术的方法相同的。党领导无产阶级,但并不领导历史的进程。有些领域,党在其中直接地命令地领导。有些领域,党在其中仅只合作。最后还有些领域,党在其中只规定自己的方向就是了。艺术领域不是要党去命令的领域。党能够而且必须去保护并帮助艺术。但是党仅只是间接地领导它。

这就是说,无产阶级只有政治,没有艺术。

这就是说,马克思主义方法对艺术不适用。

这就是说,党在艺术领域内应采取自由放任的方针。

对照可以使黑白分明。我们再看一看列宁在这些问题上是如何主张的吧!

"文学应当成为党的文学","文学事业应该成为总的无产阶级事业的一部分",这就是文学上列宁主义的最高原则,和托洛斯基主义是正相反对的。

托洛斯基说马克思的方法不是艺术的方法,列宁却说:"只有马克思主义的世界观才是革命的无产阶级的利益,观点,与文化之正确表现。"(《论无产阶级的文化》)

难道说列宁不懂得文化,艺术的特点?我们知道,列宁在这一方面也是融合了最敏锐的感觉与最准确的判断能力的。他在《党的组织与党的文学》一文里就指出了"文学事业最少能忍受机械平均,水准化,少数服从多数",指出了"在这个事业上,无条件地必须保证个人创造性,个人倾向的广大自由,思想与幻想,形式与内容的自由"。因此,他说:"无产阶级的党的事业的文学部分不能与无产阶级的党的事业的其他部分一模一样地同等起来。"然而列宁是最坚决地最明确地指出了这样一个不可推翻的原则,就是:"文学事业应该确定地和必定地成为与其他部分不可分割地联结着的党的工作的一部分。"由前者说明了文学活动应与其他种种革命活动相区别,它有它自己的特殊性;由后者说明了文学活动应与其他种种革命活动相联结，尤其应当服从党的领导，不能闹无原则的独立性。党的领导就是一方面保证个人创造倾向的自由，一方面对党员实行党的监督，党又通过革命的政府执行整个国民的文艺政策。党对整个文学艺术发展都有领导的责任。列宁对蔡特金说过："每个艺术家，一切自己认为是艺术家的人，有权力自由创作，符合着他的理想，不管其他一切。但是，很清楚的，我们共产主义者，我们不能袖手旁观，随便让混乱的情形发展下去。我们应该有计划的领导这过程，并形成它的结果。"

这就是列宁主义的文艺政策的原则精神，政治领导艺术的严格观点。

请同志们原谅我在上面一连串的冗长的引用。为了要找出王实味的思想根源，我们不得不翻搅托洛斯基主义的垃圾。同时列宁主义对于托洛斯基主义是一种最有效的抗毒素，在这种重大的问题上，我们重温列宁的遗言，实在有很大的益处。

现在回过来看王实味罢。他在艺术与政治之关系的问题上，他是站在列宁的观点呢，还是站在托洛斯基的观点？完完全全的，他是站在托洛斯基的观点。他把艺术与政治分开而且对立起来。他不但丝毫没有艺术服从政治的观念，而且给了政治应受艺术指导的相反的暗示。

王实味为政治家和艺术家规定了分工：政治家的任务是改造社会制度，指挥革命的物质力量；艺术家则是改造人的灵魂，激发革命的精神力量；由于任务的不同，前者对事看重，后者对人求全。这个机械的分工论之不能成立，已有好几个同志驳斥过了，我不必再多说；我只是想代王实味表白一下，他为了要分割艺术和政治二者的关系，倒是很费了一点心机。

在阶级社会里，任何意识形态（包括艺术在内）都有一定的阶级性，和一定阶级的政治利害相依靠，这已是一条颠扑不破的规律。只是这个依靠关系，在过去，常常是被掩盖的，不自觉的，无政府状态的。马克思主义主张艺术服从政治，就是把这个被掩盖的，不自觉的，无政府状态的关系变成公开的，自觉的，有计划性的关系，把艺术从剥削者压迫者的支配影响下解放出来，以与被剥削者被压迫者的利害相结合，以便有力地和剥削者压迫者的艺术相对抗。所以要求艺术服从政治，就是要求艺术表现无产阶级的政治方向和利害，要求艺术表现党性。在组织关系上说，就是要求革命艺术家服从革命的组织。王实味却把艺术与政治的这种必须的与正确的原则关系，简单地描写为艺术家个人服从政治家个人的无原则的关系。

王实味为了使艺术家与政治家对立，他一方面巧妙的贬损了政治家，一方面故意把艺术家捧到天上。王实味企图以此拉了艺术家跟了他走，好去反对他憎恨的政治家——"大头子""小头子"们。

对于马列主义的政治家，有一种由来已久的，常常听到的说法，就是说他们是实行家，这里面就包含轻蔑的意思。托洛斯基就是只把列宁看作行动家，而完全不承认作为思想家的列宁的光辉的地位的。王实味说政治家是"战略策略家"，他们"熟谙人情世故，精通手段方法，善能纵横捭阖"，他实际上是已经把马列主义的政治家降低到列宁斯大林所深恶痛绝的政治上的庸人的地位了。称马列主义的政治家为简单的行动家，那真实的用意，已在多年以前由第三种人现在成了汉奸的苏汶不胜委婉哀怨地透露出来了。他是这样说的：你们马列主义者只讲行动，只讲策略，可以昨天还骂托尔斯泰，今天就捧托尔斯泰，你们就是会变卦，变卦就是辩证法，你们为革命，为阶级，这样做都对，只是你们为什么要霸占真理，霸占文艺呢？他的意思很明白，真理，文艺是在我这一方面，你们不要来干涉吧。比起苏汶的这种消极态度，王实味的态度可是积极得多了。他不只是要保护艺术不受政治的干涉，而且要诱致艺术反过来去指导政治。他说政治家善于"揭破肮脏和黑暗，指示纯洁和光明"，照他的意思，艺术家"指示"，政治家照了实行，这就是二者的关系。

王实味真是把艺术家看得这样高吗？不，他的真实的意思还不在这里。不是艺术家"指示"政治家，而是他，王实味，在"指示"艺术家呢。你听他向艺术家发出的最后的"呼声"。

更好地担负起改造灵魂的伟大任务吧！首先针对着自己和我们的阵营进行工作。

可惜的是，他的这个呼声不是指示人到"纯洁和光明"，而是指示人到"肮脏和黑暗"去！他要求艺术家向政治家，向那些他在《野百合花》里所直率地称呼为"主观主义宗派主义的大师"的，"异类"的人们瞄准，实践他所主张的枪口对内论。鼓动艺术界的力量，青年的力量来反对党，反对无产阶级，反对革命。这就是浸透在王实味的每篇文章，每句话，每个字里的精神与实质。

所以我们当然是用不着和王实味这个人来讨论什么艺术与政治的关系问题，因为他并不想要理解这个；他是"醉翁之意不在酒"。然而这个问题在我们自己中间，却有重新提出来加以研究的必要。因为这个问题在我们许多同志中不论在理论上或实际上都并没有完全恰当地解决过。这就是说，理论上还存在些模糊观念，实际上还有艺术和政治脱节的情形。

一般理论的原则，我们是早有了的，比方，艺术应当服从政治，表现党性，无产阶级的党性和客观真实性一致等等。我们过去和胡秋原苏汶，那些自称为自由人第三种人的，所争论的中心问题就是这些问题，我们坚持了上面的原则。但是在对艺术与政治之关系的具体理解上，因而特别是在文艺政策的运用上，我们也曾有过自己的错误的历史。我们还没有能够很好地掌握文艺上的马列主义的原则。艺术和政治结合必得通过艺术自身的特殊性，特殊法则；这个特殊性，就是一个最麻烦的问题。过分强调特殊性，会引向脱离政治；一笔抹杀特殊性，结果只是取消艺术而已，对于政治也仍然没有好处。革命文学初期，一股革命狂热，使我们患了后一种毛病。一位诗人曾经号召过：

> 诗人们，
> 制作你们的诗歌，
> 如写我们的口号。

文学上这个标语口号时期不久就过去了。后来输入了现实主义理论，对文艺创作的理解大进了一步。只是过分强调艺术特殊性的倾向也跟着发生了。苏联对"唯物辩证法创作方法"的清算，实际是对创作方法上的教条主义的清算，给了我们教益，但也在许多作者中间成了误解，似乎从此可以不必学习辩证法；世界观，政治见解在我们的创作上是并非起决定作用了。这种影响相当地深，现在还残留着。

我这样说，并不是以为我们对文艺的特殊性已经认识得很够了，注意得太多了。不，我们应当把这些问题研究得更清楚，更深刻，来正确地解决文艺与政治的关系问题。

文艺服从于政治，就是服从于政治的目的，这个目的，在今天就是"驱逐日本帝国主义，建立自由平等的新中国"。但文艺是以自己的特殊姿态去服从政治的，它有它特殊的一套：特殊的手段，特殊的方法，特殊的过程。这就是一定形象的手段，一定的观察和描写生活的方法，组织经验的一定过程而形象是最基本的东西。艺术家观察和描写生活，组织自己的经验，都依靠形象。因为这个形象的特点，所以，第一，艺术的语言不能同于政治的语言，因为表现的形式各有不同；第二，艺术也不是单纯的把政治原则形象化就行了；它必须直接描写生活，写自己的经验，政治倾向性必须从作品中所描写的活生生的事实本身中表现出来，文艺服从政治的复杂性就在这里。

文艺的特殊性又决定了作家艺术家的特殊性。他们的特殊性自然不是王实味所讲的"热情"、"敏感"、"小处落墨"等等，而是在：他们在创作上往往走着各自不同的道路，按照各人不同的生活经验，艺术思想和情绪才能。文学职业家中的很多人，大概很难希望他们同时作政治职业家。就在文艺本身的范围内，写小说的不一定能写诗。同是小说家，有的偏好某些题材，有的则偏好另外的，有的甚至连自己也不能作主。写同一题材，也有手法的不同，有的这样写，有的那样写。正如列宁说的："文学事业最不能忍受机械平均，水准化，少数服从多数"，这就是对文艺特殊性的一个深刻的理解。

然而文艺的特殊性并不能作为文艺可以离开政治任务，文艺家可以和政治乃至政治家疏远的一种遁辞，正相反，这要求艺术家更大地努力，更多地负起责任，要求艺术家参加实际工作，参加斗争，一方面用艺术创造服务于当前的斗争，一方面更深入细心地研究实际。我现在深深的感觉，不把自己的创作活动与群众的实际斗争密切联系起来，使之服从这个斗争的需要，是不可能有艺术与政治之真正的结合的。当着人们指摘艺术和政治之间还存在着脱节的现象时，是有事实根据的。以我自己在艺术教育和文艺理论上的工作来说，我就是应当受到指摘的一个。

这个脱节是从什么地方发生出来的呢？难道说我们没有理解艺术应当服务政治这条道理吗？难道说革命文学不是一直站在共产党所领导的人民大众反帝反封建的立场吗？在抗日战争中，不又总是站在党所领导的统一战线的立场吗？这些都是没有错的，但是我们没有认识一个非常重大的事实，就是抗日民主根据地的存在，以及革命的大众的文艺运动必须依靠这个根据地来开展。这不但在中国政治史上，而且在文化史上，都已揭开新的一页；文艺与政治的关系在这个新的现实的条件下不能不遭受到剧烈的尖锐的变化。革命文学运动是在十年内战中反动统治底下发展起来的，它不但没有机会和人民的政权，人民的军队直接地结合，就是和工农的接触也是在极端限制的情况下。现在新民主主义的政权屹立在我们眼前了。工农兵，我们曾叫做亲兄弟的，是在我们一起了。老革命干部，我们曾称他们为英雄的，也在一起了。这就不但是适应新环境，完成新任务，不是容易的事情，而且首先是意识这种新环境与新任务，也不是容易的事情。旧意识旧习惯的根株是很深的，它重重地拖累着我们。我们是比较习惯了揭发黑暗的，现在却需要来学习描写光明了。我们对于新的政治，新的政权建设，还只有个大概的了解和观念。我们也想努力了解工农兵，也想通过自己的艺术创造去被他们了解。然而是一群怎样的读者，观众，听众呵！他们热烈地送来大批订货单，也不管你这工厂只有那一些出品，交货日期需要多长。他们又热烈地来看货色了，你说他们外行吗？他们的眼光总是尖利而且准确得胜过我们许多人。他们，特别是军队，已表现了他们自己的不可轻侮的文化创造力。在这样的空气中，很容易把专门做文化工作的我们弄得手忙足乱。我们在精神上没有足够的准备；我们在工作上没有很好的贡献。然而我们也有我们自己的定心丸。我们讲着全国性，办艺术学校，是为了培养全国性的人才；办刊物，发表作品，是给全国的读者看。我们经常讲提高，这自然很好。但是我们的艺术真正担负起了历史所给我们的任务吗？我们的艺术真正提高了吗？事实上我们的艺术教育,文化运动如果没有和新民主主义政权,和人民的军队,和工农大众密切而且直接地联系,艺术服务政治,就是一句空话。艺术的提高也是不可能的,没有基础的。就说全国吧,也好像将来的全国还是内战十年中的上海,或抗战五年的重庆,而不是崭新的民主共和国,民主政权在全国的实现。我们没有懂得我们在文化上,从抗战第一天起,就已进入一个新的历史的时代;没有懂得在抗日根据地文化运动应当有新的一套:新的方针,新的服务,新的内容,新的形态,而这新的一套将有一天普及于全国;没有懂得毛泽东同志早在《论持久战》一书中所已指示了我们的:"敌人已将我们过去的文化中心变成文化落后区域,而我们则要将过去文化落后区域变为文化中心。"这里说的将过去文化落后区域变为文化中心,并不是将过去大城市中的一套文化原封不动地搬到乡村来,而正是把过去比较地只适于大城市,局限于小资产阶级圈子的文化变为能适合于广大乡村,与广大战争,以工农兵为主要对象的文化。他在《新民主主义论》中更是明白地告诉了我们:"大众文化,实质上就是提高农民文化。"我们没有懂得这一切。我们的眼睛不是向现在与将来看的,而只是紧盯了过去。我们因袭多于创造。我们没有好好研究周围情况,客观的变化。我们是身在延安,而心仍然留在上海的亭子间。这就是我以为我们的艺术和政治结合了,而其实并没有结合得好的来由。这种情形,当然也有些同志是例外的,特别是华北华中各根据地的文艺工作者,由于战争环境的直接经历,是已经正确地把握了方向,改变了工作作风。但是延安的许多同志,包括我在内,在整顿三风和文艺座谈会以前,确实在某些根本点上还没有变化的,这是应有的一个起码的自我批评。

不错,我们在艺术上作过很多的努力。现在的问题是,我们必使这种努力适合于时代所向我们提出的迫切要求,广大读者群众的要求,这样,努力才不是白费。鲁迅再三地指出过,一个作者如果不为现在斗争,失掉了现在,也就没有了将来。将来是现在的将来,于现在有意义,才于将来有意义。作为革命文学家,革命的社会批评家与文化批评家的鲁迅与高尔基,他们二人的斗争生活与斗争方法正是我们的模范。他们总是与当前的具体环境密切联系着的;他们没有空谈,没有脱离群众,没有放过每一个重要的具体斗争目标。

把艺术和政治结合得更直接,更紧密,这是摆在每一个革命的作家艺术家面前的任务。当然完成这个结合需要一个长期努力的过程。性急是没有用的。但是一切妨碍这个结合的东西却必须一个一个认真地清除掉。

自然,王实味和他那一套反革命的托派观点,和我们的同志及我们在这里的自我批评,是要加以严格区别的,绝对不是混同。一切王实味的反动思想都在坚决扫荡之列。但是王实味也正是乘着我们尚未填好的空隙来进攻的。他看中了我们中间尚有许多人在艺术与政治,普及与提高的问题上尚有脱节的毛病,以为还有他可供利用的群众,他就放肆地下手了。我们的整顿三风,我们的自我批判,我们正确地解决艺术与政治,普及与提高等问题,就是致命地打击王实味及其托派思想与活动最好的办法。

三 文艺上的人性论

对文艺的看法,大概可以分为二种:一种认为文艺是反映阶级斗争的(在阶级社会中),另一种认为文艺是表现一般的人性,这就是文艺与文艺批评上马克思主义方法与非马克思主义方法的分水岭。托洛斯基是公开宣扬马克思主义的方法不能应用于艺术的,我在前面已经说过了。他有一个根本观点,就是认为马克思主义现在还只能限于做政治斗争的武器,而不能成为"科学创造的方法,精神文化的最重要的工具和因素"。因此他认为辩证法唯物论不只对于艺术,而且对于科学,都还不能适用。他相信弗洛伊德心理分析学说可以和马克思主义相调和。托洛斯基从前还在革命的时候就是这么样子的一个"马克思主义者"。他自然不会赞成文艺描写客观实际,阶级斗争,而且正是主张文艺应当表现超过阶级的人性,即抽象的人性,而实则叫人服从资产阶级的人性。他在《革命与文学》中曾说过:"劳动者要从莎士比亚,歌德,普希金与陀思妥也夫斯基作品中去取来的,是对于人类的人格及其热情与情感的更复杂的观念,和对于它的心理的势力,及下意识的任务的更深彻的理解。"这就是说无产阶级应向资产阶级文学学习的,就是理解并吸取资产阶级的人性。历来的文艺,不是描写这一阶级的人性,就是描写那一阶级的人性,从来也没有描写所谓超阶级人性的文艺。除开到了阶级社会消灭以后才有这种文艺。因为自有阶级社会以来,世界上并没有什么超阶级的人性,或一般的人性,这种人性是抽象的,虚构的,不存在的。具体的人性,不是属于这一阶级,就是属于那一阶级。这一问题,鲁迅在驳斥梁实秋时,已说得明明白白了。

超阶级人性论在中国新文学中有它自己的历史,它正是作为阶级文学论之虚伪的反动者而发生出来的。梁实秋就是这种人性论在中国之公开的提倡者。他说:"文学一概都以人性为主,绝无阶级的分别。"他的这种人性论遭受了鲁迅的绝灭的一击,从此再没有抬起头来。后来却又出现了胡秋原的自由文艺论,主张文学必须有它的所谓"高尚情思""文艺的最高目的就在消灭人类间一切阶级的隔阂",这仍不外是文学上的超阶级人性论的一种表现。人性论者有各式各样,但是他们有一共同的特色,就是要求文艺表现他们觉得"高尚""纯洁"的思想感情,那些思想感情是被他们剥去了具体的时代内容与阶级性质的。王实味就是这样。他反复申说:艺术家的任务是改造人的灵魂,即是清洗人灵魂中的肮脏黑暗，将它改造成纯洁光明，翻成更简单的说法，文艺应当表现完美的人性，他只说一个抽象的"人"，而不把人分成阶级的类别。他所讲的人性，他所常挂在嘴上的什么爱呀热呀那一套东西，都是有意提倡托洛斯基的、也是一般资产阶级历来用以骗人的捕风捉影的抽象观念，借以搅混我们同志的思想，好去上他的圈套。

王实味企图利用斯大林的"作家是人类灵魂的工程师"的名言，来作他的护身符，这是办不到的。斯大林所讲的"人类灵魂工程师"，自然与王实味所讲的完全是另外一回事。艺术家应当真实地描写客观实际的斗争，以革命精神教育群众，这就是"人类灵魂工程师"的全部职责，再没有什么别的神秘的玄妙的使命了。斯大林之称作家为"人类灵魂工程师"道出了文艺的特点与作用。文艺作品反映客观实际主要依靠描写人，描写人的性格、思想以及他的整个复杂的心理；它就是凭借这些具体的感情的形象去诉之于读者的情感、思想、意志，因而最易激动他们的心灵；文艺是一个时代，一个民族，一个阶级的精神状态的标记。斯大林给予了文艺在社会生活上的作用以重大意义，把作家放到了一个光荣的负责的地位。然而这正是因为斯大林认为社会思想、理论、观点、政治制度等一切意识形态的东西在社会历史上都有重大作用和意义，而并非以为只有文艺才具有改造人的灵魂的魔力。

王实味为艺术规定的任务，是"揭破肮脏黑暗，指示纯洁光明"。假若你问：所谓"肮脏黑暗""纯洁光明"，到底是根据什么标准？他会好笑你，因为他已经说了一个标准了。他说："'愈到东方则社会愈黑暗'。旧中国是一个包脓裹血的充满了肮脏黑暗的社会，在这个社会里生长的中国人，必然要沾染上它们……革命战士也是从旧中国产生出来，灵魂不能免地要带着肮脏和黑暗。"中国肮脏黑暗，革命者肮脏黑暗，这就是王实味的标准。艺术既然是应当揭破一切肮脏黑暗的，所以革命艺术家就首先应当揭破革命者自己的肮脏黑暗。这样一来，王实味的目的就达到了。

我们的标准却相反，那也并不是说我们不承认旧中国有黑暗，不承认革命阵营中也有混来的肮脏东西，不认为肮脏黑暗的东西应当揭破，不是那样。王实味本身的存在，就说明了我们不应当作那样太过乐观的估计。所谓标准和王实味不同者，只是他从超阶级的人性论出发，我们却从阶级论出发而已。

共产主义者不鄙薄自己的民族，而且，相反，抱着高度的民族自尊心。这种列宁告诉我们的真理，就并不是出于什么狭隘的民族成见，狭隘的爱国情感，而是由于构成自己民族人口绝大多数的是劳苦人民，由他们的劳动创造了自己民族的语言文化，用他们的血写成了为民族的自由繁荣幸福斗争的历史，这些都是值得我们骄傲的与歌颂的东西。对自己民族抱一片黑暗悲观的人，就是眼中看不见民众，或者对于民众不抱信任的人。反之，相信民众力量的人，就一定是民族乐观者。当我们夸耀自己民族的"光明与纯洁"的时候，主要地，就是应当指占全民族绝大多数的劳动人民和他们的斗争。在任何黑暗统治的时代，民众总是存在着，斗争也总是存在着；所以"光明与黑暗"也从不曾从地球上绝灭过，这里说主要的，是因为就是剥削者压迫者阶级，当他们还演着历史上进步的角色的时候，他们也还能够带有"光明与纯洁"的成分。被压迫者被剥削者身上当然也有"肮脏与黑暗"，但却不是他们所固有的，而是压迫者剥削者在长期统治中给予他们的。革命者与革命艺术家灵魂上的"光明与纯洁"也不是从娘胎里带来的，而正是因为他们受着民族的阶级压迫因而取得了人类革命思想，投入在大众的斗争里，站在历史前头的缘故。这就是我们对于"纯洁与光明""肮脏与黑暗"的标准，一个历史的阶级的标准，在阶级社会中不可变易的标准。

虽然这些都是已成常识的真理，然而人性论者却有他们另外的一套说法。他们宣扬普遍的爱，以为文学应当以这种爱为出发点，而不懂得在划分阶级的社会里，所谓普遍的爱是不可能的，提倡这种观点，只是自欺欺人。文学不是空空洞洞的教人爱，而是要在敌人的压迫下教人团结，教人斗争，教人同心同德反抗当前的敌人，为废绝一切妨碍人与人相爱的条件，实现人类最高的爱而奋斗。爱与憎这二个概念的名称可以永远不变，但其内容是各个历史阶段不相同，各个阶级不相同的。它们是意识形态，但是具体历史条件规定的意识形态。爱与憎是有物质基础的，不是单纯的主观的。例如鲁迅说的"革命的爱在大众"，从我们这些还没有与工农大众密切结合的人们说来，就还只是一种理性上的抽象的认识，还没有变为日常生活的感情、习惯，还没有变为真正的大众的爱。我们的感情常常是倾向过去，纠缠于个人与小资产阶级的东西。所以空空洞洞地讲爱，不但不能鼓舞人斗争，去实际地消灭"肮脏黑暗"，而且可以将人拖回到小资产阶级的个人的情感的世界，那就并非是一个"纯洁光明"的世界。人性论者又常常以个性之热烈辩护者而登场。解放个性曾是五四新文学的一个中心主题，起了它在反对封建的思想革命上的巨大功用，但是现在却早已经不是易卜生主义的时代了。在现在这个新的时代，解放个性的斗争，应当从属于解放民族，解放社会的斗争，不废绝摧毁个性戕杀个性的条件，个性之最后解放与完美发展是不可能的。尤其在我们共产主义者说来，个性应当从属于集体，最好的个性是应当集体性表现得最强的。好些同志在整顿三风中觉悟到了这一点，我也努力要做其中的一个。时代要求新的个性，文学艺术应当意识地帮助形成这种个性。我们的文艺作品中描绘了个性，正被革命锤炼的过程中的痛苦，但对旧个性的被改造有时作者不免于一种惋惜之情，因而消解了文艺对新个性催生的作用。人性论者关于个性的观念却正是旧的个性，即是和集体性对立的个性的观念。

文艺是表现阶级性，还是表现超阶级的人性；文艺创作应当从客观实际发出呢，还是从主观愿望发出；艺术家应当面向广大群众的世界呢，还是徘徊于个人内心的世界，这就是我们和一般资产阶级的文艺理论的分别，文艺上的现实主义和人性主义的分别，也就是我们和王实味的分别。

四　写光明呢，还是写黑暗

正是由于在政治立场，文艺方法上的基本观念不同，对于当前文艺创作的主张，我们和王实味便也是相反的。这可以归结在写光明与黑暗的这个问题上。这个问题的中心并不在应写何种题材，以及两者之中何者应多写，而在作者对现实所取的根本态度：他对于现实，对于革命，是从积极方面去描写呢，还是从消极方面。在这个问题上，王实味也有他的托洛斯基的传统。

托洛斯基是《同路人》文学之支持者。苏联那时的《同路人》对于政治采取着超然的中立的态度；他们不反对布尔塞维克的革命，但却也不大了解这个革命，常对它做了歪曲的反映。他们本质上都是个人主义的艺术家，他们在文坛上的活跃是正当新经济政策初期资产阶级意识影响大大增长的时候。托洛斯基在无原则地拥护他们当中放弃了在思想上对他们作严正而诚恳的批判。好像他是很看高《同路人》的，其实也正是看低他们。因为托洛斯基认为《同路人》作家是站在农民的世界观上面的，根据他对农民阶级在革命中的作用的一贯的错误估计，他自然会要得出这样的结论：《同路人》到了一定发展的阶段就不可避免地要脱离革命，所以他认为《同路人》要跟革命走多远，是很难说的。马雅可夫斯基的自杀就很使他高兴了一场，他以为这正证实他的理论。这不用说，是对这位苏维埃优秀诗人的一种污辱。而且，事实是，社会主义建设的成功，使绝大多数从前的所谓《同路人》作家都更和苏维埃政权靠拢了。托洛斯基从他的反革命的观点出发，他就不能不以对于革命之消极的，冷淡的描写为当然，为合理，而感到满足了。他本人就曾特别提倡他所谓的"苏维埃式的喜剧"，要求艺术来揭露新的阶级新的生活中的"新的丑恶，新的愚蠢"，因为在舞台上见不到这个，他说他在看戏的时候，总是小心地忍住自己的呵欠。这就是托洛斯基的欣赏趣味！

中国目前所处的是一个伟大的时代，然而也是一个最艰难的时代。我们党在前方支撑着空前所未有的残酷的战争，在根据地不顾一切困难建设着新的生活。新的时代，新的生活要求着新的歌唱，然而日常工作日常生活的艰苦，革命现实的散文方面，在我们的心灵上投射了暗淡的影子。我们许多人心里原来窝藏着的小资产阶级的本性，在遇到困难时，就渐渐凸露了出来。在这种时候，我们会极端地感到寂寞，甚至觉得有些空虚。在这种时候，每一件不如意的事情，都容易叫我们激怒，我们把眼睛放得更尖利地去搜索生活中的缺点。这种心情不能不在文艺创作上打下了它的烙印。于是就出现了多少是消极地，因而也就多少是不真实地描写了革命的作品。

拿这一类的作品来说，他们写了些甚么呢？写得最多的，是小资产阶级知识分子的人物，这些人物正是和作者同一精神血缘的人们。这些人物忍受着生活和斗争的磨炼，感到了自己和周围现实的精神裂痕，即便是些微的裂痕也罢。他们喜爱幻想，追求温暖，不耐寂寞，他们总觉得自己对，而且要强，却又意识到了自己的无力。作者描写这些人物的时候，或也原是企图轻轻鞭挞一下他们的，但由于自己和他们的精神血缘的关系，以及因而唤起的一种心理上的共鸣，就不禁对他们倾泻了无限的同情，姑息了他们的短处，不知不觉反将责任推到新生活环境与革命的集体身上了。也有写工农干部的作品。这里，一位农民出身的厂长，埋葬在琐碎的事务里，一天的公事还没办完，倒先被一只猪纠缠住了。那里，一个医院的负责人整天躺在睡椅上，计算会议的日程，遇到一个小的实际问题也就束手无策。这不用说是对于"事务主义者""会议主义者"的一点小讽刺，既不是"影射"甚么人，更非诽谤革命。然而没有写出新时代的人物的真实是确实的。在边区，一个农民出身的厂长，没有文化上必要的程度，又没有受过工厂管理的训练，然而他竟能管理数百工人，还和技术知识分子周旋得很好，他把工厂办下去了，产量且不断地增加。这种事实除了苏联，是全世界都罕见的。这是一种甚么力量给了他？他身上倒底有些甚么的东西？关于这些，还没有多少作家用形象来告诉我们。还有关于八路军，这负有世界荣誉的，英勇善战的人民的军队，我们至今也没有见到相应的有力的反映。我们却读到一个游击队长追求女人的故事。作者是怎样描写的呀！他随他的女主人公一道大大奚落了我们的游击队长在恋爱上的拙劣老实，并且代她申诉了她在精神上的受压抑，传出了一种秋天似的心境。另一些作者写了八路军中的下层士兵，然而他们又往往不能摆脱过去文学写孤独者小人物的传统，与这种文学所易于在小资产者心中孕育的"人道"的同情，在应当表现群众的集体的战斗意志和行动的时候，却不能自已地留连在小人物的悲剧中了。

这些作品的共同特点，就是在于不但没有写出革命的主要方面，而且从消极方面描写了它。作者的小资产阶级知识分子的个人主义意识大大妨碍了对现实的真实的反映，妨碍了作者对工农的亲切了解与知识分子自己的批判。但是，不管这些思想与艺术上的缺点如何重大（特别是对于共产党员的作家），这些作品都还不能说是暴露黑暗的作品至少离王实味要求的还有很大距离哩。这有什么办法呢，一个游击队长追求女人是并不能称做黑暗的，他的恋爱方式诚然是有点鲁莽拙劣，然而又何等诚实，何等专一呵，比起我们知识分子的恋爱故事来，真要算光明纯洁得多了，我这样说，并不是认为这些作品中的缺点，甚至错误不关重要，可以不受到批评。这些专写生活中消极现象的作品，一个时候，几乎变成了风气，正因为这缘故，发生了写光明与黑暗的问题。这个问题给王实味抓住了，他第一个用明确的方式解答了它。他在描述了一通革命阵营如何黑暗肮脏之后，便接着说：

> 艺术家改造灵魂的工作，因而就更重要，更艰苦，更迫切。大胆地但适当地揭破一切肮脏和黑暗，清洗它们，这与歌颂光明同样重要，甚至更重要。

他的意思很明白，就是写黑暗比写光明更重要，如前面所曾指出了的，这正是他的全部理论的目的。"大胆地"，这是策略的一方面，不大胆，有所顾忌，是不能达到王实味的目的的。"适当地"，这是策略的又一方面，不适当，乱来一顿，就会容易引起人们的注意，也不能达到王实味的目的。王实味，这个托派是很讲策略的呵！但我们要确定而且坚决地说：写光明比写黑暗重要，一般地就全国范围来说，是如此，特殊地就先进阵营来说，尤其如此。但我必须预先声明一点的是，我所谓写光明，就是主张写现实的积极的方面，成长的方面，有将来的方面。与剥削者的帮闲们对于他们的主人所做的所谓歌功颂德的文艺没有丝毫相同之点。不错，我们也是主张歌功颂德的，但这是歌群众之功，颂群众之德，而这种歌颂是完全正当的，必须的。

要正确地解决写光明写黑暗的问题，有三个问题必须先弄清楚：第一是革命现实主义的作品与旧的现实主义的作品不同的问题，即文艺创作方法问题；第二是抗战中的中国与过去的中国，反法西斯战争中的世界与过去的世界不同的问题，即现实中光明与黑暗力量对比变化的问题；第三是文艺上的批评与自我批评的问题，即批判的态度的问题。

革命的现实主义，以马克思主义世界观为它的基础，和过去一切现实主义有一个根本区别，就是，过去的旧的现实主义虽然批判了，揭发了现有社会制度的缺陷和罪恶，却没有能够对人们指出一条出路，它是甚么东西都否定了，剩下的就只有一种人生无趣的空漠的感觉而已，更坏的结果，就会仍旧将人们引回到它所已经否定了的东西去。革命的现实主义，却完全不是这么一种消极的性质，它在否定旧的东西中，肯定了将来。历史发展的形势于它总是有利的，它自然也总是有勇气瞻望将来。同时，能够肯定，所以否定也更坚决，更彻底。在这意义上说，革命的艺术作品，不论它的题材内容是甚么，它的基本精神却应当是永远向人们启示光明的。我们一方面必须向过去的一切优秀的古典的现实主义作家学习，然而另一方面却必须在根本精神上和他们区别。我们必须摆脱他们那只注意写消极现象，否定多于肯定的传统。

再看我们所处的时代吧。这是一个光明与黑暗大搏斗的时代,一个趋向永久消灭黑暗的时代。虽然不论在世界,在中国,法西斯主义的力量在目前还是属于攻势,民主势力还是受着严重威胁。然而这不过是黎明之前的黑暗。你也许要说这只是关于时代的抽象的概念,对于一个创作者并无直接帮助,我们所需要的是具体的知识。对的,但是,第一,时代的正确概念对于我们是非常重要的。抗战后的中国和抗战前的中国有了根本上的不同。在光明与黑暗搏斗的世界舞台上,整个中国是属于光明的一边。不错,中国内部还存在着黑暗和光明的互相对峙,互相消长,然而也不能笼统地说只有抗日民主根据地是光明的,其他地区就是一片黑暗。公式应当这样来设定:有民众的地方就有光明,民众愈起来,光明愈扩展,民众愈有权,光明愈巩固。第二,光明不是一个抽象观念,而是具体的实际的存在。我们要求一个作家写光明,就是要求他写现实中已有或将生的新的东西。毛泽东同志在他的《论党八股》一文中,引用了斯大林一句话:"有一部分同志,对于新鲜事物失去了感动",这对于我们作家和批评家,都是一个最好的警惕。旧的东西都是凝固了,沉淀了,成形了的,写起来比较容易,新的东西常常是在萌芽的,成长的,因而不固定的状态,这就需要而且值得我们更大更多地注意。常常地,新的东西的征候,看起来很微小,然而内面却包含了极大的价值,只有观察力最敏锐的作家才能捕捉住它。生活的日常性和琐碎,很容易把我们对新鲜事物的感觉迟钝。所以,要求作家写光明,不但要求他对于时代的大的关心,而且也是要求他对于日常现实最细微的感觉。

自然,当社会制度不合理,即是人剥削人的现象没有消灭的一天,揭露黑暗的作品也一天存在,而且必须存在。但是在人民已经是生活的主人的地方,这个生活是由我们自己的手和脑创造出来的,它们的一切缺点正如它的成就一样和我们血肉相连,因此对于它们的批评,就必须是一种自我批评的态度,因此,这样的作品不但不同于揭露黑暗的作品,而且也和一般的批评的作品有区别。

革命是世界上顶光明的事业,它有权力要求艺术家真实地反映它。时代的声音可以淹没一切。王实味大声疾呼要求艺术家写革命的肮脏黑暗,他是白费了他的嗓子了!和别的问题一样,任何革命作家或批评家对于这个创作方法问题的某种模糊或不了解,甚至错误,都不能看做和王实味等同,因为我们是革命的,而王实味则是实际上为反革命服务的。王实味也在报纸上写了"描写光明"的几个字,但这不是别的,只是为了便于达到"描写黑暗更重要"的目的。在延安这个地方,如果提出只有黑暗可描写,那是"描写"不下去的。照王实味的说法,不也说只有"大头子,小头子"是"黑暗",是"异类",而青年却是"纯洁"的吗,还有一个王实味当然也称"纯洁"的,所以他主张要描写一番。但是"更重要"的却是"黑暗"呢!只要我们没有这样的主张,我们就和王实味区别起来了。

五　结　论

　　我们和王实味在文艺问题上的一切分歧，都可以归结为一个问题，即艺术应不应当为大众，这就是问题的中心。托洛斯基王实味都不主张艺术为无产阶级大众与人民大众服务，都主张艺术是为抽象的人类服务，是表现抽象的人性的，而其实则是真真实实地为了剥削阶级与黑暗势力服务。他们根本不信任大众在文化艺术上的创造能力。对于大众，他们完全是一种贵族式的轻蔑的态度。他们之把艺术和政治分离，实质上就是把艺术和大众分离了的缘故。我们要遵守文学上的列宁主义原则："文学应当成为党的文学"，把这个原则和列宁的下面的意见融合起来："艺术是属于民众的，它应当深深植根于劳动群众中间。它应当为这些群众所了解，所爱好。"毛泽东同志也在文艺座谈会上已经号召了我们"文艺应当为大众。"这就是我们在文学艺术上的根本方场，观点和方针。

　　王实味并不是甚么值得多提的东西，但和王实味的思想作斗争，却是我们自我教育的好材料，所以中央研究院和延安许多同志都郑重地考察了王实味，我也就以研究所得说了许多。其中涉及的许多文艺上的具体问题，如果说得不对的希望读者予以指正。

1942 年

选自《表现新的群众的时代》，1949 年 8 月版

中共中央宣传部关于执行党的
文艺政策的决定

（一）十月十九日《解放日报》发表的毛泽东同志《在延安文艺座谈会上的讲话》规定了党对于现阶段中国文艺运动的基本方针。全党都应该研究这个文件，以便对于文艺的理论与实际问题获得一致的正确的认识，纠正过去各种错误的认识。全党的文艺工作者都应该研究和实行这个文件的指示，克服过去思想工作中作品中存在的各种偏向，以便把党的方针贯彻到一切文艺部门中去，使文艺更好地服务于民族与人民解放事业，并使文艺事业本身得到更好的发展。

（二）小资产阶级出身并在地主资产阶级教养下成长的文艺工作者，在其走向与人民群众结合的过程中，发生各种程度的脱离群众并妨害群众斗争的偏向是有历史必然性的，这些偏向，不经过深刻的检讨反省与长期的实际斗争，不可能彻底克服，也是有历史必然性的。这个真理已为各根据地的无数事实所证实。因此各根据地党的文艺工作者，都应该把毛泽东同志所提出的问题，看成是有普遍原则性的，而非仅适用于某一特殊地区或若干特殊个人的问题。无论是在前方后方，也无论是已否参加实际工作，都应该找到适当和充分的时间，召集一定的会议，讨论毛泽东同志的指示，联系各地区各人的实际，展开严格的批评与自我批评。各地方与部队中党的领导机关，应该普遍负责领导所属范围内文艺工作者的这个学习运动，并检讨本身过去对文艺工作的自由主义或认识不足等缺点。须知只有经过这个学习与批评，才能使真正属于人民群众的文艺与文艺家成为可能，而这种革命文艺与革命文艺家的产生，对于根据地人民事业是有重要意义的。又须知在今天的文艺战线上，与民族斗争的其他战线一样，不但存在着保持小资产阶级错误思想的分子，而且还混有若干为敌人反动派所派遣的奸细破坏分子，他们过去利用我们的尊重文化人（这是对的）与若干同志中的自由主义倾向（这是错的），散布思想毒素，进行反对人民的破坏革命队伍与革命文艺队伍的纯洁的活动。不经过认真的学习运动并使这些分子觉悟，则文艺事业的发展与根据地的巩固都将遇到困难。

（三）在目前时期，由于根据地的战争环境与农村环境，文艺工作各部分中以戏剧工作与新闻通讯工作为最有发展的必要与可能。其他部门的工作虽不能放弃或忽视，但一般地应以这两项工作为中心。内容反映人民感情意志、形式易演易懂的话剧与歌剧（这是融戏剧、文学、音乐、跳舞甚至美术于一炉的艺术形式，包括各种新旧形式与地方形式），已经证明是今天动员与教育群众坚持抗战发展生产的有力武器，应该在各地方与部队中普遍发展。其已发展者则应加强指导，使其逐步提高。各根据地有演出与战争完全无关的大型话剧和宣传封建秩序的旧剧者，这是一种错误，除确为专门研究工作的需要者外，应该停止或改进其内容。报纸是今天根据地干部与群众最主要最普遍最经常的读物，报纸上迅速反映现实斗争的长短通讯，在紧张的战争中是作者对读者的最好贡献，同时对作者自己的学习与创作的准备也有很大益处。那种轻视新闻工作，对于这一工作敷衍从事，满足于浮光掠影的宣传而不求深入实际、深入群众的态度，应该纠正。由于过去许多根据地的文艺运动都曾不适当地强调提高，故在执行这两项工作或其他任何工作中，目前的方针都应该特别着重普及方面，如戏剧工作者的主要精力即应放在指导地方与部队的群众剧团或群众戏剧活动。新闻通讯工作者及一般文学工作者的主要精力，却应放在培养工农通讯员，帮助鼓励工农与工农干部练习写作，使成为一种群众运动。在这一方面，专门化的文艺工作者必须深刻觉悟到过去对这个任务的不认识或认识不足，是已经造成了严重的损失，今后应以十分的热诚与恒心来开始这个工作，在陕甘宁边区，工农（首先是工农干部，八路军与工厂工人）的学习条件较好，更应以大力有系统地进行之。

（四）毛泽东同志《讲话》的全部精神，同样适用于一切文化部门，也同样适用于党的一切工作部门。全党应该认识这个文件不但是解决文艺观文化观问题的教育材料，并且也是一般人的解决人生观与方法论问题的教育材料。中央总学委对此已有明确指示，鉴于根据地知识分子大多数都是受过小资产阶级、资产阶级或地主阶级文艺的深刻影响的，在他们之间尤须深入地宣传这个文件。

一九四三年十一月七日

原载 1943 年 11 月 8 日《解放日报》

关于现实主义

何其芳

《新华副刊》文艺版上的关于文艺问题的讨论已经进行了两个月，提出了许多问题，也有一些争论。但似乎讨论还没有充分的展开，参加的还不够广泛。我想这是有原因的。今天的中国正在经历着重大的剧烈的变化。比起许多紧迫的大事情来，文艺问题是可缓而又较小。加之讨论虽从具体的作品开始，后来却移到一般的文艺理论问题上来，有些读者也许就感到专门了一些吧。

然而讨论的目的倒是为了解决当前的实际问题的。随着一个新的时期的开始，曾经为中国的前进作了伟大贡献的新文艺，如何继续向前走呢？如何避免由于自流与盲目而来的偏向，更加自觉的有效地发挥它的作用呢？

这个问题巨大而又复杂。对于这大半个旧中国的文艺运动我了解得很少，不应该随便发言。但是，陆续地读了《新华副刊》上几位作者的文章后，我也想到一些问题，很愿把它们提出来向大家请教，算是参加这个讨论，也希望这个讨论能够继续展开，并且不限于在《新华副刊》上，不限于很快地得到结果。

一、今天这大半个旧中国的文艺上的中心问题到底在哪里？

争论是这样开始的，在《新华日报》副刊发表的关于《清明前后》与《芳草天涯》的座谈会记录中，有一位同志提出了这样一个问题：今天这大半个旧中国所要反对的文艺界的主要倾向是什么？他说是一种"非政治倾向"，因此他批评了《芳草天涯》而赞扬了《清明前后》。王戎对于这样的回答不同意，他说：

"我觉得现实主义艺术不必强调所谓政治倾向，因为它强调作者的主观精神紧紧地和客观事物溶解在一起，通过典型的事件和典型人物，真实的感受，真实的表现，自然而然在作品里会得到真实正确的结论。"

由于受到荃麟先生的非难，王戎在他的第二篇文章里作了更多的说明。他说，承受了五四传统的中国的现实主义，本身已经具有反帝反封建的政治倾向，"没有必要另外再加上所谓党派性与阶级性的政治倾向的理论"。他又说，现实主义本身就要求作家和人民大众在一起，但仅仅有明确的政治倾向和立场还不可能使作家和人民大众结合，"必须要求作家战斗意志的燃烧和情绪的饱满，这也就是所谓作家的主观精神"。这样的主观精神从何而来呢？他说，"那必须要

关于现实主义

依靠思想力的推动和引导。所谓思想力，包含有科学的观念和正确的立场以及社会学的，历史学的科学和正确的理论。但是，更重要的是作家必须根据这些，在实际生活中进行搏斗和冲激……使这种思想变化为一种力量"。所以，他还是认为"应该强讽主观精神和客观事物的紧密的结合"。

问题正在这里，是不是今天只是继续强调现实主义就够了，用不着再提旁的什么？是不是现实主义的中心内容就在"主观精神与客观事物的结合"？

抗战中间，延安和重庆都曾提出过文艺上的民族形式问题。当时两地都有些人也是用"只是强调现实主义就够了"这种说法把它打了回去。当时我自己也是这种说法的赞成者之一。然而问题仍然存在着。既然五四运动以来中国新文艺的主流就是现实主义了，而且后来更是"包含有明确的政治倾向的现实主义了，为什么新文艺的群众圈子还是这样小？"为什么连这个小的圈子里也有不满足的感觉，甚至有的人觉得这也不是现实主义的作品那也不是现实主义的作品呢？症结到底在哪里。

假若我们根据王戎的说法来分析，则症结在于"主观精神"与"客观事物"还没有"紧密结合"，而它们之没有紧紧结合，又由于"主观精神"还没有燃烧，而主观精神之没有燃烧，又由于思想力的贫弱，而思想力之贫弱又由于作家没有在实际生活中"进行搏斗和冲激"。粗粗一看，这也的确自成系列。但是，假若我们再追问下去：为什么有些作家没有在实际生活中"进行搏斗和冲激"呢？难道这是先天地被决定了，有的人生而就是"搏斗家"和"冲激家"，有的人生而就不是吗？假如不是先天决定，大家都还大可努力，那又到底怎样来解决这个问题？从何着手？难道就是喊口号似的，或者作诗似地叫着"搏斗啊！冲激啊！"就解决了吗？这样一来，王戎的说法就有些使我们茫然起来了。

其实，凡是在现社会里活着的人，未有不是在进行着搏斗和冲激的。地主压榨着农民的劳作物，那就是地主的搏斗和冲激。商人在市场上竞争角逐，孳孳为利，那就是商人的搏斗和冲激。即使是厌世家吧，逃避现实者吧，只要他还没有自杀，而又逃不到另外一个躺在床上什么事不做也不至于饿死的世界上去，他也仍然在进行着搏斗和冲激，而厌世或逃避现实不过是他的搏斗和冲激的一种形式。至于作品，是法西斯文艺也好，为艺术而艺术的文艺也好，也未有不是主观精神与客观事物相结合着？难道世界上还有这样的文艺作品，或者其中居然没有了作者的主观精神，或者其中竟是看不见客观事物，或者两者虽有，但是互不相干吗？至于一般的资产阶级作家和小资产阶级作家的有名作品，那更是结合得很紧而又紧的，所以他们才能打动我们，抓住我们，一方面在对于旧社会的不满或反抗上起了积极的教育作用，另一方面又顽强有力的灌输了我们一些资产阶级和小资产阶级观点。难道这样的作品就是我们所要求的现实主义的范例和标准吗？

　　而且更重要的,到底今天这大半个旧中国的文艺上的中心问题在哪里？是不是就是在于革命的作家缺少革命的搏斗和冲激,与他们的革命的主观精神还没有与客观事物紧紧地结合？

　　那位同志说,今天这大半个旧中国所要反对的文艺上的一主要倾向是"非政治性倾向"。然而我们并不能把他的意思引申为他只要政治倾向而不要文艺性,尤其不能把政治倾向理解为"加上一些哲学表白和社会学名词"。关于"非政治倾向"他本来就有这样一个说明,"这是常识的说法,当然它根本上还是一种政治倾向"。世界上既然找不出没有政治倾向的作家,也就找不出没有政治倾向的作品,问题在他是什么政治倾向,以及他是否自觉而已。所以,假若我们的理解不错,那位同志所说的政治乃是指今天的人民群众的政治,也可以说是人民群众的要求,所谓"非政治倾向"乃是指有些作者不去反映人民群众的要求,不去解决人民群众的问题,不去为他们战斗,不去为他们服务,而去写些与广大群众无关的"日常琐事",而去宣传一些清楚的或不清楚的非人民的非科学的观点。

　　为人民群众尽了多少力,还可能增强多少,如何增强,这才是今天这大半个旧中国的文艺上的中心问题。检讨过去,规划未来,这都是最高的最科学的标准。对于过去和今天我们有所肯定,那应该是广泛的肯定,并不是只有某几个作家为中国人民尽了力,而是众多的作家在不同的程度上都有功劳,这才合乎历史事实。对于今天和未来我们有所批评和要求,那也应该是广泛的批评和要求。因为这也是事实,中国的人民的痛苦和要求在文艺上还反映很不够广,很不够深,而新文艺所能达到的群众圈子也还很不够大。在过去,或由于历史条件的限制,或由于客观环境的压迫,这大半个旧中国的作家还不可能更密切地与人民群众结合。但在今后,这个旧中国也是要变化的,而文艺与群众结合又已经在中国一些民主地区成为一种思想上与实际行动上的巨大运动,则新文艺如何首先在内容上其次在形式上更适合广大群众的要求就是一个异常重要的问题了。

　　五四以来的现实主义,王戎说它具有反帝反封建的政治倾向,这是不错的。但假若这是指比较广泛的现实主义,则其反帝反封建就有彻底与不彻底的差别,即是说也仍然是阶级立场的差别。那么这就不是一个有没有"必要"加上的问题,而是一个事实。王戎又说,作家要和人民大众结合,仅有着明确的政治倾向和立场是不够的,也不可能的。这也需要加以分析。仅仅有了进步的政治倾向自然还不就等于与人民大众完全的密切的结合,但难道不是与人民结合的第一步,而且是不可少的第一步吗？至于人民大众或者无产阶级的立场的获得,王戎似乎以为很容易,其实是并不是这样的。自以为有这种立场那是容易的,某些时候在某些问题上有这种立场那也是比较容易的,要真正一贯地明确地有着这种立场，那就不容易了。那要经过长期的思想上的教育与行动上的实践。倒是王戎所强调的"主观精神的燃烧"，"搏斗和冲激"，那不但是不够的，而且有时可能是与人民大众相反的。革命的历史证明过，自以为是站在无产阶级立场上的革命家，仅仅凭着主观精神的燃烧与搏斗，曾经给无产阶级事业带来很大的损害。革命的文学历史又证明过，自以为是站在人民大众的立场上的作家，仅仅凭着主观精神的燃烧与搏斗，曾经发展到与人民大众对立起来。

所以，我认为今天的现实主义要向前发展，并不是简单地强调现实主义就够了，必须提出新的明确的方向，必须提出新的具体的内容。而这方向与内容也并不是简单地强调什么"主观精神与客观事物紧密的结合"，而是必须强调艺术应该与人民群众相结合，首先是在内容上更广阔，更深入地反映人民的要求，并尽可能合乎人民的观点，科学的观点，其次是在形式上更中国化，更丰富，从高级到低级，从新的到旧的，都一律加以适当的承认，改造或提高，把艺术的群众圈子十倍地以至百倍地扩大开来。

要达到这样的目的，我们的思想首先要来一个改变。我们要对于自己是否已经获得了人民大众的立场、观点和方法加以反省，我们才可能虚心地到人民大众中去学习。我们要对于自己的艺术作品与艺术思想是否已经完全符合人民大众的要求和利益加以反省，我们才可能使自己的作品更群众化，使自己的理论更科学。

所以首先应该强调的并不是什么"主观精神与客观事物结合"，也不是什么"搏斗"和"冲激"。王戎也许会这样辩解，他所用的那一套文学的字眼，"燃烧"、"拥抱"、"搏斗"，等等，所要表达的意思不过是强调我们普通所说理论与实践结合的重要，尤其是实践的重要。但是，这样的辩解也是徒然的。

为什么革命队伍（革命作家在内）里面有理论与实践还不一致，或实践不足的现象呢？难道他们的进步政治倾向，他们对于进步理论一定的认识与坚持，都是虚伪的吗？不是的，由于社会的压迫，虽说他并不是出身于劳动人民，却与劳动人民处于相同的命运，他们才"左"倾，才在劳动人民的事业中来找他们的出路。这是真实而又真实，并不是虚伪。但是，他们或者由于看到人民的敌人还是如此强大，看到人民解放的事业是如此长期，何此残酷，或者由于尚未能深刻认识人民的力量，经常参加人民的斗争，从之得到锻炼和改造，于是原有的阶级出身给予它们的摇摆性、脆弱性就在一定的时候显现出来了。这自然也是真实而又真实，但是并不能就简单地根据这一面去否定其革命的一面。而且我们应该有充分的信心相信他们（其实应该说我们）是可以克服其弱点，更加革命化，也就是更加工农化的，只要经过比较长期的思想上的教育与行动上的实践。如果只是抽象地强调什么"主观精神"，什么"搏斗"和"冲激"，那是一点也不能解决问题的。

又是思想上教育,又是行动上实践,到底那一个重要呢?那要看在什么具体情况之下。一般地说,虽然理论都是从实践中来的,但在解决具体的实际的问题的时候又总是首先要具体地从思想上解决。所以延安的整风运动首先是搞通思想,然后是到实际工作中去锻炼,然后是不断地反复地从思想与实践两者来贯彻。只是抽象地强调实践的重要,也还是不能解决问题的,正如只是抽象地强调理论的重要并不能解决问题一样。

二、从创作过程说到对于《清明前后》的估价

虽说实际的现实主义的文学作品都是具体的,就是说,在这些作品中仍然表现了作者们的不同的阶级立场,但把现实主义作为文艺的创作方法,当然还是可以从它找出一些共同的规律来。"除了细节底真实之外还要正确地表现出典型环境中的典型性格",是一个规律。作品的主题应该从生活得来,而且是经过了作者自己的感动的,也是一个规律。高尔基在解释什么是主题时,曾经用一种文学的语言说过这类意思的话。

但是整个战斗,整个人民的事业,还有这样一个极其重要的规律,就是必须发动千百万群众来参加这战斗,这事业才能发展,才能完成。所以为群众,如何为法,也就要提到文艺界的面前来,成为今天议事日程上的最中心的问题,也同时是讨论问题的最高原则。

关于主题的规律也好,或者旁的什么规律也好,都不能离开这个原则来孤立地应用。

以应用于写作为例:我们从生活中得到了一个主题,也经过了一定程度的感动,只是还生活得不够,感动也不够,然而这是与当前广大群众有关的问题和要求。同时又有另外一个主题,那是生活得更充分的,也感动得更深沉的,然而这与广大群众没有什么关系。我们到底应写哪一个呢?前者还是后者?

默涵同志曾在一篇短文里提出与这相类似的问题,他说应该写前者。并且还提了一个积极的补充;假如还不够熟悉,你就去熟悉它。徐迟先生不同意。他问道:"哪一个伟大的作家是为题材而去生活?谁是仅仅为了题材的缘故,而熟悉仅仅与题材有关的生活的?"假如我是默涵同志,我可以这样回答:"好徐迟先生呵,我并没有主张仅仅为了找题材而去生活呀。我是说,我们从生活中得到了一个有意义的题材,只是还不够熟悉,所以我主张去更熟悉。不够熟悉并不等于根本还没有影子呀。而且,就是我们为了反映某一种与广大人民有关的新的现实而去生活,又有什么不可以呢?为什么一定是仅仅为了题材而去生活呢?为什么一定是去生活那仅仅与题材有关的生活呢?既严肃地认真地而且广阔地生

活，又找到了题材，难道就不可能吗？哪一个伟大的作家这样干过？古来的作家是有过的，如左拉。他也许还不伟大，至于托尔斯泰，该大家都通得过了吧，不是听说他为了写《战争与和平》，读了很多与他写的时代有关系的书籍吗？难道只许写历史小说的他去熟悉历史，却不准写今天的生活的我们去熟悉今天的生活吗？至于今天的作家是否有这样干的，那更多得很。苏联的战后的作品很多都是这样产生出来的。这与其说是今天之作家劣于古之作家的地方，还不如说这是今之作家优于古之作家的地方吧。因为这正是热爱人民群众的具体表现，这正是以火焰般的热情去关怀人民的具体实践。"

徐迟先生还把这问题提到创作过程的规律上来。他说：应该从"愿意"出发，不应该从"应该"出发，而且他把《芳草天涯》作为前者的例子，把《清明前后》作为后者的例子。

这就应用到批评了徐迟先生在旁的问题上不同意王戎，但在对于《清明前后》的创作过程的估计上，虽说程度不同，意见却颇为相似。徐迟先生说："茅盾先生是认为他应该写这个戏而写了《清明前后》。他并不是全部愿意的，因为他知道在细节特殊上，他还没有全盘抓紧。"王戎说："我们所要表现的民主，一定是从实际生活斗争中的呼声和要求以及争取的目标，决不应该是用来勉强凑合事实的空洞口号。"而《清明前后》中作者的表现和呼喊却"不是生动而感人的，是失去了生活基础的抽象概念"。

先一般地来讨论一下"愿意"与"应该"，"生活"与"概念"。我们的创作过程是否就这样干脆地可以分为两类，不是从"愿意"与"生活"（或者"搏斗"）出发，就是从"应该"与"概念"出发？我觉得并不这样简单。近于两种极端的例子当然也有，但一般的情形恐怕还是这样：生活供给我们以题材，然后我们以思想去衡量，判断，组织，然后我们去开始写，而就在写的过程中我们也是不断地交错地依靠着我们的生活经历与思想认识，并不是简单地只是"愿意"与"搏斗"，或者只是"应该"与"概念"。至于写作时的激动，努力，不管叫它"战斗意志燃烧"也好，叫它"搏斗与冲激"也好，并不是什么神秘的现象，也仍然主要是来源于我们的生活经历与思想认识。"应该"与"愿意"并不是两个冤家，硬是不能见面。相反地，假若我们真是深深地觉得"应该"的时候，那我们也就"愿意"了。徐迟先生自己也说："我们从愿意出发，到达应该。"为什么就不可以从应该出发，到达愿意呢？至于生活与对于生活的认识，那更如形影之不可分。只有生活，没有认识，我们还写个啥子，"搏斗"个啥子呵！

至于具体地说到《清明前后》，我却感到，批评者们呵，你们为什么这样武断？根据什么，我们可以判决茅盾先生写《清明前后》只是为了认为"应该"写而写，并不是由于真心真意地愿意写而写？根据某些细节还写得不够逼真，不够细腻？那么难道你对我讲你的爱人时对于她的眉毛，眼睛还描写得不栩栩如生，我就可以判断你对她的爱情是虚伪的吗？不是"实际生活斗争呼声"，"不是生动而感人的"只是"勉强凑合事实的空洞口号"，只是"失去了生活基础的抽象概念"，又根据什么？根据你个人的印象和看法吗，还是根据群众中的反映和效果？它把一般观众吸引住了，又把工业家们推动起来了，难道仅仅是空洞口号或抽象概念就做得到吗？批评也好，理论也好，难道就有这样的特权，既可以随便派定作者的心理状态，又可以完全无视于广大群众的意见吗？

我并不是说《清明前后》毫无缺点，茅盾先生在自己的"后记"里也谦逊地说到了，这是他第一次写戏剧。全剧还写得不够集中，某些人物，某些场面还写得不够突出，最后部分的紧张的呼喊也过多一些，等等，这些都可以说是缺点。但是，这又何损于它在一个重要的关头，恰当其时地喊出了广大人民的呼声呢？在两个话剧的座谈会上，还有一位同志提到了鲁迅先生的《三月的租界》。这篇文章的确是值得我们再翻出来看一下的。……假若现实主义的门竟是那样狭窄，这个进步作家的作品也进不去，那个进步作家的作品也进不去，连《清明前后》这样的作品也被关在门外，则那到底是什么样的"现实主义"呢？也许"现实主义"是抱住了，但"革命"却在哪里呢？

三、批评一个作品是否可以从政治性与艺术性这两方面来考察

又是政治性，又是艺术性，有的朋友觉得这样的说法"使人听了觉得反而不明了起来"。画室的《题外的话》中就有这样的话。其实我觉得关于这个问题毛泽东同志《在延安文艺座谈会上的讲话》中已经讲得很清楚了。但既然有的朋友仍觉会使人听了不明了，我们也不妨讨论一下。

画室设问道："什么是先生所说的政治性？""什么是艺术性？"他说，"只要一连反问三次，恐怕说的人也会不知所答吧。"我是赞成这样的人，所以就试来回答一下。

艺术作品都是一定的社会生活在作者的头脑中反映的产物。既然这种生活的反映是通过了人的头脑的，而在现在的世界上，任何人都有他的阶级性，他的政治性，则他的作品就必然也有一定的阶级性，一定的政治性。就是"为艺术而艺术"也吧，逃避现实也吧，那不但不是超阶级，超政治的，恰正是这样的作家与这样的作品的阶级性与政治性的具体表现。问题在我们主张的政治是为人民大众求解放的政治，因而我们对于文艺作品所要求的政治性就不是一般的，而是一种特定的，有利于或有助于人民大众解放事业的政治性，因而这政治性就有好坏之分，高低之分了。

其次，既然这种反映又是以一种艺术的手段即所谓活生生的形象的方法来

表现，那么任何艺术作品又必然有它的艺术性。问题在艺术一方面有它的群众性，一方面又有它的专门性，即虽说人人都可以用艺术的手段来表达他的思想情感，但熟练的程度各不同，到达的程度也各不同，因而这艺术性就有好坏之分，高低之分了。

这是不是越说越"不明了起来"或"越见空虚起来"呢？我觉得不是的。我觉得这正是画室先生所主张的"具体的分析的看法"。

画室又设问道："在具体的文艺作品，离开'艺术性'的'政治性'，到底是什么东西呢？既然发生'政治性'的效果，为什么又没有'艺术性'呢？""是的，就有虽然没有政治性，但艺术性很高的作品，但那是怎样的艺术呢？果真没有'政治性'么？"

对，没有那样的作品，它只有政治性没有艺术性。也没有那样的作品，它只有艺术性没有政治性。难道居然有人说过有这样的作品吗？我不知道有谁这样说过。假若有，我和画室一样反对。

但是，这样的作品却是有的：一、进步的政治性较高而艺术性较低。二、艺术性较高而进步的政治性较低。这两种都颇为普遍。还有，这样的作品也是有的。三、有一定的进步的政治性但艺术性很坏，这是所谓公式主义的作品。四，有一定的艺术性但政治性很坏，这是所谓反动的作品。

这样的分析又有什么不妥当呢？我们并不停止于这样的分析，我们还要综合起来看的。这也就有了"统一的看法"了。政治标准第一，艺术标准第二，因此对于上面所说的第一类作品我们应该加以衷心的欢迎，并不因为它还有艺术上的缺点而抹杀它，冷淡它，压低它；对于第二类作品我们也可以容纳，但必须严正的批评其政治性上的弱点；对于第三类作品我们不赞成，因为它没有艺术的力量，也就是达不到政治上的目的；但对于第四类的作品则尤其是要反对，因为它有毒害，它的一定的艺术性不过是毒草的糖衣。

当然，在这四类之外，我们也还要求更高的，更合乎理想的作品，即进步的政治性与艺术性都较高或很高的作品，这是我们努力的目标。但是，当我们还没有这样的作品或很少有这样的作品的时候，对于现存的作品我们是采取一律抹杀的态度吗？还是采取科学的分析的态度，给以不同程度的承认，或者给以不同的反对，或者给以不同程度的肯定同时也给以不同程度的批评呢？这是一个很现实的问题。

画室所主张的那种统一的说法，看它的社会价值如何，我也并不反对。但是，我们从什么地方去判断一个作品的社会价值的高低呢？假若要进行具体的分析，又为什么不可以从两个方面来考察，先看它的政治内容的正确或错误的程度如何，再看它的艺术手段对于这种内容的表达或完成的程度如何，然后去得到一个综合的判断呢？

而且，说一个作品有社会价值就一定有艺术性那还说得通，因为世界上找不出没有艺术性的艺术作品。但说一个作品没有社会价值就一定毫无艺术性，那就有些困难了。过去也好，现在也好，都有着那种社会价值很小以至近于没有的作品。对于这样的作品干脆否认它是艺术痛快自然是痛快的，但是，是不是很科学的说法呢？它们的作者也可以问："先生，你所说的艺术到底是什么呢？它异于社会科学的论文的地方到底是什么呢？你们不是说在于形象性吗？为什么我这个形象地表现了我的思想感情的作品就不是艺术呢？"是的，我们应该承认它是艺术，但这是没有什么意思的艺术，即坏的或较坏的艺术。就是对于有反动内容的作品我们也不妨承认它是艺术，不过这是反动的艺术，即更坏的或很坏的艺术。正如我们用感情的说法，文学的说法，可以说某些人不是人，是野兽，难道他们真的就在生物学上也不是人了吗？

其实批评一个作品，从政治性与艺术性两方面来考察，而且政治标准第一，艺术标准第二，无产阶级的艺术理论的最初建立人也就是这样进行着批评的。马克思与恩格斯给拉萨尔的信就是一个显著的例子。对于拉萨尔的诗剧《佛朗茨·封·西金根》，马克思一方面在艺术方法上批评它还不够莎士比亚化；但另一方面，更重要的是批评它的政治内容，责备作者不应该把一个反动阶级代表写成了反抗英雄。恩格斯也一样，而且当他指出了一些艺术上的缺点之后，他更明确的声明："不过这些都是次要的问题。"当他继续写下去，又接触到一些艺术上的问题时，他又赶快的声明："但是我又回到次要的问题上来了。"什么是首要的问题呢？那就是他在后面所说的，作者没有看出他所写的主人公的"命运中的真正的悲剧"，这个贵族阶级的主人公不可能实现"历史的必然的要求"，不可能领导起市民尤其是农民来进行革命。我们往往容易只注意到马克思和恩格斯的关于艺术方法问题的结论，"正确的表现出典型环境中的典型性格"，"不应当为了思想而忘掉现实，为了席勒而忘掉莎士比亚"，甚至连据说是在稿纸边上加上的一句字迹模糊，不能辨认清楚，仅大致可读的话也没有忘记。"作者的意见愈隐晦，对于艺术作品就愈加好些"（其芳注：以上均根据曹葆华等人的译文及附注，黑点都是我加的），然而却忽视了他们的著作的精神与实质，忽视了他们对待问题的立场与方法，忽视了他们的文艺批评的政治标准第一的精神与阶级分析的方法。其实在不同的条件之下，个别的结论倒是可以发展的，而他们的理论的精神与实质即立场、观点和方法却是最可宝贵与最应该学习的地方。

毛泽东同志在讲文艺批评的标准问题，把马克思、恩格斯的这种精神和方法更发展了，更系统化了。然而这还是一个次要的问题。毛泽东同志对于无产阶级的艺术理论的最大的发展与最大的贡献乃在于那样明确地，系统地提出了艺术群众化的新方向，与从根本上建立艺术工作者的新的人生观。从这以后，我们才知道无论什么好的事物，艺术也好，五四以来的新文艺也好，左翼文艺也好，现实主义也好，假若它不能和人民群众结合，假若它不能与人民群众及其实际斗争的需要相符合，它就不但不能发展，而且还可能形成宗派主义的倾向。

　　以上是我对于最近两个月来《新华副刊》文艺版上所发表的几位作者的文章的主要意见。由于篇幅的限制，我只接触到几个我所不赞同的论点，至于我所赞同的论点，却没有能够一一提到。因为这些意见的基本论点并不是由于读了这几位作者的文章才有的，而且产生于自己有过一段沉痛的文艺工作与文艺教育工作的错误经历，于是就情不自禁地写得颇为直率。客观事物是复杂而又曲折，不易了解全面与把握规律，所以我从过去的错误中所得到的认识，是否就完全对了，也还是值得讨论的，盼望读者们尽量给我以指责和批评！

一九四六年二月九日到十日

选自《关于现实主义》，新文艺出版社 1954 年 3 月版

论主观问题

邵荃麟

一　前　言

关于主观问题的讨论，事实上三年前已经开始了。一九四五年"希望"第一期上发表了胡风先生的"置身于民主斗争之中"和舒芜先生的"论主观"两篇论文，把他们对于主观问题的见解作了较有系统的说明，实际上也就等于"希望"社对文艺运动提出的宣言。以后"希望"及"呼吸"各期中，均有论文继续发挥这一理论。当时在重庆好几次文艺座谈会中，以及这年年底重庆所举行的文艺漫谈会中，均讨论到这个问题，不过当时这些口头的讨论一直没有得到结论。复员以后，除了渝蓉方面仍有继续讨论外，在上海这些讨论是停顿下来了。但是这些理论本身仍然在发展下去，而且显出一种宗派主义的倾向了。

讨论的中心，是在对于主观问题如何理解，以及如何才能发扬文艺上的创造力量。在这些问题上，我们的见解是和主观论者基本地不同的。然而他们却处处以马列主义与毛泽东文艺思想者自命，因而引起了读者不少的误解，在这一点上，我们是有责任予以澄清的。

今年春天，本刊第一、二期上均提出了这些问题，希望大家来展开讨论，以期由相互批评，弄清问题来加强文艺思想上的团结。我们也得到了一些朋友和读者宝贵的意见，但是从主观论者所得到的答复，却是"泥土"六期和"歌唱"上一些无原则的诬蔑和谩骂，甚至把"海外好汉"、"地理因素"以至"革命的血为谁而流"这些话都编派为我们的罪名，这实在是无聊近于愚蠢。我们断然不能容许把思想斗争引导到无原则的喧骂中去。我们应该从原则上以说理的态度来澄清思想的混乱，从统一战线的立场上来进行思想斗争，以期达到文艺思想上的加强团结，这是我们应有的态度。同时，对于马列主义与毛泽东文艺思想的曲解，我们是不能不予以纠正的。本文的目的，即是要说明马列主义与毛泽东的文艺思想和他们这些理论的基本区别，从而说明我们对于主观问题的见解。

二　主观论者的哲学上的错误

"希望"第一期上，舒芜先生"论主观"一文，可以说是建立了主观论者理论的哲学基础。舒芜先生把他这套理论自称为"约瑟夫阶段的新哲学"，胡风先生在

"后记"里也说:这是"一个使中华民族求新生的斗争会受到影响的问题"。可见这论文在他们是何等的重要,而提出又是何等郑重。但是就在这篇论文里,我们看到了主观论者对于马克思主义基本理论是作了多么可惊的曲解,和对于约瑟夫·斯大林作了多么大胆的诬蔑。舒芜先生一开始就说:

今天的新哲学,除了其全部基本原则当然仍旧不变外,"主观"这一范畴,已经被空前提高到最主要的决定地位了。

任何一个稍有哲学常识的人,都能看出这句话是无法成立的。因为马克思唯物论哲学的最基本原则,就是"存在决定意识",舒芜先生既然把"主观"提高到了"最主要的决定地位",那么这个原则首先就被否定,还有什么"其全部基本原则当然仍旧不变"呢?还有什么马克思的哲学呢?

斯大林所撰"联共(布)党史"第四章总可以被认为是哲学思想在斯大林阶段的结晶的表现。既然舒芜先生自称并不是宣讲他自己的哲学思想,而是约瑟夫阶段的哲学思想,那么请读一下"联共(布)党史"第四章应该是有益的。在那里面,斯大林扼要地提出了"马克思主义哲学唯物主义底基本特征",不妨在此把原文摘录如下:

(一)……马克思底哲学唯物主义……认为:世界按其本质说来是物质的……世界是按物质运动规律发展着,而并不需要什么"宇宙精神"。……

(二)……马克思主义的哲学唯物主义……认为:物质,自然界或存在,是在意识以外,不依赖于意识而存在着的客观现实;物质是第一性的现象,因为它是感觉,观念或意识底来源;而意识是第二性的现象,从生的现象,因为它是物质底反映,存在底反映……

(三)……马克思主义的哲学唯物主义……认为:世界及其规律完全可能认识,我们对于自然界规律的那些已由经验和实践考验过的知识是具有客观真理意义的确实知识……

斯大林就是这样地解释了唯物论哲学,由此可见,所谓"主观"这一范畴在"约瑟夫阶段的哲学思想"中"已被空前提高到最主要的决定地位",不过是舒芜先生所编造出来的谎话而已。在马克思主义的唯物论哲学思想中占着"最主要的决定地位"的是什么呢?不是别的,乃是承认"世界的本质是物质的"这一观点,这一观点如同斯大林所说,是与那"认为世界是'绝对观念','宇宙精神','意识'底体现"的唯心论观点恰恰相反的。按照马克思主义的哲学,宇宙的发展,本质上正是物质的规律性的自己的运动,在这里是用不着任何"宇宙精神"参与其间的。但是按照舒芜先生所歪曲了的"马克思主义思想","主观"却被"提高到最主要的决定地位"，因此在他的文章中就自然出现了"大宇宙的本性——生生不已的'天心'"这类的说法了。

在哲学唯物论思想中，是怎样处理人的主观作用呢？上举的三个基本特征中的二三点已说得很明白。那是一方面确认主观意识是由客观所决定，为物质之反映，另一方面又确认人类能够认识客观世界，并且通过实践来加深和验证我们的认识。主观的能动性基本上是表现于这种认识与实践的能力上。舒芜先生及其他主观论者努力片面地强调主观的作用，却从来不提到，主观作用的基础乃是对客观事物的认识，却宁愿抽象地空谈"主观的能动性"，这就使他们一往不返地坠入唯心论的泥沼。

如果要具体地讨论主观的能动作用，就势必要接触历史唯物论的理论。斯大林正是在说明历史唯物论时展开了对主观作用问题的讨论。因为只有在社会历史的研究中才能看出，人类的主观在社会历史过程中怎样起作用于客观界，而在人类能够充分把握客观的发展规律时，就能够发挥最强的主观作用。当历史发展到斯大林的时期，新兴的无产阶级已经掌握着关于自然与社会历史的正确理论，这种理论具有改造世界改造历史的巨大作用，已在反复的普遍的实践中受过了充分的考验。拥有这样的理论的无产阶级就有能力来做《历史的主人》以至做《世界的主人》。所以斯大林在说明历史唯物论时，特别强调，"把哲学唯物主义原理……应用到无产阶级党底实际活动上去，该有如何巨大的意义"。

历史唯物论固然是哲学唯物论的论点的扩展（扩展到社会生活的研究上、社会历史的研究上），但很明白的，并不是简单地把哲学唯物论的观点演绎一下就行的。舒芜先生既把主观作用的强调当做哲学思想的基本内容，以致完全离开了哲学唯物论的立场；又把他的这种哲学见解直接引申到社会历史问题上，完全不顾历史唯物论中的具体规律，于是他的思想就搞得混乱不堪。

试看舒芜先生是怎样地解释历史的，他说："人类的斗争历史始终以发扬主观作用为武器，并以实现主观作用为目的的。详言之，人类并不是用自然生命力或社会势力来斗争，而是用真正主观作用来斗争，也并不是为了社会本身或自然生命而斗争，而是为了那比自然生命本质上更高并且中间就有机的统一了社会因素的主观作用之真正充分实现而斗争的。"在这里，马克思唯物主义中关于生产力与生产关系的矛盾与发展的学说，完全被抹煞了，"作为历史动力的"变成"主观与客观的矛盾"了，人类的历史变成了一部主观作用的历史了。舒芜先生并把以经济关系为区别的、从原始共产主义社会到阶级社会到共产主义社会的过程，曲解为主客观相合致的第一阶段、主客观矛盾展开的第二阶段，和主观作用征服了客观的第三阶段，这和约瑟夫·斯大林的哲学有什么相干呢？约瑟夫·斯大林明明白白告诉我们："社会发展史首先便是生产发展史，数千百年来新陈代谢的生产方式发展史,生产力和人们生产关系发展史。"他还特别关照我们,"研究社会历史规律的关键,并不是要到人们底头脑中,到社会底观点和思想中去探求,而是要到社会在每个一定历史时期所采取的生产方式中,即要到社会底经济中去探求。"甚至还指出:"空想派——包括民粹主义者、无政府主义者、社会革命党人在内——陷于覆亡的原因之一,就是他们不承认社会物质生活条件在社会发展过程中的首要作用,而陷入了唯心主义……"可是舒芜先生和其他主观论者却正是忽略这个社会物质生活条件的首要作用,违反了斯大林所告诉我们的话,而去建立相反的理论,而又偏偏要在这样一种理论上挂上了约瑟夫的招牌,这是何苦来呢?

这是用不着解释的,历史唯物论是以"存在决定意识"这一命题为基本原则的。只有在这基本原则之上,才能正确地解释主观作用在社会历史中的作用,也就是社会意识形态,对于社会物质生活的作用。社会意识形态的最具体的表现就是社会思想和理论、政治观点等等。斯大林在处理这问题时首先指出,各种不同的社会思想和理论在社会历史发展中有各种不同的意义和作用,"它们愈是确切反映着社会物质生活发展底需要,便能获得愈加巨大的意义"。接着斯大林更给以阐明说:

> 新的社会思想和理论,只有当社会物质生活发展已在社会面前提出新的任务时,才会产生出来。可是,它们既已产生出来,便会成为最严重的力量,能促进解决社会物质生活发展过程所提出的新任务,能促进社会前进。在这里也就表现出新的思想、新的理论、新的政治观点和新的政治制度所具有的那种伟大的组织的、动员的和改造的意义,新的社会思想和理论所以产生出来,正是因为它们为社会所必需,因为若没有它们那种组织的、动员的和改造的工作,便无法解决社会物质生活发展过程中已经成熟的任务。新的社会思想和理论既已在社会物质生活发展过程所提出的那些新任务基础上产生出来,便为自己开拓道路,深入民众意识,动员民众,组织民众去反对社会上衰颓着的势力,因而便利着推翻社会上正在衰颓而阻碍社会物质生活发展的势力。

而在另一节里,又说:

> ……在新生产力与旧生产关系互相冲突的基础上,在社会底新经济需要的基础上产生出来的社会思想,新的思想组织和动员群众,群众团结成为新的政治军队,建立起新的革命政权,并运用这个政权去用强力消灭生产关

系方面的旧秩序而奠定新秩序。于是,自发的发展过程就让位于人们自觉的活动,和平的发展就让位于强力的变革,进化就让位于革命。

这就是斯大林对主观与客观关系的认识,而根据于这个认识,他才能掌握到新的思想与理论,去组织起强大的无产阶级的军队。"马克思列宁主义之所以强而有力和生气勃勃,就是因为它凭借于正确反映着社会物质生活发展需要的先进理论,把这个理论提到它所应有的高度,并努力来彻底利用这个理论所有的动员的、组织的和改造的力量。"

历史唯物主义就是这样来解决社会存在和社会意识间,社会物质生活发展条件和社会精神生活发展间相互关系问题的。

这解释难道还不清清楚楚吗? 马克思和斯大林确是充分地强调了主观对于历史的作用的,而这种强调和那些唯心主义者或尼采主义者的强调主观有什么相同之处呢? 这里,我们还可以进一步指出下列两点基本差别:

第一,按照马克思主义的历史唯物论,我们是要从社会物质生活来说明社会的思想意识。在物质生活中出现了阶级的分化,在思想意识中也就不能不表现着阶级的分化。用斯大林的说法,就是:"有各种各样的社会思想和理论。有旧的思想和理论,它们是已经衰颓,并为社会上那些衰颓着的势力底利益服务的东西。它们的作用就是阻碍社会发展,阻碍社会前进。同时又有新的先进的思想和理论,它们是为社会上的先进势力利益服务的东西。它们的作用就是促进社会发展,促进社会前进。"但是照舒芜的看法,却不是以社会物质生活来说明社会的思想意识,却玄学地提出"主观作用的本性",并且断定"在一般的意义上,主观作用总是站在进步的一面"。当他不得不承认在事实上有着进步的主观,也有着倒退反动的主观时,他就说,这是因为有的主观符合于"本性",有的主观不符合于"本性"的缘故。

第二,按照马克思主义的历史唯物论,我们就能看出,最强有力的主观作用一定是凭借着掌握在最先进的阶级手里的革命的科学理论。因为这种理论能够正确地反映客观现实及其发展规律,能够正确地解决社会物质生活所提出来的问题和任务。因此我们要发挥主观的能动力量,就必须凭借这种思想力量,把它提到应有的高度,去促进社会的变革。但是照舒芜先生的看法,最强的主观作用就是最符合于人类的主观的本性的,因此要发挥主观作用就是要充分发挥这本性。

由此可见,舒芜先生所发挥的理论是彻头彻尾的主观主义、唯心论,与马列主义是丝毫不相干的。

这样说，是不是冤屈了主观论者的先生们呢？此地只举舒芜先生对"主观"所作的一个解释为例：

> 所谓"主观"，是一种物质性的作用，而只为人类所具有。它的性质，是能动而非被动的，是变革而非保守的，是创造而非因循的，是役物而非役于物的，是为了同类的生存而非为了灭亡的，简言之，即是一种能动的用变革创造的方式来利用万物以达到保卫生存和发展生存之目的的作用，这就是我们对于"主观"这一范畴的概括的说明。

就从这个说明出发，让我们提出下列二点来讨论吧。

第一，舒芜先生说到主观的性质，"是能动而非被动的，是变革而非保守的，是创造而非因循的，是役物而非役于物的……"他竟是断然地肯定了，主观是支配物质而不受物质支配的。这是什么唯物论的观点呢？自然，任何马列主义者并不否认主观有能动作用，有创造作用，能够加速和促进物质的变革，但是恩格斯不明白说过吗？"经济的关系是最终决定的东西，不管其他政治和意识形态的条件对于它有着怎样的影响。"马恩在《共产党宣言》中更明确地说："人们的观念、观点、概念，简言之，人们的意识，是随着人们的生活条件，人们的社会关系，人们的社会生活改变而改变的，——这点难道需要有什么特别深思才可了解么？思想的历史难道不是证明精神生产随着物质生产的改造而改造么？"这些已经是马克思哲学的基本常识了，舒芜先生难道不知道么？那么为什么要那样大胆地来"修正"它呢？虽然，舒芜先生也许会这样辩解，说他所谓主观，本来就已经包括社会关系的因素在内了，但是这只是诡辩而已，只是混淆了主观与客观的关系而已。

照唯物论的解释，主观既是社会物质生活的产物而又反过来影响于社会，所以它是被动的，又是能动的。主观既是社会物质生活的产物，所以它是有阶级性的。一般地说适应于历史发展法则的上升阶级，它的主观是变革的、创造的；没落的阶级的主观，则是因循的、保守的。除此以外，世界上却并没有超于社会生活、超于阶级的一种主观。自然舒芜先生也不能否认有保守的或反动的主观底事实存在，但是他却撇开了阶级的关系，把它解释为是"违反了主观的本性的东西"，是"主观作用中因妥协而变态的一部分"，舒芜先生看来，仿佛有一种浑然一体的人类主观，而且具有它一定的本性。他并且说："主观作用，在社会现象里找着被屈辱为奴隶而且变了形的它自己的兄弟，它要帮助这可怜的兄弟获得解放，恢复原形，而且联合起来翻转作社会的主人。"前面舒芜先生曾说过：主观乃是自然生命力和社会相化合而变化出来的，这里主观作用又忽然变成自然生命力量的老哥了，这已经是千古奇谈，而更奇怪的是，这主观作用的"自己家庭里，却也潜在着社会因素的势力"，这社会因素势力仿佛是这家庭的一个可怕敌人，所以主观作用"不但为了保卫自己而需得压服此势力，而且为了向客观社会作战，还得驯服此势力以用作战斗武器"。舒芜先生说："这就是作为历史动力的主观作用和客观社会之矛盾的具体情形。"

从舒芜先生这样的理解出发，自然就抹煞了主观的阶级性，他以一种虚玄"本性"，去代替了社会主观的物质基础，因此他把历史上激烈的阶级意识斗争，理解为"一部分主观作用的反其本性，另一部分主观作用保存并发展本性"的关系。照他这解释，今天我们对敌对阶级的思想斗争，例如反法西斯斗争，不过是一种依本性的主观在对因妥协而变态的主观在斗争罢了。这又是什么样的理论呢？

第二，我们应该指出舒芜先生这种"本性论"，是从他生存论的思想而来的。他所谓作为历史动力的主客观的斗争，即是人类求生存的斗争，因此"即是一种能动的用变革创造的方式来制用万物以达到保卫生存和发展生存之目的的作用"。这可以说是他对于主观意义的一句最概括的说明，关于这种思想，他还有更进一步的解释。他以为主观作用，是为要使人类"从这种直接仰赖的状态下离开，反把自然的简单的原体变为更复杂的新的东西，也就是把所需要的而自然中本来没有的创造出来。必需如此，才可以脱离自然的束缚，反而不断战胜自然，以争取无限的生存机会，真正实现了大宇宙的本性——生生不已的'天心'。而当这生命力在全新的基础上被使用之时，亦即人类屹然出现于大宇宙中之日。人类，便是大宇宙的进化的本性之结晶，人类的对于能力的使用，便是大宇宙的进化力之具现"。

在这里，我们找到了舒芜先生所谓"本性"的诠释，"本性"即是所谓"大宇宙之本性——生生不已的'天心'"，也即是所谓"大宇宙进化的本性"，而且所谓人类，也就是这个"大宇宙进化的本性的结晶。"

这种说法，看来似很玄妙，其实所包含的只是一种极其庸俗的思想内容，那就是，用人类求生存的欲望来解释社会历史的发展。抽去了社会的具体过程，抽去了阶级斗争，把人类的历史单纯地解释为保卫和发展生存的斗争，其结果自然是历史离开阶级论而走向类似唯生论的道路上去了。

把生存斗争代替了阶级斗争，我以为这是主观论者的一个中心错误。文艺理论上的许多错误，也是由此而来。例如胡风先生在"冬夜短想"一文中说：

> 希望未来比过去好，希望自己的生活总有变得幸福的一天。这也是卑

微的感情,然而,尽管是卑微的感情吧,人类是靠它繁衍下来,历史是靠它发展下来的,说得夸张一点,一切轰轰烈烈的社会改革的大斗争,也是靠它生发起来的。没有生存的奴隶,被逼成的奴隶到了不能忍受不能生存的时候,也就会爆发出他们底求生的"野性"了。

人类的繁衍、历史的发展和轰轰烈烈的社会大改革,都由于生存之要求,这样,生存要求,就成为历史的中心动力,这和舒芜先生的说法是一致的,也和孙中山先生在批评马克思主义时的观点说"民主"是历史动力是一致的。从这样生存论的观点出发,自然不得不归结到这样的命题,即人的主观作用愈强,或求生存的意志愈强,则争取到的生存机会也愈大;因此主观作用便不能不被提到最主要的决定地位,而社会物质生活条件对于主观的基本决定意义在这里被忽略了。舒芜先生之一切哲学理论,可以说都是为了企图证明这一点。而另一方面从路翎先生的某些小说里,也就反映了这样的一种思想。

本刊第一辑中,我们曾经批判这种思想说:

……他们把问题颠倒过来,把个人主观精神力量看成一种先验的、独立的存在,一种和历史和社会并立的、超越阶级的东西,因此,就把它看成一种创造和征服一切的力量。

于是主观论者的方然先生,就勃然起来驳斥说:这是根本不了解"主观"问题"是怎样在生活实践中提出来,它的内容是怎样的",说"从这里可以看出我们指导家一付先验的尊容与假造圈套的手法"。

那么,请读者对照一下前面所引述主观论者舒芜先生的话吧,请看一看他是怎样首先从哲学上提出主观问题来的? 它的内容是怎样呢? 我们是不是有一点冤枉他呢? 是不是什么"假造圈套的手法"呢?

总之,主观论者所谓"强调主观作用",和斯大林以至一切马列主义者所谓强调主观作用,其意义上并无一致之处的。舒芜先生说:"约瑟夫再三明告我们,当一切重要的客观条件都已被自己掌握时,事业的成功与否就决定于自己的主观作用之强弱。"这说法一般是对的,因为斯大林的意思,分明即是说在社会物质生活发展到了某一程度,已经提出了新的具体任务的基础,那么在执行这个具体新任务的意义上,主观作用是有严重的作用。斯大林有句明言叫做"干部决定一切",也分明是指在某一任务的客观条件已经成熟的条件下而说,这并不是等于说,到了社会主义阶段,主观作用就已经成为决定历史的最基本决定因素,有如舒芜先生所说的:"从此就可以所向无阻向全部自然敌人进军,而这进军,就超越推进历史的意义，且如我们前面所说的，具有推进宇宙的意义了。"很清楚的，主观作用可以决定任务的能否顺利完成，而任务的本身则必然是由客观的条件所决定。例如在今天中国革命形势决定了我们斗争任务，而要完成这任务则需要加强我们阶级的自觉和战士们的主观作用，但是无论如何，客观的条件只能决定我们目前的革命是新民主主义的革命，一切战斗必须服从于这一目标，并不能凭我们自己的主观要求就可以使它立刻进入社会主义革命的阶段（即使在全部胜利之后）。为什么呢？因为进行社会主义革命的物质条件并未具备。同样的，苏联今天的物质条件只能规定它的任务是完成社会主义的建设，而还不能应主观的要求在今天就立即进入共产主义的阶段。这种物质条件就是生产力与生产关系的具体状况，历史的发展不是一条直线，因此也就无所谓"一向无阻"的说法。然而舒芜先生却说客观条件"即使真的不够，也应该而且可以立刻把它创造出来"，这正是他所谓"一向无阻"的注脚，如果照这样说，则革命根本无须迂回曲折，也不会有它的长期性和不平衡性。在这样观念之下，客观的认识，自然就成为无足轻重了。

马克思主义是从历史的认识实践中发展出来的，而列宁、斯大林，毛泽东又把这理论结合于他们时代的客观实践中去发展。因此所谓毛泽东思想就是马克思主义理论与中国革命实践的结合。毛泽东总是要求大家，处理一切问题必须从客观实践出发，要求全面熟悉客观情形与群众需要，要求调查研究，要求实事求是，例如对于文艺问题，他就说："应当从实际出发，不是从定义出发。"这说明马列主义者在一切问题上，总是首先从客观的认识与实践，而达到理论的掌握现实，掌握群众。反之，照主观论者的理解，则主观作用既是最主要的决定因素，在一切问题上，便是首先从主观要求出发，以达到对客观的征服。在哲学上如此，在文艺上也如此。这是我们在思想上两条基本不同的路线，而从这不同的思想路线上产生出对于许多问题的不同见解。

三 关于文艺上主观问题的两种看法

马列主义者，既然是首先从客观实践出发，所以在文艺上，毛泽东就以"为群众"与"如何为群众"作为文艺的两个根本问题。他说："不解决这两个问题，或这两个问题解决得不适当，就会使得我们的文艺工作者和自己的环境、任务不协调，就使得我们的文艺工作者从外部从内部碰到一连串的问题。"（《论文艺问题》）从这个根本问题出发，便提出了为工农兵服务、普及与提高、作家与工农兵结合、向群众学习诸任务，而在解决这些任务的基础上去解决作家的主观问题。

主观论者则是从主观要求出发，所以他们便提出了"主观精神"、"战斗要求"、"人格力量"三个口号，作为文艺的根本问题，认为只有解决了作家的主观上这些问题，才能真正谈到革命文艺的创作实践，否则一切都是虚无党的做戏。正如胡风先生所说：文艺问题，"我觉得已不是一点两点的具体理论问题，而是贯串一切的人生态度"（《给浙大周刊编者信》）；又如在《逆流的日子》序文中说："……首先是整肃自己的队伍，使文艺能成为有武器性的武器。有武器性的武器才能执行血肉的斗争，是血肉的斗争，才能和庞大的人民血肉斗争相汇合。"

这是我们与主观派关于这一问题的基本分歧点。现在我们就从这里来展开讨论吧。

一　对于主观精神的理解

所谓作家的主观精神，在我们看来，并不是什么神秘的东西，就是作家的思想、情感、立场、态度等等的总和。客观的现实既然是通过作家的主观而反映于创作中间，作家的主观作用自然是个重要的问题，所以毛泽东在文艺座谈会的引言中首先提出来的，也即是作家的立场问题、态度问题等等。

但是在主观所包含的诸因素中间，思想意识却是最基本的因素。无论创作态度、政治立场，或是所谓战斗热情、创作要求，就其内容而言，首先都不能不是决定于作家对现实的认识，高尔基说："无论自然科学或艺术文学，在其中起基本作用的是观察、比较和研究。"（《我的文学修养》）这即是包括着感觉与思维的认识过程。自然高尔基也还指出，文艺创造不仅需要认识，而且还需要想象；所谓"想象"，他说："在本质上，也是关于世界的思维，不过它特别是凭借形象的思维，是'艺术的思维'。"艺术的思维，固然以赋有感性为必要条件，但却不是说，它完全是依赖于感觉的特征。因为确定感觉的真实性，更决定的是其本质，必须通过作家的思想，而无论是作家的认识或是感觉，基本上又不能不是受他的阶级意识所支配。因此，在理解这些问题时，我们首先不能把作家的主观同他的社会基础和阶级性质分开，其次不能把构成认识过程的感觉与思维的有机部分割裂开来。马克思反对黑格尔把主观看作纯粹理性的活动，但他又反对费尔巴哈把主观只当作直观的直观主义，马克思认为人的感觉与思维是在社会斗争的实践过程中辩证地统一地发展着，而且归结到实践中去。马克思的认识，复为列宁所发展，照列宁的说法，感觉、印象等是被感觉的事物的直接的反映。思想观念则是通过感觉而深入到事物的本质中去的。"感觉、印象似乎比思维更接近实际些，但是思维抓住事物底整个，从事物底运动和联系中去把握事物。它是更深刻地渗透于事物，反映着事物的本质。这样看来，思维虽然不是直接的，可是它却更完全，更深刻地反映着事物。思维虽然引导我们距离事物更远一点，但这只为着使我们更接近于它。这就是感觉与思维在认识过程中的辩证的统一。"（米丁：《辩证法唯物论》）在文艺创作过程中来说，也就是高尔基所说的："思维和认识不外是技术和一联的方法——观察、比较、研究的方法。以它们为媒介，使我们的'生活的印象'和'体验'被加工，借哲学形态化为思想，借科学形态化为假说和理论，借文学形态化为形象。"（高尔基：《文学论集》）这说明艺术认识与创作过程，固然从作者对于现实的感受开始，但是作为完成其认识以至创作过程底基本因素，却不能不是思维作用，作家必从经过精密的观察、比较、研究，才能从他所感觉的对象中深入地认识其本质，把握这本质去创造完整的形象。"我们所认识的有才能的文学家，他充分具有选择、观察、比较最特质的阶级的特殊方法，及把这些特殊性包括于一个人物中去的方法。文学的形象和社会的典型，就是这样创造出来的。"（高尔基：《文学论集》）所以，思想问题在作家主观作用问题上，不能不是一个最主要的问题，是非常显然的。文学艺术并不能象普列汉诺夫那样，把它仅仅归属于感性的范畴。因此，我们也不能片面地把作家的感性作用提高到比作家的思想认识更高的地位，尤其不能把所谓主观精神问题，扯到"生命力"之类的生物学的问题上去。

这样说法，并不是抹煞了或轻视感性或感性作用在文艺创作过程中的地位。文艺既然是形象性的艺术，因此就不能仅仅凭借于抽象的思维，同时必须通过形象的（感性的）思维去创造出活生生的形象，所以对于作家提出感性的要求自然是必要的，但是却不能因此把这个要求和作家的思想孤立开来或者提到比思想更高的地位上，也不能把感性的意义和生物学上的所谓感觉力，混淆起来。我们应该怎样去理解所谓感性的意义，以及如何去取得这种感性呢？

马克思在他那著名的《费尔巴哈论纲》中就已回答了这个问题。

马克思说："费尔巴哈要求一种和思想对象真正有分别的感性对象，但他没有了解人类的活动本身就是一种对象性的活动，即通过对象而实现的一种活动。"（《论纲》第一条）

又说："……直观的唯物论就是不把感性当作实践去理解的一种唯物论……"（《论纲》第九条）

事实上，马克思在《费尔巴哈论纲》中所强调的就是"革命实践"的决定性，而一劳永逸地使得辩证的唯物论和其他一切乌七八糟的唯物论明确地划分开来。既然感性活动是"实际的活动"或"革命的实践"，那么所谓取得感性或加强感性的唯一理解不是展开"实际的活动"或"革命的实践"，又可能是什么呢？

对于文艺创作过程而言，这一问题看来复杂，其实也是很简单的，那就是：

一个作家必须"参加过很多东西，体验很多东西"，"看得很多，听得很多，记得很多……"（黑格尔）。

用毛泽东先生的话说就是"长期地无条件地全心全意地到工农群众中去，到火热的斗争中去，……观察、体验、研究、分析一切人，一切阶级，一切群众，一切生动的生活形式和斗争形式"（《论文艺问题》）。

简单地说来，这就是我们对于文艺创作过程中思想、感觉和实践这一问题的理解。既不神秘，更不复杂。

但是，主观论者对于主观精神问题是怎样理解的呢？从他们许多关于这问题的文章里看，一般地说，他们的解释是非常分歧而自相矛盾的。有时，他们似乎把它解释为一种正直而勇敢的"人生态度"，例如说：

提出主观的精神要求或战斗要求，就是要求作家成为一个有勇气，正视现实，不以表面为满足，执着战斗并且追求战斗的历史公民。（余林）

第一，他是一种棒喝。"抬起头来！"从苟安与萎靡中抬起头来，看一看人生高大的目的和艺术高大的目的，好好的作一个"人"。……第二，他是一种具体的反击的战略。（方然）（而所谓"反击的战略"，据解释即是"振奋"、"振作"、"勇气"或"严正要求"、"竖起脊梁"、"立定脚跟"）

有时，它又被解释为一种个人主义的道德力量，例如说：

推动人生，充实人生，使人生发生光与热的是什么？可以极肯定地说：即是爱与憎，友与敌，恩与仇。……为强烈的爱所强烈肯定的友，以及强烈的憎所强烈否定的敌；向着所爱的毅然献身的报恩，以及对着所憎的断然打击的报仇。……（舒芜）

而有时，它又仿佛是进化论的生存要求，例如说：

有一点平凡的求生之念，真实的反抗之心，这就是火种，持久燃烧下去，消融冰桶的。"战斗"也者，"精神"也者，什么神秘，有什么神通！（方然）

然而，他们却时时又要穿上马列主义的外套，例如说：

主观精神，就是无产阶级的主观精神。（方然）

主观要求，就是指如实地去把握事物本质的要求。（余林）

主观的内容，不就是：政治性与艺术性的统一，世界观与创作方法的统一，观点与行动统一，"立场"与"统一战线"么？（方然）

这些混乱而矛盾的解释，常常是出现在同一篇文章里。但是从中间，我们仍可以找出他们的思想根源。当然前述舒芜先生那套哲学思想，是他们主要的基础，同时我们也可以看出，这一些话，都可以作为对于胡风先生所常用的那些"生命力"、"精神突击力"等名词的理释。这些名词，本来就极其空泛，解释起来自然也可此可彼。但是从胡风先生的文章中看来，倒也不是如此混乱，在胡风先生的文章中，我们可以找到他的一个中心思想：就是他对于文艺的感性作用底认识。

胡风先生说："文艺创造是从对于血肉的现实人生的搏斗开始的。血肉的现实人生，当然就是所谓感性的对象。"而"作家应该去深入或结合的人民，并不是抽象的概念，而是活生生的感性的存在"。当然，文艺的本身，在他理解，也是

"活的感性表现"。因此"在对于血肉的现实人生的搏斗里面，被体现者被克服者，既是活的感性存在，那末体现者克服者的作家本人底思想活动就不能够超脱感性的机能"，并且"一定得化合为感性的机能"。于是，在作家"体现对象的摄取过程，但也是克服对象的批判过程"中，"批判的精神必得从逻辑的思维前进一步，在对象底具体的活的感性表现里把捉它底社会意义，在对象底具体的活的感性表现里面溶注着作家的同感的肯定，或反感的否定精神。所以体现对象的摄取过程，就同时是克服对象的批判过程。这就一方面要求主观力量的坚强，坚强到能够对血肉的对象搏斗，能够对血肉的对象进行批判……另一方面，要求作家向感性对象深入，深入到和对象的感性表现结为一体……由这得到可能，使他创造出来的艺术世界正是历史真实在活的感性表现里的反映，不致成为抽象概念底冷冰冰的绘画演义"（《逆流的日子》）。

这就是胡风先生所说的："在文艺思想斗争要求上，首先要提出这一个基本要求。"

这也就是主观论者文艺思想上一个中心出发点，一切理论是从这而来的。

这里牵扯的问题太多，我们只提出两点来讨论：

第一，是感性力量和思想认识在文艺创作上的作用问题。

第二，如何理解感性和感性力量的问题。

就第一点说，胡风先生指出对于作家、人生、人民与客观世界，都是感性的对象，如果是指这些都是可以具体感觉的对象，那当然是对的，但是他为什么不更完整地说是认识的对象呢？因为所谓感性的对象却并不是仅靠感性的力量就能得到完整的认识，这是非常明白的。此次说，作家的思想不能超脱感性，这也是对的，因为理性与感性本来就不是分离的，尤其所谓超脱感性的形象思想，根本就不存在，但有什么必要说，作家思想一定得化合为感性机能呢？这里我们可以看出胡风先生实际上是把"思维"看作一种静观，看作一种死板而无生命的东西，而感性才是活生生的，所以说，前者必须"前进一步，在对象具体的活的感性表现里"，才能"把握社会的事物"；思想"一定得化合为感性的机能"，才能成为批判的力量。这恰和感觉主义的经验论者一样，在感觉和概念之间掘开了一条鸿沟，而不理解列宁所说的，认识和反映"不是简单的，不是直接的，不是整体的反映，而是许多抽象，思考，概念，法则等等底形成过程"。而且，我们还可以看到，胡风先生似乎把认识的过程，颠倒过来，不是由感觉上升为思维，而是从理性的认识前进到感性的认识，从逻辑的思维前进到感性的深入，"更深刻渗透于事物，反映事物本质的"不是像列宁所说的，是思维，而倒是感性机能本身了。所以胡风先生说："在现实生活上。对于客观事物的理解和发现，需要主观精神的突击。"（《在混乱里》）

在这样理解下，纵然胡风先生声明了"感性的对象，不但不是轻视了或放松了思想的内容，反而是思想内容更尖锐的更活泼的表现"，但实际上，却是把思想的作用抑贬到感性作用以下去了。作家不是藉思想与思想方法去具体研究他的对象，而是凭藉其感性机能去感受万物，而所谓批判的意义，也贬降为仅仅是作家"同感精神的肯定与反感精神的否定"了。因此，对于作家所要求的，主要不是思想的改造和对群众关系的改变，而是强烈的感性机能；主要不是在实践中从观察、比较、研究去具体认识他的周围世界，而只是藉这种精神力量去进行所谓"血肉的搏斗"，而这种力量，也即是所谓"精神突击力"。

另一位理论家方然先生说的更干脆："只提出'实践'与'认识'。那是空洞的；只提出'阶级立场'那也算不得深入的解释——怎样通过进步的立场？怎样成为艺术的呢？"他回答说：只有"强韧的战斗精神"。所以"精神"是高于一切，决定一切，而毛泽东也只提出了"实践"、"认识"、"立场"等等，在他们看来，当然也"算不得深入的解释"了。

就第二点说，主观论者既然那样强调感性力量，那么它的内容是什么，如何去取得这力量呢？照我们理解，人是通过感觉去接触世界，而只有在社会实践中我们才能深刻认识事物的关系与本质；在实践过程中，我们才能有更深广与丰富的感受性。但主观论者既然忽略了思想意识对于领导革命实践的意义，把感性活动和具体的实践分开，进一步把感性活动转化为主观的感受力量，再一化而为主观精神、人格力量，道德力量等等，于是不仅唯物论被取消了，阶级观点也被取消了。在这样情形之下，自然不得不归结到作家的感性机能问题上去。作家为什么不能创造出有力的作品呢？因为是作家感觉麻木了；作家为什么不能深入到庞大人民中去呢？因为是感性机能衰退了，仿佛文艺衰落与强旺的原因，是一个作家感性机能的强弱问题，或生命力的强弱问题。这样就把问题从社会学的观点，扯到生物学的观点上去了。这和舒芜先生的哲学理论显然是一脉相通的。

二　关于主观的阶级性

在我们看，所谓作家主观问题，基本上既然是个作家的思想问题，因此就不能不从思想基础的阶级关系上去认识。在我们看来，任何阶级的人，都可以有强或弱的主观精神，反动阶级的人，主观精神愈强，反动作用也愈大；小资产者的主观精神，如果作为其自己阶级意识的集中表现，则一定也会妨碍他向人民大众的接近和改造。对于这样的主观精神，我们非但不要求去发扬，而且要求去破坏它。正如毛泽东说：马克思主义"决定地要破坏那些封建的、资产阶级的、小资产阶级的、自由主义的、个人主义的，虚无主义的、为艺术而艺术的、贵族式的、颓废的、悲观的以及其他种种非人民大众非无产阶级的创作情绪"。这里所谓创作情绪，自然也就是文艺的主观精神，这种主观精神"应该彻底地破坏它们，而在破坏的同时，就可以建设起新东西来"。

一般地说，小资产阶级作家，带着他原来的思想感情，走向劳动人民的世界，他的感觉往往是并不正确、并不健全的；仅仅凭藉其强烈感性机能去进行对现实的搏斗，这可能会产生危险的结果。叶赛宁之所以自杀，可以说是一个很好的例子。所以我们对于小资产阶级作家的要求，不能单纯是强烈的生命力突击力等等，更不是其原来阶级的意识强烈表现，而是希望他们能够逐渐摧毁其原来阶级的思想、感情，进而取得无产阶级与人民大众的思想感情，只有这样，他才可能创造出现实性更强烈的艺术作品。但是这却是一个艰苦而复杂的过程，我们既不容像波哥达诺夫那样机械地去解释阶级与意识的关系，以为什么阶级就只能有什么样的意识，也不容向一切小资产阶级出身的作家，凭空地要求他立刻拿出一个完整的无产阶级的主观精神来。人的思想是决定于人的社会经济关系和他个人的具体生活条件，这一切都是千变万化地不断发展着，因此，我们必须从具体情形中间，去认识一般作家的思想内容和其发展过程，以及症结之所在，从这里去提出问题和如何解决的具体任务。这即是思想改造的问题，更明确说，即是从一个阶级移向别一个阶级的问题。

主观论者则是从主观精神的强弱观点上出发的，所以舒芜先生说：

> 问题的真相是在于生活的力量，在人生战场上的强与弱，勇与怯之分……可是这强弱勇怯之分，也并非天生不改的。人生战斗中的强者勇者，并不定是飞刀吞剑，倒山移海之人。他的勇气实在来自生活的热爱，所以对于任何足以麻痹生活，腐蚀生活，毒害生活的东西，无论存在别人身上或是自己身上，都不能稍微忍受，都非竭尽全力消灭它们不可；正因为每个人最勇敢的时候，大抵都在保卫他的爱人的时候一样。堂吉诃德自称他的力量得自安琪儿，的确，能使那么一个衰弱的老人做出那么多的高贵的勇敢的事，只有爱神祝福才办得到。（《论温情》）

连堂吉诃德都搬出来了，这是什么阶级论者呢？然而假如你说他们不是阶级论，他们绝不承认的，因为他们再三说过，"我们所说的主观精神，就是无产阶级的主观精神"等等，可是他们对于阶级的理解是怎样的呢？

我们不妨再引舒芜先生一段论阶级意识的话：

> 所谓阶级意识，只是一种抽象的，典型的东西，而与具体的人与具体的思想感情不同。换言之，即没有任何一个具体的人，有如理论所分析的阶级

意识的。……具体的人其生活不能是纯粹的"本阶级的生活"，其所接触的人物事象，也不能是纯粹的本阶级的人物事象，其具体的思想情感也就在这复杂生活的接触中形成，所以其本身也不是那么纯粹。……（《论主观》）

舒芜先生表面似乎站在反对机械论的观点上，而实际上却正是反对了阶级论的观点。阶级意识在他看来，不过一种理论上的名词，具体的人具体的思想情感却又是一回事。这和他的哲学理论是一贯的，他抽去了历史中具体的社会经济关系，只看到了单纯人与人的关系，只看到了具体的"人"，而没有看到具体的历史的"人"、社会的"人"。他以为，因此人的接触事象既然是多方面的，他的意识自然也是多方面的。这是非常荒谬的说法。思想情感并不单是"由复杂生活接触中形成"，主要的是在人的经济生活与经济关系中形成，经济基础对于人的意识的关系，固然不是像机械论者看得那么死板，但是并不能因此就否定是主要的决定契机。社会关系是不断在变动的，因此人的意识也是不断在变动和发展，在这中间各阶级的思想意识可以有互相渗透互相影响的作用，所以百分之百的纯粹某阶级意识的人确是很难有，但是其基本的意识终是离不开他一定的经济关系，这是必然的。如果抽去了经济关系的基础，则根本就无所谓阶级论，也根本不需要在理论上说什么阶级意识了。而其他先生们又再三声明，他们所要求于作家的正是无产阶级的主观精神，这岂非自相矛盾了么？

主观论者的其他先生们虽然似乎很强调阶级，但是一考察他们所理解的内容，却仍然和舒芜先生是一样的。例如阿垅先生在一篇《略论吵架与求爱》中说："在今天的阶级社会当中，生活就是斗争，生活之所以是斗争，就是由于今天它是会有阶级性质在里面。"因此他就认为吵架和求爱，既然都是生活战斗，所以也即是阶级斗争，甚至，黄包车夫和乘客的吵架，也即是阶级斗争。这种似乎极"左"的说法，实际上是把马列主义最拙劣地庸俗化了，把伟大的历史行动意义贬降了，结果同样是取消了阶级斗争的意义。这原因何在呢？和舒芜先生一样，由于抽去了社会底经济关系这一基础，把人与人的伦理关系，代替了社会的阶级关系。因此主观论者的理论，讲来讲去，总不外一个人做人态度的问题，主观精神强弱的问题，而且把这作为文艺上贯串一切的问题来看待了。

从这里，也看到胡风先生和其他先生所说的自我斗争，和我们所说的思想改造是不同的。胡风先生所谓自我斗争，是作家和人民一种对等地迎合和抵抗的斗争，"作家的主观，一定要生动地表现出或迎合或选择或抵抗的作用，而对象也要主动地用它的真实性来促成，修改，甚至推翻作家或迎合或选择或抵抗的作用"。因此，他一方面要求作家深入人民，同时又警告作家不要被人民的海洋所淹没，而在我们，这个思想改造，正是一种意识上的阶级斗争，有如毛泽东所说的"长期地无条件地全心全意地到工农群众中去"，小资产阶级意识必须向无产阶级"无条件地投降"，它不是对等的斗争，而是从一个阶级走向一个阶级的过程。

三　实践与改造过程

作家的主观，固然是个重要的问题，但却不能仅从主观观念本身去解决。马列主义者是思想与实践的统一论者，因此，作家的主观问题必须在客观社会实践中才得到改造与提高。我们的问题的提出，不应是凭空地向作家去要求甚么样的主观，而应该具体地要求作家去怎样实践，怎样从实践去取得所要求的主观。所以毛泽东在"论文艺问题"的引言中，固然首先提出作家的立场问题、态度问题等，而在解决这些问题的结论中，却把问题中心移到为群众与如何为群众这两个根本问题上来，这是很明白的。

革命的实践，以及在实践中改造思想，并不是像人们所想象的那么简单容易。只是口头上或理论上承认为工农兵，并不能算已经取得正确的立场和观点，必须在实际上、在行动上，看他们是否真正为工农兵在服务，因为"只有在这种严肃的负责的实践过程中，才能一步一步地懂得正确的立场是什么东西，才能一步一步地掌握正确的立场。如果不在实践中向这个方向前进，只是自以为是，说是'懂得'，其实并没有懂得"。

小资产阶级作家要从他们自己阶级走向另一阶级，这是脱胎换骨的事，决非单纯凭借其原来阶级的感性机能所能解决。首先，就接近工农兵来说，也不是那么简易的事情。即在延安的作家们也直到一九四三年以后，才能真正地懂得这个道理；而在非解放区作家，客观困难更多，方式也不能那么直接，但不管如何困难曲折，一个革命家却只有坚持这条道路，一步进一步地走去，才有他的前途。其次，也不是一到群众中间，思想问题就能彻底解决，"要彻底地解决这个问题，非有十年八年的长时间不可"。为什么呢？就因为每个小资产阶级作家的灵魂深处，都有一个"小资产阶级知识分子的王国"，要摧毁这个王国，是好不容易的事。毛泽东在"论文艺问题"中曾经亲述了他自己思想改造的经历。像他那样一个坚强的人，也是在参加革命，同工农兵在一起以后，才逐渐熟悉他们，他们也逐渐熟悉了他，而只在这时，他才敢说，"根本地改变了资产阶级学校所教给我的那种资产阶级的和小资产阶级的感情"。而现在一些狂热的小资产阶级知识分子，凭着自己一些激情、一些幻想，就狂妄地自夸为"一开始就和人民血肉联系着"，读一读毛泽东这话，他们不会觉得脸红吗？

所以我们所说的实践，就是切切实实为工农兵做点实际工作（即使不是文艺工作），向他们学习生活知识，熟悉他们的生活与言语，思想与情感，在集体的革命队伍中，不断地锻炼自己，改造自己，这需要"经过长期的甚至是痛苦的磨练"，才能真正和群众打成一片。固然，对于作家们提出这样的要求，应该是有步骤的、有区别的，对于某些处境困难的作家，可以有种种的方式和道路，并不能作一律的要求，但是，在革命文艺运动上，走向工农兵，却不能不作为一个基本方向来提出，这绝不是主观论者用"前线主义"一语所能嘲笑；而且就在目前，随着革命形势的迅速展开，非解放区的大批知识分子和作家，已经坚决地选择这样的道路了。而余林先生们竟在这时提出前线主义的讽刺，试问这是怎样的含义呢？

小资产阶级知识分子，常常带着一种夸大狂，以为天下只有自己才是有了最高度的革命热情，只有自己在背着时代苦难的十字架，其实这只是一种自我陶醉。鲁迅先生曾经坦直地自我批判说："我时时说些自己的事情，怎样在'碰壁'，怎样地在做蜗牛，好像全世界的苦恼，萃于一身，在替大众受难似的，也正是中产阶级的坏脾气。"鲁迅先生这话，是极令人感动的，倘若今天连鲁迅先生那一点精神都没有，只是凭着一点个人的激情，便以为是在和人民大众作精神拥抱，以为就能"深入到和对象感情表现结为一体"，老实说，这不仅是自欺之谈，而且恰会阻碍了自己更进一步深入群众的实践。

而主观论者，却正是这样把作家的群众斗争实践的意义，降贬为单是作家做人的问题了。照余林先生们理解，"作为革命战斗员的作家"本来就是"到处和人民在一道"，"他一开始就和人民血肉地联系着的"，"他原来就是和人民结合着的"，既然如此，那末"论文艺问题"中，作为中心问题提出来的"与群众结合"的任务，在他们看来，根本就等于废话。而在他们看来，问题不在与群众结合，也不在斗争实践，讲来讲去，依旧是抽象的"主观精神"、"人格力量"，有了这个，则"生活无处不在，战斗也会无处不在"，连吵架求爱都是阶级斗争；没有这个，即是在工农兵群众中工作，也是白费力气，毫无用处。试问这和马列主义，和毛泽东文艺思想有什么相干之处？这不仅是不肯动一动屁股的小资产阶级的自夸，而且也是自欺！这套理论，恰恰是替革命战线上的退却者找到一个很好的辩解：我反正已经和群众结合在一起了，我反正已经在日常生活中战斗了，那又何必千辛万苦再到工农群众中去磨炼呢？所以，尽管在文字上，他们是如何强调实践，而在这样理论下，实践的要求恰恰是在主观精神的要求中被融解了。

黑格尔说过："不到水里去，游泳是学不会的。"这是说，认识论的基础是在认识的实践。这一点，是和马克思主义相符合的，而胡风先生却补了一句：这"游泳须在水里，但在水里并不就等于游泳"。自然，这句话是非常合乎形式逻辑的。但是这和我们所谓实践的意义有什么相干呢？黑格尔说的是学游泳，不是为了学游泳，又何必到水里去呢？我们说到人民群众中去与人民结合，当然也是指去工作和学习，谁也没有这样说过，似乎只要到了工农群众中，就百事大吉。撇开

实践,这话又有什么意义呢? 胡风先生这个说法,是为了解释他上面一段话而说的,即是:

> 说作家要深入人民,说作家要与人民结合,然而又怎样深入,怎样结合呢? 当然,首先要求一个战斗的实践立场和人民共命运的实践立场。

从表面看,这说法似乎是很对的,作家并不是被谁强迫到人民中间去,当然他自己应该先有实践的要求。但是问题是在这个实践的要求是否即是所谓"和人民共命运的实践立场"呢? 如果是的,那么作家又是如何首先取得这样的立场呢? 而这个要求是否即是绝对的决定因素呢?

从前引毛泽东的话中,分明指出,只有在实践过程中才能一步进一步地明白和掌握正确的立场,而胡风先生则要求作家在实践之前,首先就要具有这样的立场,这又岂非矛盾了吗?

问题仍是在阶级的观点被混淆了。照我们的理解,思想和实践的关系,是依照螺旋式的形态发展的。思想从实践中发展,反过来引导着实践前进,而在实践过程中又发展为更高级的思想。举例来说,革命小资产阶级的作家,大抵是带着一种对现实不满,对旧社会的反抗而走向对革命的追求。这种主观的要求,主要是从他原来阶级的矛盾中生长出来,如遭受了旧社会的压迫,或经济破产等,基本上仍是由于客观所决定,当然主观的能动作用往往也是重要因素之一,例如受了进步思想的影响等等。对于这样的要求,毫无疑问,我们不仅应该肯定它,而且应该引导它到革命中来,思想启蒙运动即是根据于这要求而提出。但是,第一,我们并不要因此就把这种革命的要求,即误认为是无产阶级的战斗立场或与人民共命运的实践立场。我们应该指出,这还是站在小资产阶级立场上对于革命的追求,这种立场,在引导走向革命中,是应该肯定它,而在参加到工农大众的革命实践过程中,又要反过来否定它的小资产阶级的内容。这才能使它变质而发展成为真正无产阶级的立场,也即是真正和人民共命运的实践立场,这即是从一个阶级到另一个阶级的辩证发展,也即是向更高阶段的发展。

第二,我们也不要以为这种小资产阶级对革命的实践要求,就是与人民相结合的决定因素。小资产阶级对于革命的追求或对于工农大众的同情,最初往往是出于个人主义的立场。因此真正和工众大众结合之间还存着相当距离,如果没有积极的领导和在实践中积极改造,则仍然可能停留在空想的追求上,而最后终于碰壁而回。有如恩格斯所说:"……同情无产阶级而反抗资产阶级的著作家们,当其批判资产阶级时,用小资产阶级的及小农的尺度,及以小资产阶级的见地保卫工人的事业,是当然的。于是形成小资产阶级式的社会主义。"也即是所谓空想的社会主义。这种空想的革命家,也何尝能说他没有强烈的主观精神,但是因为不能在实践中进一步去与群众结合,终于失败了。在近几十年来的中外文艺界情形中,也并不乏这些失败或退却了的例证。这并非像舒芜先生所说由于他们主观作用的中断或偏枯,而是由于远离群众斗争而无法突破其原来阶级的局限;而相反的,我们也看到一些原来完全站在资产阶级的艺术立场底作家,如闻一多先生等,终于因为参加了实际民主斗争,而否定他原来的思想,逐渐接近到人民大众的立场上来。这可以见到,作为思想发展的基本契机的,仍在于实践,而不是什么人格力量等等。这是很显然的。

根据上述的分析,所以在今天革命形势日益发展中间,我们要求于作家的,使文艺运动更加强服务于革命事业的,主要是应该放在如何去帮助一切具有反抗反动势力、追求进步、追求革命的作家,如何具体地引导他们到革命战线中来,如何在群众斗争实践中得到改造、充实与提高,最后成为真正革命大众的文艺家。而在这里,毛泽东所提出为什么人服务,如何解决个人与群众的问题等,便不能不是中心的问题……

这样就又归结到最初的分析上去,即是:我们是从客观实践出发的,而主观论者则是从主观要求出发的。

四　结　论

无论从哲学观点或文艺观点上,我们都可以看出主观论者理论的一个根本错误,即是他们把历史唯物论中最主要一部分——社会物质生活关系忽略了。因此也把马克思学说最精彩的部分——阶级斗争的理论忽略了。离开了社会阶级的观点,仅从人的主观能动作用一点上,去认识主观问题便产生了一连串的错误,这和经验论的哲学思想有若干相似之处,另一面,恐怕也多少受了鲁迅先生早期思想所影响,鲁迅先生在"文化偏至论"和"摩罗诗力说"中所表现的思想,实际上是和主观论者的理论颇相近似的。例如"……惟有意力轶众,所当希求,能于情意一端,处现实之世,而有勇猛奋斗之才,虽屡踣屡僵,终得现其理想;其为人格,如是焉耳……试以人丁转轮之时,处现实之世,使不若是,每至舍己从人,沉溺逝波,莫知所届,文明真髓,顷刻荡然,惟有刚毅不挠,虽遇外物而弗为移,始足作社会桢干。排斥万难,黾勉上征,人类尊严,于此攸赖,则具有绝大意力之士贵耳。"这和主观论者所谓人格力量,不正是相同吗?但是鲁迅先生却明白指出,这是叔本华、尼采等的学说,而主观论者,俨然以马列主义自命,这是他们真伪不同之点;其次,鲁迅先生思想正如瞿秋白所说:"在当时还有相当的革命意义。"而主观论者今天重来提倡此种思想,则就远落于现实要求之后,而和鲁迅先生整个的精神是相反的了。

　　但是我们也应指出，即主观论者的这些理论，是针对着抗战中后期文艺上教条主义的倾向而提出，这在动机上说是很好的，因此这种思想在反抗黑暗的意义上，未始没有它的作用，即在今天，也不应完全抹煞它某种程度的作用。但是由于他们只把病象当作病源，没有更深入去追求这种现象的社会原因，同时也不是从现实革命形势发展与要求上去把握问题，他们只是以一种小资产阶级的思想去对待另一种小资产阶级思想，因此，不仅不能解决问题，而其本身思想也成为一种偏向。这种偏向的发展，和马列主义与毛泽东文艺思想是相矛盾的。但是主观论者，却又处处以马列主义的文艺思想自命，因此对这些问题的澄清，在我们便不能不是必要的了。

选自《胡风文艺思想批判论文汇集》（一集）

《文学周刊》编者言

沈从文

　　一个刊物的起始，照习惯编者必作个"得胜头回"的吉利开场白，好让读者、作者，知道刊物编者的计划、办法和理想，才明白将来有什么热闹可看。虽说社会上正充满了通电、宣言与条例纲要，一般人对之都并不觉得十分认真，近于具文。可是一个刊物却似乎稍稍不同，还容许人寄托些荒唐的希望，夸张的打算，而且能引起相当作用。为的是这个社会过去的一时的腐烂，不继续，能制止，报纸副刊即尽了消毒作用，对年轻人情绪的消毒作用。北伐其所以能成功，与南北报纸副刊在一个较长时期中所形成的空气不无关系。二十年来一个优秀作家在社会上所得的敬爱和信托，远比时下政治上卖空头活动人物为切实具体，他们的基础，即从报纸副刊起始的。

　　关于我来编这个小刊物，我知道，由报馆主持人的好意，和一礼拜来所得的外稿之多，以及熟人的谈说，一定都以为有热闹可看。可是我最先要说的，就是"并无热闹"。

　　照流行话说，我们是活在一个大时代中。时代中的某种现实，实在很容易使人神经麻木，钝呆，过去一时人类情感和理性所产生的一切尊严高尚抽象原则，到此都失去了应有意义。天大热闹如已发生过的德国暴起骤灭，直到十大纳粹头目受绞，照例也只令人兴奋一会儿，随即凡事照旧。犹如一小小石子抛入一大湖中，一个小圈漾开后，随即是水天平静。待发生而且近在眼前的，如国大会议，在期待中虽若十分紧张，到时很可能也不过如此。而目下数十万同胞在国内各处的自相残杀，岂不是还有许多人视为必然与当然？大事既如此，小事亦可知！在这么一个时代中，让我来编个二三十万字的大型月刊，同时并计划印行百十本书，一年半载后，也许在同行和读者中还可见出点热闹意义。至于来编个星期副刊，不是为热闹可想而知。但这个每期八千字的小刊物，编者对于它也的确保留了一点点希望。说来可笑，既无政治意义，又少经济价值，只是期望它能名副其实，可望像个"文学副刊"。文学副刊有个传统的素朴性，所以此后新式八股的理论批评，离奇不经的文坛消息……恐不易从刊物上见到。为的是副刊有副刊的意义。传统不一定可贵，明白传统却也有些好处。

在中国报业史上，副刊原有它的光荣时代，即从五四到北伐。北京的"晨副"和"京副"，上海的"觉悟"和"学灯"，当时用一个综合性方式和读者对面，实支配了全国知识分子兴味和信仰。国际第一流学者罗素、杜威、泰戈儿、爱因斯坦的学术讲演或思想介绍，国内第一流学者梁启超、陈独秀、胡适之、丁文江等等重要论著或争辩，是由副刊来刊载和读者对面的。南北知名作家如鲁迅、冰心、徐志摩、叶绍钧、沈雁冰、闻一多、朱自清、俞平伯、玄庐、大白等人的创作因从副刊登载，转载，而引起读者普遍的注意，并刺激了后来者。新作家的抬头露面，自由竞争，更必须由副刊找机会。刊物既在国内作广泛分布，因之书呆子所表现的社会理想和文学观，虽似乎并不曾摇动过当时用武力与武器统制的军阀社会，却教育了一代年轻人，相信社会重造是可能的，而武力与武器能统治这个国家，却也容易堕落腐烂这个国家民族向上向前的进取心！更显而易见的作用，也许还是将文学运动，建设在一个社会广大基础上，培育了许多优秀作家，有理想，能挣扎，不怕困难。副刊既能尽庄严的责任和义务，因之也就有它的社会地位。它直接奠定了新文学运动的磐石永固，间接还助成了北伐成功。

然北伐成功却使副刊衰落，结束了它的全盛时代。原因是新的"马上治天下"意识抬头，思想运动中缺少对于这个不祥之物的否定性，欲补救已来不及。商业资本复起始看中了文学，在一个不健全制度下形成一个新出版业。作家与商业结合，产生了一批职业作家。作家与政治结合，产生了个政治文学。经营文学运动，为办杂志和死丧庆吊的集会，两者所作成的新的变化，即共同结束了副刊的生命。表面上即存在，也失去了本来的重要作用。何况事实上副刊由不足重视已慢慢消灭。

副刊从一较新观点起始，是二十三年天津大公报的试验，将报纸篇幅让出一部分，由综合性转为专门，每周排定日程分别出史地、思想、文学、艺术各刊，分别由专家负责，配合了当时的特约社论，得到新的成功。尤其是文艺副刊，由周刊改三日刊、日刊，国内各报继之而起，副刊又得到新的繁荣。若干新作家的露面，使刊物恢复了过去十年对读者的信托与爱重。

抗战后，自由区碰到一个共通课题，即纸张缺乏而将篇幅减少。副刊对报纸言即近于"赔钱货"，因之地位由缩小而消失是意中事。以四川云南而言，也可看出这个趋势的必然。纵因某种关系，得勉强存在，亦无从寄托何等希望。试想想，由罗素、梁任公、学术议论，到太极拳的宣传，炸酱面作法，这一条深沟相去多远！编者即努力求活泼，结果终究有个限度。想在文学运动上有何作用，自然更不可能了。

战事结束后，一切复员，副刊似乎也有了个复员趋势。惟南北相似而不同，如以京沪和平津比，南中国的报纸，杂文综合副刊，容易活泼，容易找编者，也容易有读者。北方却保留个传统，分类专刊能有办法，达到相当高的标准，而在这个标准下，有读者，有作者，有作用，有意义。

当前这个刊物，是在每星期八千字的限制中，来和读者对面的。这是一个小小试验，对编者和作者共同的新的试验。这试验需多方面合作比个人勇气能耐还更要紧。为的是本报其他几个刊物，编者学识见解都极好，使刊物已达到一个极高标准。本刊碰到第一种难题，即字数，安排与内容问题。以一礼拜收到的陌生人外稿为例，计八篇小说，每篇多在七千字以上，内容却有四篇用日本人故事作主。另外还有十六首新诗，大半我都读不懂好处何在。有三篇论文，用新八股方式运用名词极纯熟，可是空空洞洞，比要人演说还无意义，我们目下不能不侧重特约稿，用编者的不公平习惯，还得逼作者要节约字数，在南北百十种副刊中，把那些文字逼来，而对面却有一大群充满热忱和善意，来等待从这个小刊物取得也是教育也是娱乐的读者群。试想想，这工作将从何做起！

所以编者第一句应交代的话，是"没有热闹"。想使副刊像个副刊，我们得承认这个限制，来共同有所努力。编者为难是应分的，然而作者和一般读者却不用因寄托过大希望而失望。私意以为北中国天日的明朗庄严，实能补足活泼不足的缺憾，而增加人对于人事思索深度，容易培养抽象健康观念和有传染性的高尚情感。这对文学创作言，将使作品有性格，有分量。对文学作家言，则将加深他的学习兴趣，能超越近功小利，而作比较寂寞的长远跋涉。如今除固定稿件外，实希望能够得朋友的热忱帮忙与善意合作，或把四千字以内稿件寄来，信托编者自由处分，或成为长远读者，且把改善意见相示；编者在这两种鼓励中，一面就过去副刊对于读者的信用，能好好保持，一面就新的需要，想法将这个方式推广到其他报纸，得出个相似倾向，即报纸副刊，对作者将为一个自由竞争表现所作的据点，对读者将为一个具有情感教育的机构，作者与读者间能建立那么一个新的关系，编者说的"副刊能像个副刊"，或者会为人首肯，北方的文学运动，也许会从沉默中慢慢展开，比普通所谓"活动"，成就将不同的多。

若有人问我，在你这个理想发展中，二十年努力，即可产生百十个有头脑有成就的作家，百十本有内容有分量的新著，用来和这个乱糟糟的现实社会对面，有什么作用？我不必思索即可回答，希望它能有作用，即在多数有情感观念中能消毒，能免疫。不至于还接受现代政治简化人头脑的催眠，迷信空空洞洞"政治"二字可以治国平天下，而解决国家一切困难与矛盾。却明白一个国家真正的进步，实奠基于吃政治饭的越来越少，而知识和理性的完全抬头。为的是目前为止，我们对于在朝在野伟人政客的信念，事实上都已完全动摇，尽管有多数人生都依赖它，可早已失去信仰意义。知识青年的游移无归情绪，在近二十年习惯上即已为少数作家所吸收。一个真有头脑有成就的作家，他的工作虽无从重造这个社会全体，却容易给未来一代负责者在生命最重要的青年阶段中消毒免疫。能使之消毒免疫，这国家明日的命运，很可能便不同多了！

十月十七日，北平

原载 1946 年 10 月 20 日天津《益世报》

自由主义与文艺

朱光潜

　　"自由主义"这个名词在意义上不免有一点含混，尽管人们在热烈地拥护它或反对它，它究竟是什么，彼此所见，常不接头。"自由"有时是自私自便的借口，随意破口骂人，说这是言论自由；它也有时是防止旁人干涉的借口，自己行为不检，旁人不用议论，这是私人行为的自由。一种争论（无论是政治底，宗教底或道德底）有左右两个对立底立场时，你如果一无所属，你的超然底态度也有时叫做"自由底"；所以"自由底"说好一点是"独立底"；说坏一点是"骑墙底"，"灰色底"。既然有这含混，我不能不把我个人所了解底"自由主义"略加说明。

　　一个人的观念的形成大半取决于他所受底教育。我分析我自己的"自由"观念，大约有两个来源。头一个是我的一点浅薄底西文字源学的知识。在起源时"自由"这个字是与"奴隶"相对立底。古代社会中人往往分两等，一等人自己是自己的主子，对于自己的所属有权处理；另一等人须奉他人为主子，自己的身家财产都要听他摆布。前者是自由人而后者是奴隶。我所了解底"自由"就是这种与奴隶相对立底一种状态；我拥护自由主义，其实就是反对奴隶制度，无论那是强迫他人做自己的奴隶，或是自己甘心做他人的奴隶。我主张每个人应有他的自主权，凭他的理性底意志发为理性的行动。

　　其次，我学过一些生物学和心理学，"自由"这个观念常和"生展"联在一起。一般生物（连人在内）都有一种本性，一种生机。他们的健康与否就要看这本性或生机能否得到正常底合理底发展；如果得到正常底合理底发展，我们说他们能"自由发展"。自然底发展通常是自由底发展。一种生物如果不能自由发展，那必定由于有一种不自然底压力在压抑它，阻止它，例如一棵花生芽出土，就被石头压起，逼得它不能自由发展，因而拳曲衰萎。这个意义底"自由"是与"压抑""摧残"相对立底。我拥护自由主义，其实就是反对压抑与摧残，无论那是在身体方面或是在精神方面。我主张每个人无牵无碍地发展他的"性所固有"，以求达到一种健康状态。不消说得，"自由"的这两个意义是相因相成底，奴隶离不了压抑，能自主才能自由发展。谈到究竟，我所了解底自由主义与人道主义（humanism）骨子里是一回事。

　　本着这个了解，我在文艺的领域维护自由主义。

　　第一，文艺应自由，意思是说它能自主，不是一种奴隶的活动。奴隶底特征是自己没有独立自主的身份，随在都要受制于人。就这个意义说，人都多少是自然需要的奴隶，脱离不掉因果律的命定，没有翅膀就不能高飞，绝饮食就会饿死，落在自然的圈套，便要受自然的限制。惟有在艺术底活动方面，人超脱了自然的限制，能把自然拿在手里来玩弄。剪裁它，锤炼它，从新给予它一个生命与形式。而他的这种作为并不象饮食男女的事有一个实用底需要在驱遣，他完全服从他自己的心灵上底要求。所以艺术底活动主要地是自由底活动。大哲学家如康德，大诗人如席洛，谈到艺术时，都特别着重它的自由性。这自由性充分表现了人性的尊严。在服从自然限制而汲汲于饮食男女的营求时，人是自然的奴隶；在超脱自然限制而自生自发地创造艺术的意象境界时，人是自然的主宰，换句话说，他就是上帝。人底这一点宝贵底本领我们不能不特别珍视。

　　我所要说底第二点与这第一点正密切相关：文艺的要求是人性中最可宝贵底一点，它就应有自由底生展，不应受压抑或摧残。人性中有求知、想好、爱美三种基本底要求。求知，才有学问底活动，才实现真的价值；想好，才有道德底活动，才实现善的价值；爱美，才有艺术底活动，才实现美的价值。一个完全人在这三方面都应该有平均底和谐底发展。所谓"实现人生"就是实现这三方面底可能性。如果因为发展某一方面而要摧残另一方面，那就是畸形底发展，结果就要产生精神方面底聋子瞎子。一个人在精神方面是聋子瞎子，他就不健康，他也就不是一个自由人。因为像一棵被石头压住底花草一样，他没有得到自由底生发。就这个意义说，文艺不但自身是一种真正自由底活动，而且也是令人得到自由底一种力量。西方人常说："艺术是使人自由底"（Art is liberative），而不带工业性底艺术如音乐图画文学之类通常也冠上"自由底"（Liberal Arts）一个形容词。这"自由底"和"解放底"有同样底意义。艺术使人自由，因为它解放人的束缚和限制。第一，它解放可能被压抑底情感，免除佛洛意待派心理学家所说底精神底失常。其次，它解放人的蔽于习惯底狭小底见地，使他随在见出人生世相的新鲜有趣，因而提高他的生命的力量，不致于天天感觉人生乏味。

　　从以上两点看，自由是文艺的本性，所以问题并不在文艺应该或不应该自由，而在我们是否真正要文艺。是文艺就必有它的创造性，这就无异于说它的自由性；没有创造性或自由性底文艺根本不成其为文艺。文艺的自由就是自主，就创造底活动说，就是自生自发。我们不能凭文艺以外某一种力量（无论是哲学底，宗教底，道德底或政治底）奴使文艺，强迫它走这个方向不走那个方向；因为如果创造所必需的灵感缺乏，我们纵然用尽思考和意志力，也决定创造不出文艺作品，而奴使文艺是要凭思考和意志力来炮制文艺。文艺所凭藉底心理活动是直觉或想象而不是思考和意志力，直觉或想象的特性是自由，是自生自发。这并非说，文艺可以与人生绝缘，它其实就是人生的表现，人生好比土壤，文艺是这上面开底花，花的好坏有赖于土壤的肥瘠。但是花的生发是自然底生发，水到渠成，是怎样人生的观照就产生怎样文艺。我们不能凭某一个人或某一部分人的道德底或政治底主张来勉强决定文艺生展的方向。在历史上屡次有人想这样做——例如柏拉图，中世纪耶稣教会以及许多专制君主和野心政客——以为文艺走某一方向便合他们的主张或利益，于是硬要它朝那个方向走，尽钳制和奸污之能事，结果文艺确是受了害，而他们自己也未见得就得了益。因此，我反对拿文艺做宣传的工具或是逢迎谄媚的工具。文艺自有它的表现人生和怡情养性的功用，丢掉这自家园地而替哲学宗教或政治做喇叭或应声虫，是无异于丢掉主子不做而甘心做奴隶。损人利己是人类的普遍底劣根性，宗教家和政治家之流要威迫利诱文艺家做他们的奴隶，或属情理之常；而文艺家自己却大声嚷着："文艺本来只配做宗教，道德和政治的奴隶；做奴隶是文艺的神圣底义务！"这就未免奴颜屈膝而腼不知耻了。

原载 1948 年 8 月 6 日《周论》第 2 卷第 4 期

斥反动文艺

郭沫若

　　今天是人民的革命势力与反人民的反革命势力作短兵相接的时候,衡定是非善恶的标准非常鲜明。凡是有利于人民解放的革命战争的,便是善,便是正动;反之,便是恶,便是非,便是对革命的反动。我们今天来衡论文艺也就是立在这个标准上的,所谓反动文艺,就是不利于人民解放战争的那种作品,倾向,和提倡。大别的说,是有两种类型,一种是封建性的,另一种是买办性的。今天的反动势力——国家垄断资本主义,是集封建与买办之大成,他们是全面武装,武装到了牙齿了。文艺是宣传的利器,在这一方面不用说也早已全面动员"戡乱"了,因此,在反动文艺这一个大网篮里面,倒真真是五花八门,红黄蓝黑白,色色俱全的。

　　什么是红?我在这儿只想说桃红色的红。作文字上的裸体画,甚至写文字上的春宫,如沈从文的《摘星录》《看云录》,及某些"作家"自鸣得意的新式《金瓶梅》。尽管他们有着怎样的借口,说屈原的离骚咏美人香草,索罗门的雅歌也作女体的颂扬,但他们存心不良,意在蛊惑读者,软化人们的斗争情绪,是毫无疑问的。特别是沈从文,他一直是有意识的作为反动派而活动着。在抗战初期全民族对日寇争生死存亡的时候,他高唱着"与抗战无关"论;在抗战后期作家们正加紧团结,争取民主的时候,他又喊出"反对作家从政";今天人民正"用革命战争反对反革命战争",他又装起一个悲天悯人的面孔,说什么这是"民族自杀悲剧";把我国的爱国青年学生斥为"比醉人酒徒还难招架的冲撞大群中小猴儿心性的十万道童"而企图在"报纸副刊"上进行其和革命"游离"的新第三方面,所谓"第四组织"。(这些话见所作《一种新希望》,登在去年十月二十一日的《益世报》。)这位看云摘星的风流小生,你看他的抱负多大,他不是存心要做一个摩登文素臣吗?

　　什么是黄?就是一般所说的黄色文艺。这是标准的封建类型,色情,神怪,武侠侦探,无所不备,迎合低级趣味,希图横财顺手。在殖民地,特别在敌伪时代,被纵容而利用着,作为麻痹人民意识的工具。在黄色作家群中,多是道义观念贫弱的穷文人,性格破产者,只要靠一枝毛锥可以糊口,倒不必一定有祸国殃民的明确意识。但作品倾向是包含毒素的东西,一被纵容便像黄河决口,泛滥于全中国，为害之烈，等于鸦片。正因为这是一种有效的麻醉剂，足以消磨斗志，甚至毁灭人性，在今天集反动之大成的"当局"（指的是蒋匪王朝的统治者群——编者注），当然也就更从而加紧利用。利用的方法很多，或用金钱津贴，纵容放任，暗中加以保护，这是无形的利用。还有有形的利用，便是使他们的意识彻底反动，以反人民为主题，明目张胆的帮助"戡战"，或于黄色的方块报中时时插入一些反人民的言论，以利宣传。这样被利用的结果，这黄色之祸，也就更加猛烈起来，黄河决口，不是由于自然崩溃，而是出于有心的抉发了。然而黄河本身其罪固不小，我们断难容恕的是这抉发黄河的滔天大罪。

什么是蓝？人们在这一色下边应该想到著名的蓝衣社之蓝，国民党的党旗也是蓝色的。胜利前潘公展在重庆曾经组织过"著作人协会"，胜利后张道藩又组织了"中华全国文艺作家协会"，都是存心和由战时的"中华全国文艺界抗敌协会"后改名为"中华全国文艺协会"相对立的。但他们事实上都只有协会而无作家。记得在重庆时蒋宋美龄曾与谢冰心作过一番谈话。蒋宋美龄问："中国国民党为什么没有一位女作家？"谢冰心回问："中国国民党又有哪一位男作家？"这是在文艺圈子里面传播得很广的一段插话。但我想：冰心在回问时恐怕疏忽了一点：国民党是可以有一位男作家的，那便是国民党中央监察委员的朱光潜教授了。朱监委虽然不是普通意义的"作家"，而是表表堂堂的一名文艺学学者，现今正主编着商务印书馆出版的《文学杂志》。我现在就把他来代表蓝色。

抱歉得很，关于这位教授的著作，在十天以前，我实在一个字也没有读过。为了要写这篇文章，朋友们才替我找了两本《文学杂志》来，我因此得以拜读了他的一篇《看戏与演戏——两种人生理想》（二卷二期）。这俨然是一位教授写的文章，东方说到孔丘、老庄，还有释迦牟尼，西方则从柏拉图、亚里士多德，说到尼采和克罗齐，又是哲学，又是文艺，又是《神曲》，又是"佛典"，一下是嵇康、王羲之、陶潜、杜甫，一下又是但丁、歌德、莎士比亚、斯蒂文生，学通中外，道贯古今，的确是够教授的斤两，也够监察委员的斤两的。然而他说了一些什么呢？他只说了一篇连自己也并未能圆其说的宿命论而已。他说："人生有两种类型，一种是生来爱看戏底，另一种是生来爱演戏底"，"这是一件天生注定丝毫不能改动底事"。真是呜呼妙哉了！中国到了今天，还有这样高明，坐享盛名的大学教授！这些都不必管，且看这位大教授自认为属于他所说的那一类型。教授自己说"我们这批袖手旁观的人们"，他当然是属于"看戏底"的类型了。但要留意，这倒并不是谦虚，而是自命为和孔子、老子、庄子、释加、耶稣、柏拉图、亚理士多德、尼采、克罗齐等等大思想家并驾齐驱的。但是，不幸得很，我这个不知道应该属于哪一类型的，就亲自"袖手旁观"过我们这位当今大文艺思想家，在重庆浮屠关受军训的时候，对于康泽特别"必恭必敬"地行其军礼。那到底是在"看戏"，还是在

"演戏"呢？我在这里还可以更进一步问问：当今国民党当权，为所欲为的宰治着老百姓，是不是党老爷们都是"生来演戏"的，而老百姓们是"生来看戏"的呢？照朱教授的逻辑说来，又能够得出一个答案，便是"是也"！认真说，这就是朱大教授整套"思想"的核心了。他的文艺思想当然也就是从这儿出发的。由他这样的一位思想家所羽翼着的文艺，你看，到底是应该属于正动，还是反动？

什么是白？这是一批无色而其实杂色的货色，有属于封建型的，还有属于买办型的。无色的白，在光学上讲来是诸色的混成，文艺上的无色派事实上是各种颜色都杂在里面的。当然有的是天真的白，但也有的是伪装的白。故在这儿可以有桃红色的沈从文，蓝色的朱光潜，黄色的方块报，最后还有我将要说出的黑色的萧乾。别种货色的反动作家，伪装成白色，固然是反动之尤，而无心的天真者流，自以为虽不革命，也不反革命，无党无派，不左不右，而正占乎其中，然而狡猾的反动派在全面动员"戡战"之下对他们却乐得利用。自己伪装为白色固然是利用，让天真者作为花瓶，甚至拉一两位"前进者"来伪装"前进"，是尤其恶劣的作用。在这儿，我到有一个或会被认为十分偏激的见解，"前进者"固不用说，天真者的作家们，在今天最好不要敷衍或顾忌反动势力而写，写了也决不要在反动或伪自由主义报刊上发表。敌人正想利用你的天真，你又何苦让自己去给人家当伪自由主义的幌子呢？我们在这里还可以区别出有些无色之流入于御用是出于因袭旧套，和另一批因循苟合者稍有不同。前者因客观传统的束缚而无力自拔，后者却因主观策励的薄弱而和光同尘。那一批和光同尘者流，说不定还会自诩聪明，所谓"明哲保身"，然而要当心，老兄们已经在"曲线戡乱"了。

什么是黑？人们在这一色下最好请想到鸦片，而我所想举以为代表的，便是大公报的萧乾。这是标准的买办型。自命所代表的是"贵族的芝兰"，其实何尝是芝兰又何尝是贵族！舶来商品中的阿芙蓉，帝国主义者的康伯度而已！摩登得很，真真正正月亮都只有外国的圆。高贵得很，四万万五千万子民都被看成"夜哭的娃娃"。这位"贵族"钻在集御用之大成的大公报这个大反动堡垒里尽量发散其为幽缈、微妙的毒素，而与各色的御用文士如桃红小生、蓝衣监察、黄帮兄弟、白面喽罗互通声息，从枪眼中发出各色各样的乌烟瘴气，一部分人是受他麻醉着了。就是和大公报一样，大公报的萧乾也起了这种麻醉读者的作用。对于这种黑色反动文艺，我今天不仅想大声疾呼，而且想代之以怒吼：

御用，御用，这三个还是御用，
今天你的元勋就是政学系的大公！
鸦片，鸦片，第三个还是鸦片，
今天你的贡烟就是大公报的萧乾！

今天是人民革命势力与反人民革命势力作短兵相接的时候。反人民的势力既动员了一切的御用文艺来全面"戡战"，人民的势力当然有权利来斥责一切的御用文艺为反动。但我们也并不想不分轻重，不论主从，而给以全面的打击。我们今天主要的对象是蓝色的，黑色的，桃红色的这一批"作家"。他们的文艺政策（伪装白色，利用黄色等包含在内），文艺理论，文艺作品，我们是毫不容情地举行大反攻的。我们今天要号召读者，和这些人的文字绝缘。不读他们的文字，并劝朋友不读。我们今天要号召天真的无色的作者，和这些人们绝缘，不和他们合作，并劝朋友不合作。人们要袖手旁观，就请站远一点，或站在隐蔽的地方，假使站进敌对阵营里去而自以为在袖手旁观，那就请原谅，你就不受正面射击，也要被流弹误伤。有人或许自认为"我是入虎穴而取虎子"，但请当心，你不要已经为虎作伥了。我们也不拒绝人们向善，假使有昨天的敌人，一旦翻然改悟，要为人民服务而参加革命的阵营，我们今天立地可以成为朋友，但假使有今天的朋友而走上相反的道路，明天也可以成为敌人。我们也知道一味消极的打击并不能够消灭所打击的对象。我们要消灭产生这种对象的基础。人民真正作主的一天，一切反人民的现象也就自行消灭了。我们同时也要积极的创造来代替我们所消灭的东西。人民文艺取得优胜的一天，反人民文艺也就自行消灭了。凡是决心为人民服务，有正义感的朋友们，都请拿着你们的笔杆来参加这一阵线上的大反攻吧！

　　附记：

　　这里转载的郭沫若先生这篇文章，发表在去年三月香港出版的《大众文艺丛刊》第一辑上面。从这篇文章，可以看到国民党反动派御用的所谓"文人"和"文化界"是何等卑鄙龌龊，何等腐朽无耻。

选自《大众文艺丛刊》第 1 辑